TOUT SIMENON

GEORGES SIMENON

ŒUVRE ROMANESQUE

14

La prison
Maigret hésite
La main
L'ami d'enfance de Maigret
Il y a encore des noisetiers
Novembre
Maigret et le tueur
Maigret et le marchand de vin

PRESSES DE LA CITÉ

Note de l'éditeur

En 1945, Georges Simenon rencontre Sven Nielsen qui va devenir son éditeur et son ami. Entre 1945 et 1972 — année où le romancier prend la décision de cesser d'écrire — paraissent aux Presses de la Cité près de 120 titres — « Maigret » et « romans » confondus — qui constituent la majeure partie de l'œuvre romanesque de Georges Simenon.

Présentés ici dans l'ordre de leur publication, ces romans forment les quinze premiers volumes de notre intégrale de l'œuvre de Georges Simenon. Celui en qui Gide voyait « le plus grand de tous, le plus vraiment romancier que nous ayons eu en littérature ».

ISBN 2-258-03304-7
N° Editeur : 5875
Dépôt légal : janvier 1991

SOMMAIRE

LA PRISON

1

Combien de mois, d'années, faut-il pour faire d'un enfant un adolescent, d'un adolescent un homme ? A quel moment peut-on affirmer que cette mutation a eu lieu ?

Il n'existe pas, comme pour les études, de proclamation solennelle, pas de distribution de prix, pas de diplôme.

Alain Poitaud, à trente-deux ans, ne mit que quelques heures, peut-être quelques minutes, pour cesser d'être l'homme qu'il avait été jusqu'alors et pour en devenir un autre.

Le 18 octobre. Il pleuvait si dru sur Paris et les rafales étaient si violentes que les essuie-glaces ne servaient à rien, sinon à brouiller davantage la lumière des réverbères.

Penché en avant, il roulait lentement le long du boulevard de Courcelles, avec les grilles noires du parc Monceau à sa droite ; puis il s'engageait dans la rue de Prony pour gagner la rue Fortuny où il habitait. La rue est courte, bordée d'immeubles cossus. Il eut la chance de trouver une place pour sa voiture presque en face de chez lui et, tout en claquant la portière, il leva machinalement la tête pour voir s'il y avait de la lumière au dernier étage.

C'était à ce point un réflexe qu'il n'aurait pu dire s'il y en avait ou s'il n'y en avait pas. D'ailleurs, il fonçait déjà dans la bourrasque qui lui plaquait de l'eau froide sur le visage et sur les vêtements, poussait la grille doublée d'une vitre dépolie.

Un homme se tenait debout sur le seuil, comme pour se protéger de la pluie, entrait sur ses talons.

— Monsieur Poitaud ?

L'éclairage était discret, les murs couverts de boiseries.

— C'est moi, oui, s'étonna-t-il.

Un être quelconque, une silhouette banale, en pardessus sombre. Il tirait de sa poche une carte barrée de tricolore.

— Inspecteur Noble, de la Police Judiciaire.

Alain le regarda plus attentivement, curieux, mais à peine étonné. Il avait l'habitude de rencontrer toutes sortes de gens.

— Pourrais-je monter un instant avec vous ?

— Vous m'attendez depuis longtemps ?

— Une petite heure.

— Pourquoi n'êtes-vous pas venu me voir à mon bureau ?

L'inspecteur était jeune, plutôt timide, ou mal à l'aise. Il sourit sans répondre et les deux hommes se dirigèrent vers le vaste ascenseur d'ancien modèle aux cloisons garnies de velours cramoisi.

Tandis que l'appareil montait lentement, ils se regardaient en silence dans la lumière douce du plafonnier en cristal taillé. Deux fois, Alain Poitaud entrouvrit la bouche pour poser une question, mais il préféra attendre d'être chez lui.

L'appareil s'arrêta au quatrième étage, le dernier. Alain fit tourner la clef dans la serrure, poussa la porte, fut surpris par l'obscurité.

— Ma femme n'est pas rentrée, remarqua-t-il machinalement en tendant la main vers le commutateur.

Des gouttes d'eau tombaient de leur pardessus sur la moquette bleu pâle.

— Vous pouvez retirer votre manteau.

— Cela ne vaut pas la peine.

Il le regarda, surpris. Son visiteur avait attendu une heure, mal abrité sur le seuil, et il prévoyait que sa visite serait si brève qu'il ne se débarrassait pas de son pardessus mouillé.

Alain poussa une porte à deux battants, atteignit d'autres commutateurs, et plusieurs lampes s'allumaient dans une vaste pièce dont tout un côté était vitré, battu par la pluie qui glissait en rigoles épaisses sur le verre.

— Ma femme devrait être ici...

Il consulta son bracelet-montre, bien qu'il eût devant lui une pendule ancienne dont le balancier de cuivre allait et venait avec un léger déclic à chaque mouvement.

Il était huit heures moins le quart.

— Nous dînons tout à l'heure avec des amis et...

Il parlait pour lui-même. Son plan avait été de se dévêtir en vitesse, de prendre une douche et d'endosser un complet sombre.

— Vous ne voulez pas vous asseoir ?

Il n'était pas inquiet, ni intrigué. A peine. Tout juste un peu ennuyé par cette présence inattendue qui l'empêchait de faire ce qu'il avait à faire. Surpris aussi par l'absence de Jacqueline.

— Vous possédez une arme, monsieur Poitaud ?

— Vous voulez dire un pistolet ?

— C'est à cela que je pensais, oui.

— J'en ai un, dans le tiroir de ma table de chevet.

— Voudriez-vous me le montrer ?

L'inspecteur parlait d'une voix douce, hésitante. Alain se dirigeait vers une porte, celle de la chambre à coucher, et son compagnon le suivait.

La pièce était tapissée de soie jaune, l'immense lit recouvert de fourrure, du chat sauvage. Les meubles étaient en laque blanche.

Alain ouvrait un tiroir, s'étonnait, poussait la main plus à fond parmi de menus objets.

— Il n'y est pas, murmura-t-il.

Puis il regarda autour de lui comme pour se rappeler où il avait pu mettre l'arme.

Les deux tiroirs supérieurs de la commode étaient les siens, les tiroirs inférieurs ceux de Jacqueline. Personne ne l'appelait Jacqueline. Pour lui, comme pour tout le monde, c'était Chaton, un surnom qu'il lui avait donné plusieurs années auparavant parce qu'elle avait l'air d'un petit chat. Des mouchoirs, des chemises, des sous-vêtements...

— Quand l'avez-vous vu pour la dernière fois ?

— Sans doute ce matin...

— Vous n'en êtes pas sûr ?

Cette fois, il faisait face à son compagnon et l'observait en fronçant les sourcils.

— Écoutez, inspecteur... Il y a cinq ans, depuis que nous habitons ici, que ce pistolet se trouve dans le tiroir de la table de chevet... Chaque soir, en me déshabillant, je me sers de ce tiroir comme d'un vide-poche... J'y mets mes clefs, mon portefeuille, mon étui à cigarettes, mon briquet, mon carnet de chèques, la monnaie... Je suis si habitué à voir le pistolet à sa place que je n'y prête plus attention...

— Son absence ne vous aurait pas frappé ?

Il réfléchit.

— Je ne crois pas. Il a dû arriver plusieurs fois qu'il glisse au fond du tiroir...

— Quand avez-vous vu votre femme pour la dernière fois ?

— Il lui est arrivé quelque chose ?

— Pas dans le sens que vous pensez. Vous avez déjeuné avec elle ?

— Non. J'étais à l'imprimerie pour la mise en pages et j'ai mangé des sandwiches sur le marbre.

— Elle ne vous a pas téléphoné au cours de la journée ?

— Non.

Il avait dû réfléchir, car Chaton lui téléphonait souvent.

— Vous ne l'avez pas appelée non plus ?

— Elle est rarement ici pendant la journée. Elle travaille, vous savez ? Elle est journaliste et... Mais dites-moi à quoi riment ces questions ?

— Je préfère que ce soit mon chef qui vous en parle. Voulez-vous m'accompagner Quai des Orfèvres, où on vous mettra au courant ?

— Vous êtes sûr que ma femme... ?

— Elle n'est ni morte, ni blessée.

Poli, timide, le policier se dirigeait vers la porte et Alain le suivait, trop ahuri pour penser.

Sans s'être donné le mot, ils n'appelaient pas l'ascenseur solennel et lent mais descendaient l'escalier recouvert d'une épaisse moquette.

La fenêtre, sur chaque palier, était ornée de vitraux multicolores à la mode de 1900.

— Je suppose que votre femme a sa voiture personnelle ?

— Oui. Une toute petite auto comme celle que je conduis dans Paris et qui est devant la porte. Plutôt une mini-voiture.

Sur le seuil, ils hésitaient tous les deux.

— Comment êtes-vous venu ?

— En métro.

— Vous ne voyez pas d'inconvénient à ce que je nous conduise ?

Il gardait une bonne partie de son ironie. Il était volontiers ironique et, parfois, d'une ironie assez agressive. N'était-ce pas la seule attitude raisonnable devant la stupidité de la vie et des gens ?

— Je m'excuse. Il n'y a guère de place pour vos jambes.

Il roula vite, par habitude. Sa minuscule voiture anglaise était rapide et il lui arriva de brûler un feu rouge.

— Je vous demande pardon...

— Cela ne fait rien. Je ne m'occupe pas de la circulation.

— J'entre dans la cour ?

— Si vous voulez.

L'inspecteur se pencha par la portière pour dire quelques mots aux deux factionnaires.

— Ma femme est ici ?

— C'est probable.

A quoi bon questionner cet homme qui ne lui apprendrait rien ? Dans quelques instants, il allait se trouver en face d'un commissaire, sans doute d'un commissaire qu'il connaissait, car il les avait rencontrés presque tous.

De lui-même, il s'engagea dans le grand escalier, s'arrêta au premier étage.

— C'est ici ?

Le long couloir mal éclairé était désert, les portes closes des deux côtés. Seul le vieil appariteur était là, une chaîne d'argent au cou, une lourde médaille sur la poitrine, devant une table recouverte de drap vert comme un billard.

— Voulez-vous entrer un instant dans la salle d'attente ?

Elle était vitrée d'un côté, comme l'atelier de peintre dont il avait fait son salon, et il ne s'y trouvait qu'une vieille femme vêtue de noir qui le regarda entrer de ses petits yeux noirs et durs.

— Excusez-moi...

L'inspecteur s'engageait dans le couloir, frappait à une porte qui se refermait sur lui. Il ne ressortait pas de la pièce où il était entré. Personne ne venait. La vieille femme ne bougeait pas. L'air aussi, autour d'eux, était immobile, grisâtre, comme du brouillard.

Il regarda à nouveau sa montre. Huit heures vingt. Il y avait à peine une heure qu'il avait quitté ses bureaux, rue de Marignan, après avoir lancé à Maleski :

— A tout de suite...

Ils devaient dîner ensemble, en compagnie d'une douzaine d'amis et amies, dans un nouveau restaurant de l'avenue de Suffren.

Ici, la pluie, la tempête n'existaient pas. On était suspendu dans l'espace, dans le temps. N'importe quel autre jour, Alain n'aurait eu qu'à inscrire son nom sur une fiche et, quelques instants plus tard, l'appariteur l'aurait introduit dans le bureau du directeur de la P.J. qui se serait avancé vers lui la main tendue.

Il y avait longtemps qu'il ne faisait plus antichambre. Cela lui était arrivé seulement à ses débuts.

Il jeta un coup d'œil à la vieille dont l'immobilité l'impressionnait, faillit lui demander depuis combien de temps elle était là. Peut-être des heures ?

Il s'impatientait, commençait à étouffer. Il se leva, alluma une cigarette, se mit à marcher de long en large tandis que la femme le regardait d'un air réprobateur.

Alors, il ouvrit la porte vitrée, arpenta le couloir, alla se camper devant l'homme à la chaîne d'argent.

— Quel est le commissaire qui veut me voir ?

— Je ne sais pas, monsieur.

— Ils ne sont plus très nombreux, à cette heure-ci, dans les bureaux.

— Deux ou trois. Ces messieurs restent parfois très tard. Comment vous appelez-vous ?

Il existait à Paris des centaines d'endroits où il n'avait pas besoin de dire son nom, car on le connaissait.

— Alain Poitaud.

— Vous êtes marié, n'est-ce pas ?

— Je suis marié, oui.

— Votre femme est une petite brune, vêtue d'un imperméable doublé de fourrure ?

— C'est exact.

— Dans ce cas, c'est le commissaire adjoint Roumagne.

— Un nouveau ?

— Oh ! non. Il est dans la maison depuis plus de vingt ans, mais il n'y a pas longtemps qu'il est entré à la Criminelle.

— Ma femme se trouve dans son bureau ?

— Je ne sais pas, monsieur.

— Elle est arrivée à quelle heure ?

— Je ne pourrais pas vous dire.

— Vous l'avez vue ?

— Je crois bien que je l'ai vue.

— Elle est venue ici seule ?

— Vous voudrez bien m'excuser, mais j'ai déjà trop parlé.

Il marcha à nouveau, presque aussi humilié qu'inquiet. On le faisait attendre. On le traitait comme un client ordinaire. Qu'est-ce que Chaton pouvait être venue faire au Quai des Orfèvres ? Quelle était cette histoire de pistolet ?

Pourquoi le sien ne se trouvait-il plus dans le tiroir ? C'était une arme banale, qui aurait fait rire les truands, un petit 6. 35 fabriqué à Herstal.

Il ne l'avait pas acheté. Un de ses collaborateurs, Bob Demarie, le lui avait donné.

— Maintenant que mon fils marche seul, je préfère ne pas laisser traîner un truc comme ça dans l'appartement.

Quatre ou cinq ans au moins. Depuis, Demarie avait eu deux autres enfants. Qu'est-ce que Chaton… ?

— Monsieur Poitaud !

C'était son inspecteur, à l'autre bout du couloir. Il lui faisait signe de venir. Alain s'avançait à grands pas.

— Si vous voulez entrer…

Il n'y avait personne, dans le bureau du commissaire adjoint, que le commissaire adjoint lui-même, un homme d'une quarantaine d'années à l'air fatigué qui lui tendit la main avant de se rasseoir.

— Retirez donc votre manteau. Prenez place, monsieur Poitaud.

L'inspecteur ne l'avait pas suivi.

— On me dit que votre pistolet a disparu.

— Je ne l'ai pas trouvé à sa place habituelle.

— Serait-ce celui-ci ?

Il lui tendait un browning noir, plutôt bleuâtre, que Poitaud saisit machinalement.

— Je suppose. C'est possible.

— Le vôtre ne portait pas de marques particulières ?

— A vrai dire, je ne l'ai jamais examiné. Je ne m'en suis jamais servi non plus, même à la campagne, pour l'essayer.

— Votre femme le connaissait, bien entendu ?

— Bien sûr.

Il se demandait soudain si c'était bien lui qui était assis là, à répondre humblement à des questions ridicules. Il était Alain Poitaud, sacrebleu ! Tout Paris le connaissait. Il dirigeait un des hebdomadaires les plus lus de France et il en préparait un autre. Depuis six mois, en outre, il fabriquait des disques dont on parlait chaque jour à la radio.

Non seulement il ne faisait pas antichambre, mais il tutoyait au moins quatre ministres chez qui il lui arrivait de dîner, quand ce n'était pas eux qui se dérangeaient pour venir déjeuner chez lui à la campagne.

Il fallait qu'il se révolte, qu'il s'arrache enfin à cette sorte de neutralité stupide.

— Voulez-vous me dire à quoi rime tout ceci ?

Le commissaire le regarda d'un air ennuyé, fatigué.

— Je vais y arriver, monsieur Poitaud. Ne pensez pas que je

m'amuse plus que vous. J'ai eu une journée très dure. J'avais hâte de rentrer chez moi, de retrouver ma femme, mes enfants.

Il regarda la pendule de marbre noir sur la cheminée.

— Vous êtes marié depuis longtemps, je crois ?

— Cela doit faire six ans. Non, sept. Sans compter les deux années pendant lesquelles c'était tout comme.

— Vous avez un enfant ?

— Un fils.

Le policier baissa les yeux sur son dossier.

— Il a cinq ans...

— C'est exact.

— Il ne vit pas avec vous...

— C'est moins exact.

— Que voulez-vous dire ?

— Nous avons un appartement, plutôt un pied-à-terre à Paris, car nous sortons souvent le soir. Dès vendredi après-midi, nous rentrons dans notre vrai chez-nous, à Saint-Illiers-la-Ville, dans la forêt de Rosny. L'été, nous y passons presque toutes les nuits.

— Je comprends. Naturellement, vous aimez votre femme.

— Naturellement.

Il ne le disait pas avec passion, avec ferveur, mais comme si cela allait de soi.

— Vous connaissez sa vie privée.

— Sa vie privée se passe avec moi. Quant à sa vie professionnelle...

— C'est ce que je voulais dire.

— Ma femme est journaliste.

— Elle ne travaille pas pour votre magazine ?

— Non. Ce serait trop facile. En outre, ce n'est pas son genre.

— Comment s'entend-elle avec sa sœur ?

— Avec Adrienne ? Très bien. Elles sont arrivées à Paris l'une après l'autre, Chaton la première...

— Chaton ?

— C'est un surnom affectueux que j'ai donné à ma femme. Mes amis, mes collaborateurs ont fini par l'appeler ainsi. Quand elle a cherché un pseudonyme pour ses articles, je lui ai conseillé Jacqueline Chaton. Sa sœur et elle ont longtemps vécu ensemble dans une chambre de Saint-Germain-des-Prés.

— Vous les avez rencontrées ensemble ?

— La première fois ?

— Oui.

— Non. Chaton était seule.

— Elle ne vous a pas présenté sa sœur ?

— Plus tard. Quelques mois plus tard. Si vous êtes au courant, pourquoi me posez-vous ces questions ? Il serait peut-être temps de m'apprendre ce qui est arrivé à ma femme.

— A votre femme, rien.

Il disait cela d'une voix triste et lasse.

— A qui, alors ?

— A votre belle-sœur.

— Un accident ?

En même temps qu'il posait cette question, son regard tombait sur l'automatique resté sur le bureau.

— Elle a été... ?

— Tuée, oui.

Alain n'osait plus demander par qui. Il n'avait jamais encore connu cet état de stupeur, de vide intérieur. Son cerveau ne fonctionnait pas, en tout cas pas comme d'habitude. Il se sentait enlisé dans un monde devenu incohérent, où les mots n'avaient plus le même sens, les objets le même visage.

— Elle a été abattue, cet après-midi, un peu avant cinq heures, par votre femme.

— Cela ne tient pas debout.

— C'est pourtant la vérité.

— Qu'est-ce qui vous le fait croire ?

— Votre femme. Et aussi la nurse qui se trouvait dans l'appartement.

— Et mon beau-frère ?

— Il est occupé à dicter sa déposition dans le bureau voisin.

— Où est ma femme ?

— Là-haut, avec ces messieurs de l'Identité Judiciaire.

— Mais pourquoi ? Vous a-t-elle dit pourquoi ?

Il rougit soudain et évita le regard du commissaire adjoint.

— J'espérais que ce serait vous qui me le diriez.

Il n'était pas triste, accablé, ni ému. Pas indigné non plus. C'était plutôt une dépersonnalisation, et il aurait été capable de se pincer pour s'assurer que c'était lui, Alain Poitaud, qui se trouvait là, assis dans un fauteuil vert, devant un bureau en acajou que dominait le visage fatigué du commissaire. Comment pouvait-il être question de Chaton, et d'Adrienne, au visage régulier et doux, aux grands yeux clairs sur lesquels battaient de longs cils ?

— Je ne comprends pas, avoua-t-il en secouant la tête pour se réveiller.

— Qu'est-ce que vous ne comprenez pas ?

— Que ma femme ait tiré sur sa sœur. Vous avez bien dit qu'Adrienne est morte ?

— Presque sur le coup.

Le mot « presque » lui fit mal et il fixa le browning sur le bureau. Cela signifiait qu'elle avait vécu après le coup de feu, quelques minutes ou quelques secondes. Et Chaton, pendant ce temps-là ?

Que faisait-elle, l'arme à la main ? Regardait-elle sa sœur mourir ? Essayait-elle de lui porter secours ?

— Elle n'a pas tenté de s'enfuir ?

— Non. Nous l'avons trouvée dans l'appartement, le visage collé à la vitre. La vitre sur laquelle coulait de la pluie froide.

— Qu'a-t-elle dit ?

— Elle a poussé un soupir et a murmuré : Enfin !

— Et Bobo ?

— Qui est Bobo ?

— Le petit garçon de ma belle-sœur. Elle a deux enfants, un garçon et une fille.

La fille, c'était Nelle, qui ressemblait si fort à sa mère.

— La nurse les a conduits dans la cuisine où une domestique les retenait pendant qu'elle s'efforçait de soigner la mourante.

Quelque chose clochait. Le commissaire avait d'abord dit qu'elle était morte presque tout de suite. A présent, il parlait de la nurse soignant la mourante. Il connaissait l'appartement, rue de l'Université, au premier étage d'un ancien hôtel particulier, les hautes fenêtres, le plafond peint par un élève de Poussin.

— Dites-moi, monsieur Poitaud, quelles étaient vos relations avec votre belle-sœur ?

— Elles étaient bonnes.

— Ce que je vous demande, c'est de m'en dire la nature exacte.

— Qu'est-ce que cela changerait ?

— Nous ne nous trouvons pas devant un drame d'intérêt, n'est-ce pas ? Il n'existait pas de problèmes d'argent entre les deux femmes ?

— Certainement pas.

— Je ne suppose pas non plus qu'il s'agisse d'une de ces vieilles haines mijotées comme on en trouve dans les familles ?

— Non.

— N'oubliez pas que les jurés se montrent rarement sévères pour le crime passionnel...

Ils se regardèrent. Le commissaire, dont Alain avait déjà oublié le nom, ne jouait pas à finasser et posait ses questions avec un ennui évident.

— Vous étiez son amant ?

— Non. Oui. Je veux dire que cela ne peut pas être ça. C'est trop ancien, vous comprenez ?

Il suivait sa pensée, tout en se rendant compte que ses paroles restaient loin en arrière. Il aurait fallu beaucoup de temps, entrer dans les détails, expliquer que...

— Il y a au moins un an... Pas tout à fait... Depuis Noël dernier...

— Que ces relations ont commencé ?

— Au contraire. Qu'elles ont cessé.

— Complètement ?

— Oui.

— C'est vous qui avez rompu ?

Il fit non de la tête et eut envie de se prendre celle-ci entre les mains. Pour la première fois, il se rendait compte de la difficulté, sinon de l'impossibilité, d'exprimer la réalité.

— Ce n'était pas une liaison...

— Comment appelez-vous ça ?

— Je ne sais pas... C'est venu...

— Dites-moi donc comment c'est venu...

— Bêtement... Nous n'étions pas encore mariés, mais nous vivions déjà ensemble, Chaton et moi...

— Il y a combien de temps ?

— Huit ans ?... Je n'avais pas créé mon magazine et je vivais d'articles dans les journaux... J'écrivais aussi des chansons... Nous habitions l'hôtel, à Saint-Germain-des-Prés... Chaton travaillait de son côté...

— N'a-t-elle pas été étudiante ?

Il avait de nouveau jeté un coup d'œil à son dossier pour se rafraîchir la mémoire et Alain se demanda ce qu'il y avait d'autre dans ce dossier.

— Si. Elle a fait deux ans de philosophie...

— Continuez.

— Un jour...

Il pleuvait, comme aujourd'hui. Il était rentré vers la fin de l'après-midi et, au lieu de sa femme, avait trouvé Adrienne dans la chambre.

— Jacqueline ne reviendra pas pour dîner. Elle est occupée à interviewer un écrivain américain au *George-V*.

— Qu'est-ce que tu fais ici ?

— Rien. J'étais venue pour passer un moment avec elle. Elle m'a quittée et je me suis dit que je t'attendrais.

Elle n'avait pas tout à fait vingt ans à l'époque. Elle était aussi calme, aussi passive en apparence que Chaton était démonstrative.

Le commissaire attendait, non sans une certaine impatience. Il allumait une cigarette, tendait son paquet à Alain qui en allumait une à son tour.

— Cela s'est passé si simplement que je serais en peine de le raconter.

— Elle vous aimait ?

— Peut-être. Il y a deux heures, je vous aurais sans doute répondu oui. Maintenant, je n'oserais pas...

Tout était devenu trop différent depuis que l'inspecteur timide et poli l'avait suivi dans l'entrée de son immeuble et lui avait demandé la permission de monter avec lui.

— Je crois que toutes les sœurs... Je ne devrais pas dire toutes, mais beaucoup... Je connais personnellement plusieurs cas, dans mon entourage...

— Votre liaison a donc duré environ sept ans.

— Ce n'était pas une liaison... Je voudrais vous expliquer... Nous ne nous sommes jamais adressé de grandes déclarations... Je continuais à aimer Chaton que j'ai épousée quelques mois plus tard...

— Pourquoi ?

— Pourquoi je l'ai épousée ?... Mais...

Et oui, pourquoi ? La vérité, c'est que, la nuit où il lui avait parlé de mariage, il était saoul.

— Vous viviez ensemble... Vous n'aviez pas d'enfants...

Il avait annoncé, à une table de brasserie, entouré de camarades aussi éméchés que lui :

— Dans trois semaines on se marie, Chaton et moi.

— Pourquoi trois semaines ?

— Le temps de publier les bans.

Il y avait eu une discussion, les uns prétendant que les bans duraient deux semaines, d'autres affirmant que c'était trois.

— On verra bien, non ? Qu'est-ce que tu en penses, Chaton ?

Elle s'était serrée contre lui sans répondre.

— Après votre mariage, vous avez donc continué à rencontrer votre belle-sœur.

— Avec ma femme, le plus souvent.

— Et ailleurs ?

— De temps en temps. Pendant une certaine période, nous nous sommes vus une fois par semaine...

— Où ?

— Chez elle... Dans la chambre qu'elle occupait seule depuis que sa sœur l'avait quittée...

— Elle travaillait ?

— Elle suivait des cours d'histoire de l'art...

— Et quand elle a été mariée ?

— Elle a voyagé un mois avec son mari... A son retour, elle m'a téléphoné pour prendre rendez-vous... Je l'ai conduite dans un studio meublé, rue de Longchamp...

— Votre beau-frère ne s'est douté de rien ?

— Certainement pas...

Il était ahuri qu'on lui pose la question. Roland Blanchet était bien trop inspecteur des finances et trop sûr de lui pour imaginer un instant que sa femme pourrait avoir des rapports avec un autre homme.

— J'espère que vous ne lui avez pas posé la question ?

— Un drame suffit, non ? fit assez sèchement le policier. Votre femme ?

— Non plus... Elle nous croyait très bons amis... Tout au début, avant le mariage de sa sœur, elle a dit une fois :

» — C'est dommage qu'un homme ne puisse épouser deux femmes...

» J'ai compris qu'elle pensait à Adrienne...

— Et depuis ? Son opinion n'a pas changé ?

— Comment voulez-vous que je vous réponde, après ce que je viens d'apprendre ? Il nous est arrivé, Adrienne et moi, de rester deux ou trois mois sans nous voir... Elle a eu deux enfants... Nous en avons eu un de notre côté... Leur maison de campagne est à l'opposé de la nôtre, dans la forêt d'Orléans...

— Que s'est-il passé à Noël ?

— C'était l'avant-veille de Noël... Nous nous sommes vus...

— Toujours dans le studio meublé ?

— Oui... Nous y restions fidèles... Comme nous allions passer les fêtes chacun de notre côté, nous avons décidé de boire une bouteille de champagne ensemble avant de nous retrouver en janvier...

— Qui a décidé de rompre ?

Il dut réfléchir.

— Je suppose que c'est elle... C'était devenu une habitude, vous comprenez ?... J'étais de plus en plus occupé... Elle a dit quelque chose comme :

» — Le cœur n'y est plus, n'est-ce pas, Alain ?

— Vous aviez aussi envie d'en finir avec cette liaison ?

— Peut-être... Vous me posez des questions que je ne me suis jamais posées...

— Mettez-vous dans la tête qu'il y a deux heures je ne connaissais ni l'existence de votre femme, ni celle de votre belle-sœur, et que, si votre nom ne m'était pas étranger, c'était à cause de votre magazine...

— Je m'efforce de répondre...

Il avait l'air de s'excuser, ce qui ne correspondait pas à son caractère. Rien de ce qui se passait depuis qu'il avait franchi le seuil de la P.J. ne correspondait à son caractère.

— Je me souviens que je lui ai proposé de faire l'amour une dernière fois.

— Elle a accepté ?

— Elle a préféré que nous nous quittions bons amis...

— Et depuis ?

— Rien... Il nous arrivait de dîner chez elle, Chaton et moi... Nous la rencontrions avec son mari au théâtre ou au restaurant...

— Votre femme n'a pas changé ?

Il cherchait honnêtement de menus indices, secouait la tête.

— Non... Je ne sais pas... Je m'excuse de répéter si souvent ces mots-là, mais c'est tout ce que je trouve à dire...

— Vous dîniez tous les soirs ensemble ?

— Presque tous les soirs...

— En tête à tête ?

— Rarement... Nous avons beaucoup d'amis et nous sommes obligés d'assister à un certain nombre de cocktails, de soupers...

— Durant le week-end ?

— Le samedi, nous sommes assez tranquilles, mais Chaton a presque toujours un article à écrire... Il lui arrive de rester à Paris un jour de plus que moi... Elle s'est spécialisée dans les interviews des personnalités de passage... Mais enfin, dites-moi pourquoi elle aurait tué sa sœur ?

Il se révoltait, surpris de se voir éplucher sa vie conjugale et amoureuse en compagnie d'un policier fatigué.

— C'est ce que nous cherchons à établir tous les deux, non ?

— Ce n'est pas possible...

— Qu'est-ce qui n'est pas possible ?

— Qu'elle soit devenue tout à coup jalouse d'Adrienne au point de...

— Vous vous aimiez beaucoup, votre femme et vous ?

— Je vous l'ai dit...

— Vous m'avez parlé de vos débuts à Saint-Germain-des-Prés... Mais depuis ?...

— Nous nous aimons, oui...

La preuve, n'était-ce pas qu'il était écrasé au point de ne plus s'y retrouver lui-même ? Une demi-heure, une heure plus tôt, Chaton était sans doute assise dans le fauteuil qu'il occupait, avec la même lampe à abat-jour opalin pour éclairer son visage.

— Vous le lui avez demandé, à elle ?

— Elle a refusé de répondre à mes questions...

— Elle n'a pas avoué ?

Il lui venait une lueur d'espoir.

— Elle a avoué avoir tiré sur sa sœur, rien d'autre.

— Elle n'a pas expliqué pourquoi ?

— Non. Je lui ai proposé d'appeler un avocat de son choix.

— Qu'a-t-elle répondu ?

— Que cela vous regardait et que, pour sa part, elle ne s'en souciait pas.

Le « ne s'en souciait pas » n'était pas de Chaton. Cela ne ressemblait pas à son vocabulaire. Elle avait dû employer d'autres mots.

— Comment était-elle ?

— Calme en apparence. C'est elle qui m'a dit, en regardant l'heure :

» — Nous devions nous retrouver à l'appartement, Alain et moi, à sept heures et demie. Il va s'inquiéter.

— Elle paraissait émue ?

— Pour vous dire la vérité, non. J'ai vu, dans ce bureau, beaucoup d'hommes et de femmes qui venaient de commettre un crime. Je ne me souviens pas en avoir vu afficher une telle maîtrise de soi ou une telle indifférence.

— Parce que vous ne connaissez pas Chaton...

— Si je comprends bien, vous n'étiez pas souvent en tête à tête, tous les deux. Je parle des dernières années.

— Ensemble, oui... En tête à tête, non... N'oubliez pas mon métier qui m'oblige à voir des gens du matin au soir et souvent jusqu'aux petites heures du matin...

— Vous avez une maîtresse, monsieur Poitaud ?

Encore ce mot-là, qui ne signifiait rien, qui lui paraissait tellement démodé !

— Si vous me demandez si je couche avec d'autres femmes que la mienne, je vous réponds tout de suite oui... Pas avec une, mais avec des douzaines... Chaque fois que l'occasion s'en présente et en vaut la peine...

— Étant donné le caractère de votre publication, ces occasions ne doivent pas manquer.

Il y avait de l'envie dans la voix du commissaire.

— Pour nous résumer, vous ne savez rien. Vous avez eu une liaison avec votre belle-sœur, liaison qui a pris fin en décembre de l'année dernière et, à votre connaissance, votre femme n'en a rien su. Il faudra pourtant que nous parvenions à comprendre.

Alain le regarda curieusement, choqué. Qu'est-ce que cet homme, qui ne connaissait rien de leur vie, pouvait espérer comprendre, alors que lui-même n'y comprenait rien ?

— Au fait, pour quel journal travaillait votre femme ?

— Pour aucun et pour tous... Elle était ce que nous appelons *free lance,* c'est-à-dire qu'elle travaillait pour son compte... Quand elle avait écrit un article ou une série d'articles, elle savait à quel journal, à quel magazine le proposer... Elle travaillait beaucoup pour les magazines anglais et américains...

— Pas pour le vôtre ?

— Vous m'avez déjà posé la question. Non. Ce n'est pas son genre...

— Vous avez un avocat, monsieur Poitaud ?

— Bien entendu.

— Voulez-vous, ce soir ou demain, le prier de prendre contact avec moi ?

Le commissaire se levait avec un soupir de soulagement.

— Je vais vous demander de passer à côté. Vous répéterez vos principales déclarations et un sténographe en prendra note.

Comme Blanchet un peu plus tôt. Qu'est-ce que Blanchet avait bien pu raconter ? Comment lui, qui occupait un poste en vue à la

Banque de France, avait-il accepté l'humiliation d'être interrogé par un policier ?

Le commissaire avait ouvert une porte.

— Julien ! M. Poitaud va vous résumer ses déclarations. Vous les noterez et il les signera demain dans la journée. Il est grand temps que je rentre.

Il se tourna vers Alain.

— Excusez-moi de vous avoir retenu, monsieur Poitaud. A demain.

— Quand verrai-je ma femme ?

— C'est au juge d'instruction d'en décider.

— Où couchera-t-elle ce soir ?

— En bas, au Dépôt.

— Je ne dois rien lui envoyer, du linge, des objets de toilette ?...

— Si vous y tenez. D'habitude la première nuit...

Il n'acheva pas sa phrase.

— Vous n'aurez qu'à déposer la valise quai de l'Horloge.

— Je connais...

Les cellules, les cours, la pièce où un médecin examinait les femmes... Il avait écrit un reportage là-dessus dix ans plus tôt...

— Je vous téléphonerai quand j'aurai besoin de vous.

Le commissaire adjoint mettait son chapeau, endossait son pardessus.

— Peut-être, d'ici là, vous viendra-t-il une idée. Bonne nuit, Julien.

Le bureau était plus petit, meublé de bois clair et non d'acajou comme le bureau voisin.

— Vos nom, prénoms, âge, qualités...

— Alain Poitaud, né à Paris, place Clichy, trente-deux ans, directeur du magazine *Toi*...

— Marié ?

— Marié, oui. Père de famille. Adresse à Paris : 17 *bis*, rue Fortuny. Adresse principale : Les Nonnettes, à Saint-Illiers-la-Ville...

— Vous déclarez...

— Je ne déclare rien. Un inspecteur est monté avec moi dans mon appartement et m'a demandé si je possédais une arme... J'ai répondu que oui et j'ai cherché mon browning dans le tiroir où il se trouve habituellement... Il n'y était plus... L'inspecteur m'a amené ici et un commissaire dont j'ai oublié le nom...

— Le commissaire adjoint Roumagne.

— Bon ! Ce commissaire Roumagne, donc, m'a annoncé que ma femme avait tué sa sœur... Il m'a montré un browning que je crois reconnaître, bien qu'il ne porte pas de marque particulière et que je ne l'aie jamais manié... Il m'a demandé si je connaissais la raison du geste de ma femme et j'ai répondu que je n'en vois aucune...

Il allait et venait comme dans son bureau, en fumant nerveusement sa cigarette.

— C'est tout ?

— Il a été question d'autre chose, mais je suppose que cela ne doit pas figurer au procès-verbal...

— De quoi s'agit-il ?

— De mes relations avec ma belle-sœur...

— Intimes ?

— Elles l'ont été...

— Il y a longtemps ?

— C'est fini depuis un an...

Julien se grattait le front avec son crayon.

— Il sera temps de l'ajouter demain si le commissaire le juge utile.

— Je peux disposer ?

— En ce qui me concerne, oui, et comme vous avez fini à côté...

Il retrouva le long couloir humide. La vieille femme n'était plus dans la salle d'attente vitrée et c'était un autre appariteur qui portait la chaîne d'argent et la médaille. Au bas de l'escalier, il retrouva la pluie, les bourrasques, mais il ne daigna pas presser le pas pour gagner sa voiture où il entra tout mouillé.

2

Toujours penché en avant pour voir malgré tout à travers le pare-brise, il remonta les Champs-Élysées, sans essayer de mettre de l'ordre dans ses idées. Il en voulait au policier timide, au commissaire Roumagne, à Julien, le sténographe indifférent, de l'avoir humilié, plus exactement de l'avoir si bien dérouté avec leurs questions qu'il ne se retrouvait plus.

Découvrant une place libre devant un bar, il s'arrêta net, au risque d'être embouti par la voiture qui le suivait et dont le conducteur gesticula en lui criant des injures. Il avait besoin d'un verre. Il ne connaissait pas le bar et le barman ne le connaissait pas non plus.

— Un scotch... Double...

Il buvait beaucoup. Chaton aussi. Et, en général, tous leurs amis, tous ses collaborateurs. Il avait l'avantage, quant à lui, de n'être jamais vraiment ivre et, le lendemain matin, de ne pas souffrir de la gueule de bois.

Il n'était pas pensable que sa femme, après un an...

Il faillit se tourner à moitié pour lui parler comme si elle se trouvait sur le tabouret voisin. Elle y était d'habitude.

Qu'est-ce que le commissaire adjoint avait voulu savoir au juste de leurs relations ? Comment aurait-il pu lui expliquer ? On lui avait demandé s'ils s'aimaient toujours. Que signifie ce mot-là ?

Cela ne se passait pas comme le policier l'imaginait. Il était à son bureau, rue de Marignan, ou à l'imprimerie. Elle lui téléphonait.

— Tu as des projets pour ce soir ?

Il ne lui demandait pas où elle était. Elle ne lui demandait pas ce qu'il était en train de faire.

— Pas encore.

— Je te retrouve ?

— Mettons huit heures, au *Clocheton*.

Un bar en face de ses bureaux. Il y avait ainsi dans Paris un certain nombre de bars où ils se donnaient rendez-vous. Elle l'attendait parfois une heure sans s'impatienter. Il s'asseyait à côté d'elle.

— Double scotch.

Ils ne s'embrassaient pas, ne se posaient pas de questions, sauf :

— Où dîne-t-on ?

Presque toujours dans un bistrot plus ou moins à la mode. S'ils s'y rendaient seuls, ils y retrouvaient des copains et cela finissait par former une table de huit ou dix personnes.

Elle était à côté de lui. Il n'y prêtait pas attention. Il avait seulement conscience de sa présence. Elle ne l'empêchait pas de boire ni, tard dans la nuit, d'inventer des jeux idiots, comme d'aller se planter devant une voiture roulant vite pour mesurer les réflexes du conducteur. Cent fois, il avait failli se faire tuer. Ses copains aussi.

— On va aller tout casser chez Hortense.

Une boîte de nuit qu'ils fréquentaient. Hortense les aimait bien tout en en ayant un peu peur.

— On s'emmerde, chez toi, ma vieille. Qui est ce vieil imbécile en face de moi...

— Tais-toi, Alain. C'est un homme important qui...

— Je n'aime pas sa cravate.

Hortense se résignait. Alain se levait, se dirigeait vers le monsieur d'en face qu'il saluait aimablement.

— Savez-vous que je n'aime pas votre cravate ? Mais alors, pas du tout...

L'homme, le plus souvent accompagné, ne savait que dire.

— Vous permettez ?

D'un geste preste, il la lui arrachait, sortait des ciseaux de sa poche et se mettait en mesure de la découper.

— Vous pouvez garder ceci comme souvenir.

Certains ne bronchaient pas. D'autres, qui se fâchaient, finissaient presque toujours par battre en retraite.

— La même chose, barman.

Il vida son verre d'un trait, s'essuya les lèvres, paya et traversa à nouveau le rideau de pluie pour s'enfermer dans sa voiture.

Chez lui, il alluma toutes les lampes en se demandant ce qu'il était venu faire. C'était une drôle de sensation de s'y trouver sans Chaton.

Il aurait dû être maintenant avenue de Suffren, dans le nouveau restaurant que Peter avait découvert et où ils étaient une douzaine à dîner. Allait-il leur téléphoner pour s'excuser ?

Il haussa les épaules, se dirigea vers le bar aménagé dans un coin de l'atelier. Un peintre célèbre y avait travaillé jadis, un portraitiste dont tout le monde avait oublié le nom. C'était vers 1910.

Il n'aimait pas boire seul.

— A ta santé, ma vieille !

Il tendait son verre dans le vide, vers une Chaton imaginaire. Puis il regardait fixement le téléphone.

Qui appeler ? Il lui semblait qu'il devait appeler quelqu'un, mais il ne savait plus qui. Il n'avait pas mangé. C'était sans importance. Il n'avait pas faim.

S'il avait eu un ami intime...

Il avait des copains, des douzaines de copains, ceux qui travaillaient avec lui au magazine, des acteurs, des metteurs en scène, des chanteurs, sans compter les barmen et les maîtres d'hôtel.

— Écoute, mon lapin...

Il appelait tout le monde *mon lapin*. Adrienne aussi. Dès le jour où il avait fait sa connaissance. Ce n'était pas lui qui avait commencé. Il la trouvait trop calme, trop fade pour son goût. Ce en quoi il se trompait. Elle n'était pas fade, il avait fallu trois mois pour qu'il le comprenne.

Que pensait son idiot de mari ? Il n'aimait pas Blanchet. Il détestait les gens de son espèce, sûrs d'eux, dignes et empesés, sans le moindre grain de fantaisie.

S'il téléphonait à Blanchet ? Rien que pour savoir comment il avait pris la chose...

Son regard tomba sur la commode et il se souvint qu'il devait porter du linge et des objets de toilette à sa femme. Les valises se trouvaient dans les placards qui garnissaient le couloir. Il en choisit une de la bonne dimension.

Qu'est-ce qu'une femme porte, dans une cellule du Dépôt ? Le tiroir était plein de lingerie fine et il fut surpris d'en trouver autant. Il choisit des chemises de nylon, des culottes, trois pyjamas, puis il s'assura qu'il y avait une brosse à dents et du savon dans le nécessaire de toilette en crocodile.

Il hésita à boire un autre verre, haussa les épaules, sortit et ferma la porte à clef en laissant les lampes allumées. Il traversa une bonne partie de Paris, toujours sous la pluie un peu moins drue. Le vent était tombé. Maintenant, c'était la pluie d'automne, fine, lente et froide, qui menaçait de durer plusieurs jours. Les passants marchaient vite, penchés en avant, faisant un saut au passage des voitures qui les éclaboussaient.

Quai de l'Horloge. Une lumière trouble au-dessus du portail de pierre. Un couloir très large, très long, comme un souterrain, au bout duquel un agent en uniforme était assis derrière un bureau. L'agent le regardait avancer avec sa valise et paraissait curieux.

— Vous avez bien une Mme Jacqueline Poitaud ?

— Un instant.

Il consultait son registre.

— C'est exact.

— Voulez-vous lui remettre cette valise ?

— Il faut que je consulte mon chef.

Il alla frapper à une porte, disparut, revint quelques minutes plus tard avec un gros homme qui avait défait le nœud de sa cravate, ouvert le col de sa chemise et détaché la ceinture de son pantalon.

— Vous êtes le mari ?

— Oui.

— Vous avez des papiers ?

Il les montra et l'homme les examina longuement.

— C'est vous qui faites ce journal avec de drôles de photos ? Il faut que je m'assure de ce qu'il y a dans cette valise.

— Ouvrez-la.

— Réglementairement, c'est à vous de l'ouvrir.

Ils étaient tous les trois comme dans un tunnel mal éclairé. Alain ouvrit la valise, puis le nécessaire de toilette. Le fonctionnaire passa ses gros doigts dans la lingerie, retira du nécessaire les ciseaux à ongle, la lime, les pinces à épiler, ne laissant que la brosse à dents et le savon.

Au fur et à mesure, il tendait les objets à Alain qui les fourrait machinalement dans sa poche.

— Vous allez lui porter ça tout de suite ?

Il regarda l'heure à une grosse montre-gousset.

— Il est dix heures et demie. D'après le règlement...

— Comment est-elle ?

— Je ne l'ai pas vue.

Tout le monde, bien entendu, n'était pas curieux du comportement de Chaton.

— Elle a une cellule pour elle seule ?

— Certainement pas. En ce moment, nous sommes plus que complets.

— Vous ne savez pas qui est avec elle ?

L'autre haussa les épaules.

— Sans doute des filles. On n'arrête pas de nous en amener. Tenez ! Encore un arrivage...

Une voiture cellulaire s'était arrêtée au bord du trottoir et des inspecteurs en civil poussaient un troupeau de femmes sous la voûte. Il les croisa en sortant. Quelques-unes lui sourirent. On voyait que la plupart étaient des habituées, mais il y avait trois ou quatre jeunes aux yeux anxieux.

Qu'allait-il faire ? Il ne rentrait jamais chez lui si tôt dans la soirée, même avec Chaton. A moins de se saouler à mort, il n'arriverait pas à s'endormir et il n'avait aucun goût pour le genre de pensées qui lui venaient à l'esprit.

C'était nouveau pour lui de se sentir tout à coup isolé. Il était là, sur le quai sombre et désert, assis dans sa voiture, à allumer une cigarette en entendant couler la Seine en crue, et il n'avait aucune idée de l'endroit vers lequel se diriger.

Dans vingt, dans cinquante bars ou cabarets de nuit, il était sûr de trouver des gens qu'il appelait mon lapin depuis des années et qui prononceraient, après lui avoir touché la main :

— Scotch ?

Des femmes aussi, de toutes les sortes, de celles avec qui il avait couché et celles avec qui il ne l'avait pas encore fait ou eu envie de le faire.

Le siège était vide et froid à côté de lui.

Rue de l'Université ? Chez son beau-frère ? Quelle tête avait pu faire son digne et important beau-frère en apprenant que sa femme venait d'être tuée d'une balle dans...

Au fait, on ne lui avait pas dit si Chaton avait visé à la tête ou à la poitrine. Il savait seulement qu'ensuite elle était allée coller son visage à la vitre, ce qui était bien d'elle. Elle le faisait souvent. S'il lui parlait, elle ne bougeait pas et, longtemps plus tard, elle se retournait pour demander l'air candide :

— Tu as dit quelque chose ?

— A quoi pensais-tu ?

— A rien. Tu sais bien que je ne pense jamais à rien...

Une drôle de fille. Adrienne aussi, dont les grands yeux aux cils démesurés n'exprimaient la plupart du temps aucun sentiment. Toutes les filles étaient drôles. Et les garçons. On en parle sans savoir. On écrit sur elles ou sur eux des choses qui n'ont rien à voir avec la réalité. N'était-il pas un drôle de type ?

Un agent qui venait prendre le frais en bouclant son ceinturon s'avança de deux pas pour l'observer. Alain préféra mettre la voiture en marche.

Demain matin, les journaux... Il s'étonna de n'avoir pas encore rencontré les reporters et les photographes. On devait essayer de taire l'affaire aussi longtemps que possible. Par égard pour lui ou par égard pour son beau-frère, qui était un haut fonctionnaire ?

Ils étaient tous hauts fonctionnaires dans la famille Blanchet, le père, les trois fils. Quand le premier enfant naissait, on devait décider :

— Polytechnique !

Pour le second, Normale Supérieure. Pour le troisième, l'Inspection des Finances.

Cela avait marché. Ils étaient tous importants, tous installés dans de vastes bureaux officiels, avec un huissier à chaîne à la porte.

Ils puaient !

— Merde ! Merde ! Et re-merde !

Il en avait assez. Il aurait voulu faire quelque chose, parler à quelqu'un, sans toujours savoir à qui. Rue de Rivoli, il entra dans un bar qu'il connaissait.

— Salut, Gaston.

— Seul, monsieur Alain ?

— Tu vois que tout arrive.

— Double scotch ?

Il haussa les épaules. Pourquoi se mettrait-il tout à coup à changer de boisson ?

— Mme Chaton va bien, j'espère ?

— Très bien, je suppose.

— Elle n'est pas à Paris ?

Il retrouva son besoin de scandaliser.

— Tout ce qu'il y a de plus à Paris. Au beau milieu, au cœur de Paris.

Gaston le regardait sans comprendre. Un couple, au bar, qui écoutait, l'observait dans la glace, derrière les bouteilles.

— Ma femme est au Dépôt.

Le mot n'évoqua aucune image chez le barman.

— Tu ne connais pas le Dépôt, quai de l'Horloge ?

Sans raison précise, l'autre essaya de sourire.

— Elle a tué sa sœur.

— Un accident ?

— C'est peu vraisemblable, puisqu'elle tenait un pistolet à la main.

— Vous plaisantez, n'est-ce pas ?

— Tu liras ça dans les journaux demain matin. Paie-toi.

Il posa sur le bar un billet de cent francs, descendit de son tabouret sans avoir rien décidé et, un quart d'heure plus tard, il se retrouva dans sa rue. Sur le trottoir, en face de la porte, il y avait un rassemblement d'une bonne vingtaine de personnes parmi lesquelles il était facile, à leur attirail, de reconnaître les photographes.

Il faillit appuyer sur le champignon. A quoi bon ? Il s'arrêta, tandis que des flashes éclataient. On se précipitait vers la portière et il sortait de l'auto avec autant de dignité que possible.

— Un instant, Alain...

— Allez-y, mes enfants...

Il posa, devant la voiture ouverte, au bord du trottoir, puis allumant une cigarette. Les reporters avaient leur carnet à la main.

— Dites-moi, monsieur Poitaud...

Un jeune, celui-là, qui ne savait pas encore que tout le monde l'appelait Alain.

— Vous ne trouvez pas que ça fait un peu mouillé, mes enfants ? Pourquoi ne monterions-nous pas chez moi ?

Il aurait fallu bien le connaître, comme Chaton, pour se rendre compte que sa voix n'avait pas son timbre habituel. Ce n'était pas une voix morne, comme au Quai des Orfèvres. Elle avait, au contraire, une vibration métallique.

— Entrez donc... Tant qu'on y est...

Ils s'entassèrent à huit dans l'ascenseur cependant que les autres se précipitaient dans l'escalier. Ils se retrouvèrent tous sur le palier et Alain chercha sa clef qu'il finit par trouver dans une poche où il n'avait pas l'habitude de la mettre.

— Soif ? questionna-t-il en se dirigeant vers le bar tout en jetant son manteau sur un fauteuil.

Les photographes hésitaient, se décidaient à opérer et il ne sourcilla pas en entendant le déclic des appareils.

— Whisky pour tout le monde ?

Il n'y en eut qu'un à demander un jus de fruits. Les pieds mouillés laissaient des traces sombres sur la moquette bleu pâle. Un grand garçon osseux, en imperméable détrempé, était assis dans un fauteuil de satin blanc.

Le téléphone sonnait. Il se dirigea lentement vers l'appareil. Il tenait son verre de l'autre main et en but la moitié avant de parler.

— Alain, oui... Bien entendu que je suis chez moi, puisque je réponds... Bien sûr que j'ai reconnu ta voix... J'espère que cela ne te choque pas que je continue à te tutoyer ?...

Tourné vers les journalistes, il expliqua :

— C'est mon beau-frère... Le mari...

Puis, dans l'appareil :

— Tu es venu ?... Quand ?... Tu m'as raté... Je suis allé porter du linge à Chaton... Nous avons bien failli nous rencontrer à la P.J... Tu te trouvais dans un bureau et moi dans un autre...

» Qu'est-ce que tu dis ?... Tu t'imagines que je rigole ?... Je regrette de te le répéter dans un pareil moment, mais tu n'es et tu ne seras jamais qu'un solennel imbécile... Je suis aussi affecté que toi, sinon plus... Ce n'est pas le mot... Écrasé...

» Quoi ?... Ce qu'on m'a demandé ?... Ce que je sais, bien sûr... J'ai répondu que je ne sais rien du tout... C'est la vérité... Tu sais quelque chose, toi ?... Tu as une idée ?...

Les reporters prenaient des notes à la volée, les photographes opéraient, l'odeur du whisky commençait à envahir le studio.

— Servez-vous, mes lapins...

— Qu'est-ce que tu dis ? s'inquiétait le beau-frère. Tu n'es pas seul ?

— Nous sommes... Attends que je les compte... Moi compris, nous sommes dix-neuf... N'aie pas peur, il ne s'agit pas d'une orgie... Huit photographes... Le reste, des journalistes... Une jeune femme vient d'entrer, une journaliste aussi... Va te servir à boire, mon lapin...

— Combien de temps vont-ils rester chez toi ?

— Tu veux que je leur pose la question ? Combien de temps comptez-vous rester, mes enfants ?

Puis, dans le combiné :

— Une petite demi-heure... Le temps de me poser quelques questions...

— Que vas-tu leur dire ?

— Et toi ?

— Je les ai mis à la porte.

— Tu as eu tort.

— J'aurais voulu te voir avant.

— Trop tard à présent.

— Tu ne pourrais pas passer chez moi après ?

— Je crains de n'être plus alors en état de conduire.

— Tu as bu ?

— Normalement.

— Tu ne crois pas que, dans un pareil moment...

— C'est justement dans un pareil moment qu'on a besoin de se changer les idées.

— Je viendrai.

— Ici ? Ce soir ?

— Il est indispensable que je te parle.

— Indispensable pour qui ?

— Pour tout le monde.

— Surtout pour toi, non ?

— Je serai là dans une heure. Essaie, d'ici là, de garder un peu de sang-froid et de dignité.

— Tu en auras pour deux.

Aucune émotion dans la voix de son beau-frère. Pas un mot d'Adrienne, qu'on devait être en train de charcuter à l'Institut Médico-Légal, ni du sort de Chaton.

— Je vous écoute, mes lapins... Après ce que vous avez entendu, je n'ai plus grand-chose à vous dire... Je suis rentré ici pour me changer avant un dîner en ville avec des amis... Je comptais trouver ma femme... Un inspecteur de police m'attendait à la porte...

— C'est lui qui vous a annoncé la nouvelle ?... Ici ?...

— Non... Il voulait savoir si je possédais un pistolet... J'ai répondu que oui... Je l'ai cherché dans le tiroir et il n'y était plus... Le jeune homme m'a emmené chez son patron, à la P.J...

— Le commissaire Roumagne ?

— C'est son nom...

— Combien de temps a duré l'interrogatoire ?

— Moins d'une heure... Je ne sais pas au juste...

— Quelle a été votre réaction en apprenant que votre femme avait tué sa sœur ?

— Je suis abruti... Je n'y comprends rien...

— Elles s'entendaient bien ?

— Comme deux sœurs...

— Vous croyez à un crime passionnel ?

— Dans un crime passionnel, on trouve d'habitude un troisième personnage...

— Justement...

— Vous vous rendez compte de ce que cela implique ?

Ils se turent.

— S'il existe, je ne le connais pas.

Certains se regardèrent d'un air entendu.

— Les verres sont vides...

Il remplit le sien, fourra la bouteille dans les mains d'un des photographes.

— Sers tes copains, mon lapin...

— Vous aidiez votre femme dans son travail ?

— Je ne lisais même pas ses articles.

— Pourquoi ? Vous ne les trouviez pas intéressants ?

— Au contraire ! Je voulais qu'elle se sente libre d'écrire ce qu'elle avait sur le cœur.

— Elle n'a jamais eu envie de travailler pour *Toi* ?

— Elle ne m'en a pas parlé.

— Vous étiez très unis ?

— Très.

— Vous croyez qu'elle a prémédité son crime ?

— Je n'en sais pas plus que vous... Plus de questions ?... Demain, j'aurai peut-être des idées et je serai sans doute redevenu un homme normal... Pour le moment, il n'y a que de la bouillie dans ma tête et j'attends mon beau-frère qui n'aimerait pas vous rencontrer...

— Il travaille à la Banque de France, n'est-ce pas ?

— Exactement... C'est un monsieur très important et votre rédacteur en chef vous conseillera de le ménager...

— Vous ne l'avez pas fait, tout à l'heure, au téléphone...

— Une vieille habitude. J'ai toujours été mal élevé.

Ils finirent par sortir et Alain ferma la porte à regret, regarda autour de lui les verres vides et les bouteilles, les fauteuils et les chaises qui avaient changé de place, les emballages de pellicules éparpillés sur la moquette. Il faillit remettre de l'ordre avant l'arrivée de Blanchet, se pencha, puis se redressa en haussant les épaules.

Il avait entendu l'ascenseur s'arrêter, mais il attendit que Blanchet se soit donné la peine de sonner comme tout le monde. Celui-ci ne s'y décida pas tout de suite, resta un moment sur le palier, peut-être hésitant, ou pour se donner une contenance.

La sonnerie se fit enfin entendre et Alain se dirigea lentement vers la porte qu'il ouvrit. Il ne tendit pas la main. Son beau-frère non plus, dont le pardessus était couvert de gouttelettes et le chapeau mouillé.

— Tu es seul ?

Il semblait se méfier et, pour un peu, il serait allé voir dans la chambre, dans la salle de bains et dans la cuisinette s'il n'y avait personne à l'écoute.

— Ce qu'il y a de plus seul.

Blanchet ne retirait pas encore son manteau, ne lâchait pas son chapeau, regardait les verres et les bouteilles.

— Que leur as-tu dit ?

— Rien.

— Il a pourtant fallu que tu répondes à leurs questions. Du moment qu'on accepte de recevoir les journalistes...

— Que leur aurais-tu raconté, toi ?

Les Blanchet, le père et les trois fils, étaient grands, larges d'épaules et de poitrail, avec juste assez d'embonpoint pour leur donner un air digne. Le père avait été deux fois ministre. L'un ou l'autre des fils le serait un jour. Ils regardaient de haut en bas avec condescendance et devaient avoir le même tailleur.

Le mari d'Adrienne finissait par se débarrasser de son pardessus qu'il jetait sur une chaise et, comme Alain se servait à boire, il s'empressa de protester :

— Rien pour moi, merci.

— C'est pour moi.

Il y eut un long et assez pénible silence. Après avoir été poser son verre près d'un fauteuil, Alain s'était dirigé machinalement vers la baie vitrée, encore couverte de milliers de gouttes d'eau, au-delà de laquelle clignotaient les lumières de Paris. A certain moment, il se surprit à y poser le front comme pour le rafraîchir et il recula soudain. N'était-ce pas, rue de l'Université, près du corps d'Adrienne, la position de Chaton ?

Blanchet avait fini par s'asseoir.

— Au fait, pourquoi as-tu tenu à venir ce soir ?

— Nous avons besoin de nous entendre, je suppose ?

— A quel sujet ?

— Sur ce que nous allons dire.

— Nous avons déjà été interrogés.

— Superficiellement, en ce qui me concerne, par un commissaire adjoint qui ne cherche pas à se compliquer l'existence. Demain ou après-demain, nous serons entendus par un juge d'instruction.

— C'est ce qui se passe d'habitude.

— Qu'est-ce que tu lui diras ?

— Que je ne comprends pas.

Blanchet laissait peser sur lui un regard insistant dans lequel il y avait à la fois de la crainte, de la colère et du mépris.

— C'est tout ?

— Que dirais-je d'autre ?

— Jacqueline a choisi un avocat ?

— Elle m'en laisse le soin, paraît-il.

— Qui as-tu pris ?

— Je ne sais pas encore.

— L'avocat, lui, aura pour tâche de défendre sa cliente.

— Je l'espère.

— Par tous les moyens.

— Je suppose.

Alain le faisait exprès. Il n'avait jamais pu sentir son beau-frère dont l'attitude actuelle l'écœurait.

— Que va-t-il plaider ?

— C'est son affaire, mais je ne pense pas qu'il plaide la légitime défense.

— Alors ?

— Alors, qu'est-ce que tu suggères ?

Choqué, Blanchet prononça avec une certaine emphase :

— Tu sembles oublier que je suis le mari de la victime.

— Et moi le mari d'une femme qui va sans doute passer une bonne partie de sa vie en prison.

— Par la faute de qui ?

— Tu le sais, toi ?

Nouveau silence. Alain allumait une cigarette, tendait son étui à Blanchet qui refusait du geste. Comment allait-il y venir sans perdre la face ? Car il n'avait qu'une idée en tête, plus exactement une question qu'il cherchait le moyen de poser.

— Le commissaire m'a demandé si nous formions un ménage uni.

Alain ne put s'empêcher de le regarder d'un œil ironique.

— J'ai dit que oui.

Il s'en voulait un peu de laisser ce grand bonhomme mou patauger, sans lui tendre la perche. Pourtant, il se rendait compte de l'effort que devait faire son beau-frère pour parler calmement.

— Je lui ai affirmé que nous nous aimions comme au premier jour, Adrienne et moi.

La voix était devenue sourde.

— Tu es sûr que tu ne veux rien boire ?

— Non. Rien. Il a beaucoup insisté sur les après-midi, j'ignore pourquoi.

— Les après-midi de qui ?

— D'Adrienne, évidemment. Il tenait à savoir si elle sortait après le déjeuner, si elle rencontrait des amies...

— Elle en rencontrait ?

Il hésita.

— Je ne sais pas. Nous recevions souvent à dîner. Nous avions d'autres dîners en ville. Parfois, nous nous retrouvions à un cocktail, à une réception officielle. Il arrivait à Adrienne d'aller promener les enfants. Elle les emmenait, avec la nurse, au jardin d'Acclimatation.

— Tu l'as dit au commissaire ?

— Oui.

— Il n'a pas paru satisfait ?

— Pas complètement.

— Et toi ?

Alors vint, sous une forme indirecte, le premier aveu.

— Moi non plus...

— Pourquoi ?

— Parce que, ce soir, j'ai interrogé Nana.

C'était la deuxième ou la troisième nurse depuis la naissance des enfants et ils les appelaient toutes Nana, pour simplifier.

— Elle a d'abord résisté, puis elle a fini par m'avouer en pleurant que ma femme ne restait pas toujours au jardin d'Acclimatation, qu'elle repartait seule et ne revenait les chercher qu'en fin d'après-midi.

— Les femmes ont des courses à faire.

On le vit nettement avaler sa salive tout en regardant Alain dans les yeux, après quoi il baissa les paupières.

— Dis-moi la vérité.

— Quelle vérité ?

— Tu te rends compte que c'est nécessaire, qu'on la découvrira d'une façon ou d'une autre. Un meurtre a été commis et notre vie privée sera livrée au grand jour.

Alain n'avait pas encore pris de décision.

— En outre, je t'avoue que je ne peux pas...

Il n'acheva pas et dut porter son mouchoir à son visage. Il avait tenu bon aussi longtemps que possible. Maintenant, il craquait. Alain, par pudeur, détourna la tête, laissant à son beau-frère le temps de se reprendre.

Après, il faudrait qu'il en vienne à l'exécution et il alla d'abord vider son verre. Il n'aimait pas Blanchet. Il ne l'aimerait jamais. Il n'en était pas moins pris de pitié pour lui.

— Que veux-tu savoir, Roland ?

C'était la première fois, ce soir, qu'il l'appelait par son prénom.

— Tu ne le devines pas ? Est-ce que tu... Est-ce que toi et Adrienne...

— Bon ! Fourre ton mouchoir dans ta poche. Essaie, une bonne fois, de ne pas mélanger les sentiments et le sens de ta dignité. Nous allons parler entre hommes. D'accord ?

Il respira profondément et murmura :

— D'accord.

— Avant tout, mets-toi dans la tête que je ne te fais pas du baratin. Ce que je vais te dire est l'exacte vérité, même s'il m'est parfois arrivé de penser autrement. Quand nous nous sommes rencontrés, Chaton et moi, j'ai mis des mois à découvrir que je l'aimais. Elle me suivait comme un toutou. Je m'habituais à l'avoir à mon côté. Lorsque nous nous séparions pour quelques heures, à cause de son travail et du mien, elle trouvait le moyen de me téléphoner. Nous dormions ensemble et, quand je m'éveillais pendant la nuit, je tâtais à mon côté jusqu'à ce que ma main rencontre son corps.

— Je ne suis pas venu te parler de Chaton.

— Attends. Ce soir, je suis lucide. Il me semble que, pour la première fois, je vois les choses comme elles sont. Les vacances sont arrivées. Elle a été obligée d'aller les passer avec ses parents.

— Adrienne était déjà à Paris ?

— Oui, mais je ne m'occupais pas plus d'Adrienne que d'un canari qui se serait trouvé dans la chambre. Chaton est partie pour un mois et, après une semaine, je me sentais déjà déboussolé. Ma main, la nuit, ne rencontrait que le drap. Au restaurant, dans les bars, je me tournais vers la droite et me penchais pour lui parler.

» Cela a été le plus long mois de ma vie. J'ai failli lui téléphoner de rentrer, quoi qu'il arrive.

Son père était professeur de lettres à la Faculté d'Aix-en-Provence. La famille possédait une petite villa à Bandol, où elle se retrouvait chaque été.

Il n'avait pas osé se rendre à Bandol, car il aurait été trop visible.

— Lorsqu'elle est revenue, je n'étais pas encore décidé. Puis, tout à coup, une nuit, dans une boîte de la rive gauche où nous étions avec une bande d'amis, je lui ai demandé si elle voulait m'épouser. Voilà.

— Cela ne m'explique pas...

— Cela explique tout, au contraire. Je ne sais pas si c'est ce qu'on appelle l'amour, mais c'est ainsi que les choses se sont passées. Nous avons mangé de la vache enragée un certain temps. Pas tous les jours. Il y avait les jours fastes et les jours maigres. Elle ne parvenait pas à placer sa copie. Moi, je n'avais pas encore eu l'idée de mon magazine. Quant à Adrienne, elle restait bien sage à étudier dans sa chambre.

— Elle ne sortait pas avec vous ?

— De temps en temps. Nous n'en avions pas tellement envie. Peut-être qu'elle n'en avait pas envie non plus. Elle aimait rester dans son coin, à regarder droit devant elle.

— C'est alors que... ?

— Exactement. C'est alors que cela s'est produit. Bêtement. Par hasard. Je ne pourrais même pas dire si c'est moi ou si c'est elle qui a fait le premier pas. J'étais l'amant de sa sœur. Autrement dit sa sœur avait un homme pour elle seule.

— Tu l'aimais ?

— Non.

— Tu es cynique, lui cracha hargneusement Blanchet.

— Non. Je t'ai prévenu que nous allions parler entre hommes. Elle en avait envie. Peut-être en avais-je envie aussi, ne fût-ce que par curiosité, pour savoir ce qu'il y avait derrière ce visage fermé.

— Tu le sais, à présent ?

— Non... Oui... Je crois qu'elle s'ennuyait...

— De sorte que, depuis sept ans...

— Non. Nous avons continué à nous voir, comme ça, de temps en temps.

— Qu'est-ce que tu appelles de temps en temps ?

— Environ une fois par semaine.

— Où ?

— Peu importe.

— Cela m'importe, à moi.

— Si tu tiens à te créer des images, tant pis pour toi. Dans un studio meublé de la rue de Longchamp.

— C'est sordide.

— Je ne pouvais quand même pas la conduire rue de La Vrillière.

La rue de La Vrillière où Blanchet travaillait, dans le somptueux hôtel de la Banque de France.

— Elle t'a rencontré chez une amie. Tu lui as fait la cour.

— Elle te racontait tout ?

— Je le suppose.

— Elle ne t'a pas demandé conseil, tant qu'elle y était ?

— Peut-être.

— Tu es un ignoble individu.

— Je sais, mais, à ce compte-là, nous sommes un certain nombre de millions sur la terre. Elle t'a épousé.

— Vous vous rencontriez toujours ?

— Plus rarement.

— Pourquoi ?

— Parce qu'elle était devenue maîtresse de maison. Ensuite, elle a été enceinte.

— De qui ?

— De toi, ne crains rien. J'ai pris toutes mes précautions.

— Encore heureux !

— Laisse-moi finir. Je n'en ai jamais parlé à Chaton. Or, il m'arrive assez souvent de lui raconter mes aventures.

— Car tu en avais d'autres en même temps ?

— Je ne suis pas fonctionnaire, moi, et je n'ai pas une réputation à garder intacte. Quand une fille me plaît...

— Tu la prends et tu cours le raconter à ta femme.

— Pourquoi pas ?

— Tu prétends que vous vous aimez !

— Je n'ai rien prétendu de pareil. J'ai dit qu'elle me manquait quand elle n'était pas là.

— Ma femme te manquait aussi ?

— Non. C'était devenu une habitude. Peut-être que chacun avait peur de chagriner l'autre en rompant. C'est arrivé quand même, il y a près d'un an, deux jours avant Noël, le 23 décembre.

— Merci de la précision.

— Je me hâte d'ajouter qu'il ne s'est rien passé entre nous ce jour-là, sinon que nous avons vidé une bouteille de champagne.

— Vous ne vous êtes pas revus ?

— Chez toi, chez moi, au théâtre...

— Pas en tête à tête ?

— Non.

— Tu le jures ?

— Si tu y tiens, bien que je ne comprenne pas ce que ce mot veut dire.

Peu à peu, Blanchet était devenu rouge, puis cramoisi, et il paraissait plus gros, plus mou. Au fond, tous les Blanchet cachaient leur mollesse sous des vêtements bien coupés.

— Comment expliques-tu...

— Tu es sûr que tu ne veux rien boire ?

— Un peu d'alcool, oui.

Il se leva et resta là, debout au milieu du studio, comme un énorme fantôme.

— Tiens !

— Tout cela va se savoir, n'est-ce pas ?

— Je le crains.

— Tu en parleras au juge d'instruction ?

— Je serai obligé de répondre à ses questions.

— Les journalistes s'en doutent ?

— Ils n'y ont pas fait d'allusions directes.

— Je pense aux enfants.

— Non. Si seulement tu pouvais t'habituer à être sincère avec toi-même et à regarder la vérité en face !

— Près d'un an...

— Je te le jure une seconde fois si tu y tiens.

— Je me demande comment Chaton, dans ce cas, a tout à coup décidé de...

— De tuer sa sœur. Parlons net. Je me le demande aussi. Or, elle savait en sortant d'ici qu'elle le ferait. Sinon, elle n'aurait pas emporté mon pistolet, auquel je ne l'ai jamais vue toucher.

Blanchet, après un silence, murmura :

— A moins qu'il y ait quelqu'un d'autre.

Et il lança à Alain un regard sournois dans lequel perçait une certaine satisfaction.

— Tu y as pensé ? insista-t-il.

— Pour autant que je pense encore.

— Si Adrienne avait quelqu'un d'autre...

Alain fit non de la tête. Au contraire de Blanchet ses traits étaient plus nets, plus durs.

— Tu te trompes. Tu prends les choses à l'envers. N'oublie pas que ta femme a couché avec moi parce que, dans son esprit, j'appartenais à sa sœur.

— De sorte que... ?

On aurait dit que le beau-frère imposant commençait à se réjouir. Sa silhouette même se raffermissait.

— C'est fatalement Chaton qui a commencé. Adrienne lui a refait le coup. Seulement, cette fois, Chaton en a eu assez et l'a définitivement écartée.

— Cela ne paraît pas t'émouvoir beaucoup...

Alain le regarda, sans bouger, et Blanchet sentit qu'il venait d'aller trop loin. Il eut peur, un moment, une peur physique, peur qu'on ne le frappe, qu'on ne lui fasse mal...

— Je te demande pardon.

Alain resta encore un instant à sa place, son verre à la main.

— Voilà ! finit-il par laisser tomber.

Puis, en se dirigeant vers le bar :

— Nous avons chacun notre compte.

— Tu en parleras au juge d'instruction ?

— Non.

— Tu disais tout à l'heure...

— Je lui parlerai de ce que je sais. Le reste, ce sont des suppositions et il y arrivera bien lui-même.

— Tu n'as aucune idée...

— De qui cela peut être ? Non.

— Tu voyais pourtant ta femme plus que moi la mienne.

Alain haussa les épaules. Comme s'il prêtait attention à ce que faisait ou ne faisait pas Chaton ! Tout ce qu'il lui demandait, c'était d'être là, près de son coude droit, à portée de sa voix et de sa main.

— Tu crois qu'elle parlera ?

— Elle a refusé de répondre aux questions du commissaire.

— Mais demain ?

— Je n'en sais rien. Personnellement, je me fiche de qui cela peut être.

Ils n'avaient plus rien à se dire. Ils restaient là, à errer dans le vaste studio. Alain, malgré tout ce qu'il avait bu, ne se sentait pas ivre.

— Tu ne rentres pas chez toi ?

— Si. Bien entendu. Mais je doute que je parvienne à dormir.

— Moi, au contraire, je vais m'enfoncer dans le sommeil.

L'autre endossait son pardessus, cherchait son chapeau, hésitait à tendre la main à Alain qui se tenait trop loin de lui.

— A un de ces jours. Ou à demain. Le juge décidera peut-être de nous confronter.

Alain haussa les épaules.

— Essaie que... qu'il ne soit pas trop question d'Adrienne... qu'on ne la juge pas trop durement...

— Bonne nuit.

— Merci.

Il s'en allait gauchement, piteusement, refermait la porte derrière lui et, négligeant de faire monter l'ascenseur, s'engageait dans l'escalier.

Alors, enfin, Alain pouvait se laisser aller à jeter un cri sauvage.

3

Il eut une nuit agitée. Plusieurs fois, il se réveilla à moitié, une fois, non à sa place, du côté gauche du lit, mais à la place de Chaton. Son estomac brûlait et il finit par se lever, à peine conscient, pour aller prendre du bicarbonate de soude dans la salle de bains.

Quand il entendit une voix à son chevet, il faisait à peine jour et la femme de ménage dut lui secouer l'épaule pour l'éveiller. Elle s'appelait Mme Martin. Elle venait tous les matins à sept heures et partait à midi.

Le visage sévère, elle le regardait d'un œil dur.

— Votre café est servi, dit-elle sèchement.

Il n'avait jamais accepté la pitié des gens. Il détestait les attitudes sentimentales. Il se voulait réaliste, cynique, et pourtant ce matin il aurait eu besoin d'un peu de moelleux dans ses relations avec autrui.

Sans passer sa robe de chambre, il entra dans le studio où les lampes allumées luttaient contre la grisaille du dehors. Le monde, au-delà de l'immense baie vitrée, était glauque, les toits mouillés, le ciel, non plus envahi de nuages dramatiques comme la veille, mais d'un gris sombre, uni, immobile.

D'habitude, on voyait tout le panorama de Notre-Dame à la tour

Eiffel. Aujourd'hui le panorama se bornait à quelques toits, à quelques fenêtres éclairées, alors qu'il était huit heures du matin.

Il buvait avidement son café en regardant autour de lui la pièce où chaises et fauteuils avaient repris leur place et d'où les verres et les bouteilles avaient disparu.

Mme Martin allait et venait, faisant le ménage, les lèvres remuant comme si elle parlait toute seule. Elle avait une cinquantaine d'années. Les journaux, qu'elle avait l'habitude de monter, se trouvaient sur une table basse, mais il n'eut pas la curiosité d'y jeter un coup d'œil.

Sans avoir la gueule de bois, il se sentait courbaturé, aussi bien moralement que physiquement, et sa tête restait vide.

— Je préfère vous prévenir tout de suite...

Cette fois, ses lèvres ne remuaient plus sans bruit. Elle parlait.

— ... que c'est la dernière matinée que je travaille ici...

Elle ne s'expliquait pas. Il ne lui demandait d'ailleurs pas d'explications, se versait une seconde tasse de café, grignotait un croissant qui lui empâtait la bouche.

Il finit par s'asseoir près du téléphone, demanda la communication avec Saint-Illiers-la-Ville.

— Allô... Loulou ?...

C'était leur cuisinière, Louise Biran, la femme du jardinier.

— Vous avez lu le journal ?

— Pas encore, mais des gens sont passés...

Elle avait aussi une voix différente.

— Ne croyez pas tout ce qu'on vous dira ni tout ce que les journaux imprimeront. On ne sait encore rien de précis. Comment va Patrick ?

Il avait cinq ans.

— Bien.

— Essayez de le tenir en dehors de cette affaire.

— Je ferai de mon mieux.

— A part ça ?... crut-il devoir ajouter.

— A part ça, rien.

— Puis-je vous demander de me faire encore du café, madame Martin ?

— Vous avez l'air d'en avoir besoin.

— Je me suis couché tard.

— Je m'en suis douté en voyant l'état de l'appartement.

Il alla se laver les dents, fit couler son bain, décida en fin de compte de prendre une douche froide. Il ne savait que faire ni où se mettre. D'habitude, ses mouvements, le matin, suivaient un rythme précis. Il avait oublié de mettre la radio en marche, comme les autres jours, mais il craignit d'entendre parler d'eux.

Il se souvint du long couloir en forme de tunnel au bout duquel il avait remis à un agent la valise destinée à Chaton. Elle devait être levée, elle aussi. On les éveillait probablement très tôt, peut-être dès six heures du matin ?

— Votre café est servi.

— Merci.

Il alla le boire en peignoir de bain, finit par s'approcher des journaux, lut un premier titre :

Une jeune journaliste meurtrière de sa sœur

Puis, en plus petits caractères :

Il s'agit sans doute d'un drame de la jalousie

On voyait une mauvaise photographie de Chaton traversant la cour de la P.J. en se cachant le visage des deux mains.

Il n'eut pas le courage de lire l'article, ni d'examiner les autres journaux du matin. Il s'était levé trop tôt. Les autres jours, il se rendait directement rue de Marignan où il aimait arriver un des premiers afin de dépouiller le courrier.

Il n'avait pas envie de se rendre dans ses bureaux. Il n'avait envie de rien. Pour un peu, il se serait recouché et rendormi. Malgré son hostilité, cela le rassurait d'entendre Mme Martin aller et venir autour de lui.

Qu'est-ce qu'il avait oublié ? Il savait qu'il avait une journée chargée mais il restait indécis, l'esprit brumeux.

Ah ! oui. Un avocat ! Celui qu'il connaissait le mieux, c'était celui qui le conseillait au sujet du magazine et de son affaire de disques. Il s'appelait Helbig, Victor Helbig, et on aurait été bien en peine de deviner ses origines. Il avait un accent qui pouvait être aussi bien tchèque que hongrois ou polonais.

Un drôle de petit homme entre deux âges, gras, luisant, les lunettes épaisses comme des loupes et les cheveux d'un roux ardent.

Il vivait seul dans un logement de la rue des Écoles, entouré d'un fouillis invraisemblable, ce qui ne l'empêchait pas d'être un des civilistes les plus redoutés.

— Allô, Victor ? Je ne t'éveille pas ?

— Tu oublies que mes journées commencent à six heures du matin. Je sais ce que tu vas me demander.

— Tu as lu les journaux ?

— J'en sais assez pour te conseiller Rabut.

Philippe Rabut était l'avocat d'assises qui avait plaidé les affaires les plus retentissantes des vingt dernières années.

— Tu ne crois pas que c'est avouer que le cas est difficile ?

— Ta femme a tué sa sœur, non ?

— Bien entendu.

— Elle ne nie pas ?

— Elle l'a admis.

— Quelle explication donne-t-elle ?

— Aucune.

— Cela vaut mieux.

— Pourquoi ?

— Parce que Rabut lui dictera sa ligne de conduite. Comment cela va-t-il se passer pour toi ?

— Que veux-tu dire ?

— Les lecteurs de ton magazine n'aimeront peut-être pas beaucoup le rôle que tu as joué.

— Je n'ai joué aucun rôle.

— C'est vrai, ça ?

— Cela devrait l'être. Voilà près d'un an que je n'ai pas touché à la sœur.

— Téléphone à Rabut. Tu le connais ?

— Assez bien.

— Bonne chance.

Il dut chercher le numéro de téléphone de Philippe Rabut, qui habitait boulevard Saint-Germain. Il l'avait souvent rencontré à des générales, à des cocktails, à des soupers.

Une voix de femme, nette, presque coupante.

— Ici le cabinet de Me Rabut.

— Alain Poitaud, dit-il.

— Un instant, s'il vous plaît. Je vais voir.

Il dut attendre un certain temps. L'appartement, boulevard Saint-Germain, était vaste. Il y était allé une fois, lors d'une réception. L'avocat ne devait pas encore se trouver dans son cabinet.

— Rabut. Je m'attendais un peu à votre coup de fil.

— J'ai tout de suite pensé à vous. J'ai failli vous appeler hier soir, mais n'ai pas voulu vous déranger.

— Je suis rentré très tard de Bordeaux où j'ai plaidé. Dites donc, l'affaire me paraît assez simple. Ce que je me demande, c'est comment un homme comme vous a pu se fourrer dans cette situation. On ne pourra pas empêcher que cela fasse du bruit. Vous ne savez pas si votre femme a parlé ?

— D'après le commissaire Roumagne, elle s'est contentée d'avouer qu'elle avait tiré, refusant de répondre à toute autre question.

— C'est déjà ça. Et le mari ?

— Vous le connaissez ?

— Je l'ai rencontré.

— Il prétend qu'il ne savait rien. Il a passé une partie de la nuit chez moi.

— Il vous en veut ?

— Il ne sait plus où il en est. Moi non plus.

— Mon vieux, il ne sera pas facile de vous donner un rôle sympathique.

— Ce n'est pas à cause de moi que cela s'est passé.

— Vous n'étiez pas l'amant de la sœur ?
— Je ne l'étais plus.
— Depuis quand ?
— Près d'un an.
— Vous avez raconté cette histoire au commissaire ?
— Oui.
— Il a marché ?
— C'est la vérité.
— Vérité ou non, les gens ne l'avaleront pas.
— Il ne s'agit pas de moi, mais de ma femme. On va l'interroger à nouveau aujourd'hui.
— Certainement...
— Je voudrais que vous acceptiez de la voir.
— J'ai des affaires par-dessus la tête, mais je ne peux pas refuser celle-ci. Quel est le juge d'instruction qui a été désigné ?
— Je l'ignore.
— Vous êtes chez vous ? Restez-y jusqu'à ce que je vous rappelle. Je vais essayer d'apprendre ce qui se passe au Palais.
Il appela son bureau.
— C'est vous, Maud ?
Une des téléphonistes, avec qui il lui arrivait de loin en loin de faire l'amour.
— Comment allez-vous, patron ?
— Comme vous vous en doutez, mon lapin. Boris est arrivé ?
— Il dépouille le courrier. Je vous le passe.
— Allô, Boris ?
— Oui, Alain. Je me suis douté que tu ne viendrais pas au bureau ce matin et je m'occupe du courrier...
Il s'appelait Maleski et Alain en avait fait son rédacteur en chef. Il vivait en banlieue, du côté de Villeneuve-Saint-Georges, avec sa femme et quatre ou cinq enfants. Il était un des rares, à *Toi,* à ne pas faire partie de la bande et à rentrer chez lui après son travail.
— Le canard est sorti ?
— La distribution a commencé.
— Pas de coups de téléphone, ce matin ?
— Cela n'arrête pas. Toutes les lignes sont occupées. Tu as eu de la chance de m'atteindre.
— Qu'est-ce qu'ils disent ?
— Ce sont surtout des femmes. Elles veulent savoir si c'est vrai.
— Si quoi est vrai ?
— Que tu étais l'amant de la sœur, comme les journaux le laissent entendre.
— Je n'ai rien dit de pareil aux reporters.
— Cela ne les empêche pas de conclure.
— Que leur répond-on ?
— Que l'enquête est à peine commencée et qu'on ne sait rien.

Alain montra son désarroi par sa question suivante :

— Que faisons-nous pour le prochain numéro ?

— Rien. Enfin, puisque tu me demandes mon avis, je te le donne. Aucune allusion à l'affaire. Le sommaire tel que prévu.

— Tu as sans doute raison.

— Pas trop secoué ?

— Cela dépend des moments. Il est possible que je passe rue de Marignan au cours de la journée. Je ne me sens pas le courage de rester seul ici.

Il était toujours à chercher ce qu'il s'était proposé de faire. La veille, il lui semblait que sa journée serait si remplie qu'il n'aurait pas le temps de penser, et voilà qu'il se sentait isolé comme dans un phare dans son studio vitré.

Il y avait ses parents. Il s'était promis d'aller les voir. Ils n'habitaient pas loin, place Clichy, depuis près de cinquante ans, mais il se rendait rarement chez eux.

Il faillit sortir, se souvint à temps que Rabut devait lui téléphoner. Alors, il appela la place Clichy. Peu lui importait que Mme Martin entende ses conversations. Désormais, il n'y aurait plus rien de secret, d'intime, car certains journaux ne manqueraient pas d'éplucher sa vie.

— Allô, maman ? C'est moi, oui. J'aurais voulu aller te voir, mais je ne sais pas encore quand j'en aurai le temps. Je suis chez moi. Non. La femme de ménage est encore ici. Elle vient de me donner son congé. Pourquoi ? Tu as lu les journaux ? Et papa ? Il n'a rien dit ? Pas un mot ? Il est dans son cabinet ?

Son père était dentiste et commençait son travail dès huit heures du matin, recevait des clients jusqu'à huit heures du soir, quand ce n'était pas plus tard.

Il était vigoureux, les cheveux gris en brosse, les yeux gris, et il émanait de lui une telle sérénité, il donnait une telle impression de patience et de compréhension que ses malades avaient honte de leurs angoisses.

— Qu'est-ce que tu dis ?... Non, il y a du vrai et du faux. Dans les jours à venir, il y aura sans doute davantage de faux. Je passerai t'embrasser dès que je pourrai. Dis à papa que je pense à lui.

Un torchon à la main, Mme Martin le regardait, surprise, comme si un monstre tel que lui n'aurait dû avoir ni père ni mère.

Que pouvait-il encore faire en attendant ? Il fumait cigarette sur cigarette. Il pensait au Palais de Justice, au Quai des Orfèvres, au Dépôt, à toute la machinerie qui allait se mettre en marche mais qui, pour le moment, le laissait en plan.

Qu'est-ce que les femmes faisaient, là-bas, pendant les heures vides, en dehors des interrogatoires ?

Il était dix heures. Il se précipita sur le téléphone qui sonnait.

— Allô ! C'est moi...

— Je vous passe Me Rabut !

— Allô ! Allô ! Rabut ?

— Bon. Le juge d'instruction a été désigné. C'est Bénitet, un homme assez jeune, trente-cinq ou trente-six ans, qui n'essaie pas de se mettre en valeur et qui se montre consciencieux. Il entendra votre femme à onze heures en ma présence.

— Elle en a fini avec la police ?

— Étant donné qu'elle avoue et qu'il n'y a pas de mystère...

— Et moi ?

— J'ignore quand viendra votre tour. Je le saurai en fin de matinée et je vous le ferai savoir. Il est temps que je me rende au Palais. Où pourrai-je vous toucher ?

— A mon bureau. Si je n'y suis pas, laissez un message à la téléphoniste.

Avait-il fait tout ce qu'il avait à faire ? Pas encore.

— Combien vous dois-je, madame Martin ?

Elle sortit un petit papier de son tablier, avec des chiffres écrits au crayon. Le total se montait à cent cinquante-trois francs. Il lui tendit deux billets de cent francs et elle ne fit pas mine de lui rendre son reste.

— Vous laisserez la clef chez la concierge.

— Dans le cas où vous ne trouveriez personne...

Il descendit à pied. L'escalier était large et c'était dommage de l'avoir abîmé avec ces vitraux qui lui donnaient un air vieillot ou prétentieux. Il n'y avait qu'un appartement par étage. Le troisième était mystérieusement vide. Au second, vivait une famille sud-américaine très riche, avec trois ou quatre enfants, Rolls-Royce et chauffeur. Le mari, après des études en France, avait été pendant plusieurs années à la tête de son pays et un coup d'État militaire l'avait renversé.

Au premier, des bureaux, ceux d'une société de pétroles. Au rez-de-chaussée, un consulat.

La loge était plutôt un salon, la concierge, Mme Jeanne, une dame très digne, dont le mari travaillait dans un ministère.

Elle évitait le regard de son locataire, cherchait une contenance.

— Pauvre madame ! finit-elle par murmurer.

— Oui.

— Dieu sait quand elle rentrera.

— J'espère que ce sera bientôt.

Il s'habituait malgré son horreur de ces attitudes équivoques.

— Dites-moi, madame Jeanne, vous ne connaîtriez pas une femme de ménage, par hasard ?

— Mme Martin vous quitte ?

— C'est ce qu'elle vient de m'annoncer.

— Je la comprends un peu, sans être sûre de l'approuver. Les gens ne pensent pas toujours aux conséquences de leurs actes, n'est-ce pas ? Surtout les hommes.

Il ne protesta pas. Elle ne serait pas la seule à le mettre en accusation, à le considérer comme le vrai coupable. A quoi bon protester ?

— Il y a bien une jeune femme qui ne travaille pas et qui cherche à s'occuper. J'essaierai de la voir dans la journée. Vous n'avez besoin de quelqu'un que le matin, je crois ?

— Peu importe.

— Pour le prix ?...

— Son prix sera le mien.

Une pluie fine continuait à tomber et la plupart des passants avaient un parapluie. Au bout de la rue, les grilles du parc Monceau étaient d'un noir plus prononcé et leurs flèches dorées sans éclat.

En s'approchant machinalement de sa petite auto rouge, il pensa à la voiture de Chaton. Où celle-ci l'avait-elle laissée ? L'auto se trouvait-elle toujours à la porte des Blanchet, rue de l'Université ?

Sans raison précise cela le gêna que la voiture reste ainsi dehors, abandonnée. Il passa sur la rive gauche, s'engagea dans la rue de l'Université. A cinquante mètres de l'hôtel particulier dont Blanchet occupait le premier étage, il l'aperçut, luisante de pluie. Devant la grille de la maison, deux ou trois groupes stationnaient, des curieux, peut-être aussi des journalistes.

Il se dirigea vers la rue de Marignan, s'engouffra dans l'immeuble que ses bureaux avaient grignoté presque en entier après n'en avoir occupé que le dernier étage.

Le rez-de-chaussée comportait les salons et les guichets. Il prit l'ascenseur, en sortit au quatrième, suivit des couloirs où, par les portes ouvertes, on entendait le cliquetis des machines à écrire.

L'immeuble avait été conçu jadis pour des appartements et il avait fallu y dresser des cloisons, en abattre d'autres. On montait des marches, on en descendait, on tournait dans un labyrinthe de couloirs.

De temps en temps, il adressait un salut de la main et il poussa enfin la porte de son bureau où Maleski était installé à sa place.

Un signe de la main pour lui aussi. Il décrochait le téléphone.

— Passez-moi mon garage, mon lapin. Celui de la rue Cardinet, oui. Vous n'avez pas la ligne ? Rappelez-moi aussitôt que possible.

Il y avait, comme toujours, un monceau de lettres et il en parcourut quelques-unes sans trop savoir ce qu'elles disaient.

— Allô, oui. Allô, le garage Cardinet. Benoît ? Ici, Poitaud. Oui. Merci, vieux. La voiture de ma femme est en stationnement rue de l'Université. Non. Un peu plus bas que le ministère. J'ignore si elle a laissé la clef. Dites à votre mécanicien d'emporter ce qu'il faut. Qu'il la ramène au garage. Vous la gardez. Oui. Lavez-la si vous voulez.

Maleski le regardait curieusement. Tout le monde allait le regarder curieusement, quoi qu'il fasse, et il se demandait comment un homme dans son cas devait se comporter.

En première page d'un journal posé sur le bureau, il aperçut une photo de lui, le verre en main, les cheveux défaits.

Le verre était de trop. Cela ne devait certainement pas se faire.

Il s'obligea à traîner dans les bureaux, serrant quelques mains, lançant son habituel :

— Salut, mon lapin.

En apparence, il était plus à l'aise qu'eux, qui ne savaient que lui dire, ni comment le regarder. Il monta tout en haut, dans les mansardes où on avait abattu les cloisons pour en faire la salle des maquettes. Julien Bour, un des photographes, était penché sur une planche à dessin en compagnie d'Agnard, le maquettiste.

— Salut, les enfants.

Il éparpillait les photos d'une pile, des nus pour la plupart, du style particulier que *Toi* avait adopté. Des nus ou des demi-nus chastes.

— Chacun doit s'y reconnaître, expliquait-il jadis à ses premiers collaborateurs.

Dans les textes aussi. Des histoires de tous les jours. Les drames de tout le monde. La première affiche, quelques années plus tôt, sur les murs de Paris : un doigt qui désignait les passants, les passantes : *Toi !*

Un *Toi* énorme, auquel on ne pouvait pas échapper.

— Écoutez-moi bien, mes lapins. Nous n'écrivons pas pour tous, mais pour chacun, et chacun doit se sentir concerné.

Toi... Chez toi... Avec toi... En toi...

Il redescendit et, au moment où il pénétrait dans son bureau, on lui tendit l'écouteur du téléphone.

— Rabut, lui souffla Maleski.

— Allô ! Vous avez des nouvelles ? Elle a parlé ?

— Non. Je ne peux pas m'entretenir avec vous d'ici. Venez à midi et demi à la buvette du Palais, où nous déjeunerons ensemble. Je suis chargé par le juge d'instruction de vous convoquer à une confrontation qui aura lieu à deux heures.

— Avec elle ?

— Bien entendu.

L'avocat raccrocha. Il avait été assez sec, comme de mauvaise humeur.

— Je ne sais pas encore si je viendrai cet après-midi. De toute façon, je ne m'occuperai pas du prochain numéro. Je t'en laisse le soin.

Il descendit lentement. Pendant des années, on lui avait demandé :

— Où cours-tu ?

Car il était toujours pressé et il passait son temps à se précipiter d'un endroit à un autre.

Il se surprenait aujourd'hui à marcher comme tout le monde et même à marcher au ralenti. Ses gestes aussi étaient lents, fût-ce pour allumer une cigarette. Il regarda le bar d'en face, hésita, traversa la rue sous la pluie.

— Double scotch ?

Il fit signe que oui, regarda dehors afin d'éviter de parler au barman. Il avait juste le temps, sans se presser, de se rendre au Palais de Justice et trouver un parking. Paris semblait lourd, maussade. Les autos se suivaient presque au pas. Il fuma deux cigarettes avant d'arriver et finit par se garer assez loin du boulevard du Palais.

Il connaissait la buvette sombre et vieillotte car, à ses débuts, il lui était arrivé d'être chargé des procès. Rabut était déjà un maître du Barreau et, quand il passait rapidement dans les couloirs ou dans la salle des pas perdus, en robe flottante dont les bras battaient comme des ailes, les jeunes avocats et des moins jeunes se rangeaient avec respect.

Il le chercha des yeux parmi les tables où des prévenus libres, qui allaient passer en jugement l'après-midi, discutaient à voix basse avec leur défenseur.

— Vous avez retenu une table ?

— J'attends Me Rabut.

— Par ici.

Près de la fenêtre, comme d'habitude. Il le vit arriver, massif, le cou épais, fonçant dans la cour quasi déserte comme dans le prétoire. Il n'avait pas sa serviette à la main, pas de documents.

— Vous avez commandé ?

— Non.

— Pour moi, ce sera une assiette anglaise et une demi-bouteille de bordeaux.

— La même chose.

Le visage de l'avocat n'était guère souriant.

— Comment est-elle ?

— Calme et dure. Elle n'aurait qu'à se montrer comme ça devant des jurés pour décrocher le maximum.

— Elle a continué à se taire ?

— Lorsque Bénitet lui a demandé si elle reconnaissait avoir tué sa sœur, elle s'est contentée de répondre oui. Il lui a demandé ensuite si, le matin, en prenant le browning dans votre tiroir, son geste était déjà décidé. Elle a dit qu'elle n'était pas encore sûre, que la décision était intervenue plus tard.

On leur apportait les viandes froides, le vin, et ils durent se taire quelques instants.

— Bénitet est un garçon patient, bien élevé. Il l'a traitée avec beaucoup d'indulgence. Je me demande si, à sa place, je ne l'aurais pas giflée.

Alain attendait la suite en silence, mais un éclair de colère venait de passer dans ses yeux sombres. Il connaissait Rabut, sa brutalité, qui était pour une bonne part dans ses succès de prétoire.

— J'ignore comment elle s'y est prise, mais elle avait l'air de sortir de chez son coiffeur. Pas un cheveu ne dépassait. Elle paraissait fraîche, reposée, son tailleur sans un faux pli.

Un tailleur vert, qu'elle s'était fait faire trois semaines plus tôt. Elle était partie après lui, la veille, de sorte qu'il ignorait un instant plus tôt comment elle était habillée.

— Elle était là comme en visite. Vous connaissez les vieux locaux, ceux d'en haut, qui n'ont pas encore été modernisés ? C'est là que Bénitet a son cabinet. Tout y est poussiéreux. Les dossiers s'empilent par terre jusqu'à mi-hauteur du mur.

» Elle, là-dedans, avait l'air d'une dame en visite, d'une dame qui craint de se salir.

» Il lui a demandé avec insistance la raison de son geste. Elle s'est contentée de répondre :

» — J'ai toujours détesté ma sœur.

» Bien entendu, il lui a fait remarquer que ce n'était pas une raison pour la tuer et elle a répliqué :

» — Cela dépend.

» Je réclamerai une expertise psychiatrique. Malheureusement, il n'y a aucune chance pour qu'elle soit folle.

Alain intervint, hésitant :

— Chaton a toujours été un peu fantasque. Je lui disais parfois qu'elle était imprévisible. Comme un jeune chat qui ronronne près du feu et qui s'élance soudain, sans raison, à l'autre bout de la pièce. C'est pour cela que je l'ai surnommée Chaton.

Rabut le regardait sans broncher, tout en mastiquant un morceau de bœuf froid.

— Cela ne prendra pas, se contenta-t-il de laisser tomber comme si son interlocuteur venait de dire une bêtise. Le juge a voulu savoir si elle avait agi par jalousie et elle n'a pas bronché, n'a même pas entrouvert les lèvres. Dès ce moment-là, on n'a rien pu lui tirer de plus que ce silence qui, à la fin, devenait presque méprisant.

Il prit une nouvelle bouchée. Alain mangeait aussi, sans regarder autour de lui. L'univers n'avait jamais été aussi petit et la table voisine faisait déjà partie d'un autre monde.

— Ce qui sera le plus dur à avaler, c'est ce qui s'est passé après. Votre femme une fois en route pour sa cellule...

— On lui a passé les menottes ?

— Dans les couloirs, oui. C'est la règle. Je suis resté seul un moment avec Bénitet. Il venait de recevoir le rapport du médecin légiste. Adrienne Blanchet n'est pas morte sur le coup, mais a survécu plusieurs minutes, de quatre à cinq...

Alain ne comprenait pas encore. Le verre à la main, il regardait l'avocat avec impatience.

— Vous savez sans doute que la nurse, qu'ils appellent Nana, mais dont le vrai nom est Marie Poterat, se trouvait dans la pièce voisine avec les enfants. Elle a d'abord entendu des éclats de voix et elle a eu la bonne idée d'emmener le garçon et la fille à la cuisine...

» Au moment où elle s'engageait dans le couloir, elle a entendu les coups de feu. Le garçon voulait courir voir. Elle les a entraînés presque de force et les a confiés à la cuisinière.

Alain, qui connaissait les lieux et les personnages, reconstituait machinalement la scène.

— Vous n'ignorez pas que la cuisine est située à l'autre bout de l'appartement. A voix basse, la nurse a expliqué à la cuisinière de ne pas laisser sortir les enfants.

» Je suis persuadé, connaissant Bénitet, qu'il enverra un inspecteur pour minuter ces allées et venues. En arrivant à la porte de la chambre, Marie Poterat n'est pas entrée tout de suite, mais a écouté. N'entendant plus rien, elle a hésité, puis s'est décidée à frapper.

» Personne n'a répondu. Mettons trois minutes en tout. Or, quand elle est entrée, votre femme était debout, le visage contre la vitre, sa sœur étendue par terre, moitié sur le tapis, moitié sur le parquet, à un mètre de la coiffeuse. Les lèvres entrouvertes laissaient échapper un léger gémissement.

Et Rabut concluait, en piquant un morceau de jambon du bout de sa fourchette :

— Allez plaider ça ! Elle tire sur sa sœur. Bon ! Encore aurait-il mieux valu que ce ne soit pas sa sœur. N'importe qui, mais pas sa sœur. Les gens croient encore à la voix du sang, à Caïn et Abel.

» La jalousie, d'accord. C'est facile. Mais abattre sa sœur et la laisser agoniser pendant quatre ou cinq minutes sans lui porter assistance et sans appeler à l'aide...

» Or, on ne peut pas empêcher Marie Poterat de venir à la barre où elle sera le témoin principal.

» On lui fera décrire la mourante, puis la meurtrière debout à la fenêtre.

Alain avait baissé la tête, ne trouvant rien à dire. Rabut avait raison, certes, et pourtant ce n'était pas vrai.

La vérité, il ne la connaissait pas plus que les autres, mais peut-être commençait-il à l'entrevoir.

— Depuis quand étiez-vous l'amant de la sœur ?

— Je ne l'étais plus.

— Pendant combien de temps l'avez-vous été ?

— Environ sept ans. Pas comme vous croyez. Il y avait entre nous une sorte d'amitié tendre.

— Arrêtez ! Vous couchiez ensemble, oui ou non ?

— Nous couchions.

— Où ?

— Dans un studio meublé de la rue de Longchamp.

— Mauvais.

— Pourquoi ?

— D'abord, les braves gens se méfient de ces endroits-là, qu'ils considèrent comme louches et qui s'associent, dans leur esprit, à la notion de vice.

Alain faillit protester :

— C'était tellement innocent !

Il n'était pas certain que Rabut lui-même comprendrait.

— Quand y êtes-vous allés pour la dernière fois ?

— Le 23 décembre de l'année dernière. Voilà donc près d'un an.

— Votre femme savait ?

— Non.

— Elle est très jalouse ?

— Elle ne disait rien quand je couchais par-ci par-là.

— Vous lui en parliez ?

— Quand cela se présentait.

— Elle n'a jamais soupçonné vos relations avec sa sœur ?

— Pas à ma connaissance.

Ils se regardèrent en silence. Les choses menaçaient de se passer comme la veille avec son beau-frère.

— Vous envisagez qu'il pourrait y avoir quelqu'un d'autre ?

— J'ai bien dû y arriver.

— C'est à vous, maintenant, que je demande si vous avez des soupçons.

— Aucun.

— Vous passiez beaucoup de temps ensemble, votre femme et vous ?

— Le matin, je partais le premier. Il lui arrivait d'avoir un article à écrire et elle le faisait à la maison. Elle téléphonait aussi aux Nonnettes, notre maison de campagne, pour parler à notre fils.

— Quel âge ?

— Cinq ans.

— Bon, ça. Bon ou mauvais. Cela dépend. Ensuite ?

— Presque toujours, vers onze heures, elle me téléphonait au bureau pour me demander où je déjeunais et, la plupart du temps, elle me rejoignait au restaurant.

— Ensuite ?

Il avait repoussé son assiette, allumé une pipe.

— Elle avait le plus souvent des rendez-vous. Sa spécialité était d'interviewer les personnalités de passage. Pas de courts reportages, souvent de véritables études qui paraissaient en plusieurs fois. Après, elle me téléphonait à nouveau, ou elle venait me rejoindre au *Clocheton*, notre bar de la rue de Marignan. Nous y étions toujours une dizaine de copains entre sept et huit heures.

— Vous dîniez seuls ?

— Rarement.

— Vous rentriez tard ?

— Pratiquement jamais avant une heure du matin, plus souvent à deux ou trois heures.

Rabut prononça, comme un constat d'expert :

— Pas de vie de famille. Les jurés, même s'ils se permettent toutes les frasques imaginables, en ont une. Il suffit de parler de la soupe du soir pour les émouvoir.

— Nous ne mangions jamais de soupe, répliqua froidement Alain.

— Votre femme, dès demain, sera transférée à la Petite Roquette. J'irai l'y voir. Vous pourrez, vous aussi, demander une autorisation de visite, mais je doute qu'à ce point de l'instruction elle vous soit accordée.

— Que disent les journaux ?

— Vous ne les avez pas lus ? Pour le moment, ils restent prudents. Vous êtes une personnalité parisienne et ils n'osent pas y aller trop fort. D'autant plus que votre femme est journaliste aussi.

Ils restèrent encore une dizaine de minutes à la buvette, traversèrent la cour et gravirent le perron. Dans le couloir du Parquet, des prisonniers attendaient devant les portes numérotées, menottes aux poignets, entre deux gardes.

En face d'une des portes, vers le fond, on apercevait un groupe de photographes et de journalistes.

Rabut haussa les épaules.

— Il fallait s'y attendre.

— Hier, je les ai eus chez moi.

— Je sais. J'ai vu les photos.

Quelques flashes, un remous, deux ou trois coups frappés à la porte par l'avocat qui entra d'autorité et fit passer Alain devant lui.

— Excusez-moi, mon cher. J'ai voulu éviter que la rencontre ait lieu devant votre porte en présence des journalistes et des photographes. Je crains que nous ne soyons en avance.

— De trois minutes.

Le juge s'était levé et leur désignait des chaises. Le greffier, lui, installé au bout de la table, n'avait pas bougé.

Le magistrat était blond, d'apparence sportive, d'un tempérament calme. Il portait un complet gris fort bien coupé et une chevalière ornait une main longue et soignée.

— Vous avez mis M. Poitaud au courant ?

— Nous avons déjeuné ensemble à la buvette.

— Je m'excuse, monsieur Poitaud, de vous infliger une confrontation qui vous sera peut-être pénible, mais je m'y vois obligé.

Alain fut surpris de se trouver soudain la gorge nouée, la voix rauque.

— Je serai heureux de revoir ma femme.

C'était déjà si loin ! Il lui semblait qu'il y avait un temps infini qu'ils s'étaient quittés et il avait de la peine à évoquer ses traits exacts.

Pourtant, cela ne datait que de la veille. Quand Mme Martin était venue lui toucher l'épaule, il s'était levé, puis, dans le studio, il avait pris son café et mangé deux croissants tout en parcourant les journaux. Les gros titres étaient sur la tempête qui sévissait sur la Manche, sur deux chalutiers coulés, la digue rompue en Bretagne, l'eau qui envahissait les caves dans certaines villes côtières.

Il s'était habillé comme les autres matins et, quand il s'était penché sur Chaton, toute chaude dans les draps, elle avait entrouvert les paupières.

— A tout à l'heure. Tu me téléphones ?

— Pas ce matin, je te l'ai dit hier. J'ai un rendez-vous au *Crillon*, où je dois déjeuner.

— L'après-midi, alors ?

— L'après-midi.

Il lui avait souri en lui tapotant les cheveux. Avait-elle souri en retour ? Il ne parvenait pas à s'en souvenir.

— Cigarette ?

— Merci.

Il en prenait une, machinalement. C'était embarrassant d'attendre et ils ne pouvaient guère commencer une conversation banale.

Heureusement qu'on frappait à la porte. Ils se levaient tous les trois, le greffier seul restant vissé à sa chaise. Chaton entrait, entre deux gardes qui refermaient la porte au nez des photographes et qui lui retiraient les menottes.

— Vous pouvez attendre dehors.

Ils n'étaient pas à plus de deux mètres l'un de l'autre. Elle portait son tailleur vert pâle, un chemisier à fines broderies et, sur ses cheveux bruns, une curieuse calotte du même tissu que le costume.

— Veuillez vous asseoir.

C'était le juge d'instruction qu'elle avait regardé le premier, puis l'avocat. Enfin, son regard s'était posé sur le visage de son mari.

Il sembla à Alain que plusieurs expressions passaient tour à tour, très vite, dans les yeux de sa femme, d'abord de la surprise, peut-être de le voir les traits durcis, le regard fixe, puis un rien d'ironie, il en était sûr, un rien d'affection aussi, ou de camaraderie.

Elle murmura, avant de saisir le dossier d'une chaise :

— Je m'excuse de t'attirer tous ces ennuis.

Il ne broncha pas, ne trouva rien à dire et s'assit, avec seulement, entre eux, l'avocat qui se tenait en retrait.

Le juge semblait désarçonné par les mots qu'elle venait de prononcer et prenait le temps de réfléchir avant de parler.

— Dois-je comprendre, madame, que votre mari n'est pour rien dans ce qui s'est passé rue de l'Université ?

Rabut s'agita sur sa chaise, craignant la réponse.

— Je n'ai rien à ajouter à ce que j'ai dit.

— Vous aimiez votre mari ?

— Je suppose.

Elle ne le regardait pas et semblait chercher des yeux une cigarette. Les trois hommes fumaient autour d'elle. Bénitet comprit et lui tendit son paquet.

— Vous étiez jalouse ?

— Je ne sais pas.

— Votre mari, à votre connaissance, a-t-il eu des rapports intimes avec votre sœur ?

Pour la première fois, elle se tourna vers Alain, très à son aise, pour murmurer :

— Il doit le savoir mieux que moi.

— C'est à vous que j'ai posé la question.

— Je n'ai rien à répondre.

— A quel moment l'idée de tuer votre sœur vous est-elle venue pour la première fois ?

— Je l'ignore.

— Hier matin ? Je vous rappelle qu'avant de quitter votre appartement, vous avez pris dans le tiroir de votre mari une arme qui s'y trouvait.

— Oui.

— Dans quel but ?

Elle répéta :

— Je n'ai rien à répondre.

— Vous recommencez comme ce matin.

— J'ai l'intention de garder la même attitude.

— Pour ménager quelqu'un ?

Elle se contenta de hausser les épaules.

— Il s'agit de votre mari ?

Une fois encore, les mêmes mots :

— Je n'ai rien à répondre.

— Vous regrettez votre geste ?

— Je ne sais pas.

— Vous le referiez ?

— Cela dépend.

— De quoi ?

— Peu importe.

— Je me demande, maître, si vous n'auriez pas de conseils à donner à votre cliente.

— Cela dépendra de ce qu'elle me dira lorsque je la verrai en tête à tête.

— Vous la verrez demain aussi longtemps que cela vous paraîtra utile.

Il écrasa le bout de sa cigarette dans un cendrier réclame.

— Vous, monsieur Poitaud, je vous autorise à poser à votre femme les questions que vous jugerez bon de lui poser.

Alain redressa la tête, regarda le visage tourné vers lui. Elle attendait, simplement, sans trahir aucune émotion.

— Écoute, Chaton...

Il n'en disait pas plus. Il n'avait rien à dire lui non plus. Il avait voulu prononcer ce mot, un peu comme une incantation, espérant provoquer une petite étincelle.

Ils restèrent de longues secondes à se regarder, elle à attendre patiemment, lui à chercher des mots qu'il ne trouvait pas.

Cela ressemblait à ce jeu d'enfant où les deux partenaires se regardent pour savoir qui sourira ou rira le premier.

Ils ne sourirent ni l'un ni l'autre. Personne ne rit. Alain céda et se tourna vers le magistrat.

— Non. Pas de questions.

Ils étaient tous gênés, sauf elle. Le juge, à regret, pressait un timbre électrique. On entendait une sonnerie de l'autre côté de la porte qui s'ouvrait.

— Reconduisez Mme Poitaud à sa cellule.

Car elle était encore madame. Bientôt, elle serait la prévenue avant de devenir enfin l'accusée.

Alain remarqua qu'il faisait sombre, qu'on aurait dû allumer les lampes. Il entendit le claquement des menottes, le bruit des hauts talons sur le plancher, les flashes des photographes.

La porte refermée, Rabut dut ouvrir la bouche, car le juge d'instruction lui demanda :

— Vous vouliez dire quelque chose, maître ?

— Non. Je la verrai demain.

Quand ils sortirent, les journalistes avaient disparu et le couloir était presque désert.

4

Il était là, seul dans le crachin, devant les grilles du Palais de Justice, sans savoir où aller. Il refusait d'admettre son désarroi, s'efforçait de croire qu'avec un peu de temps, un crayon et du papier, il parviendrait à mettre de l'ordre dans ses idées.

Il s'était voulu cynique, dès l'enfance, dès le lycée, où il avait déjà sa petite bande à lui, et quand il avait raté son bachot il avait affecté de s'en réjouir.

— Ce sont les cons qui décrochent les diplômes !

Il traversa la chaussée, entra dans un bar.

— Whisky... Double...

Une habitude qu'il avait prise et que les copains avaient adoptée. La plupart buvaient un peu moins que lui, parce qu'ils tenaient moins bien le coup, ou parce qu'ils étaient malades le lendemain.

Ce n'était pas un bar à whisky. Il n'y en avait qu'une bouteille sur l'étagère. Les clients, autour de lui, buvaient du café ou un coup de blanc.

— Il faut pourtant que tu choisisses un métier, Alain.

Combien de fois sa mère le lui avait-elle répété ? Il traînait dans les rues, dans les cafés. Parfois, il était aussi angoissé qu'elle, mais mettait son point d'honneur à ne pas le montrer.

— Je n'accepterai jamais une vie d'esclave.

Comme son père, qui passait douze ou quatorze heures par jour à tripoter des dents malades.

Comme son grand-père paternel, qui avait été médecin de campagne jusqu'à ce que, à soixante et onze ans, il meure d'une crise cardiaque au volant de sa vieille auto.

Comme son autre grand-père, le confiseur, qui, sa vie durant, avait confectionné des bonbons et des caramels dans une pièce basse et surchauffée tandis que sa femme s'agitait derrière un comptoir.

— Il existe deux sortes de gens, vois-tu, maman : ceux qui se laissent fesser et ceux qui fessent les autres.

Il avait ajouté avec défi :

— Moi, je fesserai les autres.

Après six mois dans la rue, il s'était engagé dans l'armée et il avait vécu trois ans en Afrique.

Il fallait qu'il monte place Clichy pour prendre contact avec sa mère et son père. Son père ne l'avait jamais contrarié. Il le laissait faire, comprenant sans doute que toute intervention ferait d'Alain un révolté.

Pourquoi Chaton lui avait-elle demandé pardon ? C'était la seule phrase qu'elle lui avait adressée. Elle n'était pas émue.

Il faillit commander un second verre. C'était trop tôt. Il sortit du café et se dirigea vers sa voiture parquée assez loin.

Il se glissa derrière le volant, mit en marche. Pour aller où ? Il connaissait tout le monde, appelait des centaines de gens mon lapin. Il était un homme arrivé, qui gagnait beaucoup d'argent. Il avait toujours su qu'il ne serait pas un fessé.

Toi tirait à un million d'exemplaires. Les disques partaient bien. Il préparait un magazine pour les jeunes, entre dix et quinze ans.

A qui, en ce moment, aurait-il pu aller parler, parler à cœur ouvert ? Et, d'abord, avait-il envie de parler à cœur ouvert ? Avait-il réellement envie de comprendre ?

Il se retrouva rue de Marignan, parce qu'il avait besoin d'être entouré de gens qui dépendaient de lui. C'est ce qu'il appelait les copains. A Chaton aussi, il avait donné un nom, un peu comme, au Far West, on marque le bétail au fer rouge. A Adrienne aussi.

Quelque chose avait craqué, il ne savait pas au juste quoi, et il commençait à avoir peur.

Dans le hall, on faisait la queue devant un guichet, surtout des femmes. Elles venaient pour le concours. Il fallait toujours un concours pour tenir les lectrices en haleine et alors on en faisait ce qu'on voulait.

Il monta à pied. Seul le premier étage n'était pas à lui et était occupé par une affaire d'import-export. Il avait racheté le bail. Dans six mois, il disposerait de l'immeuble entier qu'il projetait de transformer.

Il avait trente-deux ans.

Qui lui avait parlé des Nonnettes ? Qui lui avait demandé s'il vivait parfois avec Chaton une existence familiale ?

Jamais ! Dans la vieille bâtisse, mi-ferme, mi-manoir, qu'ils avaient aménagée, c'était la foire chaque week-end et on ne savait pas toujours en se levant qui était couché dans tel lit ou sur tel divan.

— Salut, Boris.

Maleski l'observait comme pour découvrir jusqu'à quel point il tenait le coup.

— Ton beau-frère a téléphoné. Il demande que tu le rappelles.

— Chez lui ?

— Non. Au bureau.

— C'est un solennel imbécile.

Il l'avait déjà dit. Il détestait les personnages solennels. Les imbéciles l'irritaient.

— Passe-moi la Banque de France, mon lapin. La haute direction, oui, rue de La Vrillière. Tu demanderas mossieu Blanchet.

Gagnon, le secrétaire de rédaction, entrait, des papiers à la main.

— Je vous dérange ?

— Pas du tout. C'est pour moi ?

— Je voulais montrer à Boris un article qui m'inquiète un peu.

Cette semaine, Alain s'en désintéressait. On était jeudi, le jeudi 19 octobre. C'était facile de s'en souvenir puisque tout avait commencé le mercredi 18. La veille. A cette heure-ci, il était assis à son bureau, à la place occupée par Boris, puis il était parti pour l'imprimerie, avenue de Châtillon, et rien n'était plus important à ses yeux que le numéro de *Toi* qui allait sortir.

— Vous avez M. Blanchet à l'appareil.

Il poussa un bouton.

— Ici, Alain.

— Je t'ai appelé parce que je me demande que faire. Le père d'Adrienne est arrivé à Paris. Il est descendu à l'*Hôtel Lutétia.*

Comme tout bon intellectuel de province ou de l'étranger !

— Il voudrait nous voir tous les deux.

— Pourquoi tous les deux ?

— Il s'agit de ses deux filles, non ?

Une morte, l'autre en prison !

— Je l'ai invité, à tout hasard, à dîner chez moi ce soir, car nous ne pouvons guère aller au restaurant. Je lui ai dit que je confirmerai le rendez-vous après avoir pris contact avec toi.

— Quelle heure ?

— Vers les huit heures.

Il y eut un silence.

— On ramène le corps d'Adrienne demain matin. Les obsèques pourront avoir lieu samedi.

Il n'avait pas pensé aux obsèques.

— D'accord pour ce soir.

— Tu l'as vue ?

— Oui.

— Elle n'a rien dit ?

— Elle m'a demandé pardon.

— A toi ?

— Cela te surprend peut-être, mais c'est comme ça.

— Qu'est-ce que le juge en pense ?

— Il ne m'a pas confié son opinion.

— Et Rabut ?

— Pas très content.

— Il accepte de la défendre ?

— Du moment qu'on parle de lui...

— A ce soir.

— A ce soir.

Il regarda Boris et Gagnon qui discutaient l'article à mi-voix, faillit choisir une des dactylos ou des téléphonistes avec qui il avait déjà couché pour aller faire l'amour n'importe où.

Les gens ont des idées préconçues et la fille serait capable de refuser.

— A tout à l'heure ou à demain.

Il n'était que quatre heures. Il entra au *Clocheton.*

— Double ?

Il n'avait pas envie de boire. C'était machinal.

— Eh ! oui, mon lapin.

— Vous l'avez vue ?

Le barman connaissait Chaton, bien sûr. Tout le monde connaissait Chaton, à force de la voir un peu à droite de son coude.

— Il y a moins d'une heure.

— Elle n'est pas trop abattue ?

— Il ne lui manque qu'un bon whisky.

L'autre ne savait pas s'il devait sourire ou non. Alain l'avait-il choqué ? Tant pis ! C'était son habitude de choquer les gens, exprès. Ou, plutôt, il l'avait fait exprès pendant tant d'années que cela lui était devenu naturel.

— On dirait que la pluie va cesser.

— Je n'avais pas remarqué qu'il pleuvait.

Il passa un quart d'heure accoudé au bar, s'installa une fois de plus dans sa voiture et remonta les Champs-Élysées sous un ciel qui, en effet, s'éclaircissait, devenant d'un vilain jaune, un jaune furoncle.

Il prit l'avenue Wagram, le boulevard de Courcelles. Il ne tourna pas à gauche pour rentrer chez lui et gara l'auto tout en haut du boulevard des Batignolles.

Les enseignes lumineuses venaient de s'allumer. Il connaissait la place Clichy sous tous ses aspects, noire de passants qui s'engouffraient ou sortaient des bouches du métro, ou déserte à six heures du matin, livrée aux balayeurs et aux clochards, sous le soleil, sous la neige, sous la pluie, en hiver, en été, en n'importe quoi.

Il la connaissait jusqu'à l'écœurement pour l'avoir vue de sa fenêtre pendant dix-huit ans. Dix-sept, car la première année, il était trop petit pour atteindre la fenêtre et il ne marchait pas encore.

Il s'engagea dans l'allée, entre un bistrot et un marchand de chaussures. Un panneau qu'on n'avait jamais changé annonçait :

Oscar Poitaud
Chirurgien-dentiste
(2e étage à droite)

Chaque jour, en revenant de la Maternelle, d'abord, puis de la Communale, enfin du lycée, il avait trouvé ce panneau sur son chemin et il n'avait pas huit ans quand il s'était juré de ne jamais être dentiste, quoi qu'il advienne.

Il se méfiait de l'ascenseur qui tombait en panne une ou deux fois par semaine, restant avec ses occupants entre deux étages.

Il gravit le vieil escalier sans tapis, passa devant l'entresol où travaillait un pédicure, puis devant le premier étage où chaque pièce servait de bureau à une affaire différente. Des affaires minables, frisant l'escroquerie.

Aussi loin que remontaient ses souvenirs, il y avait eu au moins un usurier dans l'immeuble, pas toujours le même, ni au même étage.

Il n'était pas ému. Son enfance ne l'attendrissait pas, au contraire ! Il la détestait, son enfance, aurait voulu l'effacer comme au tableau noir.

Il n'en voulait pas à sa mère. Elle lui était presque aussi étrangère que ses tantes qu'il voyait autrefois une fois par an, pendant les vacances, quand on allait visiter la famille à Dijon.

Du côté de sa mère, c'étaient des Parmeron, le nom, agrémenté du prénom Jules, qu'on lisait au-dessus de la confiserie. Les tantes étaient toutes du même calibre, petites et râblées, avec des visages sérieux, des demi-sourires un peu sucrés.

Il entra dans la salle à manger qui servait de salon. Le vrai salon était réservé aux patients qui attendaient. Il reconnaissait l'odeur, entendait la fraise bourdonner dans le cabinet de son père.

Sa mère portait un tablier qu'elle retirait prestement quand elle allait ouvrir la porte. Il se pencha pour l'embrasser sur les deux joues, car il était beaucoup plus grand qu'elle.

Elle n'osait pas le regarder en face, marmonnait en entrant dans la salle à manger au lourd mobilier :

— Si tu savais comme je me fais du mauvais sang !

Il faillit répliquer :

— Et moi donc !

Ce ne serait pas gentil.

— Ce matin, après avoir vu la première page du journal, ton père n'a pas pu finir son petit déjeuner.

Au moins, lui, il était bouclé dans son cabinet, avec un client tous les quarts d'heure.

— Rincez-vous la bouche... Crachez...

Il lui arrivait, gamin, de coller l'oreille à la porte.

— Vous allez me faire mal ?

— Mais non ! Si vous n'y pensez pas, vous n'aurez pas mal.

Alors ? Il suffisait qu'Alain ne pense pas.

— Comment cela a-t-il bien pu arriver, Alain ? Une personne qui paraissait si douce !

— Je ne sais pas, maman.

— Tu crois qu'elle était jalouse ?

— Elle n'en avait pas l'air.

Elle le regardait enfin, craintive, comme si elle avait peur de le trouver changé.

— Tu ne parais pas trop fatigué.

— Non. Tu sais, cela ne fait jamais qu'un jour.

— Ils sont allés te l'annoncer au bureau ?

— Chez moi. Un inspecteur m'attendait. Il m'a conduit au Quai des Orfèvres.

— Tu n'as rien fait, n'est-ce pas ?

— Ils avaient néanmoins des questions à me poser.

Elle se dirigeait vers le buffet pour y prendre une bouteille de vin entamée, un verre à pied. C'était la tradition. Quand n'importe qui venait la voir.

— Tu te souviens, Alain ?

— De quoi, maman ?

Un des tableaux, terne et plat, représentait des vaches dans un pré, près d'une barrière rustique.

— De ce que je te répétais toujours. Tu n'as voulu en faire qu'à ta tête. Tu n'as jamais appris un vrai métier.

Il préféra ne pas lui parler du magazine, qu'elle considérait comme une œuvre du diable.

— Ton père ne dit rien, mais il doit regretter sa faiblesse. Il te laissait trop libre et me disait pour s'excuser :

» — Tu verras qu'il trouvera son chemin tout seul...

Elle renifla, s'essuya les yeux du coin de son tablier. Il s'était assis sur une des chaises à fond de cuir gaufré tandis qu'elle restait debout. Elle restait toujours debout.

— Que va-t-il arriver maintenant, à ton avis ?

— Il y aura un procès.

— On parlera de toi ?

— Il faudra bien.

— Dis-moi, Alain. Ne me mens pas. Tu sais que je reconnais quand tu mens. C'est de ta faute, n'est-ce pas ?

— Que veux-tu dire ?

— Tu avais des relations avec la sœur et, quand ta femme l'a découvert...

— Non, maman. Je n'y suis pour rien.

— Il y avait quelqu'un d'autre ?

— Peut-être.

— Quelqu'un que tu connais ?

— C'est possible. Elle ne me l'a pas dit.

— Tu ne penses pas qu'elle est un peu folle ? A ta place, j'exigerais qu'elle soit examinée par un spécialiste. Elle était douce, gentille. Au fond, je l'aimais bien et elle paraissait très attachée à toi. Néanmoins, j'ai toujours soupçonné qu'il y avait quelque chose.

— Quoi ?

— C'est difficile à dire. Elle n'était pas comme tout le monde. Une de mes belles-sœurs, Hortense, que tu n'as pas connue, était comme ça, avec le même regard, les mêmes gestes, et on a dû l'enfermer dans un asile.

Elle tendait l'oreille.

— Reste ici. La cliente va sortir. Ton père prendra le temps de t'embrasser avant de faire entrer la suivante.

Elle se dirigea vers le palier. Quand elle revint un peu plus tard, elle était suivie d'un homme carré, aux cheveux gris coupés en brosse.

Il n'embrassa pas son fils. Même enfant, il l'embrassait rarement. Il lui mit les deux mains sur les épaules et le regarda dans les yeux.

— C'est dur ?

Alain s'efforça de sourire.

— Je tiendrai le coup.

— Tu ne te doutais de rien ?
— De rien...
— Tu l'as revue ?
— Tout à l'heure, dans le cabinet du juge.
— Que dit-elle ?
— Elle refuse de répondre aux questions.
— Il n'y a aucun doute que ce soit elle ?
— Aucun doute.
— Tu as une idée ?
— J'aime mieux ne pas chercher.
— Et le mari ?
— Il est venu me voir hier au soir.
— Ses parents ?
— Son père est arrivé à Paris. Je dîne avec lui tout à l'heure.
— C'est un homme bien...

Les deux hommes ne s'étaient rencontrés que trois ou quatre fois, mais ils avaient tout de suite sympathisé.

— Je te souhaite bon courage, fils. Inutile de te dire que la maison t'est ouverte, que nous sommes là. Je dois retourner à l'usine.

C'est ainsi qu'il appelait son cabinet. Il tapotait encore une fois l'épaule d'Alain, se dirigeait vers la porte, dans sa blouse blanche qui lui battait les mollets. Pourquoi avait-il toujours choisi ses blouses trop longues ?

— Tu as vu. Il ne dit rien, mais il est bouleversé. Les Poitaud n'ont jamais montré leurs sentiments. Tout petit, tu refusais de pleurer devant moi.

Le vin rouge lui tournait sur le cœur et il arrêta le geste de sa mère qui voulait lui en verser un second verre.

— Merci. Il faut que je m'en aille.
— Tu as quelqu'un pour prendre soin de toi ?
— La femme de ménage.
— Il est vrai que tu manges au restaurant. Cela ne te détraque pas l'estomac ?
— Il tient bon.

Il se leva, la tête à hauteur du lustre, se pencha vers sa mère et l'embrassa sur les deux joues. Il allait atteindre la porte quand il se ravisa.

— Écoute, maman. Je ne peux pas t'empêcher de lire les journaux. Surtout, ne te laisse pas affecter par ce qu'ils écriront. Ce n'est pas toujours la vérité, j'en sais quelque chose. A un de ces jours.

— Tu nous tiendras au courant ?
— Promis.

Il descendit l'escalier raide. C'était fait. Il le leur devait. Un véritable brouillard, à présent, montait du pavé mouillé, auréolant les lampadaires et les enseignes lumineuses.

Un gamin courait, un paquet de journaux sur le bras, sans qu'il eût la curiosité d'en acheter un.

Il fallait bien aller quelque part. Il fallait être quelque part. Mais où ?

Tous marchaient vite, autour de lui, se dépassaient, se bousculaient, comme s'ils avaient un but à atteindre de toute urgence. Il restait debout au bord du trottoir, dans l'air humide, allumait une cigarette.

Pourquoi ?

C'est un valet de chambre, Albert, en veste blanche de barman, qui lui prit son pardessus et l'introduisit au salon. Blanchet s'y tenait debout, seul, vêtu d'un complet noir. Il avait dû croire que c'était son beau-père qui arrivait et son regard changea quand il vit Alain.

— On dirait que je suis le premier.

Il marchait avec une certaine raideur, car il avait beaucoup bu en fin d'après-midi. Ses yeux étaient brillants, rougeâtres, ce qui n'échappa pas à Blanchet.

— Assieds-toi.

Le salon était trop haut de plafond, trop vaste pour eux deux. Les meubles anciens devaient venir du Mobilier National et l'immense lustre de cristal ne parvenait pas à éclairer les coins de la pièce.

Ils se regardaient sans se serrer la main.

— Il ne va pas tarder à arriver.

Il arrivait, par bonheur. On entendait la sonnerie, le pas d'Albert, la porte qui s'ouvrait. Enfin le valet de chambre introduisait un homme aussi grand que tous les Blanchet, mais très mince, légèrement voûté, le visage fin et pâle.

Sa main osseuse serrait celle d'Alain avec insistance. Sans rien dire, il se dirigeait vers son autre gendre pour lui serrer la main à son tour, après quoi il était pris d'une quinte de toux et se couvrait la bouche de son mouchoir.

— Ne faites pas attention. Ma femme est au lit avec une bronchite. Le médecin ne lui a pas permis de m'accompagner. Cela vaut sans doute mieux. Pour ma part, je n'ai qu'un méchant rhume.

— Si nous passions dans mon bureau ?

Un bureau Empire, aussi officiel que le salon.

— Qu'est-ce que je peux vous offrir, monsieur Fage ?

— N'importe quoi. Peut-être un verre de porto ?

— Et toi ?

— Scotch.

Blanchet hésita, haussa les épaules. Avec son visage encore jeune et sans rides, ses cheveux gris rejetés en arrière, ses traits finement dessinés, André Fage était le type de l'intellectuel tel que les gens se le représentent. On le sentait calme et doux.

Quand Albert eut rempli les verres, il regarda tour à tour Alain et Blanchet, puis constata :

— Vous voilà tous les deux dans le même sac, et moi j'ai perdu mes deux filles. Je me demande laquelle je plains le plus...

Sa voix était feutrée par l'émotion contenue. Ses yeux se reportèrent sur Alain.

— Vous l'avez vue ?

Ils se rencontraient si rarement qu'ils se connaissaient à peine.

— Cet après-midi, chez le juge d'instruction.

— Comment est-elle ?

— J'ai été surpris de la voir très calme, maîtresse d'elle-même. Elle avait soigné sa toilette et on aurait juré qu'elle était en visite.

— C'est bien ma Jacqueline ! Elle a toujours été ainsi. Toute petite, quand elle se sentait désemparée, elle se cachait dans un recoin sombre de l'appartement, parfois dans un placard, et elle ne réapparaissait qu'une fois en possession d'elle-même.

Il but une petite gorgée de porto, posa son verre.

— J'ai évité de lire les journaux et je ne les lirai pas pendant un certain temps.

— Comment avez-vous été prévenu ?

— Par le commissaire de police. Il a tenu à venir lui-même et il s'est montré très correct. Ma femme est au lit, je vous l'ai dit. Nous avons passé une partie de la nuit à parler à mi-voix, comme si cela s'était passé chez nous.

Il regarda autour de lui.

— Au fait, où était-ce ? demanda-t-il à Blanchet.

— Dans la chambre à coucher, plus exactement dans le petit boudoir contigu.

— Où sont les enfants ?

— Ils dînent avec Nana dans la salle de jeu.

— Ils sont au courant ?

— Pas encore. Je leur ai dit que leur maman avait eu un accident. Bobo n'a que six ans, Nelle trois.

— Ils ont tout le temps.

— On la ramène demain à la première heure. Les obsèques auront lieu samedi à dix heures.

— Religieuses ?

Il n'était pas croyant et ses filles avaient eu une éducation laïque.

— Il y aura une messe et une absoute, oui.

Alain se sentait tellement étranger qu'il se demandait ce qu'il faisait là. Il avait toujours été attiré, pourtant, par ce beau-père dont il aurait pu devenir l'ami. Fage n'avait-il pas consacré sa thèse aux relations entre Baudelaire et sa mère ?

Il les écoutait sans éprouver le besoin d'intervenir. Ils étaient différents, surtout Blanchet, évidemment. Ils auraient pu vivre sur d'autres planètes.

Ou bien était-ce lui qui n'était pas comme les autres ? Pourtant, il s'était marié. Il avait un enfant, une maison de campagne. Il travaillait du matin au soir, souvent une partie de la nuit.

Il lui semblait que l'éclairage était terne. Était-ce une manie, depuis la veille, de trouver qu'il ne faisait nulle part assez clair ? Il se sentait comme enfermé dans un clair-obscur et les mots ne lui parvenaient qu'à travers une matière feutrée.

— Monsieur est servi.

Albert portait des gants blancs. La table était assez grande pour douze personnes, couverte d'argenterie et de cristaux, avec un surtout fleuri au centre. Blanchet avait-il pensé aux fleurs ? Cela se faisait-il automatiquement en dehors de lui ?

Ils étaient assis très loin l'un de l'autre, Fage au milieu, penché sur son potage.

— On sait si elle a souffert ?

— Le médecin affirme que non.

— Quand elle était très jeune, je l'appelais la princesse lointaine. Elle n'avait ni la vivacité ni le charme de Jacqueline. Elle était même un peu pataude.

Alain ne pouvait s'empêcher de revoir certaines images d'Adrienne, de les comparer au portrait tracé par le père.

— Elle jouait peu, capable de rester une heure assise près d'une fenêtre à regarder passer les nuages dans le ciel.

» — Tu ne t'ennuies pas, ma chérie ?

» — Pourquoi m'ennuierais-je ?

» Nous étions parfois effrayés, ma femme et moi, d'un calme que nous prenions pour un manque de vitalité. Le docteur Marnier nous rassurait.

» — Ne vous plaignez pas. Quand elle s'éveillera, vous aurez de la peine à la tenir. Cette enfant-là a une vie intérieure intense.

Le silence régna. Blanchet en profita pour tousser à son tour, moins longuement que son beau-père. On servait des filets de sole.

— Plus tard, elles sont devenues jalouses l'une de l'autre, bien que nous ayons tout fait pour l'éviter. Je crois qu'il en est ainsi dans toutes les familles. Cela a commencé quand Jacqueline a eu le droit de se coucher une heure plus tard que sa sœur.

» Pendant des mois, celle-ci a refusé de s'endormir. Elle tombait de sommeil, mais elle tenait bon et nous avons fini par adopter un compromis. Elles se coucheraient à la même heure, à mi-chemin entre l'heure d'Adrienne et celle de Jacqueline.

— C'était injuste envers Jacqueline, remarqua Alain.

Cela lui faisait un curieux effet de prononcer ce nom-là, de ne pas dire Chaton.

— Je sais. Avec les enfants, il n'y a pas de justice possible.

» A treize ans, Adrienne exigeait d'être habillée comme sa sœur, qui en avait seize, de sorte qu'elle avait déjà l'air d'une jeune fille.

» Deux ans plus tard elle fumait la cigarette. Nous nous sommes montrés aussi larges d'esprit que possible, ma femme et moi. Avec l'une comme avec l'autre. Si elles s'étaient révoltées, cela aurait été pire.

Son regard resta en suspens. La réalité lui réapparaissait soudain et il ajoutait d'une voix faible :

— Qu'est-ce qui aurait pu être pire ?

Il regardait ses deux gendres.

— Je me demande lequel de vous deux je plains le plus.

Le front assombri, il se remettait à manger. On n'entendait plus que le bruit des fourchettes sur la porcelaine.

Albert vint changer les assiettes, servit du perdreau, remplit les verres de bourgogne.

Blanchet dit :

— Je suis allé la voir, là-bas.

Là-bas, c'était à l'Institut Médico-Légal. Des tiroirs métalliques, comme des classeurs, dans lesquels les corps étaient rangés.

Le père murmura :

— Je n'en aurais pas eu le courage.

Tout cela était-il bien réel ? N'était-ce pas un décor de théâtre dans lequel trois acteurs jouaient trop lentement leur rôle ? Les silences étaient nombreux, insupportables. Par instants, Alain avait envie de crier, de gesticuler, de faire n'importe quoi, jeter son assiette par terre, par exemple, pour que tout rentre dans la vie.

Ils ne parlaient pas des mêmes femmes. Fage en était resté à des bébés, à des petites filles, à des adolescentes.

— J'avais rêvé, lorsque mes enfants sont nés, de recevoir un jour leurs confidences, d'être un ami pour elles et peut-être de leur être utile.

Il réfléchit, se tourna vers Blanchet.

— Adrienne vous parlait beaucoup ?

— Pas beaucoup, non. Elle n'éprouvait pas le besoin de s'extérioriser.

— Avec vos amis ?

— Elle était une bonne maîtresse de maison, sans jamais se mettre en valeur. On s'apercevait à peine de sa présence.

— Vous voyez ! Elle est restée la même. Elle vivait intérieurement, incapable de communiquer. Et Jacqueline, Alain ?

Il hésita, ne sachant que dire. Il ne voulait pas peiner cet homme qui prenait avec tant de pudeur le coup que le sort lui assenait.

— Chaton... C'est ainsi que je l'appelais...

— Je sais.

— Chaton tenait à garder sa personnalité intacte, et c'est pourquoi elle a continué de travailler. Dans ce domaine, je n'étais pas admis et jamais elle ne m'a demandé aide ou conseil. Une partie de la journée lui appartenait en propre. Le reste du temps, elle ne me quittait pas une minute.

— C'est curieux, ce que vous dites. Je la revois assise dans un fauteuil de mon bureau pour faire ses devoirs. Elle entrait si doucement que j'étais surpris, en levant la tête, de la trouver installée en face de moi.

» — Tu veux me parler ?

» — Non.

» — Tu es sûre que tu n'as rien à me dire ?

» Elle secouait la tête. Elle était contente d'être là, sans plus, et je continuais mon travail.

» Quand elle a décidé de continuer ses études à Paris au lieu de rester à Aix, j'ai compris qu'elle ne voulait pas être la fille du professeur.

Faux ! Chaton avait décidé de vivre pour son compte.

— Bien entendu, Adrienne a suivi la même route, de sorte que nous sommes restés seuls, ma femme et moi, au moment même où nous espérions profiter le plus de nos enfants.

Il les regarda tour à tour.

— C'est vous deux qui en avez profité.

Qu'avait-on servi comme dessert ? Alain ne s'en souvenait pas. A nouveau debout, ils suivaient le maître de maison dans le bureau où on leur tendait une boîte de havanes.

— Café ?

Alain n'osait pas regarder sa montre. La pendule Empire était arrêtée.

— Je ne me suis jamais mêlé de leurs affaires. Je n'insistais pas pour qu'elles m'écrivent plus souvent et qu'elles me donnent davantage de détails. Est-ce que, depuis leur mariage, elles se voyaient encore ?

Alain et Blanchet se regardèrent interrogativement. Blanchet disait :

— Jacqueline venait parfois dîner avec son mari. Pas souvent.

— En moyenne deux fois par an, précisait Alain.

Son beau-frère y vit un reproche.

— Vous saviez que vous étiez toujours les bienvenus.

— Nous étions occupés chacun de notre côté.

— Elles se téléphonaient. Je crois aussi qu'elles se retrouvaient en ville pour le thé.

Alain aurait juré que ce n'était pas arrivé deux fois en sept ans.

— Nous nous rencontrions au théâtre, au restaurant.

Fage les regardait tour à tour sans que rien dans son regard ne trahît ses pensées.

— Vous passiez vos week-ends à la campagne, Alain ?

— Parfois aussi une partie de la semaine.

— Comment va Patrick ?

— Il devient un grand bonhomme.

— Il connaît son cousin et sa cousine ?

— Ils se sont vus.

Fage ne demanda pas combien de fois et cela valait mieux. Lui non plus ne devait pas se sentir à l'aise dans cette maison qui n'était qu'un décor et où rien ne révélait la vie quotidienne de ses habitants.

— Elle n'a pas dit pourquoi ?

On revenait sans transition au sujet principal.

Alain fit non de la tête.

— Vous ne le savez ni l'un ni l'autre ?

Un silence plus dense lui répondit.

— Peut-être Jacqueline se décidera-t-elle à parler ?

— J'en doute, soupira Alain.

— Vous croyez qu'on m'autorisera à la voir ?

— Je suis persuadé que oui. Adressez-vous au juge d'instruction Bénitet. C'est un homme bien.

— Me parlera-t-elle, à moi ?

Il en doutait tellement qu'il eut un sourire triste. Son teint était très pâle, ses lèvres à peine colorées et, en dépit de sa taille, il paraissait fragile.

— Au fond, je crois que je la comprends.

Il les regardait à nouveau. Il sembla à Alain qu'il y avait plus de sympathie dans le coup d'œil qu'il lui lançait que dans celui qu'il accordait à Blanchet. De la sympathie, mais aussi de la curiosité, voire, peut-être, une certaine méfiance ?

Il finit par soupirer :

— Cela vaut peut-être mieux ainsi...

Il n'y avait que Blanchet à fumer un cigare dont l'odeur sucrée alourdissait l'atmosphère. Alain en était à sa quatrième ou à sa cinquième cigarette. Fage ne fumait pas. Il prenait une boîte dans sa poche, un comprimé qu'il portait à sa bouche.

— Je vous fais apporter un verre d'eau ?

— Ce n'est pas la peine. J'ai l'habitude. C'est un médicament pour activer la circulation. Rien de sérieux.

Que leur restait-il à dire ? Blanchet ouvrait l'armoire qui servait de cave à liqueurs.

— Que puis-je vous offrir ? J'ai un très vieil armagnac...

— Merci.

— Merci.

Déçu, il faisait penser, avec son grand corps mou, à un enfant boudeur.

Il se tourna vers Fage.

— Je m'excuse de ne pas vous l'avoir demandé plus tôt. Ne vous sentiriez-vous pas mieux ici qu'à l'hôtel ? Nous avons une chambre d'amis.

— Merci. J'ai mes habitudes au *Lutétia* depuis tant d'années ! J'y descendais déjà, ainsi que la plupart de mes camarades et de mes professeurs, quand, étudiant, je montais à Paris. Le décor s'est un peu terni, comme moi...

Il se levait, déployant son corps maigre comme un accordéon.

— Il est temps que je rentre. Je vous remercie tous les deux.

Il n'avait rien laissé percer de ce qu'il pensait. Il les avait à peine questionnés. Ce n'était peut-être pas seulement de la discrétion.

— Je pars aussi, déclara Alain.

— Tu ne restes pas un moment ?

Blanchet avait-il envie de lui parler ? Ou bien craignait-il ce qu'il pourrait dire à leur beau-père ?

— Il est temps que je me couche.

Albert tint leur manteau.

— Demain, on installera la chapelle ardente dans le salon.

Les portes en étaient ouvertes et il paraissait démesuré. Le père imagina-t-il le même décor avec les tentures noires, le cercueil tout seul au milieu, entouré de cierges ?

— Merci, Roland.

— Bonne nuit, monsieur Fage.

Alain suivit son beau-père dans l'escalier. Leurs pas firent crisser le gravier de l'allée où des arbres d'un noir de poix s'égouttaient.

— Au revoir, Alain...

— J'ai ma voiture. Je peux vous reconduire.

— Merci. J'ai besoin de marcher.

Il regardait la rue déserte, encore luisante, soupirait comme pour lui-même :

— J'ai besoin d'être seul.

Alain en eut froid, serra très vite la main osseuse et se précipita dans sa voiture.

Un poids nouveau lui pesait aux épaules. Il lui semblait qu'il venait de prendre une leçon et il se sentait un petit garçon.

Lui aussi aurait eu besoin d'être seul, mais il n'en avait pas le courage. Il roulait en se demandant où retrouver des gens, n'importe lesquels, de ceux à qui il lançait :

— Salut, mes lapins !

On lui ferait place. Le garçon se pencherait.

— Un double, monsieur Alain ?

Il avait honte. C'était plus fort que lui.

5

Il y avait une sonnerie, très loin et très près tout ensemble, puis un silence, puis la sonnerie à nouveau, comme si on lui adressait des signaux. Qui pouvait lui adresser des signaux ? Il était incapable de bouger, car il se trouvait dans un trou. Il avait dû recevoir un coup sur la tête qui était douloureuse.

Cela dura très longtemps, jusqu'à ce qu'il comprenne qu'il était dans son lit, puis qu'il se lève, vacillant.

Il était tout nu. Sur le second oreiller, il voyait des cheveux roux. Il savait à présent que c'était à la porte de l'appartement qu'on sonnait et il cherchait sa robe de chambre, la trouvait par terre, l'enfilait avec peine.

En passant dans le studio, il constata que le jour n'était pas tout à fait levé sur Paris. Seulement une ligne jaune, très loin au-delà des toits. La sonnerie recommençait quand il ouvrit la porte et se trouva en face d'une jeune femme inconnue.

— La concierge me l'avait bien dit...

— Qu'est-ce que la concierge vous a dit ?

— Que vous ne répondriez sûrement pas tout de suite. Il vaudra mieux me donner une clef.

Il ne comprenait pas encore. Sa tête éclatait. Il examinait avec ahurissement cette petite personne boulotte qui n'avait pas froid aux yeux et qui se retenait à peine de rire.

— Vous n'avez pas dû vous coucher de bonne heure, vous ! remarquait-elle.

Elle retirait son manteau de grosse laine bleue. Il hésitait à lui demander qui elle était.

— La concierge ne vous a pas parlé de moi ?

Il lui semblait qu'il n'avait pas vu sa concierge depuis des années.

— Je suis la nouvelle femme de ménage. On m'appelle Mina.

Elle avait posé un paquet enveloppé de papier de soie sur une table.

— Il paraît que je dois vous éveiller à huit heures avec beaucoup de café et des croissants. Où est la cuisine ?

— Ce n'est qu'une cuisinette. Par ici.

— Et l'aspirateur ?

— Dans le placard.

— Vous vous recouchez ?

— Oui. Je crois.

— Je vous éveille à huit heures quand même ?

— Je ne sais pas. Non. Je vous appellerai.

Elle avait l'accent de Bruxelles et il faillit lui demander si elle était flamande. C'était trop compliqué pour le moment.

— Faites ce que vous voulez.

Il rentra dans la chambre, ferma la porte, regarda en fronçant les sourcils les cheveux roux et remit ce problème aussi à plus tard.

Il avait un besoin urgent de deux aspirines. Il les croqua, parce que son médecin lui avait dit que les muqueuses de la bouche absorbent les médicaments plus vite que celles de l'estomac. Il but de l'eau du robinet.

Voyant son pyjama pendu derrière la porte, il retira la robe de chambre pour le revêtir.

Il ne se souvenait de rien, ce qui ne lui était arrivé que deux ou trois fois dans sa vie. La baignoire était pleine d'eau savonneuse. Était-ce lui qui avait pris un bain ? Était-ce l'inconnue roussâtre ?

Il avait dîné chez cet imbécile de Blanchet. Lugubre ! Sinistre ! En était-il parti en claquant la porte ? Non. Il se revoyait sur le trottoir avec Fage. Un chic type ! Il aurait aimé dire à un homme comme Fage tout ce qu'il avait sur le cœur.

Oui, bien sûr. Les gens se figuraient qu'il n'avait rien sur le cœur parce qu'il prenait un air cynique. N'empêche que si Fage n'avait pas été son beau-père...

Il le revoyait s'éloigner, en long pardessus gris, dans l'obscurité de la rue.

Il avait bu. Pas loin. Un café qu'il ne connaissait pas, le premier qu'il avait aperçu. Pas du tout un café comme ceux qu'il fréquentait. Des habitués. Des fonctionnaires, sans doute, qui jouaient aux cartes. On l'observait. Cela lui était égal. On devait le reconnaître à cause des photos parues dans les journaux.

— Double !

— Double quoi !

— Alors, vous ne savez rien ?

Le patron ne se laissait pas impressionner.

— Si vous voulez que je prenne une bouteille au hasard...

— Whisky.

— Il suffisait de le dire. Perrier ?

— Qui vous a parlé de Perrier ?

Il était agressif. Il avait besoin de laisser échapper la vapeur.

— Eau plate.

— Vous avez déjà vu de l'eau plate, vous ?

Ici, il n'impressionnait personne.

— De l'eau nature.

Il ne s'était pas contenté d'un verre. Il en avait bu trois ou quatre et tout le monde l'avait regardé ensuite quand il s'était dirigé vers la porte.

Il s'était retourné pour les regarder à son tour. Tous des imbéciles. Genre Blanchet, quelques étages en dessous. Il leur avait tiré la langue, puis il avait mis quelque temps à retrouver sa voiture. La rouge, bien entendu. La jaune, c'était celle de Chaton. Elle était au garage. Sa femme n'en aurait pas besoin avant longtemps.

C'était drôle, presque indécent, d'imaginer sa femme et sa belle-sœur enfants, puis adolescentes. Où avait-il franchi la Seine ? Il se souvenait d'un pont, de la lune qui s'était montrée entre deux nuages, de ses reflets sur l'eau.

Il avait besoin de retrouver les copains. Il connaissait tous les endroits où il avait des chances d'en rencontrer. N'importe lesquels. N'était-il pas l'homme qui avait le plus de copains de la terre ?

Il n'aurait pas dû se marier. Ou bien on choisit d'avoir une femme, ou bien...

— Personne ?

— Je ne les ai pas vus, monsieur Alain. Double ?

— Si tu veux, mon lapin.

Pourquoi pas ? Il n'avait rien d'autre à faire. On n'avait pas besoin de lui au bureau. Boris s'occupait de tout. Un curieux type, Boris. Il n'était entouré que de curieux types.

— Salut, Paul.

— Bonne nuit, monsieur Alain.

Cela devait être *Chez Germaine*, rue de Ponthieu. Puis...

Il prit une troisième aspirine, se brossa les dents, se gargarisa, car il avait mauvaise bouche. Il se passa le visage à l'eau fraîche, se donna un coup de peigne. Il n'était pas beau. Il se dégoûtait.

Il s'était arrêté ailleurs, mais où ? Ils avaient tous disparu, cette nuit. Pas un seul de la bande. Qu'est-ce que cela signifiait ? L'avaient-ils fait exprès, pour ne pas le rencontrer ? Avaient-ils peur de se montrer en sa compagnie ?

Il rentra dans la chambre à coucher, ramassa sur le tapis une petite culotte et un soutien-gorge qu'il posa sur une chaise, souleva la couverture.

Il découvrit un visage qu'il ne connaissait pas, un visage très jeune qui, dans le sommeil, paraissait innocent. Les lèvres s'avançaient dans une moue de petite fille.

Qui était-ce ? Que s'était-il passé ?

Vacillant, il se demandait s'il n'allait pas se recoucher et dormir. Il sentait le sang battre dans ses yeux et c'était une impression très désagréable.

Il retourna dans le studio où la femme de ménage commençait à mettre de l'ordre. Elle avait remplacé sa robe par une blouse de nylon assez transparente pour qu'on distingue le noir de ses jarretelles.

— Comment vous appelez-vous ?

— Mina. Je vous l'ai déjà dit.

Elle avait toujours envie de rire. Cela devait être une manie.

— Eh bien, Mina, faites-moi du café très fort.

— Je crois que vous en avez besoin.

Il n'en fut pas choqué. Il la regarda se diriger vers la cuisinette en remuant son derrière et il se dit qu'un jour ou l'autre il ferait l'amour avec elle. Il n'avait pas encore fait l'amour avec une femme de ménage. Elles avaient toutes passé l'âge et il ne se souvenait que de visages durs et tragiques. Des femmes qui avaient eu des malheurs et qui en voulaient au monde entier.

La bande jaune, au ciel, s'était élargie. Le jaune était devenu plus brillant. Il ne pleuvait pas. Il voyait plus loin que les matins précédents et devinait les tours de Notre-Dame.

Qui devait lui téléphoner ? C'était une des rares pensées à surnager. Quelqu'un devait lui téléphoner. C'était important. Il avait juré qu'il serait chez lui.

L'odeur du café lui parvenait, familière. Mina ne devait pas savoir qu'il le prenait dans la grande tasse bleue qu'il avait eu tant de mal à trouver, une tasse qui contenait trois fois autant qu'une tasse ordinaire.

Il se dirigea vers la cuisinette. Il comprit à son regard qu'elle crut qu'il venait pour autre chose. Elle n'était pas effrayée. Elle attendait, le dos tourné.

Il ouvrit le placard.

— Voici ma tasse, celle dont je me sers tous les matins.

— Bien, monsieur.

Pourquoi se retenait-elle toujours de pouffer ? Que lui avait-on raconté à son sujet ? On avait dû lui parler de lui. Des milliers, des dizaines de milliers de gens, ces derniers jours, parlaient de lui.

— Je vous l'apporte tout de suite.

Elle le retrouva qui écrasait une cigarette. Le tabac avait mauvais goût.

— Vous n'avez pas beaucoup dormi cette nuit, vous !

Il fit signe que non.

— Je suppose que la personne dort toujours ?

— Comment savez-vous qu'il y a quelqu'un dans ma chambre ?

Elle alla chercher dans un coin un soulier de satin orange, au talon très haut et très pointu.

— Il doit y en avoir deux, non ?

— Cela me paraît vraisemblable.

Elle rit.

— C'est rigolo.

— Qu'est-ce qui est rigolo ?

— Rien. Tout. Vous.

Il se brûla en essayant de boire son café.

— Quel âge avez-vous ?

— Vingt-deux ans.

— Il y a longtemps que vous êtes à Paris ?

— Seulement six mois.

Il n'osa pas lui demander ce qu'elle avait fait pendant ces six mois. Cela le surprenait qu'elle ait choisi d'être femme de ménage.

— C'est vrai que vous ne me prenez que pour la demi-journée ?

Il haussa les épaules.

— Cela m'est égal. Et vous ?

— Je préférerais une place à plein temps.

— Vous pouvez.

— Vous payerez le double ?

— Si vous voulez.

Il put enfin boire son café, à petites gorgées. Il faillit rejeter les premières, puis son estomac s'y habitua.

— La dame n'en voudra pas ?

— Je n'en ai pas la moindre idée.

— Vous allez l'éveiller ?

— Peut-être. Cela vaudrait peut-être mieux.

— Je vais refaire du café à tout hasard. Vous n'aurez qu'à m'appeler.

Il la regarda à nouveau s'éloigner en se tortillant. Il finit par pousser la porte, la referma sur lui, s'approcha du lit et releva le drap de quelques centimètres.

Un œil s'ouvrit, d'un bleu vert, suivit sa silhouette de bas en haut jusqu'à son visage. Elle prononça sans bouger, d'une voix trouble :

— Hello, Alain.

Elle se souvenait, elle. Si elle avait été ivre, elle ne l'avait pas été autant que lui.

— Quelle heure est-il ?

— Je ne sais pas. C'est sans importance.

Les deux yeux étaient ouverts. Elle rejetait le drap, découvrait deux seins fermes dont le bout rose était à peine formé.

— Comment te sens-tu ? questionna-t-elle.

— Mal !

— Tu ne l'as pas volé.

Elle parlait avec une pointe d'accent anglais et il lui demanda :

— Tu es anglaise ?

— Par ma mère.

— Comment t'appelles-tu ?

— Tu ne te souviens pas de mon nom ? Bessie...

— Où nous sommes-nous rencontrés ?

Il s'était assis au bord du lit.

— Il n'y a pas de café, ici, par hasard ?

Cela lui fut pénible de se lever, de gagner le studio, la cuisinette.

— Mina, vous aviez raison. Elle veut du café.

— Je le lui porte dans un instant. Pas de croissants ? La concierge m'a dit d'en monter.

— Si vous y tenez.

Il regagna la chambre. Bessie n'était plus dans le lit défait. Il la vit revenir, entièrement nue, de la salle de bains et elle se recoucha, ne se couvrant que jusqu'aux genoux.

— A qui est la brosse à dents du côté gauche du miroir ?

— Si elle a un manche vert, c'est à ma femme.

— Celle qui est...

— Oui. Celle qui est...

On frappait à la porte. Bessie ne bougeait pas. Mina entrait, un plateau à la main.

— Où est-ce que je le dépose ?

— Donnez-le-moi.

Elles se regardaient toutes les deux avec une curiosité exempte de gêne.

Une fois la femme de ménage sortie, Bessie questionna :

— Il y a longtemps qu'elle travaille ici ?

— Depuis ce matin. Je l'ai vue pour la première fois quand je suis allé ouvrir la porte.

Elle buvait avidement son café.

— Qu'est-ce que tu voulais savoir ?

— Où nous nous sommes rencontrés.

— Au *Grelot*.

— Rue Notre-Dame-de-Lorette ? C'est curieux. Je ne vais jamais par là.

— Tu cherchais quelqu'un.

— Qui ?

— Tu ne l'as pas dit. Tu répétais que c'était capital que tu le trouves.

— Tu es entraîneuse ?

— Danseuse. Je n'étais pas seule.

— Qui t'accompagnait ?

— Deux de tes amis. Un nommé Bob...

— Demarie ?

— Je crois que c'est ça. Il est écrivain.

C'était Demarie, qui avait eu le Renaudot deux ans plus tôt et qui travaillait pour *Toi*.

— Et l'autre ?

— Attends. Un photographe mal portant et triste. Il a la tête un peu de travers.

— Julien Bour ?

— C'est possible.

— Avec des vêtements fripés ?

— C'est cela.

Bour avait toujours les vêtements fripés et, peut-être parce qu'il penchait la tête de côté, il semblait avoir le visage de travers.

Un drôle de type. C'était lui qui faisait les meilleures photos pour le magazine. Pas des nus agressifs comme d'autres en publiaient.

Toi était censé entrer dans l'intimité des gens. Les jeunes filles, les femmes, devaient se reconnaître. Une jeune fille endormie, par exemple, dont on ne découvrait qu'un sein, un sein qui prenait une sorte de valeur humaine. Enfin c'était le baratin qu'Alain servait à ses collaborateurs.

— Les textes doivent avoir l'air de lettres écrites par n'importe lesquelles de nos lectrices.

Pas de décors sophistiqués. Une chambre comme la plupart des chambres. Pas de visages trop maquillés, de longs cils, de lèvres pourpres entrouvertes sur des dents étincelantes.

C'est un après-midi qu'il regardait sa belle-sœur se rhabiller qu'il avait eu cette idée. Il écrivait des articles, à cette époque-là, sur le monde du théâtre et des cabarets. Il avait pondu quelques chansons.

Le titre lui était venu tout de suite.

— Toi... avait-il murmuré à mi-voix.

— Quoi, moi ? Qu'est-ce que j'ai de différent des autres ?

Justement, elle était comme les autres.

— J'ai une idée. Un nouveau magazine. Je t'en parlerai la prochaine fois.

Il avait établi une maquette dont il avait écrit tous les textes. Il ne connaissait pas Bour et il avait eu toutes les peines du monde à obtenir des photographes de presse ce qu'il voulait.

— Non, mon vieux. Elle n'a pas l'air d'une vraie jeune fille.

— Tu me vois demander à une vraie jeune fille la permission de photographier ses fesses ?

Un imprimeur lui avait fait crédit. Lusin, qui était devenu son agent de publicité, avait déniché l'appartement du cinquième, rue de Marignan.

— A quoi penses-tu ? demanda la fille en grignotant un croissant.

— Tu me crois en état de penser ? Comment me suis-je conduit, là-bas ?

— Tu as beaucoup parlé d'un type qui a la plus belle tête du monde.

— Je n'ai pas dit qui ?

— Tu venais de dîner avec lui.

— Mon beau-père ?

— C'est possible. Tu aurais voulu lui dire des choses capitales. Tout était capital. Tu m'as fait asseoir à côté de toi et tu m'as peloté la cuisse.

— Les autres n'ont pas protesté ?

— Le photographe n'était pas content. A un certain moment, tu as renversé ton verre. Il t'a reproché de trop boire et tu l'as menacé de lui redresser la figure. Tu lui as aussi lancé une injure que je n'avais jamais entendue. Attends. Tu as prétendu qu'il était un visqueux ! J'ai bien cru que vous alliez vous battre, le garçon aussi, mais il est parti.

— Seul ?

— L'autre nous a quittés quelques minutes plus tard.

— Et nous ?

— Tu as commandé un magnum de champagne en proclamant que c'était de la saleté, mais que c'était un jour à boire du champagne. Tu as presque tout bu. Je n'en ai pris que trois ou quatre coupes.

— Tu étais saoule aussi ?

— Un peu. Et même assez bien.

— J'ai conduit jusqu'ici ?

— Le patron de la boîte t'en a empêché. Vous avez discuté longtemps sur le trottoir et tu as fini par monter dans le taxi.

Il lui prit le plateau dont elle avait fini.

— Nous avons fait l'amour ?

— Tu ne t'en souviens pas ?

— Non.

— Je dormais à moitié et tu avais l'air enragé. Tu me criais :

» — Jouis ! Mais jouis donc, garce !

» Tu as fini par me flanquer une paire de gifles en me criant toujours la même chose.

Elle rit en le regardant avec des yeux brillants.

— Le plus drôle, c'est que ça a marché.

— Qui a pris un bain ?

— Tous les deux.

— Ensemble ?

— Tu y tenais. Puis tu es allé te servir un verre. Tu n'as pas sommeil ?

— La tête me tourne. J'ai mal partout.

— Prends une aspirine.

— J'en ai pris trois.

— Tu as eu ton coup de téléphone ?

— Non. Je ne sais même pas de quel coup de téléphone il s'agit.

— Tu en as parlé une dizaine de fois, les sourcils froncés.

Il lui caressait machinalement la hanche.

C'était la première fois qu'une femme autre que Chaton dormait dans ce lit-là, où elle était encore trois nuits plus tôt. Quel jour était-on ?

Peut-être n'aurait-il pas dû. Il y penserait plus tard. Ses paupières étaient chaudes.

Il se recoucha. Il se sentait mieux ainsi et il entendait à côté le léger vrombissement de l'aspirateur. Sa main chercha à nouveau la hanche de Bessie. Celle-ci avait la même peau douce et claire qu'Adrienne.

Il ne voulait penser ni à sa femme ni à sa belle-sœur. Deux fois, trois fois, il crut avoir trouvé le sommeil, mais chaque fois il finissait par se rendre compte qu'il n'était qu'assoupi. Le monde avait beau être flou, étrange, il y avait un monde quand même. Il y avait même, assez loin, le grondement des autobus, parfois un crissement de pneus.

Il se tortilla pour retirer son pyjama qu'il poussa plus loin dans les draps.

Il la sentait, toute chaude, contre lui. Il ne bougeait pas. Il refusait de sortir des limbes où il était plongé et c'est elle, de ses doigts aux ongles pointus, qui fit le geste pour qu'il s'enfonce en elle.

Cette fois, il reconnut la sonnerie du téléphone et fut tout de suite éveillé. En tendant le bras vers le combiné, il jetait un coup d'œil à la pendule qui marquait onze heures.

— Allô ! Ici, Alain Poitaud.

— Rabut. J'ai d'abord essayé votre bureau. Je suis encore à la Petite Roquette. Je rentre chez moi et j'aimerais vous y voir dans une demi-heure.

— Il y a du nouveau ?

— Cela dépend de ce que l'on appelle du nouveau. J'ai besoin de vous.

— J'y serai. Peut-être un peu en retard.

— Pas trop. J'ai un autre rendez-vous et je plaide à deux heures.

Il sortit du lit et passa sous la douche. Il y était encore quand Bessie entra dans la salle de bains.

Il passa un peignoir en tissu éponge, commença à se raser.

— Tu sors pour longtemps ?

— Je n'en ai aucune idée. Il est possible que je sois absent le reste de la journée.

— Et moi ? Qu'est-ce que je fais ?

— Ce que tu voudras.

— Je peux encore dormir un peu ?

— Si tu y tiens.

— Tu n'as pas envie de me retrouver ici ce soir ?

— Non. Pas ce soir.

— Quand ?

— On verra. Laisse ton numéro de téléphone. Tu désires de l'argent ?

— Ce n'est pas pour ça que je suis venue.

— Je ne te demande pas pourquoi tu es venue. Cela m'est égal. As-tu besoin d'argent ?

— Non.

— Bon. Va me servir un whisky. Tu trouveras une sorte de bar dans le studio.

— Je l'ai vu la nuit dernière. Je peux y aller comme je suis ?

Il haussa les épaules. Cinq minutes plus tard, il passait son pantalon. Il ajouta un peu d'eau au whisky qu'il avalait d'un trait comme un médicament. Il se souvint qu'il n'avait pas sa voiture à la porte. Il faudrait, plus tard, aller la chercher rue Notre-Dame-de-Lorette.

— Je m'excuse, mon lapin. C'est du sérieux.

— J'ai entendu. Qui est-ce ?

— L'avocat.

— L'avocat de ta femme ?

Il pénétrait dans le studio.

— Alors, vous me prenez à la journée ?

— Entendu. Vous trouverez une clef sur la table de la cuisine. Ce sera la vôtre. Réveil demain à huit heures avec café et croissants.

Il descendit l'escalier en sautant trois ou quatre marches à la fois et, au coin de la rue, arrêta un taxi.

— Boulevard Saint-Germain. Je crois que c'est le 116.

Il ne se trompait pas. Il se souvenait que l'appartement de Rabut était au troisième et prit l'ascenseur. Il sonna. Une secrétaire à lunettes lui ouvrit, parut le reconnaître.

— Par ici. Il faudra attendre un moment. Me Rabut est occupé au téléphone.

Une porte à deux battants se trouvait à droite, à gauche un couloir sur lequel donnaient des bureaux. On entendait cliqueter des machines à écrire. Rabut employait plusieurs stagiaires qui passèrent tour à tour dans le couloir pour lui jeter un coup d'œil.

La porte s'ouvrit enfin.

— Entrez, mon vieux. Je viens de passer une heure avec votre femme.

— Elle s'est décidée à parler ?

— Pas dans le sens que nous espérons. Sur ce sujet-là, elle reste muette. Sur d'autres questions aussi, d'ailleurs. Mais elle ne m'a pas mis à la porte, ce qui est un progrès. Savez-vous que c'est une femme très intelligente ?

— On me l'a souvent dit.

Il n'ajouta pas que ce n'était pas la qualité qu'il prisait le plus chez une femme.

— Elle a une force de caractère peu commune. C'est son second jour en prison. On lui a donné une petite cellule où elle est seule. On lui avait proposé de la mettre avec une autre détenue. Elle a refusé. Elle changera peut-être d'avis.

— Elle porte l'uniforme ?

— Les prévenues portent leurs propres vêtements. Elle n'est pas tenue à travailler. Pas question d'obtenir d'elle que vous alliez la voir. Sur ce point, elle est catégorique. Elle ne déclame pas, ne s'excite pas. On sent, quand elle dit quelque chose, qu'il est inutile d'y revenir.

» — Dites-lui que je ne le reverrai pas, sauf au procès parce que c'est indispensable, et nous serons loin l'un de l'autre.

» Ce sont ses propres termes. Quand je lui ai parlé de votre désarroi, elle a répondu tranquillement :

» — Il n'a jamais eu besoin de moi. Il a besoin des gens, de n'importe qui. Peu importe qui se trouve à ses côtés.

Cette phrase frappa Alain au point qu'il n'entendit pas une partie de la suite.

— Il a besoin des gens.

C'était vrai. Il avait toujours eu besoin d'avoir autour de lui ce qu'il appelait les copains, ou ses collaborateurs. Seul, il devenait inquiet, d'une inquiétude vague, morbide. Il ne se sentait pas en sûreté et c'est pourquoi, malgré son ivresse, il avait ramené une fille la nuit précédente. Que ferait-il ce soir ? Et demain ?

Il se voyait seul dans l'ancien atelier, devant le Paris nocturne.

— Son père la verra après-midi. Elle a tout de suite été d'accord pour le rencontrer.

» — Pauvre papa ! C'est encore pour lui que ce sera le plus dur.

» Quand je lui ai appris que sa mère était malade, elle n'a pas été émue, ni même intéressée.

» J'ai voulu lui parler de sa défense. Nous ne pouvons pas la laisser condamner à vingt ans, sinon à vie, et, pour cela, il nous faut un motif qui émeuve le jury. Je ne vois que le drame passionnel. Vous êtes hors de question.

— Pourquoi ?

— Vous me l'avez dit vous-même. Voilà près d'un an que vous n'avez pas rencontré sa sœur. Difficile de me servir d'une jalousie à retardement. Ne vous figurez pas que la police reste inactive. Avant ce soir, si ce n'est déjà fait, elle retrouvera le meublé où avaient lieu vos rendez-vous. Il faut absolument identifier l'autre.

Il jeta un coup d'œil à Alain qui avait pâli.

— C'est indispensable ?

— Je croyais vous l'avoir dit. Je ne prétends pas que cela vous soit agréable, mais c'est un fait, à moins que nous n'y comprenions rien ni les uns ni les autres. Vous n'avez rien remarqué, ces derniers mois, dans l'attitude de votre femme ?

De pâle qu'il était, il eut l'impression de devenir rouge, car il faisait soudain une découverte. Il n'y avait pas pensé jusqu'ici. Il fallut la question brutale de Rabut pour réveiller ses souvenirs, peut-être aussi ce qui s'était passé ce matin dans son lit avec Bessie.

Pendant des années, Chaton s'était toujours montrée sexuellement disponible. Ils jouaient souvent à un petit jeu qui était leur secret. Elle lisait, regardait la télévision ou écrivait un article. Il murmurait tout à coup :

— Regarde-moi, Chaton.

Elle se tournait vers lui sans penser, puis elle éclatait de rire.

— Ça y est. Bon ! Inutile que je continue. Comment t'y prends-tu donc pour m'influencer ?

Or, plusieurs fois depuis le début de l'été, elle avait dit, gênée :

— Pas aujourd'hui, veux-tu ? Je ne sais pas ce que j'ai. Je me sens fatiguée.

— Cela ne te ressemble pas.

— Peut-être que je vieillis ?

Rabut l'observait.

— Alors ?

— Peut-être.

— Déplaisant ou non, il faudra déballer tout ça devant le public des assises. Vous souhaitez qu'elle soit acquittée, n'est-ce pas ?

— Évidemment.

— Même si elle ne doit pas retourner avec vous ?

— D'après ce qu'elle vous a déclaré, elle ne compte en aucun cas vivre avec moi.

— Vous l'aimez toujours ?

— Je suppose.

— La police y a pensé. Peut-être trouvera-t-elle notre homme. A mon avis, vous êtes mieux placé pour le faire, car il y a des chances pour que ce soit un de vos familiers.

Rabut sentait que son interlocuteur n'était pas dans son assiette.

— Qu'est-ce qui vous arrive ?

— Ne faites pas attention. Hier soir, j'ai été obligé de dîner chez mon beau-frère et, après, je me suis saoulé à mort. Je vous écoute quand même.

— Elle a encore dit une chose qui m'a frappé et que je lui ai interdit de répéter. Je lui parlais de votre fils, Patrick. Je lui demandais de penser à lui, à son avenir. Alors, elle a laissé tomber presque sèchement :

» — Je n'ai jamais eu une âme maternelle.

» C'est vrai ?

Alain était obligé de réfléchir, de chercher des images dans sa mémoire. Quand Patrick était né, ils n'étaient pas encore riches. C'était juste avant que lui vienne l'idée du magazine. Chaton s'était fort bien occupée du bébé, avec une méticulosité parfois exagérée. Comme, quand elle tapait un de ses articles, elle recommençait la page où elle découvrait une faute de frappe.

Ils avaient vécu près de deux ans tous les trois à Paris. Puis ils avaient pris une nurse et, dès ce moment, Chaton s'était lancée à nouveau dans son travail, le rejoignant n'importe où, rentrant avec lui tard dans la nuit.

L'idée ne lui venait pas d'aller voir l'enfant endormi avant de se coucher. La plupart du temps, Alain y allait seul.

Ils avaient acheté et transformé Les Nonnettes, ils s'y rendaient chaque week-end, et elle en profitait surtout pour travailler.

— Je comprends ce qu'elle veut dire, murmura-t-il.

Rabut se levait, le regard à l'horloge murale. Une sonnerie se faisait entendre sur son bureau. Il décrocha.

— Oui. Passez la communication. Il est encore ici.

Et, tendant l'appareil à Alain :

— C'est votre bureau.

— Allô, Alain ? Ici, Boris. Voilà une demi-heure que j'essaie de te joindre. Chez toi, une bonne femme dont je n'ai pas reconnu la voix m'a dit que tu étais parti en courant après avoir reçu un appel téléphonique. Elle a parlé d'avocat. J'ai téléphoné à Helbig qui n'était pas chez lui. Quand je l'ai trouvé, il m'a dit que tu étais chez Rabut.

» Il y a du nouveau, depuis près d'une heure. Le commissaire Roumagne est arrivé avec deux de ses hommes. Il m'a montré un papier signé du juge d'instruction et s'est installé dans ton bureau. Il en a fouillé méticuleusement chaque tiroir. Puis il m'a demandé une liste du personnel. Il m'a annoncé qu'il comptait entendre tout le monde mais que ce ne serait pas long. Il a tenu à commencer par les téléphonistes.

— Je viens.

Il raccrocha, se tourna vers Rabut qui s'impatientait.

— Le commissaire Roumagne est dans mon bureau avec deux autres policiers. Il a fouillé mes tiroirs et il interroge mon personnel. Il a tenu à commencer par les téléphonistes.

— Qu'est-ce que je vous disais ?

— Vous croyez qu'il soupçonne un de mes collaborateurs ?

— En tout cas, le voilà à la pêche et vous ne l'arrêterez pas. Merci d'être venu. Essayez de trouver notre homme.

Notre homme ! L'expression était d'une telle ironie qu'Alain ne put s'empêcher de sourire.

— Vous avez besoin d'un verre. Vous trouverez un bar-tabac en sortant, à gauche.

Alain lui en voulut. Il lui en voulait de tout, de la façon dont il l'avait convoqué chez lui, dont il lui avait répété les paroles de Chaton, dont il avait évoqué son besoin de boire.

Il attendit l'ascenseur, tête basse, se retrouva en effet au comptoir du petit bar.

— Un double scotch.

— Quoi ?

— Un double whisky, si vous préférez.

Des travailleurs en salopette l'examinaient curieusement. Il n'avait pas envie de rencontrer Roumagne. Lui aussi devinerait, à son aspect, la façon dont il avait passé la nuit.

Il n'avait pas honte. Il était libre. Il avait passé sa vie à narguer les gens, à les scandaliser, exprès, par sport.

Pourquoi, tout à coup, se sentait-il gêné dès qu'on le regardait en face ? Il n'avait rien fait. Il n'était pour rien dans ce qui s'était passé. Des milliers de maris couchent avec leur belle-sœur, c'est connu. Les sœurs cadettes ont tendance à chiper ce que possède leur aînée.

Adrienne ne l'avait jamais aimé et il s'en moquait. Peut-être Chaton ne l'avait-elle pas aimé non plus ?

Et, après tout, que signifiait ce mot ? De l'amour, il en vendait un million d'exemplaires toutes les semaines. De l'amour et du sexe. C'était la même chose.

Il n'aimait pas se sentir seul. Pas par besoin d'échanger des idées, ni même par besoin d'affection.

— Rue Notre-Dame-de-Lorette ! lança-t-il au chauffeur en claquant la porte du taxi.

Par besoin de quoi ? D'une présence, en somme, de n'importe quelle présence. Les vieillards solitaires ont un chien, un chat, un canari. Certains se contentent d'un poisson rouge.

Il n'avait jamais considéré Chaton comme un poisson rouge mais, en revoyant le passé d'un nouvel œil, il se rendait compte qu'elle avait surtout été pour lui une présence. Dans les bars, dans les restaurants, dans la voiture. A droite, à quelques centimètres de son coude.

Dans la matinée et dans l'après-midi, il attendait son coup de téléphone et s'énervait quand il tardait. Combien de fois, en sept ans, avaient-ils eu une véritable conversation ?

Au moment de la création du magazine, il lui en avait parlé, certes. Il était emballé, sûr du succès. Elle le regardait avec un gentil sourire.

— Qu'est-ce que tu en penses ?

— Cela ne s'est pas déjà fait ?

— Pas la même chose. Tu n'as pas l'air de comprendre le côté personnel, le côté intime. Aujourd'hui, on s'efforce de tout personnaliser, justement parce que tout est fabriqué en série, y compris nos amusements.

— Peut-être.

— Tu entreras dans l'équipe ?

— Non.

— Pourquoi ?

— La femme du patron ne doit pas faire partie du personnel.

Il y avait eu aussi Les Nonnettes. Ils avaient découvert la maison un samedi après-midi qu'ils rôdaient dans la campagne. Le dimanche, à l'auberge où ils étaient descendus, il échafaudait déjà des plans.

— C'est une nécessité pour nous d'avoir une maison de campagne, tu comprends ?

— Peut-être. N'est-ce pas un peu loin de Paris ?

— Assez loin pour décourager les emmerdeurs. Pas assez pour rebuter nos amis.

— Tu comptes en inviter beaucoup ?

Elle ne protestait pas, le laissait faire, le suivait. Mais sans participer à son enthousiasme.

— Arrêtez, chauffeur. Derrière cette voiture rouge.

— C'est à vous ?

— Oui.

— J'ai l'impression de voir deux ou trois tickets sur le pare-brise.

C'était exact. Il avait récolté deux contraventions. La clef était restée sur le tableau de bord. Le moteur mit un certain temps à partir. Il regardait la boîte dans laquelle, sauf la nuit précédente, il n'avait jamais mis les pieds. Parmi les photos de filles déshabillées, il reconnut celle de Bessie, au milieu, d'un plus grand format que les autres, comme si elle était la vedette.

Il gagna la rue de Marignan et entra sa voiture dans la cour. Il hésitait à monter. Il était passé midi. Les pièces du rez-de-chaussée étaient fermées.

Allait-il en arriver à avoir peur d'un commissaire adjoint de la P.J. ?

Il pénétra dans l'ascenseur. Les couloirs, la plupart des bureaux étaient vides. Dans le sien, dont la porte était large ouverte, il trouva Boris qui l'attendait.

— Ils sont partis ?

— Voilà une dizaine de minutes.

— Ils ont trouvé quelque chose ?

— Ils ne m'ont rien dit. Tu n'as pas faim, toi ?

Alain fit la moue.

— Tu as une gueule de déterré.

— J'ai la gueule de bois, simplement. Je vais essayer de manger un morceau avec toi et tu me raconteras.

Il s'attendait à trouver son bureau en désordre. Il n'y en avait pas.

— Ta secrétaire a tout remis en place.

— Comment était-il ?

— Le commissaire ? Poli. Il y avait une pile de photos sur le bureau, celles que j'ai refusées parce qu'elles étaient trop osées. Il a mis dix bonnes minutes à les feuilleter. C'est un petit cochon, lui aussi !

6

Ils avaient trouvé, du côté de la place Saint-Augustin, un restaurant où on ne les connaissait pas, un faux bistrot, avec nappes et rideaux à carreaux rouges, quantité de cuivres en guise de garniture. Le patron, en tenue de chef, avec le haut bonnet blanc, allait de table en table et imposait son menu.

Ils obtinrent un coin, bien qu'il y eût beaucoup de monde. Tous ces gens qui mangeaient et parlaient étaient étrangers à Alain. Il ne savait rien d'eux. Ils avaient leur existence propre, leurs soucis, leur univers dans lequel ils gravitaient avec le plus grand sérieux comme si cela avait de l'importance.

Pourquoi cela lui était-il nécessaire ? Il n'aurait pas eu l'idée de déjeuner chez lui en tête à tête avec Boris, par exemple. Il aurait pu organiser son existence autrement.

Ils avaient essayé à une certaine époque, Chaton et lui.

Elle s'était mise en tête de faire la cuisine. Ils mangeaient face à face devant la large baie vitrée au-delà de laquelle ils découvraient les toits de Paris.

Il arrivait à Alain de regarder bouger les lèvres de sa femme. Il savait qu'elle parlait, mais les mots ne venaient pas jusqu'à lui, ou bien n'avaient aucun sens. Il lui semblait qu'ils étaient coupés de la vie, englués soudain dans un monde irréel, stagnant, d'où, pris de panique, il s'efforçait de s'échapper.

Ce n'était pas un rêve qu'il faisait en dormant. Il avait besoin de s'agiter, d'entendre du bruit, de voir des êtres humains aller et venir, d'être entouré.

Entouré, c'était le mot. D'être le centre, le personnage principal ?

Il n'était pas encore décidé à l'admettre. Il avait toujours vécu avec les copains autour de lui et c'était peut-être par peur de se retrouver seul qu'il prolongeait les soirées jusqu'à tard dans la nuit.

Les copains ? Ou bien une sorte de petite cour qu'il s'était constituée pour se rassurer ?

On leur servait des charcuteries sur un chariot et il s'efforçait de manger à grand renfort de vin rosé.

— Qu'est-ce qu'il t'a demandé, à toi ?

— A peu près la même chose qu'aux autres. D'abord si ta femme venait souvent te voir ou te chercher au bureau. J'ai répondu que non, qu'elle te téléphonait, que nous la retrouvions en bas ou au restaurant. Ensuite, si je connaissais ta belle-sœur. J'ai répondu la vérité. Je ne l'ai jamais vue.

— Elle est venue une fois, il y a trois ans. Elle voulait connaître l'endroit où je passe la plus grande partie de mon temps.

— J'étais en congé. Il m'a demandé aussi si tu n'avais pas un calepin avec des numéros de téléphone personnels. Tu en as un ?

— Non.

— C'est ce que je lui ai dit. Il a posé une dernière question. Je m'excuse de la répéter. Est-ce que je savais que ta femme avait un amant ? Est-ce que, parmi tes collaborateurs, je voyais quelqu'un qui aurait pu tenir ce rôle ? Tu vois quelqu'un, toi ?

Il répondit, désabusé :

— Cela pourrait être n'importe qui.

— Ensuite, il a appelé les téléphonistes. La première à monter a été Maud. Tu sais comme elle est. Il m'a laissé assister à tous les interrogatoires, peut-être exprès, pour que je te les répète. Avec Maud, cela a donné à peu près ceci :

» — Depuis combien de temps travaillez-vous pour M. Poitaud ?

» — Cela fera quatre ans le mois prochain.

» — Vous êtes mariée ?

» — Célibataire, sans enfants, et je ne vis pas avec un amant, mais avec une vieille tante qui est chou comme tout.

» — Vous êtes une des maîtresses de M. Poitaud ?

» — Vous voulez savoir si je couche parfois avec Alain ? C'est oui. De temps en temps.

» — Où ?

» — Ici.

» — Quand ?

» — Quand il en a envie. Il me demande de rester après l'heure. J'attends que le personnel soit parti et je monte.

» — Cela vous paraît naturel ?

» — Cela n'est certainement pas surnaturel.

» — Vous n'avez jamais été surpris ?

» — Jamais.

» — Que serait-il arrivé si sa femme était entrée ?

» — Je suppose que nous aurions continué.

» — Vous connaissez Adrienne Blanchet ?

» — Je connais sa voix.

» — Elle téléphonait souvent ?

» — Environ deux ou trois fois par semaine. Je lui passais le patron. Les conversations étaient assez brèves.

» — Quand a-t-elle appelé pour la dernière fois ?

» — L'année dernière, avant les vacances de Noël.

» — Vous saviez qu'Alain Poitaud avait une liaison avec sa belle-sœur ?

» — Oui. C'était moi qui téléphonais rue de Longchamp.

» — Il vous chargeait de téléphoner ?

» — Pour retenir le studio et faire mettre au frais une bouteille de champagne. Elle devait aimer le champagne. Lui pas.

» — Cela ne s'est pas produit depuis décembre dernier ?

» — Pas une seule fois.

» — Elle n'a pas essayé de l'atteindre ?

» — Jamais.

Boris mangeait avec appétit tout en parlant alors qu'Alain était écœuré par les cochonnailles qui couvraient les assiettes.

— Les deux autres téléphonistes ont confirmé ses dires au sujet de ta belle-sœur. Ensuite est venu le tour de Colette.

Sa secrétaire. La seule à se montrer un peu jalouse.

— Quand il lui a demandé si elle couchait avec toi, elle a commencé par tiquer et à parler du secret de la vie privée. Elle a fini par avouer.

Elle avait trente-cinq ans et le couvait comme un bébé. Son rêve aurait été de le chouchouter toute la journée.

— Les dactylos, les employées de la comptabilité y ont passé aussi, puis les hommes.

» — Marié ? Père de famille ? Donnez-moi votre adresse, voulez-vous ? Vous dîniez souvent avec le patron et sa femme ?

» Je leur faisais signe de dire la vérité. A eux aussi, il demandait s'ils connaissaient ta belle-sœur. Puis il voulait savoir s'il leur était arrivé de rencontrer Chaton en particulier.

» Pour certains, Diacre, par exemple, ou Manoque, cela allait plus vite.

Diacre était laid comme un pou et Manoque avait soixante-huit ans.

— Bour est passé le dernier. Il venait d'arriver au bureau et il avait à peu près la même tête que toi.

— Nous avons passé un certain temps ensemble la nuit dernière. Avec Bob Demarie. Nous étions tous les trois ronds.

— C'est tout. J'ai l'impression que le commissaire n'est pas un imbécile et qu'il sait où il va.

Avant qu'on leur serve l'entrecôte qu'ils avaient commandée, Alain alluma une cigarette. Il ne se sentait pas bien, ni moralement ni physiquement. Le ciel était glauque. Lui aussi.

— Nous sommes bien vendredi ?

— Oui.

— Ils ont installé une chapelle ardente rue de l'Université. Je me demande si je dois y passer.

— Tu dois mieux le savoir que moi. N'oublie pas que c'est ta femme qui...

Il n'achevait pas. Bien sûr, c'était sa femme qui avait tué celle qui se trouvait dans le cercueil.

Il rentra au bureau. S'il n'avait pas eu à reconduire Boris, il serait peut-être rentré chez lui pour dormir.

— La secrétaire de Me Rabut a demandé que vous l'appeliez dès votre retour.

— Passe-moi la communication.

Un peu plus tard, Colette lui tendait l'écouteur.

— Monsieur Poitaud ? Ici, la secrétaire de Me Rabut.

— Je sais.

— Me Rabut s'excuse d'avoir oublié de vous en parler ce matin. Votre femme lui a remis une liste de choses qu'elle aimerait que vous lui fassiez porter le plus tôt possible. Voulez-vous que je vous l'envoie ?

— Elle est longue ?

— Pas très.

— Dictez-la-moi.

Il attira un bloc à lui, écrivit en colonne la liste des objets.

— D'abord une robe grise en jersey qui se trouve dans la penderie de gauche, à moins qu'elle n'ait été donnée au teinturier. Il paraît que vous êtes au courant. Une jupe de laine noire, la dernière, avec trois gros boutons. Quatre ou cinq chemisiers blancs, les plus simples. Là-bas, il faut près d'une semaine pour recevoir le linge de la buanderie.

Il croyait voir Chaton, l'entendre. C'était la même comédie chaque fois qu'ils descendaient dans un hôtel.

— Les deux combinaisons blanches en nylon, celles qui n'ont pas de dentelle. Une dizaine de paires de bas, les derniers achetés, qui se trouvent dans une enveloppe de soie rouge.

Elle était à la Petite Roquette, accusée d'homicide. Elle risquait d'être condamnée à perpétuité et elle se préoccupait de ses bas.

— Je ne vais pas trop vite ? Les pantoufles en vernis noir et les sandales de bain. Son peignoir de bain. Une paire de chaussures noires à talons bottier. Un flacon, pas trop grand, de son parfum habituel. Vous êtes au courant.

Même le parfum ! Elle ne se laissait pas troubler, elle ! Elle tenait bon, gardait les deux pieds dans la vie !

— Une petite provision de somnifère et ses tablettes pour les brûlures d'estomac. J'oubliais. Elle a ajouté : peigne et brosse.

— Elle a écrit cette liste elle-même ?

— Oui. Elle l'a remise à Me Rabut en lui recommandant de vous la donner le plus tôt possible. Elle a ajouté un mot que je lis mal. C'est écrit au crayon, sur du mauvais papier. *So*... Oui, ce sont deux *r*. *Sorry*...

Il leur arrivait à tous les deux de s'entretenir en anglais. *Sorry !* Excuse-moi.

Il regarda Colette qui l'observait, remerciait, raccrochait.

— Pas trop bouleversée par votre interrogatoire ?

Et, comme elle ouvrait de grands yeux :

— Pardon. Voilà que je te dis vous. Cela t'a vexée d'avouer que nous couchons parfois ensemble ?

— Cela ne regarde personne.

— On croit ça. Chacun se figure que sa vie est à lui. Puis un événement se produit et tout est déballé en public.

Il ajouta avec ironie :

— Je déballe !

— Tu souffres ?

— Non.

— Ce n'est pas une façade ?

— Je te jure que ces femelles pourraient avoir couché avec le monde entier sans que cela me bouleverse.

Pauvre Colette ! Elle était restée sentimentale. Elle aurait pu être une des lectrices de *Toi*. Elle devait être une des rares, parmi le personnel, à prendre le magazine au sérieux.

Elle aurait préféré le voir effondré. Il aurait mis la tête sur son épaule et elle l'aurait consolé.

— Je file. Il faut que je lui porte ses affaires.

Il retrouva sa voiture dans la cour, refit une fois de plus le chemin qu'il connaissait si bien. L'air devenait plus frais. Les passants marchaient un peu plus allégrement que la veille et s'arrêtaient devant les vitrines.

Il prit l'ascenseur, ouvrit avec sa clef, fut surpris, au premier abord, de se trouver en face de la nouvelle femme de ménage. Elle avait donc choisi de travailler à plein temps. Dans le couloir, placards et tiroirs étaient ouverts.

— Qu'est-ce que vous faites, mon lapin ?

Il lui disait encore vous. Il en était surpris lui-même. Cela ne durerait pas.

— Si je veux vous être utile, il faut que je sache où se trouvent les affaires. J'en profite pour brosser les vêtements qui en ont besoin.

— Dans ce cas, vous allez m'aider.

Il tira la liste de sa poche, alla chercher une valise assez grande.

— La robe grise en jersey.

— Elle aurait besoin de passer chez le dégraisseur.

— Ma femme ne savait plus si elle l'y avait envoyée ou non. Tant pis ! Passez-la-moi.

Puis ce furent les combinaisons, les culottes, les bas, les chaussures, tout le reste.

— Laissez-moi faire. Vous fourrez tout n'importe comment.

Il la regardait avec surprise. Non seulement c'était une belle fille, jeune et appétissante, mais elle semblait connaître son métier.

— C'est pour porter à la prison ?

— Oui.

— Le parfum aussi ?

— Il paraît. Tant qu'elles ne sont que prévenues, elles jouissent d'un régime spécial. J'ignore jusqu'où ça va.

— Vous l'avez vue ?

— Elle ne veut pas me voir. Au fait, la personne qui était ce matin dans mon lit...

Il s'attendait à ce que Bessie soit toujours là.

— Elle s'est levée un peu après votre départ, m'a redemandé du café et est venue à la cuisine le préparer avec moi.

— Toute nue ?

— Elle avait mis votre peignoir qui traînait par terre. Nous avons un peu bavardé. Je lui ai fait couler un bain.

— Elle n'a rien dit ?

— Elle m'a raconté votre rencontre, puis ce qui s'est passé la nuit dernière. Elle a été étonnée que ce soit mon premier jour ici et elle a ajouté que vous auriez sûrement besoin de moi prochainement.

— Pour quoi faire ?

Elle répondit tranquillement :

— Pour tout.

— Verse-moi donc un whisky pas trop fort.

— Déjà ?

Il haussa les épaules.

— Tu en prendras l'habitude.

— Vous êtes souvent comme la nuit dernière ?

— Presque jamais. Je bois, mais suis rarement ivre. Ce matin, c'était la troisième ou la quatrième gueule de bois de ma vie. Dépêche-toi.

Ça y était. Il la tutoyait. Un lapin de plus. Il avait besoin d'incorporer les gens dans son cercle et ce cercle-là se situait un peu, beaucoup même, en dessous de lui.

Était-ce ainsi ? Il n'y avait jamais pensé. Il avait cru que les copains, c'était une bande de gens qui avaient les mêmes goûts et sur qui on pouvait compter.

Ce n'était pas vrai. Beaucoup de choses auxquelles il avait cru étaient fausses aussi. Un jour, il en dresserait la liste, comme Chaton pour ses vêtements, son linge, ses chaussures et le reste.

On allait bien voir si son beau-frère, malgré la chapelle ardente, était allé rue de La Vrillière. C'était peu probable. Il devait se tenir à la porte du salon tendu de noir, non loin du cercueil et des cierges dont la flamme tremblotait.

— Allô ! Albert ? Je pourrais parler à mon beau-frère, s'il vous plaît ? Oui. Je sais. Je n'ai que quelques mots à lui dire.

Un défilé ininterrompu, comme on devait s'y attendre. Des quantités de fonctionnaires, des députés, peut-être des ministres. Les Blanchet se situaient très haut dans la hiérarchie. On ne pouvait pas prévoir jusqu'où ils iraient.

Pourquoi ricanait-il ? Il ne les jalousait pas. Il n'aurait accepté en aucun cas d'être comme eux. Il ne pouvait pas les sentir. En outre, il les méprisait pour toutes les concessions qu'ils faisaient à leur carrière. Selon un mot qu'il employait volontiers, ils puaient.

— C'est moi, Alain. Je m'excuse de te déranger.

— C'est, pour moi, une journée très lourde, très pénible, et...

— Justement. C'est de ça que j'ai tenu à te parler. Il y a sans doute des photographes et des journalistes dans les environs.

— La police s'efforce de les tenir à distance.

— Je pense qu'il vaut mieux que je ne me montre pas ?

— C'est mon avis aussi.

— Quant à demain...

— Il ne faut à aucun prix que tu assistes aux obsèques.

— J'allais te le dire. Je suis le mari de la meurtrière, n'est-ce pas ? Sans compter...

Qu'est-ce qu'il lui prenait ?

— C'est tout ce que tu as à me dire ? coupa Blanchet.

— C'est tout. Je suis navré. Je tiens seulement à te répéter que je n'y suis pour rien. C'est maintenant l'avis de la police aussi.

— Que leur as-tu encore raconté ?

— Rien. Le commissaire a questionné mon personnel. Ils sont allés rue de Longchamp.

— Tu t'obstines à préciser ?

— Mes condoléances, Roland. Dis à notre beau-père que je regrette de ne pas le revoir. C'est un homme bien. S'il a besoin de moi pour quoi que ce soit, il sait où m'appeler.

Sans attendre, Blanchet raccrocha.

— C'était le mari ?

— Mon beau-frère, oui.

Elle le regardait avec un air presque moqueur.

— Qu'est-ce qui te fait sourire ?

— Rien. Voulez-vous que je prenne un taxi et que je dépose la valise ?

Il hésita.

— Non. Il vaut mieux que j'y aille moi-même.

Un contact, malgré tout. Il ne s'agissait vraisemblablement pas d'amour, pas de ce que les gens appellent amour. Chaton avait trotté à son côté pendant des années. Elle avait été là.

Comment avait-elle dit au juste à Rabut ? Qu'elle ne le reverrait plus, sauf, d'assez loin, aux assises.

Et si elle était acquittée ? Rabut avait la réputation de faire acquitter les neuf dixièmes de ses clients.

Il imaginait le président, ses assesseurs, l'avocat général, les jurés qui rentraient en file indienne, l'air important, leur président qui lisait :

— ... A la première question : non... A la seconde question : non...

La rumeur dans la salle, peut-être des protestations, des sifflets, les journalistes qui se faufilaient en courant vers les cabines téléphoniques.

Que se passait-il alors ? Que faisait-elle, en robe sombre ou en tailleur, entre ses deux gardes ?

Rabut se tournait pour lui serrer la main. Est-ce qu'elle cherchait Alain des yeux dans la salle ? Est-ce qu'il restait là à la regarder ?

Était-ce à quelqu'un d'autre qu'elle adressait un sourire ?

— Dites-lui que je ne le reverrai pas, sauf...

Où irait-elle ? Elle ne reviendrait pas ici, où la plupart de ses affaires se trouvaient encore à leur place. Les ferait-elle chercher ? Lui enverrait-elle une liste, comme ce matin ?

— A quoi pensez-vous ?

— A rien, mon lapin.

Il lui tapota la croupe.

— Tu as les fesses dures.

— Vous les préféreriez molles ?

Il fut sur le point... Non, pas maintenant. Il devait se rendre rue de la Roquette.

— A tout à l'heure.

— Vous rentrez cet après-midi ?

— Sans doute que non.

— A demain, alors.

— C'est vrai, à demain.

Son visage s'assombrit. Cela signifiait qu'il rentrerait dans le studio vide, qu'il resterait seul, qu'il se servirait un dernier verre en regardant les lumières de Paris et qu'il finirait par entrer dans sa chambre et par se déshabiller.

Il la regarda, hocha la tête, répéta :

— A demain, mon lapin.

Il avait remis la valise à une matrone indifférente et il roulait maintenant dans un quartier qui ne lui était pas familier. Tout à l'heure, il était passé devant le Père-Lachaise, où quelques feuilles décolorées pendaient encore aux arbres, et il s'était demandé si c'était ici qu'Adrienne serait enterrée le lendemain.

Les Blanchet devaient avoir un caveau de famille quelque part, sans doute un monument en marbre de plusieurs couleurs. Alain ne l'appelait pas Adrienne, mais Bébé. Ne faisait-elle pas partie de son cirque ?

Dans quelques minutes, Chaton ouvrirait la valise, arrangerait ses vêtements, son linge, le visage sérieux, les sourcils froncés.

Elle s'organisait. Elle avait maintenant sa vie personnelle. Il ne voyait pas bien sa cellule. Il ne savait pas du tout, en réalité, comment la vie se déroulait à la Petite Roquette, et cela le contrariait.

Était-elle avec son père ? Se parlaient-ils à travers un grillage, comme dans certains films ?

Il se retrouvait place de la Bastille et se dirigeait vers le pont Henri-IV pour longer la Seine.

Vendredi. Vendredi dernier encore, comme presque tous les autres vendredis, ils étaient installés dans la Jaguar, sa femme et lui, et ils roulaient sur l'autoroute de l'Ouest. Les mini-voitures, c'était pour Paris. Pour la grand-route, ils sortaient la Jaguar décapotable.

Est-ce qu'elle y pensait aussi ? Ne se laissait-elle pas décourager par le monde terne qui l'entourait et qui sentait le désinfectant ?

A quoi bon y penser ? Elle avait décidé de ne pas le revoir. Il n'avait pas bronché quand Rabut lui avait dit ça. Il n'en avait pas moins eu froid dans le dos. Cette phrase-là signifiait tant de choses !

Au fond, elle devait se sentir délivrée, comme une veuve. Elle retrouvait sa personnalité. Elle n'était plus accrochée à quelqu'un qu'elle devait rejoindre ici ou là sur un coup de téléphone.

Elle pourrait parler. Ce ne serait plus lui qui parlerait, lui qu'on écouterait, mais elle. Pour l'avocat, déjà, pour le juge, pour les gardiennes, la directrice de la prison, elle était un personnage à part entière, elle comptait par elle-même.

Quand on quittait l'autoroute, on n'avait qu'un bois à traverser pour apercevoir Les Nonnettes au milieu des prés. A Noël dernier, ils avaient acheté une chèvre pour Patrick.

Celui-ci passait plus de temps avec le jardinier, le brave Ferdinand, qu'avec Mlle Jacques, sa nurse. C'était son nom de famille. Patrick l'appelait Mamie, ce qui, au début, avait fait tiquer Chaton. Elle était « maman ». Mais Mamie avait plus d'importance aux yeux de l'enfant.

— Dis, papa, pourquoi est-ce qu'on ne vit pas ici tous ensemble ?

Oui, pourquoi ? Il avait tort de penser. Cela ne servait à rien et c'était dangereux. Demain il irait aux Nonnettes.

— Et maman ? Où est-elle ?

Qu'est-ce qu'il répondrait ? Il fallait pourtant qu'il y aille. Sans compter que, le samedi, les bureaux de la rue de Marignan étaient fermés.

Il ne put entrer sa voiture dans la cour parce qu'un camion livrait du mazout. Il se rangea tant bien que mal, jeta un coup d'œil à la file de gens devant les guichets. En plus des concours, ils avaient créé un club. On distribuait des insignes.

Foutaise, bien sûr. D'un étage meublé de quelques bureaux achetés d'occasion, il n'en avait pas moins envahi tout l'immeuble et, dans un an, celui-ci serait entièrement rénové. Le tirage augmentait chaque mois.

— Salut, Alain.

Les anciens, le groupe qui l'avait entouré dès le début, ceux qui faisaient déjà partie de la bande quand il était encore journaliste l'appelaient Alain. Les autres disaient patron.

— Salut, mon lapin.

Il aimait monter les étages à pied, passer par les différents services, suivre les couloirs étroits, monter et descendre des marches, surprendre ses collaborateurs au travail.

Il ne faisait pas grise mine quand il en trouvait cinq ou six, réunis dans un bureau, à se raconter des histoires et à rire aux éclats. Il riait avec eux. Pas aujourd'hui.

Il grimpait toujours, essayant de se débarrasser du fatras de pensées qui l'attaquaient, des petites pensées sournoises, comme certains rêves. Certaines étaient si imprécises qu'il n'aurait pu les formuler, mais l'ensemble était accablant.

C'était un peu comme de remettre tout en question. Ou comme d'assister à sa propre autopsie.

Il retrouva Maleski dans son bureau.

— Non, mademoiselle, répondait-il au téléphone. Nous ne savons absolument rien. Je suis désolé. Je n'ai rien à vous dire.

— Toujours au sujet de...

— Bien sûr. Maintenant, c'est la province qui donne. Celle-ci téléphonait de La-Roche-sur-Yon. J'ai un message pour toi. Le commissaire Roumagne a téléphoné. Il demande que tu passes à son bureau dès que tu pourras.

— J'y vais.

Après tout, il n'en était pas fâché. Il ne savait que faire de son corps. Il était convaincu qu'il gênait tout le monde.

Il entra d'abord dans le bar d'en face pour un double. Comme il l'avait dit à Mina, il n'avait pas l'intention d'exagérer. Il ne buvait pas plus que d'habitude.

Il avait toujours bu ainsi, peut-être par besoin de vivre un ton au-dessus de la réalité. Les copains buvaient aussi. Sauf ceux qui, après s'être mariés, quittaient la bande et qu'on ne revoyait que de loin en loin. Chez ceux-là, la femme avait gagné. La femme, sans en avoir l'air, ne gagne-t-elle pas toujours ?

Chaton, en fin de compte, n'avait-elle pas gagné, elle aussi ?

Mina avait franchi sa porte à sept heures du matin. A onze heures ou onze heures et demie, elle avait déjà obtenu de rester toute la journée. Dieu sait si, ce soir, il ne la trouverait pas à l'attendre. Il ne se passerait probablement pas longtemps avant qu'elle ne couche rue Fortuny.

— Double ?

A quoi bon le lui demander ? Il n'avait pas honte de boire, d'être peut-être ce qu'on appelle un alcoolique. A présent, ce n'était plus un vice, mais une maladie. Il n'en pouvait rien s'il était malade.

— Pas trop occupé ?

Les gens ont le talent de poser les questions les plus ineptes. Et pourtant le barman, qui le connaissait depuis des années, était plein de bonne volonté.

— Je n'ai absolument rien à foutre !

— Je vous demande pardon. Je croyais... Un autre ?

— Non.

Il n'avait pas à payer. Il réglait son compte en fin de mois, comme la plupart de ses collaborateurs qui descendaient de temps en temps prendre un verre. Au début, on apportait des bouteilles dans les bureaux. On s'était vite aperçu que ce n'était pas la même chose, qu'on finissait par boire, machinalement, au goulot.

Qu'est-ce que le commissaire adjoint lui voulait ? Pourquoi n'était-ce pas le juge d'instruction qui le faisait appeler ?

Il pourrait se cacher à un coin de rue, demain, pour voir passer l'enterrement... Elle avait une curieuse façon de le regarder... Il voyait toujours dans ses yeux une petite flamme moqueuse qu'elle n'avait jamais accepté de lui expliquer...

— Qu'est-ce qui t'amuse, Bébé ?

— Toi.

— Pourquoi ? Tu me trouves drôle ?

— Non.

— J'ai une tête qui fait rire ?

— Certainement pas. Tu es plutôt beau garçon.

Plutôt...

— C'est quand je parle ?

— C'est tout. Tu es un chou.

Or, il n'aimait pas être un chou, même s'il faisait des autres des lapins, des bébés ou des petites têtes.

Était-elle la seule, en fin de compte, à ne pas le prendre au sérieux ? Car les autres le prenaient au sérieux, les imprimeurs, les messageries, les banques. Personne ne le considérait comme un gamin, ni comme un clown.

— Vous avez un rendez-vous ?

Un agent l'arrêtait devant le portail de la P.J.

— Le commissaire Roumagne m'attend.

— L'escalier à gauche.

— Je connais.

Il n'y rencontra personne. L'huissier, en haut, lui fit remplir une fiche. Après la mention : *raison de la visite,* il traça un point d'interrogation.

On ne le fit pas attendre et l'inspecteur qui se trouvait avec Roumagne quand on l'introduisit se retira immédiatement.

Cette fois, le commissaire lui tendit une main cordiale, lui désigna un fauteuil.

— Je ne vous attendais pas si tôt. Je me demandais si vous

passeriez par votre bureau. Je sais que le vendredi, d'habitude, vous partez pour la campagne.

— C'est déjà loin, répliqua-t-il avec ironie.

— Amer ?

— Non. Même pas.

Une tête d'homme qui n'est pas très loin de la terre. Son grand-père ou son arrière-grand-père devait encore être paysan. Il avait la chair drue, une forte ossature. Il regardait droit devant lui.

— Je suppose que vous n'avez rien à m'apprendre, monsieur Poitaud ?

— J'ignore ce qui vous intéresse. Que j'ai passé la nuit à boire ? Que je me suis réveillé ce matin avec, non seulement une horrible gueule de bois, mais une fille dans mon lit ?

— Cela, je le sais.

— Vous me faites suivre ?

— Pour quelle raison ? Ce n'est quand même pas vous qui avez tiré sur votre belle-sœur, n'est-ce pas ?

Il se durcit.

— Ne m'en veuillez pas si je me suis installé ce matin à votre bureau et si je me suis permis de fouiller vos tiroirs.

— C'est la moindre des choses.

— J'ai posé quelques questions à votre personnel.

— A mon tour de vous répondre que je le sais.

— Cela m'a confirmé ce que vous m'avez déclaré hier au sujet de vos relations avec votre belle-sœur.

— C'est-à-dire ?

— Que ces relations ont cessé avant Noël dernier. Le tenancier du meublé de la rue de Longchamp est formel.

— Je n'avais aucune raison de mentir.

— Vous auriez pu en avoir.

Le commissaire se tut, alluma une cigarette, poussa le paquet vers son visiteur qui en prit machinalement une. Alain comprit que ce silence était voulu. Il feignit de le trouver naturel et il fuma en regardant dans le vague.

— J'aimerais que vous soyez aussi franc en répondant à la question que je vais vous poser. Vous comprendrez son importance. Quelle réaction allez-vous avoir lorsque vous saurez qui était l'amant de votre femme ?

— Vous voulez dire de ma femme et de sa sœur ?

— C'est exact.

Ses poings se serrèrent un instant. Son visage se durcit. Ce fut son tour à laisser peser le silence.

— Je ne sais pas, dit-il enfin. Cela dépend.

— De qui est l'homme ?

— Peut-être.

— Par exemple, si c'était un de vos collaborateurs ?

En un éclair, il revit tout l'immeuble de la rue de Marignan, du haut en bas, évoqua des visages d'hommes jeunes et moins jeunes, voire de vieux, les éliminant tour à tour. François Lusin, le chef de la publicité, un bellâtre qui se croyait irrésistible ? Non ! Pas Chaton, en tout cas.

Maleski non plus, ni le petit Gagnon, sautillant et grassouillet, son secrétaire de rédaction.

— Ne cherchez pas. Je vous fournirai la réponse dans un instant.

— Vous savez ?

— J'ai à ma disposition des moyens que vous ne possédez pas, monsieur Poitaud. Je me trouve de ce fait dans une situation délicate et c'est pour cela que je vous ai demandé de venir ici. Remarquez que je ne vous ai pas convoqué. Cet entretien n'a rien d'officiel. Comment vous sentez-vous ?

— Mal, répliqua-t-il durement.

— Je ne parle pas de votre gueule de bois, mais de vos nerfs.

— Si c'est ça que vous voulez savoir, je suis aussi calme qu'un poisson qu'on vient de vider.

— Je voudrais que vous m'écoutiez sérieusement. Je connais assez Me Rabut pour savoir qu'il plaidera le crime passionnel. Pour ça, il lui faut un protagoniste.

— Je comprends.

— Vous ne pouvez plus servir, puisque vous avez cessé vos relations avec votre belle-sœur il y a près d'un an. Il y aura beaucoup plus d'un an quand l'affaire viendra devant les assises.

Il hocha la tête. Il était très calme, en effet, d'un calme douloureux.

— Votre femme refuse de parler. Elle n'en a pas moins droit à la justice et, s'il s'agit d'un crime passionnel...

— Pas de bla-bla-bla, voulez-vous ? Coupez au court, je vous en prie.

— Excusez-moi, monsieur Poitaud, mais je suis obligé de m'assurer que je ne vais pas provoquer un autre drame.

— Vous avez peur que je le tue ?

— Vous avez des réactions plutôt vives.

Il ricana.

— A cause de qui le tuerais-je ? De ma femme ? Je m'habitue à l'idée de l'avoir perdue. J'y ai beaucoup réfléchi. Je savais qu'elle était là et cela me suffisait. Du moment qu'elle n'y est plus...

Il fit un geste vague.

— Quant à Bébé, je veux dire à Adrienne...

— J'ai compris. Il reste votre orgueil. Vous êtes un orgueilleux, et j'admets que vous avez des raisons d'être assez satisfait de vous.

— Je ne le suis pas.

— Vous n'êtes pas content de vous ?

— Non.

— Peu vous importe donc qui a pris votre place auprès des deux sœurs ?

— Je suppose.

— Vous ne possédez plus d'arme ?

— Je n'avais que ce browning.

— Vous me promettez de ne pas vous en procurer ?

— Je promets.

— Je vous fais confiance. Attendez-vous à une surprise. Mes hommes sont allés questionner les concierges de quelques-uns de vos collaborateurs, ceux qui paraissent les plus plausibles. D'habitude, le dernier coup de sonnette est le bon. Cette fois, le hasard a voulu que ce soit le premier, à l'adresse la plus proche, rue Montmartre.

Alain se demanda qui, dans ses bureaux, habitait la rue Montmartre.

— Julien Bour.

Le photographe à la tête de travers et au visage maladif ! Celui qu'il avait rencontré la nuit précédente dans la boîte de la rue Notre-Dame-de-Lorette !

— Cela vous surprend ?

Il s'efforça de sourire.

— Le choix me paraît curieux.

Bour était le dernier auquel il aurait pensé. Il était peu soigné de sa personne et on aurait juré qu'il ne se lavait jamais les dents. Il ne regardait pas les gens en face, comme s'ils lui faisaient peur.

Au fait, Alain ne connaissait presque rien de son passé. Avant d'entrer à *Toi*, il ne travaillait pour aucun des hebdomadaires importants ni des grands quotidiens.

Qui le lui avait présenté ? Il fouillait dans sa mémoire. Cela datait de plusieurs années. Il ne s'agissait pas de quelqu'un qui était attaché au magazine et cela se passait dans un bar.

— Alex ! fit-il à voix haute.

Il expliquait au commissaire :

— Je me demandais comment je l'ai connu. C'est un nommé Alexandre Manoque qui m'en a parlé. Manoque est vaguement metteur en scène de cinéma. Il parle beaucoup des films qu'il va entreprendre mais il n'a jamais sorti que deux courts métrages. Par contre, il connaît des quantités incroyables de jolies filles et, quand nous manquons de modèles, il nous arrive de lui passer un coup de fil.

Il n'en revenait pas. Bour le Miteux ! Bour dont pas une des dactylos n'aurait voulu. On prétendait qu'il sentait mauvais, mais Alain, pour sa part, ne s'en était jamais aperçu.

Il sortait rarement avec la bande et, dans ces cas-là, il ne faisait que de la figuration. Tout le monde aurait été stupéfait s'il s'était mêlé à la conversation.

Il apportait ses photos, grimpait sous les toits pour les mettre en page avec Léon Agnard, car il était méticuleux.

— Toutes les deux ! murmura-t-il avec stupeur.

— Votre femme, la première, a pris l'habitude de se rendre rue Montmartre.

— Cela se passait chez lui ?

— Oui. Un vaste immeuble presque croulant, où il y a surtout des bureaux et des ateliers. Un atelier de photogravure, par exemple.

— Je connais.

Un hebdomadaire d'échos, auquel il avait collaboré à ses débuts, y avait ses bureaux. Sur presque toutes les portes, on voyait des plaques émaillées. *Timbres en caoutchouc. Photocopie. Hubert Moinet, traducteur juré. Agence E.P.C.*

Il n'avait jamais su ce qu'était l'agence E.P.C., car l'hebdomadaire n'avait eu que trois numéros.

— Il occupe, tout en haut, sur la cour, une grande pièce et deux plus petites. La grande pièce lui sert de studio et il y fait la plupart de ses photos. Il vit seul. Mon inspecteur a montré à la concierge les photographies de votre femme qu'elle a tout de suite reconnue.

» — La jeune dame si élégante et si gentille ! s'est-elle exclamée.

— Quand cela a-t-il commencé ?

— Il y a près de deux ans.

Alain fut obligé de se lever. Cela le dépassait. Pendant deux ans Chaton avait été amoureuse de Julien Bour et il ne s'était aperçu de rien ! Elle continuait à vivre avec lui. Ils faisaient l'amour. Ils dormaient, nus, dans le même lit. Les derniers temps, seulement, elle s'était montrée moins passionnée.

— Près de deux ans !

Il prit le parti de rire, d'un rire dur et cruel.

— Et la sœur ? Quand a-t-il séduit la sœur, ce pauvre type ?

— Cela ne date que de trois ou quatre mois.

— Chacune avait son jour ?

Le commissaire l'observait calmement.

— A la fin, c'était Adrienne qui allait le voir le plus souvent.

— Pour damer le pion à sa sœur, parbleu ! C'était enfin son tour !

Il marchait de long en large comme dans son bureau ou dans le studio de la rue Fortuny.

— Mon beau-frère est au courant ?

— Ce n'est pas le moment de lui en parler. N'est-ce pas demain matin qu'ont lieu les obsèques ?

— Je comprends.

— Ensuite, ce n'est pas à moi de le lui dire. Si Me Rabut croit plus adroit de le lui apprendre...

— Vous l'avez averti ?

— Oui.

— C'est lui qui vous a conseillé de me faire venir ici ?

— Je l'aurais fait de toute façon. Il y a des reporters sur toutes les pistes imaginables. Ils étaient rue de Longchamp avant nous et un hebdomadaire dans le genre de celui que vous évoquiez tout à l'heure en parle aujourd'hui.

— Bour n'est même pas un type à qui on casse la gueule, grommela Alain.

— J'ai quelques autres renseignements sur lui. Son nom me disait quelque chose. Je suis allé voir mon collègue de la Mondaine, qui s'est occupé de Bour il y a quelques années.

— Il a été poursuivi ?

— Non. Faute de preuves. Tout à l'heure, vous avez cité un nom, Alex Manoque. Je vous signale que son vrai nom s'écrit avec un *ck* à la fin : Manock. La Mondaine l'a tenu longtemps à l'œil pour des affaires de photos érotiques. Manock a été pris en filature. Il a rencontré plusieurs fois Julien Bour, toujours dans des cafés ou dans des bars. Bour était certainement l'opérateur, mais une fouille, rue Montmartre, n'a pas permis de retrouver les pellicules.

» J'ignore s'ils continuent. Ce n'est pas mon rayon et cela ne change rien à notre affaire. Mon collègue est persuadé qu'il n'est pas seulement question de photos mais de films.

— Vous croyez qu'il a photographié ma femme ?

— Je ne le pense pas, monsieur Poitaud. Ma première intention a été d'aller le voir et de jeter un coup d'œil sur son stock de photos. Cela risquerait, en ce moment, de créer des remous. Nous passons rarement inaperçus, surtout quand toute la presse est sur les dents.

— Bour ! répéta Alain en fixant le plancher.

— Si vous aviez été à ma place pendant vingt ans, vous ne seriez pas surpris. Les femmes ont parfois besoin d'un être plus faible qu'elles, ou qu'elles croient plus faible, d'un homme qui leur fasse pitié.

— Je connais la théorie, dit Alain avec impatience.

— Croyez qu'elle est vraie dans la pratique.

Il en comprenait, lui, beaucoup plus que le commissaire, et c'est pourquoi il était devenu si sombre.

Maintenant, il en savait assez. Il avait hâte de partir.

— Vous me promettez...

— De ne pas tuer Bour. Je ne le giflerai même pas. Je me demande si je le flanquerai à la porte, car c'est notre meilleur photographe. Vous voyez que vous n'avez rien à craindre. Je vous remercie de m'avoir renseigné. Rabut va la faire acquitter. Ils seront heureux et auront beaucoup d'enfants.

Il marchait vers la porte, s'arrêta en chemin, fit demi-tour pour tendre la main au commissaire.

— Excusez-moi. J'oubliais. A un de ces jours. Vous aurez bien quelque chose de nouveau à m'apprendre.

Il s'offrit le luxe de lancer, en passant près du vieil huissier à chaîne d'argent :

— Bonsoir, mon lapin.

7

Il évita ses bureaux. Il n'avait pas envie de « les » voir. Peut-être voulait-il se prouver qu'il n'avait pas besoin d'eux, ni de personne. Au volant de sa petite auto rouge, il allait droit devant lui et il se retrouva au bois de Boulogne où il tourna en rond, sans but, sans pensées précises.

Il attendait que le temps passe, rien d'autre. Il regardait les arbres, les feuilles mortes, deux cavaliers qui allaient au pas en devisant.

Il avait appris, en trop peu de temps, beaucoup de vérités désagréables, qu'il lui faudrait digérer peu à peu.

Il n'éprouvait pas le besoin de boire. S'il s'arrêta dans un bar inconnu, près de la porte Dauphine, ce fut pour ne pas trop changer ses habitudes. Il regardait les autres qui buvaient autour de lui et se demandait s'ils avaient les mêmes problèmes.

Pas tout à fait les mêmes. Ce qui venait de lui arriver était assez exceptionnel. Mais le fond ne devait pas être tellement différent d'un homme à l'autre.

D'autres regards, comme le sien, restaient accrochés dans le vague. Que voyaient-ils ? Que cherchaient-ils ?

— Il me semble que je vous connais, murmura, près de lui, un type assez gros, au visage sanguin, qui avait trop bu.

— Certainement pas, répliqua-t-il sèchement.

Il avait fixé sa ligne de conduite pour ce jour-là et il était capable de s'y tenir. Il dîna seul, dans un restaurant qu'il ne connaissait pas, avenue des Ternes. C'était un restaurant d'habitués, avec des casiers de bois clair pour les serviettes.

Il n'avait pas faim, mangea quand même, de la soupe d'abord, puis une andouillette grillée garnie de pommes frites. Le patron l'observait de loin. Par chance, la photo publiée par les journaux n'était pas très ressemblante.

Des gens fronçaient les sourcils, s'attardaient un peu à le dévisager, puis haussaient les épaules en se disant qu'ils se trompaient.

Il entra dans un cinéma des Champs-Élysées et se laissa conduire par l'ouvreuse. Il ne connaissait pas le titre du film. Il reconnut des acteurs américains mais il ne suivit pas l'action.

Toujours fidèle à son plan, il usait les heures une à une. Plus tard, il rentra chez lui et prit l'ascenseur, se servit de sa clef.

Tout était vide et sombre. Mina n'avait pas osé rester. Elle y avait certainement pensé mais elle avait craint d'aller trop vite.

Il alluma. Un plateau était préparé avec une bouteille, un verre et de l'eau à ressort.

Il s'assit dans un fauteuil, se servit à boire et se sentit plus loin des hommes qu'il ne l'avait jamais été de sa vie. Quand il avait raté son bac, sa réaction avait été presque pareille. Il s'en souvenait. Il se tenait sur le balcon de leur appartement, place Clichy, à regarder la vie nocturne qui commençait.

Est-ce que ces petites silhouettes noires qui gravitaient sur le pavé savaient vraiment où elles allaient ? Il avait failli rentrer dans sa chambre, essayer d'écrire un poème.

Le sens du ridicule avait repris le dessus. Il cherchait les issues qui s'offraient à lui et n'en trouvait pas de satisfaisante.

Combien de fois lui avait-on posé la question, quand il était enfant ou adolescent :

— Que comptes-tu faire plus tard ?

Comme si cela dépendait de lui ! Très jeune, il avait déjà l'impression que son avenir dépendait d'un hasard, d'une rencontre, d'une phrase entendue au passage. Il ne serait pas un fessé, c'est tout. Il ne s'engagerait pas, comme son père, dans un corridor bien droit où il userait sa vie à marcher pour ne rien trouver au bout.

Il se souvenait de tous les détails. Ses parents, dans la salle à manger, devaient parler de lui, car ils s'entretenaient à voix basse. Ils ne voulaient pas l'accabler en lui rappelant son insuccès.

— Tu en seras quitte pour te représenter en octobre.

Deux voitures s'étaient accrochées et une petite foule s'était rassemblée. Les fourmis gesticulaient. C'était à la fois piteux et grotesque.

Il n'existait qu'une issue, une seule, qui ne l'emballait pas mais qu'il acceptait comme un pis-aller. Il s'engagerait dans l'armée.

Il n'entendait aucun bruit autour de lui et il sursauta quand une boiserie craqua dans un coin du studio.

Il ne fallait pas qu'il sorte à nouveau. Pas plus qu'il n'avait quitté son balcon avant d'être sûr de sa décision.

— Tu ne rentres pas ? était venu lui demander son père.

— Non.

— Tu n'as pas froid ?

— Non.

— Bonne nuit, fils.

— Bonne nuit.

Puis sa mère était venue à son tour lui souhaiter la bonne nuit. Elle n'avait pas insisté pour qu'il rentre. Tous les deux avaient un peu peur, sachant qu'il avait l'épiderme sensible et qu'une maladresse ferait de lui un révolté.

Il ne s'était pas révolté. Il avait été un soldat comme les autres. Cela ressemblait à ce que les chrétiens appellent une retraite. Une préparation. Il avait appris à boire, un soir par semaine seulement, faute d'argent.

Il regarda la bouteille avec ironie. Elle semblait le narguer, le défier. Il lui suffisait de tendre la main, un geste si familier qu'il aurait pu le faire sans s'en rendre compte.

Il se leva pour regarder les toits, la silhouette de Notre-Dame se découpant sur un ciel assez clair, le dôme du Panthéon.

Foutaise !

Il entra dans sa chambre, regarda le lit vide, commença à se déshabiller. Il n'avait pas sommeil. Il n'avait envie de rien. Il n'existait aucune raison d'être ici plutôt qu'ailleurs. Un hasard. Chaton avait été un hasard aussi. Et Adrienne, qu'il avait baptisée Bébé. Pourquoi avait-il la manie de donner des surnoms aux gens ?

— Merde ! dit-il à voix haute.

Il répéta le mot un peu plus tard en se lavant les dents devant le miroir de la salle de bains.

Bour devait avoir peur, s'attendre à sa visite. Qui sait ? Il avait peut-être acheté une arme pour se défendre ? Ou bien avait-il précipitamment quitté Paris ?

Il sourit, ironique, enfila son pyjama, alla éteindre les lumières sans toucher à la bouteille.

— Bonne nuit, vieux...

Il fallait bien qu'il se souhaite la bonne nuit puisqu'il n'y avait personne pour le faire.

Il ne s'endormit pas tout de suite et passa le temps, immobile dans l'obscurité, à chasser des pensées déplaisantes. Pourtant, le sommeil dut lui venir en un temps assez court puisqu'il entendit soudain le ronronnement de l'aspirateur dans le studio.

Les draps en boule lui apprirent qu'il s'était agité. Il ne gardait aucun souvenir de ses rêves et pourtant il avait beaucoup rêvé.

Il se leva, pénétra dans la salle de bains, se lava les dents et se donna un coup de peigne. Puis il entra dans le studio où Mina arrêta son aspirateur.

— Déjà ? C'est moi qui vous ai réveillé ?

— Non.

— Je vous prépare votre café tout de suite.

Il la suivit des yeux. Ses doigts ne tremblaient pas comme la veille. Il n'avait pas mal à la tête. Rien qu'une sensation de vide, pas trop désagréable.

C'était comme si les choses ne le concernaient plus, comme s'il était débarrassé de toute responsabilité.

Quelles responsabilités, au fait ? Comment un homme pourrait-il être responsable d'un autre homme, ou d'une femme, ou même d'un enfant ?

Foutaise !

Un mot qui n'appartenait pas à son répertoire habituel. C'était nouveau. Il ne le trouvait pas mal. Il l'essaya deux ou trois fois en regardant le soleil encore pâle.

Mina lui apportait son café et les croissants.

— Vous êtes rentré tard ?

— Non, mon lapin.

Et, avec un regard vers la chambre :

— Il n'y a personne ?

— Seulement nous deux.

Il détaillait sa silhouette d'un œil froid. Il devait être impossible de deviner à quoi il pensait. Il était au-delà, lui semblait-il, des pensées admises, des pensées courantes.

— Vous désirez le journal ?

— Non.

Elle restait debout devant lui, se cambrait pour faire ressortir ses seins. Elle ne portait que sa blouse de nylon sur sa culotte et son soutien-gorge.

Il réfléchissait, pesant le pour et le contre. Elle avait commencé par sourire d'un sourire encourageant, puis un certain dépit avait brouillé son visage jeune et rose.

Il ne mangea pas son croissant, finit son café, alluma une cigarette, lui tendit le paquet, puis une allumette.

Elle souriait à nouveau. Debout, il la regardait de haut en bas, de bas en haut. Quand son regard se posa sur ses yeux, il contenait une question, qu'elle comprit tout de suite, comme un barman comprend qu'il doit remplir les verres.

Elle rit. Une réponse serait superflue.

— Vous préférez que je me déshabille ?

— Cela m'est égal.

Elle posa sa cigarette dans le cendrier, fit passer sa blouse par-dessus sa tête, leva un pied après l'autre pour retirer sa culotte. Son pubis était blond, rebondi, et son ventre gardait encore l'arrondi de l'adolescence.

— Pourquoi me regardez-vous de cette façon ?

— Comment est-ce que je te regarde ?

— On dirait que vous êtes triste.

— Non.

Elle avait retiré son soutien-gorge. Elle était nue. Il l'impressionnait et elle ne savait pas trop que faire.

— Viens, murmura-t-il après avoir écrasé le bout de sa cigarette.

Il avait dit ça doucement, gentiment.

— Couche-toi...

On aurait dit qu'il la mettait au lit pour qu'elle s'endorme. Il ne la regardait pas comme s'il la désirait, mais comme s'il voulait fixer l'image de son corps dans sa mémoire.

— Vous... Tu ne viens pas ?

Il retira son pyjama, s'étendit à côté d'elle, laissant glisser la main sur sa peau.

Elle était surprise. Dans son esprit, ce n'est pas ainsi que les choses auraient dû se passer. Il se montrait très différent de l'homme qu'elle avait vu la veille.

— Il y a longtemps que tu as commencé à faire l'amour ?

— J'avais quatorze ans.

— Il était jeune ?

— C'était mon oncle.

Elle rit.

— C'est drôle, non ?

Lui ne riait pas.

— Quand était-ce, la dernière fois ?

— Il y a trois semaines.

Il l'attira contre lui pour l'embrasser, un baiser long et tendre qui ne s'adressait pas nécessairement à elle. Il ne s'adressait pas à Chaton non plus, ni à Adrienne, à aucune femme en particulier.

— Tu es triste ? répéta-t-elle.

— Je t'ai déjà répondu que non.

— Tu as l'air triste. On dirait...

— On dirait quoi ?

Il lui souriait.

— Je ne sais pas. Rien. Embrasse-moi encore. On ne m'a pas souvent embrassée comme ça.

Sa peau était très claire. Jamais il n'avait vu une femme à la peau aussi claire. Elle était douce aussi. Il l'embrassait. Sa main la caressait cependant que son esprit restait loin.

Il la prit une première fois, lentement, avec des gestes tendres. Lui non plus ne se reconnaissait pas. Il la caressa de la tête aux pieds, de ses mains, de ses lèvres, et elle n'osait pas y croire.

Ils restèrent longtemps accouplés et, quand il la regardait, il retrouvait la même question dans ses yeux, une question à laquelle il lui était impossible de répondre.

Quand il se leva, il commença par détourner la tête.

— Tu pleures ?

— Non.

— Tu ne dois pas pleurer souvent, hein ? Pardon si je dis *tu*. Tout à l'heure, quand je mettrai ma blouse, je recommencerai à dire *vous*. Cela ne t'ennuie pas ?

— Non.

— Je peux passer dans la salle de bains ?

— Bien sûr.

Elle allait en fermer la porte quand il y entra. Un peu surprise, elle le laissa pourtant la regarder. C'était un autre genre d'intimité, d'autres gestes communs à toutes les femmes.

— Tu sais, c'est la première fois que...

Elle hésitait, toujours impressionnée. Il lui paraissait à la fois très près et très loin.

— Que quoi ?

— Comme ça... Si... si affectueusement...

Il s'installa sous la douche et resta immobile sous l'eau qui ruisselait sur sa peau.

— Je pourrai en prendre une aussi ?

— Si cela te fait plaisir.

En robe de chambre, il alla se verser un verre de scotch qu'il but à petites gorgées, le regard fixé sur le panorama. Il entendait Mina sous la douche. Pour lui, c'était fini. Il n'y pensait plus. Elle faisait partie du passé. C'est ce qu'elle était incapable de comprendre.

Qui comprendrait ? Pas même lui ! Pas tout à fait.

— C'est curieux, remarqua-t-elle en rentrant dans le studio pour s'habiller. Après l'amour, les hommes sont plutôt tristes. Moi, je me sens toute gaie, toute légère. J'ai envie de chanter, de faire des galipettes.

— Qu'appelles-tu des galipettes ?

— Comme quand j'étais petite.

Elle mit la tête par terre, lança les jambes en l'air, fit plusieurs tours sur elle-même.

— Tu n'as pas fait ça, toi ?

— Si.

Cela n'arrangeait rien d'évoquer son enfance. Au contraire.

— Tu veux bien l'attacher ? demanda-t-elle en lui tendant les deux pattes de son soutien-gorge.

Le même geste que Chaton, que les autres. Comment les femmes font-elles quand elles sont seules ?

— Merci.

Il se servait encore un peu de whisky qu'il avalait d'un trait, allumait une cigarette et se dirigeait vers le couloir aux placards. Il choisit un pantalon de flanelle grise, une veste de tweed, des souliers souples, à semelles crêpe. Il remplaça la chemise par un pull-over à col roulé.

— Cela te va bien d'être en sport.

Il ne réagit pas. Il ne réagissait plus à rien.

— Tu ne mets pas de pardessus ? Malgré le soleil, il ne fait pas chaud.

Il décrocha un blouson de daim, regarda autour de lui. Ce fut elle qu'il vit en dernier, alors qu'il était déjà près de la porte. Elle se haussa sur la pointe des pieds pour atteindre ses lèvres.

— Tu ne veux pas ?

Il hésita.

— Si.

Il l'embrassa comme il aurait embrassé une sœur.

— Vous rentrerez avant ce soir ?

— Peut-être.

Il descendit marche par marche et s'arrêta deux fois. Il entendit des voix d'enfants dans l'appartement du second étage. Puis il faillit pousser la porte vitrée de la loge, mais il n'avait rien à dire à la concierge et le courrier ne l'intéressait pas.

Il monta dans sa voiture, la conduisit jusqu'à son garage, rue Cardinet.

— Bonjour, monsieur Alain. Vous prenez la Jaguar ?

— Tu as fait le plein, mon petit ?

— Tout est en ordre, l'huile, les batteries. Vous voulez que je la décapote ?

— Oui.

Il s'installa au volant et se dirigea vers Saint-Cloud, franchit le tunnel, déboucha sur l'autoroute de l'Ouest. Il n'y avait personne sur le siège à côté de lui, personne pour lui recommander de ne pas rouler trop vite.

C'était drôle de penser qu'à la Petite Roquette Chaton était occupée à organiser sa vie.

Il roulait si lentement que beaucoup de voitures le dépassèrent et que des gens se retournèrent. On n'a pas l'habitude de voir les Jaguar de sport lambiner le long des routes.

Il n'était pas pressé. Sa montre marquait onze heures et quart. Il regardait les arbres comme s'il n'en avait jamais vu de sa vie. Certains étaient roux, d'autres d'un jaune doré, d'autres enfin vert sombre. Parfois on apercevait un chemin de terre avec de vraies ornières. Il y avait longtemps qu'il n'avait pas suivi un chemin de ce genre.

Des prés, une ferme entourée de vaches noires et blanches. En arrière-fond, une buée qui marquait vraisemblablement le tracé sinueux de la Seine.

L'air était frais, mais il n'avait pas froid. Des poids lourds le dépassaient. Il lui était arrivé de conduire des camions, en Afrique. En somme, il avait fait pas mal de choses dans sa vie.

Il faillit oublier de tourner à droite pour passer sous l'autoroute et gagner Les Nonnettes. D'habitude, c'était Chaton qui le lui rappelait. Il n'y avait presque plus de voitures.

Quand apparurent le toit d'ardoise et la tourelle carrée, il se rendit compte qu'il n'avait pas fumé depuis Paris. Par-dessus une murette, il apercevait le vieux chapeau cabossé de Ferdinand. Patrick devait être près de lui, dans le potager.

Il franchit la poterne dont les grilles restaient ouvertes toute la journée, rangea sa voiture dans la cour, devant un modeste perron de pierre. Mlle Jacques, vêtue d'un uniforme bleu qu'elle avait dû dessiner elle-même, ouvrait la porte.

Elle était grande, le visage calme, les traits réguliers. Il était difficile de dire si elle était jolie. Peut-être avait-elle un très beau corps qu'on ne remarquait pas.

— Je ne savais pas si vous viendriez. Patrick est au potager.

— Je m'en suis douté en voyant dépasser la tête de Ferdinand. Il ne sait rien ?

— Non. J'ai prévenu les gens qui viennent. Il n'y a guère que le facteur et les fournisseurs.

Il regardait la maison blanche, aux fenêtres à petits carreaux, qui lui avait donné tant de soucis. C'était une sorte de rêve qu'il avait réalisé : une maison où on aurait voulu être né, où on serait venu en vacances chez sa grand-mère.

La vaste cuisine était pavée de carreaux rouges, le plancher bien ciré partout ailleurs, les murs blancs, comme passés à la chaux, dans le vaste salon rustique, et les rideaux des chambres étaient à petites fleurs.

— Vous paraissez fatigué.

— Je le suis moins qu'hier.

— Cela a dû être très dur.

— Assez, oui.

— Vous étiez seul ?

Il fit un signe affirmatif.

— Votre beau-frère ?

— Il a mieux pris la chose que je ne l'aurais cru.

Il se dirigea vers le potager aux murettes couvertes d'espaliers. On voyait des poires énormes, déjà jaunâtres, des pommes que Ferdinand soignait avec amour, les ensachant, dès qu'elles commençaient à grossir, pour leur éviter les piqûres d'insectes.

Les allées étaient nettes, les planches de légumes tirées au cordeau, sans une mauvaise herbe.

Le jardinier et Patrick étaient occupés à cueillir des haricots mange-tout quand l'enfant aperçut Alain. Il se précipita, lui sauta dans les bras.

— Tu es venu de bonne heure. Où est maman ?

Il la cherchait des yeux.

— Elle a été retenue à Paris.

— Elle ne viendra pas demain ?

— Je ne crois pas. Elle a beaucoup de travail.

Patrick ne se montrait pas trop déçu. Ferdinand avait retiré son chapeau crasseux, et son crâne chauve et blanc brillait au soleil. Comme son visage était hâlé, cuit et recuit, ce crâne couleur d'ivoire en devenait presque indécent.

— Bienvenue, monsieur Alain.

— Maman n'est pas ici, Ferdinand. Elle a trop de travail. Tu n'oublies pas que tu as promis de me faire un arc ?

Le potager aurait pu servir de modèle pour un livre d'images.

La maison aussi sortait d'un livre d'images.

— Tu viens, Patrick ? Il est bientôt l'heure de déjeuner.

— La cloche n'a pas sonné.

Car il y avait même la cloche, à côté de la cuisine, et Loulou, la femme de Ferdinand, ne manquait pas de carillonner pour annoncer les repas.

— Bonjour, Loulou.

Il sentait l'odeur du lapin, des petits oignons, des fines herbes.

— Bonjour, monsieur Alain.

Elle ne put que le regarder avec attention, car elle n'osait pas le questionner devant l'enfant.

— Maman ne viendra pas, annonça celui-ci.

A qui ressemblait-il ? Il avait les yeux de sa mère, bruns, vifs et rêveurs tout ensemble, très mobiles. Le bas du visage était plutôt celui d'Alain.

Loulou avait un gros ventre sous son tablier à carreaux, de grosses jambes, un petit chignon gris et dur au sommet de la tête.

— Le déjeuner sera prêt dans quelques minutes. Vous mangerez des filets de hareng ? C'est Patrick qui m'a demandé d'en servir.

Il ne dut pas entendre. Il passait devant la salle à manger, pénétrait dans le salon où un antique meuble d'angle contenait des boissons et des verres.

Il se servit du whisky que son fils le regarda avaler avec intérêt.

— C'est bon ?

— Non.

— Meilleur que la limonade ?

— Non.

— Alors, pourquoi en bois-tu ?

— Parce que les grandes personnes en boivent. On ne sait pas toujours pourquoi les grandes personnes font ce qu'elles font.

Le regard que lui lança Mlle Jacques constituait un signal d'alarme et il comprit qu'il devait peser ses mots.

— Il vient du monde, demain ?

— Non, mon petit.

— Personne ?

— Absolument personne.

— Nous pourrons jouer tous les deux ?

— Je ne serai pas ici non plus.

— Quand est-ce que tu t'en vas ?

— Tout à l'heure.

— Pourquoi ?

Oui, pourquoi ? Comment expliquer à un gosse de cinq ans qu'il ne pourrait pas supporter plus de deux ou trois heures l'atmosphère des Nonnettes, ni tout ce que le décor signifiait ?

La gouvernante était surprise aussi. La femme de chambre, qui descendait l'escalier, questionna :

— Il y a des valises à monter ?

— Non, Olga.

La cloche sonnait. Une guêpe passait. Il avait oublié les guêpes.

Ils n'étaient que trois dans la salle à manger, autour de la table ovale avec un gros bouquet de fleurs dans un vase de faïence bleue.

— Tu ne prends pas de harengs ?

— Si. Excuse-moi.

— Qu'est-ce que tu as ? Tu as l'air fatigué.

— Je le suis. J'ai beaucoup travaillé.

C'était vrai. Un sale travail. Un travail qu'on ne fait d'habitude qu'une fois dans sa vie. Il était descendu au fond de lui-même. Il avait gratté la surface, mis tout à nu jusqu'à ce que cela saigne. C'était fini. Il ne saignait plus. Mais on ne pouvait pas lui demander d'être le même homme.

Mina n'avait pas compris qu'elle avait vécu ce matin une expérience sans doute unique.

Ni Patrick, ni la nurse, ni personne ici ne pouvait comprendre davantage. Il mangeait. Il souriait à son fils.

— J'ai droit à un peu de vin dans mon eau, Mamie ?

— Demain. Seulement le dimanche.

— Demain, papa ne sera pas ici.

Elle regarda Alain et versa un trait de vin rouge dans le verre de l'enfant.

Le repas parut interminable. La fenêtre était ouverte. On entendait des chants d'oiseaux, et des mouches entraient parfois dans la pièce, faisaient le tour de la table pour foncer à nouveau vers le soleil.

— Vous prenez votre café au salon ?

On disait le salon, ou le hall. Il s'y rendit, s'assit dans un des fauteuils de cuir brun. Le capot de la Jaguar était maintenant dans le soleil mais il n'eut pas le courage de se lever pour la changer de place.

— Je vais voir si Ferdinand a fini de manger. Il a promis de me faire un arc.

Mlle Jacques ne savait si elle devait partir ou rester.

— Vous n'avez pas d'instructions à me donner ?

Il réfléchit longtemps.

— Non. Il vaut mieux pas.

— Vous permettez que j'aille voir ce que fait Patrick ?

Il finit son café, se dirigea vers l'escalier et fit le tour des chambres. Elles avaient le plafond bas. Les meubles étaient presque des meubles de ferme, de lourds meubles paysans, mais l'ensemble était gai, candide.

Un candide voulu. Un faux candide. Un candide pour épater les invités du week-end.

Comme *Toi* créait une fausse intimité.

Comme...

Inutile ! C'était trop tard. Ou trop tôt. Il ouvrit la porte de leur chambre et la regarda sans émotion.

Il descendit, aperçut son fils en compagnie du jardinier qui lui confectionnait un arc. Mlle Jacques se tenait à quelques mètres.

A quoi bon traîner ? Il les rejoignit, se pencha sur Patrick pour l'embrasser.

— Tu reviens avec maman la semaine prochaine ?

— Peut-être.

Il était plus intéressé par son arc que par son père.

Alain se contenta de saluer de la main la gouvernante.

— Vous partez déjà, monsieur Alain ?

— Il le faut, Ferdinand.

— Vous n'avez besoin de rien ? Vous ne voulez pas emporter quelques fruits à Paris ?

— Non, merci.

Il alla dire au revoir à Loulou qui commença tout de suite à s'émouvoir.

— Qui aurait pensé ça, monsieur Alain !

Elle portait le coin de son tablier à ses yeux.

— Une personne si...

Si quoi ? Il partit sans le savoir, fit gronder le moteur, et l'auto quitta en trombe Les Nonnettes.

8

A présent, il pouvait, il devait boire. Tout ce qu'il accomplissait aujourd'hui, y compris les moindres détails de ce qui s'était passé avec Mina, était prévu, décidé d'avance. N'était-il pas curieux que le rôle ait échu à une petite Flamande qu'il ne connaissait pas l'avant-veille et qui avait miraculeusement frappé à sa porte ?

Peut-être pas un rôle important, pas plus important, en tout cas, que Mina l'imaginait encore.

Il était en avance. Il était resté moins longtemps aux Nonnettes qu'il ne l'avait pensé car il s'y sentait étouffer. Son départ, qu'il aurait voulu calme et serein, avait pris les apparences d'une fuite.

Il roulait vite, sans se diriger vers Paris. Il ne tardait pas à atteindre Évreux, qu'il avait souvent traversé. Il cherchait un bar, n'apercevait que des bistrots à la façade peinte en jaune vif ou en mauve qui n'avaient certainement pas de whisky.

Pendant quelques minutes, il se perdait dans un dédale de rues qui se ressemblaient, trouvait enfin un panneau indiquant la route de Chartres.

Pourquoi pas Chartres ? A peine avait-il roulé un quart d'heure qu'il découvrait une auberge de tourisme où une ancienne calèche, sur la pelouse, servait d'enseigne. Ici il y aura certainement un bar.

Il y en avait un, un barman derrière, qui écoutait le commentaire des courses.

— Double !

Il allait se raviser mais le barman avait compris et saisissait la bouteille de Johnny Walker. Il n'était pas le seul à utiliser cette formule. Double scotch. Double whisky. Double. Rien que ces mots l'écœuraient.

— Beau temps pour rouler.

Il répondit distraitement que oui. Il se moquait du temps. Cela ne faisait pas partie du programme. Aucun défilé officiel n'était prévu.

— Un autre.

— Il me semble que vous êtes déjà venu.

Mais oui, mon lapin. Tout le monde l'avait vu. Même dans des endroits où il n'avait jamais mis les pieds. Simplement parce qu'il avait eu sa photo en première page des journaux.

— Salut.

— A la prochaine.

On devait lui envier sa voiture. Il la lança à fond sur une route qui n'était pas faite pour ça et, à deux tournants au moins, il faillit se retourner.

Chartres ! Bon ! Il connaissait les vitraux de la cathédrale. Il se souvenait surtout d'un restaurant qui faisait le coin d'une rue, avec un bar sympathique. Il le trouva.

— Double scotch.

Cela commençait à marcher. Il embrayait, trouvait peu à peu son rythme. Cette fois, le petit jeu avec le barman tourna contre lui.

— Vous étiez déjà ici il y a deux ans, hein ?

— Non, monsieur. Je suis arrivé le mois dernier.

— Et où étiez-vous avant ?

— A Lugano.

Alain n'était jamais allé à Lugano. Zéro ! Il avait le droit de se tromper aussi, non ?

Il roulait, regardait les voitures qui passaient en sens inverse, les conducteurs qui se donnaient un air sérieux.

Lui, il avait toute sa vie fait le contraire et les gens l'avaient cru. On le voyait si désinvolte que personne ne le soupçonnait d'être un petit garçon déguisé en Indien.

En réalité, il avait les mêmes frousses que les autres. Avec quelques-unes en plus, y compris de regarder les hommes en face. Alors, il leur lançait :

— Mon lapin.

Ou bien :

— Petite tête...

Ça marchait. Ils se laissaient faire. Mais lui, est-ce que cela le rassurait réellement ?

Il n'avait pas assez bu. Tout à l'heure, en traversant Saint-Cloud, il s'arrêterait encore. Une grande boîte où on dansait le samedi soir. Il y était venu un samedi avec une des dactylos. C'était la fois que Chaton était allée à Amsterdam pour une interview. Un savant américain, s'il avait bonne mémoire.

Ils avaient fait l'amour dans l'herbe, au bord de la Seine.

Ce truc-là non plus, ils ne l'avaient pas découvert. Il n'avait pas peur des femmes, ça n'allait pas jusque-là, mais elles l'impressionnaient. Cela datait de son enfance, de ses premières lectures. Il avait tendance à les placer sur un piédestal.

Alors, il leur levait la jupe et les possédait. Plus de piédestal.

Il retrouvait un bout de l'autoroute de l'Ouest, atteignait Saint-Cloud, n'oubliait pas de s'arrêter devant le bastringue. La décoration avait changé. Le genre de la maison aussi. Il y avait quand même un bar.

— Double scotch.

Cela allait moins vite que l'avant-veille. Il gardait son sang-froid, n'oubliait pas les recommandations que le commissaire Roumagne lui avait faites. Il avait promis. Un chic type, le commissaire. Il avait beaucoup compris, presque trop. Est-ce qu'Alain n'aurait pas aimé être un homme comme lui ?

Un homme solide. Un homme qui n'avait pas besoin de...

Merde ! Trop tard.

— Je vous dois ?

C'était une corvée mais, la veille au soir, il lui avait paru indispensable d'accomplir cette démarche. Il l'avait prévue au programme et il n'y changeait rien.

Certaines préoccupations, comme ça, lui paraissaient soudain saugrenues. Des images devenaient lointaines, des personnages étaient gommés et il avait de la peine à se rappeler leurs traits.

Les Champs-Élysées. Son regard plongeait dans la rue de Marignan, s'arrêtait sur la façade de l'immeuble dont l'immense *Toi* s'illuminait chaque soir.

Il parquait sa voiture place de la Bourse, s'arrêtait dans un bistrot du quartier des journaux. Il lui arrivait jadis d'y manger un œuf dur.

— Un rouge, fiston.

Le serveur en tablier bleu était trop jeune pour le reconnaître, et pourtant ce n'était pas bien loin dans le passé.

— Un autre.

Du rouge râpeux. Ce n'était pas au programme. Il fignolait.

— Je te dois ?

Il ne leur en voulait ni à l'une ni à l'autre. Chaton l'avait suivi tant qu'elle avait pu. Peut-être croyait-elle en lui ? Peut-être pensait-elle qu'elle lui était nécessaire ? Cela n'avait pas d'importance.

Elle en avait eu assez d'être Chaton, de marcher dans son sillage. L'envie lui était venue de jouer à son tour le premier rôle.

Le premier rôle ! Cela le faisait rire.

Il entrait comme chez lui dans le vieil immeuble de la rue Montmartre et s'engageait dans l'escalier aux marches usées, couvertes de mégots. Les murs n'avaient pas été repeints et il retrouvait les plaques d'émail sur les portes.

Là où se faisait autrefois le canard auquel il avait collaboré, la plaque disait :

ADA
Fleurs artificielles

Était-ce un nouveau truc pour camoufler une maison de rendez-vous ? « Ada » le laissait rêveur. Peut-être s'occupaient-ils aussi de couronnes mortuaires ? Lavables ? En plastique ?

Encore deux étages. Il avait chaud. Il suivait un couloir. Ce n'était pas une plaque qu'on voyait sur la troisième porte à gauche mais une carte de visite recouverte de cellophane.

Julien Bour
Photographe d'art

Photographe d'art ! Rien que ça ! La clef était sur la porte. Il ouvrit, se trouva dans une pièce assez vaste où des projecteurs se dressaient un peu partout. Au-dessus d'une porte, une ampoule rouge était allumée.

Une voix cria :

— N'ouvre pas ! Je viens tout de suite.

C'était la voix de Bour. Qui attendait-il ? Le commissaire l'avait-il averti de sa visite ?

Un sommier monté sur quatre blocs de bois, dans un coin, servait de divan et de lit, recouvert d'un tapis marocain. Une autre porte, qu'Alain poussa, donnait sur une salle de bains minuscule, avec une baignoire à pieds. Des coulées jaunâtres s'étaient incrustées avec le temps sous les robinets.

Il referma la porte, se retourna, trouva Bour devant lui. Il était en manches de chemise, sans cravate. Il s'était immobilisé, cadavérique.

— Bour, petite tête.

Bour se tournait vers la porte comme s'il avait le dessein de fuir.

— Assieds-toi. N'aie pas peur. Je n'ai pas l'intention de te faire du mal.

Pourquoi, la veille, avait-il pensé que cette visite était indispensable ? De voir le pauvre Bour effrayé, pitoyable, ne lui faisait aucun effet. De voir le divan non plus, sur lequel Chaton et Bébé s'étaient roulées tour à tour. Même en imaginant Bour tout nu, il ne parvint pas à s'émouvoir.

— Je vous jure, patron...

— Qu'est-ce que ça peut me foutre, bon Dieu ? J'avais envie de te regarder, c'est tout. Je te regarde. Tu as peut-être raison de n'être pas soigné de ta personne. Certaines femmes doivent aimer ça.

Il allumait une cigarette, allait regarder dans la cour encombrée d'une dizaine de charrettes à bras. C'était peut-être une des dernières cours de Paris où on trouvait des charrettes à bras à la place de voitures.

— Tu attends quelqu'un ?

— Un modèle doit passer.

Alain le regardait fixement. C'est étrange de fixer un homme dont on n'attend rien, sur lequel on n'essaie même pas de se former une opinion. Comme si on fixait un animal. On le regarde respirer. On observe les yeux peureux. On découvre la lèvre qui frémit, les gouttelettes de sueur qui jaillissent sous le nez.

— Tu n'as pas envie de me photographier ?

Cela non plus n'était pas au programme. Une idée qui lui passait par la tête.

— Pourquoi ? Vous voudriez vraiment...

— Vraiment.

— Un portrait ?

— Pourquoi pas ?

Bour se levait, le pas incertain, approchait un des projecteurs qu'il branchait à une prise de courant. Il allait chercher dans un coin un appareil sur pied et, pendant qu'il tournait le dos, il devait s'attendre à recevoir une balle ou un coup.

Alain ne bougeait pas.

— De face ?

— Comme tu voudras.

Il fit sa mise au point. Ses doigts tremblaient.

— Tu as pris des photos de Chaton ?

— Je vous jure que non.

— Pourquoi cette manie de jurer ? Tu dis non et ça suffit. Tu n'as jamais eu envie de prendre une photo d'elle, nue, sur le divan ?

— Non.

— D'Adrienne non plus ?

— Adrienne me l'a demandé.

— Tu l'as fait ?

— Oui.

— Tu as encore la pellicule ?

— Non. Elle l'a détruite. Elle voulait seulement voir ce que cela donnait.

— Dans quelle pose ?

— Dans plusieurs poses.

Il entendit un déclic.

— Tu ne la doubles pas ?

— Je suis certain qu'elle est bonne.

— Tu n'as pas de whisky ?

— Non. Il me reste du vin.

Il le regarda encore une fois, bien en face, nez à nez.

— Salut !

Qu'avait-il espéré ? De quoi le commissaire adjoint avait-il eu peur ? Il ne s'était rien passé. Il n'avait rien ressenti. Au fond, Bour n'avait pas d'importance. Il n'avait joué un rôle que par accident.

Où était sa voiture ? Il la cherchait dans la rue, se souvenait enfin qu'il l'avait laissée place de la Bourse.

Désormais, il avait le temps. Ce qu'il fallait, c'était trouver des bars sympathiques. Des bars, de préférence, où on ne le connaissait pas. Il n'avait pas envie de parler.

Le plus fatiguant, c'était de dénicher chaque fois un parking pour sa voiture. Pourtant il en avait besoin. Il suivait la rue du Faubourg-Montmartre, mais il ne voulait pas retourner place Clichy. C'était fini, comme Les Nonnettes. Il avait de la suite dans les idées.

Il se retrouva à la Madeleine. Un bar où des filles attendaient. Il ne cherchait pas une fille.

— Double scotch.

Elles lui adressaient tour à tour des œillades. Il les regardait comme il avait regardé Bour, comme si elles avaient été des poissons, ou des lapins, n'importe quoi qui vit et qui a besoin de respirer. C'est troublant de regarder quelqu'un respirer.

— Un autre, vieux.

Compliqué de découvrir des bars où il était inconnu. Il en essaya un tout neuf, boulevard Haussmann. Le barman portait une veste rouge.

— Double.

— Johnny Walker ?

C'était lent. L'alcool n'avait pas de goût.

— Est-ce que je commence à avoir l'air saoul ?

— Non, monsieur.

C'était vrai. Il le constatait en se regardant dans la glace, mais il voulait en avoir confirmation. Le fond de la pièce était dans la pénombre. Un couple, assis sur une banquette très rembourrée, se tenait la main dans la main.

Il faut croire que cela existe. Il haussa les épaules et faillit oublier de payer. Il est vrai qu'on l'aurait rappelé.

— Salut, Bob.

— Je m'appelle Johnny, monsieur.

— Salut, petite tête.

Il continuait malgré lui à jouer à l'Indien.

A supposer... Non ! Il était trop tard pour changer d'avis. Il avait eu tout le temps pour réfléchir. Mais, à supposer, comme ça, par curiosité, qu'il revienne lundi à son bureau... Bon... Tout le monde ferait semblant, Boris le premier...

Seulement, lui, Alain, ne serait pas capable de faire semblant... Voilà... Avec personne... Ni tout seul...

C'était un hasard, soit. Chaton ne pouvait pas prévoir, quand elle s'était attendrie sur Julien Bour, qu'elle tirerait un jour sur sa sœur.

Maintenant, elle savait, elle aussi. Et elle lui avait fait dire par Rabut qu'il ne la reverrait pas.

— Sauf aux assises.

Elle pensait à tout. Les femmes pensent à tout. Elles ont de l'ordre dans leur désordre.

Il se trouvait idiot, aussi idiot que les articles de *Toi*.

— Un double, barman.

— Martini, monsieur ?

— Scotch.

Il se trouvait quelque part derrière le Palais-Bourbon, non loin de chez son beau-frère. Est-ce que Blanchet s'était déjà regardé à la lumière crue ? Pas si bête, son beau-frère. Il devait savoir combien c'est dangereux.

Quant à recommencer... Par quel bout ?... Recommencer quoi ?... S'il n'avait pas raté son bac... Il se cherchait des excuses. Il aurait raté autre chose.

— Encore un !

Le barman le regardait un instant avant de le servir. Cela indiquait qu'il commençait à être ivre. A présent, ce ne serait plus très long.

— N'ayez pas peur. Je tiens le coup.

— Tout le monde dit ça, monsieur.

Qu'est-ce que les barmen avaient, aujourd'hui, à se montrer aussi solennels ?

Il vidait son verre, marchait vers la porte avec un peu trop de dignité pour cacher un équilibre incertain. Dans la voiture, il avait du mal à allumer sa cigarette.

— Il a besoin de toi, Alain.

C'était sa mère. Il croyait l'entendre, voir son regard terne de femme qui n'a jamais pris un plaisir dans sa vie. Son père non plus.

En quoi son fils avait-il besoin de lui ? Pas plus de lui que de sa mère. Ils ne lui valaient rien, ni l'un ni l'autre.

Patrick se sentait mieux avec Mamie, comme il disait, et avec le vieux couple. Il ne se rendait pas compte que Les Nonnettes étaient du toc, un rêve raté.

Il hériterait de beaucoup d'argent. Le million de lecteurs et de lectrices, surtout de lectrices, l'avait rendu riche.

Ce n'était pas juste. Son père avait travaillé toute sa vie, du matin au soir, pour gagner sa vie, tandis qu'Alain, une nuit, en rigolant avec les copains, avait découvert une mine d'or.

Où était-il ? Il ne s'y retrouvait plus. Le boulevard qu'il suivait était interminable. Il voulait se diriger vers le bois de Boulogne et non vers la ceinture extérieure.

Il erra, se fit siffler, s'arrêta, penaud, avec la crainte que ce coup de sifflet ne vienne tout gâcher.

— Vous ne savez pas que c'est sens interdit ?

Il ne fallait pas que l'agent s'aperçoive qu'il était ivre.

— Je vous demande pardon. Le bois de Boulogne, s'il vous plaît ?

— Vous lui tournez le dos. Prenez à droite, puis encore à droite jusqu'au pont Alexandre-III.

Ouf ! Il avait droit à un dernier verre, pas tout de suite, seulement à l'entrée du Bois. Il retrouvait un terrain familier, entrait dans un café. Il avait un mauvais goût dans la bouche.

— Du whisky.

— Un whisky maison ou bien...

Il désigna, sur l'étagère, la bouteille carrée de Johnny Walker.

— Un grand.

Il n'avait plus honte. C'était la fin. Il avait tenu le coup jusqu'au bout. N'avait-il rien oublié ? Il était trop tard pour réfléchir. Les idées s'embrouillaient.

Les idées ! Il regarda son voisin respirer. C'était ça, les idées. Respirer.

— Un autre, voulez-vous ?

Ici aussi, le garçon le regarda, hésitant.

— Je vous en prie.

Il l'avala d'un trait et jeta un billet de cent francs sur le comptoir mouillé. Il n'avait pas besoin de la monnaie.

Il avait repéré l'arbre, un gros platane situé juste en angle. Il suffisait de le retrouver. Il avait des points de repère.

Si Chaton...

Quelle Chaton ? Tout se serait passé de la même manière avec une autre femme. Il l'aurait appelée Chaton aussi, ou de n'importe quel petit nom, comme les lapins, les petites têtes et le reste.

Parce qu'il avait peur, au fond. Et maintenant elle le savait, ils le savaient tous.

C'était son arbre, à cent mètres. Il appuyait à fond sur l'accélérateur. La Jaguar faisait un bond. Le paysage fuyait, il avait l'impression d'absorber les voitures qui venaient en sens inverse.

Il avait toujours eu peur.

Mais pas maintenant. Pas...

Il n'entendit pas le fracas, le freinage brutal des autos, les pas, les voix, les exclamations, enfin une sirène lointaine.

Pour lui, c'était fini.

Épalinges (Vaud), le 12 novembre 1967.

MAIGRET HÉSITE

1

— Salut, Janvier.

— Bonjour, patron.

— Bonjour, Lucas. Bonjour, Lapointe...

En arrivant à celui-ci, Maigret ne pouvait s'empêcher de sourire. Pas seulement parce que le jeune Lapointe arborait un complet neuf, très ajusté, d'un gris pâle moucheté de minces fils rouges. Tout le monde souriait, ce matin-là, dans les rues, dans l'autobus, dans les boutiques.

On avait eu, la veille, un dimanche gris et venteux, avec des rafales de pluie froide qui rappelaient l'hiver, et soudain, bien qu'on ne fût que le 4 mars, on venait de se réveiller au printemps.

Certes, le soleil restait un peu acide, le bleu du ciel fragile, mais il y avait de la gaieté dans l'air, dans les yeux des passants, une sorte de complicité dans la joie de vivre et de retrouver la savoureuse odeur du Paris matinal.

Maigret était venu en veston et avait parcouru une bonne partie du chemin à pied. Tout de suite en arrivant dans son bureau, il était allé entrouvrir la fenêtre et la Seine aussi avait changé de couleur, les lignes rouges, sur la cheminée des remorqueurs, étaient plus vibrantes, les péniches remises à neuf.

Il avait ouvert la porte du bureau des inspecteurs.

— Vous venez, les enfants ?...

C'était ce qu'on appelait le « petit rapport », par opposition au vrai rapport qui, à neuf heures, groupait les commissaires divisionnaires chez le grand patron. Maigret retrouvait ses collaborateurs les plus intimes.

— Bonne journée, hier ? demandait-il à Janvier.

— Chez ma belle-mère, à Vaucresson, avec les enfants.

Lapointe, gêné par son complet neuf en avance sur le calendrier, se tenait à l'écart.

Maigret s'asseyait devant son bureau, bourrait une pipe, commençait le dépouillement du courrier.

— Pour toi, Lucas... C'est au sujet de l'affaire Lebourg...

Il tendait d'autres documents à Lapointe.

— A porter au Parquet...

On ne pouvait pas encore parler de feuillage mais il n'y en avait pas moins un soupçon de vert pâle dans les arbres du quai.

Aucune grosse affaire en cours, de ces affaires qui remplissent les couloirs de la P.J. de journalistes et de photographes et qui provoquent des coups de téléphone impératifs venant de très haut lieu. Rien que du courant. Affaires à suivre...

— Un fou ou une folle, annonça-t-il en saisissant une enveloppe sur laquelle son nom et l'adresse du Quai des Orfèvres étaient écrits en caractères bâtonnets.

L'enveloppe était blanche, de bonne qualité. Le timbre portait le cachet du bureau de poste de la rue de Miromesnil. Ce qui frappa d'abord le commissaire, quand il retira la feuille, ce fut le papier, un vélin épais et craquant qui n'était pas d'un format habituel. On avait dû couper le haut afin de faire disparaître l'en-tête gravé et ce travail avait été accompli avec soin, à l'aide d'une règle et d'une lame bien aiguisée.

Le texte, comme l'adresse, était en caractères bâtonnets très réguliers.

— Peut-être pas fou, grommela-t-il.

Monsieur le divisionnaire,

Je ne vous connais pas personnellement mais ce que j'ai lu de vos enquêtes et de votre attitude vis-à-vis des criminels me donne confiance. Cette lettre vous étonnera. Ne la jetez pas trop vite au panier. Ce n'est ni une plaisanterie ni l'œuvre d'un maniaque.

Vous savez mieux que moi que la réalité n'est pas toujours vraisemblable. Un meurtre sera commis prochainement, sans doute dans quelques jours. Peut-être par quelqu'un que je connais, peut-être par moi-même.

Je ne vous écris pas pour empêcher que le drame se produise. Il est en quelque sorte inéluctable. Mais j'aimerais que, lorsque l'événement se produira, vous sachiez.

Si vous me prenez au sérieux, veuillez insérer dans les petites annonces du Figaro *ou du* Monde *l'avis suivant : K.R. Attends seconde lettre.*

J'ignore si je l'écrirai. Je suis très troublé. Certaines décisions sont difficiles à prendre.

Je vous verrai peut-être un jour, dans votre bureau, mais nous serons alors chacun d'un côté de la barrière.

Votre dévoué.

Il ne souriait plus. Les sourcils froncés, il laissait son regard errer sur la feuille, puis regardait ses collaborateurs.

— Non, je ne crois pas qu'il s'agisse d'un fou, répéta-t-il. Écoutez.

Il leur lut le texte, lentement, en appuyant sur certains mots. Il avait déjà reçu des lettres de ce genre mais, la plupart du temps, la langue en était moins choisie et surtout certaines phrases étaient soulignées. Souvent elles étaient écrites à l'encre rouge, ou verte, et beaucoup comportaient des fautes d'orthographe.

Ici, la main n'avait pas tremblé. Les traits étaient fermes, sans fioritures, sans une rature.

Il regarda le papier en transparence et lut en filigrane : Vélin du Morvan.

Il recevait chaque année des centaines de lettres anonymes. A de rares exceptions près, elles étaient écrites sur du papier bon marché qu'on trouve dans les épiceries de quartier et parfois les mots étaient découpés dans les journaux.

— Pas de menace précise... murmura-t-il. Une angoisse sourde... *Le Figaro* et *le Monde*, deux quotidiens lus surtout par la bourgeoisie intellectuelle...

Il les regarda à nouveau tous les trois.

— Tu t'en occupes, Lapointe ? La première chose à faire est de te mettre en rapport avec le fabricant de papier, qui doit se trouver dans le Morvan...

— Compris, patron...

Tel fut le commencement d'une affaire qui allait donner à Maigret plus de soucis que bien des crimes s'étalant à la première page des journaux.

— Tu fais insérer l'annonce...

— Dans *le Figaro* ?

— Dans les deux journaux.

Une sonnerie annonçait le rapport, le vrai, et Maigret, un dossier à la main, se dirigea vers le bureau du directeur. Ici aussi, la fenêtre ouverte laissait pénétrer les bruits de la ville. Un des commissaires arborait un brin de mimosa à sa boutonnière et il éprouva le besoin d'expliquer :

— On les vend dans la rue pour une œuvre...

Maigret ne parla pas de la lettre. Sa pipe était bonne. Il observait mollement le visage de ses collègues exposant tour à tour leurs petites affaires et il calculait mentalement le nombre de fois qu'il avait assisté à la même cérémonie. Des milliers.

Mais, beaucoup plus de fois, il avait envié le divisionnaire dont il dépendait alors d'entrer ainsi chaque matin dans le saint des saints. Cela ne devait-il pas être merveilleux d'être chef de la Brigade criminelle ? Il n'osait pas y rêver, alors, pas plus qu'aujourd'hui Lapointe ou Janvier, ni même son bon Lucas.

C'était arrivé quand même et, depuis tant d'années que cela durait, il ne s'en rendait plus compte, sinon un matin comme celui-ci, quand le goût de l'air était savoureux et qu'au lieu de pester contre le vacarme des autobus on souriait.

Il fut surpris, en rentrant dans son bureau une demi-heure plus tard, d'y trouver Lapointe debout devant la fenêtre. Son complet à la nouvelle mode le faisait paraître plus mince, plus long, beaucoup plus jeune. Vingt ans auparavant, un inspecteur n'aurait pas été autorisé à s'habiller ainsi.

— Cela a été presque trop facile, patron.

— Tu as retrouvé le fabricant de papier ?

— Géron et Fils, qui possèdent depuis trois ou quatre générations les Moulins du Morvan, à Autun... Ce n'est pas une usine... Il s'agit de fabrication artisanale... Le papier est fait à la forme, soit pour des éditions de luxe, surtout des poèmes, paraît-il, soit pour du papier à lettres... Les Géron n'ont pas plus d'une dizaine d'ouvriers... A ce qu'ils m'ont dit, il subsiste encore un certain nombre de moulins de ce genre dans la région...

— Tu as le nom de leur représentant à Paris ?

— Ils n'ont pas de représentant... Ils travaillent directement avec des éditeurs d'art et avec deux papeteries, l'une rue du Faubourg-Saint-Honoré, l'autre avenue de l'Opéra...

— Ce n'est pas tout en haut du faubourg Saint-Honoré, à gauche ?

— Je crois, d'après le numéro... La Papeterie Roman...

Maigret la connaissait pour s'être arrêté souvent devant la vitrine. On y voyait des cartons d'invitation, des cartes de visite et on lisait des noms qu'on n'a plus l'habitude d'entendre :

Le comte et la comtesse de Vaudry
ont l'honneur de...

La baronne de Grand-Lussac
a la joie de vous annoncer...

Des princes, des ducs, authentiques ou non, dont on se demandait s'ils existaient encore. Ils s'invitaient à des dîners, à des chasses, à des bridges, s'annonçaient le mariage de leur fille ou la naissance d'un bébé, tout cela sur du papier somptueux.

Dans la seconde vitrine, on admirait des sous-mains armoriés, des cahiers reliés de maroquin pour les menus journaliers.

— Tu ferais mieux d'aller les voir.

— Roman ?

— J'ai l'impression que c'est plutôt le quartier...

Le magasin de l'avenue de l'Opéra était distingué, mais vendait aussi des stylos et des articles de papeterie courante.

— J'y cours, patron...

Veinard ! Maigret le regardait partir comme quand, en classe, l'instituteur envoyait un de ses camarades faire une course. Il n'avait que de la besogne ordinaire, des paperasses, toujours des paperasses, un rapport, sans le moindre intérêt, pour un juge d'instruction qui le classerait sans le lire car l'affaire était enterrée.

La fumée de sa pipe commençait à bleuir l'air et une très légère brise venait de la Seine, faisant frémir les papiers. A onze heures déjà, un Lapointe pétulant, débordant de vie, entrait dans le bureau.

— C'est toujours trop facile.

— Que veux-tu dire ?

— On pourrait croire qu'on a choisi ce papier-là exprès. Entre parenthèses, la Papeterie Roman n'est plus tenue par M. Roman, qui est mort il y a dix ans, mais par une Mme Laubier, une veuve d'une cinquantaine d'années qui ne m'a laissé partir qu'à regret... Depuis cinq ans, elle n'a pas commandé de papier de cette qualité, faute d'acheteurs... Non seulement il est hors de prix, mais il prend mal l'écriture à la machine...

» Il lui restait trois clients... L'un est mort l'an dernier, un comte qui possédait un château en Normandie et une écurie de courses... Sa veuve vit à Cannes et n'a jamais recommandé de papier à lettres... Il y avait aussi une ambassade mais, quand l'ambassadeur a été changé, le nouveau a commandé un papier différent...

— Reste un client ?

— Reste un client, et c'est pourquoi je dis que c'est trop facile. Il s'agit de M. Émile Parendon, avocat, avenue Marigny, qui utilise ce papier depuis plus de quinze ans et qui n'en veut pas d'autre... Vous connaissez ce nom-là ?

— Jamais entendu... Il en a commandé récemment ?...

— La dernière fois, c'était en octobre dernier...

— Avec en-tête ?

— Oui. Très discret. Toujours mille feuilles et mille enveloppes...

Maigret décrocha son téléphone.

— Demandez-moi maître Bouvier, s'il vous plaît... Le père...

Un avocat qu'il connaissait depuis plus de vingt ans et dont le fils était également inscrit au barreau.

— Allô ! Bouvier ? Ici, Maigret. Je ne vous dérange pas ?

— Pas vous, non.

— Je voudrais un renseignement...

— Confidentiel, bien entendu...

— Cela restera en effet entre nous... Connaissez-vous un de vos confrères nommé Émile Parendon ?

Bouvier parut surpris.

— Que diable la Police Judiciaire peut-elle bien vouloir à Parendon ?

— Je ne sais pas. Probablement rien.

— Cela me paraît vraisemblable... J'ai rencontré Parendon cinq ou six fois dans ma vie, pas plus... Il ne met pratiquement pas les pieds au Palais et c'est seulement pour des affaires civiles...

— Quel âge ?

— Pas d'âge. Je répondrais aussi bien quarante que cinquante...

Il dut se tourner vers sa secrétaire.

— Mon petit, cherchez-moi dans l'annuaire du barreau la date de naissance de Parendon... Émile... D'ailleurs, il n'en existe qu'un...

Puis, à Maigret :

— Vous devez avoir entendu parler de son père, qui vit encore ou qui n'est mort que récemment... Le professeur Parendon, chirurgien à Laennec... Membre de l'Académie de médecine, de l'Académie des sciences morales et politiques, et tout, et tout... Un personnage !... Quand je vous verrai, je vous en raconterai sur son compte... Il était arrivé tout jeune, du fond de sa campagne... Petit et costaud, il avait l'air d'un jeune taureau, et il n'en avait pas seulement l'air...

— Et son fils ?

— C'est plutôt un juriste. Il s'est spécialisé dans le droit international, et en particulier dans le droit maritime... On prétend qu'il est imbattable dans cette partie... On vient le consulter de tous les coins du monde et on demande souvent son arbitrage dans des affaires délicates qui mettent de gros intérêts en jeu...

— Quel genre d'homme ?

— Insignifiant... Je ne suis pas sûr de le reconnaître dans la rue...

— Marié ?

— Merci, mon petit... Voilà... J'ai son âge... Quarante-six ans... S'il est marié ?... J'allais répondre que je ne m'en souvenais pas, mais cela me revient... Bien sûr, qu'il est marié... Et drôlement bien marié !... Il a épousé une des filles de Gassin de Beaulieu... Vous connaissez... Il a été un des magistrats les plus féroces à la Libération... Nommé ensuite premier président à la Cour de cassation... Il doit avoir pris sa retraite dans son château de Vendée... La famille est très riche...

— Vous ne savez rien d'autre ?

— Que voudriez-vous que je sache par surcroît... Je n'ai jamais eu à défendre ces gens-là en correctionnelle ou aux assises...

— Ils sortent beaucoup ?

— Les Parendon ? En tout cas, pas dans les milieux que je fréquente...

— Merci, mon vieux...

— A charge de revanche...

Maigret relut la lettre que Lapointe avait posée sur son bureau. Il la relut deux fois, trois fois, et à chaque fois son front se rembrunissait davantage.

— Vous comprenez ce que tout cela signifie ?

— Oui, patron. Des emmerdements. Je m'excuse du mot, mais...

— Il est probablement trop faible. Un chirurgien illustre, un premier président, un spécialiste en droit maritime qui habite l'avenue Marigny et qui se sert du papier le plus coûteux...

Le genre de clientèle que Maigret craignait le plus. Il avait déjà l'impression de marcher sur des œufs.

— Vous croyez que c'est lui qui a écrit cette...

— Lui ou quelqu'un de sa maisonnée, quelqu'un, en tout cas, qui a accès à son papier à lettres...

— C'est curieux, n'est-ce pas ?

Maigret, qui regardait par la fenêtre, ne répondit pas. Les gens qui écrivent des lettres anonymes, en général, n'ont pas l'habitude d'employer leur propre papier à lettres, surtout s'il est d'une qualité aussi rare.

— Tant pis ! Il faut que j'aille le voir.

Il chercha le numéro à l'annuaire, appela sur la ligne directe. Une voix de femme répondit :

— La secrétaire de maître Parendon...

— Bonjour, mademoiselle... Ici, le commissaire Maigret, de la Police Judiciaire... Me serait-il possible, sans le déranger, de dire un mot à maître Parendon ?...

— Un instant, s'il vous plaît... Je vais voir...

Cela se passa le plus simplement du monde. Une voix d'homme dit, presque tout de suite :

— Ici, Parendon...

Il y avait, dans le ton, comme une interrogation.

— Je voudrais vous demander, maître...

— Qui est à l'appareil ? Ma secrétaire n'a pas très bien compris votre nom...

— Commissaire Maigret...

— Je m'explique maintenant sa surprise... Elle a dû comprendre, mais elle ne s'est pas imaginé que c'est vraiment vous qui... Très heureux d'entendre votre voix, monsieur Maigret... J'ai souvent pensé à vous... Il m'est même arrivé d'hésiter à vous écrire pour vous demander votre opinion sur certaines questions... Vous sachant occupé comme vous l'êtes, je n'ai pas osé...

Parendon avait une voix de timide et pourtant c'était Maigret le plus gêné des deux. Il se sentait ridicule, à présent, avec sa lettre qui n'avait aucun sens.

— C'est moi qui vous dérange, vous voyez... Et, par-dessus le marché, pour une vétille... Je préférerais vous en parler de vive voix, car j'ai un document à vous montrer...

— Quand voulez-vous ?

— Avez-vous un moment de libre dans le courant de l'après-midi ?

— Trois heures et demie vous conviendrait ?... Je vous avoue que j'ai l'habitude d'une courte sieste et que je me sens mal en point quand elle me manque...

— D'accord pour trois heures et demie... Je serai chez vous... Et merci pour votre aimable coopération...

— C'est moi qui me félicite de votre visite...

Quand il raccrocha, il regarda Lapointe comme s'il sortait d'un rêve.

— Il n'a pas paru surpris ?

— Pas le moins du monde... Il n'a pas posé de questions... Il est tout heureux, semble-t-il, de faire ma connaissance... Un seul détail m'intrigue... Il prétend qu'il a failli m'écrire plusieurs fois pour me demander une opinion... Or, il ne plaide pas au Criminel mais seulement au Civil... Sa spécialité, c'est le Code maritime dont je ne connais pas le premier mot... Me demander mon opinion sur quoi ?...

Maigret tricha, ce jour-là. Il téléphona à sa femme qu'il était retenu par son travail. Il avait envie de fêter ce soleil printanier en déjeunant à la *Brasserie Dauphine,* où il s'offrit même un pastis au comptoir.

Si des emmerdements l'attendaient, comme disait Lapointe, tout au moins commençaient-ils d'une façon agréable.

Maigret avait pris l'autobus jusqu'au Rond-Point et, dans les cent mètres qu'il parcourut à pied avenue Marigny, il rencontra au moins trois visages qu'il crut reconnaître. Il avait oublié qu'il longeait les jardins de l'Élysée et que le quartier était jour et nuit sous bonne garde. Les anges gardiens le reconnaissaient, eux aussi, lui adressaient un petit salut à la fois discret et respectueux.

L'immeuble qu'habitait Parendon était vaste, solide, bâti pour défier les siècles. La porte cochère était flanquée de candélabres de bronze. De la voûte, on apercevait, non une loge de concierge, mais un véritable salon, avec une table recouverte de velours vert, comme dans un ministère.

Ici aussi, le commissaire trouva un visage de connaissance, un certain Lamule ou Lamure, qui avait travaillé longtemps rue des Saussaies.

Il portait un uniforme gris à boutons d'argent et il parut surpris de voir Maigret surgir devant lui.

— Qui venez-vous voir, patron ?

— Maître Parendon.

— Ascenseur ou escalier de gauche. C'est au premier étage...

Il y avait une cour, au fond, des voitures, des garages, des bâtiments bas qui avaient dû être des écuries. Maigret vida machinalement sa pipe en la frappant sur son talon avant de s'engager dans l'escalier de marbre.

Quand il sonna à l'unique porte, un maître d'hôtel en veste blanche lui ouvrit comme s'il s'était tenu aux aguets.

— Maître Parendon... J'ai rendez-vous...

— Par ici, monsieur le commissaire...

Il lui prenait d'autorité son chapeau, l'introduisait dans une bibliothèque comme le commissaire n'en avait jamais vu. La pièce, toute en longueur, était très haute de plafond et des livres en couvraient les murs du haut en bas, à l'exception de la cheminée de marbre sur laquelle se trouvait le buste d'un homme d'un certain âge. Tous les ouvrages étaient reliés, la plupart en rouge. Le mobilier se réduisait à une longue table, à deux chaises et à un fauteuil.

Il aurait aimé examiner les titres des volumes, mais déjà une jeune secrétaire portant des lunettes s'avançait vers lui.

— Voulez-vous me suivre, monsieur le divisionnaire ?

Du soleil entrait partout par les fenêtres qui avaient plus de trois mètres de haut, se jouait sur les moquettes, sur les meubles, sur les tableaux. Car, dès le couloir, ce n'étaient que consoles anciennes, meubles de style, bustes, tableaux représentant des messieurs dans des costumes de toutes les époques.

La jeune fille ouvrait une porte de chêne clair et un homme, assis à son bureau, se levait pour s'avancer à la rencontre du visiteur. Il portait des lunettes, lui aussi, à verres très épais.

— Merci, mademoiselle Vague...

Le chemin à parcourir était long, car la pièce était aussi vaste qu'un salon de réception. Ici aussi, les murs étaient couverts de livres, avec quelques portraits, et le soleil découpait l'ensemble en losanges.

— Si vous saviez combien je suis heureux de vous voir, monsieur Maigret...

Il tendait la main, une petite main blanche qui semblait sans ossature. Par contraste avec le décor, l'homme paraissait plus petit encore qu'il ne devait l'être réellement, petit et frêle, d'une curieuse légèreté.

Pourtant, il n'était pas maigre. Ses contours étaient plutôt ronds, mais l'ensemble était sans poids, sans consistance.

— Venez par ici, je vous prie... Voyons... Où préférez-vous vous asseoir ?...

Il lui désignait un fauteuil de cuir fauve près de son bureau.

— Je crois que c'est ici que vous serez le mieux... Je suis un peu dur d'oreille...

Son ami Bouvier avait eu raison de dire qu'il n'avait pas d'âge. Il conservait dans l'expression de son visage, de ses yeux bleus, une expression presque enfantine et il regardait le commissaire avec une sorte d'émerveillement.

— Vous ne pouvez vous imaginer le nombre de fois que j'ai pensé à vous... Lorsque vous vous occupez d'une enquête, je dévore plusieurs journaux, afin de n'en rien perdre... Je dirais presque que je guette vos réactions...

Maigret se sentait gêné. Il avait fini par s'habituer à la curiosité du public, mais l'enthousiasme d'un homme comme Parendon le mettait dans une position embarrassante.

— Vous savez, mes réactions sont celles que tout le monde aurait à ma place...

— Tout le monde peut-être... Mais tout le monde n'existe pas... C'est un mythe... Ce qui n'est pas un mythe, c'est le Code pénal, les magistrats, les jurés... Et les jurés qui, la veille, appartenaient à tout le monde deviennent des personnages différents dès le moment où ils pénètrent dans la salle des assises...

Il était vêtu de gris sombre et le bureau auquel il s'accoudait était beaucoup trop grand pour lui. Cependant, il n'était pas ridicule. Peut-être n'était-ce pas la naïveté non plus qui écarquillait ses prunelles derrière les gros verres des lunettes.

Enfant, à l'école, il avait peut-être souffert d'être appelé demi-portion, mais il en avait pris son parti et il donnait maintenant l'impression d'un gnome bienveillant qui devait refréner sa pétulance.

— Puis-je vous poser une question indiscrète ?... A quel âge avez-vous commencé à comprendre les hommes ?... Je veux dire à comprendre ceux qu'on appelle des criminels ?...

Maigret rougit, balbutia :

— Je ne sais pas... Je ne suis même pas sûr de les comprendre...

— Oh ! si... Et ils le sentent bien... C'est, en partie, la raison pour laquelle ils sont presque soulagés de passer aux aveux...

— Il en est de même pour mes collègues...

— Je pourrais vous prouver le contraire en vous rappelant un certain nombre de cas, mais cela vous ennuierait... Vous avez fait de la médecine, n'est-ce pas ?

— Seulement deux ans...

— D'après ce que j'ai lu, votre père est mort et, ne pouvant poursuivre vos études, vous êtes entré dans la police...

La position de Maigret était de plus en plus délicate, presque ridicule. Il était venu pour poser des questions et c'était lui qu'on interviewait.

— Je ne vois pas, dans ce changement, une double vocation, mais une réalisation différente d'une même personnalité... Excusez-moi... Je me suis littéralement jeté sur vous dès votre arrivée... Je vous attendais avec impatience... Je serais allé vous ouvrir dès votre coup de sonnette mais ma femme n'aurait pas aimé ça, car elle tient à un certain décorum...

Sa voix avait baissé de plusieurs tons pour prononcer ces derniers mots et, désignant une immense peinture représentant, presque en pied, un magistrat vêtu d'hermine, il souffla :

— Mon beau-père...

— Le premier président Gassin de Beaulieu...

— Vous connaissez ?

Depuis quelques instants, Parendon lui paraissait tellement gamin qu'il préféra avouer :

— Je me suis renseigné avant de venir...

— On vous a dit du mal de lui ?

— Il paraît que c'était un grand magistrat...

— Voilà ! Un grand magistrat !... Vous connaissez les œuvres d'Henri Ey ?...

— J'ai parcouru son manuel de psychiatrie.

— Sengès ?... Levy-Valensi ?... Maxwell ?...

Il désignait, de loin, un panneau de la bibliothèque où des ouvrages portaient ces noms. Or, tous étaient des psychiatres qui ne s'étaient jamais préoccupés de droit maritime. Maigret reconnaissait d'autres noms au passage, certains qu'il avait vu citer dans les bulletins de la Société internationale de criminologie, d'autres dont il avait vraiment lu les ouvrages, Lagache, Ruyssen, Genil-Perrin...

— Vous ne fumez pas ? lui demanda soudain son hôte avec étonnement. Je croyais que vous aviez toujours votre pipe à la bouche.

— Si vous le permettez...

— Que puis-je vous offrir ? Mon cognac n'est pas fameux, mais j'ai un armagnac d'une quarantaine d'années...

Il trottina vers un mur où un panneau plein, entre les rangs de livres, cachait une cave à liqueurs contenant une vingtaine de bouteilles, des verres de différents formats.

— Très peu, je vous en prie...

— Ma femme ne m'en permet qu'une goutte aux grandes occasions... Elle prétend que j'ai le foie fragile... Selon elle, tout est fragile en moi et je n'ai pas un seul organe solide...

Cela l'amusait. Il en parlait sans amertume.

— A votre santé !... Si je vous ai posé ces questions indiscrètes, c'est que je suis passionné par l'article 64 du Code pénal que vous connaissez mieux que moi.

En effet, Maigret le connaissait par cœur. Il l'avait assez souvent sassé et ressassé dans sa tête :

Il n'y a ni crime ni délit lorsque le prévenu était en état de démence au temps de l'action, ou lorsqu'il a été contraint par une force à laquelle il n'a pu résister.

— Qu'en pensez-vous ? questionnait le gnome en se penchant vers lui.

— Je préfère ne pas être magistrat. Ainsi, je n'ai pas à juger...

— Voilà ce que j'aime vous entendre dire... Devant un coupable ou un présumé coupable qui se trouve dans votre bureau, êtes-vous capable de déterminer la part de responsabilité qui peut lui être imputée ?

— Rarement... Les psychiatres, par la suite...

— Cette bibliothèque en est pleine, de psychiatres... Les anciens, pour la plupart, répondaient : *responsable*, et s'en allaient la conscience tranquille... Mais relisez Henri Ey, par exemple...

— Je sais...

— Vous parlez l'anglais ?

— Très mal.

— Vous savez ce qu'ils appellent un hobby ?

— Oui... Un passe-temps... Une activité gratuite... Une manie...

— Eh bien ! cher monsieur Maigret, mon hobby, à moi, ma manie, comme certains disent, c'est l'article 64... Je ne suis pas le seul dans mon cas... Et ce fameux article ne se trouve pas seulement dans le Code français... Sous des termes plus ou moins identiques, on le retrouve aux États-Unis, en Angleterre, en Allemagne, en Italie...

Il s'animait. Son visage plutôt pâle tout à l'heure devenait rose, et il agitait ses petites mains potelées avec une énergie inattendue.

— Nous sommes des milliers dans le monde, que dis-je, des dizaines de milliers qui nous sommes fixé pour tâche de changer ce honteux article 64, vestige de temps révolus. Il ne s'agit pas d'une société secrète. Des groupements officiels existent dans la plupart des pays, des revues, des journaux... Savez-vous ce qu'on nous répond ?...

Et, comme pour personnaliser ce *on*, il jetait un coup d'œil au portrait de son beau-père.

— On nous dit :

» — Le Code pénal est un tout. Si vous en changez une pierre, c'est l'édifice entier qui menace de s'écrouler...

» On nous objecte aussi :

» — En vous suivant, c'est au médecin et non plus au magistrat qu'on laisserait le soin de juger...

» Je pourrais vous en parler pendant des heures. J'ai écrit de nombreux articles sur ce sujet et je me permettrai de vous en faire envoyer par ma secrétaire, ce qui peut paraître outrecuidant de ma part... Les criminels, vous les connaissez, vous, de première main, si je puis dire... Pour les magistrats, ce sont des êtres qui entrent dans telle ou telle case d'une façon quasi automatique... Vous comprenez ?...

— Oui...

— A votre santé...

Il reprenait son souffle, paraissait surpris lui-même de s'être ainsi emballé.

— Il y a peu de gens avec qui je puisse parler à cœur ouvert... Je ne vous ai pas choqué ?

— Pas du tout.

— Au fait, je ne vous ai pas demandé pourquoi vous désiriez me voir... J'ai été tellement enchanté de cette occasion que la question ne m'est pas venue à l'esprit...

Et, avec ironie :

— J'espère qu'il ne s'agit pas de droit maritime ?

Maigret avait tiré la lettre de sa poche.

— Ce matin, j'ai reçu ce message par la poste. Il n'est pas signé. Je n'ai aucune certitude qu'il vienne de chez vous... Je vous demande seulement de bien vouloir l'examiner...

Curieusement, comme s'il était surtout sensible au toucher, c'est le papier que l'avocat commença par palper.

— On dirait le mien... On n'en trouve pas facilement... La dernière fois, j'ai dû en faire commander au fabricant par mon graveur...

— C'est bien ce qui m'a amené jusqu'à vous.

Parendon avait changé de lunettes, croisé ses courtes jambes et il lisait en remuant les lèvres, en murmurant parfois certaines syllabes :

... *Un meurtre sera commis prochainement... Peut-être par quelqu'un que je connais, peut-être par moi-même...*

Il relisait le paragraphe avec attention.

— On dirait que chaque mot a été choisi avec soin, n'est-ce pas ?

— C'est l'impression que ce billet m'a donnée.

... *Il est en quelque sorte inéluctable...*

— J'aime moins cette phrase-là, qui a quelque chose de redondant...

Puis, tendant le papier à Maigret et changeant à nouveau de lunettes :

— Curieux...

Ce n'était pas l'homme des grands mots, de l'emphase. *Curieux.* Là se bornait son commentaire.

— Un détail m'a frappé, expliquait Maigret. L'auteur de cette lettre m'appelle, non pas M. le commissaire, comme la plupart des gens le font, mais par mon titre officiel : M. le divisionnaire...

— J'y ai pensé aussi. Vous avez envoyé l'annonce ?

— Elle paraîtra ce soir dans *le Monde* et demain matin dans *le Figaro*.

Le plus étrange, c'est que Parendon n'était pas surpris ou que, s'il l'était, il ne le montrait pas. Il regardait la fenêtre, le tronc noueux d'un marronnier, quand son attention fut attirée par un léger bruit. Il ne fut pas surpris non plus. Tournant la tête, il murmura :

— Entre, chérie...

Et, se levant :

— Je te présente le commissaire Maigret en personne...

La femme de quarante ans, élégante, très vive, aux yeux extrêmement mobiles, n'eut besoin que de quelques secondes pour examiner le commissaire de la tête aux pieds. Sans doute, s'il avait eu une petite tache de boue sur son soulier gauche, s'en serait-elle aperçue ?

— Enchantée, monsieur le commissaire... J'espère que vous n'êtes pas venu arrêter mon mari ?... Avec sa pauvre santé, vous seriez obligé de le mettre à l'infirmerie de la prison...

Elle ne mordait pas. Elle ne disait pas cela méchamment, mais elle le disait quand même, avec le plus enjoué des sourires.

— Il s'agit sans doute d'un de nos domestiques ?

— Je n'ai reçu aucune plainte à leur sujet et cela regarderait le commissariat du quartier...

Elle brûlait visiblement de savoir pourquoi il était là. Son mari le sentait aussi bien que Maigret mais aucun des deux, comme par jeu, n'y faisait la moindre allusion.

— Que dites-vous de notre armagnac ?

Elle avait repéré les verres.

— J'espère, chéri, que tu n'en as pris qu'une goutte ?...

Elle était vêtue de clair, un tailleur déjà printanier.

— Eh bien, messieurs, je vous laisse à vos affaires... Je voulais te prévenir, chéri, que je ne serai pas de retour avant huit heures... Tu peux toujours, à partir de sept heures, me rejoindre chez Hortense...

Elle ne sortait pas tout de suite, trouvait le moyen, tandis que les deux hommes, debout, se taisaient, de faire le tour de la pièce, changeant un cendrier de place sur un guéridon, remettant un livre dans l'alignement.

— Au revoir, monsieur Maigret... Je suis enchantée, croyez-moi, de vous avoir rencontré... Vous êtes un homme extrêmement intéressant...

La porte se referma. Parendon se rassit. Il attendit encore un petit moment, comme si la porte allait se rouvrir. Il eut enfin un rire enfantin.

— Vous avez entendu ?

Maigret ne savait que dire.

— *Vous êtes un homme extrêmement intéressant*... Elle enrage que vous ne lui ayez rien dit... Non seulement elle ignore ce que vous êtes venu faire, mais vous ne lui avez parlé ni de sa robe ni surtout de sa jeunesse... La plus grande joie que vous auriez pu lui donner aurait été de la prendre pour ma fille...

— Vous avez une fille ?

— De dix-huit ans, oui. Elle a passé son bac et suit des cours d'archéologie... Cela durera ce que cela durera... L'an dernier, elle voulait devenir laborantine... Je ne la vois pas beaucoup, sinon aux repas, quand elle daigne manger avec nous... J'ai un fils aussi, Jacques, qui a quinze ans et qui est en quatrième au lycée Racine... C'est tout pour la famille...

Il parlait d'une façon légère, comme si les mots n'avaient pas d'importance ou comme s'il se moquait de lui-même.

— Au fait, je vous fais perdre votre temps et nous devrions en revenir à votre billet... Tenez... Voici une feuille de mon papier à lettres... Vos experts vous diront si c'est bien le même papier, mais je suis sûr d'avance du résultat...

Il pressa un timbre, attendit, tourné vers la porte.

— Mademoiselle Vague, voulez-vous avoir l'obligeance de m'apporter une des enveloppes qui servent pour les fournisseurs ?

Il expliqua :

— Nous payons les fournisseurs par chèque en fin de mois... Il serait prétentieux, pour régler leurs factures, de nous servir des enveloppes gravées... Nous avons donc des enveloppes blanches ordinaires...

La jeune fille en apportait une.

— Vous pourrez comparer aussi. Si enveloppe et papier coïncident, vous aurez la quasi-certitude que la lettre est partie d'ici...

Cela ne semblait pas le tracasser outre mesure.

— Vous ne voyez aucune raison qui aurait pu pousser quelqu'un à écrire cette lettre ?

Il regarda Maigret, avec ahurissement d'abord, ensuite d'un air un peu désillusionné.

— Des raisons ?... Je ne m'attendais pas à ce mot-là, monsieur Maigret... Je comprends que vous deviez poser la question... Mais pourquoi des raisons ?... Sans doute chacun en a-t-il, sciemment ou à son insu...

— Vous êtes nombreux à vivre dans cet appartement ?

— A y vivre jour et nuit, pas très nombreux... Ma femme et moi, bien entendu...

— Vous faites chambre à part ?

Il eut un coup d'œil très vif, comme si Maigret avait marqué un point.

— Comment l'avez-vous deviné ?

— Je ne sais pas... J'ai posé la question sans réfléchir...

— Il est exact que nous faisons chambre à part... Ma femme aime se coucher tard et traîner au lit le matin, tandis que je suis un lève-tôt... Vous pourrez d'ailleurs vous promener à loisir dans toutes les pièces... Que je vous dise tout de suite que je n'ai pas choisi l'endroit, ni aménagé quoi que ce soit...

» Quand mon beau-père (coup d'œil au premier président) a pris sa retraite et est allé vivre en Vendée, il y a eu une sorte de conseil de famille... Elles sont quatre sœurs, mariées toutes les quatre... On a en quelque sorte partagé l'héritage avant la lettre et ma femme a reçu cet appartement avec ce qu'il contient, y compris le portrait et les bustes...

Il ne riait pas, ne souriait pas. C'était plus subtil.

— Une de ses sœurs héritera de la gentilhommière de Vendée, dans la forêt de Vouvant, et les deux autres se partageront les titres... Les Gassin de Beaulieu possèdent une vieille fortune, de sorte qu'il y en a pour tout le monde...

» Je ne suis donc pas tout à fait chez moi, mais chez mon beau-père, et seuls les livres, les meubles de ma chambre et ce bureau m'appartiennent...

— Votre père vit toujours, n'est-ce pas ?

— Il habite presque en face, rue de Miromesnil, dans un appartement qu'il s'est aménagé pour ses vieux jours. Il est veuf depuis trente ans. Il était chirurgien...

— Un chirurgien célèbre...

— Bon... Vous savez ça aussi... Donc, vous n'ignorez pas que sa passion, à lui, ce n'était pas l'article 64, mais les femmes... Nous avions un appartement aussi vaste, mais beaucoup plus moderne que celui-ci, rue d'Aguesseau... Mon frère, qui est neurologue, l'occupe avec sa femme...

» Voilà pour la famille... Je vous ai déjà parlé de ma fille, Paulette, et de son frère, Jacques... Sachez à tout hasard, si vous voulez vous faire bien voir d'elle, que ma fille se fait appeler Bambi et qu'elle s'obstine à appeler son frère Gus... Je suppose que ça leur passera... Sinon, ma foi, ce n'est pas tellement important...

» Côté domestiques, comme dirait ma femme, vous avez vu le maître d'hôtel, Ferdinand... Son nom de famille est Fauchois... Il vient du Berry, comme ma famille... Célibataire... Sa chambre est au fond de la cour, au-dessus des garages... Lise, la femme de chambre, dort dans l'appartement et une certaine Mme Marchand vient tous les jours faire le ménage... J'oubliais Mme Vauquin, la cuisinière, dont le mari est pâtissier et qui tient à rentrer le soir chez elle...

» Vous ne prenez pas de notes ?

Maigret se contenta de sourire, puis il se leva et se dirigea vers un cendrier assez grand pour y vider sa pipe.

— Maintenant, mon côté à moi, si je puis dire... Vous avez vu Mlle Vague... C'est son vrai nom et elle ne le trouve pas ridicule... J'ai toujours appelé mes secrétaires par leur nom de famille... Elle ne parle jamais de sa vie personnelle et il faudrait que j'aille consulter les dossiers pour connaître son adresse...

» Tout ce que je sais, c'est qu'elle prend le métro pour rentrer chez elle et que je peux la retenir le soir sans que cela la contrarie... Elle doit avoir vingt-quatre ou vingt-cinq ans et elle est rarement de mauvaise humeur...

» Pour m'aider dans mon cabinet, j'ai un stagiaire plein d'ambition, un nommé René Tortu, dont le bureau se trouve au fond du couloir.

» Enfin, il reste celui que nous appelons le scribe, un garçon d'une vingtaine d'années fraîchement débarqué de Suisse et qui a, je pense, des ambitions d'auteur dramatique... Il sert à tout... Une sorte de garçon de bureau...

» Quand on me confie une affaire, c'est presque toujours une très grosse affaire, qui joue sur des millions, sinon des centaines de millions, et il m'arrive alors, pendant une ou plusieurs semaines, de travailler jour et nuit... Ensuite, on retombe dans la routine et j'ai le temps de...

Il rougit, sourit.

— ... De m'occuper de notre article 64, monsieur Maigret... Il faudra bien qu'un jour vous me disiez ce que vous en pensez... En attendant, je vais donner des instructions à chacun pour que vous circuliez à votre guise dans l'appartement et pour qu'on réponde en toute franchise à vos questions...

Maigret le regardait, troublé, se demandant s'il avait en face de lui un acteur astucieux ou, au contraire, un pauvre homme chétif qui se consolait par un humour subtil.

— Je viendrai sans doute demain dans le courant de la matinée, mais je ne vous dérangerai pas.

— Dans ce cas, c'est probablement moi qui vous dérangerai.

Ils se serrèrent la main et c'était presque une main d'enfant que le commissaire tenait dans la sienne.

— Merci pour votre accueil, monsieur Parendon.

— Merci pour votre visite, monsieur Maigret.

L'avocat le suivit en trottinant jusqu'à l'ascenseur.

2

Il retrouva le soleil, dehors, l'odeur des premiers beaux jours, avec déjà un léger relent de poussière, les anges gardiens de l'Élysée qui se promenaient d'un air nonchalant et qui lui adressaient un signe discret de reconnaissance.

Une vieille femme, au coin du Rond-Point, vendait des lilas qui sentaient les jardins de banlieue et il résista au désir d'en acheter. De quoi aurait-il eu l'air avec une botte de fleurs encombrantes au Quai des Orfèvres ?

Il se sentait léger, d'une légèreté particulière. Il sortait d'un monde inconnu où il s'était trouvé moins dépaysé qu'il n'aurait pu le penser. Tout en marchant sur les trottoirs, dans le coude à coude avec les passants, il revoyait l'appartement solennel où l'on retrouvait l'ombre du grand magistrat qui avait dû y donner des réceptions compassées.

Dès l'abord, comme pour le mettre à l'aise, Parendon lui avait adressé comme un clin d'œil qui signifiait :

— Ne vous y laissez pas prendre. Tout cela est un décor. Même le droit maritime, c'est un jeu, c'est de la frime...

Et, comme un jouet, il avait sorti son article 64 qui l'intéressait plus que tout au monde.

A moins que Parendon ne soit un malin ? En tout cas, Maigret se sentait attiré vers ce gnome sautillant qui le dévorait des yeux comme s'il n'avait jamais vu un commissaire de la P.J.

Il profita du beau temps pour descendre les Champs-Élysées jusqu'à la Concorde où il prit enfin un autobus. Il n'en trouva pas à plate-forme et il dut éteindre sa pipe, s'asseoir à l'intérieur.

C'était l'heure de la signature, à la P.J., et il mit une vingtaine de minutes à se débarrasser du courrier. Sa femme fut surprise de le voir rentrer dès six heures, guilleret.

— Qu'est-ce qu'il y a à dîner ?

— J'avais pensé préparer...

— Rien du tout. Nous dînons en ville...

N'importe où, mais dehors. Ce n'était pas une journée comme une autre et il tenait à ce qu'elle reste exceptionnelle jusqu'au bout.

Les jours s'allongeaient. Ils trouvèrent, au Quartier latin, un restaurant dont la terrasse était entourée d'une cloison vitrée et qu'un brasero réchauffait agréablement. La spécialité consistait en fruits de mer et Maigret en prit d'à peu près toutes les sortes, y compris des oursins arrivés du Midi par avion le jour même.

Elle le regardait en souriant.

— On dirait que tu as eu une bonne journée ?

— J'ai fait la connaissance d'un drôle de type... Une drôle de maison aussi, de drôles de gens...

— Un crime ?

— Je ne sais pas... Il n'est pas encore commis, mais cela peut arriver d'un jour à l'autre... Et, dans ce cas, je me trouverai dans une fichue situation...

Il lui parlait rarement des affaires en cours et, d'habitude, elle en apprenait plus par les journaux et la radio que par son mari. Cette fois, il ne résista pas au désir de lui montrer la lettre.

— Lis...

Ils en étaient au dessert. Ils avaient bu, avec les rougets grillés, un pouilly fumé dont le parfum flottait encore autour d'eux. Mme Maigret le regardait, surprise, en lui rendant le billet.

— C'est un gamin ? questionna-t-elle.

— Il y a en effet un gamin dans la maison. Je ne l'ai pas encore vu. Mais il existe de vieux gamins. Et aussi des gamines d'âge mûr...

— Tu y crois ?

— Quelqu'un a voulu que je m'introduise dans la maison. Sinon, il ne se serait pas servi d'un papier à lettres qu'on ne trouve plus que dans deux papeteries de Paris.

— S'il projette de commettre un crime...

— Il ne dit pas qu'il commettra un crime... Il m'en annonce un, avec l'air de ne pas trop savoir qui sera le coupable...

Pour une fois, elle ne le prenait pas au sérieux.

— Tu verras que c'est une farce...

Il paya l'addition et il faisait si doux qu'ils rentrèrent à pied en faisant un détour pour passer par l'île Saint-Louis.

Il trouva des lilas, rue Saint-Antoine, de sorte qu'il y en eut quand même dans l'appartement ce soir-là.

Le lendemain matin, le soleil était aussi clair, l'air aussi transparent, mais on n'y prêtait déjà plus la même attention. Il retrouva Lucas, Janvier et Lapointe pour le petit rapport et, tout de suite, dans le tas de courrier, il chercha la lettre.

Il n'était pas sûr de la trouver car l'annonce, dans *le Monde*, n'avait paru la veille que vers le milieu de l'après-midi et elle venait à peine d'être publiée par *le Figaro*.

— Elle y est ! lança-t-il en la brandissant.

Même enveloppe, mêmes caractères bâtonnets tracés avec soin, même papier à lettres dont on avait coupé l'en-tête.

On ne l'appelait plus *monsieur le divisionnaire* et le ton avait changé.

Vous avez eu tort, monsieur Maigret, de venir avant de recevoir ma seconde lettre. A présent, ils ont tous la puce à l'oreille et cela risque de précipiter les événements. Le crime, désormais, peut être commis d'une heure à l'autre et ce sera en partie par votre faute.

Je vous croyais plus patient, plus réfléchi. Vous figurez-vous donc qu'en un après-midi vous êtes capable de découvrir les secrets d'une maison ?

Vous êtes plus crédule et peut-être plus vaniteux que je ne le pensais. Je ne peux plus vous aider. Tout ce que je vous conseille, c'est de continuer votre enquête sans ajouter foi à ce que n'importe qui vous dira.

Je vous salue et vous garde, malgré tout, mon admiration.

Les trois hommes, devant lui, se rendaient compte qu'il était gêné et ce ne fut qu'à regret qu'il leur tendit la feuille. Ils furent encore plus gênés que lui de la désinvolture avec laquelle le correspondant anonyme traitait leur patron.

— Vous ne pensez pas qu'il s'agit d'un gosse qui s'amuse ?

— C'est ce que ma femme me disait hier soir.

— Votre impression ?

— Non...

Non, il ne croyait pas à une mauvaise farce. Il n'y avait rien de dramatique, pourtant, dans l'atmosphère de l'avenue Marigny. Tout, dans l'appartement, était clair, ordonné. Le maître d'hôtel l'avait accueilli avec une calme dignité. La secrétaire au drôle de nom était vive et sympathique. Quant à maître Parendon, en dépit de son étrange physique, il s'était montré un hôte plutôt enjoué.

L'idée d'une farce n'était pas venue à Parendon non plus. Il n'avait pas protesté contre cette intrusion dans sa vie privée. Il avait beaucoup parlé, de sujets différents, surtout de l'article 64, mais, au fond, n'y avait-il pas eu tout le temps comme une angoisse latente ?

Maigret n'en parla pas au rapport. Il se rendait compte que ses collègues hausseraient les épaules en le voyant foncer dans une histoire aussi abracadabrante.

— Rien de neuf chez vous, Maigret ?

— Janvier est sur le point d'arrêter le meurtrier de la postière... Nous avons une quasi-certitude, mais il est préférable d'attendre et de savoir s'il avait un complice... Il vit avec une jeune femme enceinte...

Du courant. Du banal. Du quotidien. Une heure plus tard, il sortait du quotidien en pénétrant dans l'immeuble de l'avenue Marigny où le concierge en uniforme le salua à travers la porte vitrée de la loge.

Le maître d'hôtel, Ferdinand, lui demanda en lui prenant son chapeau :

— Vous désirez que je vous annonce à monsieur ?

— Non. Conduisez-moi dans le bureau de la secrétaire...

Mlle Vague ! Voilà ! Il retrouvait son nom. Elle occupait une petite pièce entourée de classeurs peints en vert et elle tapait sur une machine à écrire électrique du dernier modèle.

— C'est moi que vous désirez voir ? demanda-t-elle sans se troubler.

Elle se levait, regardait autour d'elle, désignait une chaise, près de la fenêtre qui donnait sur la cour.

— Je n'ai malheureusement pas de fauteuil à votre disposition. Si vous préférez que nous allions à la bibliothèque ou au salon...

— Je préfère rester ici...

On entendait quelque part un aspirateur électrique. Une autre machine à écrire crépitait dans un des bureaux. Une voix d'homme, qui n'était pas celle de Parendon, répondait au téléphone :

— Mais oui, mais oui... Je vous comprends parfaitement, cher ami, mais la loi est la loi, même si elle heurte parfois le simple bon sens... Je lui en ai parlé, bien entendu... Non, il ne peut pas vous recevoir aujourd'hui ni demain et, d'ailleurs, cela ne servirait à rien...

— M. Tortu ? questionna Maigret.

Elle fit signe que oui. C'était le stagiaire qu'on entendait parler de la sorte dans la pièce voisine et Mlle Vague alla fermer la porte, coupant le son comme on le fait de la radio, en tournant un bouton.

La fenêtre restait entrouverte et un chauffeur en combinaison bleue lavait au jet une Rolls-Royce.

— Elle appartient à M. Parendon ?

— Non, aux locataires du second, des Péruviens.

— M. Parendon a un chauffeur ?

— Il y est obligé, car sa vue ne lui permet pas de conduire.

— Quelle voiture ?

— Cadillac... Madame s'en sert plus souvent que lui, bien qu'elle dispose d'une petite auto anglaise... Le bruit ne vous gêne pas ?... Vous ne préférez pas que je ferme la fenêtre ?

Non. Le jet d'eau faisait partie de l'ambiance, du printemps, d'une maison comme celle dans laquelle il se trouvait.

— Vous savez pourquoi je suis ici ?

— Je sais seulement que nous sommes tous à votre disposition et que nous devons répondre à vos questions, même si elles nous paraissent indiscrètes...

Il tira une fois de plus la première lettre de sa poche. Quand il rentrerait au Quai, il la ferait photocopier, sinon elle finirait par n'être plus qu'un chiffon de papier.

Pendant qu'elle lisait, il examinait son visage que les lunettes à cercles d'écaille n'enlaidissaient pas. Elle n'était pas belle dans le sens habituel du mot, mais plaisante. Sa bouche surtout, charnue, souriante, aux coins retroussés, retenait le regard.

— Oui ?... dit-elle en rendant la feuille.

— Qu'en pensez-vous ?

— Qu'en pense M. Parendon ?

— La même chose que vous.

— Que voulez-vous dire ?

— Qu'il n'a pas été plus surpris que vous ne venez de l'être.

Elle s'efforça de sourire, mais on sentait que le coup avait porté.

— J'aurais dû réagir ?

— Quand on annonce qu'un meurtre va être commis dans une maison...

— Cela peut se produire dans n'importe quelle maison, non ? Avant le moment où il devient un criminel, je suppose qu'un homme se comporte comme un autre, qu'il est comme un autre, sinon...

— Sinon nous arrêterions d'avance les futurs assassins, c'est exact.

Le plus curieux, c'est qu'elle y ait pensé, car peu de gens, au cours de sa longue carrière, avaient tenu devant Maigret ce raisonnement si simple.

— J'ai fait insérer l'annonce. Ce matin, j'ai reçu une seconde lettre.

Il la tendit et elle la lut avec la même attention mais, cette fois, avec aussi une certaine anxiété.

— Je commence à comprendre, murmura-t-elle.

— Quoi ?

— Que vous soyez inquiet et que vous vous chargiez personnellement de l'enquête...

— Vous permettez que je fume ?

— Je vous en prie ; ici, j'ai le droit de fumer aussi, ce qui n'est pas le cas dans la plupart des bureaux...

Elle alluma une cigarette avec des gestes simples, nullement affectés comme ceux de tant de femmes. Elle fumait pour se détendre. Elle se renversait un peu sur sa chaise articulée de dactylo. Le bureau ne ressemblait pas à un bureau commercial. Si la table de machine à écrire était en métal, elle était flanquée d'une fort belle table Louis XIII.

— Le jeune Parendon est-il d'un caractère farceur ?

— Gus ? C'est tout le contraire d'un farceur. Il est intelligent, mais renfermé. Au lycée, il est toujours en tête de sa classe, bien qu'il n'étudie jamais.

— Quelle est sa passion ?

— La musique et l'électronique... Il a installé dans sa chambre un système perfectionné de haute fidélité et il est abonné à je ne sais combien de revues scientifiques... Tenez, en voici une arrivée au courrier de ce matin... C'est moi qui vais les poser dans sa chambre...

L'Électronique de demain.

— Il sort beaucoup ?

— Je ne suis pas ici le soir. Je ne le pense pas.

— Il a des amis ?

— Parfois un camarade qui vient écouter des disques ou faire des expériences avec lui...

— Quels sont ses rapports avec son père ?

Elle parut surprise par la question. Elle réfléchit, sourit pour s'excuser.

— Je ne sais que vous répondre. Voilà cinq ans que je travaille pour M. Parendon. C'est seulement ma seconde place à Paris.

— Quelle était la première ?

— Dans une maison de commerce de la rue Réaumur. J'étais malheureuse, car le travail ne m'intéressait pas.

— Par qui avez-vous été présentée ?

— C'est René... Je veux dire M. Tortu... qui m'a parlé de cet emploi...

— Vous le connaissiez bien ?

— Nous mangions, le soir, dans le même restaurant de la rue Caulaincourt.

— Vous habitez Montmartre ?

— Place Constantin-Pecqueur...

— Tortu était votre petit ami ?

— D'abord, il mesure près d'un mètre quatre-vingt-dix... Ensuite, sauf une fois, il n'y a rien eu entre nous...

— Sauf une fois ?

— J'ai pour instructions d'être entièrement sincère, n'est-ce pas ?... Un soir, peu avant que je n'entre ici, nous sommes allés ensemble au cinéma, place Clichy, en sortant de *Chez Maurice*... *Chez Maurice*, c'est notre restaurant de la rue Caulaincourt...

— Vous y dînez toujours ?

— Presque chaque soir... Je fais partie du mobilier...

— Et lui ?

— Plus rarement depuis qu'il est fiancé.

— Donc, après le cinéma...

— Il m'a demandé la permission de venir prendre un dernier verre chez moi... Nous en avions déjà bu quelques-uns et j'étais un peu ivre... J'ai refusé, car j'ai horreur qu'un homme pénètre dans mon logement... C'est physique... J'ai préféré le suivre chez lui, rue des Saules...

— Pourquoi n'y êtes-vous pas retournée ?

— Parce que cela n'a pas marché, nous l'avons senti tous les deux... Question de peau, en somme... Nous sommes restés bons copains...

— Il doit se marier bientôt ?

— Je ne le crois pas pressé...

— Sa fiancée est secrétaire, elle aussi ?

— C'est l'assistante du docteur Parendon, le frère du patron...

Maigret fumait sa pipe à petites bouffées en essayant de s'imprégner de tout ce monde qu'il ne connaissait pas la veille et qui venait de surgir dans sa vie.

— Puisque nous sommes sur ce sujet-là, je vais vous poser une autre question indiscrète. Couchez-vous avec M. Parendon ?

C'était chez elle une façon d'être. Elle écoutait attentivement la question, le visage grave, prenait un temps puis, au moment de répondre, commençait à sourire, d'un sourire à la fois malicieux et spontané, tandis que les yeux pétillaient derrière les lunettes.

— Dans un sens, c'est oui. Il nous arrive de faire l'amour, mais c'est toujours à la sauvette, de sorte que le mot *coucher* ne convient pas puisque nous n'avons jamais été couchés l'un près de l'autre...

— Tortu le sait ?

— Nous n'en avons jamais parlé ensemble, mais il doit s'en douter.

— Pourquoi ?

— Quand vous connaîtrez mieux l'appartement, vous comprendrez. Voyons, combien de personnes vont et viennent toute la journée ?... M. et Mme Parendon, plus leurs deux enfants, cela fait quatre... Trois au bureau, cela fait sept... Ferdinand, la cuisinière, la femme de chambre et la femme de ménage nous amènent à onze... Je ne parle pas du masseur de madame qui vient quatre matins par semaine, ni de ses sœurs, ni des amies de mademoiselle...

» Les pièces ont beau être nombreuses, on finit par se rencontrer les uns les autres... Surtout ici...

— Pourquoi ici ?

— Parce que c'est dans ce bureau que chacun se fournit en papier, en timbres, en trombones... Si Gus a besoin d'un bout de ficelle, c'est dans mes tiroirs qu'il vient fouiller... Bambi a toujours besoin de timbres ou de scotch-tape... Quant à madame...

Il la regardait, curieux de la suite.

— Elle est partout... Elle sort beaucoup, certes, mais on ne sait jamais si elle est dehors ou à la maison... Vous avez remarqué que tous les couloirs et la plupart des pièces sont garnis de moquette... On n'entend pas venir... La porte s'ouvre et on voit surgir quelqu'un qu'on n'attendait pas... Il lui arrive, par exemple, de pousser ma porte et de murmurer, comme si elle s'était trompée : « Oh ! pardon... »

— Elle est curieuse ?

— Ou étourdie... A moins que ce ne soit une manie...

— Elle ne vous a jamais surprise avec son mari ?

— Je n'en suis pas certaine... Une fois, un peu avant Noël, alors qu'on la croyait chez son coiffeur, elle est entrée à un moment assez délicat... Nous avons eu le temps de reprendre contenance, tout au moins je le suppose, mais rien n'est sûr... Elle a paru très naturelle et elle s'est mise à parler à son mari du cadeau qu'elle venait d'acheter pour Gus...

— Elle n'a pas changé d'attitude avec vous ?

— Non. Elle est gentille avec tout le monde, d'une gentillesse bien à elle, un peu comme si elle planait au-dessus de nous pour nous protéger... Dans mon for intérieur, il m'arrive de la surnommer *l'ange...*

— Vous ne l'aimez pas ?

— Je n'en ferais pas mon amie, si c'est ce que vous voulez dire.

Une sonnerie retentit et la jeune fille se leva d'une détente.

— Vous m'excusez ? Le patron m'appelle...

Elle était déjà à la porte, ayant saisi au passage un bloc à sténo et un crayon.

Maigret restait seul à regarder, dans la cour que n'atteignait pas encore le soleil, le chauffeur astiquant maintenant la Rolls avec une peau de chamois tout en sifflant une rengaine.

Mlle Vague ne revenait pas et Maigret restait assis à sa place, près de la fenêtre, sans s'impatienter, lui qui pourtant avait horreur d'attendre. Il aurait pu aller faire un tour au fond du couloir, dans le bureau occupé par Tortu et par Julien Baud, mais il était comme engourdi, les yeux mi-clos, à regarder tantôt un objet, tantôt un autre.

La table qui servait de bureau avait de lourds pieds de chêne aux sculptures sobres et elle avait dû autrefois se trouver dans une autre pièce. Le dessus en était poli par le temps. Un buvard beige aux quatre coins de cuir servait de sous-main. Le plumier était très ordinaire, en matière plastique, et contenait des stylos, des crayons, une gomme, un grattoir. Un dictionnaire se trouvait près de la table de machine.

A certain moment, il fronça les sourcils, se leva comme à regret et vint regarder la table de plus près. Il ne s'était pas trompé. On y voyait une mince entaille encore fraîche comme en aurait fait le grattoir pointu en coupant une feuille de papier.

Il y avait, près du plumier, une règle plate en métal.

— Vous l'avez remarquée aussi ?

Il sursauta. C'était Mlle Vague qui rentrait, son carnet de sténo toujours à la main.

— De quoi parlez-vous ?

— De la coupure... N'est-ce pas malheureux d'abîmer une si belle table ?...

— Vous ignorez par qui cela a été fait ?

— Par n'importe qui ayant accès à cette pièce, donc par n'importe qui. Je vous ai dit que chacun y entrait comme chez soi...

Ainsi, il n'aurait pas à chercher. Dès la veille, il s'était promis d'examiner les tables de la maison car il avait remarqué que le papier avait été coupé d'une façon nette, comme au massicot.

— Si cela ne vous dérange pas, M. Parendon aimerait vous voir un moment...

Maigret remarqua qu'il n'y avait rien d'écrit sur le carnet de sténo.

— Vous lui avez raconté notre conversation ?

Elle répondit sans aucune gêne :

— Oui.

— Y compris ce qui concerne vos relations avec lui ?

— Bien entendu.

— C'est pour cela qu'il vous a appelée ?

— Non. Il avait vraiment un renseignement à me demander au sujet du dossier sur lequel il travaille...

— Je reviendrai vous voir dans un instant. Je suppose que vous n'avez plus besoin de m'introduire ?

Elle sourit.

— Il vous a dit d'aller et venir comme chez vous, non ?

Il frappa donc à la haute porte de chêne dont il poussa le battant et il trouva le petit homme devant son vaste bureau qui, ce matin, était couvert de documents à l'aspect officiel.

— Entrez, monsieur Maigret... Je m'excuse de vous avoir interrompu... J'ignorais, d'ailleurs, que vous étiez chez ma secrétaire... Vous commencez donc à en savoir un peu plus sur notre maisonnée...

» Serait-il indiscret de vous demander de jeter un coup d'œil sur la seconde lettre ?

Maigret la lui tendit de bonne grâce et il eut l'impression que le visage, déjà incolore, devenait cireux. Les yeux bleus ne pétillaient plus derrière les verres épais des lunettes mais se fixaient sur Maigret dans une interrogation angoissée.

— *Le crime, désormais, peut être commis d'une heure à l'autre...* Vous y croyez ?

Maigret, qui le regardait aussi fixement, se contenta de répliquer :

— Et vous ?

— Je ne sais pas. Je ne sais plus. Hier, je prenais la chose plutôt légèrement. Sans croire à une mauvaise plaisanterie, j'étais tenté de penser à une petite vengeance à la fois perfide et naïve...

— Contre qui ?

— Contre moi, contre ma femme, contre n'importe qui dans la maison... Un moyen adroit d'introduire la police ici et de nous faire harceler de questions.

— Vous en avez parlé à votre femme ?

— J'y ai bien été obligé puisqu'elle vous a rencontré dans mon bureau.

— Vous auriez pu lui dire que j'étais venu vous voir pour une question professionnelle...

Le visage de Parendon exprima un doux étonnement.

— Mme Maigret se contenterait d'une explication de ce genre ?

— Ma femme ne me pose jamais de questions.

— La mienne en pose. Et elle les répète, comme dans vos interrogatoires, si j'en crois les journaux, jusqu'à ce qu'elle ait l'impression d'avoir touché le fond. Ensuite, dans la mesure du possible, elle les recoupe par de petites phrases, anodines en apparence, qu'elle lance à Ferdinand, à la cuisinière, à ma secrétaire, aux enfants...

Il ne se plaignait pas. Il n'y avait aucune aigreur dans sa voix. Plutôt une sorte d'admiration, en somme. Il semblait parler d'un phénomène dont on vante les mérites.

— Quelle a été sa réaction ?

— Qu'il s'agit d'une vengeance de domestique...

— Ils ont lieu de se plaindre ?

— Ils ont toujours une raison de se plaindre. Mme Vauquin, la cuisinière, par exemple, lorsque nous avons un dîner, travaille assez tard tandis que la femme de ménage, quoi qu'il arrive, s'en va à six heures. Par contre, la femme de ménage gagne deux cents francs de moins. Vous comprenez ?

— Et Ferdinand ?

— Savez-vous que Ferdinand, si correct et compassé, est un

ancien légionnaire qui a participé à des opérations de commando ? Personne ne va voir, le soir, ce qu'il fait au-dessus des garages, qui il reçoit ni où il va...

— C'est dans ce sens que vous penchez aussi ?

L'avocat hésita une seconde, décida d'être sincère.

— Non.

— Pourquoi ?

— Aucun d'eux n'aurait écrit les phrases que l'on trouve dans ces lettres, employé certains mots...

— Existe-t-il des armes dans la maison ?

— Ma femme possède deux fusils de chasse, car elle est souvent invitée à chasser. Moi, je ne tire pas.

— A cause de votre vue ?

— Parce que je déteste tuer des animaux.

— Vous avez un revolver ?

— Un vieux browning, dans un tiroir de ma table de nuit. Une habitude de beaucoup de gens, je pense. On se dit que si des cambrioleurs...

Il rit doucement.

— Je pourrais tout au plus leur faire peur. Tenez...

Il ouvrait un tiroir de son bureau et en retirait une boîte de cartouches.

— L'automatique est dans ma chambre, à l'autre bout de l'appartement, et les cartouches sont ici, une habitude que j'ai prise quand les enfants étaient plus jeunes et que je craignais un accident.

» Cela me fait penser qu'ils ont maintenant plus que l'âge de raison et que je pourrais charger mon browning...

Il continuait à fouiller le tiroir et en retirait cette fois un casse-tête américain.

— Vous savez d'où provient ce joujou ? Il y a trois ans, j'ai été surpris d'être convoqué chez le commissaire de police. Lorsque je m'y suis rendu, on m'a demandé si j'avais bien un fils prénommé Jacques. Celui-ci avait douze ans à l'époque.

» Une bagarre avait éclaté entre gosses à la sortie du lycée et le sergent de ville avait trouvé Gus en possession de ce casse-tête...

» Je l'ai questionné en rentrant et j'ai appris qu'il l'avait obtenu d'un camarade en échange de six paquets de chewing-gum !

Il souriait, amusé par ce souvenir.

— C'est un violent ?

— Il a passé par une période difficile, entre douze et treize ans. Il lui arrivait de piquer des colères violentes, mais brèves, surtout quand sa sœur se permettait une observation. Depuis, c'est passé. Je le trouverais plutôt trop calme, trop solitaire pour mon goût...

— Il n'a pas d'amis ?

— Je ne lui en connais qu'un, qui vient assez souvent écouter de la musique avec lui, un nommé Génuvier, dont le père est pâtissier faubourg Saint-Honoré... Vous devez connaître le nom... Les maîtresses de maison y viennent de très loin...

— Si vous le permettez, je vais rejoindre votre secrétaire...

— Comment la trouvez-vous ?

— Intelligente, à la fois spontanée et réfléchie...

Cela eut l'air de faire plaisir à Parendon qui ronronna :

— Elle m'est fort précieuse...

Tandis qu'il se replongeait dans ses dossiers, Maigret rejoignait Mlle Vaguc dans son bureau. Elle ne faisait pas semblant de travailler et elle l'attendait ostensiblement.

— Une question qui va vous paraître ridicule, mademoiselle... Est-ce que le fils Parendon...

— Tout le monde l'appelle Gus...

— Bon ! Est-ce que Gus vous a déjà fait la cour ?

— Il a quinze ans.

— Je sais. C'est justement l'âge de certaines curiosités, ou de certains emballements sentimentaux...

Elle réfléchit. Comme Parendon, elle prenait le temps de réfléchir avant de répondre, comme s'il lui avait enseigné l'exactitude.

— Non, dit-elle enfin. Quand je l'ai connu, c'était un gamin qui venait me demander des timbres pour sa collection et qui me chipait une quantité incroyable de crayons et de scotch-tape. Parfois aussi, il réclamait mon aide pour ses devoirs. Il s'asseyait où vous êtes et me regardait travailler d'un air grave...

— Et maintenant ?

— Il a une demi-tête de plus que moi et il se rase depuis un an. S'il lui arrive de me chiper quelque chose, ce sont des cigarettes, quand il a oublié d'en acheter.

Du coup, elle en alluma une, tandis que Maigret bourrait lentement une pipe.

— Ses visites ne sont pas plus fréquentes ?

— Au contraire. Je crois vous avoir dit qu'il a sa vie à lui, en dehors de la famille, sauf les repas. Encore refuse-t-il de paraître à table lorsqu'il y a des invités et préfère-t-il manger à la cuisine.

— Il s'entend bien avec le personnel ?

— Il ne fait pas de distinction entre les gens. Même s'il est en retard, il n'accepte pas que le chauffeur le conduise au lycée, par crainte d'être vu en limousine par ses condisciples...

— En somme, il a honte d'habiter un immeuble comme celui-ci ?

— C'est un peu cela, oui.

— Ses relations avec sa sœur se sont améliorées ?

— N'oubliez pas que je ne suis pas présente aux repas et que je les vois rarement ensemble. A mon avis, il la regarde comme un être curieux, dont il essaie de comprendre le mécanisme, un peu comme il regarderait un insecte...

— Et sa mère ?

— Elle est un peu bruyante pour lui... Je veux dire qu'elle est toujours en mouvement, toujours à parler d'un tas de gens...

— Je comprends... La jeune fille ?... Paulette, si je me souviens bien...

— Ici, on dit Bambi... N'oubliez pas que chaque enfant à son surnom... Gus et Bambi... Je ne sais pas comment ils m'appellent entre eux ; cela doit être assez drôle...

— Comment Bambi s'entend-elle avec sa mère ?

— Mal.

— Elles se disputent ?

— Même pas. C'est à peine si elles se parlent.

— De quel côté vient l'animosité ?

— De Bambi... Vous la verrez... Toute jeune qu'elle soit, elle juge les gens autour d'elle et on sent à son regard qu'elle les juge cruellement...

— Injustement ?

— Pas toujours.

— Elle s'entend bien avec vous ?

— Elle m'accepte.

— Elle vient parfois vous voir dans votre bureau ?

— Quand elle a besoin que je lui dactylographie un cours ou que je photocopie un document.

— Elle ne vous parle jamais de ses amies, de ses amis ?

— Jamais.

— Avez-vous l'impression qu'elle est au courant de vos relations avec son père ?

— Je me le suis parfois demandé. Je ne sais pas. N'importe qui peut nous avoir surpris à notre insu...

— Elle aime son père ?

— Elle l'a pris sous sa protection... Elle doit le considérer comme la victime de sa mère et c'est pourquoi elle en veut à celle-ci d'occuper une trop grande place.

— En somme, dans la famille, M. Parendon ne joue pas un rôle important ?

— Pas un rôle en vue...

— Il n'a jamais essayé ?

— Peut-être autrefois, quand je n'étais pas encore ici. Il a dû se rendre compte que la bataille était perdue d'avance et...

— ... et il s'est enfermé dans sa coquille.

Elle rit.

— Pas tant que vous le croyez. Lui aussi est au courant de ce qui se passe... Il ne questionne pas comme Mme Parendon... Il se contente d'écouter, d'observer, de déduire... C'est un homme extrêmement intelligent...

— J'ai eu cette impression...

Il la vit toute ravie. Du coup, elle le regardait avec amitié, comme s'il venait de faire sa conquête. Il avait compris que s'il lui arrivait de coucher avec Parendon, ce n'était pas parce que celui-ci était son patron mais parce qu'elle avait pour lui une véritable passion.

— Je parie que vous n'avez pas d'amant...

— C'est vrai. Je n'en veux pas...

— Vous ne souffrez pas de vivre seule ?

— Au contraire. C'est d'avoir quelqu'un autour de moi qui me serait insupportable... A plus forte raison d'avoir quelqu'un dans mon lit...

— Jamais de passades ?

Toujours cette légère hésitation entre la vérité et le mensonge.

— Parfois... Assez rarement...

Et, avec une fierté comique, elle ajouta comme si elle émettait une profession de foi :

— Mais jamais chez moi...

— Quelles sont les relations entre Gus et son père ? J'avais posé la question tout à l'heure mais la conversation a dévié...

— Gus l'admire. Mais il l'admire de loin, sans le lui montrer, avec une sorte d'humilité... Voyez-vous, pour les comprendre, il faudrait que vous connaissiez toute la famille, et votre enquête n'en finirait pas...

» L'appartement, vous le savez, était celui de M. Gassin de Beaulieu et il reste plein de souvenirs... Depuis trois ans, l'ancien président est infirme et ne quitte pas sa gentilhommière de Vendée... Mais, auparavant, il venait parfois passer une semaine ou deux ici, où il a toujours sa chambre, et, dès son entrée, il était à nouveau le maître de maison...

— Vous l'avez donc connu ?

— Très bien. Il me dictait tout son courrier.

— Quel homme est-ce ? D'après son portrait...

— Celui qui est dans le bureau de M. Parendon ? Si vous avez vu le portrait, vous l'avez vu lui... Ce qu'on appelle un magistrat intègre et cultivé... Vous comprenez ce que je veux dire ?... Un personnage qui se promenait dans la vie plus grand que nature, comme s'il venait de descendre de son socle...

» Pendant ces séjours, il ne fallait aucun bruit dans l'appartement. On marchait sur la pointe des pieds. On chuchotait. Les enfants, plus jeunes que maintenant, vivaient dans la terreur...

» Le père de M. Parendon, au contraire, le chirurgien...

— Il vient encore ?

— Rarement. C'est ce que j'allais vous dire. Vous connaissez sa légende, comme tout le monde. Fils de paysans du Berry, il s'est toujours comporté en paysan, employant volontiers, même dans ses cours, un langage rude et imagé.

» C'était, il y a quelques années encore, une force de la nature.

Comme il habite à deux pas, rue de Miromesnil, il venait souvent faire une visite en passant et les enfants l'adoraient...

» Cela n'a pas plu à tout le monde...

— A Mme Parendon en particulier...

— Il est certain qu'il n'y avait aucune sympathie entre eux... Je ne sais rien de précis... Les domestiques ont fait allusion à une scène violente qui aurait eu lieu... Toujours est-il qu'il ne vient plus et que c'est son fils qui va le voir tous les deux ou trois jours...

— En somme, les Gassin ont gagné contre les Parendon.

— Plus que vous ne le croyez...

L'air était bleu de fumée, celle de la pipe de Maigret et celle des cigarettes de Mlle Vague. La jeune fille se dirigea vers la fenêtre qu'elle ouvrit davantage pour renouveler l'air.

— Car, poursuivait-elle d'un ton amusé, il y a, pour les enfants, les tantes, les oncles, les cousins et les cousines... M. Gassin de Beaulieu avait quatre filles et les trois autres habitent Paris aussi... Elles ont des enfants qui s'échelonnent de dix à vingt-deux ans... Au fait, une des jeunes filles s'est mariée au printemps dernier à un officier qui a son bureau au ministère de la Marine...

» Voilà pour le clan Gassin de Beaulieu... Si vous le désirez, je vous établirai une liste, avec le nom des maris...

— Je ne crois pas que cela soit nécessaire au point où nous en sommes. Elles viennent souvent ici ?

— Tantôt l'une, tantôt l'autre... Quoique bien mariées, comme on dit, elles continuent à considérer cette maison comme la maison familiale...

— Tandis que...

— Vous avez compris avant que je ne vous en parle. Le frère de M. Parendon, Germain, est médecin spécialisé en neurologie infantile. Il est marié à une ancienne comédienne qui est restée jeune et pétillante...

— Il ressemble à...

Maigret était un peu gêné de sa question et elle comprit.

— Non. Il est aussi large et puissant que son père, en beaucoup plus grand. C'est un très bel homme, qu'on est surpris de trouver si doux. Le ménage n'a pas d'enfants. Ce sont des gens qui sortent peu et qui ne reçoivent que quelques intimes...

— Mais ils ne viennent pas ici... soupira Maigret qui commençait à se faire un tableau assez précis de la famille.

— M. Parendon va les voir les soirs où sa femme a un bridge, car il a les cartes en horreur. Parfois, M. Germain vient lui tenir compagnie, dans le bureau. Je le sais le matin en arrivant car la pièce sent alors le cigare...

On aurait dit que Maigret changeait soudain de ton. Il ne devenait pas menaçant, ni sévère, mais il n'y avait plus trace de badinage ou d'amusement dans sa voix et dans son regard.

— Écoutez-moi, mademoiselle Vague. Vous m'avez répondu, j'en suis persuadé, avec une totale franchise et vous êtes même allée parfois au-devant de mes questions. Il m'en reste une autre à vous poser et je vous demande d'être aussi sincère. Croyez-vous que ces lettres soient une plaisanterie ?

Elle répondit sans hésitation :

— Non.

— Aviez-vous déjà, avant qu'elles n'aient été écrites, pressenti qu'un drame se préparait dans la maison ?

Cette fois, elle prit son temps, alluma une nouvelle cigarette, laissa tomber :

— Peut-être...

— Quand ?

— Je ne sais pas... Je cherche... Peut-être après les vacances... Vers cette époque-là en tout cas...

— Qu'avez-vous remarqué ?

— Rien de particulier... C'était dans l'air... Une sorte d'oppression, serais-je tentée de dire...

— Quelle est, selon vous, la personne menacée ?

Elle rougit brusquement et se tut.

— Pourquoi ne répondez-vous pas ?

— Parce que vous savez très bien ce que je vais dire : M. Parendon.

Il se leva en soupirant.

— Merci. Je crois que je vous ai assez torturée pour ce matin. Il est probable que je reviendrai bientôt vous voir.

— Vous voulez interroger les autres ?

— Pas avant le déjeuner. Il est bientôt midi. Sans doute à tout à l'heure...

Elle le regarda partir, grand et lourd, l'air maladroit, puis, soudain, quand la porte d'entrée se fut refermée, elle se mit à pleurer.

3

Il y avait, rue de Miromesnil, vestige des anciens jours, un petit restaurant sombre où le menu était encore écrit sur une ardoise et où, par une porte vitrée, on apercevait la patronne, énorme sur des jambes comme des colonnes, officiant à son fourneau.

Les habitués avaient leur serviette dans des casiers et fronçaient les sourcils quand leur place était occupée. C'était rare, car la fille de salle, Emma, n'aimait pas les nouveaux visages. Quelques vieux inspecteurs de la rue des Saussaies fréquentaient le coin et aussi des employés comme on n'en voit plus guère et qu'on imagine en manches de lustrine devant d'antiques bureaux noirs.

Le patron, à son comptoir, reconnut le commissaire et vint l'accueillir.

— Cela fait un moment qu'on ne vous voit plus dans le quartier... En tout cas, vous pouvez vous vanter d'avoir eu du nez... Il y a de l'andouillette...

Maigret aimait, de temps en temps, manger ainsi seul, en laissant son regard errer sur un décor vieillot, sur des personnages qui travaillent le plus souvent dans des arrière-cours où l'on trouve des bureaux inattendus, contentieux, prêts sur gages, orthopédistes, marchands de timbres...

Comme il le disait volontiers, il ruminait. Il ne pensait pas. Son esprit vagabondait d'une idée à l'autre, d'une image à l'autre, mêlant parfois des affaires anciennes à l'affaire en cours.

Parendon le fascinait. Dans son esprit, tandis qu'il dégustait l'andouillette juteuse et croustillante, accompagnée de pommes frites qui ne sentaient pas le graillon, le gnome prenait des aspects tantôt émouvants et tantôt effrayants.

— L'article 64, monsieur Maigret !... N'oubliez pas l'article 64 !...

Était-ce vraiment, chez lui, une hantise ? Pourquoi cet avocat d'affaires, qu'on venait consulter de partout, à grands frais, sur des questions maritimes, s'hypnotisait-il ainsi sur le seul article du Code, en définitive, à traiter de la responsabilité humaine ?

Oh ! Prudemment. Sans donner la moindre définition de la démence. Et en la limitant au moment de l'action, c'est-à-dire au moment du crime.

Il connaissait quelques vieux routiers de la psychiatrie, de ceux que les juges choisissent volontiers comme experts parce qu'ils ne cherchent pas de subtilités.

Ceux-là, pour limiter la responsabilité d'un criminel, ne connaissent que les lésions ou les malformations du cerveau, ou encore, puisque le Code pénal en parle à l'article suivant, l'épilepsie.

Mais comment établir qu'un homme, au moment d'en tuer un autre, à l'instant précis du geste meurtrier, était en pleine possession de ses facultés ? Comment, à plus forte raison, affirmer qu'il était capable de résister à son impulsion ?

L'article 64, oui... Maigret en avait discuté souvent, avec son vieil ami Pardon en particulier. On en discutait aussi presque à chaque congrès de la Société internationale de criminologie et il existe de gros ouvrages sur ce sujet, les ouvrages, justement, qui remplissaient pour une grande partie la bibliothèque de Parendon.

— Alors ? Elle est bonne ?

Le patron jovial lui remplissait son verre d'un beaujolais peut-être un peu jeune mais fruité à point.

— Votre femme n'a pas perdu la main...

— Elle sera contente si vous allez le lui dire avant de partir...

L'appartement était à l'image d'un homme comme Gassin de Beaulieu, habitué à l'hermine, commandeur de la Légion d'honneur, qui n'avait jamais douté du Code, du droit ni de lui-même.

Autour de Maigret étaient attablés des maigres, des gros, des hommes de trente ans et des hommes de cinquante. Presque tous mangeaient seuls, le regard perdu dans le vide ou fixé sur une page de journal, et ayant en commun cette patine particulière que donne une vie humble et monotone.

On a tendance à imaginer les êtres comme on voudrait qu'ils soient. Or, l'un avait le nez de travers ou le menton fuyant, l'autre une épaule trop basse, tandis que son voisin était obèse. La moitié des crânes étaient dégarnis et une bonne moitié des dîneurs portaient des lunettes.

Pourquoi Maigret pensait-il à cela ? Pour rien. Parce que Parendon, dans son vaste bureau, avait l'air d'un gnome, certains auraient dit plus cruellement d'un singe.

Mme Parendon, elle... Il l'avait à peine vue. Elle n'avait fait qu'une apparition rapide, comme pour lui fournir un échantillon de sa brillante personnalité. Comment ce couple-là s'était-il formé ? Au hasard de quelle rencontre fortuite ou de quelles tractations familiales ?

Entre eux deux, il y avait Gus, qui faisait de la musique haute fidélité et de l'électronique dans sa chambre avec le fils du pâtissier... Il était plus grand, plus fort que son père, heureusement, et, à en croire Mlle Vague, c'était un garçon équilibré...

Il y avait aussi sa sœur, Bambi, qui étudiait l'archéologie. Comptait-elle vraiment fouiller un jour les déserts du Proche-Orient, ou bien ses études ne constituaient-elles qu'un alibi ?

Mlle Vague défendait farouchement son patron avec qui, pourtant, elle n'avait l'occasion de faire l'amour qu'à la sauvette, sur un coin de bureau.

Pourquoi ne se donnaient-ils pas rendez-vous ailleurs, sacrebleu ? Avaient-ils tellement peur l'un et l'autre de Mme Parendon ? Ou bien était-ce par un sentiment de culpabilité qu'ils tenaient à garder à leurs relations ce caractère furtif et impromptu ?

Il y avait encore l'ancien légionnaire devenu maître d'hôtel, la cuisinière et la femme de ménage qui se détestaient pour des questions d'heure de travail et de gages. Puis une femme de chambre prénommée Lise, que Maigret ne connaissait pas et dont on lui avait à peine parlé.

Il y avait René Tortu, qui avait couché une seule fois avec la secrétaire et qui prolongeait à présent ses fiançailles avec une autre, puis enfin le Suisse, Julien Baud, qui faisait, comme gratte-papier, son apprentissage de Paris avant de se lancer dans le théâtre.

De quel côté étaient-ils, les uns et les autres ? Côté Gassin ? Côté Parendon ?

Quelqu'un, dans tout ça, voulait tuer quelqu'un.

Et, en bas, comme par ironie, un ancien inspecteur de la Sûreté Nationale servait de concierge !

En face, les jardins du président de la République et, à travers les arbres qui commençaient précocement à verdir, le fameux perron où l'on photographiait celui-ci serrant la main à ses hôtes de marque.

Ne sentait-on pas une certaine incohérence ? Le bistrot, autour de Maigret, semblait plus réel, plus solide. C'était de la vie de tous les jours. Des petites gens, certes, mais on compte davantage de petites gens que d'autres, même si on les remarque moins, s'ils s'habillent de sombre, parlent moins haut, rasent les murs ou s'entassent dans le métro...

On lui servit d'office un baba au rhum abondamment recouvert de crème Chantilly, une autre spécialité de la patronne à qui Maigret ne manqua pas d'aller serrer la main dans la cuisine. Il dut même l'embrasser sur les deux joues. C'était la tradition.

— Vous ne resterez plus aussi longtemps sans venir nous voir, j'espère ?

Si le meurtrier traînait, Maigret risquait de revenir souvent...

Car il en revenait au meurtrier. Au meurtrier qui n'en était pas encore un. Au meurtrier en puissance.

N'y a-t-il pas, dans Paris, des milliers et des milliers de meurtriers en puissance ?

Pourquoi celui-ci éprouvait-il le besoin d'alerter Maigret à l'avance ? Par une sorte de romantisme ? Pour se rendre intéressant ? Pour avoir un jour son témoignage ? Ou bien encore pour qu'on le retienne d'agir ?

Le retenir comment ?

Maigret, dans le soleil, monta jusqu'à Saint-Philippe-du-Roule, tourna à gauche, s'arrêtant parfois devant un étalage : des choses très chères, souvent inutiles, qui pourtant se vendaient.

Il passa devant la Papeterie Roman où il s'amusa à lire, sur des cartes de visite ou des invitations gravées, les noms à tiroirs du Gotha. C'était d'ici qu'était parti le papier à lettres qui avait tout déclenché. Sans ces billets anonymes, Maigret continuerait à ignorer les Parendon, les Gassin de Beaulieu, les tantes, les oncles, les cousins et les cousines.

D'autres, comme lui, marchaient le long des trottoirs pour le plaisir de cligner des yeux dans le soleil et de respirer un air où passaient des bouffées tièdes. Il avait envie de hausser les épaules, de sauter sur le premier autobus à plate-forme et de rentrer au Quai.

— Merde pour les Parendon !

Là, il trouverait peut-être un pauvre type qui avait vraiment tué parce qu'il ne pouvait plus faire autrement, ou encore un jeune fauve de Pigalle, monté de Marseille ou de Bastia, qui avait descendu un rival pour se faire croire qu'il était un homme.

Il s'assit à une terrasse, près d'un brasero, pour boire son café. Puis il entra et s'enferma dans la cabine téléphonique.

— Ici, Maigret... Passez-moi quelqu'un de mon bureau, s'il vous plaît... Peu importe... Janvier, Lucas ou Lapointe de préférence...

Ce fut Lapointe qui répondit.

— Rien de nouveau, fiston ?

— Un coup de téléphone de Mme Parendon. Elle voulait vous parler personnellement et j'ai eu toutes les peines à lui faire comprendre que vous déjeuniez comme tout le monde...

— Que voulait-elle ?

— Que vous alliez la voir le plus tôt possible...

— Chez elle ?

— Oui... Elle vous attendra jusqu'à quatre heures... Plus tard, elle a un rendez-vous important...

— Sans doute avec son coiffeur... C'est tout ?...

— Non... Mais le reste est peut-être une blague... Il y a une demi-heure, la standardiste a eu quelqu'un au bout du fil, un homme ou une femme, elle ne sait pas, une voix bizarre, qui aurait pu être celle d'un enfant... En tout cas, la personne haletait, pressée ou émue, et elle a prononcé très vite :

» — Dites au commissaire Maigret qu'il se dépêche...

» La téléphoniste n'a pas eu le temps de poser une question ; on avait déjà raccroché.

» Cette fois, il ne s'agit plus d'une lettre et c'est pourquoi je me demande...

Maigret faillit lui répondre :

— Ne te demande rien :

Il ne se demandait rien, lui. Il n'essayait pas de jouer aux devinettes, ce qui ne l'empêchait pas d'être inquiet.

— Merci, mon petit. Je retourne justement avenue Marigny. S'il y a du nouveau, on peut m'y appeler.

Les empreintes digitales, sur les deux lettres, n'avaient rien donné. Depuis des années, les empreintes compromettantes sont de plus en plus rares car on en a tant parlé dans les journaux, dans les romans, à la télévision, que les plus obtus des malfaiteurs prennent leurs précautions.

Il passa devant la loge où l'ancien inspecteur de la rue des Saussaies le salua avec une familiarité respectueuse. La Rolls franchissait le porche, sans personne derrière le chauffeur. Maigret monta au premier, sonna.

— Bonjour, Ferdinand...

Ne devenait-il pas un peu de la maison ?

— Je vous conduis chez madame...

Ferdinand était averti. Elle n'avait rien laissé au hasard. Débarrassé de son chapeau, comme dans les restaurants, il traversait pour la première fois un immense salon qui aurait pu être celui d'un ministère. Pas un objet personnel ne traînait, une écharpe, un fume-cigarette, un livre ouvert. Pas un mégot dans les cendriers. Trois hautes fenêtres ouvertes sur la cour paisible que baignait maintenant le soleil et où on ne lavait plus de voiture.

Un couloir. Un coude. L'appartement semblait comporter un corps central et deux ailes, comme les vieux châteaux. Une bande de moquette rouge sur le sol dallé de marbre blanc. Toujours ces plafonds trop hauts qui vous rapetissaient.

Ferdinand frappait doucement à une porte à deux battants qu'il ouvrait sans attendre et annonçait :

— Le commissaire Maigret...

Il se trouvait dans un boudoir où il n'y avait personne, mais immédiatement Mme Parendon jaillit d'une pièce voisine, le bras en avant, marchant au-devant de Maigret à qui elle serra vigoureusement la main.

— Je suis confuse, monsieur le commissaire, de vous avoir téléphoné, ou plus exactement d'avoir téléphoné à un de vos employés...

Tout, ici, était bleu, la soie brochée qui recouvrait les murs, les fauteuils Louis XV, la moquette ; même le tapis chinois à dessins jaunes avait un fond bleu.

Était-ce un hasard si, à deux heures de l'après-midi, elle était encore en négligé, un négligé bleu turquoise ?

— Excusez-moi de vous recevoir dans mon trou, comme je dis, mais c'est le seul endroit où on ne soit pas sans cesse dérangé...

La porte par laquelle elle était entrée restait entrouverte et il apercevait une coiffeuse, Louis XV aussi, indiquant que c'était sa chambre à coucher.

— Asseyez-vous, je vous en prie...

Elle lui désignait un fauteuil fragile dans lequel le commissaire se glissait avec précaution, se promettant de ne pas trop remuer.

— Surtout, fumez votre pipe...

Même s'il n'en avait pas envie ! Elle le voulait comme sur les photographies des journaux. Les photographes, eux aussi, ne manquaient jamais de lui rappeler :

— Votre pipe, monsieur le commissaire...

Comme s'il tétait sa pipe du matin au soir ! Et s'il avait envie de fumer une cigarette ? Un cigare ? Ou de ne pas fumer du tout ?

Il n'aimait pas le fauteuil dans lequel il était assis et qu'il s'attendait à entendre craquer d'un moment à l'autre. Il n'aimait pas ce boudoir bleu, cette femme en bleu qui lui adressait un sourire voilé.

Elle s'était assise dans une bergère et allumait une cigarette à l'aide d'un briquet en or comme il en avait vu à la vitrine de Cartier. La boîte à cigarettes était en or. Beaucoup de choses devaient être en or, dans ces pièces-ci.

— Je suis un peu jalouse que vous vous occupiez de cette petite Vague avant de vous occuper de moi. Ce matin...

— Je n'aurais pas osé vous déranger de si bonne heure...

Allait-il devenir un Maigret mondain ? Il s'en voulait de sa propre suavité.

— On vous a sans doute raconté que je me lève tard et que je traîne dans mon appartement jusqu'à midi... C'est vrai et c'est faux... J'ai une très grande activité, monsieur Maigret, et, en réalité, je commence mes journées de bonne heure...

» D'abord, il y a cette grande maison à diriger. Si je ne téléphonais pas moi-même aux fournisseurs, je ne sais pas ce que nous mangerions, ni quelles factures nous recevrions en fin de mois... Mme Vauquin est une excellente cuisinière, mais le téléphone l'effraie encore et la fait bégayer... Les enfants me prennent du temps... Même s'ils sont devenus grands, il faut que je m'occupe de leurs vêtements, de leurs activités...

» Sans moi, Gus vivrait toute l'année en pantalon de coutil, pull-over et sandales de tennis...

» Peu importe... Je ne parle pas des œuvres auxquelles je me consacre... D'autres se contentent d'envoyer un chèque, d'assister à un cocktail de bienfaisance, mais, quand il s'agit d'un travail réel, on ne trouve plus personne...

Il attendait, patient, poli, tellement patient et tellement poli qu'il n'en revenait pas.

— J'imagine que vous avez une vie agitée, vous aussi...

— Vous savez, madame, je ne suis jamais qu'un fonctionnaire...

Elle rit, montrant toutes ses dents, un bout de langue rose. Elle avait la langue très pointue, cela le frappa. Elle était blonde, d'un blond tirant sur le roux, avec des yeux qu'on dit verts mais qui sont le plus souvent d'un gris trouble.

Avait-elle quarante ans ? Un peu plus ? Un peu moins ? Quarante-cinq ? C'était impossible à dire tant on sentait le travail de l'institut de beauté.

— Il faudra que je répète cette phrase-là à Jacqueline... C'est la femme du ministre de l'Intérieur, une de mes bonnes amies...

Bon ! Il était averti. Elle n'avait pas mis de temps à jouer son premier atout.

— J'ai l'air de plaisanter... Je plaisante... Mais croyez que ce n'est qu'une façade... En réalité, monsieur Maigret, je suis tourmentée par ce qui se passe, plus que tourmentée même...

Et, de but en blanc :

— Comment avez-vous trouvé mon mari ?

— Très sympathique...

— Bien sûr... C'est ce qu'on dit toujours... Je parle de...

— Il est fort intelligent, d'une intelligence remarquable et...

Elle s'impatientait. Elle savait où elle voulait en venir et il lui coupait la parole. Maigret, observant les mains, remarqua qu'elles étaient plus vieilles que le visage.

— Je le crois aussi d'une grande sensibilité...

— Si vous étiez tout à fait franc, ne diriez-vous pas d'une sensibilité exagérée ?

Il ouvrit la bouche mais, cette fois, ce fut elle qui gagna en enchaînant :

— Par moments, il me fait peur à force de se replier sur lui-même. C'est un homme qui souffre. Je l'ai toujours su. Lorsque je l'ai épousé, il existait, dans mon amour, une certaine dose de pitié...

Il fit l'imbécile.

— Pourquoi ?

Elle en fut un instant désarçonnée.

— Mais... Mais enfin, vous l'avez vu... Dès l'enfance, il a dû avoir honte de son aspect physique...

— Il n'est pas grand. D'autres que lui...

— Voyons, commissaire, s'énerva-t-elle, jouons franc jeu... J'ignore quelle hérédité pèse sur lui, ou plutôt je ne le sais que trop... Sa mère était une jeune infirmière à Laennec, plus exactement une fille de salle, et elle n'avait que seize ans quand le professeur Parendon lui a fait un enfant... Pourquoi, comme chirurgien, n'a-t-il pas procédé à une intervention ?... L'a-t-elle menacé d'un scandale ?... Je l'ignore... Ce que je sais, c'est qu'Émile est né à sept mois... C'est un prématuré...

— La plupart des prématurés deviennent des enfants normaux...

— Vous le trouvez normal, vous ?

— Dans quel sens ?

Elle éteignait nerveusement sa cigarette pour en allumer une autre.

— Excusez-moi. Vous me donnez l'impression de vous esquiver, de ne pas vouloir comprendre...

— Comprendre quoi ?

Elle n'y tint plus, se leva d'une détente et se mit à arpenter le tapis chinois.

— Comprendre pourquoi je suis inquiète, pourquoi, comme on dit vulgairement, je me ronge les sangs ! Depuis près de vingt ans, je m'efforce de le protéger, de le rendre heureux, de lui donner une vie normale...

Il continuait à fumer sa pipe en silence tout en la suivant des yeux. Elle portait de fort élégantes pantoufles qui avaient dû être faites sur mesure.

— Ces lettres dont il m'a parlé... J'ignore qui les a écrites, mais elles reflètent assez bien mon angoisse...

— Celle-ci dure depuis combien de temps ?

— Des semaines... Des mois... Je n'ose dire des années... Au début de notre mariage, il me suivait, nous sortions, nous allions au théâtre, nous dînions en ville...

— Cela le rendait gai ?

— En tout cas il était détendu... Je soupçonne maintenant qu'il ne se sent nulle part à sa place, qu'il a honte de ne pas être comme les autres, qu'il en a toujours été ainsi...

» Tenez ! Même ce choix, pour sa carrière, du droit maritime... Voulez-vous me dire pour quelle raison un homme comme lui peut avoir choisi le droit maritime ?... C'était comme un défi... Ne pouvant plaider aux assises...

— Pourquoi ?

Elle le regardait, découragée.

— Mais enfin, monsieur Maigret, vous le savez aussi bien que moi... Voyez-vous ce petit homme pâle et inconsistant défendant, dans la grande salle des assises, la tête d'un criminel ?...

Il préféra ne pas lui rétorquer qu'un maître du barreau du siècle dernier ne mesurait qu'un mètre cinquante-cinq.

— Il se morfond. A mesure que le temps passe, que l'âge avance, il se barricade davantage et, lorsque nous donnons un dîner, j'ai toutes les peines du monde à obtenir qu'il y assiste...

Il ne lui demanda pas non plus :

— Qui établit la liste des invités ?

Il écoutait, regardait.

Il regardait et essayait de ne pas se laisser troubler, car le portrait que traçait de son mari cette femme aux nerfs tendus, à l'énergie brûlante, était à la fois vrai et faux.

Vrai en quoi ?

Faux en quoi ?

C'est ce qu'il aurait voulu démêler. L'image d'Émile Parendon devenait à ses yeux comme une photo bougée. Les contours manquaient de netteté. Les traits changeaient d'expression selon l'angle dans lequel on les regardait.

C'était vrai qu'il s'était enfermé dans un monde à lui, dans le monde, aurait-on pu dire, de l'article 64. L'homme responsable ? Irresponsable ? D'autres que lui se passionnaient pour cette question primordiale et des conciles en avaient discuté dès le Moyen Age.

Chez lui, cette pensée n'était-elle pas devenue une hantise ? Maigret se souvenait de son entrée dans le bureau, la veille, du regard que Parendon lui avait lancé, comme si le commissaire, à ce moment-là, représentait pour lui une sorte d'incarnation du fameux article du Code ou était capable de fournir une réponse.

L'avocat ne lui avait pas demandé ce qu'il venait faire, ce qu'il désirait. Il lui avait parlé de l'article 64, la lèvre presque tremblante de passion.

C'était vrai que...

Oui, il menait une existence presque solitaire dans cette maison trop grande pour lui comme un veston de géant.

Comment, avec son corps chétif, avec toutes les pensées qu'il roulait dans sa tête, affronter sans cesse cette femme qui trépidait en communiquant sa trépidation à tout ce qui l'entourait ?

C'était vrai que...

Une demi-portion, soit ! Un gnome, soit encore.

Mais, parfois, quand les pièces voisines paraissaient vides, quand l'occasion semblait favorable, il faisait l'amour avec Mlle Vague.

Qu'est-ce qui était vrai ? Qu'est-ce qui était faux ? Est-ce que Bambi elle-même ne se protégeait pas de sa mère en se réfugiant dans l'archéologie ?

— Écoutez-moi, monsieur Maigret. Je ne suis pas la femme frivole qu'on a pu vous décrire. Je suis une femme qui a des responsabilités et qui, en outre, s'efforce de se rendre utile. Notre père nous a élevées ainsi, mes sœurs et moi. C'était un homme de devoir...

Aïe !... Le commissaire n'appréciait pas du tout ces mots-là : le magistrat intègre, honneur de la magistrature, enseignant à ses filles le sens du devoir...

Pourtant, chez elle, cela sonnait à peine faux. Elle ne donnait pas le temps à l'esprit de se fixer sur une phrase car son visage bougeait, tout son corps bougeait et les mots succédaient aux mots, les idées aux idées, les images aux images.

— Il y a de la peur, dans cette maison, c'est vrai... Et cette peur, c'est moi qui la ressens le plus... Non ! N'allez pas croire que je vous ai écrit ces lettres... Je suis trop directe pour employer des moyens détournés...

» Si j'avais voulu vous voir, je vous aurais téléphoné comme je l'ai fait ce matin...

» J'ai peur... Pas tellement pour moi, mais pour lui... Ce qu'il peut faire, je l'ignore, mais je sens qu'il fera quelque chose, qu'il est à bout, qu'une sorte de démon, en lui, le pousse à un geste dramatique...

— Qu'est-ce qui vous fait penser cela ?

— Vous l'avez vu, non ?

— Il m'a paru très calme, pondéré, et je lui ai trouvé un sens assez poussé de l'humour...

— D'un humour grinçant, pour ne pas dire un humour macabre... Cet homme-là se ronge... Ses affaires ne lui prennent pas plus de deux ou trois jours par semaine et la plus grosse partie des recherches est assumée par René Tortu...

» Il lit des revues, envoie des lettres aux quatre coins du monde, à des gens qu'il ne connaît pas et dont il a lu les articles...

» Il lui arrive de rester plusieurs jours sans mettre les pieds dehors, se contentant de regarder le monde par la fenêtre... Les mêmes marronniers, le même mur qui entoure le jardin de l'Élysée, j'allais ajouter les mêmes passants...

» Vous êtes venu deux fois et vous n'avez pas demandé à me voir... Or, je suis malheureusement la première intéressée... Je suis sa femme, ne l'oubliez pas, même si lui paraît parfois l'oublier... Nous avons deux enfants qui ont encore besoin d'être guidés...

Elle lui donna le temps de souffler, en allumant une cigarette. C'était la quatrième. Elle fumait goulûment, sans ralentir son débit, et le boudoir était déjà envahi de nuages de fumée.

— Ce qu'il fera, je ne pense pas que vous puissiez le prévoir mieux que moi... Est-ce à lui-même qu'il s'en prendra ?... C'est possible et j'en serais terriblement affectée, après avoir essayé pendant tant d'années de le rendre heureux...

» Est-ce ma faute si je n'y suis pas parvenue ?

» Peut-être serai-je la victime, ce qui est le plus probable, car il s'est mis petit à petit à me haïr... Comprenez-vous ça ?... Son frère, qui est neurologue, pourrait nous l'expliquer... Il a besoin de projeter sur quelqu'un ses désillusions, ses rancœurs, ses humiliations...

— Excusez-moi si...

— Laissez-moi finir, je vous en prie... Demain, après-demain, n'importe quand, vous serez peut-être appelé ici pour vous trouver devant une morte qui sera moi...

» Je lui pardonne d'avance, car je sais qu'il n'est pas responsable et que la médecine, malgré ses progrès...

— Vous considérez votre mari comme un cas médical ?

Elle le regarda avec une sorte de défi.

— Oui.

— Un cas mental ?

— Peut-être.

— En avez-vous parlé à des médecins ?

— Oui.

— Des médecins qui le connaissent ?

— Nous avons plusieurs médecins parmi nos amis.

— Que vous ont-ils dit exactement ?

— De prendre garde...

— De prendre garde à quoi ?

— Nous ne sommes pas entrés dans les détails. Il ne s'agissait pas de consultations, mais de conversations mondaines...

— Tous ont été du même avis ?

— Plusieurs...

— Vous pouvez me citer des noms ?

Maigret le faisait exprès de tirer son calepin noir de sa poche. Ce geste suffit pour qu'elle batte en retraite.

— Il ne serait pas correct de vous donner leur nom mais, si vous voulez le faire examiner par un expert...

Maigret avait perdu son air patient et bonasse. Ses traits étaient tendus, eux aussi, car les choses commençaient à aller très loin.

— Lorsque vous avez téléphoné à mon bureau pour me demander de venir vous voir, aviez-vous déjà cette idée en tête ?

— Quelle idée ?

— De me demander plus ou moins directement de faire examiner votre mari par un psychiatre.

— J'ai dit cela ? C'est un mot que je n'ai même pas prononcé...

— Mais il transparaissait en filigrane dans tout ce que vous avez dit...

— Dans ce cas, vous m'avez mal comprise, ou je me suis mal exprimée... Je suis peut-être trop franche, trop spontanée... Je ne me donne pas la peine de choisir mes mots... Ce que je vous ai dit, ce que je vous répète, c'est que j'ai peur, que la peur flotte dans la maison...

— Et moi je vous répète : La peur de quoi ?

Elle se rasseyait, comme épuisée, le regardait avec découragement.

— Je ne sais plus que vous dire, monsieur le commissaire. Je croyais que vous comprendriez sans que j'aie besoin de préciser. J'ai peur pour moi, pour lui...

— Autrement dit, peur qu'il vous tue ou qu'il se suicide ?

— Exprimé ainsi, cela semble ridicule, je le sais, alors que tout paraît si paisible autour de nous...

— Je m'excuse d'être indiscret. Votre mari a-t-il encore avec vous des relations sexuelles ?...

— Jusqu'à il y a un an...

— Que s'est-il passé il y a un an qui a changé la situation ?

— Je l'ai surpris avec cette fille...

— Mlle Vague ?

— Oui.

— Dans le bureau ?

— C'était sordide...

— Et, depuis, vous lui fermez votre porte ?... Il a essayé plusieurs fois de la franchir ?

— Une seule. Je lui ai dit ce que j'avais sur le cœur et il a compris.

— Il n'a pas insisté ?

— Il ne s'est même pas excusé. Il s'est retiré comme quelqu'un qui s'est trompé d'étage...

— Vous avez eu des amants ?

— Comment ?

Ses yeux étaient devenus durs, son regard pointu, méchant.

— Je vous demande, répétait-il placidement, si vous avez eu des amants. Ce sont des choses qui arrivent, n'est-ce pas ?

— Pas dans notre famille, monsieur le commissaire, et si mon père était ici...

— En tant que magistrat, votre père comprendrait que c'est mon devoir de vous poser la question... Vous venez me parler d'une peur ambiante, d'une menace qui pèse sur vous ou sur votre mari... Vous suggérez à mots couverts de faire examiner celui-ci par un psychiatre... Il est donc naturel...

— Je vous demande pardon... Je me suis laissé emporter... Je n'ai pas eu d'amants, non, et je n'en aurai jamais...

— Possédez-vous une arme ?

Elle se leva, marcha vivement vers la chambre voisine, revint et tendit à Maigret un petit revolver de nacre.

— Attention... Il est chargé...

— Il y a longtemps que vous l'avez ?

— Une amie, qui, elle, avait vraiment le sens de l'humour noir, me l'a donné lors de mon mariage...

— Vous n'avez pas peur que les enfants, par jeu...

— Ils viennent rarement dans ma chambre et, quand ils étaient plus jeunes, cette arme se trouvait dans un tiroir fermé à clef.

— Vos fusils ?

— Ils sont dans un étui, l'étui dans la remise, avec nos malles, nos valises et nos sacs de golf.

— Votre mari joue au golf ?

— J'ai essayé de l'y intéresser mais, dès le troisième trou, il est à bout de souffle...

— Il est souvent malade ?

— Il a eu peu de maladies graves... La plus grave, si je me souviens bien, a été une pleurésie... Par contre, il est assailli de bobos, des laryngites, des grippes, des rhumes de cerveau...

— Il appelle son médecin ?

— Bien entendu.

— Un de vos amis ?

— Non. Un médecin du quartier, le docteur Martin, qui habite rue du Cirque, derrière chez nous...

— Le docteur Martin ne vous a jamais prise à part ?...

— Lui, non, mais il m'est arrivé de l'attendre à sa sortie pour lui demander si mon mari n'avait rien de grave...

— Qu'a-t-il répondu ?

— Que non... Que les hommes comme lui sont ceux qui vivent le plus vieux... Il m'a cité le cas de Voltaire qui...

— Je connais le cas de Voltaire... Il n'a jamais proposé de consulter un spécialiste ?...

— Non... Seulement...

— Seulement... ?

— A quoi bon ? Vous allez encore mal interpréter mes paroles.

— Essayez quand même.

— Je sens, à votre attitude, que mon mari vous a fait une excellente impression et j'en étais sûre d'avance. Je ne dirai pas qu'il joue sciemment un rôle. En face des étrangers, c'est un homme enjoué, qui fait montre d'une grande stabilité. Avec le docteur Martin, il parle et se comporte comme avec vous...

— Et avec le personnel ?

— Ce n'est pas lui qui est responsable du travail des domestiques...

— Ce qui signifie ?

— Qu'il n'a pas à les réprimander... Ce soin, il me le laisse, de sorte que je joue le vilain rôle...

Maigret étouffait dans son fauteuil trop douillet, dans ce boudoir dont le bleu commençait à lui devenir insupportable. Il se leva, faillit s'étirer comme il l'aurait fait dans son bureau.

— Avez-vous encore quelque chose à me dire ?

Debout à son tour, elle le toisait comme d'égal à égal.

— Ce serait inutile.

— Désirez-vous que je vous envoie un inspecteur pour veiller en permanence dans l'appartement ?

— L'idée est parfaitement ridicule.

— Pas si j'en crois vos pressentiments...

— Il ne s'agit pas de pressentiments...

— Il ne s'agit pas de faits non plus...

— Pas encore...

— Résumons-nous... Votre mari, depuis un certain temps, donne des signes de dérangement mental...

— Vous y tenez !

— Il se renferme sur lui-même et son comportement vous inquiète...

— C'est plus près de la vérité.

— Vous craignez pour sa vie ou pour la vôtre...

— Je l'avoue.

— Pour laquelle penchez-vous ?

— Si je le savais, je serais en partie soulagée.

— Quelqu'un qui vit dans cette maison ou qui y a aisément accès nous a envoyé, au Quai, deux lettres annonçant un drame prochain... Je puis ajouter, à présent, qu'il y a eu, en outre, en mon absence, un coup de téléphone...

— Pourquoi ne m'en avez-vous pas parlé ?...

— Parce que je vous écoutais... Ce message, très bref, ne fait que confirmer les précédents... L'inconnu ou l'inconnue a dit, prononcé, en substance :

» — Dites au commissaire Maigret que c'est pour bientôt...

Il la vit pâlir. Ce n'était pas de la comédie. Son visage, soudain, devint terne, avec seulement des taches de fard. Les coins des lèvres s'affaissaient.

— Ah !...

Elle baissait la tête et son corps mince semblait avoir perdu sa prodigieuse énergie.

A ce moment-là, il oublia son agacement et en eut pitié.

— Vous ne voulez toujours pas que je vous envoie quelqu'un ?

— A quoi bon ?

— Que voulez-vous dire ?

— S'il doit se passer quelque chose, ce n'est pas la présence d'un policier, qui se tiendra Dieu sait où, qui l'évitera...

— Savez-vous que votre mari possède un automatique ?

— Oui.

— Sait-il, lui, que vous possédez ce revolver ?

— Bien entendu.

— Vos enfants ?...

Prête à pleurer d'énervement, elle s'écria :

— Mes enfants n'ont rien à voir dans tout cela, ne le comprenez-vous pas ? Ils s'occupent d'eux, et non de nous. Ils ont leur vie à faire. La nôtre, ce qu'il en reste, ils s'en moquent...

Elle avait parlé de nouveau avec véhémence, comme si certains sujets déclenchaient automatiquement sa fièvre.

— Allez !... Excusez-moi de ne pas vous reconduire... Je me demande ce que j'avais espéré... Arrivera ce qui doit arriver !... Allez retrouver mon mari, ou bien cette fille... Je vous salue, monsieur Maigret...

Elle lui avait ouvert la porte et attendait qu'il soit sorti pour la refermer. Dans le couloir, déjà, il semblait au commissaire qu'il sortait d'un autre monde et le bleu du décor qu'il quittait le hantait encore.

Par une fenêtre, il regarda dans la cour où un autre chauffeur que celui du matin astiquait une autre voiture. Il y avait toujours du soleil, une légère brise.

Il fut tenté de prendre son chapeau dans le vestiaire qu'il connaissait et de sortir sans rien dire. Puis, comme malgré lui, il gagna le bureau de Mlle Vague.

Une blouse blanche passée sur sa robe, elle photocopiait des documents. Les persiennes étaient fermées, ne laissant filtrer que des rais de lumière.

— C'est M. Parendon que vous voulez voir ?

— Non.

— Tant mieux, car il est en conférence avec deux gros clients, l'un venu d'Amsterdam, l'autre d'Athènes. Ce sont tous les deux des armateurs qui...

Il n'écoutait pas, et elle allait ouvrir les persiennes, livrant la pièce étroite à un flot de soleil.

— Vous paraissez fatigué...

— J'ai passé une heure avec Mme Parendon.

— Je sais.

Il regarda le standard téléphonique.

— C'est vous qui lui avez demandé la communication avec le Quai des Orfèvres ?

— Non. J'ignorais même qu'elle avait téléphoné. C'est Lise qui, en venant me demander un timbre...

— Qui est Lise ?

— La femme de chambre.

— Je sais. Je vous demande quel genre de personne c'est...

— Une simple fille comme moi... Nous sommes venues toutes les deux de province, moi d'une petite ville, elle de la campagne... Comme j'avais une certaine instruction, je suis devenue secrétaire et, comme elle n'en avait pas, elle est devenue femme de chambre...

— Quel âge a-t-elle ?

— Vingt-trois ans... Je connais l'âge de chacun, car c'est moi qui remplis les formalités pour la Sécurité Sociale...

— Dévouée ?...

— Elle fait avec soin ce qu'on lui dit de faire et je ne pense pas qu'elle ait envie de changer de place...

— Des amants ?

— Son jour de sortie, le samedi...

— Elle est assez intelligente pour écrire les lettres que vous avez lues ?

— Certainement pas.

— Saviez-vous que, voilà à peu près un an, Mme Parendon vous a surprise avec son mari ?

— Je vous ai dit que c'était arrivé une fois mais, d'autres fois, elle a pu ouvrir et refermer la porte sans bruit...

— Parendon vous a-t-il confié que, depuis, sa femme lui refuse tous rapports sexuels ?

— Ils étaient si rares !

— Pourquoi ?

— Parce qu'il ne l'aime pas.

— Ne l'aime pas ou ne l'aime plus ?

— Cela dépend du sens qu'on donne au mot aimer. Il lui a sans doute été reconnaissant de l'épouser et, pendant des années, il s'est efforcé de lui témoigner cette reconnaissance...

Maigret sourit en pensant que, de l'autre côté du mur, deux importants pétroliers venus de points opposés de l'Europe mettaient leur prospérité entre les mains du petit homme dont Mlle Vague et lui parlaient de la sorte.

Pour eux, il n'était pas un gnome falot, à moitié impuissant, renfermé sur lui-même et ruminant des pensées malsaines, mais une des lumières du droit maritime. N'étaient-ils pas en train, tous les trois, de jouer avec des centaines de millions tandis que Mme Parendon, rageuse ou abattue, déçue en tout cas, s'habillait pour son rendez-vous de quatre heures ?

— Vous ne voulez pas vous asseoir ?

— Je crois que je vais aller jeter un coup d'œil à côté.

— Vous n'y trouverez que Julien Baud, car Tortu est au Palais.

Il fit un geste vague.

— Va pour Julien Baud !

4

Maigret aurait pu croire qu'il entrait dans un autre appartement. Autant le reste de la maison était ordonné, figé dans une solennité jadis ordonnée par le président Gassin de Beaulieu, autant le désordre et le laisser-aller frappaient dès le premier coup d'œil, dans le bureau que René Tortu partageait avec le jeune Julien Baud.

Près de la fenêtre, un bureau, comme on en trouve dans toutes les affaires commerciales, était encombré de dossiers et il y avait des classeurs verts sur des rayonnages de sapin qu'on avait superposés les uns aux autres au fur et à mesure des besoins. Il y en avait même par terre, à même le parquet ciré.

Quant au bureau de Julien Baud, c'était une ancienne table de cuisine recouverte de papier d'emballage maintenu par des punaises et, sur le mur, des photos de femmes nues, extraites de magazines, étaient collées au scotch-tape. Baud était occupé à affranchir des enveloppes qu'il pesait une à une au moment où le commissaire poussa la porte. Il leva la tête et le regarda sans étonnement, sans émotion, avec l'air de se demander ce qu'il venait faire.

— Vous cherchez Tortu ?

— Non. Je sais qu'il est au Palais.

— Il ne va pas tarder à rentrer.

— Ce n'est pas lui que je cherche.

— Alors qui ?

— Personne.

Un garçon bien bâti, aux cheveux roux, avec des taches de son sur les joues. Ses yeux d'un bleu faïence exprimaient un calme absolu.

— Vous voulez vous asseoir ?

— Non...

— Comme vous voudrez...

Il continuait à peser les lettres, certaines d'un grand format, en papier bulle, puis il consultait un opuscule indiquant les tarifs postaux pour les différents pays.

— Cela vous amuse ? demanda Maigret.

— Vous savez, moi, du moment que je suis à Paris...

Il avait une pointe d'accent savoureux, traînait sur certaines syllabes.

— D'où êtes-vous ?

— De Morges... Au bord du Léman... Vous connaissez ?...

— J'y suis passé...

— C'est joli, n'est-ce pas ?

Le « joli » devenait joooli et le « n'est-ce pas » chantait.

— C'est joli, oui... Que pensez-vous de cette maison ?

Il se méprit sur le sens du mot maison.

— C'est grand...

— Comment vous entendez-vous avec M. Parendon ?

— Je ne le vois pas beaucoup... Moi, ici, je colle les timbres, je vais à la poste, je fais les courses, je ficelle les paquets... Je ne suis pas quelqu'un de bien important... De temps en temps, le patron entre dans le bureau et me tapote l'épaule en me demandant :

» — Ça va, jeune homme ?

» Les domestiques, eux, m'appellent le petit Suisse, bien que je mesure un mètre huitante à la toise...

— Vous vous entendez bien avec Mlle Vague ?

— Elle est gentille...

— Qu'est-ce que vous pensez d'elle ?

— Elle aussi, vous savez, elle est de l'autre côté du mur, côté patron...

— Que voulez-vous dire ?

— Ce que je dis, quoi... Ils ont leur boulot, par là, et nous avons le nôtre... Quand le patron a besoin de quelqu'un, ce n'est pas de moi, mais d'elle...

Il y avait de la naïveté sur son visage, mais le commissaire n'était pas sûr que cette naïveté n'était pas jouée.

— Il paraît que vous voulez devenir auteur dramatique ?

— J'essaie d'écrire des pièces... J'en ai déjà écrit deux, mais elles sont mauvaises... Quand on vient, comme moi, du canton de Vaud, il faut d'abord s'habituer à Paris...

— Tortu vous aide ?

— M'aide à quoi ?

— A connaître Paris... En sortant avec vous, par exemple...

— Il n'est jamais sorti avec moi... Il a autre chose à faire...

— Quoi ?

— Sa fiancée, ses copains... Dès que j'ai débarqué à la Gare de Lyon, j'ai compris... Ici, c'est chacun pour soi...

— Vous voyez souvent Mme Parendon ?

— Assez souvent, surtout le matin... Quand elle a oublié de téléphoner à un fournisseur, elle vient me trouver.

» — Mon petit Baud, vous seriez gentil de commander un gigot et de demander qu'on le livre tout de suite... S'ils n'ont personne, faites un saut à la boucherie, voulez-vous ?

» Alors, je vais à la boucherie, chez le poissonnier, chez l'épicier... Je vais chez son bottier s'il y a une égratignure à un soulier... C'est toujours mon petit Baud... Faire ça ou coller les timbres...

— Que pensez-vous d'elle ?

— Peut-être que je la mettrai dans une de mes pièces...

— Parce que c'est un personnage peu ordinaire ?

— Il n'y a personne d'ordinaire, ici... Ils sont tous cinglés...

— Votre patron aussi ?

— Il est intelligent, c'est sûr, sinon il ne ferait pas le métier qu'il fait, mais c'est un maniaque, non ?... Avec tout l'argent qu'il gagne, il pourrait quand même faire autre chose que rester assis derrière son bureau ou dans un fauteuil... Il n'est pas très vigoureux, bon, mais ça n'empêche pas...

— Vous connaissez ses relations avec Mlle Vague ?

— Tout le monde est au courant... Mais il pourrait s'en payer dix, il pourrait s'en payer cent, si vous voyez ce que je veux dire...

— Et ses relations avec sa femme ?...

— Quelles relations ?... Ils vivent dans la même maison, se rencontrent dans les couloirs comme des gens se croisent sur le trottoir... Une fois, j'ai dû entrer dans la salle à manger pendant le déjeuner, parce que j'étais seul au bureau et que je venais de recevoir un télégramme urgent... Eh bien ! ils étaient tous assis comme, au restaurant, des dîneurs qui ne se connaissent pas...

— Vous ne paraissez pas les porter dans votre cœur...

— Je ne suis pas si mal tombé... Ils me fournissent des personnages...

— Comiques ?

— Comiques et dramatiques en même temps... Comme la vie...

— Vous avez entendu parler des lettres ?

— Bien sûr...

— Vous avez une idée de qui les a écrites ?

— Cela pourrait être tout le monde... Cela pourrait être moi...

— Vous l'avez fait ?

— Non... Je n'y ai pas pensé...

— La jeune fille s'entend bien avec vous ?

— Mlle Bambi ?

Il haussa les épaules.

— Je me demande si elle me reconnaîtrait dans la rue. Quand elle a besoin de quelque chose, de papier, de ciseaux, de n'importe quoi, elle entre et se sert sans rien dire, puis elle s'en va de même...

— Orgueilleuse ?

— Peut-être pas... Peut-être est-ce son caractère ?...

— Vous croyez, vous aussi, qu'un drame pourrait se produire ?

Il regarda Maigret de ses grands yeux bleus.

— Un drame peut se produire partout... Tenez, l'année dernière, un jour qu'il faisait un aussi beau soleil qu'aujourd'hui, une brave petite vieille qui trottinait s'est fait renverser par un autobus juste devant la maison... Et bien, quelques secondes avant, elle n'en savait rien...

On entendait des pas pressés dans le couloir. Un garçon d'une trentaine d'années, un brun, de taille moyenne, s'arrêtait net dans l'encadrement de la porte.

— Entrez, monsieur Tortu...

Il portait une serviette à la main et avait l'air important.

— Le commissaire Maigret, je suppose ?

— Votre supposition est exacte.

— C'est moi que vous voulez voir ? Il y a longtemps que vous m'attendez ?

— En fait, je n'attends personne...

Il était assez beau garçon, les cheveux sombres, les traits bien dessinés, le regard agressif. On le devinait décidé à faire son chemin dans la vie.

— Vous ne vous asseyez pas ? questionnait-il en se dirigeant vers le bureau sur lequel il posait sa serviette.

— Je suis resté assis une bonne partie de la journée. Nous bavardions, votre jeune collègue et moi...

Le mot collègue choqua visiblement René Tortu qui lança un vilain regard au Vaudois.

— J'avais une affaire importante au Palais...

— Je sais... Vous plaidez souvent ?

— Chaque fois qu'une conciliation se révèle impossible... Maître Parendon se présente rarement en personne devant les magistrats... Nous préparons les dossiers et c'est moi qui suis ensuite chargé...

— Je comprends...

Celui-ci ne doutait pas de son importance.

— Que pensez-vous de maître Parendon ?

— En tant qu'homme ou en tant que juriste ?

— Les deux.

— En tant que juriste, il dépasse de loin tous ses confrères et personne n'est aussi habile que lui à déceler le point faible dans l'argumentation de l'adversaire...

— L'homme ?

— Travaillant pour lui, étant pour ainsi dire son seul collaborateur, il ne m'appartient pas de le juger sur ce plan-là...

— Vous le trouvez vulnérable ?

— Je n'aurais pas pensé à ce mot... Mettons qu'à sa place et à son âge je mènerais une vie plus active...

— En assistant aux réceptions que donne sa femme, par exemple, en allant au théâtre avec elle ou en dînant en ville ?

— Peut-être... On ne vit pas seulement parmi les livres et les dossiers...

— Vous avez lu les lettres ?

— Maître Parendon m'en a montré les photostats.

— Vous croyez à une plaisanterie ?

— Peut-être... Je vous avoue que je n'y ai pas beaucoup réfléchi...

— Elles annoncent pourtant un drame plus ou moins prochain dans la maison...

Tortu ne dit rien. Il retirait des papiers de sa serviette et les rangeait dans les classeurs.

— Vous épouseriez une jeune fille qui serait une Mme Parendon en plus jeune ?

Tortu le regarda avec étonnement.

— Je suis déjà fiancé, on ne vous l'a pas dit ? Il n'est donc pas question...

— C'est une façon de vous demander ce que vous pensez d'elle...

— Elle est active, intelligente, et elle sait entretenir des relations avec...

Il regarda vivement du côté de la porte et on aperçut, dans l'encadrement, celle dont on parlait justement. Elle portait un manteau de léopard sur une robe de soie noire. Ou bien elle allait sortir, ou bien elle rentrait déjà.

— Vous êtes encore ici, s'étonna-t-elle en fixant un regard froid et tranquille sur le commissaire.

— Comme vous le voyez...

Il était difficile de savoir depuis combien de temps elle se tenait dans le couloir et quelle partie de la conversation elle avait entendue. Maigret comprenait ce que Mlle Vague avait voulu dire en parlant d'une maison où on ne savait jamais si on était épié.

— Mon petit Baud, voulez-vous téléphoner tout de suite à la comtesse de Prange que j'aurai un bon quart d'heure de retard parce que j'ai été retenue au dernier moment ?... Mlle Vague est occupée avec mon mari et ces messieurs...

Elle sortit après un dernier et dur regard à Maigret. Julien Baud décrocha le téléphone. Quant à Tortu, il devait être satisfait car, si Mme Parendon avait entendu ses dernières réponses, elle ne pourrait que lui en être reconnaissante.

— Allô !... Je suis bien chez la comtesse de Prange ?...

Maigret haussa légèrement les épaules et sortit de la pièce. Julien Baud l'amusait et il n'était pas sûr que le garçon ne ferait pas carrière comme auteur dramatique. Quant à Tortu, il ne l'aimait pas, sans raison.

La porte de Mlle Vague était ouverte mais le bureau était vide. En passant devant le cabinet de Parendon, il entendit un murmure de voix.

Au moment où il atteignait le vestiaire pour y prendre son chapeau, Ferdinand surgit comme par hasard.

— Vous vous tenez toute la journée à proximité de la porte ?

— Non, monsieur le commissaire... J'ai seulement pensé que vous ne tarderiez pas à partir... Madame est sortie il y a quelques minutes...

— Je sais... Vous avez fait de la prison, Ferdinand ?...

— Seulement de la prison militaire, en Afrique...

— Vous êtes français ?

— Je suis d'Aubagne...

— Comment se fait-il que vous vous soyez engagé dans la Légion étrangère ?

— J'étais jeune... J'avais fait quelques bêtises...

— A Aubagne ?

— A Toulon... De mauvaises fréquentations, quoi... Quand j'ai senti que ça allait mal tourner, je me suis engagé dans la Légion en me donnant pour Belge...

— Vous n'avez plus eu d'ennuis ensuite ?

— Voilà huit ans que je suis au service de M. Parendon et il ne s'est jamais plaint de moi...

— Vous aimez cette place ?

— Il y en a de plus mauvaises...

— M. Parendon est gentil avec vous ?

— C'est la crème des hommes...

— Et madame ?

— Entre nous, c'est un chameau...

— Elle vous mène la vie dure ?

— Elle mène la vie dure à tout le monde... Elle est partout, s'occupe de tout, se plaint de tout... Heureusement que j'ai ma chambre au-dessus du garage...

— Pour recevoir vos petites amies ?

— Si j'avais le malheur de le faire et qu'elle l'apprenne, elle me donnerait aussitôt mon congé... Pour elle, les domestiques devraient être châtrés... Non, mais d'être là-bas me permet de respirer à l'aise... Cela me permet aussi de sortir quand j'en ai envie, bien que je sois relié à l'appartement par une sonnerie et que je sois censé être d'appel, comme elle dit, vingt-quatre heures sur vingt-quatre...

— Elle vous a déjà appelé, la nuit ?

— Trois ou quatre fois... Sans doute pour s'assurer que j'étais bien là...

— Sous quel prétexte ?

— Une fois, elle avait entendu un bruit suspect et elle a fait avec moi le tour des pièces à la recherche d'un cambrioleur...

— C'était un chat ?

— Il n'y a ni chat ni chien dans la maison... Elle ne le supporterait pas... Quand M. Gus était plus jeune, il avait demandé un jeune chien comme cadeau de Noël mais il a reçu à la place un train électrique... Je n'ai jamais vu un garçon piquer une pareille crise de rage...

— Les autres fois ?

— Une autre fois, c'était une odeur de brûlé... La troisième... Attendez... Ah ! oui... Elle avait écouté à la porte de monsieur et elle n'avait pas entendu sa respiration... Elle m'a envoyé voir s'il ne lui était rien arrivé...

— Elle ne pouvait pas y aller elle-même ?

— Je suppose qu'elle avait ses raisons... Remarquez que je ne me plains pas... Comme elle sort tous les après-midi et presque tous les soirs, il y a de longs moments de tranquillité...

— Vous vous entendez bien avec Lise ?

— Pas trop mal... Elle est jolie fille... Pendant un certain temps... Enfin, vous comprenez ce que je veux dire... Elle a besoin de changer... Presque chaque samedi c'en est un autre... Alors, comme je n'aime pas partager...

— Mme Vauquin ?

— Une vieille vache !

— Elle ne vous aime pas ?

— Elle nous calcule les portions comme si nous étions des pensionnaires et elle est encore plus stricte pour le vin, sans doute parce que son mari est un ivrogne qui la rosse au moins deux fois par semaine... Du coup, elle en veut à tous les hommes...

— Mme Marchand ?

— Je ne la vois guère que poussant son aspirateur... Cette femme-là n'est pas née pour parler mais pour remuer les lèvres quand elle est toute seule... Peut-être qu'elle récite des prières ?...

— Mademoiselle ?

— Elle n'est pas fière, ni chichiteuse... Dommage qu'elle soit toujours si triste.

— Vous croyez qu'elle a un chagrin d'amour ?

— Je ne sais pas. C'est peut-être l'air de la maison...

— Vous avez entendu parler des lettres ?

Il parut gêné.

— Autant vous dire la vérité... Oui... Mais je ne les ai pas lues...

— Qui vous en a parlé ?

Plus gêné encore, il feignit de chercher dans sa mémoire.

— Je ne sais pas... Moi, je vais, je viens, je dis quelques mots à l'un, quelques mots à l'autre...

— Mlle Vague ?

— Non. Elle ne parle jamais des affaires de monsieur.

— M. Tortu ?

— Celui-là me regarde comme s'il était un second patron.

— Julien Baud ?

— Peut-être… Vrai, je ne sais plus… C'est peut-être à l'office…

— Vous savez s'il y a des armes dans la maison ?

— Monsieur a un colt 38 dans le tiroir de sa table de nuit, mais je n'ai pas vu de cartouches dans la chambre…

— C'est vous qui faites sa chambre ?

— C'est une partie de mes fonctions. Je sers à table aussi, bien entendu.

— Vous ne connaissez pas d'autre arme ?

— Le petit jouet de madame, un 6.33 fabriqué à Herstal… Il faudrait tirer à bout portant pour faire mal à quelqu'un…

— Avez-vous senti, ces derniers temps, un changement dans l'atmosphère de la maison ?

Il eut l'air de chercher.

— C'est possible. A table, ils ne se parlent jamais beaucoup. Maintenant, je pourrais dire qu'ils ne se parlent plus du tout… Parfois seulement quelques phrases entre monsieur Gus et mademoiselle…

— Vous croyez aux lettres ?

— A peu près comme à l'astrologie… D'après les horoscopes du journal, je devrais, au moins une fois chaque semaine, recevoir une grosse somme d'argent…

— Vous ne pensez donc pas que quelque chose puisse se produire ?

— Pas à cause des lettres.

— A cause de quoi ?

— Je ne sais pas…

— M. Parendon vous paraît bizarre ?

— Cela dépend de ce qu'on appelle bizarre… Chacun a son idée à lui sur la vie qu'il mène… S'il est content comme ça… En tout cas, il n'est pas fou… Je dirais même : au contraire…

— Ce serait elle qui serait folle ?

— Non plus ! Oh ! la ! la !… Cette femme-là est rusée comme un renard…

— Je vous remercie, Ferdinand.

— J'ai fait de mon mieux, monsieur le commissaire… J'ai appris qu'avec la police il vaut toujours mieux jouer franc jeu…

La porte se referma derrière Maigret qui descendit à pied le large escalier à rampe de fer forgé. Il adressa un signe de la main au concierge galonné comme un portier de palace et retrouva avec un soupir d'aise l'air frais du dehors.

Il se souvenait d'un bar sympathique, au coin de l'avenue Marigny et de la rue du Cirque, et il ne tarda pas à s'accouder au comptoir. Il chercha ce qu'il allait boire, finit par commander un demi. L'atmosphère des Parendon lui collait encore au corps. Mais n'en aurait-il pas été de même s'il avait passé autant de temps dans n'importe quelle famille ?

Avec moins d'intensité, peut-être. Sans doute aurait-il trouvé les mêmes rancunes, les mêmes mesquineries, les mêmes craintes, en tout cas la même incohérence.

— Pas de philosophie, Maigret !

Ne s'interdisait-il pas, par principe, de penser ? Bon ! Il n'avait pas vu les deux enfants, ni la cuisinière, ni la femme de ménage. Il n'avait fait qu'apercevoir de loin la femme de chambre en uniforme noir, avec un petit tablier et un bonnet brodés.

Parce qu'il se trouvait au coin de la rue du Cirque, il se souvint du docteur Martin, le médecin personnel de Parendon.

— Je vous dois ?

Il aperçut sa plaque devant l'immeuble, monta au troisième étage, fut introduit dans une salle d'attente où se trouvaient déjà trois personnes et, découragé, s'en alla.

— Vous n'attendez pas le docteur ?

— Je ne suis pas venu pour une consultation... Je lui téléphonerai...

— Quel nom ?

— Commissaire Maigret...

— Vous ne voulez pas que je le prévienne que vous êtes ici ?

— Je préfère ne pas faire attendre davantage ses patients...

Il y avait l'autre Parendon, le frère, mais il était médecin aussi et Maigret connaissait assez, par son ami Pardon, la vie des médecins de Paris.

Il n'eut pas envie de prendre l'autobus, ni le métro. Il se sentait las, gonflé de fatigue, et il se laissa tomber sur la banquette d'un taxi.

— Quai des Orfèvres...

— Oui, monsieur Maigret...

Cela ne lui faisait plus plaisir. Avant, il était assez fier d'être reconnu ainsi mais, depuis quelques années, il en était plutôt agacé.

De quoi aurait-il l'air, s'il ne se passait rien avenue Marigny ? Il n'avait même pas osé parler des lettres au rapport. Depuis deux jours, il négligeait son bureau, passait le plus clair de son temps dans un appartement où des gens menaient une vie qui ne le regardait pas.

Il y avait des affaires en cours, pas de très importantes, heureusement, dont il ne devait pas moins s'occuper.

Étaient-ce les lettres, plus le coup de téléphone de midi, qui déformaient sa vision des gens ? Il ne pouvait penser à Mme Parendon comme à une femme ordinaire qu'on rencontre dans la rue. Il la revoyait, pathétique dans tout le bleu de son boudoir et de son négligé, jouant devant lui une sorte de tragédie.

Parendon, lui aussi, cessait d'être un homme comme les autres. Le gnome le regardait de ses yeux clairs que grossissaient les verres épais des lunettes et Maigret essayait en vain d'y lire sa pensée.

Les autres... Mlle Vague... Ce grand diable roux de Julien Baud...

Tortu regardant soudain vers la porte où Mme Parendon apparaissait comme par miracle...

Il haussa les épaules et, comme la voiture s'arrêtait devant le portail de la P.J., il fouilla ses poches à la recherche de monnaie.

Une dizaine d'inspecteurs défilèrent dans son bureau, qui tous avaient un problème à lui soumettre. Il dépouilla le courrier arrivé en son absence, signa une pile de documents, mais, tout le temps qu'il travailla ainsi, dans le calme doré de son bureau, la maison de l'avenue Marigny resta comme en arrière-plan.

Il ressentait un malaise qu'il ne parvenait pas à dissiper. Et pourtant, il avait fait jusqu'ici tout ce qui lui était possible. Aucun crime, aucun délit n'avait été commis. Personne n'avait appelé officiellement la police pour un fait précis. Il n'y avait aucune plainte déposée.

Il n'en avait pas moins consacré des heures à étudier le petit monde qui gravitait autour d'Émile Parendon.

Il cherchait en vain un précédent dans sa mémoire. Il avait pourtant connu les situations les plus diverses.

A cinq heures et quart, on lui apporta un pneumatique qui venait d'arriver et il reconnut tout de suite les caractères bâtonnets.

Le cachet indiquait que le pli avait été déposé à seize heures trente au bureau de poste de la rue de Miromesnil. C'est-à-dire un quart d'heure après son départ de chez les Parendon.

Il découpa la bande selon le pointillé. A cause de la dimension de la feuille, les caractères étaient plus petits que dans les messages précédents et Maigret put se rendre compte, en les comparant, que celui-ci avait été écrit plus vite, avec moins de soin, peut-être dans une sorte de fièvre.

Monsieur le divisionnaire,

Lorsque je vous ai écrit ma première lettre et que je vous ai demandé de me répondre par le truchement d'une petite annonce, je ne pouvais m'imaginer que vous fonceriez, tête baissée, dans cette affaire sur laquelle je comptais, par la suite, vous donner des précisions indispensables.

Votre précipitation a tout gâché et maintenant vous devez vous rendre compte vous-même que vous pataugez. Aujourd'hui, vous avez en quelque sorte provoqué le meurtrier et je suis persuadé qu'à cause de vous il va se sentir obligé de frapper.

Je me trompe peut-être, mais je crois que ce sera dans les prochaines heures. Je ne peux plus vous aider. Je le regrette. Je ne vous en veux pas.

Maigret lut et relut ce billet d'un air grave, se dirigea vers la porte pour appeler Janvier et Lapointe. Lucas était absent.

— Lisez ceci, les enfants...

Il les observait avec une certaine anxiété, comme pour se rendre compte si leurs réactions seraient les mêmes que les siennes. Ils n'avaient pas été intoxiqués, eux, par les heures passées dans l'appartement. Ils jugeaient en quelque sorte sur pièces.

Penchés ensemble sur la feuille, ils marquaient un intérêt grandissant, devenaient soucieux.

— On dirait que cela se précise, murmura Janvier en posant le pneumatique sur le bureau.

Quant à Lapointe, il demanda :

— A quoi ressemblent ces gens-là ?

— A tout le monde et à personne... Ce que je me demande, c'est ce que nous pouvons faire... Je ne peux pas laisser un homme en permanence dans l'appartement, et d'ailleurs cela ne servirait à rien... Les locaux sont tellement vastes qu'il peut se passer n'importe quoi à un bout sans qu'on s'en aperçoive à l'autre bout... Poster quelqu'un dans l'immeuble ?... Je vais le faire cette nuit, par acquit de conscience, mais si ces messages ne sont pas une plaisanterie, le coup ne viendra pas du dehors...

» Tu es libre, Lapointe ?

— Je n'ai rien à faire de spécial, patron.

— Alors, tu te rendras là-bas. Dans la loge, tu trouveras le concierge, un certain Lamure, qui a travaillé jadis rue des Saussaies. Tu passeras la nuit dans la pièce, en grimpant de temps en temps au premier étage. Fais-toi remettre par Lamure une liste des habitants de l'immeuble, personnel compris, et pointe les entrées et sorties...

— Je comprends.

— Qu'est-ce que tu comprends ?

— Que, de la sorte, s'il se produit quelque chose, nous aurons au moins une base...

C'était vrai, mais le commissaire répugnait à envisager la situation sous ce jour. S'il se produisait quelque chose... Bon ! Comme il n'était pas question de vol, il ne pouvait s'agir que d'un meurtre... Le meurtre de qui ?... Par qui ?...

Des êtres lui avaient parlé, avaient répondu à ses questions, avaient semblé se confesser. Était-ce à lui de juger, sacrebleu, qui mentait ou qui disait la vérité, ou encore si quelqu'un, dans toute cette histoire, était dingue ?

Il arpentait son bureau à grands pas presque rageurs et parlait comme pour lui-même tandis que Lapointe et Janvier échangeaient des coups d'œil.

— C'est bien simple, monsieur le commissaire... On vous écrit pour vous dire qu'on va tuer... Seulement, on ne peut pas annoncer d'avance qui tuera l'autre, ni quand, ni comment... Pourquoi on s'adresse à vous ?... Pourquoi vous avertir ?... Pour rien... Pour jouer...

Il saisissait une pipe qu'il bourrait à nerveux coups d'index.

— Pour qui me prend-on, à la fin ?... S'il se passe quelque chose, comme ils disent, on prétendra que c'est ma faute... Ce chiffon bleu pâle le prétend déjà... Il paraît que je suis allé trop vite en besogne... Que fallait-il faire ?...

» Attendre de recevoir un faire-part ?... Bon ! Et, s'il ne se passe rien, j'ai l'air d'une andouille, je suis le monsieur qui a gaspillé pendant deux jours l'argent des contribuables...

Janvier gardait son sérieux mais Lapointe ne put s'empêcher de sourire et Maigret s'en aperçut. Sa colère resta un instant en suspens et il finit par sourire à son tour en tapotant l'épaule de son collaborateur.

— Je m'excuse, mes enfants. Cette affaire finit par m'exaspérer. Là-bas, tout le monde marche sur la pointe des pieds et je me suis mis à marcher sur la pointe des pieds aussi, à marcher comme sur des œufs...

Cette fois, à l'image de Maigret marchant sur des œufs, Janvier fut obligé de rire aussi.

— Ici, au moins, je peux éclater... C'est fait... Parlons sérieusement... Toi, Lapointe, tu peux partir, manger quelque chose et aller prendre ton poste avenue Marigny... S'il se passe quoi que ce soit de louche, n'hésite pas à me téléphoner, même en pleine nuit, boulevard Richard-Lenoir...

» Bonne nuit, vieux... A demain... On te relaiera vers huit heures du matin...

Il alla se camper devant la fenêtre et, le regard suivant le fil de la Seine, poursuivit, à l'intention de Janvier :

— Tu enquêtes en ce moment ?

— J'ai arrêté les deux petits gars ce matin, deux gosses de seize ans... Vous aviez raison...

— Veux-tu, demain, aller prendre la place de Lapointe ?... Cela a l'air idiot, je le sais, et c'est bien pourquoi j'enrage, mais je me sens obligé de prendre ces précautions qui ne servent de toute façon à rien...

» Tu verras que, s'il arrive quelque chose, tout le monde se déchaînera contre moi...

Tandis qu'il prononçait la dernière phrase, son regard s'était fixé sur un des candélabres du pont Saint-Michel.

— Passe-moi le pneumatique...

Un mot lui revenait, auquel il n'avait pas pris garde tout à l'heure, et il se demandait si sa mémoire ne le trompait pas.

... je suis persuadé qu'à cause de vous il va se sentir obligé de frapper...

Le mot *frapper* y était bien. Évidemment, cela pouvait signifier frapper un grand coup. Mais, dans les trois billets, le correspondant anonyme montrait une certaine méticulosité dans le choix des mots.

— *Frapper,* tu entends ? L'homme et la femme ont chacun un pétard. J'allais justement leur faire demander de nous les remettre, un peu comme on retire des allumettes aux enfants. Mais je ne peux pas leur enlever tous les couteaux de cuisine et tous les coupe-papier... On frappe avec des chenêts aussi, et comme ce ne sont pas les cheminées qui manquent... Ni les bougeoirs... Ni les statues...

Changeant soudain de ton, il prononça :

— Essaie donc de m'avoir Germain Parendon au bout du fil... C'est un neurologue qui habite rue d'Aguesseau, le frère de mon Parendon...

Il en profita pour rallumer sa pipe. Assis sur le coin du bureau, Janvier maniait l'appareil.

— Allô !... Je suis bien chez le docteur Parendon ?... Ici, la P.J., mademoiselle... Le bureau du commissaire Maigret... Le commissaire désirerait vivement dire quelques mots au docteur... Comment ?... A Nice ?... Oui... Un instant...

Car Maigret lui adressait des signes.

— Demande-lui où il est descendu...

— Vous êtes toujours à l'appareil ? Pourriez-vous me dire où le docteur est descendu ?... Au *Negresco* ?... Je vous remercie... Oui, je m'en doute... Je vais essayer quand même...

— En consultation ?

— Non ! Congrès de neurologie infantile. Il paraît que le programme est fort chargé et que, demain, le docteur doit présenter un rapport...

— Appelle le *Negresco*... Il est six heures... La séance de travail doit être terminée... A huit heures, ils ont sûrement un grand dîner quelque part, à la préfecture ou ailleurs... S'il n'est pas à un cocktail quelconque...

Ils durent attendre une dizaine de minutes, car le *Negresco* était toujours occupé.

— Allô !... Ici, la Police Judiciaire de Paris, mademoiselle... Voulez-vous me passer le docteur Parendon, s'il vous plaît... Parendon, oui... C'est un des congressistes...

Janvier posa la main sur l'appareil.

— Elle va voir s'il est dans sa chambre ou au cocktail qui a lieu en ce moment dans le grand salon de l'entresol...

— Allô !... Oui, docteur... Excusez-moi... Je vous passe le commissaire Maigret...

Celui-ci prit gauchement l'appareil car, au dernier moment, il ne savait plus que dire.

— Excusez-moi de vous déranger, docteur...

— J'allais revoir une dernière fois mon rapport...

— C'est ce que j'ai pensé... Hier et aujourd'hui, j'ai passé d'assez longs moments avec votre frère...

— Comment cela se fait-il que vous vous soyez rencontrés ?

La voix était gaie, sympathique, beaucoup plus jeune que Maigret ne l'avait pensé.

— C'est une histoire assez compliquée et c'est pourquoi je me suis permis de vous appeler...

— Mon frère a des ennuis ?

— En tout cas, pas de ceux qui nous regardent...

— Il est souffrant ?

— Que pensez-vous de sa santé ?

— Il paraît beaucoup plus frêle et plus fragile qu'il ne l'est réellement. Je serais incapable de résister à tout le travail qu'il lui arrive d'abattre en quelques jours...

Il fallait bien aller jusqu'au bout.

— Je vais vous expliquer aussi brièvement que possible la situation. Hier matin, j'ai reçu une lettre anonyme m'annonçant qu'un crime allait probablement être commis...

— Chez Émile ?

La voix était rieuse.

— Non. Ce serait trop long de vous raconter comment nous sommes arrivés jusqu'à l'appartement de votre frère. Toujours est-il que la lettre et la suivante sont bien parties de chez lui, écrites toutes les deux sur son papier à lettres dont on avait pris soin de couper l'en-tête...

— Je suppose que mon frère vous a rassuré ?... C'est une blague de Gus, non ?...

— Autant que j'en sache, votre neveu n'est pas habitué à faire des farces...

— C'est exact... Bambi non plus, d'ailleurs... Je ne sais pas, moi... Peut-être le jeune Suisse qu'il a engagé comme garçon de bureau ?... Ou une femme de chambre ?...

— Je viens de recevoir un troisième message, cette fois par pneumatique... Il m'annonce que l'événement est proche...

Le ton du médecin avait changé.

— Vous y croyez, vous ?

— Je ne connais la maison que depuis hier...

— Qu'est-ce qu'Émile en dit ? Je suppose qu'il hausse les épaules ?

— Il ne prend pas la chose aussi à la légère que ça, justement. J'ai l'impression, au contraire, qu'il croit à une menace réelle...

— Contre qui ?

— Peut-être contre lui...

— Qui aurait l'idée de s'en prendre à lui ? Et pourquoi ? A part sa passion pour la révision de l'article 64, c'est l'être le plus inoffensif et le plus aimable du monde...

— Il m'a fort séduit... Vous venez de parler de passion, docteur... Est-ce que, en tant que neurologue, vous iriez jusqu'à dire manie ?...

— Dans le sens médical du terme, certainement pas...

Il était devenu plus sec, car il avait compris l'arrière-pensée du commissaire.

— En somme, vous me demandez si je considère mon frère comme sain d'esprit...

— Je n'allais pas jusque-là...

— Vous faites garder la maison ?

— J'y ai déjà envoyé un de mes inspecteurs...

— Ces derniers temps, mon frère n'a pas eu à traiter avec des gens plus ou moins douteux ?... Il ne s'est pas heurté à de trop gros intérêts ?...

— Il ne m'a pas parlé de ses affaires mais je sais que, cet après-midi encore, il avait un armateur grec et un armateur hollandais dans son bureau...

— Il en vient même du Japon... Il ne nous reste qu'à espérer que c'est bien une plaisanterie... Vous n'aviez pas d'autres questions à me poser ?...

Il était obligé d'improviser tandis qu'à l'autre bout du fil le neurologue avait sans doute sous les yeux la Promenade des Anglais et les eaux bleues de la Baie des Anges.

— Que pensez-vous de l'équilibre de votre belle-sœur ?

— Entre nous, et je ne le répéterais naturellement pas à la barre des témoins, si toutes les femmes étaient comme elle, je serais resté célibataire...

— J'ai dit équilibre...

— J'ai bien compris... Mettons qu'elle soit excessive en tout... Et admettons, pour être juste, qu'elle est la première à en souffrir...

— Est-ce la femme à avoir des idées fixes ?

— Certainement, à condition que ces idées partent de faits précis et soient plausibles... Je puis vous affirmer que si elle vous a menti, son mensonge a été si parfait que vous ne vous en êtes pas aperçu...

— Emploieriez-vous le mot hystérie ?

Il y eut un assez long silence.

— Je n'oserais pas aller jusque-là, bien que je l'aie vue dans des états qu'on peut qualifier d'hystériques... Elle a beau être hypernerveuse, voyez-vous, elle trouve, par je ne sais quel miracle, la force de se contrôler...

— Vous savez qu'elle a une arme dans sa chambre ?

— Elle m'en a parlé un soir... Elle me l'a même montrée... C'est plutôt un jouet...

— Un jouet qui peut tuer... Le lui laisseriez-vous dans son tiroir ?...

— Vous savez, si l'idée lui venait de tuer, elle y parviendrait dans tous les cas, avec ou sans arme à feu...

— Votre frère est armé aussi...

— Je sais...

— Vous diriez la même chose ?

— Non... Je suis persuadé, non seulement comme homme, mais comme médecin, que mon frère ne tuera jamais... La seule chose qui pourrait lui arriver, un soir de découragement, ce serait de mettre fin à ses jours...

La voix venait de se casser.

— Vous l'aimez beaucoup, n'est-ce pas ?

— Nous sommes deux...

Le mot frappa Maigret. Ils avaient encore leur père, et Germain Parendon aussi était marié. Or, il disait :

— Nous sommes deux...

Comme si chacun n'avait que l'autre au monde. Est-ce que le mariage du frère était aussi un mariage raté ?

Parendon, là-bas, se secouait, regardait peut-être l'heure.

— Allons ! Espérons qu'il ne se passera rien. Bonsoir, monsieur Maigret...

— Bonsoir, monsieur Parendon...

Le commissaire avait téléphoné pour se rassurer. Or, c'est tout le contraire qui s'était produit. Il se sentait plus inquiet après avoir parlé au frère de l'avocat.

... *La seule chose qui pourrait lui arriver, un soir de découragement...*

Et si c'était justement ça qui se préparait ? Si c'était Parendon lui-même qui avait écrit les lettres anonymes ? Pour s'empêcher d'agir ? Pour mettre une sorte de barrière entre l'impulsion et l'acte qui le tentait ?

Maigret en oubliait Janvier, qui avait pris place près de la fenêtre.

— Tu as entendu ?...

— Ce que vous avez dit, oui...

— Il n'aime pas sa belle-sœur... Il est persuadé que son frère ne tuera jamais personne, mais il est moins certain qu'il ne soit pas tenté un jour de se suicider...

Le soleil avait disparu et c'était soudain comme s'il manquait quelque chose au monde. Ce n'était pas encore la nuit. Il était inutile d'allumer les lampes. Le commissaire le fit pourtant, comme pour chasser les fantômes.

— Demain, tu verras la maison et tu comprendras mieux... Rien ne t'empêche de sonner, de dire à Ferdinand qui tu es et de te balader dans l'appartement et dans les bureaux... Ils sont prévenus... Ils s'y attendent...

» Tout ce que tu risques, c'est de voir Mme Parendon surgir devant toi au moment où tu t'y attends le moins... A croire qu'elle peut circuler sans déplacer d'air... Alors, elle te regardera et tu te sentiras vaguement coupable... C'est l'impression qu'elle fait à tout le monde...

Maigret appelait le garçon de bureau pour lui remettre les pièces signées et le courrier à expédier.

— Rien de nouveau ? Personne pour moi ?

— Personne, monsieur le divisionnaire...

Maigret ne s'attendait pas à des visites. Cela le frappa néanmoins que ni Gus ni sa sœur ne se soient à aucun moment manifestés. Ils devaient être au courant, comme le reste de la maisonnée, de ce qui se passait depuis la veille. Ils avaient certainement entendu parler des interrogatoires de Maigret. Peut-être même l'avaient-ils aperçu à un tournant du couloir ?

Si, à quinze ans, Maigret avait entendu dire que...

Il aurait couru questionner le commissaire avec véhémence, bien entendu, quitte à se faire remettre à sa place.

Il se rendait compte que du temps avait passé, qu'il s'agissait d'un autre monde.

— On prend un verre à la *Brasserie Dauphine* et on rentre dîner chacun chez soi ?

C'est ce qu'ils firent. Maigret marcha un bon bout de chemin avant de prendre un taxi et, quand sa femme ouvrit la porte en entendant son pas, il n'avait pas le visage trop soucieux.

— Qu'est-ce qu'il y a à manger ?

— Le déjeuner réchauffé...

— Et qu'est-ce qu'il y avait à déjeuner ?

— Du cassoulet...

Ils souriaient tous les deux, mais elle n'en avait pas moins deviné son état d'âme.

— Ne te tracasse pas, Maigret...

Il ne lui avait rien dit de l'affaire qui l'occupait. Toutes les affaires, en somme, n'étaient-elles pas les mêmes ?

— Ce n'est pas toi qui es responsable...

Après un moment, elle ajouta :

— A cette saison, la fraîcheur tombe tout d'un coup... Je fais mieux de fermer la fenêtre...

5

Son premier contact avec la vie fut d'abord, comme les autres matins, l'odeur du café, puis la main de sa femme qui lui touchait l'épaule, enfin la vue de Mme Maigret, déjà fraîche et alerte dans une robe d'intérieur à fleurs, qui lui tendait la tasse.

Il se frotta les yeux et demanda assez stupidement :

— Il n'y a pas eu de coups de téléphone ?

S'il y en avait eu, il aurait été réveillé en même temps qu'elle. Les rideaux étaient ouverts. Le printemps, tout précoce qu'il fût, se maintenait. Le soleil était levé et les bruits de la rue se détachaient avec netteté.

Il poussa un soupir de soulagement. Lapointe ne l'avait pas appelé. Donc, il ne s'était rien passé avenue Marigny. Il but la moitié de sa tasse, se leva, guilleret, et passa dans la salle de bains. Il s'était inquiété à tort. Il aurait dû, dès l'arrivée du premier billet, se rendre compte que ce n'était pas sérieux. Il avait un peu honte, ce matin, de s'être laissé impressionner comme un enfant qui croit encore aux histoires de fantômes.

— Tu as bien dormi ?

— Magnifiquement.

— Tu crois que tu rentreras déjeuner ?

— Ce matin, j'ai l'impression que oui.

— Tu aimerais du poisson ?

— De la raie au beurre noir, si tu en trouves.

Il fut surpris, gêné, une demi-heure plus tard, en poussant la porte de son bureau, d'y trouver Lapointe dans un fauteuil. Le pauvre garçon était un peu pâle, somnolent. Plutôt que de lui laisser un rapport et d'aller se coucher, il avait préféré l'attendre, sans doute parce que, la veille, le commissaire avait montré tant d'inquiétude.

— Alors, mon petit Lapointe ?

L'inspecteur s'était levé tandis que Maigret s'asseyait devant le tas de courrier posé sur son bureau.

— Un instant, veux-tu ?...

Il voulait d'abord s'assurer qu'il n'y avait pas de nouvelle lettre anonyme.

— Bon ! Raconte...

— Je suis arrivé là-bas un peu avant six heures du soir et j'ai pris contact avec Lamure, le concierge, qui a insisté pour que je dîne avec sa femme et lui. Le premier à pénétrer dans l'immeuble après moi, à six heures dix, a été le jeune Parendon, celui qu'ils appellent Gus...

Lapointe tirait un carnet de sa poche afin de se référer à ses notes.

— Il était seul ?

— Oui... Il tenait quelques livres de classe sous le bras... Ensuite, quelques minutes plus tard, un homme aux allures efféminées, une sacoche de cuir à la main... Lamure m'a appris que c'était le coiffeur de la Péruvienne...

» — Il doit y avoir un gala ou une grande soirée quelque part... m'a-t-il annoncé tranquillement en vidant son verre de gros rouge.

» Entre parenthèses, il en a séché une bouteille à lui seul et il était surpris, un peu vexé, que je n'en fasse pas autant...

» Voyons... A sept heures quarante-cinq, une femme est arrivée dans une voiture conduite par un chauffeur, Mme Hortense, comme l'appelle le concierge.

» C'est une des sœurs de Mme Parendon, celle qui sort le plus souvent avec elle. Elle a épousé un M. Benoît-Biguet, un homme riche et important, et leur chauffeur est espagnol...

Lapointe sourit.

— Je m'excuse de vous donner ces détails sans intérêt mais, comme je n'avais rien à faire, j'ai tout noté... A huit heures et demie, la limousine des Péruviens s'est arrêtée sous la voûte et le couple est sorti de l'ascenseur, lui en habit, elle en robe de grand soir sous une étole de chinchilla... Ce sont des choses qu'on ne voit plus souvent...

» A neuf heures moins cinq, sortie de Mme Parendon et de Mme Hortense... J'ai appris ensuite où elles étaient allées... Les chauffeurs ont l'habitude, en rentrant, de venir boire un coup dans la loge avec Lamure, qui a toujours un litre de rouge à portée de la main...

» Il y avait un bridge de charité au *Crillon* et c'est là qu'elles se sont rendues. Elles sont rentrées un peu après minuit... La sœur est montée et est restée une demi-heure en haut... C'est alors que le chauffeur est venu boire son verre...

» Personne ne faisait attention à moi... J'avais l'air d'un copain sans importance... Le plus difficile, c'était de ne pas vider les verres qu'on me tendait...

» Mlle Parendon, elle, qu'ils appellent Bambi, est rentrée vers une heure du matin...

— A quelle heure était-elle sortie ?

— Je ne sais pas. Je ne l'ai pas vue partir. Cela signifie qu'elle n'a pas mangé avenue Marigny... Elle était accompagnée d'un jeune homme qu'elle a embrassé au pied de l'escalier... Elle ne se gênait pas pour nous...

» J'ai demandé à Lamure si c'était son habitude... Il m'a répondu que oui et que c'était toujours le même jeune homme, mais qu'il ne savait pas d'où il sortait... Il portait un blouson, des mocassins avachis et ses cheveux étaient plutôt longs...

Lapointe avait l'air de réciter, tout en luttant contre le sommeil, les yeux sur son carnet.

— Tu ne m'as pas parlé du départ de Mlle Vague, de Tortu et de Julien Baud...

— Je ne l'ai pas noté, en effet, parce que j'ai supposé que cela faisait partie de la routine. Ils sont descendus, par l'escalier, à six heures, et se sont séparés sur le trottoir...

— Ensuite ?

— Je suis monté deux ou trois fois jusqu'au quatrième étage mais je n'ai rien vu ni entendu. J'aurais aussi bien pu errer la nuit dans une église.

» Les Péruviens sont rentrés vers trois heures du matin après avoir soupé chez *Maxim's*. Ils avaient assisté auparavant à une grande première de cinéma, aux Champs-Élysées... Il paraît que ce sont des personnalités bien parisiennes...

» C'est tout pour la nuit... Pas un chat, c'est le cas de le dire, car il n'y a pas un animal dans la maison, en dehors du perroquet des Péruviens...

» Vous ai-je dit que Ferdinand, le maître d'hôtel des Parendon, était allé se coucher aux environs de dix heures ? Que la cuisinière est partie à neuf heures du soir ?

» C'est Ferdinand, le matin, qui s'est montré le premier dans la cour, à sept heures. Il est sorti de l'immeuble car il a l'habitude d'aller au bar du coin de la rue du Cirque boire son premier café et manger des croissants frais... Il est resté absent une demi-heure... Pendant ce temps-là, la cuisinière est arrivée, ainsi que la femme de ménage, Mme Marchand...

» Le chauffeur est descendu de sa chambre, près de celle de Ferdinand, au-dessus des garages, et est monté pour prendre son petit déjeuner...

» Je n'inscrivais pas tout immédiatement. C'est pourquoi il y a un certain désordre dans mes notes. Au cours de la nuit, je suis allé une dizaine de fois coller l'oreille à la porte des Parendon et je n'ai rien entendu...

» Le chauffeur des Péruviens a sorti la Rolls de ses patrons pour la laver comme il le fait chaque matin...

Lapointe remit son calepin dans sa poche.

— C'est tout, patron. Janvier est arrivé. Je l'ai présenté à Lamure, qui, paraît-il, le connaissait déjà, et je suis parti...

— Maintenant, va vite te coucher, mon petit...

Dans quelques minutes, la sonnerie du rapport allait retentir dans les couloirs. Maigret bourra une pipe, saisit son coupe-papier et parcourut rapidement le courrier.

Il était soulagé. Il avait toutes les raisons de l'être. Pourtant, il lui restait un poids sur l'estomac, une vague appréhension.

Chez le directeur, il fut surtout question du fils d'un ministre qui, à quatre heures du matin, avait eu un accident d'automobile, au coin de la rue François-Ier, dans des conditions déplaisantes. Non seulement il était ivre, mais on ne pouvait guère, sans provoquer un scandale, révéler le nom de la jeune fille qui l'accompagnait et qu'on avait dû transporter à l'hôpital. Quant à l'occupant de la voiture tamponnée, il était mort sur le coup.

— Qu'est-ce que vous en pensez, vous, Maigret ?

— Moi ? Rien, monsieur le directeur...

Quand il s'agissait de politique, ou de quoi que ce soit touchant à la politique, Maigret n'existait plus. Il avait l'art, alors, de prendre un air vague, presque stupide.

— Il faut pourtant trouver une solution... Les journaux ne savent encore rien mais, dans une heure ou deux, ils seront au courant...

Il était dix heures. Le téléphone sonna sur le bureau du grand patron qui décrocha nerveusement.

— Oui, il est ici...

Et, tendant le combiné à Maigret :

— C'est pour vous...

Il eut un pressentiment. Il sut, avant de porter l'écouteur à son oreille, que quelque chose s'était passé avenue Marigny et ce fut en effet la voix de Janvier qu'il entendit au bout du fil. Elle était basse, comme gênée.

— C'est vous, patron ?

— C'est moi, oui... Alors, qui ?

Janvier comprit tout de suite le sens de la question.

— La jeune secrétaire...

— Morte ?

— Hélas.

— Un coup de feu ?

— Non... Cela s'est passé sans bruit... Personne ne s'est aperçu de rien... Le médecin n'est pas encore arrivé... Je vous appelle avant d'avoir des détails car j'étais en bas... M. Parendon est à côté de moi, effondré... Nous attendons le docteur Martin d'une minute à l'autre...

— Poignardée ?

— Plutôt égorgée...

— Je viens...

Le directeur et ses collègues le regardaient, surpris de le voir aussi pâle, aussi ému. Quai des Orfèvres, surtout à la Criminelle, ne travaille-t-on pas dans le meurtre quotidiennement ?

— Qui est-ce ? questionna le directeur.

— La secrétaire de Parendon.

— Le neurologue ?

— Non. Son frère, l'avocat... J'avais reçu des lettres anonymes...

Il fonçait vers la porte sans s'expliquer davantage, marchait droit vers le bureau des inspecteurs.

— Lucas ?...

— Ici, patron...

Il chercha autour de lui.

— Toi, Torrence... Bon... Venez tous les deux dans mon bureau...

Lucas, qui était au courant des lettres, demanda :

— Le meurtre a eu lieu ?

— Oui...

— Parendon ?

— La secrétaire... Téléphone à Moers de se rendre là-bas avec ses techniciens... J'appelle le Parquet...

C'était toujours la même comédie. Pendant une bonne heure, au lieu de travailler en paix, il allait devoir fournir des explications au substitut et au juge d'instruction qui serait désigné.

— En route, mes enfants...

Il était accablé, comme s'il s'agissait de quelqu'un de sa famille. De toute la maisonnée, c'était à Mlle Vague qu'il aurait pensé en dernier comme victime.

Il s'était pris de sympathie pour elle. Il aimait la façon à la fois crâne et simple dont elle avait parlé de ses relations avec son patron. Il avait senti qu'au fond d'elle-même, malgré la différence d'âge, elle éprouvait pour lui une fidélité passionnée qui constitue peut-être une des formes les plus vraies de l'amour.

Pourquoi donc était-ce elle qu'on avait tuée ?

Il s'enfonçait dans la petite voiture noire tandis que Lucas se mettait au volant et que le gros Torrence s'installait derrière.

— De quoi s'agit-il ? questionnait-il comme on démarrait.

— Tu le verras bien, répliqua Lucas qui comprenait l'état d'esprit de Maigret.

Celui-ci ne voyait pas les rues, les passants, les arbres qui verdissaient de jour en jour, les gros autobus qui les frôlaient dangereusement.

Il était déjà là-bas. Il imaginait le petit bureau de Mlle Vague, où il était assis près de la fenêtre, la veille à la même heure. Elle le regardait bien en face, comme pour lui offrir la sincérité de son regard. Et, quand elle hésitait après une question, c'est qu'elle cherchait les mots précis.

Il y avait déjà une voiture devant la porte, celle du commissaire du quartier, que Janvier avait dû alerter. Car, quoi qu'il arrive, il faut suivre les règles administratives.

Un Lamure funèbre se tenait sur le seuil de sa loge de grand luxe.

— Qui aurait cru... commença-t-il.

Maigret passa devant lui sans répondre et, l'ascenseur étant à un des étages, s'élança dans l'escalier. Janvier l'attendait sur le palier. Il ne dit rien. Lui aussi devinait l'état d'esprit du patron. Maigret ne s'aperçut pas que Ferdinand, au poste comme si de rien n'était, lui prenait son chapeau.

Il fonça dans le couloir, dépassa la porte du bureau de Parendon, arriva devant celle, ouverte, de Mlle Vague. Il ne vit tout d'abord que deux hommes, le commissaire du quartier, un nommé Lambilliote, qu'il avait souvent rencontré, et un de ses collaborateurs.

Il dut regarder par terre, presque sous la table Louis XIII qui servait de bureau.

Elle portait une robe printanière vert amande, pour la première fois de la saison sans doute, car la veille et l'avant-veille il l'avait vue avec une jupe bleu marine et un chemisier blanc. Il avait fait la réflexion que cela devait être, pour elle, une sorte d'uniforme.

Après le coup, elle avait dû glisser de sa chaise et son corps était replié sur lui-même, étrangement tordu. La gorge était ouverte et elle avait perdu une quantité considérable de sang qui devait être encore tiède.

Il fut un certain temps à se rendre compte que Lambilliote lui serrait la main.

— Vous la connaissiez ?

Il le regardait, stupéfait de voir Maigret aussi ému devant un corps.

— Je la connaissais, oui... disait-il d'une voix rauque.

Et il se précipitait dans le bureau du fond où un Julien Baud aux yeux rouges se dressa devant lui. Son haleine sentait l'alcool. Il y avait une bouteille de cognac sur la table. Dans son coin, René Tortu se tenait le front à deux mains.

— C'est toi qui l'as trouvée ?

Le « tu » lui venait naturellement car le grand Vaudois avait tout à coup l'air d'un gosse.

— Oui, monsieur...

— Tu avais entendu quelque chose ?... Elle a crié ?... Elle a gémi ?...

— Même pas...

Il avait de la peine à parler. Sa gorge restait nouée et des larmes coulaient de ses yeux bleus.

— Excusez-moi... C'est la première fois...

On aurait dit qu'il avait attendu ce moment-là pour se mettre à sangloter et il tira son mouchoir de sa poche.

— Je... Un instant... Pardon...

Il pleurait tout son saoul, debout au milieu de la pièce, paraissant plus grand que son mètre quatre-vingts. Il y eut un petit bruit sec. C'était le tuyau de la pipe de Maigret qui éclatait sous la pression de la mâchoire. Le fourneau tomba par terre et il se baissa pour le ramasser, le fourra dans sa poche.

— Je vous demande pardon... C'est plus fort que moi...

Il reprenait son souffle, s'essuyait les yeux, jetait un coup d'œil à la bouteille de cognac mais n'osait plus y toucher.

— Elle est venue ici vers neuf heures dix pour m'apporter des documents à collationner... Au fait, je ne sais plus où je les ai mis... C'est le procès-verbal de la séance d'hier, avec des notes, des références... J'ai dû les laisser dans son bureau... Non... Tenez ! Ils sont sur ma table...

Froissés par une main crispée.

— Elle m'avait demandé de les lui retourner dès que j'aurais terminé... J'y suis allé...

— A quelle heure ?

— Je ne sais pas... J'ai dû travailler environ trente minutes... J'étais tout gai, tout content... J'aime bien travailler pour elle... Je regarde... Je ne la vois pas... Puis, en baissant les yeux...

Ce fut Maigret qui lui versa un peu de cognac dans le verre que Ferdinand avait dû apporter.

— Elle respirait encore ?

Il fit non de la tête.

— Le Parquet, patron...

— Vous n'avez rien entendu non plus, monsieur Tortu ?

— Rien...

— Vous êtes resté ici tout le temps ?

— Non... Je suis allé voir M. Parendon, avec qui j'ai eu un entretien d'une dizaine de minutes au sujet de l'affaire dont je me suis occupé hier au Palais...

— Quelle heure était-il ?

— Je n'ai pas regardé ma montre... Environ neuf heures et demie...

— Comment était-il ?

— Comme d'habitude...

— Seul ?

— Mlle Vague était avec lui...

— Elle est sortie dès votre arrivée ?

— Quelques instants plus tard...

Maigret aurait volontiers avalé une gorgée de cognac, lui aussi, mais il n'osa pas.

Les formalités l'attendaient. Cela le faisait grogner, mais, au fond, ce n'était pas une mauvaise chose car cela l'obligeait à sortir de son cauchemar.

Le Parquet avait désigné le juge Daumas, avec qui il avait plusieurs fois travaillé, un homme sympathique, un peu timide, dont le seul défaut était la minutie. Il devait avoir une quarantaine d'années ; il était flanqué du substitut De Claes, un grand blond, très maigre, tiré à quatre épingles, qui tenait toujours, été comme hiver, une paire de gants clairs à la main.

— Qu'est-ce que vous en pensez, Maigret ? On me dit que vous aviez un inspecteur dans l'immeuble ? Vous vous attendiez à un drame ?

Maigret haussa les épaules, fit un geste vague.

— Ce serait si long à vous expliquer... Hier et avant-hier, à la suite de messages anonymes, j'ai passé pratiquement tout mon temps dans cette maison.

— Les messages désignaient la victime ?

— Non, justement. C'est bien pourquoi le meurtre était impossible à éviter. Il aurait fallu mettre un policier derrière chacun des habitants, les suivre pas à pas à travers l'appartement. Lapointe a passé la nuit en bas... Ce matin, Janvier est venu le remplacer...

Celui-ci se tenait dans un coin, tête basse. On entendait, dans la cour, le jet avec lequel le chauffeur des Péruviens lavait la Rolls.

— Au fait, Janvier, qui t'a averti ?...

— Ferdinand... Il savait que j'étais en bas... Je lui avais parlé...

On entendait des pas lourds dans le couloir. C'étaient les spécialistes qui arrivaient à leur tour avec leurs appareils. Un petit homme tout rond était curieusement mêlé à leur troupe et il regarda les personnages réunis dans la pièce en se demandant à qui s'adresser.

— Docteur Martin... finit-il par murmurer. Je m'excuse d'arriver si tard, mais j'avais une cliente dans mon cabinet et, le temps qu'elle se rhabille...

Il vit le corps, ouvrit sa trousse, s'agenouilla sur le parquet. Il était le moins ému de tous.

— Elle est morte, bien entendu.

— Sur le coup ?

— Elle a dû survivre quelques secondes, mettons trente ou quarante secondes et, la gorge ouverte, elle n'avait aucune possibilité de crier...

Il désignait un objet que la table cachait en partie, le grattoir à la fois aigu et très coupant que Maigret avait remarqué la veille. Il était maintenant englué dans la plaque de sang épais.

Le commissaire, malgré lui, regardait le visage de la jeune fille, ses lunettes de travers, ses yeux bleus et fixes.

— Vous ne voudriez pas lui fermer les yeux, docteur ?

Cela ne lui était pas arrivé souvent, sauf à ses débuts, d'être ainsi secoué en face d'un cadavre.

Comme le médecin allait obéir, Moers le tira par la manche.

— Les photos... lui rappela-t-il.

— C'est vrai... Non... Ne faites rien...

C'était à lui de ne plus regarder. Il fallait encore attendre le médecin légiste. Le docteur Martin, très vif malgré son embonpoint, demandait :

— Je peux aller, messieurs ?

Puis, les regardant tour à tour, il finissait par s'adresser à Maigret.

— Vous êtes bien le commissaire Maigret ?... Je me demande si je ne devrais pas aller voir M. Parendon... Vous savez où il est ?

— Dans son bureau, je suppose...

— Il est au courant ?... Il a vu ?...

— Probablement...

En réalité, personne ne savait rien de précis. Il y avait de l'incohérence dans l'air. Un photographe installait un énorme appareil sur un trépied tandis qu'un homme à cheveux gris prenait des mesures sur le plancher et que le greffier du juge d'instruction griffonnait dans un carnet.

Lucas et Torrence, qui n'avaient pas encore reçu d'instructions, se tenaient dans le couloir.

— Que pensez-vous que je doive faire ?

— Allez le voir si vous croyez qu'il puisse avoir besoin de vous...

Le docteur Martin arrivait à la porte quand Maigret le rappela :

— J'aurai sans doute des questions à vous poser dans le courant de la journée... Vous serez chez vous ?...

— Sauf de onze heures à treize heures... J'ai ma consultation à l'hôpital...

Il tirait une grosse montre de sa poche, paraissait effrayé et s'éloignait rapidement.

Le juge Daumas toussota.

— Je suppose, Maigret, que vous préférez que je vous laisse travailler tranquillement ? Je voudrais seulement savoir si vous avez des soupçons...

— Non... Oui... Franchement, monsieur le juge, je ne sais pas... Cette affaire ne se présente pas comme les autres et je suis désorienté...

— Vous n'avez plus besoin de moi ? questionnait le commissaire Lambilliote.

— Plus besoin... répétait distraitement Maigret.

Il avait hâte de les voir tous partir. Le bureau se vidait petit à petit. Parfois un flash éclatait dans la pièce pourtant lumineuse. Deux hommes, qui faisaient leur métier comme des menuisiers ou des serruriers, prenaient les empreintes digitales de la morte.

Maigret se glissa discrètement hors de la pièce, fit signe à Lucas et à Torrence de l'attendre, entra dans le bureau du fond, où Tortu répondait au téléphone tandis que Baud, les coudes sur sa table, regardait devant lui d'un œil vague.

Il était ivre. Le niveau du cognac avait baissé de trois bons doigts dans la bouteille. Maigret la saisit et, sans vergogne, parce que c'était vraiment nécessaire, se versa à boire dans le verre du Suisse.

Il travaillait comme un somnambule, s'arrêtant parfois, le regard fixe, dans la crainte d'oublier quelque chose d'essentiel. Il serra vaguement la main du médecin légiste, dont le vrai travail ne commencerait qu'à l'Institut médico-légal.

Les gens du fourgon étaient déjà là avec une civière et il jeta un dernier coup d'œil à la robe vert amande qui aurait dû marquer une joyeuse journée de printemps.

— Janvier, tu vas t'occuper des parents... On doit avoir leur adresse, dans le bureau du fond... Vois aussi dans son sac... Enfin, fais le nécessaire...

Il emmenait ses deux autres collaborateurs vers le vestiaire.

— Vous deux, dressez-moi un plan de l'appartement, questionnez le personnel, notez à quel endroit chacun se trouvait entre neuf heures et quart et dix heures...

» Notez aussi ce que chacun a vu, chaque allée et venue...

Ferdinand était là, debout, les bras croisés, à attendre.

— Pour le plan, il vous aidera... Dites-moi, Ferdinand, je suppose que Mme Parendon est dans sa chambre ?

— Oui, monsieur Maigret.

— Quelle a été sa réaction ?

— Elle n'a pas eu de réaction, monsieur, car elle ne doit pas encore être au courant. Pour autant que je sache, elle dort, et Lise n'a pas osé prendre sur elle de la réveiller.

— M. Parendon n'est pas allé la voir non plus ?

— Monsieur n'est pas sorti de son bureau...

— Il n'a pas vu le corps ?

— Je vous demande pardon. Il en est sorti un moment, en effet, quand M. Tortu est allé le mettre au courant. Il a jeté un coup d'œil dans le bureau de Mlle Vague et il est rentré chez lui...

La veille, Maigret s'était trompé quand, parce que son correspondant anonyme avait un style précis, il avait cru devoir prendre à la lettre le mot *frapper*.

On n'avait pas frappé. On n'avait pas tiré non plus. On avait littéralement égorgé.

Il dut s'effacer pour laisser passer les brancardiers et, quelques instants plus tard, il frappait à la porte monumentale du bureau de Parendon. Il n'entendit aucune réponse. Il est vrai que la porte était en chêne épais. Il tourna la poignée, poussa un des battants et aperçut l'avocat dans un des fauteuils de cuir.

L'espace d'une seconde, il eut peur qu'il ne lui soit arrivé malheur, à lui aussi, tant il était tassé sur lui-même, le menton sur la poitrine, une main molle touchant le tapis.

Il s'avança et s'assit dans un fauteuil en face de lui, de sorte qu'ils se trouvaient face à face, à courte distance l'un de l'autre, comme pour leur premier entretien. Dans les rayonnages, les noms de Lagache, d'Henri Ey, de Ruyssen, des autres psychiatres, brillaient en lettres dorées sur les reliures.

Il fut surpris d'entendre une voix murmurer :

— Qu'en pensez-vous, monsieur Maigret ?

La voix était lointaine, éteinte. C'était celle d'un homme anéanti, et c'est à peine si l'avocat fit un effort pour se redresser, pour lever la tête. Du coup, ses lunettes tombèrent par terre et, sans les verres épais, ses yeux étaient ceux d'un enfant peureux. Il se baissa avec effort pour les ramasser, les remit en place.

Il reprit :

— Qu'est-ce qu'ils font ?

Et sa main blanche désignait le bureau de la jeune fille.

— Les formalités sont terminées...

— Le... le corps ?...

— Le corps vient de partir...

— Ne faites pas attention... Je vais me ressaisir...

De la main droite, il se tâtait machinalement le cœur tandis que le commissaire le regardait aussi fixement que le premier jour.

Il se redressait, en effet, tirait un mouchoir de sa poche, le passait sur son visage.

— Vous ne voulez pas boire quelque chose ?

Son regard alla vers la partie des boiseries qui cachait un petit bar.

— Vous aussi ?

Maigret en profita pour se lever, prendre deux verres, le flacon de vieil armagnac qu'il connaissait déjà.

— Ce n'était pas une plaisanterie... prononça lentement l'avocat.

Et, bien que sa voix se fût raffermie, elle restait étrange, comme mécanique, sans intonations.

— Vous voilà bien embarrassé, n'est-ce pas ?

Et, comme Maigret le regardait toujours sans répondre, il ajoutait :

— Qu'allez-vous faire, à présent ?

— Deux de mes hommes sont occupés à préciser l'emploi du temps de chacun, ici, entre neuf heures et quart et dix heures...

— C'était avant dix heures...

— Je sais...

— Dix heures moins dix... Il était juste dix heures moins dix quand Tortu est venu m'annoncer la nouvelle...

Il jetait un regard à la pendule de bronze qui marquait onze heures trente-cinq.

— Depuis lors, vous êtes resté assis dans ce fauteuil ?

— J'ai traversé le couloir derrière Tortu, mais je n'ai pu soutenir le spectacle que quelques secondes... Je suis revenu ici et... Vous avez raison... Je n'ai pas bougé de ce fauteuil...

» Je me souviens vaguement que Martin, mon médecin, est passé, qu'il m'a parlé, que j'ai hoché la tête, qu'il m'a pris le pouls et qu'il est parti comme un homme pressé...

— Il devait se rendre à l'hôpital pour sa consultation, en effet...

— Il a dû penser que j'étais drogué...

— Il vous est arrivé de vous droguer ?

— Jamais... Je m'imagine ce que cela donne...

Les arbres, dehors, bruissaient légèrement, et on entendait le vacarme des autobus place Beauvau.

— Je ne me serais pas douté...

Il parlait vaguement, sans achever ses phrases, et Maigret ne le quittait toujours pas des yeux. Il avait toujours deux pipes en poche et il prit celle qui n'était pas cassée, la bourra, tira de grosses bouffées comme pour reprendre pied sur terre.

— Douté de quoi ?

— Du point... De la façon... De l'importance... Oui, de l'importance, c'est le mot, des liens...

Sa main désignait une fois de plus le bureau de la secrétaire.

— C'est tellement inattendu !...

Maigret se serait-il senti plus sûr de lui s'il avait absorbé tous les ouvrages de psychiatrie et de psychologie qui s'alignaient dans la bibliothèque ?

Il ne se souvenait pas d'avoir regardé un homme avec autant d'intensité qu'en ce moment. Il ne perdait pas un mouvement, pas un tressaillement d'un muscle du visage.

— Vous aviez pensé à elle, vous ?

Le commissaire avoua :

— Non.

— A moi ?

— A vous ou à votre femme...

— Où est-elle ?

— Il paraît qu'elle dort, qu'elle ne sait encore rien...

Les sourcils de l'avocat se froncèrent. Il s'imposait un grand effort de concentration.

— Elle n'est pas sortie de chez elle ?

— D'après Ferdinand, non...

— Ce n'est pas le secteur de Ferdinand...

— Je sais... Un de mes inspecteurs est sans doute en train de questionner Lise...

Parendon commençait à s'agiter, comme si une pensée qui ne lui était pas encore venue le tourmentait soudain.

— Mais alors, vous allez m'arrêter ?... Si ma femme n'est pas sortie de sa chambre...

Lui avait-il donc paru évident que Mme Parendon était la meurtrière ?

— Vous m'arrêtez, dites ?

— Il est trop tôt pour arrêter qui que ce soit...

Il se leva et but une gorgée d'armagnac, s'essuya le front du revers de la main.

— Je n'y comprends plus rien, Maigret...

Il se reprit.

— Excusez-moi... monsieur Maigret... Quelqu'un d'étranger à la maison est-il entré dans l'appartement ?

Il redevenait lui-même. Ses yeux reprenaient vie.

— Non. Un de mes hommes a passé la nuit dans la maison et un autre l'a relayé vers huit heures du matin...

— Il faudra relire les lettres... murmura-t-il à mi-voix.

— Je les ai relues plusieurs fois hier en fin d'après-midi...

— Il y a, dans tout ça, quelque chose d'incohérent, comme si les événements, tout à coup, avaient tourné dans un sens imprévu...

Il se rassit et Maigret réfléchit à ces paroles. Lui aussi, quand il avait appris que Mlle Vague était morte, avait eu l'impression d'une erreur.

— Vous savez, elle m'était très, très... dévouée...

— Plus que cela, précisa le commissaire.

— Vous croyez ?

— Hier, elle m'a parlé de vous avec une véritable passion...

Le petit homme écarquillait les yeux, incrédule, comme s'il ne parvenait pas à se convaincre qu'il avait inspiré un tel sentiment.

— J'ai eu un long entretien avec elle pendant que vous receviez les deux armateurs...

— Je sais... Elle me l'a dit... Que sont devenus les documents ?...

— Julien Baud les avait à la main quand il a découvert le corps et qu'il s'est précipité, affolé, dans son bureau... Les papiers sont un peu froissés...

— Ils sont très importants... Ces gens-là ne peuvent pas pâtir de ce qui se passe dans ma maison...

— Puis-je vous poser une question, monsieur Parendon ?

— Je l'attends depuis que je vous ai vu entrer... C'est votre devoir de la poser, bien entendu, et même de ne pas me croire sur parole... Non, je n'ai pas tué Mlle Vague...

» Il y a des mots que je n'ai pas prononcés souvent dans ma vie, que j'ai presque rayés de mon vocabulaire... Aujourd'hui, je vais en employer un, parce qu'il n'y en a pas d'autre pour exprimer la vérité que je viens de découvrir : je l'aimais, monsieur Maigret...

Il disait cela calmement et cela n'en était que plus impressionnant. Le reste était plus aisé.

— Je croyais n'avoir pour elle qu'un certain attachement, en plus du désir physique... J'en avais un peu honte, car j'ai une fille qui a presque son âge... Il y avait, chez Antoinette...

C'était la première fois que Maigret entendait prononcer le prénom de Mlle Vague.

— ... Il y avait une sorte de... attendez... de spontanéité qui me rafraîchissait... La spontanéité, voyez-vous, on n'en trouve guère dans cette maison... Elle apportait ça du dehors, comme un cadeau, comme on apporte des fleurs fraîches...

— Vous savez avec quelle arme le crime a été commis ?

— Un couteau, je suppose ?

— Non... Une sorte de grattoir que j'ai remarqué hier sur le bureau de votre secrétaire... Il m'a frappé, car il n'est pas du modèle habituel... La lame en est plus longue, plus acérée...

— Il vient, comme toutes les fournitures de bureau, de la Papeterie Roman...

— C'est vous qui l'avez acheté ?

— Certainement pas. Elle a dû le choisir elle-même...

— Mlle Vague était assise devant son bureau et examinait sans doute des documents... Elle en avait remis une partie à Julien Baud pour qu'il les collationne...

Parendon n'avait pas l'air d'un homme sur ses gardes, d'un homme qui s'attend à ce qu'on lui tende un piège. Il écoutait avec attention, un peu surpris, peut-être, de l'importance que Maigret attachait à ces détails.

— La personne qui l'a tuée savait trouver ce grattoir dans le plumier, sinon elle aurait apporté une arme...

— Qui vous dit qu'elle n'était pas armée et qu'elle n'a pas changé d'avis ?...

— Mlle Vague l'a vue prendre le grattoir et ne s'est pas mise en garde, ne s'est pas levée... Elle a continué de travailler cependant qu'on passait derrière elle...

Parendon réfléchissait, reconstituait en esprit la scène que Maigret venait de décrire, et c'était avec l'esprit précis du grand avocat d'affaires qu'il était.

Rien de flou dans son attitude. Gnome peut-être, si l'on doit se moquer des gens de petite taille, mais gnome d'une intelligence étonnante.

— Je crois que vous serez obligé de m'arrêter avant la fin de la journée, dit-il soudain.

Il n'y avait rien de sarcastique dans son attitude. C'était un homme qui concluait, après avoir pesé le pour et le contre.

— Ce sera l'occasion, pour mon défenseur, ajoutait-il, en y mettant cette fois de l'ironie, de s'exercer sur l'article 64...

Maigret était dérouté une fois de plus. Il le fut davantage encore quand la porte qui communiquait avec le grand salon s'ouvrit et qu'on vit Mme Parendon dans l'encadrement. Elle n'était pas coiffée, ni maquillée. Elle portait le déshabillé bleu de la veille. Elle se tenait très droite, mais elle n'en paraissait pas moins beaucoup plus que son âge.

— Excusez-moi de vous déranger...

Elle parlait comme s'il ne s'était rien passé dans l'appartement.

— Je suppose, commissaire, que je n'ai pas le droit d'avoir un entretien en tête à tête avec mon mari ?... Cela ne nous arrive pas souvent mais, étant donné les circonstances...

— Pour le moment, je ne puis vous autoriser à lui parler qu'en ma présence...

Elle ne s'avançait pas dans la pièce, restait debout, avec le salon ensoleillé derrière elle. Les deux hommes s'étaient levés.

— Très bien. Vous faites votre métier.

Elle tira une bouffée de la cigarette qu'elle avait à la main et les regarda tour à tour en hésitant.

— Puis-je vous demander d'abord, monsieur Maigret, si vous avez pris une décision ?

— A quel propos ?

— A propos de l'événement de ce matin... Je viens de l'apprendre et je suppose que vous allez procéder à une arrestation...

— Je n'ai pas pris de décision...

— Bien... Les enfants ne tarderont pas à rentrer et il vaut mieux que les choses soient nettes... Dis-moi, Émile, est-ce toi qui l'as tuée ?...

Maigret n'en croyait ni ses yeux ni ses oreilles. Ils étaient face à face, à trois mètres l'un de l'autre, le regard dur, les traits tendus.

— Tu oses me demander si...

Parendon étouffait, ses petits poings serrés par la rage.

— Pas de comédie. Réponds oui ou non...

Alors, soudain, il s'emporta, ce qui n'avait pas dû lui arriver souvent dans sa vie, et, les deux bras levés dans une sorte d'adjuration au ciel, il cria :

— Tu sais bien que non, nom de Dieu !

Il en trépignait. Il aurait peut-être été capable de se précipiter sur elle.

— C'est tout ce que je voulais entendre... Merci...

Et, très naturellement, elle reculait dans le salon, refermait la porte derrière elle.

6

— Je m'excuse d'être sorti de mes gonds, monsieur Maigret. Ce n'est pas dans mon caractère...

— Je sais...

C'est justement parce qu'il le savait que Maigret était rêveur.

Le petit homme, debout, reprenait son souffle, le contrôle de lui-même, s'épongeait encore une fois le visage. Celui-ci n'était pas rouge, mais jaunâtre.

— Vous la haïssez ?

— Je ne hais personne... Parce que je ne crois pas qu'un être humain soit jamais pleinement responsable...

— L'article 64 !...

— L'article 64, oui... Peu importe si cela me donne l'air d'un maniaque mais je ne changerai pas d'opinion...

— Même s'il s'agit de votre femme ?

— Même s'il s'agit d'elle...

— Même si elle avait tué Mlle Vague ?

Le visage, un instant, parut se dissoudre, les prunelles se diluer.

— Même !

— Vous pensez qu'elle en est capable ?

— Je n'accuse personne...

— Tout à l'heure, je vous ai posé une question... Je vous en pose une seconde et vous pourrez me répondre par oui ou par non... Mon correspondant anonyme n'est pas nécessairement le meurtrier... Quelqu'un, sentant venir le drame, a pu s'imaginer qu'il l'éviterait en introduisant la police dans la maison...

— Je prévois la question... Ce n'est pas moi qui ai écrit les lettres...

— Cela pourrait-il être la victime ?

Il réfléchit un bon moment.

— Ce n'est pas une impossibilité... Pourtant, cela cadre mal avec son caractère... Elle était plus directe... Je vous ai parlé tout à l'heure de sa spontanéité...

» Peut-être, en effet, ne se serait-elle pas adressée à moi, sachant bien...

Il se mordait les lèvres.

— Sachant bien quoi ?

— Que, si je m'étais cru menacé, je n'aurais pris aucune mesure...

— Pour quelle raison ?

Il regarda Maigret, hésitant.

— C'est difficile à expliquer... Un jour, j'ai fait mon choix...

— En vous mariant ?

— En entrant dans la carrière que j'ai choisie... En me mariant... En vivant d'une certaine manière... Par conséquent, c'est à moi d'en supporter les conséquences...

— Cela n'est-il pas contraire à vos idées sur la responsabilité humaine ?

— Peut-être... En apparence, en tout cas...

On le sentait las, désemparé. On devinait, derrière son front bombé, des pensées tumultueuses qu'il s'efforçait de mettre en ordre.

— Croyez-vous, monsieur Parendon, que la personne qui m'a écrit pensait que la victime serait votre secrétaire ?

— Non...

On entendait, dans le salon, malgré la porte fermée, une voix qui criait :

— Où est mon père ?

Puis, presque aussitôt, la porte s'ouvrait d'une poussée, un jeune homme très grand, aux cheveux hirsutes, faisait deux ou trois pas dans la pièce, s'arrêtait devant les deux hommes.

Son regard allait de l'un à l'autre, s'arrêtait, presque menaçant, sur le commissaire.

— Vous allez arrêter mon père ?

— Calme-toi, Gus... Le commissaire Maigret et moi...

— C'est vous, Maigret ?

Il le regardait avec plus de curiosité.

— Qui allez-vous arrêter ?

— Pour le moment, personne...

— En tout cas, je peux vous jurer que ce n'est pas mon père...

— Qui vous a mis au courant ?

— D'abord le concierge, sans me fournir de détails, puis Ferdinand...

— Vous ne vous y attendiez pas un peu ?

Parendon en profitait pour aller s'asseoir à son bureau, comme pour se retrouver dans sa position la plus habituelle.

— C'est un interrogatoire ?

Et le garçon se tournait vers son père pour lui demander conseil.

— Mon rôle, Gus...

— Qui vous a dit qu'on m'appelle Gus ?

— Tout le monde dans la maison... Je vous pose des questions, comme à chacun, mais il ne s'agit pas d'un interrogatoire officiel... Je vous ai demandé si vous ne vous y attendiez pas un peu...

— A quoi ?

— A ce qui s'est passé ce matin...

— Si vous voulez dire à ce qu'on égorge Antoinette, non...

— Vous l'appeliez Antoinette ?

— Depuis longtemps... Nous étions bons copains...

— A quoi vous attendiez-vous ?

Ses oreilles rougissaient brusquement.

— A rien de précis...

— Mais à un drame ?

— Je ne sais pas...

Maigret constata que Parendon observait son fils avec attention, comme s'il se posait une question, lui aussi, ou comme s'il faisait une découverte.

— Vous avez quinze ans, Gus ?

— J'en aurai seize en juin...

— Préférez-vous que je vous parle devant votre père ou que je vous prenne en particulier dans votre chambre ou dans une autre pièce ?

Le garçon hésita. Si sa fièvre était tombée, sa nervosité subsistait. Il se tourna à nouveau vers l'avocat.

— Qu'est-ce que tu préfères, père ?

— Je crois que vous serez plus à l'aise tous les deux dans ta chambre... Un instant, fils... Ta sœur va arriver, si elle n'est pas déjà ici... Je désire que vous déjeuniez tous les deux comme d'habitude sans vous préoccuper de moi... Je ne viendrai pas à table...

— Tu ne manges pas ?

— Je ne sais pas... Je me ferai peut-être servir un sandwich... J'ai besoin d'un peu de paix...

On sentait le gosse prêt à s'élancer vers son père, à l'embrasser, et ce n'était pas la présence de Maigret qui l'en empêchait, c'était une pudeur qui devait exister depuis toujours entre Parendon et son fils.

Ils n'étaient ni l'un ni l'autre enclins aux épanchements sentimentaux, aux embrassades, et Maigret voyait très bien Gus, plus jeune, venant s'asseoir dans le bureau de son père, silencieux et immobile, pour le regarder lire ou travailler.

— Si vous voulez venir dans ma chambre, suivez-moi...

Dans le salon qu'ils devaient traverser, Maigret trouva Lucas et Torrence qui l'attendaient, mal à l'aise dans la pièce immense et somptueuse.

— Vous avez fini, mes enfants ?

— C'est fait, patron... Désirez-vous voir le plan, connaître les allées et venues ?...

— Pas maintenant... L'heure ?...

— Entre neuf heures et demie et dix heures moins le quart... On pourrait dire avec une quasi-certitude neuf heures trente-sept...

Maigret s'était tourné vers les fenêtres larges ouvertes.

— Elles étaient ouvertes ce matin ? demanda-t-il.

— A partir de huit heures et quart...

Par-dessus les garages, on voyait les nombreuses fenêtres d'un immeuble de six étages, rue du Cirque. C'était l'arrière d'un bâtiment. Une femme traversait une cuisine, une casserole à la main. Une autre, au troisième étage, changeait les langes d'un bébé.

— Vous allez d'abord manger un morceau tous les deux. Où est Janvier ?

— Il a retrouvé la mère, dans un village du Berry... Elle n'a pas le téléphone et il a chargé quelqu'un, là-bas, de l'emmener à la cabine...

» Il attend la communication dans le bureau du fond...

— Il n'aura qu'à vous rejoindre... Vous trouverez un restaurant pas mauvais, rue de Miromesnil... Cela s'appelle *Au Petit Chaudron*... Ensuite, vous vous partagerez les étages des immeubles que vous apercevez d'ici, rue du Cirque... Vous interrogerez les locataires dont les fenêtres donnent de ce côté... Ils ont pu voir, par exemple, quelqu'un traverser le salon entre neuf heures et demie et dix heures moins le quart... Ils doivent plonger dans d'autres pièces...

— Où vous retrouvons-nous ?

— Au Quai, quand vous aurez fini... A moins que vous ne fassiez une découverte importante... Je serai peut-être encore ici...

Gus attendait, intéressé. Le drame ne l'empêchait pas de conserver une curiosité quelque peu enfantine vis-à-vis de la police.

— Je suis à vous, Gus...

Ils suivirent un corridor plus étroit que celui de l'aile gauche, passèrent devant une cuisine. Par la porte vitrée, on apercevait une grosse femme vêtue de sombre.

— C'est la deuxième porte...

La chambre était grande, son atmosphère différente du reste de l'appartement. Si les meubles restaient de style, sans doute parce qu'on avait voulu les utiliser, Gus en avait changé le caractère en les encombrant d'objets de toutes sortes, en ajoutant des planches, des tablettes.

Il y avait quatre haut-parleurs, deux ou trois tourne-disques, un microscope sur une table en bois blanc, des fils de cuivre fixés sur une autre table et formant un circuit compliqué. Un seul fauteuil, près de la fenêtre, sur lequel on avait tendu au petit bonheur une pièce de coton rouge. Du coton rouge aussi recouvrait le lit, le transformant vaguement en divan.

— Vous l'avez gardé ? remarqua Maigret en désignant un gros ours en peluche sur une étagère.

— Pourquoi en aurais-je honte ? C'est mon père qui me l'a acheté pour mon premier anniversaire...

Il prononçait le mot père avec fierté, sinon avec défi. On le sentait prêt à le défendre farouchement.

— Vous aimiez bien Mlle Vague, Gus ?

— Je vous l'ai déjà dit... Nous étions copains...

Il devait être flatté qu'une jeune fille de vingt-cinq ans le traite en ami.

— Vous alliez souvent dans son bureau ?

— Au moins une fois par jour...

— Vous n'êtes jamais sorti avec elle ?

Le garçon le regarda avec surprise. Maigret bourrait sa pipe.

— Pour aller où ?

— Au cinéma, par exemple... Ou pour danser...

— Je ne danse pas... Je ne suis jamais sorti avec elle...

— Vous n'êtes jamais allé chez elle ?

Ses oreilles devinrent à nouveau rouges.

— Qu'est-ce que vous essayez de me faire dire ?... Quelle pensée avez-vous derrière la tête ?...

— Vous étiez au courant des relations d'Antoinette avec votre père ?

— Pourquoi pas ? riposta-t-il, la tête dressée comme un coq. Vous y voyez du mal, vous ?

— Il ne s'agit pas de moi, mais de vous...

— Mon père est libre, non ?

— Et votre mère ?

— Cela ne la regardait pas...

— Que voulez-vous dire au juste ?

— Qu'un homme a bien le droit...

Il n'achevait pas sa phrase, mais le début était assez explicite.

— Vous pensez que c'est la cause du drame qui s'est produit ce matin ?

— Je ne sais pas...

— Vous vous attendiez à un drame ?

Maigret s'était assis dans le fauteuil rouge et allumait lentement sa pipe en regardant le garçon en pleine croissance dont les bras semblaient trop longs, les mains trop grosses.

— Je m'y attendais sans m'y attendre...

— Expliquez-vous plus clairement... C'est une réponse que votre professeur au lycée Racine n'accepterait pas...

— Je ne vous imaginais pas ainsi...

— Vous me trouvez rude ?

— On dirait que je vous suis antipathique, que vous me soupçonnez de je ne sais quoi...

— C'est exact...

— Pas d'avoir tué Antoinette, quand même ?... Et d'abord, j'étais en classe...

— Je sais... Je sais aussi que vous avez une véritable vénération pour votre père...

— C'est mal ?

— Pas du tout... En même temps, vous le considérez comme un homme sans défense...

— Que voulez-vous insinuer ?

— Rien de mauvais, Gus... Votre père, sauf en affaires peut-être, est enclin à ne pas combattre... Il considère que tout ce qui lui arrive ne peut arriver que par sa faute...

— C'est un homme intelligent et scrupuleux...

— Antoinette aussi, à sa façon, était sans défense... En somme, vous étiez deux, elle et vous, à veiller sur votre père... C'est pourquoi il était né entre vous une certaine complicité...

— Nous n'avons jamais parlé de rien...

— Je le crois volontiers... Vous n'en sentiez pas moins que vous étiez du même côté... C'est pourquoi, sans avoir rien à lui dire, vous ne manquiez jamais d'aller prendre contact avec elle...

— Où voulez-vous en venir ?

Pour la première fois, le jeune homme, qui tripotait un fil de cuivre, détournait la tête.

— J'y suis arrivé. C'est vous, Gus, qui m'avez envoyé les billets et c'est vous qui, hier, avez téléphoné à la P.J...

Maigret ne le voyait plus que de dos. Il y eut une longue attente. Enfin, le garçon lui fit face, le visage brouillé.

— C'est moi, oui... Vous finiriez quand même par le découvrir, n'est-ce pas ?...

Il ne regardait plus Maigret avec la même méfiance. Le commissaire, au contraire, venait de remonter dans son estime.

— Comment en êtes-vous arrivé à me soupçonner ?

— Les billets ne pouvaient avoir été écrits que par l'assassin ou par quelqu'un qui cherchait à protéger indirectement votre père...

— Cela aurait pu être Antoinette...

Il préféra ne pas lui répondre que la jeune fille n'avait plus son âge et qu'elle ne se serait pas servie d'un procédé aussi compliqué ou aussi enfantin.

— Je vous ai déçu, Gus ?

— Je pensais que vous vous y prendriez autrement...

— Comment, par exemple ?

— Je l'ignore... J'ai lu le récit de vos enquêtes... A mes yeux, vous étiez l'homme capable de tout comprendre...

— Et maintenant ?

Il haussa les épaules.

— Je n'ai plus d'opinion...

— Qui auriez-vous voulu que j'arrête ?...

— Je ne voulais pas que vous arrêtiez quelqu'un...

— Alors ?... Qu'est-ce que je devais faire ?...

— Ce n'est pas moi, mais vous qui dirigez la Brigade criminelle...

— Un crime, hier, ce matin à neuf heures encore, avait-il été commis ?

— Bien sûr que non...

— Vous vouliez protéger votre père de quoi ?

Il y eut un nouveau silence.

— Je sentais qu'il courait un danger...

— Quel danger ?

Maigret était persuadé que Gus comprenait le sens de sa question. Le garçon avait voulu protéger son père. Contre qui ? Cela ne pouvait-il pas être aussi bien le protéger contre lui-même ?

— Je ne veux plus répondre.

— Pourquoi ?

— Parce que !

Il ajouta, bien décidé :

— Emmenez-moi Quai des Orfèvres, si vous voulez... Posez-moi les mêmes questions pendant des heures... A vos yeux, je ne suis peut-être qu'un gosse, mais je vous jure que je ne dirai plus rien...

— Je ne vous demande plus rien... Il est l'heure d'aller à table, Gus...

— Peu importe, aujourd'hui, si j'arrive en retard au lycée...

— Où est la chambre de votre sœur ?

— Deux portes plus loin, dans le même couloir...

— Sans rancune ?

— Vous faites votre métier...

Et le garçon referma sa porte violemment. Maigret, un peu plus tard, frappait à celle de Bambi, derrière laquelle il entendait un bruit d'aspirateur. Ce fut une jeune fille en uniforme, aux cheveux très clairs et très flous, qui lui ouvrit.

— C'est moi que vous cherchez ?

— Vous vous appelez Lise ?

— Oui... Je suis la femme de chambre... Vous m'avez déjà croisée dans les couloirs...

— Où est mademoiselle ?

— Peut-être dans la salle à manger ?... Peut-être chez son père ou chez sa mère ?... C'est dans l'autre aile...

— Je sais... Je suis allé hier chez Mme Parendon...

Une porte ouverte lui laissa voir une salle à manger aux murs couverts de boiseries de bas en haut. Le couvert était mis pour deux sur une table à laquelle on aurait pu asseoir vingt personnes. Tout à l'heure, Bambi et son frère seraient ici, séparés par une vaste étendue de nappe, avec un Ferdinand compassé, ganté de fil blanc, pour les servir.

Au passage, il entrouvrit la porte du cabinet de l'avocat. Celui-ci était assis dans le même fauteuil que le matin. Sur une table pliante, on voyait une bouteille de vin, un verre, quelques sandwiches. Parendon ne bougea pas. Peut-être n'avait-il rien entendu ? Le soleil faisait une tache sur son crâne qui, vu ainsi, paraissait chauve.

Le commissaire referma, retrouva le couloir qu'il avait suivi la veille, la porte du boudoir. A travers celle-ci, il entendit une voix véhémente, tragique, qu'il ne connaissait pas.

Les mots ne parvenaient pas jusqu'à lui, mais on sentait une passion déchaînée.

Il frappa très fort. La voix se tut soudain et, un instant plus tard, la porte s'ouvrait, une jeune fille se dressait devant lui, encore haletante, les yeux brillants, la respiration oppressée.

— Que voulez-vous ?

Derrière elle, Mme Parendon, toujours en déshabillé bleu, s'était tournée, debout, vers la fenêtre, lui cachant ainsi son visage.

— Je suis le commissaire Maigret...

— Je m'en doute... Et après ?... Nous n'avons plus le droit d'être chez nous ?...

Sans être belle, elle avait un visage agréable, un corps bien proportionné. Elle portait un tailleur simple et, contre la mode, ses cheveux étaient maintenus par un ruban.

— J'aurais aimé, mademoiselle, avant que vous alliez déjeuner, avoir un court entretien avec vous...

— Ici ?

Il hésita. Il avait vu frémir les épaules de la mère.

— Pas nécessairement... Où vous voudrez...

Bambi sortit de la pièce, sans un regard derrière elle, ferma la porte, prononça :

— Où voulez-vous que nous allions ?

— Chez vous ? suggéra-t-il.

— Lise est occupée à faire ma chambre...

— Dans un des bureaux ?

— Cela m'est égal...

Son hostilité ne s'adressait pas particulièrement à Maigret. C'était plutôt un état d'âme. Maintenant que son violent discours avait été interrompu, ses nerfs la lâchaient et elle le suivait avec lassitude.

— Pas chez... commença-t-elle.

Pas chez Mlle Vague, bien entendu. Ils entrèrent dans le bureau de Tortu et de Julien Baud qui étaient allés déjeuner.

— Vous avez vu votre père ?... Asseyez-vous...

— Je préférerais ne pas m'asseoir...

Elle restait trop vibrante pour s'immobiliser sur une chaise.

— Comme vous voudrez...

Il ne s'assit pas non plus mais s'appuya au bureau de Tortu.

— Je vous ai demandé si vous aviez vu votre père ?

— Pas depuis que je suis rentrée, non...

— Quand êtes-vous rentrée ?

— A midi et quart...

— Qui vous a mise au courant ?

— Le concierge...

Lamure semblait les avoir guettés tous les deux, Gus et sa sœur, afin d'être le premier à leur apprendre la nouvelle.

— Ensuite ?

— Ensuite quoi ?

— Qu'avez-vous fait ?

— Ferdinand a voulu me parler ; je ne l'ai pas écouté et je suis allée droit chez moi...

— Vous y avez trouvé Lise ?

— Oui. Elle nettoyait la salle de bains. A cause de ce qui s'est passé, tout est en retard.

— Vous avez pleuré ?

— Non.

— L'idée ne vous est pas venue de prendre contact avec votre père ?

— Peut-être... Je ne me souviens pas... Je n'y suis pas allée...

— Vous êtes restée longtemps dans votre chambre ?

— Je n'ai pas regardé l'heure... Cinq minutes, ou un peu plus...

— A quoi faire ?

Elle le regarda, hésitante. Cela paraissait être une habitude dans la maison. Chacun, avant de parler, avait tendance à peser ses paroles.

— A me regarder dans la glace...

C'était un défi. Ce trait-là aussi se retrouvait chez d'autres personnes de la famille.

— Pourquoi ?

— Vous voulez que je sois franche, n'est-ce pas ?... Eh bien ! je le serai... Je cherchais à savoir à qui je ressemble...

— A votre père ou à votre mère ?

— Oui.

— Quelle a été votre conclusion ?

Elle se durcit pour lui lancer rageusement :

— A ma mère !

— Vous détestez votre mère, mademoiselle Parendon ?

— Je ne la déteste pas. Je voudrais l'aider. J'ai souvent essayé.

— L'aider à quoi ?

— Vous croyez que cela peut nous mener quelque part ?

— De quoi parlez-vous ?

— De vos questions... De mes réponses...

— Cela pourrait m'aider à comprendre...

— Vous passez quelques heures, ici et là, dans une famille, et vous prétendez arriver à comprendre ? Ne croyez pas que je vous sois hostile. Je sais que, depuis lundi, vous rôdez dans la maison...

— Vous savez aussi qui m'a envoyé les lettres ?

— Oui.

— Comment l'avez-vous appris ?

— Je l'ai surpris coupant les feuilles de papier...

— Gus vous a dit à quoi il les destinait ?

— Non... C'est après, quand on en a parlé dans la maison, que j'ai compris...

— Qui vous en a parlé ?

— Je ne sais plus... Peut-être Julien Baud... Je l'aime bien... Il a l'air d'un hurluberlu, mais c'est un chic garçon...

— Un détail m'intrigue... C'est vous, n'est-ce pas, qui avez choisi le surnom de Bambi et qui avez appelé votre frère Gus ?

Elle le regarda avec un léger sourire.

— Cela vous étonne ?

— Par protestation ?

— Vous devinez juste. Par protestation contre cette grande baraque solennelle, contre la façon dont nous vivons, contre les gens qui nous fréquentent... J'aurais préféré naître dans une famille modeste, avoir à lutter pour faire mon chemin dans la vie...

— Vous luttez à votre façon...

— L'archéologie, vous savez... Je ne voulais pas d'une carrière où j'aurais pris la place de quelqu'un...

— C'est surtout votre mère qui vous irrite, n'est-ce pas ?

— J'aimerais tellement mieux ne pas parler d'elle...

— C'est hélas elle qui importe en ce moment, non ?

— Peut-être... Je ne sais pas...

Elle l'observa à la dérobée.

— Vous la croyez coupable, insista Maigret.

— Qu'est-ce qui vous le fait penser ?

— Lorsque je suis allé au boudoir, je vous ai entendue parler avec emportement...

— Cela ne signifie pas que je la crois coupable... Je n'aime pas la façon dont elle se comporte... Je n'aime pas la vie qu'elle mène, qu'elle nous fait mener... Je n'aime pas...

Elle se contrôlait moins bien que son frère, bien qu'elle fût plus calme en apparence.

— Vous lui reprochez de ne pas rendre votre père heureux ?

— On ne peut pas rendre les gens heureux malgré eux... Quant à les rendre malheureux...

— Vous aimiez bien Mlle Vague, comme vous aimez bien Julien Baud ?

Elle n'hésita pas une seconde à lancer :

— Non !

— Pourquoi ?

— Parce que c'était une petite intrigante qui faisait croire à mon père qu'elle l'aimait...

— Vous les avez entendus parler d'amour ?

— Évidemment pas. Elle n'allait pas roucouler devant moi. Il suffisait de la voir quand elle se trouvait devant lui. Je n'ignore rien de ce qui se passait une fois la porte fermée.

— C'est au nom de la morale que...

— Je me moque de la morale... Et d'abord, quelle morale ?... Celle de quel milieu ?... Vous croyez que la morale de ce quartier est la même que celle d'une petite ville de province ou que celle du XXe arrondissement ?...

— A votre avis, elle a fait souffrir votre père ?

— Peut-être l'a-t-elle isolé davantage...

— Voulez-vous dire qu'elle l'a éloigné de vous ?

— Ce sont des questions auxquelles je n'ai pas réfléchi, auxquelles personne ne réfléchit... Mettons que, si elle n'avait pas été là, il y aurait peut-être eu des chances...

— De quoi ? D'un raccommodement ?

— Il n'y avait rien à raccommoder... Mes parents ne se sont jamais aimés et je ne crois pas à l'amour non plus... Il existe pourtant une possibilité de vivre en paix, dans une certaine harmonie...

— C'est ce que vous avez essayé d'obtenir ?

— J'ai essayé de calmer la frénésie de ma mère, d'atténuer ses incohérences...

— Votre père ne vous a pas aidée ?

Ses idées n'étaient pas du tout celles de son frère et pourtant, sur un petit nombre de points, elles les rejoignaient.

— Mon père avait renoncé.

— A cause de sa secrétaire ?

— Je préfère ne pas répondre, ne plus parler... Mettez-vous à ma place... Je rentre de la Sorbonne et je trouve...

— Vous avez raison... Ce que j'en fais, croyez-le, c'est pour qu'il y ait le moins de mal... Imaginez une enquête qui traînerait pendant des semaines, l'incertitude, les convocations à la P.J., puis dans le cabinet du juge d'instruction...

— Je n'y avais pas pensé... Qu'allez-vous faire ?

— Je n'ai encore rien décidé...

— Vous avez déjeuné ?

— Non. Vous non plus, et votre frère doit vous attendre dans la salle à manger.

— Mon père ne déjeune pas avec nous ?

— Il préfère rester seul dans son bureau...

— Vous ne déjeunez pas, vous ?

— Je n'ai pas faim pour le moment, mais je vous avoue que je meurs de soif...

— Qu'est-ce que vous aimeriez boire ? De la bière ? Du vin ?

— N'importe quoi, pourvu que le verre soit grand...

Elle ne put s'empêcher de sourire.

— Attendez-moi un instant...

Il avait compris son sourire. Elle ne le voyait pas allant boire à la cuisine ou à l'office, comme un livreur. Elle ne l'imaginait pas non plus venant s'asseoir avec Gus et elle dans la salle à manger pendant qu'ils déjeunaient en silence.

Quand elle revint, elle ne s'était pas encombrée d'un plateau. D'une main, elle tenait une bouteille de saint-émilion vieux de six ans, de l'autre, un verre en cristal taillé.

— Ne m'en veuillez pas si je vous ai répondu avec brusquerie, ni si je ne vous suis pas très utile...

— Vous m'êtes tous très utiles... Allez vite manger, mademoiselle Bambi...

C'était une drôle de sensation de se trouver là, à un bout de l'appartement, dans le bureau de Tortu et du jeune Suisse, seul avec une bouteille et un verre. Parce qu'il avait parlé d'un grand verre, elle avait choisi un verre à eau et il n'eut pas honte de le remplir.

Il avait vraiment soif. Il voulait se donner un coup de fouet aussi, car il venait de passer une des matinées les plus épuisantes de sa carrière. Or, il était sûr que Mme Parendon l'attendait. Elle n'ignorait pas qu'il avait interrogé toute la maisonnée, sauf elle, et elle se morfondait en se demandant quand il viendrait enfin.

S'était-elle fait apporter au boudoir de quoi manger, comme son mari l'avait fait de son côté ?

Debout devant la fenêtre, il buvait son vin à petites gorgées en regardant vaguement la cour qu'il voyait pour la première fois vide de voitures, avec seulement un chat roux qui s'étirait dans une tache de soleil. Comme Lamure lui avait dit qu'il n'y avait pas un seul animal dans la maison, en dehors d'un perroquet, cela devait être un chat du voisinage qui avait cherché un endroit paisible.

Il hésita à se servir un second verre, s'en versa la moitié et prit, avant de le boire, le temps de bourrer une pipe.

Après quoi il poussa un soupir et se dirigea vers le boudoir, par les couloirs qu'il connaissait.

Il n'eut pas besoin de frapper. Malgré la moquette, on avait entendu ses pas et la porte s'ouvrit dès qu'il en approcha. Mme Parendon, toujours en négligé de soie bleue, avait eu le temps de se maquiller, de se coiffer, et son visage avait à peu près le même aspect que la veille.

En plus tendu ou en plus las ? Il aurait eu de la peine à le dire. Il sentait une différence, comme une cassure, mais il était incapable de la déterminer.

— Je vous attendais...

— Je sais. Vous voyez que je suis venu...

— Pourquoi avez-vous tenu à voir tout le monde avant moi ?

— Et si c'était pour vous donner le temps de réfléchir ?...

— Je n'ai pas besoin de réfléchir... Réfléchir à quoi ?...

— A ce qui s'est passé... A ce qui va fatalement se passer...

— De quoi parlez-vous ?

— Lorsqu'un meurtre a été commis, il est suivi, tôt ou tard, d'une arrestation, d'une instruction judiciaire, d'un procès...

— En quoi cela me concerne-t-il ?

— Vous détestiez Antoinette, n'est-ce pas ?

— Vous aussi, vous l'appelez par son prénom ?

— Qui d'autre le fait ici ?

— Gus, par exemple... Mon mari, je ne sais pas... Il doit être capable de faire l'amour en disant cérémonieusement mademoiselle...

— Elle est morte...

— Et après ? Est-ce parce qu'une personne est morte qu'on doit la parer de toutes les qualités ?

— Qu'avez-vous fait, la nuit dernière, lorsque votre sœur vous a quittée après vous avoir ramenée du *Crillon* ?

Elle fronça les sourcils, se souvint, ricana :

— J'avais oublié que vous avez truffé la maison de policiers... Bien... Figurez-vous que j'avais mal à la tête, que j'ai pris un comprimé d'aspirine et que j'ai essayé de lire en attendant qu'il produise son effet... Tenez, le livre est encore là et vous trouverez un signet à la page dix ou douze... Je ne suis pas allée bien loin...

» Je me suis couchée et j'ai essayé en vain de dormir... Cela m'arrive fréquemment et mon médecin est au courant...

— Le docteur Martin ?

— Le docteur Martin est le médecin de mon mari et des enfants... Mon médecin à moi est le docteur Pommeroy, qui habite boulevard Haussmann... Je ne suis pas malade, Dieu merci !...

Elle prononçait ces mots avec énergie, les lançait comme un défi.

— Je ne suis aucun traitement, aucun régime...

Il croyait entendre, en coulisse :

— Ce n'est pas comme mon mari...

Elle ne le disait pas, continuait :

— La seule chose dont j'aie à me plaindre est le manque de sommeil... Il m'arrive, à trois heures du matin, de n'être pas endormie... C'est à la fois épuisant et douloureux...

— Cela a été le cas la nuit dernière ?

— Oui...

— Vous étiez tracassée ?

— Par votre visite ? répliqua-t-elle du tac au tac.

— Cela aurait pu être par les lettres anonymes, par l'atmosphère qu'elles ont créée...

— Voilà des années que je ne dors pas et il n'était pas question de lettres anonymes... Toujours est-il que j'ai fini par me relever et par prendre un barbiturique que le docteur Pommeroy m'a ordonné... Si vous voulez voir la boîte...

— Pour quelle raison la verrais-je ?

— Je l'ignore... A en juger par les questions que vous m'avez posées hier, je peux m'attendre à tout... Malgré le somnifère, j'ai encore mis une bonne demi-heure à m'endormir et, quand je me suis éveillée, j'ai été stupéfaite de voir qu'il était onze heures et demie...

— Il me semblait que cela vous arrivait souvent de vous lever tard...

— Pas aussi tard... J'ai sonné Lise... Elle m'a apporté le plateau avec le thé et les toasts... Ce n'est que quand elle a ouvert les rideaux que j'ai constaté qu'elle avait les yeux rouges...

» Je lui ai demandé pourquoi elle avait pleuré... Elle m'a dit en sanglotant à nouveau qu'un malheur était arrivé dans la maison et j'ai d'abord pensé à mon mari...

— Vous avez pensé qu'il lui était arrivé quoi ?

— Vous croyez que cet homme est solide ? Vous ne pensez pas que son cœur peut flancher à tout moment, comme le reste ?

Il ne releva pas le « comme le reste », qu'il réserva pour plus tard.

— Elle a fini par m'apprendre que Mlle Vague avait été tuée et que la maison était pleine de policiers...

— Quelle a été votre première réaction ?

— J'ai été si stupéfaite que j'ai commencé par boire mon thé... Puis je me suis précipitée vers le bureau de mon mari... Qu'est-ce qu'on va en faire ?...

Il joua l'incompréhension.

— De qui ?

— De mon mari... Vous n'allez pas le jeter en prison ? Avec sa santé...

— Pourquoi mettrais-je votre mari en prison ?... D'abord, ce n'est pas de mon ressort, mais de celui du juge d'instruction... Ensuite, je ne vois aucune raison, à l'heure qu'il est, d'arrêter votre mari...

— Alors, qui soupçonnez-vous ?

Il ne répondit pas. Il marchait lentement sur le tapis bleu à ramages jaunes tandis qu'elle avait pris place, comme la veille, dans la bergère.

— Pourquoi, madame Parendon, questionna-t-il en détachant les syllabes, votre mari aurait-il tué sa secrétaire ?...

— Il y a besoin d'une raison ?...

— D'habitude, on n'assassine pas sans motif.

— Certaines gens peuvent se fabriquer un motif imaginaire, ne croyez-vous pas ?...

— Lequel, dans le cas présent ?...

— Si elle était enceinte, par exemple ?...

— Vous avez des raisons de croire qu'elle était enceinte ?

— Aucune...

— Votre mari est catholique ?

— Non...

— A supposer qu'elle ait été enceinte, il est fort possible qu'il s'en soit réjoui...

— Sa vie en aurait été compliquée...

— Vous oubliez que nous n'en sommes plus au temps où les filles mères étaient montrées du doigt... Les années passent, madame Parendon... Beaucoup de gens n'hésitent pas non plus à s'assurer d'un gynécologue aux idées larges...

— Je n'ai parlé de ça que comme d'un exemple...

— Cherchez une autre raison.

— Elle aurait pu le faire chanter...

— A cause de quoi ? Les affaires que traite votre mari sont-elles louches ?... Le croyez-vous capable d'irrégularités graves qui pourraient entacher son honneur d'avocat ?...

Elle se résigna, la bouche sèche, à prononcer :

— Certainement pas.

Elle alluma une cigarette.

— Ces filles finissent toujours par essayer de se faire épouser...

— Votre mari vous a-t-il parlé de divorce ?

— Pas jusqu'à présent.

— Que feriez-vous en pareil cas ?

— Je serais obligée de me résigner et de ne plus veiller sur lui...

— Vous possédez, je crois, une fortune personnelle ?

— Plus importante que la sienne... Nous sommes chez moi... Je suis propriétaire de l'immeuble...

— Par conséquent, je ne vois aucune raison de chantage...

— Peut-être se lasse-t-on d'un faux amour ?

— Pourquoi faux ?...

— Par l'âge, par les antécédents, par le genre de vie, par tout...
— Votre amour est plus vrai ?
— Je lui ai donné deux enfants...
— Voulez-vous dire que vous les avez apportés dans votre corbeille de noces ?...
— Vous m'insultez ?
Elle le regardait de nouveau avec rage tandis qu'au contraire il exagérait sa placidité.
— Je n'en ai aucune intention, madame, mais, d'habitude, les enfants se font à deux... Dites donc plus simplement que votre mari et vous avez eu deux enfants...
— Où voulez-vous en venir ?
— A ce que vous me disiez simplement, sincèrement, ce que vous avez fait ce matin.
— Je vous l'ai dit.
— Ni simplement, ni sincèrement. Vous m'avez raconté une longue histoire d'insomnie, pour effacer ensuite toute la matinée...
— Je dormais...
— J'aimerais en être sûr... Il est probable que je le saurai dans un laps de temps assez court... Mes inspecteurs ont noté l'emploi du temps et les allées et venues de chacun entre neuf heures et quart et dix heures... Je n'ignore pas qu'on peut se rendre dans les bureaux de diverses façons...
— Vous m'accusez de mentir ?
— En tout cas, de ne pas me dire toute la vérité.
— Vous croyez mon mari innocent ?...
— Je ne crois personne innocent, a priori, comme je ne crois personne coupable...
— Pourtant, à la façon de m'interroger...
— Que vous reprochait votre fille, lorsque je suis venu la chercher ?
— Elle ne vous l'a pas dit ?
— Je ne le lui ai pas demandé.
Elle ricana une fois de plus. C'était un pli amer des lèvres, d'une ironie qu'elle voulait cruelle, méprisante.
— Elle a plus de chance que moi...
— Je vous ai demandé ce qu'elle vous reprochait...
— De ne pas être auprès de son père dans un moment comme celui-ci, puisque vous tenez à le savoir.
— Elle pense que son père est coupable ?
— Et si elle le pensait ?
— Gus aussi, sans doute ?
— Gus est encore à l'âge où le père est une sorte de Dieu, la mère une mégère...
— Tout à l'heure, quand vous avez surgi dans le bureau de votre mari, vous saviez que vous m'y trouveriez avec lui...

— Vous n'êtes pas nécessairement partout, monsieur Maigret, et je pouvais espérer voir mon mari seul...

— Vous lui avez posé une question...

— Toute simple, toute naturelle, la question que n'importe quelle épouse aurait posée à ma place dans la circonstance... Vous avez vu sa réaction... La considérez-vous comme normale ?... Direz-vous que c'est un homme normal qui s'est mis à trépigner en bégayant des injures ?...

Elle sentait qu'elle venait de marquer un point et elle allumait une autre cigarette après avoir écrasé la première dans un cendrier de marbre bleu.

— J'attends vos autres questions, s'il vous en reste à me poser...

— Vous avez déjeuné ?

— Ne vous inquiétez pas de ça... Si vous avez faim...

Son visage était capable de changer d'une minute à l'autre, son comportement aussi. Elle redevenait très femme du monde. Légèrement renversée en arrière, les yeux mi-clos, elle le narguait.

7

Depuis le début de son entretien avec Mme Parendon, Maigret se dominait. Et, petit à petit, c'était la tristesse qui l'emportait sur l'agacement. Il se sentait lourd, maladroit, se rendait compte de tout ce qui lui manquait de connaissances pour mener à bien un tel interrogatoire.

Il finit par s'asseoir dans un de ces fauteuils trop fragiles pour lui, sa pipe éteinte à la main, et il prononça d'une voix calme, mais sourde :

— Écoutez-moi, madame. Contrairement à ce que vous pouvez penser, je ne vous suis pas hostile. Je ne suis qu'un fonctionnaire dont le métier est de chercher la vérité par les moyens à sa disposition.

» Je vais vous poser à nouveau la question que je vous ai posée tout à l'heure. Je vous demande de réfléchir avant de répondre, de peser le pour et le contre. Je vous avertis que si, par la suite, il est prouvé que vous m'avez menti, j'en tirerai mes conclusions et que je demanderai au juge d'instruction un mandat d'amener.

Il l'observait, surtout ses mains qui trahissaient sa tension intérieure.

— Depuis neuf heures, ce matin, êtes-vous sortie de votre chambre et de votre boudoir et vous êtes-vous dirigée, pour quelque raison que ce soit, vers les bureaux ?

Elle ne cilla pas, ne détourna pas les yeux. Comme il l'avait demandé, elle prenait son temps, mais il était clair qu'elle ne réfléchissait pas, que sa position était fixée une fois pour toutes. Elle laissa tomber enfin :

— Non.

— Vous ne vous êtes pas montrée dans les couloirs ?

— Non.

— Vous n'avez pas traversé le salon ?

— Non.

— Vous n'êtes pas entrée, même sans préméditation, dans le bureau de Mlle Vague ?

— Non. J'ajoute que je considère ces questions comme injurieuses.

— C'est mon devoir de les poser.

— Vous oubliez que mon père vit encore...

— C'est une menace ?

— Je vous rappelle simplement que vous n'êtes pas dans votre bureau du Quai des Orfèvres...

— Vous préférez que je vous y conduise ?

— Je vous en défie...

Il préféra ne pas la prendre au mot. A Meung-sur-Loire, il lui arrivait de pêcher à la ligne et il avait sorti une fois de l'eau une anguille qu'il avait eu toutes les peines du monde à décrocher de l'hameçon. Sans cesse, elle lui glissait entre les doigts et elle avait fini par tomber dans l'herbe de la berge d'où elle avait rejoint l'eau du fleuve.

Il n'était pas ici pour son plaisir. Il ne pêchait pas à la ligne.

— Vous niez donc avoir tué Mlle Vague ?

Les mêmes mots, sans cesse, le même regard d'homme qui essaye désespérément de comprendre un autre être humain.

— Vous le savez bien.

— Qu'est-ce que je sais ?

— Que c'est mon pauvre mari qui l'a tuée...

— Pour quelle raison ?

— Je vous l'ai dit... Au point où il en est, on n'a pas besoin de raison précise...

» Je vais vous confier une chose que je suis seule avec lui à connaître, parce qu'il me l'a confiée avant notre mariage... Ce mariage, il en avait peur... Il le remettait sans cesse... J'ignorais alors que, pendant ce temps, il consultait différents médecins...

» Savez-vous qu'à l'âge de dix-sept ans il a tenté de se suicider, par crainte de ne pas être un homme normal ?... Il s'est ouvert les veines du poignet... Quand le sang a jailli, il a été pris de panique et a appelé à l'aide en prétendant un accident...

» Vous savez ce que signifie cette tendance au suicide ?...

Maigret regrettait de n'avoir pas apporté la bouteille de vin avec lui. Tortu et le jeune Julien Baud devaient avoir été surpris de la trouver dans leur bureau en rentrant et sans doute l'avaient-ils déjà vidée.

— Il avait des scrupules... Il craignait que nos enfants ne soient pas normaux... Quand Bambi a commencé à grandir, à parler, il l'observait avec inquiétude...

C'était peut-être vrai. Il y avait certainement du vrai dans ce qu'elle disait, mais il conservait l'impression d'une sorte de décalage, de fêlure, entre les mots, les phrases, et la réalité.

— Il est poursuivi par la peur de la maladie et de la mort, le docteur Martin en sait quelque chose...

— J'ai vu le docteur Martin ce matin.

Elle sembla marquer le coup, retrouva vite son assurance.

— Il ne vous en a pas parlé ?

— Non... Et il n'a pas pensé un instant que votre mari pouvait être le meurtrier...

— Vous oubliez le secret professionnel, commissaire...

Il commençait à apercevoir une lueur, mais elle restait vague, lointaine.

— J'ai eu aussi son frère au bout du fil... Il se trouve à Nice, où il participe à un congrès...

— C'était après ce qui s'est passé ?

— Avant.

— Il n'a pas été impressionné ?

— Il ne m'a pas conseillé de surveiller votre mari...

— Pourtant, il doit savoir...

Elle allumait encore une cigarette. Elle les fumait à la chaîne, en aspirant profondément.

— Vous n'avez jamais rencontré de gens qui ont perdu le contact avec la vie, avec la réalité, qui se retournent en quelque sorte sur eux-mêmes comme on retourne un gant ?...

» Questionnez nos amis, nos amies... Demandez-leur si mon mari s'intéresse encore aux êtres humains... Il lui arrive, parce que j'insiste, de dîner avec quelques personnes, mais c'est à peine s'il s'aperçoit de leur présence et s'il leur adresse quelques mots...

» Il n'écoute pas, reste comme enfermé...

— Est-ce lui qui choisit les amis et les amies dont vous parlez ?

— Ce sont les gens que, dans notre situation, nous nous devons de rencontrer, des gens normaux, qui mènent une existence normale...

Il ne lui demanda pas ce qu'elle considérait comme une existence normale, préférant la laisser parler. Son monologue devenait de plus en plus instructif.

— Croyez-vous que, l'été dernier, il se soit seulement montré sur la plage ou à la piscine ?... Il passait son temps dans le jardin, sous un arbre... Ce que, jeune fille, je prenais pour de la distraction, quand soudain il cessait de m'écouter, est une véritable impuissance à vivre avec les autres...

» Voilà pourquoi il s'est cloîtré dans son bureau, pourquoi il en sort à peine et nous regarde alors avec des yeux de hibou surpris par la lumière...

» Vous avez cherché trop vite à juger, monsieur Maigret...

— J'ai une autre question à vous poser...

Il était sûr d'avance de la réponse.

— Avez-vous, depuis hier au soir, touché à votre revolver ?

— Pourquoi y aurais-je touché ?

— Ce n'est pas une question que j'attends de vous, mais une réponse...

— La réponse est non.

— Depuis combien de temps ne l'avez-vous plus manié ?

— Des mois... Il y a une éternité que je n'ai pas mis ce tiroir en ordre...

— Vous y avez touché hier, pour me le montrer...

— J'avais oublié...

— Mais, comme je l'ai pris en main, mes empreintes digitales ont pu se superposer aux autres...

— C'est tout ce que vous trouvez ?

Elle le regardait comme si elle était déçue de découvrir un Maigret aussi pataud, aussi maladroit.

— Vous venez de me parler avec complaisance de l'isolement de votre mari et de son absence de contact avec la réalité. Or, hier encore, il traitait, dans son bureau, une affaire extrêmement importante avec des hommes qui, eux, ont les deux pieds sur terre...

— Pourquoi croyez-vous qu'il ait choisi le droit maritime ?... Il n'a jamais mis les pieds sur un bateau de sa vie... Il n'a aucun contact avec les marins... Tout se passe sur le papier... Tout est abstrait, ne comprenez-vous pas ?... C'est encore une preuve de ce que je vous répète, de ce que vous vous refusez à envisager...

Elle se levait, se mettait à marcher dans la pièce comme quelqu'un qui réfléchit.

— Même sa marotte, le fameux article 64... N'est-ce pas une preuve qu'il a peur, peur de lui, et qu'il cherche à se rassurer ?... Il sait que vous êtes ici, que vous me questionnez... Dans cette maison, personne n'ignore les allées et venues des uns et des autres... Savez-vous à quoi il pense ?... Il souhaite que je m'impatiente, que je me montre nerveuse, que je me mette en colère, afin que je devienne suspecte à sa place...

» Moi en prison, il serait libre...

— Un instant. Je ne comprends pas. De quelle liberté nouvelle jouirait-il ?

— De toute sa liberté...

— Pour en faire quoi, à présent que Mlle Vague est morte ?

— Il existe d'autres Mlle Vague...

— Vous prétendez donc, maintenant, que votre mari profiterait de votre absence de la maison pour avoir des maîtresses ?

— Pourquoi pas ? C'est encore une façon de se rassurer...

— En les tuant l'une après l'autre ?

— Il ne tuerait pas nécessairement les autres...

— Il me semblait qu'il était incapable de contacts humains...

— Avec des gens normaux, des gens de notre monde...

— Parce que les gens qui ne sont pas de votre monde ne sont pas normaux ?

— Vous savez très bien ce que j'ai voulu dire... Ma phrase signifie qu'il n'est pas normal qu'il les fréquente...

— Pourquoi ?

On frappait à la porte, celle-ci s'ouvrait, découvrant Ferdinand en veste blanche.

— Un de ces messieurs voudrait vous parler, monsieur Maigret...

— Où est-il ?

— Ici, dans le couloir... Il m'a dit que c'est extrêmement urgent et je me suis permis de l'amener...

Le commissaire entrevit la silhouette de Lucas dans la pénombre du corridor.

— Vous permettez un instant, madame Parendon ?

Il ferma la porte derrière lui cependant que Ferdinand s'éloignait et que la femme de l'avocat restait seule dans son appartement.

— Qu'est-ce que c'est, Lucas ?

— Elle a traversé deux fois le salon ce matin.

— Tu en es sûr ?

— D'ici, vous ne pouvez pas voir, mais, du salon, on voit très bien... A une des fenêtres de la rue du Cirque, il y a presque toute la journée un infirme...

— Très vieux ?

— Non... C'est un accidenté des jambes... Une cinquantaine d'années... Il s'intéresse à toutes les allées et venues de la maison et le lavage des voitures, surtout de la Rolls, le fascine... D'après sa réponse à des questions accessoires que je lui ai posées, on peut se fier à son témoignage... Il s'appelle Montagné... Sa fille est sage-femme...

— A quelle heure l'a-t-il vue pour la première fois ?

— Un peu après neuf heures et demie...

— Elle se dirigeait vers les bureaux ?

— Oui... Il est plus familier que nous avec la topographie des lieux... C'est ainsi qu'il est au courant des relations entre Parendon et sa secrétaire...

— Comment était-elle habillée ?

— En robe de chambre bleue...

— Et la seconde fois ?

— Moins de cinq minutes plus tard, elle a traversé le salon dans l'autre sens... Un détail l'a frappé... La femme de chambre se tenait au fond de ce salon, à prendre les poussières, et elle ne l'a pas vue...

— Mme Parendon n'a pas vu sa femme de chambre ?

— Non.

— Tu as questionné Lise ?

— Ce matin, oui.

— Elle ne t'a pas parlé de cet incident ?

— Elle prétend qu'elle n'a rien vu...

— Merci, vieux...

— Qu'est-ce que je fais ?

— Vous m'attendez tous les deux. Pas de confirmation des dires du nommé Montagné ?...

— Seulement une petite bonne, au cinquième, qui croit avoir aperçu quelque chose de bleu à la même heure.

Maigret frappa à la porte du boudoir, entra au moment où Mme Parendon sortait de sa chambre. Il prit le temps de vider sa pipe, de la bourrer.

— Voudriez-vous avoir l'amabilité d'appeler votre femme de chambre ?

— Vous avez besoin de quelque chose ?

— Oui.

— Comme vous voudrez.

Elle pressa un bouton. Quelques instants s'écoulèrent en silence et Maigret, en regardant cette femme qu'il torturait, ne pouvait s'empêcher d'avoir la poitrine serrée.

Il se répétait mentalement les termes de l'article 64 dont il était tant question dans la maison depuis trois jours :

Il n'y a ni crime ni délit lorsque le prévenu était en état de démence au temps de l'action, ou lorsqu'il a été contraint par une force à laquelle il n'a pu résister.

Est-ce que l'homme que Mme Parendon venait de lui décrire, son mari, aurait pu, à un moment donné, agir dans un état de démence ?

Avait-elle lu, elle aussi, des ouvrages de psychiatrie ? Ou bien...

Lise entrait, peureuse.

— Vous m'avez appelée, madame ?

— C'est monsieur le commissaire qui désire vous parler.

— Fermez la porte, Lise... Ne craignez rien... Ce matin, lorsque vous avez répondu à mes inspecteurs, vous étiez sous le coup de l'émotion et vous n'avez certainement pas mesuré l'importance de leurs questions.

La pauvre fille regardait tour à tour le commissaire et sa patronne, qui s'était assise dans la bergère, jambes croisées, renversée en arrière, l'air indifférent comme si cela ne la concernait pas.

— Il est fort possible que vous ayez à témoigner en cour d'assises, où vous devrez prêter serment... On vous posera les mêmes questions... S'il est établi que vous mentez, vous encourrez alors une peine de prison...

— Je ne sais pas de quoi vous parlez...

— On a établi l'emploi du temps de tous les membres du personnel entre neuf heures et quart et dix heures... Un peu après neuf heures et demie, mettons à neuf heures trente-cinq, vous preniez les poussières dans le salon... Est-ce exact ?...

Encore un regard à Mme Parendon, qui évitait de la regarder, puis une voix faible :

— C'est vrai...

— A quelle heure êtes-vous entrée dans le salon ?

— Vers neuf heures et demie... Un peu après...

— Vous n'avez donc pas vu Mme Parendon se diriger vers les bureaux.

— Non...

— Mais, peu après votre arrivée, alors que vous vous teniez dans le fond de la pièce, vous l'avez vue passer en sens contraire, c'est-à-dire se dirigeant vers cet appartement...

— Qu'est-ce que je dois faire, madame ?

— Cela vous regarde, ma fille. Répondez à la question qu'on vous pose...

Des larmes coulaient sur les joues de Lise, qui avait roulé en boule le mouchoir pris dans la poche de son tablier.

— On vous a dit quelque chose ? demanda-t-elle naïvement à Maigret.

— Comme on vient de vous le recommander, répondez à la question...

— Cela servira à accuser madame ?

— Cela servira à confirmer un autre témoignage, celui d'une personne qui habite rue du Cirque et qui, de sa fenêtre, vous a vues toutes les deux...

— Alors, ce n'est pas la peine que je mente... C'est vrai... Pardon, madame...

Elle voulut se précipiter vers sa patronne, peut-être se jeter à ses genoux, mais Mme Parendon lui dit sèchement :

— Si le commissaire en a fini avec vous, vous pouvez disposer.

Elle sortit et, à la porte, éclata en sanglots.

— Qu'est-ce que cela prouve ? questionna la femme, à nouveau debout, une cigarette tremblante aux lèvres, les mains dans les poches de son négligé bleu.

— Que vous avez menti au moins une fois.

— Je suis ici chez moi et je n'ai pas à rendre compte de mes allées et venues...

— En cas de meurtre, si. Je vous avais avertie en vous posant la question…

— Ce qui signifie que vous allez m'arrêter ?

— Je vais vous demander de m'accompagner Quai des Orfèvres.

— Vous avez un mandat ?

— En blanc. Un mandat d'amener, où il me suffira d'écrire votre nom.

— Et ensuite ?

— Cela ne dépendra plus de moi.

— De qui ?

— Du juge d'instruction… Puis, sans doute, des médecins…

— Vous pensez que je suis folle ?

Il lisait de la panique dans ses yeux.

— Répondez-moi… Vous pensez que je suis folle ?

— Ce n'est pas à moi de répondre…

— Je ne le suis pas, vous entendez ?… Et, si même j'ai tué, ce que je continue à nier, ce n'est pas dans une crise de folie…

— Puis-je vous demander de me remettre votre revolver ?

— Prenez-le vous-même… Il est dans le tiroir du haut de ma coiffeuse…

Il entra dans la chambre, où tout était d'un rose pâle. Les deux pièces, l'une bleue, l'autre rose, faisaient penser à un tableau de Marie Laurencin.

Le lit était encore défait, un grand lit bas, de style Louis XVI. Les meubles étaient peints en gris pâle. Sur la coiffeuse, il aperçut des pots de crème, des flacons, tout l'assortiment des produits que les femmes utilisent pour lutter contre la marque du temps.

Il haussa les épaules. Cet étalage intime le rendait mélancolique. Il pensait à Gus, qui avait écrit la première lettre.

Est-ce que, sans son intervention, les choses se seraient passées de la même façon ?

Il prenait le revolver dans le tiroir où se trouvaient aussi des écrins à bijoux.

Il ne savait quelle réponse donner à la question. Peut-être Mme Parendon s'en serait-elle prise à son mari au lieu de s'en prendre à la jeune fille ? Peut-être aurait-elle attendu quelques jours de plus ? Peut-être se serait-elle servie d'une autre arme ?

Il fronça les sourcils en rentrant dans le boudoir où la femme, debout devant la fenêtre, lui tournait le dos. Il découvrait que ce dos commençait à se voûter. Les épaules lui paraissaient plus étroites, plus osseuses.

Il tenait l'arme à la main.

— Je veux jouer franc jeu avec vous… prononça-t-il. Je ne puis encore rien établir, mais je suis persuadé que ce revolver, quand vous avez traversé le salon, peu après neuf heures et demie, se trouvait dans la poche de votre robe de chambre…

» Je me demande même si ce n'était pas votre mari que vous aviez, à ce moment précis, l'intention de tuer... Le témoignage de l'infirme de la rue du Cirque permettra peut-être de le prouver... Sans doute vous êtes-vous approchée de la porte ? Vous avez entendu des voix, car votre mari était alors en conférence avec René Tortu...

» L'idée vous est venue alors de procéder à une sorte de substitution... N'était-ce pas atteindre votre mari aussi profondément, sinon plus profondément, en tuant Antoinette Vague qu'en le tuant lui-même ?... Sans compter que, du coup, vous le rendiez suspect...

» Dès hier, lors de notre entretien, vous avez préparé le terrain... Vous avez continué aujourd'hui...

» Sous prétexte d'aller chercher un timbre, du papier à lettres, que sais-je, vous êtes entrée dans le bureau de la secrétaire qui vous a saluée distraitement et s'est penchée à nouveau sur son travail...

» Vous avez aperçu le grattoir, qui rendait le revolver inutile, d'autant mieux que celui-ci risquait d'alerter quelqu'un...

Il se tut, alluma sa pipe comme à regret et resta là, à attendre, après avoir glissé le browning de nacre dans sa poche. Une éternité s'écoula. Les épaules de Mme Parendon ne bougeaient pas. Elle ne pleurait donc pas. Elle lui tournait toujours le dos et, quand elle lui fit enfin face, il découvrit un visage pâle, figé.

Personne, en la regardant, n'aurait pu se douter de ce qui s'était passé ce jour-là avenue Marigny et encore moins de ce qui venait de se passer dans tout le bleu du boudoir.

— Je ne suis pas folle, martela-t-elle.

Il ne répondit pas. A quoi bon ? Et d'ailleurs, qu'en savait-il ?

8

— Habillez-vous, madame, dit-il doucement. Vous pouvez aussi préparer une valise avec du linge de rechange, des objets personnels... Peut-être vaut-il mieux que vous appeliez Lise ?

— Pour être sûr que je ne me suiciderai pas ?... Il n'y a aucun danger, rassurez-vous, mais vous pouvez en effet pousser le bouton qui est à votre droite...

Il attendit l'arrivée de la femme de chambre.

— Vous allez aider Mme Parendon...

Puis il suivit lentement le couloir, la tête baissée vers la moquette. Il se trompa de chemin, prit un corridor pour un autre, aperçut Ferdinand et la grosse Mme Vauquin dans la cuisine à porte vitrée. Devant Ferdinand, il y avait la moitié à peu près d'un litre de rouge dont le valet de chambre venait de se servir un verre, assis à table, les coudes sur celle-ci, un journal devant les yeux.

Il entra.

Tous les deux sursautèrent et Ferdinand se mit debout d'une détente.

— Donnez-m'en un verre, voulez-vous ?

— J'ai rapporté l'autre bouteille du bureau...

A quoi bon ? Au point où il en était, un vieux saint-émilion ou du gros rouge...

Il n'osa pas dire qu'il aurait préféré le gros rouge.

Il but lentement, le regard dans le vide. Il ne protesta pas quand le valet de chambre remplit son verre une seconde fois.

— Où sont mes hommes ?

— Près du vestiaire... Ils n'ont pas voulu s'installer au salon...

Instinctivement, ils gardaient la sortie.

— Lucas, tu vas retourner dans le couloir où tu es venu tout à l'heure. Tu te tiendras devant la porte du boudoir où tu m'attendras.

Il alla retrouver Ferdinand.

— Le chauffeur est dans la maison ?

— Vous avez besoin de lui ? Je l'appelle tout de suite.

— Ce que je désire, c'est qu'il se trouve avec la voiture sous la voûte dans quelques minutes... Il y a des journalistes sur le trottoir ?

— Oui, monsieur.

— Des photographes ?

— Oui...

Il frappa à la porte du bureau de Parendon. Celui-ci était seul devant des papiers épars qu'il annotait au crayon rouge. Il aperçut Maigret, resta immobile à le regarder sans oser lui poser de question. Ses yeux bleus, derrière les verres épais, avaient une expression à la fois douce et d'une tristesse que Maigret avait rarement rencontrée.

Avait-il besoin de parler ? L'avocat avait compris. En attendant le commissaire, il s'était raccroché à ses papiers comme à une épave.

— Vous aurez l'occasion, je pense, d'étudier davantage l'article 64, monsieur Parendon...

— Elle a avoué ?

— Pas maintenant...

— Vous croyez qu'elle avouera ?

— Il viendra un moment, cette nuit, dans dix jours ou dans un mois, où elle craquera, et j'aime mieux ne pas être présent...

Le petit homme tira son mouchoir de sa poche et se mit à nettoyer les verres de ses lunettes comme si c'était une opération de première importance. Du coup, ses prunelles semblaient fondre, se diluer dans le blanc de la cornée. Il n'y avait que sa bouche à exprimer une émotion quasi enfantine.

— Vous l'emmenez ?

La voix était à peine audible.

— Pour éviter les commentaires des journalistes et pour que son départ revête une certaine dignité, elle prendra sa voiture. Je donnerai des instructions au chauffeur et nous arriverons ensemble à la P.J...

Parendon le regardait avec reconnaissance.

— Vous ne voulez pas la voir ? questionna Maigret tout en se doutant de la réponse.

— Pour lui dire quoi ?

— Je sais. Vous avez raison. Les enfants sont ici ?

— Gus est au lycée. J'ignore si Bambi est dans sa chambre ou si elle a un cours cet après-midi...

Maigret pensait à la fois à celle qui allait partir et à ceux qui restaient. Pour eux aussi, la vie, pendant un certain temps au moins, allait être difficile.

— Elle n'a pas parlé de moi ?

L'avocat posait la question timidement, presque craintivement.

— Elle m'a beaucoup parlé de vous...

Le commissaire comprenait à présent que ce n'était pas dans les livres que Mme Parendon avait trouvé les phrases qui semblaient accuser son mari. C'était en elle. Elle avait opéré une sorte de transfert, projetant sur lui ses propres troubles.

Il regarda la pendule, expliqua ce coup d'œil.

— Je lui donne le temps de s'habiller, de préparer sa valise... La femme de chambre est avec elle...

... lorsque le prévenu était en état de démence, ou lorsqu'il a été contraint par une force à laquelle...

Des hommes qu'il avait arrêtés parce que c'était son métier avaient été acquittés par les tribunaux, d'autres condamnés. Quelques-uns, dans les premiers temps de sa carrière surtout, avaient subi la peine capitale et deux d'entre eux lui avaient demandé d'être là au dernier moment.

Il avait commencé ses études de médecine. Il avait regretté de devoir y renoncer à cause des circonstances. S'il avait pu continuer, n'aurait-il pas choisi la psychiatrie ?

C'est lui qui aurait dû, alors, répondre à la question :

... lorsque le prévenu était en état de démence au temps de l'action, ou lorsqu'il a été contraint par...

Peut-être regrettait-il moins l'interruption de ses études. Il n'aurait pas à décider.

Parendon se levait, se dirigeait vers lui d'une démarche hésitante, maladroite, tendait sa petite main.

— Je...

Mais il ne pouvait pas parler. Ils se contentaient de se serrer la main en silence, en se regardant dans les yeux. Puis Maigret se dirigeait vers la porte qu'il refermait sans se retourner.

Il fut surpris de voir Lucas avec Torrence près de la sortie. Un regard de son collaborateur en direction du salon lui expliqua pourquoi Lucas avait quitté son poste dans le couloir.

Mme Parendon était là, vêtue d'un tailleur clair, chapeautée et gantée de blanc, debout au milieu de la vaste pièce. Derrière elle se tenait Lise, une valise à la main.

— Allez tous les deux dans la voiture et attendez-moi...

Il se faisait l'effet d'un maître de cérémonie et il savait qu'il détesterait désormais le moment qu'il était en train de vivre.

Il s'avançait vers Mme Parendon, s'inclinait légèrement, et c'était elle qui parlait, d'une voix naturelle, paisible.

— Je vous suis.

Lise les accompagna dans l'ascenseur. Le chauffeur se précipita pour ouvrir la portière, fut surpris que Maigret n'entre pas dans la voiture derrière sa patronne.

Il alla mettre la valise dans le coffre.

— Vous conduirez directement Mme Parendon au 36, quai des Orfèvres, vous franchirez la voûte et vous tournerez à gauche dans la cour...

— Bien, monsieur le commissaire...

Maigret donna à l'auto le temps de franchir la haie de journalistes et de photographes qui ne comprenaient pas, puis, tandis qu'ils l'assaillaient de questions, il rejoignit Lucas et Torrence dans la petite auto noire de la P.J.

— Allez-vous procéder à une arrestation, monsieur le commissaire ?

— Je ne sais pas...

— Avez-vous découvert le coupable ?

— Je ne sais pas, mes enfants...

Il était sincère. Les mots de l'article 64 lui revenaient à la mémoire, un à un, terrifiants dans leur imprécision.

Le soleil continuait à briller, les marronniers à verdir, et il reconnaissait les mêmes personnages qui rôdaient autour du palais du président de la République.

Épalinges (Vaud), le 30 janvier 1968.

LA MAIN

PREMIÈRE PARTIE

1

J'étais assis sur le banc, dans la grange. Non seulement j'avais conscience d'être là, devant la porte déglinguée qui, à chaque battement, laissait s'engouffrer une rafale de vent et de neige, mais je me voyais aussi nettement que dans un miroir, me rendant compte de l'incongruité de ma position.

Le banc était un banc de jardin peint en rouge. Nous en avions trois, que nous rentrions pour l'hiver, avec la tondeuse à gazon, les instruments de jardinage et les moustiquaires des fenêtres.

La grange, en bois peint en rouge aussi, avait été une vraie grange, une centaine d'années plus tôt, mais n'était plus qu'une vaste remise.

Si je commence par cette minute-là, c'est parce que ce fut une sorte de réveil. Je n'avais pas dormi. Je n'en émergeais pas moins, tout à coup, dans la réalité. Ou bien était-ce une nouvelle réalité qui commençait ?

Mais alors, quand un homme commence-t-il à... Non ! Je refuse de me laisser glisser sur cette pente-là. Je suis juriste de profession et j'ai l'habitude, voire, prétend-on autour de moi, la manie de la précision.

Or, j'ignore même l'heure qu'il pouvait être. Deux heures ? Trois heures du matin ?

A mes pieds, sur le sol de terre battue, on voyait encore les filaments roses de la petite torche électrique qui jetait sa dernière lueur sans plus rien éclairer. Les doigts engourdis par le froid, je m'efforçais de frotter une allumette pour allumer ma cigarette. J'avais besoin de fumer. C'était comme un signe de la réalité retrouvée.

L'odeur du tabac me parut rassurante et je restai là, penché en avant, les coudes sur les genoux, à fixer l'immense porte qui battait et qui, peut-être, d'un moment à l'autre, allait s'abattre sous la poussée du blizzard.

J'avais été ivre. Je l'étais probablement encore, ce qui ne m'est arrivé que deux fois dans ma vie. Pourtant, je me souvenais de tout, comme on se souvient d'un rêve dont on met les lambeaux bout à bout.

Les Sanders étaient venus passer le week-end chez nous au retour d'un voyage au Canada. Ray est un de mes plus vieux amis. Nous avons fait ensemble notre droit à Yale et, plus tard, mariés tous les deux, nous avons continué à nous voir.

Bon. Ce soir-là, le samedi 15 janvier, alors que la neige tombait déjà, j'ai demandé à Ray :

— Cela ne t'ennuie pas de venir prendre un verre avec nous chez le vieil Ashbridge ?

— Harold Ashbridge, de Boston ?

— Oui.

— Je croyais qu'il passait l'hiver dans sa propriété de Floride...

— Il y a une dizaine d'années, il a acheté un domaine à une vingtaine de miles d'ici pour jouer les gentlemen farmers... Il y est toujours pour Noël et le Nouvel An et ne se rend en Floride que vers la mi-janvier, après une grande réception...

Ashbridge est un des rares hommes qui m'impressionnent. Ray aussi. Il en existe d'autres. Au fond, ils ne sont pas si rares que ça. Sans compter les femmes. Mona, par exemple, la femme de Ray, que je regarde toujours comme un petit animal exotique, bien qu'en fait d'exotisme elle ait tout juste un quart de sang italien dans les veines.

— Il ne me connaît pas...

— Chez Ashbridge, on n'a pas besoin de se connaître...

Isabel écoutait sans rien dire. Isabel n'intervient jamais dans ces cas-là. C'est la femme docile par excellence. Elle ne proteste pas. Elle se contente de vous regarder et elle juge.

A ce moment-là, il n'y avait rien à critiquer dans ma conduite. Chaque année, nous nous rendons à cette réception des Ashbridge qui est comme une obligation professionnelle. Elle n'a pas fait remarquer que la neige tombait dru et que la route pour North Hilsdale est difficile. De toute façon, le chasse-neige était certainement passé.

— Quelle voiture prend-on ?

J'ai dit :

— La mienne...

Et j'avais, ce n'est que maintenant que je le découvre, une petite arrière-pensée. Ray travaille dans Madison Avenue. Il y est un des partenaires d'une des plus grosses affaires de publicité. Je le rencontre à peu près chaque fois que je me rends à New York et je connais ses habitudes.

Sans être un buveur, il a besoin de deux ou trois doubles martinis avant chaque repas, comme presque tous ceux qui font son métier et qui vivent sur leurs nerfs.

— Si, chez Ashbridge, il boit un peu trop...

C'est comique — ou tragique — de se rappeler ces petits détails-là après quelques heures. Par crainte que Ray ne boive trop, je prenais mes précautions pour conduire au retour. Or, c'est moi qui ai été ivre !

Au début, il y avait au moins cinquante personnes, sinon davantage. Un immense buffet était dressé dans le hall du rez-de-chaussée mais toutes les portes étaient ouvertes, on allait et venait, même dans les chambres du premier, et on trouvait partout des bouteilles et des verres.

— Je te présente Mme Ashbridge... Patricia... Mon ami Ray...

Patricia n'a que trente ans. C'est la troisième femme d'Ashbridge. Elle est très belle. Pas belle comme... Je ne dirai pas comme Isabel... Ma femme n'a jamais été vraiment belle... D'ailleurs, il m'est toujours difficile de décrire une femme et, machinalement, je le fais en fonction de la mienne...

Isabel est grande, avec un corps harmonieux, des traits réguliers, un sourire un peu condescendant, comme si ses interlocuteurs avaient quelque chose à se faire pardonner.

Eh bien, Patricia est le contraire. Plutôt petite, comme Mona. Plus brune encore que celle-ci, mais avec des yeux verts. Elle vous regarde, elle, fascinée, comme si elle ne désirait rien de plus que d'entrer dans votre intimité ou de vous ouvrir la sienne.

Isabel ne fait jamais songer à une chambre à coucher. Patricia, elle, évoque toujours en moi l'image d'un lit.

On raconte... Mais je ne m'occupe pas de ce que les gens racontent. D'abord, je me méfie. Ensuite, j'ai une horreur instinctive de l'indiscrétion, à plus forte raison de la calomnie.

Il y avait là les Russel, les Dyer, les Collins, les Greene, les Hassberger, les...

— Hello ! Ted...

— Hello ! Dan...

On parle, on boit, on va, on vient, on grignote des choses qui ont le goût de poisson, de dinde ou de viande... J'ai eu, je m'en souviens, une conversation sérieuse, dans un coin du petit salon, avec Bill Hassberger qui envisage de m'envoyer à Chicago pour régler une affaire litigieuse...

Ces gens-là sont riches. Ils vivent la plus grande partie de l'année, on se demande pourquoi, dans notre petit coin du Connecticut, mais ils possèdent des intérêts un peu partout dans le pays.

A côté d'eux, je suis un pauvre. Le docteur Warren aussi, avec qui j'ai échangé quelques mots. Je n'étais pas ivre, loin de là. J'ignore à quel moment cela a commencé.

Ou plutôt, depuis quelques secondes, je le sais, car je me découvre tout à coup, sur mon banc où j'en suis au moins à ma cinquième cigarette, une curieuse lucidité.

Je suis monté, sans raison, comme d'autres avant et après moi.

J'ai poussé une porte et je l'ai vivement refermée, non sans avoir eu le temps de voir Ray et Patricia. La pièce n'était même pas une chambre, mais une salle de bains, et ils y faisaient l'amour, tout habillés.

J'ai beau avoir quarante-cinq ans, cette image m'a tellement frappé que je la revois dans ses moindres détails. Patricia m'a vu, j'en suis sûr. Je jurerais même que ce n'est pas de la gêne qu'il y a eu dans ses yeux, mais une sorte de défi amusé.

C'est très important. Cette image est pour moi d'une importance considérable. Assis sur mon banc, dans la grange, je ne faisais que le pressentir mais, par la suite, j'ai eu tout le temps d'y réfléchir.

Je ne prétends pas que c'est ce qui m'a poussé à boire, et pourtant c'est à peu près vers ce moment-là que je me suis mis à vider tous les verres que je trouvais à portée de la main. Isabel m'a surpris et j'ai rougi, bien entendu.

— Il fait chaud... ai-je murmuré.

Elle ne m'a pas conseillé la prudence. Elle n'a rien dit. Elle a souri, de ce terrible sourire qui pardonne ou qui...

Qui quoi ? C'est pour plus tard. Je n'en suis pas là. Il y a tant d'autres choses à mettre au point !

Un été, j'ai entrepris le nettoyage de la grange, avec l'idée de tout vider, de trier, de jeter, de mettre en place ce qui était à garder. Après quelques heures, submergé, j'ai lâchement abandonné.

C'est un peu ce qui se passe avec un autre inventaire, celui que j'ai entrepris, dans la même grange justement, cette nuit-là. Seulement, cette fois, j'irai jusqu'au bout, coûte que coûte et quoi que je découvre.

Il y a déjà l'image, Ray et Patricia, à caser en bonne place. Puis, à un moment donné, le regard du vieil Ashbridge. Ce n'est pas un ivrogne, lui non plus, mais un homme qui boit à petits coups, surtout après cinq heures de l'après-midi. Il est gras, pas trop, et ses gros yeux clairs sont toujours humides.

— Alors, Donald ?

Nous étions tous les deux non loin du buffet, avec plusieurs groupes bruyants autour de nous. On entendait en même temps plusieurs conversations qui s'enchevêtraient.

Pourquoi avais-je l'impression que nous nous trouvions soudain isolés, lui et moi ? Confrontés, le mot est plus juste. Car c'était cinq minutes à peine après la scène de la salle de bains.

Il me regardait calmement, mais il me regardait. Je sais fort bien ce que je veux dire. La plupart du temps, surtout dans les réunions de ce genre, on ne regarde pas vraiment son interlocuteur. On sait qu'il est là. On parle. On écoute. On répond. On laisse glisser le regard sur un visage, une épaule...

Lui me regardait et les deux mots qu'il venait de prononcer prenaient la valeur d'une question :

— Alors, Donald ?

Alors quoi ? Avait-il vu, lui aussi ? Savait-il que j'avais vu ?

Il n'était pas sombre, ni menaçant. Il ne souriait pas non plus. Était-il jaloux ? Savait-il que Patricia avait l'habitude... C'était moi qui me sentais coupable tandis qu'il continuait :

— Votre ami Sanders est un garçon remarquable...

Des gens sont partis. On les voyait, dans l'entrée, enfiler leur manteau, leurs bottes de caoutchouc dont il y avait toute une rangée sur un rayonnage. Chaque fois la porte, en s'ouvrant et en se refermant, laissait pénétrer une bouffée d'air glacé.

Puis il y a eu le bruit du vent, monotone d'abord, ensuite par à-coups puissants, et les invités ont commencé à s'interroger des yeux.

— Il neige toujours ?

— Oui.

— Dans ce cas, nous allons avoir le blizzard.

Pourquoi je continuais à boire, contre mon habitude, je ne le comprends pas encore. Je passais d'un groupe à l'autre et des visages familiers prenaient à mes yeux un aspect nouveau. Je crois qu'il m'est arrivé de ricaner et qu'Isabel m'a surpris.

Une certaine inquiétude a commencé à se faire sentir. Certains habitaient assez loin, les uns dans l'État de New York, les autres dans le Massachusetts, et avaient jusqu'à quarante miles à parcourir pour rentrer chez eux.

Je suis resté un des derniers. J'entendais des éclats de voix, des exclamations chaque fois qu'un groupe s'en allait et qu'un vent plus violent pénétrait dans la maison.

— Dans une heure, il y aura un mètre de neige...

J'ignore qui a dit ça. Puis Isabel m'a pris le bras, d'un geste naturel, à la façon d'une bonne épouse, sans affectation. Je n'en comprenais pas moins qu'il était temps de partir, nous aussi.

— Où est Mona ?

— Elle est allée chercher son vison dans la chambre de Pat...

— Et Ray ?

Ray était devant moi, le Ray de tous les jours, le Ray auquel j'étais habitué depuis vingt-cinq ans.

— On s'en va ? demanda-t-il.

— Je crois, oui...

— Il paraît qu'on ne voit pas devant soi...

Je n'ai pas serré la main de Patricia comme les autres fois. J'avoue que j'y ai mis une certaine insistance, que j'y ai pris un plaisir trouble. Est-ce que le vieil Ashbridge l'a remarqué ?

— En voiture, les enfants...

Il n'y avait plus que trois ou quatre autos devant le perron. Il fallait marcher courbé tant un vent puissant, déjà rageur, vous jetait de neige dure au visage.

Les deux femmes s'installèrent derrière. Je pris le volant, sans qu'Isabel me demande si j'étais en état de conduire. Je n'étais pas déprimé, ni abattu, ni fatigué. Je ressentais au contraire une agréable exaltation et le vacarme de la tempête me donnait envie de chanter.

— Et en voilà une de tirée !...

— Une quoi ?

— Une réception... Il en reste une la semaine prochaine, chez les Russel, après quoi on sera tranquille jusqu'au printemps...

Par moments, les essuie-glaces se bloquaient, hésitaient avant de repartir. La neige traçait des raies blanches, presque horizontales, devant les phares, et je me guidais sur la ligne noire des arbres car on ne voyait plus les limites de la route.

J'entendais, derrière, dans la chaleur de l'auto et des fourrures, les deux femmes échanger des phrases banales.

— Tu ne t'es pas trop ennuyée, Mona ?

— Pas du tout... Patricia est charmante... Tout le monde, d'ailleurs, était sympathique...

— Dans trois jours, ils se baigneront en Floride...

— Ray et moi pensons passer quelques jours à Miami le mois prochain...

Je devais me pencher pour voir devant moi et plusieurs fois je suis sorti de la voiture pour gratter la glace formée sur le pare-brise. La troisième fois, il m'a semblé que j'allais être emporté par la bourrasque.

Nous en avons chaque hiver, plus ou moins fortes. Nous connaissons les endroits difficiles, les congères, les routes à éviter.

Par où sommes-nous revenus à Brentwood ? Par Copake ou par Great Barrington ? Je serais incapable de le dire.

— Celle-ci est la plus belle, mon vieux Ray...

La plus belle tempête de neige. Un vrai blizzard. Lorsque j'ai mis la radio en marche, c'est d'ailleurs le mot qu'on employait. On parlait déjà, vers Albany, d'un vent de plus de soixante miles à l'heure et des centaines de voitures étaient bloquées sur les routes du Nord.

Au lieu de m'inquiéter, cela me fouettait, comme si j'accueillais avec soulagement un peu d'exceptionnel qui entrait dans ma vie.

Nous parlions peu, Ray et moi. Il regardait devant lui, fronçant les sourcils chaque fois que la visibilité devenait à peu près nulle. Alors, exprès, je roulais plus vite.

Je n'avais pas de compte à régler avec lui. Il était mon ami. Il ne m'avait causé aucun tort en faisant l'amour avec Patricia Ashbridge. Je n'étais pas amoureux d'elle. Je n'étais amoureux d'aucune femme. Je me contentais d'Isabel. Quel compte aurais-je eu à régler ?

J'ai dû manœuvrer pendant plusieurs minutes à cause d'une congère et je me suis servi d'un des sacs de sable que nous avons toujours, l'hiver, dans le coffre. J'avais de la neige dans les yeux, dans le nez, dans les oreilles et il en pénétrait par les coutures de mes vêtements.

— Où sommes-nous ?

— Encore trois miles...

Il était de plus en plus difficile d'avancer. Nous avions eu beau rencontrer trois chasse-neige, la couche se reformait dès qu'ils étaient passés, et il n'était plus question d'utiliser les essuie-glaces. Il me fallait, à chaque instant, sortir de l'auto pour gratter le pare-brise.

— Nous sommes toujours sur la route ?

La voix d'Isabel était paisible. Elle posait la question, sans plus.

— Je suppose ! ripostai-je gaiement.

La vérité, c'est que je ne savais plus. Ce ne fut qu'en franchissant le petit pont de pierre, à un mile de chez nous, que je me repérai. Seulement, après le pont, la neige avait formé un vrai mur dans lequel l'avant de l'auto s'encastra.

— Et voilà, mes enfants... Tout le monde descend...

— Que dis-tu ?

— Tout le monde descend... La Chrysler n'est pas un bulldozer et il faudra continuer à pied...

Ray me regarda en se demandant si je parlais sérieusement. Isabel avait compris, car cela nous était arrivé deux fois.

— Tu prends la torche ?

Je la sortis du coffre à gants et en poussai le bouton. Il y avait des mois, peut-être deux ans, que nous ne nous en étions pas servis et, comme il fallait s'y attendre, elle ne jeta qu'une lueur jaunâtre.

— En route...

C'était encore gai, à ce moment-là. Je revois les femmes se tenant par le bras et, pliées en deux, fonçant dans la neige devant nous. Je suivais avec la torche et Ray marchait à mon côté sans rien dire. D'ailleurs, personne ne parlait. Il était déjà assez difficile de respirer dans le blizzard sans encore gaspiller son souffle.

Isabel tomba, se releva bravement. Parfois, les deux femmes disparaissaient dans l'obscurité. Je lançais, la main devant la bouche pour éviter l'air glacé :

— Oho !... Oho !...

Et un vague « Oho !... » répondait en écho.

La lumière de la torche faiblissait. Tout à coup, alors que nous ne devions être qu'à trois ou quatre cents mètres de chez nous, elle s'éteignit tout à fait.

— Oho !...

— Oho !...

Je devais être très près des femmes, car j'entendais le crissement de la neige. J'entendais aussi, à ma droite, le pas de Ray.

La tête commençait à me tourner. L'énergie que m'avait donnée l'alcool m'abandonnait et j'avançais avec de plus en plus de peine. Je ressentais dans la poitrine, à la place du cœur, me semblait-il, une douleur qui m'inquiétait.

Est-ce que des hommes de mon âge, même vigoureux, n'étaient pas morts ainsi d'un arrêt du cœur dans le froid et la neige ?

— Oho !...

J'étais pris de vertige. Mes pieds se soulevaient avec peine. Je ne voyais plus rien. Je n'entendais plus que ce vacarme agressif du blizzard et j'avais de la neige partout.

J'ignore combien de temps cela a duré. Je ne m'occupais plus des autres. Je tenais toujours, stupidement, la torche éteinte, et je m'arrêtais tous les deux ou trois pas pour reprendre haleine.

Enfin, il y eut un mur, une porte qui s'entrouvrait.

— Entrez...

Une bouffée de chaleur, dans l'obscurité de la maison.

— Et Ray ?

Je ne comprenais pas. Je me demandais pourquoi les femmes n'avaient pas allumé les lampes. Je tendis la main vers le commutateur.

— Il n'y a pas de courant... Où est Ray ?...

— Il était près de moi...

Je criai, du seuil :

— Ray !... Hé ! Ray...

Il me sembla entendre une voix, mais on entend facilement des voix dans le blizzard.

— Ray...

— Prends la torche dans la table de nuit...

Nous avons, dans la table de nuit, une torche électrique plus petite, car il y a parfois des pannes de courant. Je me dirigeai à tâtons à travers les pièces, me heurtai à des meubles que je ne reconnaissais pas. Puis il y eut une lueur derrière moi, celle d'une des bougies rouges de la salle à manger.

C'était curieux de voir Isabel se détacher vaguement de l'obscurité en brandissant un des candélabres d'argent.

— Tu la trouves ?

— Oui...

J'avais la torche électrique à la main, mais elle éclairait à peine plus que celle de la voiture.

— Nous n'avons pas de piles de rechange ?

— Tu n'en vois pas dans le tiroir ?

— Non...

J'avais envie d'un verre pour me remonter, mais je n'osai pas. Elles ne me dirent rien. Elles ne me poussèrent pas. Je n'en eus pas moins l'impression qu'elles m'envoyaient, armé d'une lampe à moitié morte, à la recherche de Ray dans le blizzard.

Je dirai tout, évidemment, sinon cela n'aurait pas valu la peine de commencer. Et, d'abord, qu'à aucun moment de la soirée je n'ai été complètement ivre.

Si je cherche à définir mon état avec autant d'exactitude que possible, je dirais que j'avais une lucidité déformée. La réalité existait autour de moi et j'étais en contact avec elle. Je me rendais compte de mes faits et gestes. Je pourrais, en prenant un papier et un crayon, dresser la liste à peu près exacte des mots que j'ai prononcés chez les Ashbridge d'abord, dans l'auto, puis chez moi ensuite.

Pourtant, sur mon banc où je souffrais du froid et où j'allumais cigarette après cigarette, j'accédais, me semblait-il, à une lucidité nouvelle, qui me mettait mal à l'aise et commençait à m'effrayer.

Elle se résumait d'un mot, de trois mots plutôt, que je croyais entendre prononcer :

— Tu l'as tué...

Peut-être pas dans le sens légal du terme. Et encore ! La non-assistance à personne en péril n'est-elle pas assimilée au crime ?

Quand j'étais sorti de la maison, quand les deux femmes m'avaient envoyé à la recherche de Ray, je m'étais tout de suite dirigé vers la droite. Plus exactement, pour les tromper, au cas où elles m'auraient observé par la fenêtre et aperçu la lueur de ma lampe de poche, j'avais d'abord parcouru quelques mètres droit devant moi et ensuite, en sécurité dans le noir, j'avais obliqué à droite, sachant que je trouverais la grange à une trentaine de mètres.

J'étais épuisé physiquement et je crois pouvoir ajouter que je l'étais moralement aussi. Cette énorme tempête, ce déchaînement du monde qui tout à l'heure m'exaltait jusqu'à l'hilarité nerveuse, m'effrayait tout à coup.

Pourquoi étaient-elles restées à la maison ? Pourquoi n'étaient-elles pas venues chercher, elles aussi ? Je revoyais Isabel, impassible, l'air d'une statue avec son candélabre d'argent qu'elle tenait un peu plus haut que son épaule. Les traits de Mona, dans la pénombre, étaient brouillés, mais elle n'avait rien dit.

Ni l'une ni l'autre ne paraissaient avoir compris qu'il se passait un vrai drame et qu'en m'envoyant dehors elles me mettaient, moi aussi, en danger. Mon cœur battait trop fort, par à-coups. A chaque instant je perdais mon souffle.

J'avais peur, je l'ai déjà dit. J'ai encore crié une fois ou deux :

— Ray...

Cela aurait été un miracle qu'il m'entende, comme cela aurait été un miracle qu'il aperçoive la lumière, beaucoup trop faible, de la lampe de poche dans la neige qui tombait presque parallèlement au sol. Elle ne tombait pas. Elle fouettait, jetée en avant par véritables paquets qu'on recevait au visage et qui vous étouffaient.

J'ai entendu grincer la porte de la grange et je me suis élancé à l'intérieur où je me suis laissé tomber sur le banc.

Un banc rouge. Un banc de jardin. Je me rendais compte du grotesque de la situation : en pleine nuit, en plein blizzard, un homme de quarante-cinq ans, avocat, citoyen respectable, assis sur un banc rouge et allumant une première cigarette d'une main tremblante comme si elle allait le réchauffer.

— Je l'ai tué...

Peut-être pas encore. Sans doute était-il encore en vie, mais en train de mourir, en danger de mort. Il ne connaissait pas, comme moi, les environs de la maison et, s'il obliquait à droite, s'il s'écartait de quelques mètres seulement, il dégringolerait du rocher jusqu'au ruisseau gelé.

Cela m'était indifférent. Je n'avais pas le courage de le chercher, de courir le moindre risque. Au contraire.

Et voilà où j'en arrive, où je suis bien obligé d'en arriver. Voilà où j'en venais petit à petit, cette nuit-là, la nuit du 15 au 16 janvier, sur mon banc, dans la grange : ce qui était en train d'arriver à Ray ne me déplaisait pas.

Aurais-je été dans le même état d'esprit si je n'avais pas bu chez les Ashbridge ? C'est un problème difficile à résoudre et, au fond, il ne change pas grand-chose. Aurais-je ressenti le même soulagement pervers si je n'avais poussé la porte de la salle de bains et surpris Ray faisant l'amour avec Patricia ?

Ici, c'est différent. J'en arrive au cœur de mes ruminations. Car c'est à des ruminations plutôt qu'à des réflexions suivies que je me livrais sur mon banc.

J'avais le temps. J'étais censé chercher Ray. Plus longtemps je resterais dehors et plus on me remercierait.

Ce que Ray faisait ce soir-là dans la salle de bains, avec une femme qu'il connaissait depuis deux heures à peine, belle et désirable comme Patricia, j'ai rêvé cent fois, mille fois de le faire.

Lui a épousé Mona qui, comme Patricia, fait penser à un lit.

Moi, j'ai épousé Isabel.

Je pourrais presque dire :

— C'est tout...

Mais ce n'est pas tout. J'avais commencé, Dieu sait pourquoi, à déchirer un coin de la vérité de tous les jours, à me voir dans une autre sorte de miroir, et maintenant l'ensemble de la vieille vérité plus ou moins confortable s'en allait en morceaux.

Cela datait de Yale. Cela datait d'avant Yale, d'avant que je ne connaisse Ray. Cela datait, au fond, de mon enfance. J'aurais voulu... Allez trouver les mots !... J'aurais voulu tout faire, être tout, avoir toutes les audaces, regarder les gens dans les yeux, leur dire...

Regarder les gens à la façon du vieil Ashbridge, par exemple, devant qui, tout à l'heure, je me sentais comme un petit garçon.

Il ne se donnait pas la peine de parler, de prendre une attitude. Il n'essayait pas de communiquer. J'étais devant lui. Peut-être voyait-il à travers ma tête ? Je n'avais aucune importance.

Il avait soixante-dix ans et il n'avait jamais été beau. Il buvait ses petits verres qui donnaient à ses yeux cet aspect glauque et des dizaines d'invités avaient envahi sa maison.

Se préoccupait-il de ce qu'ils pensaient de lui ? Il leur fournissait à boire, à manger, des fauteuils, des chambres ouvertes, y compris la salle de bains où Patricia...

Ignorait-il que sa femme le trompait ? En souffrait-il ? Méprisait-il, au contraire, le pauvre Ray qui n'avait fait que succéder à tant d'autres et qui, dans cinq minutes, ne compterait plus, qui ne comptait déjà plus, à qui elle allait peut-être, ce soir même, donner un successeur dans une autre des pièces ou dans la même ?

Je n'admirais pas seulement Ashbridge parce qu'il était riche et parce qu'il avait des intérêts dans cinquante affaires différentes, depuis les bateaux de commerce jusqu'aux émetteurs de télévision.

Quand il s'était installé dans le pays, dix ans auparavant, j'aurais aimé l'avoir pour client, obtenir de m'occuper d'une toute petite partie seulement de ses affaires.

— Un de ces jours, il faudra que je vous parle, m'avait-il dit.

Les années avaient passé et il ne m'avait jamais parlé. Je ne lui en voulais pas.

Pour Ray, c'était différent, parce que Ray et moi étions du même âge, presque de même extraction, que nous avions fait les mêmes études, qu'à Yale j'étais plus brillant que lui et qu'il était devenu un personnage important de Madison Avenue tandis que je n'étais qu'un brave petit avocat de Brentwood, Connecticut.

Ray était plus grand que moi, plus fort que moi. A vingt ans, il pouvait déjà regarder les gens à la façon du vieil Ashbridge.

J'ai rencontré d'autres hommes de leur espèce. J'en ai pour clients. Mon sentiment à leur égard varie selon les jours et selon mon humeur. Parfois, je suis persuadé que c'est de l'admiration. D'autres fois, j'avoue une certaine envie.

Eh bien, je le savais maintenant, je venais d'en faire la découverte sur mon banc : c'était de la haine.

Ils me faisaient peur. Ils étaient trop forts pour moi, ou c'était moi qui étais trop faible pour eux.

Je me souviens du soir où Ray m'a présenté Mona, qui portait une petite robe en soie noire sous laquelle on sentait vivre son corps jusque dans ses moindres recoins.

— Pourquoi pas moi ?

Pour moi, Isabel. Pour lui, Mona.

Et, si j'ai choisi Isabel, n'est-ce pas, justement, parce que je n'ai jamais osé m'adresser à une Mona, à une Patricia, à toutes les femmes que j'ai désirées jusqu'à en serrer les poings de rage ?

Le vent soufflait avec tant de violence que je m'attendais à voir s'envoler le toit de la grange. Le gond supérieur de la porte s'était cassé et elle pendait maintenant de travers, ce qui ne l'empêchait pas de taper des coups sourds sur le mur.

La neige qui s'engouffrait à l'intérieur arrivait presque jusqu'à mes pieds et je continuais à penser dans une sorte de délire, de délire froid, de délire lucide.

— Je t'ai tué, Ray...

Et si j'allais le leur dire, aux deux femmes bien au chaud dans la maison, éclairées par une bougie ?

— J'ai tué Ray...

Elles ne me croiraient pas. Je n'étais même pas l'homme à tuer Ray, ni à tuer personne.

Pourtant, je venais de le faire et j'en ressentais une joie diffuse, physique, comme si je venais de me réconforter d'une boisson très forte.

Je me levai. Je n'étais quand même pas censé rester des heures dehors. En outre, j'étais figé de froid et j'avais peur pour mon cœur. J'ai toujours eu peur que mon cœur s'arrête soudain de battre.

Je plongeai dans la neige qui me frappait le visage, la poitrine, engloutissait mes jambes. Je devais faire un effort pour en arracher un pied, puis l'autre.

— Ray !...

Il ne fallait pas que je me trompe, que je m'écarte du chemin. La maison était invisible. Je m'étais repéré en quittant la grange. Il me suffisait maintenant de marcher droit.

Et si j'allais retrouver Ray en compagnie des deux femmes devant la cheminée du living-room ? Je les imaginais, me regardant entrer comme un fantôme et disant en souriant :

— Pourquoi es-tu resté si longtemps ?

Cela me fit si peur que j'en trouvai la force de marcher plus vite, au point que je heurtai le mur de la maison dont je me mis à chercher la porte à tâtons. On ne m'avait pas entendu approcher. Je tournai le bouton et je vis d'abord des bûches qui flambaient dans la cheminée, puis quelqu'un, dans un fauteuil, qui portait le peignoir bleu clair d'Isabel. Ce n'était pas Isabel. C'était Mona.

— Où est-elle ?

— Isabel ?... Elle est allée préparer quelque chose à manger... Mais... Donald !

Ce fut presque un cri :

— Donald !

Elle ne se leva pas de son fauteuil. Elle ne me regarda pas. Elle fixait les flammes dans le foyer. Son visage ne réflétait aucun sentiment, sinon l'hébétude.

Elle ajouta tout bas :

— Vous ne l'avez pas trouvé ?

— Non...

— En voyant le temps qui passait...

Oui, en voyant s'écouler le temps, elle avait commencé à comprendre.

— Il est pourtant vigoureux, dis-je, plus vigoureux que moi... Peut-être...

— Peut-être quoi ?

Comment mentir ? Et comment Ray se serait-il dirigé dans cet océan de neige et de glace ?

Isabel entrait, son candélabre à la main, une assiette avec des sandwiches dans l'autre. Elle me regarda, devint plus pâle, les traits plus rigides.

— Mange, Mona...

Combien de temps met-on à mourir, enfoncé dans la neige ? Encore trois heures, quatre heures, et le jour commencerait à poindre.

— Tu as essayé de téléphoner ? ai-je demandé.

— Tout est coupé...

Elle me désigna des yeux un petit transistor.

— Nous prenons les nouvelles tous les quarts d'heure... Il paraît que cela s'étend de la frontière canadienne à New York... Presque partout, dans les campagnes, l'électricité et le téléphone sont coupés...

Elle ajouta d'une voix machinale :

— Ray aurait dû te tenir par le bras, comme nous le faisions toutes les deux...

— Il marchait à ma droite, pas loin de moi...

Mona ne pleurait pas. Elle tenait un sandwich à la main et elle finit par y mordre.

— Tu n'as rien à boire, Isabel ?

— De la bière ? De l'alcool ? Je ne peux pas te préparer quelque chose de chaud, car la cuisinière est électrique.

— Du whisky...

— Tu devrais prendre un bain aussi, Donald... Plus tard, il n'y aura plus d'eau chaude...

C'est vrai que le brûleur à mazout se déclenche. Tout est électrique, même les horloges, sauf la petite pendule de notre chambre à coucher.

Je comprenais à présent pourquoi Mona portait une robe de chambre d'Isabel. Ma femme lui avait fait prendre un bain pour la détendre autant que pour la réchauffer.

— Tu es allé jusqu'à l'auto ?

— Oui...

De nouveau, la peur m'envahissait. Si, en zigzaguant dans la neige, Ray s'était retrouvé près de la voiture ? Le plus sage, dans ce cas, était de s'y réfugier, de s'y calfeutrer le mieux possible en attendant le jour.

Notre maison, Yellow Rock Farm, n'est pas sur la route. Nous avons un chemin privé de plus d'un demi-mile. Les voisins, eux, sont à environ un mile.

— Comme je connais Ray... commença ma femme.

J'attendais la suite avec curiosité.

— ... il s'en sera tiré...

Pas moi, mais lui. Parce que c'est Ray. Parce que c'est quelqu'un d'autre que Donald Dodd.

— Tu ne vas pas te baigner ?... Prends la bougie... Il vaut mieux les ménager et n'en allumer qu'une à la fois... Ici, nous avons les flammes de la cheminée...

Les radiateurs allaient se refroidir. Ils refroidissaient déjà. Dans quelques heures, il n'y aurait plus de chaleur que dans le living-room. Nous serions obligés de nous y blottir tous les trois, le plus près possible du foyer.

C'était à moi de brandir le candélabre pour me diriger vers notre chambre. L'envie de boire renaissait. Je revins sur mes pas et trouvai Isabel versant du whisky à Mona.

Je pris un verre dans le placard, saisis la bouteille à mon tour et compris le regard de ma femme. Toujours pas de reproche. Pas même un avertissement muet. C'était différent. Cela durait depuis des années, sans doute depuis que nous nous connaissions. Une sorte de procès-verbal.

Elle enregistrait, sans commentaires, comme sans juger, en s'interdisant même de juger. Les faits n'en étaient pas moins là, en colonnes, bien en ordre, à la suite les uns des autres.

Il devait y en avoir des milliers, des dizaines de milliers. Dix-sept ans de vie commune, sans compter un an de fiançailles !

Je le fis exprès de me servir largement, de me verser le double, sinon le triple, de ce que je prenais d'habitude.

— A votre santé, Mona...

Le mot était ridicule, mais elle ne parut pas entendre. Je bus avidement. La chaleur se répandait dans mon corps et je me rendais seulement compte à quel point celui-ci était glacé.

La salle de bains me fit penser à celle des Ashbridge et m'inspira une pensée dont la vulgarité m'humilie.

— Du moins aura-t-il eu un dernier plaisir...

Pourquoi étais-je si certain que Ray était mort ? L'hypothèse de la voiture était plausible. Isabel avait peut-être raison. Elle ne savait pas, elle, que je n'étais pas allé jusque-là. Il avait pu aussi, mais c'était plus difficile, atteindre une des maisons d'alentour. Le téléphone étant coupé, il lui était impossible de nous prévenir.

— Je l'ai tué...

Mona avait la même impression que moi, je l'avais compris à son attitude. Aime-t-elle vraiment Ray ? Y a-t-il des gens qui continuent à s'aimer après un certain nombre d'années ?

Ray et Mona n'ont pas d'enfants. Nous, nous en avons deux, deux filles, qui sont à la pension Adams, une des meilleures du Connecticut, à Litchfield, dirigée par miss Jenkins.

Avaient-ils de la lumière, à Litchfield ?

Mildred a quinze ans, Cécilia douze, et elles viennent passer le week-end à la maison toutes les deux semaines. Heureusement que leur congé n'est pas tombé ce week-end.

L'eau coulait dans la baignoire. Je mis la main à temps sous le robinet pour m'apercevoir qu'elle était maintenant froide et je dus me contenter d'un tiers de baignoire.

C'était drôle, cette nuit, d'être un homme honorable, un des deux partenaires du cabinet Higgins et Dodd, marié, père de deux filles, propriétaire de Yellow Rock Farm, une des plus anciennes et des plus agréables maisons de Brentwood, et de penser qu'on venait de tuer un homme.

Par omission, soit ! Faute de l'avoir cherché.

Qui sait ? Si j'avais passé des heures, avec ma lampe électrique qui s'éteignait, à errer dans la neige, il est possible, voire probable, que je ne l'aurais pas trouvé.

En pensée, alors ? Le mot était plus exact. Je n'avais pas cherché. Dès qu'on n'avait plus pu me voir de la maison, j'avais obliqué vers la grange pour m'y mettre à l'abri.

Est-ce que Mona allait être désespérée ? Savait-elle que Ray couchait avec d'autres femmes dès qu'une occasion se présentait ?

Qui sait si elle n'était pas comme Patricia ? Peut-être Ray et Mona n'étaient-ils pas jaloux et se racontaient-ils leurs aventures ?

Je me promettais de m'en assurer. Si quelqu'un devait en profiter, c'était moi...

Je faillis m'assoupir dans mon bain et je fis attention de ne pas glisser en sortant de la baignoire car je ne me sentais pas sûr de mes mouvements.

Qu'allait-on faire, tous les trois ? Pas se coucher, sans doute. Est-ce qu'on se couche quand le mari de l'invitée...

Non. On ne se coucherait pas. D'ailleurs, les chambres devenaient glacées et je grelottais dans mon peignoir. Je choisis un pantalon de flanelle grise, un épais pull-over que je ne mettais d'habitude que pour aller pelleter la neige dans l'allée.

Une des deux bougies était finie et j'allumai la seconde, mis mes pantoufles pour me diriger vers le living-room.

— Tu sais s'il reste du bois dans la cave ?

On ne s'en servait presque jamais. Nous n'allumions du feu dans la cheminée que lorsque nous avions des amis, on descendait à la cave par une trappe et par une échelle, ce qui compliquait le ravitaillement en rondins.

— Je crois qu'il en reste...

Je regardai machinalement la bouteille de scotch. Quand j'avais quitté les deux femmes, la bouteille était à moitié pleine. Il n'en restait qu'un fond.

Isabel avait suivi mon regard, évidemment, et, évidemment aussi, elle avait compris.

D'un autre regard, posé sur le visage de Mona, elle me fournit la réponse. Mona, le visage cramoisi, dormait dans son fauteuil, et le peignoir, en s'écartant, laissait voir un genou nu.

2

Quand j'entrouvris les yeux, j'étais couché sur le canapé du living-room et on m'avait recouvert du plaid à carreaux rouges, bleus et jaunes. Le jour était levé, mais la lumière ne traversait que faiblement les vitres masquées d'une épaisse couche de neige gelée.

Ce qui me frappa tout d'abord, ce qui m'avait peut-être éveillé, c'est une odeur familière, celle des matins ordinaires : l'odeur du café. Les souvenirs de la veille et de la nuit me revenaient. Je me demandai si le courant avait été rétabli. Puis, en tournant un peu la tête, j'aperçus Isabel à genoux devant l'âtre.

J'avais très mal à la tête et il me déplaisait d'affronter la réalité d'une nouvelle journée. J'aurais voulu me rendormir mais, avant que j'aie eu le temps de refermer les yeux, ma femme me demanda :

— Tu es un peu reposé ?

— Je crois... Oui...

Je me levai et constatai que j'avais été plus ivre que je ne l'avais pensé. Tout mon corps était douloureux et je souffrais de vertige.

— Dans un instant, tu auras du café...

— Tu as dormi ? demandai-je à mon tour.

— J'ai sommeillé...

Mais non. Elle nous avait veillés tous les deux, Mona et moi. Elle avait été magnifique, comme toujours. C'était dans son caractère de se comporter à la perfection, quelles que soient les circonstances.

Je l'imaginais, droite dans son fauteuil, nous observant tour à tour, se levant parfois sans bruit pour entretenir le feu.

Puis, dès la première lueur de l'aube, éteignant la précieuse bougie et allant chercher dans la cuisine une casserole avec le plus long manche possible. Pendant que nous dormions, elle avait pensé au café.

— Où est Mona ?

— Elle est allée s'habiller...

Dans la chambre d'amis, au bout du couloir, dont les fenêtres donnaient sur l'étang. Je me souvins des deux valises en cuir bleu que Ray y avait portées la veille, avant la soirée chez les Ashbridge.

— Comment est-elle ?

— Elle ne se rend pas encore compte...

J'écoutais le bruit de la tempête, toujours aussi fort que quand je m'étais endormi. Isabel me versait du café dans ma tasse habituelle, car nous avions chacun notre tasse ; la mienne était un peu plus grande, car je bois beaucoup de café.

— Il faudra monter du bois...

Il n'y avait plus de bûches dans le panier à droite de la cheminée et celles qui brûlaient ne tarderaient pas à tomber en cendres.

— J'y vais...

— Tu ne veux pas que je t'aide ?

— Mais non...

Je comprenais. Elle m'avait lancé deux ou trois petits coups d'œil et elle savait que j'avais la gueule de bois. Elle savait tout. A quoi bon essayer de tricher ?

Je finis de boire mon café, allumai une cigarette, passai dans la petite pièce, à côté du living-room, qu'on appelle la bibliothèque parce qu'un des murs est couvert de livres. En repliant le tapis ovale, je découvris la trappe que je soulevai et alors seulement je me souvins que j'avais besoin d'une bougie.

Tout cela était confus, fantomatique.

— Combien reste-t-il de bougies ?

— Cinq. Tout à l'heure, j'ai pris Hartford à la radio...

C'est la grande ville la plus proche.

— La plupart des campagnes sont dans notre cas. Partout, on travaille à réparer les lignes, mais il reste des endroits qu'on ne peut pas atteindre...

J'imaginai les hommes, dehors, dans le blizzard, grimpant sur les poteaux, les dépanneuses se frayant un chemin dans la neige toujours plus épaisse.

Je descendis l'échelle, ma bougie à la main, me dirigeai vers le fond de la cave taillée dans le roc, cette roche jaune qui a donné son nom à l'ancienne ferme. Une tentation me venait de m'asseoir pour être seul et pour penser.

Mais penser à quoi ? C'était fini. Il n'y avait plus à penser.

Il restait à monter du bois...

Je garde de cette matinée un souvenir glauque, comme de certains dimanches de mon enfance, quand la pluie m'empêchait de sortir et que je ne savais où me mettre. Il me semblait alors que les gens, les choses n'étaient pas à leur place, que les bruits étaient différents, ceux de la rue comme ceux de l'intérieur. Je me sentais désemparé, avec une petite angoisse tout au fond de moi-même.

Cela me rappelle un détail ridicule. Mon père s'attardait au lit plus que les autres jours et il m'arrivait de le voir se raser. Il allait et venait, vêtu d'une vieille robe de chambre, et son odeur aussi était différente, comme celle de la chambre de mes parents, peut-être parce qu'on y faisait le ménage plus tard dans la journée.

— Bonjour, Donald... Vous avez pu dormir un peu ?...

— Oui, merci... Et vous ?

— Moi, vous savez...

Elle portait des pantalons noirs et un chandail jaune. Coiffée, maquillée, elle fumait une cigarette d'un air las tout en tournant la cuiller dans sa tasse.

— Qu'est-ce que nous allons faire ?

Elle disait cela pour parler, sans conviction, en regardant les flammes.

— Je crois, à la rigueur, que je peux vous préparer des œufs frits... Il y en a dans le réfrigérateur...

— Je n'ai pas faim...

— Moi non plus... S'il reste du café...

Du café, des cigarettes, c'était, pour ma part, tout ce dont j'avais envie. J'allai entrouvrir la porte, que je dus maintenir contre la bourrasque, et c'est à peine si je reconnus les alentours.

La neige formait des vagues de plus d'un mètre de haut. Il en tombait toujours, aussi serré que pendant la nuit, et on devinait avec difficulté la masse rouge de la grange.

— Tu crois qu'on peut essayer ? me demanda Isabel.

Essayer quoi ? D'aller à la recherche de Ray ?

— Je vais mettre mes bottes et ma canadienne...

— Je t'accompagne...

— Moi aussi...

Tout cela était incohérent et je m'en rendais compte. J'avais envie de leur déclarer tranquillement :

— Il est inutile d'aller à la recherche de Ray... Je l'ai tué...

Car je me souvenais de l'avoir tué. Je me souvenais de tout ce qui s'était passé sur le banc, de tout ce que j'avais pensé. Pourquoi ma femme me lançait-elle sans cesse de petits coups d'œil ?

Pour elle, j'avais bu, certes. Ce n'est pas un crime. Un homme a le droit, deux fois dans sa vie, de s'enivrer. J'avais choisi le mauvais soir, mais je ne pouvais pas le savoir.

Au surplus, c'était la faute de Ray. S'il n'avait pas entraîné Patricia dans la salle de bains du premier étage...

Tant pis ! J'allais encore faire semblant. Je mettais mes bottes. J'endossais ma canadienne. Isabel en faisait autant, disant à Mona :

— Non, toi, tu restes. Il faut quelqu'un pour entretenir le feu...

Nous avons marché l'un à côté de l'autre, nous poussant en quelque sorte dans la neige qui se tassait devant nous à mesure que nous essayions d'avancer. Le froid nous raidissait le visage. La tête me tournait et je craignais à chaque instant de m'écrouler, à bout de forces. Je ne voulais pas céder le premier.

— C'est inutile... décida enfin Isabel.

Avant de rentrer, nous avons gratté les vitres d'une des fenêtres afin, par la suite, d'avoir une certaine vue du dehors. Mona avait repris sa place devant le feu et elle ne nous posa pas de question.

Elle écoutait la radio. Hartford annonçait que des toits avaient été arrachés, que des centaines d'automobilistes étaient bloqués sur les routes. On citait les endroits les plus touchés, mais il ne fut pas question de Brentwood.

— Il faut quand même que nous mangions...

Isabel décidait, se dirigeait vers la cuisine et nous restions côte à côte, Mona et moi. Je me demande si c'est vraiment la première fois que nous nous trouvions seuls dans une pièce. En tout cas, j'en ai eu l'impression et cela me procura un plaisir trouble.

Quel âge avait-elle ? Trente-cinq ans ? Davantage ? Elle avait fait du théâtre, jadis, et un peu de télévision. Son père était auteur dramatique. Il écrivait des comédies musicales à succès et il avait eu une vie assez agitée jusqu'à ce qu'il meure trois ou quatre ans plus tôt.

Qu'est-ce que Mona avait de mystérieux ? Rien. C'était une femme comme une autre. Avant d'épouser Ray, elle avait dû avoir des aventures.

— Tout cela me paraît tellement irréel, Donald...

Je la regardai et la trouvai émouvante. J'aurais voulu la prendre dans mes bras, la serrer contre ma poitrine, lui caresser les cheveux. Étaient-ce là les gestes d'un Donald Dodd ?

— A moi aussi...

— Vous avez risqué votre vie, la nuit dernière, en partant à sa recherche...

Je me tus. Je n'avais pas honte. Au fond, je jouissais de ce moment d'intimité.

— Ray était un chic type... murmurait-elle un peu plus tard.

Elle en parlait comme de quelqu'un qui était déjà très loin, avec, me sembla-t-il, une sorte de détachement.

Après un assez long silence, elle ajoutait :

— On s'entendait bien, tous les deux...

Isabel revenait avec une poêle et des œufs.

— C'est le plus facile à préparer. Il y a du jambon dans le réfrigérateur, pour qui en voudra...

Elle s'agenouilla, comme le matin, devant l'âtre, où elle finit par poser la poêle en équilibre.

Que faisaient les gens, dans les autres maisons ? La même chose, sans doute. Sauf que tous n'avaient pas une cheminée, ni du bois. Les Ashbridge seraient bien forcés de remettre leur départ pour la Floride.

Et les filles, à la pension Adams ? Avait-on, là-bas, de quoi se chauffer ? Je me rassurai en me disant que Litchfield est une ville assez importante et qu'on ne signalait pas de coupures de courant dans les villes.

— Le plus violent blizzard depuis soixante-douze ans...

Après les nouvelles, la radio se remettait à chanter et je tournai le bouton.

Nous étions obligés de manger tout près du feu car, à trois mètres déjà, on sentait un froid pénétrant.

Pourquoi Isabel ?... Depuis que nous nous connaissons, je l'ai déjà dit, elle ne cesse de me regarder d'une certaine manière mais il me semblait, ce matin-là, qu'il y avait quelque chose de différent.

J'ai même eu l'impression, à un moment donné, que son regard signifiait :

— Je sais.

Sans colère. Pas comme une accusation. Comme une simple constatation.

— Je te connais et je sais.

Il est vrai que ma gueule de bois ne se dissipait pas et que j'ai failli deux fois au moins aller vomir mon déjeuner. J'avais hâte de boire quelque chose pour me remettre d'aplomb. Je n'osais pas.

Pourquoi ? Toujours des questions. J'ai passé ma vie à me poser des questions, pas beaucoup, quelques-unes, certaines assez idiotes, sans jamais trouver de réponses satisfaisantes.

Je suis un homme. Isabel avait trouvé normal, la veille au soir, de voir une cinquantaine d'hommes et de femmes boire au-delà de toute mesure. Or, c'est tout juste si, moi, je ne me cachais pas pour rafler les verres sur les tables et les vider à la sauvette.

Pourquoi ?

Elle avait été la première, en rentrant, à verser du scotch à l'intention de Mona, qui était pourtant une femme, et j'avais attendu longtemps avant d'oser me servir moi-même.

Qu'est-ce qui m'empêchait, à présent, d'ouvrir le placard aux liqueurs, d'y prendre une bouteille et d'aller chercher un verre à la cuisine ? J'en avais besoin. Je vacillais littéralement. Je n'avais aucune envie de me saouler ; seulement de me remettre d'aplomb.

Cela m'a pris plus d'une demi-heure et j'ai quand même triché.

— Vous n'avez pas envie d'un scotch, Mona ?

Elle regarda Isabel comme pour lui demander la permission, comme si mon offre ne comptait pas.

— Cela me ferait peut-être du bien ?

— Et toi, Isabel ?

— Non, merci...

D'habitude, en dehors des soirées auxquelles nous assistons ou que nous donnons à la maison, je ne bois qu'un whisky par jour, en rentrant de mon bureau pour dîner. Souvent, Isabel en prend un avec moi, très pâle, il est vrai.

Elle n'est pas puritaine. Elle ne critique ni les gens qui boivent ni ceux de nos amis qui mènent une vie plus ou moins irrégulière.

Alors, pourquoi cette peur, nom de Dieu ? Car on aurait pu penser que j'avais peur d'elle. Peur de quoi ? D'un reproche ? Elle ne m'en avait jamais adressé. Alors ? Peur d'un regard ? Comme j'avais peur, enfant, du regard de ma mère ?

Isabel n'est pas ma mère. Je suis son mari et nous avons fait deux enfants ensemble. Jamais elle n'entreprend rien sans me demander conseil.

Elle n'a rien de la femme forte et dominatrice dont tant de maris se plaignent et, quand nous sommes en compagnie, elle me laisse toujours la parole.

Elle est calme, tout simplement. Sereine. Est-ce que ce mot-là n'expliquerait pas tout ?

— A votre santé, Mona...

— A la vôtre, Donald... A la tienne, Isabel...

Mona n'essayait pas de jouer la comédie de la douleur. Peut-être souffrait-elle, mais cela ne devait pas être une souffrance déchirante. Elle avait dit, comme si cela venait du fond d'elle-même :

— Ray était un chic type...

N'était-ce pas révélateur ? Quelque chose comme un copain, comme un bon ami avec qui on a fait un bout de chemin dans la vie d'une façon aussi agréable que possible.

C'était cela aussi qui m'attirait. Depuis longtemps, j'avais senti entre eux cette entente paisible et indulgente.

Ray avait eu envie de Patricia Ashbridge et il l'avait prise, sans se préoccuper, j'en suis sûr à présent, de savoir si sa femme l'apprendrait ou non.

— Il me semble que le vent faiblit...

Nos oreilles étaient si habituées au bruit de l'ouragan que la moindre nuance nous frappait. C'était vrai. On était encore loin du silence, mais l'intensité avait changé et, en regardant par la vitre que nous avions grattée tant bien que mal, il me sembla que les flocons tombaient presque verticalement, bien que tout aussi serrés.

Des équipes, partout dans le pays, travaillaient à dégager les routes et les ambulances s'efforçaient de se tracer un chemin car on signalait des dizaines de blessés et de morts.

— Je me demande ce qui va se passer...

C'était Mona qui parlait, comme en s'interrogeant elle-même. La neige ne fondrait pas avant plusieurs semaines. Une fois les routes déblayées, on s'occuperait de notre chemin. Puis, sans doute, des équipes viendraient rechercher le corps de Ray.

Et après ? Ils habitaient un bel appartement dans un des quartiers les plus agréables et les plus élégants de New York, à Sutton Place en bordure de l'East River.

Retournerait-elle y vivre seule ? Essayerait-elle de refaire du théâtre, de la télévision ?

Elle avait eu raison, tout à l'heure. Tout cela était irréel, incohérent. Pour ma part, au cours de ma méditation sur le banc de la grange, je n'avais pas pensé un instant à l'avenir de Mona.

J'avais tué Ray, soit ; je m'étais vengé, assez salement, assez lâchement, et je ne m'étais pas préoccupé des conséquences.

En réalité, je n'avais tué personne. Inutile de me vanter. J'aurais pu patauger dans la neige pendant le reste de la nuit sans une seule chance de retrouver mon ami.

Je l'avais tué en pensée. En intention. Pas même en intention, car cela aurait demandé un sang-froid que je ne possédais pas à ce moment-là.

— Nous ferions peut-être mieux d'apporter des matelas devant le feu et d'essayer de dormir ? proposa Isabel. Pas toi, Mona. Laisse-nous faire, Donald et moi...

Nous sommes allés chercher, là-haut, les matelas des deux filles, plus étroits et plus légers, puis celui de la chambre d'amis.

Je me demandais assez bêtement si on allait les mettre les uns contre les autres, former ainsi une sorte de grand lit sur lequel nous aurions dormi tous les trois, et je suis sûr qu'Isabel a deviné ma pensée.

Elle a laissé, entre les matelas, le même espace, à peu près, que celui qui existe d'habitude entre les lits jumeaux, puis elle est allée chercher des couvertures.

Il est possible que je me trompe. C'est probable. Pendant le peu de temps que nous sommes restés à nouveau seuls, Mona m'a regardé, puis elle a regardé les matelas.

S'est-elle demandé lequel serait le sien et lequel serait le mien ? Y a-t-il eu dans son esprit, je ne dirai pas une tentation, mais une vague arrière-pensée ?

Au retour d'Isabel, qui a étendu les couvertures, nous avons hésité une seconde. Et, cette fois, je suis sûr de ce que j'avance. Ce n'est pas par hasard qu'Isabel a choisi le matelas de droite, m'a laissé celui du milieu, réservant celui de gauche à Mona.

Elle me mettait, exprès, entre elles deux. Cela signifiait :

— Tu vois ! J'ai confiance...

En moi ou en Mona ?

Il est vrai que cela pouvait signifier aussi :

— Je te laisse libre... Je t'ai toujours laissé libre...

Ou enfin :

— Tu n'oseras quand même pas...

Il était un peu plus de midi et nous nous efforcions tous les trois de trouver le sommeil. La dernière chose dont je me souvienne, c'est de la main de Mona, sur le parquet, entre nos deux matelas. Cette main-là, dans mon demi-sommeil, prenait une signification inouïe. Pendant tout un temps, je me suis demandé si j'allais oser avancer ma main pour la toucher comme par inadvertance.

Je n'étais pas amoureux. C'était le geste qui comptait, l'audace du geste. Il me semblait que cela aurait été une délivrance. Mais je devais déjà avoir l'esprit embrumé car l'image de la main se transforma en celle d'un chien que je reconnaissais, celui que possédait un de nos voisins quand j'avais douze ans.

Je devais dormir.

Le courant s'est rétabli un peu après dix heures du soir et cela a été une curieuse impression de voir soudain toutes les lampes de la maison s'allumer seules tandis que la bougie continuait à brûler, presque ridicule avec sa flamme rougeâtre.

Nous nous sommes regardés, soulagés, comme si c'était la fin de tous nos ennuis, de toutes nos peines.

Je suis descendu à la cave pour remettre le chauffage en marche et, quand je suis remonté, Isabel essayait de téléphoner.

— Il marche ?

— Pas encore...

J'imaginai une fois de plus les hommes, dehors, grimpant aux poteaux avec, aux pieds, ces curieux demi-cercles en métal qui leur permettent de grimper comme des singes. J'ai souvent rêvé de monter aux poteaux de la sorte.

— Où couche-t-on ? demanda Mona.

— Les chambres ne se réchaufferont que lentement. Il faut attendre au moins deux ou trois heures...

Nous n'avons pas beaucoup parlé, ce dimanche-là, ni dans la journée ni dans la soirée. Si j'écrivais bout à bout les répliques prononcées, cela ne donnerait pas trois pages.

Personne n'a essayé de lire. A plus forte raison n'a-t-il pas été question de jouer à un jeu quelconque. Heureusement qu'il y avait la danse des flammes dans le foyer et c'est à les contempler que nous avons passé le plus clair de notre temps.

Nous nous sommes couchés tout habillés, dans le même ordre que l'après-midi, mais je n'ai pas vu la main de Mona sur le plancher. A certain moment, j'ai entendu des mouvements autour de moi. J'ai vu Isabel, debout devant la cheminée, occupée à plier une couverture.

Je n'ai pas eu besoin de lui demander ce qui se passait. Elle avait lu la question dans mes yeux.

— Il est six heures. Les chambres sont chaudes. Il vaut mieux finir la nuit dans nos lits.

Mona était encore à genoux sur son matelas, le visage rouge, les yeux brouillés de sommeil.

J'ai aidé Isabel à porter le matelas de Mona dans la chambre d'amis et les deux femmes ont refait le lit. Moi, je suis allé me déshabiller dans notre chambre, passer un pyjama, et j'étais couché quand ma femme est arrivée.

— Elle prend la chose avec beaucoup de calme, a dit Isabel.

Elle parlait elle-même calmement, comme pour constater un fait assez peu important. Plus tard, elle m'a touché l'épaule.

— Le téléphone, Donald...

J'ai d'abord cru que quelqu'un nous avait appelés, que le téléphone avait sonné et j'ai pensé tout de suite à Ray. Isabel voulait seulement dire que le téléphone fonctionnait. La pendule ancienne, sur la commode, marquait sept heures et demie. Je me suis levé. Je suis allé boire un verre d'eau dans la salle de bains et j'en ai profité pour me donner un coup de peigne. Puis, assis au bord de mon lit, j'ai appelé le numéro de la police, à Chanaan.

Occupé... Encore occupé... Dix fois, vingt fois, le signal occupé... Enfin une voix lasse...

— Ici, Donald Dodd, de Brentwood... Dodd, oui... L'avocat...

— Je vous connais, monsieur Dodd...

— Qui est à l'appareil ?

— Le sergent Tomasi... Qu'est-ce qui ne va pas, chez vous ?...

— Le lieutenant Olsen n'est pas là ?

— Il a passé la nuit ici, comme nous tous... Vous voulez que je vous le passe ?...

— S'il vous plaît, Tomasi... Allô !... Lieutenant Olsen ?...

— Olsen à l'appareil, oui...

— Ici, Dodd...

— Comment allez-vous ?

Isabel ne pouvait voir mon visage, car je lui tournais le dos, mais j'étais sûr que son regard était posé sur ma nuque, sur mes épaules, et qu'elle me devinait aussi bien ainsi que de face.

— Je dois vous signaler une disparition... Hier soir... Non, c'était avant-hier soir...

La notion du temps s'était déjà détraquée.

— Samedi soir, nous sommes allés avec deux amis de New York à une soirée chez les Ashbridge...

— Je suis au courant...

Olsen était un grand blond au visage impassible, au teint coloré, aux cheveux coupés en brosse. Je ne l'ai jamais vu avec un grain de poussière ou un faux pli à son uniforme. Je ne l'ai jamais vu non plus fatigué, ou impatient.

— Au retour, tard dans la nuit, nous avons été bloqués par la neige à quelques centaines de mètres de chez moi... La torche électrique était à bout... Nous étions quatre, les deux femmes devant, mon ami et moi derrière, à nous efforcer d'atteindre la maison...

Silence à l'autre bout du fil, comme si la ligne était à nouveau coupée. C'était gênant et je sentais toujours sur moi le regard d'Isabel.

— Vous êtes là ?

— J'écoute, monsieur Dodd.

— Les deux femmes sont bien arrivées. J'ai fini, moi aussi, par atteindre la maison et c'est alors seulement que je me suis aperçu que mon ami n'était plus à mon côté...

— Qui est-ce ?...

— Ray Sanders, de la maison Miller, Miller et Sanders, les agents de publicité de Madison Avenue...

— Vous ne l'avez pas retrouvé ?

— Je suis parti à sa recherche, sans pour ainsi dire de lumière... J'ai pataugé dans la neige en criant son nom...

— Avec le blizzard, il aurait fallu qu'il soit très près de vous pour vous entendre...

— Oui... Quand je me suis senti à bout de forces, je suis rentré... Hier matin... Oui, hier dimanche, nous avons essayé de sortir, ma femme et moi, mais la neige était trop profonde...

— Vous avez téléphoné à vos plus proches voisins ?

— Pas encore... Je suppose que, s'il se trouvait chez l'un d'eux, il m'aurait déjà appelé...

— C'est probable... Écoutez, je vais essayer de vous envoyer une équipe... Ce ne sont pas des chasse-neige qu'il nous faudrait, mais des bulldozers... Une partie de la route seulement est à peu près dégagée... Appelez-moi si vous aviez du nouveau...

En somme, nous avions fait ce que nous avions pu. J'étais en règle avec les autorités.

— Ils viendront ? demanda la voix unie de ma femme.

— Une seule partie de la route est dégagée. Il dit que ce ne sont pas des chasse-neige qu'il faudrait, mais des bulldozers... Il va essayer de nous envoyer une équipe, il ne sait pas quand...

Elle est allée dans la cuisine préparer le café pendant que je prenais une douche et que j'endossais les mêmes vêtements que la veille, mes pantalons de flanelle grise et mon vieux chandail brun.

Isabel avait préparé des œufs au bacon pour nous deux et, comme la place de Mona restait vide, elle a dit :

— Elle dort...

Je crois qu'il y avait quand même chez elle une certaine surprise devant les réactions, ou plutôt le manque de réactions, de Mona. Isabel se serait-elle comportée autrement si c'était moi qui m'étais perdu dans la neige ?

Au fait, je comprenais soudain cette sorte de vide que je ressentais depuis que ma femme m'avait réveillé en me touchant l'épaule : le vent ne soufflait plus. L'univers était devenu silencieux, d'un silence qui ne paraissait pas naturel après les heures de vacarme que nous venions de vivre.

J'ai pris la télévision. J'ai vu des toits déchiquetés, des autos ensevelies dans la neige, des arbres abattus, un autobus renversé, en pleine rue, à Hartford. J'ai vu aussi les rues de New York qu'on s'efforçait de déblayer et où de rares silhouettes noires s'engluaient dans la neige des trottoirs.

On était sans nouvelles de plusieurs bateaux en mer. Une maison soufflée par le vent. Une autre qui se tenait de travers, maintenue par une montagne de neige.

De la neige, il y en avait plus d'un mètre à notre propre porte et nous ne pouvions rien faire d'autre qu'attendre.

J'ai donné trois coups de téléphone, chez Lancaster, l'électricien, dont la maison est à un demi-mile à vol d'oiseau de la nôtre, chez Glendale, l'expert-comptable, et enfin chez un type que je n'aime pas, un nommé Cameron, qui s'occupe vaguement d'affaires immobilières.

— Ici, Donald Dodd... Excusez-moi de vous déranger... Un de mes amis ne se serait-il pas réfugié chez vous, par hasard ?...

Aucun des trois n'avait vu Ray. Il n'y eut que Cameron pour demander avant de répondre :

— Comment est-il ?

— Grand, les cheveux bruns, une quarantaine d'années...

— Il s'appelle ?

— Ray Sanders... Vous l'avez vu ?...

— Non... Je n'ai vu personne...

Quand je suis retourné à la cuisine, Mona y mangeait. Contrairement à Isabel, elle n'avait pas fait sa toilette et les cheveux lui tombaient sur le visage. Elle sentait le lit. Isabel ne sentait jamais le lit mais, comme disait ma mère, elle sent le propre.

Ce désordre de Mona, ce laisser-aller un peu animal me troublaient, comme le regard interrogateur, sans fièvre, qu'elle me lança avant de prononcer du bout des lèvres :

— Quand viendront-ils ?

— Dès qu'ils pourront. Ils sont déjà en route, mais ils devront attendre qu'on déblaie...

Isabel nous regardait tour à tour et je suis incapable de dire ses pensées. Si elle devinait celles des autres, il était impossible de deviner les siennes.

Pourtant, elle avait le visage le plus ouvert qui soit. Elle inspirait confiance à tout le monde. Dans les œuvres dont elle s'occupait, c'était à elle qu'on confiait les tâches délicates ou ennuyeuses et elle les acceptait avec son sourire immuable.

— Isabel est toujours là quand on a besoin d'elle...

Pour conseiller, pour consoler, pour aider... En dehors d'une femme de ménage, qui venait trois heures par jour et un jour plein par semaine, elle s'occupait de la maison et faisait la cuisine. C'était elle aussi qui s'était occupée de nos filles jusqu'à ce qu'elles entrent à la pension Adams, faute d'une bonne école pour elles à Brentwood.

Il s'y mêlait peut-être un certain snobisme. Isabel aussi est allée à l'école Adams, de Litchfield, considérée comme une des institutions les plus fermées du Connecticut.

Pourtant, Isabel n'était pas snob. J'ai vécu dix-sept ans avec elle. Pendant dix-sept ans, nous avons dormi dans la même chambre. Je suppose que nous avons fait l'amour plusieurs milliers de fois. Néanmoins, je ne parviens pas encore à me faire d'elle une image précise.

Je connais ses traits, la coloration de sa peau, les reflets blonds de ses cheveux qui tirent sur le roux, ses épaules larges qui deviennent un peu lourdes, ses gestes calmes, sa démarche.

Elle s'habille beaucoup en bleu pâle, mais la couleur qu'elle préfère est le mauve hortensia.

Je connais son sourire, jamais très prononcé, un sourire légèrement gommé qui n'en éclaire pas moins son visage déjà clair par nature.

Mais que pense-t-elle, par exemple, à longueur de journée ? Que pense-t-elle de moi, qui suis son mari et le père de ses filles ? Quels sont ses sentiments réels à mon égard ?

Que pense-t-elle, à l'instant même, de Mona qui achève de manger ses œufs ?

Elle ne peut pas aimer Mona, qui est trop différente d'elle et qui représente le laisser-aller, le désordre, Dieu sait quoi encore.

Le passé de Mona n'est pas simple et net comme le sien. Il existe une partie plus ou moins trouble, les nuits de Broadway, les coulisses des théâtres, les loges d'acteurs et d'actrices, et son père que cela ne gênait pas de confier sa fille tantôt à une de ses maîtresses tantôt à une autre.

Mona n'avait pas pleuré. Elle n'était pas abattue. Elle donnait plutôt l'impression de quelqu'un qui commence à trouver que les choses traînent en longueur.

Son mari était quelque part dans la neige, à cent ou deux cents mètres de la maison, une maison qui n'était pas la sienne, où elle n'avait pas ses habitudes et où elle devait se sentir comme prisonnière.

Maintenant que le blizzard était fini, que la neige avait cessé de tomber, que la lumière était revenue, qu'on pouvait communiquer par téléphone et qu'on revoyait vivre le monde sur l'écran de télévision, il fallait encore attendre qu'une équipe arrive de Chanaan et se mette à remuer des milliers de mètres cubes de neige.

— Je n'ai plus de cigarettes... constata-t-elle en repoussant son assiette.

J'allai lui en chercher un paquet dans le placard aux liqueurs. Cela me frappa soudain que nous ayons mangé dans la cuisine alors que, quand nous avons des amis, nous prenons toujours nos repas, y compris le petit déjeuner, dans la salle à manger.

Même seuls, Isabel et moi, c'est dans la salle à manger aussi que nous déjeunons et que nous dînons.

On avait monté les matelas des filles dans les chambres du premier et les verres sales avaient disparu.

— Je vais te donner un coup de main...

Mona portait son pantalon noir, son chandail jaune canari. Elle aidait ma femme à faire la vaisselle et je ne savais où me mettre. Je pensais trop. Je me posais trop de questions qui me mettaient mal à l'aise.

Ces questions-là ne pouvaient pas toutes dater du temps que j'avais passé sur le banc dans la grange. Je n'avais pas vécu dix-sept ans sans m'en poser quelques-unes.

Comment se fait-il que, jusqu'ici, elles ne m'aient pas troublé ? Je devais leur faire, machinalement, les réponses convenables, celles qu'on apprend dès l'école. Le père. La mère. Les enfants. L'amour. Le mariage. La fidélité. La bonté. Le dévouement...

C'est vrai que j'avais vécu ainsi. Même comme citoyen, je prenais mes devoirs aussi au sérieux qu'Isabel.

Est-il possible que je ne me sois jamais rendu compte que je me mentais à moi-même et qu'au fond je ne croyais pas à ces images édifiantes ?

Dans notre étude, c'est mon associé, Higgins, que j'appelle toujours le vieux Higgins, bien qu'il n'ait que soixante ans, qui s'occupe des ventes et achats de propriétés, des hypothèques, des constitutions de sociétés et, en général, de toutes les affaires techniques.

C'est un bonhomme grassouillet et roublard qui, en d'autres temps, aurait pu vendre sur les foires de l'élixir de longue vie. Il est plutôt sale, mal tenu, et je le soupçonne d'exagérer la vulgarité de ses attitudes pour mieux tromper son monde.

Il ne croit à rien ni en personne et il me choque souvent par son cynisme.

Quant à moi, mon domaine est plus personnel, car je m'occupe des testaments, des successions et des affaires de divorce. J'en ai réglé des centaines, car notre clientèle s'étend assez loin de Brentwood et beaucoup de gens riches habitent la région.

Je ne parle pas du criminel. C'est à peine si j'ai eu à plaider dix fois devant un jury.

Je devrais connaître les hommes. Les hommes et les femmes. Je croyais les connaître et cependant, dans ma vie privée, je me comportais et je pensais comme dans ce qu'on appelle les bons livres.

Au fond, j'étais resté un boy-scout.

C'est sur le banc...

Je ne sais pas où sont les deux femmes, sans doute dans la chambre d'amis, et je traîne, seul, dans le living-room et la bibliothèque, à ruminer des pensées dont je ne suis pas fier.

Moi qui m'étais cru un esprit précis ! Il avait suffi du spectacle d'un homme et d'une femme faisant l'amour dans une salle de bains...

Car c'était bien le point de départ. Tout au moins le point de départ apparent. Il devait exister d'autres causes, plus lointaines, que je ne découvrirais que plus tard.

C'est sur le banc rouge, dans la grange dont la porte battait, qu'une vérité m'est apparue, qui a tout changé :

— Je le hais...

Je le hais et je le laisse mourir. Je le hais et je le tue. Je le hais parce qu'il est plus fort que moi, parce qu'il a une femme plus désirable que la mienne, parce qu'il mène une existence comme j'aurais voulu en mener, parce qu'il va dans la vie sans se préoccuper de ceux qu'il bouscule sur son passage...

Je ne suis pas un faible. Je ne suis pas non plus un raté. Ma vie, c'est moi qui l'ai choisie, comme j'ai choisi Isabel.

L'idée d'épouser Mona, par exemple, ne me serait pas venue si je l'avais connue à l'époque. Ni celle d'entrer, Madison Avenue, dans une affaire de publicité.

Ce choix, je ne l'ai pas fait par lâcheté, ni par paresse.

Cela devient beaucoup plus compliqué. Je touche à un domaine où je soupçonne que je vais faire des découvertes déplaisantes.

Prenons le cas d'Isabel. Je l'ai rencontrée à un bal, à Litchfield, justement, où elle habitait avec ses parents. Son père était le chirurgien Irving Whitaker, qu'on appelait souvent à Boston et ailleurs dans des cas difficiles. Quant à sa mère, c'était une Clayburn, des Clayburn débarqués du *Mayflower*.

Ce n'est ni la réputation du père ni le nom de la mère qui m'ont influencé. Ce n'est pas la beauté d'Isabel non plus, ni son attrait physique.

Je désirais d'autres filles beaucoup plus qu'elle.

Son calme, cette sorte de sérénité qu'elle avait déjà à l'époque ? Sa douceur ? Son indulgence ?

Mais pourquoi aurais-je cherché de l'indulgence alors que je ne faisais rien de mal ?

En somme, j'avais besoin que les choses soient bien unies, bien ordonnées autour de moi.

Alors que j'ai une furieuse envie d'une femme comme Mona, qui est tout le contraire !

— L'important, disait mon père, est de bien choisir au départ...

Il ne parlait pas seulement de choisir sa femme mais de choisir une profession, un mode de vie, un mode de pensée.

J'ai cru choisir. J'ai fait de mon mieux. Je me suis usé à faire de mon mieux.

Et, peu à peu, j'en suis arrivé à guetter une approbation dans le regard d'Isabel.

Ce que j'avais choisi, en définitive, c'était un témoin, un témoin bienveillant, quelqu'un qui, d'un coup d'œil, me ferait comprendre que je me maintenais dans la bonne voie.

Tout cela venait de craquer en une nuit. Ce que j'enviais chez Ray, comme chez un Ashbridge, c'était de n'avoir besoin de personne, de l'approbation de personne.

Peu importait à Ashbridge qu'on se moque de lui parce que ses trois femmes successives l'avaient trompé. Il les choisissait jeunes, belles, sensuelles, et il savait d'avance ce qu'il pouvait en attendre.

S'en moquait-il vraiment ?

Et Ray aimait-il Mona ? Cela lui était-il indifférent qu'avant de le connaître elle ait passé dans les bras de tant d'hommes ?

Étaient-ce eux les forts et moi le faible, parce que j'avais choisi de vivre en paix avec moi-même ?

Eh bien, cette paix, je ne l'avais pas trouvée. J'avais fait semblant. J'avais passé dix-sept ans de ma vie à faire semblant.

Je tendais l'oreille à un bourdonnement encore lointain et, quand j'ouvris la porte, le bourdonnement s'amplifia. Je compris que les machines se rapprochaient de chez nous et il me sembla même entendre vaguement des voix d'hommes.

Découvrirait-on Ray aujourd'hui ? C'était peu probable. Mona allait encore passer au moins une nuit à la maison et je regrettais que ce ne soit pas, comme la première nuit, sur un matelas dans le living-room.

Je revoyais sa main sur le plancher, cette main que j'avais une telle envie de toucher, comme si elle était devenue un symbole.

J'essayais d'échapper. Mais échapper à quoi ?

Depuis un peu plus de vingt-quatre heures, je savais qu'en réalité j'étais cruel, capable de me réjouir de la mort d'un homme que j'avais toujours considéré comme mon meilleur ami, capable, au besoin, de la provoquer.

— Tu vas nous faire geler...

Je refermai vivement la porte et retrouvai les deux femmes qui étaient allées s'habiller. Mona portait une robe rouge, ma femme une robe bleu pâle. On aurait dit qu'elles s'efforçaient de rentrer dans la vie de tous les jours.

Tout cela n'en restait pas moins faux.

3

Vers quatre heures, nous avons aperçu par la fenêtre les machines qui attaquaient lentement la neige, y creusaient une tranchée aux cloisons aussi nettes que des falaises. C'était fascinant. Nous ne disions rien. Nous regardions sans penser. Pour ma part, en tout cas, je ne pensais pas. Depuis le samedi soir, j'étais en dehors de ma vie ordinaire et comme en dehors de la vie tout court.

Ce dont je me souviens le mieux, c'est de la présence d'une femelle dans la maison. On aurait dit que je la reniflais, comme un chien, que je la cherchais dès qu'elle passait hors de ma vue, que je rôdais autour d'elle en attendant l'occasion de la toucher.

J'avais une envie folle, irraisonnée, animale de la toucher. Mona s'en rendait-elle compte ? Elle ne parlait pas de Ray, deux ou trois fois à peine. Je me demande si, elle aussi, ne cherchait pas une sorte de détente physique.

Et il y avait le regard d'Isabel qui nous suivait tous les deux, sans anxiété, avec seulement un peu d'étonnement. Elle était habituée à l'homme que j'avais été pendant tant d'années au point qu'elle n'avait presque plus besoin de me regarder.

Or, elle sentait le changement. Elle ne pouvait pas ne pas le sentir. Elle ne pouvait pas non plus comprendre d'un seul coup.

Je revois l'immense chasse-neige émergeant à quelques mètres de la maison, fonçant comme s'il allait continuer sa route à travers le living-room. La bête s'est arrêtée à temps. J'ai ouvert la porte.

— Venez boire quelque chose...

Ils étaient trois. Il y en avait deux autres dans une machine qui suivait. Ils sont entrés tous les cinq, raides dans leur canadienne, dans leurs immenses bottes, et l'un d'eux avait les moustaches gelées. Rien que leur présence refroidissait la pièce.

Isabel était allée chercher des verres, du whisky. Ils regardaient, surpris par le calme intime de la maison. Puis ils regardaient Mona. Pas Isabel, mais Mona. Eux aussi, sortant de leur bataille silencieuse avec la neige, sentaient-ils la chaleur de la femelle ?

— A votre santé... Et merci de nous avoir délivrés...

— Le lieutenant va venir... Il est prévenu que la route est libre...

C'étaient de ces gens qu'on ne voit surgir qu'en de rares occasions, comme les ramoneurs, et qui, le reste du temps, vivent Dieu sait où. Il n'y en avait qu'un dont le visage m'était familier, mais je n'arrivais pas à me rappeler où je l'avais vu.

— Eh bien, merci à vous. Ça réchauffe...

— Encore un verre ?

— Ce ne serait pas de refus, mais on a à faire...

Les monstres repartaient lourdement, entourés de poudre blanche, et bientôt, comme la nuit commençait à tomber, on vit au bout de la tranchée les phares pâles d'une auto.

Deux hommes en uniforme en descendirent, le lieutenant Olsen et un policier que je ne connaissais pas. C'est moi qui leur ouvris la porte, tandis que les deux femmes restaient assises dans leur fauteuil.

— Bonjour, lieutenant. Je suis désolé de vous déranger...

— Vous n'avez aucune nouvelle de votre ami ?

Il alla s'incliner devant Isabel, qu'il avait rencontrée plusieurs fois. Je lui présentai Mona.

— La femme de mon ami Ray Sanders...

Il accepta la chaise qu'on lui avançait. Son compagnon, tout jeune, s'assit aussi.

— Vous permettez, madame Sanders ?...

Il tirait de sa poche un carnet, un stylo.

— Vous dites Ray Sanders... Quelle adresse ?...

— Nous habitons Sutton Place, à Manhattan.

— Quelle est la profession de votre mari ?

— Il dirige une agence de publicité, Madison Avenue, Miller, Miller et Sanders...

— Depuis longtemps ?

— Il a d'abord été l'avocat-conseil des Miller et, depuis trois ans, il est leur associé...

— Avocat... répéta Olsen comme pour lui-même.

Je précisai :

— Nous avons fait ensemble nos études à Yale, Ray et moi... C'était mon plus vieil ami...

Cela ne rimait à rien.

— Vous étiez de passage ? demanda-t-il à Mona.

C'est moi qui répondis :

— Ray et sa femme sont passés nous voir au retour du Canada. Ils devaient rester ici pour le week-end...

— Ils viennent souvent ?

La question me désarçonna, car je ne voyais pas son intérêt. Mona répondit à ma place :

— Deux ou trois fois par an...

Il la regarda avec attention, comme si son physique avait de l'importance.

— Quand êtes-vous arrivés, votre mari et vous ?

— Samedi, vers deux heures de l'après-midi...

— Vous n'avez eu, en route, aucun ennui avec la neige ?
— Un peu. Nous roulions lentement...
— Vous m'avez dit, monsieur Dodd, que vous avez emmené vos amis chez les Ashbridge ?
— C'est exact.
— Ils se connaissaient ?
— Non, comme vous devez le savoir, quand le vieil Ashbridge donne une réception, il ne regarde pas à quelques personnes en plus ou en moins...

Il y eut un léger sourire sur les lèvres du lieutenant qui paraissait en connaître assez long sur les soirées des Ashbridge.

— Votre mari a beaucoup bu ? demanda-t-il à Mona.
— Je n'ai pas été avec lui tout le temps... Il me semble qu'il a bien bu, oui...

Il me sembla, à moi, qu'Olsen s'était déjà renseigné, sans doute en donnant quelques coups de téléphone.

— Et vous, monsieur Dodd ?...
— J'ai bu, oui...

Isabel me regardait, les mains croisées sur les genoux.

— Plus que d'habitude ?
— Beaucoup plus que d'habitude, je l'avoue...
— Vous étiez ivre ?
— Pas tout à fait, mais je n'étais pas dans mon état normal...

Pourquoi éprouvai-je le besoin d'ajouter :

— Cela ne m'est arrivé que deux fois dans ma vie...

Besoin de sincérité ? Défi ?

— Deux fois ! s'exclama Olsen. Ce n'est vraiment pas beaucoup.
— Non.
— Vous aviez une raison de boire autant ?
— Non... J'ai commencé par deux ou trois whiskies, pour me mettre au diapason, puis je me suis mis à vider tous les verres qui me tombaient sous la main... Vous savez comment cela se passe...

J'étais moi-même, très avocat, parlant avec précision.

— Votre ami Ray buvait avec vous ?
— Nous nous sommes rencontrés plusieurs fois... Il nous est arrivé d'échanger quelques phrases, de nous trouver dans le même groupe, puis d'être à nouveau séparés. La maison des Ashbridge est grande et il y avait des invités partout...
— Et vous, madame Sanders ?

Elle me regarda comme pour me demander conseil, puis elle regarda Isabel.

— J'ai bu aussi... avoua-t-elle.
— Beaucoup ?
— Je crois... Je suis restée un certain temps avec Isabel...
— Et avec votre mari ?
— Je ne l'ai vu, de loin, que deux ou trois fois...

— Avec qui était-il ?

— Avec différentes personnes que je ne connais pas... Il a eu un assez long entretien avec M. Ashbridge, je m'en souviens, et tous les deux s'étaient réfugiés dans un coin pour discuter...

— En somme, votre mari s'est comporté comme d'habitude dans ces occasions-là ?

— Oui... Pourquoi ?...

Elle me regardait à nouveau, étonnée.

— Je suis obligé de vous poser ces questions parce que c'est la routine en cas de disparition...

— Mais c'est un accident...

— Je n'en doute pas, madame... Votre mari n'avait aucune raison de se suicider, n'est-ce pas ?...

— Aucune...

Elle écarquillait les yeux.

— Ni de disparaître sans laisser de traces ?...

— Pourquoi aurait-il voulu disparaître ?

— Vous avez des enfants ?

— Non.

— Il y a longtemps que vous êtes mariés ?

— Douze ans...

— Votre mari, chez les Ashbridge, n'a retrouvé aucune ancienne connaissance ?

Je commençais à être mal à l'aise.

— Pas que je sache.

— Une femme ?

— Je l'ai vu avec plusieurs femmes... Il est toujours très entouré...

— Aucune dispute ? Aucun événement qui vous revienne à la mémoire ?

Mona a rougi légèrement et je suis persuadé qu'elle est au courant de ce qui s'est passé entre Ray et Patricia. A-t-elle, comme moi, entrouvert la porte de la salle de bains ? Les a-t-elle vus sortir de cette pièce ?

— Vous êtes restés parmi les derniers ?

Il était certain, maintenant, que le lieutenant avait pris ses renseignements.

— Après nous, il n'y avait plus qu'une demi-douzaine de personnes...

— Qui a pris le volant ?

— Moi.

— Je dois reconnaître que, par le temps qu'il faisait, vous vous en êtes bien tiré. Quatre cents mètres de plus et vous étiez chez vous...

— Après le petit pont, il se forme toujours des congères...

— Je sais...

J'entendais depuis quelques minutes un nouveau grondement,

dehors. En me tournant vers les vitres, j'aperçus dans l'obscurité, devenue complète, une pelleteuse qui fonctionnait sous les feux d'un projecteur.

Olsen comprit ma question inexprimée.

— J'ai ordonné à tout hasard de commencer les recherches malgré la nuit... On ne sait jamais...

Savoir quoi ? Si Ray était encore vivant ?

— Une fois hors de la voiture, vous avez marché dans l'obscurité...

— La torche électrique ne fonctionnait presque plus. J'ai préféré que les deux femmes marchent devant...

— C'était prudent.

Isabel, immobile sur sa chaise, nous observait tour à tour, suivait les répliques sur les lèvres de chacun : c'était un peu comme si elle eût tricoté des yeux. Elle tricotait des images qui, un jour, formeraient peut-être un tout parfaitement ordonné.

— Nous nous tenions serrées l'une contre l'autre... dit-elle.

— Les hommes étaient loin derrière vous ?

— Tout près... Le bruit du vent était si fort que nous les entendions à peine quand ils nous hélaient...

— Vous n'avez pas eu de difficultés à trouver la maison ?

— Au fond, je ne savais pas exactement où j'étais... Je crois que je suis venue ici d'instinct...

— En vous retournant, vous ne pouviez pas voir la lumière ?

— Au début, un peu... Elle a vite pâli, puis elle a disparu...

— Combien de temps après vous votre mari est-il arrivé ?

Elle me regarda comme pour me demander mon avis. Elle n'était pas troublée. Elle ne paraissait pas non plus trouver que ces questions étaient assez bizarres en la circonstance.

— Peut-être une minute ? J'ai voulu faire de la lumière et j'ai constaté que le courant était coupé. J'ai demandé à Mona si elle avait des allumettes. Je me suis dirigée vers la salle à manger pour allumer une bougie d'un des candélabres et Donald est entré...

Quelles notes pouvait prendre le lieutenant et à quoi lui serviraient-elles ? C'était à moi, maintenant, qu'il s'adressait.

— Vous avez trouvé facilement la maison ?

— Je m'y suis littéralement heurté alors que je m'en croyais encore à une certaine distance. Je me demandais si je ne m'étais pas égaré...

— Et votre ami ?

— Je le supposais à mes côtés... Je veux dire à quelques mètres... De temps en temps, je faisais « Ha ! Ha !... »...

— Il répondait ?

— Plusieurs fois, j'ai cru l'entendre, mais le vacarme était tel...

— Ensuite ?

— Quand j'ai vu que Ray n'arrivait pas...

— Combien de temps avez-vous attendu ?
— Environ cinq minutes ?
— Vous aviez une autre torche électrique dans la maison ?
— Dans notre chambre, oui... comme on ne s'en sert à peu près jamais, on ne vérifie pas les piles et celles-ci aussi étaient usées...
— Vous êtes parti seul ?
— Ma femme et Mona étaient épuisées...
— Et vous ?
— Moi aussi...
— Comment vous êtes-vous dirigé ?
— Comme j'ai pu. Mon idée était de tourner en rond, de décrire des cercles de plus en plus grands...
— Vous n'aviez pas peur de glisser au bas du rocher ?
— Je me croyais capable de l'éviter... Quand on habite un endroit depuis quinze ans... Plusieurs fois, je suis tombé sur les genoux...
— Vous êtes allé jusqu'à votre voiture ?
Je regardai les deux femmes. Je ne me souvenais plus de ce que je leur avais dit à ce sujet. J'avais comme un blanc. Je jouai le tout pour le tout.
— Je l'ai atteinte par hasard...
— Bien entendu, elle était vide.
— Oui. Je m'y suis reposé un instant, à l'abri...
— Et la grange ?... Vous vous êtes assuré qu'il n'était pas dans la grange ?
J'eus peur, pour la première fois depuis le commencement de cet interrogatoire inattendu. On aurait pu croire qu'Olsen savait quelque chose, quelque chose que je ne savais pas moi-même, et qu'il me tendait des pièges, l'air innocent, tout en griffonnant dans son carnet.
— Je l'ai trouvée à cause du bruit de la porte qui battait... J'ai crié le nom de Ray et je n'ai rien entendu...
— Vous êtes entré ?
— J'ai dû faire deux ou trois pas...
— Je comprends...
Il referma enfin son calepin et se leva, très militaire.
— Je vous remercie tous les trois et m'excuse de vous avoir dérangés. Les travaux vont continuer toute la nuit si les conditions atmosphériques le permettent...
Et, à Mona :
— Je suppose, madame, que vous restez ici ?
— Mais... bien sûr...
Où serait-elle allée, pendant qu'on recherchait le corps de son mari dans des montagnes de neige ?
Nous avons dîné. Je me souviens qu'Isabel a réchauffé des spaghetti en boîte avec des boulettes de viande.
Quel jour étions-nous ? Lundi. Je n'avais rien fait de toute la

journée que traîner. Je n'étais pas allé au bureau, cela aurait été impossible, et pourtant j'en ressentais un sentiment de culpabilité.

Le matin, c'était moi, d'habitude, qui allais prendre le courrier dans le casier postal. Mes journées se déroulaient suivant une routine bien définie à laquelle je m'étais attaché. Il y avait une heure pour chaque chose, presque pour chaque geste.

Je *sentais* toujours la présence de Mona et je me demandais si cela se passerait. Pas ici, probablement...

Et pourquoi pas ? Elle venait de perdre son mari dont les hommes noirs et leurs machines, dehors, recherchaient le corps.

— Ray était un chic type...

Depuis le samedi soir, nous vivions tous les trois sur les nerfs, elle surtout. N'est-ce pas le moment où l'on éprouve le besoin de se jeter contre la poitrine de quelqu'un ?

Les hommes, à la guerre, se déchargent de leurs frayeurs par des explosions de sexualité.

Si nous nous trouvions seuls dans une pièce pour un temps assez long, avec l'assurance qu'Isabel ne viendrait pas nous déranger...

Il ne s'est rien passé. Nous sommes allés regarder la pelleteuse par la fenêtre et c'est à peine si j'ai trouvé le moyen de frôler le coude de Mona.

Nous nous sommes couchés, Mona toute seule, Isabel et moi dans notre chambre.

— Que penses-tu d'Olsen ?

La question me surprit, car elle indiquait le cours des pensées de ma femme. Or, moi aussi, je pensais à Olsen.

— C'est un homme très bien. Il passe pour connaître son métier.

Je m'attendais à ce que la conversation continue, mais Isabel en resta là, sans rien dévoiler d'autre de ce qu'elle avait dans la tête.

Ce n'est que plus tard, au moment où nous allions éteindre les lumières, qu'elle a murmuré :

— Je ne pense pas que Mona souffre beaucoup...

J'ai répondu évasivement :

— On ne peut pas savoir...

— Ils semblaient très attachés l'un à l'autre...

Le mot me frappa. Attachés ! L'expression est courante, je le sais, mais je suppose que les gens qui l'emploient ont fini par en oublier le sens. Des êtres, deux êtres « attachés l'un à l'autre »...

Pourquoi pas enchaînés ?

— Bonne nuit, Isabel.

— Bonne nuit, Donald.

Elle poussa un soupir, comme tous les soirs, qui marquait la fin de sa journée et le passage au repos de la nuit. Presque tout de suite après elle était endormie, alors qu'il m'arrivait de chercher le sommeil pendant plus d'une heure.

Mona était seule dans la chambre d'amis. A quoi pensait-elle ?

Comment était-elle couchée ? J'entendais les bruits de ferraille des machines et j'imaginais les hommes qui passaient en quelque sorte la neige au crible.

Je me réveillai en sursaut au milieu de la nuit et, n'entendant plus rien, je me demandai s'ils avaient trouvé Ray. Pourquoi, dans ce cas, n'étaient-ils pas venus nous avertir ?

Je ne bougeais pas. Je me demande si, à travers son sommeil, Isabel n'a pas senti que j'étais éveillé et si elle ne s'est pas mise à écouter, elle aussi. Elle n'a pas remué mais sa respiration est devenue plus silencieuse. Tout était silencieux, sauf un moteur, très loin, du côté de la poste.

J'étais anxieux, sans raison. Cette paix subite m'apparaissait comme une menace et c'est avec soulagement que j'ai entendu la machine qui se remettait brusquement en marche.

Avait-elle eu une panne ? L'avait-on réglée ou graissée ? Ou simplement les hommes avaient-ils eu besoin de boire un coup ?

Je me suis rendormi et, quand j'ai ouvert les yeux, il faisait jour. L'odeur du café régnait déjà dans la maison, pas encore celle des œufs au bacon.

Je me suis levé. J'ai passé ma robe de chambre, me suis brossé les dents, donné un coup de peigne et, en pantoufles, j'ai gagné la cuisine qui était vide. Il n'y avait personne dans la salle à manger non plus, ni dans le living-room.

J'ai supposé qu'Isabel était chez Mona et j'ai regardé fonctionner la machine qui avait contourné le rocher et se trouvait maintenant au pied de celui-ci.

Une silhouette s'est dessinée du côté de la grange et c'est avec stupeur que j'ai reconnu ma femme. Elle avait endossé ma canadienne, chaussé ses bottes, et elle avançait comme elle pouvait dans la masse de neige.

M'a-t-elle entrevu derrière la vitre ? Le living-room n'était pas très clair et je n'avais pas allumé les lampes. Je ne sais pas pourquoi j'ai préféré ne pas être là quand elle rentrerait. Cette visite à la grange avait quelque chose de clandestin et se rapportait évidemment aux questions du lieutenant ou à mes réponses.

Je battis en retraite, regagnai notre chambre et fis couler l'eau de mon bain.

J'espérais, sans trop y croire, qu'Isabel viendrait me rejoindre, car j'avais hâte de reprendre contact avec elle, de voir s'il y avait quelque chose de changé dans son regard.

Elle avait entendu couler l'eau. Sans doute avait-elle entendu aussi Mona qui se levait car, quand j'arrivai dans la cuisine, les œufs au bacon pour nous trois étaient au feu, la table mise dans la salle à manger.

— Bonjour, Mona...

Aujourd'hui, elle portait une petite robe noire très collante, et peut-être parce qu'elle avait le visage fatigué, elle s'était maquillée davantage que les autres jours, surtout les yeux, ce qui lui donnait un regard différent.

— Bonjour, Donald.

J'embrassai la joue de ma femme.

— Bonjour, Isabel.

Elle ne me rendait pas mon baiser. C'était une tradition. Je ne sais pas quand ni comment cette tradition s'est établie. Cela me rappelait ma mère, qui ne m'embrassait jamais et qui me tendait machinalement la joue ou le front.

Je sus tout de suite qu'Isabel avait compris. Je savais aussi, dès la veille, dès l'interrogatoire par le lieutenant Olsen, quelle faute j'avais commise.

Pendant tout le temps que j'étais resté dans la grange, sur mon banc peint en rouge, j'avais fumé cigarette sur cigarette, les allumant l'une à l'autre, me contentant de laisser tomber les mégots sur la terre battue et de les éteindre du bout du pied. J'en avais fumé au moins dix.

C'est cela qu'Isabel était allée chercher dans la grange en profitant de mon sommeil : la preuve de mon passage, de mon long séjour à l'abri alors que j'étais censé passer tout ce temps à la recherche de Ray.

Elle savait. Or, il n'y avait rien d'accusateur dans ses yeux bleus, aucune dureté nouvelle. Seulement de l'étonnement, de la curiosité.

Elle ne me regardait pas non plus comme un étranger à cause de ce que j'avais fait, mais j'étais devenu quelqu'un d'autre, quelqu'un qu'elle avait longtemps connu sans deviner sa véritable personnalité.

Nous mangions en entendant les hommes travailler au pied du rocher. Mona, intriguée par la qualité de notre silence, nous regardait tour à tour et peut-être se demanda-t-elle si ma femme n'était pas jalouse.

Cela se traduisit par une petite phrase :

— J'ai honte de m'imposer si longtemps...

— Vous êtes folle, Mona... Vous savez bien que nous vous considérons, Ray et vous, comme de la famille...

J'ai mangé vite, mal à l'aise. En me levant, j'ai annoncé :

— Je vais voir si je peux rentrer la voiture...

Je mis mes bottes, ma canadienne, mon bonnet de fourrure. J'ai eu l'impression que Mona allait proposer de m'accompagner, pour changer d'air, mais elle n'osa pas.

Les hommes, en bas, travaillaient avec plus de précaution, car ils atteignaient l'endroit où ils avaient le plus de chance de trouver le corps.

Je suivis la tranchée dont le sol gelé était devenu glissant et me sentis libéré d'être dehors à l'air libre, de retrouver un décor, changé certes, mais malgré tout familier.

Ils avaient poussé ma voiture contre la paroi glacée et elle était encore couverte de neige. Je dus dégager le pare-brise. Je me demandais si le moteur se mettrait en marche. Il me semblait qu'un long temps s'était écoulé et que des perturbations capitales avaient dû se produire.

Or, la Chrysler ronronna tout de suite et, avec précaution, je la conduisis devant le garage. C'était un petit bâtiment en bois, peint en blanc, en face de la grange.

Je dus dégager un certain espace à la pelle pour ouvrir la porte et je vis à l'intérieur la Lincoln décapotable dans laquelle Ray et Mona étaient arrivés du Canada le samedi après-midi.

Quelques minutes plus tard, j'entrai dans la grange, dont la grande porte s'était abattue à l'extérieur. Il y avait une large bande de neige, mais elle n'atteignait pas les abords du banc. Je regardai le sol.

Les bouts de cigarette avaient disparu.

Quand je rentrai, je cherchai tout de suite son regard et elle ne détourna pas la tête, elle m'offrit ses yeux, tranquillement. Qu'est-ce que je pouvais y lire ?

— Voilà !... Je sais !... Je l'avais soupçonné... Quand tu as répondu à Olsen au sujet de la grange, j'ai compris... Je suis allée voir et j'ai fait en sorte que d'autres ne sachent pas...

Qu'ils ne sachent pas que j'étais un lâche ? Pensait-elle que c'était par lâcheté physique, parce que j'avais peur de me perdre dans le blizzard, que je m'étais réfugié dans la grange ?

Pourquoi, alors, n'y avait-il aucun mépris dans ses prunelles ? Aucune pitié non plus. Aucune colère. Rien.

Si ! De la curiosité.

Du bout des lèvres, elle disait :

— Tu n'as pas eu de mal avec la voiture ?

— Non...

— Tu ne passes pas au bureau ?

— Je vais téléphoner à Helen pour qu'elle aille chercher le courrier... Il ne doit pas y en avoir car les voitures postales n'ont probablement pas pu circuler...

Nous parlions à vide. Elle m'avait vu entrer dans la grange. Je ne pouvais donc pas ignorer qu'elle avait fait disparaître les mégots.

La vaisselle était déjà faite. Nous nous regardions, tous les trois, sans savoir où nous mettre ni à quoi nous occuper. Mona sentait plus que jamais qu'il se passait quelque chose et, gênée, elle annonça :

— Je vais faire ma chambre...

La femme de ménage n'était pas venue. Elle habitait au-delà de la colline et la route qui, à travers bois, conduisait au hameau ne devait pas être dégagée.

— En fin de compte, je vais jusqu'au bureau...

C'était intolérable d'être enfermés ainsi à attendre que les hommes découvrent le corps. J'ai sorti la voiture que je venais à peine de garer.

Une fois hors de la propriété, je trouvai la route plus dégagée, avec les traces de plusieurs voitures qui étaient déjà passées. La rue principale présentait un aspect presque normal, sauf pour la hauteur des tas de neige des deux côtés de la chaussée.

Les commerçants, pour la plupart, étaient occupés à manier la pelle, creusant un passage jusqu'à leur boutique. Le bureau de poste était ouvert et j'y entrai en saluant le guichetier du même geste que d'habitude, comme si rien ne s'était passé.

Dans notre boîte postale je ne trouvai que quelques lettres et une poignée de prospectus. Ensuite, je me dirigeai vers l'étude.

Ici non plus, rien n'avait changé. Higgins était dans son bureau et me regarda avec quelque surprise.

— Alors, on l'a enfin trouvé ?

Je fronçai les sourcils.

— Votre ami Sanders... Ils sont toujours à fouiller la neige ?...

Nous avions fait bâtir, cinq ans plus tôt, à l'emplacement des anciens bureaux, un coquet immeuble de briques roses, avec l'encadrement des fenêtres en pierre blanche. La porte était blanche. Tout autour s'étalait une pelouse bien entretenue qui n'était pas visible actuellement, bien entendu, mais qui, chaque année, surgissait au soleil dès le milieu ou la fin de mars.

Helen, notre secrétaire, tapait à la machine dans son bureau et elle ne s'arrêta pas de travailler pour me saluer.

Tout était calme, ordonné, mes ouvrages de droit à leur place dans les bibliothèques d'acajou. Les aiguilles de la pendule électrique avançaient sans bruit.

Je m'assis dans mon fauteuil, ouvris les enveloppes une à une.

— Helen...

— Oui, monsieur Dodd...

Elle avait vingt-cinq ans et elle était assez jolie. C'était la fille d'un de nos clients, un entrepreneur de maçonnerie, et elle s'était mariée six mois plus tôt.

Resterait-elle avec nous si elle avait un enfant ? Elle prétendait que oui. Je n'en étais pas si sûr et je prévoyais de devoir lui chercher une remplaçante.

Je dictai trois lettres sans importance.

— Les autres sont pour Higgins...

Est-ce qu'Isabel avait reçu un choc ? Notre vie allait-elle en être dérangée ? Je me le demandais sans savoir si je le souhaitais ou non. L'exaltation de la nuit dans la grange s'était calmée, mais il n'en restait pas moins quelque chose.

Ma femme avait raison de me regarder avec curiosité. Je n'étais plus le même homme. Higgins ne s'en était pas aperçu. Ma secrétaire non plus. Tôt ou tard, ils se rendraient compte de la transformation.

Je regardais l'heure comme si j'avais un rendez-vous. Et j'en avais un, en effet. Seulement, il n'était pas fixé dans le temps. J'avais hâte qu'on en finisse avec les recherches autour de Yellow Rock Farm, qu'on découvre le corps de Ray. J'avais hâte d'en être débarrassé.

Qu'allait-on en faire quand on le trouverait enfin ? Cela ne me regardait pas. C'était l'affaire de Mona. Elle était occupée à faire son lit, à arranger la chambre.

Il n'y avait pas de journaux. Le train de New York n'était pas arrivé. Beaucoup plus vite que je ne le pensais, Helen m'apporta mes trois lettres à signer.

— Je rentre chez moi... S'il y avait quelque chose, vous n'auriez qu'à me téléphoner...

Je passai par le bureau d'Higgins à qui je serrai la main.

Dehors, je me dis que ce ne serait pas une mauvaise idée d'acheter de la viande et j'entrai au supermarché.

— On a trouvé votre ami, monsieur Dodd ?

— Pas encore...

— Quand on pense que des choses pareilles arrivent à côté de nous sans même que nous nous en apercevions !... Vous avez des dégâts ?...

— Seulement la porte de la grange...

— Une maison a été soufflée, à Cresthill... C'est un miracle que personne n'ait été tué...

C'est à Cresthill qu'habitait notre femme de ménage.

J'avais beau parler, regarder autour de moi, faire les gestes de tous les jours, j'en étais toujours à me demander :

— Qu'est-ce qu'elle pense ?

Comme je la connaissais, elle ne m'en parlerait pas. La vie allait continuer comme d'habitude, avec ce secret entre nous. De temps à autre, je sentirais son regard posé sur moi, et sans doute contiendrait-il toujours le même étonnement.

En tournant à gauche pour m'engager dans notre chemin, je remarquai que les machines ne fonctionnaient plus et, quelques instants plus tard, je vis de loin les deux femmes qui sortaient de la maison, bottées, vêtues de canadiennes. Des hommes, en bas du rocher, entouraient une silhouette allongée.

On avait trouvé Ray. Je rentrai la voiture. J'étais calme. Je n'avais pas de remords. Je ressentais, au contraire, un immense soulagement.

Les femmes m'attendaient pour descendre la pente. Je leur donnai la main à toutes les deux, ce qui ne nous empêcha pas de glisser et les hommes des machines durent nous relever.

Ray avait l'air de sourire sous la fine poudre de neige qui recouvrait encore son visage et blanchissait ses cheveux. Sa jambe droite était tordue et un des hommes nous apprit qu'elle était cassée.

Je me demandais ce que Mona allait faire. Elle ne se précipita pas sur le corps. Peut-être en eut-elle un moment l'envie, car elle fit deux ou trois pas en avant. Puis elle s'arrêta, regarda en frissonnant. Ma femme était à sa droite, moi à sa gauche.

C'est vers moi qu'elle obliqua à peine, juste assez pour toucher mon épaule et mon flanc, comme si elle avait besoin de ma chaleur. Alors, en regardant Isabel, je lui passai le bras autour des épaules.

— Courage, Mona...

Le geste était naturel. Elle était la femme de mon meilleur ami. Les hommes, autour de nous, ne trouvèrent rien à y redire. Mona non plus qui, au contraire, eut tendance à se blottir davantage.

Il n'y eut que moi à croire nécessaire de lancer à Isabel un regard de défi.

Cela représentait une autre étape, comme si, par ce geste simple en apparence, je lui signifiais mon affranchissement.

Elle ne broncha pas, se tourna à nouveau vers le corps qu'elle contempla, les mains jointes, comme au cimetière on contemple le cercueil qui descend dans la fosse.

— Voulez-vous le transporter dans la maison ?

Le contremaître s'avança d'un pas.

— Le lieutenant a recommandé de ne rien faire avant son arrivée...

— Vous lui avez téléphoné ?

— Oui. J'avais des instructions.

Nous ne pouvions rester là dans le froid, les jambes enfoncées dans la neige, en attendant que le lieutenant arrive de Chanaan.

— Venez, Mona...

Je croyais qu'elle allait protester, mais elle se laissa emmener et nous dûmes gravir la pente en nous aidant les uns les autres. Je ne lui entourais plus les épaules de mon bras, mais je l'avais fait. C'était une victoire.

— Je suppose qu'il a glissé, dit-elle une fois en haut. Pauvre Ray...

Nous marchions tous les trois, trois silhouettes sombres dans le blanc du décor, et il me sembla que cela devait être grotesque. Les hommes, en bas, remettaient leur machine en marche pour la dégager et vraisemblablement pour aller travailler ailleurs.

— Tu veux préparer du café, Isabel ?

Nous la suivions dans la cuisine où elle mettait de l'eau à bouillir. Ce fut elle qui posa la question.

— Qu'est-ce que tu vas faire, Mona ?

— Je ne sais pas.
— Il a encore de la famille ?
— Un frère qui est attaché d'ambassade en Allemagne...
— Il ne t'a jamais rien dit ?
— Au sujet de quoi ?
— Des dispositions à prendre en cas de...
Calme, elle cherchait ses mots et les trouvait.
— ... en cas d'accident...
— Il ne parlait jamais de ça...
— C'est pour les dispositions à prendre, poursuivait Isabel qui se chargeait ainsi du plus vilain travail. Tu crois qu'il a laissé un testament ?
Au moment où Mona disait non, je disais non aussi et j'expliquais :
— Si Ray avait rédigé un testament, c'est avec moi qu'il l'aurait fait et c'est à moi qu'il l'aurait laissé...
— Penses-tu, Mona, qu'il aurait préféré être inciné ré ?
— Je ne sais pas...
Chacun emporta sa tasse de café dans le living-room et nous vîmes par la fenêtre l'auto de la police arriver, le lieutenant et un autre homme en uniforme descendre au bas du rocher.
Moins de dix minutes plus tard, le lieutenant, seul, se présentait à la porte et retirait sa casquette.
— Je vous présente mes condoléances, madame Sanders...
— Merci...
— C'est bien ce que vous aviez pensé, monsieur Dodd... Il a dévié vers le rocher et a glissé, se fracturant une jambe dans sa chute...
Est-ce que je lui avais dit cela ? Je ne m'en souvenais plus. Il me semblait que lui aussi me regardait autrement.
— Je vais faire transporter le corps aux Pompes Funèbres et vous n'aurez qu'à donner des instructions...
— Oui... murmura Mona, qui ne semblait pas comprendre ce qu'on attendait d'elle.
— Où comptez-vous le faire inhumer ?
— Je ne sais pas...
Je suggérai :
— A Pleasantville...
C'était le grand cimetière de New York.
— Sans doute...
— Il a de la famille ?
— Un frère, en Allemagne...
On recommençait. Des mots. Des lèvres qui remuaient. Mais, moi, je n'écoutais pas les mots. Je regardais les yeux. Je crois que j'ai toujours regardé les yeux. Ou plutôt que j'en ai toujours eu un peu peur.

Il y avait ceux d'Isabel. Ceux-là, je les connaissais. Je savais, depuis le matin, quel étonnement ils exprimaient.

Et pourtant c'était elle qui guettait le lieutenant. Elle avait remarqué que celui-ci me lançait de temps en temps un coup d'œil, comme si quelque chose le tracassait dans cette histoire.

Je suis persuadé que, si le lieutenant m'avait attaqué, elle serait venue à ma rescousse. On aurait dit qu'elle n'attendait que ce moment-là.

Quant à Mona, c'est vers moi qu'elle se tournait chaque fois qu'on lui posait une question, comme si j'étais devenu son soutien naturel. C'était si visible, il y avait une telle confiance, un tel abandon dans son attitude, qu'Olsen dut penser qu'il existait des liens intimes entre nous.

Est-ce pour cela qu'il était moins cordial à mon égard ? Un peu méprisant, me sembla-t-il.

— Je vous laisse faire le nécessaire. Pour nous, l'affaire est classée. Je regrette, madame Sanders, que ce drame se soit produit chez nous...

Il se levait, s'inclinait devant les deux femmes et finissait par me tendre la main. De bon cœur ? Je n'en suis pas si sûr.

Je flaire un mystère. Ou bien ses hommes ont découvert quelque chose d'anormal qui me met en posture délicate, ou bien Olsen, me croyant l'amant de la femme de mon meilleur ami, me méprise.

Me soupçonnerait-il d'avoir profité de l'occasion pour pousser Ray au bas du rocher ?

Je n'avais pas encore pensé à ça. C'était tellement plausible, tellement facile ! Et pourquoi, d'abord, avais-je fait marcher les deux femmes en avant, alors que je tenais la seule lampe, si mauvaise soit-elle, dont nous disposions ?

Le rocher m'est plus familier qu'à quiconque, puisqu'il se trouve dans ma propriété, en face de mes fenêtres. Je pouvais tenir Ray par le bras, le faire dévier vers la droite, le pousser au bon moment...

Je fus effrayé en pensant qu'Olsen aurait pu découvrir les bouts de cigarette devant le banc de la grange. En aurait-il tiré les mêmes conclusions qu'Isabel ?

Quelles étaient au juste les conclusions d'Isabel ? Qu'est-ce qui me prouvait qu'elle ne pensait pas, justement, que j'avais poussé Ray ?

Dans ce cas, son silence devenait une sorte de complicité... La défense de son foyer, de nos deux enfants...

Elle me suivit des yeux quand j'ouvris le placard aux liqueurs.

— Un verre vous fera du bien, Mona... Tu en veux un aussi, Isabel ?...

— Non, merci...

J'allai chercher de la glace et des verres dans la cuisine. Je dis, en tendant le sien à Mona :

— Courage, ma petite Mona...

Comme si j'en prenais possession. Cette fois, elle le remarqua et eut un léger moment de surprise. Je ne l'avais jamais appelée « ma petite Mona ».

— Je vais téléphoner aux Pompes Funèbres, annonça Isabel en se dirigeant vers la bibliothèque où se trouvait un de nos deux appareils.

Était-ce pour nous laisser seuls ?

Mona, après avoir bu une gorgée, se tournait vers moi, un sourire un peu triste aux lèvres.

— Vous êtes gentil, Donald...

Puis, après un regard dans la direction qu'Isabel venait de prendre, elle faillit ajouter quelque chose, décida enfin de se taire.

4

L'enterrement a eu lieu le jeudi matin et ne s'est pas déroulé comme je l'avais prévu quand nous étions encore isolés tous les trois dans notre maison.

Il doit en être des catastrophes comme des maladies. On s'imagine que ce sera long à guérir, que la vie ne sera plus la même, puis on s'aperçoit que la routine quotidienne reprend ses droits.

Il y avait plus de vingt voitures, à dix heures, devant le salon funéraire de Fred Dowling, à cent mètres à peine de mon étude, et deux d'entre elles avaient amené des journalistes et des photographes de New York.

Il en était venu, la veille, à la maison. Ils avaient insisté pour que Mona pose à l'endroit où l'on avait retrouvé le corps de Ray.

Bob Sanders était arrivé la veille de Bonn. Isabel lui avait proposé de passer la nuit dans la chambre d'une des filles, mais il avait déjà retenu sa chambre à l'*Hôtel Turley*.

Il était plus grand, plus maigre, plus nonchalant que Ray. Il y avait encore plus d'aisance dans ses attitudes que dans celles de son frère et je n'aimais pas la suffisance de son sourire.

Je l'avais rencontré plusieurs fois lorsque nous étions étudiants, mais il était beaucoup plus jeune que nous et je ne lui avais guère prêté attention.

Il ne s'est pas montré fort empressé vis-à-vis de Mona.

— Comment cela s'est-il passé ? Il avait bu ?

— Pas plus que d'habitude...

— Il s'était mis à boire beaucoup ?

Ray était son aîné de cinq ans et il en parlait un peu comme un juge qui va rendre un verdict.

— Non... Deux ou trois martinis avant les repas...

Il était né près de New Haven et il connaissait notre climat. Il avait dû subir des blizzards, plus faibles que celui du dernier samedi, mais n'en perturbant pas moins toute activité.

— Comment cela se fait-il qu'on ne l'ait pas retrouvé plus vite ?

— A certains endroits, il y avait plus de deux mètres de neige...

— Quelles dispositions avez-vous prises ?

Il ne m'aimait pas non plus. Il me regardait de temps en temps en fronçant les sourcils, trouvant peut-être que j'avais été bien empressé à prendre Mona sous ma protection.

Car je le faisais, ouvertement, exprès. Je me tenais près d'elle. C'est moi qui répondais à la plupart des questions et je sentais que cela exaspérait Bob Sanders.

— Qui avez-vous averti ?

— Ses associés, bien entendu...

— C'est vous qui avez alerté les journaux ?

— Non... Cela doit être quelqu'un du village, peut-être un des policiers... Un scotch ?

— Merci... Je ne bois pas...

Il avait loué une voiture sans chauffeur à l'aéroport. Il était marié. Sa femme et ses trois enfants vivaient à Bonn avec lui. Il était venu seul. Je crois bien qu'il n'avait pas vu Ray depuis plusieurs années.

Les frères Miller, eux, ne se donnèrent pas la peine de passer par la maison. Ce n'est que dans le salon mortuaire qu'ils s'avancèrent vers Mona pour lui présenter leurs condoléances.

J'en connaissais un, Samuel, pour avoir déjeuné une fois avec lui et Ray à New York, un homme d'une soixantaine d'années, chauve et jovial.

Il s'approcha de moi pour me demander à voix basse :

— Vous savez qui s'occupe de la succession ?

— Cela regarde Mona...

— Elle ne vous en a pas parlé ?

— Pas encore...

Il alla parler au frère aussi, à qui il dut poser la même question, car Bob Sanders hocha la tête.

Mona conduisait sa voiture car, de Pleasantville, elle rentrerait directement à New York. J'avais proposé qu'Isabel prenne le volant, mais elle avait refusé, acceptant cependant sa compagnie.

Derrière les deux femmes venaient la voiture du frère, puis la mienne, puis la limousine conduite par le chauffeur des frères Miller, qui avaient l'air de jumeaux.

D'autres personnes de Madison Avenue suivaient, y compris la secrétaire de Ray, une grande rousse sculpturale qui paraissait plus affectée que Mona.

Beaucoup de gens que je ne connaissais pas. On n'avait pas

envoyé de faire-part, mais l'heure et l'endroit des obsèques avaient été annoncés dans les journaux.

Il subsistait des collines de neige des deux côtés de la route qui m'était familière et, alors que nous n'avions parcouru que quelques kilomètres, le soleil se mit à briller.

Mona m'avait fait une curieuse confidence, la veille, tandis que nous étions seuls dans le living-room pendant qu'Isabel était allée faire quelques courses.

— Il n'y a qu'à vous que je peux en parler, Donald... Je me demande si Ray ne l'a pas fait exprès...

Elle n'aurait rien pu trouver qui me surprenne autant.

— Vous voulez dire qu'il se serait suicidé ?

— Je n'aime pas ce mot-là... Il aurait pu aider le sort...

— Il avait des ennuis ?

— Pas dans ses affaires... Dans ce domaine, il réussissait au-delà de ce qu'il avait espéré...

— Dans sa vie sentimentale ?

— Non plus... Nous étions de bons copains, tous les deux... Il me racontait tout... Ou à peu près tout... Nous ne paradions pas l'un devant l'autre...

Cette phrase-là me frappa. Ainsi, il existait des gens qui pouvaient être naturels, face à face ? Était-ce cela qu'Isabel cherchait depuis tant d'années dans mon regard ? que je me livre ? que je lui avoue une bonne fois ce que j'avais sur le cœur ?

— Des aventures, il en avait beaucoup... A commencer par sa secrétaire, cette grande rousse d'Hilda...

C'était celle qui suivait dans une des voitures.

— C'est difficile à expliquer, Donald... Je me demande s'il ne vous enviait pas...

— Moi ?

— Vous avez fait les mêmes études... Il aurait pu devenir juriste... C'était son ambition quand il a débuté à New York... Puis il est entré comme avocat-conseil dans cette affaire de publicité... Il a commencé à gagner de l'argent et a compris qu'il en gagnerait davantage en vendant des contrats...

» Vous voyez ce que je veux dire ?... Il est devenu un homme d'affaires... Nous avons loué un des plus beaux appartements de Sutton Place et nous y recevions ou nous sortions tous les soirs...

» A la fin, il était écœuré...

— Il vous l'a dit ?

— Un soir qu'il avait bu, il m'a avoué qu'un jour ou l'autre il en aurait assez de faire le pantin... Vous savez comment son père a fini...

Je le savais, bien sûr. J'avais fort bien connu Herbert Sanders, chez qui je passais souvent le week-end quand j'étais à Yale.

Le père de Ray était libraire, un libraire d'une sorte assez particulière. Il n'avait pas de boutique en ville. Il habitait une maison du plus pur style Nouvelle-Angleterre sur la route d'Ansonia et les pièces du rez-de-chaussée avaient les murs entièrement couverts de livres.

On venait le voir non seulement de New Haven, mais de Boston, de New York, de plus loin encore, et il recevait en outre de nombreuses commandes par correspondance.

De la correspondance, il en entretenait avec la plupart des pays du monde, se tenant au courant de tout ce qui s'écrivait dans le domaine de la paléontologie, de l'archéologie et des arts, surtout des arts préhistoriques.

Il avait deux autres manies : les ouvrages sur Venise et les livres de gastronomie, dont il se vantait d'avoir en rayons plus de cent soixante titres.

Un curieux homme, que je revoyais encore, jeune, racé, le sourire à la fois bienveillant et ironique.

Sa première femme, la mère de Ray et de Bob, l'avait quitté pour épouser un grand propriétaire du Texas. Il avait vécu seul pendant plusieurs années, acquérant la réputation d'un coureur de jupons.

Puis, tout à coup, il avait épousé une Polonaise que personne ne connaissait, une femme resplendissante de vingt-huit ans.

Il en avait cinquante-cinq. Trois mois après son mariage, un soir que sa femme était sortie, il s'était tiré une balle dans la tête, au milieu de ses livres, ne laissant aucune lettre, aucune explication.

Mona répétait :

— Vous comprenez maintenant ce que je veux dire ?

Cette vérité-là, je la refusais. Ray devait rester l'homme que j'avais imaginé, dur avec lui-même et avec les autres, ambitieux et froid, l'homme fort sur qui je m'étais vengé de tous les hommes forts de la terre.

Je ne voulais pas d'un Ray dégoûté de l'argent, du succès.

— Vous devez vous tromper, Mona... Je suis persuadé que Ray était heureux... Quand on a bu quelques verres, vous savez, on a tendance à devenir romantique...

Elle m'observait en se demandant si elle devait me croire ou non.

— Il commençait à en avoir assez... insistait-elle. C'est pourquoi il buvait toujours plus... Je me suis mise à boire avec lui...

Elle ajouta, hésitante :

— Ici, je n'osais pas, à cause d'Isabel...

Elle se mordit la lèvre, comme si elle craignait de m'avoir blessé.

— Isabel vous impressionne ?

— Pas vous ? Ray aussi était impressionné par elle. Il vous admirait...

— Il m'admirait, moi ?

— Il disait que vous aviez choisi votre vie en connaissance de cause, sagement, que vous n'aviez pas besoin de vous étourdir, de sortir chaque soir, de vous laisser entraîner dans des aventures...

— Il ne se moquait pas de moi ?

J'étais abasourdi. Le renversement était complet.

— D'après lui, un homme capable d'épouser Isabel, de vivre jour après jour avec elle...

— Pourquoi ? Il vous a dit pourquoi ?

— Vous ne comprenez pas ?

Elle s'étonnait de ma candeur et je comprenais tout à coup l'attitude de Mona à mon égard au cours des derniers jours. Pour elle, l'homme fort, ce n'était pas Ray, c'était moi.

Et, tout naturellement, c'était ma protection qu'elle avait cherchée. Quand elle me regardait, du fond de son fauteuil, quand elle me frôlait de son épaule, ce n'était pas seulement un geste animal.

— Je vous ai souvent observés tous les deux, Donald... Avec Isabel, on ne peut pas tricher... On ne peut pas non plus descendre au-dessous de soi-même, fût-ce pour un instant... C'est une femme extraordinaire et il faut être aussi extraordinaire pour vivre à ses côtés...

Cela m'a tellement dérouté que j'ai mis plus de deux heures à m'endormir.

— Ray, lui, avait des hauts et des bas, comme tout le monde... Vous n'allez pas me laisser tomber, dites, maintenant qu'il n'est plus là ?...

— Mais, Mona, je ne demande, au contraire...

J'ai failli me lever, me précipiter vers elle, la prendre dans mes bras. J'étais troublé, exalté, en dehors de moi-même.

— Chut... La voilà...

On apercevait dans la neige la petite Volkswagen que j'avais achetée à ma femme pour faire les courses dans les environs. Je regardais, de loin, Isabel sortir du garage, son filet à provisions à la main, le visage uni, la peau claire, toujours un peu rose aux pommettes, et les yeux bleus, ces yeux qui n'admettaient ni la tricherie, ni le mensonge.

J'allais devoir tout remettre en question. Ray m'avait admiré. C'était la nouvelle la plus renversante.

Mona m'admirait aussi, elle venait de l'avouer à sa manière. Et moi, pauvre idiot, qui, la première nuit, n'avait pas osé avancer la main sur le parquet pour toucher cette main qui me tentait si fort !

Ce que Mona ignorait, quand elle parlait de mes relations avec Isabel, c'est que j'étais délivré. J'avais admiré ma femme, moi aussi. J'en ai même eu peur, peur d'un froncement de sourcils, d'une ombre passant dans ses prunelles limpides, d'un jugement inexprimé.

Car elle ne m'a jamais rien dit de déplaisant. Elle ne m'a jamais adressé un reproche.

Il a dû m'arriver d'être désagréable, injuste, ridicule, que sais-je, vis-à-vis d'elle ou vis-à-vis de nos enfants.

Pas un mot. Son sourire ne s'effaçait pas. Il n'y avait que ses yeux. Et personne n'y aurait rien vu. Ses yeux restaient aussi limpides, aussi sereins.

Qu'est-ce que Mona aurait pensé si j'avais confessé :

— Ce n'est pas une femme que j'ai épousée, c'est un juge...

N'est-ce pas ce que Ray avait senti, et Ray ne me plaignait-il pas plus qu'il ne m'admirait ? A moins qu'il ne se soit trompé du tout au tout.

Il a cru que je m'étais uni à Isabel parce que j'étais un fort, capable d'accepter la confrontation.

C'était le contraire. Avec elle, je continuais à vivre dans les jupons de ma mère. J'allais toujours à l'école. Je restais un boy-scout.

Tant pis pour Ray. Je ne regrettais rien, sinon qu'il me frustrait un peu de ma culpabilité. Je voulais l'avoir tué, avoir souhaité sa mort, avoir aidé le destin dans la mesure de mes moyens.

Si Ray ne s'était même pas débattu, s'il avait accepté la mort avec soulagement, le drame que j'avais vécu la nuit sur mon banc, dans la grange, ne rimait plus à rien.

J'avais besoin que ma révolte reste totale, volontaire.

Je n'étais pas un mouton, comme les gens le croyaient. J'étais cruel, cynique, capable de laisser mourir mon meilleur ami sans lui tendre la main.

Et tandis qu'il agonisait doucement dans la neige, une jambe tordue, je fumais des cigarettes en pensant à toutes les fois qu'il m'avait humilié à son insu... Et il n'y avait pas que lui !... Il y avait Isabel aussi... Les deux images se confondaient un peu dans mon esprit...

Le cortège dut ralentir deux ou trois fois. Je cherchais à voir, au-delà des voitures qui nous séparaient, celle de Mona.

Est-ce que j'étais amoureux de Mona ? A présent, j'étais capable de me poser des questions franchement, sans me mentir, sans tricher.

La réponse était non. Pas amoureux. Si j'en avais la possibilité demain, je ne l'épouserais pas. Je n'avais pas envie de vivre avec elle jour et nuit non plus, de lier ma vie à la sienne.

Ce que je voulais, ce qui arriverait bientôt, c'était faire l'amour avec elle.

Pas tendrement. Pas passionnément. Qui sait ? Peut-être debout, comme Ray et Patricia chez le vieil Ashbridge.

Je voulais prendre une femelle, comme ça, en passant, et, à mes yeux, Mona était une vraie femelle.

Nous sommes arrivés au cimetière. Les voitures ont suivi un

certain nombre d'allées dans cette métropole pour morts, et nous avons abouti à un quartier neuf, sur la colline.

Il y avait de la neige partout. Les arbres ressemblaient à des sapins de Noël. Comme personne ne portait de bottes, on battait la semelle pendant le transport du cercueil.

Le pasteur fut bref. Il n'y eut pas d'autres discours. Les frères Miller se faufilaient au premier rang, à cause des photographes, et, m'approchant de Mona, je lui soutins légèrement le coude.

Bob Sanders s'en aperçut. Il avait une tête de plus que moi et c'est de haut qu'il me regarda, avec ce qui me parut être un mépris hautain.

Quelques jours plus tôt, j'en aurais été honteux, atterré. Aujourd'hui, cela m'était indifférent. Indifférent aussi que ma femme m'observe avec une certaine surprise car l'audace de mon geste devait la surprendre.

On se dirigeait vers les voitures. Je marchais à côté de Mona dont je soutenais toujours le bras comme si elle en avait besoin, alors qu'elle était parfaitement calme. Bob Sanders fit de grands pas pour la rattraper, ne s'occupa pas de ma présence.

— Je suis obligé de prendre congé, car mon avion part dans moins de deux heures... Si vous avez besoin de quoi que ce soit, s'il y a des formalités à accomplir, voici mon adresse à Bonn...

Il lui tendit une carte qu'il avait préparée et qu'elle glissa dans son sac.

— Bon courage...

Il lui serra la main presque militairement et partit en avant. Sa voiture fut la première à quitter le cimetière.

— On dirait qu'il ne vous aime pas...

Il avait évité de me saluer.

— Non... Je suppose qu'il s'imagine des choses...

Isabel arrivait à notre hauteur.

— Vous allez rentrer seule à New York, Mona ?

— Pourquoi pas ?

— Cela ne sera pas trop pénible de vous trouver dans un appartement vide ?

— La femme de chambre, Janet, m'attend...

Isabel me regarda. On aurait dit qu'elle m'avait tendu la perche. J'aurais pu proposer d'accompagner Mona et de rentrer le soir par le train.

Je ne l'invitai même pas à manger un morceau avec nous. Par contre, au moment où elle allait monter dans sa Lincoln, je l'embrassai sur les deux joues, en lui serrant assez fortement les bras.

— Au revoir, Mona...

— Au revoir, Donald... Merci... Je suppose que je vais avoir besoin de vous pour les formalités, les questions de succession, que sais-je ?...

— Vous n'aurez qu'à me téléphoner à mon bureau...

— Au revoir, Isabel... Merci à vous aussi... Sans vous, je me demande ce que je serais devenue...

Elles s'embrassaient toutes les deux. Un des frères Miller me rejoignit dès que l'auto de Mona s'éloigna.

— Vous êtes son avocat ?

— Je le suppose...

— Il y aura des questions compliquées à régler... Voulez-vous me donner votre numéro de téléphone ?...

Je lui remis une de mes cartes.

Nous nous sommes retrouvés seuls dans la Chrysler, Isabel et moi.

— Tu as l'intention de déjeuner en route ?

— Non. Je n'ai pas faim.

— Moi non plus.

J'étais au volant, elle à côté de moi, comme d'habitude, et dans le coin droit de mon champ de vision j'avais son profil perdu.

Nous avons roulé un bon quart d'heure en silence, puis Isabel a prononcé :

— Que penses-tu de la façon dont cela s'est passé ?

— L'enterrement ?

— Oui... Je ne sais pas ce qui m'a gênée... On aurait dit que cela manquait de cohésion, d'ordonnance... Je n'ai ressenti aucune émotion... Je crois que personne n'a été ému, pas même Mona... il est vrai qu'elle ne se rend pas encore compte...

Je ne dis rien, allumai une cigarette.

— Le plus dur moment, ce sera en rentrant chez elle...

Je me taisais toujours. C'était elle, à présent, qui éprouvait le besoin de rompre le silence.

— Je me suis demandé si tu ne ferais pas mieux de l'accompagner...

— Elle s'en tirera fort bien toute seule.

— Tu vas t'occuper de la succession ?

— Elle m'en a prié. Les Miller, eux aussi, veulent prendre contact avec moi...

— Tu crois qu'elle aura de quoi vivre ?

— Largement, j'en suis persuadé...

J'étais fort ? J'étais faible ? J'étais malin ? J'étais naïf ? J'étais cruel ? J'étais lâche ? C'étaient eux qui essayaient de savoir. Même Isabel qui ne comprenait plus et qui devait se demander pourquoi, après l'histoire des bouts de cigarette, je ne me montrais pas plus humble, sinon effrayé.

A la maison, nous nous sommes contentés de manger un sandwich dans la cuisine. Il était trois heures.

— Tu sors ? ai-je demandé.

— J'irai tout à l'heure faire mon marché...

Cela me faisait un drôle d'effet, pour ma part, de nous retrouver seuls dans la maison. En si peu de jours, j'en avais perdu l'habitude et je me demandais comment nous nous comportions en tête à tête.

Je suis allé au bureau. Higgins m'attendait.

— J'espère que vous avez décroché la succession Sanders ?

— J'aiderai certainement Mona Sanders de mes conseils, mais à titre privé et sans honoraires.

Higgins fit la grimace.

— Dommage... Cela doit faire un gros morceau...

— Je n'en ai aucune idée... D'autre part, il est possible que les frères Miller s'adressent à moi pour liquider l'association et ce sera différent...

— Tout s'est bien passé ?

— Comme cela se passe d'ordinaire...

J'aurais été bien incapable de raconter ce qui s'était passé au cimetière, pour la bonne raison que j'étais distrait par mes pensées, préoccupé seulement de Mona.

Une fois dans mon bureau, je faillis décrocher le téléphone et l'appeler pour lui demander si elle était bien rentrée, surtout pour entendre sa voix.

Pourtant, encore une fois, je n'étais pas amoureux. Je sais que c'est difficile à comprendre, mais j'arriverai peut-être à m'expliquer.

J'ai travaillé pendant deux bonnes heures, à une succession, justement. Le *de cujus* avait si bien pris ses précautions pour échapper au fisc qu'il était presque impossible d'établir une évaluation de ses biens et d'en faire la répartition entre les héritiers. J'étudiais le dossier depuis plusieurs semaines.

Je dictai plusieurs lettres à Helen en me demandant pourquoi, avant son mariage, je n'avais pas eu l'idée de lui faire la cour. Je regardais les jolies filles, certes, y compris les femmes de certains de mes amis. Il m'arrivait d'en avoir envie. Mais cela restait pour ainsi dire théorique.

C'était défendu. Par quoi ? Par qui ? Je ne me posais pas la question.

J'étais marié. Il y avait Isabel et ses yeux d'un bleu si limpide, sa démarche si calme et si aisée.

Isabel et nos filles. J'aimais bien nos deux filles, Mildred et Cécilia, et quand Mildred, la première, nous avait quittés pour entrer en pension, cela m'avait manqué, le soir, d'aller l'embrasser dans son lit.

Maintenant, sauf pendant deux week-ends par mois, je n'avais plus l'occasion de monter au premier étage. Mildred avait quinze ans.

Si elle se mariait jeune, dans trois ou quatre ans, cinq ans au maximum, ce serait une première chambre qui resterait vide dans la maison.

Le tour de Cécilia viendrait ensuite, car le temps passait de plus en plus vite. Par exemple, les cinq dernières années me paraissaient plus courtes qu'une seule de mes années entre dix et vingt ans.

Est-ce parce qu'elles étaient moins remplies ?

Je dictais. Je pensais. Je regardais Helen en me demandant si elle était déjà enceinte et, dans ce cas, qui nous trouverions pour la remplacer. Ray couchait avec sa secrétaire. Il couchait avec toutes les femmes qui lui tombaient sous la main.

Or, c'était lui que Mona plaignait. Il était écœuré de ne pas trouver dans la vie ce qu'il avait espéré. Alors, il buvait et courait les femmes... Pauvre Ray !...

Est-ce qu'Helen se rendait compte que c'était un homme nouveau qu'elle avait devant elle ? Et Higgins ? Est-ce que tous ceux que j'allais rencontrer sauraient qu'ils avaient en face d'eux un autre Donald Dodd ?

Mes gestes, mes attitudes, n'avaient pas changé. Ma voix non plus, bien sûr. Mais mon regard ? Était-il possible que mon regard soit resté le même ?

J'allai me planter devant le miroir du lavabo. Mes yeux sont bleus aussi, d'un bleu plus foncé que ceux d'Isabel, avec des reflets bruns, tandis que les siens sont vraiment de la couleur d'un ciel de printemps quand il n'y a aucune humidité dans l'air.

Je me moquai de moi.

— Te voilà bien avancé... Que vas-tu faire, à présent ?

Rien, continuer. Coucher avec Mona, certainement, sans que cela tire à conséquence.

Samedi matin, ou vendredi soir, nous irions chercher les filles à Litchfield, Isabel ou moi, ou tous les deux. Nous formerions, dans la voiture, l'image d'une famille unie.

Seulement, moi, je ne croyais plus à la famille. Je ne croyais plus à rien. Ni en moi, ni dans les autres. Au fond, je ne croyais plus en l'homme et je commençais à comprendre pourquoi le père de Ray s'était tiré une balle dans la tête.

Qui sait si cela ne m'arriverait pas un jour ? C'était réconfortant d'avoir un revolver dans le tiroir de la table de nuit.

Le jour où j'en aurais assez de me débattre dans le vide, un geste et c'était fini.

Isabel se débrouillerait fort bien avec les filles et elles toucheraient une assurance assez importante...

Personne ne lisait ces pensées-là sur mon visage. On s'habitue si bien aux gens qu'on continue à les voir comme on les a vus la première fois.

Est-ce que je me rendais compte, moi, qu'Isabel avait passé la quarantaine et que ses cheveux commençaient à grisonner ? Il me fallait un effort pour me convaincre que nous avions tous les deux passé le cap du milieu de la vie et que nous allions rapidement devenir des vieillards.

Pour mes filles, n'étais-je pas déjà un vieillard ? L'idée leur serait-elle venue que j'avais envie de faire l'amour avec une femme comme Mona ? Je parie qu'elles se disaient que nous ne faisions plus l'amour, leur mère et moi, et que c'est pourquoi elles n'avaient pas une ribambelle de frères et sœurs.

Je suis rentré et j'ai trouvé Isabel en train de cuisiner. Elle avait la tête penchée et je lui ai effleuré la joue du bout des lèvres, comme d'habitude, puis je suis allé troquer mon veston contre une vieille veste d'intérieur, en tweed moelleux, avec des coudes doublés de cuir.

J'ai ouvert le placard aux liqueurs et j'ai crié :

— Tu en prends un ?

Elle savait ce que cela voulait dire.

— Non, merci... Ou alors, très léger...

Je lui préparai un scotch léger et je m'en versai un beaucoup plus fort.

Elle me rejoignit dans le living-room. Elle portait la robe d'intérieur à fleurs qu'elle avait adoptée pour s'occuper du ménage.

— Je ne me suis pas encore changée...

Je lui tendis son verre.

— A ta santé...

— A la tienne, Donald...

Il me sembla que sa voix avait une gravité particulière, qu'elle contenait comme un message.

Je préférai ne pas regarder ses yeux, par crainte d'y lire une autre expression qu'à l'ordinaire. Je m'assis dans mon fauteuil de la bibliothèque tandis qu'elle retournait à son travail.

Qu'avait-elle pensé en trouvant les bouts de cigarette ? Quand elle était allée dans la grange, ne savait-elle pas qu'elle les trouverait, qu'elle y trouverait en tout cas ma trace ?

Qu'est-ce qui l'avait fait soupçonner qu'en sortant de la maison pour aller à la recherche de Ray je n'avais pas l'intention de foncer dans le blizzard ?

Elle ne m'avait pas vu changer de chemin, la nuit était trop noire. Elle n'aurait pas pu m'entendre crier à cause du vacarme.

Moi-même, au moment précis où je sortais, je n'étais pas sûr. Ce n'est qu'après quelques pas que j'avais obliqué.

Savait-elle que j'avais été lâche ? Car c'était cela, à l'origine.

Une lâcheté physique insurmontable. J'étais au bout de mes forces et il fallait coûte que coûte que j'échappe à la tourmente.

Pouvait-elle l'avoir deviné ? Ce n'était que sur le banc que j'avais compris que j'étais heureux de la disparition de Ray, de sa mort probable si un miracle ne lui faisait pas retrouver son chemin.

Avait-elle compris aussi ? Et, dans ce cas, quels étaient ses sentiments à mon égard ? Le mépris ? La pitié ? Je n'avais rien lu de tel dans ses yeux. Rien que de la curiosité.

Une autre idée me vint, plus extravagante. Elle avait passé par l'esprit d'Olsen, ce qui expliquait certaines de ses questions, mais Olsen me connaissait peu et il avait la tournure d'esprit d'un policier.

Le lieutenant nous avait regardés tour à tour, Mona et moi, en se demandant s'il existait des liens entre nous. De cela, je suis certain. Je parierais qu'il s'est renseigné discrètement. Or, pendant la soirée chez les Ashbridge, le hasard a voulu que je ne sois presque jamais à proximité de Mona.

Isabel s'imagine-t-elle que Mona et moi avons des rendez-vous clandestins ?

Je vais à New York en moyenne une fois par semaine et j'y passe la journée. Il m'arrive d'y passer la nuit. Ray était souvent en voyage, car son agence a des bureaux à Los Angeles et à Las Vegas.

En me voyant rentrer seul à la maison, ma femme a-t-elle eu, ne fût-ce qu'un instant, l'idée que j'avais profité de cette nuit de cauchemar pour me débarrasser de Ray ?

Maintenant que j'y pense froidement, cela ne me paraît pas impossible. Je crois vraiment que, si elle apprenait que j'ai tué un homme, elle ne réagirait pas davantage, qu'elle continuerait à vivre à mes côtés en me regardant comme elle le fait, curieusement, avec l'espoir de comprendre.

Nous avons mangé en tête à tête dans la salle à manger et les deux candélabres d'argent étaient comme d'habitude sur la table, chacun avec ses deux bougies rouges. C'était une tradition chez elle. Son père, le chirurgien, aimait assez l'apparat.

Chez moi, au-dessus de l'imprimerie et des bureaux du *Citizen*, on vivait beaucoup plus simplement.

Au fait, mon père ne m'avait pas téléphoné pour me demander des renseignements sur l'accident de Ray. Pourtant, il publiait toujours son journal hebdomadaire, à Torrington, un des plus anciens de la Nouvelle-Angleterre, qui comptait plus de cent ans d'existence.

Il vivait seul, depuis la mort de ma mère. Il avait repris des habitudes de célibataire et, quand il ne mangeait pas au restaurant d'en face, où il avait sa table, il aimait préparer ses repas. La femme qui nettoyait chaque matin les bureaux montait mettre de l'ordre au premier étage et faire son lit.

Nous n'habitions qu'à une trentaine de miles l'un de l'autre et cependant je n'allais guère le voir plus d'une fois tous les deux ou trois mois. J'entrais dans son bureau vitré, où il travaillait en manches de chemise. Il levait les yeux de ses papiers, paraissait surpris de me voir.

— Bonjour, fils...

— Bonjour, père...

Il continuait à écrire, ou à corriger des épreuves, ou à téléphoner. Je m'asseyais dans l'unique fauteuil de la pièce, qui était déjà à la même place quand j'étais enfant.

— Tu es content ? finissait-il par me demander.

— Tout va bien, oui.

— Isabel ?

Il avait un faible pour elle, bien qu'elle l'impressionnât un peu. Plusieurs fois, il m'avait dit en plaisantant :

— Tu ne méritais pas une femme comme elle...

A quoi il ajoutait invariablement, par acquit de conscience :

— Pas plus que je ne méritais ta mère...

Elle était morte trois ans plus tôt.

— Tes filles ?

Il n'était jamais bien fixé sur leur âge et les voyait beaucoup plus jeunes qu'elles n'étaient.

Il avait soixante-dix-neuf ans. Il était long et maigre, voûté. Je l'avais toujours connu voûté, toujours maigre, avec de petits yeux gris très malicieux.

— Tes affaires ?

— Je ne me plains pas...

Il regardait par la vitre.

— Tiens ! Tu as une nouvelle voiture...

Il gardait la sienne depuis plus de dix ans. Il est vrai qu'il s'en servait à peine. Il rédigeait le *Citizen* presque seul et ses rares collaborateurs étaient bénévoles.

Une femme d'une soixantaine d'années, Mme Fuchs, que j'avais toujours connue, elle aussi, s'occupait de recueillir la publicité.

Mon père imprimait les cartes de visite, les faire-part, les prospectus, les catalogues pour les commerçants locaux. Il n'avait jamais cherché à agrandir son affaire qui, au contraire, diminuait peu à peu ses activités.

— A quoi penses-tu ?

Je redressai la tête, comme pris en faute. L'habitude !

— A mon père... Je me disais qu'il ne nous avait pas téléphoné...

Isabel n'avait plus ni son père ni sa mère, seulement deux frères, installés tous les deux à Boston, et une sœur mariée en Californie.

— Il faudra que je passe le voir un de ces matins...

— Il y a plus d'un mois que tu n'y es pas allé...

Je me promettais de me rendre à Torrington. Cela m'intéressait de revoir mon père, notre maison, avec mes nouveaux yeux.

Je suis retourné dans la bibliothèque, où j'ai hésité entre mon journal et la télévision. J'ai fini par déployer le journal et, un quart d'heure plus tard, tandis que j'entendais le bourdonnement de la machine à laver la vaisselle, Isabel m'a rejoint.

— Tu ne crois pas que tu devrais téléphoner à Mona ?

Était-ce un piège ? Elle paraissait sincère, comme toujours. Aurait-elle été capable d'insincérité ?

— Pourquoi ?

— Tu étais le meilleur ami de son mari. Elle ne doit pas avoir de vrais amis à New York et Bob Sanders a repris l'avion sans se donner la peine de rester un jour de plus...

— Bob est comme ça...

— Elle doit se sentir seule dans ce grand appartement... Va-t-elle pouvoir garder un logement aussi important ?...

— Je ne sais pas...

— Ray avait de l'argent ?

— Il en gagnait beaucoup...

— Il en dépensait beaucoup aussi, non ?...

— Je le suppose... Sa part, dans l'affaire Miller et Miller, doit représenter une jolie somme...

— Quand comptes-tu aller la voir ?

Ce n'était pas un interrogatoire. Elle parlait simplement, comme une femme parle à son mari.

— Téléphone-lui, crois-moi... Cela lui fera du bien...

Je connaissais par cœur le numéro de Ray que je voyais de temps en temps lors de mes voyages à New York. Je composai le numéro et entendis la sonnerie qui résonna assez longtemps.

— Je crois qu'il n'y a personne...

— A moins qu'elle ne se soit couchée...

Au même moment, la voix de Mona se faisait entendre.

— Allô... Qui est à l'appareil ?

— Donald...

— C'est gentil de m'avoir appelée, Donald... Si vous saviez ce que je me sens perdue ici...

— C'est pour cela que je vous appelle... L'idée est d'Isabel...

— Vous lui direz merci pour moi...

Je crus déceler de l'ironie dans sa voix.

— Si vous n'étiez pas si loin, je vous demanderais de venir passer la soirée avec moi... Ma brave Janet fait ce qu'elle peut... Je vais et viens à travers les pièces sans savoir où me poser... Cela ne vous est jamais arrivé, à vous ?...

— Non...

— Vous avez de la chance... La matinée a été atroce... Ce cortège qui n'avançait pas... Puis ces gens, au cimetière... Si vous n'aviez pas été là...

Ainsi, elle avait remarqué qu'il lui avait pris le bras.

— J'aurais pu me laisser tomber par terre, de lassitude... Et ce grand prétentieux de Bob qui me saluait avec cérémonie avant de filer vers l'aéroport...

— Je sais...

— Les Miller vous ont parlé ?

— Ils m'ont demandé si je m'occupais de vos affaires...

— Qu'avez-vous répondu ?

— Que je vous aiderai dans la mesure de mes moyens... Comprenez bien, Mona, que je ne veux pas m'imposer... Je ne suis qu'un avocat de petite ville...

— Ray vous considérait comme un juriste de premier ordre...

— Il en existe, à New York, de beaucoup plus habiles que moi...

— Je tiens à ce que ce soit vous... A moins qu'Isabel...

— Non... Elle n'y verra aucun inconvénient, au contraire...

— Vous êtes libre lundi ?

— Quelle heure ?

— L'heure que vous voudrez... Vous en avez pour deux heures de route... Voulez-vous onze heures ?...

— J'y serai...

— Maintenant, je vais faire ce que je voulais déjà faire à cinq heures de l'après-midi : avaler deux tablettes de somnifère et me coucher... Si je pouvais seulement dormir quarante-huit heures...

— Bonne nuit, Mona...

— Bonne nuit, Donald... A lundi... Remerciez encore Isabel pour moi...

— Je le fais tout de suite...

Je raccrochai.

— Mona te remercie...

— De quoi ?

— D'abord de tout ce que tu as fait pour elle... Ensuite de me laisser m'occuper de la succession...

— Quelle raison aurais-je de m'y opposer ?... Me suis-je jamais opposée à ce que tu t'occupes d'une affaire ?...

C'était vrai. Je fus forcé de rire. Cela ne lui ressemblait pas. Elle ne se permettait pas d'émettre un avis. Tout au plus, de loin en loin, dans certains cas, un regard approbateur ou, au contraire, un regard un peu vide, ce qui constituait un avertissement suffisant.

— Tu vas lundi à New York ?

— Oui.

— En voiture ?

— Cela dépendra des prévisions météorologiques... Si de nouvelles chutes de neige sont annoncées, je prendrai le premier train...

Voilà. C'était facile. Nous parlions comme un couple ordinaire, tranquillement, avec des mots simples. Les gens qui nous auraient vus et entendus auraient pu nous prendre pour un ménage modèle.

Or, Isabel me considérait comme un lâche ou comme un meurtrier, au choix. Et moi, j'avais décidé que, lundi, je la tromperais avec Mona.

La maison avait son ronron familier, car c'était une maison vivante, peut-être parce qu'elle était très vieille et qu'elle avait abrité tant de vies humaines. Les pièces, avec le temps, s'étaient agrandies. Des fenêtres avaient été transformées en portes. On avait dressé des cloisons et on en avait abattu d'autres. A six mètres à peine de la chambre à coucher, une piscine avait été creusée dans le roc.

La maison respirait. De temps en temps, on entendait le brûleur, dans la cave, qui se mettait en marche. Parfois un radiateur émettait un bruit métallique et d'autres fois c'était le revêtement de bois d'une des pièces, ou une des poutres, qui craquait. Jusqu'en décembre, nous avons eu un grillon dans la cheminée.

Isabel ouvrait son journal et essuyait ses lunettes car, depuis plusieurs années, elle avait besoin de lunettes pour lire. Cela lui faisait d'autres yeux, moins sûrs d'eux, moins limpides, comme effrayés.

— Higgins va bien ?

— Très bien...

— Sa femme est remise de sa grippe ?

— Je ne le lui ai pas demandé...

Nous étions en train de nous engluer doucement pour le reste de la soirée et j'avais vécu ainsi pendant dix-sept ans.

5

C'est arrivé, comme je m'y attendais, et je ne crois pas que Mona ait été surprise. Je suis même à peu près certain qu'elle s'y attendait, qu'elle le souhaitait, ce qui ne signifie pas qu'elle soit amoureuse de moi.

Avant ça, nous avions eu à la maison le traditionnel week-end avec nos filles. Nous sommes allés les chercher à Litchfield, Isabel et moi, et nous n'avons pas évité le quart d'heure de conversation avec miss Jenkins qui a de petits yeux noirs et brillants et qui crachote en parlant.

— Si toutes nos élèves pouvaient être comme votre Mildred...

Au fond, je déteste les écoles et surtout les occasions auxquelles les parents y sont réunis à leurs enfants. On se revoit d'abord soi-même à tous les âges, ce qui cause déjà une certaine gêne. Puis on repense malgré soi à la première grossesse, au premier cri du bébé, aux premières layettes, enfin au jour où on a conduit l'enfant à l'école maternelle et où on est reparti sans lui.

Les années sont marquées, comme des étapes, par les distributions de prix, par les vacances. Des traditions se créent, qu'on se figure immuables. Un autre enfant naît, qui passe par les mêmes rites, retrouvant les mêmes professeurs.

On se retrouve avec une fille de quinze ans, une autre de douze, et on est devenu un homme sur son déclin.

Comme dans la chanson de Jimmy Brown, les cloches de la naissance, les cloches du mariage, les cloches de l'enterrement. Puis cela recommence avec les autres.

La première question de Mildred a été, à peine dans la voiture :

— Je peux aller passer la nuit chez Sonia, maman ?

C'est toujours à leur mère qu'elles demandent les permissions, comme si je ne comptais pas. Sonia est la fille de Charles Brawton, un voisin qui est vaguement notre ami.

— Elle t'a invitée ?

— Oui. Il y a une petite réunion, demain soir, et elle a insisté pour que je dorme chez elle...

Mildred a un visage qu'on aurait envie de manger tant il est appétissant. Sa peau est claire comme celle de sa mère, mais piquetée de taches de rousseur sous les yeux et sur le nez. Elle en est désolée alors que c'est ce qui lui donne son charme. Ses traits sont restés assez enfantins, son corps aussi, qui ressemble à celui d'une poupée.

— Qu'en penses-tu, Donald ?

Je dois avouer qu'Isabel ne manque jamais de me demander mon avis. Mais si j'avais le malheur de refuser, j'aurais les enfants contre moi, de sorte que j'ai toujours dit oui.

— Et moi, alors, s'est exclamée Cécilia, je vais rester seule à la maison ?

Car y être avec nous, c'est y être seule ! On vante la famille, l'intimité entre parents et enfants. Cécilia a douze ans et parle déjà, elle, de solitude.

C'est vrai. J'étais comme ça à son âge. Je me souviens des dimanches mornes, interminables avec mes parents, surtout quand il pleuvait.

— Nous inviterons une de tes amies...

Alors, les parents se téléphonent. On pratique des échanges.

— Est-ce que Mabel pourrait venir passer le week-end à la maison ?...

Le dimanche à onze heures, nous nous sommes retrouvés tous les quatre pour nous rendre au service religieux. Là aussi, on voit les gens vieillir d'année en année.

— C'est vrai que ton ami Ray est mort dans notre jardin ?

— C'est vrai, ma chérie.

— Tu me montreras la place ?

On ne la leur a pas montrée. Avec les enfants, on fait comme si la mort n'existait pas, comme s'il n'y avait que les autres, les inconnus, les gens qui n'appartiennent pas à la famille ni au petit cercle d'amis, qui passent de vie à trépas.

Peu importe. Tout cela n'a pas d'importance. Ce qui est plus curieux, c'est que Cécilia ait dit soudain, tandis que nous déjeunions le dimanche :

— Tu es triste, maman ?

— Mais non...

— C'est à cause de ce qui est arrivé à Ray ?

— Non, ma chérie... Je suis comme d'habitude...

Les deux filles ressemblent plutôt à leur mère qu'à moi, mais Cécilia a quelque chose de différent. Ses cheveux sont presque bruns, ses prunelles noisette et, alors qu'elle était encore toute petite, elle faisait déjà des réflexions qui nous surprenaient.

Elle doit réfléchir beaucoup, avoir une vie intérieure que nous ne soupçonnons pas.

— Vous nous reconduisez tous les deux ?

— Demande à ton père...

J'ai dit oui. Nous sommes allés les reconduire le dimanche soir. Nous les avons à peine vues, en définitive.

J'ai regardé la télévision. J'aurais de la peine à dire ce qu'Isabel a fait. Elle est toujours occupée.

Notre femme de ménage a repris son travail. Elle s'appelle Dawling. Son mari est l'ivrogne du pays, le vrai, l'ivrogne complet, qui se bat tous les samedis soir dans les bars et qu'on retrouve couché sur un trottoir ou au bord du chemin.

Il a essayé tous les métiers, s'est fait renvoyer de partout. Depuis peu, il élève des cochons dans une cabane en vieilles planches qu'il a édifiée au fond de son terrain. La municipalité essaie de l'en empêcher, car tout le monde s'en plaint.

Ils ont huit enfants, tous des garçons, qui tous ressemblent au père et qui sont la terreur du pays. On les appelle les Rouquins, sans les distinguer les uns des autres, et la plupart vont par paire, car Mme Dawling accouche presque toujours de jumeaux.

Ces gens-là forment une bande, un clan, qui vit en bordure de la communauté où seule la pauvre Mme Dawling est admise pour faire les ménages. Elle parle rarement. Ses lèvres sont minces et elle regarde tout le monde d'un œil méprisant.

Elle veut bien servir, mais elle n'en pense pas moins.

— Tu crois que tu passeras la nuit à New York ? Tu veux que je te prépare une valise ?

— Non... J'en aurai presque sûrement fini avant le soir...

Son regard commence à m'irriter. Je ne sais plus exactement ce qu'il signifie. Ce n'est pas de l'ironie et pourtant il semble dire :

— Je te connais, va !... Je sais tout... Tu as beau faire, tu ne me cacheras rien...

Contradictoirement, ce regard comporte une part de curiosité. On dirait qu'à chaque instant elle se demande comment je vais réagir, ce que je vais faire.

Elle a devant elle un autre homme et peut-être n'est-elle pas sûre d'en avoir exploré toutes les possibilités.

Elle sait que je vais à New York pour voir Mona. N'a-t-elle pas senti, pendant que celle-ci était à la maison, que j'en avais envie ? Ne se doute-t-elle pas de ce qui va arriver ?

Elle a bien soin de ne montrer aucune jalousie. C'est elle, jeudi soir, qui m'a conseillé de téléphoner à Sutton Place. C'est elle, ce dimanche soir, qui a proposé de préparer ma valise, comme s'il était entendu que je passerais la nuit à New York.

Parfois, je me demande si elle ne me pousse pas. Mais pourquoi ? Pour éviter que je me révolte ? Pour sauvegarder ce qu'il y a encore à sauvegarder ?

Elle sait bien que, depuis une semaine, nous sommes devenus des étrangers. Des étrangers qui vivent ensemble, qui mangent à la même table, se déshabillent l'un devant l'autre et dorment dans la même chambre. Des étrangers qui se parlent comme mari et femme.

Serais-je encore capable de faire l'amour avec elle ? Je ne le crois pas.

Pourquoi ? Quelque chose s'est cassé pendant que j'étais sur le banc rouge de la grange, à fumer des cigarettes.

Mona n'y est pour rien, quoi qu'Isabel en pense.

Le ciel était sombre, le dimanche soir. J'ai annoncé :

— Je prendrai le train...

Je me suis levé à six heures du matin, le lundi. Le ciel était un peu plus clair mais il m'a semblé que l'air sentait la neige.

— Tu veux que je te conduise à la gare ?

Elle m'y a conduit avec la Chrysler. La gare de Millerton est une petite gare en bois où il n'y a jamais que trois ou quatre personnes à attendre le train, un train où tout le monde se connaît de vue. Notre cordonnier qui allait aussi à New York m'a salué.

— Ce n'est pas la peine d'attendre... Tu peux rentrer... Je te téléphonerai pour te dire par quel train je reviens...

Il n'a pas neigé. Au contraire, à mesure que nous approchions de New York, le temps s'est mis au beau et c'est sur un ciel très pur, avec quelques nuages dorés, que se sont dessinés les gratte-ciel.

Je suis allé boire un café. Il était trop tôt pour me rendre chez Mona et en sortant de la gare j'ai marché le long de Park Avenue. J'aurais pu, moi aussi, vivre à New York, avoir un bureau dans un de ces buildings de verre, déjeuner avec des clients ou des amis, prendre l'apéritif, la journée finie, dans un bar intime et peu éclairé.

Nous aurions pu, le soir, aller au théâtre, ou danser dans un cabaret...

Nous aurions pu...

Qu'est-ce que Mona avait donc dit exactement à ce sujet ? Que Ray m'enviait, que j'étais le plus fort des deux, que j'avais fait sagement mon choix ! Un Ray à qui tout avait réussi et qui parlait de se flanquer une balle dans la tête !

Foutaise !

Est-ce que les passants me regardaient vraiment ? J'ai toujours l'impression que les gens me regardent, comme si j'avais une tache au milieu du visage ou comme si je portais un vêtement ridicule. Cette sensation était telle, quand j'étais enfant, puis jeune homme, que je m'arrêtais devant les vitrines pour m'assurer que mon aspect n'avait rien d'anormal.

A dix heures et demie, j'ai arrêté un taxi et me suis fait conduire à Sutton Place. Je connaissais l'immeuble, la marquise orange, le portier galonné, le hall avec quelques fauteuils de cuir et, à droite, le comptoir du réceptionniste.

Celui-ci me connaissait aussi.

— C'est pour Mme Sanders, monsieur Dodd ?... Vous désirez que je vous annonce ?...

— Ce n'est pas la peine... Elle m'attend...

Le garçon d'ascenseur portait des gants de fil blanc. Il m'a arrêté au vingt et unième étage et je savais à laquelle des trois portes d'acajou je devais sonner.

Janet est venue m'ouvrir. C'est une fille appétissante dans son uniforme de soie noire, avec un joli tablier brodé, et d'habitude son visage est rieur.

Je suppose qu'elle a cru devoir prendre un air de circonstance, et elle a murmuré quelque chose comme :

— Qui aurait cru ça...

Débarrassé de mon manteau et de mon chapeau, elle m'a conduit dans le salon où je suis chaque fois comme pris de vertige. C'est une vaste pièce toute blanche dont les deux baies donnent sur l'East River. J'ai connu Ray assez longtemps pour savoir qu'il n'a pas choisi le décor selon son goût.

Ce salon-là était un défi. Il avait voulu faire riche, moderne, étonnant. Les meubles, les toiles au mur, les sculptures sur les socles semblaient avoir été choisis pour un décor de cinéma bien plus que pour y vivre et la dimension de la pièce excluait toute idée d'intimité.

Une porte s'est ouverte, celle d'un petit salon qu'on appelait le boudoir, et, de loin, Mona m'a lancé :

— Venez par ici, Donald...

J'ai hésité à emporter mon porte-documents. J'ai fini par le laisser sur le fauteuil où je l'avais déposé.

Je marchais vers elle. J'avais près de dix mètres à parcourir. Elle se tenait dans l'embrasure de la porte, vêtue de bleu sombre. Elle attendait, en me regardant avancer.

Elle m'a laissé passer sans me tendre la main, puis elle a refermé la porte derrière moi.

Alors seulement, face à face, nous nous sommes regardés dans les yeux, hésitants.

J'ai mis mes mains sur ses deux épaules et j'ai commencé par l'embrasser sur les joues, comme du temps de Ray. Puis, soudain, sans plus attendre, j'ai écrasé ses lèvres sous les miennes en serrant son corps contre moi.

Elle n'a pas protesté, ne s'est pas raidie. Je voyais ses yeux qui me fixaient avec un certain étonnement.

Ne savait-elle pas que cela arriverait ? Était-elle surprise que ce soit si vite ? Ou bien était-ce mon émotion, ma maladresse qui la surprenaient ?

Tout mon être était pris d'un tremblement. Je ne pouvais détacher ma bouche de la sienne, mes yeux de ses yeux.

Je crois qu'au fond de moi-même j'avais envie de pleurer.

Le vêtement bleu était un peignoir de soie très souple et je sentais qu'il n'y avait qu'elle en dessous.

L'avait-elle fait exprès ? N'avait-elle pas eu le temps de s'habiller parce que j'étais arrivé dix minutes en avance ?

J'ai murmuré :

— Mona...

Et elle a dit :

— Viens...

Nous restions enlacés et elle m'entraînait vers un divan sur lequel nous sommes tombés en même temps.

Je me suis plongé littéralement en elle, tout à coup, violemment, presque méchamment, et, l'espace d'une seconde, il y a eu de la peur dans ses yeux.

Quand je me suis redressé, elle s'est vivement relevée, renouant la ceinture du peignoir.

— Je vous demande pardon, Mona...

— Vous n'avez pas à demander pardon...

Elle me souriait, avec encore de la joie dans les yeux mais, sur ses lèvres très ourlées, un rien de mélancolie.

J'avouai :

— J'en avais tellement envie !

— Je sais... Qu'est-ce que je vous sers, Donald ?...

Un petit bar était aménagé dans un meuble Louis XV. L'immense bar du salon, lui, ne se cachait pas.

— Comme vous...

— Alors, ce sera du scotch... De la glace ?...

— S'il vous plaît...

— Isabel n'a rien dit ?

— A quel propos ?

— A propos de ce voyage et de notre rendez-vous...

— Au contraire... C'est elle qui m'a conseillé de vous téléphoner...

C'était une sensation curieuse, que je n'avais jamais ressentie. Nous venions de faire l'amour sauvagement et le visage de Mona en portait encore des traces. Peut-être le mien en portait-il aussi ?

Cependant, dès l'instant où nous nous étions retrouvés debout tous les deux, nous avions adopté, pour parler, le ton d'une vieille amitié. Nous étions très à l'aise, de corps et d'esprit. Mes yeux devaient rire.

— A notre santé, Donald...

— A notre santé...

— C'est une curieuse femme... Elle m'impressionne toujours... Il est vrai que, pendant longtemps, vous m'avez impressionné aussi...

— Moi ?

— Cela vous étonne ?... Avec la plupart des gens, on sait par où les prendre... On découvre tout de suite leur point faible... Vous, vous n'en avez pas...

— Vous venez d'avoir la preuve du contraire...

— Vous appelez ça un point faible ?...

— Peut-être que oui... Savez-vous que, la nuit où nous avons dormi par terre, sur des matelas, j'étais hypnotisé par votre main qui reposait sur le parquet ?... J'avais une envie folle de la toucher, de la saisir... Si je l'avais fait, je me demande ce qui serait arrivé...

— Devant Isabel ?

— Devant le monde entier au besoin... Vous n'appelez pas ça un point faible ?...

Elle réfléchit un bon moment tout en s'asseyant dans une bergère. En s'écartant, le peignoir découvrait une cuisse presque en entier, mais cela ne nous gênait ni l'un ni l'autre. Nous n'y faisions pas attention.

— Non... finit-elle par déclarer.

— Je ne vous ai pas choquée par ma brusquerie ?

— J'avoue que j'ai été déroutée...

Nous pouvions en parler simplement, sans romantisme, comme de bons camarades, comme des complices qui s'avouent leurs faiblesses.

— Il le fallait, sinon nous aurions passé une journée ridicule pendant laquelle je n'aurais pensé à rien d'autre...

— Vous avez un peu d'affection pour moi, Donald ?

— Beaucoup.

— J'en aurai besoin... Je ne veux pas jouer les veuves éplorées et, d'ailleurs, ce serait de mauvais goût en ce moment... J'aimais bien Ray, vous le savez... Nous étions devenus une paire de vrais amis...

J'étais assis devant elle et la baie, ici aussi, donnait sur l'East River baignée de soleil.

— Quand je suis rentrée, jeudi, j'ai failli vous appeler... L'appartement me paraissait dix fois plus grand qu'il ne l'est en réalité et je m'y sentais perdue... J'allais et venais, touchais des meubles, des objets, comme pour m'assurer de leur réalité... Je me suis mise à boire... Quand vous m'avez appelée, le soir, on ne remarquait pas à ma voix que j'avais bu ?...

— J'étais trop ému pour remarquer quoi que ce soit... Isabel me regardait...

Elle me regarda aussi, en silence d'abord, puis en disant :

— Je ne la comprendrai jamais...

Elle fumait rêveusement.

— Vous la comprenez, vous ?

— Non...

— Vous croyez qu'elle puisse souffrir, que quoi que ce soit puisse l'atteindre ?

— Je ne sais pas, Mona... J'ai vécu dix-sept ans sans me poser la question...

— Et maintenant ?

— Je me la pose depuis une semaine...

— Elle ne vous fait pas un peu peur ?

— J'y étais habitué... Je croyais que c'était tout simple...

— Vous ne le croyez plus ?

— Elle me regarde vivre, connaît mes plus petites réactions et sans doute mes moindres pensées... Elle ne prononce jamais un mot qui puisse le laisser supposer... Elle reste calme et sereine...

— Maintenant encore ?

— Pourquoi posez-vous cette question ?

— Parce qu'elle a compris... Une femme ne s'y trompe pas...

— Elle a compris quoi ?

— Que ce qui vient d'arriver arriverait tôt ou tard... Vous parliez de la nuit passée sur les matelas... Elle l'a fait exprès de vous mettre à côté de moi...

— Pour ne pas paraître jalouse ?

— Non... Pour éprouver.. C'est encore plus subtil que cela, j'en jurerais... Pour vous tenter... Pour vous troubler...

Je m'efforçais de comprendre, de voir Isabel dans ce nouveau rôle.

— Deux fois au moins elle s'est arrangée pour nous laisser seuls et elle savait mon envie de me blottir dans vos bras... J'avais besoin de réconfort, de sentir quelqu'un de solide contre moi...

— Je ne vous ai pas aidée...

— Non... J'ai d'abord cru que vous aviez peur d'elle...

Le mot est inexact. Je n'ai jamais eu peur d'Isabel. Seulement peur de la peiner, de la décevoir, de me montrer inférieur à l'idée qu'elle s'était faite de moi.

Tant que ma mère a vécu, j'ai craint de lui faire de la peine et, maintenant encore, si je me sens mal à l'aise dans l'imprimerie de mon père, à Torrington, c'est parce que je ne voudrais pas qu'il sente ma pitié.

Il n'est que l'ombre de lui-même, comme on dit. Il se raidit, par bravade, publie coûte que coûte son journal qui n'a plus un millier de lecteurs.

Il continue à afficher une ironie qui a été sa marque pendant toute sa vie mais il sait bien qu'un jour ou l'autre on devra le transporter à l'hôpital, à moins qu'il ne s'écroule d'un coup dans sa chambre ou dans son bureau.

Puis-je lui laisser voir mes craintes ? Et que chaque fois que je le quitte je me demande si je le reverrai vivant ?

Mona regarda l'heure à une pendulette dorée.

— Je parierais qu'à cette heure elle sait exactement ce qui vient de se passer...

Elle en revenait à Isabel qui la préoccupait, et je me demandais pourquoi.

Si cela avait été une autre qu'elle, j'aurais pensé qu'elle espérait me voir divorcer pour l'épouser. Cette idée me serra un peu la gorge et je me levai pour remplir les verres.

— Je ne vous ai pas choqué, Donald ?

— Non.

— Vous l'aimez toujours, n'est-ce pas ?

— Non.

— Mais vous l'avez beaucoup aimée ?

— Je ne crois pas.

Elle buvait son scotch à plus petites gorgées que le premier et elle m'observait toujours.

— J'ai envie de vous embrasser, murmura-t-elle enfin en se levant.

Je me levai aussi. Je l'entourai de mon bras et, au lieu de lui tendre les lèvres, je mis ma joue contre la sienne, restai ainsi longtemps à regarder le paysage au-delà des vitres.

J'étais très triste.

Puis cette tristesse se transforma en un sentiment plus doux, où il ne restait qu'une vague amertume. En se dégageant, elle dit :

— Il vaut quand même mieux que je m'habille avant le déjeuner...

Je la regardais se diriger vers ce que je savais être la chambre à coucher. Je me résignais à m'asseoir, à lire un journal en l'attendant, et ma déception devait se marquer sur mon visage car elle a ajouté d'une voix toute naturelle :

— Si vous préférez venir...

Je l'ai suivie dans la chambre dont un des lits était défait. La porte de la salle de bains était ouverte et de l'eau, sur le carrelage, m'indiquait qu'elle avait pris son bain peu avant mon arrivée. Elle s'assit devant la coiffeuse, commença par se brosser les cheveux avant de se maquiller.

Je suivais ses gestes, les reflets de la lumière sur sa peau, avec émerveillement. Je sais bien que nous venions de faire l'amour, mais c'était presque plus précieux d'être accepté ainsi dans son intimité de femme.

— Vous m'amusez, Donald...

— Pourquoi ?

— Vous avez l'air d'assister pour la première fois à la toilette d'une femme...

— C'est vrai...

— Mais Isabel...

— Ce n'est pas la même chose...

J'ai rarement vu Isabel assise devant sa coiffeuse et celle-ci ne contient que des choses essentielles, au lieu de tous les petits pots, de tous les flacons que je voyais dans celle de Mona.

— Cela ne vous ennuie pas de déjeuner ici avec moi ? J'ai demandé à Janet de nous préparer un bon petit repas...

Je me souviens de deux jeunes lions, au Zoo, qui se roulaient gentiment avec une entière confiance. C'est à peu près la sensation que j'éprouvais à présent avec Mona.

Quand elle se leva, ce fut pour aller chercher son linge dans une armoire. Elle ne se cacha pas pour retirer son peignoir et, nue, elle n'était pas provocante non plus. Elle s'habillait aussi naturellement que si elle avait été seule et je ne perdais aucun de ses gestes, aucune de ses attitudes.

Était-il toujours vrai que je n'en étais pas amoureux ? Je crois que oui. L'idée ne me venait pas de vivre avec elle, de lier mon destin au sien comme je l'avais fait jadis avec Isabel.

Je voyais le lit de Ray non défait et cela ne me gênait pas, cela n'évoquait aucune image désagréable.

Il y avait deux autres chambres dans l'appartement, je le savais. Un soir j'avais dormi dans une des deux, parce que l'heure de mon train était passée. Janet occupait l'autre, plus petite et plus près de la cuisine.

Curieusement, il n'y avait pas de salle à manger, sans doute parce qu'on avait réservé tout l'espace possible au salon.

— Ça va ? Je ne suis pas trop habillée ?

Elle avait choisi une robe de fin lainage noir qu'elle avait égayée d'une ceinture en argent tressé. Elle devait savoir que le noir lui allait bien.

— Vous êtes parfaite, Mona...

— Tout à l'heure, il faudra que nous parlions sérieusement... Je me demande ce que je ferais, si vous n'étiez pas là, avec tous les problèmes qui se présentent...

Janet avait dressé une petite table près d'une des baies vitrées et il y avait une bouteille à long col, du vin du Rhin, dans un seau à glace.

— Je dois déménager, trouver un appartement plus petit... Au fond, nous n'aimions celui-ci ni l'un ni l'autre... Pour Ray, c'était de la poudre aux yeux... Il s'agissait d'impressionner ses clients... Je crois aussi que cela l'amusait de recevoir, de voir beaucoup de monde autour de lui, des intrigues se former, des gens qui oubliaient peu à peu leur dignité...

Elle me regarda soudain sérieusement.

— Au fait, je ne vous ai jamais vu ivre, Donald...

— Je l'ai pourtant été en votre présence... Le samedi soir, chez les Ashbridge...

— Vous étiez ivre ?

— Vous ne l'avez pas remarqué ?

Elle hésita.

— Pas à ce moment-là...

— Quand ?

— Je ne sais pas... Je n'en suis pas sûre... Ne vous fâchez pas si je me trompe... Quand vous êtes revenu d'être allé à la recherche de Ray, je ne vous ai pas trouvé comme d'habitude...

Un homard, des viandes froides étaient posés sur un guéridon afin que nous puissions nous servir. Je venais d'avoir une bouffée de sang à la tête.

— Ce n'était pas l'ivresse, dis-je.

— C'était quoi ?

Tant pis. J'étais décidé.

— La vérité, c'est que je ne suis pas allé à la recherche de Ray. J'étais trop épuisé. Je perdais mon souffle dans la tempête et j'avais à tout moment l'impression que mon cœur cessait de battre. Je n'avais aucune chance de le retrouver dans l'obscurité, avec la neige qui me fouettait le visage et me fermait les yeux.

» Alors, je me suis dirigé vers la grange...

Elle s'était arrêtée de manger et me regardait avec un tel étonnement que je faillis regretter ma franchise.

— Là, je me suis assis sur un banc qu'on y remise pendant l'hiver et j'ai allumé une cigarette...

— Vous y êtes resté tout le temps ?

— Oui... Les bouts de cigarette étaient par terre, à mes pieds... J'en ai fumé au moins dix...

Elle était troublée, mais elle ne m'en voulait pas. A la fin, elle tendit le bras pour me saisir la main en disant :

— Merci, Donald...

— Merci de quoi ?

— De me faire confiance... De me dire la vérité... J'ai senti qu'il s'était passé quelque chose, mais je ne savais pas quoi... Je me suis même demandé un moment si vous ne vous étiez pas disputé avec Ray...

— Pourquoi me serais-je disputé avec lui ?

— A cause de cette femme...

— De quelle femme parlez-vous ?

— Mme Ashbridge... Patricia... Quand Ray l'a emmenée, vous paraissiez jaloux...

J'étais stupéfait d'apprendre qu'elle était au courant.

— Vous les avez surpris ? demandai-je.

— Au moment où ils sortaient... Je ne les suivais pas... C'est par hasard que je les ai vus... Vous n'avez pas été jaloux de Ray ?...

— Pas à cause d'elle...

— A cause de moi ?

Elle posait la question sans coquetterie. Nous parlions vraiment tous les deux à cœur ouvert. Ce n'était pas, comme avec Isabel, une lutte de regards.

— A cause de tout... J'ai poussé, moi, cette porte par où vous les avez vus sortir... Je ne pensais à rien... J'avais bu plus que d'habitude... Je les ai surpris...

» Alors, brusquement, comme une bouffée chaude vous monte à la tête, il m'est venu une terrible jalousie à l'égard de Ray...

» A Yale, j'étais un bûcheur qu'on considérait comme beaucoup plus brillant que lui, je m'excuse de le dire moi-même.

» Quand il a décidé de s'installer à New York, je lui ai dit qu'il risquait de végéter longtemps...

» Je suis allé me terrer à Brentwood, à trente miles à peine de la maison paternelle, comme si j'avais peur de rester sans protection... Et, presque tout de suite, comme pour me protéger davantage, j'ai épousé Isabel...

Elle m'écoutait, ahurie, levait son verre, me désignait le mien.

— Buvez...

— Je vous ai tout dit... Vous devinez le reste, mes autres pensées de ce samedi-là... Ray vous a eue, est devenu l'associé de Miller et Miller... Et, le long du chemin, il pouvait cueillir des femmes comme Patricia, nonchalamment...

Elle prononça avec lenteur :

— Et c'est lui qui vous enviait !...

— Je vous déçois, Mona ?

— Au contraire...

Elle était émue. Sa lèvre supérieure tremblait.

— Comment avez-vous eu le courage de me raconter ça ?

— Vous êtes la seule personne à qui je puisse parler...

— Vous avez haï Ray, n'est-ce pas ?

— Cette nuit-là, sur mon banc, oui...

— Et avant ?

— Je le considérais comme mon meilleur ami... Mais, toujours sur mon banc, j'ai découvert que je m'étais menti...

— Si vous aviez pu le sauver ?...

— Je ne sais pas... Je l'aurais probablement fait, à contrecœur... Je ne suis plus sûr de rien, Mona... Voyez-vous, en une nuit, j'ai beaucoup changé...

— Je l'avais remarqué... Isabel aussi...

— Elle a si bien flairé quelque chose qu'elle est allée dans la grange et qu'elle a découvert les bouts de cigarette...

— Elle vous en a parlé ?

— Non... Elle les a fait disparaître... Par crainte, j'en suis sûr, que le lieutenant Olsen les découvre...

— Isabel ne croit-elle pas que vous avez... que vous avez fait autre chose ?...

J'ai préféré parler crûment.

— Que j'ai poussé Ray à bas du rocher ?... Je ne sais pas... Depuis une semaine, elle me regarde comme si elle ne me reconnaissait pas, comme si elle cherchait à comprendre... Vous comprenez, vous ?...

— Je crois...

— Cela ne vous déçoit pas ?

— Au contraire, Donald...

C'était la première fois que je me sentais comme baigné d'un chaud regard féminin.

— Je me demandais si vous m'en parleriez... J'aurais été un peu triste si vous ne l'aviez pas fait... Cela demandait du courage...

— Au point où j'en suis, vous savez...

— A quel point en êtes-vous ?

— J'ai tracé une croix sur dix-sept ans, que dis-je, sur quarante-cinq ans de vie... Tout est du passé... Hier, devant mes filles, j'avais honte, car je me sentais un étranger... Pourtant, je vais continuer à faire les mêmes gestes, à dire les mêmes mots...

— C'est nécessaire ?

Je l'ai regardée. J'ai hésité. Cela aurait été facile. Puisque j'avais tout effacé, n'avais-je pas le droit de recommencer autrement ? Mona était devant moi, grave, tremblante.

Cette minute a été décisive. Nous mangions, nous buvions du vin du Rhin, nous avions la vue d'East River qui coulait à nos pieds.

— Oui, ai-je murmuré. C'est nécessaire...

J'ignore pourquoi. Ce oui, je l'ai prononcé la gorge nouée, en la regardant avec intensité. J'étais sur le point... Non, pas encore, mais j'aurais pu, très vite, me mettre à l'aimer. J'aurais pu m'installer à New York, moi aussi... Nous aurions pu...

J'ignore si elle a été blessée. Elle ne l'a pas montré.

— Merci, Donald...

Elle se levait, secouait les miettes de sa robe.

— Vous prendrez du café ?

— S'il vous plaît...

Elle sonna Janet.

— Où préférez-vous que nous nous tenions ? Ici ou dans le boudoir ?

— Dans le boudoir...

Cette fois, j'emportai ma serviette. Puis je marchai à côté d'elle, lentement, la main sur son épaule.

— Vous me comprenez, Mona, n'est-ce pas ? Vous sentez, vous aussi, que ça ne pourrait pas marcher...

Elle leva sa main pour serrer la mienne et je revoyais cette main-là sur le plancher de notre living-room, éclairée par les flammes de la cheminée.

Je me sentais détendu. Un peu plus tard, je me suis assis devant une petite table ancienne sur laquelle j'ai posé du papier, un crayon.

— Et d'abord, savez-vous où vous en êtes ?

— Je ne sais rien... Ray ne me parlait pas de ses affaires...

— Vous avez de l'argent sous la main ?

— Nous avons un compte joint à la banque...

— Vous savez combien il y a au crédit de ce compte ?

— Non...

— Ray avait une assurance ?

— Oui...

— Vous connaissez ses arrangements avec les Miller ?

— Il était associé, mais pas un associé à part entière, si j'ai bien compris... Chaque année, sa participation devenait plus importante...

— Il n'a pas laissé de testament ?

— Pas à ma connaissance.

— Vous avez regardé dans ses papiers ?

— Oui...

Je suis allé avec elle dans le bureau que Ray s'était aménagé et nous avons examiné ensemble ses papiers. Il n'y avait entre nous aucun malaise, aucune arrière-pensée.

La police d'assurance, au bénéfice de Mona, était de deux cent mille dollars.

— Vous avez averti la compagnie ?

— Pas encore.

— La banque non plus ?

— Non. Je ne suis pratiquement pas sortie d'ici depuis jeudi. Dimanche matin, seulement, je suis allée faire les cent pas sur le trottoir pour prendre l'air.

— Vous permettez que je donne quelques coups de téléphone ?

Je me retrouvais dans mes fonctions d'avocat et de notaire. Elle m'écoutait téléphoner, s'étonnant que tout s'arrange si facilement.

— Désirez-vous que j'aille voir les frères Miller de votre part ?

— Faites-le, voulez-vous ?

J'ai téléphoné aux Miller et leur ai annoncé ma visite.

— Je reviendrai vous voir tout à l'heure... ai-je dit à Mona.

J'emportai mon porte-documents. Dans le salon, je me tournai vers elle et, très naturellement, comme je m'y attendais, elle est venue se blottir contre moi pour m'embrasser.

Les bureaux des frères Miller occupent deux étages entiers d'un des nouveaux buildings de Madison Avenue, près des bâtiments grisâtres de l'archevêché. Rien que dans une immense salle, plus de cinquante employés travaillaient, chacun à son bureau, avec un ou deux téléphones à sa portée, et j'avais entrevu en passant un même fourmillement dans l'atelier des maquettes.

Ils étaient là tous les deux à m'attendre, David et Bill, courts et gras, si pareils l'un à l'autre que des gens qui ne les connaissaient pas très bien les confondaient.

— Nous sommes heureux, monsieur Dodd, que Mme Sanders vous ait choisi pour la représenter. Si elle ne l'avait pas fait, nous vous aurions choisi aussi, comme je vous l'ai dit au cimetière...

Le bureau était vaste, moelleux, juste assez solennel pour une affaire aussi sérieuse.

— Qu'est-ce que je peux vous offrir ? Scotch ?...

Un panneau d'acajou dissimulait un bar.

— Je suppose que vous êtes, grosso modo, au courant de la situation ?... Voici notre contrat d'association, tel qu'il a été établi il y a cinq ans...

Il comportait une dizaine de pages que je ne fis que parcourir. A vue de nez, la part de Ray dans l'affaire pouvait s'évaluer à environ un demi-million de dollars.

— Voici les derniers relevés... Vous aurez le temps d'étudier ces documents à loisir et de reprendre contact avec nous... Quand repartez-vous pour Brentwood ?...

— Probablement demain...

— Nous pourrions déjeuner ensemble ?

— Je vous téléphonerai dans la matinée...

— Avant de partir, j'aimerais que vous jetiez un coup d'œil dans le bureau de notre pauvre ami et que vous voyiez s'il n'y a pas de papiers ou d'objets personnels à emporter...

Le bureau de Ray était presque aussi important que celui dont je sortais et sa belle secrétaire rousse travaillait à une table. Elle se leva pour me serrer la main, bien que j'eusse l'impression qu'elle n'appréciait pas ma visite.

Je la connaissais pour être venu parfois prendre Ray à son bureau.

— Savez-vous, miss Tyler, si Ray avait ici des papiers personnels ?

— Cela dépend de ce qu'on appelle personnel... Voyez...

Elle ouvrait les tiroirs, me laissait le soin de feuilleter les dossiers. Sur le bureau, une photographie de Mona était encadrée d'argent.

— Il vaut mieux que je l'emporte, n'est-ce pas ?

— Je suppose...

— Je reviendrai demain... Vous seriez gentille de réunir ses menus objets...

— Il y a même un manteau dans le placard...

— Je vous remercie...

Je me fis conduire à la banque, puis au siège de la compagnie d'assurance. Je liquidais, non seulement le passé d'un homme, mais l'homme lui-même. J'étais en train de l'effacer légalement, comme les frères Miller l'effaçaient de leur raison sociale.

Il était six heures quand j'arrivai à Sutton Place. Mona m'a ouvert la porte et nous nous sommes embrassés comme si c'était devenu un rite.

— Pas trop fatigué ?

— Non... Il me reste beaucoup à faire demain... Il vaudra mieux que vous veniez chez les Miller avec moi...

Sans rien me demander, elle nous versait à boire.

— Où voulez-vous que...

Elle allait encore me demander si je préférais le salon au boudoir.

— Vous le savez bien...

Nous nous sommes mis à boire, tous les deux, sans beaucoup parler.

— Vous êtes riche, ma petite Mona... Y compris l'assurance, vous allez vous trouver à la tête de sept cent mille dollars...

— Tant que ça ?

Le chiffre l'étonnait, mais on sentait qu'il n'avait pas pour elle une signification exacte.

— Vous permettez que je téléphone à la maison ?

Isabel répondit tout de suite.

— Tu avais raison... Je ne pourrai pas rentrer ce soir à Brentwood... J'ai vu les Miller, oui, et je dois, pour demain, étudier les documents qu'ils m'ont remis...

— Tu es chez Mona ?

— J'y reviens à l'instant...

— Tu comptes passer la nuit à l'*Algonquin* ?

C'est le vieil hôtel où nous avons l'habitude de descendre quand nous passons la nuit à New York. Il se trouve dans le quartier des théâtres et j'avais huit ans quand j'y suis allé pour la première fois avec mon père.

— Je ne sais pas encore...

— Je comprends...

— Tout va bien à la maison ?

— Il n'y a rien de nouveau...

— Bonne nuit, Isabel...

— Bonne nuit, Donald... Mes amitiés à Mona...

Je répétai à voix haute, tourné vers celle-ci :

— Ma femme vous fait ses amitiés.

— Remerciez-la et faites-lui les miennes...

Lorsque j'ai raccroché, elle m'a regardé, une question dans les yeux.

J'ai compris qu'elle pensait à l'*Algonquin*.

— A cause de Janet... murmurai-je.

— Vous croyez que Janet ne sait pas déjà ?

Son regard se tournait vers le divan.

— Pourquoi n'irions-nous pas dîner dans un petit restaurant peu connu et ne rentrerions-nous pas ensuite nous coucher ?

Elle a rempli les verres.

— Il faudra que je m'habitue à boire moins. Je bois beaucoup trop, Donald...

Puis, après un temps de réflexion, comme frappée par une idée :

— Vous ne craignez pas qu'Isabel vous rappelle à l'*Algonquin* ?

J'ai répondu en souriant :

— Vous croyez qu'elle ne sait pas, elle aussi ?

Je me demandais si je serais obligé de dormir dans le lit de Ray. En fin de compte, nous nous sommes serrés tous les deux dans le lit de Mona, à côté du lit resté vide.

SECONDE PARTIE

1

Isabel continue à me regarder. Rien d'autre. Elle ne me pose pas de questions. Elle ne m'adresse pas de reproches. Elle ne pleure pas. Elle ne prend pas un air de victime.

La vie continue comme par le passé. Nous dormons toujours dans la même chambre, utilisons la même baignoire, mangeons en tête à tête et, le soir, quand je n'ai pas apporté de travail à la maison, nous lisons ou regardons la télévision.

Les filles viennent, tous les quinze jours, passer le week-end, et je pense qu'elles ne s'aperçoivent de rien. Il est vrai qu'elles sont plus préoccupées par leur vie personnelle que par la nôtre.

Au fond, nous ne les intéressons déjà plus, en tout cas en ce qui concerne Mildred. Le frère d'une de ses amies, qui a vingt ans, tient une plus grande place que nous dans ses préoccupations.

Tous les jours, matin, midi et soir, Isabel me regarde de ses yeux bleu pâle auxquels j'ai l'impression de me heurter et je finis par ne plus savoir ce que ces yeux-là disent.

Contiennent-ils un message ? Il m'arrive de me le demander.

— Attention, mon pauvre Donald...

Non. Ils n'ont pas assez de chaleur pour ça.

— Si tu crois que je ne comprends pas ce qui se passe...

Elle veut certainement me montrer qu'elle est lucide, que rien ne lui échappe, ne lui a jamais échappé.

— Tu traverses une crise par laquelle ont passé presque tous les hommes de ton âge...

Si elle le pense, elle se trompe. Je me connais. Je ne subis pas l'emballement de l'homme vieillissant. D'ailleurs, je ne suis pas amoureux. Je ne m'enfonce pas non plus dans une sexualité maladive.

Je reste de sang-froid, attentif à ce qui se passe en moi et autour de moi, seul, sans doute, à savoir que rien n'est nouveau dans mes pensées obscures, sinon que je les ai laissées monter enfin au grand jour et que j'ose les regarder en face.

Alors, qu'est-ce que ces yeux-là veulent dire ?

— Je te plains...

C'est plus plausible. Il y a toujours eu, chez elle, un besoin de me protéger, ou d'avoir l'air de me protéger, comme elle s'imagine qu'elle protège nos filles, qu'elle anime toutes les œuvres dont elle s'occupe.

Modeste, effacée, c'est en définitive la femme la plus orgueilleuse que j'aie rencontrée. Elle ne laisse voir aucune faille, aucune des petites faiblesses humaines.

— Je serai toujours là, Donald...

Il y a cela aussi dans ses yeux : la fidèle compagne qui se sacrifie jusqu'au bout !

Mais, tout au fond, il y a autre chose.

— Tu t'imagines que tu t'es libéré... Tu te crois un autre homme... En réalité, tu restes le petit garçon qui a besoin de moi et tu ne te délivreras jamais...

Je ne sais plus. Je penche tantôt pour une hypothèse, tantôt pour une autre. Je vis sous son regard, comme un microbe sous le microscope, et il m'arrive de la haïr.

Trois mois ont passé depuis le banc dans la grange. Le banc n'y est plus et a repris sa place dans le jardin, près du rocher, justement, d'où est tombé Ray. Les derniers lambeaux de neige ont été sucés par la terre réchauffée et les jonquilles mettent un peu partout leur tache jaune.

Le premier mois, je suis allé à New York jusqu'à deux fois par semaine, y couchant presque chaque fois, car la succession de Ray et les formalités qu'elle entraîne réclament beaucoup de temps et de démarches.

— Où dois-je t'appeler si quelque chose d'urgent m'obligeait à communiquer le soir avec toi ?

— Chez Mona.

Je ne me cache pas. J'y mets, au contraire, une certaine ostentation et, quand je reviens de New York, je suis heureux de sentir l'odeur de Mona sur ma peau.

Le mauvais temps ne m'a plus obligé à prendre le train. Je fais la route en voiture. Il existe un parking en face de chez elle. Ou plutôt, il y existait, car, depuis quinze jours, Mona n'habite plus Sutton Place.

Par des amis, elle a trouvé un appartement dans la Cinquante-Sixième Rue, entre Fifth Avenue et Madison, dans une de ces maisons étroites, de style hollandais, qui ont tant de charme.

Le rez-de-chaussée est occupé par un restaurant français où l'on prépare un coq au vin savoureux. L'appartement est au troisième étage, beaucoup plus petit, bien entendu, que l'ancien.

Plus chaud, plus intime aussi. Pour le living-room, elle a gardé les meubles du boudoir, y compris le divan recouvert de soie jaune or.

Le lit est neuf, un vaste lit à deux places, très bas, mais la coiffeuse et la bergère n'ont pas changé non plus.

On ne pourrait pas dîner à plus de six ou huit dans la salle à manger mais Janet dispose d'une cuisine assez vaste et d'une jolie chambre.

J'ignore quels amis lui ont trouvé cet appartement. Du temps de Ray, ils fréquentaient beaucoup de monde, recevaient ou sortaient presque tous les soirs.

C'est un domaine auquel je reste étranger. Comme d'un commun accord, nous n'en parlons pas. J'ignore qui elle rencontre quand je ne suis pas à New York et si elle a un ou plusieurs amants.

C'est possible. Elle aime faire l'amour, sans romantisme, je dirais presque sans passion, en camarade.

Chaque fois que j'arrive, je la trouve en peignoir et je l'entraîne tout naturellement vers le divan où je suis entré en elle pour la première fois.

Après, elle nous sert à boire, emporte les deux verres dans la chambre et commence sa toilette.

— Comment va Isabel ?

Elle m'en parle à chacune de mes visites.

— Elle ne dit toujours rien ?

— Elle me regarde...

— C'est une tactique.

— Que voulez-vous dire ?

— A force de vous regarder en silence, sans vous adresser de reproches, elle finira par vous donner mauvaise conscience.

— Non.

— Elle y compte.

— Peut-être, mais alors elle se trompe.

Mona est intriguée par Isabel et c'est elle qui est impressionnée par sa personnalité.

Pour ma part, c'est un des meilleurs moments de la journée, de la semaine. Elle vaque à sa toilette et je m'enfonce avec délices dans cette intimité comme dans un bain chaud.

Je connais chacun de ses gestes, chaque moue, la façon dont elle avance les lèvres pour se mettre du rouge.

Quand elle prend son bain, je suis les gouttes d'eau qui courent en zigzags sur sa peau colorée. Car elle n'a pas la peau d'un blanc rosé comme Isabel, mais plutôt dorée.

Elle est très petite, en réalité. Elle ne pèse rien.

— Lowenstein s'est décidé ?

Car nous parlons quand même de ses affaires. Nous nous en occupons même beaucoup. Lowenstein est le décorateur qui a fait une proposition pour racheter en bloc tous les meubles de Sutton Place, sauf les quelques-uns que Mona a conservés.

Il n'y avait plus que le prix à débattre. Maintenant, c'est fait et le bail a été cédé à un acteur venu récemment de Hollywood pour jouer à Broadway.

Les arrangements avec les frères Miller touchent à leur fin et il y a longtemps que le nom de Sanders a été gratté des vitres où il était peint à la suite de Miller et Miller. Il ne reste que quelques points de détail à fixer.

Je n'ai jamais demandé à Mona ce qu'elle a fait des vêtements de Ray, de ses clubs de golf, d'un certain nombre d'objets personnels que je ne vois plus.

Souvent, nous descendons déjeuner dans le petit restaurant du rez-de-chaussée où nous choisissons toujours le même coin. Le patron vient nous serrer la main. On nous traite comme un couple et cela nous amuse.

L'après-midi, j'ai presque toujours à me rendre à gauche et à droite, soit pour les affaires de Mona, soit pour les miennes. Nous nous donnons rendez-vous dans un bar. Nous buvons des martinis car, pour l'apéritif du soir, nous avons adopté le martini très sec.

Nous buvons assez, peut-être trop, mais sans jamais être ivres.

— Où dînons-nous ?

Nous allons à l'aventure, à pied, et il arrive à Mona, perchée sur ses hauts talons, de s'accrocher à mon bras. Une fois, nous avons croisé Justin Greene, de Chanaan, un des invités du vieil Ashbridge, justement, qui était présent lors de la mémorable soirée. Il a hésité à nous saluer. Je me suis retourné au moment où il se retournait aussi et il a paru gêné.

Tout Brentwood, à présent, toute la région doit savoir que j'ai une liaison à New York. A-t-il reconnu Mona ? C'est possible, quoique improbable, car c'était la première fois qu'elle mettait les pieds chez les Ashbridge et elle ne s'est guère fait remarquer.

— C'est un de vos clients ?

— Un vague ami... Il habite Chanaan...

— Cela ne vous ennuie pas qu'il nous ait vus ?

— Non...

Au contraire ! J'en avais fini avec ces gens-là. Ils se rendraient bien compte un jour que, si je feignais encore de jouer le jeu, je n'y croyais plus.

Un samedi, je suis allé à Torrington. C'est une petite ville calme, avec seulement deux rues commerçantes entourées de quartiers résidentiels.

A l'ouest, on trouve un peu d'industrie, mais de l'industrie presque artisanale, une fabrique de montres, par exemple, une autre, toute neuve, où l'on s'occupe de pièces minuscules pour les instruments électroniques.

La maison où je suis né est dans la rue principale, au coin d'une impasse, avec les mots *The Citizen* en lettres gothiques. La plupart des ouvriers de l'imprimerie travaillent avec mon père depuis plus de trente ans. Tout est vieillot, y compris les machines qui m'émerveillaient tant quand j'étais enfant.

Parce que c'était samedi, l'imprimerie était fermée. Mon père n'en était pas moins dans sa cage vitrée et on le voyait de la rue, en manches de chemise, selon son habitude.

Il avait toujours travaillé à cet endroit-là, comme pour proclamer que le journal n'avait rien à cacher.

La porte n'était pas fermée à clef. Je suis entré. Je me suis assis de l'autre côté du bureau et j'ai attendu que mon père lève la tête.

— C'est toi ?

— Je m'excuse de n'être pas venu ces derniers temps...

— Cela signifie que tu avais autre chose à faire. Il n'y a donc pas lieu de t'excuser...

C'est le style de mon père. Je ne crois pas qu'il m'ait jamais embrassé, même quand j'étais enfant. Il se contentait, le soir, de me tendre le front, comme Isabel. Je ne l'ai jamais vu embrasser ma mère non plus.

— La santé est bonne ?

J'ai répondu que oui au moment même où je constatais qu'en quelques semaines mon père avait beaucoup vieilli. Son cou était si maigre qu'on y voyait comme des cordes et on aurait dit que ses prunelles s'étaient délayées.

— Ta femme est passée il y a quelques jours...

Elle ne m'en avait pas parlé.

— Elle est venue faire des courses, acheter de la porcelaine, je crois, chez ce vieux voleur de Tibbits...

Un magasin qui existait déjà de mon temps, où l'on vendait de la porcelaine et de l'argenterie. J'avais connu le vieux Tibbits puis son fils, vieux aujourd'hui à son tour.

Au moment de notre mariage, nous avions acheté notre service de table chez Tibbits et, lorsque trop de pièces avaient été cassées, Isabel venait à Torrington pour les remplacer.

— Tu es toujours content ?

Nos relations, entre mon père et moi, étaient si pudiques que je ne savais jamais quel sens attacher à ses questions. Il me demandait souvent si j'étais content, comme il me demandait des nouvelles de la santé d'Isabel et des filles.

Mais, cette fois, la question n'allait-elle pas plus loin ? Ma femme ne lui avait-elle pas parlé ? Des rumeurs n'étaient-elles pas parvenues jusqu'à lui ?

Il continuait à parcourir des épreuves des yeux, à biffer un mot qu'il replaçait, en marge, par un autre.

Avons-nous jamais eu quelque chose à nous dire ? Je restais là, à le regarder, à me tourner parfois vers la rue dont le va-et-vient avait changé depuis mon enfance. Jadis, on comptait les voitures et il était possible de parquer n'importe où.

— Quel âge as-tu, au fait ?

— Quarante-cinq ans...

Il hocha la tête, murmura comme pour lui-même :

— C'est jeune, évidemment...

Il allait en avoir quatre-vingts. Il s'était marié tard, après la mort de son père, qui dirigeait déjà le *Citizen*. Il avait fait ses premières armes à Hartford, et, quelques mois seulement, dans un quotidien de New York.

J'ai eu un frère, Stuart, qui aurait vraisemblablement repris l'affaire s'il n'avait été tué à la guerre. Il ressemblait plus à mon père que moi et j'ai l'impression qu'ils s'entendaient bien tous les deux.

Nous nous entendions bien aussi, mais sans intimité.

— C'est ta vie, après tout...

Il grommelait. Je n'étais pas obligé d'avoir entendu. Valait-il mieux laisser tomber la conversation, parler d'autre chose ?

— Tu fais allusion à Mona ?

Mon père redressa les lunettes sur son nez et me regarda.

— Je ne savais pas qu'elle s'appelait Mona...

— Isabel ne te l'a pas dit ?

— Isabel ne m'a rien dit... Ce n'est pas une femme qui parle de ses affaires, même à son beau-père...

Il y avait une évidente admiration dans sa voix. On aurait pu croire qu'ils étaient de la même race, Isabel et lui.

— Alors, de qui tiens-tu que j'ai une maîtresse ?

— On en parle... Un peu tout le monde... Il paraît qu'elle est la veuve de ton ami Ray...

— C'est exact.

— Celui qui a eu un accident, chez toi, la nuit du blizzard, n'est-ce pas ?

Je rougis, car je sentis une vague accusation derrière ces paroles.

— Ce n'est pas moi, fils, qui rapproche les faits... Ce sont les gens...

— Quelles gens ?

— Tes amis de Brentwood, de Chanaan, de Lakeville... Certains se demandent si tu vas divorcer et aller habiter New York...

— Certainement pas...

— Je ne te pose pas la question, mais on me l'a posée et j'ai répondu que cela ne me regardait pas...

Il ne m'adressait pas de reproches non plus. Il paraissait sans arrière-pensées, toujours comme Isabel. Il bourrait sa vieille pipe courbe au fourneau brûlé et l'allumait lentement.

— Tu es venu pour me dire quelque chose ?

— Non...

— Tu avais à faire à Torrington ?

— Non plus... J'avais envie de te voir, simplement...

— Tu voudrais monter ?

Il avait compris que ce n'était pas seulement lui que j'étais venu voir, que c'était la maison aussi, que j'étais ici, en somme, pour me confronter avec ma jeunesse.

C'est vrai que j'aurais aimé monter, retrouver l'appartement de jadis où je m'étais traîné par terre alors que je ne tenais pas encore debout et que ma mère me paraissait un être immense.

Je revois son éternel tablier à petits carreaux comme on en portait encore à l'époque.

Non. Je ne pouvais plus monter. Pas après ce que mon père venait de me dire.

Je ne pouvais pas non plus entrer en contact avec lui comme j'en avais eu obscurément l'envie.

Au fait, qu'étais-je venu faire ?

— Tu sais, il doit régner un certain désordre, là-haut, car le samedi et le dimanche la femme de ménage ne vient pas...

J'imaginais le vieil homme seul dans l'appartement où nous avions vécu à quatre. Il tirait lentement sur sa pipe qui faisait entendre un glouglou familier.

— Le temps passe, fiston... Pour tout le monde, vois-tu... Tu as dépassé la moitié du chemin... Moi, je commence à apercevoir le bout...

Il ne s'attendrissait pas sur lui-même, ce qui n'aurait pas été dans son caractère. Je sentais que c'était pour moi qu'il parlait, qu'il essayait de me transmettre sa pensée.

— Isabel était assise là où tu es en ce moment... Quand tu nous l'as présentée, ta mère et moi ne l'aimions guère...

Je ne pus m'empêcher de sourire. Elle venait de Litchfield et, dans la région, les gens de Litchfield passent pour des snobs qui se croient d'une race à part.

De larges boulevards, beaucoup de verdure, des maisons harmonieuses et, le matin surtout, des cavaliers et des cavalières qui se promènent.

Isabel avait son cheval.

— On se trompe sur les gens, tu vois, même quand on croit les connaître. C'est une femme bien.

Quand mon père disait de quelqu'un qu'il était bien, c'était son plus grand compliment.

— Encore une fois, c'est ton affaire...

— Je ne suis pas amoureux de Mona et nous n'avons aucune intention pour l'avenir.

Il toussa. Depuis quelques années, il était atteint de bronchite chronique et avait de temps en temps des quintes pénibles.

— Je te demande pardon...

Sa diminution physique l'humiliait. Il détestait en imposer le spectacle aux autres. Je crois que c'est pour ça qu'il aurait préféré que nous n'allions plus le voir.

— Qu'est-ce que tu disais ?... Ah ! oui...

Il rallumait sa pipe et, tout en tirant des bouffées, prononçait, avec un écart entre les syllabes :

— Alors, c'est encore pire...

J'ai eu tort de rendre cette visite à mon père. Je suis sûr de l'avoir déçu. De mon côté, j'ai été déçu aussi. Il n'y a eu aucun contact entre nous, tandis que, par le peu qu'il m'en a dit, je me rends compte que le contact a existé entre lui et Isabel.

Quand je suis monté dans ma voiture, j'ai vu, par la fenêtre, qu'il me regardait partir en pensant probablement, comme moi, que c'était peut-être notre dernière entrevue qui venait d'avoir lieu.

Tout le long du chemin, j'ai revu son visage usé, sa dignité mélancolique, et je me suis posé des questions. Est-ce qu'il a vraiment gardé sa foi jusqu'au bout et, au moment de s'en aller, se fait-il encore des illusions ?

Croit-il à l'utilité de ce petit journal qui, il y a cent ans, il y a soixante ans encore, s'élevait contre des abus, et qui ne sert plus qu'à flatter la vanité des gens en rendant compte des fiançailles, des mariages, des réceptions, des événements sans importance de la région ?

Il y a consacré sa vie avec autant de sérieux que s'il s'était battu pour une grande cause et il s'y raccroche jusqu'à son dernier jour.

C'est ce qui serait arrivé à mon frère s'il n'avait pas été tué au front. N'est-ce pas, avec de petites différences, ce qui m'est arrivé à moi aussi jusqu'à ce que, sur le banc de la grange, j'allume une première cigarette ?

A certain moment, j'ai ralenti. Il m'arrive, ces derniers temps, d'avoir tout à coup une sensation de vertige. Je ne suis pas malade. Ce n'est pas la fatigue non plus, car je ne travaille pas davantage que par le passé.

L'âge ? C'est vrai que j'ai maintenant la notion de mon âge, qui ne me venait pas à l'esprit, et que la vue de mon père vient de renforcer.

J'aurais voulu lui expliquer, pour Mona. J'ai essayé. Aurait-il compris que, pour moi, elle est surtout un symbole ?

Nous ne nous aimons pas d'amour. Je ne suis pas sûr de croire à l'amour, en tout cas à l'amour qui dure toute la vie.

Nous nous unissons parce que cela nous rassure de nous sentir peau contre peau, de vivre à un même rythme. C'est encore le plus près, dans l'union de deux êtres, qu'on puisse aller.

Nous avons besoin de quelqu'un. J'ai eu besoin d'Isabel, pas de la même manière. J'en ai eu besoin comme témoin, comme garde-fou, je ne sais pas au juste. C'est tellement dépassé que je ne comprends plus moi-même ce que j'ai cherché en elle et que je commence à la haïr.

Son regard m'exaspère. C'est devenu une obsession. Quand je suis rentré, alors que je ne lui avais parlé ni de Torrington, ni de mon père, elle m'a demandé :

— Comment va-t-il ?

C'était facile à deviner, soit. Il existe des points de repère. Mais je me sens toujours au bout d'un fil. Où que j'aille, quoi que je fasse, c'est un peu comme si elle gardait les yeux fixés sur moi.

Je ne me rends plus qu'une fois par semaine à New York, car la succession est réglée et, même vis-à-vis de Mona, j'avais besoin d'une excuse. Il ne faut pas que je redevienne comme avant. Je ne pourrais plus le supporter. Quand on a fait certaines découvertes déchirantes, il est impossible de retourner en arrière.

J'ai besoin de Mona, soit, de sa présence, d'une intimité animale. J'aime quand, nue ou demi nue, elle vaque à sa toilette sans faire attention à moi. J'aime, au lit, sentir sa peau contre ma peau.

Mais, pour le reste, notre expérience n'a-t-elle pas raté ? J'ai parlé des restaurants où nous allions déjeuner et dîner, des petits bars où nous prenions, en fin d'après-midi, nos deux martinis.

Nous restions bons camarades, certes. Nous ne nous gênions pas l'un l'autre. Mais, pour dire la vérité, je ne me sentais pas en communication avec elle et il m'arrivait de chercher un sujet de conversation. A elle aussi.

Elle n'en est pas moins tout ce que je n'ai pas possédé pendant quarante-cinq ans, tout ce dont, par peur, je me suis gardé.

Les filles sont revenues. J'ai beaucoup observé Mildred. J'aime son teint de pain chaud et la façon dont, quand elle sourit, elle fronce les narines. Elle a commencé à se maquiller, pas à l'école, certainement, où cela doit leur être interdit, mais à la maison.

Se figure-t-elle que nous ne le remarquons pas ? Elle a passé le dimanche après-midi chez son amie, celle qui a un frère de vingt ans. C'est sans doute ce qu'elle appellera plus tard son premier amour. Elle ne soupçonne pas que le souvenir de ces regards furtifs, de ces rougeurs, de ces mains qui se frôlent comme par hasard la poursuivra toute sa vie.

Elle ne sera pas jolie dans le sens habituel du mot. Elle n'est pas belle non plus. Quel genre d'homme va-t-elle rencontrer et quelle existence mènera-t-elle avec lui ?

Je la vois en mère de famille, une de ces femmes que je classe parmi celles qui sentent la pâtisserie.

Pour Cécilia, je ne sais pas. Elle reste une énigme et je ne serais pas surpris qu'elle possède une personnalité très prononcée. Elle nous regarde vivre et je suis presque certain qu'elle ne nous approuve pas, qu'elle n'a pour nous qu'un certain mépris.

C'est curieux ! Pendant des années, on se préoccupe des enfants au point d'en faire découler toute son activité. La maison est aménagée pour eux, les dimanches, les vacances, puis, un beau jour, on se trouve face à face, étrangers l'un à l'autre, comme moi avec mon père.

Je me répète que j'ai eu tort d'aller le voir. Cette visite a renforcé un pessimisme auquel je n'ai que trop tendance à me laisser aller quand je ne suis pas à New York.

Et même, au fond, quand j'y suis, à part certains moments qu'on pourrait compter en minutes.

Il ne faudrait pas me pousser beaucoup pour que je parle de conspiration. Déjà entre Isabel et mon père ! Pourquoi est-elle allée à Torrington ? Était-il urgent de remplacer quelques assiettes alors que, la plupart du temps, nous ne sommes que deux à table ? Voilà six mois que nous n'avons invité personne.

Mon père prétend qu'elle ne lui a parlé ni de moi ni de Mona. Soit ! Je suis bien obligé de le croire. Mais lui, ne lui en a-t-il pas parlé ? Même s'il ne l'a pas fait, ils n'ont eu qu'à se regarder.

— Alors, où en est Donald ?

Elle a dû sourire, d'un sourire pâle comme un soleil d'après la pluie.

— Ne vous inquiétez pas pour lui...

Ne veillait-elle pas sur moi ? Ne veille-t-elle pas sur moi tous les jours, à toute heure ?

Voilà que les gens du pays s'en mêlent, chuchotent sur mon passage. Ils ont enfin un ragot à colporter... Donald Dodd, vous savez, l'avocat qui a son cabinet presque en face de la poste... l'associé du vieil Higgins, oui... celui qui a une femme si gentille, si douce, si dévouée... eh bien, il a une liaison à New York !...

Higgins se met de la partie. Quand je lui annonce que j'irai le lendemain à New York, il me demande :

— Vous resterez deux jours ?

— Pas cette fois-ci, non...

Pourtant, Higgins devrait être satisfait, car les frères Miller nous ont versé des honoraires plus que substantiels pour le travail que j'ai accompli. Je l'aurais fait pour rien, pour aider Mona. Ce sont eux qui ont insisté.

Warren, notre médecin, est venu me voir à mon bureau pour me poser une question au sujet de ses impôts, car je m'occupe de ses affaires. Il m'a beaucoup observé pendant que nous bavardions et j'ai soupçonné que son histoire d'impôts n'était qu'un prétexte.

Isabel n'aurait-elle pas été capable de lui téléphoner ? De lui dire, par exemple :

— Écoutez, Warren... Je suis inquiète... Depuis un certain temps, Donald n'est plus le même... Son humeur a changé... Il est bizarre.

J'ai soudain regardé Warren dans les yeux. C'est un vieil ami. Il était chez les Ashbridge le 15 janvier.

— Vous me trouvez bizarre, vous aussi ?

Il s'est troublé au point de devoir rattraper ses lunettes.

— Que voulez-vous dire ?

— Ce que je dis... Les gens ont tendance, depuis quelque temps, à se retourner sur moi et à chuchoter... Isabel me regarde comme si elle se demandait ce qui m'arrive et je la soupçonne fort de vous avoir envoyé ici...

— Je vous assure, Donald...

— Est-ce que je suis bizarre, oui ou non ?... Ai-je l'air d'un homme en possession de toutes ses facultés ?...

— Vous plaisantez, n'est-ce pas ?

— Pas le moins du monde... Figurez-vous qu'il m'arrive, à New York, de rencontrer une amie avec qui j'ai des relations sexuelles...

J'ai prononcé ces mots avec une emphase ironique.

— Cela vous étonne ?

— Pourquoi cela m'étonnerait-il ?

— Vous le saviez ?

— Je l'avais entendu dire...

— Vous voyez !... Et que vous a-t-on dit d'autre ?...

Il dut regretter d'être venu tant il se sentait embarrassé.

— Je ne sais plus... Que vous pourriez prendre certaines décisions...

— Par exemple ?

— D'aller vivre à New York...

— De divorcer ?

— Peut-être.

— Isabel vous en a parlé aussi ?

— Non...

— Vous l'avez vue récemment ?

— Cela dépend de ce que vous appelez récemment...

— Depuis un mois ?...

— Je crois...

— Elle est allée vous voir à votre cabinet ?

— Vous oubliez le secret professionnel, Donald...

Il s'efforçait de sourire en prononçant ces mots aussi légèrement que possible. Il se levait, mais je ne lui rendais pas encore sa liberté.

— Si elle est allée vous voir, ce n'est pas à cause de sa santé... Elle est allée vous parler de moi, vous dire qu'elle était inquiète, que je n'étais plus moi-même...

— Je n'aime pas la tournure que prend cet entretien...

— Moi non plus, mais je commence à en avoir assez d'être un objet de curiosité... Je ne suis pas allé vous chercher. C'est vous qui êtes venu, sous un mauvais prétexte, me regarder sous le nez, prendre ma température...

» Y a-t-il des tests que vous ayez envie de me faire passer ?... En avez-vous vu assez pour rassurer ma femme ?... Est-ce que je vous semble bizarre, à vous aussi, parce que je me mets à dire aux gens ce que j'ai sur le cœur ?...

» Vous êtes l'ami d'Isabel beaucoup plus que le mien... Tous nos amis sont dans le même cas... Isabel est une femme extraordinaire, au dévouement exemplaire, à la bonté sans bornes...

» Eh bien, mon cher Warren, on ne couche pas avec le dévouement et la bonté... Je l'ai fait trop longtemps pour ne pas en avoir assez... J'irai à New York ou ailleurs, quand cela me plaira, quoi qu'en pensent les citoyens honorables du pays...

» Quant à Isabel, si elle s'inquiète, rassurez-la... Je n'ai pas l'intention de divorcer et de refaire ma vie ailleurs... Je continuerai à travailler dans ce bureau et à rentrer sagement à la maison...

» Alors, est-ce que vous me trouvez encore bizarre ?

Il a hoché la tête d'un air attristé.

— Je ne sais pas ce qui vous prend, Donald... Vous avez bu ?...

— Pas encore... Je vais le faire dans un instant...

J'étais hors de moi. Je me demande pourquoi cette colère m'a pris tout à coup. Surtout avec ce pauvre Warren qui est bien le dernier à qui je pourrais en vouloir.

Le docteur-pilules, comme les enfants l'appellent. Il traîne avec lui, dans ses visites, une trousse qui ressemble à la mallette d'un voyageur de commerce. Sur tout un côté, elle est garnie de fioles et de tubes et, après avoir ausculté son malade, il parcourt sa collection des yeux, choisit une fiole, y prend, selon le cas, deux, quatre, six pilules, qu'il glisse dans une petite enveloppe.

Il a des pilules de toutes les couleurs, des rouges, des vertes, des jaunes, des arc-en-ciel que mes filles, plus jeunes, préféraient naturellement à toutes les autres.

— Voilà... Vous en prendrez une un quart d'heure avant le dîner et une autre avant de vous coucher... Demain matin...

Pauvre Warren ! Je l'avais désarçonné et ma colère retombait aussi vite qu'elle était venue.

— Je vous demande pardon, mon vieux... Si vous étiez à ma place, vous comprendriez... Quant à mon état mental, je crois qu'il n'est pas encore temps de vous en inquiéter... C'est votre avis ?...

— Je n'ai pas pensé un instant...

— C'est possible, mais d'autres y ont pensé à votre place... Rassurez Isabel... Ne lui dites pas que c'est de ma part...

— Vous ne m'en voulez vraiment pas ?

— Non...

Je ne lui en voulais pas, mais j'étais troublé, car je me demandais si je ne venais pas de découvrir pourquoi il y avait de l'inquiétude dans les yeux de ma femme.

Elle avait toujours été si sûre de moi, si sûre de ce qu'elle devait considérer comme mon équilibre, qu'elle ne pouvait croire à un changement délibéré de ma part.

J'en revenais toujours aux bouts de cigarette qu'elle avait fait disparaître. Était-il possible qu'elle ait pensé que j'avais poussé Ray ?

Mes voyages à New York, mon intimité avec Mona, affichée presque cyniquement dès la mort de mon ami, ne lui apparaissaient-ils pas comme une preuve ?

Dans ce cas, il fallait que j'aie le cerveau dérangé. C'était la seule façon, pour elle, d'expliquer mon attitude...

Je venais de parler de boire. Je traversai effectivement la rue pour aller prendre un scotch dans le bar d'en face, surtout fréquenté par des routiers, où je ne mets à peu près jamais les pieds.

— Un autre, s'il vous plaît...

Ici aussi, on me regardait, bien sûr, et si le lieutenant Olsen était entré, mon attitude lui aurait donné à penser.

Encore un qui avait des doutes. J'étais surpris qu'il ne soit pas revenu à la charge. Était-il convaincu que la mort de Ray était due à un simple accident ?

Il devait avoir entendu dire que j'étais l'amant de Mona et qu'on nous rencontrait à New York bras dessus bras dessous.

Je ne pris pas un troisième verre, malgré mon envie. J'ai retraversé la chaussée et suis rentré au bureau.

— Vous allez à New York, cette semaine ?

— Pourquoi me demandez-vous ça ?

— Parce que, si vous y allez, je vous demanderais d'y faire une démarche pour moi... Dans quel quartier descendez-vous ?

— Dans la Cinquante-Sixième Rue...

— Il s'agit d'un document à faire enregistrer au consulat de Belgique, Rockefeller Center...

— J'irai peut-être jeudi...

— Dites donc, vous l'avez secoué, ce pauvre Warren... J'ai eu beau faire, je ne pouvais pas éviter d'entendre...

— Vous me trouvez bizarre aussi ?

— Bizarre, non, mais vous avez changé. Au point que je me suis demandé si vous resteriez ici et si je n'allais pas devoir chercher un partenaire... Pour moi, ce serait la catastrophe... Vous me voyez, à mon âge, mettre un jeune au courant ?... Les Miller ne vous ont pas offert d'entrer chez eux ?...

— Non...

— Cela m'étonne de leur part...

Je ne disais pas la vérité. Ils ne m'avaient pas fait de proposition directe, c'est exact. Ils ne m'en avaient pas moins questionné sur mes projets, sur ma vie à Brentwood, et j'avais compris où ils voulaient en venir.

Eux aussi se sont trompés sur mes relations avec Mona. Ils ont cru au grand amour et se sont imaginé qu'avant quelques semaines je me fixerais à New York pour vivre avec elle et pour l'épouser.

Ainsi, je serais vraiment entré dans les chaussures de Ray !

— En tout cas, je suis content que vous restiez...

De son bureau, qui fait face à la rue, il m'a vu traverser jusqu'au bar d'en face, ce qui n'est pas dans mes habitudes.

Que pense ce vieux roublard qui a plutôt l'air d'un marchand de bestiaux malin que d'un avocat ?

Tant pis ! Qu'ils pensent ce qu'ils veulent, tous, autant qu'ils sont, Isabel y compris, bien entendu, Isabel la première.

Quand je suis rentré, elle m'a accueilli avec un sourire douceâtre, comme si j'étais un malheureux ou un malade.

C'est un jeu que je commence à mal supporter et il faudra que je m'y habitue. Je devrais décider une fois pour toutes de ne plus me préoccuper de ses regards.

Elle en joue, exprès. C'est son arme secrète. Elle sait que je cherche à comprendre, que cela me met mal à l'aise, m'enlève mon assurance.

Elle dispose de toute une gamme de regards dont elle se sert comme d'outils perfectionnés. A des mots, je pourrais répondre, mais on ne répond pas à des yeux.

Si je lui demandais :

— Pourquoi me regardes-tu comme ça ?

Elle me répondrait par une autre question :

— Comment est-ce que je te regarde ?

De toutes les façons. Cela change avec les jours, avec les heures. Parfois elle a les yeux vides et c'est peut-être le plus déroutant. Elle est là. Nous mangeons. Je dis quelques mots, pour éviter un silence pénible.

Et elle me regarde de ses yeux absents. Elle regarde mes lèvres remuer comme on regarde les lèvres d'un poisson s'ouvrir et se refermer dans son bocal.

D'autres fois, au contraire, ses prunelles se rétrécissent et elle me fixe comme si elle se posait une question angoissée.

Quelle question ? En avait-elle encore après dix-sept ans de mariage ?

Ses attitudes, ses poses, sa façon de tenir la tête penchée vers la gauche, l'ébauche de sourire qui flottait sur ses lèvres, tout cela ne changeait pas, restait immuable. C'était une statue.

Malheureusement, cette statue-là était ma femme et elle avait des yeux.

Le plus étrange, c'était, matin et soir, quand je me penchais pour frôler son front ou sa joue de mes lèvres. Elle ne bougeait pas, n'avait pas un frémissement.

— Bonjour, Isabel...

— Bonjour, Donald...

J'aurais pu aussi bien mettre une pièce de dix *cents* dans la fente d'un tronc, à l'église.

Je m'efforçais de ne plus me déshabiller devant elle. Cela me gênait, comme cela me gênait de la voir à moitié nue.

Elle continuait, elle. Elle le faisait exprès. Pas avec impudeur. Elle avait toujours été très pudique. Mais comme un droit acquis.

Il n'y avait que deux hommes au monde devant lesquels elle avait le droit de se déshabiller : son mari et son médecin.

Est-ce que Warren, après notre algarade, lui avait téléphoné ? L'avait-il rassurée ? Lui avait-il raconté ce qui s'était passé ?

Il y avait des moments où j'avais envie de faire un éclat, comme le matin au bureau. Je me contenais. Je ne voulais pas lui donner cette satisfaction. Car elle en aurait été satisfaite.

Non seulement elle était intelligente, bonne, dévouée, indulgente, que sais-je encore, mais je lui aurais fourni en outre la palme de martyre !

Je la haïssais vraiment. Et je me rendais compte que ce n'était pas tant sa faute à elle. Pas la mienne non plus. Elle représentait, en somme, tout ce dont j'avais souffert, l'étouffement de toute ma vie, cette humilité que je m'étais imposée.

— Ne mets pas tes doigts dans ton nez...

— Il faut respecter les vieilles personnes...
— Va te laver les mains, Donald...
— On ne pose pas les coudes sur la table...

Ces phrases-là, ce n'était pas Isabel qui les prononçait. C'était ma mère. Mais les regards d'Isabel, pendant dix-sept ans, m'avaient dit exactement la même chose.

Je sais que je n'avais à m'en prendre qu'à moi, puisque je l'avais choisie.

Et, le plus fort, c'est que je l'avais choisie exprès.

Pour me surveiller ? Pour me juger ? Pour m'empêcher de commettre de trop grosses bêtises ?

C'est possible. J'ai de la peine à me remettre dans l'esprit qui était le mien lorsque je l'ai rencontrée. J'hésitais, à cette époque-là, à rejoindre Ray à New York. On m'avait aussi parlé d'un poste, à Los Angeles, et j'avais été tenté.

Qu'est-ce que j'aurais pu devenir ? Qu'est-ce que je serais devenu, sans Isabel ?

Aurais-je épousé une Mona ?

Est-ce que, comme Ray, j'aurais gagné beaucoup d'argent en me méprisant au point de parler de suicide ?

Je n'en sais rien. Je préfère ne pas savoir, ne plus me poser de questions. J'aurais voulu établir un dossier bien net, bien ordonné, sans bavures.

J'en suis loin.

Et je continue, à mon âge, à épier les regards de ma femme !

2

Les vacances de Pâques ont été pénibles. Le temps était radieux, avec chaque jour un même soleil encore jeune et quelques nuages dorés dans le ciel. La rocaille, sous les fenêtres du living-room, fourmillait de fleurs et bruissait d'abeilles.

Malgré la fraîcheur, les filles se sont baignées dans la piscine et leur mère s'y est trempée deux ou trois fois. Nous sommes allés en excursion à Cape Cod, où nous avons marché longuement pieds nus dans le sable au bord d'une mer à peine moutonneuse.

Au fond de moi-même, je ne me sentais plus ni mari, ni père. Je n'étais plus rien. Une carcasse vide. Un automate. Même mon métier d'avocat ne m'intéressait plus et je voyais trop clairement la canaillerie de mes clients.

Je ne valais pas mieux qu'eux. Je n'avais rien tenté pour empêcher Ray de mourir dans la neige au pied du rocher. La question n'était pas de savoir si mon intervention aurait changé son sort. Le fait, tout cru, c'est que j'étais allé m'asseoir sur le banc rouge de la grange.

Et, petit à petit, en fumant des cigarettes à l'abri du blizzard, j'avais ressenti une satisfaction physique, une chaleur dans la poitrine, à l'idée qu'il était mort ou en train de mourir.

Cette nuit-là, j'avais découvert que, tout le temps que je l'avais connu, je n'avais pas cessé de l'envier et de le détester.

Je n'étais pas l'ami et je n'étais pas non plus le mari, le père, le citoyen dont j'avais joué le rôle. Ce n'était qu'une façade. Le cercueil blanchi des Écritures.

Que restait-il ?

Pendant tout ce temps des vacances, qui ne me laissait aucune échappatoire, Isabel en a profité pour m'observer avec plus d'attention que jamais.

On dirait que mon désarroi l'enchante. L'idée ne lui viendrait pas de m'aider. Au contraire, elle s'arrange diaboliquement pour m'enfoncer la tête sous l'eau.

Par exemple, j'ai essayé deux ou trois fois d'entamer une conversation avec Mildred. Elle commence à être en âge d'aborder des sujets sérieux. Chaque fois, le regard d'Isabel m'a figé.

Ce regard semblait dire :

— Pauvre Donald... Tu ne vois donc pas que tu n'arriveras à rien, que tes filles n'ont aucun contact avec toi ?...

Ce contact, elles l'avaient quand elles étaient petites. C'était plutôt vers moi qu'elles venaient que vers leur mère.

Quelle image, à présent, se font-elles de moi ? Je ne compte plus. Quand on me demande mon avis, on n'attend pas ma réponse.

Je suis le monsieur qui passe ses journées dans un bureau pour gagner l'argent nécessaire, un monsieur qui prend de l'âge, dont les traits commencent à se creuser, qui ne sait plus jouer ni rire.

Isabel se rend-elle compte qu'elle court un danger ? C'est possible. J'avoue que je ne sais plus. Je commence à en avoir assez d'interpréter ses regards, d'observer ses yeux fixés sur moi.

Avec les enfants, elle est enjouée, pleine d'initiatives. Chaque matin, c'est elle qui a trouvé un emploi agréable de la journée. Agréable pour elle et les deux filles, bien entendu.

Nous avons fait plusieurs excursions, dont deux dans la montagne. J'ai horreur des excursions, des pique-niques, des longues marches en file indienne pendant lesquelles on arrache machinalement des fleurs sauvages au bord du chemin.

Isabel est radieuse. Tout au moins quand elle s'adresse à nos filles. Dès que c'est moi qu'elle regarde, que c'est à moi qu'elle parle, elle redevient comme un mur.

A-t-elle l'intention de me pousser à bout ? Il me semble qu'elle veuille aller jusqu'à l'extrême limite et alors peut-être me tendra-t-elle la main en murmurant :

— Pauvre Donald...

Je ne suis pas le pauvre Donald. Je suis un homme, un homme à part entière, mais cela, elle ne le reconnaîtra jamais.

Les enfants ont dû constater cette tension. J'ai senti une certaine méfiance, une certaine réprobation chez mes filles, surtout quand je me sers à boire.

Comme par hasard, à présent, chaque fois que je propose un scotch à Isabel, elle répond pudiquement :

— Non, merci...

Je suis obligé de boire seul. Je n'ai pas exagéré une seule fois. Il n'y a jamais eu le moindre décalage dans mon attitude. Pas d'embarras de parole, pas d'excitation.

Mes filles ne m'en regardent pas moins, lorsque j'ai un verre à la main, comme si je commettais un péché.

C'est nouveau. Elles nous ont souvent vus prendre un verre ou deux, leur mère et moi. Isabel leur a-t-elle dit quelque chose ?

Il existe entre elles comme une complicité, la même complicité qu'entre Isabel et mon père. Elle a le don d'être sympathique, de provoquer l'admiration, la confiance.

Elle est si bonne, si compréhensive !

Elle ferait mieux de prendre garde, car un jour ou l'autre je pourrais en avoir assez. Je me suis fixé une ligne de conduite. Je m'y tiens, mais je commence à serrer les dents.

Je ne suis pas allé reconduire les filles à Litchfield, laissant ce soin à ma femme. Exprès. Pour qu'elle puisse les cuisiner tout à loisir. Par défi, au fond.

— Il ne faut pas faire attention aux bizarreries de votre père, mes enfants... Il traverse une période difficile... L'accident de Ray l'a fort secoué et ses nerfs n'en sont pas encore remis...

— Pourquoi est-ce qu'il boit, maman ?

Elle pourrait leur répondre que je ne bois pas plus que n'importe lequel de nos amis. Elle ne le fait certainement pas.

— A cause de ses nerfs, justement... Pour se sentir d'aplomb...

— Parfois, il nous regarde comme s'il nous connaissait à peine...

— Je sais... Il s'enferme en lui-même... J'en ai parlé au docteur Warren qui est allé le voir...

— Dad est malade ?

— Ce n'est pas à proprement parler une maladie... C'est dans son esprit... Il se fait des idées...

— Ce qu'on appelle la neurasthénie ?

— Peut-être... Cela y ressemble... C'est fréquent, à son âge...

Est-ce ainsi qu'elles parlent de moi toutes les trois ? J'en jurerais. Je crois les entendre. Et la voix douce, indulgente d'Isabel offrant aux enfants la limpidité de son regard.

Comme c'est rassurant d'être regardé de la sorte ! On a l'impression de plonger dans une âme fraîche et généreuse sur laquelle les ans n'ont pas de prise.

J'enrage. Au bureau, ma secrétaire commence à m'observer avec inquiétude, elle aussi. Si cela continue, tout le monde se mettra à avoir pitié de moi.

Pitié, ou peur ?

Je sens Higgins désarçonné. Pour cette vieille canaille, la vie est simple. Chacun pour soi. Tous les coups sont permis, à condition de respecter la loi. Et il existe mille moyens réguliers de tourner la loi.

C'est son métier. Il le pratique avec une effronterie tranquille, sans aucun trouble de conscience.

Le lieutenant Olsen est passé à côté de moi, alors que je me rendais à la poste, et il m'a adressé un vague salut de la main tout en conduisant la voiture de police. Est-ce que Ray le préoccupe encore ? Ces gens-là, quand ils ont une idée dans la tête...

Bon ! Tant pis ! J'ai téléphoné à Mona, du bureau. Sans me gêner. Ma secrétaire et même Higgins pouvaient entendre ce que je disais car nous avons l'habitude, sauf quand l'un de nous est avec un client, de laisser les portes ouvertes.

J'ai d'abord eu peur, comme le téléphone sonnait longtemps, qu'elle ne soit pas rentrée de Long Island, où elle est allée passer quelques jours chez des amis qui y possèdent une propriété, des chevaux et un yacht. Je ne les connais pas. Elle ne m'a pas dit leur nom et je ne le lui ai pas demandé.

Ils avaient beaucoup d'amis, Ray et elle. Elle en avait déjà beaucoup avant de rencontrer Ray. Souvent, quand nous marchons dans les rues, des gens la saluent plus ou moins familièrement, certains en lui lançant :

— Hello ! Mona...

Puisque je suis avec elle, je salue aussi, gauchement, et je ne lui pose aucune question. Il lui arrive de me dire, comme si cela expliquait tout :

— C'est Harris...

Ou bien :

— C'est Helen...

Harris qui ? Helen qui ? Des personnes connues, probablement, du monde du théâtre, du cinéma ou de la télévision. Ray s'occupait beaucoup, chez les Miller, des budgets de télévision. C'était devenu sa spécialité et c'est probablement la raison pour laquelle il a demandé à sa femme de ne plus en faire. Il se serait trouvé dans une position délicate.

Mais maintenant ? Mona ne va-t-elle pas avoir envie de travailler à nouveau ? Elle ne m'en a pas parlé. Ce n'est pas dans ce domaine-là que nous sommes intimes. Il existe tout un pan de sa vie qui m'est inconnu.

— Allô, Mona ?... Donald, oui...

— Comment avez-vous passé les fêtes ?

— Mal... Et vous ?... A Long Island ?...

— Un peu étourdie... Je n'ai pas eu une minute à moi... Chaque jour, il venait d'autres amis, jusqu'à dix et vingt à la fois...

— Vous avez fait du cheval ?

— Je suis même tombée, heureusement sans me faire mal...

— Du yachting ?

— Deux fois... Je suis toute bronzée...

— Vous êtes libre demain ?

— Attendez... Quel jour est-ce ?...

— Mercredi.

— Onze heures ?

— Je serai chez vous à onze heures...

C'était notre heure, celle de sa toilette, celle que je savourais le plus, avec une sensation d'abandon, d'intimité complète.

Le lendemain, le ciel était clair, d'un bleu lavande, avec, au-dessus des montagnes, les nuages dorés qui semblaient y avoir été fixés une fois pour toutes comme sur un tableau. Il n'y a que certains soirs que ces nuages disparaissent ou s'étirent en de longues bandes presque rouges.

J'ai conduit allégrement.

— Tu rentres ce soir ?

— C'est probable...

Isabel se demande-t-elle pourquoi il m'arrive de plus en plus rarement de coucher à New York ? Se figure-t-elle qu'il y a quelque chose de changé entre Mona et moi ? Ou encore que je commence à me ressaisir, à éviter de me compromettre davantage ?

Je la hais.

J'ai cherché longtemps un parking avant de pénétrer dans la maison de la Cinquante-Sixième Rue. Je me suis précipité vers l'ascenseur. J'ai sonné. La porte s'est ouverte immédiatement et j'ai eu devant moi Mona qui portait un tailleur léger, vert émeraude, ainsi qu'un petit chapeau blanc incliné sur l'oreille gauche.

Je suis resté interdit. Elle a été surprise, comme si elle ne s'attendait pas à produire cet effet-là.

— Mon pauvre Donald...

Je n'aime pas être le pauvre Donald, même pour elle. Je ne pouvais pas la prendre dans mes bras comme quand elle me recevait en peignoir.

— Déçu ?

Nous nous sommes embrassés quand même. C'est vrai qu'elle a le visage bronzé, ce qui aide à la changer.

— J'ai eu envie, ce matin, de me promener avec toi dans Central Park... Cela t'ennuie ?...

Mon visage s'éclairait. L'idée était gentille. Le temps s'y prêtait. Nous n'avions pas encore fêté le printemps ensemble.

— Tu ne veux pas boire quelque chose avant de partir ?

— Non...

Elle s'est tournée vers la cuisine.

— Je ne rentrerai pas déjeuner, Janet...

— Bien, madame...

— Si on me demande au téléphone, je serai rentrée vers deux ou trois heures...

Ce n'était pas la première fois que nous déambulions sur les trottoirs, mais l'air était plus léger que d'habitude, la lumière très gaie, le ciel d'une pureté étonnante entre les gratte-ciel.

Devant l'*Hôtel Plaza,* nous avons vu les quelques fiacres qui attendent les touristes et les amoureux. Un instant, l'idée m'est venue de monter dans l'un d'eux. Mona n'y faisait pas attention. Elle avait la main posée sur mon bras, légèrement, sans insistance.

— Comment vont Mildred et Cécilia ?

— Très bien... Elles ont passé leurs vacances avec nous... Nous avons fait plusieurs excursions et nous sommes même allés à Cape Cod...

Nous nous dirigions lentement vers le bassin où, l'hiver, il nous était arrivé de patiner, Ray et moi, alors que nous étions étudiants et que nous nous offrions une nuit à New York.

J'ai senti sur mon bras une pression plus forte de la main gantée de blanc.

— Il faut que je vous parle, Donald...

C'est drôle. Ce n'est pas dans le dos, mais dans la tête, que j'ai senti passer un courant froid et j'ai dit d'une voix que je reconnaissais à peine :

— Oui ?

— Nous sommes de vieux copains, n'est-ce pas ?... Vous êtes le meilleur copain que j'aie jamais eu...

Des mères surveillaient des enfants à la démarche incertaine. Un homme dépenaillé, qui n'avait plus rien à espérer, dormait sur un banc, si misérable qu'on était forcé de détourner le regard.

Nous marchions lentement. Tête baissée, je regardais le gravier défiler sous mes semelles.

— Vous connaissez John Falk ?

J'avais lu son nom quelque part. Il m'était assez familier mais, sur le moment, je ne le situais pas. Je n'essayais pas. J'attendais le verdict. Car tout cela allait aboutir à un verdict, c'était fatal.

— C'est le producteur des trois meilleures séries de C.B.S...

Je n'avais rien à dire. J'entendais les bruits du parc, les oiseaux, les voix d'enfants, le trafic le long de la Cinquième Avenue. Je voyais des canards se lisser les plumes sur la pelouse et d'autres qui nageaient en traçant un sillon triangulaire.

— Nous nous connaissons depuis longtemps lui et moi... Il a quarante ans... Il est divorcé depuis trois ans et il a une petite fille...

Elle ajouta très vite, pour s'en débarrasser :

— Nous avons l'intention de nous marier, Donald...

Je n'ai rien dit. Je n'aurais rien pu dire.

— Vous êtes triste ?

Je faillis rire, à cause du mot. Triste ? J'étais atterré. J'étais... Cela ne s'explique pas. Il n'y avait plus rien, voilà...

Jusqu'ici, il m'était resté quelque chose, il m'était resté Mona, même si notre liaison n'en était pas vraiment une, même s'il n'était pas question d'amour entre nous.

Je revoyais le boudoir, le mouvement de ses lèvres vers le bâton de rouge, le peignoir qu'elle laissait retomber derrière elle.

— Je vous demande pardon...

— De quoi ?

— De vous faire mal... Je sens que je vous fais mal...

— Un peu, dis-je enfin, employant moi aussi un mot ridiculement faible.

— J'aurais dû vous en parler plus tôt... Il y a un mois que j'hésite... Je ne savais quelle décision prendre... J'ai même eu l'idée de vous faire rencontrer John et de vous demander conseil...

Nous ne nous regardions pas. Elle y avait pensé. C'est pour cela qu'elle m'avait emmené dans le parc. En marchant parmi les promeneurs, on est bien obligé de se contenir.

— Quand comptez-vous...

— Oh ! Pas tout de suite... Il y a les délais légaux à observer... Il faudra aussi que nous trouvions un autre appartement, car Monique vivra avec nous...

Ainsi, la petite fille s'appelait Monique.

— Son père en a obtenu la garde... Il est en adoration devant elle...

Mais oui ! Mais oui ! Et, en attendant, est-ce que ce John Falk, puisque c'était son nom, venait déjà coucher dans le grand lit de la Cinquante-Sixième Rue ?

C'était probable. En copains, comme dit Mona. Non, eux, ce n'était pas en copains, puisqu'ils allaient se marier.

— Je suis navrée, Donald... Nous resterons bons amis, n'est-ce pas ?...

Et après ?

— J'ai parlé de vous à John...

— Vous lui avez dit la vérité ?

— Pourquoi pas ? Il ne me prend pas pour une vierge...

Le mot m'a choqué, prononcé là, tout à coup, au milieu du parc ensoleillé. Je ne suis pas amoureux de Mona, je le jure. Personne ne me croira et c'est pourtant la vérité.

Ce n'est pas seulement la femme qu'elle représente pour moi, c'est...

C'est tout, quoi ! Et ce n'est rien ! Il faut croire que ce n'est rien, puisqu'elle pouvait couper le fil aussi facilement.

Elle allait refaire de la télévision. Je la verrais sur mon écran, là-bas, à Brentwood, assis à côté d'Isabel dans la bibliothèque.

— J'ai pensé que nous déjeunerions ensemble quelque part, où vous voudriez...

— C'est lui qui doit téléphoner entre deux et trois heures ?

— Oui...

— Il sait que je suis ici ?

— Oui...

— Il sait que vous m'avez amené à Central Park ?

— Non... J'en ai eu l'idée en m'habillant...

Pas en s'habillant devant moi, avec son impudeur tranquille. En s'habillant seule. Plutôt en compagnie de Janet.

— Cela va être dur, Janet...

— Il comprendra, madame...

— Bien sûr qu'il comprendra, mais je vais quand même le faire souffrir...

— Si on devait renoncer à tout ce qui fait souffrir les autres...

Mona allumait une cigarette, me jetait un petit coup d'œil en coin et je lui souris. Enfin, cela tenait lieu de sourire.

— Vous viendrez me voir ?

— Je ne sais pas...

C'était non. Je n'avais rien de commun avec M. et Mme Falk. Ni avec la petite fille appelée Monique.

Des filles, j'en avais deux.

Il me semblait que le soleil tapait plus dur que les jours précédents. Nous sommes entrés au bar du *Plaza*.

— Deux doubles martinis...

Je ne lui avais pas demandé ce qu'elle prenait. Peut-être, avec Falk, buvait-elle autre chose ? Pour la dernière fois, j'observais notre tradition.

— A votre santé, Donald...

— A la vôtre, Mona...

Ce fut le plus difficile. En prononçant son nom, je faillis, bêtement, éclater en sanglots. Ces deux syllabes-là...

A quoi bon essayer d'expliquer ? Je me voyais dans le miroir, entre les bouteilles.

— Où désirez-vous que nous déjeunions ?

Elle me laissait le choix. C'était mon jour. Mon dernier jour. Alors, il importait que les choses se passent au mieux.

— Nous pouvons aller dans notre petit restaurant français...

Je fis non de la tête. Je préférais la foule, un endroit sans souvenirs.

Nous avons déjeuné au *Plaza* et la grande salle était pleine. J'ai proposé du foie gras, presque par ironie, et elle a accepté. Puis du homard. Un déjeuner de gala !

— Vous désirez des crêpes Suzette ?

— Pourquoi pas ?

Elle croyait me faire plaisir en acceptant. Je savais qu'elle regardait de temps en temps l'horloge.

Je ne lui en voulais pas. Elle m'avait donné ce qu'elle pouvait me donner, gentiment, avec une chaude tendresse animale, et c'était moi qui étais en reste.

A certain moment, j'ai vu sa main à plat sur la nappe juste comme je l'avais vue sur le parquet, la nuit de janvier, et la même envie m'est venue d'avancer le bras, de saisir cette main-là...

— Courage, Donald...

Elle devinait.

— Si vous saviez comme cela me fait mal... soupirait-elle.

Puis nous avons marché jusque chez elle. J'avais envie de balbutier :

— Une dernière fois, oui ?...

Il me semblait que ce serait plus facile après.

Je regardai les fenêtres du troisième étage, entrai dans le hall.

— Au revoir, Donald...

— Adieu, Mona...

Elle s'est jetée dans mes bras et, sans souci de son maquillage, m'a donné un baiser très long, très profond.

— Je n'oublierai jamais... a-t-elle haleté.

Puis, très vite, fébrilement, elle a ouvert la porte de l'ascenseur.

3

Il y a un mois de ça et ma haine pour Isabel n'a fait qu'augmenter. Comme il fallait s'y attendre, elle a compris tout de suite en me voyant rentrer. Je n'étais même pas ivre. Je n'avais pas éprouvé le besoin de boire.

Tout en conduisant ma voiture le long du Taconic Parkway, je faisais en esprit une sorte de dessin de la vie qui m'attendait, depuis le réveil jusqu'au coucher, avec les gestes, les allées et venues d'une pièce à l'autre, la poste, le bureau, ma secrétaire qui ne tarderait pas à nous quitter, le déjeuner, le bureau, mes clients, le courrier, le verre de scotch d'avant dîner, le repas en tête à tête, la télévision, un journal ou un livre...

Je n'omettais aucun détail. Je les détaillais au contraire finement, comme à l'encre de Chine.

C'était une estampe, un album d'estampes, la journée d'un homme nommé Donald Dodd.

Isabel n'a rien dit, je le savais d'avance. Je prévoyais aussi qu'il n'y aurait en elle aucune pitié et je n'en aurais pas voulu. Elle parvint néanmoins à cacher son triomphe, à garder à ses yeux leur impassibilité.

Puis, les jours suivants, elle s'est remise à m'observer, comme on observe un malade en se demandant s'il mourra ou s'il guérira.

Je ne mourais pas. Ma mécanique fonctionnait sans à-coups. J'étais bien dressé. Mes gestes restaient les mêmes, les mots que je prononçais, mes attitudes à table, au bureau, le soir dans mon fauteuil.

Pourquoi continuait-elle à épier ? Qu'espérait-elle ?

Elle n'était pas satisfaite, je le sentais. Il lui fallait autre chose. Mon complet anéantissement ?

Je n'étais pas anéanti. La semaine suivante, Higgins a été surpris de ne pas me voir aller à New York. Ma secrétaire aussi.

La semaine d'après, il a été soulagé, comprenant que ce qu'il devait appeler ma liaison était finie.

Ainsi, j'allais rentrer dans le monde des honnêtes gens, des êtres normaux. J'avais fait une sorte de grippe morale dont je me remettais tout doucement.

Il se montrait gentil avec moi, encourageant, venant plusieurs fois par jour dans mon bureau pour me parler d'affaires dont, autrefois, il se serait contenté de me dire quelques mots en passant.

Ne fallait-il pas me redonner de l'intérêt à la vie ? J'ai rencontré Warren aussi, au bureau de poste, où beaucoup de gens viennent chercher leur courrier du matin. Se souvenant de la réception que je lui avais réservée la dernière fois, il hésitait à s'avancer vers moi et il a fini par se décider.

— Vous avez bonne mine, Donald...

Comment donc !

J'évitais de me rendre à New York, même quand c'était utile, m'efforçant de tout régler par téléphone et par correspondance. Un jour que ma présence y était indispensable, j'ai prié Higgins d'y aller à ma place et il s'est hâté d'accepter.

Cela signifiait que j'étais guéri, ou presque guéri.

S'ils avaient pu savoir, tous, tant qu'ils étaient, comme je la haïssais ! Mais il n'y avait qu'elle à le savoir.

Car j'avais compris. Longtemps, j'avais cherché la signification de son regard. J'avais fait des suppositions diverses sans penser à la vérité toute simple.

Je m'étais détaché d'elle. J'avais rompu le cercle. J'étais hors de sa portée.

Cela, elle ne me le pardonnerait jamais. J'étais son bien, comme la maison, comme les filles, comme Brentwood et notre train-train quotidien.

Je m'étais échappé et je la regardais de l'extérieur, je la regardais avec haine, parce qu'elle m'avait possédé trop longtemps, parce qu'elle m'avait étouffé, parce qu'elle m'avait empêché de vivre.

Bon ! Je l'avais choisie. Je l'ai admis et je le répète. Ce n'était pas une raison. Elle n'en était pas moins l'image vivante, là, tout près de moi, dans le lit voisin du mien, de tout ce que je m'étais mis à détester.

Je ne pouvais pas m'en prendre au monde entier et à ses institutions. Je ne pouvais pas cracher leurs vérités et les miennes à la face de millions d'êtres humains.

Elle était là.

Comme Mona avait été là, un moment, pour représenter de son mieux la vie.

Tout cela, Isabel le savait. Les qualités que les autres lui attribuaient existaient ou n'existaient pas, mais il en est une qu'elle avait au suprême degré : celle de fouiller dans l'âme d'autrui, en particulier dans la mienne.

Elle s'en donnait désormais à cœur joie, fouillant à longueur de journée, sentant qu'il n'y avait plus qu'une façade et que, celle-ci craquée, il ne resterait rien.

Me voir réduit à néant ! Quelle sensation merveilleuse ! Quelle vengeance inégalable.

— Isabel a eu tant de mérite...

De vivre avec un homme comme moi, évidemment. De supporter ce qu'elle avait supporté ces derniers mois.

— Il ne se donnait pas la peine de se cacher...

Le soir, j'avais de plus en plus de peine à m'endormir et, après une heure d'immobilité, il m'arrivait d'aller dans la salle de bains avaler un somnifère.

Elle le savait. Je suis persuadé qu'elle évitait de s'endormir avant moi, pour jouir de mon insomnie, pour entendre le bruissement mystérieux de mes pensées.

Ce n'était pas tant le visage de Mona qui me hantait, et cela je ne suis pas sûr qu'Isabel l'ait deviné. C'était le banc. Le banc peint en rouge. Le vacarme de la tempête et de la porte qui claquait à un rythme régulier, la neige qui, chaque fois, pénétrait un peu plus avant dans la grange.

Ray, avec Patricia, dans la salle de bains. J'aurais voulu être à sa place. J'avais envie de Patricia. Un jour, quand les Ashbridge reviendraient de Floride...

Ray était mort. Son appartement de Sutton Place, qui lui avait coûté si cher et dont il exhibait ironiquement le luxe agressif, avait été démantelé et était habité par une vedette de cinéma.

Sa femme, Mona, allait devenir Mme Falk. Un ami à lui. Un producteur avec qui il avait été en affaires.

Il avait pensé au suicide et la mort lui était venue sans qu'il ait besoin de faire un geste.

Veinard !

Mon père, lui, continuait à publier son *Citizen* et à écrire des articles lus par deux ou trois douzaines de vieillards.

Isabel lui avait-elle annoncé que c'était fini avec Mona ? S'était-il réjoui comme les autres en se disant que je rentrais enfin dans le droit chemin ?

Je ne pouvais plus supporter ses yeux. J'en arrivais à détourner la tête. Déjà, j'avais supprimé le frôlement de sa joue le matin et le soir. Elle n'en avait pas fait la remarque. Je me trompe peut-être, mais il me semble qu'il y a eu une petite lueur d'espoir dans ses prunelles.

Si je réagissais ainsi, n'est-ce pas que j'étais touché ? Indifférent, j'aurais continué la routine sans en souffrir, sans m'en apercevoir.

C'était presque une déclaration de guerre. Je devenais son ennemi, un ennemi qui vivait dans la maison, à côté d'elle, mangeait à la même table, dormait dans la même chambre.

Le mois de mai avait commencé glorieusement par des journées aussi chaudes que des journées d'été. Je portais déjà mon complet de coton, mon chapeau de paille. Au bureau, l'air conditionné fonctionnait. Le matin, avant de m'y rendre, je plongeais dans la piscine et je faisais de même en rentrant le soir.

Isabel avait adopté d'autres heures, car, pas une seule fois, elle ne s'est trouvée dans l'eau en même temps que moi.

— Tu as beaucoup de travail ?

— Suffisamment pour m'occuper et pour payer nos factures...

La maison, qui était à nous, valait dans les soixante mille dollars. J'avais pris, bien des années avant, une assurance de cent mille dollars qui me paraissait énorme à l'époque, car je n'étais qu'un débutant.

Chaque année, j'achetais quelques actions.

Si j'étais parti, seul, sans rien dire, pour me fondre dans le grouillement anonyme, ni ma femme ni mes filles ne se seraient trouvées dans l'embarras.

Aller où ? Il m'arrivait, le soir, dans mon lit, de penser à l'homme de Central Park, celui qui, à midi, dormait sur un banc, la bouche ouverte, à la vue des passants.

Il n'avait besoin de personne. Il n'avait pas besoin non plus de faire semblant. Il ne se préoccupait pas de l'opinion des hommes, des bons usages, de ce qu'il faut ou ne faut pas faire.

Et, quand la police le ramassait, il pouvait reprendre son sommeil au violon...

Je n'étais pas obligé de plonger si profond. J'aurais pu...

Mais pourquoi ? Je m'étais déjà échappé, sur place, en quelque sorte. J'avais coupé les fils. La marionnette gesticulait encore mais personne ne la maniait plus.

Sauf Isabel... Elle était là, couchée sur le dos dans son lit, silencieuse, à écouter ma respiration, à deviner mes fantômes. Elle attendait le moment où, n'y tenant plus, je me lèverais pour aller prendre mes deux comprimés de somnifère. A présent, il m'en fallait deux. Bientôt, il m'en faudrait trois. Était-ce plus grave que de boire ?

J'avais été tenté de boire. Il m'arrivait de regarder le placard aux liqueurs avec l'envie d'attraper la première bouteille et de boire au goulot, comme le faisait sans doute le type de Central Park.

Qu'est-ce qu'elle attendait au juste ? Que je me mette à hurler de rage ? Ou de douleur ? Ou...

Je ne hurlais pas et alors elle me provoquait. Quand je me levais pour aller prendre mes pilules, il lui arrivait de me demander d'une voix douce, comme à un enfant ou à un malade :

— Tu ne dors pas, Donald ?

Elle le voyait que je ne dormais pas, non ? Je n'étais pas somnambule. Alors, pourquoi me poser la question ?

— Tu devrais peut-être voir Warren...

Mais oui ! Mais oui ! Elle tentait de me persuader que j'étais atteint. Elle devait en persuader les autres aussi.

— Il traverse une période pénible, je ne sais pas pourquoi... Le docteur Warren n'y comprend rien... Il est persuadé que c'est le moral...

Le monsieur qui a le moral atteint...

Je voyais fort bien l'image, dans l'esprit des gens, les mines compatissantes. J'avais déjà été le monsieur qui a une maîtresse et qui pourrait divorcer un jour prochain.

Maintenant, j'étais le mari qui devient bizarre.

— Hier encore, je l'ai croisé dans la rue et il ne m'a pas reconnu...

Comme si je me préoccupais d'identifier les silhouettes que je rencontrais !

Elle était vicieuse. Ce n'est pas moi qui suis en train d'établir un dossier. C'est elle. Patiemment, à petites touches, comme on tisse une tapisserie. Il lui arrive d'en tisser, justement. Deux des chaises du living-room sont recouvertes de tapisseries de sa main.

Elle tisse... Elle tisse...

Et elle me regarde férocement en attendant que je craque.

Est-ce qu'elle n'a pas peur ?

4

Je suis calme, d'une lucidité que je crois que peu d'hommes ont atteinte. Ceci n'est pas un plaidoyer. Je ne cherche pas à me disculper. Je ne l'écris pour personne en particulier.

Il est trois heures du matin. Nous sommes le 27 mai et la journée a été étouffante. Il ne s'est rien produit de particulier. J'ai eu beaucoup de travail au bureau et je l'ai fait consciencieusement. Au fait, je sais maintenant que ma secrétaire est enceinte mais, après quelques mois de congé, elle compte reprendre son emploi.

Cela n'a plus d'importance pour moi, mais cela en aura pour Higgins.

Hier soir, dès que je me suis couché, mon lit est devenu moite, car nous n'avons pas l'air conditionné ; la disposition compliquée des pièces de la maison rend cette installation presque impossible.

A minuit et demi je ne dormais pas et je suis allé prendre mes deux comprimés.

Elle ne m'a pas parlé mais elle m'a suivi de ses yeux grands ouverts. Elle m'a littéralement cueilli au moment où je sortais du lit, m'a regardé me diriger vers la salle de bains et, en en sortant, j'ai retrouvé son regard qui attendait pour me reconduire.

Le sommeil n'est pas venu. Le somnifère a perdu son effet. Je n'ose pas augmenter la dose sans l'avis de Warren et je ne tiens pas à voir Warren en ce moment.

Elle est couchée sur le dos. Moi aussi. J'ai les yeux ouverts, car c'est encore plus pénible quand je les ferme, et j'entends le bruit de mon cœur.

Je pourrais, en tendant l'oreille, entendre le sien.

Deux heures ont passé. C'est inouï le nombre d'images qui peuvent défiler dans un cerveau pendant deux heures. J'ai surtout revu la main, sur le plancher du living-room.

Je me demande pourquoi cette main a pris une telle importance. J'ai tenu le corps entier dans mes bras. Je le connais dans ses plus petits détails, sous tous les éclairages.

Non ! C'est la main qui me revient à la mémoire, par terre, près de mon matelas.

J'ai allumé la lampe de chevet, je me suis levé et je me suis dirigé vers la salle de bains.

— Tu ne te sens pas bien, Donald ?

Parce que je n'ai pas l'habitude de me relever deux fois.

J'ai avalé un nouveau comprimé, puis un autre, pour en finir avec cette insomnie. Quand je suis rentré dans la chambre, elle était assise sur son lit et me regardait.

Est-ce qu'elle ne touchait pas au but ? Ne venait-elle pas d'entendre le premier craquement ?

Je n'ai pas réfléchi. Le geste a été spontané et je l'ai fait calmement. Ouvrant le tiroir de la table de nuit, entre nos deux lits, j'ai saisi le revolver.

Elle me regardait toujours, sans froncer les sourcils. Elle me défiait encore.

Est-ce que ma première idée n'a pas été de tourner l'arme contre moi, comme Ray en avait été tenté ?

C'est probable. Je n'oserais pas le jurer.

Elle regardait le canon court, puis mon visage. Ce dont je suis sûr, c'est qu'un sourire a passé sur son visage, qu'il y a eu, dans ses yeux bleus, une lueur de triomphe.

J'ai tiré en visant la poitrine et je n'ai ressenti aucune émotion. Les yeux me fixaient toujours, immobiles, et alors j'ai tiré deux autres coups.

Dans ces yeux-là.

Je vais téléphoner au lieutenant Olsen pour lui dire ce qui est arrivé. On parlera de crime passionnel et il sera certainement question de Mona, qui n'y est pour rien.

On me fera examiner par un psychiatre.

Qu'est-ce que cela peut me faire d'être enfermé, puisque je l'ai été toute ma vie ?

Je viens de téléphoner à Olsen. Il n'a pas paru trop surpris. Il a dit :

— Je viens tout de suite...

Et il a ajouté :

— Surtout, ne faites pas de bêtise...

Épalinges (Vaud), le 29 avril 1968.

L'AMI D'ENFANCE DE MAIGRET

[illegible] le premier jour [illegible] trois [illegible] sur le [illegible] dans [illegible]

[illegible] sa main [illegible]

[illegible]

Elle dérivait [illegible]

[illegible]

[illegible]

[illegible]

[illegible]

et ses inspecteurs [illegible]

[illegible]

[illegible] d'importance que [illegible] du maître.

[illegible] frappa un coup discret à la porte, entra [illegible] une carte de visite [illegible]

1

La mouche tourna trois fois autour de sa tête et vint se poser sur la page du rapport qu'il était en train d'annoter, tout en haut, dans le coin gauche.

Maigret immobilisa sa main qui tenait le crayon et la regarda avec une curiosité amusée. Ce jeu-là durait depuis près d'une demi-heure et c'était toujours la même mouche. Il aurait juré qu'il la reconnaissait. D'ailleurs, il n'y avait que celle-là dans le bureau.

Elle décrivait quelques cercles dans la pièce, surtout dans la partie baignée par le soleil, contournait la tête du commissaire et atterrissait sur les documents qu'il étudiait. Là, elle frottait paresseusement ses pattes les unes contre les autres et il était bien possible qu'elle le narguât.

Le regardait-elle vraiment ? Et, si oui, que représentait pour elle cette masse de chair qui devait lui paraître énorme ?

Il évitait de l'effrayer. Il attendait, le crayon en l'air, et soudain, comme si elle en avait assez, elle prenait son vol et franchissait la fenêtre ouverte pour se perdre dans l'air tiède du dehors.

On était à la mi-juin. De temps en temps, une bouffée de brise passait dans le bureau où Maigret, sans veston, fumait paisiblement sa pipe. Il avait décidé de consacrer l'après-midi à lire les rapports de ses inspecteurs et il y mettait la patience nécessaire.

Neuf fois, dix fois, la mouche revint, se posant chaque fois au même endroit de la page, comme s'il existait entre eux une sorte de complicité.

Ce fut une curieuse coïncidence. Ce soleil, ces bouffées plus fraîches qui pénétraient parfois par la fenêtre ouverte, cette mouche qui le fascinait lui rappelaient les années d'école où, parfois, une mouche qui gravitait sur son pupitre prenait beaucoup plus d'importance que la leçon du maître.

Joseph, le vieil huissier, frappa un coup discret à la porte, entra, tendit au commissaire une carte de visite gravée.

Léon Florentin
Antiquaire

— Quel âge a-t-il ?

— A peu près votre âge...

— Il est grand et maigre ?

— Très grand et très maigre, oui, avec beaucoup de cheveux gris...

C'était bien son Florentin, celui qui avait été son condisciple au lycée Banville, à Moulins, où il était le rigolo de la classe.

— Faites entrer...

Il en avait oublié la mouche qui, peut-être dépitée, avait dû s'envoler par la fenêtre. Il y eut un moment de gêne quand Florentin entra, car les deux hommes ne s'étaient revus qu'une fois après s'être quittés à Moulins. C'était une vingtaine d'années auparavant. Maigret s'était trouvé face à face, sur le trottoir, avec un couple élégant. La femme était jolie, très parisienne.

— Je te présente un vieil ami de lycée qui est entré dans la police...

Puis, à Maigret :

— Je vous... Je te présente Monique, ma femme...

Il y avait du soleil ce jour-là aussi. Ils ne savaient que se dire.

— Alors, ça va ? Toujours content ?

— Toujours content, avait répliqué Maigret. Et toi ?

— Je ne me plains pas.

— Tu habites Paris ?

— Oui. 62 boulevard Haussmann. Mais je voyage beaucoup pour mes affaires. Je reviens en ce moment d'Istanbul. Il faudra venir nous voir. Avec Mme Maigret, bien sûr, si tu es marié...

Ils n'étaient à leur aise ni l'un ni l'autre. Le couple s'était dirigé vers une voiture de sport décapotable à la carrosserie vert amande et le commissaire avait continué son chemin.

Le Florentin qui pénétrait dans son bureau était moins fringant que celui de la place de la Madeleine. Il portait un complet gris assez fatigué et n'avait plus la même assurance.

— C'est gentil de me recevoir tout de suite... Comment allez-vous ?... Comment vas-tu ?...

Maigret, lui aussi, éprouvait une certaine peine à le tutoyer après si longtemps.

— Et toi ?... Assieds-toi... Comment va ta femme ?

Les yeux gris clair de Florentin regardèrent un moment dans le vide, comme s'il cherchait à se souvenir.

— Tu veux parler de Monique, une petite rousse ?... A la vérité, nous avons vécu ensemble un certain temps, mais je ne l'ai jamais épousée... Une brave fille...

— Tu n'es pas marié ?

— A quoi bon ?

Et Florentin faisait une de ses grimaces qui, jadis, amusaient tant ses camarades et désarmaient les professeurs. On aurait dit que son long visage aux traits très dessinés était en caoutchouc, tant il parvenait à le tordre en tous sens.

Maigret n'osait pas lui demander pourquoi il était venu le voir. Il l'observait, ayant peine à croire que tant d'années avaient passé.

— Tu as un joli bureau, dis donc... Je ne savais pas que vous étiez aussi bien meublés, à la P.J...

— Tu es devenu antiquaire ?

— Si l'on veut... Je rachète de vieux meubles et je les retape dans un petit atelier que j'ai loué boulevard Rochechouart... Tu sais, en ce moment, tout le monde est plus ou moins antiquaire...

— Content ?

— Je ne me plaindrais pas, si ce n'était la tuile qui vient de me tomber dessus cet après-midi...

Il avait tellement l'habitude de jouer les comiques que son visage prenait automatiquement des expressions drôles. Son teint n'en était pas moins grisâtre, ses yeux inquiets.

— C'est pour cela que je suis venu te trouver. Je me suis dit que tu serais plus capable de comprendre qu'un autre...

Il tira un paquet de cigarettes de sa poche, en alluma une d'une main aux doigts longs et osseux qui tremblaient légèrement. Maigret crut sentir un relent d'alcool.

— En réalité, je suis bien embêté...

— Je t'écoute...

— Justement. C'est que c'est difficile à expliquer. J'ai une amie, depuis quatre ans...

— Encore une amie avec qui tu vis ?

— Oui et non... Non... Pas exactement... Elle habite rue Notre-Dame-de-Lorette, près de la place Saint-Georges...

Maigret s'étonnait de ses hésitations, de ses regards en coin alors que Florentin avait toujours eu tant d'assurance et de faconde. Au lycée, Maigret l'enviait pour cette aisance. Il l'enviait un peu aussi parce que son père était le meilleur pâtissier de la ville, en face de la cathédrale. Il avait même donné son nom à un gâteau à base de noix qui était devenu une spécialité locale.

Florentin avait toujours de l'argent plein les poches. Il pouvait faire des farces en classe sans être puni, comme s'il jouissait d'une immunité spéciale. Et, à la tombée du jour, il lui arrivait de sortir avec des filles.

— Raconte...

— Elle s'appelle Josée... Enfin, son vrai nom est Joséphine Papet, mais elle préfère Josée... Moi aussi... Elle a trente-quatre ans et on ne les lui donnerait pas...

Le visage de Florentin était si mobile qu'on aurait pu le croire agité de tics.

— C'est difficile à expliquer, mon vieux...

Il se levait, marchait vers la fenêtre où son grand corps se découpait dans le soleil.

— Il fait chaud, chez toi... soupirait-il en s'essuyant le front.

La mouche ne venait plus se poser sur le coin de la page étalée devant le commissaire. On entendait le bruit des voitures et des autobus sur le pont Saint-Michel, parfois la sirène d'un remorqueur qui baissait sa cheminée avant de passer sous l'arche.

La pendule en marbre noir, la même que dans tous les bureaux de la P.J. et sans doute que dans des centaines de bureaux officiels, marquait cinq heures vingt.

— Je ne suis pas le seul... finit par laisser tomber Florentin.

— Le seul quoi ?

— Le seul ami de Josée... C'est ça qui est difficile à expliquer... c'est la meilleure fille de la terre et j'étais à la fois son amant, son ami et son confident...

Maigret rallumait sa pipe en s'efforçant d'être patient. Son ancien camarade revenait s'asseoir en face de lui.

— Elle avait beaucoup d'autres amis ? finit par questionner le commissaire alors que le silence durait quand même un peu trop.

— Attends que je compte... Il y a Paré... Un... Puis Courcel... Deux... Puis Victor... Trois... Enfin un jeunet que je n'ai jamais vu et que j'appelle le rouquin... Quatre...

— Quatre amants qui viennent la voir régulièrement ?

— Les uns une fois, les autres deux fois par semaine...

— Ils savent qu'ils sont plusieurs ?

— Naturellement pas...

— De sorte que chacun a l'illusion d'être seul à l'entretenir ?

Le mot gêna Florentin qui se mit à émietter le tabac d'une cigarette sur le tapis.

— Je t'ai prévenu que c'était difficile à comprendre...

— Et toi, dans cette histoire ?

— Je suis son ami... J'accours dès qu'elle est seule...

— Tu dors rue Notre-Dame-de-Lorette ?

— Sauf la nuit du jeudi au vendredi...

C'est sans ironie apparente que Maigret prononça :

— Parce que la place est prise ?

— Par Courcel, oui... Voilà dix ans qu'elle le connaît... Il habite Rouen et il a des bureaux boulevard Voltaire... Ce serait trop long à expliquer... Tu me méprises ?

— Je n'ai jamais méprisé personne...

— Je sais que ma situation peut paraître délicate et que la plupart des gens me jugeraient sévèrement... Je te jure que nous nous aimons, Josée et moi...

Il ajouta soudain :

— Ou plutôt nous nous aimions...

Le mot ne manqua pas de frapper le commissaire dont le visage devint inexpressif.

— Vous avez rompu tous les deux ?

— Non.

— Elle est morte ?

— Oui.

— Quand ?

— Cet après-midi...

Et Florentin se tournait vers lui, tragique, prononçait d'une façon assez théâtrale :

— Je te jure que ce n'est pas moi... Tu me connais... C'est parce que tu me connais et que je te connais que je suis venu te voir...

Ils s'étaient connus en effet, à douze ans, à quinze ans, à dix-sept ans, mais, depuis, chacun avait suivi sa voie.

— De quoi est-elle morte ?

— On a tiré sur elle.

— Qui ?

— Je ne sais pas.

— Où cela s'est-il passé ?

— Chez elle... Dans sa chambre...

— Où étais-tu à ce moment-là ?

Le tutoiement devenait de plus en plus difficile.

— Dans la penderie...

— Tu veux dire dans l'appartement ?

— Oui... C'est arrivé plusieurs fois... Quand quelqu'un sonnait, je... Je te dégoûte ?... Je te jure que ce n'est pas ce que tu crois... Je gagne ma vie... Je travaille...

— Essaie de me dire exactement ce qui s'est passé.

— Depuis quand ?

— Mettons depuis midi...

— Nous avons déjeuné ensemble... Elle fait fort bien la cuisine et nous étions assis tous les deux devant la fenêtre... Elle n'attendait quelqu'un, comme tous les mercredis, que vers cinq heures et demie ou six heures...

— Qui ?

— Il s'appelle François Paré, un homme d'une cinquantaine d'années, chef de service au ministère des Travaux Publics... C'est lui qui s'occupe des Voies navigables... Il habite Versailles...

— Il ne vient jamais plus tôt ?

— Non...

— Qu'est-il arrivé après le déjeuner ?

— Nous avons bavardé...

— Comment était-elle habillée ?

— En robe de chambre... Sauf pour sortir, elle est toujours en robe de chambre... Vers trois heures et demie, on a sonné à la porte et je me suis précipité vers la penderie... Celle-ci n'ouvre pas sur la chambre à coucher mais sur la salle de bains...

Maigret s'impatienta.

— Ensuite ?

— Peut-être un quart d'heure après, j'ai entendu un bruit qui ressemblait à un coup de feu...

— Donc, à quatre heures moins le quart ?...

— Je suppose...

— Tu t'es précipité ?

— Non... Je n'étais pas supposé me trouver là... En outre, ce que j'avais pris pour un coup de feu pouvait provenir de l'échappement d'une voiture ou d'un autobus.

Maigret l'observait à présent avec une attention soutenue. Il se souvenait des histoires que Florentin leur racontait autrefois et qui étaient toutes plus ou moins fantaisistes. C'était à croire, parfois, qu'il ne distinguait pas lui-même entre la vérité et le mensonge.

— Qu'est-ce que vous attendiez ?

— Tu me dis vous ?... Tu vois bien que...

Il prenait un air peiné, déçu.

— Bon ! Qu'est-ce que tu attendais, dans le placard ?

— Ce n'est pas un placard, mais une penderie assez vaste... J'attendais que l'homme s'en aille...

— Comment sais-tu que c'était un homme, puisque tu ne l'as pas vu ?

L'autre le regarda avec stupeur.

— Je n'ai pas pensé à ça...

— Cette Josée n'avait pas d'amies ?

— Non...

— Pas de famille ?

— Elle est originaire de Concarneau et je n'ai jamais vu personne de sa famille...

— Comment as-tu su que la personne était partie ?

— J'ai entendu des pas dans le salon, puis la porte s'est ouverte et refermée...

— A quelle heure ?

— Environ quatre heures...

— L'assassin serait donc resté un quart d'heure auprès de sa victime ?

— Il faut croire...

— Quand tu es entré dans la chambre, où as-tu trouvé ta maîtresse ?

— Par terre, à côté du lit...

— Comment était-elle vêtue ?

— Elle portait toujours sa robe de chambre jaune...

— Où a-t-elle été atteinte ?

— A la gorge...

— Tu es sûr qu'elle était morte ?

— Ce n'était pas difficile à voir...

— Il y avait du désordre dans la pièce ?

— Je n'ai rien remarqué...

— Pas de tiroirs ouverts, de papiers éparpillés ?
— Non... Je ne crois pas...
— Tu n'en es pas sûr ?
— J'étais trop ému...
— Tu as téléphoné à un médecin ?
— Non... Du moment qu'elle était morte...
— Au commissariat du quartier ?
— Non plus...
— Tu es arrivé ici à cinq heures cinq. Qu'as-tu fait depuis quatre heures ?
— D'abord je me suis écroulé dans un fauteuil, complètement abruti... Je ne comprenais pas... Je ne comprends pas encore... Puis je me suis dit que c'était moi qu'on allait accuser, surtout que notre poison de concierge me déteste.
— Tu es resté dans ce fauteuil pendant près d'une heure ?
— Non... Je ne sais pas combien de temps après je suis sorti et je suis allé au bistrot, le *Grand-Saint-Georges*, où j'ai bu trois verres de cognac coup sur coup...
— Et après ?
— Je me suis souvenu que tu étais devenu le grand patron de la Brigade criminelle...
— Comment es-tu venu ici ?
— J'ai pris un taxi...
Maigret était furieux, mais cela ne se marquait que par la rigidité de son visage. Il alla ouvrir la porte du bureau des inspecteurs, hésita entre Janvier et Lapointe qui étaient là tous les deux. Il finit par choisir Janvier.
— Viens un instant... Tu vas d'abord téléphoner à Moers, au labo, de nous rejoindre rue Notre-Dame-de-Lorette... Quel numéro ?...
— 17 *bis*...
Chaque fois qu'il regardait son ancien camarade, il avait la même expression dure, fermée. Pendant que Janvier téléphonait, il jetait un coup d'œil à la pendule, qui marquait cinq heures et demie.
— C'est qui, encore, le client du mercredi ?
— Paré... Celui du ministère...
— Normalement, à l'heure qu'il est, il devrait se présenter à la porte de l'appartement ?
— C'est le moment, oui...
— Il a la clef ?
— Aucun d'eux n'a la clef...
— Toi non plus ?
— Moi, ce n'est pas la même chose... Tu comprends, mon vieux...
— J'aimerais autant que tu ne m'appelles pas mon vieux...
— Tu vois ! Même toi, tu...

— En route...

Il saisit son chapeau en passant et, tout en descendant le large escalier grisâtre, il bourra une pipe.

— Je me demande pourquoi tu as attendu tout ce temps pour venir me voir ou pour avertir la police... Elle avait de la fortune ?

— Je suppose... Il y a trois ou quatre ans, elle a acheté, comme placement, une maison rue du Mont-Cenis, tout au-dessus de Montmartre...

— Il y avait de l'argent dans l'appartement ?

— C'est possible... Je ne pourrais pas le jurer... Ce que je sais, c'est qu'elle se méfiait des banques...

Ils prirent une des petites voitures noires rangées dans la cour et Janvier se mit au volant.

— Tu essaies de me faire croire que, vivant avec elle, tu ignorais où elle gardait ses économies ?

— C'est la vérité...

Il eut envie de lui lancer :

— Cesse de faire le clown...

Eut-il pitié ?

— Combien l'appartement comporte-t-il de pièces ?

— Il y a un salon, une salle à manger, une chambre avec salle de bains et une petite cuisine...

— Sans compter la penderie...

— Sans compter la penderie...

Tout en se faufilant entre les voitures, Janvier essayait de comprendre, d'après les quelques répliques échangées.

— Je te jure, Maigret...

Encore bien qu'il ne lui dise pas Jules, parce qu'au lycée ils avaient l'habitude de s'appeler par leur nom de famille !

Comme les trois hommes passaient devant la loge, Maigret aperçut le rideau de tulle de la porte vitrée qui bougeait et, derrière, une concierge énorme et massive. Son visage était à la mesure de son corps et, les traits figés, elle les regardait aussi fixement qu'un portrait grandeur nature ou qu'une statue.

L'ascenseur était étroit et le commissaire se trouva coincé contre Florentin, les yeux tout proches de ceux de son ancien camarade, et cela le gêna. A quoi pensait en ce moment même le fils du pâtissier de Moulins ? Était-ce la peur qui le faisait grimacer sans cesse, bien qu'il s'efforçât de prendre une expression naturelle, voire de sourire ?

Était-il le meurtrier de Joséphine Papet ? Qu'avait-il fait pendant une heure avant de se présenter Quai des Orfèvres ?

Ils traversèrent le palier du troisième étage et Florentin tira tout naturellement un trousseau de clefs de sa poche. Après un vestibule exigu, on pénétrait dans un salon où Maigret se crut retourné cinquante ans en arrière, sinon davantage.

Les rideaux de soie vieux rose étaient drapés comme autrefois, maintenus par des embrasses de grosse soie tressée. Sur le parquet, un tapis aux couleurs passées.

De la peluche, de la soie partout, et aussi des napperons, des carrés de broderie ou de dentelle sur les fauteuils en faux Louis XVI.

Près de la fenêtre, un divan recouvert de velours, avec une multitude de coussins encore chiffonnés, comme si quelqu'un venait de s'y asseoir. Un guéridon. Une lampe à abat-jour rose sur pied doré.

Sans doute était-ce le coin favori de Josée. Elle avait un tourne-disque à sa portée, des chocolats, des magazines et plusieurs romans d'amour. La télévision était juste en face d'elle, de l'autre côté de la pièce.

Sur le papier peint, à petites fleurs, pendaient quelques toiles qui représentaient des paysages aux détails minutieux.

Florentin, qui suivait le regard de Maigret, confirma :

— C'est ici qu'elle se tenait le plus souvent...

— Et toi ?

L'antiquaire désigna un vieux fauteuil de cuir qui jurait avec le reste du mobilier.

— C'est moi qui l'ai apporté...

La salle à manger était aussi vieillotte, aussi banale, aussi étouffante et, ici aussi, les lourds rideaux de velours étaient drapés, avec des plantes vertes sur l'appui des deux fenêtres.

La porte de la chambre était entrouverte. Florentin hésitait à la franchir. Maigret passa le premier et vit, à moins de deux mètres, le corps étendu sur le tapis.

Comme cela arrive souvent, le trou, dans la gorge, paraissait disproportionné d'avec le calibre d'une balle. Elle avait beaucoup saigné et pourtant son visage ne trahissait que de l'étonnement.

Pour autant qu'il en pouvait juger, la femme était petite, boulotte et douce, une de ces femmes qui font penser à des plats mijotés, à des confitures amoureusement mises en pot.

Le regard de Maigret cherchait quelque chose alentour.

— Je n'ai pas vu d'arme... déclara son camarade qui avait encore deviné. A moins qu'elle ne soit tombée dessus, ce qui me paraît improbable...

Le téléphone était dans le salon. Maigret préféra en finir avec les formalités indispensables.

— Janvier, téléphone d'abord au commissariat du quartier. Demande au commissaire de se faire accompagner par un médecin... Ensuite, tu mettras le cabinet du procureur au courant...

Les techniciens de Moers arriveraient d'un instant à l'autre.

Maigret avait voulu se donner quelques minutes de prise de contact dans le calme. Il pénétrait dans la salle de bains où les serviettes étaient roses. Il y avait beaucoup de rose dans l'appartement. Quand il ouvrit la porte de la penderie, constituée par une sorte de couloir ne menant nulle part, il trouva du rose encore, le rose bonbon d'une liseuse, le rose plus vif d'une robe d'été. Les autres vêtements étaient aussi de tons pastel, vert amande, bleu pâle...

— Tu n'as pas de costumes ici ?

— Ce serait difficile... murmura Florentin un peu gêné. Pour les autres, elle est censée vivre seule...

Évidemment ! Cela aussi était vieillot : ces hommes mûrs qui venaient une fois ou deux par semaine en se donnant l'illusion d'entretenir une maîtresse et qui s'ignoraient mutuellement.

Mais s'ignoraient-ils vraiment tous ?

De retour dans la chambre, Maigret ouvrit des tiroirs, trouva des factures, du linge, un coffret avec quelques bijoux peu coûteux.

Il était six heures.

— Le monsieur du mercredi devrait être arrivé, remarqua-t-il.

— Peut-être est-il monté et, ne recevant pas de réponse à son coup de sonnette, est-il reparti ?

Janvier lui annonça :

— Le commissaire est en route. Le substitut arrive tout de suite en compagnie d'un juge d'instruction...

C'était le moment d'une enquête que Maigret détestait le plus. Ils étaient cinq ou six à se regarder, puis à regarder le corps devant lequel s'agenouillait le toubib.

Pure formalité. Le médecin ne pouvait que constater le décès et les détails ne viendraient qu'après l'autopsie. Le substitut constatait, lui aussi, au nom du gouvernement.

Le juge d'instruction regardait le commissaire avec l'air de lui demander ce qu'il en pensait alors que Maigret ne pensait encore rien. Quant au commissaire de police, il avait hâte de regagner son bureau.

— Tenez-moi au courant, murmurait le juge, qui avait une quarantaine d'années et qui devait être nouveau à Paris.

Il s'appelait Page. Il avait gravi les échelons en partant d'une sous-préfecture et en passant successivement dans des villes plus importantes.

Moers et ses hommes attendaient dans le salon, où un des spécialistes cherchait à tout hasard des empreintes digitales.

Quand les officiels furent partis, Maigret leur dit :

— A vous, mes enfants... D'abord des photos de la victime, avant que le fourgon ne vienne la chercher.

Quand il se dirigea vers la porte, Florentin voulut le suivre.

— Non. Tu restes ici. Toi, Janvier, questionne les voisins de palier et, au besoin, ceux de l'étage au-dessus, afin de savoir s'ils ont entendu quelque chose...

Le commissaire descendit à pied. La maison était vieillotte, mais encore très présentable. Le tapis cramoisi était retenu à chaque marche par des barres de cuivre. Presque tous les boutons de porte étaient astiqués ainsi qu'une plaque qui annonçait : *Mlle Vial, corsets et gaines sur mesure.*

Il retrouva la concierge monumentale à sa porte, derrière le rideau qu'elle écartait d'une main aux doigts boudinés. Quand il fit mine d'entrer, elle recula d'un pas, comme sans se mouvoir, et il poussa la porte.

Elle le regardait avec autant d'indifférence que s'il eut été un objet quelconque et elle ne broncha pas quand il lui montra sa médaille de commissaire de la P.J.

— Je suppose que vous n'êtes pas au courant ?

Elle n'ouvrit pas la bouche, mais ses yeux semblaient dire :

— Au courant de quoi ?

La loge était propre, avec une table ronde au milieu et deux canaris dans une cage. Au fond, on apercevait une cuisine.

— Mlle Papet est morte...

Elle parla enfin. Car elle parlait, d'une voix un peu sourde qui révélait la même indifférence que son regard. N'était-ce pas plutôt de l'hostilité que de l'indifférence ? Elle regardait le monde à travers sa porte et le détestait, en bloc.

— C'est pour ça qu'il y a eu ce raffut dans l'escalier ? Ils sont encore au moins dix en haut, n'est-ce pas ?

— Comment vous appelez-vous ?

— Je ne vois pas en quoi mon nom vous intéresse.

— Comme j'ai un certain nombre de questions à vous poser, je dois mentionner votre nom dans mon rapport.

— Mme Blanc...

— Veuve ?

— Non.

— Votre mari vit ici ?

— Non.

— Il vous a quittée ?

— Il y a dix-neuf ans.

Elle finissait par s'asseoir dans un vaste fauteuil à sa mesure et Maigret s'asseyait aussi.

— Est-ce que, entre cinq heures et demie et six heures, quelqu'un est monté chez Mlle Papet ?

— Oui. A six heures moins vingt...

— Qui ?

— Celui du mercredi, bien sûr... Je ne leur ai jamais demandé leur nom... Un grand, aux cheveux rares, toujours vêtu de sombre...

— Il est resté longtemps là-haut ?

— Non.

— Quand il est redescendu, il ne vous a pas parlé ?

— Il m'a demandé si la Papet était sortie.

Il fallait lui arracher les mots un à un.

— Qu'avez-vous répondu ?

— Que je ne l'avais pas vue.

— Il a paru surpris ?

— Oui.

C'était lassant, d'autant plus que son regard restait aussi immobile que son corps obèse.

— Vous ne l'aviez pas vu plus tôt dans l'après-midi ?

— Non.

— Vers trois heures et demie, par exemple, vous n'avez vu monter personne ? Vous étiez ici ?

— J'étais ici et il n'est monté personne.

— Personne n'est descendu non plus ? Vers quatre heures ?...

— Seulement à quatre heures vingt...

— Qui ?

— Le type...

— Qui appelez-vous le type ?

— Celui qui est arrivé avec vous... J'aime mieux ne pas l'appeler autrement...

— L'amant de cœur de Joséphine Papet ?

Elle sourit avec une ironie amère.

— Il ne vous a pas parlé ?

— Je ne lui aurais même pas ouvert la porte.

— Vous êtes certaine que personne d'autre n'est monté ou descendu entre trois heures et demie et quatre heures et demie ?

Puisqu'elle l'avait dit une fois, elle ne se donnait pas la peine de se répéter.

— Vous connaissez les autres amis de votre locataire ?

— Parce que vous appelez ça des amis ?

— Ses autres visiteurs... Combien sont-ils ?...

Elle remua les lèvres comme à l'église et laissa enfin tomber :

— Quatre... Plus le type...

— Il n'y a jamais eu de rencontre désagréable entre eux ?

— Pas à ma connaissance...

— Vous passez toute la journée dans cette pièce ?

— Sauf le matin, quand je fais mon marché, puis quand je nettoie l'escalier.

— Personne, aujourd'hui, n'est venu vous tenir compagnie ?

— Personne ne vient me tenir compagnie.

— Il arrivait à Mlle Papet de sortir ?

— Vers onze heures, le matin, pour ses courses. Elle n'allait pas bien loin. Parfois, le soir, elle se rendait au cinéma avec le type...

— Et le dimanche ?

— Il leur arrivait de partir en voiture.
— A qui est la voiture ?
— A elle, bien sûr.
— Et qui conduit ?
— Lui.
— Vous savez où se trouve l'auto ?
— Dans un garage de la rue La Bruyère...

Elle ne lui demandait pas de quoi sa locataire était morte. Elle avait aussi peu de curiosité que d'énergie et Maigret la regardait avec un ahurissement croissant.

— Mlle Papet a été assassinée...
— On pouvait s'y attendre, non ?
— Pourquoi ?
— Avec tous ces hommes...
— Elle a été tuée d'une balle tirée presque à bout portant...

Elle écoutait sans rien dire.

— Elle ne vous a jamais fait de confidences ?
— Nous n'étions pas amies...
— Vous la détestiez ?
— Même pas.

A la longue, cela devenait oppressant et Maigret s'épongea, quitta la loge, fut heureux de se retrouver sur le trottoir. Le fourgon de l'Institut Médico-Légal venait d'arriver. Les hommes allaient descendre la civière et il préféra traverser la rue, pénétrer au *Grand-Saint-Georges* où il commanda un demi au comptoir.

Le meurtre de Joséphine Papet n'avait fait aucun remous dans le quartier, pas même dans la maison qu'elle habitait depuis de nombreuses années.

Il vit le fourgon s'éloigner. Quand il rentra dans la maison, la concierge était à son poste et elle le regarda de la même façon que la première fois. Il prit l'ascenseur, sonna à la porte. Janvier vint lui ouvrir.

— Tu as questionné les voisins ?

— Ceux que j'ai pu trouver. Il n'y a que deux appartements en façade, à chaque étage, et un seul qui donne sur la cour. A côté, j'ai trouvé une Mme Sauveur, une femme d'un certain âge, très gentille, très soignée. Elle est restée chez elle tout l'après-midi, à écouter la radio tout en tricotant.

» Elle a bien entendu un bruit, comme une explosion assourdie, vers le milieu de l'après-midi, et elle a pensé que c'était l'échappement d'une auto ou d'un autobus...

— Elle n'a pas entendu la porte s'ouvrir et se refermer ?
— J'ai contrôlé... On ne peut entendre de chez elle... La maison est déjà vieille et les murs sont épais...
— Au quatrième ?
— Un couple avec deux enfants est parti pour la campagne ou la

mer depuis une semaine... Derrière, c'est un retraité des chemins de fer qui vit avec son petit-fils... Il n'a rien entendu...

Florentin se tenait debout devant la fenêtre ouverte.

— Elle était déjà ouverte cet après-midi ? questionna le commissaire.

— Je crois... Oui...

— Et la fenêtre de la chambre ?

— Certainement pas...

— Comment en es-tu si sûr ?

— Parce que Josée avait toujours soin de la refermer quand elle recevait quelqu'un...

En face, on voyait quatre ou cinq jeunes filles qui cousaient dans un atelier où se dressait, sur un pied de bois noir, un mannequin couvert de grosse toile.

Florentin paraissait inquiet, bien qu'il s'efforçât toujours de rester souriant. Cela donnait un curieux rictus qui rappelait à Maigret le lycée Banville, quand son camarade se faisait pincer par le professeur qu'il imitait derrière son dos.

— Vous tenez à nous rappeler nos origines, monsieur Florentin ? disait alors le petit homme blond et pâle qui leur enseignait le latin.

Les collaborateurs de Moers passaient l'appartement au peigne fin et rien, pas une poussière, ne leur échappait. Malgré la fenêtre ouverte, Maigret avait chaud. Il n'aimait pas cette histoire, qui l'écœurait un peu. Il détestait aussi se trouver dans une situation fausse. Malgré lui, des images surgissaient du passé.

Il ne savait à peu près rien de ce qu'étaient devenus ses anciens condisciples, et celui qui réapparaissait tout à coup se trouvait dans une position plus que délicate.

— Tu as parlé au monument aux morts ?

Le commissaire regarda Florentin, surpris.

— La concierge. C'est ainsi que je l'appelle. De son côté, elle doit avoir trouvé une façon féroce de me désigner...

— « Le type »...

— Bon ! Je suis le type. Qu'est-ce qu'elle t'a dit ?

— Tu es sûr de m'avoir raconté les faits comme ils se sont produits ?

— Pourquoi t'aurais-je menti ?

— Tu as toujours menti. Tu mentais pour le plaisir...

— Il y a quarante ans de ça !

— Je ne te trouve pas tellement changé.

— Si j'avais eu quelque chose à cacher, serais-je allé te voir ?

— Qu'aurais-tu pu faire d'autre ?

— M'en aller... Rentrer chez moi, boulevard Rochechouart...

— Pour te faire arrêter demain matin ?

— J'aurais pu fuir, passer la frontière...

— Tu as de l'argent ?

Florentin rougit et Maigret en eut un peu pitié. Quand il était jeune, son long visage de clown, ses plaisanteries, ses grimaces amusaient.

Maintenant, il n'était plus drôle et c'était plutôt pénible de le voir recourir à ses vieilles mimiques.

— Tu ne t'imagines pourtant pas que je l'ai tuée ?

— Pourquoi pas ?

— Tu me connais...

— Je t'ai vu pour la dernière fois il y a vingt ans, place de la Madeleine, et, avant cela, il faut remonter au lycée de Moulins...

— J'ai l'air d'un assassin ?

— Cela ne prend que quelques minutes, quelques secondes, pour devenir un assassin. Avant, on est un homme comme un autre...

— Pourquoi l'aurais-je tuée ? Nous étions les meilleurs amis du monde...

— Seulement des amis ?

— Bien sûr que non, mais, à mon âge, je ne vais quand même pas te parler du grand amour...

— Elle non plus ?

— Je crois qu'elle m'aimait...

— Elle était jalouse ?

— Je ne lui ai pas donné l'occasion de l'être... Tu ne m'as toujours pas dit ce que la sorcière d'en bas t'a raconté...

Janvier regardait son patron avec une certaine curiosité, car c'était bien la première fois qu'il voyait un interrogatoire se dérouler dans de pareilles conditions. On sentait Maigret mal à l'aise, hésitant, comme il hésitait à chaque instant entre le tu et le vous.

— Elle n'a vu personne monter...

— Elle ment... Ou alors elle se trouvait dans sa cuisine...

— Elle prétend qu'elle n'a pas quitté la loge.

— C'est impossible, voyons ! Il a bien fallu que celui qui l'a tuée vienne de quelque part... A moins...

— A moins que quoi ?

— Qu'il ne se soit déjà trouvé dans la maison...

— Un locataire ?

Florentin se jetait vivement sur cette hypothèse.

— Pourquoi pas ? Je ne suis pas le seul homme dans l'immeuble...

— Josée fréquentait certains locataires ?

— Comment puis-je le savoir ? Je ne suis pas toujours ici. J'ai un métier. Il faut que je gagne ma vie...

Cela sonnait faux. Une comédie de plus à l'actif de Florentin qui avait joué la comédie toute sa vie.

— Janvier, tu vas étudier la maison de haut en bas, frapper à toutes les portes, questionner tous ceux que tu pourras trouver. Je retourne au Quai.

— Mais la voiture... ?

Car Maigret n'avait jamais voulu apprendre à conduire.

— Je prendrai un taxi.

Et, à Florentin :

— Viens...

— Tu ne veux pas dire que tu m'arrêtes ?

— Non.

— Qu'est-ce que tu vas faire ? Pourquoi as-tu besoin de moi ?

— Pour causer.

2

La première idée de Maigret avait été de se rendre avec son compagnon Quai des Orfèvres mais, au moment de se pencher vers le chauffeur, il changea d'avis.

— Quel numéro, boulevard Rochechouart ? demanda-t-il à Florentin.

— 55 *bis*... Pourquoi ?

— 55 *bis,* boulevard Rochechouart...

C'était à deux pas. Le chauffeur, mécontent d'être arrêté pour une aussi petite course, grommela entre ses dents.

D'un côté, il y avait la boutique d'un encadreur, de l'autre un bureau de tabac. Entre les deux, une impasse aux pavés inégaux où l'on voyait une charrette à bras.

Au fond, deux ateliers vitrés. Dans celui de gauche, un peintre était occupé à brosser une vue du Sacré-Cœur qu'il vendrait sans doute à un touriste. Il devait les produire en série. Il portait les cheveux longs, une barbiche poivre et sel, une lavallière comme les rapins de 1900.

Florentin tirait son trousseau de sa poche, ouvrait la porte de l'atelier de droite, et Maigret lui en voulait de lui gâcher ses souvenirs de jeunesse.

Ne pensait-il pas justement au lycée de Moulins, avant l'arrivée de son ancien condisciple, en observant la mouche qui s'obstinait à se poser sur le coin supérieur gauche de la page ?

Qu'étaient devenus les autres garçons de sa classe ? Il n'en avait revu aucun. Crochet, le fils d'un notaire, avait dû reprendre l'étude de son père. Orban, doux et grassouillet, parlait de faire sa médecine. D'autres avaient dû essaimer, s'installer ailleurs en France et à l'étranger.

Pourquoi fallait-il que, de tous, ce soit Florentin qu'il retrouve dans des circonstances aussi désagréables ?

Il se souvenait de la pâtisserie, bien qu'il n'y eût pas souvent pénétré. D'autres élèves, disposant de plus d'argent de poche, s'y réunissaient pour manger des glaces et des gâteaux, dans un décor de miroirs, de marbre et de dorures, dans une atmosphère chaude et sucrée. Pour les dames de la ville, un gâteau n'était pas bon s'il ne venait de chez Florentin.

Il découvrait à présent un bric-à-brac poussiéreux et les vitres, qui n'avaient sans doute jamais été lavées, ne laissaient pénétrer qu'un jour terne.

— Je m'excuse du désordre...

Le mot antiquaire, en l'occurrence, était plus que prétentieux. Les meubles que rachetait Florentin, Dieu sait où, étaient surtout des vieilleries sans style et sans valeur. Il se contentait de les remettre en état, de les poncer, de leur donner un aspect un peu plus engageant.

— Il y a longtemps que tu fais ce métier ?

— Trois ans.

— Et avant ?

— J'ai été dans l'exportation...

— L'exportation de quoi ?

— Un peu de tout... Pour les pays de l'Afrique noire en particulier...

— Et avant ?

Alors, Florentin, humilié, murmurait :

— Tu sais, j'ai essayé un peu de tout... Je ne voulais pas devenir pâtissier et finir mes jours à Moulins... Ma sœur a épousé un pâtissier et ils ont repris l'affaire...

Maigret se souvenait de la sœur au corsage rebondi derrière le comptoir blanc. N'en avait-il pas été quelque peu amoureux ? Elle était fraîche et gaie, comme sa mère à qui elle ressemblait.

— A Paris, il n'est pas facile de se défendre... J'ai eu des hauts et des bas...

Maigret en avait connu d'autres qui avaient des hauts et des bas, montaient des affaires mirifiques qui s'écroulaient comme des châteaux de cartes, et frôlaient sans cesse la prison. Des gens qui vous demandent une commandite de cent mille francs pour aménager un port dans un pays lointain et qui finissent par se contenter de cent francs afin de ne pas être mis à la porte de leur logement.

Florentin avait trouvé Josée. A voir l'atelier, il était évident que Florentin ne vivait pas de la vente de ses meubles.

Maigret poussa une porte entrouverte et découvrit une pièce étroite, sans fenêtre, qui contenait un lit de fer, un lavabo et une armoire bancale.

— C'est ici que tu dors ?

— Seulement le jeudi...

A qui appartenait encore le jeudi ? Le seul, une fois par semaine, à passer la nuit rue Notre-Dame-de-Lorette.

— Fernand Courcel, expliqua Florentin. Il était l'ami de Josée bien avant moi... Il y a dix ans, il venait déjà la voir et ils sortaient ensemble... A présent, il est moins libre mais, le jeudi soir, il a une excuse pour rester à Paris...

Maigret regardait dans les coins, ouvrait des tiroirs, de vieilles armoires sans style dont le vernis avait disparu. Il n'aurait pas pu dire au juste ce qu'il cherchait. Un détail le tracassait.

— Tu m'as bien dit que Josée n'avait pas de compte en banque ?

— Oui. En tout cas à ma connaissance.

— Elle se méfiait des banques ?

— Il y a de ça... Surtout, elle n'avait pas envie qu'on puisse connaître ses revenus, à cause des impôts...

Maigret découvrit une vieille pipe.

— Tu fumes la pipe, à présent ?

— Pas chez elle... Elle n'aimait pas l'odeur... Seulement ici...

Un complet bleu pendait dans une armoire paysanne, ainsi que des pantalons de travail. Quelques chemises, trois ou quatre, et seulement, en dehors d'une paire d'espadrilles couvertes de sciure de bois, une paire de chaussures.

La bohème crasseuse. Joséphine Papet devait avoir de l'argent. Était-elle avare ? Se méfiait-elle de Florentin qui lui aurait vite mangé jusqu'à son dernier sou ?

Il ne trouvait rien d'intéressant et il regrettait presque d'être venu, car il finissait par avoir pitié de son ancien camarade. De la porte, il lui sembla voir un bout de papier au-dessus d'une armoire. Il revint sur ses pas, monta sur une chaise, en redescendit avec, à la main, un paquet rectangulaire enveloppé de papier journal.

De la sueur perlait au front de Florentin.

Le journal déployé, le commissaire découvrit une boîte à biscuits, en fer-blanc, avec encore la marque en rouge et jaune. Quand il l'ouvrit, ce fut pour trouver des liasses de billets de cent francs.

— Ce sont mes économies...

Maigret le regarda comme s'il n'entendait pas, s'assit devant l'établi pour compter les liasses. Il y en avait quarante-huit.

— Tu manges souvent des biscuits ?

— Parfois...

— Tu peux m'en montrer une autre boîte ?

— Je ne crois pas en avoir en ce moment...

— J'en ai vu deux, de la même marque, rue Notre-Dame-de-Lorette...

— C'est sans doute là que je l'ai prise...

Il avait toujours menti, d'instinct ou par jeu. Il avait besoin de raconter des histoires, et plus invraisemblables elles étaient, plus il montrait de culot. Seulement, cette fois, l'enjeu était gros.

— Je comprends pourquoi tu n'es arrivé au Quai des Orfèvres qu'à cinq heures...

— J'hésitais... J'avais peur qu'on ne m'accuse...

— Tu es venu ici...

Il niait encore, mais il commençait à être désarçonné.

— Tu veux que j'aille le demander au peintre d'à côté ?

— Écoute, Maigret...

Sa lèvre tremblait. On aurait dit qu'il allait pleurer et ce n'était pas beau à voir.

— Je sais que je ne dis pas toujours la vérité. C'est plus fort que moi. Tu te souviens des histoires que j'inventais pour vous amuser... Aujourd'hui, je te supplie de me croire : ce n'est pas moi qui ai tué Josée et j'étais bien dans la penderie quand c'est arrivé...

Son regard était pathétique, mais n'était-il pas habitué à jouer la comédie ?

— Si j'avais tué, ce n'est pas à toi que je me serais adressé...

— Alors, pourquoi ne m'as-tu pas avoué la vérité ?

— Quelle vérité ?

Il gagnait déjà du temps. Il louvoyait.

— A trois heures, cet après-midi, la boîte en fer-blanc se trouvait encore rue Notre-Dame-de-Lorette. Est-ce exact ?

— Oui...

— Alors ?

— C'est facile à comprendre... Josée n'avait plus de rapports avec sa famille... Sa seule sœur est au Maroc où son mari cultive des agrumes... Ils sont riches... Moi, je tire le diable par la queue... Alors, quand je me suis aperçu qu'elle était morte...

— Tu en as profité pour emporter le magot...

— Tu parles crûment, mais je me mets à ta place... En définitive, je ne faisais de tort à personne... Qu'est-ce que j'allais devenir sans elle ?...

Maigret le regardait fixement, tiraillé entre des sentiments contradictoires.

— Viens...

Il avait chaud. Il avait soif. Il se sentait las, mécontent de lui et des autres.

En quittant la cour, il hésita, finit par pousser son ancien camarade dans le bureau de tabac.

— Deux demis, commanda-t-il.

— Tu me crois ?

— Nous en reparlerons tout à l'heure...

Maigret but deux demis. Après quoi il chercha un taxi. C'était le moment où la circulation est la plus dense et ils mirent près d'une demi-heure pour atteindre la P.J. Le ciel était d'un bleu uni et lourd, les terrasses encombrées, et on voyait beaucoup d'hommes en manches de chemise, le veston sur le bras.

Il retrouva son bureau où le soleil ne donnait plus et où régnait à présent une certaine fraîcheur.

— Assieds-toi... Tu peux fumer...

— Merci... Tu sais, cela me fait un drôle d'effet de me trouver dans la situation où je suis en face d'un ancien condisciple...

— A moi aussi, grommela le commissaire en bourrant sa pipe.

— Ce n'est pas la même chose...

— En effet...

— Tu me juges durement, hein ! Tu dois me prendre pour un salaud...

— Je ne te juge pas. J'essaie de comprendre.

— Je l'aimais...

— Ah !

— Je ne prétends pas que c'était le grand amour et que nous nous prenions pour Roméo et Juliette...

— Je ne vois pas Roméo, en effet, attendant dans la penderie... Cela t'est arrivé souvent ?

— Seulement trois ou quatre fois, quand quelqu'un venait à l'improviste...

— Ces messieurs étaient au courant de ton existence ?

— Bien sûr que non...

— Tu ne les as jamais rencontrés ?

— Je les ai vus... J'avais envie de savoir à quoi ils ressemblaient et je les ai attendus dans la rue... Tu vois que je te parle franchement...

— Tu n'as pas été tenté de les faire chanter ? Je suppose qu'ils sont mariés, pères de famille...

— Je te jure...

— Cesse de jurer, veux-tu ?

— Bon. Mais que dire, puisque tu ne me crois pas...

— La vérité...

— Je n'en ai fait chanter aucun...

— Pourquoi ?

— Je me contentais de notre petite vie... Je ne suis plus jeune... J'ai assez roulé ma bosse pour avoir envie de calme et de sécurité... Josée était reposante et avait pour moi des petits soins...

— C'est toi qui lui as proposé d'acheter une voiture ?

— Nous y avons pensé ensemble... Peut-être en ai-je parlé le premier ?...

— Où alliez-vous, le dimanche ?

— N'importe où, dans la vallée de Chevreuse, dans la forêt de Fontainebleau, parfois, plus rarement, au bord de la mer...

— Tu savais où elle gardait son argent ?

— Elle ne le cachait pas pour moi... Elle avait toute confiance... Dis-moi, Maigret, pour quelle raison l'aurais-je tuée ?...

— Suppose qu'elle se soit lassée de toi...

— C'est le contraire qui se passait. Si elle économisait, c'était pour qu'un jour nous puissions aller vivre tous les deux à la campagne... Mets-toi à ma place...

Malgré lui, le commissaire fit la grimace.

— Tu possédais un revolver ?

— Il y avait un vieux revolver dans la table de nuit... Je l'ai trouvé il y a plus de deux ans dans un meuble que j'avais acheté à une vente publique...

— Avec ses cartouches ?

— Il était chargé, oui...

— Et tu l'as porté rue Notre-Dame-de-Lorette ?

— Josée était assez peureuse et, pour la rassurer, j'ai placé l'arme dans la table de nuit...

— Cette arme a disparu...

— Je sais... Je l'ai cherchée, moi aussi...

— Pourquoi ?

— C'est idiot, je m'en rends compte... Tout ce que je fais, tout ce que je raconte est idiot... Je suis trop franc... J'aurais mieux fait de téléphoner au commissariat du quartier et d'attendre... J'aurais pu raconter n'importe quoi, que je venais d'arriver et de la trouver morte...

— Je t'ai posé une question... Pourquoi as-tu cherché le revolver ?...

— Pour le faire disparaître... Je l'aurais jeté dans l'égout, ou dans la Seine... Du moment qu'il m'appartenait, on n'allait pas manquer de m'accuser...

» Et tu vois que j'avais raison, puisque toi-même...

— Je ne t'ai pas encore accusé...

— Mais tu m'as ramené ici et tu ne crois pas ce que je dis... Est-ce que je suis en état d'arrestation ?...

Maigret le regarda, hésitant. Il était grave, soucieux.

— Non... laissa-t-il enfin tomber.

Il prenait un risque, il le savait, mais il ne se sentait pas le courage d'agir autrement.

— Que vas-tu faire en sortant d'ici ?

— Il faudra quand même que je mange un morceau... Ensuite, j'irai me coucher...

— Où ?

Florentin hésita.

— Je ne sais pas... Je suppose qu'il vaut mieux que je n'aille pas rue Notre-Dame-de-Lorette...

Était-ce de l'inconscience ?

— Je serai bien obligé de coucher boulevard Rochechouart...

Dans le cagibi sans fenêtre, au fond de l'atelier, dans un lit qui n'avait même pas de draps mais seulement une vieille couverture grise et rêche.

Maigret se leva et pénétra dans le bureau des inspecteurs. Il attendit derrière Lapointe que celui-ci eût fini de téléphoner.

— J'ai quelqu'un dans mon bureau, un type grand et maigre...

Il a mon âge, en plus délabré... Il habite au fond d'une cour, au 55 *bis* du boulevard Rochechouart... J'ignore ce qu'il va faire, où il ira en sortant d'ici... Je voudrais que tu ne le perdes pas de vue...

» Pour la nuit, arrange-toi avec un collègue... Et qu'un autre, demain matin, prenne la relève...

— Il ne doit pas savoir qu'il est filé ?

— Il vaudrait mieux qu'il ne s'en aperçoive pas, mais cela n'a pas une trop grande importance... Il est malin comme un singe et il s'en doutera de toute façon...

— Bien, patron... Je vais l'attendre dans le couloir...

— Je n'en ai plus que pour quelques minutes avec lui...

Quand Maigret poussa la porte, Florentin recula vivement en cherchant une contenance.

— Tu écoutais ?

L'autre hésita, finit par étirer sa large bouche dans un sourire assez piteux.

— Qu'aurais-tu fait à ma place ?

— Tu as entendu ?

— Pas tout...

— Un de mes inspecteurs va te suivre... Si tu essaies de lui fausser compagnie, je t'avertis que je lance ton signalement à toute la police et que je te fais boucler...

— Pourquoi me parles-tu comme ça, Maigret ?...

Le commissaire faillit lui demander de ne plus l'appeler par son nom et d'éviter désormais de le tutoyer. Il n'en eut pas le courage.

— Où comptais-tu aller ?

— Quand ?...

— Tu te doutais qu'il y aurait une enquête, que tu serais soupçonné... Si tu as si mal caché l'argent, c'est que tu n'as pas eu le temps de trouver un meilleur endroit où le mettre en sûreté... Tu pensais déjà à venir me voir ?

— Non... J'ai d'abord projeté d'aller au commissariat...

— Pas de quitter la France avant qu'on ne découvre le corps ?

— Juste un instant...

— Qu'est-ce qui t'en a empêché ?

— On aurait pris ma fuite pour une preuve de ma culpabilité et j'aurais été extradé... J'ai eu l'idée, ensuite, de me rendre au commissariat du quartier, puis, tout à coup, je me suis souvenu de toi... J'ai lu souvent ton nom dans les journaux... Tu es le seul de toute la classe à être devenu presque célèbre...

Maigret le regardait toujours avec la même curiosité, comme si son ancien camarade lui posait un problème insoluble.

— On prétend que tu ne te fies pas aux apparences et que tu vas au fond des choses... Alors, j'ai espéré que tu comprendrais... Je commence à me demander si je n'ai pas eu tort... Avoue que tu me crois coupable...

— Je t'ai déjà dit que je ne crois rien...

— Je n'aurais pas dû emporter l'argent... L'idée m'est venue à la dernière minute, alors que j'étais déjà à la porte...

— Tu peux aller...

Ils étaient debout tous les deux et Florentin hésitait à tendre la main. Peut-être pour éviter ce geste, Maigret tira son mouchoir de sa poche et s'épongea.

— Je te verrai demain ?

— C'est probable...

— Au revoir, Maigret...

— Au revoir...

Il ne le regarda pas descendre l'escalier avec Lapointe sur les talons.

Sans raison précise, Maigret n'était pas content de lui. De lui ni de personne. On lui avait gâché une journée qui, jusqu'à cinq heures de l'après-midi, avait été agréable et paresseuse.

Les dossiers se trouvaient toujours sur son bureau, attendant qu'il en prenne connaissance et qu'il les annote. La mouche avait disparu, peut-être dépitée qu'il lui eût fait faux bond.

Il était sept heures et demie. Il appela son numéro, boulevard Richard-Lenoir.

— C'est toi ?

Une manie, car il avait fort bien reconnu la voix de sa femme.

— Tu ne rentres pas dîner ?

Elle en avait tellement l'habitude que c'était son premier réflexe quand il téléphonait.

— Justement, je rentre... Qu'y a-t-il à manger ?... Bon... Bon... A dans une demi-heure environ...

Il pénétra dans le bureau des inspecteurs où il n'y avait plus qu'une maigre partie de l'équipe, s'assit à la place de Janvier, écrivit une note pour demander à celui-ci de lui téléphoner dès qu'il rentrerait.

Il continuait à ressentir un certain malaise. Ce n'était pas une affaire comme les autres et le fait que Florentin était une sorte d'ami d'enfance n'arrangeait rien.

Il y avait les autres, des hommes d'un certain âge, occupant des places plus ou moins importantes. Chacun, de son côté, menait une existence calme et régulière au sein de sa famille.

Sauf un jour par semaine ! Sauf les quelques heures qu'ils passaient dans l'appartement feutré de Joséphine Papet.

Demain matin, les journaux allaient s'emparer de l'histoire et ils se mettraient à trembler.

Il faillit monter sous les toits, dans les locaux de l'Identité

Judiciaire, afin de demander à Moers s'il avait déjà des résultats. Il finit par hausser les épaules et par décrocher son chapeau.

— A demain, mes enfants...

— A demain, patron...

Il marcha dans la foule jusqu'au Châtelet et prit place à la queue pour attendre son autobus.

Dès qu'elle le vit, Mme Maigret comprit qu'il était contrarié et il y eut malgré elle une interrogation dans son regard.

— Une histoire embêtante, grommela-t-il en passant dans la salle de bains pour se laver les mains.

Puis il retira son veston, relâcha un peu sa cravate.

— Un ancien camarade de lycée qui s'est mis jusqu'au cou dans une situation impossible... Sans compter qu'il n'y aura personne pour lui accorder la moindre sympathie...

— Un meurtre ?

— Coup de revolver... La femme est morte...

— Jalousie ?

— Non... Pas si c'est lui qui a tiré...

— Ce n'est pas sûr que ce soit lui ?

— A table, soupira-t-il comme s'il n'avait que trop parlé de cette affaire.

Toutes les fenêtres étaient ouvertes, la lumière dorée par le soleil couchant. Il y avait un poulet à l'estragon que Mme Maigret réussissait à merveille et qu'elle avait garni de pointes d'asperges.

Elle portait une robe de coton à petites fleurs comme elle les aimait quand elle restait dans l'appartement et cela donnait au dîner un air d'intimité plus souligné.

— Tu dois sortir ce soir ?

— Je ne le pense pas. J'attends un coup de téléphone de Janvier.

La sonnerie résonna juste quand il entamait à la cuiller son demi-melon.

— Allô, oui... Je t'écoute, Janvier... Tu es rentré au Quai ?... Tu as déniché quelque chose ?

— Presque rien, patron... J'ai d'abord questionné les deux commerçants qui occupent le rez-de-chaussée... A gauche, c'est un magasin de lingerie, *Chez Éliane*... De la lingerie comme il est difficile d'en trouver ailleurs qu'à Montmartre... Il paraît que les touristes en sont fous...

» Les deux jeunes filles, une blonde et une brune, suivent plus ou moins les allées et venues de la maison... Elles ont tout de suite reconnu ma description de Florentin et celle de la morte... C'était une cliente, bien qu'elle n'ait eu aucun goût pour le linge de fantaisie...

» Il paraît que c'était une femme charmante, calme, souriante, l'air d'une petite bourgeoise coquette et gentille...

» Elles savaient que Florentin vivait avec elle et elles l'aimaient bien aussi... Elles lui trouvaient même l'air aristocratique... Un aristocrate un peu déchu, comme elles disent...

» Elles en voulaient un peu à Josée de le tromper, car elles l'avaient vue sortir une fois avec le monsieur du mercredi...

— François Paré ? Celui qui travaille au ministère des Travaux Publics ?

— Je suppose... C'est ainsi qu'elles ont su à qui il venait rendre visite chaque semaine, presque toujours à la même heure... Il conduit une Citroën noire pour laquelle il a toujours de la peine à trouver une place... Invariablement, il apporte un carton de pâtisserie...

— Elles connaissent aussi les autres amants ?

— Seulement celui du jeudi, le plus ancien... Il y a des années qu'il vient rue Notre-Dame-de-Lorette et elles ont l'impression qu'il a vécu plusieurs semaines dans l'appartement il y a très longtemps... Elles l'appellent le gros... Il a un visage de bébé, rond et rose, avec des yeux clairs à fleur de peau...

» Presque chaque semaine, il sortait avec elle pour dîner en ville et sans doute aller ensuite au spectacle... Ce soir-là, il devait coucher dans l'appartement, car il lui arrivait de ne repartir que vers la fin de la matinée...

Maigret consulta ses notes.

— C'est Fernand Courcel, de Rouen... Il a des bureaux à Paris, boulevard Voltaire... Les autres ?...

— Elles ne m'ont rien dit des autres et elles sont persuadées que c'était Florentin qui était trompé...

— Ensuite ?

— La boutique de droite est occupée par les *Chaussures Martin*... Il y fait sombre et le magasin est tout en profondeur... L'étalage empêche de voir ce qui se passe dans la rue, à moins de se tenir derrière la porte vitrée...

— Continue.

— Au premier à gauche, un dentiste... Il ne sait rien... Il a soigné Josée voilà quatre ans... Trois visites pour un plombage... A droite, un vieux couple qui ne sort presque plus... Le mari a travaillé à la Banque de France, j'ignore à quel titre... La fille est mariée et vient les voir chaque dimanche avec son mari et ses deux enfants...

» L'appartement sur la cour : personne pour le moment... Les locataires sont en Italie depuis un mois... Le mari et la femme travaillent dans la restauration...

» Deuxième étage... La dame qui fait des corsets sur mesure...

Deux jeunes filles travaillent avec elle... Elles ne connaissent même pas l'existence de Joséphine Papet...

» De l'autre côté du palier, une femme avec trois enfants dont l'aîné n'a que cinq ans... Forte en gueule... Il est vrai qu'il faut crier pour se faire entendre avec le piaillement des gosses...

» — C'est dégoûtant, m'a-t-elle dit. J'ai écrit au propriétaire... Mon mari ne voulait pas, mais je l'ai fait quand même... Il a toujours peur de s'attirer des histoires... On ne fait pas ce métier-là dans une maison convenable, où il y a des enfants... Presque chaque jour il y en avait un et je les reconnaissais à leur façon de sonner... Le boiteux venait le samedi de bonne heure, tout de suite après le déjeuner... C'était facile de reconnaître son pas... En outre, il sonnait en cadence : ta, ta, ta, ta... ta, ta ! Pauvre idiot ! Peut-être qu'il se croyait le seul...

— Tu n'as rien pu apprendre d'autre sur celui-là ?

— Sinon que c'est un homme d'une cinquantaine d'années et qu'il vient en taxi...

— Le rouquin ?

— C'est un nouveau... Il ne fréquente la maison que depuis quelques semaines... Il est plus jeune que les autres, trente à trente-cinq ans, et il monte les marches quatre à quatre...

— Il a la clef ?

— Non. Personne n'a la clef, sauf Florentin, que la locataire du second traite de maquereau distingué...

» — J'aime encore mieux ceux de Pigalle, déclare-t-elle. Au moins, ceux-là courent un risque... Et ils ne seraient quand même bons à rien d'autre... Tandis qu'un homme qui doit être de bonne famille et qui a sans doute de l'instruction...

Maigret ne put s'empêcher de sourire, regrettant de n'avoir pas questionné lui-même toute la maisonnée.

— A droite, personne ne m'a répondu... Au quatrième, je suis tombé en pleine scène de ménage.

» — Si tu ne me dis pas où tu es allée et qui tu as vu... hurlait le mari.

» — J'ai encore le droit de faire mes courses sans te citer le nom de tous les magasins où je suis entrée, non ? Il faudrait peut-être que je t'apporte un certificat des commerçants ?...

» — Tu ne vas pas me dire qu'il te faut un après-midi entier pour t'acheter une paire de chaussures... Réponds à ma question... Qui ?...

» — Qui quoi ?

» — Qui as-tu rencontré ?

» J'ai préféré m'éclipser, conclut Janvier. En face, une vieille femme. C'est fou le nombre de vieilles gens, dans ce quartier-là. Elle ne sait rien. Elle est à moitié sourde et son logement sent le rance.

» A tout hasard, j'ai essayé la concierge... Elle m'a regardé de ses yeux de poisson et je n'ai rien pu en tirer...

— Moi non plus, si cela peut te consoler. Sinon que, d'après elle, personne n'est monté entre trois et quatre heures...

— Elle en est sûre ?

— Elle le prétend... Elle affirme aussi qu'elle n'a pas quitté sa loge et qu'on n'aurait pas pu passer devant à son insu... Elle le répétera mordicus, même aux assises...

— Qu'est-ce que je fais, maintenant ?

— Tu rentres chez toi et je te retrouve demain matin au bureau...

— Bonne nuit, patron.

Maigret avait à peine raccroché et il allait se diriger vers son demi-melon quand la sonnerie se fit entendre à nouveau. Cette fois, c'était Lapointe. Une voix excitée.

— Voilà un quart d'heure que j'essaie d'avoir la communication, mais cela sonnait toujours occupé... Auparavant, j'avais essayé le Quai... Je vous appelle du bureau de tabac du coin... Il y a du nouveau, patron...

— Raconte...

— Quand nous avons quitté la P.J., il savait parfaitement que je le suivais et, en descendant l'escalier, il s'est même retourné pour me lancer un clin d'œil...

» Sur le trottoir, je le suivais à trois ou quatre mètres... Arrivé place Dauphine, il a paru hésiter, puis il s'est dirigé vers la *Brasserie Dauphine*... Il avait l'air de m'attendre. Voyant que je ne m'approchais pas, il s'est avancé vers moi.

» — Comme je vais prendre un verre, il n'y a pas de raison pour que je ne vous invite pas à en prendre un aussi...

» Il avait l'air de se moquer de moi. C'est un comique, cet homme-là. Je lui ai répondu que je ne buvais jamais en service et il est entré seul... Je l'ai vu avaler coup sur coup trois ou quatre cognacs, je ne sais pas exactement...

» Puis, après s'être assuré que j'étais toujours là et m'avoir envoyé un nouveau clin d'œil, il s'est dirigé vers le Pont-Neuf. A cette heure, il y avait foule et, à cause d'un embarras de voitures, la plupart des chauffeurs klaxonnaient...

» Nous approchions, l'un derrière l'autre, du quai de la Mégisserie, quand je l'ai vu se hisser sur le parapet et sauter dans la Seine. Cela s'est passé si vite que quelques passants seulement, ceux qui étaient le plus près de lui, s'en sont aperçus...

» Je l'ai vu émerger, à moins de trois mètres d'une péniche amarrée, et, alors que la foule s'agglutinait, il s'est passé une chose presque comique. Le marinier avait saisi une longue et lourde gaffe dont il tendait un bout à Florentin... Celui-ci saisissait le crochet et se laissait traîner hors de l'eau...

» Un agent était accouru et se penchait sur le faux noyé... J'avais pu me dégager, gagner la rive, puis le bateau.

» Il y avait des curieux partout, comme si l'événement était d'importance.

» J'ai préféré ne pas m'en mêler et suivre les choses à distance... Au cas où il y aurait eu un journaliste, il était inutile de lui mettre la puce à l'oreille... Je ne sais pas si j'ai bien fait...

— Tu as très bien fait... Je te signale d'ailleurs que Florentin ne risquait rien car, quand nous allions nous baigner dans l'Allier, il était le meilleur nageur de nous tous... Que s'est-il passé ensuite ?

— Le brave marinier lui a servi un verre de gnôle, sans se douter que son noyé venait d'en avaler trois ou quatre... Puis l'agent a emmené Florentin au commissariat des Halles...

» Je n'y suis pas entré, pour la raison que je vous ai déjà dite... Ils ont dû prendre son nom, son adresse, lui poser quelques questions... Quand il est sorti, il ne m'a pas vu, car j'étais en train de manger un sandwich dans le bistrot d'en face... Il était plutôt piteux avec, sur les épaules, la vieille couverture que les policiers lui avaient prêtée...

» Il a hélé un taxi et s'est fait conduire chez lui... Il s'est changé... Je pouvais le voir dans l'atelier à travers les vitres... Il est sorti, m'a aperçu... J'ai eu droit à un nouveau clin d'œil, à une drôle de grimace, et il a marché jusqu'à la place Blanche, où il est entré dans un restaurant...

» Il est revenu il y a une demi-heure, après avoir acheté un journal, et, quand j'ai quitté l'impasse, il était occupé à le lire, étendu sur son lit...

Maigret avait écouté ce récit avec un certain ahurissement.

— Tu as dîné ?

— J'ai mangé un sandwich. J'en vois ici sur le comptoir et je vais en manger un ou deux autres... Torrence doit me relayer à deux heures du matin...

— Bonne planque... soupira Maigret.

— Je vous appelle s'il y a du changement ?

— A n'importe quelle heure...

Il faillit en oublier son melon. Le crépuscule envahissait l'appartement et il alla manger debout devant la fenêtre tandis que Mme Maigret desservait la table.

Il était évident que Florentin n'avait pas tenté de se suicider, car il est à peu près impossible à un bon nageur de se noyer dans la Seine, en plein mois de juin, devant des centaines de spectateurs. Et à quelques mètres d'une péniche !

Pour quelle raison son ancien camarade avait-il sauté dans l'eau ? Pour faire croire qu'il était désespéré par les soupçons dont on l'accablait ?

— Lapointe va bien ?

Maigret sourit. Il voyait où sa femme voulait en venir. Elle ne lui posait jamais de questions directes sur son travail, mais il lui arrivait de lui tendre la perche.

— Il va très bien. Il en a pour quelques heures encore à battre la semelle dans une cour du boulevard Rochechouart...

— A cause de ton ami de lycée ?

— Oui... Il vient d'offrir une petite comédie aux passants du Pont-Neuf en se jetant soudain dans la Seine...

— Tu ne crois pas qu'il voulait se suicider ?

— Je suis sûr du contraire...

Quel intérêt avait Florentin à attirer l'attention sur lui ? Avait-il envie qu'on raconte son histoire dans les journaux ? C'était impensable, et pourtant, avec lui, tout était possible.

— Si nous allions prendre l'air ?

Les réverbères du boulevard Richard-Lenoir étaient allumés, bien qu'il ne fît pas encore tout à fait nuit. Ils n'étaient pas les seuls à se promener le long du trottoir, paisiblement, sans autre but que de goûter la fraîcheur après une chaude journée.

Ils se couchèrent à onze heures. Le lendemain matin, le soleil était à son poste, l'air déjà tiède. Une légère odeur de goudron commençait à monter de la rue, l'odeur de l'été, quand le bitume se met à mollir.

Une fois au bureau, Maigret dut en finir avec un volumineux courrier, puis se rendre au rapport. Les journaux du matin signalaient sans beaucoup de détails le crime de la rue Notre-Dame-de-Lorette et il fit un bref résumé de ce qu'il savait.

— Il n'a pas avoué ?

— Non.

— Vous avez des preuves contre lui ?

— Des présomptions...

Il jugea inutile d'ajouter que Florentin était un camarade de lycée. Quand il regagna son bureau, ce fut pour appeler Janvier.

— En définitive, Joséphine Papet avait quatre visiteurs réguliers... D'eux d'entre eux, François Paré et le nommé Courcel, sont identifiés et je vais m'en occuper dès ce matin... Toi, tu te charges des deux autres... Interroge les voisins, les commerçants du quartier, interroge tout qui tu voudras, mais apporte-moi leur nom et leur adresse...

Janvier ne put s'empêcher de sourire, car Maigret lui-même n'ignorait pas que la tâche était presque impossible.

— Je compte sur toi.

— Bien, patron...

Après quoi Maigret appela le médecin légiste. Ce n'était malheureusement plus le bon vieux docteur Paul qui, lorsqu'il dînait en ville, avait un malin plaisir à raconter par le menu ses autopsies.

— Vous n'avez pas retrouvé la balle, docteur ?

Celui-ci avait commencé par lui lire le rapport qu'il était occupé à rédiger. Joséphine Papet était une fille saine, en pleine force. Tous les organes étaient en bon état et elle était particulièrement soignée de sa personne.

Quant au coup de feu, il avait été tiré à moins d'un mètre mais à plus de cinquante centimètres.

— La balle s'est logée à la base du crâne selon une trajectoire légèrement ascendante...

Maigret ne put s'empêcher d'évoquer la haute silhouette de Florentin. Fallait-il croire qu'il était assis au moment de tirer ?

Il posa la question.

— Est-ce que quelqu'un d'assis...

— Non... Je ne parle pas d'un pareil angle... J'ai dit légèrement ascendante... J'ai envoyé la balle à Gastinne-Renette pour expertise... A mon avis, elle n'a pas été tirée avec un automatique, mais avec un revolver à barillet d'un modèle assez ancien...

— La mort a été instantanée ?

— Vingt à trente secondes, à mon avis...

— De sorte qu'on n'aurait pas pu la sauver ?

— Certainement pas...

— Je vous remercie, docteur...

Torrence était revenu au bureau. Un nouveau, nommé Dieudonné, était allé le relayer.

— Qu'est-ce qu'il fait ?

— Il s'est levé à sept heures et demie, s'est rasé et, après une toilette sommaire, est allé, en pantoufles, boire deux cafés et manger quelques croissants au tabac du coin. Ensuite, il est entré dans la cabine téléphonique. Il a paru hésiter et il est ressorti sans avoir utilisé l'appareil.

» Plusieurs fois, il s'est retourné pour m'observer. J'ignore comment il est d'habitude, mais il m'a paru las, découragé...

» Au kiosque de la place Blanche, il a acheté les journaux et il en a parcouru deux ou trois, debout sur le trottoir...

» Il a fini par rentrer chez lui... Dieudonné est arrivé... Je lui ai passé la consigne et je suis venu vous rendre compte...

— Il n'a parlé à personne ?

— Non... Ou plutôt si, mais on ne peut guère appeler ça parler... Pendant qu'il allait acheter ses journaux, le peintre d'à côté était arrivé... Je ne sais pas où il couche, mais certainement pas dans son atelier... Florentin lui a lancé :

» — Ça va ?

» Et l'autre a répété exactement les deux mêmes mots, après quoi il m'a examiné curieusement. Il doit se demander ce que nous faisons l'un après l'autre dans sa cour. Il a marqué la même curiosité quand Dieudonné a pris ma place...

Maigret décrocha son chapeau et gagna la cour. Il aurait pu emmener un inspecteur avec lui et prendre une des voitures noires rangées le long des bâtiments.

Il préféra aller à pied, franchir le pont Saint-Michel et se diriger vers le boulevard Saint-Germain. Il n'avait jamais eu l'occasion de pénétrer au ministère des Travaux Publics et il hésita entre les différents escaliers qui portaient chacun une lettre différente.

— Vous cherchez quelque chose ?

— Le service des Voies navigables...

— Escalier C, tout en haut...

Il ne vit pas d'ascenseur. L'escalier était aussi grisâtre qu'au Quai des Orfèvres. A chaque étage, des flèches noires étaient peintes sur les murs, avec le nom des divers bureaux que desservaient les couloirs.

Quand il fut au troisième, il découvrit la bonne flèche, poussa une porte sur laquelle était écrit : *Entrez sans frapper*.

Quatre employés, deux employées travaillaient dans le bureau, séparés des visiteurs par une balustrade.

Sur les murs, des cartes jaunies, comme jadis au lycée de Moulins.

— Vous désirez ?

— Je voudrais parler à M. Paré, s'il vous plaît.

— De la part de qui ?

Il hésita. Ne voulant pas compromettre le chef de service, qui était peut-être un brave homme, il ne remit pas sa carte.

— Je m'appelle Maigret...

Le jeune employé fronça les sourcils, le regarda avec plus d'attention et finit par s'éloigner en haussant les épaules.

Il ne resta absent que quelques instants et, quand il revint, il ouvrit un portillon.

— M. Paré vous reçoit tout de suite.

Il poussait une porte et le commissaire se trouvait devant un homme d'un certain âge, corpulent et très digne, qui se tenait debout et qui lui désignait une chaise non sans une certaine solennité.

— Je vous attendais, monsieur Maigret.

Un journal du matin se trouvait sur son bureau. Il s'asseyait à son tour, lentement, comme si c'était un geste rituel, posait les bras sur les accoudoirs de son fauteuil.

— Je n'ai pas besoin de vous dire que je me trouve dans une situation fort désagréable...

Il ne souriait pas. Il ne devait pas souvent sourire. C'était un homme calme et pondéré qui pesait chacun de ses mots.

3

Le bureau aurait pu être celui de Maigret avant la modernisation des locaux de la P.J. et le commissaire retrouvait, sur la cheminée, la même pendule de marbre noir qu'il avait sous les yeux toute la journée et qu'il n'était jamais parvenu à régler correctement.

Quant à l'homme, il était à l'image de la pendule. Son attitude révélait le haut fonctionnaire à la fois prudent et sûr de lui, et il devait être profondément humilié de se trouver soudain sur la sellette.

Les traits de son visage étaient mous. Ses cheveux bruns, devenus rares, étaient ramenés sur sa calvitie qu'ils ne cachaient qu'en partie et il portait de petites moustaches trop noires pour ne pas être teintes. Ses mains à la peau blanche étaient couvertes de longs poils.

— Je vous suis reconnaissant, monsieur Maigret, de ne pas m'avoir convoqué à la Police Judiciaire et de vous être dérangé en personne...

— Je m'efforce de donner à cet événement le minimum de publicité...

— Les journaux de ce matin, en effet, ne fournissent guère de détails...

— Il y a longtemps que vous connaissiez Joséphine Papet ?

— Environ trois ans... Excusez-moi si ce nom m'a fait sursauter, mais je l'appelais toujours Josée... Il a fallu plusieurs mois avant que je ne connaisse son véritable nom...

— Je comprends... Comment l'avez-vous rencontrée ?

— De la façon la plus banale... J'ai cinquante-cinq ans, monsieur le commissaire. J'avais donc cinquante-deux ans à l'époque et vous aurez de la peine à me croire si je vous dis que je n'avais jamais trompé ma femme...

» Pourtant, depuis une dizaine d'années, celle-ci est malade et nos rapports ne sont pas faciles, car elle fait de la neurasthénie...

— Vous avez des enfants ?

— Trois filles... L'aînée est mariée à un armateur de La Rochelle... La seconde enseigne dans un lycée de Tunis et la troisième, mariée aussi, vit à Paris dans le XVIe arrondissement... En tout, j'ai cinq petits-enfants, dont l'aîné va avoir douze ans... Quant à nous, nous habitons le même immeuble, à Versailles, depuis trente ans... Vous voyez que j'ai longtemps mené une existence sans histoire, l'existence banale d'un fonctionnaire scrupuleux...

Il parlait lentement, cherchant ses mots, en homme prudent. Il n'y avait aucune trace d'humour dans ses propos ni dans l'expression de son visage. Lui arrivait-il d'éclater rire ? C'était improbable. Et, s'il souriait, cela devait être d'un sourire comme éteint.

— Vous m'avez demandé où je l'ai rencontrée... Il m'arrive, après le bureau, de m'arrêter un moment dans une brasserie, au coin du boulevard Saint-Germain et de la rue de Solférino... C'est ce qui s'est passé, ce jour-là... Il pleuvait et je me souviens encore de l'eau dégoulinant sur les vitres...

» Je me suis assis à ma place habituelle et le garçon, qui me connaît depuis des années, m'a apporté mon verre de porto...

» A la table voisine, une jeune femme était occupée à écrire une lettre et avait des difficultés avec la plume de la maison... L'encre violette, dans l'encrier, était devenue pâteuse...

» C'était une personne convenable, vêtue modestement d'un tailleur bleu marine bien coupé...

» — Vous n'avez pas d'autre plume, garçon ?

» — Hélas ! c'est la seule que nous possédions... A présent, tous les clients ont leur stylo...

» Sans arrière-pensée, j'ai sorti le mien de ma poche et le lui ai tendu.

» — Si vous permettez...

» Elle m'a regardé et a souri avec reconnaissance. Voilà comment les choses ont commencé. Elle n'a pas écrit longtemps. Elle buvait du thé.

» — Vous venez souvent ici ? m'a-t-elle demandé en me rendant le stylo.

» — Presque chaque jour...

» — J'aime l'atmosphère de ces vieilles brasseries fréquentées par des habitués...

» — Vous habitez le quartier ?

» — Non. J'habite rue Notre-Dame-de-Lorette, mais je viens assez souvent sur la rive gauche...

Dans son regard, il semblait mettre toute son innocence.

— Vous voyez combien notre rencontre a été fortuite. Le lendemain, elle n'est pas venue. Le surlendemain, je l'ai retrouvée à la même place et elle m'a adressé un léger sourire.

» Elle paraissait douce, tranquille, avec, dans son attitude et ses expressions, quelque chose de rassurant.

» Nous avons échangé quelques phrases. Je lui ai dit que j'habitais Versailles et je crois bien que, dès ce jour-là, je lui ai parlé de ma femme et de mes filles... Elle m'a vu monter dans ma voiture...

» Je vous surprendrais peut-être en vous disant que cela a duré plus d'un mois et que, les jours où je ne la trouvais pas à la brasserie, je me sentais frustré...

» A mes yeux, ce n'était qu'une amie, et je ne pensais encore à rien d'autre. Avec ma femme, je dois surveiller mes paroles, qui risquent d'être interprétées de travers et de provoquer des crises...

» Du temps où mes filles vivaient avec nous, l'appartement était jeune et bruyant, ma femme encore active et gaie. Vous ne pouvez vous imaginer ce que l'on ressent en rentrant dans un appartement trop grand, trop vide, où ne vous attendent que des yeux angoissés et méfiants...

Maigret allumait sa pipe, tendait sa blague à tabac.

— Merci... Il y a longtemps que je ne fume plus... Ne croyez surtout pas que j'essaie d'excuser ma conduite...

» Chaque mercredi, j'avais l'habitude de me rendre à la réunion d'une société de bienfaisance dont je suis membre... Un mercredi, je n'y suis pas allé et Mlle Papet m'a conduit chez elle...

» Elle m'a appris qu'elle vivait seule, d'une rente très modeste que lui avaient laissée ses parents, et qu'elle avait en vain cherché du travail...

— Elle ne vous a pas parlé de sa famille ?

— Son père, qui était officier, a été tué à la guerre, alors qu'elle n'était qu'une enfant, et elle a été élevée par sa mère, en province... Elle avait un frère...

— Vous l'avez vu ?

— Une seule fois... Il est ingénieur et voyage beaucoup... Un mercredi que j'étais arrivé de bonne heure je l'ai trouvé dans l'appartement et elle en a profité pour nous présenter...

» Un garçon distingué, intelligent, beaucoup plus âgé qu'elle... Il a mis au point un nouveau procédé pour l'élimination des éléments toxiques dans les gaz d'échappement des voitures...

— Il est grand, maigre, le visage mobile et les yeux clairs ?

François Paré parut surpris.

— Vous le connaissez ?

— J'ai eu l'occasion de le rencontrer... Dites-moi, vous donniez beaucoup d'argent à Josée ?

Le fonctionnaire rougit et détourna les yeux.

— Je jouis d'une certaine aisance et même un peu plus que de l'aisance. Un frère de ma mère m'a laissé deux fermes en Normandie et il y a des années que j'aurais pu donner ma démission... Mais qu'aurais-je fait de mes journées ?...

— Pourrait-on dire que vous l'entreteniez ?

— Pas exactement... Je lui permettais de ne pas regarder à de menues dépenses, de s'entourer d'un peu plus de confort...

— Vous ne la voyiez que le mercredi ?

— C'est le seul jour de la semaine où j'ai une excuse pour rester le soir à Paris... Plus nous vieillissons, ma femme et moi, et plus elle devient jalouse...

— Elle n'a jamais eu l'idée de vous suivre à la sortie du ministère ?

— Non... Elle ne quitte guère l'appartement... Elle est devenue si maigre qu'elle tient à peine debout et les médecins ont renoncé l'un après l'autre à la guérir...

— Mlle Papet prétendait que vous étiez son seul amant ?

— D'abord, c'est un mot que nous n'avons jamais prononcé... Il est exact dans un certain sens, car je ne cache pas que nous avions des relations intimes...

» C'était surtout un autre lien qui existait entre nous... L'un et l'autre étions des solitaires nous efforçant de faire bonne figure au destin... Je ne sais pas si vous comprenez... Nous pouvions parler à cœur ouvert... Elle était mon amie et j'étais son ami...

— Vous étiez jaloux ?

Il tressaillit, regarda Maigret avec une certaine dureté, comme s'il lui en voulait de cette question.

— Je vous ai confié que, de toute ma vie, je n'avais jamais eu d'aventures... Je vous ai dit mon âge... Je ne vous ai pas caché l'importance que cette amitié confiante avait prise à mes yeux... J'attendais le mercredi avec impatience... Je vivais pour la soirée du mercredi... Cela me permettait de tout supporter...

— Vous auriez donc été atterré si vous aviez appris qu'elle avait un autre amant ?

— Certainement... Cela aurait été la fin...

— La fin de quoi ?

— De tout... Du petit bonheur qui m'a été alloué pendant trois ans...

— Vous n'avez rencontré le frère qu'une seule fois ?

— Oui...

— Vous n'avez pas eu de soupçons ?

— Qu'aurais-je pu soupçonner ?

— Vous n'avez trouvé personne d'autre dans l'appartement ?

Il eut un pâle sourire.

— Une seule fois, voilà quelques semaines. Comme je sortais de l'ascenseur, un homme assez jeune a quitté le logement.

— Un homme roux ?

Il était stupéfait.

— Comment le savez-vous ? Dans ce cas, vous savez aussi que c'est un agent d'assurances... J'avoue que je l'ai suivi et que je l'ai vu entrer dans un bar de la rue Fontaine, où il paraissait connu...

» Lorsque j'ai questionné Josée, elle n'a été nullement embarrassée.

» — Voilà trois fois qu'il vient pour me faire souscrire une assurance vie, m'a-t-elle expliqué. Au profit de qui prendrais-je une assurance vie ? Je dois avoir sa carte quelque part...

» Elle a cherché dans ses tiroirs et a en effet trouvé une carte de visite au nom de Jean-Luc Bodard, représentant à la Continentale, avenue de l'Opéra. Ce n'est pas une grande compagnie, mais elle a une excellente réputation... J'ai téléphoné au chef du personnel qui m'a confirmé que Jean-Luc Bodard était un de leurs agents...

Maigret fumait lentement, à petites bouffées, s'efforçant de gagner du temps, car la tâche qui l'attendait n'avait rien d'agréable.

— Vous êtes allé hier rue Notre-Dame-de-Lorette ?

— Comme d'habitude... J'étais un peu en retard, car j'ai été retenu par le chef de cabinet du ministre... J'ai sonné et j'ai été surpris que personne ne vienne ouvrir... J'ai sonné à nouveau, frappé, sans résultat...

— Vous n'avez pas eu la curiosité de questionner la concierge ?

— Cette femme m'effraie et j'ai aussi peu de rapports que possible avec elle... Je ne suis pas rentré chez moi tout de suite... J'ai dîné seul, dans un restaurant de la porte de Versailles, car j'étais censé assister à la réunion de la société de bienfaisance...

— Quand avez-vous appris le drame ?

— Ce matin, en me rasant... La radio en a parlé, sans fournir de détails... Ce n'est qu'ici que j'ai lu le journal... Je suis effondré... Je ne comprends pas...

— Vous ne vous êtes pas rendu là-bas, hier, entre trois et quatre heures ?

Il devint amer.

— Je comprends le sens de votre question... Je n'ai pas quitté le bureau de l'après-midi et mes collaborateurs pourront le confirmer... Je préférerais pourtant que mon nom ne soit pas prononcé...

Pauvre homme ! Il était inquiet, angoissé, bouleversé. Tout ce à quoi il s'était raccroché sur le tard s'écroulait et il ne s'en efforçait pas moins de conserver sa dignité.

— J'ai bien pensé que la concierge, ou le frère, s'il est à Paris, vous parlerait de moi...

— Il n'y a pas de frère, monsieur Paré...

L'homme fronça les sourcils, incrédule, prêt à se fâcher.

— Je suis désolé de vous décevoir, mais je suis obligé de vous dire la vérité... Celui qu'on vous a présenté sous le nom de Léon Papet s'appelle en réalité Léon Florentin et le hasard veut que nous ayons été condisciples au lycée de Moulins...

— Je ne comprends pas...

— A peine aviez-vous quitté Joséphine Papet qu'il pénétrait dans l'appartement, dont il avait la clef... Avez-vous jamais eu la clef ?...

— Non... Je ne l'ai pas demandée... Je n'en aurais pas eu l'idée...

— Il vivait régulièrement dans l'appartement et ne disparaissait que lorsque des visiteurs étaient attendus...

— Vous avez bien dit des visiteurs ?... Au pluriel ?...

Très pâle, il restait rigide, comme un bloc, dans son fauteuil.

— Vous étiez quatre, sans compter Florentin...

— Vous voulez dire... ?

— Que Joséphine Papet se faisait plus ou moins entretenir par quatre amants différents... L'un d'eux vous a précédé de plusieurs années et, il y a très longtemps, a vécu presque quotidiennement dans l'appartement...

— Vous l'avez vu ?

— Pas encore.

— Qui est-ce ?

Au fond, François Paré restait sceptique.

— Un certain Fernand Courcel, qui possède avec son frère une affaire de roulements à billes... L'usine est à Rouen, les bureaux de Paris boulevard Voltaire... Il doit avoir votre âge et être assez gros...

— J'ai de la peine à le croire.

— Son jour est le jeudi et il est le seul à passer la nuit dans l'appartement...

— Je suppose que ce n'est pas un piège ?

— Que voulez-vous dire ?

— Je ne sais pas. On prétend que la police use de méthodes parfois inattendues. Cette histoire me paraît tellement invraisemblable...

— Il y en a un autre, l'homme du samedi... Je n'ai que peu de renseignements sur lui, mais je sais qu'il boite...

— Et le quatrième ?

Il s'efforçait d'être brave ; ses mains aux longs poils n'en étaient pas moins crispées aux bras du fauteuil au point que les jointures étaient blêmes.

— C'est le rouquin, l'agent d'assurances que vous avez rencontré un jour par hasard...

— Il est réellement agent d'assurances... Je l'ai contrôlé moi-même...

— On peut être agent d'assurances et, en même temps, l'amant d'une jolie femme...

— Je ne comprends plus... Vous ne l'avez pas connue, sinon vous seriez aussi incrédule que moi... Jamais je n'ai rencontré une femme aussi sage, aussi simple, aussi tranquille... J'ai trois filles et elles m'ont appris à connaître les femmes... Je me serais fié davantage à Josée qu'à n'importe laquelle de mes enfants...

— Je suis désolé d'avoir eu à vous ouvrir les yeux...

— Je suppose que vous êtes certain de tout ce que vous venez de me dire ?

— Si vous y tenez, je vous le ferai répéter par Florentin...

— Je ne veux absolument pas rencontrer cet individu, pas plus que les trois autres... Si je comprends bien, ce Florentin était ce qu'on appelle l'amant de cœur ?

— A peu près... Il a essayé de tout dans sa vie... Il a tout raté... Il n'en exerce pas moins sur les femmes une certaine séduction...

— Il a presque mon âge...

— A deux ans près, oui... Son avantage sur vous est de se trouver disponible jour et nuit... En outre, il ne prend rien au sérieux...

Avec lui, chaque jour est une page blanche qu'on remplit à sa guise et selon son humeur...

Paré, lui, avait une conscience, des problèmes, des remords. Il portait sur son visage, dans ses attitudes, tout le sérieux que les hommes accordent à la vie.

On aurait presque pu dire que c'était son bureau, sinon tout le ministère, qu'il transportait avec lui, et Maigret avait de la peine à imaginer ses tête-à-tête avec Josée.

Heureusement que celle-ci était placide. Elle devait être capable d'écouter en souriant, pendant des heures, les confidences d'un homme aigri par le destin et par ses malheurs.

Du coup, Maigret commençait à se faire d'elle une idée plus précise. C'était une femme pratique, qui savait compter. Elle s'était acheté une maison à Montmartre et elle possédait quarante-huit mille francs dans une cachette. Une seconde maison n'aurait-elle pas suivi, puis une troisième ?

Certaines femmes comptent en maisons, comme si la pierre était la seule chose solide au monde.

— Vous ne vous êtes jamais attendu à un drame, monsieur Paré ?

— Cette hypothèse ne m'est pas venue à l'esprit un seul instant... Rien n'était plus rassurant qu'elle, que sa vie, que son appartement...

— Elle ne vous a pas dit d'où elle était originaire ?

— De Poitiers, si je me souviens bien.

Prudente, elle devait donner à chacun un lieu de naissance différent.

— Elle vous paraissait instruite ?

— Elle a passé son bachot avant d'entrer pour un certain temps comme secrétaire chez un avocat...

— Vous ignorez le nom de celui-ci ?

— Je n'y ai pas accordé d'attention...

— Elle n'a jamais été mariée ?

— Pas à ma connaissance...

— Ses lectures ne vous ont pas surpris ?

— Elle était sentimentale, assez naïve, dans le fond, et c'est pourquoi elle préférait les romans populaires. Elle était la première à rire de ce petit travers...

— Je ne vous dérangerai plus que si cela devenait nécessaire... Je vous demande seulement de réfléchir, de chercher dans vos souvenirs... Une phrase, un détail sans importance apparente peut nous aider...

François Paré déployait son grand corps lourd, hésitait à tendre la main.

— Pour le moment, je ne vois rien...

Puis, avec hésitation, d'une voix plus sourde :

— Savez-vous si elle a beaucoup souffert ?

— D'après le médecin légiste, la mort a été instantanée...

Ses lèvres remuèrent. Il devait prier.

— Je vous remercie d'avoir fait montre d'autant de tact... Je regrette seulement que nous ne nous soyons pas rencontrés dans une autre occasion...

— Moi aussi, monsieur Paré...

Ouf ! Dans l'escalier, déjà, Maigret s'ébrouait. Il avait l'impression de sortir d'un tunnel, de retrouver l'air libre, le monde réel.

Certes, il n'avait rien appris de précis, d'immédiatement utilisable, mais son entretien avec le chef des Voies navigables lui avait rendu l'image de la jeune femme plus vivante.

La lettre écrite dans une brasserie à clientèle bourgeoise constituait-elle sa tactique habituelle ou bien cela n'avait-il été qu'un hasard ?

Le premier de ses amants connus, Fernand Courcel, semblait l'avoir rencontrée quand elle avait vingt-cinq ans. Que faisait-elle à cette époque ? Il ne la voyait pas, avec son air sage, sur les trottoirs des environs de la Madeleine ou des Champs-Élysées.

Était-elle vraiment la secrétaire de quelqu'un, avocat ou non ?

Une légère brise faisait frémir le feuillage des arbres du boulevard Saint-Germain et Maigret avait l'air de se promener en humant l'air du matin. Dans une petite rue qui le conduisait vers les quais, il passa devant un bistrot à l'ancienne mode où un camion déchargeait des barriques de vin.

Il entra, s'accouda au zinc.

— Quel vin est-ce ?

— Du sancerre... Je suis du coin et je le fais venir de chez mon beau-frère...

— Servez-m'en un verre...

Il était à la fois sec et fruité. Le comptoir était un vrai comptoir en étain et il y avait de la sciure de bois sur le carrelage rouge.

— Un autre, s'il vous plaît...

Drôle de métier ! Il lui restait trois hommes à voir, trois amants de Joséphine, qui semblait avoir été une marchande de rêves.

François Paré en trouverait difficilement une autre en qui déverser le trop-plein de son vieux cœur. Florentin en était réduit à son atelier de Montmartre et à un grabat dans une chambre sans fenêtre.

— Au suivant ! soupira-t-il en sortant du bistrot et en se dirigeant vers la P.J.

Encore un être à décevoir, à dépouiller de ses illusions.

Quand Maigret atteignit le haut des marches, puis le long couloir de la P.J., il jeta machinalement un coup d'œil à la salle d'attente vitrée que des inspecteurs facétieux appelaient l'aquarium.

Il fut assez surpris d'y voir, sur un des inconfortables fauteuils de velours vert, Léon Florentin en compagnie d'un inconnu. C'était un personnage plutôt petit et gras, au visage rond, aux yeux bleus, qui, dans la vie courante, devait être un bon vivant.

Pour le moment, alors que Florentin lui parlait à voix basse, il tenait à la main un mouchoir roulé en boule et il lui arriva plusieurs fois de se tamponner les yeux.

En face d'eux, l'inspecteur Dieudonné, indifférent, lisait la page des courses d'un journal.

Ils ne le virent ni l'un ni l'autre et, une fois dans son bureau, Maigret pressa le bouton de sonnerie. Presque aussitôt le vieux Joseph entrouvrit la porte.

— Il y a quelqu'un pour moi ?

— Deux personnes, monsieur le divisionnaire...

— Qui est arrivé le premier ?

— Celui-ci...

Il lui montrait la carte de Florentin.

— Et l'autre ?

— Il s'est présenté il y a une dizaine de minutes et paraissait très ému...

Il s'agissait de Fernand Courcel, de la maison Courcel Frères, roulements à billes, à Rouen. La carte portait aussi l'adresse des bureaux du boulevard Voltaire.

— Qui est-ce que j'introduis le premier ?

— Amenez-moi M. Courcel...

Il s'assit à son bureau et eut un coup d'œil à la fenêtre ouverte sur l'air chatoyant du dehors.

— Entrez, je vous en prie... Prenez la peine de vous asseoir...

L'homme était vraiment petit et vraiment gras, mais on aurait pu dire que cela lui allait bien. Il émanait de lui une vitalité plaisante, une cordialité qui n'était pas feinte.

— Vous ne me connaissez pas, monsieur le commissaire...

— Si vous n'étiez pas venu ce matin, je me serais rendu à votre bureau, monsieur Courcel...

Les yeux bleus le regardèrent avec surprise, mais sans effroi.

— Vous êtes donc au courant ?

— Je sais que vous étiez un très grand ami de Mlle Papet et que vous avez dû recevoir un choc, ce matin, en écoutant la radio ou en lisant le journal...

Il y eut une moue qui aurait pu tourner en crise de larmes, mais Courcel se contint.

— Je vous demande pardon... Je suis bouleversé... J'étais plus qu'un ami pour elle...

— Je suis au courant...

— Dans ce cas, je n'ai pas grand-chose à vous apprendre, car je n'ai pas la moindre idée de ce qui a pu se passer... C'était la femme la plus douce, la plus discrète...

— Connaissez-vous l'homme qui se trouvait avec vous dans la salle d'attente ?

L'industriel, qui avait si peu l'air d'un fabricant de roulements à billes, le regarda avec surprise.

— Vous ignorez donc qu'elle avait un frère ?

— Il y a longtemps que vous l'avez rencontré pour la première fois ?

— Environ trois ans... A peu près à l'époque à laquelle il est revenu de l'Uruguay...

— Il a vécu longtemps là-bas ?

— Vous ne l'avez pas questionné ?

— Je suis curieux d'apprendre ce qu'il vous a raconté...

— Il est architecte et a été chargé par le gouvernement uruguayen d'établir les plans d'une ville nouvelle...

— Il se trouvait chez Joséphine Papet ?

— C'est exact...

— Vous étiez arrivé en avance ou à l'improviste ?...

— J'avoue que je ne m'en souviens pas...

La question le choquait et il fronça les sourcils, qu'il avait très blonds. Ses cheveux aussi étaient d'un blond presque blanc, comme ceux de certains bébés, et il avait la peau d'un rose tendre.

— Je ne vois pas où vous voulez en venir...

— Vous l'avez revu ?

— Trois ou quatre fois...

— Toujours rue Notre-Dame-de-Lorette ?

— Non... Il est venu à mon bureau pour me parler d'un projet de plage moderne, avec hôtels, villas et bungalows, entre Le Grau-du-Roi et Palavas...

— Il désirait vous y intéresser ?

— C'est exact... J'admets que son projet avait du bon et qu'il se réalisera sans doute... Malheureusement, je ne puis retirer aucun argent de notre affaire, qui appartient à mon frère autant qu'à moi...

— Vous ne lui avez rien donné ?

Il rougit. L'attitude de Maigret le stupéfiait.

— Je lui ai remis quelques milliers de francs pour faire imprimer le projet...

— Il a été imprimé ? On vous en a remis un exemplaire ?

— Je vous ai dit que cela ne m'intéressait pas...

— Il vous a tapé à nouveau par la suite ?

— L'an dernier, encore que je n'aime pas ce mot-là... Les novateurs se butent inévitablement à de grosses difficultés... Son bureau de Montpellier...

— Il habite Montpellier ?

— Vous ne le saviez pas ?

Chacun parlait un autre langage et Fernand Courcel commençait à s'impatienter.

— Pourquoi ne l'appelez-vous pas et ne lui posez-vous pas ces questions ?

— Son tour viendra...

— Vous paraissez indisposé contre lui...

— Pas du tout, monsieur Courcel... Je vous avouerai même que c'est un camarade de lycée...

Le petit homme avait tiré une cigarette d'un étui en or.

— Vous permettez ?

— Je vous en prie... Combien de fois lui avez-vous remis de l'argent ?

Il dut réfléchir.

— Trois fois... La dernière fois, il avait oublié son carnet de chèques à Montpellier...

— De quoi vous parlait-il, il y a quelques minutes, dans l'antichambre ?...

— Je suis obligé de vous répondre ?

— Cela vaudrait mieux...

— Le sujet est si pénible... Enfin !...

Il soupira, étendit ses petites jambes, souffla la fumée de sa cigarette.

— Il ignore tout de ce que sa sœur faisait de son argent... Moi aussi, car cela ne me regarde pas... Il se trouve qu'en ce moment il est à court, qu'il a tout investi dans son projet, et il m'a demandé de contribuer aux frais des obsèques...

Cela indigna Courcel de voir Maigret exhiber un large sourire. C'était vraiment trop beau !

— Excusez-moi. Vous allez comprendre. Sachez d'abord que celui que vous connaissez sous le nom de Léon Papet s'appelle en réalité Léon Florentin. Il est le fils d'un pâtissier de Moulins et nous sommes allés ensemble au lycée Banville.

— Ce n'est pas le frère de...

— Non, cher monsieur. Ni son frère, ni son cousin, ce qui ne l'empêche pas de vivre avec elle...

— Vous voulez dire...

Il s'était levé, incapable de tenir en place.

— Non ! déclara-t-il. Ce n'est pas possible. Josée n'était pas capable de...

Il allait et venait, laissant tomber la cendre de sa cigarette sur le tapis.

— N'oubliez pas, monsieur le commissaire, que je la connais depuis dix ans... J'ai vécu avec elle, au début, quand je n'étais pas marié... C'est moi qui ai trouvé l'appartement de la rue Notre-Dame-de-Lorette et qui l'ai aménagé en ayant soin de respecter ses goûts...

— Elle avait vingt-cinq ans ?

— Oui... J'en avais trente-deux... Mon père vivait encore et je m'occupais assez peu de notre affaire, car mon frère Gaston dirigeait le bureau de Paris...

— Où et comment l'avez-vous rencontrée ?...

— Je m'attendais à la question et je sais ce que vous allez penser... J'ai fait sa connaissance à Montmartre, dans une boîte qui n'existe plus et qui s'appelait *Le Nouvel Adam*...

— Elle y passait en numéro ?

— Non... Elle était entraîneuse... Ce qui ne signifie pas qu'elle suivait les clients qui le lui demandaient... Je l'ai trouvée seule à une table, mélancolique, à peine maquillée, vêtue d'une robe noire très simple... Elle était si timide que j'ai hésité à lui adresser la parole...

— Vous avez passé la soirée avec elle ?

— Bien entendu... Elle m'a raconté son enfance...

— D'où vous a-t-elle dit qu'elle était ?

— De La Rochelle... Son père, qui était pêcheur, a péri dans un naufrage et elle a quatre frères et sœurs plus jeunes qu'elle...

— Et sa mère ?... Je parie qu'elle est morte...

Courcel lui lança un regard courroucé.

— Si vous désirez que je continue...

— Excusez-moi... Tout cela, voyez-vous, n'existe pas...

— Elle n'a pas quatre frères et sœurs ?

— Non... Et elle n'a pas eu besoin de travailler dans un cabaret de Montmartre pour les élever... Car c'est ce qu'elle vous a dit, n'est-ce pas ?

Il se rassit, hésitant, la tête basse.

— J'ai de la peine à vous croire... Je l'ai aimée passionnément...

— Cependant, vous vous êtes marié ?

— J'ai épousé une de mes cousines, c'est vrai... Je me sentais vieillir... Je désirais avoir des enfants...

— Vous habitez Rouen ?

— La plus grande partie de la semaine...

— Mais pas le jeudi...

— Comment le savez-vous ?

— Le jeudi, vous alliez dîner avec Josée puis, après le cinéma ou le théâtre, vous rentriez passer la nuit rue Notre-Dame-de-Lorette...

— C'est exact... J'avais voulu rompre avec elle mais j'en étais incapable...

— Votre femme est au courant ?

— Non, bien entendu.

— Votre frère ?

— Il a fallu que je mette Gaston dans la confidence, car je suis supposé visiter notre bureau de Marseille...

Le petit homme ajoutait non sans candeur :

— Il me traite d'idiot...

Maigret parvint à ne pas sourire.

— Quand je pense que, tout à l'heure encore, j'étais prêt à pleurer devant cet homme qui...

— Florentin n'est pas le seul...

— Que voulez-vous insinuer ?

— Si elle était morte autrement, je vous aurais laissé dans l'ignorance, monsieur Courcel. Mais elle a été assassinée. Je suis chargé de retrouver celui qui l'a tuée et cela ne peut se faire que dans un climat de vérité...

— Vous savez qui a tiré ?

— Pas encore... Vous étiez quatre, en plus de Florentin, à lui rendre régulièrement visite...

Il secouait la tête comme s'il ne parvenait toujours pas à y croire.

— A certain moment, j'ai eu la tentation de l'épouser... Sans Gaston, il est probable que...

— Le mercredi, c'était le jour d'un haut fonctionnaire qui, lui, ne passait pas la nuit dans l'appartement...

— Vous l'avez vu ?...

— Ce matin...

— Il a avoué ?

— Il ne m'a pas caché ses visites, ni leur caractère...

— Quel âge a-t-il ?

— Cinquante-cinq ans... Avez-vous jamais rencontré un boiteux, soit dans l'ascenseur, soit dans l'appartement ?

— Non...

— Car il y avait un boiteux aussi, un homme d'un certain âge que je ne tarderai pas à retrouver si mes inspecteurs ne l'ont pas encore fait...

— Ensuite ? soupira l'homme avec la hâte d'en finir.

— Ensuite un rouquin, le plus jeune de vous tous... Il n'a qu'une trentaine d'années et travaille dans une compagnie d'assurances...

— Je suppose que vous ne l'avez pas connue vivante ?

— C'est exact.

— Si vous l'aviez connue, vous comprendriez mon désarroi... On aurait juré qu'elle était la franchise même... Une franchise telle que cela en devenait de la naïveté...

— Vous lui versiez de quoi vivre ?

— Il a fallu que j'insiste beaucoup pour qu'elle accepte... Elle voulait travailler dans un magasin, dans une maison de lingerie, par exemple... Or, elle n'était pas d'une constitution robuste... Il lui arrivait d'être prise de vertiges... Elle trouvait toujours que je lui donnais trop...

Une idée lui venait enfin, qu'il n'avait pas envisagée jusque-là.

— Et les autres ?... Est-ce que, eux aussi... ?

— Je crains que oui, monsieur Courcel... Chacun de vous

l'entretenait, sauf peut-être le rouquin, ce que je ne tarderai pas à apprendre... Cela est vrai, en tout cas, du fonctionnaire que j'ai rencontré ce matin...

— Que faisait-elle donc de l'argent ? Elle avait des goûts si simples...

— Elle a commencé par s'acheter une maison rue du Mont-Cenis... Et, quand elle est morte, on a retrouvé quarante-huit mille francs dans l'appartement... Maintenant, essayez de surmonter votre trouble et de réfléchir... Je ne vous demande pas où vous étiez hier entre trois et quatre heures de l'après-midi...

— Je me trouvais dans ma voiture, venant de Rouen, et j'ai dû franchir le tunnel de Saint-Cloud vers trois heures et quart...

Il s'arrêta net, regarda Maigret avec stupeur.

— Cela signifie-t-il que vous me soupçonnez ?

— Je ne soupçonne personne et ma question est de pure routine... A quelle heure êtes-vous arrivé à votre bureau ?

— Je ne m'y suis pas rendu directement. Je me suis arrêté un moment dans un bar de la rue de Ponthieu où j'ai l'habitude de parier aux courses... En fait, je suis arrivé boulevard Voltaire vers cinq heures et quart... Sur le papier, je suis l'associé de mon frère... Deux fois par semaine, je me rends à l'usine... j'ai un bureau et une secrétaire boulevard Voltaire, mais l'affaire marcherait tout aussi bien sans moi...

— Votre frère ne vous en veut pas ?

— Au contraire... Moins j'en fais et plus il est satisfait, car il se sent ainsi le seul patron...

— De quelle marque est votre voiture, monsieur Courcel ?

— Jaguar... Décapotable... J'ai toujours eu des décapotables... Carrosserie bleu pâle... Vous désirez le numéro ?...

— Ce n'est pas nécessaire...

— Quand je pense que, non seulement Josée, mais son soi-disant frère... Comment l'appelez-vous ?

— Florentin... Son père faisait les meilleurs gâteaux de Moulins...

Il serrait ses petits poings.

— Calmez-vous... A moins de développements imprévus, votre nom ne sera pas publié et ce qui vient de se dire ici restera confidentiel... Votre femme est jalouse ?

— Sans doute, mais pas d'une façon particulièrement féroce... Elle me soupçonne d'avoir de temps en temps une aventure, à Marseille ou à Paris...

— Vous en avez, malgré Josée ?

— Cela m'arrive... Je suis curieux, comme tous les hommes...

Il cherchait son chapeau qu'il avait laissé dans la salle d'attente. Maigret l'y conduisit, craignant qu'il ne s'en prenne à Florentin.

Celui-ci, lugubre, les regarda tous les deux comme pour savoir si Courcel avait mangé le morceau.

Quand l'industriel eut disparu, l'inspecteur Dieudonné, qui s'était levé à l'entrée de Maigret, demanda :

— Je vous fais mon rapport ?

— Il s'est passé quelque chose ?

— Non. Après le petit déjeuner au bistrot du coin, il est rentré chez lui et ce n'est qu'à neuf heures et demie qu'il a pris le métro pour venir ici. Il a demandé à vous voir. L'autre personne est arrivée et ils se sont serré la main. Je n'ai pas entendu ce qu'ils se sont dit...

— Ce sera tout pour aujourd'hui...

Maigret fit signe à Florentin.

— Viens...

Il le faisait entrer dans son bureau et, la porte refermée, le regardait longuement. Florentin continuait à tenir la tête basse et son grand corps osseux paraissait plus mou, comme sur le point de s'affaisser.

— Tu es encore plus crapule que je ne le pensais...

— Je sais...

— Pourquoi as-tu fait ça ?

— J'ignorais que j'allais le rencontrer...

— Qu'es-tu venu faire ici ?

Il redressa la tête, regarda Maigret d'un air pitoyable.

— Combien crois-tu qu'il me reste en poche ?

— Peu importe.

— Cela importe, au contraire... Il me reste exactement une pièce de cinquante centimes... Et il n'existe pas un magasin, un bistrot ou un restaurant dans le quartier qui me ferait crédit...

C'était au tour du commissaire d'être ahuri, presque autant que le bonhomme grassouillet l'avait été un peu plus tôt.

— Tu es venu pour me demander de l'argent ?

— A qui voudrais-tu que j'en demande, dans ma situation ?... Je suppose que tu as dit à ce solennel crétin de Paré que je ne suis pas le frère de Josée...

— Évidemment...

— Cela a dû lui donner un coup de perdre ses illusions...

— En tout cas, il possède un alibi sérieux... Il se trouvait dans son bureau, hier, entre trois et quatre...

— Quand j'ai vu le cochon de lait entrer dans la salle d'attente, je me suis dit que j'avais encore un espoir...

— Le prix des obsèques !... Tu n'as pas honte ?

Florentin haussa les épaules.

— Tu sais, à force d'avoir honte... Remarque que je me doutais qu'il t'en parlerait... Comme j'étais arrivé le premier, il me restait l'espoir que tu me recevrais avant lui...

Il se tut, pendant que Maigret allait se camper devant la fenêtre. L'air du dehors lui avait rarement paru aussi pur.

— Que va-t-on faire des quarante-huit mille francs ?

Le commissaire sursauta. N'était-ce pas inimaginable que Florentin puisse, en ce moment, penser à cet argent ?

— Tu ne te rends pas compte que je me trouve sans aucun moyen d'existence ?... Les antiquités, cela me rapporte tout juste un billet de temps en temps... A quoi bon tricher avec toi... C'était une façade...

— Je l'avais compris...

— Alors, en attendant que je me débrouille...

— Que comptes-tu faire ?

— S'il le faut, j'irai décharger des légumes aux Halles...

— Je te signale qu'il t'est interdit de quitter Paris...

— Je reste suspect ?

— Jusqu'à ce que l'assassin soit sous les verrous... Tu ne sais vraiment rien au sujet du boiteux ?...

— Josée ne le connaissait que par son prénom, Victor... Il ne lui parlait jamais de sa femme ; ni de ses enfants... Elle ignorait sa profession, mais il donnait l'impression d'avoir de la fortune... Ses vêtements étaient bien coupés, ses chemises faites sur mesure... Un détail me revient... Une fois, en sortant son portefeuille, il a laissé tomber un abonnement de chemin de fer pour la ligne Paris-Bordeaux...

C'était, pour les inspecteurs, un point de départ. Il ne devait pas y avoir tellement d'abonnés pour la ligne Paris-Bordeaux.

— Tu vois... Je collabore de mon mieux...

Maigret avait compris et, lui aussi, tira son portefeuille de sa poche, y prit un billet de cent francs.

— Essaie qu'il dure un certain temps...

— Tu continues à me faire suivre ?

— Oui...

Il entrouvrit la porte du bureau des inspecteurs.

— Leroy...

Il lui donna des instructions et ne put éviter la main que son ancien camarade lui tendait.

4

Il était trois heures et Maigret était debout devant la fenêtre ouverte, pipe à la bouche, mains dans les poches, dans une pose qui lui était familière.

Le soleil brillait, le ciel restait d'un bleu uni, on ne voyait pas un seul nuage et pourtant de longues gouttes de pluie se mirent à tomber en diagonale, très séparées les unes des autres, et, en s'écrasant sur le sol, elles dessinaient de larges taches noires.

— Entre, Lucas, dit-il sans se retourner alors que la porte s'entrouvrait.

Il l'avait envoyé là-haut, sous les combles du Palais de Justice, consulter les Sommiers afin de savoir si Florentin avait un casier judiciaire.

— Trois condamnations, patron, sans rien de vraiment grave.

— Escroqueries ?

— La première, il y a vingt-deux ans, pour chèque sans provision. Il habitait un appartement meublé avenue de Wagram et avait loué des bureaux aux Champs-Élysées. Il s'occupait d'importation de fruits exotiques... Six mois de prison avec sursis...

» Il a été condamné huit ans plus tard à un an pour escroquerie et usage de faux. Son adresse était à Montparnasse, dans un petit hôtel. Pas de sursis. Il a donc fait de la prison.

» Chèque sans provision encore il y a cinq ans... Sans adresse fixe...

— Je te remercie...

— Rien d'autre pour moi ?

— Tu vas aller rue Notre-Dame-de-Lorette interroger les commerçants. Janvier l'a déjà fait, mais pas dans le même but. Je voudrais savoir si, hier, entre trois et quatre heures, on a vu une Jaguar décapotable, de couleur bleu ciel, stationner dans la rue ou dans les rues voisines. Questionne aussi les garagistes.

Il resta seul, les sourcils froncés. Les spécialistes de Moers n'avaient guère obtenu de succès. Des empreintes de Joséphine Papet un peu partout dans l'appartement, comme on pouvait s'y attendre.

Pourtant, il n'y en avait aucune sur les boutons de porte ; ceux-ci avaient été soigneusement essuyés.

Des empreintes de Florentin, y compris dans la penderie et dans la salle de bains, mais rien sur le tiroir de la table de nuit, où le meurtrier avait bien dû prendre le revolver.

Le commissaire avait été frappé, dès qu'il était entré pour la première fois dans le logement, par la propreté qui y régnait. Joséphine Papet n'employait ni bonne ni femme de ménage. Il l'imaginait, toute la matinée, entretenant les pièces, un fichu sur les cheveux, pendant que la radio jouait en sourdine.

Il avait son visage grognon, comme quand il n'était pas content de lui, et le fait est qu'il avait des scrupules.

Si Florentin n'avait pas été son condisciple à Moulins, n'aurait-il pas déjà demandé au juge d'instruction un mandat d'amener contre lui ?

Le fils du pâtissier n'avait jamais été ce qu'on appelle un ami. Déjà au lycée, le jeune Maigret éprouvait à son égard des sentiments mitigés.

Florentin était drôle et faisait rire la classe, n'hésitant pas à risquer une punition pour amuser ses camarades.

Mais n'y avait-il pas dans son attitude comme un défi, voire de l'agressivité ?

Il se moquait de tout le monde, imitait comiquement les expressions de physionomie et les tics des professeurs.

Ses reparties étaient drôles. Il en guettait l'effet sur les visages et il aurait été dépité si les rires n'avaient pas fusé.

N'était-il pas déjà en marge ? Ne se sentait-il pas différent ? Et n'était-ce pas pour cela que son humour était souvent grinçant ?

A Paris, devenu homme, il avait continué, connaissant des époques plus ou moins fastes et des époques sombres, y compris la prison.

Sans s'avouer battu, il continuait à porter beau, conservant, même dans un complet élimé, une élégance naturelle.

Il mentait sans s'en rendre compte. Il avait toujours menti et il n'en était pas gêné quand son interlocuteur s'en apercevait. Il semblait dire :

— C'était bien trouvé pourtant !... Dommage que cela n'ait pas marché...

Il avait dû fréquenter le *Fouquet's*, d'autres bars des Champs-Élysées et des environs, les cabarets, tous les endroits où l'on se donne une fausse assurance.

Au fond, Maigret le soupçonnait d'être un inquiet. Son rôle de comique n'était qu'une façade pour se défendre contre une vérité pitoyable.

C'était un raté, le raté type, et, ce qui était plus grave, plus pénible, un raté vieillissant.

Était-ce par pitié que Maigret ne l'avait pas arrêté ? Ou bien parce que Florentin avait accumulé trop de preuves contre lui, alors qu'il était intelligent ?

Le fait, par exemple, d'avoir emporté les économies de Josée et d'avoir enveloppé la boîte à biscuits dans un journal du matin même. N'aurait-il pas pu trouver une autre cachette que dans son taudis du boulevard Rochechouart où la police ne manquerait pas de fouiller ?

Ce quart d'heure pendant lequel il avait attendu dans la penderie après le coup de feu...

Avait-il peur de se trouver face à face avec l'assassin ?

Le choix de Maigret, alors qu'il était si simple d'alerter le commissaire de police du quartier...

Maigret avait toutes les bonnes raisons pour l'arrêter. Il y avait même, depuis quelques semaines, les visites du rouquin, un homme jeune, peut-être susceptible de prendre sa place, c'est-à-dire de lui voler son gagne-pain.

Janvier frappait, entrait sans attendre et se laissait tomber sur une chaise.

— Ça y est enfin, patron...

— Le boiteux ?

— Oui... Je ne sais plus combien j'ai donné de coups de téléphone, y compris une bonne demi-douzaine à Bordeaux... A la S.N.C.F., j'ai presque dû me mettre à genoux pour qu'ils fassent tout de suite des recherches parmi les abonnés...

Il alluma une cigarette, étendit les jambes.

— J'espère, maintenant, que mon boiteux est le bon... J'ignore si j'ai bien fait, mais je lui ai demandé de passer vous voir... Il sera ici dans un quart d'heure...

— J'aurais préféré le rencontrer chez lui...

— Il habite Bordeaux. A Paris, il a son appartement à l'*Hôtel Scribe*, à deux pas de ses bureaux qui se trouvent rue Auber.

— Qui est-ce ?

— Si mes renseignements sont exacts c'est, à Bordeaux, un personnage important des Chartrons, le quai où toutes les vieilles familles ont leur hôtel particulier... Il est négociant en vins, naturellement, et il travaille surtout avec l'Allemagne et les pays scandinaves...

— Tu l'as vu ?

— Je lui ai téléphoné...

— Il a paru surpris ?

— Il l'a d'abord pris de très haut et m'a demandé si c'était une plaisanterie. Quand je lui ai affirmé que j'étais réellement de la P.J. et que vous vouliez le voir, il a déclaré qu'il n'avait rien à faire avec la police et que celle-ci ferait mieux de lui laisser la paix si elle ne voulait pas s'attirer d'ennuis. Je lui ai parlé de la rue Notre-Dame-de-Lorette...

— Il a réagi ?

— Il y a eu un silence, puis il a grommelé :

» — Quand le commissaire Maigret veut-il me rencontrer ?

» — Le plus tôt possible...

» — Dès que j'aurai fini mon courrier, je passerai au Quai des Orfèvres...

Janvier ajouta :

— Il s'appelle Lamotte... Victor Lamotte... Si vous voulez, pendant que vous le recevez, je vais téléphoner à la P.J. de Bordeaux pour avoir quelques renseignements complémentaires...

— Bonne idée...

— Vous ne paraissez pas content...

Maigret haussa les épaules. N'en était-il pas toujours ainsi à certain point d'une enquête, quand rien de précis ne se dessinait ? Ces gens-là, à part Florentin, il ne les connaissait pas la veille.

Ce matin, il avait reçu un petit bonhomme rondouillard qui lui avait donné l'impression d'un être assez falot. Si Courcel n'avait pas eu la chance d'être le fils d'un fabricant de roulements à billes, que serait-il devenu ? Voyageur de commerce ? Ou bien un autre Florentin, moitié parasite, moitié escroc ?

Joseph vint lui annoncer son visiteur et il alla au-devant de lui. L'homme boitait, en effet. Maigret fut surpris par ses cheveux blancs, par la mollesse de son visage, et il lui donna soixante ans.

— Entrez, monsieur Lamotte... Je m'excuse de vous avoir dérangé... J'espère que les plantons vous ont permis de garer votre voiture dans la cour ?...

— Cela regarde mon chauffeur...

Évidemment ! C'était un homme à avoir un chauffeur et, sans doute, à Bordeaux, toute une domesticité.

— Je suppose que vous savez pourquoi je désire m'entretenir avec vous ?

— Un de vos inspecteurs m'a parlé de la rue Notre-Dame-de-Lorette. Je n'ai pas bien compris où il voulait en venir.

Maigret s'était assis à son bureau et bourrait une pipe tandis que son interlocuteur était sur une chaise devant lui, face à la fenêtre.

— Vous connaissiez Joséphine Papet...

Il y eut une assez longue hésitation.

— Je me demande comment vous avez pu l'apprendre.

— Vous devez vous douter que nous avons certains moyens d'investigation, sans quoi les prisons seraient vides.

— Je n'apprécie pas ces derniers mots. Si c'est une allusion...

— Pas du tout... Vous avez lu le journal de ce matin ?...

— Comme tout le monde.

— Vous savez donc que Joséphine Papet, plus familièrement appelée Josée, a été assassinée hier après-midi dans son appartement... Où étiez-vous ?

— Pas rue Notre-Dame-de-Lorette, en tout cas...

— Vous vous trouviez à votre bureau ?

— A quelle heure ?

— Mettons de trois à quatre heures...

— Je me promenais sur les Grands Boulevards...

— Seul ?

— Cela vous paraît étrange ?

— Vous vous promenez souvent de la sorte ?

— Quand je suis à Paris, une heure le matin, vers dix heures, et une heure l'après-midi... Mon médecin vous confirmera que c'est lui qui m'a recommandé de prendre de l'exercice... J'ai été beaucoup plus gras que je ne le suis actuellement et mon cœur risquait de ne pas tenir le coup...

— Vous vous rendez compte que vous n'avez donc pas d'alibi ?

— J'ai besoin d'en posséder un ?

— Comme les autres amants de Josée...

Il ne tressaillit pas, resta imperturbable, demanda simplement :

— Nous étions nombreux ?

Il y avait de l'ironie dans sa voix.

— Quatre, à ma connaissance, sans compter celui qui vivait avec elle.

— Car quelqu'un vivait avec elle ?

— Si je suis bien renseigné, votre jour, à vous, était le samedi, car chacun avait plus ou moins son jour.

— J'ai des habitudes. Je m'impose une certaine routine. Le samedi, après ma visite rue Notre-Dame-de-Lorette, je prends le rapide de Bordeaux de façon à être chez moi en fin de soirée...

— Vous êtes marié, monsieur Lamotte ?

— Marié et père de famille. Un de mes fils travaille avec moi, dans nos entrepôts de Bordeaux... Un autre est notre représentant à Bonn et fait de fréquents voyages dans le Nord... Mon gendre, lui, vit à Londres avec ma fille et mes deux petits-enfants...

— Il y a longtemps que vous connaissiez Joséphine Papet ?

— Quatre ans, un peu plus ou un peu moins...

— Que représentait-elle pour vous ?

Il laissa tomber avec condescendance, voire un rien de mépris :

— Un dérivatif...

— Vous voulez dire que vous n'aviez aucune affection pour elle ?

— Le mot affection me paraît très exagéré.

— Remplaçons-le par sympathie ?...

— Elle était d'un commerce agréable et semblait discrète. Si discrète que je suis surpris que vous m'ayez identifié... Puis-je vous demander qui vous a parlé de moi ?

— Il a d'abord été question du boiteux du samedi...

— Un accident de cheval, quand j'avais dix-sept ans...

— Vous avez un abonnement de chemin de fer...

— Je comprends... Trouver l'abonné de Paris-Bordeaux qui est boiteux...

— Une chose me surprend, monsieur Lamotte... Vous habitez l'*Hôtel Scribe* et vous pouviez, dans n'importe quel bar des environs, rencontrer de jolies femmes peu farouches...

L'homme des Chartrons ne se démontait pas et répondait patiemment aux questions, non sans une visible hauteur. Les Chartrons ne sont-ils pas le Faubourg Saint-Germain de Bordeaux et n'y trouve-t-on pas de véritables dynasties ?

Maigret, pour Lamotte, était un policier. Il en fallait, certes, pour protéger les biens des citoyens, mais c'était la première fois qu'il entrait en contact avec ces gens-là.

— Comment vous appelle-t-on encore ?

— Peu importe... Maigret, si vous y tenez...

— D'abord, monsieur Maigret, je suis un homme d'ordre, un homme qui a été élevé dans certains principes qui n'ont plus guère cours aujourd'hui... Je n'ai pas pour habitude de fréquenter les bars... Si étrange que cela puisse vous paraître, je n'ai jamais mis les pieds dans un café de Bordeaux, sinon à l'époque où j'étais étudiant...

» Quant à introduire dans mon appartement du *Scribe* une de ces femmes dont vous parlez, admettez que ce serait peu respectable et qu'en outre cela présenterait certains dangers...

— Vous parlez de chantage ?

— Dans ma position, c'est un risque...

— Mais vous alliez rejoindre Josée chaque semaine rue Notre-Dame-de-Lorette...

— Le risque était moindre, non ?

Maigret commençait à s'impatienter.

— Pourtant, vous étiez fort mal renseigné à son sujet...

— Vous auriez préféré que je vienne vous demander d'enquêter sur sa personne ?

— Où l'avez-vous rencontrée pour la première fois ?

— Au wagon-restaurant...

— Elle se rendait à Bordeaux ?

— Elle en revenait... Nous nous sommes trouvés face à face à une table de deux personnes... Elle paraissait très convenable et, quand je lui ai tendu la corbeille de pain, elle m'a d'abord regardé avec méfiance... Il se fait que nous nous sommes retrouvés dans un même compartiment...

— Vous aviez déjà une maîtresse ?

— Vous ne trouvez pas la question impertinente et tout à fait étrangère à votre enquête ?

— Vous préférez ne pas répondre ?

— Je n'ai rien à vous cacher... J'en avais une, une de mes anciennes secrétaires, que j'avais installée dans un studio de l'avenue de la Grande-Armée... Elle m'avait annoncé une semaine plus tôt qu'elle allait se marier...

— De sorte qu'il y avait une place à prendre...

— Je n'apprécie pas votre ironie et je suis tenté de ne plus répondre à vos questions.

— Cela risquerait de vous faire rester ici plus longtemps que vous ne le désirez...

— C'est une menace ?

— Un avertissement.

— Je ne me donnerai pas la peine d'appeler mon avocat... Questionnez donc...

Il était de plus en plus hautain, de plus en plus sec.

— Combien de temps après avoir fait la connaissance de Josée êtes-vous allé rue Notre-Dame-de-Lorette ?

— Trois semaines... Peut-être un mois...

— Elle vous a dit qu'elle travaillait ?

— Non.

— De quoi a-t-elle prétendu vivre ?

— D'une petite pension que lui avait assurée un de ses oncles...

— Au fait, d'où vous a-t-elle dit qu'elle était ?

— Des environs de Grenoble...

Il semblait que Joséphine Papet avait le même besoin de mensonge que Florentin. Pour chacun, elle s'était donné des origines différentes.

— Vous lui versiez une forte mensualité ?

— La question n'est pas très délicate.

— Je désire que vous répondiez.

— Je lui remettais deux mille francs chaque mois, dans une enveloppe, ou plutôt je déposais celle-ci sur la cheminée...

Maigret sourit. Il lui semblait être retourné à ses débuts dans la police, quand on voyait encore, sur les Boulevards, de vieux messieurs à souliers vernis, à guêtres blanches, monocle à l'œil, suivre les jolies femmes.

C'était l'époque des entresols meublés, des femmes entretenues, qui devaient avoir la même douceur, la même discrétion, la même bonne humeur que Joséphine Papet.

Victor Lamotte n'était pas amoureux. Sa vie était dans sa famille, à Bordeaux, dans sa maison austère, certains jours de la semaine à l'*Hôtel Scribe* et dans ses bureaux de la rue Auber.

Il n'en avait pas moins besoin d'une oasis où il pouvait laisser tomber son masque de respectabilité et parler à cœur ouvert. Avec une femme comme Josée, ne peut-on pas se laisser aller sans que cela tire à conséquence ?

— Vous ne connaissez aucun de ses autres visiteurs ?

— Elle ne me les a pas présentés.

— Vous auriez pu, accidentellement, vous trouver en face de l'un d'eux.

— Il se fait que cela ne m'est pas arrivé.

— Vous sortiez avec elle ?

— Non.

— Votre chauffeur attendait dans la rue ?

Il haussa les épaules, comme s'il jugeait Maigret bien naïf.

— Je suis toujours allé chez elle en taxi...

— Savez-vous qu'elle s'était acheté un immeuble à Montmartre ?

— Vous me l'apprenez...

Ces questions-là ne l'intéressaient pas et il restait indifférent.

— On a, en outre, retrouvé quarante-huit mille francs dans son appartement...

— Une partie provient probablement de moi mais, ne craignez rien, je ne la réclamerai pas...

— Vous avez été affecté par sa mort ?

— A vrai dire, non... Des millions de gens meurent chaque jour...

Maigret se leva. Il en avait assez. S'il avait continué plus longtemps cet interrogatoire, il aurait eu de la peine à cacher son dégoût.

— Vous ne me faites pas signer de déposition ?

— Non.

— Dois-je m'attendre à être entendu par le juge d'instruction ?

— Il ne m'est pas encore possible de vous répondre.

— Au cas où l'affaire passerait aux assises...

— Elle y passera...

— A condition que vous trouviez le meurtrier...

— Nous le trouverons...

— Je vous préviens que je ferai en sorte de ne pas témoigner... J'ai des amis en haut lieu...

— Je n'en doute pas...

Et le commissaire marchait vers la porte qu'il tenait grande ouverte. Au moment de franchir le seuil, Lamotte se retourna, hésita à saluer, finit par s'en aller sans un mot.

Et de trois ! Il ne restait plus que le rouquin. Maigret était de mauvais poil et il lui fallut un certain temps pour se calmer. La pluie avait cessé depuis longtemps. Une mouche, peut-être celle de la veille, entra dans le bureau alors qu'il s'asseyait et, machinalement, traçait des traits sur un papier.

Ces traits devinrent des mots.

Préméditation.

A moins que l'assassin ne soit Florentin, la préméditation était improbable, le meurtrier étant venu sans arme. C'était un familier, puisqu'il n'ignorait pas la présence d'un revolver chargé dans le tiroir de la table de nuit.

Justement, ne comptait-il pas sur cette arme ?

Toujours à supposer que Florentin se trouvait vraiment dans la penderie, pourquoi l'homme était-il resté près d'un quart d'heure dans la chambre à coucher, où il ne pouvait aller et venir qu'en enjambant le cadavre ?

Était-ce l'argent qu'il cherchait ? Comment ne l'avait-il pas trouvé, alors qu'il suffisait de forcer un tiroir dont la serrure était sans malice ?

Des lettres ? Un document quelconque ?

Ni François Paré, le fonctionnaire, ni Fernand Courcel, le rondouillard, ni enfin le dédaigneux Victor Lamotte n'avaient besoin d'argent.

Tous les trois, par contre, auraient sans doute réagi violemment à un chantage.

Il en revenait toujours à Florentin, Florentin que le juge l'aurait obligé à arrêter s'il avait été au courant des faits.

Maigret avait espéré interroger le rouquin, Jean-Luc Bodard, mais l'inspecteur qu'il avait envoyé à sa recherche était revenu bredouille. Le jeune agent d'assurances était en tournée et ne rentrerait que le soir.

Il habitait un petit hôtel meublé du boulevard des Batignolles, l'*Hôtel Beauséjour*, et prenait ses repas au restaurant.

Maigret se rongeait, comme si quelque chose clochait dans son enquête. Il était mécontent de lui-même, mal dans sa peau. Il ne se sentit pas le courage d'étudier les dossiers entassés sur son bureau et il ouvrit la porte des inspecteurs.

— Viens... dit-il à Lapointe. Nous allons prendre une voiture...

Une fois sur le quai, seulement, il grommela :

— Rue Notre-Dame-de-Lorette...

Il lui semblait qu'il avait oublié un point important, qu'il était passé à côté de la vérité sans s'en rendre compte. Durant tout le trajet, il ne prononça pas un mot et il mordillait tellement sa pipe qu'il en fendit le tuyau d'ébonite.

— Essaie de te garer et viens me retrouver.

— Dans l'appartement ?

— Dans la loge...

Il était hanté par la monstrueuse silhouette de la concierge et par ses yeux immobiles. Il la retrouvait exactement à la même place que la veille, debout derrière son rideau de tulle qu'elle écartait de la main, et elle ne se décida à reculer que quand il poussa la porte.

Elle ne lui demanda pas ce qu'il voulait, se contenta de le regarder avec réprobation.

Elle avait la chair très blanche, d'un blanc malsain. Était-ce une « demeurée », comme on dit dans les campagnes, une de ces idiotes inoffensives qu'on rencontrait autrefois dans les villages ?

Il s'impatienta de la voir debout au milieu de la loge comme une tour.

— Asseyez-vous, dit-il avec impatience.

Elle fit tranquillement non de la tête.

— Je vais vous poser à nouveau des questions que je vous ai posées hier. Je vous préviens, cette fois, que vous pouvez être poursuivie pour faux témoignage si vous ne dites pas la vérité...

Elle ne broncha pas et il crut lire de l'amusement dans ses prunelles. Elle n'avait évidemment pas peur de lui. Elle n'avait peur de personne.

— Quelqu'un est-il monté au troisième étage entre trois et quatre heures ?

— Non.

— Et aux autres étages ?

— Seulement une vieille femme, pour le dentiste.

— Connaissez-vous François Paré ?

— Non.

— Un homme grand et corpulent, d'une cinquantaine d'années, le cheveu rare et la moustache noire...

— Peut-être.

— Il avait l'habitude de venir le mercredi vers cinq heures et demie... Est-il venu hier ?

— Oui.

— A quelle heure ?

— Je ne sais pas au juste. Avant six heures.

— Il est resté longtemps là-haut ?

— Il est redescendu tout de suite.

— Il ne vous a rien demandé ?

— Non.

Elle répondait d'une façon mécanique, le visage figé, sans quitter Maigret des yeux, comme si elle s'attendait toujours à ce qu'il lui tende un piège. Était-elle capable de protéger quelqu'un ? Se rendait-elle compte de l'importance de ses déclarations ?

C'était le sort de Florentin qui était en jeu car, si personne n'était entré dans la maison, le récit du camarade d'enfance de Maigret était faux, il n'y avait pas eu de coup de sonnette, pas de visiteur, pas de station dans la penderie et Florentin avait bel et bien tiré sur son amie.

De petits coups étaient frappés à la vitre et Maigret faisait entrer Lapointe.

— Un de mes inspecteurs, expliqua-t-il. Encore une fois, pesez vos paroles et ne répondez qu'avec certitude...

Elle n'avait jamais joué un rôle aussi important de sa vie et elle devait jubiler intérieurement. N'était-ce pas inespéré de voir un chef de la police la supplier presque de l'aider ?

— François Paré n'était-il pas venu une première fois au cours de l'après-midi ?

— Non.

— Vous êtes certaine que vous l'auriez vu ?

— Oui.

— Il vous arrive pourtant d'aller dans votre cuisine...

— Pas à cette heure-là...

— Où se trouve le téléphone ?

— Dans la cuisine.

— Si quelqu'un a appelé...

— Personne n'a appelé...

— Le nom de Courcel vous dit-il quelque chose ?

— Oui.

— Pourquoi connaissez-vous ce nom-là et pas celui de M. Paré ?

— Parce qu'il a presque habité ici... Il y a dix ans, il passait beaucoup de ses nuits là-haut et il sortait souvent avec la fille Papet...

— Il se montrait familier avec vous ?

— Il me disait bonjour en passant.

— Vous l'aimiez mieux que les autres ?

— Il était plus poli.

— Il lui arrive encore souvent de coucher ici le jeudi soir...

— Cela ne me regarde pas.

— Il n'est pas venu hier ?

— Non.

— Vous connaissez sa voiture ?

— Elle est bleue.

La voix était neutre, sans intonation. Lapointe était sidéré par ce phénomène.

— Connaissez-vous le nom du boiteux ?

— Non.

— Il ne s'est jamais arrêté dans la loge ?

— Non.

— Il s'appelle Lamotte... Vous ne l'avez pas vu hier non plus ?...

— Non.

— Ni le rouquin nommé Bodard ?

— Je ne l'ai pas vu.

Maigret aurait voulu la secouer pour en faire sortir la vérité comme on fait sortir les pièces de monnaie d'une tirelire.

— En somme, vous affirmez que Léon Florentin est resté seul là-haut avec Joséphine Papet.

— Je ne suis pas allée là-haut.

C'était exaspérant.

— C'est cependant la seule solution possible si on en croit votre témoignage.

— Je n'y puis rien.

— Vous détestez Florentin ?

— Cela me regarde.

— On pourrait penser que vous assouvissez une vengeance personnelle.

— Qu'on pense ce qu'on voudra.

Il y avait une fêlure quelque part, Maigret le sentait. Même si son immobilité lui était naturelle, même si elle parlait d'habitude sur ce ton monocorde, en usant du moins de mots possible, quelque chose clochait. Ou bien elle mentait délibérément, pour une raison inconnue, ou bien elle ne disait pas tout ce qu'elle savait.

Elle se tenait sur la défensive, c'était certain, s'efforçant de prévoir les questions.

— Dites-moi, madame Blanc... Est-ce que quelqu'un vous aurait menacée ?...

— Non.

— Si l'assassin de Joséphine Papet vous a menacée de vous faire votre affaire au cas où vous parleriez...

Elle secoua la tête.

— Laissez-moi aller jusqu'au bout... En parlant, vous nous permettez de l'arrêter et par conséquent il ne peut plus rien contre vous... En vous taisant, vous risquez qu'il juge plus prudent de vous supprimer...

Pourquoi cette ironie, soudain, dans son regard ?

— Il est rare qu'un meurtrier hésite à abattre un témoin gênant... Je pourrais vous citer des douzaines de cas... Or, si vous ne nous faites pas confiance, il nous est impossible de vous protéger...

Pendant quelques secondes, Maigret espéra. Elle n'alla pas jusqu'à devenir vraiment humaine, mais il y eut comme un flottement, un léger frémissement, peut-être une hésitation.

Il attendait, anxieux.

— Qu'en dites-vous ? finit-il par prononcer.

— Rien.

Il était à bout de nerfs.

— Viens, Lapointe...

Et, une fois dans la rue :

— J'ai la quasi-certitude qu'elle sait quelque chose... Je me demande si elle est aussi bête qu'elle le paraît...

— Où allons-nous maintenant ?

Il hésita. En attendant de questionner l'assureur, il ne savait plus par quel bout reprendre l'enquête.

— Boulevard Rochechouart...

L'atelier de Florentin était fermé et le peintre qui travaillait sur le seuil voisin leur cria :

— Il n'y a personne...

— Il est parti voilà longtemps ?

— Il n'est pas rentré déjeuner. Vous êtes de la police ?

— Oui.

— Je m'en suis douté... Depuis hier, il y a toujours quelqu'un à rôder dans la cour et à marcher sur ses talons dès qu'il sort... Qu'est-ce qu'il a fait ?...

— Nous ne savons même pas s'il a fait quelque chose...

— Un suspect, quoi !

— Si vous voulez...

C'était un homme qui ne demandait qu'à parler et cela devait lui manquer pendant toute la journée.

— Vous le connaissez bien ?

— Il nous arrivait de bavarder...

— Il avait beaucoup de clients ?

Le peintre regarda Maigret d'un air comique.

— Des clients ?... Et, d'abord, d'où seraient-ils venus ?...

Personne n'aurait l'idée de pénétrer dans cette cour pour y trouver un antiquaire... Surtout qu'en fait d'antiquités...

» D'ailleurs, il était rarement ici... Il ne faisait guère que passer pour accrocher un écriteau : *Je reviens tout de suite* ou bien *Fermé jusqu'à jeudi...*

— Il lui arrivait de coucher dans le cagibi...

— Je le suppose, car je le voyais parfois, le matin, occupé à se raser... Moi, j'ai un logement rue Lamarck...

— Il ne vous a jamais fait de confidences ?

Il réfléchit, tout en continuant à manier ses pinceaux. Il était tellement habitué à peindre le Sacré-Cœur qu'il aurait pu le faire les yeux bandés.

— Il n'aime pas son beau-frère, ça, c'est certain.

— Pourquoi ?

— Il m'a expliqué que, si son beau-frère ne l'avait pas volé, il n'en serait pas où il en est... Ses parents avaient un commerce prospère, je ne sais plus où...

— A Moulins...

— C'est possible... Quand le père s'est retiré, la mari de la fille a repris les affaires... Il aurait dû verser une partie des recettes à Florentin... C'était convenu ainsi... Or, le père mort, il n'a plus rien versé du tout...

Maigret se souvenait de la jeune fille rose et rieuse qui se tenait jadis derrière le comptoir de marbre blanc et qui, peut-être, était la vraie raison de ses trop rares visites à la pâtisserie.

— Il ne vous a jamais tapé ?

— Comment le savez-vous ?... Pas de grosses sommes... D'ailleurs, je n'aurais pas pu lui prêter de grosses sommes... Vingt francs par-ci par-là, quelquefois cinquante, mais rarement...

— Il vous remboursait ?

— Pas le lendemain, comme il le promettait, mais avec quelques jours de retard... De quoi est-il soupçonné ?... Vous êtes le commissaire Maigret, non ?... Je vous ai reconnu tout de suite, car j'ai vu des photos de vous dans les journaux...

» Si vous vous donnez la peine de vous occuper de lui, c'est que l'affaire est importante... Un crime ?... Vous croyez qu'il a tué quelqu'un ?...

— Je n'en ai pas la moindre idée.

— Si je peux vous donner mon avis, ce n'est pas un type capable de tuer... Qu'il ait commis quelques indélicatesses, je ne dis pas... Et encore ! Peut-être n'est-ce pas sa faute... Il a sans cesse de nouveaux projets et je suis persuadé qu'il y croit... Ses idées ne sont pas toujours mauvaises... Alors, il s'emballe et il se casse le nez...

— Vous n'avez pas une clef de son atelier, par hasard ?

— Comment le savez-vous ?

— Une supposition...

— Il ne vient qu'un client au bout d'une lune et c'est pourquoi il m'a laissé la clef... Je connais le prix des quelques meubles à vendre.

Il alla chercher une grosse clef dans un tiroir.

— Je suppose qu'il n'aura rien à dire...

— Soyez tranquille...

Pour la seconde fois, Maigret, aidé de Lapointe, fouilla patiemment l'atelier, puis le cagibi. Ils ne laissèrent aucun coin inexploré. Dans le cagibi régnait une odeur douceâtre, celle d'un savon à barbe que Maigret ne connaissait pas.

— Qu'est-ce que nous cherchons, patron ?

Et Maigret, bougon, de répondre :

— Je n'en sais rien...

— Personne, dans les environs de la rue Notre-Dame-de-Lorette, n'a vu hier de Jaguar bleue... Une crémière connaît très bien la voiture...

» — Elle stationne juste en face de la boutique tous les jeudis... Tiens ! au fait, nous sommes jeudi et je ne l'ai pas vue... C'est un petit gros qui la conduit... J'espère qu'il ne lui est rien arrivé...

Janvier faisait son rapport.

— Je me suis adressé aussi au garage de la rue La Bruyère... J'ai vu la voiture inscrite au nom de Joséphine Papet... C'est une Renault d'il y a deux ans... Elle n'a que vingt-quatre mille kilomètres au compteur et elle est fort bien entretenue... Rien dans le coffre arrière... Dans la boîte à gants, un guide Michelin, une paire de lunettes de soleil et un tube d'aspirine...

— J'espère que nous serons plus heureux avec l'assureur...

Janvier sentait que le patron nageait et il avait soin de se taire, gardant un air innocent.

— Vous l'avez convoqué ? finit-il pourtant par demander.

— Il ne rentre que le soir à son hôtel. Tu pourrais y aller, vers huit heures, par exemple... Tu auras peut-être longtemps à attendre... Dès qu'il sera là, passe-moi un coup de fil boulevard Richard-Lenoir...

Il était plus de six heures. Les bureaux se vidaient. Au moment où il allait saisir son chapeau, le téléphone sonna. C'était l'inspecteur Leroy.

— Je suis dans un restaurant de la rue Lepic, patron, où il est en train de manger... Je vais en faire autant... Nous avons passé l'après-midi dans un cinéma de la place Clichy où on donnait un film idiot... Comme le spectacle est permanent, nous nous sommes envoyé, assis l'un derrière l'autre, près de deux fois le film...

— Il paraît inquiet ?

— Pas du tout... Il se retourne de temps en temps pour me lancer un clin d'œil... Pour un peu, il me proposerait de casser la croûte avec lui...

— J'enverrai quelqu'un tout à l'heure boulevard Rochechouart pour te relayer...

— Vous savez, je ne me fatigue pas beaucoup...

— Charge-toi de lui envoyer quelqu'un, Janvier... Je ne sais pas qui est disponible... Et n'oublie pas de m'appeler dès que le rouquin rentre à son hôtel... Le *Beauséjour*... Il vaudrait mieux qu'il ignore ta présence...

Maigret s'arrêta place Dauphine pour prendre un verre au comptoir. La journée lui laissait une impression pénible, surtout son entretien avec Victor Lamotte.

Il est vrai que l'entrevue avec la concierge n'avait pas été plus exaltante.

— Remettez-moi ça...

Il salua des collègues qui faisaient une belote dans un coin. Quand il rentra chez lui, il n'essaya pas de cacher sa mauvaise humeur. Avec Mme Maigret, c'était d'ailleurs impossible.

— Quand je pense que ce serait si simple ! grogna-t-il en se débarrassant de son chapeau.

— Qu'est-ce qui serait simple ?

— D'arrêter Florentin. C'est ce que n'importe qui ferait à ma place. Si je révélais au juge d'instruction la moitié des charges que j'ai contre lui, il m'enverrait l'arrêter sur-le-champ...

— Pourquoi hésites-tu ? Parce qu'il a été ton ami ?

— Pas mon ami. Un camarade... rectifia-t-il.

Il bourrait une pipe d'écume, qu'il ne fumait que dans l'appartement.

— Ce n'est pas la raison...

Il avait l'air de chercher lui-même la vraie raison de son attitude.

— Tout est contre lui... Tout est un peu trop contre lui, tu comprends ?... Et je n'aime pas du tout la concierge...

Elle faillit éclater de rire, car il disait cela sérieusement, comme si c'était un argument majeur.

— On n'a pas l'idée, à notre époque, de mener la vie que cette fille-là menait... Quant aux bonshommes qui venaient la voir à jour fixe, c'est à peine si on peut y croire...

Il en voulait à tout le monde, à Joséphine Papet, la première, pour s'être laissé bêtement tuer, à Florentin pour avoir accumulé tous les indices contre lui, à ce digne fonctionnaire de Paré dont la femme était neurasthénique, au petit gros des roulements à billes et surtout à l'outrecuidant boiteux de Bordeaux.

Mais c'était toujours à la concierge qu'il en revenait.

— Elle ment... Je suis sûr qu'elle ment, ou qu'elle cache quelque chose... Seulement, elle n'en démordra jamais...

— Mange...

Il y avait une omelette aux fines herbes bien baveuse et Maigret n'y faisait même pas attention. La salade était parfumée par des croûtons frottés d'ail et les pêches juteuses.

— Tu ne devrais pas prendre cette affaire tellement à cœur...

Il la regarda comme un homme qui pense à autre chose.

— Que veux-tu dire ?

— On pourrait croire que tu y es mêlé personnellement, qu'il s'agit de quelqu'un de ta famille...

Il se détendit soudain, se rendant compte du ridicule de son attitude, et il finit par sourire.

— Tu as raison... C'est plus fort que moi... Je déteste qu'on triche... Or, il y a quelqu'un qui triche et cela me met en rogne...

Le téléphone sonnait.

— Tu vois !...

— Il vient d'entrer à l'hôtel, annonçait Janvier à l'autre bout du fil.

C'était le tour du rouquin. Maigret allait raccrocher quand Janvier ajouta :

— Il a une femme avec lui...

5

Le boulevard des Batignolles, avec ses rangées d'arbres, était sombre et désert mais, à son extrémité, par contraste, on apercevait la place Clichy brillamment illuminée.

Janvier sortit de l'ombre, le bout rougeoyant de sa cigarette perçant dans le noir.

— Ils sont arrivés à pied, bras dessus, bras dessous. L'homme est petit, court sur pattes, très vif. La fille est jeune et jolie.

— Tu peux aller te coucher, sinon ta femme va encore m'en vouloir...

Dès le couloir mal éclairé, Maigret reconnut l'odeur car, lors de son arrivée à Paris, il avait habité un hôtel du même genre, à Montparnasse, l'*Hôtel de la Reine Morte*. De quelle reine s'agissait-il ? Nul n'avait pu le renseigner. Les patrons étaient auvergnats et veillaient farouchement à ce que personne ne cuisine dans les chambres.

C'était une odeur de draps chauds, de vies humaines entassées. La plaque de marmorite, dehors, annonçait, comme à *la Reine Morte* :

Chambres au mois,
à la semaine et à la journée.

Tout confort.
Salles de bains.

On ne précisait pas qu'il n'y avait qu'une salle de bains par étage et qu'il fallait faire la queue pour l'utiliser.

Dans le bureau, il trouva une femme en pantoufles et en peignoir, les cheveux comme de l'étoupe, qui faisait ses comptes de la journée devant un meuble à cylindre, avec, devant elle, le tableau de clefs.

— M. Bodard, s'il vous plaît...

Elle ne le regarda pas et grommela :

— Quatrième étage... Chambre 68...

Il n'y avait pas d'ascenseur. Le tapis d'escalier montrait la corde, et l'odeur devenait plus dense à mesure qu'on montait. Maigret frappa à la porte qui portait le numéro 68, au fond du couloir. D'abord, on ne répondit pas. A la troisième fois qu'il frappait, une voix d'homme plutôt agressive questionna :

— Qu'est-ce que c'est ?

— Je voudrais parler à M. Bodard.

— A quel sujet ?

— Il vaudrait mieux que je ne mette pas tout l'hôtel au courant en criant à travers la porte...

— Vous ne pourriez pas revenir un autre jour ?

— C'est assez urgent...

— Qui êtes-vous ?

— Si vous entrebâillez la porte, je pourrai vous le dire.

Il y eut un bruit de sommier. La porte s'entrouvrit et Maigret aperçut une tignasse de cheveux roux tout frisés, un visage de boxeur, un corps nu qui se cachait tant bien que mal derrière le battant. Sans rien dire, il montra sa médaille.

— Vous avez l'intention de m'emmener ? questionna Bodard sans que sa voix trahisse la peur ou l'inquiétude.

— Seulement vous poser quelques questions...

— C'est que je ne suis pas seul... Il faudra que vous attendiez quelques minutes...

La porte se referma. Maigret entendit des voix, des allées et venues. Il s'écoula plus de cinq minutes avant que la porte ne s'ouvre alors que le commissaire s'était assis sur une marche de l'escalier.

— Entrez...

Le lit de cuivre était défait. Une jeune fille achevait de peigner ses cheveux sombres devant le miroir appliqué au-dessus de la toilette. Maigret aurait pu se croire retourné trente-cinq ans en arrière, tant le décor lui rappelait *la Reine Morte*.

La fille portait une robe de coton et ses pieds étaient nus dans des sandales. Elle paraissait de mauvaise humeur.

— Je suppose que je dois sortir ?

— C'est préférable, répliqua le rouquin.

— Quand est-ce que je te reverrai ?

Bodard regarda Maigret d'un air interrogateur.

— Dans une heure ?

Le commissaire fit signe que oui.

— Va m'attendre à la brasserie...

Elle détailla Maigret des pieds à la tête, d'un œil qui n'avait rien de bienveillant, saisit son sac à main et franchit la porte.

— Je m'excuse d'être tombé à un mauvais moment...

— Je ne vous attendais pas si vite... Je pensais qu'il vous faudrait deux ou trois jours pour me retrouver...

Il s'était contenté de passer un pantalon. Il avait le torse nu, un torse puissant, musclé, qui compensait sa petite taille. C'étaient surtout les jambes qui étaient courtes. Ses pieds étaient nus aussi.

— Si vous voulez vous asseoir...

Lui-même s'assit au bord du lit défait et Maigret s'installa dans l'unique fauteuil, très inconfortable, de la pièce.

— Je suppose que vous avez lu le journal ?

— Comme tout le monde.

Il ne paraissait pas méchant. S'il en voulait à son visiteur d'avoir interrompu un tête-à-tête agréable, on sentait qu'il était naturellement bon garçon, avec des yeux clairs qui exprimaient l'optimisme. Ce n'était pas l'homme à se tracasser, à prendre la vie au tragique.

— C'est vraiment vous, Maigret ?... Je vous imaginais plus gros... Et je ne croyais pas qu'un commissaire allait sonner aux portes...

— Cela arrive, vous voyez...

— Bien entendu, vous venez me parler de la pauvre Josée...

Il allumait une cigarette.

— Vous n'avez encore arrêté personne ?

Maigret sourit, car jusqu'ici c'était le rouquin qui posait des questions. Les rôles étaient renversés.

— La concierge vous a parlé de moi ? Celle-là, ce n'est pas une femme, c'est un monument, je dirais même un monument funéraire. Elle vous fait froid dans le dos...

— Depuis combien de temps connaissiez-vous Joséphine Papet ?

— Attendez... Nous sommes en juin... C'était le lendemain de mon anniversaire, donc le 19 avril...

— Comment l'avez-vous rencontrée ?

— En sonnant à sa porte. Ce jour-là, j'ai sonné à toutes les portes de la maison. C'est mon métier, si on peut appeler ça un métier. On a dû vous le dire : je vends des assurances...

— Je sais...

— Nous avons chacun deux ou trois arrondissements et on passe ses journées à les ratisser...

— Vous vous souvenez du jour de la semaine ?

— Un jeudi... C'est toujours à cause de mon anniversaire que je m'en souviens, et j'avais une sale gueule de bois...

— Le matin ?

— Vers onze heures...

— Elle était seule ?

— Non. Il y avait là un grand escogriffe tout maigre qui a dit à la femme :

» — Je te laisse...

» Il m'a bien regardé et est parti...

— Ce sont des assurances vie que vous vendez ?

— Des assurances accidents aussi... Et des assurances épargne, un nouveau truc qui rencontre un certain succès... Il n'y a pas longtemps que je suis dans cette branche-là... Avant, j'étais garçon de café...

— Pourquoi avez-vous changé de métier ?

— Comme vous le dites, pour changer... J'ai aussi été camelot sur les foires... Il faut encore plus de bagou que dans les assurances, mais les assurances font plus respectable...

— Mlle Papet est devenue votre cliente ?

— Pas dans ce sens-là...

Il rigolait.

— Dans quel sens ?

— Il faut vous dire qu'elle était en peignoir, un fichu sur les cheveux, et qu'il y avait un aspirateur au milieu de la pièce... Je lui ai débité mon boniment et, pendant tout ce temps-là, je la reluquais...

» Elle n'était pas toute jeune, mais gentiment potelée, et j'ai eu l'impression que, de son côté, elle ne me trouvait pas trop mal.

» Elle m'a déclaré que les assurances vie ne l'intéressaient pas, pour la bonne raison qu'elle n'avait pas d'héritiers et que son argent irait Dieu sait où...

» Je lui ai alors parlé de l'assurance capital, une somme nette qu'on touche à soixante ans ou plus tôt en cas d'accident ou d'infirmité...

— Elle a mordu ?

— Elle ne disait ni oui ni non... Alors, comme d'habitude, j'ai joué le tout pour le tout... Je n'y peux rien... C'est mon tempérament... Quelquefois, elles se fâchent et vous flanquent une gifle, mais cela vaut la peine d'essayer, même si cela ne marche qu'une fois sur trois...

— Cela a marché ?

— Au poil...

— Depuis quand connaissez-vous la jeune personne qui était ici tout à l'heure ?

— Olga ? Depuis hier...

— Où l'avez-vous rencontrée ?

— Dans un self-service... Elle est vendeuse au *Bon Marché*... Vous m'avez empêché de savoir ce qu'elle vaut...

— Combien de fois avez-vous revu Joséphine Papet ?

— Je ne les ai pas comptées... Dix fois ?... Douze fois ?...

— Elle vous avait remis une clef ?

— Non. Je sonnais.

— Elle ne vous avait pas fixé de jour ?

— Elle m'a seulement dit qu'elle était absente le samedi et le dimanche... Je lui ai demandé si le grand type à cheveux gris était son mari et elle m'a affirmé que non...

— Vous l'avez revu, lui ?

— Deux fois...

— Vous avez eu l'occasion de lui parler ?

— Il ne doit pas m'avoir à la bonne... Il me regardait plutôt d'un sale œil et s'en allait dès mon arrivée...

» — Qui est-ce ? ai-je demandé à Josée.

» Elle m'a répondu :

» — Ne t'occupe pas de lui... C'est un pauvre type... Je l'ai recueilli comme un chien perdu...

» — Mais tu couches avec ?

» — Il faut bien... J'essaie de ne pas lui faire trop de peine... Il y a des moments où il a envie de se suicider...

Jean-Luc Bodard paraissait sincère.

— Vous n'avez pas rencontré d'autres hommes chez elle ?

— C'est-à-dire que je ne les ai pas vus... Nous avions convenu que si elle avait une visite elle ne ferait qu'entrouvrir la porte, que je parlerais d'assurances et qu'elle me répondrait qu'elle n'était pas intéressée...

— C'est arrivé ?

— Deux ou trois fois.

— Quel jour de la semaine ?

— Là, vous m'en demandez trop... Ce que je sais, c'est qu'une fois c'était un mercredi...

— A quelle heure ?

— Quatre heures ?... Quatre heures et demie ?

Le mercredi, c'était le jour de Paré. Or, l'homme des Voies navigables lui avait affirmé qu'il n'allait jamais rue Notre-Dame-de-Lorette avant cinq heures et demie ou six heures.

— Il vous a vu ?

— Je ne crois pas. La porte était à peine entrebâillée.

Maigret l'observait avec attention, préoccupé.

— Que savez-vous d'elle ?

— Attendez... Elle ne m'a lâché que quelques petites phrases par-ci par-là... Je crois qu'elle est née à Dieppe...

Au rouquin, elle n'avait pas menti. Le commissaire du quartier avait téléphoné à Dieppe, pour les obsèques et la succession. La nommée Joséphine Papet était bien née dans cette ville trente-quatre ans plus tôt, d'un certain Hector Papet, marin pêcheur, et de Léontine Marchaud, ménagère. On ne lui connaissait plus aucune famille dans la ville.

Pourquoi avait-elle dit la vérité à Bodard, alors qu'aux autres elle s'était donné des origines différentes ?

— Elle a travaillé un certain temps dans une boîte de nuit avant de rencontrer un homme très bien, un industriel, qui a vécu plusieurs mois avec elle...

— Elle ne vous a pas dit d'où elle tirait ses ressources ?

— Plus ou moins... Des amis riches venaient la voir de temps en temps...

— Vous connaissez leurs noms ?

— Non... Mais elle me confiait, par exemple :

» — Le boiteux commence à m'ennuyer... S'il ne me faisait pas un peu peur...

— Elle le craignait ?

— Elle n'était jamais tout à fait tranquille et c'est pourquoi elle gardait un revolver dans le tiroir de la table de nuit...

— C'est elle qui vous l'a montré ?

— Oui.

— Elle n'avait pas peur de vous ?

— Vous rigolez ? Qui aurait peur de moi ?

Et c'était vrai que son visage inspirait la sympathie. Même ses cheveux roux et frisés, ses yeux presque violets, son torse épais et ses petites jambes avaient quelque chose de rassurant. Il ne paraissait pas ses trente ans et sans doute aurait-il toujours l'air d'un gamin.

— Elle vous a fait des cadeaux ?

Il se leva et alla vers la commode dans laquelle il prit un étui à cigarettes en argent.

— Ceci...

— Jamais de petites sommes ?

— Dites donc !...

Il était vexé, presque furieux.

— C'est mon métier de poser des questions désagréables...

— Vous avez posé celle-là au grand escogriffe ?

— Vous parlez de Florentin ?

— Je ne savais pas qu'il s'appelle Florentin... Celui-là, oui, se laissait entretenir...

— Elle vous a parlé de lui ?

— Et comment !

— Je croyais qu'elle l'aimait...

— Au début, peut-être... Elle était contente d'avoir quelqu'un à qui parler, quelqu'un qui ne comptait pas, devant qui on pouvait tout faire... D'habitude, les femmes seules ont un chien, un chat, un canari... Vous voyez ce que je veux dire ?...

» Seulement, ce gaillard-là, ce Florentin, puisque c'est son nom, tirait un peu trop sur la ficelle...

— De quelle façon ?

— Quand elle l'a rencontré, il se donnait pour antiquaire... Il était dans la mouise, mais il attendait toujours une grosse somme pour le lendemain... Il lui arrivait encore de racheter de vieux meubles et de les rafistoler... Puis il s'est habitué à ne rien faire...

» — Quand je toucherai mes deux cent mille francs... répétait-il.

» Et il lui soutirait quelques dizaines de francs...

— Pourquoi ne s'en est-elle pas séparée, si elle ne l'aimait pas ?

— Voyez-vous, elle était sentimentale comme on ne l'est plus que dans la presse du cœur. Tenez ! Je vous ai dit comment cela s'est passé la première fois. Ce n'était plus une gamine. Elle avait de l'expérience, non ? Pourtant, après, elle s'est mise à sangloter.

» Je ne comprenais pas pourquoi et j'ai été assis quand elle a prononcé entre deux hoquets :

» — Tu vas me mépriser...

» On lit ça dans de vieux bouquins, mais c'était bien la première fois que j'entendais une femme employer ces mots-là...

» Le Florentin avait pigé... Quand il sentait du mou dans la corde, il devenait encore plus sentimental qu'elle, lui jouait des scènes déchirantes... Parfois, il s'en allait en jurant qu'il ne reviendrait plus, qu'elle n'entendrait plus parler de lui, et elle courait le retrouver dans je ne sais quel taudis qu'il avait gardé boulevard Rochechouart...

Maigret n'était pas surpris du portrait qu'on lui traçait de son ancien condisciple. Florentin avait fait la même chose quand il avait été menacé de renvoi du lycée. Le bruit avait couru, vraisemblable, qu'il s'était littéralement traîné aux pieds du proviseur en jurant qu'il ne survivrait pas au déshonneur.

— Une autre fois, il a pris le revolver dans la table de nuit et a fait mine de viser sa tempe...

» — Tu es mon dernier amour et je n'ai plus que toi dans la vie...

» Vous voyez la chanson... Pendant des heures, des jours, elle y croyait... Il reprenait confiance en lui et elle recommençait à se méfier...

» Au fond, je crois que, si elle le gardait, c'est parce qu'elle n'avait personne pour le remplacer et que la solitude l'effrayait...

— Alors, elle vous a rencontré.

— Oui.

— Elle a vu en vous un remplaçant possible...

— Je crois... Elle m'a demandé si je continuais à avoir beaucoup de petites amies, si j'avais une certaine affection pour elle...

» Elle ne s'est pas jetée à mon cou... C'était plus subtil... Un mot de temps en temps...

» — Tu ne me considères pas comme une vieille femme ?

» Et, quand je protestais :

» — J'ai cinq ans de plus que toi et une femme vieillit plus vite qu'un homme... Bientôt, j'aurai des rides...

» Puis elle me parlait à nouveau du grand type maigre qui se considérait de plus en plus comme chez lui.

» — Il voudrait que je l'épouse...

Maigret tressaillit.

— Elle vous a dit ça ?

— Oui. Elle a ajouté qu'elle était propriétaire d'une maison, qu'elle avait de l'argent de côté, qu'il lui proposait de racheter un bar ou un petit restaurant du côté de la porte Maillot...

» Quand il parlait de moi, c'était avec mépris... Il m'appelait le rouquin, ou bien « petites jambes »...

» — Tu verras qu'il finira par te mener par le bout du nez...

— Dites-moi, Bodard, êtes-vous allé rue Notre-Dame-de-Lorette hier dans l'après-midi ?.

— J'ai compris, commissaire... Vous voudriez que je vous fournisse un alibi... Malheureusement, je n'en ai pas... Il y avait un certain temps que je n'avais pas de filles, en dehors de Josée, et je peux bien vous avouer qu'elle ne me suffisait pas... Hier matin, j'ai vendu une police importante à un bonhomme de soixante-dix ans qui a peur pour son avenir...

» Plus ils sont vieux, plus ils s'inquiètent de l'avenir...

» Alors, comme il y avait un beau soleil et que je m'étais tapé un déjeuner de derrière les fagots, j'ai décidé de draguer...

» Je suis descendu sur les Boulevards et suis allé de bar en bar... Ça n'a pas très bien commencé, mais j'ai fini par tomber sur Olga, la fille que vous avez vue, et qui attend dans une brasserie à trois maisons d'ici... Je ne l'ai rencontrée que vers sept heures... Jusque-là, je n'ai pas d'alibi...

Il ajouta en riant :

— Vous allez m'arrêter ?

— Non... En somme, Florentin se trouvait depuis plusieurs semaines dans une situation précaire ?...

— C'est-à-dire que, si je l'avais voulu, j'aurais pu prendre sa place, mais cela ne me tentait pas...

— Il le savait ?

— Il flairait la concurrence, j'en suis persuadé, car ce n'est pas un idiot... D'ailleurs, Josée a dû faire des allusions à la situation...

— S'il avait dû se débarrasser de quelqu'un, ce quelqu'un aurait logiquement été vous...

— Cela paraît vraisemblable... Il ne pouvait pas savoir que j'étais décidé à dire non et, petit à petit, à laisser tomber la bonne femme... J'ai horreur des femmes qui chialent...

— Vous croyez qu'il l'a tuée ?

— Je n'en sais rien et ce n'est pas mon affaire. En outre, je ne connais pas les autres. Il peut fort bien y en avoir un qui lui en voulait pour une raison quelconque...

— Je vous remercie...

— Il n'y a pas de quoi... Dites donc, je n'ai pas envie de me rhabiller... En passant, vous ne voulez pas dire à la môme que la voie est libre et qu'elle peut remonter ?

C'était bien la première fois que Maigret avait à jouer un tel rôle, mais la requête était faite si naturellement, si gentiment, qu'il ne la repoussa pas.

— Bonne nuit...

— J'espère qu'elle sera bonne...

Il trouva la brasserie, où des habitués jouaient aux cartes. C'était un vieil établissement mal éclairé et le garçon eut un sourire ironique en voyant Maigret se diriger vers la jeune fille.

— Je m'excuse d'être resté si longtemps... Il vous attend...

Tout ahurie, elle ne trouvait rien à dire, et il se dirigea vers la porte, dut remonter jusqu'à la place Clichy pour trouver un taxi.

Maigret ne s'était pas trompé en pensant que le juge d'instruction Page avait été récemment promu à Paris. Son cabinet se trouvait à l'étage supérieur du Palais, où les locaux n'avaient pas encore été modernisés. On aurait pu croire que tout y datait d'un siècle et l'atmosphère rappelait les romans de Balzac.

Le greffier travaillait sur une table de cuisine en bois blanc. Il l'avait recouverte de papier d'emballage fixé par des punaises et le bureau sans air qui aurait dû être le sien et qu'on voyait par la porte entrouverte était encombré de dossiers empilés à même le plancher.

Le commissaire avait téléphoné un peu plus tôt pour savoir si le magistrat était libre et celui-ci lui avait dit de monter.

— Prenez donc cette chaise-ci... C'est la meilleure... Ou plutôt la moins mauvaise... Celle qui lui faisait la paire s'est écroulée la semaine dernière sous un témoin de cent kilos...

— Vous permettez ? demandait Maigret tout en allumant sa pipe.

— Je vous en prie...

— Les recherches pour retrouver des membres de la famille de Joséphine Papet n'ont toujours rien donné et on ne peut pas la laisser éternellement à l'Institut Médico-Légal... Il faudra peut-être des semaines ou des mois avant de dénicher un arrière-cousin ou une petite-cousine... Ne croyez-vous pas, monsieur le juge, qu'on pourrait dès demain, par exemple, procéder aux funérailles ?

» Comme elle n'est pas sans fortune...

— J'ai déposé au greffe les quarante-huit mille francs que vous m'avez remis car je me méfie de la serrure de mon cabinet...

— Si vous le permettez, je prendrai contact avec une maison de pompes funèbres...

— Elle était catholique ?

— Léon Florentin, qui vivait avec elle, prétend que non. En tout cas, elle n'allait jamais à la messe...

— Vous me ferez envoyer la facture... Je ne sais pas au juste comment cela s'arrange du point de vue administratif... Vous notez, Dubois ?...

— Oui, monsieur le juge.

Le moment désagréable était arrivé. Maigret n'avait pas essayé de l'éviter. C'était lui, au contraire, qui avait sollicité ce rendez-vous.

— Je ne vous ai pas envoyé de rapport, car je n'ai encore aucune certitude.

— Vous soupçonnez l'ami avec qui elle vivait ? Comment s'appelle-t-il encore ?

— Florentin... J'ai toutes les bonnes raisons de le soupçonner, et pourtant je continue à hésiter... Cela me paraît trop facile... En outre, il se fait que je suis allé au lycée avec lui, à Moulins... C'est un garçon intelligent, d'une subtilité supérieure à la moyenne...

» S'il n'a pas réussi dans la vie, c'est à cause d'une certaine tournure d'esprit qui l'empêche d'accepter toute discipline... Je suis persuadé qu'il se sent dans un univers de fantoches et qu'il se refuse à prendre quoi que ce soit au sérieux...

» Il a un casier judiciaire... Chèques sans provision... Escroquerie... Il a fait un an de prison, mais je continue à le croire incapable de tuer... Ou alors, il s'y serait pris de telle sorte qu'il ne serait pas soupçonné...

» Je le garde sous surveillance jour et nuit...

— Il le sait ?

— Il en est flatté et, dans la rue, il se retourne de temps en temps pour adresser un clin d'œil à son suiveur... C'était le comique de la classe... Vous avez dû connaître ça...

— Il y en a un dans toutes les classes...

— Seulement, à cinquante ans, ils ne sont plus drôles... J'ai retrouvé les autres amants de Joséphine Papet... L'un est un fonctionnaire d'un certain grade dont la femme est neurasthénique... Les deux autres sont riches et fort considérés, l'un à Bordeaux, l'autre à Rouen...

» Bien entendu, chacun se croyait le seul à fréquenter l'appartement de la rue Notre-Dame-de-Lorette...

— Vous les avez détrompés ?

— Non seulement je les ai détrompés, mais je leur ai fait remettre en main propre, ce matin, une convocation pour une confrontation qui aura lieu à trois heures dans mon bureau...

» J'ai convoqué aussi la concierge, car je suis sûr qu'elle me cache quelque chose... Demain, j'espère pouvoir vous donner des nouvelles...

Un quart d'heure plus tard, Maigret était dans son bureau et chargeait Lucas de s'occuper des obsèques. Et, lui remettant un billet, il ajoutait :

— Tiens ! Tu t'arrangeras pour qu'il y ait quelques fleurs...

Malgré le soleil, aussi brillant que les jours précédents, il était impossible d'ouvrir la fenêtre à cause du vent violent qui secouait les branches des arbres.

Ceux qui avaient reçu une convocation pour l'après-midi devaient être dans leurs petits souliers, sans se douter que Maigret était le plus inquiet de tous. Il s'était un peu libéré en parlant au juge d'instruction. Il n'en restait pas moins tiraillé par des sentiments contradictoires.

Deux personnages revenaient sans cesse au premier plan : Florentin, bien entendu, qui semblait avoir pris un malin plaisir à accumuler les indices contre lui, puis cette concierge de cauchemar dont l'image le poursuivait. En ce qui la concernait, il avait décidé de la faire chercher par un inspecteur, car elle aurait été capable de ne pas venir.

Pour ne plus y penser, il passa le reste de la matinée à parcourir les dossiers en souffrance et s'enfonça si bien dans son travail qu'il fut surpris de voir qu'il était une heure moins dix.

Il préféra téléphoner boulevard Richard-Lenoir qu'il ne rentrerait pas déjeuner, se rendit à la *Brasserie Dauphine* et prit place dans son coin. Plusieurs de ses collaborateurs étaient au bar. Il y en avait aussi de la Mondaine et des Renseignements Généraux.

— Nous avons de la blanquette de veau... vint lui annoncer le patron. Ça ira ?...

— Parfaitement...

— Une carafe de mon petit rosé ?

Il mangea lentement, dans la rumeur des conversations que ponctuait parfois un éclat de rire. Puis il traîna à prendre son café accompagné du petit verre de calvados que le patron lui offrait invariablement.

A trois heures moins le quart, il allait chercher des chaises dans le bureau des inspecteurs et les rangeait en demi-cercle.

— Tu as bien compris, Janvier. Tu files la chercher. Tu la gardes dans un bureau vide et tu ne me l'amènes que quand je t'appelle...

— Vous croyez qu'elle tiendra tout entière dans la voiture ? plaisanta l'inspecteur.

Le premier à arriver fut Jean-Luc Bodard. Il était pétulant, plein d'entrain. Quand il vit les chaises alignées, cependant, il fronça les sourcils.

— C'est une réunion de famille, ou un conseil d'administration ?

— Un peu des deux.

— Vous voulez dire que vous allez réunir tous ceux qui...

— Exactement.

— Ça me va. Il y en a qui vont tirer une drôle de tête, non ?

Il y en avait un, en effet, qui entrait, introduit par le vieux Joseph, et qui regardait autour de lui d'un air lugubre.

— On m'a remis votre convocation, mais on ne m'a pas dit...

— Vous ne serez pas seul, en effet... Prenez place, monsieur Paré...

Il était tout vêtu de noir, comme la veille, se tenait plus raide que dans son bureau et jetait vers le rouquin des regards qui n'étaient pas sans inquiétude.

Il y eut un battement de deux ou trois minutes pendant lesquelles aucun mot ne fut prononcé. François Paré s'était assis du côté de la fenêtre et tenait son chapeau noir sur ses genoux. Jean-Luc Bodard, en veste de sport à grands carreaux, regardait la porte en attendant de voir surgir de nouveaux arrivants.

Le prochain fut Victor Lamotte, qui eut un véritable haut-le-corps et qui demanda d'une voix rageuse à Maigret :

— C'est un piège ?

— Asseyez-vous, je vous en prie...

Maigret jouait le rôle de maître de maison, impassible, plutôt souriant.

— Vous n'avez pas le droit de...

— Vous vous plaindrez en haut lieu, monsieur Lamotte. En attendant, je vous prie de vous asseoir...

Un inspecteur fit entrer Florentin, qui ne fut pas moins surpris que les autres mais qui réagit par un éclat de rire.

— Ça, alors !...

Il regarda Maigret et lui adressa un clin d'œil, en connaisseur. Pour lui qui aimait les farces, celle-ci n'était-elle pas de taille ?

— Messieurs... fit-il en saluant avec une solennité comique.

Et il prit une chaise près de Lamotte qui recula la sienne autant qu'il put afin d'éviter le contact.

Le commissaire regarda l'heure. Les trois coups avaient sonné depuis plusieurs minutes quand Fernand Courcel parut dans l'encadrement de la porte, tellement surpris que son premier mouvement fut de faire demi-tour.

— Entrez, monsieur Courcel... Asseyez-vous... Je crois que vous voilà au complet...

Le jeune Lapointe, à un bout du bureau, se tenait prêt à sténographier ce qui pourrait se dire d'intéressant.

Maigret s'assit, alluma sa pipe, murmura :

— Bien entendu, vous pouvez fumer...

Il n'y eut que le rouquin à allumer une cigarette. C'était curieux de les voir ainsi rassemblés, tellement différents. Ils formaient en réalité deux groupes. D'un côté, les amants de cœur, Florentin et

Bodard, qui se lançaient des coups d'œil. L'ancien et le nouveau, en somme. Le vieux et le jeune.

Florentin savait-il que le garçon aux cheveux roux avait failli prendre sa place ? Il ne semblait pas lui en vouloir et le regardait plutôt avec sympathie.

Les trois de l'autre groupe étaient plus graves, ceux qui s'étaient obstinés à venir chercher rue Notre-Dame-de-Lorette un peu d'illusion.

Ils ne s'étaient jamais vus et pourtant aucun ne daignait jeter un coup d'œil à son voisin.

— Messieurs, vous savez, je suppose, pourquoi je vous ai réunis. J'ai eu l'occasion de vous questionner séparément et de vous mettre au courant de la situation.

» Vous êtes cinq et, depuis plus ou moins longtemps, vous avez eu tous des relations intimes avec Joséphine Papet.

Il attendit un instant et personne ne bougea.

— En dehors de Florentin et, partiellement, de M. Bodard, chacun d'entre vous ignorait l'existence des autres... Est-ce exact ?...

Il n'y eut que le rouquin à approuver de la tête. Quant à Florentin, il paraissait beaucoup s'amuser.

— Il se fait que Joséphine Papet est morte et que l'un d'entre vous l'a tuée...

M. Lamotte se souleva de son siège en commençant :

— Je proteste contre...

On aurait pu croire qu'il allait sortir.

— Vous protesterez plus tard. Asseyez-vous. Je n'ai encore accusé personne et je n'ai que constaté un fait. Chacun de vous, sauf un, prétend n'avoir pas mis les pieds dans l'appartement mercredi entre trois et quatre heures... Or, aucun de vous n'a d'alibi...

Paré leva la main.

— Non, monsieur Paré. Le vôtre ne tient pas. J'ai envoyé un de mes hommes réexaminer votre bureau. Une seconde porte donne accès à un couloir qui vous permet de sortir sans être vu par vos collaborateurs. En outre, si ceux-ci trouvent parfois votre bureau vide, ils supposent que vous avez été appelé dans le cabinet du ministre...

Maigret ralluma sa pipe qui s'était éteinte.

— Je ne m'attends pas à ce que l'un de vous se lève et s'avoue coupable. Je vous confie simplement mon arrière-pensée : je suis persuadé, non seulement que le meurtrier est ici, mais qu'il y a aussi quelqu'un qui sait et qui se tait pour une raison qui m'échappe...

Il les regarda l'un après l'autre. Florentin avait les yeux tournés vers le milieu de la rangée, mais il était impossible de savoir à qui il s'intéressait de la sorte.

Victor Lamotte était hypnotisé par ses chaussures. Son visage était pâle et il avait les traits comme affaissés.

Courcel, lui, qui s'efforçait de sourire, ne parvenait qu'à une grimace assez pitoyable.

Le rouquin réfléchissait. On voyait qu'il avait été frappé par la dernière phrase de Maigret et qu'il cherchait à mettre ses pensées en ordre.

— Qui que ce soit qui ait tué, c'était un familier, puisque Josée l'a reçu dans sa chambre à coucher. Or, elle n'était pas seule dans l'appartement...

Cette fois, ils se regardèrent, puis ils se tournèrent tous, avec méfiance, vers Florentin.

— C'est exact... Léon Florentin était là quand on a sonné à la porte et, comme cela lui est arrivé à plusieurs reprises, il est allé prendre place dans la penderie...

L'ancien condisciple de Maigret s'efforçait de garder une attitude indifférente.

— Vous avez entendu une voix d'homme, Florentin ?...

Il ne pouvait guère le tutoyer en cette circonstance.

— On entend mal de la penderie... Seulement un murmure...

— Que s'est-il passé ?

— Après un quart d'heure environ, il y a eu un coup de feu...

— Vous vous êtes précipité ?

— Non...

— Le meurtrier s'est enfui ?

— Non...

— Combien de temps est-il encore resté dans l'appartement ?

— Environ un quart d'heure...

— A-t-il emporté les quarante-huit mille francs qui se trouvaient dans un tiroir du secrétaire ?

— Non...

Maigret ne jugea pas nécessaire d'ajouter que c'était Florentin, justement, qui avait tenté de se les approprier.

— L'assassin cherchait donc quelque chose... Je suppose qu'il vous est arrivé aux uns comme aux autres d'écrire à Josée, pendant les vacances, par exemple, ou pour vous excuser de manquer un des rendez-vous...

Il les regardait une fois encore un à un et ils croisaient ou décroisaient les jambes.

Il se concentrait maintenant sur les amants sérieux, ceux qui avaient une famille, une situation, une réputation à défendre.

— Vous est-il arrivé d'écrire, monsieur Lamotte ?

Il grommela un oui à peine audible.

— A Bordeaux, vous vivez dans un milieu qui n'a guère évolué avec le temps, n'est-il pas vrai ? Si je suis bien renseigné, votre femme a une grosse fortune personnelle et sa famille est plus cotée que la vôtre dans l'échelle de valeurs des Chartrons... Quelqu'un vous a-t-il menacé d'un scandale ?...

— Je ne vous permets pas de...

— A vous, monsieur Paré... Vous est-il arrivé d'écrire ?

— Pendant les vacances, en effet...

— Malgré vos visites rue Notre-Dame-de-Lorette, je vous crois très attaché à votre femme...

— Elle est malade...

— Je sais... Et je suis convaincu que vous ne voudriez pas l'accabler...

Il serrait les mâchoires, au bord des larmes.

— Et vous, monsieur Courcel ?

— Si j'ai écrit, ce sont de courts billets...

— Qui n'en établissent pas moins vos relations avec Joséphine Papet... Votre femme est plus jeune que vous, probablement jalouse...

— Et moi ? questionna comiquement le rouquin.

— Vous auriez pu avoir une autre raison de tuer.

— Pas la jalousie, en tout cas, déclara-t-il en regardant le rang de bonshommes.

— Josée peut vous avoir parlé de ses économies... Si elle vous a confié qu'elle ne les mettait pas en banque mais qu'elle les gardait dans l'appartement...

— Je les aurais emportées, je suppose ?

— A moins que vous n'ayez été interrompu dans vos recherches.

— J'ai une tête à ça ?

— La plupart des assassins que j'ai connus avaient des têtes d'honnêtes gens... Quant aux lettres, vous pourriez les avoir emportées afin de faire chanter leurs signataires...

» Car les lettres ont disparu, toutes les lettres, y compris, peut-être, celles de personnes que nous ne connaissons pas. Il est rare que quelqu'un arrive à trente-cinq ans sans avoir accumulé une correspondance plus ou moins volumineuse... Or, dans le secrétaire, on n'a retrouvé que des factures...

» Vos lettres, messieurs, ont été emportées, et ce par l'un d'entre vous...

A force d'essayer de ne pas paraître coupables, ils prenaient des attitudes si peu naturelles qu'elles auraient suffi à les compromettre.

— Je ne demande pas que le meurtrier se lève et se confesse. Dans les heures qui suivent, j'attendrai la visite de celui qui sait...

» Peut-être cela ne sera-t-il pas nécessaire, car il nous reste un témoin à entendre et ce témoin-là connaît le coupable...

Maigret se tourna vers Lapointe.

— Tu veux avertir Janvier ?

L'attente se passa dans un silence total et chacun évitait le moindre mouvement. Il faisait très chaud, tout à coup, et l'entrée de Mme Blanc, plus monumentale que jamais, eut quelque chose de théâtral.

Avec une robe vert épinard, elle portait un chapeau rouge perché sur le sommet de la tête, et elle tenait à la main un sac presque aussi grand qu'une valise. Elle s'était arrêtée dans l'encadrement de la porte et, le visage de pierre, les yeux sans expression, avait fait le tour des personnes présentes.

A la fin, elle s'était tournée vers la porte, et Janvier dut l'empêcher de gagner l'escalier. Un instant, on put croire qu'ils allaient s'empoigner.

La femme finit par céder et par entrer dans le bureau.

— Je n'ai quand même rien à dire, prononça-t-elle en regardant Maigret méchamment.

— Vous connaissez tous ces messieurs ?

— Je ne suis pas payée pour faire votre métier... Je veux m'en aller...

— Lequel d'entre eux avez-vous vu, mercredi entre trois et quatre heures, se diriger vers l'ascenseur ou vers l'escalier ?...

A ce moment, il se passa une chose inattendue. Cette femme à l'air buté, à la face toujours impassible, ne put contenir tout à fait ce qui ressemblait à un sourire. Sans aucun doute, une certaine satisfaction se lisait sur son visage, presque un signe de victoire.

Tous la regardaient. Mais lequel d'entre eux paraissait-il le plus anxieux ? Maigret aurait été incapable de le dire. Ils réagissaient différemment. Victor Lamotte était pâle de colère rentrée. Fernand Courcel, au contraire, avait depuis un bon moment le visage très rouge. Quant à François Paré, il était accablé de tristesse et de honte.

— Vous refusez de répondre ? finit par murmurer Maigret.

— Je n'ai rien à dire.

— Tu enregistres cette déposition, Lapointe...

Elle haussa les épaules et laissa tomber, dédaigneuse, avec toujours un éclat énigmatique dans les yeux :

— Vous ne me faites pas peur...

6

Maigret, debout, concluait en les regardant tour à tour :

— Messieurs, je vous remercie d'avoir bien voulu vous déranger. Je pense que cette réunion n'aura pas été inutile et que l'un d'entre vous ne tardera pas à se mettre en contact avec moi.

Il toussota pour s'éclaircir la voix.

— Il me reste à vous annoncer, pour le cas où cela vous

intéresserait, que les obsèques de Joséphine Papet auront lieu demain à dix heures. La levée du corps aura lieu à l'Institut Médico-Légal.

Victor Lamotte fut le premier à sortir, furibond, sans regarder personne et, bien entendu, sans saluer le commissaire. Il devait avoir, en bas, sa limousine et son chauffeur.

Courcel, lui, hésita, se contenta d'un signe de tête, tandis que François Paré murmurait en passant, sans trop savoir ce qu'il disait :

— Je vous remercie...

Il n'y eut que le rouquin à tendre la main et à lancer joyeusement :

— Au poil !... Qu'est-ce que vous leur avez passé...

Florentin était le seul à s'attarder et Maigret lui dit :

— Toi, tu restes encore un moment... Je reviens tout de suite...

Il le laissait sous la garde de Lapointe, qui n'avait pas quitté sa place au bout du bureau, et il pénétrait chez les inspecteurs. Le gros Torrence était là, à recopier un rapport à la machine. Il tapait à deux doigts, l'air concentré.

— Tu vas organiser tout de suite une planque devant la maison de la rue Notre-Dame-de-Lorette... J'ai besoin de savoir qui y entre et qui en sort... Si un de ceux qui sortent de mon bureau s'y présentait, on doit le suivre à l'intérieur...

— Vous craignez quelque chose ?

— La concierge en sait sans doute un peu trop et je n'aimerais pas qu'il lui arrive malheur...

— On continue à suivre Florentin et à monter la garde dans sa cour ?

— Oui... Je te préviendrai quand j'en aurai fini avec lui...

Il retrouva son bureau.

— Tu peux aller, Lapointe...

Florentin était debout devant la fenêtre, les mains dans les poches, comme chez lui. Il afficha son ironie habituelle.

— Ce qu'ils ont râlé, dis donc ! Je ne me suis jamais autant amusé de ma vie...

— Tu crois ?

Car la gaieté de son ancien camarade était visiblement forcée.

— Celle qui m'a soufflé, c'est la concierge... Celle-là, il ne sera pas facile de lui soutirer quelque chose... Tu crois qu'elle sait ?...

— Je l'espère pour toi...

— Que veux-tu dire ?

— Elle prétend que personne n'est monté entre trois et quatre heures... Si elle reste sur ses positions, je serai obligé de t'arrêter, car tu deviendrais automatiquement le seul coupable possible...

— Pourquoi l'as-tu fait comparaître devant ces hommes ?

— Dans l'espoir que l'un d'eux aura peur qu'elle ne parle...

— Tu n'as pas peur pour moi aussi ?

— Tu as vu le meurtrier ?

— Je t'ai déjà dit que non.

— Tu n'as pas reconnu sa voix ?

— Je t'ai dit que non aussi.

— Alors, que crains-tu ?

— J'étais dans l'appartement. Tu le leur as appris. Le type peut croire que je l'ai aperçu...

Maigret, négligemment, ouvrit un tiroir de son bureau et en tira un paquet de photographies que Moers lui avait fait descendre de l'Identité Judiciaire. Il en choisit une qu'il tendit à Florentin.

— Regarde...

Le fils du pâtissier de Moulins étudiait la photo avec attention en feignant de ne pas comprendre pourquoi on lui donnait ce document à examiner. La photo représentait une partie de la chambre, le lit, la table de nuit dont le tiroir était entrouvert.

— Qu'est-ce que je devrais voir de particulier ?

— Rien ne te frappe ?

— Non...

— Souviens-toi de ta première déposition... On a sonné à la porte... Tu t'es précipité vers la penderie...

— C'est la vérité...

— Bon. Supposons que ce soit la vérité. D'après toi, Josée et son visiteur ne sont restés que quelques instants dans le salon. Traversant la salle à manger, ils ont pénétré dans la chambre...

— C'est ce qu'ils ont fait...

— Attends... Selon toi, ils sont restés près d'un quart d'heure avant qu'éclate le coup de feu...

Florentin regardait à nouveau la photographie, fronçant les sourcils.

— Ce cliché a été pris peu de temps après le meurtre, alors que rien n'avait été touché dans la pièce... Observe le lit...

Un peu de rouge monta aux joues maigres de Florentin.

— Non seulement le lit n'a pas été défait, mais le couvre-lit n'a pas un faux pli...

— Où veux-tu en venir ?

— Ou bien le visiteur ne venait que pour parler à Josée, et dans ce cas ils seraient restés au salon, ou bien il était là pour autre chose et nous n'aurions pas trouvé le lit dans cet état. Veux-tu me dire ce qu'ils auraient pu faire dans la chambre à coucher ?

— Je ne sais pas...

Il essayait visiblement de penser vite, de trouver une riposte.

— Tout à l'heure, tu as parlé de lettres...

— Et alors ?

— Il est peut-être venu réclamer ses lettres...

— Et tu crois que Josée les lui aurait refusées ? Tu trouves normal qu'elle ait fait chanter un homme qui lui rapportait des mensualités substantielles ?

— Peut-être sont-ils entrés dans la chambre pour autre chose et là se sont-ils disputés...

— Écoute-moi, Florentin... Je connais tes dépositions par cœur... Dès le premier jour, j'ai senti que quelque chose clochait... As-tu emporté les lettres comme tu as emporté les quarante-huit mille francs ?...

— Je te jure que non. Où les aurais-je mises ? Tu as trouvé l'argent, n'est-ce pas ? Si j'avais eu les lettres, je les aurais cachées à la même place...

— Pas nécessairement... Nous avons tâté tes poches pour nous assurer que tu n'avais pas le revolver, mais nous ne t'avons pas fouillé à fond... Tu es un excellent nageur, je m'en souviens... Or, tu t'es soudain jeté dans la Seine...

— J'en avais marre... Je sentais que tu me soupçonnais... Et je venais de perdre la seule personne au monde qui...

— Pas ça, veux-tu ? Laisse le sentiment...

— Quand j'ai franchi le parapet, je voulais vraiment en finir. Je n'ai peut-être pas réfléchi. Un de tes types me suivait...

— Justement...

— Justement quoi ?

— Suppose que, quand tu es allé cacher l'argent au-dessus de la garde-robe, tu n'aies plus pensé aux lettres... Elles étaient donc encore dans ta poche... Il était dangereux pour toi qu'on les trouve en ta possession... Comment l'aurais-tu expliqué ?

— Je ne sais pas...

— Tu te doutais que la surveillance continuerait. Un plongeon dans la Seine, comme dans une crise de désespoir, et tu te débarrassais de ces papiers maintenus au fond par un objet quelconque, un caillou, n'importe quoi...

— Je n'avais pas les lettres...

— C'est une possibilité aussi, ce qui expliquerait, si tu as dit la vérité, que le meurtrier soit encore resté près d'un quart d'heure dans l'appartement. Seulement, il y a un autre détail qui me chiffonne...

— Quelle nouvelle accusation as-tu trouvée ?

— Les empreintes digitales...

— Si on a trouvé mes empreintes digitales un peu partout, c'est naturel, non ?

— Justement, on ne les a pas trouvées dans la chambre... Pas plus qu'on n'a trouvé les empreintes d'une autre personne... Or, tu as ouvert le secrétaire pour y prendre l'argent... Le meurtrier a ouvert un des tiroirs pour y prendre les lettres... Il n'est pas resté un quart d'heure dans une pièce sans rien toucher...

» C'est donc après son départ que tu as essuyé soigneusement toutes les surfaces lisses, y compris les boutons de porte...

— Je ne comprends pas. Je n'ai rien essuyé... Qu'est-ce qui

prouve que quelqu'un n'est pas entré pendant que je courais chez moi, puis que j'allais te voir à la P.J. ?

Maigret ne répondit pas et, voyant que le vent était tombé, alla ouvrir la fenêtre. Il laissa s'écouler un long moment avant de murmurer :

— Quand devais-tu vider les lieux ?

— Quels lieux ? Que veux-tu dire ?

— Quitter l'appartement... Quitter Josée, de qui tu vivais...

— Il n'a jamais été question...

— Si, tu le sais bien... Elle commençait à trouver que tu étais un peu fané et, peut-être aussi, trop gourmand...

— C'est ce sale rouquin qui t'a dit ça ?

— Peu importe...

— Cela ne peut être que lui. Depuis des semaines, il essaie de s'incruster dans la maison...

— Il a un métier. Il gagne sa vie.

— Moi aussi.

— Ton métier est un métier bidon... Combien de meubles vends-tu en une année ?... La plupart du temps il y a un écriteau sur ta porte pour annoncer que tu es absent...

— Je fais des tournées pour acheter de la marchandise...

— Non... Joséphine Papet commençait à en avoir assez... Elle comptait, à tort d'ailleurs, sur Bodard pour prendre ta place...

— C'est sa parole ou la mienne...

— La tienne ne vaut pas un sou, j'ai pu m'en apercevoir dès le lycée...

— Tu m'en veux, hein ?

— De quoi t'en voudrais-je ?

— A Moulins, tu m'en voulais déjà... Mes parents avaient un bon commerce... J'avais de l'argent en poche... Ton père, lui, n'était jamais qu'une sorte de domestique au château de Saint-Fiacre...

Maigret rougit, serra les poings et faillit frapper car, s'il y avait une chose qu'il ne permettait pas, c'est qu'on touche à la mémoire de son père. Celui-ci était régisseur au château et avait la responsabilité de plus de vingt fermes.

— Tu es un voyou, Florentin...

— C'est toi qui l'as cherché...

— Je ne te mets pas encore en taule, faute de preuves formelles, mais je ne tarderai pas à en trouver...

Il ouvrit la porte du bureau des inspecteurs.

— Qui est-ce qui prend en charge cette crapule-là ?

Ce fut Lourtie qui se leva.

— Tu ne le quittes pas d'une semelle et, quand il rentrera chez lui, tu te planqueras devant sa porte. Arrange-toi pour te faire relayer par un camarade...

Florentin, sentant qu'il était allé trop loin, murmurait humblement :

— Je te demande pardon, Maigret... J'ai perdu les pédales et je ne savais plus ce que je disais... Mets-toi à ma place...

Le commissaire ne desserra pas les dents et ne le suivit pas des yeux quand il sortit du bureau. Le téléphone ne tarda pas à sonner. C'était le juge d'instruction qui s'informait du résultat de la confrontation.

— Je ne peux pas encore en juger, répondit Maigret... Comme à la pêche, j'ai remué le fond, mais j'ignore ce qui en sortira... Les obsèques ont lieu demain à dix heures...

Des journalistes l'attendaient dans le couloir et il se montra moins aimable qu'à l'ordinaire.

— Suivez-vous une piste, monsieur le commissaire ?

— J'en suis plusieurs...

— Et vous ignorez quelle est la bonne ?

— Exactement.

— Vous croyez qu'il s'agit d'un drame passionnel ?

Il faillit leur répondre qu'il n'existe pas de drames passionnels. Et pourtant, c'était assez bien le fond de sa pensée. Il avait appris au cours de sa carrière que l'amant bafoué ou la femme abandonnée tuent moins par amour que par orgueil blessé.

Ils regardèrent la télévision, ce soir-là, Mme Maigret et lui, et il dégusta deux petits verres de l'alcool de framboise que sa belle-sœur leur envoyait d'Alsace.

— Le film t'intéresse ?

Il se retint de dire :

— Quel film ?

Il voyait des images défiler sur l'écran, des personnages s'agiter, mais il aurait été incapable de raconter l'histoire.

Le lendemain, un peu avant dix heures, il se trouvait avec Janvier, qui conduisait, devant l'Institut Médico-Légal.

Florentin, long et maigre, une cigarette pendant à la lèvre, se tenait debout au bord du trottoir en compagnie de Bonfils, l'inspecteur qui avait pris la relève.

Florentin ne s'approchait pas de la voiture de la P.J. Il restait là, les épaules basses, comme un homme humilié qui n'ose plus relever la tête.

Le corbillard était arrivé et les gens des pompes funèbres amenaient le cercueil sur un brancard.

Maigret ouvrit la portière arrière.

— Monte !

Et, à Bonfils :

— Tu peux rentrer au Quai. Je te le ramènerai...

— On peut partir ? questionna le maître de cérémonie.

Ils démarrèrent et, dans le rétroviseur, le commissaire aperçut une voiture jaune qui suivait. C'était un cabriolet deux places, bon marché, à la carrosserie cabossée, et on voyait au-dessus du pare-brise les cheveux roux de Jean-Luc Bodard.

Ils se dirigèrent sans un mot vers Ivry où ils traversèrent presque dans toute sa longueur l'immense cimetière. La fosse était prête dans une section neuve où les arbres n'avaient pas eu le temps de pousser. Lucas n'avait pas oublié la recommandation de Maigret au sujet des fleurs et le rouquin, de son côté, avait apporté un bouquet.

Au moment où on descendait le cercueil, Florentin se cacha le visage des deux mains et ses épaules eurent quelques soubresauts. Pleurait-il ? Cela n'avait aucune importance, car il était capable de pleurer sur commande.

Ce fut à Maigret qu'on tendit la bêche pour jeter la première pelletée de terre et quelques instants plus tard les deux voitures roulaient à nouveau sur la route.

— A la P.J., patron ?

Il fit oui de la tête. Derrière lui, Florentin se taisait toujours.

Dans la cour du Quai des Orfèvres, Maigret descendit et, s'adressant à Janvier :

— Reste avec lui un moment. Je vais t'envoyer Bonfils qui le reprendra en charge...

Une voix passionnée lui parvint du fond de l'auto :

— Je te jure, Maigret, que je ne l'ai pas tuée...

Il se contenta de hausser les épaules et, franchissant la porte vitrée, il s'engagea lentement dans l'escalier. Il trouva Bonfils dans le bureau des inspecteurs.

— Ton client est en bas... Tu le reprends en charge...

— Qu'est-ce que je fais s'il insiste encore pour marcher avec moi ?

— Fais ce que tu voudras, mais ne me le perds pas...

Il fut surpris, en entrant dans son bureau, de trouver Lapointe qui l'attendait, la mine soucieuse.

— Une mauvaise nouvelle, patron...

— Un autre mort ?

— Non. La concierge a disparu...

— J'avais ordonné qu'on la surveille...

— Lourtie a téléphoné il y a une demi-heure... Il est tellement sonné qu'il en avait des larmes dans la voix...

C'était un des vieux inspecteurs, un des plus consciencieux, qui connaissait toutes les ficelles du métier.

— Comment cela s'est-il passé ?

— Lourtie était sur le trottoir d'en face quand cette femelle est sortie, sans chapeau, un sac à provisions à la main...

» Sans regarder derrière elle pour savoir si elle était suivie, elle est d'abord entrée dans une boucherie où on avait l'air de la connaître, et elle a acheté une escalope...

» Toujours sans se retourner, elle a continué à descendre la rue Saint-Georges et elle est entrée cette fois dans une épicerie italienne devant laquelle Lourtie s'est mis à faire les cent pas...

» Après un bon quart d'heure, il a commencé à être inquiet... Il a pénétré dans le magasin étroit, tout en longueur, pour découvrir une autre entrée donnant sur le square d'Orléans et la rue Taitbout... Bien entendu, l'oiseau n'était plus en vue...

» Lourtie nous a téléphoné puis, plutôt que de battre inutilement le quartier, il a repris sa planque devant la maison... Vous croyez qu'elle s'est enfuie ?...

— Certainement pas...

Maigret avait retrouvé sa place à la fenêtre et regardait le feuillage des marronniers où pépiaient des oiseaux.

— Comme ce n'est pas elle qui a tué Joséphine Papet, elle n'a aucune raison de s'enfuir, surtout vêtue comme elle l'était, avec un sac à provisions au bras...

» Elle avait quelqu'un à rencontrer... Je suis à peu près sûr que c'est à la suite de la confrontation d'hier qu'elle a pris sa décision...

» Or, j'ai toujours été persuadé qu'elle avait vu l'assassin, soit quand il est monté, soit quand il est descendu, soit les deux fois...

» Suppose qu'en sortant l'homme l'ait trouvée le nez collé à la vitre, les yeux fixés sur lui...

— Je commence à comprendre.

— Il savait qu'elle serait questionnée. Or, c'était un familier de Joséphine Papet et la concierge le connaissait...

— Vous croyez qu'il l'a menacée ?

— Ce n'est pas une femme qui se laisse impressionner... Tu as pu t'en rendre compte hier après-midi... Par contre, je la vois fort bien se laisser séduire par de l'argent...

— Si elle a reçu de l'argent, pourquoi disparaître ?

— A cause de la confrontation.

— Je ne comprends pas...

— L'assassin était là... Elle l'a vu... Elle n'avait qu'un mot à dire pour le faire arrêter... Elle a préféré se taire... Alors, je parierais qu'elle a compris que son silence valait beaucoup plus que ce qu'elle a reçu...

» Elle a décidé, ce matin, d'aller réclamer une rallonge, mais elle ne pouvait le faire avec un inspecteur sur les talons...

» Demande-moi l'*Hôtel Scribe*... Le concierge...

Quelques instants plus tard, Maigret saisissait le combiné.

— Allô !... Le concierge du *Scribe* ?... Ici, le commissaire Maigret... Comment allez-vous, Jean ?... Les enfants ?... Bien... Parfait... Vous devez avoir un locataire régulier du nom de

Lamotte... Victor Lamotte, oui... Je suppose qu'il loue son appartement au mois ?... Oui... C'est ce que je pensais...

» Voulez-vous me le passer ?... Vous dites ?... Il est parti hier par le rapide de Bordeaux ?... Je croyais qu'il ne quittait d'habitude Paris que le samedi soir...

» Personne ne l'a demandé, ce matin ?... Vous n'avez pas vu une femme très forte, mal ficelée, avec un sac à provisions à la main ?

» Non, je ne plaisante pas... Vous êtes certain ?... Je vous remercie, Jean...

Il connaissait les concierges de tous les grands hôtels de Paris et il y en avait un certain nombre qu'il avait vu débuter comme chasseurs.

La femme Blanc ne s'était pas présentée à l'*Hôtel Scribe* où, de toute façon, elle n'aurait pas trouvé le négociant en vins.

— Demande-moi ses bureaux, rue Auber.

Il ne voulait laisser passer aucune chance. Rue Auber, les bureaux étaient fermés le samedi et un employé qui avait du travail en retard répondait. Il était seul dans les locaux. Il n'avait pas vu son patron depuis la veille à deux heures de l'après-midi.

— Cherche-moi le numéro des roulements à billes Courcel Frères, boulevard Voltaire.

Ici, la sonnerie se fit vainement entendre dans les locaux déserts. Personne le samedi, pas même un gardien.

— Tu devrais trouver son adresse à Rouen... Ne prononce pas le mot police... Je veux seulement savoir s'il est chez lui...

Fernand Courcel habitait un vieil hôtel particulier quai de la Bourse, à deux pas du pont Boieldieu.

— Je voudrais parler à M. Courcel...

— Il vient juste de sortir... C'est Mme Courcel qui est à l'appareil...

La voix était jeune, enjouée.

— Puis-je lui faire le message ?

— A quelle heure pensez-vous qu'il rentrera ?

— Certainement pour déjeuner, car nous avons des amis...

— Il est rentré ce matin ?

— Hier soir... Qui est à l'appareil ?...

Étant donné les instructions de Maigret, Lapointe préféra raccrocher.

— Il vient de sortir... Il est rentré hier soir... Il doit rentrer pour déjeuner chez lui avec des amis... Sa femme a une voix sympathique...

— Il nous reste François Paré... Cherche son numéro à Versailles...

Là aussi, une voix de femme répondit, lasse, peu aimable.

— Ici, Mme Paré...

— J'aimerais parler à votre mari...
— De la part de qui ?
— D'un employé du ministère, improvisa Lapointe.
— C'est important ?
— Pourquoi ?
— Parce que mon mari est dans son lit... Quand il est rentré hier, il ne se sentait pas bien et ce matin, après une nuit agitée, je l'ai forcé à rester couché... Il travaille trop pour un homme de son âge...
L'inspecteur sentit qu'elle allait raccrocher et se hâta de placer sa question :
— Il n'a pas reçu de visite, ce matin ?
— Quelle visite ?
— Quelqu'un qui avait une commission à lui faire...
— Il n'est venu personne...
Elle raccrocha sans un mot de plus.
Florentin et le rouquin étaient au cimetière quand Mme Blanc avait disparu. Elle n'avait vu aucun des trois autres suspects.

Mme Maigret le laissa déjeuner en paix, car il paraissait assez préoccupé pour qu'elle n'ajoute pas à ses soucis. Ce n'est que quand elle lui eut versé son café qu'elle demanda :
— Tu as lu le journal ?
— Je n'en ai pas eu le temps.
Elle alla lui chercher, sur le guéridon du salon, un des journaux du matin. Un gros titre d'abord :

Le crime de la rue Notre-Dame-de-Lorette

Puis deux sous-titres plus significatifs :

Mystérieuse réunion Quai des Orfèvres
Le commissaire Maigret dans l'embarras

Il grogna et, avant de lire l'article, alla chercher une pipe dans le râtelier.

Dans notre édition d'hier, nous avons relaté en détail le crime qui a été commis dans un appartement de la rue Notre-Dame-de-Lorette et dont la victime est une jeune femme, Joséphine Papet, célibataire, sans profession.
Nous avons laissé entendre qu'il fallait sans doute chercher le meurtrier parmi plusieurs hommes qui se partageaient les faveurs de la victime.
Malgré le mutisme observé à la Police Judiciaire, nous croyons savoir qu'un certain nombre de ces personnages ont été réunis hier, Quai des Orfèvres, pour une confrontation générale. Il semble que, parmi eux, se trouvent des personnages assez éminents.

Un des suspects retient davantage l'attention que les autres, car il se trouvait dans l'appartement au moment du meurtre. N'a-t-il fait qu'y assister ? En est-il l'auteur ?

Le commissaire Maigret, qui dirige personnellement l'enquête, se trouve dans une situation délicate. Cet homme, en effet, Léon F..., est un de ses amis de jeunesse.

Est-ce la raison pour laquelle, malgré les charges relevées contre lui, il est toujours en liberté ? Il nous est difficile de croire que...

Maigret froissa le journal et se leva, grommelant, les dents serrées :

— Les imbéciles !

L'indiscrétion venait-elle d'un des inspecteurs qui n'y avait pas vu malice et qui s'était laissé tirer les vers du nez ? Il n'ignorait pas que les reporters furetaient partout. La concierge avait dû être questionnée par eux et il n'était pas impensable qu'elle se soit montrée plus loquace qu'avec la police.

Il y avait aussi, boulevard Rochechouart, le peintre à barbiche, voisin de Florentin.

— Cela t'ennuie beaucoup ?

Il haussa les épaules. A vrai dire, cet article ne faisait qu'ajouter à ses hésitations.

Avant de quitter le Quai, il avait reçu le rapport balistique de Gastinne-Renette qui lui avait confirmé ce que le médecin légiste lui avait appris. La balle était de douze millimètres, un calibre énorme, peu commun, et elle n'avait pu être tirée qu'avec un revolver belge d'un modèle ancien, introuvable dans le commerce.

L'expert ajoutait qu'une arme de ce genre n'avait aucune précision.

C'était évidemment le vieux revolver de la table de nuit. Où était-il à présent ? Il était inutile de le rechercher. On pouvait aussi bien l'avoir jeté dans la Seine que dans n'importe quelle bouche d'égout, dans un terrain vague, dans un champ à la campagne.

Pourquoi l'assassin avait-il emporté cet objet compromettant au lieu de le laisser sur place ? Craignait-il d'y avoir laissé des empreintes et n'avait-il pas eu le temps de les faire disparaître ?

S'il en était ainsi, il n'avait pas eu le temps non plus d'essuyer les meubles et les objets qu'il avait touchés.

Or, dans la chambre, toutes les empreintes avaient été effacées, y compris sur les boutons de porte.

Fallait-il en conclure que le meurtrier n'était pas resté un quart d'heure dans l'appartement, comme Florentin le prétendait ?

Et n'était-ce pas Florentin lui-même qui avait effacé les traces ?

Tous les raisonnements ramenaient à lui. Il était le seul coupable logique. Mais le commissaire se méfiait des raisonnements.

Il s'en voulait cependant de sa patience qui ressemblait fort à de l'indulgence. Ne se laissait-il pas influencer par une sorte de fidélité à sa jeunesse ?

— C'est complètement idiot... prononça-t-il à voix haute.

— Tu étais vraiment son ami ?

— Même pas... Ses clowneries m'irritaient plutôt...

Il n'ajouta pas qu'il allait parfois à la pâtisserie pour apercevoir la sœur de son condisciple et qu'il rougissait.

— A tout à l'heure...

Elle lui tendait la joue.

— Tu rentres dîner ?

— Je l'espère...

Il s'était mis à pleuvoir et il ne s'en était pas aperçu. Sa femme courut après lui dans l'escalier avec un parapluie.

Au coin du boulevard, il trouva un autobus à plate-forme et se laissa ballotter par les mouvements du véhicule en regardant vaguement ces drôles d'animaux, les êtres humains, qui se dépêchaient sur les trottoirs. Pour un peu, ils auraient couru. Pour aller où ? Pour faire quoi ?

— Si je ne trouve rien avant lundi, je le boucle, se promit-il, comme pour mettre sa conscience en paix.

Il marcha, sous son parapluie, du Châtelet au Quai des Orfèvres. Le vent soufflait en rafales, chargé d'eau qu'on recevait de plein fouet. De l'eau mouillée, comme il disait quand il était enfant.

Il était à peine dans son bureau qu'on frappait à la porte et que Lourtie entrait.

— Bonfils me remplace, dit-il. Elle est revenue.

— A quelle heure ?

— A midi vingt... Je l'ai aperçue comme elle descendait tranquillement la rue, son sac à provisions à la main...

— Il était plein ?

— En tout cas, plus gros et plus lourd que le matin... Elle m'a bien regardé en passant devant moi... On aurait dit qu'elle se payait ma tête... Une fois dans la loge, elle a retiré l'écriteau accroché à la porte : *La concierge est dans l'escalier*...

Maigret arpenta cinq ou six fois son bureau de la fenêtre à la porte et de la porte à la fenêtre. Quand il s'arrêta net, il avait pris une décision.

— Lapointe est à côté ?

— Oui.

— Dis-lui de m'attendre... Je reviens tout de suite...

Il prit une clef dans son tiroir, celle de la porte qui fait communiquer la P.J. avec le Palais de Justice. Il suivit de longs couloirs, gravit un escalier sombre, frappa enfin à la porte du cabinet du juge.

La plupart des locaux étaient déserts, silencieux. Il avait peu de chance, un samedi après-midi, de trouver Page au travail.

— Entrez... fit une voix qui paraissait lointaine.

Il était là, couvert de poussière, s'efforçant de mettre un peu d'ordre dans la petite pièce sans fenêtre qui succédait à son cabinet.

— Savez-vous, Maigret, que je retrouve des dossiers vieux de deux ans qui n'ont jamais été classés ?... J'en ai pour des mois à liquider ce que mon prédécesseur a amassé dans ce fourre-tout...

— Je suis venu vous demander un mandat de perquisition...

— Attendez que j'aille me laver les mains...

Il dut gagner les lavabos, au fond du couloir. C'était un garçon sympathique, consciencieux.

— Vous avez du nouveau ?

— La concierge me tracasse... Cette femme-là, j'en suis sûr, en sait long... Hier, lors de la confrontation, elle était la seule à garder son assurance, la seule aussi, sans doute, en dehors de l'intéressé, à connaître le coupable...

— Pourquoi se tairait-elle ? Par haine de la police ?

— Je ne crois pas que cela suffirait pour lui faire courir des risques... Je me suis même demandé si le meurtrier n'essayerait pas de la supprimer et j'ai mis un de mes hommes en faction devant la maison...

» A mon avis, si elle se tait obstinément, c'est qu'elle a été payée pour ça... J'ignore combien elle a reçu...

» Quand elle a vu l'importance que prenait cette affaire, elle a dû penser qu'elle n'avait pas eu son compte...

» Alors, ce matin, avec une habileté de professionnelle, elle a échappé à la surveillance de l'inspecteur qui la suivait... Elle a eu soin d'entrer d'abord chez un boucher, pour donner le change... Son achat fait, elle est entrée aussi naturellement dans une épicerie et mon homme ne s'est pas méfié... Ce n'est qu'un quart d'heure plus tard qu'il s'est aperçu que l'épicerie avait une seconde issue...

— Vous ignorez où elle est allée ?

— Florentin était avec moi au cimetière d'Ivry. Jean-Luc Bodard y est venu aussi...

— Elle a vu un des trois autres ?

— Elle n'a pu en voir aucun. Lamotte est rentré à Bordeaux hier par le rapide du soir... Courcel est à Rouen et avait des amis à déjeuner... Quant à François Paré, il est dans son lit, malade, et c'est au tour de sa femme de se faire du mauvais sang...

— A quel nom voulez-vous un mandat ?

— Mme Blanc... La concierge...

Le juge chercha un formulaire dans le tiroir de son greffier, remplit les vides, signa, apposa un timbre humide.

— Je vous souhaite bonne chance...

— Merci...

— A propos, ne vous inquiétez pas au sujet des commentaires des journaux... Tous ceux qui vous connaissent...

— Je vous remercie...

Quelques minutes plus tard, il quittait le Quai des Orfèvres en compagnie de Lapointe, qui tenait le volant. La circulation était dense, les gens plus pressés que jamais, comme tous les samedis. Malgré la pluie, malgré le vent, ils fonçaient vers les autoroutes, vers la campagne.

Pour une fois, Lapointe trouva tout de suite une place le long du trottoir, juste en face de la maison. La boutique de lingerie était fermée. Seul le magasin de chaussures était ouvert mais il était vide et le marchand, sur le seuil, regardait mélancoliquement les nuages qui fondaient en eau.

— Qu'est-ce qu'on cherche, patron ?

— N'importe quoi qui puisse nous servir... Probablement de l'argent...

C'était la première fois que Maigret voyait Mme Blanc assise dans sa loge. Des lunettes à monture d'acier sur son nez trop rond, elle lisait le journal de l'après-midi qui venait de sortir.

Maigret poussa la porte, suivi de Lapointe.

— Vous avez essuyé vos pieds ?

Et, comme ils ne répondaient pas :

— Qu'est-ce que vous me voulez encore ?

Maigret se contenta de lui tendre le mandat de perquisition. Elle le lut et le relut deux fois.

— Je ne vois pas ce que cela signifie. Qu'est-ce que vous allez faire ?

— Perquisitionner.

— Vous voulez dire que vous allez fouiller dans mes affaires ?

— Croyez que j'en suis désolé.

— Je me demande si je ne ferais pas mieux d'appeler un avocat.

— Cela prouverait que vous avez quelque chose à cacher... Toi, Lapointe, tiens-la à l'œil et empêche-la de toucher à quoi que ce soit...

Dans un coin de la loge se dressait un buffet Henri II dont les portes supérieures étaient vitrées. Dans cette partie, il n'y avait que des verres, une carafe et un service à café en faïence à grosses fleurs.

Le tiroir de droite contenait couteaux, fourchettes, cuillers, tire-bouchon ainsi que trois anneaux de serviette dépareillés. Les couverts avaient été jadis argentés mais, à présent, le cuivre ressortait.

Le tiroir de gauche était plus intéressant, car il contenait des photographies et des papiers. Une des photos montrait un couple. Mme Blanc devait avoir vingt-cinq ans et, si elle était déjà dodue, on n'aurait pas pu prévoir qu'elle deviendrait le monstre qu'elle était aujourd'hui. Elle souriait même, tournée vers un homme à moustaches blondes qui devait être son mari.

Dans une enveloppe, il trouva une liste des locataires, avec le prix du loyer de chacun. Puis, sous des cartes postales, il mit la main sur un livret de caisse d'épargne.

Les premiers versements remontaient à de nombreuses années. Au début, ils étaient modestes, dix francs, vingt francs à la fois... Puis, d'une façon régulière, elle avait mis de côté cinquante francs par mois... En janvier, mois des étrennes, la somme variait entre cent et cent cinquante francs...

Au total, huit mille trois cent vingt-deux francs et des centimes.

Aucun versement ne datait de la veille ou de l'avant-veille. Le dernier était vieux de quinze jours.

— Vous voilà bien avancé, à présent !

Sans se laisser démonter, il continua à fouiller. De la vaisselle dans le corps inférieur du buffet, ainsi qu'une pile de nappes à carreaux.

Il souleva le tapis de velours qui recouvrait la table ronde, à la recherche d'un tiroir, mais la table n'en comportait pas.

A gauche, un poste de télévision. Rien que des bouts de ficelle, des punaises et quelques clous dans le tiroir du guéridon qui le supportait.

Il pénétra dans la seconde pièce, qui n'était pas seulement la cuisine mais qui servait aussi de chambre à coucher car il y avait un lit dans une alcôve, derrière un vieux rideau.

Il commença par la table de nuit où il ne trouva qu'un chapelet, un livre de messe et un brin de buis. Il lui fallut un instant pour deviner l'origine du brin de buis. Sans doute était-ce celui qui trempait dans l'eau bénite quand un parent était mort et l'avait-elle conservé en souvenir.

Il était difficile d'imaginer que cette femme-là avait eu un mari. Mais n'avait-elle pas aussi été un enfant, comme tout le monde ?

Il en avait vu d'autres, des hommes et des femmes, que la vie avait durcis au point d'en faire presque des monstres. Depuis des années, toutes ses journées, toutes ses nuits se passaient dans ces deux pièces sombres et mal aérées où elle ne pouvait faire plus de pas que dans une cellule de prison.

Quant au monde extérieur, elle ne le connaissait que par les visites du facteur et par le passage des locataires au-delà de la vitre.

Le matin, malgré son embonpoint et ses jambes enflées, elle devait nettoyer l'ascenseur, puis l'escalier du haut en bas.

Et si, demain, elle n'en était plus capable ?

Il s'en voulait de la harceler, ouvrait un petit réfrigérateur où il trouvait la moitié d'une escalope, un reste d'omelette, deux tranches de jambon et quelques légumes achetés le matin.

Il y avait une demi-bouteille de vin sur la table, du linge et des vêtements dans une armoire, y compris un corset et des genouillères en tissu élastique.

Il avait honte, maintenant, de continuer à fureter, et pourtant il ne voulait pas s'avouer vaincu. Ce n'était pas une femme qui se serait contentée de promesses. Si quelqu'un avait acheté son silence, il avait fallu qu'il paie comptant.

Il revint dans la loge et elle ne put empêcher un éclair d'inquiétude de passer dans ses yeux.

Alors, il sut que ce qu'il cherchait ne se trouvait pas dans la cuisine. Il regarda autour de lui, lentement. Où n'avait-il pas fouillé ?

Soudain, il marcha vers le poste de télévision. Sur celui-ci, quelques magazines étaient empilés. L'un d'eux donnait les programmes quotidiens ainsi que des commentaires et des photographies.

Dès qu'il l'ouvrit, il comprit qu'il avait gagné. Les pages s'étaient écartées d'elles-mêmes là où on avait glissé trois billets de cinq cents francs et sept billets de cent.

Deux mille deux cents francs. Les billets de cinq cents étaient neufs.

— J'ai le droit d'avoir des économies, je suppose ?

— Vous oubliez que j'ai vu votre livret de caisse d'épargne...

— Et alors ? Je suis obligée de mettre tous mes œufs dans le même panier ? Et si, tout à coup, j'avais besoin d'argent ?

— De deux mille deux cents francs à la fois ?

— Cela me regarde. Je vous défie de me faire des ennuis pour ça...

— Vous êtes plus intelligente que vous n'en avez l'air, madame Blanc... On dirait que vous avez tout prévu, y compris la perquisition d'aujourd'hui... Si vous aviez porté l'argent à la caisse d'épargne, le versement serait transcrit dans votre livret et l'importance de la somme ainsi que la date n'auraient pas manqué de me frapper...

» Vous vous êtes méfiée des buffets, des tiroirs, des matelas décousus... On pourrait croire que vous avez lu Edgar Poe. Vous avez simplement glissé les billets dans un magazine...

— Je n'ai volé personne.

— Je ne prétends pas que vous ayez volé qui que ce soit. Je suis même persuadé qu'en vous voyant derrière votre porte, au moment où il sortait, le meurtrier est venu vous offrir cet argent... Vous ignoriez encore qu'un crime avait été commis dans la maison...

» Il n'a pas dû vous expliquer pourquoi il tenait tant à ce qu'on ignore sa visite ce jour-là...

» Vous le connaissez bien, sinon il ne vous craindrait pas...

— Je n'ai rien à dire...

— Quand vous l'avez vu dans mon bureau, hier après-midi, vous avez senti qu'il avait très peur, de vous et de vous seule, car vous êtes la seule à pouvoir témoigner contre lui.

» Alors, ce matin, vous avez décidé de le relancer afin d'obtenir une plus forte somme, considérant que la liberté d'un homme, surtout d'un homme riche, vaut plus de deux mille deux cents francs...

Comme la veille, un vague, très vague sourire, comme effacé à la gomme, flottait sur ses lèvres.

— Vous n'avez trouvé personne... Vous aviez oublié que nous sommes samedi...

La femme gardait toujours la même expression butée, énigmatique, sur son visage épais.

— Je ne dirai rien. Vous pouvez me frapper...

— Je n'en ai nulle envie. Nous aurons l'occasion de nous revoir. Viens, Lapointe...

Et les deux hommes se glissèrent dans la petite auto noire.

7

Ils firent comme les autres et, malgré un temps maussade, avec seulement quelques éclaircies entre deux ondées, ils allèrent passer le dimanche à la campagne.

Quand ils avaient acheté la voiture, ils s'étaient juré de ne s'en servir que pour gagner leur petite maison de Meung-sur-Loire et pendant les vacances. Ils étaient bien allés à Meung deux ou trois fois, mais c'était trop loin pour n'y passer que quelques heures, surtout qu'ils trouvaient la maison vide et que Mme Maigret avait à peine le temps de la dépoussiérer et de préparer un repas sommaire.

Ils partaient vers dix heures du matin.

— En évitant les autoroutes... s'étaient-ils dit.

Or, ils étaient des milliers de Parisiens à avoir eu la même idée et les petites routes qui auraient dû être si charmantes étaient aussi encombrées que les Champs-Élysées.

Ils cherchaient une auberge sympathique, un menu alléchant. Ou bien elles étaient pleines et il fallait attendre son tour, ou bien la nourriture y était détestable.

Ils n'en recommençaient pas moins l'expérience. C'était comme pour la télévision. Quand ils l'avaient achetée, ils s'étaient promis de ne regarder que les programmes les plus intéressants.

Après quinze jours, ils avaient déjà changé leur place à table afin de faire face tous les deux à l'écran pendant le dîner.

Ils ne se disputaient pas, comme la plupart des couples. Mme Maigret, au volant, n'en était pas moins tendue. Avec un permis de conduire encore tout frais, elle manquait de confiance en elle.

— Pourquoi ne le dépasses-tu pas ?

— Il y a la ligne double...

Maigret, ce dimanche-là, lui adressa à peine la parole et fuma pipe sur pipe, tassé sur son siège, à regarder farouchement devant lui. En pensée, il était rue Notre-Dame-de-Lorette et reconstituait de toutes les façons possibles la scène qui s'était déroulée chez Joséphine Papet.

Les personnages devenaient des pions qu'il plaçait à des endroits différents, essayant toutes les solutions. Chacune, pendant un certain temps, lui paraissait plausible et il soignait le détail, allait jusqu'à imaginer le dialogue.

Puis, quand tout semblait se tenir, une objection lui venait à l'esprit et tout s'écroulait.

Alors, il recommençait avec d'autres pions. Ou bien il reprenait les mêmes qu'il plaçait dans des positions nouvelles.

Ils tombèrent sur une auberge où la cuisine valait à peu près celle d'un buffet de gare. La différence consistait seulement dans le montant de l'addition.

Quand ils voulurent marcher un peu dans les bois, ils trouvèrent un chemin boueux et la pluie se mit à tomber.

Ils rentrèrent de bonne heure, dînèrent de viandes froides et de salade russe puis, comme Maigret tournait en rond dans l'appartement, ils allèrent au cinéma.

Le lundi à neuf heures, il pénétrait dans son bureau. La pluie avait cessé, le soleil brillait, encore faiblard.

Il trouva les rapports des inspecteurs qui s'étaient relayés pour surveiller Florentin.

Celui-ci avait passé la soirée du samedi dans une brasserie du boulevard de Clichy. Il ne semblait pas être un familier de l'endroit, car personne ne le salua.

Il commanda un demi et s'installa à côté d'une table où quatre habitués qui se tutoyaient jouaient à la belote. Le menton sur un coude, il suivit plus ou moins la partie.

Vers dix heures, un des joueurs, un petit maigre qui parlait sans arrêt, annonça aux autres :

— Il faut que je me tire, les enfants... La bourgeoise m'incendierait si je rentrais tard et demain matin je vais à la pêche...

Les autres insistèrent sans succès, puis regardèrent autour d'eux.

Un homme à l'accent méridional demanda à Florentin :

— Vous jouez ?

— Volontiers...

Il avait pris la place du partant et avait joué jusqu'à minuit tandis que Dieudonné, dont c'était le tour de garde, se morfondait dans son coin.

Grand seigneur, Florentin avait offert une tournée avec une partie des cent francs que Maigret lui avait remis.

Puis il était rentré chez lui et s'était couché après un petit salut complice à son suiveur.

Il avait fait la grasse matinée. Il était plus de dix heures quand il avait gagné le bureau de tabac pour y tremper des croissants dans son café. Ce n'était plus Dieudonné, mais Lagrume, qui assurait la filature, et Florentin le regarda curieusement car, pour lui, Lagrume était un nouveau.

C'était le plus lugubre de tous les inspecteurs, affligé dix mois sur douze d'un rhume de cerveau. Par-dessus le marché, il avait les pieds plats, sensibles, ce qui lui donnait une démarche particulière.

Florentin s'était dirigé vers un P.M.U. et avait rempli sa fiche de tiercé, après quoi il avait descendu le boulevard des Batignolles. Il ne s'était pas arrêté devant l'*Hôtel Beauséjour*. Il ignorait sans doute que le rouquin y habitait.

Il avait déjeuné dans un restaurant de la place des Ternes puis, comme l'avant-veille, était allé au cinéma.

Que ferait-il de son grand corps maigre, de son visage en caoutchouc, quand les cent francs du commissaire seraient épuisés ?

Il n'avait rencontré personne. Personne n'avait essayé d'entrer en contact avec lui. Il avait dîné dans un self-service avant de rentrer se coucher.

Quant à la planque rue Notre-Dame-de-Lorette, elle n'avait pas donné plus de résultats. Mme Blanc n'avait quitté sa loge que pour sortir les poubelles et pour donner un coup de balai dans l'escalier.

Des locataires étaient allés à la messe. D'autres étaient partis pour la journée. La rue, presque vide, était moins bruyante que les autres jours et les deux inspecteurs qui s'étaient relayés avaient rongé leur frein.

Maigret, lui, ce lundi-là, relisait tous les rapports, celui du médecin légiste, celui de l'armurier, celui enfin de Moers et de l'Identité Judiciaire.

Un Janvier frais et dispos, plein d'allant, entra dans le bureau après un coup discret à la porte.

— Comment allez-vous, patron ?

— Mal...

— Vous n'avez pas eu un bon dimanche ?

— Non...

Janvier ne put s'empêcher de sourire, car il connaissait cette humeur-là et il savait que c'était d'habitude bon signe. Maigret, au cours d'une enquête, s'imprégnait comme une éponge, des gens et des choses, des moindres éléments qu'il enregistrait inconsciemment.

Plus il grognait et plus il devenait lourd de tout ce qu'il avait emmagasiné de la sorte.

— Qu'est-ce que tu as fait, toi ?

— Nous sommes allés chez ma belle-sœur, avec ma femme et les gosses... Il y avait une fête foraine sur la grand-place et je ne sais combien les enfants ont dépensé à tirer sur des pipes en terre...

Maigret se leva et se mit à marcher. La sonnerie annonçant le rapport se fit entendre et il grommela :

— Ils se passeront bien de moi...

Il n'avait pas envie de répondre aux questions que lui poserait le grand patron et moins envie encore de lui annoncer ce qu'il allait faire. C'était d'ailleurs encore vague. Il continuait à tâtonner.

— Si seulement cette épouvantable femme pouvait parler !...

C'était toujours à la concierge monumentale et impassible qu'il pensait.

— J'en arrive à regretter qu'on ne puisse plus lui appliquer la question et je me demande combien d'eau il faudrait pour faire le plein...

Il ne le pensait pas sérieusement, bien sûr, mais c'était un moyen de sortir sa rogne.

— Tu n'as pas une idée, toi ?

Janvier n'aimait pas que Maigret lui pose des questions de ce genre et il évitait de se prononcer trop nettement.

— Il me semble...

— Il te semble quoi ? Tu crois que je me suis fourré le doigt dans l'œil ?

— Au contraire. Il me semble seulement que Florentin en sait encore plus qu'elle... Et Florentin est moins solide... Il n'a plus rien à espérer, que traîner la savate à Montmartre et grappiller quelques sous par-ci par-là...

Maigret le regarda gravement.

— Va le chercher...

Il le rappela avant qu'il ne disparaisse.

— Passe aussi rue Notre-Dame-de-Lorette et embarque la concierge... Laisse-la protester tant qu'elle voudra et emmène-la de force s'il le faut...

Janvier sourit, car il se voyait mal aux prises avec cette tour humaine qui pesait deux fois son poids.

Quelques instants plus tard, Maigret téléphonait au ministère des Travaux Publics.

— Je voudrais parler à M. Paré, s'il vous plaît...

— Je vous passe son service...

— Allô ! Monsieur Paré ?

— M. Paré est absent. Sa femme vient de téléphoner qu'il est souffrant...

Maintenant, le numéro de Versailles.

— Madame Paré ?...

— Qui est à l'appareil ?

— Le commissaire Maigret... Comment va votre mari ?...

— Mal... Le médecin est venu et craint une dépression nerveuse...

— Je suppose que je ne peux pas lui parler ?

— On lui a recommandé le repos complet...

— Il se tracasse ?... Il a réclamé les journaux ?...

— Non... Il se tait... C'est à peine s'il répond par un mot ou par un geste quand je lui pose une question...

— Je vous remercie...

Il appela ensuite l'*Hôtel Scribe*.

— C'est vous, Jean ?... Ici, Maigret... M. Victor Lamotte est-il rentré de Bordeaux ?... Il est déjà parti pour son bureau ?... Merci...

Puis le bureau de la rue Auber.

— Je voudrais parler à M. Lamotte... De la part du commissaire Maigret...

Il y eut une suite de déclics, comme si la communication devait passer par toute une hiérarchie avant d'atteindre le grand chef.

— Oui... fit enfin une voix sèche.

— Maigret à l'appareil...

— On me l'a dit.

— Vous avez l'intention de passer la matinée dans votre bureau ?

— Je n'en sais rien.

— Je vous demande de ne pas vous absenter et d'attendre que je vous appelle...

— Je préfère vous avertir que, si vous me convoquez à nouveau, je serai accompagné de mon avocat...

— C'est votre droit...

Maigret raccrocha et appela le boulevard Voltaire, où Fernand Courcel n'était pas arrivé.

— Il n'est jamais ici avant onze heures et il lui arrive de ne pas venir le lundi matin... Voulez-vous parler au sous-directeur ?

— Non. Merci...

Maigret eut le temps, tout en rôdant dans son bureau, les mains derrière le dos, de repasser en esprit les hypothèses qu'il avait échafaudées la veille pendant la promenade en voiture.

Il avait fini par n'en retenir qu'une, avec quelques variantes. Plusieurs fois, il regarda l'heure.

Presque honteusement, il ouvrit le placard où il gardait toujours une bouteille de cognac. Elle n'était pas là pour lui mais il en avait besoin, parfois, pour un client qui s'effondrait au moment des aveux.

Il n'était pas effondré. Ce n'était pas lui qui devait passer aux aveux. Il n'en but pas moins une large gorgée à même le goulot.

Il n'était pas content de ce geste. Il regardait l'heure une fois encore, impatienté. Enfin, il y eut des pas de plusieurs personnes dans le couloir, une voix furieuse qu'il reconnaissait, celle de Mme Blanc.

Il alla ouvrir la porte.

— Je vais commencer à connaître ce bureau, essaya de plaisanter Florentin qui n'en était pas moins inquiet.

Quant à la femme, elle martelait :

— Je suis une citoyenne libre et j'exige que...

— Va la boucler dans un bureau, Janvier. Reste avec elle et évite de te faire arracher les yeux...

Et, à Florentin :

— Assieds-toi...

— Je préfère rester debout.

— Et moi, je préfère te voir assis.

— Si tu y tiens...

Il grimaçait comme autrefois quand il avait une prise de bec avec le professeur et qu'il s'efforçait de faire rire la classe.

Maigret allait chercher Lapointe dans le bureau voisin. C'était celui qui avait assisté à presque tous les interrogatoires et qui connaissait le mieux l'affaire.

Le commissaire prit le temps de bourrer une pipe, de l'allumer, de tasser le tabac brûlant d'un pouce précautionneux.

— Je suppose, Florentin, que tu n'as toujours rien à me dire ?

— J'ai dit ce que je savais.

— Non.

— Je te jure que c'est la vérité.

— Moi, j'affirme que tu as menti sur toute la ligne.

— Tu me traites de menteur ?

— Tu l'as toujours été... Tu l'étais déjà au lycée...

— Seulement pour rigoler...

— Justement... Or, ici, nous ne rigolons pas...

Il regarda son ancien camarade dans les yeux. Il était grave. Il y avait à la fois du mépris et de la pitié sur son visage. Peut-être plus de pitié que de mépris.

— Qu'est-ce que tu crois qu'il va arriver ?

Florentin haussa les épaules.

— Comment le saurais-je ?

— Tu as cinquante-trois ans...

— Cinquante-quatre... J'étais ton aîné d'un an, car j'ai redoublé ma sixième...

— Tu es plutôt défraîchi et il ne te sera pas facile de trouver une autre Josée...

Il baissa la tête.

— Je ne chercherai même pas...

— Ton affaire d'antiquités est du flan... Tu n'as pas de métier, pas de profession... Et il ne te reste pas assez de branche pour embobeliner des gogos...

C'était dur, mais il le fallait.

— Tu es une épave, Florentin.

— Tout m'a claqué entre les mains... Je sais que je suis un raté, mais...

— Mais tu t'obstines à espérer. Espérer quoi ?

— Je ne sais pas...

— Bon. Maintenant que cette question est liquidée, je vais t'enlever un poids de l'estomac...

Maigret prit un temps, regarda son ancien condisciple dans les yeux et laissa tomber :

— Je sais que tu n'as pas tué Josée...

8

Le plus surpris, ce ne fut pas Florentin, mais Lapointe, qui resta le crayon en suspens et regarda son patron d'un air ahuri.

— Ne t'empresse pas de te réjouir, car cela ne signifie pas que tu sois blanc comme neige...

— Tu admets quand même...

— J'admets que, sur un point, tu n'as pas menti, ce qui m'étonne assez de toi...

— Je te disais bien...

— J'aimerais mieux que tu ne m'interrompes pas. Mercredi dernier, à peu près à l'heure que tu as dite, sans doute vers trois heures et quart, quelqu'un a sonné à la porte de l'appartement...

— Tu vois !...

— Tu te tais, oui ?... Comme d'habitude, tu as filé vers la chambre à coucher, ne sachant pas qui c'était... Tu tendais l'oreille, car vous n'attendiez personne, Josée et toi...

» Je suppose qu'il arrivait à un de ses amants de venir à une autre heure que son heure habituelle, voire un autre jour...

— Dans ce cas, ils téléphonaient...

— Aucun d'entre eux n'est jamais venu sans avertir ?

— Exceptionnellement...

— Et, dans ce cas, tu allais te cacher dans la penderie... Mercredi, tu n'étais pas dans la penderie, mais dans la chambre... Tu as reconnu la voix et tu as eu peur, car tu as compris que la visite n'était pas pour Josée...

Florentin se figea, ne comprenant évidemment pas comment son ancien condisciple en était arrivé à cette conclusion.

— Vois-tu, j'ai la preuve que quelqu'un est monté mercredi... Ce quelqu'un, en effet, effrayé par le crime qu'il venait de commettre, a voulu acheter le silence de la concierge et lui a remis tout ce qu'il avait en poche, c'est-à-dire deux mille deux cents francs...

— Tu admets que je suis innocent...

— Du meurtre... Encore que tu en sois indirectement la cause et que, si on peut parler de morale quand il s'agit de toi, tu en portes la responsabilité morale...

— Je ne comprends pas.

— Si...

Maigret se leva. Il ne pouvait jamais rester longtemps assis, et le regard de Florentin le suivit à travers la pièce.

— Joséphine Papet avait un nouvel amant de cœur...

— Tu veux parler du rouquin ?

— Oui.

— Ce n'était qu'une passade... Il n'aurait jamais accepté de vivre avec elle, de se cacher, de s'absenter certaines nuits... C'est un type jeune, qui a autant de filles qu'il en veut...

— Josée en était amoureuse et elle en avait assez de toi...

— Comment le sais-tu ?... C'est une simple supposition de ta part...

— Elle l'a dit...

— A qui ? Pas à toi, qui ne l'as pas vue vivante.

— A Jean-Luc Bodard...

— Tu crois tout ce que ce garçon te raconte ?

— Il n'a aucun intérêt à mentir...

— Et moi ?

— Tu risques un an ou deux de prison... Plutôt deux, à cause de tes antécédents judiciaires...

Florentin réagissait beaucoup moins. Il ne savait pas encore jusqu'où allaient les découvertes de Maigret, mais il en avait entendu assez pour être inquiet.

— Revenons-en à cette visite de mercredi... En reconnaissant la voix, tu as été effrayé car, quelques jours ou quelques semaines plus tôt, tu t'étais mis à faire chanter un des amants de Josée...

» Tu as naturellement choisi celui que tu considérais comme le plus vulnérable, celui qui tenait le plus à sa respectabilité... Tu lui as parlé de ses lettres...

» Combien as-tu touché ?

Florentin baissa la tête, lugubre.

— Rien...

— Il refusait de marcher ?

— Non, mais il m'a demandé un délai de quelques jours...

— Combien as-tu demandé ?

— Cinquante mille... Je voulais gros, pour en finir et essayer ailleurs une nouvelle vie...

— Donc, Josée était en train de te liquider en douce...

— C'est possible... Elle n'était plus la même...

— Tu commences à parler raisonnablement et, si tu continues, je t'aiderai à t'en tirer sans trop de mal...

— Tu feras ça ?

— Tu es tellement bête !...

Maigret avait dit ces mots très bas, pour lui-même, mais Florentin avait entendu et son visage était devenu cramoisi.

C'était vrai. Il existe à Paris quelques milliers de gens qui vivent en marge, d'escroqueries plus ou moins évidentes, de la naïveté ou de la cupidité de leurs semblables.

Ils ont toujours un projet mirifique pour la réalisation duquel il ne leur manque que quelques milliers ou quelques dizaines de milliers de francs.

Il est rare qu'ils ne finissent pas par attraper un gogo et ils en ont alors pour un certain temps à porter beau, à rouler en voiture et à fréquenter les grands restaurants.

L'argent liquidé, ils traînent à nouveau la jambe jusqu'à ce que cela recommence, mais il n'y en a guère qu'un sur dix à passer en correctionnelle et à connaître la prison.

Florentin, lui, avait raté tous ses coups et il venait de rater lamentablement le dernier.

— Maintenant, est-ce que tu préfères parler ou dois-je continuer ?...

— J'aime mieux que ce soit toi...

— Le visiteur demande à te voir... Il te sait dans l'appartement, car il a eu soin de se renseigner auprès de la concierge... Il n'est pas armé... Il n'est pas particulièrement jaloux et il n'en veut à la vie de personne...

» Pourtant, il est surexcité. Josée, qui a peur pour toi, prétend que tu es absent, qu'elle ignore où tu te trouves...

» Il pénètre dans la salle à manger, la traverse... Tu te précipites vers la salle de bains, puis, sans doute, vers la penderie...

— Je n'ai pas eu le temps d'y arriver...

— Bon... Il te ramène dans la chambre à coucher...

— En gueulant que j'étais un ignoble individu... ajouta un Florentin amer. Et cela devant elle...

— Elle n'est pas au courant du chantage... Elle ne comprend pas ce qui se passe... Tu lui dis de se taire... Tu te raccroches malgré tout à tes cinquante mille francs que tu considères comme ta dernière chance...

— Je ne sais plus... Personne ne savait plus ce qu'il faisait... Josée nous suppliait de nous calmer... L'homme était furieux... A un moment donné, comme je refusais toujours de lui rendre ses lettres, il a ouvert le tiroir et a saisi le revolver...

» Josée s'est mise à crier... J'ai eu peur moi aussi et...

— Et tu t'es mis derrière elle ?

— Je te jure, Maigret, que c'est un hasard si c'est elle qui a reçu la balle.

» On voyait que le type n'avait pas l'habitude de tenir une arme... Il gesticulait... J'allais lui donner ses sacrées lettres quand le coup est parti...

» Il a eu l'air stupéfait... Sa gorge a émis un drôle de bruit et il s'est précipité vers le salon...

— Toujours le revolver à la main ?

— Je suppose que oui, puisque je ne l'ai pas retrouvé... Quand je me suis penché sur Josée, elle était morte...

— Pourquoi n'as-tu pas averti la police ?

— Je ne sais pas...

— Moi, je le sais... Tu as pensé aux quarante-huit mille francs qui se trouvaient dans la boîte à biscuits et tu as enveloppé cette boîte dans un journal, sans penser que c'était le journal du matin...

» Au moment de partir, tu t'es souvenu des lettres et tu les a fourrées dans ta poche...

» Tu allais être riche... Désormais, tu avais quelqu'un à faire chanter, non plus pour une liaison, mais pour un meurtre...

— Qu'est-ce qui te donne à penser ça ?

— Le fait que tu aies essuyé les meubles et les boutons de porte... S'il n'y avait eu que tes empreintes, elles n'auraient eu aucune importance, puisque tu ne pouvais nier t'être trouvé dans l'appartement... C'est l'autre que tu protégeais en agissant de la sorte, parce qu'une fois en prison il ne valait plus un clou...

Maigret se rassit lourdement et bourra une nouvelle pipe.

— Tu es allé chez toi mettre la boîte à biscuits au-dessus de la garde-robe... Sur le moment, tu n'as plus pensé aux lettres qui étaient dans ta poche... Tu t'es souvenu de moi et tu as pensé qu'un ancien condisciple ne risquait pas de te passer à tabac... Tu as toujours eu peur des coups... Tu te souviens ?... Il y en avait un petit, Bambois, si je ne me trompe, qui te faisait peur rien qu'en menaçant de te pincer le bras...

— Tu es cruel...

— Et toi ? Si tu ne t'étais pas conduit comme une crapule, Josée ne serait pas morte...

— Je m'en voudrai toute ma vie...

— Cela ne la ressuscitera pas... Et tes remords ne me regardent pas... Tu es venu jouer ta petite comédie et, dès les premières phrases, j'ai compris qu'il y avait quelque chose de grinçant...

» Là-bas aussi, tout me paraissait faux, distordu, mais je n'arrivais pas à trouver le fil qui m'aurait conduit à la vérité...

» C'est la concierge qui m'a le plus intrigué... Elle est beaucoup plus forte que toi...

— Elle n'a jamais pu me sentir.

— Et tu n'as jamais pu la sentir non plus... En se taisant sur le visiteur, elle ne gagnait pas seulement ses deux mille deux cents francs, mais elle te fourrait dans le pétrin. Quant à ton plongeon dans la Seine, tu as commis une bêtise, car c'est ce qui m'a fait penser aux lettres...

» Il était évident que tu ne cherchais pas à te noyer... Un bon nageur ne se noie pas en se jetant du Pont-Neuf, à quelques mètres d'une péniche, au moment où les trottoirs sont noirs de monde...

» Tu venais de te souvenir que tu avais les lettres en poche... Un de mes inspecteurs était sur tes talons... On pouvait te fouiller d'un moment à l'autre...

— Je n'aurais pas cru que tu devinerais...

— J'ai trente-cinq ans de métier... grommela Maigret.

Il passa dans le bureau voisin pour dire quelques mots à Lucas.

— En aucun cas, ne te laisse impressionner... ajouta-t-il.

Il revint dans son bureau, où Florentin avait perdu toute consistance. Ce n'était plus qu'un grand corps vide, un visage creusé, aux yeux fuyants.

— Si je comprends bien, je vais être poursuivi pour chantage ?

— Cela dépendra...

— De quoi ?

— Du juge d'instruction... En partie de moi aussi... N'oublie pas que tu as effacé les empreintes digitales afin que nous ne retrouvions pas le meurtrier... Cela pourrait te valoir une inculpation de complicité...

— Tu ne feras pas ça, dis ?

— J'en parlerai au juge...

— Un an de prison, deux à la rigueur, je pourrai peut-être le supporter, mais si je dois être enfermé pendant des années, j'en sortirai les pieds devant... Déjà maintenant, il arrive que mon cœur flanche...

Sûrement qu'il allait demander d'entrer à l'infirmerie de la Santé. C'était le garçon qui, à Moulins, les faisait rire. Quand un cours devenait monotone, on se tournait vers lui pour le pousser à être drôle.

Car on l'y poussait. On savait qu'il ne demandait pas mieux. Il inventait de nouvelles grimaces, de nouvelles farces.

Le clown... Une fois, dans la Nièvre, il avait fait semblant de se noyer et on avait mis un quart d'heure à le retrouver derrière des ajoncs vers lesquels il avait nagé sous l'eau.

— Qu'est-ce qu'on attend ? questionna-t-il, à nouveau inquiet.

D'une part, il était soulagé d'en avoir fini mais, d'autre part, il craignait de voir son ancien camarade changer d'attitude.

On frappa à la porte qui s'ouvrit devant le vieux Joseph. Celui-ci vint poser une carte de visite sur le bureau de Maigret.

— Faites-le entrer... Et allez dire à l'inspecteur Janvier de m'amener la personne qui est avec lui...

Il aurait donné gros pour un verre de bière fraîche, ou même pour une nouvelle lampée de cognac.

— Mon avocat, maître Bourdon...

Un des ténors du barreau, ancien bâtonnier, dont il était question pour l'Académie française. Froid et digne, Victor Lamotte, traînant un peu la jambe, s'installait sur une des chaises et n'accordait à Florentin qu'un regard distrait.

— Je suppose, monsieur le commissaire, que vous avez de solides raisons pour convoquer mon client ? J'ai appris que, vendredi déjà, vous avez procédé à une confrontation dont je me réserve de contester la légalité...

— Asseyez-vous, maître, se contenta de lui dire Maigret.

Janvier poussait dans la pièce une Mme Blanc agitée, qui s'immobilisait soudain devant le boiteux.

— Entrez, madame Blanc... Veuillez vous asseoir...

On aurait dit qu'elle se trouvait à l'improviste devant un problème nouveau.

— Qui est-ce ? demanda-t-elle en désignant maître Bourdon.

— L'avocat de votre ami M. Lamotte...

— Vous l'avez arrêté ?

Elle avait les yeux plus à fleur de tête que jamais.

— Pas encore, mais je vais le faire dans quelques instants. Vous reconnaissez, n'est-ce pas, que c'est lui qui, mercredi dernier, en descendant de chez Mlle Papet, vous a remis deux mille deux cents francs pour vous taire ?...

Elle serra les dents sans répondre.

— Vous avez eu tort de lui donner cet argent-là, monsieur Lamotte... L'importance de la somme l'a mise en goût... Elle a pensé que, si son silence avait été payé ce prix-là, il en valait davantage...

— J'ignore de quoi vous parlez...

L'avocat, lui, fronçait les sourcils.

— Je vous explique pourquoi c'est vous que j'ai fini par choisir entre plusieurs suspects... Samedi, Mme Blanc, que j'avais laissée sous la surveillance d'un inspecteur, s'est arrangée pour semer celui-ci en pénétrant dans un magasin à double issue... Elle voulait vous voir pour vous réclamer un supplément... Et elle était pressée, car elle pouvait craindre que je ne vous arrête d'un moment à l'autre...

— Je n'ai pas vu cette femme samedi...

— Je sais... Ce qui importe, c'est qu'elle vous ait cherché... Vous étiez trois à avoir votre jour, François Paré le mercredi, Courcel du jeudi soir au vendredi... Jean-Luc Bodard, lui, était plus irrégulier...

» Généralement, un commerçant de province qui vient passer quelques jours à Paris pour affaires chaque semaine retourne chez lui le samedi... Or, ce n'était pas votre cas, puisque votre samedi après-midi était consacré à Mlle Papet...

» La concierge le savait et c'est pourquoi elle a cherché à vous rejoindre... Elle ignorait que, n'ayant plus de rendez-vous, vous aviez quitté Paris la veille...

— Ingénieux, remarqua l'avocat, mais je doute qu'un jury se contente d'une charge aussi légère.

La concierge se taisait, plus lourde, plus immobile que jamais.

— Bien entendu, maître, ce n'est pas sur cet argument que j'arrêterai votre client... Léon Florentin, ici présent, a tout avoué...

— Je croyais qu'il était le coupable présumé.

Florentin, les épaules rentrées, n'osait plus regarder personne.

— Pas le coupable, rétorqua Maigret. La victime...

— Je ne comprends plus.

Victor Lamotte, lui, avait compris et s'agitait sur son siège.

— C'est sur lui que, théoriquement, l'arme était pointée... C'était lui que M. Lamotte menaçait afin de rentrer en possession de lettres compromettantes... Il se fait qu'il est un très mauvais tireur et que l'arme, au surplus, n'était pas d'une extrême précision...

— C'est vrai ? demanda l'avocat à son client.

Il ne s'était pas attendu à la tournure que prenait l'entretien. Lamotte ne répondait pas et regardait Florentin d'un œil féroce.

— J'ajoute, maître, pour votre plaidoirie, que je ne suis pas sûr que votre client ait tué intentionnellement... C'est un homme qui n'aime pas qu'on lui résiste et la contradiction le met en fureur... Il avait malheureusement une arme à la main et le coup est parti...

Cette fois, le boiteux tressaillit et se tourna vers Maigret avec stupeur.

— Si vous voulez m'attendre un moment...

Maigret refit, à travers les couloirs du Palais, le chemin qu'il avait parcouru le samedi. Il frappa à la porte du juge d'instruction, trouva celui-ci plongé dans un dossier épais tandis que le greffier l'avait relayé dans le nettoyage de la pièce du fond.

— Fini !... annonça Maigret en se laissant tomber sur une chaise.

— Il a avoué ?

— Qui ?

— Mais... ce Florentin, je suppose...

— Il n'a tué personne... J'ai pourtant besoin d'un mandat d'arrêt à son nom... Motif : tentative de chantage...

— Et le meurtrier ?

— Il attend dans mon bureau en compagnie de son avocat, maître Bourdon...

— Celui-là nous donnera du fil à retordre... C'est un des plus...

— Il sera très arrangeant... Je n'irai pas jusqu'à dire qu'il s'agit d'un accident, mais il existe de nombreuses circonstances atténuantes...

— Lequel d'entre eux...

— Le boiteux, Victor Lamotte, négociant en vins aux Chartrons, à Bordeaux, où l'on ne badine pas avec les questions de dignité, de préséance et, incidemment, de morale...

» Cet après-midi, j'établirai mon rapport et j'espère vous le remettre avant la fin de la journée... Il est presque midi et...

— Vous avez faim ?

— Soif ! avoua Maigret.

Quelques minutes plus tard, dans son bureau, il remettait les documents signés du magistrat à Lapointe et à Janvier.

— Conduisez-les à l'Identité Judiciaire pour les formalités d'usage, puis descendez-les au Dépôt...

Janvier questionna, en désignant la concierge qui s'était levée :

— Et celle-là ?

— On verra plus tard... Qu'elle rentre chez elle en attendant... La loge ne peut pas rester éternellement vide...

Elle le regarda, les yeux sans expression. Ses lèvres commencèrent à remuer, comme de l'eau qui frise sur le feu, mais elle ne dit rien et se dirigea vers la porte.

— Vous me rejoignez à la *Brasserie Dauphine*, mes enfants ?

Ce n'est qu'après coup qu'il jugea cruel ce rendez-vous donné à voix haute à ses collaborateurs devant deux hommes qu'on allait enfermer.

Cinq minutes plus tard, au comptoir du petit restaurant familier, dont une partie formait bistrot, il commandait :

— Une bière... Dans le plus grand verre que vous ayez...

En trente-cinq ans, il n'avait pas rencontré un seul de ses condisciples du lycée Banville.

Il avait fallu qu'il tombe sur Florentin !

Épalinges (Vaud), le 24 juin 1968.

IL Y A ENCORE DES NOISETIERS

Au docteur Samuel Cruchaud, mon ami, ce livre où personne n'est personne et où, quand, par hasard, quelqu'un est quelqu'un, il est quelqu'un d'autre.

1

Étais-je, ce matin-là, plus ou moins heureux que les autres jours ? Je n'en sais rien et le mot bonheur n'a plus beaucoup de sens pour un homme de soixante-quatorze ans.

En tout cas, la date reste dans ma mémoire : le 15 septembre. Un mardi.

A six heures vingt-cinq, Mme Daven, que j'appelle la gouvernante, est entrée sans bruit, sans remuer d'air, et a posé ma tasse de café sur la table de nuit avant de se diriger vers la fenêtre et de tirer les rideaux. J'ai vu tout de suite qu'il n'y avait pas de soleil, que l'air était brumeux, qu'il pleuvait peut-être.

Nous nous sommes dit bonjour, simplement. Nous parlons peu. Pendant que je buvais une première gorgée, elle a rangé les vêtements que j'avais retirés la veille au soir et, de mon côté, j'ai tourné le bouton de la radio pour les nouvelles du matin.

Ce sont des rites. Ils se sont créés peu à peu et je serais bien en peine de savoir pourquoi nous les suivons religieusement.

Mme Daven fait couler l'eau dans la baignoire et je bois mon café avant de me lever et d'endosser ma robe de chambre. Je marche vers la fenêtre. Tous les matins. Je regarde la place Vendôme déserte, les longues voitures de maître en face du Ritz, l'agent en faction au coin de la rue de la Paix.

Deux ou trois taxis passent, un seul piéton qui se presse en regardant l'heure à sa montre. Le pavé est noir et laqué. Je me demande s'il pleut ou si c'est la brume qui se dépose sur la chaussée. Un léger frémissement de l'air indique que c'est une pluie très fine qui descend si lentement qu'on s'en aperçoit à peine et qui se noircit sur l'asphalte.

Derrière moi, Mme Daven dépose ma seconde tasse de café noir.

— Vous porterez un complet bleu ?

J'hésite, comme si cela avait de l'importance, et je dis :

— Un gris... Assez sombre...

Peut-être pour être en harmonie avec le temps. Il pleuvra toute la journée. Ce n'est pas une ondée passagère. La place est très belle dans cette lumière tamisée, surtout à cette heure où peu de gens sont levés. Je ne vois que deux fenêtres éclairées, des femmes de ménage au travail.

Je sais que dans la cuisine Rose Barberon, la femme de chambre, sert le petit déjeuner à son mari qui n'a pas encore passé sa veste blanche ni coiffé sa toque de cuisinier. Il y a quinze ans qu'ils sont avec moi. Ils dorment dans les mansardes, juste au-dessus de ma tête.

— Vous ne désirez rien de spécial au déjeuner ou au dîner ? me demande Mme Daven.

— Rien de spécial, non.

— Vous n'avez pas d'invités ?

— Non...

J'en ai si rarement ! Le plus rarement possible. Je me suis habitué petit à petit à manger seul et j'en suis arrivé à ce que cela me fatigue de parler ou d'écouter.

A part la cuisine, l'appartement est vide, mon studio, l'ancienne chambre de ma femme, son boudoir, les chambres des enfants, bien entendu, le grand salon et la salle à manger.

Mme Daven couche dans ce qui a été longtemps la chambre de Jean-Luc. Au début, elle voulait s'installer dans une des mansardes, mais je me sentais trop seul, la nuit, dans un appartement où le silence n'était rompu par aucune présence humaine.

Tout s'est passé ce matin-là comme les autres matins. Peu de nouvelles à la radio. Ma cigarette terminée, je l'ai écrasée dans un cendrier, et je me suis rendu dans la salle de bains. Mon premier soin a été de me raser.

Encore une habitude que rien n'explique. La plupart des hommes prennent leur bain avant de se raser, car la barbe est alors plus tendre. Pourquoi je fais le contraire, je l'ignore. J'ai tendance, depuis un certain nombre d'années, sans doute depuis que je vis pratiquement seul, à répéter les mêmes gestes aux mêmes heures de la journée.

J'entends Mme Daven aller et venir dans ma chambre. Elle sait que j'ai horreur de voir le lit ouvert, la blancheur crue des draps froissés. Elle reste là pendant que je m'habille, me tend les objets que je mets dans mes poches.

En somme elle fait fonction de valet de chambre. Je n'ai jamais pu supporter la présence d'un homme dans mon intimité.

A sept heures, j'entends des pas dans le studio contigu à ma chambre. C'est Émile, mon chauffeur, qui apporte les journaux du matin et les pose sur le guéridon. Il habite la banlieue, du côté d'Alfortville, je pense, et sa femme est à l'hôpital depuis près de deux ans. Il fait son ménage, chaque matin, avant de partir. Dans quelques instants, il sera dans la cuisine à prendre à son tour son petit déjeuner.

Un tout petit univers, cinq personnes au total, dans un appartement conçu pour une grande famille et pour des réceptions. Tout à l'heure viendront les deux femmes de ménage assumant le gros travail, car toutes les pièces, même celles qui ne servent plus, sont passées chaque jour à l'aspirateur.

Je n'endosse pas encore mon veston, mais une robe de chambre légère, et je vais m'asseoir dans mon fauteuil du studio. J'y passe une bonne partie du temps et, quand je suis grippé, j'y reste la journée entière.

La moquette est beige, les murs tendus de cuir, le même cuir, en un peu plus clair, que les fauteuils. Sur le mur, en face de ma place favorite, j'ai fait accrocher un grand Renoir, une baigneuse, jeune et fraîche, avec des gouttes d'eau qui glissent sur sa peau rose. Elle est rousse et sa lèvre inférieure s'avance dans une moue boudeuse.

Je la regarde chaque matin. Je lui dis bonjour.

A cause de cette pluie fine, du ciel d'un gris uni, je suis obligé, aujourd'hui, de garder les lampes allumées et, de ma place, je vois d'autres fenêtres qui s'éclairent.

Certains ont-ils, comme moi, des habitudes auxquelles ils attachent de l'importance ? Je n'étais pas ainsi, jadis. Il me semble que chaque journée était différente, que j'improvisais au fil des heures, sans jamais savoir où je me trouverais le soir et à quelle heure je me coucherais. Maintenant, je le sais. Onze heures. Presque à une minute près.

Avec Jeanne, ma seconde femme, nous nous couchions rarement avant trois heures du matin et nous dormions encore quand les enfants partaient pour l'école.

Quant à Nora, plus tard, elle aurait volontiers passé toutes les nuits dehors.

Je lis mes journaux machinalement, surtout les informations financières, et Mme Daven, toujours sans bruit, dans une sorte de glissement, m'apporte ma troisième tasse de café.

J'ai toujours été gourmand de café. Mon brave Candille, qui est mon médecin depuis plus de vingt ans, me conseille en vain de me restreindre. Il est trop tard. Ce n'est pas à mon âge qu'on change ses habitudes et il en est de mes trois tasses de café comme du reste.

Je me moque volontiers de moi-même. Je vis sur des rails, sans m'en écarter davantage qu'une locomotive. Le plus curieux, c'est que j'éprouve, dans cette répétition quotidienne de mes faits et gestes, une certaine satisfaction.

Comme j'en éprouve à voir, bien à leur place, les tableaux et les objets que j'ai choisis peu à peu au cours des années. Je ne leur attache pas une valeur sentimentale. Je ne pense jamais aux souvenirs qu'ils pourraient réveiller en moi.

Je les aime pour eux-mêmes, pour leur forme, leur matière, leur beauté ; il y a par exemple dans le salon une tête de femme, par Rodin, dont je caresse le bronze chaque fois que je passe.

La pendule dorée, qui date du dix-septième siècle, sonne les heures et les demies et Mme Daven prend soin qu'elle ne s'arrête jamais. J'ai horreur des horloges arrêtées. C'est un peu comme si elles étaient mortes et toutes les pendules de la maison marquent l'heure exacte, sauf l'horloge électrique de la cuisine qui avance de cinq minutes.

La place Vendôme s'anime un peu. J'entends des volets métalliques qu'on lève devant les vitrines, y compris chez le bijoutier, au rez-de-chaussée de mon immeuble.

Quand la pendule frappe neuf coups, cela signifie qu'il est temps de me lever et d'échanger ma robe de chambre contre un veston. Pour gagner la porte, je dois passer par le grand salon où s'affaire une des femmes de ménage. Je les connais seulement de vue. Elles changent assez souvent. Pour le moment je crois qu'il y a une Française et une Espagnole.

Je ne prends pas l'ascenseur, car je n'ai qu'un étage à descendre pour apercevoir sur une porte d'acajou la plaque de cuivre qui porte, gravés, les mots :

F. Perret-Latour
Banquier

Le F est là pour François. C'est moi. Si l'affaire m'appartient encore pour la plus grande partie, je ne joue plus réellement le rôle de patron. J'y ai renoncé il y a quatre ans, à soixante-dix ans, un anniversaire qui m'a fort troublé car j'ai eu l'impression, soudain, d'être devenu vieux.

Jusqu'alors, c'est à peine si j'y avais pensé. Je commençais, certes, à me fatiguer plus vite, à appeler plus souvent Candille pour des bobos, mais je ne me sentais pas un vieillard.

Or, du jour au lendemain, j'ai décidé que j'en étais un et je me suis mis à vivre, à marcher, à parler, à agir en vieillard.

C'est de cette époque que datent la plupart de mes manies. C'est alors aussi que Mme Daven a commencé à s'occuper de tout dans l'appartement, y compris de moi-même.

— Combien d'années, normalement, me reste-t-il à vivre ? me suis-je demandé.

Je ne me posais pas la question avec angoisse. Je ne pense pas que j'aie peur de mourir. Ce qui m'a tracassé, le jour de mes soixante-dix ans, c'est l'idée de décrépitude.

Je me suis souvenu de la façon dont, quelques années plus tôt encore, je regardais ceux que je considérais comme des vieillards.

J'ai toujours considéré mon père comme un vieillard, alors qu'il est mort à soixante-trois ans.

N'est-ce pas ahurissant de penser que mon frère Léon a soixante-douze ans et que ma sœur Joséphine, l'aînée, qui ne s'est jamais mariée, vit encore seule, à Mâcon, à l'âge de soixante-dix-neuf ans ?

Jeanne, elle, plus jeune que moi, s'est installée à Metz avec son mari et elle est morte de tuberculose en 1928 après avoir donné naissance à deux ou trois enfants. Je devrais le savoir, car nous avons continué un certain temps à nous écrire. Son mari, qui s'appelait Louvier, était dans les assurances. Ma sœur disparue, j'ai perdu contact avec lui et les enfants.

Si je descends au premier étage à neuf heures cinq, c'est pour donner le temps à M. Pageot d'ouvrir les portes et les volets. Il a dix ans de moins que moi et voilà plus de trente ans qu'il travaille à la banque.

Le directeur, Gaston Gabillard, est plus jeune : cinquante-deux ans. C'est lui qui dirige l'affaire, bien que je sois resté président du conseil d'administration et qu'il fasse semblant de me demander mon avis avant de prendre une décision importante.

Il occupe mon ancien bureau, le plus grand, le plus clair, dont les deux fenêtres donnent sur la place Vendôme et qui est meublé en style Empire. Tout est meublé en Empire et la plupart des meubles sont authentiques. Il n'y a qu'un seul guichet, dans la première pièce où se tient l'huissier à chaîne d'argent.

Nos clients ne viennent pas pour toucher un chèque ou pour verser de petites sommes. Notre fonction est de gérer leur fortune, de les conseiller dans leurs placements, souvent de prendre des participations dans leurs affaires.

J'ai été un des premiers, par exemple, à croire en l'électronique et à aider un industriel de Grenoble qui se lançait dans cette voie. Aujourd'hui, son affaire m'appartient à soixante pour cent.

Je jette un coup d'œil à la salle des télex, où les appareils sont reliés directement avec Londres, Zurich, Francfort et New York. Puis j'entre dans le bureau qui m'est réservé, plus petit que l'ancien, mais avec vue aussi sur la place Vendôme.

Mon courrier personnel m'attend au milieu du sous-main qui m'a été offert par ma dernière femme.

Mardi 15 septembre. La pluie tombe toujours, si fine qu'elle en est invisible, et pourtant le toit et le capot des voitures sont tout mouillés.

La lettre se trouve au-dessus de la pile, une enveloppe avion dont l'écriture me frappe. Elle m'aurait frappé tout autant si elle ne portait pas en caractères imprimés les mots : Bellevue Hospital.

A New York. Quai Franklin D. Roosevelt, face à l'East River. Je connais bien New York. Je suis passé souvent devant les imposants bâtiments du Bellevue Hospital.

L'écriture est heurtée, pointue, tantôt verticale, tantôt penchée à droite et tantôt à gauche. Elle est tremblée. C'est l'écriture d'un ou d'une malade.

Nous recevons souvent à la banque des lettres de fous, et on les reconnaît presque toujours à ce genre d'écriture.

Il n'y a pas de nom au dos de l'enveloppe. Je l'ouvre, avec le sentiment que je vais apprendre une nouvelle désagréable.

Je tourne la feuille pour lire la signature. Je ne me suis pas trompé. La lettre est de Pat. Elle signe à présent Pat Jester.

Je savais qu'elle s'était remariée. Je suis même allé sonner à sa porte, en 1938, alors qu'elle habitait une petite maison assez pauvre du Bronx. Je voulais lui demander l'adresse de mon fils, qui ne m'a jamais écrit.

Une voisine, me voyant sonner en vain, m'a dit que mon ancienne femme travaillait dans un hôtel de Manhattan, sans pouvoir préciser lequel, en même temps que son mari, un nommé Jester. Non, la voisine ne connaissait pas mon fils mais elle en avait entendu parler et il habitait quelque part dans le New Jersey.

La lettre est en anglais, bien entendu. Même quand nous vivions ensemble à Paris, Pat n'a jamais pu retenir cinq mots de français.

C'est en 1925 que nous nous sommes rencontrés à New York, où j'étais allé faire un stage à Wall Street. J'habitais la Troisième Rue, près de Washington Square, au second étage d'une maison qui n'en comportait que quatre.

Il y avait pourtant un ascenseur, très étroit, tapissé de rouge. On ne pouvait y tenir qu'à deux et un jour je m'y suis trouvé en compagnie d'une jeune femme brune qui s'arrêta au même étage que moi.

Nous étions voisins et, pendant plusieurs semaines, je ne l'avais jamais rencontrée. J'avais trente et un ans. La deuxième ou la troisième fois, nous nous sommes parlé et elle m'a dit qu'elle était modèle.

Nous avons dîné ensemble. Il m'est arrivé de passer de plus en plus souvent, le soir, d'une chambre dans l'autre et, une nuit, je me suis mis en tête de l'épouser.

Nous avons changé d'appartement. Pat avait vingt ans et elle était assez gaie, avec, pourtant, des moments de mélancolie. Elle était née dans le Middle West et je pense que ses parents étaient très pauvres. Elle ne m'en parlait jamais.

Je jouais à la Bourse. Dès mon arrivée à Paris, à dix-sept ans, quand je suis entré à la Faculté de droit, j'avais découvert le poker et j'y passais des nuits entières.

Je gagnais presque toujours. Il y a chez moi comme un sixième sens qui m'a servi au Stock Exchange après m'avoir servi au Quartier Latin.

En 1926, considérant que mon stage était terminé, je suis rentré à Paris avec Pat et nous nous sommes installés dans un hôtel du boulevard Montmartre.

C'est là que notre fils est né et nous l'avons nommé Donald. Pat ne travaillait plus. Je la sortais le plus possible, surtout dans les boîtes de Montparnasse qui avaient alors la vogue que devaient acquérir plus tard les caves de Saint-Germain-des-Prés.

Pourquoi Pat a-t-elle pris Paris en grippe ? Je n'en sais rien. Elle tenait à se comporter strictement en Américaine et rien de ce qui était français ne trouvait grâce à ses yeux.

J'avais un ami, avec qui j'avais fait mon droit, et dont le père possédait une banque privée rue Laffitte. Il s'appelait Max Weil et c'est lui qui m'a conseillé de reprendre une petite banque, place Vendôme. Son père m'a d'ailleurs aidé financièrement. Quant à mon ami Max, il devait mourir à Buchenwald en 1943.

Je me souviens des dates, grâce à des points de repère. Pour certaines époques, mes souvenirs sont plus flous que pour d'autres et c'est le cas pour ma vie avec Pat. J'ai même de la peine à reconstituer son visage. Nous ne nous disputions pas, mais je ne retrouvais pas, à Paris, l'exaltation joyeuse que j'avais partagée avec elle à New York.

L'appartement du second étage n'était pas libre en ce temps-là et nous avons continué à habiter l'hôtel.

J'avais une maîtresse, Jeanne Laurent, une journaliste dont le père était directeur d'un quotidien du soir. Elle était petite et mince, très vive, d'une intelligence aiguë.

Je crois que Pat l'a toujours ignoré et que ma liaison n'a eu aucune part dans sa décision. Un jour, elle m'a annoncé qu'elle avait la nostalgie de New York et qu'elle allait y passer quelques semaines. Elle a emmené notre fils, trop jeune pour que je m'en occupe.

Pour moi, ce n'était qu'un bébé comme les autres et je ne me sentais pas une âme de père.

Je n'ai guère été surpris, trois ou quatre mois plus tard, de recevoir une lettre d'un avocat de Reno m'annonçant que le divorce entre Pat et moi avait été prononcé à mes torts et que j'étais condamné à verser une somme mensuelle de mille dollars pour l'entretien et l'éducation de l'enfant.

J'en ai discuté avec Paul, un ami et mon avocat, Paul Terran, qui habite quai Voltaire et qui vient encore de temps en temps me voir.

— Pour être valable en France, le divorce devrait avoir été prononcé pour des motifs reconnus par la loi française. Or, ta femme a évoqué ta désertion du domicile conjugal. Où est le domicile conjugal ?

— Là où vit le mari...

— Exactement... Donc, si tu le désires, tu peux faire annuler le divorce par les tribunaux français...

A quoi bon ? Au fond, cela m'arrangeait. Je n'avais plus envie de vivre avec Pat et encore moins de m'installer définitivement aux États-Unis.

Jeanne Laurent et moi étions devenus de plus en plus intimes et il me déplaisait de rentrer seul me coucher, car elle habitait encore chez ses parents.

J'ai versé les mille dollars mensuels jusqu'en 1940, quand il est devenu impossible de communiquer avec l'Amérique. Pat s'était remariée avec un certain Jester, que je n'ai jamais vu et dont j'ignore la profession. Par la suite, j'ai perdu leur adresse et, comme je ne possédais pas non plus celle de Donald, j'ai cessé les versements.

La lettre est devant moi, écrite dans une salle du Bellevue Hospital par une femme qui doit avoir aujourd'hui soixante-deux ans et qui signe d'une main tremblante Pat Jester.

La maison de la Troisième Rue a dû être démolie pour faire place à un immeuble plus important et plus moderne, comme c'est le cas autour de Washington Square.

Dear François...

Cela me fait un drôle d'effet qu'elle m'appelle cher François. Je ne sais pas pourquoi mes mains se mettent à trembler légèrement, comme si cette lettre m'effrayait un peu.

Il y a quatre ans déjà, lors de ces fameux soixante-dix ans, j'ai décidé de devenir égoïste.

Sans doute n'y suis-je pas parvenu complètement. Je pense à Pat, à ce fils que je n'ai jamais vu que bébé, et je cherche des excuses pour retarder ma lecture.

J'espère que tu pourras lire ma lettre. Je n'en suis pas sûre, car mon écriture devient toujours pire. Depuis trois ans, ma main se met à trembler dès que je saisis une plume ou un crayon. Et, aujourd'hui, je suis couchée dans mon lit.

Pas mon vrai lit. Dans celui d'une salle de Bellevue où nous sommes vingt à nous épier, vingt femmes d'un certain âge qui, toutes, à certains moments de la nuit, se mettent à gémir. Moi aussi, malgré les piqûres.

Je ne sais pas des piqûres de quoi. Quand on lui pose des questions, l'infirmière sourit en hochant la tête. J'ignore aussi quelle maladie j'ai et de quelles maladies souffrent mes voisines.

En ce qui me concerne, il paraît qu'ils ne savent pas non plus, qu'ils cherchent toujours, depuis deux mois. Ils me font des tests.

On me conduit, sur un lit roulant, dans des locaux pleins d'appareils et on me passe aux rayons.

Je suis si maigre que je ne pèse pas plus qu'une gamine de dix ans. Il n'y a que mon ventre à enfler, comme s'il était plein d'air, et il m'arrive de penser qu'il ne fait plus partie de moi.

Voilà près de deux ans que j'ai commencé à maigrir ainsi et que j'ai des douleurs mais, au début, les crises étaient plus rares. Au début de l'été, j'étais si faible que j'ai dû quitter mon travail à l'Hôtel Victoria et rester toute la journée dans ma petite maison...

Est-ce la maison du Bronx où il a sonné en vain lors d'un voyage à New York ? Il ne connaît pas d'Hôtel Victoria. C'est probablement un meublé de troisième ou de quatrième ordre. Pat ne dit pas non plus quel emploi elle y tient.

Heureusement que le docteur Klein ne m'a pas laissée tomber. Il habite la même rue et il m'est arrivé de l'appeler par téléphone plusieurs nuits de suite tellement je souffrais.

Est-ce que je t'ai dit que Jester, mon mari, a été tué aux Philippines ? Je touche une petite pension, mais pas de quoi payer quelqu'un pour me garder dans la maison. Comme je ne pouvais plus sortir et que j'étais la plupart du temps au lit, le docteur Klein m'a fait admettre à l'hôpital...

Elle doit avoir des mèches grises qui lui pendent sur le visage et j'essaie en vain d'imaginer, d'après les souvenirs que j'ai gardés d'elle, la Pat d'aujourd'hui. Je la revois à vingt ans, dans les revues de mode, parfois sur la couverture d'un magazine.

Je me demande si, dans la salle, nous avons toutes la même maladie. Presque chaque jour on en emmène une ou deux quelque part, peut-être pour des rayons. On ne se parle presque pas. Nous sommes dix d'un côté, dix lits pareils, avec dix autres lits en face.

Il y en a qui lisent, d'autres qui écoutent la radio aux heures où c'est permis. La plupart du temps, on se regarde.

Cinq de celles qui étaient ici à mon arrivée ont été remplacées.

— La vieille du troisième lit est morte ? ai-je demandé à l'infirmière de nuit, plus bavarde que celle de jour.

— Je ne crois pas. Elle a dû rentrer dans sa famille...

— Les autres aussi ?

— Quelles autres ?

— Les quatre autres qui ont disparu...

— Je ne suis pas au courant.

On doit les emmener ailleurs pour mourir et, si nous nous épions les unes les autres, c'est que chacune se demande laquelle sera la prochaine à quitter la salle pour toujours...

Mais ce n'est pas pour me plaindre que je t'écris.

Quand je l'ai rencontrée dans la Troisième Rue, Pat avait déjà tendance à ne penser qu'à elle. Je m'en suis rendu compte par la suite, en particulier à Paris, qui n'a jamais été pour elle qu'un décor.

Quand elle a appris qu'elle était enceinte, elle m'a boudé pendant deux mois et je me demande encore pourquoi elle a emmené l'enfant aux États-Unis. Afin d'obtenir une pension alimentaire plus élevée ?

C'est possible. Dans ce cas, pourquoi, après la guerre, ne m'a-t-elle plus donné signe de vie ?

Je ne me rappelle pas si je t'ai écrit, il y a deux ou trois jours, pour te mettre au courant. Je sais que je voulais le faire, que j'avais ma lettre dans la tête. Je crois que je commence à perdre la mémoire. Malgré tout, je ne suis pas encore ce qu'on peut appeler une vieille femme.

Il y en a une, à ma droite, qui a quatre-vingt-huit ans et qui cherche toujours à se lever dès que l'infirmière s'absente. Deux fois, on l'a ramassée par terre au pied de son lit.

C'est au sujet de Donald. Il est mort, à quarante-deux ans, et, le plus troublant, c'est qu'on ignore pourquoi il a fait ça.

Il avait une gentille petite femme, Helen Petersen, qu'il a connue quand il travaillait à Philadelphie. Ils ont trois enfants. L'aîné des garçons, Bob, travaille au garage. Je crois qu'il a dans les vingt ans. Je ne sais plus.

Puis il y a Bill, encore au High School, et enfin la gamine, Dorothy, qui me ressemble quand j'étais jeune.

Ils auraient dû être heureux, malgré la jambe que Donald a perdue en Corée. Son caractère, depuis, n'était plus tout à fait le même mais il avait fini par s'habituer...

Comment m'imaginer ce fils que je n'ai vu que bébé ? Tout un passé m'est soudain jeté à la figure et j'en ressens un véritable vertige.

Il avait une station-service avec cinq pompes, à Newark, dans le New Jersey. Il faut que je retrouve son adresse exacte, car tu pourras peut-être faire quelque chose...

Bon... J'ai mis la main sur mon carnet... C'est Jefferson Street, au 1061, à la sortie de Newark, juste avant la grand-route de Philadelphie.

Cela s'est passé la semaine dernière. Tout le monde était couché. Il s'est levé en disant à sa femme que, puisqu'il ne parvenait pas à s'endormir, autant en profiter pour aller mettre ses écritures en ordre...

Helen s'est rendormie. Quand elle s'est soudain réveillée en sentant la place froide à côté d'elle, il était près de trois heures du matin. Elle est descendue comme elle était et elle l'a trouvé pendu dans l'atelier.

Il n'a laissé aucun message. Personne ne sait rien. On l'a enterré lundi et je n'ai pas pu le conduire au cimetière.

D'après un comptable qu'Helen a fait venir, les affaires n'étaient pas bonnes et un jour ou l'autre Donald aurait dû revendre le garage, ce qui aurait à peine suffi à payer les dettes.

Vois-tu, il était trop bon, trop confiant. Il faut bien le dire aussi, il a toujours détesté faire des comptes.

J'espère que tu as plus de chance ainsi que tes enfants, si tu en as.

Je ferme les yeux un bon moment comme si je refusais d'accepter ces réalités nouvelles. Des existences se sont continuées à mon insu, des existences qui ont été intimement liées à la mienne. Je suis trois fois grand-père sans le savoir et si Pat n'était pas immobilisée sur un lit d'hôpital, il est probable que je l'ignorerais toujours.

Elle m'écrit, en somme, pour se raccrocher à quelque chose.

Elle a eu une vie terne, pénible. Elle a perdu son mari à la guerre et elle s'est mise au travail dans un hôtel. Pas aux écritures, car elle manque d'instruction. Sans doute comme femme de chambre, ou à la lingerie.

Mon fils aîné, qui a perdu une jambe en Corée, vient de se suicider, probablement à cause de l'état désespéré de ses affaires. Pourquoi ne m'a-t-il pas écrit ?

Je me demande ce que Pat lui a raconté quand il lui a demandé qui est son père et pourquoi il porte un nom français. Car il le lui a demandé tôt ou tard.

Lui a-t-elle dit que je suis mort ? C'est improbable. Le hasard aurait pu l'amener à Paris, où on l'aurait renseigné sans peine. Il aurait également pu s'adresser au consulat de France.

Il ne m'a jamais donné signe de vie. Pour lui, comme pour sa mère jusqu'à ce qu'elle écrive la lettre que je tiens à la main, je n'existais pas. J'avais été effacé de leur univers.

Je n'ai pas de remords. Je suis plus accablé que je ne l'aurais pensé, sans parvenir pourtant à me sentir coupable.

Est-ce à cause de ma décision de devenir égoïste ? Non. Même pas. Nous avons suivi des voies différentes et c'est eux qui m'ont rejeté.

Peut-être, continuait Pat, *pourras-tu les aider ? Je sais bien que tu ne les connais pas, que ce sont des étrangers pour toi, mais les enfants sont quand même tes petits-enfants...*

Cela non plus, je ne le sens pas.

Je connais Helen. Elle est trop fière pour te demander quoi que ce soit et j'ignore comment elle compte s'en tirer.

Je m'y suis reprise à plusieurs fois pour t'écrire et j'ai failli chaque fois déchirer ma lettre.

C'est comme si je mendiais. J'ai honte. Tu n'es pas obligé de m'écrire mais je te demande en grâce de faire quelque chose pour Helen et les enfants...

Je suis arrivé au bout de la lettre. Il ne reste qu'un mot au-dessus de la signature.

Sincerely.

C'est inattendu. Elle a été ma femme. Nous avons partagé nos enthousiasmes, vécu, pleins de jeunesse, les folles nuits de New York et de Paris.

Nous avions un fils...

Et, à la fin de cette lettre à l'écriture tremblée, elle ne trouve que la formule la plus banale, celle qu'on utilise dans les lettres d'affaires.

Sincèrement !

Je regarde ma montre qui marque neuf heures et demie. A New York, il est trois heures et demie du matin. Je ne peux rien faire, qu'attendre midi, pour appeler, chez lui, notre correspondant Eddie Parker.

Je n'ai personne à avertir. Peu de gens savent que j'avais un fils aux États-Unis. Il n'y a guère que Jeanne Laurent à être au courant et même à avoir connu Pat car, un soir, je les ai fait dîner ensemble.

Dès l'annonce du divorce, nous nous sommes mariés, Jeanne et moi. Je recherche la date dans ma mémoire. Cela devait être en 1928. Je venais d'obtenir le second étage de l'immeuble, ainsi que les mansardes. Il me restait à meubler toutes ces pièces dont je ne savais pas trop que faire.

Je viens de citer un chiffre inexact. C'est bien en 1928 que j'ai rencontré Jeanne Laurent, mais ce n'est qu'en 1930 que je l'ai épousée. J'avais trente-six ans et elle vingt-quatre. Elle était très intelligente et l'étendue de ses connaissances m'étonnait toujours. A cette époque, elle tenait une rubrique de cinéma.

Notre premier fils, Jacques, est né l'année suivante puis, en 1933, nous en avons eu un second, Jean-Luc.

Jeanne continuait à travailler et, à mesure que le temps passait, elle reprenait de plus en plus son indépendance, fréquentant des milieux plus jeunes, plus intellectuels que le mien.

Lorsque j'ai acheté notre villa, à trois kilomètres de Deauville, par exemple, elle n'a manifesté aucun plaisir.

— Au fond, tu es snob, n'est-ce pas ?

Je ne crois pas être snob, ni l'avoir jamais été. Grâce à un flair que je ne m'explique pas, j'ai gagné beaucoup d'argent. Même la dépression américaine m'a, en fin de compte, été favorable, car je l'avais sentie venir et j'avais pris mes précautions.

Il me semblait naturel d'acheter des chevaux de course et d'avoir des écuries à Maisons-Laffitte. En jaquette et en haut-de-forme gris, j'avais droit à la tribune des propriétaires.

Je n'appelle pas cela du snobisme. Non plus que le fait de jouer gros jeu au privé de Deauville, ce qui m'amusait.

C'était drôle, sans plus. Traditionnellement, j'aurais dû reprendre l'affaire de mon père, gros négociant en vins à Mâcon. Je suis l'aîné des fils et la maison, fondée en 1812, a toujours passé à l'aîné des garçons.

Nous habitions, quai Lamartine, une vaste bâtisse bourgeoise imprégnée, de la cave au grenier, de l'odeur du vin. Les meubles, anciens mais sans grâce, étaient toujours astiqués, ainsi que les cuivres et les étains.

Ma mère, en tablier de cotonnette, dirigeait les trois servantes et se mettait souvent au fourneau.

Je revois la façade peinte en blanc, repeinte chaque année, le bureau sombre de mon père, qui donnait sur la cour encombrée de barriques et sur les chais.

Mon frère Léon, plus jeune que moi de trois ans, a pris ma place quand je suis venu à Paris, et c'est son fils Julien, qui doit avoir un peu plus de quarante ans, qui est aujourd'hui à la tête de l'affaire.

Tout à l'heure encore, je me sentais seul dans mon studio du second étage où je lisais les journaux et voilà qu'à cause d'une lettre je découvre que des fils invisibles continuent à me rattacher à des tas de gens.

Un de mes enfants, le premier, que je n'ai pour ainsi dire jamais vu, vient de se pendre dans un garage du New Jersey !

Je suis entré dans le bureau de Gabillard, le directeur, et il a froncé les sourcils devant mon air grave.

— Une mauvaise nouvelle ?

— Oui. Mon fils est mort.

— Lequel ?

— Un que vous ne connaissez pas et qui habitait les États-Unis... Il s'est pendu...

Je l'ai fait exprès, pour choquer Gabillard.

— Vous avez le numéro de téléphone privé d'Eddie Parker ?

Il a pressé un bouton pour appeler sa secrétaire, Mlle Solange, à qui il m'arrive de dicter du courrier.

— Vous avez le numéro de téléphone privé d'Eddie Parker ?

— Certainement. Je vous l'apporte tout de suite...

Pendant son absence, je continue, comme par défi :

— Ma première femme est à l'hôpital...

— A Paris ?

— A New York.

— Elle est âgée ?

— Soixante-deux ou soixante-trois ans.

— C'est grave ?

— Probablement un cancer...

Tout cela avec calme, comme si j'énonçais des faits, sans plus. Pourtant, il y a au fond de moi-même quelque chose qui ressemble à de la détresse.

C'est tout un pan de ma vie qui sombre dans un gâchis que j'ai été impuissant à éviter.

Quand la secrétaire revient et me tend une carte avec un numéro de téléphone, je lui demande :

— Cela vous ennuierait de m'attendre, à midi ? Je pourrais être quelques minutes en retard... Il faut que je parle à Eddie Parker...

J'ai toujours été incapable de demander une communication téléphonique. Plus exactement, cela m'irrite.

En quelle année avons-nous divorcé, Jeanne et moi ? C'était après la guerre, dans le courant de 1945. La guerre nous avait encore séparés davantage, car Jeanne s'était lancée dans la Résistance. Je l'avais ignoré pendant près de trois ans et je m'étonnais de ses fréquents voyages en province, malgré les difficultés du moment, alors qu'auparavant elle voyageait peu.

Un jour, je l'ai surprise montant vers les mansardes, un paquet à la main.

— Où vas-tu ?

Elle a sursauté, puis s'est résignée.

— Attends-moi dans ton studio. Je reviens...

Elle m'a tout avoué, y compris que deux hommes que je ne connaissais pas vivaient depuis plusieurs mois sous mon toit.

— Tu m'en veux ?

— Non.

C'était vrai. J'étais assez content de lui savoir cette activité.

— Je pourrai de temps en temps te demander de l'argent ?

— Je t'en donnerai volontiers...

Il n'y avait plus d'amour entre nous, mais de l'estime et, je pense, une véritable amitié.

Lui arrivait-il d'avoir des rapports plus intimes avec ceux avec qui elle travaillait de la sorte ? Je n'ai pas cherché à le savoir. Je ne lui ai pas posé la question. Je suis certain qu'elle m'aurait répondu sans honte.

Les chambres étaient presque toutes occupées à cette époque. Mes fils avaient quinze et douze ans. Nous avions une gouvernante d'une tête plus grande que moi, que Jeanne a emmenée avec elle lorsque nous avons convenu de divorcer.

Nous nous rendions mutuellement notre liberté. Elle reprenait son nom de jeune fille, dont elle avait toujours signé ses articles, et elle s'intallait dans un appartement du boulevard Raspail.

Elle y habite encore. C'est là que je lui ai téléphoné une fois rentré dans mon bureau.

— Mme Laurent est-elle chez elle ?

— Non, monsieur. Vous la trouverez au journal...

Elle dirige à présent un magazine, rue François-Ier. Elle a vieilli, elle aussi. Tout le monde, autour de moi, a vieilli et j'ai du mal à croire que je suis dans le même cas, que je suis en réalité le plus vieux de tous.

— Jeanne ? Ici...

— François. Je reconnais ta voix. Je voulais justement te téléphoner un de ces soirs.

— Pourquoi ?

— Pour te demander un rendez-vous... J'aimerais bavarder avec toi... Comme je ne connais pas encore mon emploi du temps la semaine prochaine, je te rappellerai... Tu as quelque chose à me dire ?...

— Donald est mort. Il s'est pendu dans l'atelier de mécanique qu'il tenait à Newark, dans le New Jersey...

— Je connais Newark...

Elle a voyagé davantage que moi.

— C'est sa femme qui t'a écrit ?

— Non... C'est Pat...

— Qu'est-elle devenue ? Cela a dû te faire un drôle d'effet d'avoir de ses nouvelles après si longtemps...

— Elle est au Bellevue Hospital, dans une salle de vingt malades, et j'ai tout lieu de croire qu'elle est atteinte d'un cancer...

Il y a un silence.

— Je suis triste pour toi, François... Ces deux nouvelles d'un seul coup... Donald avait des enfants ?

— Trois...

— Tu vas t'en occuper ?

— Avant tout, je vais leur envoyer notre correspondant à New York...

Cette phrase illustre assez bien la différence entre le caractère de Jeanne et le mien. A ma place, elle se serait précipitée vers Orly et aurait pris le premier avion pour New York.

A quoi bon ? Helen, la femme de Donald, ne me connaît pas et peut-être ne lui a-t-il jamais parlé de moi. Mes petits-enfants m'ignorent sûrement. Quant à Pat, que pourrais-je lui dire, dans une salle d'hôpital ?

— Je ne sais pas pourquoi j'ai éprouvé le besoin de t'appeler...

— Tu as bien fait... Ne te laisse pas trop abattre... Je te téléphonerai dans quelques jours...

— D'accord...

Il n'est que dix heures du matin et je descends pour pénétrer dans la voiture dont Émile tient la portière ouverte. A l'intérieur, il règne une bonne odeur de cuir.

— Au club ? demande-t-il.

— Au club, oui...

Le Nouveau Club, avenue Hoche. J'ignore pourquoi on l'appelle ainsi. Sans doute existait-il un autre club autrefois et une scission s'est-elle produite ?

Je gagne d'abord les vestiaires, au second étage, et me mets en tenue pour ma demi-heure de culture physique. Nous ne sommes que quatre ou cinq dans la salle encombrée d'appareils et, sur un ring, deux hommes d'une quarantaine d'années s'entraînent à la boxe sous le regard critique du professeur.

Je demande à René, mon masseur :

— Vous êtes libre ?

— Oui, monsieur François...

Il ne m'appelle jamais Perret-Latour. Cela doit lui paraître trop compliqué. En outre, il me connaît depuis vingt ans.

Me travaillant durement le corps, il manque rarement de me féliciter.

— Vous, au moins, vous ne laissez pas vos chairs s'amollir...

C'était gentil de sa part. Je n'en garde pas moins mes soixante-quatorze ans.

— Vous descendez à la piscine ?

— Juste pour un plongeon.

L'ascenseur me conduit au sous-sol où la piscine a été aménagée. Ce matin, je suis seul dans l'eau. Je nage pendant une dizaine de minutes puis je monte me rhabiller.

A midi, je suis de retour place Vendôme et j'appelle Mlle Solange dans mon bureau.

— Voulez-vous demander New York ? Parker sera furieux d'être réveillé à six heures du matin. Vous savez s'il est marié ?

— En tout cas, il l'a été...

— Tant pis... Appelez quand même...

Et j'attends, la lettre de Pat devant moi.

2

— Eddie ? ai-je demandé d'une voix douce, afin d'atténuer sa réaction.

Et, comme je m'y attendais, c'est une voix furieuse, un peu enrouée, qui a fait vibrer l'appareil.

— God ! Who can be crazy enough to call *me* at six in the morning ?

Il a souligné le *me* comme si, parmi les douze millions de New-Yorkais, il était bien le dernier qu'on puisse déranger de si bonne heure.

« Dieu ! Qui peut être assez fou pour m'appeler à six heures du matin ? »

Il mesure un mètre quatre-vingt-dix et a des épaules de lutteur. A côté de lui, je suis un petit homme mince et frêle.

— François ! ai-je répondu avec la même douceur.

Et, comme il ne paraissait pas comprendre tout de suite, j'ajoutai :

— Perret-Latour...

— Vous êtes à New York ?

— A Paris...

Il dut comprendre que, si je le réveillais si tôt, c'est que j'avais une raison importante.

— I am sorry...

Il passe avec aisance, comme moi, de l'anglais au français et du français à l'anglais. Il est né à Paris, au temps où son père était ambassadeur des États-Unis, et il a fait une partie de ses études en France.

Quel âge peut-il avoir ? Quarante-cinq ans ? Quarante-huit ? C'est une manie, chez moi, depuis quelques années, de m'interroger sur l'âge des gens et d'y attacher de l'importance.

Eddie Parker est stockbroker, ce qui équivaut à peu près à un agent de change de chez nous. Il manie chaque jour des millions de dollars, beaucoup plus que ma petite banque privée. Cela m'étonne toujours de voir des gens aussi jeunes que lui prendre de telles responsabilités.

J'ai tendance à oublier que je n'avais que trente-trois ans quand je me suis installé place Vendôme. Encore ai-je perdu quatre ans à faire la guerre, entre 1914 et 1918, dont près de trois ans dans l'aviation de chasse.

Cela me paraît drôle, à présent que je ne conduis même plus une voiture, d'avoir été aviateur.

— Je m'excuse aussi, Eddie, mais j'ai besoin de vous parler le plus tôt possible...

— Je me suis couché à deux heures du matin après avoir dansé une partie de la soirée...

Est-ce pour m'indiquer qu'il n'est pas seul ? Je n'en suis pas sûr mais il me semble bien qu'il a divorcé voilà quelques années. La dernière fois qu'il est venu à Paris, il était seul. J'ai rencontré sa femme à New York, une petite brune très pétillante qui ne tenait pas en place et avec qui il était impossible d'avoir une conversation suivie.

C'est avec une autre femme qu'il a dû danser et qu'il passe la nuit.

— Je ne sais pas si elle comprend le français mais, si c'est confidentiel, il vaut mieux que je passe dans une autre pièce…

Il habite Park Avenue et sa passion est la navigation à voile. Après des bruits divers dans l'appareil, sa voix, plus posée, se fait à nouveau entendre.

— Vous permettez que j'allume une cigarette ?…

J'entends même le craquement de l'allumette.

— Vous vous souvenez de Pat ?

— Je ne l'ai jamais rencontrée, mais on m'en a parlé…

J'oubliais qu'au temps de Pat je ne le connaissais pas encore.

— Je viens d'avoir de ses nouvelles après plus de trente ans…

— Vous aviez un fils, non ?

— Oui… Écoutez, Eddie, je devrais sans doute me précipiter à New York, mais j'avoue que je n'en ai pas le courage. Ma première femme est à Bellevue Hospital, dans une salle commune…

— C'est grave ?

— Les médecins ne lui disent rien et je crois comprendre qu'il s'agit d'un vilain cancer… Je crois aussi qu'elle n'a pas d'argent… Les derniers temps, elle vivait seule dans une petite maison du Bronx et elle travaillait dans un hôtel… Vous connaissez l'Hôtel Victoria ?

— Je crois avoir vu ça dans West Side, du côté des docks…

— Son second mari a été tué à la guerre… Elle touche une petite pension… Je voudrais que vous alliez à Bellevue et que vous ayez un entretien avec le médecin qui s'occupe d'elle… Vous la verrez aussi… Vous la ferez installer dans une chambre privée, avec une garde personnelle, et vous lui donnerez l'argent dont elle a besoin, cinq mille, dix mille dollars, je ne sais pas…

— Compris… Et votre fils ?…

— Ce matin, je ne savais rien de lui… Le divorce prononcé, j'ai été rayé de leur vie… On acceptait mes chèques sans m'en accuser réception… Pendant la guerre, il était impossible d'en envoyer de France et quand, tout de suite après, j'en ai envoyé à nouveau, ils m'ont été retournés dans leur enveloppe intacte…

— Qu'est-ce que le garçon est devenu ?

— Il s'est pendu la semaine dernière…

— Je suis navré, François…

— Je ne le connaissais pas… Il était marié… Vous avez de quoi écrire ?… Notez l'adresse : 1061, Jefferson Street, à Newark… C'est une station-service à la sortie de la ville en direction de Philadelphie…

» Outre sa femme, Donald laisse trois enfants… Il semble qu'il ait fait de mauvaises affaires et qu'il était à la veille d'une saisie…

— Je comprends… Vous voulez que j'aille là-bas aussi pour arranger les choses…

— Oui, Eddie…

— Pas de plafond ?

— Non... Il faut payer les dettes, voir de combien la femme et les enfants ont besoin... L'aîné travaillait avec son père... J'ignore s'il est capable de reprendre l'affaire...

— Je peux parler de vous ?

— Il le faut bien. Autrement, ils ne comprendraient pas et, de toute façon, Pat leur dira qu'elle m'a écrit...

— Well, François... Ce sera fait... Je vous rappelle dans quelques heures...

Pas de condoléances. Ce n'est pas le genre d'Eddie Parker et ce n'est pas ce que j'attends non plus.

— Je vous remercie, mademoiselle Solange. Je m'excuse de vous avoir retenue. Je croyais que vous étiez partie après m'avoir passé la communication...

— Vous auriez pu avoir besoin de moi...

Il me semble qu'elle rougit un peu, comme si cela l'impressionnait de se trouver seule avec moi dans les bureaux déserts. J'ai tendance, avec les femmes, à oublier mon âge. Pendant longtemps, elles m'ont gâté et je me suis habitué à une certaine facilité. Mais maintenant que je suis un vieil homme ?

— Bon appétit.

— Vous aussi, monsieur François...

Je suis monté chez moi où, presque tout de suite, on m'a annoncé que le déjeuner était servi. Voilà longtemps que je suis seul à table. Je n'en profite pas pour lire, comme beaucoup de solitaires. Je regarde autour de moi, mes tableaux, par exemple, dont un Cézanne et de nombreux fauves, quelques surréalistes aussi, comme Magritte, que j'ai achetés alors qu'on ne songeait pas à spéculer sur leurs œuvres.

En somme, j'ai passé une bonne partie de ma vie à m'entourer de choses qui me plaisent et j'en ai tiré, j'en tire encore, de vraies joies. La place Vendôme m'enchante autant que quand je m'y suis installé et je la connais à toutes les heures de la journée et de la nuit, sous toutes les lumières.

Il pleut toujours, la même pluie invisible, qui donne l'impression d'un verre embué entre mes yeux et le paysage. Des autos passent, des piétons.

Mme Daven me sert et il nous arrive de converser pendant mes repas. C'est toujours à moi de commencer tandis qu'elle va et vient discrètement.

— J'ai eu une mauvaise matinée, madame Daven...

Pour rien au monde elle ne laisserait à Rose, la femme de chambre, le soin de me servir. J'ai eu un maître d'hôtel, à l'époque où je recevais beaucoup, mais, une fois que je me suis retrouvé seul, je m'en suis débarrassé.

Autant que je sache, Mme Daven a environ quarante ans et je ne sais à peu près rien de son passé. C'est une agence de placement qui me l'a chaudement recommandée mais elle ne m'a montré aucun certificat. Je suppose qu'elle est veuve. Elle ne parle jamais de son mari, ni de la vie qu'elle a menée avant la place Vendôme.

Elle s'est occupée de moi tout naturellement, comme si c'était son rôle. Lorsque j'ai fait une pneumonie, il y a quatre ans, elle m'a soigné avec tant d'intelligence que Candille en a été frappé.

— Vous avez été infirmière ? lui a-t-il demandé devant moi.

Elle s'est contentée de répondre :

— Il m'est arrivé de prendre soin de malades...

Elle ne s'est pas expliquée davantage. Est-ce dans sa famille ? Dans un hôpital ou une clinique ?

Nos rapports sont confiants. Je sens que sa vie est chez moi, qu'il n'existe plus rien, pour elle, en dehors de la maison.

— Ma première femme est très malade à New York et un fils que j'ai eu d'elle s'est pendu la semaine dernière...

— Vous en souffrez ?

On dirait qu'elle me devine. Non, je n'en souffre pas à proprement parler. J'en suis atterré, certes. Plutôt stupéfié. Chacun ne s'imagine-t-il pas que la vie va continuer sans changement ?

— Quand avez-vous vu votre première femme pour la dernière fois ?

— En 1928...

C'est la seule Pat que je connais, celle d'alors, jeune et joyeuse.

— Elle vous a quitté ?

Mme Daven pose ses questions si simplement qu'elles ne paraissent pas indiscrètes.

— Oui... Elle a prétexté un séjour de quelques semaines aux États-Unis... Elle ne s'habituait pas à Paris... Mon fils n'était qu'un bébé... Plus tard, j'ai appris qu'elle avait demandé et obtenu le divorce...

— Vous avez quand même des remords, n'est-ce pas ?

Tout à l'heure, j'étais persuadé que je n'en avais pas, que j'avais toujours fait ce que je devais faire. Comment a-t-elle deviné ? C'est vrai que, depuis que j'ai lu cette lettre d'une écriture dramatique, je me sens un poids sur la poitrine. J'ai téléphoné à Eddie, que j'ai éveillé à six heures du matin. Une fois de plus, je suis en train d'accomplir mon devoir.

Cela ne suffit pas à me donner bonne conscience. Dieu sait s'il s'agit d'un lointain passé et si j'ai toutes les raisons pour en vouloir à Pat.

Je la vois vieille femme, squelettique, le ventre enflé, semblable à la pauvresse qui a longtemps vendu des violettes sur le trottoir de la rue de Castiglione.

J'ai oublié les traits de Pat. Il doit exister des photos quelque part, je ne sais pas où. Il faudra que je demande à Mlle Solange. Il n'y a qu'une dizaine d'années qu'elle est à la banque et, s'il lui arrive de travailler pour moi, elle n'est plus ma secrétaire particulière. L'ancienne, Pauline, avec qui il m'arrivait de faire l'amour dans mon bureau, s'est mariée et vit au Maroc. C'est elle qui a classé ces photos.

A quoi bon ?

On croirait que Mme Daven va et vient plus lentement que d'habitude, sans le moindre bruit, comme s'il y avait un deuil dans la maison.

— Nos actes nous suivent... dis-je, non sans amertume.

Et, comme elle me regarde avec surprise, j'ajoute :

— Je ne sais plus qui a dit ça. Ce n'est pas de moi. La phrase m'a frappé il y a longtemps et je m'aperçois toujours davantage de sa vérité...

— Vous pourriez aussi bien dire que chacun suit son destin, qu'il le veuille ou non...

C'est mon tour de la regarder. Elle a beaucoup lu, je l'ai compris à certaines de nos conversations, en particulier des ouvrages que peu de femmes connaissent, en dehors des universitaires. Elle semble avoir beaucoup voyagé aussi et être descendue dans de grands hôtels, que ce soit sur la Côte d'Azur, en Italie, en Grèce ou en Angleterre.

Il est probable que nos chemins se sont croisés. Pourquoi, un beau jour, s'est-elle présentée à une agence de placement ? Elle aurait pu trouver du travail dans un bureau, dans une maison de commerce. Je demandais une femme de chambre ayant de l'initiative et je ne pensais pas à une gouvernante. Elle ne l'est devenue que peu à peu, tandis que Rose ne s'occupait plus que du ménage et des femmes en journée.

— Vous comptez vous rendre aux États-Unis ?

J'ai essayé de déchiffrer sa vraie pensée sur son visage.

— Non, ai-je fini par avouer. Je n'en ai pas le courage. Mon correspondant à New York va faire le nécessaire et me tiendra au courant...

Elle me juge, c'est certain. Il est pratiquement impossible de vivre en contact permanent avec quelqu'un sans juger ses faits et gestes.

M'approuve-t-elle ? Me trouve-t-elle le cœur dur qu'on attribue volontiers aux banquiers ?

Elle doit savoir que l'argent ne m'intéresse pas en lui-même. Certes, je me suis habitué à un certain luxe, à une certaine liberté d'action que seule la fortune peut donner. Il ne m'en est pas moins arrivé plusieurs fois de souhaiter ne pas en avoir.

Chez nous, à Mâcon, la vie était confortable, mais d'une simplicité provinciale que j'ai souvent regrettée. Tout était chaud, réconfortant. La maisonnée formait un tout et on ne se trouvait jamais seul.

Peut-être n'est-ce vrai que dans mes souvenirs ? Mon père buvait beaucoup. Son métier le voulait, mais, les dernières années surtout, il exagérait et le soir, à table, il nous regardait avec des yeux troubles, nous parlait d'une voix pâteuse, répétant par le menu ce qu'il nous avait dit à midi.

Devenu très gros, il marchait les jambes un peu écartées, le ventre en avant.

Je n'ai jamais entendu ma mère lui adresser une observation à ce sujet. Il était l'homme, le chef de famille. Pour nous aussi. Je ne suis pas moins parti au lieu de me préparer à prendre sa place à la tête de la maison.

Pourquoi cette époque me paraît-elle meilleure que les suivantes ? A cause d'une certaine paix qui régnait chez nous et sur la ville ?

La Saône coulait paisiblement sous nos fenêtres et les péniches étaient encore tirées par des chevaux. Certaines s'amarraient devant la maison et on les chargeait de barriques qu'on roulait à travers la rue. Les autos étaient rares. Il y avait un maréchal-ferrant à cent mètres du portail.

Ce n'est pas pour l'argent que je suis venu à Paris. Ce n'était pas une fuite non plus. Est-ce que Pat a fui ? Je parierais qu'en quittant la France avec Donald elle ignorait qu'elle irait à Reno demander le divorce.

J'aurais pu être pauvre. Mais, alors, vraiment pauvre. Ce que j'aurais supporté le moins, c'est la médiocrité, une certaine forme de médiocrité qui s'accompagne presque toujours de la laideur du décor.

— Vous ferez la sieste ?

Elle n'ignore pas que je la fais chaque jour. Elle ne m'en pose pas moins la question comme si ce n'était pas nécessairement un fait acquis. Et, en effet, ce n'est pas un besoin. Je ne la faisais pas il y a quatre ans encore, quand je dirigeais personnellement la banque.

Je ne dors pas toujours. C'est plutôt un repliement sur moi-même, une mise en veilleuse. Petit à petit, les images se brouillent dans ma tête, des souvenirs me reviennent, certains inattendus, presque tous imprécis, et je ne sais jamais ce qui va ainsi remonter à la surface.

Je ne me déshabille pas et on n'ouvre pas le lit. Cela me donnerait l'impression d'être malade. Ou mort. Quand je suis ainsi couché sur le dos, les mains jointes sur la poitrine, il m'arrive de me voir mort, d'imaginer les cierges, le brin de buis dans l'eau bénite, des chuchotements à l'entour. Je m'empresse alors de dénouer mes doigts.

— Bonne sieste, monsieur... me dit-elle en refermant la porte avec douceur.

Et je suis seul.

Je me demande si je n'ai pas toujours été seul. J'ai été marié trois fois et, chaque fois, j'y ai cru, chaque fois j'étais sincère. J'ai trois enfants, ou plutôt j'avais trois enfants, puisque l'un d'eux vient de mourir. J'ai aussi des petits-enfants, aussi bien à Paris que dans le New Jersey.

Pat est seule sur son lit d'hôpital, à épier des étrangères qui l'épient de leur côté, chacune cherchant à savoir si les autres souffrent autant qu'elle-même.

J'aimerais que Candille vienne ce soir. Il vient de temps en temps dîner avec moi et nous passons la soirée à bavarder en sautant paresseusement d'une idée à l'autre. Il ne rencontre au cours de ses journées que des malades. On pourrait penser qu'il s'y est habitué.

— Je ne crois pas que beaucoup d'entre nous s'habituent vraiment, m'a-t-il avoué un soir qu'il venait d'être appelé chez un patient. Savoir que l'homme ou la femme qu'on quitte et qui vous remercie en souriant n'en a que pour quelques semaines ou quelques jours à vivre et que, la plupart du temps, l'existence de tout un groupe humain, de toute une famille, va s'en trouver transformée...

Qu'est-ce qui sera transformé, après moi ? Qui reprendra la banque ? Des étrangers. Un groupe financier quelconque. Ou bien on décidera d'une fusion avec une banque plus importante, comme c'est la tendance à présent.

Les deux fils que j'ai eus avec Jeanne Laurent n'ont marqué aucune disposition pour travailler avec moi. Ils se sont même éloignés volontairement, comme je me suis éloigné jadis de Mâcon.

Tout au moins ai-je laissé un frère pour continuer l'affaire de vins. Et le fils de mon frère, à son tour...

Les rideaux sont fermés. Je suis dans l'obscurité, les paupières closes, et les bruits de la place Vendôme commencent à s'estomper.

Je ne dors pas, mais presque. Pourquoi m'a-t-elle demandé si j'avais des remords ? Je parle de Mme Daven. Comme on meurt d'habitude la nuit ou au petit jour, il y a toutes les chances pour que ce soit elle qui me ferme les yeux. Est-ce elle aussi qui fera ma toilette ? C'est probable et c'est ce que je déteste le plus dans la mort. On devrait pouvoir partir proprement.

Dans sa lettre, Pat me dit qu'on les emmène avant qu'elles ne meurent. Il doit donc y avoir, dans les hôpitaux, une chambre à mourir. Puis on les descend dans une sorte de morgue et on désinfecte la literie.

A cette heure-ci, Eddie est en route pour Bellevue. C'est un homme plein de vie, joyeux, énergique. Il ne se doute pas qu'un jour il commencera à avoir des bobos, de petites douleurs à peine perceptibles ici et là.

On hésite à consulter un médecin. On s'y décide enfin et on attend avec angoisse son verdict tandis qu'il vous examine.

— C'est moins que rien...

C'est toujours moins que rien, au début. Pat a commencé par maigrir et par se sentir plus fatiguée après sa journée de travail.

Des sonnettes d'alarme se mettent à sonner de plus en plus fréquemment et le médecin, pour vous tromper, vous questionne avec une bonne humeur appuyée.

En suis-je là ? Je suis à peu près sûr que non. J'ai bon appétit. Je digère parfaitement. Mes nuits sont presque toujours paisibles.

Je vais au club chaque matin et je fais consciencieusement ma demi-heure de culture physique avant que René me masse, après quoi j'ai encore l'énergie de nager.

Jacques, l'aîné de mes fils, n'en fait pas autant. Il lui arrive de ne pas quitter de toute la journée sa galerie de la rue Jacob. Je le vois rarement. Il n'éprouve pas le besoin d'un contact avec moi, sinon quand il est dans l'embarras.

J'allais dire que c'est un parfait égoïste et, au même instant, je pense à mes dix-sept ans, à mon arrivée à Paris, aux rares lettres que j'ai envoyées à mes parents.

Pendant la guerre de 1914, lors de mes permissions, je ne me donnais pas la peine de descendre jusqu'à Mâcon, préférant mener joyeuse vie pendant quelques jours à Paris.

Je n'en parle jamais. Cela paraît ridicule. J'ai horreur des gens qui se gargarisent de leur guerre.

Tout ce que je veux dire, c'est que j'ai eu de la chance. Comme mes camarades, j'ai accompli un certain nombre de missions et abattu quelques avions allemands. Or, je suis un des rares de mon escadrille à n'avoir été ni tué ni blessé. Une fois, j'ai été forcé d'atterrir au-delà des lignes ennemies et je m'en suis sorti sans être fait prisonnier...

J'ai chaud. Je repousse l'image d'une Pat qui ressemble de plus en plus à la pauvresse de la rue de Castiglione et je m'efforce de ne plus penser à rien.

Peut-être ai-je eu tort de quitter mon poste à la tête de la banque ?

Je n'ai pas téléphoné au docteur Candille pour lui demander de passer la soirée avec moi. Je le ferai demain ou un autre jour, quand je serai d'humeur moins sombre.

L'après-midi a été désagréable. Une mauvaise sieste d'abord, avec un véritable cauchemar alors que je n'étais pas tout à fait endormi.

Quand Mme Daven a ouvert les rideaux et m'a tendu ma tasse de café, je ne l'ai pas dégustée comme d'habitude. Je l'ai bue machinalement, sans satisfaction.

— Personne ne m'a demandé au téléphone ?

— Non, monsieur...

C'était d'ailleurs impossible. Il fallait laisser le temps à Parker d'aller à Bellevue, d'abord, ensuite à Newark, dans le New Jersey.

J'ai troqué ma robe de chambre contre mon veston et je suis descendu à la salle des télex où, en plus de Justin Roy, chargé de la Bourse, deux ou trois clients, dans leur fauteuil, prenaient silencieusement des notes.

Je me suis assis et j'ai regardé comme eux les chiffres qui s'inscrivaient sur les bandes de papier blanc.

Un malaise pesait sur mes épaules, comme un pressentiment. Tout à l'heure, alors que je cherchais le sommeil, immobile sur mon lit, il m'a semblé que la maladie de Pat, le suicide de Donald, n'étaient que le commencement d'une série.

Je ne suis pas superstitieux mais, pour les questions financières, comme pour les cartes, mes intuitions m'ont rarement trompé. Autrement, la Banque Perret-Latour n'existerait pas.

Dois-je croire que cette intuition joue aussi en ce qui concerne ma vie privée ? Peut-être ? Je ne sais pas. Je préfère ne pas savoir.

Pourquoi une série, tout à coup ? Et qui serait la prochaine victime, en attendant qu'arrive mon tour ?

Je ne veux pas y penser. Je regarde les chiffres avec plus d'attention et je joue à deviner ceux qui vont s'inscrire. Je gagne presque à tout coup.

A cinq heures, je retourne dans mon bureau et je demande à Mlle Solange s'il n'y a pas eu d'appel de New York. Il pleut toujours et maintenant c'est de la vraie pluie qui met des hachures devant les pierres grises des maisons. La colonne, au milieu de la place, est d'un noir luisant. Il fait si sombre que je dois allumer les lampes comme on l'a fait dans les magasins de la place.

Je lis les journaux de l'après-midi. Je fume le double de cigarettes que d'habitude. Ce n'est que le soir, après le dîner, que de temps en temps je fume un cigare, toujours dans mon fauteuil, comme si c'était une récompense que je m'accordais.

Cela date sans doute de mon enfance, des boîtes de cigares, trois ou quatre, qui s'empilaient sur la cheminée du salon et que mon père n'ouvrait que quand nous avions des invités ou un gros client.

A six heures, je calcule qu'il est midi à New York. La porte de la banque est fermée depuis quatre heures mais le personnel n'en a pas moins continué à travailler jusqu'à présent. Je vois Mlle Solange en imperméable beige, un chapeau beige sur la tête.

— Vous n'avez plus besoin de moi ?

— Non, merci, mon petit. Bonsoir...

Où va-t-elle ? Quelle est sa vie privée ? Je n'en ai pas la moindre idée. Je me suis souvent posé la question quand je dirigeais la banque et que je connaissais tous les employés. Plus exactement, je les connaissais au bureau, où ils passaient le tiers environ de leur temps.

C'est sur ce tiers-là que je les jugeais. Je crois que pour certains d'entre eux, surtout les chefs de service, c'était le tiers qui comptait le plus et que, chez eux, ils ne retrouvaient qu'une grisaille pleine de petits tracas, sans autorité ni prestige.

Nous bavardons quelques minutes, Gabillard et moi. C'est un bon directeur. Il est assez jeune et il pourra rester encore longtemps à son poste. Il ne soupçonne pas que je l'envie.

Je mets mes pensées, mes états d'âme bout à bout, dans le désordre, comme ils me sont venus. J'ai pensé des choses ridicules, comme celle que je viens d'écrire. Je n'ai aucune raison d'envier Gabillard et je ne l'envie pas réellement.

C'est une pensée à peine formée, comme il en vient quand on est déprimé. Si j'enviais Gabillard à cause de son âge et du temps qu'il lui reste à vivre, il n'y aurait pas de raison que je n'envie pas plutôt un bébé de quelques jours.

J'ai eu la chance de réaliser dans ma vie à peu près tout ce que j'ai entrepris. Jusqu'ici, j'ai été exempt de la plupart des maux moraux ou physiques qui frappent la plupart des hommes.

Cela signifie-t-il que je voudrais recommencer ? Ce n'est pas la première fois que j'y pense et chaque fois la réponse a été non. Ni en tout, ni en partie. Pour chaque époque, je trouve, avec le recul, quelque chose de gênant, d'inachevé.

J'ai souvent honte de l'homme que j'ai été à tel ou tel moment.

Alors, pourquoi me plaindre ? D'ailleurs, je ne me plains pas. Je me suis laissé impressionner plus que je ne l'aurais pensé par les nouvelles d'Amérique et j'ai hâte d'en avoir fini avec ce souci. C'est pour cela, sans doute, que j'attends le coup de téléphone d'Eddie avec tant d'impatience.

Je reste seul dans les bureaux jusqu'à sept heures et c'est moi qui éteins les dernières lumières, ferme la double porte après m'être assuré que le système d'alarme est branché.

Nous n'avons même jamais eu la moindre tentative de vol ! Ni d'employé malhonnête !

Au second étage, j'entre au salon où je me promène les mains derrière le dos. Il est très vaste. J'y ai donné des réceptions de deux cents personnes.

On installait alors le buffet sous la grande toile de Picasso que j'ai achetée tout de suite après la guerre. Elle est moins célèbre que *les Demoiselles d'Avignon,* mais je la préfère. Je n'ai jamais acheté un objet d'art pour sa valeur marchande, ni par spéculation.

J'ignore pourquoi, tout à coup, vers 1936, j'ai cessé de visiter les galeries et les ateliers. Il y a eu une coupure. L'art d'aujourd'hui me laisse froid. C'est moi qui ai tort, car il n'y a aucune raison pour que les artistes d'à présent aient moins de génie ou de talent que ceux d'hier et d'avant-hier.

Sans doute chacun de nous est-il capable de parcourir un certain chemin. J'ai aimé les impressionnistes, puis les fauves. J'ai un Vlaminck de 1908, un remorqueur sur une Seine d'un rouge sang qui éclaire tout un coin du salon.

J'ai un Braque aussi et j'ai continué à me passionner pour la peinture jusqu'à la fin du surréalisme, pour autant qu'il soit fini.

J'ai hâte qu'Eddie appelle. J'aime mon salon. J'aime l'appartement tel que je l'ai conçu ou aménagé. J'aime aussi la place Vendôme et le raffinement de son architecture, la justesse de ses proportions.

Y aura-t-il encore, dans quelques années, des gens pour habiter un appartement comme le mien ? C'est improbable. Le monde change, et c'est normal. Je suis le premier à applaudir à tous les changements et, en attendant, je jouis un peu honteusement de ce qu'il m'est encore permis d'avoir.

Mon fils Donald, qui ne parlait pas le français et qui devait s'étonner de s'appeler Perret-Latour, est mort faute d'un peu d'argent pour maintenir sa modeste affaire à flot. S'il avait fait appel à moi, je l'aurais aidé sans hésitation. Je lui aurais donné tout ce qu'il aurait voulu.

A Pat aussi qui, au lieu de me confier ses difficultés, s'est mise à travailler dans un hôtel douteux du quartier des docks.

Ces deux-là m'ont rejeté, je me demande pourquoi, car je n'ai pas conscience de l'avoir mérité. Ils savaient que, pendant la guerre, je ne pouvais pas entrer en contact avec eux. Pourquoi, ensuite, me retourner mes chèques sans même ouvrir les enveloppes ? Ou bien Pat a-t-elle déménagé ?

Les pauvres ont de la pudeur et elle était devenue pauvre après la mort de son mari.

Au fond, je ne me suis pas beaucoup inquiété et je n'ai guère pensé à eux. C'est pourquoi j'ai été surpris, ce matin, d'apprendre que Donald était un homme de quarante-deux ans qui avait lui-même trois enfants, dont un fils de vingt ans. Il faut chaque fois que je compte. Pour mes autres enfants aussi. Cela va trop vite. Et la plupart des gens se bousculent pour aller plus vite encore.

J'ouvre une cave à liqueurs en acajou et je me verse un verre de vieux porto. Je bois peu. Je n'ai jamais été ce qu'on appelle un buveur, Dieu merci.

J'entends qu'on dresse la table dans la salle à manger et on ne tardera pas à m'annoncer le dîner. C'est donc au beau milieu du repas que Parker va me téléphoner.

Non. Le téléphone sonne. Je me précipite vers l'appareil. Je décroche tout en m'asseyant dans un fauteuil.

— Allô ! François ?...

Ce n'est pas Eddie. C'est Jeanne Laurent.

— Bonsoir, Jeanne...

— Je ne te dérange pas ?

— J'attends toujours l'appel de New York. Il viendra peut-être beaucoup plus tard…

— Pas trop cafardeux ?

— Pas trop…

— J'ai beaucoup pensé à Pat, moi aussi. Quel âge a-t-elle la pauvre fille ?

— Soixante-deux ans…

— Et moi j'en ai soixante…

Elle dit la pauvre fille au lieu de la pauvre femme.

— Je suppose que tu ne désires pas que j'aille te voir ce soir ?

Est-ce que je désire qu'elle vienne aujourd'hui ? Je dis, assez mollement :

— Pourquoi ne viendrais-tu pas ?

— Non. Ce n'est pas le jour… Et il n'y a rien d'urgent…

— Tu as des ennuis aussi ?

— Non…

— Un des enfants ?

— Non plus…

— Comment va Nathalie ?

Nathalie va avoir seize ans. C'est ma petite-fille, la fille de Jacques, celui de mes fils qui a une galerie de peinture rue Jacob. Il a été marié, très jeune, à une charmante fille pleine d'entrain qui a été tuée quatre ans plus tard dans un accident d'automobile. Jacques ne s'est pas remarié. Il se contente d'avoir des maîtresses qu'il ne garde jamais longtemps.

C'est Jeanne Laurent qui a pris Nathalie chez elle et elles vivent toutes les deux dans l'appartement du boulevard Raspail.

Nathalie me rend visite de temps en temps et j'ai toujours l'impression qu'elle me regarde avec étonnement, peut-être avec ironie.

— Elle va bien… Elle sort un peu trop à mon gré, mais elle tient le coup… Je te rappellerai dans deux ou trois jours…

— Je m'en réjouis…

— Bonsoir, François…

— Bonsoir, Jeanne…

Avant, c'était dans notre lit que nous nous disions bonsoir. Tout cela est drôle et bien compliqué. Je vide mon verre avant de passer dans la salle à manger et j'ai le temps de dîner sans être interrompu par le téléphone. Mme Daven va et vient autour de moi et nous échangeons parfois quelques mots.

Après, je me retrouve seul dans mon studio tout en cuir. Je n'ai pas l'esprit à lire. Je ne peux pas sortir. Un peu avant neuf heures, enfin, la sonnerie se fait entendre. C'est New York, et presque tout de suite la grosse voix d'Eddie.

— Hello, François… I am sorry…

Puis il se met à parler français.

— Je suis confus d'être si tard mais, quand je suis rentré tout à l'heure, j'ai dû m'occuper d'une affaire importante...

Il est trois heures à New York, un des moments les plus actifs de la journée, surtout pour un financier.

— Vous avez vu Pat ?

— Oui...

— Comment est-elle ?

— Mal. Elle m'a fixé avec étonnement, comme si ce n'était pas moi qu'elle s'attendait à voir. Je lui ai dit que je venais de votre part, que j'étais un ami, que je m'étais déjà arrangé pour qu'on lui donne une chambre privée.

» Elle a froncé les sourcils et a regardé les lits autour d'elle. J'ai senti qu'elle hésitait. A la fin, elle a hoché la tête.

» — Non. J'aime mieux rester ici. Je m'ennuierais toute seule...

» — Vous aurez une garde privée qui ne vous quittera pas...

» Elle a encore réfléchi. C'est une femme qui donne l'impression d'avoir beaucoup pensé.

» — Une garde, ce n'est pas la même chose...

» Vous comprenez, François, c'est la vue des autres malades qui lui manquerait.

» Je lui ai annoncé que j'avais versé cinq mille dollars à son nom au bureau de l'hôpital, et elle a murmuré :

» — Pour les obsèques ?...

» Je lui ai dit aussi que vous vous réjouissiez qu'elle se rétablisse. Alors, elle m'a demandé :

» — Il n'est pas malade ?... Il est pourtant beaucoup plus vieux que moi...

» Je m'excuse, François, mais j'ai pensé que vous aimeriez mieux tout savoir.

» Il n'y a que quand je lui ai dit que je me rendais à Newark qu'elle a été intéressée.

» — Vous croyez qu'il les tirera d'affaire ? Helen est une bonne femme, très méritante... Bob, l'aîné, est un garçon capable et je suis sûre que, si on lui en donnait les moyens...

» — Je suis chargé par votre ancien mari de les lui fournir...

» — Même s'il s'agit d'une grosse somme ?

» — Je dois faire le nécessaire...

» — Alors, c'est bien... Remerciez-le de ma part...

» J'ai compris que c'était fini, que ce que je pourrais lui dire d'autre ne l'intéresserait plus. D'ailleurs, elle a fermé les yeux, comme pour me faire comprendre qu'elle ne désirait pas que je reste davantage...

— Vous avez vu le médecin qui s'occupe d'elle ?

— J'ai pu le rejoindre dans le couloir alors qu'il faisait sa tournée. Il s'appelle Feinstein et m'a donné l'impression d'un homme capable...

» Très scrupuleux aussi... Avant de répondre à mes questions, il a tenu à savoir qui j'étais, à quel titre je m'intéressais à Pat et je l'ai mis au courant de la situation.

» — C'est elle qui a raison, m'a-t-il déclaré quand je lui ai parlé de la chambre privée... Une femme comme elle a besoin du coude à coude...

» — Je suppose qu'il s'agit d'un cancer ?

» — Cancer de l'utérus, oui... La tumeur semble s'étendre rapidement et le chirurgien hésite à opérer... Nous essayons de diminuer le nombre des cellules atteintes avant de tenter une intervention...

» — Elle a des chances de s'en tirer ?

» — Si l'opération réussit, elle en aura pour un an ou deux, peut-être trois...

» — De vie normale ?

» — De vie...

» — Elle restera une malade ?

» — Certainement...

» — Qu'est-ce que vous faites, dans ces conditions ?

» Il a compris le sens de ma question et m'a regardé assez froidement, comme si je venais de toucher à son honneur professionnel.

» — Le maximum... a-t-il laissé tomber.

» Enfin, lorsque je me suis décidé à lui parler d'argent, il m'a prié de m'adresser à l'administration de l'hôpital et il s'est éloigné vers la porte d'une des salles.

» Voilà pour Pat... Je m'excuse de ne pouvoir vous donner de meilleures nouvelles.

» Je suis allé ensuite à Newark et j'ai trouvé assez facilement le garage et les pompes à essence. Une femme aux traits tirés, aux cheveux mal coiffés, était assise dans un bureau constitué par une cage vitrée au fond de l'atelier.

» Un crayon à la main, elle étudiait une épaisse liasse de factures, écrivant des chiffres en colonne sur un bloc.

» Elle a dû être assez jolie. C'est une blonde, d'un blond cendré, au teint très blanc, qui n'a jamais dû avoir beaucoup de santé.

» Je lui ai appris qui j'étais, ajoutant que je venais de votre part. Un jeune homme en combinaison bleue qui travaillait à une voiture est entré dans le bureau et m'a regardé des pieds à la tête d'un œil méfiant.

» — Qu'est-ce qu'il veut ? a-t-il demandé à sa mère.

» — Il vient de la part de ton grand-père...

» — Il existe donc encore, celui-là ?

» — Vous êtes Bob ? ai-je questionné.

» — Oui. Et après ?

» — Vous vous sentez capable de continuer l'affaire ?

» — Pourquoi n'en serais-je pas capable ?

» — C'est votre goût ?

» — J'ai été élevé dans la mécanique, non ?

» — Combien faudrait-il pour payer tous les créanciers...

» Il s'est tourné vers sa mère, sourcils froncés.

» — Qui est-ce qui lui a raconté tout ça...

» — Il paraît que ta grand-mère a écrit à Paris...

» — Bon. Nous avons des dettes, c'est vrai, beaucoup moins qu'on l'imagine, et je ne crois pas, pour ma part, que c'est la cause du geste de mon père... Car elle a dû vous apprendre ça aussi... De Corée, il avait rapporté des fièvres qui le prenaient de temps en temps et le mettaient hors de lui...

» Cela ne regarde que nous... Quant à nos dettes... Qu'est-ce que tu en penses, man ?

» — Je pense qu'avec dix mille dollars...

» Un gamin de quinze ans rentrait de l'école et nous observait à travers la vitre. Lui aussi avait les sourcils froncés. Toute la famille, on le sent, a été traumatisée par le geste du père.

— Comment cela s'est-il terminé ?

— Je leur ai signé un chèque de vingt mille dollars. Ils n'en croyaient pas leurs yeux et conservaient une certaine méfiance. Ils ont, chacun à son tour, relu le chèque deux ou trois fois.

» — Votre beau-père vous écrira, ai-je promis à la femme. Il vous confirmera que, si vous avez la moindre difficulté, vous pouvez vous adresser à lui...

J'écoute parler Eddie en essayant d'imaginer la scène, les regards des deux garçons, dont un est resté hors de la cage vitrée, ceux, plus las, d'Helen que je n'ai jamais vue. Il y a une fille aussi, mais on ne m'en parle pas et je suppose qu'elle était encore à l'école.

— Autant que je puisse en juger, ils sont soulagés de voir la fin de leurs problèmes. En même temps, quelque chose les gêne. C'est trop inattendu pour eux, presque mystérieux, et, en fin de compte, ils auraient sans doute préféré que le salut leur vienne d'ailleurs...

— Je crois que je comprends...

Je suis assez étonné, je l'avoue, d'entendre cette grande brute d'Eddie Parker prononcer avec conviction :

— Moi aussi...

Je n'aurais pas cru que c'était l'homme à comprendre ce genre de scrupules.

— Je vous remercie, Eddie...

— De rien... J'ai fait ce que j'ai pu... J'ai promis d'aller les revoir dans quelques jours... Je n'ai pas osé offrir qu'un de nos comptables les aide à mettre de l'ordre dans les affaires...

— C'était plus prudent...

— Je crois... A votre place, je leur écrirais... A votre ancienne femme aussi...

— Peut-être... Oui...

— Ça ne va pas ?

— Un peu sonné... Cela passera...

— Bonne nuit, car, chez vous, c'est déjà le soir...

— Bon après-midi, Eddie... Et encore merci...

Je raccroche lentement et le silence absolu me surprend. Un instant, j'ai l'impression qu'il n'y a plus personne que moi à l'étage, dans tout l'immeuble, que tout le monde a déserté.

Je reste quand même dans mon fauteuil, par respect humain, et je ne presse pas le bouton d'appel.

C'est tellement vide... Ma vie est tellement...

Non ! Cette fois, je me redresse. Je ne me laisserai pas aller. Je retourne au salon où on a éteint et où j'allume toutes les lumières, y compris le grand lustre. Comme pour une réception. Comme pour une fête. Je vais et je viens, les mains dans les poches. Je regrette que les volets m'empêchent de voir les candélabres de la place Vendôme, les quelques silhouettes qui doivent la traverser sous la pluie.

Je pense à allumer un cigare. Dix fois, je fais le tour de la pièce en regardant chaque tableau, chaque meuble, chaque objet.

Tout cela ne participe-t-il pas un peu de moi-même, de ce que j'ai été à telle ou telle époque ? Je suis capable de mettre une date sur chaque chose, de dire dans quelles circonstances et dans quelle humeur j'ai acquis chaque chose.

Comment s'y prendront-ils pour le partage ? Car cela posera des problèmes compliqués. Et comment ma famille de Paris accueillera-t-elle mes héritiers d'Amérique ?

Cette pensée me fait sourire un instant. J'ai l'impression très passagère de leur avoir joué à tous un bon tour.

C'est encourageant. Je reprends le dessus. Je me mets à éteindre les lumières, traverse le studio et pénètre dans ma chambre où j'appelle Mme Daven.

— Je crois que je ferais mieux de prendre un somnifère... Lequel m'a si bien réussi la dernière fois ?...

— Je vous l'apporte...

La couverture est faite, mon pyjama étalé sur le lit, les bras écartés dans une curieuse attitude.

Une demi-heure plus tard, je m'endors, et il n'y a rien d'autre que les rideaux qu'on ouvre le matin, un pâle soleil dans le ciel et l'odeur du café.

3

Je suis dans mon bureau dès neuf heures cinq et, au-delà de la fenêtre, la place Vendôme est claire et gaie. Il y a pourtant du vent, car des nuages d'un blanc légèrement doré courent rapidement dans le ciel et il arrive aux passants de tenir leur chapeau menacé par une bourrasque.

Ce n'est plus l'été. Ce n'est pas encore vraiment l'automne bien que hier, en passant par les Champs-Élysées pour gagner l'avenue Hoche, j'aie vu des feuilles mortes par terre.

J'hésite à appeler Mlle Solange pour lui dicter les deux lettres qu'il est nécessaire que j'envoie. Je n'écris à la main que quand c'est indispensable, d'habitude de courts billets de politesse pour refuser une invitation, ou pour l'accepter.

Mon écriture, à moi aussi, est devenue un peu hachée. Cela me contrarie, car j'y vois un signe de vieillissement. Après quelques lignes, ma main a tendance à trembler.

Pat d'abord. Que lui dire ? Je suis très affecté par sa déchéance. Je préférerais lui savoir une fin plus heureuse mais je ne me sens pas concerné.

Elle a été ma femme. Quand nous nous sommes mariés, à New York, nous pensions tous les deux que nous passerions notre vie ensemble, que nous étions indispensables l'un à l'autre.

Nous avons dormi dans le même lit. Nos corps n'ont fait qu'un. Elle m'a donné un fils, comme on dit. J'ai horreur de cette formule. Pourquoi serait-ce un cadeau, de la part d'une femme, de faire un enfant ?

Pendant près de quarante ans, je n'ai pas eu de ses nouvelles et cela ne m'a pas manqué. Du jour au lendemain, en quelque sorte, elle m'est devenue étrangère et elle le reste.

Cela ne ressemble pas à l'idée qu'on se fait de l'amour à vingt ans. Est-ce moi qui suis incapable d'aimer ? Elle aussi, dans ce cas. Et tant d'autres que j'ai connus, formant un couple, et que j'ai retrouvés ensuite redevenus des individus.

Ma chère Pat...

J'écris en anglais, naturellement. Si elle n'a pas appris le français à Paris, elle n'a pas dû le faire une fois de retour à New York. Je m'efforce de former des lettres plus grandes et plus nettes que d'habitude afin qu'elle n'ait pas de mal à me lire.

Je suis très triste d'apprendre que ta santé laisse à désirer et que tu te trouves momentanément à Bellevue. J'aurais aimé aller te voir mais il m'est impossible de quitter Paris en ce moment...

C'est plat, conventionnel, et je m'en veux de ma froideur, de mon détachement. Au fond si, hier, j'ai été sonné — car je me rends compte que je l'ai été —, ce n'est pas par pitié pour elle, ni pour mon fils.

La vraie raison, c'est que je voyais une partie de mon passé disparaître. Cela m'a rappelé que ce passé-là était très lointain, que l'avenir s'était rétréci, continuait à rétrécir à une vitesse vertigineuse.

Voilà que Pat était devenue une vieille femme condamnée !

Je t'ai envoyé un de mes amis afin qu'il s'occupe de toi et qu'il fasse le nécessaire pour que ta vie soit aussi confortable que possible. Je le connais depuis longtemps. Il m'a téléphoné après t'avoir vue et m'a dit que tu es très courageuse...

Ce n'est pas vrai, mais cela fait plaisir aux gens de se croire courageux.

Il a rencontré aussi le docteur Feinstein qui lui a fait une excellente impression. Il paraît que c'est un praticien de premier ordre qui s'intéresse fort à toi. Dans quelque temps, tu auras peut-être à subir une légère intervention chirurgicale qui te rendra toute ta vigueur...

Essayera-t-on de me mentir avec autant de désinvolture ? Et ne m'y laisserai-je pas prendre comme les autres ?

Ce qui est arrivé à Donald a dû t'ébranler profondément. Moi-même, qui ne l'ai pas vu depuis longtemps, en suis très affecté. D'après ce que mon ami Parker m'a dit de sa famille, il a été très handicapé par la guerre de Corée et je regrette qu'il n'ait pas fait appel à moi lorsqu'il s'est trouvé en face de ses difficultés.

Parker a vu sa femme et l'aîné de ses fils. Helen est une personne bien et Bob plus mûr qu'on ne l'est d'habitude à son âge. Ils conservent le garage et le poste d'essence. Le nécessaire sera fait pour désintéresser les créanciers et il n'y aura plus d'ennuis à l'avenir. Tu peux compter sur moi.

Dans les prochaines semaines, j'essayerai de me rendre à New York...

Ce n'est pas vrai. Je n'ai pas l'intention de revoir ces fantômes de trop près. D'ailleurs, je ne voyage plus.

J'espère que je te trouverai vaillante et j'irai embrasser mes petits-enfants...

J'ai honte de cette formule stupidement sentimentale. Je les aide et continuerai à les aider, certes. Ils ont des liens avec moi, mais je ne les sens pas.

Continue à avoir du courage et de la patience.
A bientôt, ma chère Pat.
Je t'embrasse.

J'ai hésité à tracer ces derniers mots car il me serait pénible, je pense, de l'embrasser réellement. J'ai failli signer de mon nom en entier, comme je signe les lettres d'affaires. Je me suis arrêté à temps après le prénom.

Cette lettre m'a demandé plus d'efforts qu'une journée de travail il y a quelques années encore. Je vais jusqu'à la fenêtre et j'allume une cigarette en regardant la façade du Ritz au-delà de la colonne de bronze. Il y a des pigeons autour. Je ne fais jamais attention aux pigeons, je ne sais pas pourquoi, car ils appartiennent au paysage.

Il vaut mieux que j'en finisse tout de suite avec la seconde lettre. A qui l'adresser ? A ma bru ? Je ne la connais pas. Je ne sais d'elle que ce que mon ami Eddie m'en a dit hier soir au téléphone. Je n'en sais pas davantage sur l'aîné de mes petits-enfants. Ma chère Helen ? On n'écrit pas ainsi à une étrangère.

Mon cher garçon...

C'est moins personnel et, après tout, c'est lui qui va prendre en charge la petite famille de Newark.

Dès que j'ai reçu, hier matin, la lettre de ta grand-mère m'annonçant le malheur qui...

Non ! Pas jusque-là.

... m'annonçant ce qui est arrivé, j'aurais voulu prendre l'avion et aller vous voir tous. Hélas, je ne suis plus jeune et, pour le moment, les longs déplacements me sont interdits...

J'hésite, peut-être par superstition, de parler ainsi de ma santé. Je suis parfaitement capable de passer quelques heures en avion. Je n'ai pas le courage de recommencer ma lettre.

Je regrette aussi de n'avoir jamais reçu de nouvelles de ton père dont je n'avais pas l'adresse. J'aurais voulu l'aider. J'arrive trop tard en ce qui le concerne mais je tiens à ce que ta maman et vous trois n'ayez plus de soucis...

J'ai rougi en écrivant le mot maman. Tout cela me fait l'effet d'une lâcheté, presque d'une trahison. Je ne parle pas ainsi. Je ne pense pas ainsi. On dirait que je veux me racheter de je ne sais quel péché. Or, je ne me sens pas coupable.

Hier, peut-être ? Même pas. Pas coupable envers eux.

Tu as reçu la visite de mon ami Eddie Parker et il a dû te laisser son adresse. Tu peux avoir pleine confiance en lui. Je le connais depuis longtemps et c'est lui qui se charge de mes affaires aux États-Unis.

Il m'a dit par téléphone l'excellente impression que tu lui as faite. J'ai donc l'espoir que tu vas pouvoir travailler dans les meilleures conditions et je suis sûr que tu trouveras dans ta mère une aide précieuse.

D'elle aussi, mon ami Parker ne m'a dit que du bien. Je regrette seulement de la savoir fatiguée, ce qui est compréhensible dans la circonstance.

Je pense à elle et elle peut toujours compter sur moi. Transmets à ton frère et à ta sœur les meilleures choses de leur lointain grand-père.

J'ai hâte de vous connaître tous.

Affectueusement.

Ouf ! Je n'ose pas me relire. Je colle vite les deux enveloppes et vais les porter au secrétariat avant d'être tenté de tout déchirer.

— Faites poster d'urgence, voulez-vous ?

— Par exprès ?

— Avion et exprès, oui...

Cela ne m'empêche pas de me rendre au club, de faire ma demi-heure de culture physique, d'avoir mon massage puis de nager un peu. Quand je sors de l'immeuble de l'avenue Hoche, le vent est tombé et le soleil presque chaud.

— Vous irez m'attendre au Rond-Point, dis-je à Émile.

J'ai envie de marcher un peu dans la foule. Il m'arrive de regarder avec étonnement les gens que je croise comme je regarderais des êtres d'une autre planète.

Au fond, j'ai réussi trop jeune. Je parle de réussite matérielle. Même au Quartier Latin, il m'a manqué de manger de la vache enragée, car mon père m'envoyait assez d'argent pour subvenir largement à mes besoins.

Pendant près de deux ans, j'ai même pu me mettre en ménage avec Rosalie Bouillet, une brave fille sans complications, la meilleure peut-être de celles qui ont partagé un morceau de ma vie.

Je l'ai rencontrée sur une des chaises jaunes du Luxembourg, à moins que ce ne soit à la terrasse du Harcourt. J'avais encore des loisirs et il m'arrivait de m'asseoir pour regarder passer les gens. Pourquoi cela ne m'est-il jamais plus arrivé par la suite ?

Elle était potelée, le teint rose, les cheveux clairs, avec comme une bonne et saine odeur de campagne. Nous avons dîné dans une brasserie où elle a mangé avec un appétit surprenant, après quoi, très naturellement, elle m'a suivi dans ma chambre d'hôtel.

Quel âge avais-je ? Vingt-cinq ou vingt-six ans, car c'était peu de temps après la première guerre. L'hôtel était situé rue de l'Éperon, en plein Quartier Latin, et s'appelait Hôtel du Roi-Jean. Je n'ai jamais su de quel Jean il s'agissait mais je me souviens que les patrons s'appelaient Gagneux et que le prénom du tenancier était Isidore.

Plus tard, Rosalie et moi nous sommes installés dans un meublé de la rue Lecœur. C'était l'époque à laquelle j'avais comme ami, à la Faculté de droit, Max Weil, celui qui m'a donné l'idée d'entrer dans la banque et qui est mort à Buchenwald.

Cela a tenu à un cheveu que j'épouse Rosalie. Elle était encore tout près de sa campagne et elle n'avait guère d'instruction. Mais prend-on une femme pour sa conversation ?

Elle possédait une qualité que j'apprécie par-dessus tout : la gaieté, l'égalité d'humeur. Elle était la même au réveil que le soir en se couchant. Pour elle, rien n'était compliqué et elle prenait le temps comme il venait.

Ma mère aussi, en somme. Ce n'est qu'aujourd'hui que je fais le rapprochement. Ma mère était une femme du même genre et mon père a eu de la chance, car il n'était pas toujours facile à vivre.

Est-ce que cela aurait marché, Rosalie et moi ? Nous avons fêté ensemble, avec Weil et sa petite amie, mon doctorat en droit. Mon père est mort. J'ai travaillé quelques semaines à la banque Weil et Doucet, rue Laffitte, et Jacob Weil, le père de Max, m'a conseillé un stage à New York.

Rosalie m'a conduit au train transatlantique et s'est beaucoup mouchée. J'ignorais que je reviendrais marié et déjà presque père de famille. Je ne l'ai jamais revue. Au début, j'aurais pu la rechercher dans les brasseries de la rive gauche, mais je ne pensais qu'à Pat.

Ensuite, pris dans l'engrenage, je l'ai oubliée et quand, beaucoup plus tard, j'ai voulu savoir ce qu'elle était devenue, je n'ai pas retrouvé sa trace.

Est-elle retournée dans son Berry natal et a-t-elle épousé un garçon de son village ? J'ignore le nom de ce village. L'idée ne m'est pas venue de le lui demander. Je sais seulement qu'il est situé près du canal.

Elle a pu aussi bien se marier à Paris. Je la vois volontiers derrière le comptoir d'une crémerie, par exemple. A moins qu'elle n'ait mal tourné, comme on dit. Ce serait dommage.

Elle a partagé mes derniers contacts avec la rue, avec la vie réelle, celle de tout le monde, des anonymes qui vont et viennent sur les trottoirs et qu'on voit, à certaines heures, s'engouffrer dans les stations de métro.

Ai-je pris le métro trois fois ? Guère plus. L'autobus, oui, pendant un certain temps, encore que je me sois très vite habitué aux taxis.

Les Champs-Élysées ont changé. Je les ai connus quand il n'y avait pratiquement pas de magasins et que le Fouquet's me paraissait un endroit inaccessible.

Je regarde l'entrée du métro George-V, les hommes et les femmes qui en descendent l'escalier et je me demande pourquoi j'ai perdu le contact.

Par ambition ? C'est possible que j'aie été ambitieux, que cela fasse partie de mon caractère. Je n'en suis pas certain. La preuve, c'est que j'ai eu l'idée, un moment, d'épouser Rosalie.

J'ai parlé d'engrenage. C'en est bien un. Une fois dans la banque, il fallait aller jusqu'au bout.

Déjà avec Pat, boulevard Montmartre, nous habitions un hôtel presque luxueux et je pouvais lui offrir des cadeaux assez importants. C'est pour elle que je suis entré pour la première fois chez un bijoutier de la rue de la Paix dont je suis devenu un des gros clients.

Pat ne voulait pas croire que c'était du vrai. Aux États-Unis, on trouve de l'or à 14 carats, voire à 11 carats, et elle était persuadée que je lui donnais des bijoux de cette sorte.

Jeanne Laurent, elle, n'est pas sensible aux bijoux. Comme robes du soir, je ne lui ai vu que des robes en soie noire, très simples, qui étaient pour elle comme un uniforme.

Elle s'habillait beaucoup en noir et cela lui allait bien. Elle le fait encore. Ses goûts n'ont pas changé.

Notre liaison avait déjà commencé quand j'ai repris la banque de la place Vendôme. Nous étions ensemble lorsque j'ai appris que Pat avait obtenu le divorce à Reno et j'ai insisté pour que nous fêtions la nouvelle au champagne.

— Qu'est-ce que tu vas faire ?

— T'épouser.

— A quoi bon ? Tu y tiens vraiment ?

— Oui.

— Je peux habiter avec toi sans cette formalité...

— Il se pourrait que nous ayons des enfants...

— Tu désires d'autres enfants ?

— Peut-être. Je ne sais pas.

— Tu me laisseras continuer à travailler ?

J'ai hésité. Elle tenait à son métier. Élevée dans le journalisme, elle l'avait dans la peau.

— Pourquoi pas ?

— Je ne serai pas toujours libre en même temps que toi. Il m'arrivera de me déplacer...

— A moi aussi... Vois-tu, nous ne sommes pas seulement des amants, mais des amis...

Les amants ont disparu, ainsi que les époux. Les amis restent. Elle m'a beaucoup aidé à installer l'appartement au-dessus de la banque quand il est devenu libre. Je possédais quelques toiles mais elle connaissait mieux les peintres que moi et Montparnasse lui était familier.

Elle restait en contact, elle. Avec la vie. Avec les hommes. Son métier l'exigeait. Elle fréquentait des milieux différents et se trouvait à l'aise dans chacun. Bien qu'elle soit à la tête du plus important magazine féminin de Paris, je suis persuadé qu'elle continue. Je ne connais guère sa vie privée, sinon qu'elle partage son appartement du boulevard Raspail avec notre petite-fille Nathalie.

Il nous arrive de déjeuner ensemble, presque toujours au restaurant. Nous nous regardons alors avec une curiosité involontaire, sans nous poser de questions.

Sauf au sujet des enfants. Restée plus près d'eux que moi, elle me donne de leurs nouvelles. Celui qui l'inquiète est Jean-Luc, qui a trente-quatre ans.

Il n'a jamais accepté le genre de vie que nous menions place Vendôme et, très jeune, il s'est révolté. Intelligent, il a été aussi mauvais que possible au lycée et il a échoué au baccalauréat. Il avait dix-huit ans et il s'est engagé dans les parachutistes.

Comme il avait besoin de mon autorisation, je la lui ai donnée, comprenant que cela ne servirait à rien de le contrarier. Nous avons reçu des cartes postales tous les deux ou trois mois.

Plus tard, il est revenu, en civil, alors que sa mère et moi avions divorcé.

— Qu'est-ce qui vous a pris, à tous les deux ?

— Nous menions des vies différentes. Ta mère est passionnée par son métier, qui lui prend tout son temps. De mon côté, j'ai de nombreuses obligations...

— Tu vas te remarier ?

— Je ne crois pas. Tout est néanmoins possible.

J'hésitais à lui demander quels étaient ses projets. Il est beaucoup plus grand, beaucoup plus fort que moi. C'est un athlète.

— Je vais chercher du travail comme moniteur de culture physique...

Il a commencé sur une des plages de Cannes. L'hiver, à Megève, il donne des leçons de ski.

— Je te verserai une mensualité comme je l'ai fait pour ton frère quand il était aux Beaux-Arts...

— Ce n'est pas la peine... Je m'en tirerai seul...

J'ignore ce qu'il pense de moi, de mon caractère, de ma vie. Il est d'une autre époque. Tout gamin, quand il regardait les photographies que je n'ai jamais voulu coller dans un album et qui remplissent deux tiroirs de mon bureau, il se mettait souvent à rire.

— C'est toi, ici ?

Eh oui ! En pantalon de flanelle blanche, en blazer rayé, un canotier sur la tête.

Moi aussi, en uniforme bleu, mes jambes maigres serrées dans des bandes molletières, qui m'appuyais négligemment à mon avion.

— Pourquoi n'as-tu pas continué à voler ?

Je ne connais personne de mon escadrille qui ait piloté après la guerre. Peut-être en avions-nous vu un peu trop ?

Cette fois-là, il m'a regardé avec un certain respect mais, d'une façon générale, il déteste mon genre de vie, ma façon d'être et il continue son existence loin de moi.

L'an dernier, il dirigeait une plage à Saint-Tropez et j'ai vu plusieurs fois sa photographie dans les journaux car il fait partie du petit monde de là-bas. Il y a même ouvert une boîte de nuit.

Je marche, je marche. Je pense. Trop. J'en oublie de regarder les gens comme je m'étais promis de le faire. Il est vrai que j'ai la désagréable impression que la plupart des visages sont vides.

Ils vont en avant, les yeux ailleurs.

Peut-être est-ce l'impression que je donne aussi ?

Je ne dors pas. Je me suis à peine assoupi une dizaine de minutes pendant la sieste et j'ai entendu Mme Daven se diriger vers la cuisine pour y préparer mon café.

Elle entre sans bruit, pose la tasse et va vers la fenêtre pour ouvrir les rideaux. Comme hier et tous les autres jours depuis plusieurs années. Il en sera ainsi demain et les jours suivants.

Or, cette régularité ne me déplaît pas. J'en tire plutôt satisfaction. Mes journées sont ainsi scindées en petites étapes que j'ai appris à savourer.

Elle me tend la tasse, souriante, un peu protectrice. Je la soupçonne de me considérer comme un grand enfant qui a besoin d'elle et je ne suis pas trop sûr qu'elle n'ait pas raison.

Dans un instant, ce sera la robe de chambre que j'échangerai contre mon veston.

Quand j'étais jeune, cette monotonie des jours, cette immuabilité du décor me désespéraient et il m'est arrivé d'avoir la gorge serrée en regardant, par la fenêtre de ma chambre, couler la Saône. Je haïssais notre maison qui sentait l'encaustique et le vin, j'en haïssais la cour encombrée de barriques et les hommes en toile bleue qui y travaillaient.

A présent, c'est plutôt l'imprévu qui me contrarie. Je n'aime pas qu'on bouscule mon horaire.

— Votre fils est au salon, m'annonce Mme Daven.

— Lequel ?

— Celui de Paris.

— Il m'attend depuis longtemps ?

— Il vient d'arriver. Il connaît vos heures et il m'a dit que vous preniez votre café en paix.

Elle s'appelle Juliette. Je parle de Mme Daven. J'ai plusieurs fois été tenté de l'appeler par son prénom mais je n'ai pas osé.

— Comment est-il ?

— Bien, je crois... Peut-être un peu nerveux...

Je me lève et elle m'aide à enlever ma robe de chambre. Elle tient mon veston à la main. J'allume une cigarette, vais finir ma tasse devant la haute fenêtre.

C'est l'heure où le soleil commence à entrer dans la chambre. Il n'y en a encore qu'une mince tranche qui met une tache plus claire sur la commode Louis XVI. Toute la pièce est Louis XVI, les murs recouverts de panneaux gris pâle.

Je me demande ce que Jacques me veut, car il vient rarement me voir sans raison. Sans doute la maison a-t-elle été pour lui une sorte de prison comme l'a été pour moi celle de Mâcon. A quel âge ai-je commencé à en avoir la nostalgie ? Très tard, en tout cas.

Je le trouve debout devant le Picasso.

— Cela date !... murmure-t-il.

Son regard fait le tour des murs.

— Tu restes insensible à la peinture moderne ?

— Tu sais, un moment vient où on s'arrête...

Il est moins grand que Jean-Luc, quoique plus grand que moi et que sa mère, un peu gras, avec du flou dans le visage et dans les lignes du corps.

— Tu viens dans mon studio ?

C'est gênant de le recevoir au salon. N'est-il pas chez lui ? N'a-t-il pas passé une partie de sa jeunesse dans cet appartement ?

— Rien ne change, ici, remarque-t-il.

Il ajoute, après m'avoir observé :

— Toi non plus... Tu te sens bien ?

— Très bien, quoique que j'aie encaissé hier un coup dur...

— Dans les affaires ?

— Non. Ton frère Donald est mort. Je l'ai appris par une lettre de sa mère, qui ne m'avait plus donné signe de vie depuis la guerre...

— Quel âge avait-il ?

— Quarante-deux ans...

— Il n'était pas beaucoup plus âgé que moi... Qu'a-t-il eu ?

— Il s'est pendu...

Ils ne se sont jamais vus. On en a peu parlé dans la maison pendant la jeunesse de mes deux autres garçons.

— D'autre part, Pat, ma première femme, est très malade...

Il fronce les sourcils, contrarié. Il aurait préféré me trouver dans des conditions plus favorables.

Je laisse passer un assez long moment avant de demander :

— Et toi ?

— Je suis en pleine forme. J'ai des projets. Je venais justement pour t'en parler. Je ne suis pas sûr que ce soit le moment...

— Qu'est-ce que tu crains ?

— Rien... D'ailleurs, le principal de ces projets est tout simple et tout naturel... Je vais me remarier...

Que puis-je lui dire, moi qui me suis marié trois fois ? Ce qui m'étonne, c'est qu'il soit resté si longtemps seul après la mort de sa femme.

— Une charmante fille, que je te présenterai dès que tu me feras signe... Je n'ai pas osé te l'amener sans te prévenir...

— Quel âge a-t-elle ?

— Dix-huit ans...

— Deux ans de plus que ta fille...

— Je ne pense pas que la différence d'âge soit un obstacle. Au contraire. Hilda est très raisonnable. Elle parle un français parfait et elle s'entend à merveille avec Nathalie.

— Elle est étrangère ?

— Allemande... De Cologne... Elle suit les cours de l'École du Louvre et elle voudrait devenir critique d'art...

Je ne réagis pas. Je suis tenté de faire des objections qui ne tiennent pas debout. Ma dernière femme était italienne et avait vingt ans de moins que moi.

Étant donné que Nathalie n'attend que la rentrée pour s'inscrire aux Beaux-Arts, elles ont des intérêts communs...

Eh oui ! Jacques a commencé, avec sa galerie de tableaux où aucune toile figurative n'a jamais été accrochée. On y a exposé les objets les plus divers, y compris des sculptures en plastique gonflables et des tuyaux de poêle qu'on emmanche à sa guise les uns dans les autres.

Il y a deux ou trois ans, il s'est mis en tête d'installer un restaurant au milieu de la salle d'exposition. Celle-ci n'est pas grande. Il n'a pu y mettre que six tables. Il m'a demandé de l'argent pour l'installation de la cuisine et pour le matériel. Je le lui ai donné.

— Dès que cela marchera, je te rembourserai...

Cela n'a pas marché. Seuls des amis sont venus manger chez lui et ceux-là ne payaient pas. Le cuisinier qu'il avait engagé a réclamé un dédit.

— Tu continueras à habiter rue Jacob ?

Au-dessus du magasin, il n'y a qu'un entresol bas de plafond, très sombre, où Jacques mène une vie de célibataire. Je sais d'avance ce qui va suivre.

— Justement. C'est de cela aussi que je voulais te parler...

— Tu as trouvé l'endroit idéal ?

Je pose la question sans ironie, mais il n'aime pas que je le devine.

— Comment le sais-tu ? Maman te l'a dit ?

— Elle est au courant ?

— Elle a dîné lundi avec nous... Elle trouve Hilda très intelligente, très attachante... Je suis sûr qu'elle te plaira aussi...

— Tu as trouvé un appartement ?

— Mieux que ça...

Il se lève pour donner cours à son enthousiasme. Car, chaque fois qu'il vient m'exposer un projet, Jacques éprouve le besoin de faire l'article tandis que, de mon côté, je feins d'être convaincu.

— Tu vois le quai des Grands-Augustins... Je ne sais pas si tu te souviens d'un antiquaire dont la boutique est profonde et très sombre... Aux deux vitrines, d'un bout de l'année à l'autre, sont exposés les mêmes objets qui ne tentent personne...

» Le patron est mort le mois dernier... Sa femme veut vendre, afin de rejoindre une de ses filles à Marseille... Avec de la lumière, cela ferait une galerie extraordinaire et l'emplacement est inespéré... J'aurais quatre fois la superficie dont je dispose rue Jacob et, pardessus le marché, un véritable appartement au premier étage...

C'est aussi simple que cela. Je connais la suite et questionne :

— Combien ?

— Je ne peux pas encore citer un chiffre exact, car ce n'est que la semaine dernière que j'ai montré les locaux à un ami architecte...

— Eh bien, dis-je, ce sera mon cadeau de noces... Tu me feras envoyer les factures...

— Tu es chic, Dad... fait-il avec chaleur en venant m'embrasser au front.

C'est curieux. Mes deux fils m'appellent Dad, alors qu'ils disent toujours Jeanne à leur mère. Nathalie aussi.

— Tu ne m'en veux pas ?

— De quoi ?

— De venir te taper... Il faudra que tu viennes à l'inauguration... Tu rencontreras tout ce qui compte dans l'art contemporain...

— Contemporain de qui ?

Je plaisante, évidemment. C'est plutôt de moi que je me moque.

— Comment va ta fille ?

— Physiquement ?

— D'abord, oui.

— Elle est infatigable. Elle dort moins que moi sans perdre la moindre parcelle d'énergie...

— Tu la vois souvent ?

— Par hasard... Et, en définitive, à cause de Hilda... Nous allons volontiers tous les deux dans les boîtes de Saint-Germain-des-Prés et c'est là que j'ai été assez surpris de retrouver ma fille... Pas seule... La plupart du temps avec des jeunes gens barbus et chevelus qui ont dix ans de plus qu'elle...

— Elle n'a pas tout à fait seize ans ?

— Elle les aura dans deux mois... C'est ce qu'elle attend pour abandonner ses études...

Nathalie a été renvoyée du lycée, puis d'une école privée. On l'a mise dans un troisième établissement où elle a décidé de ne rien apprendre. Il y a deux ou trois ans, elle ne rêvait que de cinéma. A présent, la peinture seule l'intéresse.

— Qu'en penses-tu, toi ?

Jacques se gratte la tête.

— Que veux-tu que je pense ? Les générations se suivent sans se ressembler. A treize ans, quand elle a commencé à se maquiller et à fumer un paquet de cigarettes par jour, j'ai cru de mon devoir d'intervenir. Cela n'a servi à rien. Au contraire. Du coup, elle m'a considéré comme un vieux...

» Elle vient de temps en temps voir ce qu'il y a de nouveau dans ma galerie. Contrairement à ce que j'aurais cru, ses goûts ne sont pas modernes pour deux sous. Elle en est restée à Van Gogh et à Gauguin...

— Qu'en dit ta mère ?

— Cela l'effraie un peu. Il arrive que Nathalie ne rentre pas avant deux ou trois heures du matin. Elle accroche à sa porte un de ces petits écriteaux d'hôtel qu'elle a trouvé Dieu sait où et qui disent en trois ou quatre langues : Ne pas déranger.

» On ne la dérange pas. Elle déjeune ou ne déjeune pas. Elle va à ses cours ou n'y va pas et elle a appris à imiter la signature de Jeanne dans son livret scolaire...

Je dois avoir un vague sourire aux lèvres. En fait, mon fils se morfond. Mon ex-femme aussi. Moi pas. Il me semble, au contraire, que je suis assez proche de Nathalie et que nous nous entendrions fort bien tous les deux si elle venait parfois me faire ses confidences.

Elle me prend pour un monsieur sévère et froid. Elle est ravie que son père se remarie car elle espère trouver une amie et une complice dans sa jeune belle-mère.

— Je te retiens ? demande Jacques en regardant sa montre. Tu ne dois pas descendre à ton bureau ?

Il sait que je n'y suis qu'un figurant mais il a hâte, maintenant qu'il a obtenu ce qu'il voulait, d'aller annoncer la bonne nouvelle à Hilda.

— Comment est-ce que je fais, pour les fonds ?...

— Tu adresses les factures au caissier... Je l'avertirai tout à l'heure... C'est à lui aussi que tu demanderas l'argent liquide dont tu as besoin...

Il n'en revient pas que je ne fixe pas de plafond. A quoi bon ? Pour le forcer à inventer des prétextes, à s'endetter ou à tricher ?

Un jour, tout leur appartiendra. Je crains que, ce jour-là, ils ne soient déçus, car ils ont tendance à me croire plus riche que je ne le suis réellement.

Qu'est-ce que Jacques fera de sa part ? Il aura sûrement des projets grandioses et sans doute, quelques années plus tard, se retrouvera-t-il sans un sou.

Sa mère l'aidera. Peut-être son frère ? Car Jean-Luc, lui, toute tête brûlée qu'il soit, ne se jette pas en aveugle dans l'aventure.

Son affaire de plage et de restaurant marche. Je ne serais pas surpris que sa part d'héritage ne serve à bâtir un hôtel, ou une série de bungalows dans une île quelconque.

Il a besoin de mouvement, de grand air, de soleil. Il a cultivé ses muscles scientifiquement et il continue à les entretenir.

Et Nathalie ? Elle se mariera, très jeune, pas pour longtemps.

Tentera-t-elle une nouvelle expérience ou profitera-t-elle tranquillement de sa liberté ?

J'aimerais lui parler un de ces jours, mais je ne crois pas que j'arriverai à la mettre en confiance. Pourquoi ai-je l'impression que, de tous, de ce petit monde auquel me rattachent des fils plus ou moins étroits, c'est elle qui tient le plus de moi ?

Sauf que sa volonté, à elle, est négative. Elle refuse au lieu d'accepter. Elle refuse d'étudier. Elle refuse la vie qu'on lui présente. Elle refuse de s'incliner devant les tabous.

Elle dit non à sa grand-mère comme elle me dirait non et elle ne m'a pas caché qu'elle déteste mon appartement.

Elle va son chemin, cynique en apparence, et je suis sûr qu'au fond d'elle-même elle est angoissée.

Elle n'est pas encore une grande personne et la vie lui fait déjà peur. Par crainte de la gâcher elle risque de s'enfoncer comme à plaisir.

— A bientôt, Dad... Téléphone-moi quand tu voudras que je t'amène Hilda...

— N'importe quel jour de la semaine prochaine...

— Je peux t'appeler après ta sieste ?

— Tu le sais bien...

Il vient, assez gauchement, m'embrasser sur les deux joues et murmure, presque à mon oreille :

— Tu es un chic type...

A quoi il ajoute après une hésitation :

— On t'aime bien, tu sais...

Ce sont des mots que nous n'employons pas souvent dans la famille. J'en suis tout surpris et je le regarde s'éloigner avec un pincement au cœur.

C'est vrai, ils ont tous fui la maison dès qu'ils l'ont pu. Chacun a suivi sa voie, des voies que je n'avais pas prévues.

Jacques est devenu marchand de tableaux et va épouser en secondes noces une jeune Allemande qui a l'âge de sa fille.

Jeanne, après avoir partagé avec moi un certain nombre d'années, a eu peur de perdre sa personnalité et, pour rester elle-même, a préféré divorcer.

Je ne lui en veux pas. Je n'en veux à aucun d'eux.

Mon père a dû recevoir un choc quand, à dix-sept ans, je lui ai annoncé mon départ pour Paris. Encore s'attendait-il à me voir revenir à Mâcon pour les vacances. Ma mère a pleuré. Jusqu'à sa mort, à soixante-huit ans, en 1931, elle m'a écrit chaque semaine une lettre de quatre pages, me parlant de chacun dans la maison, me donnant des nouvelles des voisins et même des chats et des chiens.

Je lui répondais une fois sur trois et mes lettres étaient beaucoup plus courtes, plus gauches, car je ne trouvais rien à dire qui puisse l'intéresser. Ma vie était trop différente.

Je me souviens de leur gêne quand je suis allé leur présenter Pat qui ne parlait pas un mot de français et qui se contentait de sourire comme sur la couverture d'un magazine.

J'ai eu tendance, hier, à dramatiser. A cause de la lettre de Pat, justement, je me suis laissé aller à remettre des tas de choses en question.

J'étais parvenu à un équilibre qu'il faut que je retrouve, que je commence déjà à retrouver. Paradoxalement, la visite de Jacques m'a aidé, et aussi ce qu'il m'a dit de sa fille.

Je ne suis pas indifférent à leur destin. Au contraire. Ma tendance profonde serait d'être une sorte de patriarche autour de qui toute la famille serait groupée.

N'est-ce pas, plus ou moins, le rêve de tout homme ? N'était-ce pas celui de mon père ? Il a presque réussi puisque je suis le seul à m'être échappé.

Pour moi, cela s'est passé autrement. Pat est partie la première. Jeanne Laurent, elle, a tenu longtemps, peut-être pour ne pas me priver trop tôt de mes enfants.

Pendant quelques années, nous avons été une vraie famille, réunie midi et soir autour de la table de la salle à manger. L'été, à Deauville, nous habitions une villa où les enfants jouaient dans le parc quand ils n'étaient pas à la plage.

J'ai beaucoup travaillé. Je me suis beaucoup amusé aussi, si l'on appelle amusement les divertissements qu'un homme peut s'offrir.

J'ai eu des chevaux, je l'ai dit. J'ai eu un yacht, à Cannes, pas de leur temps mais du temps de ma troisième femme, la comtesse Passarelli, sortie d'une des plus vieilles familles de Florence.

J'avais cinquante-huit ans quand je l'ai épousée. Elle en avait trente-deux et elle avait été mariée deux fois, la seconde avec un riche armateur grec.

Elle parlait, gazouillait plutôt, quatre ou cinq langues et connaissait tous les palaces du monde, les cabarets de New York aussi bien que ceux des Bermudes, de Beyrouth ou de Tokyo.

Je ne sais pas pourquoi je l'ai épousée. Peut-être par une sorte de défi ? Avec elle, c'est moi qui ai dû m'adapter et me mettre à son genre de vie.

Plus tard, quand nous avons divorcé, j'ai revendu le yacht et me suis contenté d'un canot à moteur. Je n'ai pas revendu la villa de Deauville, pensant qu'elle servirait un jour à mes petits-enfants.

Il y a peu de chances pour que ceux d'Amérique viennent vivre en Europe. Quant à Nathalie, je ne la vois pas à Deauville où Jeanne Laurent ne se sentait pas non plus à l'aise.

Je descends au premier étage et m'adresse au caissier.

— Vous recevrez prochainement des factures de mon fils Jacques et vous serez gentil de les régler, même si elles vous paraissent importantes. Il est possible qu'il ait en outre besoin d'argent liquide...

— Bien, monsieur François...

Pageot. Un brave type de soixante-quatre ans qui aura sa retraite l'an prochain et à qui la banque va manquer.

Je vais téléphoner à Candille. S'il est libre ce soir, je l'inviterai à dîner et nous passerons une soirée paisible à bavarder.

4

Candille est ici. La soirée se déroule comme toutes celles que nous passons ensemble et pourtant, quand je le reconduis jusqu'à l'ascenseur, je me sens déçu, frustré. Je serais incapable de dire pourquoi.

Je suis heureux, en rentrant dans ma chambre, de retrouver Mme Daven qui m'attend pour me mettre au lit. Car on me met au lit comme un enfant. C'est devenu un rite. Comprend-elle que c'est le moment où l'on sent le plus sa solitude ? Mais ne se sent-elle pas seule, elle aussi, quand elle regagne sa chambre ?

J'ai fait servir du caviar, non sans hésiter. C'est gênant, parce que cela a l'air ostentatoire. Le caviar est devenu une sorte de symbole de luxe, de richesse, comme les truffes, le champagne, comme le poulet l'était jadis dans les familles modestes.

Avec Candille, c'est différent. Il est très gourmet et je m'arrange toujours pour lui composer un menu à son goût.

Il porte une barbe carrée, roussâtre, courte et drue comme les poils d'un basset vendéen. Pour lui, ce n'est pas un ornement, mais un moyen de cacher son menton fuyant.

Ses cheveux sont épais aussi, coupés court, et il a la peau granuleuse de certaines grosses oranges.

Il a toujours eu un peu de ventre. Maintenant qu'il atteint ses soixante-cinq ans, il a tendance à engraisser davantage.

La table est devenue trop grande, la salle à manger aussi. Nous paraissons perdus, tous les deux, devant la grande nappe damassée, et je dois avoir l'air plus perdu encore lorsque je mange seul.

Après le caviar on sert une sole normande que mon cuisinier réussit à la perfection et dont le docteur est friand. C'est un plaisir de le voir manger, déguster son vin, s'essuyer les lèvres.

Pas de viande. Des truffes sous la cendre, suivies d'une salade et d'un blanc-manger.

Il savoure, m'observe de ses yeux presque mauves qui paraissent naïfs mais qui sont en réalité pénétrants. Rien ne lui échappe.

— Qu'est-ce qui ne va pas ?

Je le sens gêné, tout à coup, de prendre tant de plaisir à ce repas qu'il sait composé pour lui.

— J'ai eu hier une mauvaise journée. Je m'en remets doucement. Des nouvelles des États-Unis...

— Votre première femme ?

— Elle est à l'hôpital avec un cancer de l'utérus et les médecins hésitent à l'opérer...

Il questionne, comme si c'était naturel :

— Elle a envie de vivre ?

— Je l'ignore. Mon correspondant à New York est allé la voir. Elle est dans une salle de vingt lits où il n'y a que des vieilles femmes couchées et elle a refusé d'être conduite dans une chambre privée où je voulais lui donner une garde personnelle.

— Je la comprends...

— Si on l'opère, paraît-il, elle aura peut-être un an ou deux de répit...

— Et peut-être beaucoup plus...

Candille a, sur certaines questions médicales, des idées qui ne sont pas toujours orthodoxes. Il existe un contraste assez frappant entre son allure plébéienne, ses vêtements toujours flous et déformés, et sa clientèle qui se recrute surtout dans les environs de l'avenue de l'Opéra et de la rue de Rivoli.

— Vous connaissez l'histoire classique de l'opéré du cancer ? On la trouve dans plusieurs manuels et elle s'est réellement passée aux États-Unis.

» Dans je ne sais plus quel hôpital, le chirurgien ouvre le ventre d'un patient atteint de cancer et se trouve devant une tumeur si avancée et si volumineuse qu'il renonce à l'enlever et qu'il se hâte de recoudre.

» Par la suite, il n'y pense plus, persuadé que l'homme est mort quelques jours plus tard.

» Les années passent. Dix ans, quinze ans, peu importe. On lui amène un patient à opérer d'une appendicite et quelque chose le frappe dans la cicatrice.

» Il pense au cancéreux de jadis mais ne trouve aucune trace de cancer.

» L'opération finie, il se renseigne et il s'agit bien de son ancien malade. Un homme simple. On lui a dit que l'opération le guérirait. Il a été opéré et il a guéri.

Je souris sans chaleur car cette histoire me gêne. A cause de mon âge, je m'attends logiquement à des maladies plus ou moins pénibles.

Je dirais presque que je suis à l'écoute de mon corps et je me rends compte que c'est malsain. L'histoire de Candille ne fait que le confirmer.

Il n'en poursuit pas moins en maniant sa fourchette :

— Une bonne partie de nos maux nous viennent de notre état d'esprit, de notre moral. Nous nous mettons en état de réceptivité. C'est un peu comme si nous préparions un terrain favorable à la maladie...

On en a oublié Pat. Il en a reparlé plus tard.

— Elle a raison de vouloir rester avec les autres. Cela entretient sa curiosité. Le jour où elle ne sera curieuse de rien...

J'ai failli lui demander :

— Et moi ?

Suis-je encore curieux de quelque chose ? Je n'essaie plus de sortir si peu que ce soit de la routine que je me suis créée.

Je n'en savoure pas moins, d'habitude, les moments successifs de la journée comme Candille savoure son dîner. Une tache de soleil sur le poli d'un meuble m'enchante et, dix fois par jour, je vais à la fenêtre regarder le spectacle de la place Vendôme sous la pluie ou sous un ciel bleu.

— Mon fils aîné est mort.

— Celui d'Amérique ?

— Oui. Il s'est pendu.

A ce sujet-là aussi, Candille a une histoire à raconter.

— Il a laissé une lettre ?

— Non.

— Il avait de la famille ?

— Une femme et trois enfants, dont l'aîné travaillait avec lui au garage...

— C'est curieux...

— Pourquoi ? Ses affaires marchaient mal...

— Cela reste curieux... Je me souviens d'un article que j'ai lu dans une revue médicale de Boston... En France, la pendaison est un mode de suicide courant, surtout dans les campagnes où les armes, à part les fusils de chasse, sont assez rares... En outre, les paysans ne connaissent guère les somnifères... Alors, ils vont dans leur grange et fixent une corde à une poutre...

Je l'aime bien, mais je préférerais qu'il n'insiste pas. Pour lui, la mort est un spectacle quotidien qui ne l'impressionne plus. Il la combat, certes. La perte d'un de ses malades l'affecte. Je ne dirais pas qu'il prend ça pour un échec personnel, mais presque. Plus il avance dans la vie et plus il se méfie de la médecine.

Il dit volontiers :

— Tout ce que nous pouvons faire, c'est aider le malade à guérir.

Le voilà parti sur les pendus.

— Aux États-Unis, la situation est différente. Presque chacun possède des armes à feu. Certains en ont de véritables panoplies. D'autre part, la pendaison, réservée autrefois aux assassins et aux voleurs de chevaux, reste considérée comme un châtiment dégradant.

» L'auteur de l'article, un psychologue dont j'ai oublié le nom, en tire la conséquence, douteuse à mon sens, que les gens qui se pendent ont un complexe de culpabilité. Ils choisissent la corde pour se punir eux-mêmes d'une faute réelle ou imaginaire...

— Donald s'est peut-être puni d'avoir mal géré son affaire et d'avoir conduit sa famille à la pauvreté...

Nous passons dans mon studio, qui est plus intime que la salle à manger. J'offre un cigare à Candille et j'en allume un. Je trempe aussi les lèvres dans mon verre d'armagnac bien que, depuis longtemps, je ne boive plus d'alcool.

J'ai bu autrefois. J'ai rarement été ivre, mais je buvais d'une façon régulière.

Il en a été de cela comme du reste. Comme des femmes et des enfants qui m'ont quitté tour à tour.

C'est par l'alcool, justement, que cela a commencé, vers la soixantaine, quand je ne l'ai plus supporté.

— Juste un verre de vin par repas... m'a alors conseillé Candille.

Comme j'étais incapable de me limiter à un verre, j'ai préféré tout supprimer. Plus tard, j'ai diminué de moitié le nombre de cigarettes.

Un jour, sans le savoir, j'ai joué ma dernière partie de golf. Une entorse m'a empêché d'en faire pendant plusieurs semaines et, après, je me suis aperçu que je m'essoufflais vite.

Puis l'équitation...

Puis le ski nautique... Car j'ai été un des premiers à faire du ski nautique, à Cannes, et j'ai continué jusqu'à il y a six ou sept ans.

La vie rétrécit. C'est fatal, mais chaque fois qu'on biffe un mot d'un trait, qu'on s'interdit une nouvelle activité, cela fait un peu mal.

Je ne suis pas malade. Candille prétend que tous mes organes sont en parfait état et que, médicalement parlant, j'ai dix ans de moins que mon âge.

Sa vie n'est-elle pas plus pénible que la mienne ? Il ne s'est marié qu'une fois, assez tard, vers trente-quatre ou trente-cinq ans. Il n'a pas d'enfants.

Et voilà une quinzaine d'années que sa femme vit dans une clinique psychiatrique à une trentaine de kilomètres de Paris. Il va la voir chaque dimanche et, la plupart du temps, elle le reçoit durement, persuadée qu'il l'a fait interner pour vivre avec une autre.

Je connais son appartement, un peu vieillot et confortable. Il a gardé le goût paysan des meubles lourds, sombres et massifs. Une servante, qui a presque son âge, tient son ménage et fait la cuisine.

Pour son cabinet, il a une infirmière qui lui sert de secrétaire. Quand j'ai besoin d'une piqûre pour un bobo quelconque, c'est elle qui vient me la faire.

Elle s'appelle Odile, une grande jument rousse, avec les dents proéminentes et de beaux yeux rieurs.

Candille a-t-il, avec elle, des relations plus intimes ? Je le soupçonne et le souhaite, pour lui comme pour elle.

— Tiens ! je ne vous ai pas dit que mon fils Jacques se marie...

— Celui qui tient une galerie de tableaux ?

— Oui... Il est venu me l'annoncer aujourd'hui...

— Il a une fille, non ?

— A peine moins âgée que l'Allemande que Jacques épouse... Nathalie, sa fille, n'a pas tout à fait seize ans et va entrer aux Beaux-Arts...

Candille sourit, comme si cette idée l'amusait.

— En attendant, elle se maquille comme un mannequin et fréquente les boîtes de Saint-Germain-des-Prés avec des jeunes gens très chevelus...

Son sourire est communicatif. Je souris aussi et il me demande :

— Quel effet cela vous fait-il ?

— Il y a trente ou quarante ans, j'en aurais été choqué. Au fond, alors que je me croyais libre d'esprit, je conservais des préjugés... Par exemple, j'ai hésité à épouser Pat à cause de son métier... Les temps ont changé...

» Mon fils, à trente-huit ans, épouse une gamine de dix-huit...

» Moi, à cinquante-huit ans, j'ai épousé une Italienne de trente-deux ans pour qui c'était le troisième mariage...

— Pour vous aussi, non ?

— Pour moi aussi...

— Qu'est-elle devenue ?

— Je lis parfois son nom dans les journaux, surtout dans les journaux étrangers... Elle a épousé un acteur de Hollywood assez célèbre... Il a tourné récemment en Espagne et on a parlé des relations de mon ex-femme avec un matador...

Elle a dû vieillir, elle aussi. C'est une femme de presque cinquante ans et je l'imagine avec de fines rides au coin des yeux. Elle en avait déjà, très légères, quand nous nous sommes séparés.

Se bat-elle pour conserver coûte que coûte une apparence de jeunesse et passe-t-elle une bonne part de son temps dans les instituts de beauté ? Lorsqu'elle était ma femme et que nous dînions en ville, elle s'y préparait en restant étendue pendant deux heures dans l'obscurité, immobile, un masque trempé de je ne sais quel produit sur le visage.

Nous attachons beaucoup d'importance à la beauté. Celle-ci, presque toujours, décide de notre choix. Or, combien de temps dure-t-elle ? Et combien d'années reste-t-il à vivre ensuite ?

Si c'était à recommencer... Oui, qu'est-ce que je ferais ? La même chose, sans doute. J'aurais la même vie et j'en arriverais au point où j'en suis.

Je ne me plains pas. Je regarde Candille qui savoure son cigare en souhaitant que le téléphone ne se mette pas à sonner. Il ne peut pas quitter son appartement sans dire où il va, pour le cas où un de ses malades aurait besoin de lui.

Il ne se couche jamais avec la certitude de rester au lit jusqu'au matin et, quand il vient dîner chez moi, il apporte sa trousse, à tout hasard, en pensant à la possibilité d'une urgence.

Nous parlons assez longuement de la jeunesse et nous sommes d'accord tous les deux. Ce n'est pas le fond qui a changé. Nous avions, jeunes, les mêmes instincts, les mêmes aspirations, les mêmes dégoûts que les jeunes d'aujourd'hui. La différence, c'est qu'on ne nous permettait pas de nous exprimer.

Alors, ma foi, nous nous cachions. J'ai dû tricher, comme tout le monde à cette époque. Mon père trichait sans doute aussi. Deux fois par an, il allait faire la tournée de ses fournisseurs et il restait chaque fois absent une quinzaine de jours. Je suis persuadé qu'il en profitait pour avoir des aventures. Peut-être pas des aventures très reluisantes, mais des aventures quand même.

Son arrière-petite-fille, elle, ne se cache pas, à moins de seize ans, pour fréquenter les cabarets de nuit.

— Il y a longtemps que vous ne l'avez vue ?

— Environ deux mois. Dans la rue. Je faisais des achats, rue Saint-Honoré, et nous nous sommes heurtés sur le trottoir...

— Elle est gaie ?

— Il m'a semblé qu'elle prenait la vie du bon côté.

Il se tait, avec l'air de réfléchir, de peser le pour et le contre. Ses silences m'inquiètent toujours, surtout quand il m'ausculte. Il a, des êtres humains, une plus grande expérience que moi.

Au cours de sa carrière, il a dû collectionner des milliers de cas qui sont pour lui comme des repères, des points de comparaison.

En tant que banquier, je peux dire, sans trop de risques de me tromper, si un homme est solvable ou non, voire s'il y a des chances de réussir dans ses entreprises.

Candille, lui, voit les gens nus, quand la maladie les désarme et qu'ils ne peuvent pas tricher.

Tout à coup, par exemple, il me demande :

— Vous ne vous ennuyez jamais ?

Ce n'est pas une idée qui lui passe par la tête à l'instant. Il a dû m'observer depuis le début du dîner. Nous avons parlé de choses et d'autres, mais il n'en a pas moins poursuivi sa pensée.

— Cela dépend de ce qu'on appelle s'ennuyer. Mes fils et ma petite-fille, par exemple, trouveraient ma vie insipide...

— Et vous ?

Je me sens gêné. C'est une question que j'ai toujours refusé de me poser. Il me regarde de ses yeux mauves qui ont conservé une lueur enfantine.

— Vous n'avez pas un sentiment de vide ?

— Cela m'arrive, comme à tout le monde, je suppose...

— Vous sortez, le soir ?

— A peu près jamais...

— Pourquoi ?

— Où irais-je ? Le théâtre ne m'amuse plus. Je n'ai jamais beaucoup aimé le cinéma. Quant aux dîners en ville et aux réceptions, j'en ai horreur. Serrer des mains, écouter et répéter les mêmes phrases...

— Et ici ?

— Il m'arrive de regarder la télévision. Peu importe la qualité du programme. Ce qui compte, ce sont les images. On croit connaître le monde parce qu'on a voyagé et on découvre toujours du nouveau... Même les visages... Leurs expressions...

— Seul ?

— Oui. D'autres soirs, je lis. Je suis effaré d'être arrivé à mon âge et d'avoir si peu appris. Je m'arrête fréquemment dans une librairie de la rue Saint-Honoré et tous ces livres rangés sur les rayons, du plancher au plafond, m'humilient.

» J'ai la même impression quand, avenue de l'Opéra, j'entre dans un magasin spécialisé dans les ouvrages anglais ou américains...

» En somme, nous quittons la vie en n'en connaissant qu'une toute petite partie...

— Quel genre de livres ?

— Tous... Tous les genres... Tout m'intéresse... Les nouvelles techniques, par exemple, encore que je manque de connaissances de base pour tout comprendre... Les mémoires me révèlent des hommes que je ne soupçonnais pas derrière les personnages historiques...

— A quelle heure vous couchez-vous ?

— D'habitude, vers onze heures...

— Vous dormez bien ?

— Je suis assez long à m'endormir. Ensuite, j'en ai jusqu'au matin. Pourquoi ?

— Rien d'important...

Il regarde autour de lui et, à travers les murs tendus de cuir, il semble juger des dimensions de l'appartement. Chez lui, en dehors de son cabinet de consultation, il n'y a que quatre pièces qui tiendraient toutes les quatre dans mon salon.

Il doit me voir tout petit, tout mince, tout perdu dans cette immensité.

— Vous ne voyagez plus ?

— Je hais les touristes. Dès qu'il met le pied à l'étranger, l'homme devient insolent et barbare...

J'ajoute après un silence :

— Vous me trouvez mauvaise mine ?

— Je me méfie de la mélancolie...

Je crois que je rougis et qu'il s'en aperçoit. Il n'en ajoute pas moins :

— De la mélancolie et de la résignation...

— Je ne suis pas résigné et, au contraire, je savoure chaque minute de la journée...

Je sais ce qu'il pense, l'interprétation qu'il donne à cette phrase. Je savoure *exprès*. Au prix d'un effort, d'une discipline. Il y a vingt ans, je n'allais pas dix fois par jour à la fenêtre pour contempler la place Vendôme.

Je ne faisais pas non plus le tour des pièces pour jouir de mes tableaux. Je ne caressais pas non plus en passant la tête de femme sculptée par Rodin...

C'était le cadre de ma vie, sans plus.

Ma vie était en moi et ce n'était pas seulement le désir de survivre.

Je n'en veux pas à Candille. Il n'a pas parlé en l'air. Je finis toujours, plus tard, par comprendre la raison de ses paroles ou de ses attitudes. Il a beau être mon ami, il reste médecin avant tout. Il est parti avec sa trousse qu'il a tant trimbalée qu'elle lui fait pencher l'épaule droite.

J'éteins les lumières, puisque j'ai acquis des manies. Mme Daven m'a entendu refermer la porte d'entrée et m'attend dans ma chambre. Elle m'observe à son tour, d'un autre œil que Candille.

— Vous êtes déçu ? me demande-t-elle tandis que je retire mon veston, puis ma cravate.

— Pourquoi me demandez-vous ça ?

— D'habitude, quand le docteur vient passer la soirée avec vous, cela vous stimule...

Je sais. Ce soir, il m'a donné à réfléchir. On dirait qu'il veut que je réfléchisse et que je découvre qu'il y a quelque chose à changer dans mon mode de vie.

Quoi ? Je l'ignore. Lui aussi, probablement. Qu'est-ce qui l'inquiète en moi ?

— Il craint que je m'ennuie... dis-je enfin.

— Vous ne vous ennuyez pas ?

Je me trompe peut-être. Je crois déceler une certaine émotion dans sa voix. Elle est seule aussi. Je ne lui connais pas de famille. Personne ne vient la voir. Théoriquement, elle a un jour de congé par semaine, ses soirées libres, mais la plupart du temps elle reste dans l'appartement.

— Je ne crois pas que je m'ennuie...

C'est plus compliqué. C'est justement pourquoi Candille a voulu me forcer à réfléchir.

— Vous vous ennuyez, vous ?

Et elle répond avec une ardeur inattendue :

— Jamais !

Samedi, dimanche et lundi, je suis resté au lit avec la grippe. Je n'ai pas appelé Candille, sachant ce qu'il me donne en pareil cas. J'ai l'habitude, depuis une quinzaine d'années, de faire une ou deux grippes par an et je soupçonne que, dans mon cas, la théorie du docteur pourrait se confirmer. Je n'irai pas jusqu'à dire que je m'échappe volontairement, ou que c'est un moyen de me replier sur moi-même.

Je n'en ai pas moins remarqué que ces grippes se déclarent presque toujours à des moments de lassitude ou de découragement. La température est pourtant là, la langue blanche, les yeux humides, la gorge enflammée.

Mme Daven m'a demandé la permission de passer la matinée et l'après-midi dans ma chambre afin d'être à portée quand j'ai besoin de quelque chose.

— Je peux m'installer dans le studio, si vous préférez...

— Restez...

— Cela ne vous gêne pas que je lise ?

J'aime mieux ça que de la voir coudre. Je n'aime pas les femmes qui cousent ou qui tricotent. Cela remonte à très loin, à mon enfance, quand je voyais ma mère, mes tantes, les voisines, les vieilles femmes sur les bancs publics passer des heures à tricoter.

Je lis, de mon côté, non sans m'assoupir deux ou trois fois.

Lundi, je me lève, sans quitter la chambre. Mardi, je déjeune dans la salle à manger et quand Jeanne me téléphone pour savoir si elle peut venir dîner je lui réponds que oui.

Avant son arrivée, je me regarde assez longtemps dans le miroir. Je n'aime pas lui paraître trop fané. Si mes yeux restent un peu fiévreux, je n'ai pas trop mauvaise mine.

Elle arrive à sept heures et demie exactement, comme les autres fois. C'est une femme qui ne fait pas attendre et qui organise ses journées à la perfection, car elle n'est jamais pressée non plus.

— Comment vas-tu ? dis-je en lui tendant la main.

Depuis le divorce, nous nous serrons la main. C'est devenu un geste naturel. Au début, il nous semblait drôle, après nous être embrassés pendant tant d'années.

En réalité, cela ne laisse pas de traces. J'ai de la peine à croire que nous avons couché dans le même lit et que je prenais plaisir à faire l'amour avec elle.

— Et toi ?

— Je viens d'avoir une petite grippe. Tu n'as pas peur de l'attraper ?

— Tu sais bien que j'ai une santé de fer.

Elle vieillit bien. On aurait pu croire que, petite et mince, elle allait se dessécher. C'est le contraire qui s'est produit. Elle est devenue plus moelleuse, sans pour autant prendre de l'embonpoint.

Ses yeux, très intelligents, ont acquis un certain sérieux et on a l'impression qu'elle comprend tout, qu'elle pardonne tout.

Je me demande l'effet que ça lui fait d'entrer ici comme invitée alors qu'elle était autrefois la maîtresse de maison. Sa chambre n'a pas changé. Elle n'a pas voulu en emporter les meubles, ni ceux de son boudoir, en prétendant qu'ils ne conviendraient pas à son nouvel appartement.

Quant à ce que j'appelle ma comtesse italienne, elle n'a eu le temps de rien transformer, car nous avons presque toujours été en voyage.

Je ne connais pas l'appartement que Jeanne habite avec Nathalie. Elle ne m'y a pas invité. Je ne lui ai pas demandé la permission d'aller le voir.

Je connais l'immeuble, très moderne, construit à l'emplacement de deux maisons de trois étages un peu avant le carrefour Montparnasse. Jeanne habite tout en haut, d'où on doit avoir une fort belle vue.

— Tu n'as plus eu de nouvelles de Pat ? Tu crois qu'elle a des chances de s'en tirer ?

— Je ne sais pas...

Il y a toujours eu une interrogation dans ses yeux. Je suis persuadé que, dès que nous nous sommes connus, elle s'est demandé si j'étais un parfait égoïste ou si j'étais au contraire incapable d'extérioriser mes émotions.

Je lui parle de Pat et de la mort de mon fils avec trop de calme pour son goût.

Pendant ce temps-là, je lui prépare un dry martini et me verse un demi-verre de porto.

— A ta santé...

— A la tienne...

Du salon, nous passons à mon studio en attendant qu'on nous annonce le dîner. Je n'aime pas ce mot studio qui me fait penser aux petites annonces. Je ne peux pourtant pas dire boudoir ? Petit salon fait ridicule aussi.

— C'est chic, ce que tu as fait pour Jacques... Quand il est venu m'en parler, il était encore dans tous ses états... Il s'attendait, le pauvre, à ce que son mariage avec une aussi jeune fille te mette de mauvaise humeur...

— Il n'y a pas de raison...

— C'est ce que je lui ai dit... Il est en train de faire des plans avec son architecte, mais je crois qu'il n'attendra pas d'emménager pour se marier... J'ai visité le magasin et l'appartement du premier... C'est vraiment bien...

Elle m'observe à petits coups. Elle l'a toujours fait. Tout le temps que j'ai vécu avec elle, j'ai eu l'impression que j'avais à côté de moi quelqu'un qui me jugeait.

Elle continue. A chaque visite, elle doit me trouver un peu plus vieilli, avec un peu moins d'entrain. Alors, je me force. C'est ridicule, car je sais que je ne lui donne pas le change.

— Tu ne t'ennuies pas ?

— Non.

— Tu ne regrettes pas d'avoir abandonné la direction effective de la banque ?

— Non.

— Tu y descends encore chaque matin ?

— L'après-midi aussi...

Je ne veux pas de pitié et je la sens au bord de la pitié. Elle connaît les enfilades de pièces dans lesquelles je vis et elle doit me voir mince et chétif au milieu de tout cet espace.

Je lui demande :

— Tu as rencontré cette Hilda ?

— Il me l'a présentée, oui. Nous avons dîné ensemble chez Lipp.

Moi, on ne me l'a pas présentée. Je serai le dernier à la voir. Je ne fais pas partie de leur clan.

Le mot n'est pas juste, mais je n'en trouve pas d'autre. Il y a entre eux une complicité naturelle qui leur permet de discuter de questions qu'ils n'aborderaient pas avec moi.

Cela a toujours existé. Avec Jean-Luc aussi, qui va voir sa mère chaque fois qu'il est à Paris mais qui me rend rarement visite.

Je suis persuadé qu'ils m'aiment bien. Ils ont même, peut-être, une certaine admiration pour moi, pour le chemin que j'ai parcouru depuis Mâcon. Néanmoins, ils n'ont pas envie de me ressembler et ils m'en veulent du cadre dans lequel je les ai élevés.

C'est difficile à expliquer. Je ne dirais pas qu'ils sont cyniques, qu'ils n'en veulent qu'à mon argent. Ce serait faux. Le hasard veut cependant qu'ils ne viennent me voir que quand ils ont besoin de moi.

Comment parlent-ils, entre eux ?

« — Ce pauvre vieux Dad... »

Un homme d'une autre époque, dans un décor d'une autre époque...

« — Sa vie ne doit pas être gaie tous les jours... »

« — Il a passé assez d'années sans se priver, non ? »

C'est vrai que je ne me suis privé de rien.

— Nathalie ne t'a pas téléphoné ?

— Elle devait le faire ?

— Elle m'a dit incidemment qu'elle avait envie de te voir un de ces jours et je lui ai recommandé de te téléphoner d'abord...

— Pourquoi ?

— Pour être sûre de ne pas te déranger.

— Il n'y a pas de raison pour qu'elle me dérange...

— Tu pourrais être avec quelqu'un...

— Tu veux dire avec une femme ?

— Par exemple...

— Je ne reçois pas de femme ici...

Elle paraît surprise, puis elle prend un air malicieux.

— C'est Mme Daven qui...

Je rougis. Je n'ai jamais touché à Mme Daven et Jeanne la connaît à peine car elle n'était pas dans la maison de son temps. C'est après le départ de Nora que, resté seul, j'ai cherché une femme de chambre.

— Tu te trompes.

— Alors, comment fais-tu ?

Cela l'amuse. Elle a toujours posé des questions indiscrètes, même à nos amis qu'elle mettait dans l'embarras.

— Je vais chez Mme Blanche.

— Qui est Mme Blanche ?

— Une vieille dame très distinguée, à cheveux blancs, qui habite un hôtel particulier de la rue de Longchamp. N'y entre pas qui veut. Il faut montrer patte blanche. Et il vaut mieux s'annoncer quelques heures à l'avance...

— Je vois...

— Elle connaît beaucoup de jeunes personnes...

J'hésite à lui demander :

— Et toi ?

Je n'ai pas cette cruauté, bien que je lui en veuille d'avoir mis Mme Daven sur le tapis.

— Je ne sais pas ce que Nathalie te racontera. Avec elle, tu peux t'attendre à des surprises...

— Jacques m'en a parlé... Son maquillage... Ses cigarettes... Les amis chevelus avec qui elle hante les boîtes de Saint-Germain-des-Prés...

— Je l'ai mise en garde... J'ai essayé de la retenir... A ce train-là, elle finira par s'user...

Nous passons à table. Je fais servir du champagne brut, car Jeanne a toujours aimé dîner au champagne. C'est vraiment par goût. Un potage léger. Un demi-pigeon. Beaucoup de salade et pas de dessert.

— Qu'est-ce que je disais ?... Ah ! oui... Je me demande comment ses nerfs peuvent tenir... Et pourtant je passe à peu près toutes mes soirées à la maison... Il est rarissime que je sorte après le dîner...

» Elle rôde autour de moi pour se donner du courage puis finit par dire d'un ton négligent :

» — Tu ne regardes pas la télévision ?

» — Non...

» — Cela t'ennuie que je sorte une petite heure ?... Je m'en veux de te laisser seule, mais...

» — Une petite heure ?

» — Peut-être plus...

» — N'oublie pas ta clef...

» Car je sais qu'elle ne rentrera pas avant une heure ou deux du matin.

Jeanne allume une cigarette et je m'aperçois, lorsqu'elle tend les lèvres, que ce qui a le plus vieilli c'est sa bouche. Il y a, de chaque côté, un trait assez profond, comme si sa mâchoire s'était un peu affaissée.

— Parfois, je l'emmène dîner au restaurant, sachant bien que ma compagnie ne l'amuse pas. D'autre part, elle garde une certaine candeur.

» — Tu sais, m'a-t-elle demandé l'autre jour, depuis combien de temps Jacques et Hilda couchent ensemble ?

» — J'ignorais même qu'ils le faisaient.

» — Tu ne t'en es pas doutée ?

» — L'idée ne m'est pas venue de me poser la question. A qui l'as-tu posée, toi ? A ton père ?

» — A Hilda... C'est une fille du tonnerre... Jacques aurait pu choisir une femme de son âge que j'aurais détestée...

» Elle appelle toujours son père Jacques et moi je reste Jeanne.

Il n'y a que moi à être Daddy. Faute, sans doute, d'oser dire grand-père.

— ... Il en a pris une qui est presque du mien et nous allons pouvoir être copines... Nous le sommes déjà...

» — J'espère que tu ne vas pas trop souvent les déranger ?

» — Je ne les dérange pas... Si je dérangeais, Hilda me le dirait... Elle me dit tout... Moi aussi...

» Elle a rencontré Jacques il y a quatre mois et, trois jours plus tard, elle couchait avec lui... Il n'était pas le premier... Avant lui, il y a eu un musicien, un guitariste anglais...

» Voilà notre petite-fille...

Elle m'a regardé avec étonnement car je restais calme, un léger sourire aux lèvres.

— Tu ne t'inquiètes pas ?

— A quoi bon ?

— Tu es indifférent à ce qui pourrait arriver ?

— Non. J'ai seulement appris qu'on ne change pas le destin d'un être...

— Tu as changé le mien...

— Même pas... Tu as habité ici et tu as eu deux enfants... Tu n'en es pas moins restée fidèle à ta carrière et tu es arrivée aujourd'hui là où tu avais décidé d'arriver : dans le fauteuil d'une directrice...

— C'est un reproche ?

— Non. Ni toi ni moi n'avons eu la moindre influence sur Jean-Luc. Ou plutôt notre influence a été négative. Notre genre de vie l'a tellement écœuré qu'il s'est engagé dans les parachutistes.

Elle s'étonne de m'entendre parler ainsi et, ce qui la surprend le plus, c'est le ton léger que j'ai adopté. Ce n'est pas un jeu que je joue. Je me sens vraiment léger, tout à coup.

Je la regarde et, pour la première fois, je suis plus jeune qu'elle. Plus dégagé, aussi, de toutes les conventions.

— Il a toujours aimé le sport, le grand air... essaie-t-elle de protester.

— Comme tu voudras. Est-ce que Jacques a toujours aimé la bohème ? Pourquoi, dès que cela lui a été possible, a-t-il plongé dans celle de Saint-Germain-des-Prés ?

Elle paraît interloquée, comme si ces idées ne lui étaient jamais venues. Je sens que je la choque, elle qui a tant d'expérience.

— A présent, c'est au tour de Nathalie. Elle s'y prend plus tôt que les autres, peut-être parce que c'est une petite femelle, peut-être simplement parce qu'elle trouve la voie toute tracée...

Elle rit, d'un rire forcé.

— Et moi qui m'attendais à des reproches !

— Pourquoi ?

— Tu aurais pu m'en vouloir de lui avoir laissé trop de liberté...

Je lui souris.

— Tu es un drôle d'homme, François...

— Les années ont fini par m'apprendre quelques petites choses...

— A moi aussi, mais je commence à croire que je suis restée plus vieux jeu que toi... Cela ne t'inquiète pas que, dans l'avenir, elle soit plus souvent quai des Grands-Augustins que chez moi ?

— Cela ne durera pas.

— Pourquoi ?

— Parce que Jacques et sa femme en auront vite assez... Sa femme surtout... Pour la première fois, elle va avoir un ménage à elle, un homme à elle, un appartement à elle, et elle ne voudra rien partager...

En suis-je si sûr que ça ?

Quand Jean-Luc vient à Paris, il descend chez son frère et, plusieurs fois par an, Jacques se rend à Saint-Tropez.

— Cela ne ressemble pas à ce que Nathalie m'a dit...

— Qu'a-t-elle dit ?

— Tu sais, Jeanne, nous, on forme un gang et Jean-Luc en fait partie. Pendant les vacances, on descendra tous à Saint-Tropez. Peut-être même irons-nous passer Noël à Megève...

Cela me fait un peu mal. Un tout petit peu. Est-ce que cela fait mal à mon ancienne femme ?

Encore, elle, est-elle presque dans le coup. On la met dans la confidence. On ne l'invite pas à faire partie du gang, comme dit Nathalie, mais on la tient au courant.

Ils se sont créé de toutes pièces un état d'esprit qui ne doit rien au nôtre. Entre eux, ils se détendent et rien ne compte que leur plaisir du moment.

Je n'ose pas leur donner tort. Contrairement à Jeanne, je ne juge pas. Je me suis toujours efforcé de ne juger personne.

— Je ne t'empêche pas de te coucher ?

— Non...

— Il paraît que Donald laisse une veuve et trois enfants ?

— C'est exact...

— Je suppose que tu t'en es occupé ?

— Bien entendu, j'ai fait le nécessaire...

— Ils portent ton nom, naturellement ?

— Quel nom porteraient-ils ? Ce sont mes petits-enfants au même titre que Nathalie et que ceux qui viendront sans doute...

Je sens une petite raideur. Des deux femmes que j'ai eues, l'une avant, l'autre après notre mariage, Jeanne ne s'est jamais montrée jalouse, pas plus qu'elle ne l'était quand j'avais une passade.

Je jurerais qu'il n'en est pas de même en ce qui concerne les enfants. Ce sont ses enfants à elle. Elle doit voir d'un mauvais œil la concurrence de ces trois Américains qui viendront un jour réclamer leur part d'héritage.

Je continue, imperturbable :

— J'ignore comment est la fille... Elle n'était pas là quand Eddie Parker est allé à Newark... L'aîné est très bien... A vingt ans, il se sent capable de prendre la responsabilité de la famille... Quant à l'affaire, elle n'est pas difficile à diriger...

— Et quand il sera amoureux ?

— Me suis-je inquiété, quand Jacques s'est marié pour la première fois, puis, la semaine dernière, quand il est venu me parler de Hilda ?

— Le cas n'est pas le même...

— Pourquoi ?

Elle ne sait que répondre.

— Tu iras là-bas ?

— Je ne pense pas.

— Ils ne t'intéressent pas ?

— Je ne me sens pas le courage de passer des heures en avion...

— Il y a des bateaux...

— Au fond, je n'ai plus envie de voyager... Plus tard, s'ils veulent me connaître, ils pourront toujours venir me voir...

Je m'en veux de ma cruauté. Jeanne n'est qu'une mère comme toutes les mères.

Pendant tout le temps qu'elle a été ma femme, elle n'a pas essayé de changer mon caractère ou mon genre de vie, comme tant d'autres le font.

Nous ne sommes peut-être pas restés longtemps amants, mais nous sommes devenus de bons copains.

Nous le sommes encore.

Je m'en tire en murmurant :

— La vie est imprévisible...

Cela ne veut rien dire. Au train où vont les choses, existera-t-il encore des banques privées dans dix ans, dans cinq ans ? Il est fort possible que l'héritage apparaisse un jour comme une coutume monstrueuse...

Jeanne se lève.

— Je vais te laisser...

— Dis à Nathalie qu'elle peut venir quand elle voudra...

— Je le lui dirai...

— Cela me fera plaisir... Merci d'être venue...

Elle sourit.

— Il me semble que tu deviens bien cérémonieux...

C'est mon tour de sourire.

Allons ! Nous restons de vieux amis malgré tout.

5

Nous sommes mardi. Il y a une semaine, jour pour jour, que j'ai reçu la lettre de Pat.

Ce matin, il s'est produit un petit fait qui m'agace. Jeanne en est involontairement la cause. Hier soir, elle a parlé de Mme Daven d'une façon qui m'a déplu.

Alors, ce matin, pendant qu'elle ouvrait les rideaux, je l'ai regardée, malgré moi, autrement que je la regarde d'habitude. Tout à coup, elle s'est retournée. Qu'a-t-elle surpris dans mes yeux ? En tout cas, elle a rougi comme moi la veille et sa main tremblait quand elle m'a tendu ma tasse de café.

N'est-ce pas ridicule, à soixante-quatorze ans ? Je pense beaucoup à mon âge, beaucoup trop. Par exemple, si je vais de temps en temps rue de Longchamp, chez Mme Blanche, c'est parce que je ne veux pas imposer le vieux bonhomme que je suis à une autre femme qu'une professionnelle.

Cependant, je ne me sens pas vieux. J'ignore si les hommes de mon âge ont la même impression que moi. Au fond, il me semble que je suis resté un gamin.

Quand j'étais jeune homme, j'étais persuadé que l'état de grande personne existe, qu'il y a un moment, dans la vie, où on se sent fort, sûr de soi, et où on envisage les problèmes avec lucidité et sang-froid.

C'est faux. Certains hommes jouent mieux la comédie, se bardent de vêtements austères et solennels, donnent à leur visage une gravité artificielle. On a inventé des titres, ce qu'on appelle des honneurs, des décorations, des académies.

Et toutes ces gens restent quand même des petits garçons !

Tout à l'heure, j'ai rougi, comme pris en faute. Et maintenant, que va-t-il arriver ? Cela arrivera sûrement et j'espère que ça ne va pas tout gâcher.

Pourquoi la façon dont j'ai rencontré la comtesse Passarelli me vient-elle à l'esprit alors que je suis dans ma baignoire ? Peut-être parce que, cette fois-là encore, je me suis conduit comme un jeune homme qui vient de muer.

J'avais cinquante-huit ans. Il y avait sept ans que j'avais divorcé d'avec Jeanne et je n'éprouvais pas le besoin de reprendre femme. J'avais des aventures et jouissais de ma liberté.

Cela s'est passé à Deauville. Je jouais et j'avais en face de moi un bel homme à cheveux blancs, au visage très jeune, le marquis d'Énanches. Pourquoi nous sommes-nous trouvés soudain en compétition ? Chaque fois qu'il prenait la banque, j'annonçais banco et il en faisait de même dès que m'arrivait le sabot. A chaque tour, nous augmentions la mise, de sorte que nous en étions arrivés à jouer assez gros jeu.

Les autres étaient pratiquement hors du coup et des curieux, debout, suivaient notre duel.

C'est alors qu'une jeune femme est arrivée, sobrement vêtue de noir, portant une parure de diamants admirable. Debout derrière le marquis, elle s'est penchée pour l'embrasser sur la joue. Il s'est retourné en souriant et lui a serré le bout des doigts.

J'étais certain qu'ils étaient amants. Brusquement, l'idée m'est venue de la lui prendre. Un défi, en somme. Comme si je cherchais à me rassurer. Cela a pris une semaine et, en fin de compte, je n'ai réussi qu'en parlant mariage.

Je l'ai donc épousée et, pendant trois ans, elle m'a mené dans tous les endroits qu'elle avait l'habitude de fréquenter.

— Je m'excuse, ma chère, mais je vais devoir vivre davantage à Paris, où mes affaires me retiennent. Je ne les ai que trop négligées depuis que je vous connais...

Nous ne nous sommes jamais tutoyés, elle et moi. Il n'y a jamais eu de véritable intimité entre nous.

— Pourquoi ne l'avez-vous pas dit plus tôt ?

Elle me regardait avec de grands yeux étonnés.

— Moi qui croyais vous faire plaisir en vous distrayant...

Elle a proposé tout naturellement de divorcer et c'est ce que nous avons fait. Elle n'a pas réclamé d'alimonie.

Étais-je plus mûr quand, avant elle, j'ai épousé Jeanne ? Pour la première fois, je rencontrais une jeune fille aussi intelligente qu'attrayante. J'ai cru d'abord être pour elle un ami. Puis, un beau jour, nous avons couché ensemble et j'ai cru de mon devoir de l'épouser.

Quant à Pat...

Pauvre Pat ! Je pense à elle sur son lit de Bellevue. Elle était modèle, avec un corps parfait. Elle était américaine et j'étais en train de découvrir l'Amérique...

Si je fouillais tout au fond de moi-même, je découvrirais sans doute que beaucoup de mes actes n'ont été accomplis qu'en vue de me rassurer. Les hommes, entre eux, ont des pudeurs qu'ils perdent en présence des femmes. Je n'ai jamais demandé à un homme de mon âge s'il connaissait les mêmes troubles que moi.

Mme Daven m'a préparé un complet d'un gris assez clair pour la saison. C'est elle, la plupart du temps, qui le matin choisit le vêtement que je vais porter. Presque toujours, elle tombe juste. Est-ce exprès, aujourd'hui, qu'elle a sorti celui de mes costumes qui fait le plus jeune et le plus gai ?

Cela me gêne. Elle aussi, me semble-t-il, me regarde pour quêter mon approbation.

— Il y a justement du soleil... dis-je en regardant vers la fenêtre.

Je descends au bureau à neuf heures cinq, comme d'habitude, et m'assieds devant mon courrier. Des factures, surtout. Des demandes d'argent pour des œuvres de toutes sortes. Des lettres de tapeurs professionnels. Ils ne se rendent pas compte qu'avec un peu d'habitude on les reconnaît dès les premières lignes.

Un faire-part mortuaire. D'abord, le nom ne me dit rien. Lucien Lagrange, décédé dans sa quatre-vingt-septième année. Une longue liste de titres et de décorations.

Je finis par découvrir qu'il a été jadis gouverneur de la Banque de France et que nous nous sommes rencontrés un assez grand nombre de fois. Je le croyais mort depuis longtemps.

Je sors de mon tiroir le carnet d'adresses relié en rouge. Je l'ai acheté, boulevard Saint-Michel, quand j'étais encore à la Faculté de droit. Je n'en ai jamais changé. Il contient les noms de tous ceux qui ont été mes amis, mes camarades, de simples connaissances, des noms de femmes avec leur numéro de téléphone.

Chaque fois que j'apprends un décès, je biffe le nom au crayon bleu, et les noms biffés sont plus nombreux que les autres. Mon carnet d'adresses me fait penser à un cimetière.

Je le feuillette, ce matin. Je retrouve la trace de gens que j'avais oubliés. Pour certains, je ne suis pas sûr qu'ils soient morts. Ils ont disparu de la circulation, plus exactement ils ont disparu de mon orbite.

Ceux qui me connaissent doivent tenir, comme moi, leur carnet à jour et il arrivera un matin où, en recevant un avis bordé de noir, c'est mon nom qu'ils bifferont.

Il vaut mieux que j'aille au club. Gymnastique. Massage. Quelques brasses dans la piscine.

— Vous, au moins, vous avez de la volonté, me répète souvent René. Aussi, voyez dans quelle forme vous restez...

Il croit me faire plaisir. Or, pour moi, cela signifie que, si je ne prenais pas de précautions, je serais un vieillard avachi.

Un vieillard... Un gamin... A quoi bon penser à cela ?

Un de ces jours, il faudra que j'aille à la campagne. Il y a longtemps que je n'ai pas vu une vraie campagne, un village, des vaches, un chemin creux.

Avant, il m'arrivait de me faire conduire n'importe où, à trente ou quarante kilomètres de Paris. Je disais à Émile de s'arrêter et je marchais au hasard. Parfois j'entrais dans une auberge et j'y commandais un verre de petit vin du pays. On me regardait curieusement, parce qu'on m'avait vu descendre d'une Rolls.

— Place de l'Opéra, Émile...

J'ai envie de sentir la foule couler autour de moi, de regarder les vitrines. L'air est tiède. Je retrouve, tout le long de la rue de la Paix, la plupart des magasins que j'ai toujours connus.

Je vais au bar du Ritz pour y boire mon porto et Georges, le barman, remarque :

— Voilà longtemps que vous n'êtes venu nous voir...

Il m'observe, comme pour savoir si j'ai changé, ou si j'ai été malade.

— Vous êtes toujours le même ! En pleine forme ! Et aussi svelte...

Je déjeune seul, tandis que Mme Daven m'apporte les plats. Je ne me suis pas trompé, ce matin. Il y a bien une gêne entre nous. Je ne sais pas encore comment m'y prendre, ni s'il vaut mieux brusquer les choses.

C'est curieux que ce soit Jeanne qui ait créé cette situation. On pourrait penser qu'elle l'a fait étourdiment mais, comme je la connais, elle n'a pas parlé en l'air.

Ma sieste. Ce qui importe, c'est de ne pas penser. Seulement des images. De préférence des images très anciennes. Souvent je choisis des images de mon enfance, surtout celles qui sont un peu floues. A la fin, elles se mélangent, et c'est signe que je vais m'endormir.

Je suis surpris de voir le soleil pénétrer dans la pièce. Mme Daven, debout près de la fenêtre, achève de tirer les rideaux.

— Je crois que, cette fois, vous avez dormi, n'est-ce pas ?

— Il me semble même que j'ai rêvé...

Je cherche en vain mon rêve. Il était tout en douceur.

— Quelqu'un vous attend au salon.

— Qui ?

— Une jeune femme qui m'a simplement priée d'annoncer Hilda...

Jacques a dû lui dire que c'est après ma sieste qu'on a le plus de chances de me trouver.

— Elle est seule ?

— Oui.

Cela me paraît curieux, mais je n'en suis plus à une bizarrerie près. Je prends mon temps. Le moment de mon café est un de ceux que je préfère de la journée et je le bois à petites gorgées, non sans aller une fois ou deux à la fenêtre.

Pourquoi est-ce que je pense à la somptuosité de l'époque à laquelle la place Vendôme a été construite ? C'était l'époque de Versailles aussi. Les hommes portaient des vêtements de soie chatoyante, des perruques.

Ils avaient besoin, eux aussi, de se rassurer. Y compris, sans doute, Louis XIV, qui avait organisé autour de lui toute cette pompe.

Je traverse le studio et j'entre dans le salon. Une grande fille blonde, plantée devant le remorqueur de Vlaminck, se retourne vivement et je lis de la surprise dans son regard.

Est-ce que mon aspect l'étonne ? Me voyait-elle autrement, d'après les descriptions de Jacques ou de Nathalie ? Plus grand ? Plus gras ? Plus vieux ? Plus jeune ?

Elle a un visage ouvert et me regarde crânement en face.

— Je ne crois pas que ce soit poli, n'est-ce pas ?

Je souris en lui tendant la main. Elle porte une jupe écossaise, très courte, des bas blancs qui s'arrêtent au-dessous des genoux et des mocassins.

Son blouson beige achève de lui donner l'air d'une collégienne, mais elle a une bonne tête de plus que moi.

— J'ai pensé que si j'attendais que Jacques vienne me présenter...

— Je suppose qu'il est pris par l'aménagement des nouveaux locaux ?

— Vous ne savez pas dans quel état votre générosité l'a mis. Il bouillonne d'idées. Tous les jours, il en trouve de nouvelles et le pauvre architecte ne sait plus à laquelle s'arrêter...

Elle parle le français sans avoir à chercher ses mots, avec tout juste une pointe d'accent.

Elle se retourne vers le Vlaminck.

— C'est magnifique, non ? Cela devait être merveilleux d'être peintre à cette époque...

Puis elle regarde autour d'elle en hochant la tête. Il est évident que le salon l'impressionne.

— Je ne croyais pas que cela existait encore...

Elle désigne les tableaux l'un après l'autre :

— Un Cézanne... Un Picasso... Un Juan Gris... Ce sont de véritables pièces de musée, vous vous en rendez compte ?

Je lui souris car on la sent toute droite, exempte de complications. Je ne remarque aucun maquillage. Peut-être un peu de poudre et un rien de rouge à lèvres ?

— Et la vue ?... Les meubles sont d'époque, j'en suis sûre...

— Oui... Dans mon studio se trouve mon tableau préféré... Un Renoir... Vous voulez le voir ?

Nous traversons la salle à manger et elle continue de tout regarder avec de grands yeux éblouis. Dans le studio, elle est si surprise qu'elle se tourne vivement vers moi.

— C'est votre idée d'avoir recouvert les murs de cuir ?

— J'ai pensé que c'est plus masculin...

Elle regarde ma jeune baigneuse avec une sorte de tendresse.

— Je ne m'attendais pas à tout ça... Je croyais trouver un appartement sévère, comme chez la plupart des gens riches... Il y a longtemps que vous êtes collectionneur ?

— Je ne suis pas collectionneur... J'ai simplement acheté des tableaux qui me plaisaient, certains quand je n'avais pas beaucoup d'argent... Ils ne coûtaient pas cher, à l'époque...

— On dirait un conte de fées...

Elle a de longues jambes, de longues cuisses, des cheveux très blonds. A côté d'elle, Nathalie doit paraître terriblement sophistiquée. Ou tellement gosse, au fond, car son maquillage, ses cigarettes, ses artifices lui passeront sans doute un jour.

— C'est vrai que vous avez tout de suite dit oui quand Jacques vous a annoncé son désir de se marier ?

— Il est adulte, non ?

— Bien sûr. Cela aurait pu vous contrarier de voir une inconnue s'introduire dans la famille...

— Je me doutais que vous ne resteriez pas une inconnue...

— Quel effet est-ce que je vous fais ?

Elle est si directe qu'elle me déroute.

— L'effet d'une grande fille saine et fraîche...

— Mon attitude ne vous paraît pas naïve ?

— Je la trouve plutôt spontanée... Qu'est-ce que je peux vous offrir ?... Un scotch ?

— Je suppose que vous n'avez pas de jus de fruits ?

— Certainement...

Je sonne. Mme Daven s'aperçoit tout de suite que nous sommes déjà amis, Hilda et moi.

— Quels jus de fruits avons-nous ?

— Orange, framboise, citron...

— Framboise, si vous permettez... Et vous ?

— Je viens de boire mon café...

— Je sais... Après votre sieste... Je suis au courant de beaucoup de choses... Seulement, je les imaginais autrement...

Nous sommes assis face à face dans les fauteuils de cuir et je lui suis reconnaissant de ne pas tirer sans cesse sur sa jupe comme la plupart des femmes qui s'habillent court. Il lui importe peu que je voie la moitié de ses cuisses. Elle pourrait aussi bien être naturiste.

— De quelle partie de l'Allemagne êtes-vous ?

— De Cologne... Mon père est professeur de piano... Quand je dis ça, on me regarde avec surprise, car les gens pensent que personne n'apprend plus à jouer du piano... J'ai deux frères plus jeunes que moi... Ma mère est très jeune aussi...

— Vous leur avez annoncé votre mariage ?

— Évidemment... Je leur écris deux ou trois fois par semaine, surtout à mon père... Nous sommes comme des complices, tous les deux...

C'est une joie que je n'ai pas connue. J'envie cet homme-là.

— Par exemple, quand j'ai décidé de venir étudier à Paris, c'est à lui que j'en ai parlé... Maman aurait poussé de hauts cris et aurait tout fait pour m'en empêcher... Mon père a arrangé les choses... C'est un homme doux, patient, qui finit toujours par en arriver où il veut...

Elle boit son jus de framboise comme une enfant et un cerne violet se dessine autour des lèvres. Elle le devine à mon regard, sort un mouchoir de son sac, le mouille avec la langue.

— Est-ce que Jacques vous a dit comment nous aimerions nous marier ?

— Il ne m'a donné aucun renseignement. Mes garçons et ma petite-fille me fournissent très peu de détails sur leur vie privée...

— Pourquoi ?

— Sans doute parce qu'ils me trouvent trop vieux pour comprendre...

— Vous n'êtes pas vieux... Moi, je raconte tout à mon père... Quand je suis devenue amoureuse de Jacques et que j'ai fait l'amour avec lui, je le lui ai écrit...

C'est merveilleux. On ne se lasse pas de la regarder et de l'entendre et on se demande pourquoi, quand on était jeune, on n'a pas eu la chance de rencontrer une fille comme elle.

Est-ce que mon fils se rend compte de la rareté de sa découverte ? Ne risque-t-il pas de la gâcher en la plongeant dans le monde de Saint-Germain-des-Prés, en l'emmenant à Saint-Tropez, que sais-je encore ?

— D'ailleurs, à vous aussi, je dirai ce qui me passe par la tête... Cela vous ennuie que je vienne vous voir de temps en temps ?

— J'en serais ravi...

— Nathalie ne vient pas souvent, n'est-ce pas ?

— Seulement quand elle a besoin de moi...

Elle hoche la tête.

— Il ne faut pas lui en vouloir... Ce n'est pas sa faute si elle est compliquée... Je suis sûre qu'elle se fait du mauvais sang... Alors, elle sort, elle va n'importe où, à condition qu'il y ait du bruit, des gens serrés les uns contre les autres, de la fumée, de la musique...

— Et vous ?

— Il m'arrive aussi d'aller dans les boîtes, parce que Jacques m'y conduit...

— Vous êtes très amie avec Nathalie ?

Elle hésite, je le sens. Puis elle répond simplement :

— Je l'aime beaucoup...

— Elle ne vous agace pas ?

— Pas agacer, non... Quelquefois, elle me fatigue un peu... Elle a toujours besoin de faire quelque chose, d'aller quelque part... Elle ne tient pas en place et je n'arrive pas à suivre son rythme... C'est ainsi qu'on dit ?

— C'est parfait...

— Elle se réjouit d'entrer aux Beaux-Arts. A ce moment-là, il lui faudra un atelier. Il n'y a pas d'endroit pour peindre dans l'appartement de sa grand-mère...

— Quel est son projet ?

— De louer un atelier et d'y vivre seule...

Elle m'observe, croyant que je vais réagir. Le fait que je ne proteste pas l'étonne.

— Jeanne ne voudra sûrement pas...

Elle appelle mon ex-femme par son prénom.

— Après tout, Nathalie aura juste seize ans.

— Et vous ?

— Dix-huit... Je sais !... Et il y a déjà un an que je suis à Paris...

— Vous avez appris le français en Allemagne ?

— Oui... Mon père parle très bien le français... Il parle aussi l'italien et un peu l'espagnol... Quelle langue parlez-vous, en dehors de la vôtre ?

— Seulement l'anglais...

— Je parle anglais, avec un mauvais accent... Je vous ennuie, non ?... Je me demande si je ne suis pas restée trop longtemps... Il paraît que ce n'est pas convenable pour une première visite...

Elle rit.

— On m'avait dit que vous étiez un monsieur très convenable...

— Et je ne le suis pas ?

— Vous êtes tout simple...

Y aura-t-il, dans la famille, quelqu'un qui ne se trompe pas sur mon compte, ou bien cette bonne impression que je fais aujourd'hui n'est-elle que momentanée ?

— J'avais commencé à vous parler des plans de Jacques pour notre mariage... Nous n'avons envie, ni l'un ni l'autre, d'une vraie cérémonie, avec les deux familles, les oncles, les tantes, les amis... Cela vous choque ?...

— Pas du tout.

— Mon père non plus. Il ne viendra même pas à Paris. C'est nous qui irons le voir un jour... Nous nous rendrons tout bonnement à la mairie, habillés comme tous les jours, avec nos deux témoins, nous ne savons pas encore qui... Puis nous irons faire un bon déjeuner ou un bon dîner en tête à tête...

— Vous êtes gourmande ?

— Très... Aussi, plus tard, je serai très grosse... J'ai averti Jacques...

— Vous partirez en voyage ?

— Pourquoi ? Nous rentrerons chez nous. Nous avions espéré que ce serait dans le nouvel appartement, mais nous n'avons pas la patience d'attendre si longtemps... Il faut tout repeindre, car c'est très sale... On sent que ce sont des vieilles gens qui y ont vécu...

Elle se mord les lèvres, ce qui souligne la gaffe. Puis elle s'empresse de regarder autour d'elle.

— Ce n'est pas comme ici...

Je souris, pour lui faire comprendre qu'elle ne m'a pas vexé.

Je passe quand même par la banque, alors qu'elle n'est plus ouverte au public, et, un peu plus tard, je reçois un long câblogramme d'Eddie. Le comptable qu'il a finalement envoyé à Newark a travaillé vite. Il affirme que trente mille dollars suffiront, non seulement pour renflouer l'affaire, mais pour lui assurer un bon départ.

J'ai des nouvelles de Pat. Le professeur Penderton l'opérera la semaine prochaine. Le jour n'est pas encore fixé.

Bien entendu, je réponds à Parker de faire le nécessaire pour le garage et de me tenir au courant de la santé de Pat.

La visite de Hilda m'a fait du bien. Je me sens d'humeur plus légère et je n'ai pas envie de ratiociner à longueur de journée comme les derniers jours.

Je vais marcher un peu. A un étalage, je vois une petite voiture anglaise, décapotable, qui me paraît être la voiture idéale pour une jeune femme. Ce sera mon cadeau de mariage à Hilda. Ainsi, elle ne dépendra pas de son mari pour ses moindres déplacements.

Encore un petit rien, ce soir, en ce qui concerne mes relations avec Mme Daven. Comme d'habitude, elle attend dans la chambre que je sois couché. Nous nous souhaitons la bonne nuit. Comme elle marche vers la porte, elle s'arrête, se tourne vers moi, ouvre la bouche pour parler puis se hâte de sortir. Elle est obligée de revenir tout de suite, car elle a oublié d'éteindre.

Je dors admirablement, sans un seul réveil, et il y a de nouveau du soleil.

— Je me demande si je ne vais pas me faire conduire à la campagne, dis-je à Mme Daven tout en buvant ma première tasse de café.

Je n'ose pas lui demander si elle aimerait venir avec moi. Elle ne sort pratiquement jamais.

— Peut-être déjeunerai-je dans une auberge. Cela dépendra...

Je ne vais pas au club. C'est à peine si, au bureau, je jette un coup d'œil sur mon courrier. Émile m'attend avec la voiture devant la lourde porte cochère.

— De quel côté voulez-vous que nous allions ?

Nous nous sommes souvent dirigés vers l'amont ou l'aval de la Seine, ou encore vers la vallée de Chevreuse. Ce que je voudrais, c'est retrouver de petites routes paisibles comme autrefois.

— Remontez donc la Marne en la suivant autant que possible ou en suivant le canal...

Je ne suis pas retourné de ce côté depuis mon premier retour des États-Unis. Pat voulait connaître une guinguette. On m'en a signalé une dans les environs de Lagny et nous y sommes allés.

— Vous passerez par Lagny...

Il n'y a pas une, mais quatre guinguettes qui se font concurrence. Plus exactement, ce sont des restaurants-dancings presque luxueux.

Nous allons assez loin et le dernier écriteau porte le nom de Tancrou. Un village. Tout de suite après, un chemin descend vers la Marne.

— Laissez-moi ici et attendez-moi...

C'est un vrai chemin de terre, comme jadis, avec de chaque côté un talus surmonté d'une haie. A deux cents mètres, j'aperçois une ferme, avec des poules sur un tas de fumier, des canards qui s'en vont en file indienne vers une mare.

Je ne savais pas que les mares existent encore. Celle-ci est couverte de lentilles d'eau. J'ignore si c'est le vrai nom, mais c'est ainsi que je les appelais, enfant, quand je jouais dans les champs. Je n'avais pas à aller loin. Presque tout de suite après le pont Saint-Laurent, on trouvait la campagne.

J'ai toujours vécu dans les villes. A Deauville, malgré notre parc, on ne peut pas parler de campagne ; au Cap-d'Antibes non plus.

Je le regrette, tout à coup. J'aurais dû acheter une propriété avec une ferme, comme beaucoup de Parisiens. Il est trop tard. Peut-être cela aurait-il fait du bien aux enfants.

Je regarde la haie et soudain je reconnais les feuilles d'un arbuste. Je regarde plus haut et je vois des noisettes encore vertes.

Ainsi donc, malgré les avions, les autoroutes, l'élevage aux produits chimiques, il y a encore des noisetiers.

J'en découvre des grappes de trois et même de quatre. Leur enveloppe vert pâle, qui ressemble à une petite robe, est astringente. Je me souviens de la sensation désagréable qu'elle laissait dans ma bouche quand je l'enlevais avec les dents.

C'est bête. Je suis tout surpris d'être ému. J'ai l'air d'avoir fait une découverte et je me répète :

— Il y a encore des noisetiers...

J'y vois comme un symbole. C'est assez flou dans mon esprit. Cela signifie sans doute que le monde a beau changer, il restera toujours des coins de fraîcheur.

Et l'homme ?

J'essaie d'atteindre les noisettes ; elles sont trop hautes pour moi. Il faudrait que je grimpe sur le talus recouvert d'une herbe glissante. Je risquerais de me casser un bras ou une jambe.

Je marche encore un bout de chemin sans atteindre la Marne et je me décide à faire demi-tour.

— Et maintenant ? questionne Émile en reprenant le volant.

J'hésite. Il n'y a plus de véritables auberges et, chaque fois que j'ai essayé, j'ai fort mal mangé, dans un cadre artificiel.

— A la maison...

Au fond, la campagne m'a toujours fait peur. Elle représente la nature avec ses brutalités, les vents, les orages, les inondations, les glissements de terrains. Même les fleurs des champs ne sont jamais, comme l'herbe, qu'une sorte de moisissure. Et chaque village est flanqué de son cimetière.

Les villes sont plus rassurantes, avec les rangs de lumières qui s'allument automatiquement sans attendre le crépuscule.

Je déjeune et je fais la sieste. Au fond, depuis des années, le temps s'est figé, il ne se passe plus rien, je ne fais que tourner en rond comme un cheval de cirque.

Quand je m'éveille, je vois tout de suite que Mme Daven a quelque chose à me dire.

— Mlle Nathalie vous attend...

C'est curieux. Pendant des mois, je n'ai pas reçu une visite, en dehors du docteur Candille. On dirait que c'est la lettre de Pat qui a tout déclenché. Jeanne est venue. Jacques aussi. Hier, c'était Hilda et voilà qu'aujourd'hui on m'annonce Nathalie.

On pourrait croire qu'ils se donnent le mot. Il ne restera plus que Jean-Luc...

Je me passe un coup de peigne et je redresse ma cravate. Je porte justement un complet bleu marine et, quand elle était petite fille, c'est en bleu que Nathalie me préférait.

Je me dirige vers le salon alors qu'elle traverse déjà la salle à manger. Elle a assez vécu dans la maison pour s'y comporter comme chez elle.

Elle me tend son front.

— Bonjour, Dad...

Je me dis que c'est Hilda qui lui a conseillé de venir afin de me faire plaisir. Mais, quand je regarde ma petite-fille, je change d'avis.

Son visage est tout tiré, ses yeux cernés, et ses lèvres tremblent comme si elle avait peur, ou comme si elle se retenait de pleurer.

Ma main sur son épaule, je l'emmène dans mon studio. Pour un peu, je la prendrais sur mes genoux comme quand elle était enfant.

Elle va s'asseoir en face de moi et je m'aperçois qu'elle porte une robe. C'est rare. D'habitude, elle porte des pantalons, ou une mini-jupe avec un chandail à col roulé.

C'est à mon intention qu'elle s'est habillée.

— Quelque chose ne va pas ?...

Elle me regarde fixement, comme si elle se demandait jusqu'à quel point elle peut me faire confiance. Elle ne m'a jamais pris comme confesseur et c'est bien ce qui me déroute aujourd'hui.

Je demande d'un ton détaché :

— Amoureuse ?...

Et elle répond machinalement :

— Je l'ai été...

— Il est parti ?

Elle hausse les épaules. Est-ce que, au dernier moment, elle ne va pas changer d'avis, se lever et sortir ? Il faut que je la retienne. Elle est si tendue qu'elle fait mal à voir.

— Tu sais, ma petite fille, tu peux tout me dire, même les choses qui te paraissent les plus graves...

Elle se débarrasse tout de suite du plus dur en laissant tomber :

— Je suis enceinte...

J'arrive à ne pas broncher, à ne pas me montrer surpris.

— Tu n'es pas la première à qui ça arrive, n'est-ce pas ? Qu'est-ce que le père en dit ?

— Il n'est plus à Paris...

— Il avait l'intention de t'épouser ?

— Non.

— Et, malgré ça...

— C'est moi qui le lui ai demandé... Je croyais qu'il prenait ses précautions...

— Tu es sûre d'être enceinte ?... Tu as vu un médecin ?...

— Hier matin...

— Candille ?

— Non... Un médecin du boulevard Saint-Germain...

— A qui en as-tu déjà parlé ?

— A Jeanne, hier soir...

Il y a du dépit dans sa voix.

— Elle ne m'a pas comprise...

— Qu'est-ce qu'elle n'a pas compris ?

— Que je refuse de m'en débarrasser...

J'en suis surpris de la part de mon ancienne femme.

— Elle prétend qu'à mon âge, maigre comme je suis, à peine formée, je risque un mauvais accouchement. Ensuite, cet enfant, dit-elle, sera un handicap pendant toute ma vie...

Elle me regarde avec intensité et j'ai soin de ne pas détourner les yeux.

— Vous le pensez aussi, vous ?

Il faut que je réponde, sinon je perdrai sa confiance, une confiance si neuve qu'elle doit être encore fragile.

— Non...

Son visage s'éclaire.

— Vous dites que je peux le garder ?

— Bien sûr...

— Et cela ne gâchera pas ma vie ?

— Nous nous arrangerons pour que rien ne soit gâché...

— Comment ?

— Je ne sais pas encore... J'ai besoin de réfléchir... Qu'est-ce qui t'a donné l'idée de venir me voir ?

— Hilda... Je lui ai téléphoné ce matin pour lui donner rendez-vous dans un café... Elle m'a promis de ne rien dire à mon père...

— Tu ne veux pas qu'il sache ?

— Pas maintenant... Il est tout à son installation... Il vit dans un rêve... Je n'ai pas le droit de...

— Quel est l'avis de Hilda ?

— Elle hésite. Par moments elle penche du côté de Jeanne et à d'autres moments elle est avec moi... Elle est venue vous voir hier... Vous avez fait sur elle une vive impression... C'est curieux : elle est emballée par l'appartement... Elle trouve que vous êtes resté jeune et que vous avez les idées larges...

— Tu pensais le contraire ?

— Peut-être...

— Qu'est-ce que tu espérais, en venant ici ?

— Je ne sais pas... Au fond, je n'espérais rien... Je suis venue un peu comme on se jette à l'eau...

— Ce soir, je téléphonerai à ta grand-mère...

— Dans ce cas, je m'arrangerai pour ne pas être à la maison... Vers quelle heure ?...

— A quelle heure dînez-vous ?

— A huit heures et demie... Parfois neuf heures... Il lui arrive de rentrer tard du journal...

— Je téléphonerai donc vers dix heures... Elle sait que tu es venue me voir ?

— Non... Hilda est la seule à savoir...

— Elle ne t'a pas accompagnée ?
— Comment l'avez-vous deviné ?
— Où est-elle ?
— Elle m'attend dans un bar de la rue de Castiglione... Ainsi, vous croyez vraiment que je peux...
— Que tu peux laisser naître ton enfant ? Parbleu !...
Des larmes se mettent à couler sur ses joues. C'est vraiment une petite fille que j'ai devant moi.
— Je vous demande pardon... C'est de soulagement... Vous parviendrez à convaincre Jeanne ?
— Je n'en doute pas.
— Quand dois-je revenir ?
— Dans deux jours, par exemple.
— Pourquoi deux jours ?
— Parce que je dois me renseigner.
— Sur quoi ?
— Sur les moyens d'arranger l'avenir...
Elle hésite encore un petit peu et finit par murmurer :
— Je vous crois...
Je ne peux me retenir de lui poser une question.
— Ce garçon-là, c'est le seul ?
Elle fait oui de la tête.
— Il est étranger ?
— Non, mais il habite le Maroc...
— Tu ne l'aimes pas ?
— Je le déteste.
Nous restons à nous regarder en silence. Je n'ai plus rien à lui dire. Elle non plus. Elle se lève la première et tend les bras pour me mettre un baiser sur chaque joue.
— Merci, Daddy. Je ne l'oublierai jamais.
— Va rejoindre Hilda et dis-lui que je la trouve fort sympathique, moi aussi.
— Cela aurait pu lui arriver comme à moi... Elle a fait la même chose... C'est elle aussi qui l'a demandé...
— Je sais...
— Au revoir, Dad... Je peux revenir après-demain à la même heure ?
— Je t'attendrai...
Je la conduis jusqu'à l'ascenseur et je la regarde disparaître peu à peu. Je ne sais pas ce que je vais faire. J'hésite. Je me demande qui je dois appeler le premier.
Je retourne dans mon fauteuil et je forme sur le cadran le numéro de téléphone de Candille. C'est l'heure de sa consultation. Le matin, il se rend à l'Hôpital Américain de Neuilly, où il a presque toujours deux ou trois patients. D'ici une demi-heure, il ira faire ses visites dans le quartier.

— Allô... Je vous dérange ?... Vous êtes avec un malade ?...
— Perret-Latour ?
— Oui... Seriez-vous par hasard libre ce soir ?
— Pas à dîner...
— Je voudrais vous parler d'une question importante et assez urgente...
— Je serai libre vers dix heures, peut-être un peu plus tard... Vous voulez que je passe à ce moment-là ?
— S'il vous plaît...
— A ce soir...
Je reste là, le regard dans le vide. Je revois le visage en détresse de ma petite-fille et je cherche, pour elle, une solution. Jeanne n'a pas tout à fait tort. En ce qui concerne la question médicale, ce n'est pas à moi de trancher.
Mais pour le reste ? Il est certain qu'une gamine avec un enfant...
Je forme un autre numéro, celui de Terran, mon avocat, qui habite quai Voltaire.
— Ici, Perret-Latour...
— Comment vas-tu ?
— Bien... Merci... Je craignais que tu ne sois au Palais...
— Je plaide si peu !...
C'est surtout un avocat d'affaires et il fait partie du conseil d'administration de la banque.
— Seras-tu libre demain dans la matinée ?
— Seulement jusqu'à onze heures... A onze heures, j'ai un rendez-vous avenue George-V.
— Je peux te voir vers neuf heures et demie ?
— Volontiers...
Je descends dans mon bureau sans conviction et je dicte à Mlle Solange quelques lettres sans importance. Elle s'aperçoit sûrement que je cherche à tuer le temps. Plusieurs fois, elle me regarde avec curiosité.
— Vous n'avez jamais eu envie de vous marier ?
Je ne sais pas trop pourquoi je lui pose la question. Elle doit avoir trente-cinq ou trente-six ans.
— Non.
— Cela ne vous pèse pas de vivre seule ?
— Je ne vis pas seule. Je vis avec ma mère...
A-t-elle eu des amants ? En a-t-elle encore ? Ma sœur Joséphine, à Mâcon, notre aînée à tous, a soixante-dix-neuf ans et, toute sa vie, elle est restée demoiselle. Il est probable qu'elle n'a jamais connu la moindre aventure. Il est vrai que l'époque était différente.
Je me demande ce que se racontent Nathalie et Hilda, dans le petit bar de la rue de Castiglione. Je le connais, car il m'arrive de m'y arrêter pour boire un porto.
Le temps passe. Je monte. J'ouvre le premier volume des

Mémoires de Talleyrand. Je possède une pleine bibliothèque de Mémoires et de Correspondances. Ce n'est pas un hasard. Au fond, je sais ce que j'y cherche et je n'en suis pas fier.

De découvrir les faiblesses des grands hommes et leurs petites lâchetés, on a moins honte de soi. Et il ne me déplaît pas, je l'avoue, d'apprendre qu'ils ont souffert de telle infirmité ou de telle maladie.

Après le dîner je me remets à lire et, à dix heures, je compose le numéro de Jeanne. C'est elle qui répond.

— Nathalie est sortie ?

— Oui... C'est à elle que tu voulais parler ?...

— Non...

— A moi ? s'étonne-t-elle.

Elle comprend presque tout de suite.

— Elle est allée chez toi ?

— Oui...

— Elle t'a dit ?...

— Elle m'a tout raconté... Il paraît que tu lui conseilles de ne pas laisser venir l'enfant...

— C'est la seule solution, non ? Tu la vois, dès l'âge de seize ans, encombrée d'un bébé ?... Et encore, à condition que tout se passe bien... Qu'est-ce que tu lui as dit ?...

— Le contraire...

Elle en a le souffle coupé et il y a un silence.

— Tu as bien réfléchi ?

— Je n'ai pas encore trouvé la solution, mais je la trouverai...

— Voilà pourquoi, ce soir, elle a mangé avec appétit... Ce que je me demande, c'est la raison pour laquelle elle t'a choisi... Cela regarde avant tout son père...

— Évite qu'elle se tracasse ces jours-ci...

— Il faudra que nous en parlions sérieusement tous les deux...

— Volontiers... Pas trop vite... J'ai besoin d'un peu de temps...

Mes paroles l'intriguent.

— Toi, tu as une idée de derrière la tête...

— Peut-être... Excuse-moi de raccrocher... J'entends quelqu'un qui entre... A bientôt...

C'est vrai. Candille pénètre dans le studio et me tend la main. A tout hasard, ne sachant pas ce que je lui veux, il a monté sa trousse.

6

C'est probablement la personne au monde qui me connaît le mieux, à la fois en tant que médecin et en tant qu'ami. Je sais que, dès son premier coup d'œil, il se rend compte de mon état d'esprit et je lui suis reconnaissant de ne pas avoir l'air de m'observer.

— Vous semblez en pleine forme... dit-il simplement en s'asseyant dans son fauteuil habituel.

Car nous avons depuis longtemps chacun notre place dans le studio et j'ai eu soin de mettre la boîte de cigares à sa portée.

Il remarque, chez moi, une certaine excitation, comme si tout à coup je reprenais davantage goût à la vie. C'est vrai que je me sens plus jeune, plus sûr de moi, débarrassé de ce fouillis de pensées moroses qui m'accablent périodiquement.

C'est à Hilda et à Nathalie que je le dois. Elles viennent, l'une après l'autre, de me faire croire que je sers encore à quelque chose, et, du coup, l'appartement est moins vaste, moins figé, moins vide.

— Vous connaissez ma petite-fille ?

— Je ne l'ai jamais vue. J'ai soigné son père quand il n'était qu'un gamin et qu'il vivait encore ici. C'est bien de la fille de Jacques que vous parlez ? Si je ne me trompe pas, il a perdu sa femme...

— Après quatre ans de mariage... Sa fille a été élevée par Jeanne, mon ex-femme, et vit encore avec elle boulevard Raspail...

— Il tient une galerie de tableaux ? Il me semble que j'ai vu son nom sur une devanture...

— Vous allez le voir davantage, car il s'installera prochainement quai des Grands-Augustins...

Je me sens léger. Je jongle. Je sais que je vais surprendre mon vieil ami Candille et j'en retarde le moment pour faire durer le plaisir.

— Au fait, il va se remarier... Avec une jeune Allemande de dix-huit ans...

— N'approche-t-il pas de la quarantaine ?

— Si... Ma petite-fille adore sa future belle-mère... Vous oubliez d'allumer un cigare...

Il hésite, se laisse convaincre. Il n'ose pas me demander si c'est pour lui parler d'affaires de famille que je lui ai demandé de venir.

— Nathalie aura seize ans au mois de mars... A moins que ce ne soit fin février... Je m'embrouille toujours dans les dates de naissance...

Il ne dit rien, tire sur son cigare.

— Elle est venue cet après-midi m'avouer qu'elle est enceinte...

Il ne tressaille pas. Je n'en sens pas moins comme un petit choc.

— C'est pour vous parler d'elle que je vous ai appelé...

— Quelle est son intention ?

— De garder l'enfant, bien entendu... Au fond, elle en est très fière...

— Elle a vu un médecin ?

— Quelque part boulevard Saint-Germain, oui. Je n'ai pas pensé à demander son nom.

— D'habitude, elle a une bonne santé ?

— Elle est maigre comme une sauterelle et fait tout ce qu'il faut pour avoir les nerfs à vif...

Il est quand même un peu surpris que je dise ces choses-là sur un ton plaisant.

— Mettons que ce soit une adolescente qui s'obstine à mener la vie d'une femme... En deux ans, elle a changé trois ou quatre fois de coiffure... Elle passe des heures à essayer de nouveaux maquillages... Certains jours ses paupières sont vertes, d'autres jours brunes, ou encore d'un blanc nacré...

» Dormir, pour elle, cela signifie perdre du temps, et elle ne s'y résigne que quand elle tombe littéralement sur son lit... Elle s'est fait renvoyer du lycée et ensuite d'une école qui passe pour ne pas se montrer sévère... Elle attend ses seize ans réglementaires pour quitter un troisième établissement et entrer aux Beaux-Arts...

On dirait que tout cela m'enchante et j'en suis surpris le premier.

— Elle passe ses soirées et une partie de ses nuits dans les caves et les boîtes de Saint-Germain-des-Prés...

— Sa grand-mère...

— Sa grand-mère n'y peut rien... Si on l'empêchait d'en faire à sa tête, je crois que Nathalie s'en irait et Dieu sait où nous la retrouverions...

— Elle résiste à cette vie-là ?

— C'est justement ce qui me fait penser qu'elle a un fond plus solide qu'elle n'en a l'air...

— La première chose à faire, c'est de l'envoyer chez un bon gynécologue...

— Vous craignez qu'elle ne soit trop jeune ?

— Je n'attache guère d'importance à l'âge... J'ai connu des gamines de treize ans, et même une de douze, qui ont donné naissance à des enfants parfaitement constitués...

Il réfléchit, tire un calepin de sa poche, un calepin ordinaire, couvert de toile cirée noire, comme ceux dont on se sert à la cuisine.

— Je cherche son numéro... Il s'agit d'un vieux camarade, Pierre Jorissen, qui est aujourd'hui un des meilleurs gynécologues de Paris... Il habite boulevard Haussmann... Voilà !... Au 112... Il est tellement pris qu'il vaut mieux que je lui téléphone... Vous permettez ?... Je serais surpris qu'il soit déjà couché...

Il compose un numéro, reste debout, l'écouteur à l'oreille.

— Allô, Pierre ?... Ici, Alain... Tu es très bousculé en ce moment ?... Comme toujours, oui... Écoute... Je te téléphone de chez un ami... Sa petite-fille, qui n'a pas tout à fait seize ans, vient de lui avouer qu'elle est enceinte... Je ne sais pas... Non... Elle n'a pas du tout l'intention de renoncer à l'enfant...

» C'est une décision médicale qu'il faudra prendre quand tu l'auras examinée... Le plus tôt possible, oui... Dans ces cas-là, l'attente est assez pénible... Midi ?...

Il se tourne vers moi.

— Demain midi ?

— Certainement...

— D'accord... Elle s'appelle Nathalie... Je préfère que son nom de famille ne figure pas sur tes fiches... C'est la petite-fille de Perret-Latour... Le banquier, oui... Merci, vieux... Embrasse ta femme de ma part...

Il va reprendre sa place.

— Nous saurons demain ce qu'il en est... Comment se pose la question du père ?

— Elle ne veut pas entendre parler de père... Pour autant que je sache, elle en a conservé un mauvais souvenir et tient à ce que l'enfant soit à elle, à elle seule...

Il fume, l'air réfléchi.

— Cela pose des questions, non ?

— J'ai rendez-vous demain matin avec Paul Terran pour étudier le point de vue juridique...

— Je ne vois pas dix solutions... Ou bien le père reconnaît l'enfant et lui donne son nom, épousant votre petite-fille ou non, ou bien on le déclare de père inconnu...

— J'ai pensé à autre chose...

— A quoi ?

— Je préfère n'en pas parler dès maintenant... J'aimerais seulement savoir quels sont les devoirs administratifs d'un médecin qui procède à un accouchement... Le père, en général, se rend à la mairie pour déclarer l'enfant ?...

— Le médecin, lui, remplit un certificat qu'il envoie à l'état civil.

— C'est obligatoire ?

— Absolument... Dans les maternités, les cliniques et les hôpitaux, l'administration s'en charge et le médecin se contente de signer...

— Et s'il ne le faisait pas ?

— Ce serait très grave... Si grave que c'est impensable...

Mes questions l'inquiètent et ses épais sourcils se rapprochent.

— Pour ma part, je ne connais pas un seul médecin qui accepterait de se mettre dans une telle situation...

Je n'insiste pas. Il faut d'abord que je discute avec Terran.

— Et votre ex-femme, qu'est-ce qu'elle en dit ?

— Elle prenait pour acquis que Nathalie se débarrasserait de l'enfant... Elle prétend que tout son avenir est en jeu...

— Je comprends...

Il pèse le pour et le contre, lui aussi.

— Et votre fils Jacques ? C'est le père, après tout...

— Il ne sait encore rien... Nathalie ne veut pas lui gâcher son mariage et son installation quai des Grands-Augustins...

— Écoutez... Demain, vers une heure, je téléphonerai à Jorissen et je vous appellerai tout de suite après pour vous mettre au courant...

Il regarde sa montre, se lève.

— Il est temps que j'aille me coucher. Je me lève à six heures...

Il reprend sa lourde trousse avec résignation, se dirige vers le hall d'entrée. Je le suis et pousse le bouton de l'ascenseur.

— Merci, Candille...

— Je fais ce que je peux...

Je l'admire de garder cette sérénité. Il ne voit que le plus laid de la vie, mène une existence de forçat et, chez lui, se retrouve seul.

Je ne l'ai jamais entendu se plaindre. Je ne l'ai jamais vu découragé.

Rentré dans le studio, j'appelle le numéro de Jeanne. C'est elle qui décroche. Elle paraît surprise en reconnaissant ma voix.

— Il y a du nouveau ?... Pourquoi me rappelles-tu ?...

— C'est à Nathalie que j'aimerais parler...

— Vous en êtes aux cachotteries, tous les deux ?

Elle n'est pas contente que notre petite-fille soit venue me voir. Elle l'a élevée. Pour elle, c'est *sa* petite-fille.

— Je vais voir si elle est rentrée... Je sais que, tout à l'heure, elle est sortie, mais je crois avoir entendu la porte...

Ses pas s'éloignent, sa voix lointaine appelle :

— Nathalie... Nathalie... C'est ton grand-père qui veut te parler...

Elle reprend l'appareil.

— Ce que tu as à lui dire ne va pas la contrarier, j'espère ?

— Au contraire...

— Je n'aime pas ces mystères... La question est assez grave pour que nous en parlions sérieusement...

— Nous le ferons un peu plus tard...

— Ce n'est pas ton genre...

— Allô, Daddy...

C'est Nathalie.

— Tu as vu ton médecin ?

— Il sort d'ici. Pour lui, ton âge n'a aucune importance...

— Je le disais bien...

— Il a connu des fillettes de treize ans qui ont donné le jour à des enfants tout à fait normaux...

Elle doit se tourner vers sa grand-mère et je l'entends qui lui répète presque mot pour mot mes paroles.

— C'est surtout une question de santé, dis-je...

— Tu sais combien de cigarettes j'ai fumé aujourd'hui ?... Quatre... Demain deux... Je me suis forcée à manger le double de ce que je mange d'habitude... Je tiens à me mettre en forme, tu comprends...

— Je comprends... Tu as un crayon et du papier ?...

— Un instant...

Je lui donne l'adresse de Jorissen.

— C'est un ami de Candille, mon médecin, et tu peux avoir toute confiance en lui... C'est un des meilleurs obstétriciens de Paris... Il t'attend demain à midi...

— Pour quoi faire, puisque j'ai déjà vu un docteur ?

— C'est l'habitude, mon petit... Il t'examinera, te posera quelques questions...

— Il ne va pas...

— Il n'a même pas le droit de te le proposer...

— Cela me fait quand même peur...

— Tu veux que je t'accompagne ?

Je n'aurais pas pensé, il y a seulement quinze jours, que je pourrais prendre cette attitude. Ils m'avaient en quelque sorte isolé. J'étais seul dans ma tour, cet appartement où je m'efforce de jouir de mes restes. C'est à peine s'ils se rappelaient mon existence. Et voilà que...

— Quand aura-t-on la réponse ?

— Quelle réponse ?

— Quand est-ce qu'on saura si tout va bien...

— Je suppose qu'il te le dira... Ensuite, il téléphonera à Candille et celui-ci me donnera des détails.

— Tu m'appelleras à ton tour ?

— Oui...

— Promis ?

— Promis...

— Attends... Jeanne me fait de grands signes pour m'expliquer qu'elle veut te parler... Bonne nuit, Dad... Merci... Je te donne un gros baiser... Aie confiance... Je te jure que je vais engraisser...

— Allô...

C'est la voix de Jeanne.

— Je suppose que tu te rends compte de ce que tu es en train de faire ?

— Certainement...

— As-tu réfléchi que tu la mets dans tous ses états et qu'il ne sera plus possible de retourner en arrière ?

— A moins de raisons médicales graves...

— Il existe d'autres raisons que des raisons médicales...

— Ce n'est pourtant pas toi qui écris la colonne du cœur dans ton magazine...

Je la vexe. Je ne le fais pas exprès. Je prends cette affaire tellement à cœur que j'en suis presque aussi nerveux que Nathalie.

— Je souhaite que tu n'aies pas à regretter d'avoir adopté cette position... soupire Jeanne avant de raccrocher. Bonne nuit...

Je n'ai jamais si bien compris les mots « réactions en chaîne ». Tout a commencé par une lettre écrite dans un lit d'hôpital et par l'obligation, pour moi, de plonger loin dans le passé.

Puis il y a eu Jacques, son prochain mariage, cette fille magnifique qui est venue me voir comme si elle voulait se présenter seule au chef de la tribu.

Je commence à exister. Nathalie, à son tour, est montée dans mon appartement pour me faire ses confidences et pour m'appeler au secours.

Tout remue en même temps. Je ne serais pas surpris de voir Jean-Luc frapper à ma porte, ce qui ne lui arrive pas plus d'une fois par an.

Et voilà qu'une autre surprise m'attend dans ma chambre. Je sais, en entrant, que je vais y trouver Mme Daven. Ce qui me surprend, c'est son visage plus froid, plus inexpressif que d'habitude, et ma première pensée est qu'elle va m'annoncer qu'elle me quitte.

Pourquoi, je l'ignore. Il n'y a aucun doute qu'elle a pris une décision, une décision difficile.

— Vous avez de mauvaises nouvelles de votre famille ?

— Il y a longtemps que je n'ai plus de famille...

— Votre santé vous donne des soucis ?

— Non... J'aimerais mieux que vous me laissiez parler...

— Dites-moi d'abord si vous êtes heureuse ici...

— Peut-être trop...

Elle s'en excuse d'un vague sourire qui la rajeunit.

— J'ai pris des habitudes...

— Moi aussi.

— Ce n'est pas la même chose... Vous êtes chez vous...

— Vous êtes chez vous également... Je me demande ce que je ferais si vous n'étiez pas là pour me soigner... Je deviens si paresseux que je ne me déshabille même plus tout seul...

Elle ne me regarde pas. Elle fixe le tapis. Nous sommes tous les deux debout et nous devons paraître ridicules et guindés.

— Cela vous ennuierait de vous asseoir ?

Elle regarde avec hésitation une des deux bergères tandis que je prends place dans l'autre.

— Vous avez peur de moi ?

Elle comprend tout de suite à quoi je fais allusion. Elle a des antennes.

Elle ne se doute certainement pas de la véritable raison pour laquelle je n'ai jamais essayé d'avoir des rapports plus intimes avec elle. C'est presque une question de coquetterie. Je ne veux pas lui imposer mon vieux corps et j'ai peur que, d'y penser, ne m'empêche d'arriver à mes fins.

— Vous ne m'avez jamais demandé de certificat... Quand je suis venue me présenter, je tremblais que vous m'en parliez...

Je souris, amusé.

— Vous n'en avez pas ?

— Non.

— Ni de carte de la Sécurité Sociale ?

— Rien... Vous m'avez fait confiance... Vous continuez à me faire confiance, à me laisser prendre trop de place... C'est pour cela qu'il faut que vous soyez au courant... Savez-vous d'où je sortais quand l'agence m'a envoyée ici ?...

— La question ne m'a jamais préoccupé...

— Je sortais de Haguenau, la prison pour femmes, qui existait encore à cette époque-là... J'y ai passé dix ans...

Je m'efforce de ne laisser percer aucun trouble, mais je suis abasourdi.

— Pour quoi avez-vous été condamnée ?

— Pour avoir tiré sur un homme...

— Votre amant ?

— Mon mari...

— Par jalousie ?

— J'avais vingt-deux ans quand je l'ai rencontré...

— A Paris ?

— Je suis née et j'ai été élevée à Auteuil... Mon père était architecte... J'ai suivi, à la Sorbonne, les cours de lettres et de sociologie, ce qu'on appelle à présent les sciences humaines...

» J'ai rencontré le frère d'une amie... Au début, nous sommes sortis tous les trois... Puis nous n'avons plus emmené mon amie... Il s'est passé ce qui devait se passer...

— Quel âge avait-il ?

— Trente ans...

— Quelle profession ?

— Son père a une fabrique de pneus et Maurice travaillait dans une de ses usines... Nous nous sommes mariés...

— Vous étiez enceinte ?

— Non. Je suppose que je ne peux pas avoir d'enfants, car je n'ai rien fait pour les éviter...

» Deux ans s'étaient à peine écoulés que mon mari me laissait de plus en plus souvent seule le soir.

» Je l'ai suivi. Il retrouvait une femme, soit dans un restaurant, soit chez elle, près de la porte Dauphine... C'est alors que je me suis procuré un revolver...

— Comment ? La vente n'en est-elle pas sévèrement réglementée ?

— Je savais que mon père en gardait un dans le tiroir de sa table de nuit. Il y avait des années qu'il était là. Il m'a fallu jouer toute une comédie pour entrer seule dans sa chambre et pour glisser l'arme dans mon sac à main... C'est pour cela qu'on m'a refusé les circonstances atténuantes et que les jurés ont tranché pour la préméditation...

Je m'étonne visiblement. J'objecte :

— Mais, si vous vous êtes procuré un revolver...

— Vous voyez ! Vous ne le comprenez pas non plus. C'était un défi que je me lançais à moi-même. J'avais honte d'être jalouse et de gâcher mon existence à cause d'une femme que mon mari ne reverrait peut-être plus dans quelques mois...

Elle est sûrement sincère.

— Parfois, je me disais à mi-voix :

» — Je les tuerai tous les deux...

» Mais je savais que je ne le ferais jamais...

— Vous l'avez fait, pourtant...

— Je n'ai pas tiré sur elle. Un soir que je devais rentrer tard, j'ai raté mon rendez-vous et je me suis retrouvée de bonne heure à la maison... J'ai été surprise, du dehors, de voir la chambre à coucher éclairée... Je suis montée... J'ai ouvert la porte sans bruit... J'ai entendu une voix de femme et celle de mon mari... Ils parlaient tous les deux de moi et cela les mettait en joie...

» Je suis allée chercher le revolver caché sous les draps, dans le placard à linge...

» Ce que je peux vous affirmer, c'est que les choses ne se passent pas comme elles ressortent ensuite des débats au tribunal... J'étais froide en apparence, lucide, mais j'agissais machinalement, sans aucun contrôle sur moi-même... Mon avocat ne l'a pas cru non plus...

» Ils étaient nus tous les deux, sur notre lit, sur mon lit... Ils se sont d'abord montrés surpris, inquiets... Mon mari a fini par sourire, d'un sourire contraint, et il m'a lancé :

» — Alors, Juliette, on partage ?

» J'ai tiré, une seule fois... J'ai vu une tache de sang se dessiner près de son épaule... La femme s'est mise à crier comme une hystérique et je suis partie... Dix minutes plus tard, j'arrêtais ma voiture devant le commissariat de police...

Malgré moi, je la regarde avec curiosité car il y a longtemps que son calme m'intrigue, que je me demande où et comment elle a pu acquérir sa sérénité. Elle s'y méprend et murmure sans qu'on sente un reproche dans sa voix :

— Vous aussi, vous me croyez cynique ?

— Au contraire. Je connais enfin la raison de votre sagesse...

— On a prétendu pourtant que mon attitude aux assises était révoltante. Les journaux ont parlé de mon air satisfait, d'autres de mon indifférence. En réalité, j'étais figée par toute cette mise en scène, à la fois ridicule et solennelle, dans laquelle la moindre vérité était déformée.

— Votre mari est mort ?

— Non. Il a failli. On a pu lui faire à temps une transfusion. Il en garde la tête un peu de travers et il a perdu l'usage de son bras droit...

— Vous regrettez d'avoir tiré ?

— Sans doute...

Elle hésite, me regarde dans les yeux.

— Au fond, je ne sais pas... A cette époque-là, je croyais que deux êtres...

— On croit toujours... Je me suis marié trois fois et les trois fois j'ai cru...

— Je sais...

— J'y ai gagné de n'avoir plus d'illusions...

— J'ai perdu les miennes...

Du coup, nous sourions en même temps, du même sourire.

— Un an après mon entrée à Haguenau, il a demandé et obtenu le divorce... Je suppose qu'il est remarié... Cela ne m'intéresse pas...

J'ai envie de lui expliquer ce que j'ai ressenti après mes trois divorces, ce que je sens encore à présent quand Jeanne vient me voir, mais ce serait trop long et je pense que je ne lui apprendrais rien. Il y a si longtemps qu'elle m'observe qu'elle finit par me deviner.

Nous sommes un peu, face à face, comme deux complices. Elle porte son uniforme, son tablier. De la poche de celui-ci, elle tire machinalement un paquet de cigarettes, se rend soudain compte de son geste.

— Je vous demande pardon...

— Je vous en prie... Je ne vous ai jamais vue fumer...

— Parce que je ne fume que dans ma chambre... Je ne vous ai pas choqué ?...

— Non.

— Vous ne m'en voulez pas d'être restée si longtemps sans rien vous dire ?

— Il n'y aurait rien eu de changé...

— Pendant tout ce temps-là, je me suis fait l'effet d'une tricheuse... A Haguenau, j'ai cousu des sacs pendant trois ans... La directrice me détestait comme elle détestait toutes celles qui avaient une certaine instruction... Il a fallu que ce soit le médecin qui me remarque et qui me fasse travailler à l'infirmerie...

» C'est ainsi que j'ai acquis quelques connaissances médicales... De toute façon, j'ai appris davantage sur les êtres humains à Haguenau qu'à la Sorbonne...

— On dirait que vous ne regrettez pas ces années-là...

— Je ne les regrette plus...

Elle s'est levée, hésitante, m'a souri. Puis elle a éteint sa cigarette, et elle a repris sa voix de tous les jours.

— Il est temps que vous vous mettiez au lit...

Nous n'avons pas eu de contact physique. Elle rangeait mes vêtements et je vaquais, sans me presser, à ma toilette de nuit. Je me suis couché.

— A quelle heure, demain matin ?

— Comme d'habitude.

C'est-à-dire six heures et demie.

— Bonne nuit, monsieur.

— Bonne nuit, madame Daven...

Elle voulait encore me dire quelque chose. Cela a été dur. Je la sentais sur le point d'y renoncer. Elle a pu prononcer quand même, d'une voix à peine audible :

— Ici, je suis heureuse...

Le temps de pousser le commutateur et elle avait disparu.

Il y a des mois que je n'ai pas vu Paul Terran. J'arrive chez lui à neuf heures et demie précises et sa secrétaire m'introduit tout de suite dans son cabinet.

Nous avons fait nos études de droit ensemble. Il a mon âge, beaucoup plus d'embonpoint. Déjà, à l'université, c'était un petit gros.

Il se lève, la main tendue, son large sourire aux lèvres.

— Comment vas-tu ?

— Et toi ?...

— Voyons si, depuis la dernière fois, tu ne t'es pas trop abîmé...

C'est un jeu quand nous nous rencontrons. On s'inspecte mutuellement, chacun se demandant si l'autre a plus vieilli que lui-même. Entre Terran et moi, cela se passe franchement, avec humour.

— Tu conserves ta sveltesse... A mon sens, tu maigris un peu trop...

— Tu parais beaucoup plus jeune que moi...

— Parce que je suis gras... Un de ces jours, je ne pourrai plus m'extraire de mon fauteuil, qui devient trop étroit pour mon derrière... Assieds-toi...

Avec ses yeux moqueurs et son air débraillé, il n'en est pas moins l'avocat-conseil des plus grosses affaires et peu de gens connaissent comme lui les lois sur les sociétés et les moyens de s'en servir.

— Qu'est-ce qui ne va pas ?

— Rien... Sinon que ma première femme, Pat, est dans un hôpital de New York, où elle a peu de chances de s'en tirer, et que notre fils Donald, sans raison apparente, s'est pendu dans son garage...

J'enchaîne très vite :

— Ce n'est pas de cela que je suis venu te parler... Mes études de droit sont loin et je n'en ai pas retenu grand-chose... Supposons la naissance d'un enfant...

— Légitime ?

— D'un enfant, tout simplement... D'habitude, il est reconnu par le père et la mère...

— C'est l'habitude... Bien que le père, s'il n'est pas marié à la mère, puisse fort bien ne pas le reconnaître... Il existe des milliers d'enfants nés de père inconnu, selon la formule employée par l'état civil...

— Nous y arrivons. Ne pourrait-il exister des enfants de mère inconnue ?

Il me regarde, surpris.

— Un enfant doit sortir du ventre d'une femme, non ?

— Et si cette femme le donnait au père et que le père le reconnaisse avec la mention : mère inconnue ?...

Mon idée l'ahurit tellement qu'il attire à lui son Code civil, trouve aussitôt la bonne page, en homme qui s'en sert tous les jours.

— Écoute ceci :

» *Article 334. La reconnaissance d'un enfant naturel sera faite par un acte authentique quand elle ne l'aura pas été dans son acte de naissance.*

— Cela ne signifie pas que cette reconnaissance doit être faite par le père et la mère...

— Un instant. Voici l'article 336 :

» *La reconnaissance du père, sans l'indication et l'aveu de la mère, n'a d'effet qu'à l'égard du père.*

» Et l'article 339 précise :

» *Toute reconnaissance de la part du père ou de la mère, de même que toute réclamation de la part de l'enfant, pourra être contestée par tous ceux qui y auront intérêt...*

— Tu as bien dit : du père *ou* de la mère...

— Il ne s'agit pas de l'acte de naissance, mais d'une reconnaissance après coup... A l'état civil, le nom de la mère sera nécessairement inscrit, quitte à rester confidentiel...

— Tu en es certain ?

— Hélas, oui... D'ailleurs, le médecin accoucheur, ou la sage-femme, ont l'obligation stricte de déclarer toute délivrance à laquelle ils ont participé...

— Suppose que je trouve un médecin peu scrupuleux...

— C'est toi qui t'es fourré dans le pétrin ?

— C'est ma petite-fille... Elle a seize ans... Elle est venue m'annoncer hier qu'elle est enceinte et qu'elle déteste l'homme qui lui a fait ça...

Paul gratte son crâne chauve où il n'y a un peu de poils gris qu'autour des oreilles.

— Je commence à comprendre le sens de tes questions...

— Elle tient à garder l'enfant...

— C'est sympathique...

— Je l'y encourage, tout en me rendant compte que, si elle présente cet enfant comme le sien, elle risque, plus tard, de s'attirer des complications... En Suède, la question ne se poserait pas. Les jeunes filles avec enfants sont nombreuses et tout aussi respectées que les femmes mariées...

— Nous sommes en France... Laisse-moi réfléchir... Je ne vois qu'un cas dans lequel l'adoption par le père seul puisse se faire sans difficulté... C'est celui d'un enfant trouvé... Ici, plus de médecin, ni de sage-femme, qui intervienne...

— Tu parles d'un enfant déposé sur un seuil, comme dans les vieux romans populaires...

— Pourquoi pas ? Remarque que, si on étudie attentivement l'article 336, il semble possible que l'état civil enregistre une simple déclaration du père, sans faire mention de la mère... Je pense que cet enregistrement ne serait pas refusé, mais il y aurait probablement des recherches pour s'assurer qu'il ne s'agit pas d'un enlèvement...

Pendant que nous discutons ainsi de questions légales, ma pauvre Nathalie doit compter les minutes qui la séparent de son rendez-vous avec le docteur Jorissen.

— Si ce n'était pas le médecin... Tu parlais d'un médecin marron... Il doit en exister qui accepteraient, puisqu'il s'en trouve bien pour procurer de la drogue à certains clients... Chaque profession a ses brebis galeuses... Personnellement, je ne m'y fierais pas...

— Je te remercie...

— Je vais encore y penser... S'il me vient une idée, je te passerai un coup de fil...

Je me lève et lui tends la main.

— A un de ces jours...

— Ou à dans six mois, comme la dernière fois... Je ne te reconduis pas...

Il m'adresse un petit signe de sa main boudinée et je lui suis reconnaissant de ne pas m'avoir posé de questions plus précises... Il ne m'a pas demandé, en particulier, qui jouerait le rôle du père...

J'ai le temps de passer par mon club. J'abrège la séance de culture physique mais René me masse comme d'habitude et je reste un bon moment dans la piscine.

Dès midi, je suis chez moi, à attendre un coup de téléphone. La sonnerie ne se fait entendre qu'à une heure moins le quart. C'est Nathalie.

— Il est épatant, ton docteur...

— Il t'a trouvée bonne pour le service ?

— Je suis parfaitement capable de mettre un enfant au monde sans courir le moindre risque et sans lui en faire courir... Tu le connais ?...

— Non... C'est Candille qui me l'a recommandé...

— Tu l'aimerais tout de suite... Il a de bons yeux doux cachés derrière de gros verres... Maintenant, je vais l'annoncer à grand-maman et, cet après-midi, j'essaierai de trouver Hilda seule...

Je ne lui dis pas de quoi je me suis occupé avec Terran. Pour elle, faire un enfant est tout naturel et elle ne soupçonne pas les complications que cela peut impliquer.

— Merci encore, Daddy... Tu ne peux pas savoir comme je suis heureuse... Je crains seulement que Jeanne ne se réjouisse pas autant que moi...

J'attends la communication de Candille qui ne tarde pas.

— Votre petite-fille vous a téléphoné ?

— Il paraît que Jorissen l'a trouvée parfaite ?...

— C'est exact... A condition qu'elle se calme un peu et que, dans les mois qui suivent, elle n'abuse pas de sa résistance nerveuse...

— J'ai vu Terran...

— Que dit-il ?

— La même chose que vous, à peu près... Légalement, cela ne serait sans doute pas trop difficile... C'est la question du médecin qui complique tout...

— Il est difficile à un obstétricien de prétendre qu'il ne connaît pas la femme qu'il a accouchée...

— Je voulais vous demander si, au cas où une sage-femme...

— J'ai compris... J'y ai pensé... Je serai fixé cet après-midi... Vous serez chez vous à partir de six heures ?...

— Je vous attends...

— Vous me faites faire un drôle de métier... N'oubliez pas que je ne sais rien, que je ne suis pour rien dans cette histoire...

Il y a longtemps que je n'ai pas été si excité, si impatient. Je ne me souviens pas de ce que j'ai mangé à déjeuner. Mme Daven a été frappée par mon agitation et j'ai préféré lui dire, afin qu'elle ne se méprenne pas :

— Bientôt, peut-être, j'aurai une grande nouvelle qui concerne ma petite-fille à vous annoncer...

— Elle va se marier ?

Et je lui réponds, non sans une certaine sincérité :

— Mieux que ça...

Je ne dors pas pendant la sieste. Je passe mon temps à tourner et à retourner le problème dans ma tête. Je cherche à mettre au point les moindres détails.

Puis je lis les journaux sans rien en retenir. Enfin, j'entends le pas de Candille qui, cette fois, a laissé sa trousse dans sa voiture.

— Servez-moi un léger scotch... Je pense que j'en ai besoin...

Il se laisse tomber dans le fauteuil et s'éponge le front.

— Vous êtes sûr de votre petite-fille ?

Je lui tends son verre et me verse un peu de porto.

— Dans quel sens ?

— Ne va-t-elle pas raconter à tout le monde ce qui lui arrive ?

— Je suis certain que, si on lui dit de se taire, elle se taira...

— C'est la seule chose qui me fasse un peu peur...

Il est vraiment soucieux. Je sens qu'il a pris la chose à cœur.

— Jorissen prétend qu'elle lui a fait une excellente impression et qu'il l'a trouvée très mûre pour son âge.

— Ma petite-fille en est emballée et ne jure plus que par lui...

— Malheureusement, il vaut mieux qu'elle n'aille plus le voir... Les secrétaires sont discrètes, mais il y a les voisins, la concierge... Dans un mois ou deux, son état deviendra plus visible et une jeune fille comme elle ne passe pas inaperçue...

— Elle sera néanmoins examinée régulièrement ?

— Bien entendu... Et, si cela devenait nécessaire, ce qui est improbable, Jorissen irait la voir...

— Je ne comprends pas bien ce qui va se passer... Vous avez l'air d'avoir trouvé une solution, mais je ne vois pas laquelle...

— Au peu que vous m'avez dit par téléphone ce matin, j'ai cru que nous avions eu la même idée...

— La sage-femme ?

— Si vous le voulez bien, c'est un mot que nous rayerons pour un certain temps de notre vocabulaire... De celui de votre petite-fille aussi, et de votre ancienne femme, sans compter cette jeune Allemande que va épouser votre fils Jacques... Vous êtes trop connu pour qu'on ne prenne pas toutes les précautions...

Je me sers un second porto, par nervosité, et mon bon Candille accepte un autre whisky.

— Je n'ai plus qu'une visite à faire, une vieille femme qui se croit malade et qui nous enterrera tous... Au fait, vous avez toujours votre villa des environs de Deauville ?...

— Je crois, oui... Il y a des années que nous n'y sommes plus allés... A certain moment, je l'ai mise en vente, mais personne n'a voulu payer le prix que j'en demandais... Peut-être ai-je fixé ce prix trop haut, exprès, parce que j'ai une certaine répugnance à me séparer de ce qui a fait partie de ma vie...

J'en ai eu la preuve en lisant la lettre de Pat. J'avais le cœur aussi serré que si je l'avais quittée la veille.

— Deauville fait partie de votre plan ?

— A quelle date tombe Pâques, l'an prochain ?

— Je n'en sais rien. Je suppose que c'est en avril...

— Le plus tard possible en avril serait le mieux... D'après Jorissen, c'est vers le début de ce mois-là que Nathalie a des chances d'accoucher...

Le mot me frappe soudain. Jusqu'à présent, tout a été théorique. Maintenant, je revois le visage chiffonné de ma petite-fille devant moi, comme hier, et je me mets à douter de la réalité de ce qui arrive.

Je répète, sans regarder nulle part :
— Début avril...

7

Nous devons avoir l'air, Candille et moi, enfoncés dans nos fauteuils, de deux vieux conspirateurs. Le docteur parle bas, lui qui a d'habitude la voix sonore, et je me surprends à l'imiter.
— Pour autant qu'on en puisse juger, d'après Jorissen, son état commencera à être visible d'ici un mois...
Plus il précise et plus cela me paraît irréel.
— C'est à ce moment-là qu'elle devrait partir... Y a-t-il des gardiens dans votre villa ?...
— Il y en avait, un vieux jardinier et sa femme. Le vieux jardinier est mort et sa femme est allée vivre chez une de ses filles du côté de Fécamp...
— Des proches voisins ?
— Le parc est assez grand, les arbres et les buissons touffus... Tout est resté des années à l'abandon... L'humidité doit suinter des murs...
— Du moment que la villa est habitable...
Il finit son second verre en grommelant :
— Je n'aime pas du tout ce que je suis en train de faire... Et j'étais encore moins à mon aise quand je suis allé à Ivry...
— Pourquoi à Ivry ?
— Pour rencontrer cette femme, Mme Clamard... Elle n'est pas toute jeune... Il y a plus de trente ans que je la connais... Elle travaillait à la Maternité et elle était une des meilleures sages-femmes... Un jour, elle s'est laissé apitoyer... Cela lui a coûté cher...
— On peut avoir confiance en elle ?
— J'en réponds... Elle a une soixantaine d'années et est toujours alerte, avec de beaux cheveux blancs... Elle fera une gouvernante parfaite...
» Je crois qu'il serait bon, avant, d'aller vous assurer que la maison est en état... Restez-y quelques jours, afin que les gens du pays s'habituent à voir les volets ouverts, une voiture aller et venir...
» Ensuite, votre petite-fille ira s'installer là-bas avec Mme Clamard et elle attendra sagement, sans se montrer, pendant cinq mois...
C'est plus compliqué que je ne l'avais prévu. Il faudra aussi expliquer l'absence de Nathalie. Je pourrais, par exemple, lui avoir offert un voyage aux États-Unis...

— D'accord... grogne Candille. Mme Clamard fera les courses, la cuisine. Elle possède une petite voiture...

— Et après ?...

— Lorsqu'elle vous apportera l'enfant, il aura une dizaine de jours et le reste ne me regarde plus... C'est à votre ami Terran de jouer... La première solution est l'inscription à l'état civil... En refusant de donner le nom de la mère... Qui est supposé être le père ?

Je me sens intimidé. J'ai peur que ce que je vais dire ne paraisse grotesque. Je murmure :

— Moi...

Candille n'est pas surpris. J'ai l'impression qu'il s'y attendait. Il me regarde en hochant la tête et j'ajoute très vite :

— Je tiens à ce que l'enfant porte notre nom...

— Bon... Peu importe... Donc, vous allez l'inscrire à l'état civil et vous expliquez comme vous le pourrez que vous venez déclarer un enfant qui a déjà dix jours...

» L'autre solution, je vous en ai parlé, est celle que vous avez qualifiée de mauvais roman populaire... Un enfant trouvé sur votre seuil et que vous désirez adopter... La police fera une courte enquête pour retrouver la mère, mais n'insistera pas...

J'aime moins l'adoption. Je voudrais qu'il n'y ait pas de différence entre cet enfant-là et le reste de la famille.

— Vous en parlerez à Terran... C'est lui qui décidera...

Il regarde la bouteille et je lui sers un troisième scotch. C'est la première fois que je le vois boire autant d'alcool.

Quand il part, il est un peu rouge. J'appelle tout de suite Jeanne, mais elle n'est pas rentrée. C'est la voix de Nathalie que j'entends.

— Tu as du nouveau, Daddy ?

— Je crois... Oui...

— Je peux venir te voir tout de suite ?

— Si tu veux...

Il est sept heures. Une des plus étranges soirées de ma vie commence sans que je m'en doute.

J'annonce à Mme Daven :

— Je dînerai probablement en retard, à moins que ma petite-fille ne mange avec moi...

— Bien, monsieur...

Je lui souris, car elle paraît inquiète.

— Je vous en parlerai sans doute ce soir... C'est en dehors de vous et de moi... Je crois que la nouvelle vous fera plaisir...

Nathalie arrive, ses yeux lui mangeant les joues.

— Alors ? Que va-t-il se passer ?

— D'ici trois semaines ou un mois, quand ta silhouette aura changé d'une façon trop visible, tu iras t'installer dans la villa de Deauville avec une gouvernante...

— Quelle gouvernante ?

— Quelqu'un que tu ne connais pas... C'est une dame d'un certain âge, qui est une excellente sage-femme...

Elle fronce les sourcils, inquiète, et me regarde comme si je l'avais déjà trahie.

— Tu m'avais promis...

— Je t'ai promis que l'enfant naîtrait et cette femme est capable de t'aider à le mettre au monde...

— Pourquoi à Deauville ?... Je ne me souviens pas de la villa... Jeanne m'en a parlé et prétend que c'est une vieille baraque...

— Tu n'y resteras pas longtemps... Cinq mois sont vite passés...

— Mais pourquoi ?

— Parce que l'enfant ne sera pas inscrit sous ton nom...

Elle éclate, se lève, se met à parler fort, d'une façon volubile.

— Je me disais bien que c'était trop beau et que tu n'avais pas pu changer ainsi d'un jour à l'autre... Je découvre que Jeanne et toi avez toujours été d'accord...

Elle parle, elle parle, les yeux durs, la démarche rageuse. J'attends la fin de l'orage.

— Quel âge as-tu, ma petite fille ?

— Bon. J'aurai seize ans. Et après ? Le docteur a dit...

— Il ne s'agit pas du docteur... Il s'agit de ta vie... Il est probable qu'un jour tu aimeras un homme...

Avec la mine de quelqu'un à qui une expérience a suffi, elle réplique, amère :

— Ce ne sera pas encore demain...

— Tu ignores ce que la vie te réserve... Ton mari, ou ton amant, n'aimera probablement pas vivre avec l'enfant d'un autre...

— Que veux-tu en faire ? Le donner, comme un chiot ?

Je suis surpris de lui voir autant de défense, sinon d'agressivité.

— Ton enfant... J'allais parler de ton fils, mais ce sera peut-être une fille...

— Non... Je sais que ce sera un garçon... C'est un garçon que je veux...

— Bien... Ton fils, donc, portera notre nom et aura les mêmes droits que les autres membres de la famille...

— Je ne vois pas comment...

— Parce qu'il sera officiellement inscrit comme un Perret-Latour à l'état civil...

— Alors, pourquoi me cacher ?

— Parce que tu ne seras pas citée...

— Qui le reconnaîtra ?

Je ne sais pas si je rougis. C'est probable. Le moment est difficile.

— Moi...

Pour certaines questions, elle est bien de son âge. Elle qui était si furieuse un peu auparavant, je la vois sur le point de pouffer de rire. Elle se contient, non sans me regarder avec ahurissement.

— Tu déclarerais que tu es le père de...

— Pourquoi pas ? Beaucoup d'hommes de mon âge, et même de plus âgés, ont eu des enfants... Personne ne peut m'obliger à révéler le nom de la mère...

— De sorte qu'il deviendrait mon oncle ?

Elle ne me prend plus au sérieux.

— C'est stupide, non ?... Je me demande qui t'a mis une idée aussi baroque dans la tête...

— Je l'ai discutée avec mon avocat et cela ne l'a pas fait rire...

— Pourquoi pas mon père ?

— Ton père va se marier... Je ne pense pas que Hilda serait ravie d'épouser un homme avec un bébé tout fait...

— Tu lui en as parlé ?

— A qui ?

— A mon père...

— Pas encore...

— Il ne sait pas que je suis enceinte ?

— Pas par moi, en tout cas...

— Où l'enfant vivrait-il ?

— Ici, dans l'ancienne chambre de ta grand-mère, que je ferai transformer... J'engagerai la meilleure nurse possible et tu viendras autant que tu voudras... L'été, tu pourras l'emmener à la campagne ou à la mer...

Elle est un peu plus calme, quoique pas encore convaincue.

— Pourquoi fais-tu tout ça alors que tu ne t'es jamais occupé de moi ?

— Tu es venue souvent me voir ?

— Non, je l'avoue. J'aurais eu peur de te déranger.

— Et ton père ?

— Il ne vient pas non plus ?

— Une ou deux fois par an... Comme Jeanne... Comme Jean-Luc... Quant à mes petits-enfants d'Amérique, on ne s'est pas donné la peine de m'apprendre leur existence...

Elle baisse la tête, frappée par cette découverte.

— Je ne me doutais pas...

Elle objecte encore :

— Cela va changer ta vie...

Je préfère ne pas lui répondre.

— Tu crois que cela marchera vraiment ?... Et, le jour où je voudrai reprendre mon fils, tu promets de me le rendre ?...

— Je le promets...

— Tu vas en parler à Jeanne ?

— J'espère la voir ce soir...

— Et à mon père ?

— Je vais lui téléphoner...

— J'aime mieux ne pas être ici quand ils viendront...

Nous nous levons tous les deux. Je lui tends la main.

— Nous sommes d'accord ?...

— Il faut d'abord savoir ce qu'ils disent...

Je me contente de dîner de deux œufs à la coque. Je n'ai pas faim. Jeanne arrive la première, vers neuf heures, et je lui désigne le fauteuil que Nathalie a occupé.

— Que se passe-t-il ? Tu as un air solennel qui ne me dit rien de bon. Quant à Nathalie, elle m'a embrassée du bout des lèvres et elle est allée s'enfermer dans sa chambre sans manger...

— T'a-t-elle dit qu'elle est allée voir un obstétricien de premier ordre ?

— Je commence à me demander pourquoi tu y tiens tant...

Je n'ai rien à répondre. Je ne sais pas moi-même.

— Elle est parfaitement capable de donner naissance à un enfant sans courir plus de risques que n'importe quelle femme...

— Un enfant sans père... Excellent départ dans la vie pour une adolescente, tu ne trouves pas ?

Je suis patient. J'ai rarement été aussi patient que ce soir.

C'est le moment où on sonne à la porte et je vois bientôt entrer Jacques et Hilda.

— Nous sommes trop tôt ? demande Jacques en nous regardant tour à tour.

Il n'y a que Hilda à être souriante, d'un sourire un peu mystérieux. Il est probable que Nathalie a eu le temps de lui téléphoner.

— Asseyez-vous, mes enfants... Qu'est-ce que je peux vous offrir ?...

Jacques choisit un cognac, Jeanne aussi, et je sonne pour faire apporter un jus de fruits de la cuisine.

— Hilda ne t'a pas parlé, Jacques ?

— De quoi ?

— De ta fille...

— Que se passe-t-il avec Nathalie ?

— Rien qui puisse t'effrayer... Elle est enceinte...

— Comment le sais-tu ?

— Parce qu'elle me l'a dit et qu'un obstétricien me l'a confirmé...

Jaloux, il regarde Hilda.

— Tu étais au courant, toi ?

Elle avoue que oui et il se montre encore plus troublé.

— Qui est le père ?

— Pour le moment, il n'y a pas de père...

— Qu'est-ce que cela veut dire ?

— Ta fille ne veut pas de ce garçon... Elle le déteste... D'ailleurs, il ne vit déjà plus en France...

Jeanne intervient.

— A mon avis, Nathalie est trop jeune pour…

Le visage de Jacques devient dur.

— Ne continue pas.

— Ainsi, tu es de l'avis de ton père…

— Moi aussi ! lance Hilda d'une voix joyeuse.

Je remplis une seconde fois les verres. Je parle lentement. Je recommence tout mon raisonnement. Lorsque je déclare : « Ce sera moi… », j'ai l'impression que la jeune Allemande va me sauter au cou. Jeanne a commencé par prétendre que c'était infaisable.

— Tu ne t'es jamais occupé des enfants et voilà que tout à coup tu te mets à décider… Tu ne connais même pas Nathalie… Tu n'as jamais vécu avec elle…

Je réplique doucement :

— Elle n'a jamais vécu avec moi…

Jacques, lui, comprend ce que je veux dire et se montre gêné.

— Tu ne crains pas des ennuis ?

— Il faudrait qu'un de mes héritiers se plaigne… Je ne pense pas que Jean-Luc…

— Jean-Luc s'en moque… C'est moi qui irai le voir pour le mettre au courant… Mais ceux d'Amérique ?…

— Je m'en charge…

Il y aura peut-être encore quelques petites difficultés, mais le plus gros est fait.

— Vous êtes tous d'accord ?

Jacques dit un oui franc et sincère. Hilda murmure :

— Je n'ai pas encore voix au chapitre. En ce qui me concerne, je suis avec Nathalie…

Jeanne se tait et me paraît soudain vieillie.

— Je suppose que l'enfant vivra ici ?

— Oui. J'engagerai une nurse. Je ferai transformer ton ancienne chambre…

La gorge serrée, elle parvient à articuler :

— Bien… Puisque tout le monde…

Elle n'achève pas. Il y a de l'eau dans ses yeux. Je décroche le téléphone et j'appelle le boulevard Raspail. Cela sonne longtemps, là-bas, et je vais raccrocher quand j'entends la voix de Nathalie.

— Tu dormais ?

— Non… Alors ?…

— Nous sommes tous ici…

— Mon père aussi ?

— Oui.

— Et Hilda ?

— Je voulais t'annoncer le plus vite possible que tout le monde est d'accord…

— Même Jeanne ?

— Jeanne aussi, oui…

— Dis-leur que je suis contente... Dis à Hilda que j'aimerais la voir avant de me coucher...

Ils sont partis ensemble. J'ai embrassé Jeanne sur les deux joues en lui murmurant à l'oreille :

— Je te demande pardon... Il fallait que je le fasse...

— Peut-être as-tu eu raison...

Ils ont pris place tous les trois dans l'ascenseur.

Un peu plus tard, je raconte l'histoire à Mme Daven qui est très émue.

Il n'y a rien entre nous. Il n'y aura jamais rien de plus, sinon un enfant dans la maison.

8

Pat est morte la veille de Noël. Le mal était trop généralisé pour que l'opération lui donne un long répit. Selon le docteur Feinstein et le professeur Penderton, il vaut mieux que cela se soit passé ainsi.

Je ne suis pas allé à New York pour l'enterrement. J'ai failli, malgré ma répugnance, prendre l'avion. Je pense qu'il est trop tôt pour aller faire la connaissance de ma belle-fille, de Bob, de son frère et de sa sœur.

J'en ai des nouvelles par Eddie. C'est lui qui va envoyer des fleurs en mon nom. Il paraît que Helen et son aîné s'en tirent et qu'ils travaillent tous les deux beaucoup.

Je leur ai écrit pour les inviter à venir en France l'été prochain.

Mais l'été est encore loin et je passe un Noël solitaire. Jacques et sa femme, mariés en novembre, sont allés rejoindre Jean-Luc à Megève.

Je ne quitte pas Paris. Je ne sors pas. Je pense à inviter Candille à venir dîner avec moi mais je n'ose pas. Je me contente de téléphoner longuement à Deauville.

Cartier s'est chargé de tous mes cadeaux que j'ai cependant passé deux heures à choisir.

Pas plus que les autres années, je n'ai oublié le personnel. Émile, mon chauffeur, a reçu une magnifique pipe d'écume. Il m'a expliqué qu'il ne la fumera que chez lui, le soir, car on ne doit pas fumer une pipe d'écume à l'air libre.

Le cuisinier a reçu un étui à cigarettes en argent, sa femme une montre en or.

Les femmes de ménage, comme le personnel de la banque, ont eu leur enveloppe.

Le soir, pour la première fois, je me sens isolé dans mon studio.

Je n'ai pas envie de lire. Bien entendu, il n'y a pas d'arbre de Noël dans la maison. Je ne mange ni dinde ni foie gras.

Je finis par ouvrir la porte de ma chambre. Mme Daven se lève.

— Pourquoi ne venez-vous pas vous asseoir à côté ?

Elle s'installe, non sans hésitation, dans un des fauteuils de cuir et je prends place dans le mien. Peut-être par contenance, j'allume un cigare.

Nous bavardons. Plus tard, la pendule sonne les douze coups et nous nous regardons en silence, sans bouger.

La nurse est une Suissesse qui sort d'une des meilleures écoles du Valais. Elle porte l'uniforme de cette école : blouse à fines rayures bleu et blanc et bonnet très coquet.

Nathalie avait raison : c'est à un garçon qu'elle a donné naissance. Le docteur Jorissen avait raison aussi, puisque l'accouchement a eu lieu sans la moindre difficulté.

Elle est retournée boulevard Raspail, sur le conseil de Terran, car la police pourrait se livrer à un semblant d'enquête.

J'ai passé de curieux moments, place du Louvre, à la mairie du Ier arrondissement, et je n'aimerais pas recommencer. J'essayais de me remémorer toutes les instructions de Terran qui ne s'était pas montré trop rassurant.

— De toute façon, ils ne peuvent pas te reprendre l'enfant pour le mettre à l'Assistance Publique... Ce que tu risques, c'est qu'ils refusent la reconnaissance et qu'ils exigent l'adoption...

Je me dirige vers le bureau de l'état civil où une vieille dame, accompagnée de deux femmes plus jeunes, peut-être ses filles, vient déclarer le décès de son mari. L'employé écrit calmement, recopie le certificat établi par le médecin. La vieille dame se mouche et s'essuie les yeux.

Il y a du soleil, dehors, et les bourgeons ont éclaté, mettant sur les arbres comme un frottis vert pâle.

— Monsieur ? me demande l'employé tandis que les trois femmes se dirigent vers la porte.

Je lui tends ma carte de visite, la carte d'affaires, qui porte mon adresse et mon titre de banquier. Il ne manque pas de m'examiner aussitôt avec une certaine curiosité.

— Vous avez une déclaration à faire ?

— Oui.

— Un décès ?

— Une naissance...

— Vous apportez le certificat du médecin ?

— L'accouchement a eu lieu sans l'assistance d'un médecin...

Il me regarde avec plus d'attention encore, surpris.

— Une sage-femme ?

— Je n'ai aucun certificat...
— Qui est le père de l'enfant ?
— Moi...
Comme je m'y attendais, il est trop jeune pour ne pas croire qu'un homme de soixante-quinze ans est un vieillard impotent.
— Vous êtes marié ?
— Je l'ai été trois fois...
— L'enfant est de votre troisième femme ?
— Non. Je suis divorcé des trois...
— Il s'agit d'un enfant naturel ?
— Ce n'est pas un enfant naturel, puisque je le reconnais...
— Un garçon ?
— Oui... Vous pouvez écrire : Yves Jacques François Perret-Latour...
Nathalie m'a recommandé de donner ces prénoms dans l'ordre. J'ignore à quoi Yves correspond. Il n'y a jamais eu d'Yves dans la famille et nous n'avons aucune racine en Bretagne. Jacques, c'est pour son père, et le François vient en dernier.
— Le nom de la mère ?
— Je l'ignore...
Il se redresse vivement.
— Vous ne pouvez quand même pas ignorer...
— Mettons que je l'ignore officiellement...
— Où l'accouchement a-t-il eu lieu ?
— Je l'ignore aussi...
— Vous permettez ?
Troublé, il se sent obligé de consulter une autorité supérieure. Il pénètre dans un local voisin et peu après un homme un peu plus âgé franchit la porte pour m'observer.
Quant à l'employé, il vient me dire :
— Il faudra que vous attendiez... On est allé voir si monsieur le maire est dans son bureau...
Je n'attends qu'un quart d'heure, assis sur un banc. Un huissier vient me chercher et me conduit au premier étage où nous traversons une antichambre et où on m'introduit dans un vaste bureau. Le maire se lève, me tend la main et murmure :
— Enchanté...
C'est un homme replet, intelligent, au visage sympathique.
— Asseyez-vous, je vous en prie...
Le bureau est Empire, comme chez moi, à la différence que celui-ci est de l'imitation. Le soleil met des reflets sur les bronzes et sur un vaste cendrier de verre. Le maire fume la pipe.
— Le chef de bureau de l'état civil vient de me dire...
Il est aussi mal à l'aise que moi. Il l'est même plus car, ici, le trac me quitte.

— Si j'ai bien compris, vous désirez reconnaître un enfant sans fournir le nom de la mère ?

— C'est exact. J'ai des raisons sérieuses pour que le nom de la mère ne soit pas cité dans les actes officiels...

— Vous n'avez pas non plus, m'a-t-on dit, de certificat du médecin qui a procédé à l'accouchement...

— Il n'y a pas eu de médecin...

— Ni de sage-femme ?

Je le regarde sans mot dire.

— En somme, cette personne a accouché seule ?

— Il arrive que des enfants naissent dans un taxi, parfois dans un train ou dans un avion...

— C'est exact. Nous avons alors le nom de la mère...

— Pas nécessairement celui du père...

— C'est exact aussi...

— Ici, vous avez le nom du père...

Je le sens si embarrassé que je m'empresse de l'aider.

— Il existe, dans le Code civil français, un article 336 que je vous cite de mémoire :

» La reconnaissance du père, sans l'indication et l'aveu de la mère, n'a d'effet qu'à l'égard du père...

Il répète la phrase du bout des lèvres avec l'air de réfléchir profondément.

— Ce n'est pas très clair... Vous êtes sûr que ce sont les termes exacts de l'article ?...

— Je puis vous l'affirmer... J'ajoute que j'ai consulté un juriste éminent... Son opinion est que cet article ouvre la voie à un enregistrement qui ne pourrait, a priori, être refusé...

— Quand l'enfant est-il né ?

— Le 5 avril...

— Il y a donc dix jours ?

— Je m'en excuse. Je n'ai pas pu venir plus tôt.

— Je suppose que votre juriste est anonyme, lui aussi ?

Il ne persifle pas. Il est inquiet et je comprends qu'il ne veuille pas commettre une gaffe en me refusant une chose qui me serait due.

— Vous permettez, monsieur Perret-Latour ?

Il sort du bureau, va sans doute téléphoner à des instances supérieures, j'ignore à qui. Cela dure longtemps. J'entends un murmure de voix sans qu'il me soit possible de distinguer les mots.

Quand il revient, il est soulagé.

— Je pense que l'inscription peut se faire... Je donne des instructions pour qu'elle soit enregistrée sur feuille volante jusqu'à ce que la police se soit assurée qu'aucune disparition d'enfant n'est signalée... Je m'empresse d'ajouter que ce n'est qu'une formalité... Vous avez des témoins, en bas ?...

— Mon chauffeur est dans la voiture...

— L'employé vous en fournira un second... Vous savez comment cela se passe... Il y en a toujours deux ou trois à attendre dans un petit bar...

Ouf ! Il me reconduit, me serre la main. Quand je retourne à l'état civil, l'employé me regarde avec une considération accrue.

— On me dit que vous n'avez pas de témoins ? Si vous désirez que je vous en procure...

Il va téléphoner du fond de la pièce.

— Allô, Gaston ?... Ici, Germain... Oui... Deux... Tout de suite... C'est pressé...

Je leur donne cent francs à chacun, par crainte que cela ne paraisse bizarre si je leur donnais davantage.

Je sors et plonge en plein soleil. Je suis en veston. C'est la première fois de la saison, car le mois de mars a été froid et maussade. Je fais signe à Émile de ne pas ouvrir la portière. J'ai envie de marcher.

— Je rentrerai à pied...

Voilà ! J'ai un fils de plus. Et, celui-ci, je l'ai dans la maison. Je ne sais pas pourquoi, j'en ressens plus que de la joie, une sorte de délivrance.

Je ne tiens pas à comprendre, à m'interroger. C'est un peu comme si je venais d'effacer quelque chose.

Je marche d'un pas allègre. Il y a longtemps que je n'ai pas marché aussi légèrement. Je m'arrête parfois pour regarder les vitrines de la rue de Rivoli.

Tout à l'heure, je téléphonerai la bonne nouvelle à Nathalie, qui prend plus que jamais des attitudes de grande personne et qui est très fière d'elle.

— Puisque je ne nourris pas, tu ne crois pas que je pourrais aller retrouver les autres à Saint-Tropez ?...

Je me souviens de ma promenade le long de la Marne, du chemin creux, de mes regards en l'air et de la phrase qui m'est venue à l'esprit, inconsciemment :

— Il y a encore des noisetiers...

La place Vendôme est belle. Les fenêtres aussi, là-haut.

— Il y a encore...

Quand je pénètre dans l'appartement, j'entends les cris d'un bébé.

Épalinges (Vaud), le 13 octobre 1968.

NOVEMBRE

[illegible] à ce [illegible]

[illegible]

[illegible]

Nous ne pas [illegible] ces conver[illegible]

[illegible]

[illegible] elle m'a [illegible] persuadée qu'il lui a adressé un message muet. Je suis

1

Je ne crois pas avoir assisté auparavant à ce phénomène. On était le second vendredi de novembre, le 9 novembre exactement. Nous étions tous les quatre à dîner autour de la table ronde, comme les autres soirs. Manuela venait d'enlever les assiettes à soupe et de servir une omelette aux fines herbes que ma mère était allée préparer à la cuisine.

Depuis le matin, une des plus violentes tempêtes de l'année déferlait sur la France et la radio parlait de toits enlevés, de voitures transportées sur plus de dix mètres, de bateaux en perdition dans la Manche et dans l'Atlantique.

Le vent soufflait en violentes bourrasques qui faisaient frémir la maison, comme pour l'arracher à ses racines, et les volets, les fenêtres, les portes extérieures semblaient à chaque instant sur le point de céder.

La pluie tombait, acharnée, méchante, arrivant par paquets avec un bruit de vagues sur une plage de galets.

Nous ne parlions pas. Chez nous, les conversations sont rares à table et se réduisent à l'essentiel.

— Veux-tu me passer le plat, s'il te plaît ?

Chacun mange, isolé des autres par un mur invisible, et ce soir-là chacun écoutait pour son compte le vacarme de la tempête.

Or, soudain, d'une seconde à l'autre, ce fut le silence, l'immobilité totale de la nature, un vide presque angoissant.

Mon père a froncé ses gros sourcils touffus. Mon frère nous a regardés l'un après l'autre d'un air surpris.

Le long cou décharné de ma mère s'est tendu imperceptiblement tandis qu'elle regardait autour d'elle avec méfiance. Elle se méfie de tout. Elle vit au centre d'un univers hostile, toujours en éveil, toujours aux aguets, l'œil fixe, le cou tendu, comme certains animaux, comme certains oiseaux de proie.

Tout le monde s'est tu. On aurait dit que tout le monde se retenait de respirer comme si ce silence brutal présageait Dieu sait quelle catastrophe.

Seul le visage de mon père, après un bref mouvement des sourcils, n'a pas changé d'expression. C'est un visage grisâtre qui n'exprime rien, sinon une gravité presque solennelle.

Olivier s'est tourné vers la porte que Manuela refermait derrière elle et je suis persuadée qu'il lui a adressé un message muet. Je suis persuadée aussi que ma mère, sans bouger la tête, a surpris ce message. Elle voit tout, entend tout. Elle ne dit rien, mais elle enregistre.

Mon frère ne s'est pas laissé tracasser longtemps par cette immobilité inattendue de l'univers. Il était assis, comme toujours, en face de mon père, moi en face de ma mère qui a ses deux cercles rouges en haut des pommettes.

C'est un signe. Elle a bu. Elle commence une neuvaine, comme nous disons entre nous, mais elle n'est pas ivre, elle n'est jamais vraiment ivre.

— Tu es fatiguée ?

Pourquoi mon père a-t-il éprouvé le besoin de dire ça ? Elle n'est pas plus bête que lui. Elle est beaucoup plus subtile et elle sait ce que les mots veulent dire. Il y a tant d'années que cela dure qu'il pourrait se passer de le souligner.

— J'ai mes migraines, laisse-t-elle tomber d'une voix sèche.

Je ne sais pas qui des deux je plains le plus. On a souvent l'impression que ma mère fait ce qu'elle peut pour se rendre désagréable et ses silences même ont un caractère agressif. Mais mon père ne pourrait-il faire montre d'un certain moelleux, d'un minimum d'indulgence ?

Il l'a épousée, après tout, et elle ne devait pas être beaucoup plus jolie qu'à présent. J'ai vu des photographies prises le jour de leur mariage, en 1938. Elle a toujours eu un visage ingrat. Son nez, trop long, se termine par une pointe qui semble avoir été surajoutée et elle a aussi le menton trop pointu.

Mon père a-t-il été amoureux d'elle ? Ou bien, jeune lieutenant à l'époque, était-il fier d'épouser une des filles de son colonel qui n'allait pas tarder à devenir général ?

Je n'en sais rien. Cela ne me regarde pas. Ce n'est pas mon rôle de les juger, bien que je le fasse malgré moi. Nous vivons dans une maison où chacun observe les autres et mène une existence séparée. Il n'y a que notre bonne espagnole, Manuela, engagée depuis deux mois, à chanter en faisant son ménage et à vivre comme si tout était normal autour d'elle.

On a servi des poires et mon père a pelé la sienne avec plus de minutie que le meilleur maître d'hôtel. Il fait tout consciencieusement, avec une minutie parfois exaspérante.

Est-il obligé de se contenir ? Sa dignité, son calme sont-ils artificiels ?

Il s'est levé le premier, comme toujours, comme il s'assied invariablement le premier à table pour déployer lentement sa serviette. Il a le sens de la hiérarchie. Sans doute parce qu'il est militaire. C'est peut-être la raison aussi pour laquelle il attache la même importance aux petites choses qu'aux grandes.

Il murmure :

— Je vais travailler...

Une phrase qu'il prononce presque chaque soir à la même heure. Il a transformé une pièce en bureau, de l'autre côté du couloir. Au milieu trône un énorme meuble à cylindre du siècle dernier et les bibliothèques à portes vitrées sont pleines de livres et de revues.

Travaille-t-il réellement ? Il apporte de son bureau une serviette bourrée de papiers. Parfois on l'entend taper maladroitement sur sa machine à écrire portative. Plus souvent, le silence règne. Nous ne sommes pas censés le déranger. Chacun a soin de frapper si, d'aventure, il a quelque chose à lui dire.

Il a un vieux fauteuil de cuir fatigué dans lequel je l'ai trouvé maintes fois, les pieds devant la cheminée où il allume lui-même un petit feu de bois. Il lit, soulève la tête, vous regarde avec patience sans vous encourager.

— Je voulais te demander si, demain...

Est-ce qu'il écoute ? Est-ce que cela l'intéresse ? Se rend-il compte qu'il est père de famille et que nous sommes trois à dépendre de lui ?

Olivier ne s'occupe guère de son père et organise tranquillement son existence. Il sort souvent le soir, moins souvent depuis que Manuela est dans la maison. Le dîner fini, il monte dans sa chambre, ou dans l'espèce de laboratoire qu'il s'est installé au grenier, tout à côté, justement, de la chambre de l'Espagnole.

Ma mère passe dans le salon. Je la suis. C'est elle qui, machinalement, tourne le bouton du téléviseur... Tous les soirs... Invariablement, quel que soit le programme, ce qui ne l'empêche pas d'entendre le moindre bruit de la maison...

Elle coud. Elle a toujours des boutons à recoudre, du linge à arranger. Je m'assieds face à la télévision aussi mais je ne m'intéresse pas toujours au programme et je m'enfonce dans un livre.

— C'est drôle que la tempête se soit terminée si brusquement...

Elle lève un instant la tête, comme pour s'assurer que ces mots ne cachent pas une arrière-pensée, puis murmure simplement :

— Oui...

On entend des bruits d'assiettes dans la cuisine où Manuela fait la vaisselle. Dès que la bonne sera montée, ma mère se lèvera en murmurant :

— Je vais voir si cette fille a éteint...

Ce n'est pas pour la lumière qu'elle se dérange, ni pour le réchaud à gaz. On a laissé du vin rouge et elle va le boire, à la bouteille, avec un regard anxieux vers la porte, car elle a toujours peur d'être surprise. Quand elle est ainsi, elle boit n'importe quoi, ce qui lui tombe sous la main, et ses pommettes se colorent au fur et à mesure, ses yeux deviennent plus brillants.

J'en ai pitié et en même temps je lui en veux, car j'aimerais ne pas avoir à plaindre ma mère. Il m'arrive d'avoir pitié de mon père aussi. Qui des deux a commencé ?

Nous avons été des bébés, mon frère et moi, moi d'abord, puisque j'ai vingt et un ans et que je suis l'aînée, Olivier ensuite, qui a maintenant dix-neuf ans.

Est-ce que nos parents se sont comportés comme la plupart des parents ? Leur arrivait-il de s'embrasser près de notre berceau, d'échanger des paroles tendres ?

Cela paraît impensable. Aussi loin que je peux remonter dans mes souvenirs, la maison a été la même, ordonnée et silencieuse, les journées entrecoupées par des repas lugubres.

Je ne suis pas sûre qu'ils se détestent. Mon père est patient et je me rends compte que ce n'est pas toujours facile. Je comprends qu'il ait cherché un refuge dans ce bureau où il passe la plupart de ses soirées. Mais maman ne pouvait-elle pas attendre davantage de lui que de la patience ?

Je préférerais parfois une bonne scène de ménage, bien violente, avec des cris, des pleurs, puis une réconciliation temporaire.

Je suis mauvais juge. Moi non plus, je ne suis pas jolie. J'ai plutôt un visage ingrat, comme ma mère, un nez rond, trop gros, au lieu du nez pointu en deux parties. Il n'y a que mon corps à me satisfaire.

A quoi bon penser à tout cela ? Je lis. J'essaie de lire et, de temps en temps, j'observe le visage de ma mère. Dehors, on entend la pluie s'égoutter lentement.

Le programme change. On diffuse un western bruyant et je me lève pour régler le son. Existe-t-il beaucoup de familles comme la nôtre dans Paris et ses alentours ?

A dix heures, ma mère enlève ses lunettes et ramasse le linge, les bobines, les ciseaux. Elle n'est pas allée dans la cuisine comme je le pensais.

— Bonne nuit, Laure...

Elle se tient un instant immobile, debout, tandis que j'effleure ses deux joues de mes lèvres. C'est maintenant qu'elle passe par la cuisine avant de s'engager dans l'escalier. Je peux enfin arrêter la télévision et lire en paix.

Est-ce que mon père attend qu'elle soit au lit avant de monter à son tour ? Je ne les vois jamais monter ensemble. Il y a généralement un quart d'heure de décalage, comme s'ils voulaient éviter toute intimité, bien qu'ils dorment dans le même lit.

Je lis. Puis la porte du bureau s'ouvre. Mon père traverse le corridor, reste debout près de la porte et regarde autour de lui sans aucune expression sur le visage.

— Ta mère est montée ?

Je regarde la pendule sur la cheminée.

— Il y a un peu plus de dix minutes.

— Elle n'a rien dit ?

Je lui lance un coup d'œil surpris.

— Non.

Qu'est-ce qu'elle aurait dit ? A quel propos ?

— Olivier n'est pas descendu ?

— Non.

— Il est dans sa chambre ?

— Dans sa chambre ou dans le grenier, je ne sais pas...

— Bonne nuit, Laure...

Il s'avance à ma rencontre et c'est, pour lui aussi, un baiser sur chaque joue.

— Bonne nuit, papa...

Cela me fait un curieux effet de lui dire papa. Cela ne va pas avec son physique, avec sa dignité sévère. Il ne sourit jamais ou plutôt, quand il s'efforce de sourire, c'est un mouvement mécanique des lèvres, sans gaieté.

— Tu ne te couches pas ?

— Bientôt...

— N'oublie pas d'éteindre...

Comme si, à vingt et un ans, je n'étais pas capable d'éteindre les lumières derrière moi.

— Bonne nuit...

— Bonne nuit...

Or, cette nuit-là, celle du 9 au 10 novembre, sera plutôt mauvaise.

J'ai lu environ une heure avant de gagner ma chambre où je me suis déshabillée. Je pense au professeur et à Gilles qui doit m'en vouloir et ne pas comprendre.

Le professeur Shimek n'est pas beau. Il a cinquante-deux ans, une fille de quatorze, une petite femme boulotte et rieuse qu'il a épousée avant la guerre et après son départ de Tchécoslovaquie. C'est un des hommes les plus intelligents qui existent. Mais, aux yeux de Gilles Ropart...

Il y a des moments où j'aimerais mieux ne pas penser, me laisser vivre. Quand j'étais encore une petite fille et que mon père ou ma mère me dérangeait, il paraît que je soupirais :

— Est-ce qu'on ne peut pas me laisser vivre ?

Je pourrais en dire autant à présent. Je me brosse les dents, enlève le peu de maquillage que je me permets et, après avoir soupesé avec un certain plaisir mes seins lourds, je passe mon pyjama et me couche.

J'ai toujours de la peine à m'endormir. Les pensées, les images me reviennent d'un peu partout, de toutes les époques de ma vie. J'ai essayé les somnifères. Je m'endormais plus rapidement mais, une heure ou deux plus tard, je me réveillais et je me rendormais plus difficilement, de sorte que, le matin, je me sentais barbouillée.

C'est de ma mère, je suppose, que je tiens d'avoir l'ouïe fine. Il faut dire aussi que la maison, bien qu'elle date du siècle dernier, est sonore comme un tambour.

J'entends les gouttes d'eau qui tombent du toit et, de loin en loin, une voiture qui passe sur la route.

Pourquoi ai-je toujours l'impression que les autres vivent une vraie vie et moi pas ? Ces autos vont quelque part, viennent de quelque part. Des gens, à cette heure, sont au théâtre, au cabaret. Il y en a qui rient. Comme Manuela. Il n'y a qu'elle à rire dans la maison, indifférente à l'atmosphère qui l'entoure. Elle a mon âge. Elle est belle, pleine de sève, de santé. Sa gaieté prend presque les allures d'un défi.

Je sais ce que j'attends et cela ne manque pas de se produire. Mon frère se lève, dans la chambre voisine. J'entends les ressorts de son lit. Il est donc en pyjama.

A-t-il attendu assez longtemps ? Mon père et ma mère sont-ils endormis ?

Il ouvre sa porte avec précaution et s'engage dans l'escalier. Il a beau faire aussi peu de bruit que possible, je l'entends et Manuela l'a entendu aussi car, sans qu'il ait besoin de frapper, elle lui ouvre sa porte.

C'est la dixième fois. Cela a commencé il y a un mois et je les sens, au-dessus de ma tête, en train de s'embrasser, debout. Puis j'entends le rire de gorge de Manuela.

Est-ce que ma mère écoute aussi ? Et, si elle le fait, que pense-t-elle ? Mon frère a dix-neuf ans et c'est de son âge d'être amoureux.

Je n'en soupçonne pas moins ma mère d'en être ulcérée car cela se passe dans sa maison, dans son domaine et, par-dessus le marché, avec la bonne.

Nous n'avons jamais gardé une domestique plus de six mois et maman se montre plus dure avec Manuela qu'avec les précédentes. L'Espagnole ne paraît pas s'en apercevoir. Elle va et vient sans avoir peur de chanter ni de rire. Et, depuis un mois, elle n'hésite pas à ouvrir sa porte au fils de la maison.

Ils sont couchés tous les deux, à présent, sans avoir l'air de se douter qu'ils se trouvent juste au-dessus de ma tête. J'entends tout. Mais en même temps j'écoute le silence, si je puis dire, dans la chambre de mes parents.

S'ils sont éveillés, ils doivent entendre, eux aussi.

Et voilà qu'une porte s'ouvre lentement, la leur, précisément. Puis la porte se referme et des pieds nus s'engagent dans l'escalier. Je pourrais même dire que j'entends la respiration forte de mon père. Je suis sûre que c'est lui. Il met un temps infini à atteindre le palier du second étage où il s'immobilise.

Est-ce qu'il vient seulement de s'apercevoir qu'Olivier rejoignait la bonne dans sa chambre ? Est-ce qu'il s'en doutait et en cherche-t-il la preuve ?

Le couple, dans la mansarde, ne se méfie de rien et continue ses ébats.

Mon père, un homme de cinquante-deux ans, le capitaine Le Cloanec, qui paraît toujours écrasé par ses responsabilités, se tient debout, pieds nus, dans l'obscurité, à écouter son fils et la bonne qui font l'amour.

Je m'en doutais, mais je me refusais à le croire : mon père est amoureux, amoureux de Manuela, ce qui me paraît inimaginable. Il est amoureux au point de quitter son lit, où ma mère ne dort peut-être pas, où elle peut s'éveiller d'un moment à l'autre, pour aller se mettre à l'affût.

A l'affût de quoi ? Maintenant, il sait, non ? Il n'a pas besoin de preuves supplémentaires.

Va-t-il se donner le ridicule d'ouvrir la porte et de surprendre les amants ?

Il est là, immobile, à se torturer. Je ne sais pas s'il a réellement le cœur malade. Quand il est contrarié, il lui arrive de porter la main à sa poitrine. A-t-il maintenant la main sur sa poitrine ?

Je ne l'ai jamais imaginé dans cette situation, ni dans un tel état d'esprit. J'en suis troublée. J'en suis inquiète aussi, à cause de ma mère. Il reste longtemps sans redescendre et, quand il le fait enfin, il passe par la salle de bains comme s'il voulait se donner un alibi.

Je m'attends à les entendre parler, ma mère et lui, mais leur chambre reste silencieuse. Il s'est recouché, à tâtons dans l'obscurité, je suppose, et si même maman est éveillée elle doit faire semblant de dormir.

J'ignore quelle heure il peut être. Mes idées commencent à s'embrouiller et je me sens dans un état d'esprit déplaisant. Je pense, malgré tout, à me lever pour prendre un somnifère puis, sans m'en rendre compte, je m'endors.

En tout cas, quand j'ouvre les yeux, le jour perce à travers les lattes des persiennes et je suis surprise, en ouvrant celles-ci, de me trouver face au soleil. La route est encore mouillée, couverte de brindilles, de branches assez grosses. Des gouttes d'eau pendent aux fils téléphoniques et finissent par s'en détacher une à une. Dans notre jardin, celui de devant, il y a une branche cassée près de la grille.

Manuela chante, en bas. Ma mère ne doit pas être descendue. Elle ne mange pas le matin, se contente d'une tasse de café qu'elle se fait monter et, le plus souvent, nous sommes partis tous les trois quand elle quitte sa chambre.

Je me dirige vers la salle de bains. La porte est fermée au verrou.

— C'est toi, Laure ?

La voix de mon frère.

— Dans deux minutes, je te cède la place...

Je suis un peu en retard. Il est plus de huit heures. Il est vrai que je ne prends mon travail, à l'hôpital Broussais, qu'à neuf heures et, à vélomoteur, je ne mets guère plus de vingt minutes à parcourir le trajet.

Mon père, lui, doit être dans la salle à manger, à boire son thé et à manger ses toasts à la confiture. Nous ne prenons presque jamais ensemble le repas du matin. Chacun descend à son heure.

— Tu as vu ce soleil ? Si on nous avait dit hier...

— Oui...

J'entends Olivier sortir de la baignoire et décrocher sa sortie de bain.

— Un instant... J'ouvre tout de suite...

La porte s'ouvre, en effet. Il a les cheveux dressés sur la tête, le visage encore mouillé.

Il fronce les sourcils en me regardant.

— Qu'est-ce que tu as ?

— J'ai mal dormi...

— Tu ne vas pas me dire que tu as des migraines, toi aussi ?...

Il a tendance à se montrer féroce avec maman.

— Il faut que je te parle, Olivier....

— Quand ?

— Maintenant... Dès que papa sera parti...

Il se rend à Paris à vélomoteur, lui aussi, afin que la voiture reste à la disposition de maman. Il ne s'en sert que quand il fait mauvais temps, comme hier.

— De quoi veux-tu me parler ?

— Attends... Je descendrai manger avec toi...

Je suis en robe de chambre jaune. Je me coiffe un peu et me lave les dents pendant que mon frère passe dans sa chambre pour s'habiller. Il ne prend aucun soin de ses vêtements dans lesquels il paraît toujours avoir dormi.

On entend le vélomoteur, puis le grincement de la grille. C'est presque toujours mon père qui l'ouvre le matin et la referme le soir.

— Tu viens ?

— Tout de suite... Descends déjà et dis à Manuela de me préparer deux œufs sur le plat... Avec des saucisses si elle en a...

Manuela, sereine, souriante, en paix avec le monde et avec elle-même, lance joyeusement :

— Bonjour, mademoiselle.

Ou plutôt cela devient dans sa bouche : *Z'ou, madezelle...*

Il n'y a qu'un an qu'elle est à Paris. Elle a fait deux places. Elle a une amie que j'ai entrevue un soir qu'elle attendait sur la route, une petite noiraude qui a l'air d'une miniature et qui s'appelle Pilar.

— Bonjour, Manuela... Pour moi, une grande tasse de café avec deux toasts et du beurre... Pour mon frère, qui va descendre, des œufs et, si vous en avez, des saucisses...

On dirait qu'elle rit. Tout la réjouit, y compris de comprendre ce qu'on lui dit dans une langue qui n'est pas la sienne. Elle n'est pas beaucoup plus grande que son amie Pilar mais plus charnue, gonflée de sève. Ses mouvements sont aussi gracieux que si elle dansait. Elle est andalouse. Son village, Villaviciosa, est situé dans la Sierra Morena, quelque part au nord de Cordoue.

Elle a regagné la cuisine quand mon frère paraît, les cheveux humides.

— Qu'est-ce que tu as à me dire ?

— Assieds-toi. Nous avons le temps...

Nous sommes samedi.

— Tu as des cours ?

— Seulement des travaux pratiques...

Olivier, qui a choisi la chimie, suit les cours de la Faculté des sciences, à l'ancienne Halle aux Vins. Son rêve est d'avoir une grosse moto pétaradante que notre père refuse de lui acheter.

— Des vélomoteurs, tous les gosses du lycée en ont... Avec mes longues jambes, j'ai l'air ridicule là-dessus...

Je l'aime bien. Il est sympathique, encore qu'ombrageux. Pour un rien, il se met en colère, me lance les pires méchancetés, mais vient ensuite me demander pardon.

Il se doute que je veux lui parler de Manuela et est intrigué, vaguement inquiet. J'attends que nous soyons servis. Il sourit à l'Espagnole avec une tendresse que je n'attendais pas de lui. Quand mes parents ne sont pas là, il peut laisser percer ses sentiments.

Je croyais que ce n'était qu'un jeu, qu'une passion physique, mais, dans un seul regard, je viens de lire autre chose tandis que Manuela elle-même devenait un peu plus grave.

— Bonjour, Manuela...

— Bonjour, monsieur Olivier...

Olivier devient *Olié* et c'est très doux, très tendre. Elle s'éloigne en balançant les hanches, referme la porte. La salle à manger sent le café, les œufs à la poêle et les saucisses, mais il y règne aussi la même odeur que dans toute la maison, odeur de moisissure, de bois humide et de foin qu'on retrouve souvent à la campagne.

— Alors ? s'impatiente mon frère.

Je cherche mes mots, par crainte de le voir éclater, d'autant plus qu'on ne sait jamais si ma mère n'est pas derrière la porte. Elle vit en pantoufles, ses sempiternelles pantoufles rouges, et elle se déplace sans bruit.

— Tu devrais faire attention, Olivier...

Il rougit et réplique avec du défi dans la voix :

— Attention à quoi ?

— La nuit dernière, il s'est passé quelque chose pendant que tu étais là-haut...

— Maman ?

Déjà, il est comme un ressort tendu.

— Non... Ton père...

— Qu'est-ce que papa a fait ?

— Je pense qu'il vaut mieux te le dire... Tu es assez grand pour...

— Qu'est-ce qu'il a fait ?

— Tu étais monté depuis un bon moment quand il est sorti de sa chambre, pieds nus, et est monté à son tour.

— Pourquoi ? Pour écouter à la porte ? Pour regarder par la serrure, peut-être ?

— Je ne crois pas, Olivier. Il est resté longtemps debout sur le palier et je crois qu'il souffrait.

— Que veux-tu dire ?

Et, comme je ne réponds pas tout de suite, Olivier repousse ses œufs, se lève brusquement.

— Tu ne vas pas prétendre qu'il est... qu'il... que...

Il ne veut pas prononcer les mots qui lui brûlent la langue.

— Si.

— Alors, ça ! Ce serait le plus beau de tout. Comme si ce n'était déjà pas assez d'avoir une mère à moitié folle !

— Chut...

Olivier est impitoyable. Il se montre dur avec ma mère, surtout quand elle a bu, et il n'a pour elle aucune indulgence. Plusieurs fois, il m'a avoué qu'il avait envie de quitter la maison, de laisser tout en plan, comme il dit, et de prendre une chambre à Paris, quitte à travailler pour payer ses études.

— Il y en a d'autres, à l'université, qui gagnent leur vie.

Il arpente la salle à manger à grands pas tout en essayant de se contenir.

— Est-ce que cela le regarde, si Manuela et moi sommes amoureux ?

Et il se tourne vers un portrait de notre père en sous-lieutenant, alors qu'il portait de fines moustaches.

— Qu'est-ce qu'il faisait, lui, à mon âge ?... A moins qu'il n'ait toujours été éteint comme à présent, ce qui ne me surprendrait pas... Un solennel... Un solennel...

Il hésite à dire le mot, mais c'est plus fort que lui :

— Un solennel imbécile !

— Calme-toi, Olivier.

— On voit bien que ce n'est pas de toi qu'il s'agit. Est-ce qu'il va voir ce que tu fais à Broussais ?

C'est mon tour de rougir et je n'insiste pas. C'est vrai qu'il est difficile de se faire une idée sur la vraie personnalité de mon père.

Il m'arrive, à moi aussi, de le prendre pour un médiocre qui s'efforce de garder une haute idée de lui-même.

Il a passé la guerre en Algérie, dans un bureau, et il laisse entendre qu'il appartenait aux services secrets. Maintenant, avec le grade de capitaine, mais toujours en civil, il travaille dans un bureau du boulevard Brune, à peu près à hauteur du stade Jules-Noël, ce qui le met à quelques centaines de mètres de Broussais.

C'est un ancien hôtel particulier, une vieille maison qui appartient au ministère de la Guerre. Le nom officiel de son service est « Bureau de la statistique ».

A entendre mon père, il s'y livre à un travail ultra-secret et il détient les renseignements les plus confidentiels sur le contre-espionnage.

Il a fallu que ce soit un jeune médecin de Broussais qui me dévoile la vérité.

— J'ai un oncle dans la boîte aussi. Ce sont eux qui envoient l'argent à nos agents à l'étranger. Ils ont des moyens détournés, ne laissant pas de traces, de le faire parvenir...

En somme, mon père est une sorte de comptable, ou de caissier.

Mon frère s'arrête de marcher et se plante devant moi.

— Qu'est-ce que tu voudrais que je fasse ?

— Je ne sais pas. J'ai seulement voulu t'avertir.

— Tu admets qu'il est ridicule ?

— Je le plains.

— Et, parce qu'il est à plaindre, je devrais me rendre malheureux.

— Je n'ai pas dit ça, Olivier. Tu pourrais peut-être la voir ailleurs.

— Le mercredi, alors, puisqu'elle n'a le droit de sortir que le mercredi...

Je ne sais pas. Ce n'est pas mon problème. Je ne peux m'empêcher d'être inquiète et de me faire du mauvais sang pour mon père.

J'avais raison de penser que notre mère n'était peut-être pas loin. Elle ouvre lentement la porte, en robe de chambre, elle aussi, avec ses éternelles pantoufles rouges. Ses cheveux sont encore en désordre, son visage un peu bouffi. Elle nous regarde l'un après l'autre.

— Tu ne manges pas ? demande-t-elle à Olivier dont les œufs, auxquels il a à peine touché, se sont figés dans l'assiette.

— Je n'ai pas faim.

Il est inutilement sec. Il ajoute, pourtant, comme à regret :

— Bonjour, maman.

— Bonjour.

Le bonjour sert pour nous deux. Elle ne semble pas faire attention à moi. Elle va ouvrir la porte pour lancer :

— Donnez-moi encore du café, Manuela...

Elle doit avoir hâte que nous partions afin de boire du vin rouge, à moins qu'il n'y ait une bouteille de cognac ou de whisky dans la maison. Quand elle est en neuvaine, tout lui est bon.

Elle s'assied, lasse, sans ressort, et Olivier annonce :

— Il est temps que je parte.

Ce n'est pas vrai, mais je comprends qu'il préfère s'en aller. Je finis mon petit déjeuner et me demande une fois de plus s'il y a d'autres familles comme la nôtre.

— Que se passe-t-il ?

Elle voudrait me faire parler.

— Je ne sais pas. Pourquoi ?

— J'ai entendu des éclats de voix.

— C'est son habitude de parler comme ça.

Elle sait que je mens. Cela lui est égal. Elle me regarde de ses petits yeux durs et douloureux tout ensemble. Manuela, gorgée de vie, lui apporte son café, et le contraste entre les deux femmes est presque tragique.

— Tu travailles toute la journée ?

Le samedi, il m'arrive de rentrer à midi. D'autres fois, je suis de service toute la journée. Quand je sais que le professeur viendra, je m'arrange pour rester.

— Tu as vu ton père ?

— Non. Il était descendu quand je me suis levée et je suis arrivée en bas lorsqu'il s'éloignait à vélomoteur.

Pourquoi m'a-t-elle demandé ça ? Avec elle, il n'y a pas de paroles en l'air. Tout ce qu'elle dit a un but, parfois si bien caché qu'on met tout un temps à le découvrir.

— Il faut que je me prépare. Je serai en retard. Excuse-moi...

Je me contente de prendre une douche, car ce serait trop long de nettoyer la baignoire et de me faire couler un bain. Je mets mon tailleur en tweed brun que je me suis acheté pour l'automne mais je ne suis pas sûre qu'il aille à mon teint. Je ne peux pas m'habiller toute l'année en bleu marine.

Quand j'entrouvre la porte de la salle à manger, ma mère n'y est plus. Elle n'est pas dans la cuisine non plus, où Manuela chante une chanson de son pays. Je suppose qu'elle est descendue à la cave.

Je sors par derrière la maison et vais chercher mon vélomoteur sous le hangar où se trouve aussi la voiture. Les arbres n'ont pas fini de s'égoutter après tout ce qu'il est tombé d'eau en trois jours. On dirait que la nature, convalescente, se remet lentement, et le soleil est encore pâle.

Sur la route, je suis bien obligée, chaque fois que je croise une voiture, de rouler dans les flaques d'eau.

Notre maison est située à Givry-les-Étangs, en bordure du bois. C'est plutôt une villa, en briques depuis longtemps ternies, avec des enjolivures en céramiques de couleur, un toit compliqué et deux clochetons. Elle a été construite un peu avant la fin du siècle dernier par un oncle de mon père, un Le Cloanec aussi, qui a été administrateur colonial à Madagascar, puis au Gabon.

A une certaine époque, il a donné sa démission et est devenu coupeur de bois. Cela lui a permis, en quelques années, d'amasser une petite fortune et de venir faire construire à Givry-les-Étangs. Il y a deux étangs, en effet, non loin de chez nous, l'Étang-Vieux, qui est devenu une sorte de marais, et le Grand-Étang, sur lequel nous avons une vieille barque toujours pleine d'eau croupie.

Un autre pavillon, plus loin, est à vendre depuis plusieurs années. Il y en a un troisième habité par un couple, les Rorive, d'anciens crémiers retirés des affaires.

Il y a l'histoire de la négresse... Car mon oncle est revenu d'Afrique en compagnie d'une superbe négresse et je ne suis pas sûre que son intention n'était pas de l'épouser. Je ne sais pas comment elle était, car il n'existe aucun portrait d'elle, seulement un portrait de mon oncle, important, bedonnant, le casque colonial sur la tête.

De qui a-t-elle fait la connaissance au cours de ses pérégrinations dans Paris ? Toujours est-il qu'un beau soir elle n'est pas rentrée et il paraît qu'on l'aurait vue dans une maison close où elle serait devenue pensionnaire.

C'est une histoire que j'ai entendue par bribes, quand une des sœurs de ma mère vient la voir et qu'elles bavardent sur un ton monotone comme un robinet qui coule.

Mon père a hérité de la maison, qui s'appelle Les Glaïeuls, et d'une modeste somme d'argent, car son oncle avait placé son argent en viager.

Après Givry-les-Étangs, quelques kilomètres me séparent encore de la route Saint-Cloud-Versailles, où le trafic est plus intense et où je dois faire attention.

C'est à partir de cet endroit-là que je ne me sens plus de liens avec la maison mais bien avec l'hôpital Broussais.

Le professeur Shimek est à la tête du service d'immunologie, qui comporte plusieurs laboratoires. Nous sommes une bonne vingtaine à y travailler sous la direction de Mlle Neef, une vieille fille de cinquante-cinq ans qui a voué sa vie au professeur.

Elle ne peut pas me sentir, car elle sait, si même elle ne nous a jamais surpris, que ma dévotion, à moi, n'est pas platonique comme la sienne.

Je crois que tout le monde est au courant, bien qu'en public mes relations avec Stéphane soient celles d'une petite laborantine avec le grand patron. J'évite même, pendant la journée, de le regarder en face, par crainte de me trahir.

Le pauvre Ropart a dû être le premier à savoir car, pendant plus d'un an, il m'est arrivé de sortir avec lui et de passer une heure ou deux dans son logement de la rue de l'Éperon.

C'est un garçon intelligent, qui a de l'avenir. Le professeur fait beaucoup de cas de lui et lui confie des recherches importantes. Ai-je pensé qu'un jour j'épouserais Gilles Ropart ? Je n'en suis pas sûre, mais l'idée a dû m'effleurer, ne fût-ce que quand l'atmosphère de la maison était irrespirable, ce qui est fréquent.

J'ai toujours su que je n'étais pas amoureuse de lui, mais du professeur. Lui, c'était plutôt un camarade, même si nous avions des relations plus intimes auxquelles je n'attachais pas beaucoup d'importance. Dès que j'ai commencé à travailler à Broussais, j'ai été amoureuse de Shimek, mais j'ai longtemps pensé qu'il était inaccessible.

Certaines se moquent de lui, car il a gardé un assez fort accent et il a l'habitude de faire des plaisanteries qu'on ne comprend pas toujours. Il lui arrive aussi de parler seul.

Ce n'est pas du tout le grand patron tel qu'on l'imagine. Il n'est pas solennel, comme mon père, et son visage très mobile est plutôt celui d'un vieux gamin qui adore faire des farces.

Il n'en est pas moins membre de l'Académie de médecine et on parle de lui pour le Prix Nobel.

Je m'arrangeais toujours pour rester seule avec lui quand, le soir, il s'attardait à disséquer un de nos animaux, un rat, un hamster, plus récemment un chien. Nous avons plus de trente chiens au sous-sol et les malades, dans les autres services, se plaignent de les entendre hurler une bonne partie de la nuit.

Shimek va son chemin sans que rien puisse l'en détourner, sûr qu'il est dans la bonne voie et que ses découvertes auront pour l'homme une importance capitale.

— Qu'est-ce qu'il y a, mon petit ?

Toutes les laborantines, pour lui, sont *mon petit*. Il est vrai que cela lui facilite les choses car il n'a aucune mémoire des noms, surtout des noms français.

— Il n'y a rien, monsieur. Je me demandais si je ne pouvais pas vous aider.

— M'aider, hein ?

Il disait cela avec ironie, comme s'il m'avait percée à jour.

— Il me semble que, le soir, vous n'êtes pas pressée de rentrer chez vous.

— Je me sens davantage chez moi ici.

— Voyez-vous ça !... Et ce grand garçon roux, Ropart, n'est-ce pas ?... Vous avez cessé de sortir avec lui ?

J'étais rouge, embarrassée, et je ne savais où regarder.

Je ne pense pas qu'il le faisait exprès. Je ne crois pas non plus que c'est un cynique. Au contraire. Plus tard, je me suis dit que c'était par une sorte de pudeur qu'il me parlait ainsi, comme pour se moquer de lui-même.

Avait-il été jaloux de Ropart ?

— Vous vous êtes disputés ?

— Non... Nous étions surtout de bons camarades.

— Vous ne l'êtes plus ?

— Je ne le vois plus en dehors d'ici.

— Il ne vous en veut pas ?

— Certainement pas. Il a compris.

Il est allé se laver les mains avec soin, comme le font les chirurgiens, et il a grommelé quelques mots dans sa langue. On aurait dit qu'il n'était pas content. Il a tourné autour de moi, remettant des instruments en place, puis il a fini par me poser les mains sur les épaules.

— Amoureuse ?

Sa voix était légèrement différente, comme voilée.

— Oui, ai-je répondu en le regardant bien en face.

— Vous savez que je suis marié ?

— Oui.

— Que j'ai une fille qui a presque votre âge ?

— Elle n'a que quatorze ans.

— Je vois que vous êtes au courant.

Je savais aussi qu'il habitait un vaste appartement place Denfert-Rochereau, face au Lion de Belfort.

— Qu'est-ce que vous espérez ?

— Rien.

— C'est à peu près tout ce que je peux vous donner. Il m'est impossible, dans ma situation, d'avoir une liaison.

— Je sais.

Est-ce qu'il sentait ma ferveur, ma dévotion, la qualité de mon amour ? Je n'étais plus une petite fille qui s'amourache de son professeur. J'étais une femme. En dehors de Ropart, j'avais eu deux aventures sans lendemain.

— Vous êtes une drôle de fille.

C'est alors qu'il m'a embrassée avec une certaine tendresse, d'abord sur les joues, puis sur la bouche, tandis que ses bras m'étreignaient.

Nous n'avons jamais été seuls dans une vraie chambre. Nous n'avons jamais fait l'amour dans un lit, si on excepte le lit de camp démontable qui ne sert que quand quelqu'un doit rester de garde.

Pendant la journée, il me traite exactement comme il traite les autres, gentiment, un peu paternellement, toujours avec une certaine dose de distraction.

J'en suis arrivée à penser que les êtres humains l'intéressent peu. Il consacre son temps et sa santé à essayer de les guérir, de leur assurer une existence meilleure mais, individuellement, ils n'existent pas pour lui.

Je me suis souvent demandé comment il était chez lui, en famille, ou avec des amis intimes, s'il en a. Il s'entend assez bien avec les autres grands patrons de Broussais, en particulier avec le cardiologue, mais je ne crois pas qu'on puisse parler d'amitié.

Moi, je lui appartiens. Il s'y est habitué. Il lui arrive de rester une semaine sans s'occuper de moi, sachant que je suis là, que je serai toujours là, quoi qu'il fasse.

Je resterai vieille fille. Cette perspective ne me déplaît pas et peut-être un jour, beaucoup plus tard, quand elle prendra sa retraite, occuperai-je la place de Mlle Neef dans le service.

Je crois que je suis heureuse. Je le serais s'il n'y avait pas la vie à la maison, à laquelle je préfère ne pas penser. Je m'en veux de ne ressentir pour ma mère qu'une sorte de pitié latente. Quant à mon père, je le plains aussi, tout en lui en voulant un peu d'être l'homme qu'il est.

S'il avait réagi, dès le début, au lieu de garder le silence et de baisser la tête, ma mère ne serait-elle pas différente ? Au bureau, il fait peut-être illusion. En tout cas à lui-même. Il se donne l'air important, solennel, comme dit Olivier, mais ceux qui travaillent avec lui ne s'en moquent-ils pas derrière son dos ?

Il est assez grand, assez large d'épaules. Il se tient droit comme un officier qu'il est, mais il manque de poids, de consistance.

Je me demande si les autres filles de mon âge jugent leurs parents. A la maison, tout le monde s'épie. Rien ne se perd, pas une attitude, pas un mot, une lueur fugitive dans les yeux.

— Qu'est-ce que tu as ?

— Rien, maman.

Mon père, lui, ne pose pas de questions mais fronce ses épais sourcils. Il a aussi des touffes de poils grisâtres dans les oreilles.

— Tu devrais te les faire couper, lui ai-je dit un jour que je me sentais assez proche de lui.

Il s'est contenté de me regarder comme si je venais de dire la pire des bêtises. Un homme comme lui, avec ses responsabilités, se préoccupe-t-il des poils qui lui poussent dans les oreilles ?

Et voilà qu'il est amoureux de Manuela et qu'il devient le rival de son fils !

Je ne veux pas y penser. Je me mets au travail, dans le plus petit des laboratoires, où je suis le plus souvent occupée. A cette heure, le samedi, le professeur donne un cours et c'est son assistant, le docteur Bertrand, qui dirige le service.

Ici aussi, on m'épie. En près d'un an, la nouvelle de mes relations avec le professeur a eu le temps de se répandre. Se demande-t-on ce que j'ai pu faire, avec mon visage sans attrait, pour le séduire ?

Ou bien juge-t-on que je suis assez bien assortie à son visage de vieux clown ? Ce mot-là, je l'ai entendu plusieurs fois. C'est vrai qu'il a le visage plissé, d'une mobilité extrême, et qu'il peut étirer sa bouche comme un clown de cirque.

Que peut-on murmurer d'autre sur notre compte ? Je ne reçois aucun avancement, aucune faveur. On dirait au contraire que Shimek met son point d'honneur à me confier les travaux les plus déplaisants. C'est sa façon de leur répondre.

— C'est rare que tu sois en retard, dis donc. Il est neuf heures et quart.

— Je sais. Ma mère n'était pas bien ce matin et la route était mauvaise.

— Tu es de service, après-midi ?

— Je ne sais pas.

— Un chien est mort tout à l'heure, qui était censé vivre encore plusieurs jours. *Il* voudra certainement savoir ce qu'il en est.

Et, dans ce cas, je resterai. Je mangerai à la cantine, ce qui ne me déplaît pas. Olivier, lui, sortira avec ses amis. Seul mon père n'a aucune excuse pour ne pas rentrer aux Glaïeuls mais il aura soin de s'enfermer dans son bureau pour faire semblant d'y travailler.

En somme, chacun de nous fuit ma mère. Chacun de nous, en dehors de la maison, avons une autre vie à laquelle nous raccrocher, d'autres joies, d'autres préoccupations.

Elle, pas. Tout au plus prend-elle la voiture pour aller faire son marché à Givry-les-Étangs et, une ou deux fois par semaine, au supermarket de Versailles.

Elle a quatre sœurs et un frère. Son frère, Fabien, directeur des Chocolats Poulard, habite Versailles avec sa femme et ses deux enfants. Une autre sœur, Blandine, habite Paris, rue d'Alésia, où son mari a une entreprise de déménagements et de transports routiers. Quant à Iris, celle qui est restée célibataire, elle a un petit appartement place Saint-Georges et elle gagne sa vie comme sténographe.

La grosse, comme on appelle Alberte, a épousé un important épicier de Strasbourg, et Marion habite Toulon.

Il y a une photographie de ma mère et de ses sœurs, encore enfants, autour du général en uniforme et de sa femme, sur un des murs de la salle à manger.

Pendant tout un temps, l'une ou l'autre de mes tantes fréquentait la maison, mais cela devient de plus en plus rare. C'est à peine si je connais mes cousins et cousines. Il y en a, à Toulon, que je n'ai jamais vus de ma vie.

Je travaille, l'esprit absent, vêtue de ma blouse blanche, un bonnet sur la tête. Nous sommes ainsi une vingtaine à aller et venir, à nous pencher sur des éprouvettes, à soigner de petits animaux que nous connaissons par leur nom.

La sonnerie de midi retentit alors que je crois la journée à peine commencée. Je me lave les mains, me donne un coup de peigne et je suis la plupart de mes compagnes au réfectoire. Nous y retrouvons les infirmières des autres services qui ne s'occupent pas de nous car nous formons comme un monde à part.

On raconte que le professeur Shimek, pour un sérum, a besoin de chevaux et qu'il a l'intention de faire transformer un des garages en écurie. Les infirmières, comme leurs malades, nous en veulent déjà à cause des chiens !

— Et maintenant on va avoir des chevaux à l'hôpital...

J'ignore si c'est vrai. Il y a toujours des bruits qui courent, surtout en ce qui concerne mon patron. Personne ne doute de sa valeur, mais on le considère comme un original qui sacrifierait les trois quarts de Broussais à ses recherches.

Mon père et ma mère sont en tête à tête dans la salle à manger sombre des Glaïeuls. Est-ce que ma mère va lui parler ? Était-elle éveillée quand il est monté au second étage où il est resté si longtemps, pieds nus, sur le palier ?

Je ne m'attends pas à ce qu'elle y fasse allusion, ou alors ce sera une allusion très subtile, de façon à l'inquiéter sans lui laisser savoir à coup sûr si elle est au courant.

Olivier, comme presque tous les samedis, doit déjeuner au restaurant universitaire. Est-ce qu'il parle de Manuela à ses amis ? Est-ce qu'il éprouve le besoin de leur faire des confidences ou garde-t-il son grand amour pour lui-même ?

Je mange. Je regarde les visages. Je pense et je finis par ne plus savoir au juste à quoi je pense.

2

Ce soir du 10 novembre, mon père m'a surprise en ne gagnant pas son bureau après le dîner et en s'installant au salon séparé de la salle à manger par une large ouverture sans porte.

Je me suis demandé si c'était pour voir, un peu plus tard, Manuela ranger la vaisselle et les verres dans le buffet. Quant à ma mère, elle s'est contentée de le regarder fixement. Elle en est au second jour de sa neuvaine et elle a bu un peu plus qu'hier. Sa démarche commence à être incertaine, flottante. Elle va boire davantage chaque jour jusqu'à ce que, se plaignant toujours de migraines, elle passe deux ou trois jours au lit.

Je me suis trompée en ce qui concerne les motifs de mon père. La télévision donne un film d'avant la guerre, aux images léchées et aux éclairages savants. Les hommes portent des vestons courts et cintrés, les cheveux plaqués, les femmes des robes longues, et leur maquillage leur donne un air romantique.

Tout le film est bêtement sentimental et pourtant mon père le regarde avec intérêt, sans doute avec nostalgie. J'ai l'impression qu'il l'a vu autrefois, peut-être à vingt ans, peut-être plus tard à l'époque de son mariage. Je suis surprise qu'il fixe l'écran avec autant d'attention et il me semble, à certain moment, qu'il a les yeux embués.

Je monte me coucher la première, car je n'ai pas beaucoup dormi la nuit précédente. Je ne sais pas si, en mon absence, ils se parlent. Je suppose que non.

Dans la nuit, je suis réveillée par le vélomoteur d'Olivier qui fait le tour de la maison, puis par des pas sur le gravier. Mon frère doit être saoul, je le comprends tout de suite, car sa main tâtonne un bon moment avant d'enfoncer la clef dans la serrure. Ensuite, il monte à pas lourds, bruyants, en se raccrochant à la rampe.

Il ne s'arrête pas au premier et il va frapper à la porte de Manuela qui lui ouvre.

Mes parents, qui ont le sommeil plus léger que moi, ne peuvent pas ne pas entendre, mais cette fois mon père ne monte pas. Au-dessus de ma tête, je ne sais pas ce qu'ils font mais j'entends des bruits de pas, de meubles qu'on déplace, et la voix de mon frère qui paraît en colère.

A certain moment, il se jette sur le lit et, assez longtemps plus tard, l'Espagnole l'y rejoint.

Il y a une accalmie. Après un quart d'heure, quelqu'un va dans la salle de bains, mon frère sans doute, et tire plusieurs fois la chasse d'eau.

Je ne l'entends pas redescendre, car je finis par me rendormir. A-t-il passé la nuit dans la mansarde de la bonne ? Est-il rentré chez lui ? Il me semble, bruyant et maladroit comme il l'était, que je l'aurais entendu.

Est-ce que ce n'est pas un défi, une sorte de déclaration de guerre ? Il n'a pris aucune précaution pour qu'on ne l'entende pas. Au contraire.

Le matin, à neuf heures et demie, Manuela part pour Givry la première afin d'assister à la messe. Elle n'a pas congé le dimanche. Son jour est le mercredi, parce que c'est aussi le jour de son amie qui travaille avenue Paul-Doumer, près du Trocadéro.

Il pleut doucement, une pluie fine et régulière qui doit être froide. Je vois Manuela s'éloigner sur la route en tenant son parapluie. Elle ne manque jamais la messe et, avant de manger, elle ne manque pas non plus de se signer.

Mon père finit son petit déjeuner, va décrocher, dans le couloir, son chapeau et son imperméable. Lui aussi va à la messe. Il est breton, du Pouliguen, près de La Baule, où son père tenait une petite librairie et où sa mère vit encore dans une maison de retraite.

Mon frère et moi avons été baptisés. J'ai fait ma première communion, mais pas mon frère, je ne sais pas pourquoi.

Du côté de ma mère, on n'est pas catholique et le général passait pour appartenir à la franc-maçonnerie. J'ignore si c'est vrai ou non.

Olivier descend en pantoufles, sans veston, les cheveux en désordre, la chemise ouverte sur sa poitrine. Ses yeux sont enflés, son visage fripé, avec des plaques rouges, et, en l'observant avec plus d'attention, je remarque la trace d'une morsure à la nuque, en dessous de l'oreille.

— Il est parti ?

— Il est allé à l'église en voiture.

— Grand bien lui fasse. Et maman ?

— Manuela lui a monté son café avant de partir.

— A pied ?

— Tu trouveras du café dans la cuisine. La poêle est toute prête pour tes œufs. Tu veux que je te les cuise ?

— Je n'ai pas faim.

Sa moue dégoûtée en dit long. Il a la gueule de bois et son crâne doit être douloureux.

— Tu étais avec des amis ?

— Quand ?

— Hier soir, lorsque tu as bu.

— J'ai surtout bu seul, quand ils m'ont quitté.

— Tu ne crois pas, Olivier, que tu devrais faire attention ?

Il me regarde durement, déjà agressif.

— Toi aussi ? Tu vas te mettre avec eux ?

— Non, mais je pense qu'il est inutile de...

— J'ai le droit de vivre, non ? Est-ce que c'est vivre, ce qu'ils font ? Est-ce que c'est vivre, ce que nous faisons tous dans cette maison ? S'ils sont dingues, ce n'est pas ma faute.

Je lui sers une seconde tasse de café et il la sucre machinalement.

— J'en ai marre, grogne-t-il sourdement. Si j'avais seulement de l'argent, je partirais avec Manuela. C'est elle seule qui me retient ici. Et il faut que mon imbécile de père se mette à courir derrière elle, la langue pendante. Il a l'air malin ! S'il pouvait savoir ce qu'il la dégoûte...

Je ne sais pas pourquoi je ressens un serrement de cœur. Les mots brutaux d'Olivier font image dans mon esprit et, au lieu de me dresser contre mon père, m'inspirent de la pitié à son égard.

Pourtant, je comprends l'amertume de mon frère. Moi aussi, il m'arrive de me révolter contre la vie à la maison, et je me demande toujours s'il existe beaucoup de familles comme la nôtre.

D'où vient le mal ? Est-ce qu'il a toujours existé ? Est-ce que mon père et ma mère n'ont jamais été amoureux, n'ont jamais formé un vrai couple, ou bien est-ce arrivé plus tard, alors que nous étions déjà nés ?

J'ai tendance à mettre la situation sur le compte de maman, qui ne doit jamais avoir été très équilibrée. A-t-on essayé de la soigner ? A-t-elle accepté d'être examinée par un psychiatre ? Il y a toujours, entre elle et la réalité, un certain décalage, parfois si subtil qu'il faut être de la famille pour s'en apercevoir.

Mon père était-il bien l'homme capable de la prendre en charge ? A-t-il fait tout ce qu'il fallait ? Je lui en veux aussi. Puis je le plains. Je nous plains tous, en somme, et si je ne m'échappais pas chaque matin pour aller à Broussais, je crois que ma raison finirait par y passer aussi.

Olivier me demande :

— Tu sors, après-midi ?

— Certainement.

Les dimanches sont mortels aux Glaïeuls. Il est difficile d'échapper les uns aux autres. Après le déjeuner, certaines fois, chacun monte dans sa chambre et essaie de dormir. Je ne sais pas pour les autres. Pour ma part, c'est ce que je fais et il m'arrive de sommeiller une partie de l'après-midi.

Quand je descends au salon, j'y trouve presque toujours ma mère qui regarde la télévision en cousant ou en tricotant. Mon père est dans son bureau à lire des journaux et des magazines.

Olivier, lui, a bien soin d'être absent et c'est rare qu'il rentre le dimanche pour dîner.

Pour le moment, il fume sa première cigarette en soufflant la fumée d'un air de défi. Il a l'air farouche des amoureux prêts à s'en prendre au monde entier. Il regarde l'heure. Il doit penser à la messe qui est sur le point de finir. Manuela en a pour vingt bonnes minutes à revenir à pied de Givry. Il pleut toujours. Le ciel est gris et bas, immobile, avec des parties plus sombres.

— Je vais prendre une douche.

— Cela te fera du bien.

Il me regarde avec irritation.

— Parce que je n'ai pas l'air bien ? Si tu veux le savoir, je me suis saoulé exprès. J'étais avec Marcel Pitet. Nous avons pris quelques verres et il a voulu rentrer chez lui. Une fois seul, je suis entré dans le premier bar venu et j'ai bu des cognacs, accoudé au zinc. Une femme a essayé de me lever et j'ai fini par lui offrir à boire et par tout lui raconter. J'avais besoin d'en parler à quelqu'un. Je lui disais :

» — Mon salaud de père...

» Et elle me proposait de me consoler. A un moment donné, c'est contre elle que ma colère s'est tournée, peut-être parce qu'elle a eu le malheur de prononcer :

» — Une de perdue, dix de retrouvées !...

» J'ai dû faire un esclandre. Le patron m'a pris mon portefeuille pour se payer, puis il me l'a rendu et m'a poussé dans la rue.

— Va te doucher.

— C'est tout ce que tu trouves à dire, hein ? Bois du café, du café bien noir, et va te doucher. Quand tu redescendras, essaie d'être calme, de ne pas provoquer de scène.

Il me fatigue. Je monte dans ma chambre et je regarde les arbres dont les feuilles jaunies, celles qui ne sont pas encore tombées, sont laquées par la pluie.

Il m'est arrivé de tout mettre sur le compte de la maison, du bois toujours sombre, de l'Étang-Vieux et du Grand-Étang, de cet endroit perdu où nous n'avons qu'un seul voisin ridicule.

Non seulement les Rorive, qui ont été pendant trente ans crémiers rue de Turenne, étalent naïvement leur satisfaction d'avoir réussi, mais ils se croient obligés, parce qu'ils sont nos voisins, de venir parfois sonner à la porte.

Apparemment, ils ne remarquent rien. Ils apportent toujours un gâteau ou des chocolats. Ils sourient comme si on les accueillait à bras ouverts et pénètrent au salon où ils prennent place, tous les deux.

— Vous n'avez pas souffert de la chaleur ?

Ou de l'humidité. Ou de la sécheresse. Rorive passe des heures à pêcher dans le Grand-Étang où il attrape parfois une tanche. Un jour qu'il en a pris deux assez belles, il nous les a apportées enveloppées de feuilles.

— Pour enlever le goût de vase, il faut les laver intérieurement avec un peu de vinaigre.

Souvent ma mère est seule quand ils viennent et, si mon père est là et qu'il les aperçoit à temps, il se hâte de gagner son bureau.

Et pourtant ce sont les Rorive qui sont normaux, non ? Je me tourne vers la route mouillée et je vois notre voiture qui se rapproche. Mon père est au volant et il y a quelqu'un que je ne distingue pas à côté de lui. Je devine tout de suite. Quand l'auto est plus près, je reconnais le visage de Manuela.

Cela paraît naturel. Ils étaient tous les deux à l'église. Il pleut. La route est assez longue. Mon père, seul dans la voiture, propose à l'Espagnole de la ramener...

Ce serait peut-être naturel pour d'autres, mais pas pour nous, et je souhaite que ni ma mère ni Olivier ne regardent par la fenêtre.

La voiture contourne la maison. On entend claquer la portière, puis les pas de deux personnes sur le gravier, la voix de Manuela qui dit quelque chose qu'on ne comprend pas de si loin.

Elle est joyeuse. Il n'y a qu'elle dans la maison, le dimanche comme les autres jours, à aller et venir, provocante, son uniforme noir tendu par ses seins et par sa croupe.

Je me demande souvent si elle ne le fait pas exprès, si ce n'est pas une façon de narguer ma mère, peut-être mon père aussi. Non, c'est surtout ma mère qu'il lui arrive de regarder avec des yeux narquois.

Olivier entre dans ma chambre sans avoir frappé alors que je suis en train de m'habiller.

— Tu as vu ?

— Quoi ?

— Papa l'a ramenée.

— Il pleut.

— Ce n'est pas une raison pour l'embarquer dans la voiture et pour lui faire du plat. Il faudra que je demande à Manuela s'il n'a pas essayé de lui mettre la main sur le genou.

— Tu exagères, Olivier...

— Tu crois ? On voit bien que tu ne connais pas les hommes. A part ton vieux professeur...

— Laisse-moi finir de m'habiller, veux-tu ?

Maintenant, c'est moi qu'il attaque, oubliant qu'il ne saurait rien de ma vie privée si je ne m'étais confiée à lui un soir que j'éprouvais le besoin de parler de mes sentiments.

— Une maison de fous, tu entends ?

Il sort en claquant la porte derrière lui. A midi et demi, quand on sert le déjeuner, le poulet des dimanches, nous nous retrouvons autour de la table, chacun à notre place. Manuela va et vient, apportant les plats, disparaissant dans la cuisine pour réapparaître un peu plus tard.

Personne ne parle. Personne n'a envie de parler. Olivier, très rouge, se sert trois verres de vin coup sur coup et mon père feint de ne pas s'en apercevoir. Ma mère, elle, suit tous ses mouvements et les expressions de son visage.

Il ne faudrait qu'un mot, qu'un geste pour que la scène éclate et je sens que mon frère refrène avec peine son envie de la déchaîner. Cela le soulagerait, mais par la suite la vie deviendrait plus difficile pour nous tous.

Olivier quitte la table le premier, après un nouveau verre de vin qu'il vide d'une lampée. Dix minutes plus tard, nous sommes encore dans le salon, à prendre notre café, quand nous entendons son vélomoteur et que, par la fenêtre, nous le voyons passer.

C'est mon tour de m'échapper et je monte mettre mes bottes, prendre mon imperméable à capuchon.

— Je suppose que je rentrerai pour dîner... dis-je en entrouvrant la porte du salon.

Ils restent à deux et, eux, ne peuvent pas s'enfuir. Leur seule ressource est de rester chacun dans son petit univers, ma mère au salon, mon père dans son bureau.

Le temps ne leur permet même pas de se promener isolément

dans les bois, autour des étangs. Peut-être les Rorive viendront-ils avec une tarte ou un gâteau pour leur raconter comment, à trois heures du matin, ils faisaient déjà, du temps de la crémerie, leurs achats aux Halles.

Les achats, c'était lui qui les faisait pendant qu'elle mettait à bouillir les différents légumes qu'on rangeait ensuite sur le marbre blanc du comptoir car beaucoup de clientes, pour gagner du temps, achetaient leurs légumes déjà cuits.

Je vais aux Champs-Élysées où, malgré la pluie, on fait la queue devant les cinémas. Cela ne signifie-t-il pas que d'autres gens, même des couples, même des familles, éprouvent le besoin de tuer le temps et de fuir leur petit tran-tran quotidien ?

Je n'ai pas rendez-vous avec une amie, ni avec une simple collègue, car de véritable amie je n'en ai pas. Nous n'avons pas les mêmes préoccupations, elles et moi. Beaucoup ont un amoureux avec qui elles sortent leur jour de congé. D'autres se réunissent à deux ou à trois et, l'été, vont pique-niquer à la campagne.

Il doit y en avoir, aujourd'hui, qui attendent leur tour devant l'entrée des cinémas.

J'attends aussi, me demandant ce que le professeur fait le dimanche. Peut-être sort-il, lui aussi, avec sa femme et sa fille. Ils ont une petite maison de campagne dans les environs de Dreux, mais ce n'est pas la saison d'aller s'y enfermer.

Reçoivent-ils des amis ? Sont-ils gais, enjoués ? Je voudrais tout connaître de lui mais il y a malheureusement de larges pans de sa vie qui m'échappent.

Sur son bureau, il y a un portrait de sa femme et de sa fille dans un cadre d'argent. Sa femme, à mon avis, est quelconque, pour autant qu'on puisse juger d'après une photographie très retouchée. Quant à sa fille, qui porte les cheveux longs, elle a un regard déjà grave.

Que peuvent-ils se dire, tous les deux ? Qu'est-ce qu'un père et une fille se racontent ? J'en suis réduite à imaginer leurs dialogues, car nous n'avons jamais eu, mon père et moi, de véritables conversations. Ou alors, c'était dans le domaine pratique.

— Tu es sûre que tu fais tout ton possible ? me disait mon père quand j'étais encore au lycée. Tu n'as pas peur d'échouer à ton bac ?

Puis, quand j'ai parlé de devenir laborantine :

— C'est, pour une femme, un des plus beaux métiers, à condition d'avoir la vocation. Avant tout, il y faut de la patience.

Comme s'il savait ! Comme s'il avait tout expérimenté dans sa vie, lui qui a toujours eu des œillères et qui ne voit que ce qu'il veut bien voir !

Je trouve une place au bout d'une rangée et, comme les autres, regarde l'écran où des gens qui s'aiment doivent franchir tous les obstacles imaginables. A la fin, ils y parviennent, bien entendu.

Est-ce cela que les centaines de gens assis dans l'obscurité de la salle sont venus chercher ?

Après le cinéma je me promène aux Champs-Élysées, à regarder les vitrines. La pluie a cessé. Du coup, une foule dense a envahi les trottoirs.

J'entre dans un restaurant self-service de la rue de Berri pour dîner. Quand, mon assiette d'une main et mon verre de l'autre, je cherche une place pour m'asseoir, je me trouve en face d'une toute jeune fille, qui n'a certainement pas plus de seize ans. Son visage brouillé exprime la détresse, le désarroi. Pendant tout le temps que je reste là, elle se retient de pleurer et, honteuse, elle détourne la tête chaque fois que je la regarde.

Mon frère a dû rentrer très tard. Je ne l'ai pas entendu.

La date du lundi 12 est marquée d'une croix dans mon agenda. Cela signifie que Stéphane m'a retenue le soir et que nous avons fait l'amour sur le lit de camp, dans le cagibi peint en jaune.

Je ne l'appelle par son prénom que dans mon esprit. Autrement, même dans nos moments d'intimité, il reste le professeur et je lui dis monsieur, comme c'est la coutume avec les grands patrons, un monsieur appuyé, avec une majuscule, si on peut dire.

Il me regarde toujours avec curiosité, comme s'il ne me comprenait pas très bien.

— Vous êtes satisfaite de votre vie ?

Il voit bien que j'hésite.

— N'ayez pas peur de répondre franchement.

— Ici, dans votre service, je suis très heureuse.

— Et ailleurs ?

— Chez mes parents la vie est différente. J'ai souvent l'impression d'étouffer.

— Ils sont sévères ?

— Ce n'est pas cela. Chacun s'épie. Je me surprends à épier les autres aussi.

— Vous n'avez pas envie de posséder un foyer, d'avoir des enfants ?

En le regardant bien en face, je réponds catégoriquement :

— Non.

— Votre mère n'est pas heureuse ?

— Mon père non plus.

Malgré tant d'années passées en France, il a gardé un accent assez fort. Son visage mobile est marqué de fines rides profondes. Quand il me parle ainsi, il m'apparaît soudain sous un jour différent, comme un père qui essaie de confesser sa fille. Mon père n'a jamais tenté de me confesser. Il se contente de me regarder avec étonnement, comme s'il ne comprenait pas mon comportement.

Il y a une certaine ironie dans la voix du professeur quand il me dit :

— En somme, vous voulez rester célibataire ?

Il n'y croit pas. Il se figure qu'un jour je rencontrerai quelqu'un qui me plaira et que je ferai comme les autres. Il ne doit pas savoir que j'aurais pu me faire épouser par Gilles Ropart et que c'est à cause de lui que je ne l'ai pas fait.

Je me mets, du coup, à penser à ma tante Iris et à son existence solitaire dans son logement de la place Saint-Georges. Elle travaille dans une grosse affaire de publicité de l'avenue des Champs-Élysées.

Elle était la maîtresse de son patron, un homme jeune, audacieux, à qui tout réussissait et qui avait l'air de jongler avec la vie. Il s'était marié très jeune et vivait séparé de sa femme. C'était le Parisien élégant qu'on voyait partout et qui pouvait avoir toutes les femmes qu'il désirait.

Ma tante Iris était-elle jalouse ou se contentait-elle de la part qu'il lui faisait, sachant bien qu'il en revenait toujours à elle ?

Un après-midi, il est mort alors qu'il traversait un des bureaux, comme s'il avait été foudroyé. Il avait quarante-deux ans.

Ma tante est seule, désormais. Elle doit avoir aux environs de la quarantaine, elle aussi. Elle n'est même pas une vraie veuve et elle continue à travailler dans la maison où toute la direction a changé.

C'est la mieux de mes tantes, à qui leurs parents ont donné des noms prétentieux : Alberte, Iris, Blandine, Marion. Le seul garçon, qui dirige les Chocolats Poulard, s'appelle Fabien. Est-ce une idée du général ou de sa femme ?

J'aimerais avoir des contacts avec elle, me rendre parfois place Saint-Georges, où je n'ai jamais mis les pieds. Je pense que nous nous entendrions. Elle est la plus jeune des filles Picot et elle vient une ou deux fois par an, au volant de sa petite auto jaune, nous rendre une courte visite.

Ma mère ne l'aime pas. Je crois qu'elle n'aime aucune de ses sœurs, ce qui explique que je connaisse mal la famille. Les autres se voient entre elles, même Alberte, chaque fois qu'elle vient de Strasbourg à Paris, et Marion, la femme de l'officier de marine qui habite Toulon.

Est-ce que ma tante Iris a été heureuse ? L'est-elle à présent ? Je l'ai croisée récemment dans la rue. Elle ne m'a pas vue et je n'ai pas osé courir après elle. Elle a beaucoup maigri, ce qui donne à ses traits une certaine dureté rappelant un peu ma mère.

— Vous êtes une drôle de fille, Laure.

C'est rare qu'il m'appelle par mon prénom. Ses petits yeux, comme toujours, pétillent de malice, de sorte qu'on se demande s'il se moque ou non.

Je pense qu'il ne se moque pas, qu'il est plutôt un peu attendri.

— Enfin !... Nous verrons bien ce que l'avenir vous réserve...

La neuvaine de ma mère continue et lundi soir elle sent, non pas le vin, mais le cognac ou le whisky. Comme il n'y en a plus à la maison, je suppose qu'elle a pris la voiture et qu'elle est allée acheter deux ou trois bouteilles à Givry ou à Versailles.

Du coup, elle se lève plus tard. Le mardi matin, je descends de bonne heure et je me crois la première. J'entre dans la cuisine et je surprends un geste de mon père.

Je ne pourrais pas le jurer mais je suis à peu près sûre qu'il a passé un billet à Manuela. En tout cas celle-ci a glissé rapidement dans son corsage une feuille de papier pliée.

— Aujourd'hui, vous me mettrez de la marmelade d'orange, dit-il par contenance.

Pauvre homme ! A son âge, en être réduit à des ruses enfantines !

Je me sers mon café et j'annonce que je ne prendrai pas de toasts. Je n'ai pas faim. Je m'assieds néanmoins dans la salle à manger, en face de mon père.

— C'est le vent d'ouest, dit-il. Nous allons encore avoir de la pluie.

Je dis que oui et je continue à le regarder tandis qu'il se penche sur son assiette. Pour moi, c'est un homme âgé et il me paraît ridicule qu'il soit amoureux. Pourtant, à un an près, il a le même âge que le professeur. Alors, je m'en veux d'être injuste, mais c'est plus fort que moi.

Mon frère descend au moment où je sors pour aller chercher mon vélomoteur. Quand je rentre pour déjeuner, ma mère a les yeux cernés de rouge et elle marche comme une somnambule. Je ne sais pas pourquoi je suis venue déjeuner à la maison, au lieu de manger au réfectoire. Mon père, le plus souvent, prend son repas de midi dans un restaurant du quartier et Olivier fréquente le restaurant universitaire.

On dirait que j'ai besoin de contacts avec la famille, que je les cherche sans les trouver. Comme j'ai cherché longtemps où ma mère cache ses bouteilles. Mon père a cherché aussi, je le sais. Sans résultats. Elle est plus rusée que nous tous.

Le soir, je vais à ma leçon d'anglais, un cours de perfectionnement que je suis deux fois par semaine.

Et, le mercredi, comme d'habitude, Manuela fait la grasse matinée. C'est son grand plaisir, chaque mercredi. Elle ne dort pas nécessairement. Elle reste couchée et fume des cigarettes en lisant des romans en espagnol.

Quand elle n'entend plus de bruit au rez-de-chaussée, elle descend, en chemise de nuit et en peignoir, pour se préparer un grand bol de café au lait.

Je suis sûre qu'elle savoure chaque minute de la matinée et elle ne sort qu'à midi, endimanchée, pour aller prendre l'autobus à Givry. En principe, elle déjeune au restaurant avec son amie Pilar qui travaille chez un gros industriel de l'avenue Paul-Doumer.

Ensuite, ensemble, elles courent les magasins, dînent je ne sais où et finissent la journée dans un bal de l'avenue des Ternes : *Chez Hernandez*.

Le plus souvent, elle rentre par le dernier autobus qui la dépose à Givry à minuit vingt.

Mon père, lui, rentre un peu plus tard que les autres jours, alors qu'il est passé huit heures et que nous l'attendons pour nous mettre à table.

Ma mère ne s'est pas donné la peine de cuisiner. Elle a ouvert une boîte de soupe et acheté des viandes froides. Même la mayonnaise est en bouteille, ce que, quelques années plus tôt, elle n'aurait jamais toléré dans la maison. Elle n'est vraiment pas bien. Il est évident que la neuvaine touche à sa fin car elle ne peut pas tenir longtemps comme ça.

Quand on entend la voiture dans le jardin, elle remarque d'une voix qu'elle contrôle mal :

— Tiens ! Il rentre quand même, celui-là !

Nous nous regardons, Olivier et moi, et je sens que mon frère, bien qu'il en veuille à papa, est profondément choqué. Ce n'est qu'à table que j'observe le visage de mon père qui s'est contenté, en entrant dans la salle à manger, de murmurer :

— Bonsoir, les enfants...

Est-ce que je me trompe ? Je jurerais qu'un léger parfum se dégage de son visage ou de ses vêtements et il a la bouche comme meurtrie de quelqu'un qui vient d'embrasser longuement et passionnément.

Il y a d'ailleurs dans ses yeux une petite flamme presque espiègle. Je ne lui ai jamais vu cette expression de physionomie. On dirait qu'il a perdu sa raideur, une bonne partie de sa solennité.

Pourvu qu'Olivier...

J'observe mon frère qui fronce les sourcils et renifle, lui aussi.

— En fin de compte, nous n'avons pas eu de pluie...

Les propos de mon père tombent dans le vide. Personne n'y fait écho. Ma mère le regarde avec des yeux méchants. C'est un des plus mauvais dîners que nous ayons eus.

Il n'y a que mon père à ne pas s'en apercevoir. Il est heureux, lui. Intérieurement, il exulte, cela se voit à l'éclat de son regard. Il mange avec appétit, se résignant au silence, puisque personne ne veut lui répondre, mais il n'en jubile pas moins.

Était-ce bien un billet, ou une lettre, qu'il remettait, dans la cuisine, à Manuela ? C'est probable. C'est probable aussi qu'il lui demandait un rendez-vous. Je ne suis sûre de rien mais, dans la famille, nous sommes habitués à interpréter les signes.

Il l'a vue. Ce doit être le parfum de l'Espagnole qu'il dégage encore et que mon frère essaie d'identifier. Quant à ma mère, si elle ne dit rien, elle ne s'en tient pas moins une sorte de discours intérieur et il lui arrive deux ou trois fois d'avoir un sourire sarcastique.

Sa serviette repliée, mon père se dirige vers son bureau et je sens qu'Olivier est sur le point de le suivre. Je le regarde comme si je voulais l'hypnotiser, en me disant : « Pourvu qu'il n'y aille pas... »

Il n'entre pas. Il s'arrête devant la porte. Je lui murmure en passant près de lui :

— Tout à l'heure, chez moi...

Puis je me mets, comme tous les mercredis, à desservir la table. Maman fait mine de m'aider, vacille, se retient à une chaise et je la conduis à son fauteuil en murmurant :

— Toujours tes vertiges...

Est-elle dupe ? Je tourne le bouton de la télévision et je gagne la cuisine où je commence à laver la vaisselle. Je ne sais pas à qui j'en veux le plus, si c'est à Manuela ou à mon père.

Quand je monte dans ma chambre, je trouve Olivier étendu sur mon lit. Il ne s'est pas donné la peine de retirer ses chaussures et il a jeté son veston à travers la pièce, ratant la chaise visée.

— Qu'est-ce que tu me veux ? questionne-t-il, agressif.

— Bavarder avec toi.

— A quel sujet ?

— Tu le sais bien. Il faut te calmer, Olivier. Tu ne peux pas continuer à vivre les nerfs aussi tendus.

— J'ai l'air tendu, moi ?

C'est vrai que, sur mon lit, il paraît calme, d'un calme qui m'inquiète.

— Il ne faut pas prendre cette histoire au tragique...

— Tu parles de ce vieux salaud ?

Ainsi, il en est arrivé aux mêmes conclusions que moi. Ou plutôt c'est ce que je pense encore à ce moment.

— C'est notre père que tu appelles ainsi ?

— Je me demande comment tu l'appellerais si tu étais à ma place. Je les ai vus.

— Qu'est-ce que tu racontes ?

— La vérité, simplement. Je me doutais de quelque chose. Hier, déjà, j'ai surpris des signes entre eux, une sorte de complicité, et elle m'a demandé de ne pas monter la voir.

— Comment se fait-il que tu les aies rencontrés ?

— Je ne les ai pas rencontrés. J'ai suivi Manuela. Je savais dans quel restaurant elles ont l'habitude de se retrouver, avenue de Wagram. Un peu avant une heure, Manuela y est entrée. Les autres mercredis, elles passent l'après-midi à courir les magasins ou au cinéma.

» Elles sont sorties du restaurant vers deux heures et elles se sont dirigées vers l'Étoile. Là, elles se sont quittées, joyeuses toutes les deux, et Manuela est descendue dans le métro.

» J'avais mon vélomoteur et je ne pouvais pas la suivre. J'ai eu une sorte d'inspiration. Je me suis dirigé aussi vite que j'ai pu vers le métro Porte d'Orléans, le plus proche du bureau de père. Il était là, à attendre sur le trottoir, en regardant parfois sa montre.

— Il ne t'a pas vu ?

— Non. Je ne crois pas. De toute façon, cela m'est égal qu'il m'ait vu ou non. Elle est sortie de la station et ils ont échangé quelques phrases avant de se diriger vers l'avenue du Général-Leclerc.

Il se levait, car il avait besoin de remuer.

— Tu comprends, maintenant ? Il frétillait comme un jeune homme et de temps en temps lui frôlait le bras avec la main. Ils se sont arrêtés devant la porte d'un petit hôtel et notre père avait l'air embarrassé. Il lui parlait à mi-voix, en se penchant sur elle.

— Ils sont entrés ?

— Oui.

— Tu es parti ?

— Tu ne t'imagines pas que j'allais rester sur le trottoir tandis qu'à moins de trente mètres de moi ils étaient en train de faire leurs saloperies. Attends seulement qu'elle rentre. Quant à lui, il ne perd rien pour attendre.

— C'est ton père, Olivier.

Ma remarque est ridicule et il le souligne.

— C'est en sa qualité de père qu'il a couché avec mon amie ?

Il est furieux. Il râle. J'ai toujours peur qu'il ne descende et ne fasse un esclandre.

— Tu tiens vraiment à elle ?

— Oui.

— Même maintenant que tu as vu ce que...

— Même maintenant !

Il est dur, menaçant.

— Tu devrais pourtant te faire une raison. Tu sais que cela ne peut aboutir à rien.

— Parce qu'il faut que l'amour aboutisse à quelque chose, n'est-ce pas ? Tu comptes que le tien, avec ton professeur, aboutira à quelque chose ?

Je reste stupéfaite.

— Tu sais ?

— Depuis longtemps. Depuis plus de six mois.

— Qui te l'a dit ?

— Il se fait que je suis sorti pendant quelques semaines avec une fille qui est infirmière à Broussais. Elle m'a demandé si j'étais ton frère. Elle avait un petit air mystérieux qui m'a mis la puce à l'oreille et je l'ai bombardée de questions jusqu'à ce qu'elle me dise la vérité.

— Comment s'appelle-t-elle ?

— Valérie Saint. Elle est en cardiologie. Son patron et le tien sont de grands amis et travaillent parfois ensemble.

— Je sais.

— Tu comprends pourquoi je m'attendais à ce que tu le défendes.

Il parle de notre père. Je ne sais plus que dire. Je ne sais même plus que penser.

— Je t'assure, Olivier, que ce n'est pas la même chose.

— Mais si !

— Comment peux-tu dire ça ?

— Tu oublies que, pour lui, tu as lâché un jeune interne dont j'ai oublié le nom.

Il est même au courant de ma liaison avec Ropart.

— Tous ces vieux sont des saligauds et les filles qui leur courent après sont des putains.

— Olivier !

— Eh bien, quoi, Olivier ?

Je me mets à pleurer, malgré moi. La dernière fois que mon frère m'a vue pleurer, j'étais encore une petite fille. Cela le trouble. Il murmure :

— Je te demande pardon.

Il va et vient à travers la chambre, les mains derrière le dos, et dans son bureau, juste en dessous de nous, notre père doit entendre le bruit de ses pas, l'écho de notre conversation animée.

Olivier ajoute :

— Tu es libre. Tu fais ta vie comme il te plaît.

— Essaie au moins que maman reste en dehors de tout ça.

— Si tu crois qu'elle n'en sait pas autant que toi !

— Qu'est-ce qui te le fait croire ?

— Tu t'imagines que père a pu quitter son lit et monter au second, pour nous écouter à travers la porte, sans qu'elle s'en aperçoive ? Et, ce soir, elle a beau être saoule, elle a bien vu à sa tête qu'il ne revenait pas de son bureau. L'imbécile ne s'est même pas méfié du parfum.

— Comment se fait-il qu'elle n'ait rien dit ?

— Elle ne dit jamais rien. Elle enregistre. Elle attend son heure.

— Tu crois qu'elle voudra divorcer ?

— Non.

— Que pourrait-elle faire d'autre ?

— Mettre Manuela à la porte, pour commencer, et alors je trouverai bien l'argent pour la suivre, même si je suis obligé de le voler.

Je m'essuie les yeux. J'ai le sang à la tête et je vais ouvrir la fenêtre pour me rafraîchir.

— Enfin, tu sais, maintenant... Ne t'inquiète surtout pas pour moi... Je ne suis plus un gamin...

Il a juste dix-neuf ans. Il est vrai que je n'en ai moi-même que vingt et un.

— Bonsoir, Olivier.

— Bonsoir, Laure. Essaie de dormir. Prends un somnifère.

— Merci. Toi aussi.

J'ai l'impression qu'il hésite à me quitter, qu'il y a tout à coup entre nous un lien nouveau. Il finit par ouvrir la porte et par monter dans son grenier transformé en laboratoire.

Je n'ai pas le courage de redescendre et de trouver ma mère seule devant la télévision. Ce soir, je ne veux plus les voir. J'ai fait de mon mieux. Je n'y peux rien si je n'ai pas réussi.

Je prends un comprimé, puis un second, pour être sûre de dormir. Après ma toilette de nuit, je me couche et j'éteins.

J'ai dû dormir un bon moment, deux ou trois heures, peut-être davantage, et je suis éveillée par des voix joyeuses qui viennent de la grille. Les jeunes gens qui plaisantent à voix très haute parlent l'espagnol.

Manuela n'est pas rentrée par le dernier autobus. Ce n'est pas la première fois que cela arrive. Elle a trouvé des compagnons pour la ramener et ils paraissent très gais, probablement éméchés.

Elle est déjà au bas des marches de l'entrée qu'ils lui crient encore des plaisanteries avant de remettre bruyamment la voiture en marche.

Est-ce que mon frère est descendu ? J'allume un instant afin de voir l'heure. Il est deux heures vingt-cinq.

J'essaie de me rendormir mais, malgré moi, je tends l'oreille. Dans la chambre de Manuela, j'entends les pas de deux personnes et bientôt je reconnais la voix d'Olivier qui crie littéralement. Une chaise tombe sur le plancher. Quelqu'un se jette et tombe lourdement sur le lit de fer.

Il est impossible que mes parents n'entendent pas. Est-ce que mon père va oser se lever et monter pour intervenir ? Manuela a poussé un cri, un seul. Mon frère continue à la couvrir d'injures, puis soudain sa voix se casse. On dirait qu'il lui demande pardon, qu'il la supplie.

Alors, elle lui parle d'une voix douce, plaintive, et, sans m'en rendre compte, je finis par me rendormir.

3

Je m'attendais à une catastrophe, je ne sais pas laquelle. Peut-être le départ dramatique d'Olivier, qui n'a aucun métier et qui, livré à lui-même, ne continuerait certainement pas ses études.

Je n'ai pas pensé un moment que mon père et Manuela pourraient quitter ensemble la maison et je suis persuadée que c'est aussi l'opinion de ma mère.

Il me paraît impossible, en tout cas, que la situation continue à se tendre sans qu'un déchirement se produise.

Le jeudi matin, Olivier descend du second étage sans essayer de se cacher. Au contraire, il s'arrête pour allumer une cigarette, prend son temps, comme s'il voulait affirmer de la sorte des droits acquis.

Il est rasé, tout habillé. Il a évidemment passé la nuit dans la chambre de bonne et il a pris son bain dans la baignoire de Manuela.

Il paraît las, mais calme, peut-être trop. Mon père est encore à table quand Olivier entre dans la salle à manger et les deux hommes ne se disent pas bonjour, feignant de s'ignorer.

Est-ce que mon frère le fait exprès, quand l'Espagnole lui apporte son café et ses œufs, de lui tapoter la croupe d'un geste de propriétaire ?

Ma mère est à bout. Le tremblement de ses mains devient pénible à voir et elle a des tics involontaires, le raidissement subit d'un ou l'autre muscle du visage qui la défigure un instant et donne la mesure de son intoxication.

Elle ne mange presque plus et chaque jour elle vomit. Une fois cela lui est arrivé dans l'escalier sans qu'elle ait le temps d'atteindre la salle de bains.

Théoriquement, cela devrait être la fin de la neuvaine, mais rien ne permet de penser qu'elle a diminué sa consommation d'alcool. Au contraire. On la voit ricaner toute seule, parfois en nous regardant. Elle a l'air de dire :

— Vous avez l'air malins, tous les trois ! Vous vous figurez que je ne sais rien alors qu'en réalité j'en sais plus que vous tous...

J'ignore quand elle a commencé à boire. Je n'ai jamais osé questionner mon père sur ce sujet, qui est plus ou moins tabou dans la maison. J'ai essayé souvent de me souvenir d'elle pendant mon enfance. Je la revois l'air mélancolique, souvent triste, accablé. Je lui demandais :

— Tu pleures, maman ?

— Ne fais pas attention. Les grandes personnes ont des chagrins que les enfants ne doivent pas connaître.

Je suppose que, quand elle était ainsi, elle faisait déjà une de ses neuvaines ? C'était plus rare, à l'époque. On voyait encore son frère, ses sœurs, ses beaux-frères. Des cousins et des cousines venaient le dimanche et nous jouions dans le jardin.

L'après-midi, nous marchions devant les grandes personnes et nous faisions ainsi le tour des étangs. Quel âge avais-je ? Cinq ans ? Au moins, car mon frère marchait déjà.

Cela a duré deux ou trois ans. Puis ma mère s'est disputée avec une de ses sœurs, celle qui habite rue d'Alésia et qui a épousé un transporteur.

Ensuite, cela a été le tour de son frère.

Iris, elle, ma seule tante célibataire, nous apportait toujours des bonbons et elle s'entendait bien avec mon père.

De temps en temps, on appelait le docteur Ledoux, qui habite Givry. C'est encore notre médecin de famille et, bien qu'il ait les cheveux gris, je ne me rends pas compte qu'il a vieilli.

Il y a deux ans, ma mère a fait une neuvaine particulièrement mauvaise qui s'est terminée par un évanouissement prolongé. C'est à peine si elle avait quarante-huit pulsations à la minute et ses lèvres étaient décolorées. Le docteur est accouru tout de suite et lui a fait une piqûre avant même que mon père et lui la transportent dans son lit.

Je les ai suivis. C'était la première fois que j'assistais à un échange de vues des deux hommes sur ce sujet.

— Je reviendrai la voir demain. Elle va dormir profondément.

— Il n'y a aucun danger ?

— Pas pour le moment.

— Et par la suite ?

— Si elle se met à boire de plus en plus souvent, et toujours de plus fortes quantités...

— Il n'y a rien à faire ?

— Théoriquement, si. Je pourrais l'envoyer dans une clinique pour une cure de sommeil. Cela dure environ un mois. A la suite de quoi elle restera quelques semaines ou quelques mois sans boire. Mais il y a quatre-vingt-dix-neuf chances sur cent pour qu'elle recommence.

» Ce qu'il faudrait, c'est connaître la cause exacte de son comportement...

Je revois mon père disant gravement :

— Dès son enfance, son frère et ses sœurs lui ont répété qu'elle était laide et qu'elle ne trouverait jamais un mari.

— Vous voyez bien qu'elle en a trouvé un.

Il m'a semblé voir sur le visage de mon père un sourire assez amer.

— Elle a toujours été repliée sur elle-même. A cause de son physique, elle ne fréquentait pas les filles et les garçons de son âge.

— Elle buvait, quand vous l'avez épousée ?

— Je ne pourrais pas l'affirmer. Si elle buvait déjà, c'était avec assez de modération pour que je ne m'en aperçoive pas. Au début, elle ne voulait pas de bonne et s'obstinait à tout faire dans la maison. Je suppose que le mariage l'a déçue.

— Mais les enfants...

— Elle a été une excellente mère tant qu'ils étaient petits et qu'ils dépendaient d'elle. Ensuite, elle a acquis une certaine indifférence. Je ne prétendrais pas qu'elle s'en est désintéressée, mais...

Mon père esquissait un geste vague au lieu de terminer sa phrase. C'était la première fois qu'on me traitait en grande personne en me permettant d'assister à cet entretien et c'est sans doute ce jour-là que je me suis sentie le plus proche de mon père.

— Elle a honte. Après deux ou trois jours de lit, où elle ne se nourrit que de bouillons de légumes, on la voit rôder timidement dans la maison, comme immatérielle. Son visage prend une expression mélancolique et résignée.

» Elle s'en tient à la légende qu'elle a créée :

» — Pourquoi faut-il que j'aie encore tant souffert de mes migraines ?

Elle s'use, le docteur Ledoux nous a prévenus. Elle vieillit vite et il lui arrive comme à mon père de porter la main à sa poitrine.

Souvent, elle m'irrite. Je lui en veux de ne pas m'avoir donné une enfance comme les autres et, maintenant encore, de mettre sans cesse en jeu l'harmonie de la famille. Belle harmonie ! Et quelle famille ? Chacun tire à hue et à dia. Les deux hommes ne se parlent plus, ne se regardent même plus. Ils s'ignorent.

J'ai quand même pitié de ma mère. Je la plains. Je me rends confusément compte qu'elle n'est pas responsable et qu'elle souffre plus que nous.

La dernière fois qu'il a été appelé, le docteur Ledoux a conseillé à tout hasard de la faire examiner par un psychiatre.

— C'est une chance à tenter. Mais, quand elle entendra ce mot-là, elle va probablement se raidir et prétendre qu'elle n'est pas folle. Dans le sens large du mot, c'est vrai. Néanmoins... Ce n'est pas ma spécialité...

— Qu'est-ce que vous me conseillez de faire ?

— Je ne sais pas, je l'avoue franchement. Le remède pourrait être pire que le mal. Un psychiatre voudra l'avoir sous observation en clinique...

— Elle ne le supporterait pas.

— Tant que la famille tient le coup...

Le jeudi se passe. Le soir, je trouve un reste de gâteau au moka dans la cuisine. Je sais tout de suite que c'est ma tante Blandine qui est venue dire bonjour à ma mère, car elle apporte invariablement un gâteau au moka.

Il n'y a plus de mésentente ouverte entre ma mère et ses sœurs, même si elles se voient rarement. Elles auraient plutôt tendance, maintenant, à mettre les torts sur le compte de mon père.

« Un homme renfermé, hautain, qui ne pense qu'à son métier et qui n'a jamais eu un mot tendre pour sa femme. »

Est-ce qu'il lui arrive, comme aux autres maris, d'aller au théâtre, de dîner avec elle au restaurant ? L'emmène-t-il parfois faire un voyage ?

Elle est la seule de ses sœurs à n'être pas sortie de France, à ne connaître ni l'Italie ni l'Espagne. C'est à peine si nous avons passé une seule fois des vacances sur la Côte d'Azur.

Elles ne se cachent pas pour parler devant moi. C'est le frère, Fabien, le plus sévère. Il voudrait qu'on le considère comme le défenseur de la famille.

— Je ne comprends pas que tu t'obstines à vivre avec un homme comme lui. Je n'ai pas compris, d'ailleurs, que tu l'épouses, mais à ce moment-là notre père vivait encore et cela ne me regardait pas...

Ma mère soupire. Elle s'est habituée petit à petit à son rôle de victime. Je me demande parfois si elle n'y a pas pris goût.

Ma tante Blandine, elle, est une femme forte, à la voix vibrante, aux gestes presque masculins. Quand elle a épousé Buffin, c'était une bonne brute qui venait d'acheter son troisième camion et qui en conduisait un lui-même.

A présent, il en possède une vingtaine, dont quelques-uns assurent un service quotidien avec Lyon et Marseille, sans compter quatre ou cinq voitures de déménagement qui portent son nom en grosses lettres noires sur fond jaune.

Elle est devenue aussi vulgaire qu'Arthur, car son mari s'appelle Arthur et il est assez mal embouché. Un des fils travaille déjà dans l'affaire tandis que l'autre, qui est paraît-il très brillant, poursuit ses études de médecine avant d'aller faire un stage, l'an prochain, aux États-Unis...

J'ai encore connu le général Picot, un homme grand et maigre que je trouvais très élégant, très racé. Sa femme, elle aussi, est ce que l'on appelle une femme distinguée et, depuis six ans qu'elle est veuve, elle vit seule dans un petit appartement de Versailles, à moins de deux cents mètres de chez son fils.

Pendant vingt ans, le général a traîné sa famille de ville en ville, selon les garnisons auxquelles il était affecté. Frère et sœurs sont maintenant dispersés et nous vivons, nous, dans cette obscure maison des Glaïeuls parce qu'un oncle de mon père s'est mis en tête de la lui laisser par testament.

Quelquefois, c'est à la maison que j'en veux, mettant les humeurs de ma mère sur le compte de l'atmosphère dans laquelle elle vit toute la journée.

Rien que l'odeur d'humidité, la vue des arbres qui s'égouttent, surtout des deux gros sapins, ont quelque chose de déprimant.

Le vendredi arrive et je suis surprise qu'il ne se passe rien. Le jeudi, le professeur m'a encore retenue, mais il était distrait car il a hâte de connaître les résultats d'une expérience en cours. Il a inoculé plusieurs animaux, des souris et deux chiens, qu'il surveille chaque jour dans le plus petit des laboratoires, tout au fond.

Les laborantines s'y relaient jour et nuit, notant heure par heure le comportement des bêtes, notant leur température et leur tension.

Pour les analyses sanguines, il ne fait confiance à personne et il y procède lui-même. Je ne sais pas au juste ce qu'il cherche. Il n'en parle pas, mais on devine à sa nervosité, à certains éclats dans son regard que, si tout se passe d'une façon satisfaisante, il aura fait une importante découverte.

Le vendredi midi, Gilles Ropart s'assied à côté de moi au réfectoire. Nous sommes restés en très bons termes, lui et moi. Je suppose qu'il garde, comme moi-même, un agréable souvenir de notre période d'intimité.

— J'ai une grande nouvelle à vous annoncer, Laure.

Devant les gens, il m'a toujours vouvoyée, et maintenant il n'a plus l'occasion de me dire tu.

— Vous vous mariez ?

— Exactement. Enfin, depuis hier, je suis fiancé.

— Quelqu'un de Broussais ?

— Non, quelqu'un de totalement étranger à la médecine.

— Je la connais ?

— Non. Son père est architecte et elle suit les cours des Beaux-Arts.

— Vous la connaissez depuis longtemps ?

— Six semaines. Le coup de foudre, quoi !

Il se moque de lui-même. C'est un drôle de garçon, très gai, qui a un énorme sens de l'humour.

— Un de ces jours, je vous la présenterai.

— Vous lui avez parlé de nous ?

— Je n'ai pas mis les points sur les *i*, mais elle se doute que je ne suis pas vierge.

Il rit, me regarde dans les yeux, un peu rêveur.

— Et vous ?

— Quoi, moi ?

— Toujours le grand amour, la dévotion totale ?

— C'est ridicule ?

— Non. C'est probablement très beau. En tout cas, il a de la chance. Je me demande seulement ce qui se passera dans dix ans, dans vingt ans.

— J'ai une tante qui vit seule depuis plus de dix ans et qui n'est pas malheureuse.

— Vous savez que j'ai failli vous demander de m'épouser ?

— Pourquoi ne l'avez-vous pas fait ?

— Parce que j'étais sûr que vous diriez non. C'est vrai ?

— C'est vrai.

— Pourquoi ?

— Je ne sais pas. Peut-être parce que je suis comme les bonnes sœurs qui ont besoin de se sacrifier.

— En somme, il vous fallait un dieu.

— Si vous voulez.

Cela me paraît drôle que la vie, que des milliers, des millions de vies continuent leur petit bonhomme de chemin en dehors de l'ambiance dramatique des Glaïeuls.

J'ai toujours été impressionnée, dans la rue, en croisant des passants, de penser que chacun est le centre d'un univers et que ses préoccupations l'emportent sur tout ce qui se passe dans le monde.

Je suis comme les autres, à penser à ma mère, à mon père, à Olivier. Je pense aussi à moi, au moment où je pourrai avoir en ville un petit logement. Je me vois fort bien l'entretenir, le soir ou tôt le matin. Je ne crois pas que je souffrirai de ma solitude mais, au contraire, que ce sera pour moi un soulagement.

Quand je pousse mon rêve jusqu'au bout, je vois Stéphane venant parfois, le soir, s'asseoir dans un fauteuil et bavarder avec moi en fumant des cigarettes. Car il fume du matin au soir et il a les doigts brunis par la nicotine. Comme ses mains sont souvent occupées, il garde sa cigarette collée aux lèvres et on retrouve des cendres partout, y compris sur le pelage de nos animaux.

Il y a du soleil, mais il fait assez froid. Je pense à ma mère qui mange seule dans la salle à manger de la villa. Elles ne sont que deux femmes dans la maison et elles se détestent. Ce n'est peut-être pas exact. Il est certain que ma mère éprouve une véritable haine pour l'Espagnole qui lui prend à la fois son mari et son fils.

Mais Manuela ? Elle continue à aller et venir d'un étage à l'autre en fredonnant des chansons de son pays, une en particulier, une sorte de cantique ou de complainte interminable dont j'ai fini par apprendre des bribes sans le vouloir.

La Virgen sesta la bando
entre cortine y cortina
los Cabellos son de oro
los peines de plata fina
pero mira como beben
pero

Un trou dans ma mémoire. J'ai l'impression que j'ai interverti des mots. Cela n'a aucune importance puisque je ne comprends pas, sinon peut-être le dernier vers :

por bes a Dios nacido

Je suppose que cela signifie : Parce qu'un Dieu est né. Dans la bouche de Manuela, cela devient une chanson d'amour. On pourrait croire que, comme la plupart des gens, elle ne se met à sourire que quand on la regarde. Or, je l'ai surprise souvent alors qu'elle ne m'avait pas entendue venir et je lui ai toujours trouvé la même expression de contentement.

Pour elle, la vie est belle. Tout est beau. Tout est bon. Elle fait joyeusement l'amour avec mon frère chaque fois qu'il va la trouver dans sa chambre. Elle a fait l'amour avec mon père aussi, j'en suis sûre, simplement parce qu'il lui a remis un billet lui donnant rendez-vous à une sortie de métro.

Elle doit avoir d'autres amants, chez *Hernandez* où elle va danser chaque semaine.

Moi aussi, j'en ai eu plusieurs, mais je n'étais pas nécessairement gaie. Au contraire. J'étais lucide : je savais que je n'étais pas amoureuse mais que je voulais me prouver à moi-même que je pouvais intéresser les hommes. C'était la période où je me trouvais gauche et laide.

Gilles Ropart a été le dernier de cette série-là et je crois qu'il a compris, car il s'est toujours montré tendre à mon égard.

Maintenant, je ne me demande plus si je suis laide ou non. D'ailleurs, je ne suis pas vraiment laide. Est-ce que j'ai même ce qu'on appelle un physique ingrat ?

Certes, mon visage n'est pas particulièrement plaisant et je m'habille mal. C'est encore en uniforme que je suis à mon avantage, surtout l'été, quand je ne porte presque rien sous le nylon blanc.

Ce que j'ai de mieux, c'est mon corps, mes seins en particulier, et la plupart des hommes avec qui j'ai couché ont été surpris en me voyant nue.

Est-ce que ma mère a eu un beau corps, elle aussi ? Il n'en reste rien. Elle est si maigre qu'on lui voit tous les os et elle commence à se voûter, elle marche les épaules rentrées, comme si elle avait peur des coups.

Je pense trop à ma mère. J'ai l'impression que je la juge avec objectivité et en même temps je sens des liens subtils entre nous. Par exemple, je me dis que j'aurais pu être comme elle. Si je m'étais mariée, je ne crois pas que j'aurais été capable de me fondre dans la vie à deux.

J'aime les enfants. Parfois, en me disant que je n'en aurai pas, il me vient une certaine mélancolie. Mais, en réalité, je n'aurais pas la patience nécessaire.

Même un enfant de Shimek. J'y ai pensé. J'ai failli lui demander de m'en faire un. Ce serait un tort. Je ne peux me vouer qu'à une seule personne et je me suis vouée à lui une fois pour toutes.

Je n'ai même pas peur qu'il m'abandonne et ce n'est pas parce que j'ai de moi une trop haute idée. Je ne suis qu'une petite part de sa vie, une distraction au milieu de ses préoccupations, mais justement c'est une distraction nécessaire.

Parfois, il me caresse les cheveux avec un drôle de sourire.

— Mon petit animal...

Et je crois comprendre ce qu'il veut dire. Je ne tiens pas de place. On me voit à peine. Je ne demande rien. Mais je suis toujours là, toujours prête. Il le sait et s'efforce de comprendre mon sentiment.

Il n'est pas question de couple. Il est très au-dessus de moi, si haut que je ne le discute pas, que je n'essaie pas de le comprendre.

Il est. Cela suffit. Et s'il lui prenait la fantaisie de faire l'amour avec d'autres laborantines, je ne lui en voudrais pas, j'en serais presque heureuse, pour lui, à condition qu'il me revienne.

Les religieuses discutent-elles du Bon Dieu et sont-elles jalouses des autres fidèles ?

Si je parlais ainsi à quelqu'un, on me prendrait sans doute pour une exaltée, une sorte d'hystérique, alors qu'à mes yeux c'est tout simple et tout naturel. Il n'y a guère que le brave Ropart à avoir compris.

Il est rare que je pense aussi longtemps à moi. Ce n'est pas du narcissisme. Je suis malgré tout une Le Cloanec et ce qui se passe depuis une semaine à la maison m'affecte autant que les autres. Je cherche à me situer vis-à-vis d'eux, à déterminer quelles influences j'ai subies.

J'ai repris mon travail au laboratoire. Le soleil pénètre par les larges baies et la plupart des animaux, dans les cages, sont somnolents.

Le professeur a passé une bonne partie de l'après-midi dans son bureau, à dicter du courrier et des notes à sa secrétaire. Il est plus de cinq heures quand il apparaît dans les laboratoires et il se dirige vers celui qui l'intéresse le plus en ce moment, le petit, tout au fond.

Il me fait signe de le suivre, ainsi qu'à une de mes collègues qui a particulièrement le tour avec les chiens.

— Sortez Joseph.

C'est un chien roux sans race, qui est ici depuis plus de six mois et qu'on a appelé ainsi parce qu'il ressemble à un des concierges.

L'animal est maintenu sur une des tables et il en a tellement l'habitude qu'il ne bronche plus, se contente de nous regarder tour à tour comme s'il se demandait ce qu'on lui veut encore.

Shimek porte à ses oreilles les deux branches de son stéthoscope et commence à ausculter l'animal quand la porte s'ouvre et quand paraît une femme d'âge, très grosse, qui travaille à la réception.

— C'est un policier qui insiste, monsieur...

Il ne répond pas, n'écoute pas, se contente de pousser un grognement, toujours penché sur Joseph. Je vois, dans l'encadrement de la porte, un grand agent en uniforme qui paraît mal à l'aise et qui est très rouge. C'est un gradé, car il a plusieurs galons argentés.

Le professeur ne se retourne pas, prend son temps, finit par grommeler, toujours occupé par le chien :

— Encore une contravention ?

— Non, monsieur le professeur. Je voudrais avoir un moment d'entretien avec vous...

— Eh bien, parlez.

— Je pense qu'il vaudrait mieux...

— Ce sont ces demoiselles qui vous gênent ? Ne craignez rien. Elles en ont entendu d'autres...

— Il s'agit de Mme Shimek...

— Qu'est-il arrivé à ma femme ?

Cette fois, il abandonne le chien entre nos mains et regarde vivement l'homme qu'il s'étonne de voir en uniforme.

— Un accident de la circulation, monsieur...

— Comment est-elle ?

— Grièvement blessée... On l'a transportée à Laennec...

Le sentiment qui domine chez le professeur est la stupeur. Au point que son premier réflexe est l'incrédulité.

— Vous êtes sûr qu'il s'agit de ma femme ? Il peut y avoir d'autres Shimek à Paris...

— Vous habitez bien place Denfert-Rochereau ?

Alors, des gouttes de sueur giclent littéralement de son front. Il ne regarde plus personne, sinon ce policier qui ose à peine parler.

— Qu'est-ce qui est arrivé ?

— Elle était dans un taxi, boulevard Saint-Michel. Je suppose qu'elle revenait de la rive droite... Tout à coup un lourd camion arrivant en sens inverse a foncé vers le côté gauche du boulevard... On ne sait pas encore si le conducteur, pour une raison quelconque, a perdu la maîtrise de son véhicule ou s'il a été victime d'un malaise... Il n'est pas en état de parler...

— Ma femme... s'impatiente le professeur.

— Le chauffeur de taxi a été tué sur le coup et votre femme, grièvement blessée, a été conduite à Laennec... J'ai été chargé de vous avertir...

Shimek s'éponge, tend la main vers un appareil téléphonique.

— Passez-moi la permanence à Laennec, mademoiselle... Le professeur Shimek, oui... Faites vite...

Nous n'existons plus. Rien n'existe plus pour lui que ce téléphone par l'intermédiaire duquel il va connaître le sort de sa femme. Elle a les yeux d'un bleu très clair, le visage large des Slaves, un bon sourire de femme maternelle. Je pense à la photo avec sa fille sur le bureau du patron.

— Allô !... L'interne de service ?... Ici, Shimek, à Broussais... J'apprends qu'on vous a amené ma femme, il y a quelques minutes...

Il regarde l'appareil avec une sorte de méfiance.

— Dites-moi quel est son état...

Le policier se détourne.

— Comment ?... Avant...

Il répète, incrédule :

— Avant... avant d'arriver ?

Ses traits se brouillent. Je me détourne, moi aussi, parce que, sans le savoir, il pleure, tout le visage déformé par une grimace.

— Oui... Oui... Je comprends... Je viens... Je viens tout de suite...

Il traverse à grands pas les laboratoires sans s'occuper de personne, sans essayer de cacher ses larmes.

— Je n'osais pas le lui dire tout de suite, murmure le policier. Je voulais le préparer.

Je ne pleure pas, mais la tête me tourne et je me précipite aux toilettes où je me passe sur le front une serviette imbibée d'eau froide. Je voudrais...

Bien sûr, je voudrais être avec lui, lui tenir la main pour lui donner du courage. Tout à coup, je ne sers plus à rien, et qui sait s'il ne va pas m'en vouloir ?

Sa femme morte, il pourrait avoir des remords à cause de nos relations. Je pense à leur fille Marthe qui n'a que quatorze ans et qui reste si fraîche, si enfant, sans une trace de poudre ou de rouge comme la plupart des filles.

Je ne suis allée qu'une fois chez eux, par hasard, quand le professeur a eu la grippe et qu'il a passé trois jours au lit. Le docteur Bertrand, son premier assistant, m'avait remis un rapport à lui porter et je devais attendre une réponse.

L'immeuble est spacieux et clair. Au troisième étage, j'ai tiré un bouton de cuivre bien astiqué et une forte femme en tablier est venue m'ouvrir. Il y avait des skis dans l'entrée, car on était en hiver. Je ne sais pas si le professeur fait du ski mais sa femme et sa fille en faisaient certainement. Je me souviens d'ailleurs qu'elles allaient en Suisse chaque hiver et qu'il les rejoignait pour quelques jours.

L'appartement semble coupé en deux par un large couloir, plus large que les couloirs de Broussais, et des deux côtés des livres, jusqu'au plafond, remplissent les rayonnages. Ce ne sont pas les beaux volumes reliés qu'on trouve dans les bibliothèques mais des livres de toutes sortes, certains très fatigués. Dans une pièce, au fond, un phonographe tournait.

J'ai envié ceux qui habitaient cet appartement très aéré, très clair.

La plupart des portes étaient ouvertes. Il n'y avait rien de guindé, encore moins d'étouffant, comme chez nous. La vie pouvait couler sans entraves, sans que personne ait besoin de marcher sur la pointe des pieds.

J'ai dû attendre assez longtemps, à écouter la musique. Mme Shimek a traversé le couloir, à une certaine distance de moi, pour entrer dans une autre pièce, celle où l'on faisait de la musique, et j'ai entendu des voix, l'une plus aiguë que l'autre, toutes les deux enjouées.

On m'a apporté la réponse et je suis redescendue. Je n'ai pas eu d'autre occasion d'aller place Denfert-Rochereau.

— Tu ferais mieux de rentrer chez toi.

— Pourquoi ?

— Tu es exsangue. Arrête-toi d'abord dans un bar et avale un verre de cognac.

C'est Anne Blanchet, une grande fille sympathique avec qui, pourtant, j'ai assez peu de rapports.

— N'attends pas de t'évanouir. Va ! Je dirai au docteur Bertrand que tu t'es sentie mal.

C'est vrai. Je suis prise de vertige et j'ai les jambes molles. Je me débarrasse de ma blouse et je descends sans attendre l'ascenseur. Il y a, presque en face, un restaurant avec bar. Je n'y trouve qu'un garçon qui met les couverts sur les tables. Il me crie :

— Qu'est-ce que c'est ?

— Je voudrais un cognac.

Il abandonne son travail à regret, regarde l'heure, puis les bouteilles rangées devant le miroir.

— Le barman n'arrive qu'à six heures et je ne sais pas trop…

Il saisit une bouteille dont il me montre l'étiquette.

— Celui-ci vous conviendra ?

Je fais signe que oui. J'imagine Shimek à Laennec, rue de Sèvres, devant le corps probablement mutilé de sa femme. Sans doute ne pleure-t-il plus. C'est le choc, tout à l'heure, qui lui a donné cette réaction. On vient de l'amputer d'une bonne partie de sa vie car il était déjà marié quand je suis née. Sa femme était réfugiée à Paris, elle aussi, où elle était étudiante.

Quand ils se sont connus, elle a quitté l'université et il m'a raconté qu'ils vivaient dans une seule chambre de Saint-Germain-des-Prés. Il a ajouté avec nostalgie qu'ils étaient très pauvres, qu'ils se contentaient souvent d'un bout de fromage et de pain.

— Je parlais très mal le français. Ma femme aussi. Alors, les gens se moquaient de nous. Pas méchamment ; ils riaient comme si nous étions très comiques…

Je suppose que Marthe, leur fille, est au lycée. A quelle heure va-t-elle en sortir ? Qui lui annoncera la nouvelle ?

On va conduire le corps dans l'appartement, l'installer provisoirement dans la chambre à coucher principale ? Je ne sais pas au juste comment cela se passe et je suis très impressionnée. Je voudrais tant être à ses côtés et partager ses émotions !

— Remettez-m'en un...

Le garçon me regarde avec une certaine surprise.

— Cela fera huit francs. En tout cas, c'est le prix qui est inscrit sur la liste du barman.

Je bois presque d'un trait et je sors. Je n'ai pas envie de rentrer tout de suite à la maison où je me trouverais seule en face de ma mère. Je préfère marcher, dans le soir qui tombe. Les réverbères sont allumés, les vitrines des magasins aussi. Je finis par me retrouver avenue du Général-Leclerc sans savoir par quelles rues je suis passée.

— On cherche quelqu'un, ma jolie ?

Je tourne le dos à l'homme qui a marqué un temps d'arrêt pour me lancer cette phrase.

Je vois la porte d'un petit hôtel coincée entre les étalages de deux magasins. *Hôtel Moderne*. Il est miteux. Une plaque d'émail annonce : *Chambres au mois, à la semaine et à la journée.* La porte est ouverte et le corridor qui conduit au bureau mal éclairé.

Le professeur doit tenir sa fille dans ses bras car il n'a plus qu'elle et elle n'a plus que lui. Leur vie ne va-t-elle pas s'en trouver compliquée ?

Je rougis soudain. Des gens sont capables de penser que j'espère... Mais non ! L'idée ne m'est jamais venue, quoi qu'il arrive...

Je suis lasse. Je m'assieds dans un café. Quand je rentre enfin à la maison, le vélomoteur de mon père m'indique qu'il est arrivé. Je ne serai pas seule en face de maman.

Je le trouve au salon, occupé à lire son journal, et je ne peux m'empêcher de lui annoncer :

— La femme de mon patron a été victime d'un accident, cet après-midi, boulevard Saint-Michel. Elle est morte pendant qu'on la conduisait à l'hôpital...

Il me regarde avec l'air de réfléchir. Il est très loin de Shimek, qu'il n'a jamais vu et dont je parle rarement, aussi loin que je le suis de ses collaborateurs dont j'ignore même les noms.

— Elle était jeune ? questionne-t-il enfin.

— Une cinquantaine d'années, je suppose. Peut-être moins. Je ne sais pas. Je ne l'ai aperçue que de loin...

Il se replonge dans son journal. Ma mère est en haut. Elle a dû passer une partie de la journée dans son lit et je n'ai besoin que d'un coup d'œil, quand elle descend, pour constater qu'elle a beaucoup bu.

Mon frère ne rentre pas pour dîner. Nous ne sommes que trois à table et j'essaie en vain d'amorcer un semblant de conversation.

Personne ne m'écoute. Je me tais. Je pense à l'appartement de la place Denfert-Rochereau où je me trouve en pensée.

Se sont-ils mis à table aussi, le père et la fille ? Ils ne peuvent pas rester sans cesse au chevet de la morte. Demain, je suppose que les gens des pompes funèbres viendront installer les tentures noires à larmes d'argent dans la pièce ?

Je n'ai pas l'habitude de la mort. Je n'ai guère connu que celle de mon grand-père le général et j'étais trop jeune pour faire attention aux détails. Je me souviens surtout des cierges, de la branche de buis avec laquelle les gens faisaient mine de l'asperger d'eau bénite.

Car mon grand-père, même s'il était réellement franc-maçon, a eu des obsèques religieuses. Je me rappelle vaguement les discussions à ce sujet. Mon oncle Fabien insistait pour une messe et une absoute, prétendant que des obsèques civiles risquaient de nous faire du tort à tous. Surtout à lui, je suppose, car le chocolat Poulard a pour slogan : *Le chocolat de la famille.*

Ma mère monte se coucher plus tôt que d'habitude car, assez vite après le dîner, elle devient somnolente. Quant à mon père, qui la suit de près, je le soupçonne de monter de bonne heure pour éviter de se trouver seul en bas avec son fils.

Olivier rentre vers onze heures alors que je suis encore en bas, à lire un livre en anglais auquel je ne prête guère d'attention.

— Ils sont tous les deux en haut ?

— Oui.

— J'aime autant les voir le moins possible. Si je le pouvais, ils ne me reverraient plus. Comment est Manuela ?

— Comme d'habitude.

— Il n'y a pas eu d'accrochage ?

— Pas depuis que je suis ici.

— Qu'est-ce que tu as ? On dirait que tu as pleuré.

— La femme de mon patron est morte.

— Elle était malade ?

— Un accident, boulevard Saint-Michel.

— Jeune ?

Pour lui, cinquante ans, c'est déjà très vieux. Après un moment de silence, il a un mot cynique :

— Au fait, vous n'aurez plus besoin de vous cacher.

Je crains, au contraire, que mon petit bonheur ne soit sérieusement menacé. Je tenais une modeste place en marge de sa vie familiale, en marge de sa vie professionnelle aussi dont pourtant je faisais un peu partie.

Mais à présent ? Il y a sa fille, à qui il va consacrer beaucoup plus de temps.

Je monte me coucher et pleure dans mon lit tandis que très ouvertement, bruyamment, mon frère monte au second étage.

Le professeur n'est pas venu à Broussais pendant la journée de dimanche, qui est mon dimanche de garde, ne faisant que passer vers dix heures du soir pour examiner ses animaux.

Le lundi, on me regarde plus curieusement que d'habitude et cela m'exaspère. J'ai quitté la maison de bonne heure et j'ai fait un détour pour passer par la place Denfert-Rochereau. Les volets de deux fenêtres, celles de gauche, au troisième étage, sont clos. C'est sans doute la chambre qu'on a aménagée en chapelle ardente. Est-ce qu'on y a aussi installé deux prie-Dieu, comme pour mon grand-père ?

Je me suis dirigée directement vers le petit laboratoire où Shimek poursuit ses recherches personnelles. Le brave Joseph est sur ses pattes et n'a pas l'air de souffrir. Il gratte même le grillage pour qu'on s'occupe de lui.

Je soigne les bêtes, comme d'habitude. A dix heures, j'entends des pas dans les grands laboratoires et je ne tarde pas à voir arriver le professeur qui ne fait pas tout de suite attention à moi. Son premier coup d'œil est pour les animaux.

On dirait qu'il a maigri, tant ses traits sont tirés, ses yeux las.

— Comment se fait-il que vous soyez ici ?

— Nous sommes lundi, monsieur.

Il hausse les épaules avec agacement, appelle les deux laborantines.

— Voulez-vous venir, mesdemoiselles.

A moi, il ne dit ni de rester ni de partir et je reste comme clouée au sol.

— Installez-moi Joseph sur la table.

Cela me rappelle l'arrivée du policier, quand il auscultait le chien roux comme il le fait aujourd'hui.

— Notez : aucun râle, pouls régulier, respiration normale...

Le regard vague, il caresse un instant la tête de la bête.

— Rien à me signaler ?

— Un rat est mort, celui de la deuxième cage.

— Je m'y attendais. Quand le docteur Bertrand viendra, demandez-lui de ma part de bien vouloir en faire l'autopsie.

Il m'a encore regardée, a ouvert la bouche, puis il a décidé de se taire.

Je n'ai pas déjeuné au réfectoire mais je suis allée manger dans un petit restaurant du quartier. Il faisait gris et froid. J'ai essayé de marcher mais je me suis vite sentie fatiguée.

Qu'est-ce que Shimek fait de son temps, cet après-midi ? Sa femme était seule à Paris quand il l'a connue. Lui-même n'a pas de famille en France. Il fréquente peu de gens, presque uniquement des confrères.

Ils sont là, sa fille et lui, seuls dans l'appartement avec la morte et avec une bonne qui se tient dans la cuisine. Il m'en veut, je l'avais prévu, parce qu'il s'en veut à lui-même. Il est probable que je ne retrouverai jamais nos relations d'antan.

Lundi encore... Je ne peux pas y croire.

Je rentre quand même dîner. Je trouve mon père et ma mère face à la télévision. Un homme et une femme s'embrassent sur l'écran, puis la femme éclate de rire.

La maison est hallucinante d'immobilité. Je demande à mon père, stupidement :

— Olivier est sorti ?

J'ai parlé pour parler et il me répond sèchement :

— Je n'en sais rien.

Nous dînons. Seule Manuela est souriante comme si, pour elle, la vie restait belle malgré tout. Je regarde ensuite la télévision, moi aussi, faute de courage pour lire. Mon père s'est retiré dans son bureau.

Un peu après dix heures mon frère rentre. Je m'imagine qu'il va monter directement dans sa chambre ou dans celle du second étage mais, contrairement à mon attente, il pénètre dans le salon.

Il est éméché. Cela lui arrivait rarement, avant les derniers accrochages. Il n'est pas buveur. On dirait qu'il se met à boire par défi.

— Tu as un peu d'alcool, Laure ? Tu dois bien savoir où se trouve le cognac de maman.

Elle tressaille, mais ne se tourne même pas vers lui.

— Non. Je ne sais pas.

Et, tourné vers ma mère, il prononce :

— Ton cognac, maman...

— Je n'en ai pas.

— Ne raconte pas d'histoires. Dis-moi où tu le caches, que je m'en serve un ou deux verres. Ce soir, j'ai envie de me saouler la gueule.

Saoul, il l'est déjà, et il parle à voix très haute. On dirait qu'il cherche la bagarre et, de temps en temps, il se tourne vers la porte du bureau de mon père.

— Alors, tu vas me chercher la bouteille ?

— Monte dans ta chambre.

— Tu te rends compte que tu me parles comme à un gamin de dix ans ?

— Monte dans ta chambre, répète-t-elle avec une sorte d'effroi.

On le sent de plus en plus agressif.

— Si tu crois que je vais obéir à une femme comme toi.

Alors, la porte s'ouvre et mon père paraît.

— Je voudrais qu'on parle moins fort.

— Tu sais peut-être, toi, où maman cache son cognac ?

— Je te serais reconnaissant de te taire.

— Et moi j'ai envie de me saouler.

— Dans ce cas, va le faire ailleurs qu'ici.

— Je fais encore partie de la famille, non ? Et c'est ici que je suis supposé habiter.

— A condition de te conduire convenablement.

— Parce qu'on se conduit convenablement, dans cette maison ? Tu te conduis convenablement, toi, quand tu entraînes l'amie de ton fils dans un hôtel louche et crasseux ?

— Je te prie de...

— De rien du tout ! J'ai le droit de parler, comme tout être humain, et je compte bien le faire.

Mon père se tourne vers maman.

— Tu ferais mieux de monter, Nathalie.

Elle ne quitte pas son fauteuil et elle écoute, le regard toujours fixé sur l'écran de télévision.

— Manuela ! appelle Olivier d'une voix forte.

— Elle est montée, dis-je en espérant qu'il va aller la rejoindre.

C'est d'ailleurs vrai qu'elle est montée et qu'il n'y a plus de lumière dans la cuisine. Je m'y rends, j'allume, saisis la bouteille de vin rouge ordinaire et l'apporte au salon ainsi qu'un verre.

— Tiens. C'est tout ce que j'ai trouvé.

Mon père me regarde en se demandant ce qui me prend. Au point où Olivier en est, le mieux est qu'il boive le plus vite possible, le plus possible, ce qui l'obligera à monter se coucher.

— A ta santé, maman. Toi, tu t'offres du cognac, mais ton fils doit se contenter de gros rouge, comme un déménageur.

— Olivier, laisse ta mère tranquille.

Mon père essaie de se montrer ferme, sans parvenir à impressionner mon frère, qui est trop lancé.

— Toi, tais-toi ! Je te jure que c'est ce que tu as de mieux à faire. Vois-tu, il y a des actes tellement dégueulasses qu'un homme en perd le droit de s'occuper des autres. Quant à ma pauvre vieille soûlarde de mère...

— Je te préviens que...

Mon père s'est avancé d'un pas, les poings serrés.

— Non ! Sans blague ! Ne dis pas que tu vas me frapper ? Tu oublies que, maintenant, je suis plus fort que toi.

— Je t'ordonne de te taire et, en particulier, de laisser ta mère tranquille.

Alors, une voix se fait entendre, celle de ma mère, justement, qui dit :

— Laisse-le parler. Il a raison. Nous sommes, toi et moi, aussi dégoûtants l'un que l'autre...

Tout cela est stupide et ne mène nulle part. Chacun cherche les mots les plus durs, les plus cruels. On dirait des écorchés vifs.

Je ne suis pas plus intelligente quand je menace :

— Si vous ne vous taisez pas, j'éteins les lumières.

Et, pour commencer, sans raison précise, je tourne le bouton de la télévision.

— Je verrai, demain, quelle décision prendre, prononce mon père avec une fausse dignité en se dirigeant vers la porte.

— C'est cela. En attendant, veille à ne pas te tromper d'étage. Il pourrait t'en cuire car, là-haut, tu n'es plus mon père.

Il se verse un autre verre qu'il vide à larges gorgées.

— Quant à toi, maman, je crois que je te dois des excuses. De vivre avec un homme pareil, je commence à comprendre qu'on se mette à boire.

Des larmes roulent sur les joues de ma mère et je cherche dans ma mémoire en quelle occasion je l'ai déjà vue pleurer. Il me semble bien que ce soit la première fois.

— Monte, maintenant, fils.

Elle ne l'appelle jamais ainsi. J'en suis toute saisie. Olivier aussi.

— Je t'ai fait mal ?

Il s'approche d'elle d'un pas indécis et lui pose furtivement les lèvres sur le front.

— Tu es quand même une brave femme, va !

Et, à moi :

— Bonne nuit, Laure.

Il monte avec peine, franchit le palier du premier et se dirige vers les mansardes. Ma mère me jette un coup d'œil bref, ne sait plus que faire, quelle contenance prendre.

— Ce n'est pas sa faute, finit-elle par murmurer.

Elle parle évidemment d'Olivier. Que veut-elle dire au juste ? Que ce n'est pas sa faute s'il a bu ? Que ce n'est pas sa faute s'il s'en est pris à mon père et, par la même occasion, à elle-même ? Que ce n'est pas sa faute s'il est tombé amoureux de la bonne ?

Elle écoute les pas de mon père qui doit être occupé à se déshabiller. Elle attend qu'il soit couché et peut-être endormi pour monter à son tour.

— Tu peux aller, Laure.

Je sais qu'elle ne parlera plus. C'est miracle que, ce soir, elle en ait dit autant. Il y a même eu un instant où je l'ai trouvée presque humaine.

— Bonne nuit, maman.

Je ne l'embrasse pas. Je n'en ai pas l'habitude.

— Bonne nuit.

Peut-être a-t-elle envie de boire, toute seule au rez-de-chaussée.

4

J'ai été surprise, le mardi matin, de voir le professeur faire le tour des laboratoires, examiner certains animaux et donner ses instructions comme il le fait quotidiennement avant d'aller s'enfermer dans son bureau avec le docteur Bertrand.

Parce que quelqu'un vient de perdre un être cher, on s'attend à ce qu'il ne s'intéresse plus à rien d'autre qu'à son chagrin, et cependant la vie continue, il mange, il boit, il parle, il travaille.

Je l'ai suivi, comme d'habitude. Nous sommes trois à le suivre dans sa tournée, prêtes à noter ses observations, mais il n'a pas paru s'apercevoir de ma présence. J'étais là, sans plus, comme si je faisais partie du décor. Deux ou trois fois son regard a glissé sur moi, parce que j'étais dans son champ.

Est-il possible qu'il ait tant vieilli en trois jours ? Il a perdu sa prodigieuse vitalité et j'ai l'impression d'avoir devant moi un homme comme un autre, j'ai honte de dire un homme comme mon père. Ses yeux sont sans éclat, sans leur vivacité, leur pétillement habituel.

Il fait son travail parce que c'est sa fonction, son devoir. Je suis mal à l'aise. Je cherche malgré moi un signe, une petite lueur, quelque chose qui m'indique qu'il redeviendra lui-même, que je compterai à nouveau, si peu que ce soit, dans sa vie.

Il faut que je passe à la maison mortuaire et je n'ose pas y aller seule ; je vais de collègue en collègue afin d'en trouver une qui veuille, à l'heure de midi, m'accompagner. Certaines me répondent sèchement non. D'autres me regardent avec un sourire narquois. Je finis par en décider deux, dont une grosse fille placide, Maria, qui a été élevée à la campagne où ses parents sont fermiers.

Nous mangeons vite. Maria n'a pas de moyen de transport, mais l'autre, Martine Ruchonnet, dont le père est un avocat connu, dispose d'une 4 CV et nous conduit place Denfert-Rochereau.

Il y a toujours deux volets fermés du côté gauche du troisième étage. Les obsèques doivent avoir lieu le lendemain matin et les ouvriers des pompes funèbres ont commencé à tendre des draperies noires devant la porte.

Nous montons en ascenseur. Nous n'avons pas besoin de sonner, car la porte est contre. Je revois le long et large couloir bourré de livres. Même les skis sont restés dans l'entrée. Il règne une chaude odeur de cuisine à laquelle se mêle celle des cierges.

Nous trouvons, à gauche, la porte large ouverte de la chapelle ardente, avec ses cierges allumés, son brin de buis, des fleurs à profusion, y compris des vases qu'on a dû poser à même le sol.

Elle n'est pas encore dans le cercueil mais étendue, toute en blanc, sur une sorte de lit de parade, les mains croisées sur un chapelet.

Je me signe, comme je l'ai vu faire. Je saisis le brin de buis et trace une croix dans l'espace en même temps que je jette un coup d'œil à la religieuse qui prie dans un coin.

A-t-on embauché des bonnes sœurs pour qu'elles se relaient auprès de la morte, faute de membres de la famille disponibles jour et nuit ?

Les mains auxquelles s'enroule le chapelet me fascinent. Elles sont fortes, les doigts carrés. Ce sont les mains d'une femme encore proche de la terre, habituée à vaquer à son ménage et à effectuer au besoin de gros travaux.

Ma mère a les mains longues, les doigts minces et pointus, et c'est un drame quand elle se casse un ongle.

Est-ce que, quelque part dans l'appartement, le professeur et sa fille sont occupés à manger en tête à tête ?

Quelqu'un entre, un homme du peuple aux lourds souliers, qui fait gauchement le signe de la croix et qui reste debout, à regarder la morte, tout en tenant sa casquette à la main.

Je me sens dans un monde inconnu et tout l'après-midi je reste sous le coup de cette impression. Je me croyais très proche du professeur. Maintenant, je me rends compte que je ne sais presque rien de lui et que je n'ai peut-être été qu'une parenthèse sans importance dans sa vie.

Quand je rentre le soir aux Glaïeuls, il pleut à nouveau et il y a un fort vent. Je suis surprise de constater que je suis la première. Ni mon père ni mon frère ne sont arrivés, bien qu'il soit sept heures et demie. Je cherche ma mère des yeux et ne la trouve pas dans le salon ni dans la salle à manger.

Mon instinct me dit qu'il se passe quelque chose et, quand j'entre dans la cuisine, ce n'est pas Manuela que j'y trouve, mais ma mère, qui a mis son tablier.

Elle a l'air fatigué mais elle est moins nerveuse que les jours précédents. Est-ce que la neuvaine toucherait à sa fin ? Elle est occupée à mettre au four un plat de macaroni au jambon.

— Bonsoir, maman.

Elle me regarde comme si elle était surprise que je lui adresse la parole.

— Bonsoir.

— Manuela est en haut ?

— Non.

— Où est-elle ?

— Elle est partie.

— Tu l'as mise à la porte ?

— C'est elle qui a décidé de rentrer dans son pays.

Cela me surprend, mais je n'y attache pas trop d'importance, car Shimek reste au premier plan de mes préoccupations. J'aurais voulu le consoler, jouer un rôle utile auprès de lui. Au cours de l'après-midi, ce n'est pas moi, mais une grande bringue antipathique qui a fait la collecte pour l'achat d'une couronne.

— Tu es sûre que tu ne lui as pas donné son congé ?

— Elle a quitté la maison d'elle-même.

— Vous ne vous êtes pas disputées ?

— Elle avait sûrement pris sa décision avant. Elle est descendue tout habillée, sa valise à la main, et elle m'a demandé de lui régler son compte.

Mon père arrive à son tour. Lui aussi semble percevoir un changement dans l'atmosphère de la maison et, au bas de l'escalier, il appelle :

— Nathalie !

Il finit par pénétrer dans la cuisine, n'ose pas demander où est Manuela. Ma mère le renseigne en le regardant avec une féroce ironie.

— Elle est partie.

Il ne paraît pas comprendre.

— Quand rentrera-t-elle ?

— Elle ne rentrera pas.

C'est moi qui interviens, pour en finir.

— Elle a donné son congé pour retourner en Espagne.

Il ne dit rien, fait demi-tour, va s'asseoir au salon et déploie un journal. On sent qu'il a reçu un choc. Moi, je mets la table afin d'aider ma mère mais c'est au professeur que je pense, à sa femme que, ce soir ou demain à la première heure, on va mettre dans son cercueil. Les mains jointes, le chapelet, la présence d'une religieuse dans la chambre mortuaire m'ont surprise et je me demande si Shimek est catholique, s'il est vraiment croyant.

Si oui, est-il allé se confesser de ses rapports avec moi, qu'il doit considérer comme des péchés ? M'en veut-il de m'être pour ainsi dire offerte ? Car je me rends compte que je l'ai provoqué.

J'étais amoureuse alors qu'il ne m'avait pas encore distinguée des autres. Je n'étais qu'une des nombreuses laborantines qu'il voyait chaque jour, chargées de tâches précises.

Je voulais de toutes mes forces qu'il fasse attention à moi. Je voulais devenir sa maîtresse. Je voulais devenir pour lui autre chose qu'une de ses banales collaboratrices.

J'étais sincère. Je le suis encore. Je lui ai voué ma vie et je me suis rendu compte, aujourd'hui surtout, que je ne sais à peu près rien de lui.

C'est au tour de mon frère de rentrer. Il est soucieux, fatigué. Il se laisse tomber dans un fauteuil du salon, sans paraître se rendre compte de la présence de mon père. Il saisit un journal, lui aussi, allume une cigarette.

M'apercevant dans la salle à manger, il me lance :

— C'est toi qui mets la table, à présent ?

— Tu le vois bien.

— Où est maman ?

— Dans la cuisine.

— Et Manuela ?

— Elle est partie.

Il se lève d'une détente, le visage dur.

— Qu'est-ce que tu dis ?

— Qu'elle est partie.

— Maman l'a mise à la porte ?

— Elle prétend que non.

— Tu veux dire que Manuela est partie d'elle-même ?

— Je ne veux rien dire du tout. Je n'étais pas ici. Je viens de rentrer.

Il se tourne vers son père qu'il regarde avec des yeux durs, marche à grands pas vers la cuisine.

— Qu'est-ce que tu as fait de Manuela ?

Et ma mère répète d'une voix morne :

— Elle est partie.

— Que lui as-tu dit ?

— Rien.

— Tu mens.

— Comme tu voudras.

— Avoue que tu mens, que c'est toi qui l'as forcée à s'en aller.

— Non.

Cela le dépasse. Il s'élance dans l'escalier, monte en courant au deuxième étage où on l'entend aller et venir, ouvrir et refermer des tiroirs et les portes de la grande armoire.

Quand il redescend, son visage est plus dur que jamais, mais il ne dit rien.

— C'est servi.

La soupière est au milieu de la table. Nous prenons chacun notre place, moi devant ma mère, Olivier devant mon père, et nous nous servons en silence.

Le dîner à peine terminé, Olivier s'en va sans un mot et on entend bientôt le bruit de son vélomoteur. Sait-il exactement où habite Pilar, l'amie de Manuela, avenue Paul-Doumer ? Ils ont dû parler d'elle ensemble. Peut-être l'a-t-il rencontrée chez *Hernandez*, le bal espagnol de l'avenue des Ternes.

C'est moi qui dessers et qui lave la vaisselle. Il en est ainsi chaque fois que nous sommes sans bonne et cela nous arrive souvent. La plupart restent deux ou trois mois, rarement six. Il y en a qui partent dès la seconde semaine, quand ce n'est pas maman qui les met à la porte parce qu'elle les trouve irrespectueuses.

— Vous manquez de respect, ma fille.

C'est une phrase que j'ai entendue si souvent pendant mon enfance et mon adolescence !

Alors, je me lève plus tôt le matin, je prépare le café, vais à la grille chercher la bouteille de lait, le pain et le journal.

Avant de partir pour Broussais, je fais ma chambre et celle de mon frère. Enfin, je frappe à la porte de ma mère et je dépose une tasse de café sur sa table de nuit.

J'ignore si les autres enfants sont comme moi. Toute jeune, déjà, j'évitais autant que possible d'entrer dans la chambre de mes parents, à cause de l'odeur. Nous avons chacun la nôtre, certes, mais, de sentir la leur, il me semblait que j'entrais dans une intimité déplaisante.

Il en est encore ainsi à présent alors, par exemple, que l'odeur d'Olivier ne me gêne pas.

Je suis profondément endormie quand on ouvre bruyamment la porte de ma chambre et que la lampe s'allume au plafond. C'est mon frère qui a de la pluie sur les cheveux et sur le visage. Le réveil marque près de minuit.

— Que se passe-t-il ?

— Ne t'inquiète pas. Rien qui te concerne personnellement.

— Tu as trouvé Pilar ?

— Comment sais-tu... ?

— Ce n'est pas difficile à deviner.

— Elle n'a pas vu Manuela. Elle n'a pas non plus reçu de coup de téléphone.

— Peut-être n'étaient-elles pas si amies que ça ?

— Il paraît que si. Elles se disaient tout. Pilar est au courant, au sujet de mon père.

— Quel genre de fille est-ce ?

— Une petite noiraude, toute maigre, qui a l'air de se moquer des gens.

— Elle s'est moquée de toi ?

— Si Manuela est vraiment partie, m'a-t-elle dit, il faudra que vous en trouviez une autre.

— Elle n'a pas ajouté qu'elle était disposée à prendre la place de sa copine ?

— Si. Je suis allé à l'aéroport, car c'est en avion qu'elle est venue d'Espagne. On m'a renvoyé de guichet en guichet pour me dire, en fin de compte, qu'ils n'ont pas le droit de donner de renseignements sur les passagers.

» A la gare d'Austerlitz, où je me suis rendu ensuite, c'est la cohue et les employés ne se souviennent pas des gens à qui ils ont vendu des billets.

» Tu crois qu'elle est retournée chez elle, toi ?

— Je ne sais pas. J'ai été aussi surprise que toi quand je suis rentrée et que je ne l'ai pas vue.

— Je suis persuadé qu'elle est restée à Paris. Je m'attendais tout au moins à trouver un mot d'elle dans ma chambre ou dans la sienne.

— Tu crois qu'elle est capable d'écrire en français ?

Mon objection le frappe et il en est réconforté.

— Elle trouvera bien le moyen de me donner de ses nouvelles. Tu sais ce que j'ai fini par faire ? Je me suis dit qu'elle ne connaissait guère les hôtels de Paris et je suis allé dans celui où mon père l'a emmenée. Ils ne se souviennent pas d'elle. Son nom ne figure pas sur leur registre.

» Qui sait ? C'est peut-être mon père qui l'a installée quelque part afin de la garder pour lui seul.

Et mon frère conclut par un seul mot :

— Saloperie !

J'ai du mal à me rendormir. A six heures et demie, le réveil me tire de mon sommeil, près d'une heure plus tôt que d'habitude. Je descends et j'allume le gaz. Il ne pleut pas, mais il fait toujours gris et les nuages gonflés d'eau ont l'air de passer au ras des toits.

Je vais chercher le lait, le pain, le journal. Je vide les cendriers, machinalement, et je mets un peu d'ordre, sans pourtant faire le ménage. Puis j'étends la nappe et j'installe les couverts.

C'est inutile de mettre une annonce pour une bonne. Les rares qui répondent sont toujours les mêmes, des femmes qui ne parviennent à rester dans aucune place. Tout à l'heure, sans doute, ma mère téléphonera à l'agence où on la connaît.

Même si la maison n'était pas lugubre, si ma mère n'avait pas ses neuvaines, il nous serait difficile de trouver quelqu'un de bien à cause de notre éloignement de Paris. Manuela a été une sorte de miracle. Il y a peu de chances pour qu'il se reproduise.

— Tu prends des saucisses avec tes œufs ?

Mon frère me regarde d'un œil distrait et répète comme si le mot ne signifiait rien pour lui :

— Des saucisses ?

Il a dit ça si drôlement que je ne puis m'empêcher de rire.

— Comme tu voudras. Je n'ai pas faim.

Il n'en mange pas moins les deux œufs et les saucisses que je lui sers et il n'a pas tout à fait fini que mon père descend à son tour. Les deux hommes affectent toujours de s'ignorer et ne se saluent pas, même d'un signe de tête.

Dès qu'ils sont partis, je lave la poêle, les assiettes, les tasses et je replie la nappe que je glisse dans son tiroir, avec les serviettes. Je retrouve des mouvements qui me reviennent à chaque changement de domestique, puis je vais frapper, une tasse fumante à la main, à la porte de ma mère. Je n'attends pas qu'elle réponde. J'entre. Elle a les yeux ouverts et regarde le plafond.

— Ils sont partis ?

— Tu n'as pas entendu le vélomoteur d'Olivier et la voiture de papa ?

Car, aujourd'hui, il a pris la voiture, bien qu'il ne pleuve pas.

Elle répond :

— Si. J'avais oublié.

C'est irréel. On dirait qu'elle vit dans une sorte de rêve.

— Ils me détestent, hein ?

Je préfère ne rien dire.

— Ce n'est pas à cette fille, mais à moi qu'ils en veulent.

Il est rare qu'elle me parle autant et cela me gêne, je n'ai surtout pas envie qu'elle me fasse des confidences.

— Je te jure, Laure, que je ne l'ai pas mise à la porte. Tu me crois ?

J'ai un vague mouvement de la tête.

— Tu me détestes aussi, toi ?

— Je ne te déteste pas.

Je suis sur le point d'ajouter :

— Je te plains.

C'est inutile. Je recule vers la porte tandis qu'elle boit une gorgée de café entre deux bouffées de cigarette. Elle est mieux que les autres jours. Elle n'a pas les yeux aussi bouffis, ni les cercles rouges aux pommettes.

— Tu aurais quand même préféré une autre mère.

Que dire à cela ?

— Je voudrais que tu sois bien portante.

— Je ne l'ai jamais été. Plus tard, tu comprendras. Tu es trop jeune.

— Il est temps que je parte.

— Oui. Va.

Je me dis soudain qu'elle reste seule dans la maison. C'est déjà arrivé, entre deux bonnes, mais, sans raison précise, cette fois, cela me fait un peu peur. Du palier, je la regarde, assise dans son lit, maigre et pointue, fumant sa cigarette, sa tasse de café à la main. Elle est tournée vers la fenêtre et il est impossible de deviner ce qu'elle pense.

Je passe d'abord à Broussais, où l'atmosphère est différente de celle des autres jours. Chacune d'entre nous regarde souvent l'heure à la grosse horloge électrique et le docteur Bertrand est plus pressé que d'habitude de faire le tour des animaux dans les trois laboratoires. Il prend des notes, ne pense pas à l'horloge et regarde l'heure à sa montre.

On ne laisse que trois filles de garde, les dernières venues, ce qui est un minimum. Même Mlle Neef, à neuf heures et demie, va retirer sa blouse et son bonnet, endosser un manteau à col de martre et mettre un petit chapeau noir que je ne lui connais pas.

Un quart d'heure plus tard, nous nous retrouvons devant la maison mortuaire où nous ne sommes pas les seules à attendre. Outre les habitants de l'immeuble, les fournisseurs, quelques voisins, je reconnais la plupart des grands patrons de Broussais, certains accompagnés de leur femme.

Ceux qui ne sont pas venus la veille ou l'avant-veille montent au troisième pour aller s'incliner devant la morte. Ce n'est pas mon cas. J'imagine le professeur, à la porte de la chambre mortuaire, serrant distraitement les mains tandis que sa fille et la bonne pleurent au fond de l'appartement.

Le corbillard arrive, suivi de plusieurs voitures noires qui prennent place le long du trottoir, et un policier très galonné dirige le service d'ordre.

Les hommes descendent le cercueil, remontent pour aller chercher les fleurs et les couronnes, qui recouvrent entièrement le corbillard, au point qu'on doit en mettre dans une des voitures.

Shimek descend, plus petit et plus maigre, semble-t-il, et on dirait qu'il ne se rend pas compte de ce qui se passe autour de lui. Il regarde la foule sur le trottoir et on s'attend presque à ce qu'il salue pour remercier.

Il m'apparaît soudain comme un homme frêle, presque insignifiant. Un instant, avant qu'il monte en voiture avec deux de ses confrères de Broussais, nos regards se croisent et je me demande s'il me reconnaît. Peut-être que oui, mais alors ce n'est qu'un éclair.

Je voudrais tellement lui être utile, lui être nécessaire ! Je me fais toute petite. Je m'éloigne, me glisse dans les derniers rangs, avec les curieux, puis je vais chercher mon vélomoteur et je me dirige vers l'église de Montrouge.

Là aussi, je reste au fond. La plupart de mes collègues sont plus ou moins groupées.

Est-ce le chant des orgues ou le piétinement du cortège dans l'allée centrale qui me font pleurer ? Je ne sais même pas pourquoi je pleure. Ce n'est pas à la femme aux mains carrées, couchée dans le satin blanc de son cercueil, que je pense en ce moment. Ce n'est pas directement au professeur qui se trouve seul, au premier rang, à droite du catafalque.

J'entends la sonnette agitée par l'enfant de chœur, la voix de l'officiant qui a une grande croix blanche sur sa chasuble noire.

A moi aussi, tout cela paraît irréel et j'ai l'impression d'une sorte de gâchis. Je ne cherche pas à préciser ma pensée. Pourquoi est-ce que je revois ma mère, ce matin, dans son lit, avec sa cigarette, sa tasse de café et son étrange regard fixé, à travers les vitres, sur les arbres noirs du jardin ?

Elle est malheureuse. Elle nous rend peut-être malheureux, mais elle est la première à souffrir. Et mon frère souffre. Mon père souffre aussi. Ils sont devenus des étrangers l'un pour l'autre et on jurerait qu'ils se haïssent.

Est-ce possible ? Est-ce que jamais notre famille ne se comportera comme une vraie famille ?

Ce matin, devant la maison mortuaire, c'est à peine si Shimek m'a reconnue alors que toute mon existence dépend de lui. Je n'ai aucun droit, je m'en rends compte. Il va se consacrer à sa fille et se jeter avec plus d'acharnement que jamais dans son travail.

Je me mouche. Je m'essuie les yeux. J'ai honte de pleurer sur moi, car c'est bien sur moi que je pleure.

Je ne l'ai pas reconnu tout de suite. Je sortais de l'hôpital et j'allais me diriger vers le parking quand il est sorti de l'ombre. J'ai eu l'impression qu'il était démesurément grand, avec de très longs bras, de très longues jambes.

— Je t'ai fait peur ?

C'est Olivier, à qui il n'arrive à peu près jamais de venir m'attendre à la sortie, à moins que nous ayons rendez-vous pour aller quelque part en ville. Ma première idée est qu'il a une mauvaise nouvelle à m'annoncer.

— Qu'y a-t-il, Olivier ?

— J'ai envie de bavarder avec toi ailleurs que dans cette maudite maison. Tu dois connaître un petit café tranquille.

— Il y en a un en face.

C'est le restaurant où je suis allée boire les cognacs l'après-midi où Mme Shimek est morte et c'est curieux que les circonstances m'y fassent retourner le jour de son enterrement.

Il y a des boiseries sombres jusqu'à mi-hauteur des murs peints en beige. L'éclairage est diffusé par des petites lampes à abat-jour de faux parchemin posées sur les tables. Cette fois, le barman est là.

— Qu'est-ce que tu prends ?

— Un café. Je me sens fatiguée.

— Un café et un scotch, commande-t-il.

Je suis toujours surprise de le voir boire, car il n'y a pas si longtemps qu'il était encore un enfant.

— Je ne suis pas allé à mon cours, cet après-midi. J'avais besoin de réfléchir.

Il me regarde avec gravité. Il n'est pas ivre. Il n'a pas encore bu.

— Je crois que c'est décidé.

Il fronce les sourcils en me regardant.

— Tu es enrhumée ?

— Tu demandes ça à cause de ma voix, ou parce que j'ai le nez rouge ?

— Tu n'as pas ton visage habituel.

— J'ai pleuré.

— A cause de ce qui se passe chez nous ?

— C'était aujourd'hui qu'on enterrait la femme de mon patron.

Cela ne le touche pas. Il ne pense qu'à ce qui le concerne personnellement. N'est-ce pas mon cas aussi ?

— Tu disais que tu t'étais décidé. A quoi ?

— A quitter la maison.

Je m'attends depuis longtemps à ce que cela arrive un jour ou l'autre mais je n'en reçois pas moins un choc.

— Et tes études ?

Je pose la question sans conviction, pour dire quelque chose.

— Tu sais, si je suis entré à l'université, c'est surtout parce que mon père y tenait. Quant à la chimie, je m'y passionnais quand j'avais quatorze ou quinze ans, pour fabriquer des sortes de bombes que j'allais faire éclater dans le bois. C'était un jeu. Depuis que j'en fais vraiment, je ne vois pas où ça mène.

Il n'y a que deux ans de différence entre nous, pourtant j'ai l'impression d'être tellement plus âgée que lui ! Est-ce parce que c'est un garçon ? Est-il resté particulièrement jeune pour son âge ?

Il me semble que c'est un grand enfant qui est devant moi à parler de prendre des décisions capitales.

— Je ne peux plus les supporter, tu comprends ? Maintenant surtout, après ce qu'ils m'ont fait tous les deux.

Je comprends ce qu'il veut dire. Mon père a emmené Manuela dans un hôtel de passe et ma mère, elle, l'a certainement mise à la porte. Il ne le leur pardonne ni à l'un ni à l'autre.

— Il y a des jours où je me demande si maman ne devrait pas être dans un asile. Quant à cet homme qui se prétend mon père, ce n'est jamais qu'un imbécile vicieux.

Il allume une cigarette à celle qu'il a encore aux lèvres.

— Comment gagneras-tu ta vie ? Tu en as une idée ?

— Pas encore. Pour me donner le temps de réfléchir, j'ai l'intention de devancer l'appel au service militaire. Ou même, s'il le faut, de m'engager.

— N'as-tu pas besoin de l'autorisation paternelle ?

— Tu crois qu'il ne me la donnera pas avec empressement ? Il ne sera que trop content d'être débarrassé de moi. Ainsi, il pourra tout à son aise courir après les bonnes.

Cela fait mal de le sentir à la fois si amer et si jeune.

— Je pense que tu te trompes, Olivier. Je suis persuadée qu'il a honte de ce qui s'est passé. Cela arrive aussi bien à son âge qu'au tien.

— Ne le défends pas, veux-tu ?

— Je te donne mon avis et je te demande de ne pas céder à la passion. Attends quelques jours. N'oublie pas que c'est ton avenir qui en dépend. Quand tu sortiras du service, tu n'auras pas davantage un métier qu'à présent.

— Je me débrouillerai toujours. Je n'ai pas peur de manger de la vache enragée. Au moins, je serai mon maître.

Il boit une gorgée de whisky et a un haut-le-cœur.

— Sans compter que, si je restais, je me mettrais à boire. C'est dans la famille. Voilà ! Maintenant tu sais ce que j'ai dans la tête. Tu ne me comprends pas ?

— Je te comprends mais je te demande d'attendre un peu, mettons une semaine.

— C'est long !

— Pas en regard de toute une vie.

— Tu sais, pour ce que nos parents nous ont montré de la vie...

Je ne suis pas habile à le convaincre et je ne trouve guère d'arguments car, à moi aussi, il est arrivé plusieurs fois d'en avoir assez de la maison. J'ai un métier qui me plaît. Je pourrais vivre seule dans un petit logement qui serait toujours impeccable. J'y recevrais des amies ou des amis.

Olivier, lui, saute d'une idée à l'autre.

— Ce que je ne comprends pas, c'est comment elle s'est rendue à Givry pour y prendre le car.

— Elle a sans doute téléphoné pour un taxi.

— Elle ne l'a pas fait. Ce matin, je me suis arrêté près du gros Léon qui attendait devant la gare. Je lui ai demandé s'il est venu chez nous embarquer une jeune fille avec une grosse valise bleue. Il n'a reçu aucun appel de la maison et n'a pas vu de jeune fille avec une valise.

» Son collègue attendait derrière lui et je lui ai posé la même question.

» Lui non plus n'est pas venu à la maison. Il n'y en a pas d'autres à Givry.

— Ce n'est jamais qu'un peu plus d'un kilomètre à parcourir à pied.

— Avec une valise pleine !

— A moins que maman ne l'ait emmenée en voiture à la gare ou à l'arrêt du bus.

— C'est juste. Pour s'assurer qu'elle quittait bien la région.

— Tu me promets d'attendre une semaine ?

— Mettons que j'attendrai quelques jours s'il ne se passe rien dans l'immédiat.

— Que veux-tu dire ?

— Je ne veux plus de scènes. Cela me secoue trop. Après, j'ai honte pour les autres et honte de moi.

— Tu rentres maintenant ?

— Je partirai dans une demi-heure ou une heure. Je serai à temps pour le dîner, n'aie pas peur.

J'appelle le barman et je veux payer. Mon frère m'arrête.

— Tu es folle ? Tu oublies que tu es une fille ?

Drôle d'Olivier. Je le laisse faire. Il m'accompagne jusqu'au parking où il a mis son vélomoteur. Nous partons chacun de notre côté.

Quand j'arrive aux Glaïeuls, je suis surprise de trouver la porte contre alors qu'elle est d'habitude fermée. Sensibilisée comme je le suis, je me sens prise de panique, surtout quand je trouve vides toutes les pièces du rez-de-chaussée. Non seulement elles sont vides mais elles ne sentent pas, comme les autres jours, la fumée de cigarette.

Le ménage n'a pas été fait. Les journaux d'hier sont encore au salon et il y a des miettes de pain sur le parquet de la salle à manger.

Je m'engage dans l'escalier, je frappe à la porte de mes parents et une voix presque ferme me dit :

— Entre.

Ma mère est au lit, le visage beaucoup moins rouge qu'hier à la même heure. Je devine qu'elle a décidé de commencer sa cure. D'un côté, j'en suis heureuse, mais d'un autre cela me fait un peu peur.

Si nous parlons toujours de neuvaine, c'est qu'il arrive chaque fois un moment où elle se met au lit et où elle se retire en quelque sorte de la vie de la maison.

Chaque jour, elle diminue un peu sa consommation d'alcool. J'en ai parlé au docteur Ledoux, qui s'est montré fort surpris que ma mère ait autant d'énergie.

— En réalité, elle fait, toute seule, une véritable cure de désintoxication. Les premiers jours surtout, c'est atroce. Elle doit avoir l'œil fixé sur l'horloge en attendant l'heure qu'elle s'est fixée pour un premier verre, puis pour un second. Tout son organisme est à la dérive. Je suppose qu'elle prend un tranquillisant ?

— Je ne sais pas. C'est à peine si on peut entrer dans la chambre.

— Elle mange un peu ?

— Elle doit descendre quand il n'y a personne en bas, car il manque toujours quelque chose dans le réfrigérateur. Elle ne fait pas de vrais repas.

— C'est tellement pénible que j'ai vu des cas de dépression nerveuse et même, rarement, il est vrai, de suicide.

Il me semble qu'elle a les yeux très enfoncés dans les orbites. Cela tient au cerne sombre des paupières. Elle ne s'est pas coiffée, probablement pas lavée.

— Je n'ai pas fait le ménage. Je n'ai rien préparé pour dîner non plus, mais j'ai téléphoné à Josselin.

C'est le charcutier de Givry, qui est en même temps marchand de légumes et de fruits.

— J'ai laissé la porte, en bas, entrouverte, afin qu'il entre et qu'il mette dans le réfrigérateur des viandes froides. J'ai aussi commandé des œufs et de la salade.

J'imagine les efforts que ces simples démarches lui ont coûtés. Sans doute a-t-elle profité de sa présence au rez-de-chaussée pour y prendre une ou des bouteilles. Elles doivent être à présent cachées quelque part dans la chambre.

— Va, maintenant. Cela me fatigue de parler.

Je regarde malgré moi la place vide dans le lit, à côté d'elle, et je me dis que tout à l'heure mon père viendra s'y coucher. Cette fausse intimité me gêne. Autant que je sache, il n'y a plus aucun lien entre eux depuis longtemps. Ils en sont au point où ils parviennent à peine à se supporter.

Pourtant, le soir, ils se déshabillent pour dormir dans le même lit.

Cela me dépasse. Cela me dégoûte un peu, surtout quand je vois ma mère dans l'état où elle se trouve.

Officiellement, il n'est pas question d'alcool. Elle est malade. Ce sont ses migraines qui la font souffrir et qui lui donnent de pénibles vertiges.

— Bon rétablissement, dis-je.

Elle se tourne sur le côté et ferme les yeux.

Je profite de ce que je suis à l'étage pour monter chez Manuela où je n'ai jamais mis les pieds tant qu'elle travaillait pour nous. Le lit de fer est défait, les couvertures et les draps sens dessus dessous, ce qui me rappelle l'état dans lequel se trouvait mon frère quand il est venu chez elle la dernière fois.

Ils ont couché à deux dans le lit étroit où il n'y a qu'un oreiller taché de rouge à lèvres.

Par terre, je vois une mule assez fatiguée et, en me penchant, j'en trouve une seconde sous le lit. Elle a dû les oublier. Les tiroirs sont vides. Sur la commode il n'y a qu'un vieux magazine espagnol et un roman d'amour à la couverture bariolée.

Rien dans l'armoire, sinon une paire de chaussettes sales de mon frère. Enfin, dans la salle de bains, je ramasse un peigne cassé.

Je descends et me dirige vers la cuisine afin de mettre la table. Ce soir, il n'y aura que trois couverts. Il en sera de même pendant une semaine environ. C'est le temps moyen qu'il faut à ma mère pour se désintoxiquer, après quoi elle reprendra pied dans la vie ordinaire.

Cela m'a fait mal, aujourd'hui, de la voir dans son lit, si défaite, si misérable. N'est-elle pas tentée dix fois par jour de porter le goulot de la bouteille à ses lèvres et de boire autant, sinon plus, que la veille et les jours précédents ?

Je sais qu'elle se méprise, qu'elle se déteste, cela aussi le docteur

Ledoux me l'a dit. Pourtant dans un mois, dans deux mois, elle recommencera.

Il y a du jambon, du veau froid, du salami et de la langue. Je les étale sur un plat et je lave la salade que j'assaisonne. Je ne trouve pas de boîtes de soupe dans le placard où on les range d'habitude. Nous avons dû utiliser la dernière.

Tout à l'heure, quand mon père sera dans son bureau, je passerai l'aspirateur et donnerai un coup de chiffon humide dans la cuisine.

C'est mon père qui rentre le premier. Lui aussi est surpris de ne pas voir ma mère et de me trouver seule dans la cuisine.

— Maman ne se sentait pas bien et s'est couchée.

— Tu l'as vue ?

— Oui. Elle a téléphoné à Josselin pour qu'il apporte de quoi dîner.

Il a compris. Il ne monte pas. Il sait qu'il ne doit pas le faire.

C'est bien assez d'entrer dans la chambre, le plus tard possible, pour se coucher. Alors, tout au moins, elle fera semblant de dormir.

Pendant que mon père va lire son journal, Olivier rentre à son tour et ricane en me trouvant seule :

— Ne me dis pas que maman est partie, elle aussi.

Je lui en veux un tout petit peu de sa sévérité, rien qu'un tout petit peu, car j'imagine à quel point la situation doit être pénible pour un grand gosse comme lui.

Dire qu'il rêvait d'une moto, une vraie, une grosse machine comme on en voit passer le samedi et le dimanche, avec une fille derrière le conducteur ! Mon père, par peur des accidents, a toujours remis cet achat à plus tard.

Si le pauvre Olivier nous quitte et s'engage dans l'armée...

Voilà. Tout est en place. J'annonce que le dîner est servi. Je m'excuse de n'avoir pas eu le temps de faire de la soupe et je passe le plat de viandes froides à mon père.

Ils ne se parlent toujours pas, Olivier et lui. Ils ne se regardent pas non plus. Je reprends le plat et le passe à mon frère qui se sert une pleine assiettée.

— Maman m'a dit qu'elle a mangé, dis-je incidemment.

Ils savent, l'un et l'autre, comment cela se passe. Nous avons tellement l'habitude de la fiction que nous continuons à jouer le jeu, même quand elle n'est pas là.

— Comment est-elle ? questionne Olivier.

— Mal. Cela ira déjà un peu mieux demain.

Je me mets tout à coup à penser au professeur qui doit être occupé à dîner en face de sa fille. Dans l'appartement de la place Denfert-Rochereau aussi il y a une place vide à table, mais, là-bas, la place restera toujours vide.

A moins que Shimek ne se remarie...

Je rougis brusquement. Et je me demande si je ne viens pas de découvrir la raison pour laquelle, depuis quatre jours, il évite de me regarder.

S'imagine-t-il que la mort de sa femme m'a donné des espoirs et que je rêve qu'un jour il m'épouse ?

Cette idée me secoue tellement que j'ai envie de me lever, de marcher, de me tordre les bras, que sais-je ? C'est affreux. Une telle pensée ne m'a même pas effleurée.

Ne va-t-il pas maintenant m'éviter, me traiter de plus en plus en étrangère, par crainte que je réclame auprès de lui une place qui ne me revient pas ? Il sait qu'il est pour moi une sorte de dieu. Il devrait savoir aussi que je ne réclame rien, sinon un peu d'attention de temps en temps, un geste où il mette un tout petit peu de tendresse. Cela me suffit. Je n'en veux pas davantage.

Je crois que, s'il devenait amoureux à son tour, cela me ferait peur. J'ai besoin que ma vénération reste gratuite et, quand il lui arrive de ne pas m'adresser la parole de toute une journée, je ne lui en veux pas. Il a autre chose à penser qu'à une jeune fille romanesque.

Est-ce vraiment romanesque ? N'est-ce pas humain ? N'avons-nous pas tous plus besoin de donner que de recevoir ?

S'il s'est mis dans la tête que j'ai l'espoir...

Je suis sincère avec moi-même. Je sais que, s'il m'offrait de m'installer officiellement dans le grand appartement de la place Denfert-Rochereau, avec sa fille, je refuserais. Je ne m'y sentirais pas chez moi. Je serais gauche, empruntée. J'aurais honte de mon amour, qui ne serait plus gratuit.

Je regarde les deux hommes à table. Ils ont tous les deux le même air buté et mon père ne se montre guère plus sage que son fils.

Peut-on espérer que, dans quelques jours, la vie reprendra comme par le passé ? Nous n'avons jamais vécu la vie d'une vraie famille, sauf peut-être quand nous étions petits. Chacun s'est presque toujours tenu dans son coin et les éclats de rire sont si rares dans la maison que je ne m'en souviens pas.

Il n'en reste pas moins qu'on se supportait plus ou moins, surtout quand maman n'était pas en neuvaine.

Maintenant, c'est presque de la haine qu'on sent entre les deux hommes. Mon père a honte de ce qu'il a fait et il ne pardonnera jamais à son fils de l'avoir humilié.

Quant à Olivier, on lui a sali sa première aventure, ce qu'il doit considérer comme son premier amour.

Ils se lèvent l'un après l'autre. Je dessers, remplis l'évier d'eau chaude pour laver la vaisselle.

Est-ce que des crises du même genre se produisent chez mes tantes, chez mon oncle ? Il n'est pas pensable que nous soyons les seuls, que nous constituions une exception.

La famille ne ressemble pas à ce qu'on nous enseigne, et le professeur lui-même, deux jours avant l'accident dont sa femme allait mourir...

Ce n'est pas à moi de m'en plaindre, ni de le lui reprocher.

Je voudrais tant que la vie soit belle et propre ! Propre surtout, sans petites haines, sans mesquines compromissions. Des gens qui se regardent en face, gaiement, et qui ont confiance dans l'avenir.

Quel avenir va se préparer mon frère, par exemple ? Car je suis sûre, à présent, qu'il ne continuera pas ses études. Il a avoué lui-même qu'il ne les avait commencées que pour faire plaisir à mon père.

Au fond, il est impatient de s'empoigner avec la vraie vie, comme il dit. Tant qu'il est dans la maison, il ne se sent pas libre, malgré les éclats de ces derniers jours.

Et ils doivent être des centaines, des milliers comme lui, qui ont les mêmes aspirations vagues et qui hésitent sur la route à suivre.

Je doute que le service militaire lui fasse du bien. Là aussi, il devra obéir et il dépendra de tous ses supérieurs hiérarchiques, sans compter des anciens.

J'ai un tel cafard que, pour un peu, je m'assiérais sur une chaise et me remettrais à pleurer, la tête dans mon tablier.

Est-ce que mon frère parvient à étudier, seul dans sa chambre ? Est-ce que cela en vaut encore la peine ?

Je jurerais qu'il a peur de devenir un raté. Il voudrait s'affirmer, mais il ne sait pas dans quel domaine. Je me mets à sa place et souffre pour lui.

Moi, j'ai eu de la chance. J'aurais pu ne pas réussir mes examens, me décourager à cause de l'animosité d'un professeur. J'aurais pu devenir amoureuse d'un des garçons avec qui j'ai eu des rapports intimes. Au fond, ils ne me prenaient pas au sérieux. Ils se contentaient de profiter de l'occasion, se doutant peut-être que je ne faisais ça que pour me rassurer.

Je range les assiettes et les couverts. Je replie la nappe. Je vais chercher l'aspirateur dans le placard.

C'est un des rares soirs où on n'entende pas des voix étrangères dans la maison par le truchement de la télévision et cela donne une impression de vide.

Sans m'en rendre compte, je fais le ménage plus à fond que je n'en avais l'intention. J'en oublie l'heure. J'astique la cuisine dont je lave le carrelage à grande eau.

A certain moment, alors que je suis à genoux, je vois des jambes près de moi. C'est mon père, qui me regarde faire avec étonnement.

— Tu sais l'heure qu'il est ?

— Non.

— Onze heures et demie.

— J'aurai fini dans un quart d'heure.

Il me touche la tête d'une main hésitante qui me rappelle la main du professeur quand il me tapote l'épaule, à Broussais.

— Je monte me coucher.

— Oui. J'en ferai bientôt autant.

J'ai tout le rez-de-chaussée pour moi seule et, tant que j'y suis, j'en profite pour faire le ménage dans le bureau de mon père.

Comme si j'éprouvais le besoin de me sacrifier, ou de m'infliger une punition.

5

Ma mère n'a pas téléphoné au bureau de placement et cela vaut mieux. Dans l'état où elle est, elle effrayerait les candidates éventuelles.

C'est moi qui appelle le boucher, puis Josselin, pour leur dire que je passerai moi-même faire le marché, afin qu'ils ne viennent pas sonner à la porte.

Au fond, cela me fait du bien d'avoir à m'occuper en rentrant de mon travail.

Le professeur a repris sa routine et passe plus de dix heures par jour dans les laboratoires et dans son bureau. Il a le visage creusé, le regard grave, aigu, et ce regard recommence à se poser parfois sur moi.

Je n'ose pas lui sourire. Je détourne un peu la tête, triste et mal à l'aise. Il me semble que je ne me débarrasserai jamais de cette tristesse quasi physique que je traîne avec moi comme une sorte de grippe.

En rentrant, je m'arrête à Givry-les-Étangs et j'achète du foie de veau puis, chez Josselin, je fais quelques provisions, du bacon et des œufs, du beurre, des oranges, des pamplemousses. J'achète aussi des poires et des pommes et je n'oublie pas les soupes en boîte. J'ai l'impression qu'on me regarde avec curiosité et je me demande ce que les gens de la localité pensent de nous.

Sur le seuil, je croise le gros Léon, à qui il arrivait déjà de me conduire dans son taxi quand j'étais enfant. Il est vraiment gros, mais d'une légèreté étonnante. Il plaisante du matin au soir et c'est une sorte de célébrité locale.

— Alors, mademoiselle Laure, est-ce que vous avez retrouvé cette fille ?

Sans réfléchir, je lui demande de qui il parle.

— Eh bien, votre espèce d'Espagnole. Il paraît que vous l'avez perdue.

— Elle est rentrée dans son pays.

— A moins qu'elle ne soit partie avec un amoureux ?

Le soir, je fais à nouveau le ménage et je monte nettoyer la mansarde de Manuela. Cela me gêne de toucher aux draps dans lesquels elle a dormi avec mon frère.

A un moment donné, j'ai besoin d'un chiffon. Pour ne pas descendre deux étages et les remonter, je vais voir si je n'en trouve pas au grenier où il y a un peu de tout.

J'y vois encore une carabine cassée de mon frère et un vélo devenu beaucoup trop petit pour lui. Mon ancien vélo est là aussi, les pneus à plat. Un jour, alors que je roulais dans un sentier, j'ai heurté un arbre et le docteur Ledoux a dû me faire plusieurs points de suture au cuir chevelu. Je vois aussi, cordes cassées, nos vieilles raquettes de tennis.

Je me dirige vers le mur du fond en me courbant, car le toit est en pente raide, et je suis surprise de ne pas trouver à sa place la vieille malle verte.

Elle a toujours été là, pleine de vieux linges, de bouts de tissus, et je ne crois pas qu'on s'en soit servi pour voyager depuis que je suis née. Elle doit dater du temps où mon père était en Algérie et où il changeait assez souvent de garnison.

Je ne trouve rien qui puisse me servir de chiffon et je descends en chercher dans la cuisine.

Quand je vais me coucher, les deux hommes sont déjà au lit et je m'endors presque tout de suite.

Le lendemain, lorsque je porte le café à ma mère, je la trouve mal en point, comme je m'y attends. C'est le second jour de sa cure, un des plus pénibles. Elle a le regard plus fixe que jamais comme si le monde, autour d'elle, n'existait pas et comme si toute son attention était concentrée sur ce qui se passe en elle.

Elle tient une main sur sa poitrine, qui est traversée de spasmes angoissants.

Il y a quelques années, cela m'impressionnait fort et je la croyais en train de mourir. Je me suis habituée, comme les autres, à la voir ainsi.

— Tu as pris ton médicament ?

— Oui.

— Dans une heure, ce sera passé.

Surtout quand elle aura avalé une bonne gorgée d'alcool. Son organisme proteste contre le sevrage qu'on lui impose.

— Est-ce que tu sais ce qu'est devenue la malle qui se trouvait au grenier ?

— Quelle malle ?

— Celle qui était contre le mur du fond. Une malle verte, avec une ligne jaune autour.

Elle soupire comme sous le coup de la douleur et j'ai l'impression qu'elle cherche à gagner du temps. C'est moi qui parais cruelle de lui poser une question si futile quand elle souffre.

— Je ne me souviens pas. Il doit y avoir si longtemps... Attends... Un brocanteur est passé, un jour, qui allait avec sa camionnette de villa en villa et de ferme en ferme pour racheter les fonds de grenier. Il est monté avec moi. Je sais que je lui ai vendu une table qui avait un pied cassé et les deux chaises à fond de paille. Il a dû emporter la malle aussi. Personne ne s'en servait plus. Il y a bien longtemps de cela.

Non. J'ai encore vu cette malle au grenier il y a moins d'un an, un jour que je suis allée chercher je ne sais quoi là-haut.

Ce qui me préoccupe, justement, c'est que ma mère ait éprouvé le besoin de mentir. Je vais prendre mon bain et je me dirige vers Broussais, où tout est clair et net et où, contrairement à ce qui se passe à la maison, chacun n'essaie pas de cacher quelque chose.

A cause de la malle ou du nettoyage que j'ai fait la veille, je pense à nouveau à Manuela et j'essaie de l'imaginer coltinant sa valise en imitation cuir jusqu'à la gare ou jusqu'à l'arrêt de l'autobus. Quelque chose ne colle pas dans cette explication.

L'après-midi, je demande à Mlle Neef si je peux m'absenter une heure et je me dirige vers l'avenue Paul-Doumer. L'immeuble, en pierre de taille, est cossu, avec de très hautes fenêtres et des plafonds moulurés. Ce n'est pas une concierge que je trouve dans la loge mais un concierge en uniforme.

D'ailleurs, le mot loge ne convient pas. C'est un véritable petit salon que j'entrevois au-delà de la porte vitrée.

— M. et Mme Lherbier, s'il vous plaît...

Je sais leur nom par mon frère, et un ascenseur très doux, aux cloisons recouvertes de velours, me transporte au second étage. Je sonne et, après une assez longue attente, la porte m'est ouverte par une jeune fille qui répond à la description de Pilar : elle est petite et sèche, noiraude, avec de très grands yeux bruns et une bouche souriante.

— C'est pour qui ? demande-t-elle.

Son tablier minuscule et son bonnet sont en organdi brodé.

— Je voudrais vous parler un moment, mademoiselle.

— Nous n'avons pas le droit de recevoir dans la maison.

— Je pourrais peut-être demander la permission à votre patronne ?

— Je ne sais pas si...

Elle a le même accent que Manuela mais elle parle français mieux que celle-ci. Il doit y avoir assez longtemps qu'elle est en France.

Une porte s'ouvre. Une femme paraît, en manteau de vison, prête à sortir.

— Pilar...

Celle-ci se précipite et je les vois parler à voix basse en me regardant. Mme Lherbier finit par se diriger vers moi.

— Vous désirez, mademoiselle ?

— Je vous demande pardon de m'introduire ainsi chez vous. Notre bonne est une compatriote et une amie de Pilar. Elle a disparu il y a quelques jours et je voudrais m'assurer qu'il ne lui est rien arrivé.

— Pilar ! Vous pouvez, si vous en êtes capable, répondre aux questions de mademoiselle.

Elle s'assure d'un coup d'œil que rien ne manque dans son sac à main de crocodile et elle sort de l'appartement.

— Quand avez-vous vu Manuela pour la dernière fois ?

— Mercredi de la semaine dernière.

— Vous avez passé l'après-midi avec elle ?

— Oui. C'est mon jour. Le matin, je dors, et l'après-midi nous courons les magasins, Manuela et moi, ou nous allons au cinéma. Nous sommes allées au cinéma. Ensuite elle avait un rendez-vous mais nous nous sommes retrouvées.

— Vous avez dîné avenue de Wagram, dans un petit restaurant où vous allez souvent ?

— Comment le savez-vous ?

Il y a une banquette recouverte de velours vert et nous nous y asseyons, Pilar non sans timidité.

— Manuela nous a dit qu'elle dînait presque toujours avec vous avenue de Wagram avant d'aller danser chez *Hernandez*...

— C'est vrai.

— Vous êtes allées chez *Hernandez ?*

— Oui.

— Vous y avez beaucoup d'amis ?

— J'y connais presque tout le monde. Il n'y a que des Espagnols, y compris les garçons et les musiciens. Mon ami est un des musiciens. C'est pour cela que je reste toujours jusqu'à la fermeture.

— Et Manuela ? Elle avait un ami aussi ?

— Elle avait beaucoup d'amis.

— Vous voulez dire des amoureux ?

— Elle en changeait souvent, vous comprenez ? Elle était très gaie. Ce n'était pas la fille à s'accrocher à un homme.

— Comment rentrait-elle à Givry ?

— Parfois par le dernier bus. Il arrivait aussi qu'un de nos camarades ait une voiture. C'est arrivé le dernier mercredi. Nous étions cinq ou six, y compris José. José, c'est le musicien. Nous nous sommes entassés dans une petite auto et nous avons chanté tout le long du chemin.

— Manuela était gaie ?

— Comme toujours.

— Elle n'a pas parlé de son intention de quitter sa place ?

— Non. Elle était contente. Elle était toujours contente.

— Elle ne projetait pas non plus de rentrer en Espagne ?

— Sûrement pas. Sa mère est morte il y a dix ans. Son père a une toute petite terre et c'est elle qui devait s'occuper de ses sept frères et sœurs. Elle a toujours rêvé de venir à Paris. Quand elle a obtenu ses papiers, elle s'est enfuie de chez elle, car son père ne l'aurait pas laissée partir.

Je cherche à préciser l'image de Manuela, qui commence déjà à être un peu différente de celle que je connaissais.

— Elle vous a parlé de mon frère ?

— Olivier ?

— Vous savez même son prénom !

— Il est tout jeune, n'est-ce pas, tout naïf. Elle prétend qu'il n'avait jamais fait l'amour et qu'il avait terriblement peur d'être ridicule.

Elle rit, d'un rire de gorge, comme Manuela.

— Il voulait l'épouser ?

— Il lui jurait, en tout cas, que c'était sérieux, et insistait pour qu'elle n'aille plus danser chez *Hernandez*... Il était jaloux...

— Et mon père ?

— Elle m'a raconté ce qui s'est passé. C'était très drôle.

— Pourquoi ?

— Je vous demande pardon. Vous savez, Manuela ne prenait rien au sérieux et nous avions l'habitude de tout nous raconter.

— Mon père ne lui a pas proposé de quitter la maison ?

— Si.

— Il voulait l'installer dans un petit appartement ou dans un studio, n'est-ce pas ?

— Je n'osais pas vous le dire. Lui aussi, on aurait dit que c'était la première fois qu'il avait une maîtresse.

— Elle n'a pas accepté ?

— Bien sûr que non.

— Pourquoi ?

— C'est difficile à dire. Cela ne peut mener à rien, vous comprenez ?

— Cela ne vous a pas surprise de ne pas avoir de ses nouvelles ?

— Si.

— Qu'est-ce que vous avez pensé ?

— Qu'elle avait un nouvel ami. Qu'elle avait peut-être changé de place.

— Vous êtes sûre qu'elle n'a jamais parlé de retourner dans son pays ?

— Jamais !

— Elle vous a parlé de ma mère ?

— Elle n'est pas... elle n'est pas comme une autre, n'est-ce pas ?

Elle avait failli prononcer le mot folle.

— Personne, chez *Hernandez*, n'en sait plus que vous ?

— Je n'y suis retournée qu'hier. Ils ont été surpris de me voir seule. Je savais déjà qu'elle n'était plus à Givry.

— Comment l'avez-vous appris ?

— Nous avions l'habitude de nous téléphoner à peu près tous les deux jours. J'ai fini par avoir votre mère au bout du fil et elle m'a annoncé que Manuela était partie pour l'Espagne. Je me suis dit que c'était une excuse qu'elle avait donnée pour quitter ses patrons.

— Elle ne vous aurait pas fait signe ?

— Je ne comprends pas.

— Vous étiez vraiment très intimes ?

— Elle me disait tout. J'étais la seule fille qu'elle connaissait à Paris. Quant aux garçons, elle riait avec eux, faisait l'amour, mais elle n'allait pas leur dire ce qu'elle pensait.

— Je vous remercie, Pilar.

— Vous êtes inquiète, mademoiselle ?

— Je ne sais pas. Elle a pu avoir de bonnes raisons pour disparaître. La proposition de mon père était assez tentante.

Si je ne sentais pas le professeur assez loin de moi, je lui en parlerais et il me donnerait peut-être un conseil. Je n'ose pas. Quant aux autres laborantines, ce sont des problèmes qui ne les ont jamais effleurées.

Je suis de plus en plus troublée, je l'avoue. J'en ai un peu honte. Il y a des moments où je me dis que je me fais des idées, que j'ai tendance, comme ma mère, à tout dramatiser.

Si ma mère attend d'avoir terminé sa cure pour téléphoner au bureau de placement, j'en ai pour une bonne semaine encore à faire la cuisine et le ménage.

Elle continue à ne pas prendre de vrais repas, à être toujours couchée quand l'un de nous rentre à la maison. Ce n'est que quand elle est seule qu'elle descend, vacillante, et qu'elle cherche quelque chose à manger dans le réfrigérateur. Sans doute aussi lui arrive-t-il de prendre une nouvelle bouteille à l'endroit où elle cache sa provision. N'est-ce pas curieux que nous n'ayons jamais trouvé cet endroit-là ? Elle est, dans ce domaine, d'une habileté surprenante.

Je monte la voir en rentrant, après m'être encore arrêtée à Givry pour acheter de la viande et des légumes. Elle ne lit pas. Elle ne dort pas non plus, bien que ses yeux soient fermés.

— C'est toi ? murmure-t-elle d'une voix faible.

— Oui. Comment te sens-tu ?

— Mal.

— Tu as beaucoup souffert ?

Elle ne répond même pas. N'est-ce pas évident ?

— Il n'est venu personne ?

— Je n'ai pas entendu la sonnette.

— Pas de coups de téléphone ?

— Non.

— Quand Pilar t'a téléphoné...

— Qui est-ce ?

— Une amie de Manuela...

— Une Espagnole m'a appelée. Elle voulait parler à Manuela. Je lui ai répondu qu'elle n'était plus ici. Elle m'a demandé où elle était allée et je lui ai dit qu'elle était retournée dans son pays.

— Tu es sûre que Manuela t'a dit ça ?

— Oui. Je n'ai pas l'habitude de mentir.

C'est faux. Elle ment d'instinct. Ou bien elle déforme tellement la vérité qu'on ne s'y retrouve plus.

— Elle a appelé un taxi ?

— Je ne sais pas.

— Tu n'as pas entendu si elle téléphonait au gros Léon ou à l'autre chauffeur ?

— Non. Je ne me sentais pas bien. Je me rendais compte que ton frère allait faire une scène.

— Et papa ?

— Ton père aussi. Les hommes sont fous. A peine une fille est-elle entrée dans la maison qu'ils se mettent à tourner autour comme des mouches.

— Ce n'est pas toi qui l'as conduite à la gare ou à l'arrêt du bus ?

— Non. Il n'aurait plus manqué que ça ! Puisqu'elle désirait s'en aller, elle n'avait qu'à se débrouiller, non ?

Ma mère semble avoir retrouvé une certaine énergie.

— Je t'ai dit que je ne me sentais pas bien. Je suis montée et je me suis étendue. Je crois que j'ai entendu la porte se refermer bruyamment. J'avais une mauvaise crise.

Je ne sais pas jusqu'à quel point elle ment mais tout n'est certainement pas vrai dans ce qu'elle affirme.

— Pourquoi me poses-tu ces questions ? Ce n'est pas assez que je sois dans mon lit, que ton père et ton frère ne s'adressent plus la parole, que nous soyons sans personne pour faire le travail et que je sois seule dans la maison toute la journée ?

Elle est plus amère que jamais.

— N'aie pas peur. Je vais me rétablir. Et, dans quelques jours, tu n'auras plus à t'occuper de rien. C'est moi qui ferai le ménage en attendant que je trouve quelqu'un.

Je suis déçue, un peu écœurée. Elle parvient, par Dieu sait quels moyens, à me donner mauvaise conscience. J'ai juste le temps de préparer le dîner et de mettre un peu d'ordre au rez-de-chaussée. Mon père me trouve en train de mettre la table et il me dit un vague bonjour en faisant mine de gagner son bureau.

— Père.

— Oui ?

— Je voudrais te poser une question. C'est très important.

Excuse-moi de me mêler de ce qui ne me regarde pas. Tu as proposé à Manuela de l'installer à Paris, n'est-ce pas ?

— Qui t'a dit ça ?

— Son amie, Pilar, à qui elle ne cachait rien.

— Et tu crois ces deux filles ?

Je le regarde en face, la lèvre frémissante, car je ne me sens pas sûre de moi et c'est la première fois que j'affronte ainsi mon père. C'est drôle. Je le regarde un peu, aujourd'hui, comme je regarderais un étranger et je le sens fuyant, prêt à mentir, lui aussi.

— Je les crois.

— Et si même c'était vrai ?

Il est humilié, malheureux, à la recherche d'une attitude digne qu'il ne trouve pas.

— Ce serait ton droit, évidemment. Ta vie privée ne me regarde pas.

Il fixe le plancher.

— Ce que j'ai besoin de savoir, parce que cela nous intéresse tous, c'est ce qu'elle est devenue.

Il se tait. Il attend.

— Tu n'es pas venu ici la chercher pour la conduire à Paris ?

— Non.

— Tu ne l'as pas attendue quelque part sur la route ?

— Je te répète que non.

— Et tu n'as pas la moindre idée de l'endroit où elle se trouve ?

— C'est plutôt à ton frère qu'il faudrait poser la question. Ou alors à ta mère, qui est fort capable de l'avoir jetée à la porte.

— Je te remercie...

Lui non plus n'est pas franc et Olivier nous surprend en un tête-à-tête embarrassant. Il nous regarde tour à tour, méfiant. Dans la maison, maintenant, chacun se méfie des autres.

— On ne mange pas ?

— Tu es pressé ?

— Oui. J'ai rendez-vous avec un ami.

Il ne nous donne jamais de précisions sur ses amis et ils ne viennent pas le voir à Givry. Est-ce parce qu'il a honte de maman ? Il y a toute une partie de sa vie dont nous ne savons rien. Il va, il vient, part à des heures différentes, rentre dîner ou non, monte parfois se coucher sans venir nous dire bonsoir au salon.

Peut-être n'est-ce qu'un moyen naïf de se prouver à lui-même son indépendance ?

— Avec qui es-tu sorti, Olivier ?

— Des copains.

— De la Faculté des sciences ?

— Peut-être. Je ne leur ai pas demandé.

— Tu ne t'es pas fait d'amis, là-bas ?

— La plupart sont snobs. Ou bien, comme nous, ils habitent assez loin de Paris.

— Il n'y en a pas de Versailles ou des environs ?

— Je ne sais pas.

J'ignore s'il fréquente les dancings et même s'il sait danser. Quant aux filles, il en est encore moins question.

— J'ai vu Pilar.

— Où cela ?

— Chez ses patrons. J'ai vu sa patronne aussi.

— Pour quoi faire ?

— La patronne sortait justement. Elle m'a permis de poser quelques questions à sa femme de chambre.

— Qu'est-ce que Pilar t'a dit ?

— Comme à toi. Elle ne croit pas que Manuela soit retournée dans son pays. Elle l'a peut-être dit, pour ne pas avouer qu'elle en avait assez de la maison.

— Elle m'en aurait parlé.

— Tu en es sûr ?

— Certain.

J'en suis moins certaine que lui et, quelques minutes plus tard, nous sommes une fois de plus assis autour de la table ronde, sans nous adresser la parole.

J'ai commencé le ménage, comme les jours précédents. La disparition de Manuela continue à me tracasser et tout à coup, vers dix heures, je décide d'aller me renseigner chez *Hernandez*. Mon frère est sorti. Je frappe à la porte du bureau. J'annonce à mon père :

— Je sors une heure.

— N'oublie pas ta clef.

Il ne pleut pas mais il fait froid. J'arrive avenue des Ternes et je suis obligée de me renseigner. Les premières personnes que je questionne ne connaissent pas l'établissement. C'est un agent qui me dit :

— A cent mètres d'ici environ, à gauche, entre un marchand de chaussures et une pâtisserie, vous trouverez une impasse. C'est au fond.

Je laisse mon vélomoteur dans l'avenue et je m'avance, l'air peu féminin dans mon anorak. Le bal est annoncé par une enseigne lumineuse bleue et rouge et, devant l'entrée, quelques hommes, par petits groupes, fument une cigarette et apostrophent les femmes qui passent. Tous parlent l'espagnol. La plupart portent des chemises de couleur vive.

Certaines des interpellées répondent sur le même ton. D'autres rougissent et se précipitent vers l'entrée. Une grosse boule pend au plafond, faite de petits morceaux de miroir qui reflètent la lumière des projecteurs. Cette boule tourne lentement au-dessus des danseurs, dessinant des carrés lumineux sur les visages et sur les murs.

Ceux-ci sont blancs. Il y a deux rangs de tables autour de la piste et les nappes sont en papier.

Presque toutes les places sont occupées et, après m'être plus ou moins repérée, je me dirige vers le bar où il n'y a que quelques hommes.

— Je peux avoir un jus de fruit ?

— Avec plaisir, répond le barman.

Il adresse un clin d'œil aux autres. Je suis sans doute la seule Française dans la salle et ils échangent des plaisanteries dans leur langue.

— Vous connaissez une jeune fille qu'on appelle Manuela Gomez ?

— Si, señorita. Oui, mademoiselle.

— Elle est ici ?

— Nous sommes mercredi ?

— Non. Jeudi.

— Elle ne vient que le mercredi avec la señorita Pilar.

Chacune de ses phrases est saluée par les rires ou les sourires des autres.

— Elle est venue hier ?

— Comment ?

— Hier, c'était mercredi. Elles sont venues toutes les deux ?

— Non, mademoiselle. Seulement la señorita Pilar.

Je ne sais pas ce qu'il y a de drôle dans ses réponses. Cela doit être le ton qui les fait tous s'esclaffer. Nous avons l'air de faire un numéro plus ou moins comique.

— Vous ne savez pas où elle est partie ?

— La señorita Pilar ?

— Non, Manuela.

Je commence à m'impatienter.

— Oh ! Vous parlez de Manuela. Belle fille, Manuela.

— Est-ce que quelqu'un, ici, sait où elle est allée ? Est-ce qu'elle avait un ami ?

— Beaucoup d'amis, mademoiselle.

Il prononce *mademezelle* et souligne chaque fois le mot.

— Beaucoup, beaucoup d'amis.

— Je veux dire : est-ce qu'elle voyait quelqu'un en particulier ?

— Beaucoup en particulier.

Ce n'est pas possible de continuer. Je n'apprendrai rien et ils se moquent de moi de plus belle.

— Danser, mademoiselle ?

— Merci. Il faut que je parte.

Je paie. Ils essaient de me retenir.

— Un verre de cognac espagnol ?

Je réponds n'importe quoi et je me faufile vers la sortie. Il me reste à me débarrasser des petits groupes qui se tiennent dehors.

Je ne sais rien de plus que quand je suis venue, sinon que Manuela était très populaire chez *Hernandez* et qu'elle n'était pas farouche avec les hommes. Je m'en doutais déjà. Lorsque j'arrive au coin de l'impasse je me jette presque contre quelqu'un qui s'avance à grands pas et au moment où j'ouvre la bouche pour m'excuser je reconnais mon frère.

— Qu'est-ce que tu fais ici ? me demande-t-il, devinant certainement la réponse.

— J'ai essayé d'avoir des nouvelles de Manuela.

— Tu as obtenu des renseignements ?

— Non. Ils se sont moqués de moi. Elle n'est pas venue hier.

— Tu es inquiète ?

— Je ne sais pas. Je serais plus tranquille si je savais où elle se trouve. Je n'aime pas ce mystère qui entoure son départ.

— Tu sais ce que je fais, moi, en ce moment ?

— Non.

— Voilà deux jours que je sèche mes cours et que je suis notre père du matin au soir. Je me dis qu'il ira fatalement la rejoindre à un moment ou à un autre et que c'est le seul moyen d'avoir son adresse.

» Jusqu'à présent, il se contente d'aller à son bureau, de déjeuner seul dans un petit restaurant voisin, de retourner à son travail puis de revenir à la maison.

— Il ne s'est pas aperçu que tu le suis ?

— Je ne crois pas. Et, si même il s'en aperçoit, cela m'est égal. Au point où nous en sommes, lui et moi...

— Tu vas chez *Hernandez* ?

— J'y allais. Je vais quand même y faire un tour, à tout hasard, mais je doute d'avoir plus de succès que toi.

— Ne bois pas trop.

— Je n'ai rien bu aujourd'hui, qu'un verre de bière.

— Bonsoir.

— Bonsoir.

Nous ne nous embrassons pas. Nous n'avons pas été habitués, à la maison, aux manifestations d'affection. Pourtant nous nous aimons bien, mon frère et moi. Je me fais beaucoup de mauvais sang au sujet de son avenir et je voudrais tant qu'il soit heureux !

Sans cette fille...

Voilà que je me mets à penser comme ma mère et à tout mettre sur le dos de Manuela. Est-ce sa faute, à elle, si Olivier lui a fait la cour, et dois-je lui reprocher de lui avoir accordé le plaisir qu'il suppliait qu'on lui donne ?

Pour mon père, c'est un peu différent. Elle aurait pu...

Pourquoi ? Je me mets à sa place. J'entends encore la voix du barman, le rire des hommes entourant le bar. J'ai eu l'impression qu'ils avaient eu à peu près tous des rapports assez intimes avec elle.

Elle était gaie. Elle aimait la vie. Elle aimait l'amour. Elle voulait que chacun soit heureux...

Pourquoi pas mon père, qui oubliait sa dignité pour supplier, lui aussi ?

Non. Je n'ai pas le droit de lui en vouloir. C'est l'atmosphère de la maison qui est responsable.

Je ne sais plus. Je ne veux plus y penser. Mon père est monté quand je rentre et je fais encore un peu de ménage avant de me mettre au lit.

Le lendemain, je suis lasse, mal en train. Comme d'habitude mon père descend le premier prendre son petit déjeuner et il me jette à la dérobée de brefs coups d'œil.

— Tu ne te sens pas bien ?

— C'est la fatigue.

— Il faudrait nous mettre en quête d'une bonne. Tu ne peux pas continuer à tout faire.

— C'est inutile d'en engager une tant que maman n'est pas rétablie.

— Comment va-t-elle ?

Il a dormi avec elle mais ils n'ont pas échangé un mot. Le soir, comme le matin, elle a certainement gardé les yeux fermés. De sorte que c'est à moi qu'il demande de ses nouvelles.

— Elle souffre. Les trois premiers jours sont difficiles.

— Elle mange un peu ?

— Elle descend pour prendre de la nourriture dans le réfrigérateur. Elle attend que je ne sois pas dans la maison.

— Elle t'a parlé de Manuela ?

— Je l'ai questionnée.

— Qu'est-ce qu'elle dit ?

— Qu'elle ne sait rien. Ce qu'elle nous a déjà dit le premier jour. Que Manuela lui a annoncé qu'elle retournait chez elle.

— Tu la crois ?

— Non. J'ai vu Pilar, son amie. Pilar m'assure que c'est impossible que Manuela soit rentrée en Espagne... Elle s'est enfuie de chez elle parce qu'elle devait s'occuper de son père et de ses sept frères et sœurs. Elle n'avait jamais un moment de liberté.

— Qu'est-ce qui a pu lui arriver ?

Au moment où mon père me pose cette question comme s'il se la posait à lui-même, je pense à la malle verte. J'ouvre la bouche. Je suis sur le point d'en parler.

Mais non. Je suis en train de bâtir une histoire sinistre et mon père ne ferait que hausser les épaules.

C'est le tour de mon frère de descendre.

— Tu as été plus heureux que moi chez *Hernandez* ?

— Je me demande encore comment je m'en suis tiré. Je suis allé au bar. J'ai parlé de Manuela et ils ont tous éclaté de rire. Je me retenais pour ne pas me fâcher, car je ne pouvais pas me battre contre une douzaine d'adversaires. D'ailleurs, j'aurais eu toute la salle contre moi. Ils m'ont parlé d'une demoiselle qui avait posé les mêmes questions que moi et ils se donnaient des coups de coude.

— La demoiselle, c'était moi.

— C'est ce que j'ai compris.

— Il faut que je me dépêche si je veux rattraper mon père. Cela m'étonnerait, il est vrai, qu'il lui rende visite de si bonne heure le matin.

— Je crois que tu fais fausse route, Olivier.

— Je commence à le penser aussi. Maintenant que j'ai commencé, je veux aller jusqu'au bout. Faire ça ou suivre des cours que je ne continuerai de toute façon pas...

Mes collègues ont remarqué que, depuis quelques jours, je suis plutôt sombre, mais elles se trompent sur les causes véritables de mon humeur. Au réfectoire, pourtant, je m'efforce de me mêler à la conversation d'un petit groupe que nous formons.

C'est vers cinq heures que j'ai soudain une grande joie. Je suis occupée dans le laboratoire quand quelqu'un s'arrête derrière moi et je tressaille en entendant la voix du professeur.

— J'aurai besoin de vous tout à l'heure. Ne partez pas.

Je me retourne, tremblante de reconnaissance, mais il s'éloigne sans me regarder. Peu importe. Il m'a fait signe. Il m'a demandé de rester.

Je compte les minutes et j'ai toutes les peines du monde à me concentrer sur mon travail. Quand la sonnerie annonce qu'il est six heures, la plupart de mes collègues vont se changer pour partir. Quelques-unes restent plus tard pour finir leur besogne.

Ce n'est qu'à six heures et demie que je me trouve seule dans le petit laboratoire où Shimek vient me rejoindre.

— Vous avez soigné Joseph ?

— Oui.

— Son pouls ?

— Normal.

— Sa tension artérielle ?

— Toujours la même.

— Sortez-le-moi, voulez-vous ? Vous pourrez le tenir seule ?

— Il est habitué à moi.

— On dirait qu'il ne se produit aucun phénomène de rejet...

Il n'ose pas encore se réjouir car le succès de l'expérience serait tellement inespéré ! Le stéthoscope toujours à la main, il continue, penché sur le chien, de la même voix qu'il vient d'employer :

— Vous m'avez beaucoup manqué.

Je n'ose rien dire.

— Je ne m'attendais pas à ce que vous vous éloigniez de moi comme vous l'avez fait.

— Je me suis éloignée ? C'est cela que vous avez cru ?

— Depuis plus d'une semaine, vous ne me regardez plus en face et vous ne venez jamais vers moi.

— Parce que je n'ose pas m'imposer.

— Vous dites la vérité ?

— C'est moi, au contraire, qui souffrais de ne pas pouvoir vous approcher. J'ai cru que vous m'en vouliez.

— De quoi ?

— Je ne sais pas. J'aurais pu vous fatiguer.

— Remettez le chien dans sa cage.

Il me suit des yeux, le visage grave.

— Je n'arrive pas à croire que je me suis trompé. Voyez-vous, c'est dans des moments comme ceux que je viens de passer qu'on sent le prix d'une véritable amitié.

Je dis malgré moi, avec ferveur :

— J'aurais tellement voulu...

— Quoi ?

— Je ne sais pas. Vous consoler. Non, c'est trop prétentieux. Vous entourer d'un peu de chaleur humaine. J'ai pensé à vous tout le temps. Je vous imaginais seul avec votre fille.

Il me regarde, surpris, encore un peu incrédule.

— C'est vrai que... ?

Il tend ses deux mains et prend les miennes qu'il serre vigoureusement, au point de me faire mal.

— Merci. Je vous crois. C'est drôle. Nous nous sommes trompés chacun sur le compte de l'autre. Cela n'arrivera plus.

Il a le tact de ne pas m'embrasser, d'en rester là, de me regarder avec une sorte de reconnaissance et de me dire d'une voix faussement paternelle :

— Vous devez avoir faim. Courez vite dîner.

— Et vous ?

— Ce soir, j'ai un rapport à rédiger. J'ai apporté un sandwich et un thermos de café.

Je ne lui propose pas de rester. Je sais que quand il rédige un rapport il tient à être seul et même sa secrétaire n'a pas accès à son bureau.

— Bon travail, dis-je.

Mes yeux, tout mon visage sourient. Tout mon être est soulagé et je descends l'escalier en sautillant au lieu de prendre l'ascenseur.

Un malentendu ! Il n'y a eu, entre nous, qu'un malentendu ! Chacun, comme il l'a souligné, s'est mépris sur le compte de l'autre.

J'y pense toujours en roulant à vélomoteur et en sortant de Paris.

Une idée me vient tout à coup à l'esprit. Si un malentendu de ce genre a pu se produire entre le professeur et moi, il peut se produire entre d'autres hommes, il se produit certainement des centaines de fois par jour.

Qu'est-ce qui me prouve que ce n'est pas ce qui se passe entre nous et ma mère ? Je dis nous parce que je sais que mon père et mon frère partagent plus ou moins mes sentiments.

Toutes ses attitudes, qu'elle soit en neuvaine ou non, nous irritent. Il y a longtemps que nous la considérons comme une malade mentale, à un degré assez léger peut-être, mais comme une malade, et plusieurs fois j'ai pensé sérieusement à appeler un psychiatre.

Tout comme le professeur, n'est-ce pas elle qui pendant ce temps a attendu un geste, un regard de nous ?

Je n'osais pas le regarder en face. Je craignais qu'il ne pense que je me réjouissais de voir la place libre auprès de lui. Cela aurait été monstrueux de ma part. Je me tenais à l'écart, attendant un signe.

Et lui, de son côté, espérait un encouragement de ma part.

Il a fini par avoir le courage de parler et le malentendu est dissipé.

Avons-nous jamais parlé franchement, ma mère et nous ? Lui avons-nous dit ce que nous avons sur le cœur ? Ne l'avons-nous pas traitée comme si elle était en marge de la famille ?

C'est à cause d'elle, plus ou moins, que je n'ai jamais amené de camarades à la maison et qu'Olivier n'invite pas ses amis. Mon père, de son côté, ne fréquente personne.

Nous avons honte. Nous nous attendons à ce qu'elle se montre désagréable ou extravagante.

Ne le sait-elle pas ? N'y a-t-il pas longtemps qu'elle l'a compris et qu'elle se ronge ? N'est-ce pas une des raisons de ses neuvaines ?

Nous la laissons seule toute la journée. Dès le matin, nous nous envolons l'un après l'autre sur nos vélomoteurs et il est rare que l'un d'entre nous rentre déjeuner. Le soir, nous nous mettons à table sans lui demander comment elle a passé la journée.

Après quoi mon père s'enferme dans son bureau, mon frère s'en va ou monte dans sa chambre.

Qui a commencé ? Je me le demande sérieusement mais cela remonte trop loin dans le passé pour que je trouve une réponse.

S'il y a un malentendu à la base, tout ce que je pense d'elle est faux et j'ai des remords. Je voudrais lui donner la chance de vivre avec nous, de vivre comme dans une vraie famille, avec des rapports confiants, affectueux entre les uns et les autres.

Le professeur m'a serré les deux mains en me regardant bien en face, d'un regard encore triste mais plein de tendresse humaine. Je suis heureuse. Je voudrais que tout le monde soit heureux.

Quand j'arrive à la maison, mon père et mon frère sont à table et mangent une omelette. Dans la cuisine, j'aperçois des assiettes à soupe.

— Qui a préparé le repas ?

— C'est moi, murmure mon frère comme s'il avouait une faute. J'ai ouvert une boîte de soupe aux pois et cassé une demi-douzaine d'œufs dans un bol.

— Quelqu'un est monté voir maman ?

Ils me regardent tour à tour avec l'air de dire qu'ils n'y ont pas pensé.

— Je vais voir si elle n'a besoin de rien.

Je monte, je frappe, j'ouvre la porte. Elle est assise dans son lit et me regarde entrer, le visage impassible.

— Qu'est-ce que tu veux ? demande-t-elle. Tu viens encore m'espionner ?

— Mais non. Je venais voir si tu n'as besoin de rien.

— Je n'ai besoin de rien.

— Personne n'est venu ? Personne n'a téléphoné ?

Elle ricane :

— J'oubliais que, même malade, je dois garder la maison !

Ses yeux sont durs, sa voix pleine de rancœur. Je pense qu'il a fallu des années de déceptions pour en arriver là.

A-t-elle jamais été heureuse ? Même enfant, ses frère et sœurs ne se moquaient-ils pas d'elle parce qu'elle était laide ?

Est-ce tellement faux de prétendre que mon père l'a surtout épousée parce qu'elle était la fille de son colonel ?

L'a-t-elle soupçonné dès le début ? Ses yeux se sont-ils ouverts avec le temps ?

Depuis ma naissance je vis avec elle et je m'aperçois tout à coup que je ne la connais pas. Quand j'ai été à même de la juger, ou plutôt quand j'ai eu la prétention de la juger, elle était déjà comme aujourd'hui et je n'avais aucun moyen de connaître le passé.

— Tu n'as pas faim, maman ?

— Tu sais bien que quand on souffre on n'a pas faim.

— Il n'y a rien que je puisse faire pour toi ?

Je suis maladroite, évidemment. On ne change pas ainsi d'attitude du jour au lendemain, du matin au soir.

— Qu'est-ce qui t'arrive ? remarque-t-elle, sarcastique.

— J'ai beaucoup pensé à toi aujourd'hui.

— Vraiment ?

— J'ai pensé que nous te laissions trop seule.

— Eh bien, maintenant, je te demande justement de me laisser seule.

— Je voudrais encore te dire que je t'aime bien.

— Parbleu !

Il vaut mieux que je m'en aille. Je lui fais plus de mal que de bien. Je me sens maladroite, ridicule.

— Bonne nuit.

Elle ne répond pas. Elle allume une cigarette. Elle porte, sur sa chemise de nuit, une liseuse d'un bleu passé qui souligne la noirceur de ses cheveux et de ses yeux.

Elle ne serait pas vraiment laide si...

Il ne faut plus que je pense. Je finis par embrouiller mes idées et je pénètre dans la cuisine pour me faire à mon tour une omelette.

Mon frère monte chez lui, mon père entre dans son bureau et, machinalement, comme le fait ma mère d'habitude, je tourne le bouton de la télévision.

6

Le professeur ne m'a pas parlé, ne m'a pas demandé non plus de rester après l'heure, mais nos regards se sont rencontrés plusieurs fois au cours de la journée. Je suis persuadée qu'une sorte de complicité est née, en même temps que ce que je pourrais appeler une certaine paix de l'âme.

Je sais que, quoi qu'il m'arrive et qu'il lui arrive, aucun homme ne tiendra jamais dans ma vie la place qu'il occupe. Je ne lui demande rien. C'est peut-être ce qui m'exalte le plus. Je voudrais être celle qui donne et qu'il se contente d'accepter.

Il y a longtemps que mes collègues savent qu'il y a quelque chose entre nous. Elles se regardent d'un air entendu quand elles partent le soir et qu'elles me voient rester, et elles ont malgré elles un coup d'œil ironique au cagibi où se trouve le lit de camp.

Elles n'ont rien compris et je ne leur en veux pas. J'éprouve encore moins le besoin de leur expliquer ce qui n'est qu'une vérité toute simple. Enfant, j'ai vu passer des processions, des hommes et des femmes suivant le saint sacrement en tenant un cierge allumé, et je me souviens de certains visages illuminés d'une joie totale, de regards qui ne voyaient pas les réalités d'alentour mais qui étaient fixés sur quelque vision inaccessible aux autres.

Je me sens un peu comme ces fidèles-là et je brave tranquillement les sourires narquois de mes compagnes.

Est-ce que Shimek se rend compte de la place qu'il tient dans ma vie ? Est-il possible qu'il sente que c'est un don absolu et que, sans cette dévotion, je n'existe plus ?

Je suis entrée en amour comme on entre en religion et c'est pourquoi, sans doute, je n'appartiens plus tout à fait à la maison. Je prépare le petit déjeuner. Je fais le dîner. Je mets de l'ordre et je passe l'aspirateur. Ce ne sont que des gestes extérieurs qui ne font pas partie de mon existence intime.

Aujourd'hui encore, je m'arrête chez Josselin pour acheter de quoi dîner, et je suis surprise d'y voir Mme Rorive qui fait quelques emplettes tout en bavardant. Elle se tait dès qu'elle m'aperçoit et je soupçonne qu'elle parlait de moi ou de mes parents.

— Je suis heureuse de vous voir. Il n'y a personne de malade chez vous, au moins ?

Je n'ai pas le don de seconde vue, mais je jurerais qu'elle n'est ici que parce qu'elle sait que les derniers jours j'y passe à la même heure, en revenant de mon travail.

— Ma mère n'est pas très bien.

— Elle est au lit ?

— Oui. Ce n'est pas inquiétant. Toujours ses migraines.

— C'est tellement douloureux ! J'ai une sœur qui en souffre aussi et qui, quand ça lui prend, n'oserait même pas traverser la rue.

Elle a fini ses achats. Son filet à provisions est sur le comptoir à côté d'elle mais elle ne fait pas mine de s'en aller.

Elle est en mauve, la couleur qu'elle préfère, sans doute parce qu'elle la trouve distinguée. Ses cheveux blancs ont des reflets mauves aussi, son teint mauve, avec un peu de rouge effacé sur les joues.

— Vous me donnerez quatre pots de rillettes, quatre tranches de pâté et deux douzaines d'œufs.

— Vous savez, je m'inquiétais un peu. Aujourd'hui, pour la troisième fois, je suis allée chez vous avec M. Rorive et personne n'a répondu à notre coup de sonnette.

Comme beaucoup de commerçants qui ont passé une grande partie de leur vie derrière un comptoir, chacun appelle l'autre par le nom de famille précédé du monsieur ou du madame.

— Vous n'avez plus votre bonne ?

— Elle est partie.

— Et avec ça, mademoiselle Le Cloanec ?

— Vous avez ajouté un peu de persil ?

— Oui.

Mme Rorive sort avec moi.

— Vous ne voudriez pas venir prendre une tasse de thé ou de café au lait et manger un petit gâteau avec moi ?

Il y a une pâtisserie en face, avec de petites tables blanches autour desquelles les dames de la localité vont manger des gâteaux en bavardant. Je suis inquiète de ce qu'elle m'a dit au sujet de ses trois visites à la maison. Elle est presque aussi au courant de nos habitudes que nous-mêmes, car elle passe une partie de son temps derrière ses rideaux. Elle n'ignore pas que mon père et mon frère ne rentreront pas avant une heure.

Je la suis, résignée.

— Thé ou café au lait ?

— Du café sans lait, s'il vous plaît.

— Une tranche de cake ?

— Avec plaisir.

— Je ne devrais pas manger de gâteaux, car je suis assez grosse comme ça, mais je ne peux pas m'en empêcher. Elle était italienne, n'est-ce pas ?

— Espagnole.

— Avec un drôle de nom. Les étrangers ont presque tous des drôles de prénoms.

— Manuela.

— C'est cela. Une fille qui riait toujours, une belle fille, d'ailleurs, à qui les amoureux ne devaient pas manquer... Et, d'après le peu que je l'ai vue, elle ne leur opposait pas une grande résistance.

— Je ne sais pas ce qu'elle faisait son jour de sortie.

— Je me souviens que, récemment, il y a peut-être une semaine, elle est rentrée très tard en voiture. Je ne dormais pas. Il y a des nuits où je ne parviens pas à m'endormir et je préfère me lever. Il était au moins deux heures du matin. Ils étaient toute une bande entassés dans l'auto avec elle et ils chantaient à tue-tête.

— Comment savez-vous que c'était elle ?

— J'ai entendu la voiture s'arrêter devant votre villa, puis la porte de celle-ci se refermer. C'est pourquoi, quand je ne l'ai plus vue, je me suis dit que votre mère l'avait peut-être mise à la porte.

— Elle est partie de son plein gré pour rentrer dans son pays.

— Elle ne s'habituait pas à la vie française ?

— Je ne sais pas.

— Votre mère a fait venir le docteur Ledoux ?

Je ne comprends pas tout de suite le sens exact de sa question.

— Pourquoi ?

— Parce que les vertiges et les sueurs froides viennent souvent d'un refroidissement.

Je ne comprends toujours pas. Quelle est cette histoire de refroidissement ? Je suis persuadée qu'avec son air naïf Mme Rorive ne dit rien sans raison.

— J'ai bien pensé, le soir du chien crevé, qu'elle avait tort de sortir sous la pluie sans même mettre un vêtement chaud.

Je questionne malgré moi :

— Quel chien crevé ?

— Votre mère ne vous a pas mise au courant ? C'est sans doute pour ne pas vous impressionner. C'était le mardi ou le mercredi. Attendez. Plutôt le mardi, car je jurerais que nous avons mangé des soles au déjeuner. C'est le jour d'arrivage du poisson.

» Peu importe. Ce dont je suis sûre, c'est qu'il pleuvait. Pas la grosse pluie en rafales de la semaine précédente mais une pluie fine et froide.

» J'attendais M. Rorive qui était allé en ville faire quelques achats. J'étais à la fenêtre, pour le voir arriver, car j'ai toujours peur quand il part seul en voiture.

J'ai le cœur serré, sans raison précise. Il me semble que ce bavardage cache un danger que je ne connais pas encore et, par contenance, je bois une gorgée de café.

— Vous ne mangez pas votre cake ?

— Si. Il a l'air très bon.

— On n'en trouve pas de pareil à Paris. Où en étais-je ? La nuit était tombée depuis un bon moment. Une voiture est arrivée très vite de la direction de Givry, avec ses gros phares jaunes qui éclairaient la route mouillée.

» Tout à coup, dans le faisceau de lumière, j'ai aperçu un grand chien que je n'avais jamais vu. On aurait dit un chien sans maître, un chien errant. Il marchait au milieu de la chaussée et la voiture n'a pas eu le temps de freiner. Si je n'ai pas entendu le choc, j'ai eu l'impression de l'entendre.

» J'aime trop les bêtes pour assister à un accident comme celui-là sans être retournée. La voiture a continué sa route tandis que l'animal, qui avait été comme lancé en l'air, retombait à peu près à l'endroit où il avait été frappé.

Je comprends de moins en moins pourquoi Mme Rorive éprouve le besoin de me raconter cette histoire. Elle est consciente de mon intérêt et s'en réjouit intérieurement.

— J'étais si bouleversée que je me suis versé un petit verre de crème de menthe. J'étais dans le salon, à le boire, quand M. Rorive est rentré. Je lui ai dit :

» — Nous pourrions peut-être aller dire bonjour à cette charmante Mme Le Cloanec. J'ai justement fait ce matin deux pains aux raisins. Je lui en porterais un.

» Je sais que votre maman les adore. Je lui en ai porté une fois et elle m'a dit quel plaisir je lui avais fait.

Est-ce que tout cela est faux ? Est-ce vrai ?

— J'ai pris mon parapluie. M. Rorive n'a pas voulu prendre le sien, prétendant qu'il ne pleuvait pas assez fort et que son imperméable suffisait. Imaginez ma surprise quand j'ai constaté que le chien n'était plus sur la route. J'étais sûre qu'il était mort. A la façon dont il est retombé, tout disloqué, il n'était pas possible qu'il en soit autrement.

Elle parle, elle parle, sans pourtant négliger son cake.

— M. Rorive a sonné. Il n'y avait pas de lumière au rez-de-chaussée mais on en voyait au premier étage, dans la chambre de vos parents. Je finis par connaître la maison, n'est-ce pas ? Quand on n'a qu'un seul voisin...

Je voudrais tant qu'elle en vienne au fait !

— Eh bien, pour la troisième fois, personne n'a répondu.

» — Peut-être est-elle dans la cuisine et n'entend-elle pas ?

» Nous ne savions pas encore que votre bonne était partie. J'étais un peu inquiète et M. Rorive a dit :

» — Allons frapper à l'autre porte.

» Nous avons contourné la maison pour frapper à la porte de derrière. Il n'y avait pas de lumière dans la cuisine non plus.

» — Laisse donc ton pain aux raisins sur le seuil.

» — La pluie va le détremper.

» Il faut m'excuser si vous jugez que j'ai été trop audacieuse. J'ai essayé le bouton de la porte. Celle-ci n'était pas fermée à clef et elle s'est ouverte. Alors, j'ai déposé le pain aux raisins sur le guéridon qui se trouve dans le corridor...

— Mais le chien ? Je ne vois pas ce que le chien a à voir avec...

— J'y viens. Attendez. Au moment où nous nous disposions à partir, j'ai entendu du bruit du côté du bois. La lune venait de se dégager et j'ai vu votre maman qui franchissait la grille du fond du jardin. Elle était nu-tête, sans manteau, et elle poussait une brouette devant elle...

— Il n'y avait rien dans la brouette ?

— Non. Nous avons préféré ne pas l'attendre, par crainte qu'elle ne soit pas contente de nous trouver là. Je suppose qu'elle a aperçu le chien sur la route, elle aussi. Elle a dû descendre pour voir si, par hasard, il n'était que blessé.

» Le trouvant mort, elle a eu l'idée d'aller le jeter dans l'étang, sans doute avec une pierre au cou...

Elle change soudain de ton.

— Qu'est-ce que vous avez ?

Je réponds stupidement :

— Moi ?

— Vous êtes devenue toute pâle. Vous aimez les bêtes, n'est-ce pas ? Je suis sûre que vous n'auriez pas non plus laissé celle-là au milieu de la route, juste sous vos fenêtres.

— Il va falloir que je rentre pour préparer le dîner, dis-je.

— C'est à peu près l'heure. Il est vrai que vous n'avez que des choses froides.

Elle a fait attention à ce que j'achetais chez Josselin. Elle insiste pour payer.

— C'est moi qui vous ai invitée. Est-ce que, tout au moins, vous avez mangé de mon pain aux raisins ?

— Je crois... Oui...

En réalité, ce n'est pas vrai. Pour une raison ou pour une autre, ma mère ne nous a pas parlé de ce pain aux raisins. Il est vrai qu'elle était en pleine neuvaine.

Qu'en a-t-elle fait ? Elle ne l'a pas mangé elle-même car, pendant les périodes où elle boit, elle ne peut rien supporter de sucré. L'a-t-elle jeté à la poubelle ? Mais pourquoi ?

Quelle a été sa réaction en découvrant, ce jour-là précisément, et alors qu'elle revenait des étangs en poussant une brouette, que quelqu'un avait pénétré dans la maison ?

Je rentre chez nous. Contrairement au soir de la dernière visite de Mme Rorive, les lampes sont allumées au rez-de-chaussée. Je ne vois personne au salon, ni dans la salle à manger, où les couverts sont mis.

Dans la cuisine, je trouve ma mère qui s'est habillée et qui se tient très droite, trop droite, comme pour ne pas s'affaisser.

— Tu es descendue ?

Elle me regarde sans répondre et pousse un long soupir. Je ne l'aurais pas crue capable de descendre aujourd'hui. Ce n'est pas la première fois que je suis témoin de sa prodigieuse énergie.

Elle marche d'une façon saccadée, mécanique.

— J'ai apporté de quoi dîner. Il y avait un pâté fraîchement sorti du four et j'en ai pris quatre tranches.

Je range mes emplettes sur la table. La vue de la nourriture doit lui soulever le cœur mais elle n'en laisse rien voir.

— Les hommes ne sont pas rentrés ?

— Je suis toute seule.

Il y a des moments où je l'admire autant que je la plains. Elle est seule, en effet, même quand nous sommes tous les trois à table avec elle. Elle vit dans un monde à elle, que nous ne connaissons pas, et nous avons pris l'habitude de mettre ses faits et gestes sur le compte de lubies ou sur le compte de la boisson.

Peut-être parce que quelques regards du professeur, aujourd'hui, m'ont rendue heureuse, je me sens un peu plus proche d'elle, ou plutôt je voudrais me rapprocher d'elle, lui dire que je la comprends, que je sais combien misérable a été sa vie.

Est-ce que nous n'en sommes pas tous un peu coupables ? Je la regarde fixement et j'ai envie de pleurer. Je l'imagine, sous la pluie, revenant du bois, des étangs, franchissant la grille étroite au fond du jardin, dont la serrure rouillée ne fonctionne plus, tout en poussant la brouette qu'elle a prise dans l'appentis.

Malgré moi, je questionne :

— Que s'est-il passé au juste avec le chien ?

Ses prunelles, du coup, se rétrécissent et elle me regarde avec une telle intensité que, mal à l'aise, je détourne la tête.

— Quel chien ?

— Celui qu'une voiture a tué devant la maison. Un grand chien sans maître qui marchait au milieu de la route.

Je lève les yeux. Ses lèvres n'ont plus de couleur. Elle doit terriblement souffrir et j'ai honte de me montrer cruelle comme j'ai eu honte le soir où mon père a été humilié par Olivier. Il me semble que l'humiliation est ce qui fait le plus mal à un être humain.

— Qui t'a parlé d'un chien ?

— Mme Rorive.

Ma mère voit bien que je suis bouleversée. Elle devine certainement ce que je pense et je m'attends à ce qu'elle craque, à ce qu'elle laisse tomber ce que je pourrais appeler son masque.

Or, à ma grande surprise, elle tient bon. Je lance, à tout hasard :

— Et le pain aux raisins ?

— Quel pain aux raisins ?

— Mme Rorive est entrée par-derrière et a déposé un pain aux raisins sur le guéridon du corridor.

— Je n'ai jamais vu de pain aux raisins dans le corridor.

Et ma mère ajoute une petite phrase qui me stupéfie :

— Cette femme est folle !

L'arrivée de mon frère met fin à l'entretien et ma mère commence à ranger les viandes froides sur un plat.

— Tiens ! Tu es déjà debout ?

Nous sommes tous cruels à son égard. Nous ne devrions pas avoir l'air surpris qu'elle se soit levée et qu'elle s'efforce, au prix d'une dépense d'énergie inouïe, de reprendre sa place dans la vie de tous les jours.

— Tu viens un instant, Laure ?

Il se dirige vers le salon. Cela aussi, les colloques dans les coins, ces phrases à mi-voix ou à voix basse, nous devrions l'éviter. Comment pourrait-elle se sentir chez elle ? Et comment ne penserait-elle pas qu'elle est différente des autres ?

— Que veux-tu me dire ?

— Que je me suis renseigné. Je peux entrer à la caserne en janvier, avec le nouveau contingent, et, devançant mon terme, j'ai le droit de choisir mon arme.

— Tu penses toujours à ça ?

— Plus que jamais.

Et, avec un vague geste vers la cuisine :

— Tu l'as vue, non ? Tu crois que je vais continuer à vivre dans cette atmosphère ?

— Elle s'est montrée brave.

— J'aurais préféré qu'elle reste dans son lit. Ne dis encore rien à mon père. Je vais essayer de me procurer les papiers et, au dernier moment, je lui demanderai sa signature.

— Et s'il refuse ?

— Il ne refusera pas. Après ce qui s'est passé, ma présence le gêne, et il se sentira soulagé de ne plus me voir dans la maison.

— *Quel chien ?* a-t-elle questionné, le visage exsangue.

Puis, à la fin :

— *Mme Rorive est folle !*

Ces deux petites phrases me reviennent sans cesse pendant le repas. Mon père, toujours compassé, feint d'ignorer la présence d'Olivier. Est-ce que, avec le temps, les rancunes n'arriveraient pas à s'atténuer et peut-être à disparaître ?

En face de moi, ma mère mange du bout des lèvres et je la vois hésiter à se verser un second verre de vin rouge dont elle a visiblement besoin. Alors, je la sers en même temps que moi et elle me regarde, surprise, mais sans aucune reconnaissance.

— *Quel chien ?*

— *Mme Rorive est folle !*

Je balbutie :

— Excusez-moi.

Et je me lève de table, je me précipite vers ma chambre où j'arrive juste à temps pour donner libre cours aux sanglots qui m'étouffent.

Le chien... Mme Rorive...

— *Elle m'a dit qu'elle retournait en Espagne.*

Je voudrais être près du professeur, tout contre lui, et tout lui dire, lui demander ce que je dois faire. J'ai chaud et froid tout ensemble. Je suis couchée sur le ventre, mon visage dans l'oreiller, et je sanglote sans même penser à ce qui me rend si malheureuse.

J'ai fait un terrible cauchemar dont je me suis littéralement arrachée en me forçant à m'éveiller et je suis restée longtemps assise dans mon lit, pantelante, incapable de faire avec exactitude la différence entre mon imagination et la réalité.

Je n'étais pas allée à l'hôpital et je voyais bien que ma présence inquiétait ma mère. Il pleuvait. Il devait faire sombre dehors, car les lampes étaient allumées dans la maison.

Les deux hommes étaient partis, Olivier à vélomoteur, sa peau de mouton sur le dos, mon père avec la voiture.

Nous étions toutes les deux dans la cuisine, ma mère en peignoir bleu clair sur lequel elle avait noué son tablier. Il était neuf heures moins quatre minutes au réveil. Puis neuf heures moins trois, neuf heures moins deux. Je ne sais pas pourquoi je devais attendre neuf heures précises.

Ma mère avait peur. Elle me regardait avec des yeux agrandis et me demandait d'une voix rauque :

— Qu'es-tu allée faire dans le bois ?

J'attendais pour répondre que l'aiguille soit au milieu du réveil et je disais :

— T'obliger à parler. J'ai besoin de savoir.

J'étais calme. J'avais conscience d'accomplir une tâche dont le destin m'avait chargée.

— Je te jure qu'il n'y a rien à savoir.

— Le chien ?

— Il n'y a jamais eu de chien.

— Le chien au milieu de la route mouillée.

— Mme Rorive est folle.

— Et la brouette ?

— Je ne me suis pas servie de la brouette.

— Qu'es-tu allée faire dans le bois ?

— Je ne suis pas allée dans le bois.

Son visage était défiguré par l'angoisse et elle se tordait les mains.

— Et la valise en faux cuir de Manuela ?

— Elle l'a emportée avec elle.

— Où ?

— Dans son pays.

— Elle n'est pas retournée dans son pays.

— Elle m'a dit qu'elle irait.

— Tu mens.

— Je ne mens pas.

— J'exige que tu me dises la vérité et je ne la répéterai à personne.

— Il n'y a pas de vérité. Qu'est-ce que tu fais ?

C'était un cri de terreur car je m'avançais vers elle, implacable.

— Ne me bats pas.

— Je te battrai s'il le faut. Je veux que tu me dises ce que tu as fait de Manuela.

Je lui tenais les deux poignets et ils étaient aussi frêles que des poignets d'enfant, avec une peau très douce, très lisse.

— Ne me fais pas mal.

— Alors, parle.

— Je n'ai rien à dire.

— Tu l'as tuée.

Elle ne répondait pas et me regardait avec des yeux fous, la bouche ouverte pour un cri qu'elle ne poussait pas.

— Dis-moi pourquoi tu l'as tuée.

— Elle m'a tout pris.

— Qu'est-ce qu'elle t'a pris ?

— Mon fils et mon mari. Elle me narguait, se moquait de moi parce que je ne suis pas gaie.

— Vous étiez toutes les deux dans la cuisine ?

Elle ne répond pas mais elle regarde autour d'elle comme si elle avait oublié où elle se trouvait.

Je ne sais pas à quel moment il est entré mais le professeur est là, en blouse et en calot blancs. Il a tout entendu, bien que je ne l'aie pas vu jusqu'ici. Il hoche la tête d'un air triste et me regarde comme pour me faire comprendre quelque chose.

Seulement, je ne le comprends pas. Je sais que j'ai une tâche à remplir et je la remplis.

— Avec quoi l'as-tu frappée ?

Elle se débat encore un peu, essaie de dégager ses poignets que je tiens fermement. Elle finit par balbutier, en tournant la tête vers la table recouverte d'une toile cirée à carreaux bruns et blancs :

— La bouteille.

— Tu l'as frappée avec la bouteille ?

Elle fait oui de la tête.

— Quelle bouteille ?

— La bouteille de vin.

— Elle était pleine ?

— J'avais bu un peu.

— Tu étais en train de boire au goulot quand elle est entrée ? C'est pourquoi elle s'est moquée de toi ?

— Elle s'est moquée de moi et je l'ai frappée.

— Elle est tombée sur le sol ?

— Elle avait les yeux très grands, très gros, et elle marchait vers moi. La bouteille était cassée. J'ai pris le rouleau à pâte qui se trouvait sur la table et j'ai encore frappé.

— Plusieurs fois ?

— Oui.

— Elle est tombée ?

— Non.

— Elle est restée longtemps debout ?

— Longtemps. Et moi, je frappais. Elle s'est mise à saigner par le nez et par la bouche.

— Et alors elle est tombée ?

— Oui.

— Tu savais qu'elle était morte ?

— Oui.

— Comment le savais-tu ?

— Je le savais.

— Et le chien ?

— Il n'y avait pas encore de chien.

— Qu'est-ce que tu as fait ?

— Je suis allée chercher la malle au grenier.

— Tu ne l'avais donc pas vendue au brocanteur ?

— Non.

— Tu m'avais menti ?

— Je mens toujours. Je n'y peux rien.

— Que voulais-tu faire du corps ?

— Le jeter dans l'Étang-Vieux, mais je ne voulais pas qu'il remonte à la surface. J'ai descendu les vieux chiffons à la cave.

— Ils y sont toujours ?

— Non. Le lendemain, quand vous avez été tous partis, je les ai mis dans la poubelle.

— Tu n'as pas pris son pouls ?

— Non. Elle était morte.

Elle répète, comme un récitant à la messe :

— Elle était morte.

— Tu l'as mise dans la malle ?

— Oui.
— Tu as ramassé les morceaux de bouteille et effacé les taches de vin et de sang ?
— Il n'y avait presque pas de sang.
— Tu es allée chercher la brouette ?
— Oui. Il pleuvait.
— Tu as mis ton manteau ?
— Non. Je n'avais pas froid.
— Tu as pu porter la malle à toi toute seule ?
— Je l'ai traînée. Je suis forte. Personne ne croit que je suis forte, mais c'est la vérité.
— Qu'est-ce que tu as mis dans la malle pour qu'elle ne remonte pas à la surface ?
— Un pied de cordonnier qu'il y avait sous l'appentis et l'étau de ton père.

Je lui avais lâché les poignets et elle parlait toujours d'une voix monocorde comme un écolier qui récite une leçon.

— Où l'as-tu jetée ?
— Dans l'Étang-Vieux. A l'endroit où il y a un trou. J'ai entendu dire que la couche de vase est de plus d'un mètre.
— Tu as été assez forte ?
— J'ai été assez forte. Le trou est près de la petite jetée vermoulue.
— Et si la jetée s'était affaissée ?
— Elle ne s'est pas affaissée.
— Et le chien ?
— Je suis rentrée et je suis montée pour me laver les mains.
— Il y avait un pain aux raisins dans le corridor ?
— Non. J'ai vu le chien par la fenêtre.
— Il y avait donc un chien ?
— Oui.
— Pourquoi t'en es-tu occupée ?
— Je ne sais pas. Je n'aimais pas qu'il soit devant la maison.
— Tu n'as pas pensé que, si on t'avait vue avec la brouette, cela te procurerait un alibi ?
— Je ne sais pas. Pourquoi es-tu si méchante avec moi ?
— Je ne suis pas méchante. Je devrai vivre désormais avec ce souvenir-là.
— Moi aussi.
— Ce n'est pas la même chose.
— Pourquoi ?
— Tu es allée chercher à nouveau la brouette et tu as chargé le chien ?
— Oui.
— Qu'est-ce que tu lui as mis autour du cou ?
— Un vieux morceau de grille de fer.

— Tu l'as jeté dans l'Étang-Vieux ?

— Oui.

— A la même place ?

— Non. A l'endroit où les deux étangs se rejoignent. Il y a une sorte de canal qu'enjambe le petit pont.

Je sais que mon visage est effrayant, implacable, et elle le regarde toujours avec terreur. C'est plus terrible encore avec le silence, car je ne trouve plus de questions à lui poser.

— Il ne faut le dire à personne, Laure. Promets-moi de ne le dire à personne.

Et, comme je ne réponds pas, elle continue d'une voix de petite fille :

— Je ne le ferai plus. Je te jure que je ne le ferai plus.

Je cherche le professeur des yeux. Il se tient dans l'encadrement de la porte. Et, comme je le regarde d'un air interrogateur, il me fait oui de la tête.

Qu'est-ce qu'il veut dire ? Que je dois promettre ? Il est grave, sévère. Je crois qu'il n'est pas content de moi. Il n'a pas vécu des années dans la maison et il ne connaît pas ma mère.

— Ne le dis à personne, Laure. Je ne veux pas aller en prison. Je ne veux pas qu'on m'enferme.

Et alors elle a un dernier cri :

— Je t'assure que je suis inoffensive !

J'ai dû crier, moi aussi, en m'arrachant au sommeil, au cauchemar. Je n'ai pas pensé tout de suite à allumer ma lampe de chevet et je suis restée assise dans le noir, à entendre la pluie battre les volets.

J'ai de la peine à reprendre mon souffle et je me demande même un court moment où je suis.

C'était si réel ! Cela avait l'air si vrai ! Est-il possible que...

J'écoute pour savoir si mon cri n'a pas réveillé mes parents et si quelqu'un ne va pas venir. Mais non. Tout dort dans la maison. Je suis en sueur. Je tends les bras pour allumer la lampe.

Je ne sais pas pourquoi je balbutie à mi-voix :

— Le chien.

Je ne sais plus ce qui est vrai et ce que j'ai inventé. Je me lève et vais boire un verre d'eau dans la salle de bains. Je décide de prendre un somnifère afin de dormir d'un sommeil lourd et sans rêves.

Quand je me réveille, le matin, à l'heure habituelle, je suis tellement lasse que ma première idée est de rester au lit et de téléphoner tout à l'heure à l'hôpital que je ne me sens pas bien.

Mais aussitôt mon rêve me revient, ma mère et moi dans la cuisine, tandis que les hommes sont partis tous les deux.

Je ne veux pas rester dans la maison seule avec elle. Je serais capable de la questionner, de vouloir coûte que coûte qu'elle me dise...

Je prends une douche, je m'habille, je descends. Je la trouve occupée à faire le café.

Elle me regarde et dit :

— Je n'ai besoin de personne.

— Je ne savais pas si tu étais descendue. Il faudra téléphoner à l'agence pour une bonne.

Je suis épouvantée de voir à quel point elle ressemble à la femme de mon rêve. Elle porte son peignoir bleu pâle, qu'elle met d'ailleurs le plus souvent, et elle a noué un tablier par-dessus. L'illusion est si forte que je me tourne vers la table pour y chercher le rouleau à pâte.

— Qu'est-ce que tu veux ?

— Rien.

Il vaut mieux que je sorte de la pièce. Je me sers pourtant une tasse de café que j'emporte vers le salon où je me mets machinalement à ranger.

Je n'ose pas m'avouer à moi-même que c'est l'attitude du professeur qui me trouble le plus. Il m'a regardée avec tristesse, comme si je le décevais. Il me semble que ses yeux me disaient de ne pas continuer, de ne pas essayer de savoir.

Me voilà encore le front en sueur et je suis soulagée quand mon frère descend et va s'asseoir à sa place à table.

Je le rejoins, comme pour me placer sous sa protection. Il est surpris de voir que c'est ma mère qui lui sert son petit déjeuner. Elle n'a prononcé qu'un mot :

— Bonjour.

Il me regarde et s'étonne de me voir bouleversée.

— Qu'est-ce que tu as ?

— J'ai fait un affreux cauchemar.

— Et c'est un cauchemar qui te met dans cet état ?

Rien que cette phrase-là me montre à quel point ce sera dur. J'ai envie de lui répondre, de tout lui dire.

Or, je ne peux rien dire à personne. J'ai promis. Ai-je vraiment promis ? Je ne peux pas rester ainsi entre le rêve et la réalité.

— Tu m'accompagneras jusqu'à l'hôpital, Olivier ?

— Pourquoi ? De quoi as-tu peur ?

— Je n'ai pas envie de me sentir seule.

Il mange, en m'observant toujours d'un œil curieux.

— Je ne t'ai jamais vue ainsi.

— Si tu avais vécu mon rêve...

— On ne vit pas un rêve.

— Tant qu'il dure, il est aussi réel que la réalité.

— Où as-tu lu ça ?

C'est le tour de mon père de descendre et nous nous taisons tous les deux. J'ai conscience de la minute qui s'écoule, de la vie de la famille, de quatre êtres humains réunis dans une maison de la grande banlieue.

Ma mère, dans la cuisine, fait une tache bleu clair et elle boit son café dans un grand bol dont on se sert d'habitude pour battre les œufs.

Mon frère a presque fini de manger et est encore en manches de chemise. Mon père, déjà habillé, mange ses toasts en regardant fixement devant lui.

Moi, je les regarde tous les trois. J'ai l'impression de me regarder moi-même, de me voir parmi eux, le visage comme tuméfié.

La minute passe et il y en a d'autres, il y en aura beaucoup d'autres.

— Alors, viens ! lance mon frère en se levant et en passant son veston.

Il va chercher sa canadienne dans le corridor. Il attend que j'endosse la mienne et que je passe mes bottes de caoutchouc, car il pleut toujours.

Nous traversons une partie de la cour, dans l'allée couverte de gravier, pour aller prendre nos vélomoteurs.

— Tu ne veux vraiment rien me dire ?

— Je n'ai rien à te dire, Olivier. Je t'assure que ce n'était qu'un cauchemar.

— J'ai l'impression que tu me caches quelque chose.

— Je suis un peu triste ce matin.

— Pourtant maman est assez bien. Je m'attendais à ce qu'elle reste au moins deux jours de plus au lit. Elle ne s'est jamais remise aussi vite d'une neuvaine.

— Tu as raison.

Pourquoi a-t-elle fait un pareil effort ? N'est-ce pas parce que, dans la réalité aussi, elle a peur ?

Nous roulons côte à côte et nous traversons Givry, nous passons devant chez Josselin, devant la pâtisserie. Aujourd'hui, je n'aurai pas à m'arrêter pour acheter notre nourriture. Je suis persuadée que, comme d'habitude quand elle n'est pas en neuvaine, ma mère va faire sa commande par téléphone.

Cela me calme un peu de me trouver dehors. La pluie me mouille entièrement le visage et il y a des moments où je peux à peine respirer. Mon frère règle sa vitesse sur la mienne et nous atteignons la route qui mène de Versailles à Saint-Cloud. Le temps est si gris qu'on dirait que le jour n'est pas tout à fait levé et nous allumons nos phares. D'autres en font autant qui, comme nous, se dirigent vers Paris, les uns à vélomoteur, d'autres à vélo, quelques-uns à l'abri dans leur voiture.

De temps en temps, Olivier se tourne vers moi. Il paraît inquiet. Il n'a pas l'habitude de me voir flancher. Au coin du boulevard

Brune, une foule maussade sort de la bouche du métro et mon frère m'adresse un signe de la main avant de continuer son chemin.

Moi, je suis arrivée. Je retrouve les locaux blancs et clairs, les longues tables encombrées d'éprouvettes, de lampes à alcool, d'instruments brillants.

Je vais me mettre en blanc, comme les autres, et, presque automatiquement, je prends mon expression professionnelle.

7

Nous nous sommes rencontrés deux ou trois fois pendant le début de la matinée mais nous n'avons pas travaillé ensemble. Je m'efforçais de faire bonne contenance, me rendant compte que j'avais un visage de catastrophe. Je sentais qu'il était surpris, qu'il essayait de comprendre, et je m'en voulais de lui créer des soucis supplémentaires.

Vers onze heures, je ne le vois plus dans les laboratoires et un peu plus tard sa secrétaire vient me dire qu'il me demande à son bureau. Les meubles sont en acajou, surchargés de bronze, et les murs presque entièrement couverts par des photographies de sommités médicales du monde entier.

Dans ce cadre trop solennel, il a l'air plus petit, plus maigre, presque insignifiant. On dirait qu'il essaie de s'adapter au décor et il n'est pas le même que dans les laboratoires.

— Je n'ai pas voulu vous questionner devant vos collègues. Asseyez-vous, je vous en prie.

Il me montre la chaise devant son bureau et je m'y sens mal à l'aise, car j'ai l'air ainsi d'être en visite.

— Vous n'êtes pas bien, n'est-ce pas ?

— Je n'ai presque pas dormi de la nuit et le peu de sommeil que j'ai eu a été très agité. Je m'excuse de me présenter dans cet état.

Il me regarde avec affection, cherchant à comprendre.

— Vous avez des soucis familiaux ?

— Oui, au sujet de ma mère, en particulier.

Je voudrais tout lui dire, me confier entièrement à lui, mais je ne m'en reconnais pas le droit. Il vient de vivre une tragédie, lui aussi. Il est à peine remis du coup qui l'a frappé.

— Elle n'a jamais été tout à fait équilibrée et, par moments, je me demande si elle ne serait pas plus à sa place dans un hôpital psychiatrique.

— Vous êtes sûre que c'est si grave ?

Je ne peux pas lui dire que je suis persuadée qu'elle a tué. Je n'en ai pas la preuve. Et je suis encore sous le coup de mon rêve. N'est-il pas ridicule de lui attacher tant d'importance ?

— Que disent les médecins ?

— Elle n'a jamais voulu être examinée par un spécialiste. Mon père n'a pas osé en appeler un contre sa volonté. Quant au médecin de famille, il met ses bizarreries sur le compte de l'alcoolisme.

— Elle boit beaucoup ?

— Par périodes. Pendant plusieurs jours, elle boit pour ainsi dire toute la journée, en se cachant. Elle a une adresse diabolique pour se procurer de l'alcool et pour cacher les bouteilles un peu partout dans la maison, afin d'en avoir à tout moment sous la main. Puis elle se couche en se plaignant de ses migraines et elle ne quitte la chambre que quand il n'y a personne d'autre dans la maison.

» Elle ne mange rien aux repas. Elle grignote en cachette ce qu'elle trouve dans le réfrigérateur.

— Comment est sa santé ?

— Elle se plaint de ces fameuses migraines. En réalité, elle n'en souffre que quand elle boit. Elle vit alors, vacillante, dans un univers nébuleux, et j'ai toujours peur qu'elle ne se suicide. Elle doit être particulièrement résistante car, à quarante-sept ans, elle n'a jamais été malade. Le docteur Ledoux prétend que ses troubles sont imaginaires.

Cela me fait du bien de parler, de le voir m'écouter en cherchant à se faire une opinion.

— Elle n'a pas été heureuse, enfant. Elle se croyait laide et c'est un fait qu'elle n'a pas un visage avenant. Maintenant, elle est si maigre qu'on se demande comment elle tient debout.

Il voudrait bien m'aider. C'est la première fois qu'il me questionne sur ma famille et je me retiens de lui raconter l'histoire de Manuela, d'Olivier, de mon père. Il faudrait alors que je lui parle de l'atmosphère de la maison.

J'ai honte de lui prendre son temps, de lui voler sa sympathie.

Comment, d'ailleurs, pourrais-je me confier, même à lui ? Ce n'est pas mon secret ; c'est celui de ma mère. Je peux me taire, du moins je le suppose, car je suis sa fille et on ne peut pas exiger de moi que je la dénonce.

Mais quelqu'un d'autre ? Mais lui ? Je ne connais pas la loi. Je pense néanmoins que si quelqu'un a connaissance d'un crime il est tenu d'en avertir les autorités.

Je refuse de le mettre dans une situation aussi délicate. Je ne peux accepter l'idée de faire de lui mon complice.

J'ai eu un cauchemar, à cause de quelques phrases de Mme Rorive, d'un chien, d'une brouette. Ce cauchemar me colle à la peau et j'ai encore de la peine, après tant d'heures, à me persuader que ce n'est pas la réalité. Ne serait-il pas ridicule, en l'occurrence, d'accuser qui que ce soit ?

Pourquoi Manuela ne serait-elle pas partie d'elle-même ? Elle n'est restée que deux mois chez nous. Nous la connaissons à peine. Nous ne savons rien de son vrai caractère, sinon qu'elle couchait avec n'importe qui, gaiement, parce que c'était sa nature.

Est-il normal, parce qu'un soir je ne l'ai pas retrouvée à la maison, de condamner ma mère ?

Je me débats entre des sentiments contradictoires.

— Cela m'a fait du bien que vous me permettiez de parler. Je vous en suis reconnaissante. Pardonnez-moi si, dans les jours qui suivent, vous me voyez abattue ou préoccupée. Ne faites pas attention à moi, voulez-vous ?

— Vous ne désirez pas vous confier ?

— Pour le moment, c'est impossible. Tout dépend de ce qui va se passer.

— Je n'insiste pas.

— Est-ce que vous me permettez de prendre mon après-midi ?

— Bien entendu. Prenez un congé de quelques jours si cela peut vous aider.

— Ce serait pire de rester toute la journée à la maison.

Je le salue gauchement, comme si je le connaissais à peine, comme le grand patron qu'il est. Je marche vers la porte comme en rêve. On dirait que ses yeux essayent de me communiquer un message que je ne comprends pas.

Je ne désire pas déjeuner au réfectoire, sous les regards curieux des autres laborantines. Je ne veux pas retourner manger à la maison non plus et je me rends dans le petit restaurant où je suis entrée un soir pour boire du cognac et où je suis retournée avec mon frère.

Je mange à une des petites tables à nappes rouges et le barman tourne un bouton tandis que le pick-up répand dans la pièce une musique douce, assourdie.

Je n'ai pas faim. Je ne sais plus où j'en suis. On me dirait que la police va venir m'arrêter que je le croirais.

Pourtant, je finis par manger et je prends même un dessert, ce qui m'arrive rarement.

Quand j'arrive à la maison, il n'y a personne au rez-de-chaussée et je suis prise d'une peur irraisonnée. Il est cependant normal que ma mère soit montée se coucher dans sa chambre.

Je garde mes bottes de caoutchouc, la canadienne en peau de mouton et, sous la pluie fine, je sors par la porte de derrière, me dirige vers la grille au fond du jardin.

Les arbres sont presque entièrement dénudés et il y a par terre une épaisse couche de feuilles détrempées par la pluie. Personne ne vient dans ce bois en hiver. Il existe, à cent mètres de chez nous, un chemin qui va de la route au Grand-Étang mais, de la maison, nous coupons au court par un sentier à peine tracé.

J'ai honte d'avouer que je cherche des traces de la brouette. Il n'y en a pas, bien entendu, dans les feuilles mortes. En suivant la rive du Grand-Étang, j'arrive au pont de bois qui enjambe une sorte d'étroit canal faisant communiquer les deux étangs.

Ici, il n'y a pas de feuilles et, sur le sol boueux, on voit encore nettement les traces d'une roue, d'une seule. Des osiers sont couchés, quelques-uns cassés, comme si on avait poussé au travers un objet lourd et volumineux.

Jamais paysage ne m'a paru aussi sinistre et jamais non plus je n'ai eu pareille sensation de solitude. La pluie fait de petits ronds sur la surface de l'étang et les arbres se découpent en noir sur le ciel bas. J'ai froid, malgré ma canadienne. Je voudrais parler à quelqu'un.

Et je me rends soudain compte qu'il me sera toujours interdit de parler.

Je reviens, hésitante, vers la maison, en pensant à mon père, à Olivier, à l'attitude qu'ils prendraient s'ils savaient la vérité. Est-ce que mon père ne s'en doute pas ? Si oui, comme je le pense, il refuse de savoir, il tient à rester dans l'incertitude.

Quant à mon frère, je le crois incapable de garder un secret comme celui-là. Il partira pour l'armée, comme il l'a décidé. Et sans doute cela vaut-il mieux pour lui.

J'ai vraiment froid. Je dois faire un effort pour ne pas claquer des dents. Ma mère m'a entendue rentrer. Est-ce qu'elle m'épie d'une des fenêtres ?

Je m'arrête sous l'appentis où se trouve la brouette et je découvre sur les côtés de celle-ci des éraflures encore fraîches.

Dans un coin, il y a toujours eu un tas de ferraille, et je jurerais que ce tas a diminué, je n'y vois ni l'étau rouillé dont se servait mon père au temps où il bricolait, ni le pied de cordonnier.

Je suis perdue, toute seule, au milieu d'un univers hostile, et j'ai peur de rentrer dans la villa.

Je n'ai pas le courage de condamner ma mère. Il me semble que c'est nous tous qui sommes coupables, nous tous qui l'avons laissée sombrer peu à peu dans sa solitude et dans son désespoir.

Il me semble que le rideau de la cuisine a bougé. Je ne peux pas rester indéfiniment dehors. Je ne peux pas non plus retourner en ville et attendre, pour rentrer, que mon frère et mon père soient à la maison.

Je pousse la porte d'une main hésitante, retire mes bottes, accroche ma canadienne au portemanteau.

Ma mère est là, debout dans la cuisine, à trois mètres de moi, et elle me regarde fixement. Elle m'attend.

8

Je m'avance et je n'ai plus froid, je n'ai plus peur. Ma mère n'est pas menaçante et c'est sa peur à elle que son regard exprime.

J'ai l'impression qu'à ses yeux je joue le rôle de juge et que c'est de moi que sa vie dépend. Elle ne parle pas. Elle n'a rien à dire. Elle attend.

Et je dis, d'une voix aussi naturelle que possible :

— Je ne me suis pas sentie bien et j'ai quitté le laboratoire de bonne heure.

Cela n'explique pas mon incursion dans le bois, ni sous l'appentis. Cela n'explique rien, sinon mon désarroi. Malgré moi, je la regarde avec intensité, comme si je voulais tout comprendre. Elle me fait pitié, avec sa poitrine plate, ses vêtements qui lui pendent sur le corps, son long cou maigre et son nez pointu.

On dirait que je la fascine. Elle se tient aussi immobile qu'un animal à l'affût et seules, parfois, les ailes du nez frémissent.

A quoi bon lui dire que je sais ? Elle en est consciente et c'est mon verdict qu'elle attend. Alors, je prononce du bout des lèvres :

— Je me demande si je n'ai pas pris froid.

Qu'est-ce qu'on ferait d'elle ? L'enverrait-on en prison pour le restant de ses jours ? Ou bien, la jugeant irresponsable, l'enfermerait-on dans un asile ?

Elle est ratatinée par la peur. Je n'ai jamais vécu, je n'ai jamais imaginé des minutes comme celles que je vis en ce moment. Il me semble que le monde s'est arrêté de tourner, qu'il n'existe plus, qu'il n'y a plus que nous deux face à face.

Si on essaie de l'enfermer où que ce soit, ma mère se suicidera, j'en suis sûre. Est-ce une solution ? Est-ce la seule ?

Je la repousse. Et je sais qu'en me taisant je prends une lourde responsabilité, que je prends en somme ma mère en charge.

J'avais rêvé d'un petit appartement à Paris, où je serais seule, dans mon ménage. J'avais imaginé qu'un jour, beaucoup plus tard, Shimek viendrait m'y rendre visite et qu'il aurait son fauteuil près de la cheminée.

Je sens que maintenant il faudra que je reste, que je veille sur elle, que j'évite de nouveaux drames.

Je serai seule à savoir, seule avec des vérités crues, atroces.

A quoi bon lui poser des questions, lui demander si les choses se sont passées comme dans mon rêve ?

Elle est surprise de m'entendre prononcer :

— J'ai envie de boire quelque chose pour me réchauffer. Un grog, par exemple. Y a-t-il du rhum dans la maison ?

Elle parle enfin, à mi-voix, comme pour elle-même.

— Je crois qu'il en reste une bouteille à la cave. Je vais voir.

Je mets de l'eau à chauffer. Il y a des gestes familiers qu'on fait à l'insu de soi-même dans les moments les plus douloureux ou les plus dramatiques. Mettre de l'eau à chauffer, sortir deux verres, deux cuillers, du sucre, un citron.

Ce n'est pas vrai que j'aie besoin de me réchauffer. Il était impossible de rester plus longtemps face à face en silence.

Le rhum, c'est un peu comme une absolution, comme une promesse qu'on ne parlera jamais plus de Manuela qui aimait tant la vie. Sa gaieté, sa gourmandise, n'étaient-elles pas comme une insulte à ma mère ?

Et voilà que mon frère, cyniquement, allait la rejoindre dans sa chambre. Voilà que mon père, pieds nus, montait subrepticement au second étage pour écouter derrière la porte, puis qu'il la conduisait dans un hôtel douteux.

Manuela prenait tout !

Ce jour-là, dans la cuisine, a-t-elle vraiment surpris ma mère buvant du vin rouge au goulot et s'est-elle moquée d'elle ?

Je ne le saurai jamais.

Que reste-t-il à cette femme qui remonte avec une bouteille de rhum et qui en verse dans les deux verres ? Elle a honte. Elle a eu honte toute sa vie, honte d'être laide, honte de ses neuvaines et du tremblement qui la prend quand elle s'arrête de boire.

Je ne lui parlerai jamais de ce qui s'est passé entre elle et Manuela, quitte à ne pas le savoir exactement moi-même.

Elle devine que je sais. Ce n'est pas la même chose que de prononcer les mots.

Je verse l'eau bouillante dans les verres. Ni l'une ni l'autre n'avons envie de nous asseoir. J'aurais l'impression d'être en visite.

Or, dorénavant, je serai toujours ici. De temps en temps, le professeur me retiendra après la journée au laboratoire. Je n'en deviendrai pas moins une vieille fille, comme ma tante Iris, avec en moins mon chez-moi, un petit logement à mon image comme pour Iris son appartement de la place Saint-Georges.

— Monsieur le commissaire, je viens vous révéler que ma mère…

C'est impensable. Ce serait monstrueux. Pourtant, elle tremble encore. Elle ne peut pas croire que son cauchemar est terminé.

J'imagine les hommes fouillant l'étang, mettant la malle verte au jour.

— Bois, dis-je en la voyant hésiter.

Mon Dieu qu'elle est frêle, qu'elle est inconsistante ! J'ai de la peine à me convaincre que c'est ma mère.

Au fond, je lui en veux de la décision qu'elle m'oblige à prendre, mais je n'ai pas le courage de la condamner.

Le rhum me fait chaud à la poitrine. Ma mère doit avoir les jambes molles, car elle s'assied au bord d'une chaise de cuisine, comme si elle n'osait pas s'installer plus confortablement.

— Tu as téléphoné au bureau de placement ?

— Oui.

— Ils ont quelqu'un ?

— Ils me rappelleront demain matin.

Sous mes yeux, au fil des années, ma mère est devenue petit à petit une vieille femme.

Je vais, moi, lentement, sûrement, devenir une vieille fille.

Elle me regarde, encore sur le qui-vive, mais avec déjà un peu de reconnaissance.

Elle n'est plus tout à fait seule.

Épalinges (Vaud), le 19 juin 1969.

MAIGRET ET LE TUEUR

1

Pour la première fois depuis qu'ils dînaient chaque mois chez les Pardon, Maigret devait conserver de cette soirée boulevard Voltaire un souvenir presque pénible.

Cela avait commencé boulevard Richard-Lenoir. Sa femme avait commandé un taxi par téléphone, car il pleuvait, depuis trois jours, comme, selon la radio, il n'avait pas plu depuis trente-cinq ans. L'eau tombait par rafales, glacée, vous fouettant le visage et les mains, collant les vêtements mouillés au corps.

Dans les escaliers, les ascenseurs, les bureaux, les pas se marquaient en taches sombres et l'humeur des gens était exécrable.

Ils étaient descendus et avaient attendu près d'une demi-heure, sur le seuil de l'immeuble, de plus en plus pénétrés par le froid, que le taxi arrive enfin. Encore avait-il fallu parlementer pour que le chauffeur accepte une course aussi brève.

— Excusez-nous... Nous sommes en retard...

— Tout le monde est en retard ces jours-ci... Cela ne vous ennuie pas qu'on se mette à table tout de suite ?...

L'appartement était chaud, intime, et on s'y sentait d'autant mieux qu'on entendait la tempête secouer les volets. Mme Pardon avait préparé un bœuf bourguignon comme elle seule le réussissait et ce plat à la fois solide et raffiné avait fait les frais de la conversation.

Puis on avait parlé de la cuisine provinciale, du cassoulet, de la potée lorraine, des tripes à la mode de Caen, de la bouillabaisse...

— Au fond, c'est de la nécessité que la plupart de ces recettes sont nées... Si les réfrigérateurs avaient existé dès le Moyen Age...

De quoi avaient-ils parlé d'autre ? Les deux femmes, comme d'habitude, avaient fini par s'installer dans un coin du salon, où elles bavardaient à mi-voix. Pardon avait entraîné Maigret dans son cabinet pour lui montrer une édition rare qu'un de ses patients lui avait offerte. Ils s'étaient assis machinalement et Mme Pardon était venue leur servir le café et le calvados.

Pardon était fatigué. Depuis assez longtemps ses traits étaient tirés et, par moments, on lisait dans ses yeux une sorte de résignation. Il n'en travaillait pas moins quinze heures par jour, sans jamais se plaindre ni récriminer, le matin dans son cabinet, une partie de l'après-midi en traînant sa lourde trousse de rue en rue, puis chez lui à nouveau où le salon d'attente était toujours plein.

— Si j'avais un fils et qu'il m'annonce son intention de devenir médecin, je crois que je tenterais de l'en dissuader...

Maigret faillit détourner les yeux, par pudeur. De la part de Pardon, c'était bien la phrase la plus inattendue, car il était passionné de sa profession et on ne l'imaginait pas en exerçant une autre.

Cette fois, il était découragé, pessimiste, et surtout il se laissait aller à exprimer ce pessimisme.

— On est en train de faire de nous des fonctionnaires et de transformer la médecine en une grande machine à débiter des soins plus ou moins adéquats...

Maigret l'observait en allumant sa pipe.

— Non seulement des fonctionnaires, reprenait le médecin, mais de mauvais fonctionnaires, car nous ne pouvons plus consacrer à chaque malade le temps indispensable... Parfois, j'ai honte, en les reconduisant à la porte, en les poussant presque... Je vois leur regard inquiet, voire implorant... Je sens qu'ils attendaient de moi autre chose, des questions, des mots, des minutes, en somme, pendant lesquelles je ne me serais occupé que de leur cas...

Il levait son verre.

— A votre santé...

Il s'efforçait de sourire, d'un sourire mécanique qui ne lui allait pas.

— Savez-vous combien j'ai vu de patients aujourd'hui ?... Quatre-vingt-deux... Et ce n'est pas exceptionnel... Après quoi on nous oblige à remplir les formulaires variés qui nous prennent nos soirées... Je vous demande pardon de vous ennuyer avec ça... Vous devez avoir vos soucis, vous aussi, Quai des Orfèvres...

De quoi avaient-ils parlé ensuite ? De choses banales qu'on ne se rappelle pas le lendemain. Pardon était assis devant son bureau, fumant sa cigarette, Maigret dans le fauteuil rigide réservé aux malades. Il régnait ici une odeur particulière que le commissaire connaissait bien, car il la retrouvait à chacune de ses visites. Une odeur qui n'était pas sans rappeler celle des postes de police. Une odeur de pauvre.

Les clients de Pardon étaient des habitants du quartier, presque tous d'un milieu très modeste.

La porte s'ouvrait. Eugénie, la bonne, qui travaillait depuis si longtemps boulevard Voltaire qu'elle faisait un peu partie de la famille, annonçait :

— C'est l'Italien, monsieur...

— Quel Italien ? Pagliati ?...

— Oui, monsieur... Il est dans tous ses états... Il paraît que c'est très urgent...

Il était dix heures et demie. Pardon se leva, ouvrit la porte du triste salon d'attente où des magazines étaient éparpillés sur un guéridon.

— Qu'est-ce qui ne va pas, Gino ?

— Ce n'est pas moi, docteur... Ni ma femme... Il y a un blessé, sur le trottoir, qui doit être en train de mourir...

— Où ?

— Rue Popincourt, à moins de cent mètres...

— C'est vous qui l'avez découvert ?

Pardon était déjà dans l'entrée, endossant son pardessus noir, cherchant sa trousse, et Maigret, tout naturellement, mettait aussi son manteau. Le médecin entrouvrait la porte du salon.

— Nous revenons tout de suite... Un blessé rue Popincourt...

— Prends ton parapluie...

Il ne le prit pas. Cela lui aurait semblé ridicule de se pencher avec un parapluie sur un homme qui se mourait au milieu du trottoir où la pluie crépitait.

Gino était napolitain. Il tenait, au coin de la rue du Chemin-Vert et de la rue Popincourt, une boutique d'épicerie. Plus exactement, c'était sa femme, Lucia, qui tenait la boutique pendant que, derrière, il préparait des nouilles fraîches, des ravioli, des tortellini. Le couple était populaire dans le quartier. Pardon avait soigné Gino pour sa tension.

Le fabricant de nouilles était un homme court sur pattes, au corps lourd, épais, au visage sanguin.

— Nous revenions de chez mon beau-frère, rue de Charonne... Ma belle-sœur va avoir un bébé et on s'attend à la conduire d'un moment à l'autre à la maternité... Nous marchions sous la pluie quand j'ai vu...

La moitié de ses paroles se perdaient dans la tempête. Les caniveaux étaient de vrais torrents par-dessus lesquels il fallait sauter, et les rares voitures envoyaient des gerbes d'eau sale jusqu'à plusieurs mètres.

Le coup d'œil qui les attendait, rue Popincourt, était inattendu. Il n'y avait pas un passant d'un bout de la rue à l'autre, et seules de rares fenêtres, en plus de la vitrine d'un petit café, étaient encore éclairées.

A cinquante mètres de ce café, peut-être, une femme au corps replet se tenait debout, immobile, sous un parapluie que le vent secouait, et un reverbère permettait de distinguer à ses pieds la forme d'un corps étendu.

Cela rappelait à Maigret de vieux souvenirs. Bien avant qu'il soit à la tête de la Brigade criminelle, alors qu'il n'était qu'inspecteur, il lui arrivait souvent de se trouver le premier sur les lieux d'une rixe, d'un règlement de comptes, d'une attaque à main armée.

L'homme était jeune. Il paraissait à peine vingt ans, portait un blouson de daim et ses cheveux étaient assez longs sur la nuque.

Il était tombé en avant et le dos de son blouson était plaqué de sang...

— Vous avez averti la police ?

Pardon, accroupi près du blessé, intervenait :

— Qu'elle envoie une ambulance...

Cela signifiait que l'inconnu était vivant et Maigret se dirigea vers la lumière qu'il apercevait à cinquante mètres. On lisait, sur la devanture faiblement éclairée, les mots : *Chez Jules*. Il poussa la porte vitrée tendue d'un rideau crème et pénétra dans une atmosphère si calme qu'elle en était comme irréelle. On aurait pu croire à un tableau de genre.

C'était un bar à l'ancienne mode, avec de la sciure de bois sur le plancher et une forte odeur de vin et d'alcool. Quatre hommes d'un certain âge, trois d'entre eux gras et rougeauds, jouaient aux cartes.

— Je peux téléphoner ?...

On le regardait avec stupeur se diriger vers l'appareil mural, près du comptoir d'étain et des rangées de bouteilles.

— Allô... Le commissariat du XIe ?...

Il était à deux pas, place Léon-Blum, l'ancienne place Voltaire.

— Allô... Ici, Maigret... Il y a un blessé rue Popincourt... Vers la rue du Chemin-Vert... Une ambulance est nécessaire...

Les quatre hommes s'animaient comme se seraient animés les personnages d'un tableau. Ils gardaient les cartes à la main.

— Qu'est-ce que c'est ? demanda celui qui était en manches de chemise et qui devait être le patron. Qui est blessé ?

— Un jeune homme...

Maigret déposait de la monnaie sur le comptoir, se dirigeait vers la porte.

— Un grand maigre, en blouson de daim ?

— Oui...

— Il était ici voilà un quart d'heure...

— Seul ?

— Oui.

— Il paraissait nerveux ?

Le patron, Jules vraisemblablement, interrogeait les autres du regard.

— Non... Pas spécialement...

— Il est resté longtemps ?

— Une vingtaine de minutes...

Quand Maigret se retrouva dehors, il aperçut deux agents cyclistes, la pèlerine ruisselante, arrêtés près du blessé. Pardon s'était relevé.

— Je ne peux rien faire... Il a été frappé de plusieurs coups de couteau... Le cœur n'est pas atteint... Pas d'artère sectionnée non plus, à première vue, sinon il y aurait davantage de sang...

— Il reprendra connaissance ?

— Je ne sais pas... Je n'ose pas le remuer... Ce n'est qu'une fois à l'hôpital qu'on pourra...

Les deux voitures arrivèrent presque en même temps, celle de la police et l'ambulance. Les joueurs de cartes, plutôt que de se mouiller, se tenaient sur le seuil du petit café et regardaient de loin. Seul le patron s'avança, un sac sur la tête et les épaules. Il reconnut tout de suite le blouson.

— C'est bien lui...

— Il ne vous a rien dit ?

— Non... Sauf pour commander un cognac...

Pardon donnait des instructions aux infirmiers qui apportaient leur civière.

— Qu'est-ce que c'est, ça ? questionnait un des agents en désignant un objet noir qui ressemblait à un appareil photographique.

Le blessé le portait en bandoulière. Ce n'était pas un appareil de photo mais un magnétophone à cassette. La pluie le détrempait et, quand on glissa l'homme sur la civière, Maigret en profita pour dégager la courroie.

— A Saint-Antoine...

Pardon montait dans l'ambulance avec un des infirmiers tandis que l'autre prenait le volant.

— Vous êtes quoi, vous ? demandait-il à Maigret.

— Police...

— Si vous voulez monter à côté de moi...

Le quartier était désert et, moins de cinq minutes plus tard, l'ambulance, suivie par un des cars du commissariat, arrivait à l'hôpital Saint-Antoine.

Ici aussi, Maigret retrouvait de vieux souvenirs : le globe lumineux au-dessus de la permanence, le long couloir mal éclairé où deux ou trois résignés attendaient en silence sur des bancs, sursautant chaque fois qu'une porte s'ouvrait et se refermait, qu'un homme ou une femme en blanc passait d'un endroit à l'autre.

— Vous avez son nom, son adresse ? questionnait une matrone enfermée dans sa cage de verre percée d'un guichet.

— Pas encore...

Un interne, alerté par une sonnerie, s'en venait du fond du couloir en éteignant à regret sa cigarette. Pardon se présentait.

— Vous n'avez rien fait ?

Le blessé, étendu sur un lit roulant, était poussé dans un ascenseur et Pardon, qui le suivait, adressait de loin un vague signe à Maigret, comme pour lui dire : « Je reviens tout de suite... »

— Vous savez quelque chose, monsieur le commissaire ?

— Pas plus que vous. Je dînais chez un ami, dans le quartier, lorsqu'on est venu avertir cet ami, qui est médecin, qu'un blessé était étendu sur le trottoir, rue Popincourt...

L'agent prenait des notes dans son carnet. Moins de dix minutes s'écoulaient, dans un silence déplaisant, et déjà Pardon réapparaissait au fond du couloir. C'était mauvais signe. Le visage du docteur était soucieux.

— Mort ?

— Avant même qu'on ait eu le temps de le déshabiller... Hémorragie dans la cavité pleurale... Je l'ai craint en entendant sa respiration...

— Coups de couteau ?

— Oui... Plusieurs... Une lame assez mince... Dans quelques minutes, on vous apportera le contenu de ses poches... Ensuite, je suppose qu'ils l'enverront à l'Institut médico-légal ?...

Ce Paris-là était familier à Maigret. Il l'avait vécu pendant des années et, pourtant, il ne s'y était jamais complètement habitué. Que faisait-il ici ? Un coup de couteau, plusieurs coups de couteau, cela ne le regardait pas. Il y en avait chaque nuit et cela se résumait, le matin, à trois ou quatre lignes dans les rapports quotidiens.

Le hasard avait voulu que, ce soir, il ait été aux premières loges et, du coup, il se sentait un peu concerné. L'Italien qui fabriquait des nouilles n'avait pas eu le temps de lui dire ce qu'il avait vu. Il devait être rentré chez lui avec sa femme. Ils dormaient à l'entresol, au-dessus de la boutique.

Une infirmière se dirigeait vers le petit groupe, un panier à la main.

— Qui s'occupe de l'enquête ?

Les agents en civil regardaient Maigret et c'est à lui qu'elle s'adressa :

— Voici ce qu'on a trouvé dans ses poches. Il faudra que vous signiez une décharge...

Il y avait un portefeuille de petit modèle, de ceux qui se glissent dans la poche revolver, un crayon à bille, une pipe, une blague à tabac qui contenait du tabac hollandais très blond, un mouchoir, de la monnaie et deux cassettes de bandes magnétiques.

Dans le portefeuille, une carte d'identité et un permis de conduire au nom d'Antoine Batille, 21 ans, domicilié quai d'Anjou, à Paris. C'était dans l'île Saint-Louis, non loin du Pont-Marie. Il y avait aussi une carte d'étudiant.

— Dites-moi, Pardon, vous voulez demander à ma femme de rentrer sans moi et de se mettre au lit ?

— Vous allez là-bas ?

— Il le faut bien. Il vit sans doute avec ses parents et je dois les mettre au courant...

Il se tourna vers les policiers.

— Vous pourriez interroger Pagliati, l'épicier italien de la rue Popincourt, et les quatre hommes qui jouaient aux cartes chez *Jules*, s'ils sont encore au café...

Comme toujours, il regrettait de ne pouvoir tout faire par lui-même. Il aurait voulu se retrouver rue Popincourt, pousser la porte du petit café où il y avait comme de la brume autour du globe électrique et où les joueurs de cartes avaient probablement repris leur partie.

Il aurait voulu aussi questionner l'Italien, sa femme, peut-être une petite vieille qu'il n'avait fait qu'apercevoir à la fenêtre éclairée d'un premier étage. Était-elle déjà là quand le drame s'était produit ?

Mais, d'abord, il fallait avertir les parents. Il téléphona à l'inspecteur de garde au XIe arrondissement et le mit au courant.

— Il a beaucoup souffert ? demanda-t-il à Pardon.

— Je ne crois pas. Il a perdu tout de suite connaissance... Je ne pouvais rien tenter, sur le trottoir...

Le portefeuille était en crocodile d'excellente qualité, le crayon à bille en argent, le mouchoir marqué d'un *A* brodé à la main.

— Voulez-vous avoir l'amabilité de m'appeler un taxi, madame ?

Elle le fit, de sa cage, sans aucune amabilité. Il est vrai que cela ne devait pas être agréable de passer des nuits entières dans un endroit aussi lugubre en attendant que les drames du quartier viennent échouer à l'hôpital.

Par miracle, le taxi arriva moins de trois minutes plus tard.

— Je vous reconduis, Pardon...

— Ne vous retardez pas...

— Vous savez, pour la nouvelle que j'apporte...

Il connaissait d'autant mieux l'île Saint-Louis qu'ils avaient habité la place des Vosges et qu'à cette époque il leur arrivait souvent, le soir, de se promener bras dessus bras dessous autour de l'île.

Il sonna à un portail peint en vert. Le long des trottoirs s'alignaient des voitures, la plupart de grand luxe. Une porte étroite s'ouvrit dans la grande.

— M. Batille, s'il vous plaît ? demanda-t-il en s'arrêtant devant une sorte de lucarne.

Une voix de femme endormie se contenta de répondre :

— Deuxième à gauche...

Il prit l'ascenseur et une partie de la pluie qui imprégnait son pardessus et ses pantalons forma une mare à ses pieds. L'immeuble, comme la plupart de ceux de l'île, avait été remis à neuf. Les murs étaient en pierre blanche, l'éclairage fourni par des torchères en bronze ciselé. Sur le palier de marbre, le paillasson portait en rouge une grande lettre *B*.

Il sonna, entendit très loin un timbre électrique, mais il se passa longtemps avant que la porte s'ouvre sans bruit.

Une jeune femme de chambre en coquet uniforme le regardait avec curiosité.

— Je voudrais parler à M. Batille...

— Le père ou le fils ?...

— Le père...

— Monsieur et madame ne sont pas rentrés et j'ignore à quelle heure ils rentreront...

Il lui montra sa médaille de la P.J. Elle questionna :

— Qu'est-ce que c'est ?

— Commissaire Maigret, de la Police Judiciaire...

— Et vous venez voir monsieur à cette heure-ci ? Il est au courant ?...

— Non...

— C'est tellement urgent ?

— C'est important...

— Il est presque minuit... Monsieur et madame sont allés au théâtre...

— Dans ce cas, il y a des chances pour qu'ils reviennent bientôt...

— A moins que, comme cela leur arrive souvent, ils n'aillent ensuite souper avec des amis...

— M. Batille fils ne les a pas accompagnés ?...

— Il ne les accompagne jamais...

On la sentait embarrassée. Elle ne savait que faire de lui et il devait être pitoyable, tout dégoulinant d'eau. Il apercevait un vaste hall au parquet recouvert d'une moquette bleu clair tirant légèrement sur le vert.

— Si c'est vraiment urgent...

Elle se résignait à le laisser entrer.

— Donnez-moi votre chapeau et votre pardessus...

Elle avait un coup d'œil inquiet à ses souliers. Elle ne pouvait quand même pas lui demander de les enlever.

— Par ici...

Elle suspendait le vêtement dans un vestiaire, hésitait à introduire Maigret dans le grand salon qui s'ouvrait sur la gauche.

— Cela ne vous ennuie pas d'attendre ici ?

Il comprenait très bien. L'appartement était d'un luxe presque trop raffiné, plutôt féminin. Les fauteuils du salon étaient blancs et les toiles, au mur, de l'époque bleue de Picasso, de Renoir et de Marie Laurencin.

La femme de chambre, jeunette et jolie, se demandait visiblement si elle devait le laisser seul ou bien le surveiller, comme si elle n'avait pas trop confiance en cette médaille qu'il lui avait exhibée.

— M. Batille est dans les affaires ?

— Vous ne le connaissez pas ?

— Non.

— Vous ignorez qu'il est le propriétaire des parfums et des produits de beauté Mylène ?

Il s'y connaissait si peu en produits de beauté ! Et ce n'était pas Mme Maigret, qui ne se servait que d'un peu de poudre, qui aurait pu le tenir au courant.

— C'est un homme de quel âge ?

— Quarante-quatre ?... Quarante-cinq ?... Il fait très jeune et...

Elle rougit. Elle devait être plus ou moins amoureuse de son patron.

— Et sa femme ?

— C'est le portrait de madame que vous apercevrez en vous penchant un peu, au-dessus de la cheminée...

En robe du soir bleue. Le bleu et le rose pâle semblaient être les couleurs de la maison, comme sur les tableaux de Marie Laurencin.

— Je crois que j'entends l'ascenseur...

Et elle poussait malgré elle un léger soupir de soulagement.

Elle leur parlait à mi-voix, près de la porte vers laquelle elle s'était précipitée. C'était un couple jeune, élégant, apparemment sans soucis, qui rentrait chez lui après une soirée passée au théâtre. L'un après l'autre regardait, de loin, cet intrus aux pantalons et aux souliers mouillés qui s'était levé maladroitement de sa chaise et qui cherchait une contenance.

L'homme se débarrassait de son manteau gris sous lequel il portait un smoking et sa femme, sous son léopard, était en robe de demi-soir faite de fines mailles d'argent.

Ils avaient une dizaine de mètres à parcourir, même pas. Batille marchait le premier, à pas vifs et nerveux. Sa femme le suivait.

— On me dit que vous êtes le commissaire Maigret ? murmurait-il, les sourcils froncés.

— C'est exact.

— Vous êtes, si je ne me trompe, à la tête de la Brigade criminelle ?

Il y avait un court silence assez déplaisant pendant lequel Mme Batille s'efforçait de deviner ; elle n'avait déjà plus la même humeur légère que lorsqu'elle avait franchi la porte quelques instants plus tôt.

— C'est étrange qu'à cette heure-ci... Serait-ce par hasard au sujet de mon fils ?

— Vous vous attendez à de mauvaises nouvelles ?

— Pas du tout... Ne restons pas ici... Entrons dans mon bureau...

C'était la dernière pièce, qui donnait sur le salon. Batille devait avoir son vrai bureau ailleurs, dans l'immeuble des Produits Mylène, que Maigret avait aperçu souvent avenue Matignon.

Le bois des bibliothèques était très clair, du citronnier ou du sycomore, et les murs étaient recouverts de livres. Les fauteuils en cuir étaient d'un beige très doux, comme le nécessaire de bureau. Sur celui-ci, une photographie dans un cadre d'argent, celle de Mme Batille, avec deux têtes d'enfants, un garçon et une fille.

— Asseyez-vous... Il y a longtemps que vous m'attendez ?

— Seulement une dizaine de minutes...

— Puis-je vous offrir à boire ?

— Merci...

On aurait dit que, maintenant, l'homme retardait le moment d'entendre ce que le commissaire avait à lui dire.

— Vous n'aviez pas d'inquiétudes au sujet de votre fils ?

Il parut réfléchir un instant.

— Non... C'est un garçon calme, réservé, peut-être trop calme et trop réservé...

— Que pensez-vous de ses fréquentations ?...

— Il ne fréquente pratiquement personne... C'est tout le contraire de sa sœur, qui n'a que dix-huit ans et qui se lie facilement... Il n'a pas d'amis, de camarades... Il lui est arrivé quelque chose ?...

— Oui...

— Un accident ?

— Si l'on peut dire... Il a été assailli, ce soir, sur le trottoir obscur de la rue Popincourt...

— Il est blessé ?

— Oui...

— Grièvement ?

— Il est mort...

Il aurait préféré ne pas les voir, ne pas assister à cet écroulement brutal. Le couple mondain, plein d'assurance, de désinvolture, disparaissait. Les vêtements cessaient de sortir de chez le couturier et le grand tailleur. L'appartement même perdait son élégance et sa séduction.

Il n'y avait plus qu'un homme et une femme effondrés qui se débattaient encore avant de croire à la réalité de ce qu'on leur apprenait.

— Vous êtes sûr que c'est mon...

— Antoine Batille, n'est-ce pas ?

Maigret tendait le portefeuille encore imbibé d'eau.

— C'est le sien, oui...

Il allumait machinalement une cigarette. Ses mains tremblaient. Ses lèvres aussi.

— Comment est-ce arrivé ?

— Il sortait d'un petit bar d'habitués... Il a parcouru une cinquantaine de mètres dans les rafales de pluie et quelqu'un, par-derrière, l'a frappé de plusieurs coups de couteau...

La femme grimaça comme si c'était elle qu'on frappait et son mari lui entoura les épaules de son bras. Il essaya de parler mais n'y parvint pas tout de suite. Pour dire quoi, d'ailleurs ? Ce qui lui passa par la tête, même si ce n'était pas son actuelle préoccupation :

— On a arrêté le... ?

— Non...

— Il est mort tout de suite ?

— Dès son arrivée à l'hôpital Saint-Antoine...

— Nous pouvons aller le voir ?

— Je ne vous conseille pas de vous y rendre cette nuit mais d'attendre demain matin...

— Il a souffert ?...

— Le médecin affirme que non...

— Viens te coucher, Martine... Étends-toi tout au moins dans ta chambre...

Il l'emmenait doucement mais fermement.

— Je suis à vous dans un instant, commissaire...

L'absence de Batille dura près d'un quart d'heure et, quand il revint, il était très pâle, les traits tirés, le regard sans expression.

— Asseyez-vous, je vous en prie...

Il était petit, mince et nerveux. On aurait dit que la grande et lourde silhouette de Maigret l'indisposait.

— Vous ne voulez toujours rien boire ?

Il ouvrait un petit bar, y prenait une bouteille et deux verres.

— Je ne vous cache pas que j'en ai besoin...

Il se servait un whisky et en versait dans le second verre.

— Beaucoup d'eau de Seltz ?

Et, tout de suite :

— Je ne comprends pas... Je ne parviens pas à comprendre... Antoine était un garçon qui ne me cachait rien et, d'ailleurs, il n'y avait rien à cacher dans sa vie... Il était... J'ai de la peine à parler au passé et pourtant il faudra que je m'y habitue... Il était étudiant... Il suivait les cours de lettres à la Sorbonne... Il n'y faisait partie d'aucun groupe... Il ne s'intéressait ni de près ni de loin à la politique...

Il fixait le tapis havane, les bras ballants, et prononçait pour lui-même :

— On me l'a tué... Pourquoi ?... Mais pourquoi ?...

— C'est pour essayer de le découvrir que je suis ici...

Il regarda Maigret comme pour la première fois.

— Comment se fait-il que vous vous soyez dérangé en personne ? Pour la police, il s'agit d'un fait divers banal, non ?

— Le hasard a voulu que je me trouve presque sur les lieux...

— Vous n'avez rien vu ?

— Non...

— Personne n'a vu quelque chose ?

— Un épicier italien, qui rentrait chez lui avec sa femme... Je vous ai rapporté les objets trouvés dans les poches de votre fils, mais j'ai oublié son magnétophone...

Le père ne parut pas comprendre tout de suite, puis il murmura :

— Ah ! oui...

Il sourit presque.

— C'était sa passion... Vous allez sans doute vous en moquer... Sa sœur et moi le plaisantions aussi... D'autres sont fous de photographie et vont à la chasse aux visages pittoresques jusque sous les ponts...

» Antoine, lui, recueillait des voix humaines... Souvent, il y passait des soirées entières... Il entrait dans les cafés, dans les gares, dans n'importe quel endroit public, et mettait son magnétophone en marche...

» Il le portait sur le ventre et beaucoup le prenaient pour un appareil de photo. Sa main cachait un micro de modèle réduit...

Maigret, enfin, avait quelque chose à quoi se raccrocher.

— Il n'a jamais eu d'ennuis ?

— Une seule fois... C'était dans un bar des environs des Ternes... Deux hommes étaient accoudés au zinc... Antoine, accoudé à côté d'eux, enregistrait discrètement...

» — Dis donc, petit... avait soudain prononcé un des deux hommes...

» Il lui avait retiré son appareil, dont il avait sorti la cassette.

» — Je ne sais pas à quoi tu t'amuses, mais, si je te revois dans le coin, tâche de ne pas avoir ce machin-là avec toi...

Gérard Batille but une gorgée et reprit :

— Vous croyez que... ?

— Tout est possible... Nous ne pouvons négliger aucune hypothèse... Il allait souvent à la chasse aux voix ?...

— Deux ou trois soirs par semaine...

— Toujours seul ?

— Je vous ai dit qu'il n'avait pas d'amis... Il appelait ces enregistrements des documents humains...

— Il y en a beaucoup ?

— Peut-être une centaine, peut-être davantage ?... De temps en temps, il les écoutait, effaçait les moins bons... A quelle heure croyez-vous que, demain...

— Je vais avertir l'hôpital... Après huit heures du matin, en tout cas...

— Je pourrai faire ramener le corps ici ?

— Pas tout de suite...

Le père comprit et son teint se plomba davantage, comme s'il imaginait l'autopsie.

— Excusez-moi, monsieur le commissaire, mais je...

Il ne tenait plus le coup. Il avait besoin d'être seul, ou peut-être d'aller rejoindre sa femme, peut-être de pleurer ou de crier dans le silence des mots sans suite.

Il dit, comme pour lui-même :

— Je ne sais pas à quelle heure Minou va rentrer...

— Qui est... ?

— Sa sœur... Elle n'a que dix-huit ans mais elle vit à sa guise... Je suppose que vous avez un manteau ?...

La femme de chambre apparut alors qu'ils allaient atteindre le vestiaire et aida Maigret à endosser son pardessus mouillé, lui tendit son chapeau.

Il se trouva dans l'escalier, puis franchit la petite porte et resta un bon moment là, à regarder tomber la pluie. Le vent semblait être un peu moins fort, les bourrasques de pluie moins rageuses. Il n'avait pas osé demander la permission de téléphoner pour un taxi.

Les épaules serrées, il franchit le Pont-Marie, prit l'étroite rue Saint-Paul et, près du métro Saint-Paul, trouva enfin un taxi en stationnement.

— Boulevard Richard-Lenoir...

— Compris, patron...

Un qui le connaissait et qui ne protesta pas parce que la course était trop courte. En levant la tête, une fois descendu de voiture, il aperçut de la lumière aux fenêtres de son appartement. Quand il gravit la dernière volée d'escalier, la porte s'ouvrit.

— Tu n'as pas pris froid ?

— Je ne crois pas...

— J'ai de l'eau bouillante pour te préparer un grog... Assieds-toi... Laisse-moi retirer tes chaussures...

Les chaussettes étaient à tordre. Elle alla lui chercher des pantoufles.

— Pardon nous a mises au courant, sa femme et moi... Comment les parents ont-ils réagi ?... Pourquoi est-ce toi qui... ?

— Je ne sais pas...

Il s'était occupé de cette affaire machinalement, parce qu'il était presque tombé dessus, parce qu'elle lui rappelait tant d'années passées dans les rues du Paris nocturne.

— Ils n'ont pas réalisé tout de suite... Ce n'est que maintenant qu'ils doivent flancher tous les deux...

— Ils sont jeunes ?

— L'homme doit avoir un peu plus que quarante-cinq ans mais, à mon avis, moins de cinquante... Quant à sa femme, elle paraît à peine quarante ans et elle est très jolie... Tu connais les parfums Mylène ?

— Bien sûr... Tout le monde...

— Eh bien, c'est eux...

— Ils sont très riches... Ils possèdent un château en Sologne, un yacht à Cannes, et ils donnent des fêtes éblouissantes...

— Comment le sais-tu ?

— Tu oublies qu'il m'arrive de passer des heures à t'attendre et que je lis parfois les potins des journaux ?

Elle versait du rhum dans un verre, du sucre en poudre, y laissait la cuiller pour que le verre n'éclate pas et ajoutait l'eau bouillante.

— Une tranche de citron ?

— Non...

C'était petit, étroit, autour de lui. Il regardait le décor comme quelqu'un qui revient d'un long voyage.

— A quoi penses-tu ?

— Comme tu l'as dit, ils sont très riches... Ils occupent un des appartements les plus somptueux que j'aie jamais vus... Ils rentraient du théâtre, encore pleins d'entrain... Ils m'ont vu assis au fond du hall... La femme de chambre leur a dit à voix basse qui j'étais...

— Déshabille-toi...

Après tout, n'était-on pas mieux ici ? Il se mit en pyjama, alla se brosser les dents et un quart d'heure plus tard, le sang un peu à la tête, à cause du grog, il était couché près de Mme Maigret.

— Bonne nuit, lui disait-elle en approchant son visage du sien.

Il l'embrassait, comme il le faisait depuis tant d'années, et murmurait :

— Bonne nuit...

— Comme d'habitude ?

Cela signifiait :

— Je te réveille à sept heures et demie comme d'habitude, avec ton café ?

Il grommela un oui déjà indécis, car le sommeil s'abattait subitement sur lui. Il ne rêva pas. S'il le fit, en tout cas, il ne devait pas s'en souvenir. Et ce fut tout de suite le matin.

Tandis qu'il buvait son café, assis dans le lit, et que sa femme ouvrait les rideaux, il essayait de voir à travers le tulle des brise-bise.

— Il pleut toujours ?

— Non. Mais, à la façon dont les hommes marchent les mains enfoncées dans les poches, ce n'est pas encore le printemps, malgré le calendrier...

On était le 19 mars. Un mercredi. Son premier soin, une fois en robe de chambre, fut de téléphoner à l'hopital Saint-Antoine, et il eut toutes les peines du monde à être mis en communication avec quelqu'un de l'administration.

— Oui... Je voudrais qu'il soit installé dans une chambre particulière... Je le sais bien, qu'il est mort... Ce n'est pas une raison pour que les parents aillent le voir au sous-sol... Ils seront là-bas dans une heure ou deux... Après leur visite, le corps sera transféré à l'Institut médico-légal... Oui... N'ayez pas peur... La famille payera... Mais oui... Ils rempliront toutes les fiches que vous voudrez...

Il s'assit en face de sa femme et mangea deux croissants en buvant une nouvelle tasse de café et en regardant machinalement dans la rue. Il y avait toujours des nuages qui couraient très bas mais qui n'avaient plus la même couleur malsaine que la veille. Le vent, resté fort, secouait les branches des arbres.

— Tu as une idée de... ?

— Tu sais bien que je n'ai jamais d'idée...

— Et que, si tu en as, tu ne le dis pas... Tu n'as pas trouvé que Pardon avait mauvaise mine ?

— Cela t'a frappée aussi ?... Non seulement il est fatigué, mais il devient pessimiste... Il m'a parlé hier de sa profession comme il ne l'avait jamais fait.

A neuf heures, il était dans son bureau et appelait le commissariat du XIe arrondissement.

— Ici, Maigret... C'est vous, Louvelle ?...

Il avait reconnu sa voix.

— Je suppose que vous téléphonez à cause du magnétophone ?

— Oui. Vous l'avez ?

— Demarie l'a ramassé et l'a apporté ici. Je craignais que la pluie ne l'ait détraqué, mais je l'ai fait marcher... Je me demande pourquoi le gosse a enregistré ces conversations...

— Vous pouvez m'envoyer l'appareil dès ce matin ?

— En même temps que le rapport, qui sera tapé dans quelques minutes...

Du courrier. De la paperasse. Il n'avait pas dit à Pardon, la veille au soir, que lui aussi était écrasé par la paperasse administrative.

Puis il se rendit au rapport, dans le bureau du directeur. Il raconta en quelques mots ce qui était arrivé la veille car, à cause de la personnalité de Gérard Batille, l'affaire risquait de faire du bruit.

En effet, comme il regagnait son bureau, il se heurta à un groupe de journalistes et de photographes.

— C'est vrai que vous avez presque assisté à un meurtre ?

— Je suis simplement arrivé assez vite sur les lieux parce que je me trouvais tout près.

— Ce garçon, Antoine Batille, est bien le fils du Batille des parfums ?

Comment la presse avait-elle été mise au courant ? La fuite venait-elle du commissariat ?

— La concierge prétend...

— Quelle concierge ?

— Celle du quai d'Anjou...

Il ne l'avait même pas vue. Il ne lui avait pas donné son nom, ni son titre. La femme de chambre avait sans doute parlé.

— C'est vous qui avez annoncé la nouvelle aux parents, n'est-ce pas ?

— Oui.

— Quelle a été leur réaction ?

— Celle d'un homme et d'une femme à qui on annonce que leur fils vient d'être abattu...

— Ils n'ont aucun soupçon ?

— Non.

— Vous ne croyez pas que cela puisse être une affaire politique ?

— Certainement pas.

— Une histoire d'amour, alors ?

— Je ne le pense pas.

— On ne lui a rien pris, n'est-ce pas ?

— Non...

— Alors ?

— Alors, rien, messieurs. L'enquête ne fait que commencer et, quand elle aura donné des résultats, je vous les communiquerai...

— Vous avez vu la fille ?

— Qui ?

— Minou... La fille des Batille... Il paraît qu'elle est célèbre dans certains milieux gratinés...

— Je ne l'ai pas vue, non...

— Elle fréquente de drôles de gens...

— Vous me l'apprenez, mais ce n'est pas à son sujet que j'enquête...

— On ne sait jamais, n'est-ce pas ?...

Il les écarta, poussa la porte de son bureau et la referma. Le temps de bourrer une pipe, debout devant la fenêtre, et il ouvrit la porte du bureau des inspecteurs. Ils n'étaient pas encore au complet. Les uns téléphonaient, d'autres tapaient leur rapport à la machine.

— Tu es occupé, Janvier ?

— Encore dix lignes à taper, patron, et je suis au bout de mon histoire...

— Tu viendras me voir...

En attendant, il téléphona au médecin légiste qui avait succédé à son vieil ami le docteur Paul.

— On vous l'enverra vers la fin de la matinée... C'est urgent, oui, moins à cause de ce que j'attends de l'autopsie qu'à cause de l'impatience des parents... Abîmez-le le moins possible... Oui... C'est ça... Je vois que vous comprenez... Une bonne partie du Tout-Paris va défiler devant le corps... J'ai déjà les journalistes dans le couloir...

La première chose était de se rendre rue Popincourt. Gino Pagliati, la veille, n'avait pas eu le temps d'en dire long et sa femme n'avait pour ainsi dire pas ouvert la bouche. Puis il y avait le nommé Jules et les trois autres joueurs de cartes. Enfin, Maigret se souvenait de cette silhouette de vieille femme qu'il avait aperçue à une fenêtre.

— Qu'est-ce qu'on fait, patron ? questionnait Janvier en entrant dans le bureau.

— Il y a une voiture libre dans la cour ?

— Je l'espère...

— Tu vas me conduire rue Popincourt... Pas loin de la rue du Chemin-Vert... Je t'arrêterai...

Sa femme avait raison, il s'en aperçut en attendant l'auto au milieu de la cour : il faisait un froid de décembre.

2

Maigret se rendait compte que Janvier lui-même était un peu surpris de l'importance donnée à cette affaire. Chaque nuit, on enregistre un certain nombre de coups de couteau quelque part dans Paris, surtout dans les quartiers populeux, et, normalement, les journaux n'auraient consacré que quelques lignes au drame de la rue Popincourt, à la rubrique des faits divers.

Coups de couteau

Un jeune homme, Antoine B..., 21 ans, étudiant, a été frappé de plusieurs coups de couteau alors qu'il passait mardi soir vers dix heures et demie rue Popincourt. Il semble qu'il s'agisse du geste d'un rôdeur et que l'approche d'un couple de commerçants du quartier ait empêché celui-ci de dépouiller la victime. Antoine B... a succombé dès son arrivée à l'hôpital Saint-Antoine.

Seulement, Antoine B... s'appelait Batille et habitait quai d'Anjou. Son père était un homme connu, qui appartenait au Tout-Paris, et à peu près personne n'ignorait les parfums Mylène.

La petite voiture noire de la P.J. dépassait la place de la République et Maigret se trouvait dans son quartier, un réseau de rues étroites, populeuses, que délimitaient le boulevard Voltaire d'un côté et le boulevard Richard-Lenoir de l'autre.

Ces petites rues, ils les traversaient à pied, Mme Maigret et lui, chaque fois qu'ils venaient dîner chez les Pardon, et souvent Mme Maigret faisait son marché rue du Chemin-Vert.

C'est chez Gino, comme on disait familièrement, qu'elle achetait, non seulement les pâtes, mais la mortadelle, le jambon de Milan et l'huile d'olive en grands bidons dorés. Les boutiques étaient étroites, profondes, mal éclairées. Aujourd'hui, à cause du ciel bas, les lampes étaient allumées presque partout, créant un faux jour qui donnait aux visages l'aspect de personnages de cire.

Beaucoup de vieilles femmes. Beaucoup d'hommes d'un certain âge aussi, solitaires, un panier à provisions à la main. Des visages résignés. Quelques-uns s'arrêtaient parfois et portaient la main à leur cœur en attendant la fin d'un spasme.

Des femmes de toutes les nationalités, un jeune enfant sur le bras, un garçon ou une fillette accroché à leur robe.

— Arrête-toi ici et viens avec moi...

Il commençait par les Pagliati. Il y avait trois clientes dans la boutique et Lucia était affairée.

— Mon mari est derrière... Poussez seulement la petite porte...

Gino était occupé à préparer des ravioli sur une longue plaque de marbre enfarinée.

— Tiens ! le commissaire... Je pensais bien que vous viendriez...

Il avait la voix sonore, le visage naturellement souriant.

— C'est vrai que le pauvre petit est mort ?

La nouvelle n'était pas encore dans les journaux.

— Qui vous l'a dit ?

— Un journaliste qui était ici il y a dix minutes... Il m'a photographié et je vais avoir mon portrait dans le journal...

— Je voudrais que vous me répétiez ce que vous m'avez dit hier soir, avec le plus de détails possible... Vous reveniez de chez votre beau-frère et votre belle-sœur...

— ... Qui attend un bébé, oui... Rue de Charonne... Nous n'avions pris qu'un parapluie pour nous deux car, quand nous marchons dans la rue, Lucia me tient toujours le bras...

» Vous vous souvenez de la pluie qui tombait, de la tempête. Plusieurs fois, j'ai cru que le parapluie allait se retourner et il m'arrivait de le tenir devant nous comme un bouclier...

» Cela explique que je ne l'aie pas vu plus tôt...

— Qui ?

— Le meurtrier... Il devait marcher devant nous, à une certaine distance, mais je ne m'occupais que de nous protéger de la pluie et de ne pas patauger dans les flaques d'eau... Peut-être aussi se tenait-il sur un seuil...

— Quand vous l'avez aperçu...

— Il était déjà plus loin que *Chez Jules*, dont le café était encore éclairé...

— Vous avez pu voir comment il était habillé ?

— J'en ai parlé hier soir avec ma femme... Nous croyons tous les deux qu'il portait un imperméable clair, avec une ceinture... Il marchait d'une démarche souple, très vite...

— Il paraissait suivre le jeune homme en blouson ?

— Il avançait plus vite que lui, comme pour le rejoindre ou le dépasser...

— A quelle distance étiez-vous des deux hommes ?

— Peut-être cent mètres ?... Je pourrais aller vous montrer...

— Celui qui marchait le premier ne s'est pas retourné ?

— Non... L'autre l'a rattrapé... J'ai vu son bras se lever et s'abaisser... Je ne distinguais pas le couteau... Il a frappé trois ou quatre fois et le jeune homme en blouson est tombé en avant sur le trottoir... Le meurtrier a fait quelques pas vers la rue du Chemin-Vert, puis il est revenu en arrière... Il devait nous voir, car nous n'étions plus qu'à une soixantaine de mètres... Il s'est quand même penché et a porté deux ou trois nouveaux coups...

— Vous ne l'avez pas poursuivi ?

— Vous savez, je suis plutôt corpulent et je souffre d'emphysème... Il ne m'est pas facile de courir...

Il avait rougi, embarrassé.

— Nous avons marché plus vite tandis que, cette fois, il disparaissait au coin de la rue...

— Vous n'avez pas entendu un bruit de voiture qu'on met en marche ?

— Je ne crois pas... Cela ne m'a pas frappé...

Machinalement, sans que Maigret ait eu besoin de le lui dire, Janvier sténographiait cet entretien.

— Quand vous êtes arrivé près du blessé... ?

— Vous l'avez vu tel que je l'ai laissé. Son blouson était déchiré à plusieurs endroits et on voyait couler le sang. J'ai tout de suite pensé à un docteur et je me suis précipité chez M. Pardon en recommandant à Lucia de rester là...

— Pourquoi ?

— Je ne sais pas... Il me semblait qu'on ne pouvait pas le laisser tout seul...

— Votre femme ne vous a rien dit en rentrant ?

— Comme par un fait exprès, il n'est passé personne...

— Le blessé n'a pas parlé ?

— Non... Il respirait mal, avec des glouglous dans la poitrine... Lucia pourra vous le répéter... Maintenant, c'est le moment où elle est le plus occupée...

— Aucun autre détail ne vous revient à l'esprit ?

— Aucun... Je vous ai dit tout ce que je sais...

— Je vous remercie, Gino...

— Comment va Mme Maigret ?

— Très bien, merci...

Un passage, à côté, conduisait à une cour où un soudeur travaillait dans son atelier vitré. Partout dans le quartier, il y avait ainsi des cours, des impasses. Partout on trouvait de petits artisans.

Ils traversèrent la rue et, un peu plus loin, Maigret poussa la porte de *Chez Jules*. Le petit café, de jour, était presque aussi sombre que le soir, et le globe laiteux était allumé. Un homme lourd, dont la chemise jaillissait entre le pantalon et le gilet, était accoudé au comptoir. Il avait le teint coloré, la nuque épaisse, un double menton qui ressemblait à un goitre.

— Qu'est-ce que je vous sers, monsieur Maigret ? Un petit sancerre ? Il vient de chez mon cousin qui...

— Deux, fit Maigret en s'accoudant à son tour au comptoir.

— Aujourd'hui, vous n'êtes pas le premier...

— Un journaliste, je sais...

— Il m'a pris ma photo, comme je suis maintenant, une bouteille à la main... Vous connaissez Lebon... Il a travaillé trente ans à la voirie... Puis il a eu un accident et maintenant il touche sa pension, plus une petite rente pour son œil... Il était ici hier soir...

— Vous étiez quatre, n'est-ce pas, à jouer aux cartes ?...

— Manille aux enchères... Toujours les mêmes, tous les soirs, sauf le dimanche. Le dimanche, je ferme...

— Vous êtes marié ?

— La patronne est là-haut, infirme...

— A quelle heure le jeune homme est-il entré ?

— Il devait être dix heures...

Maigret jeta un coup d'œil à l'horloge réclame accrochée au mur...

— Ne faites pas attention... Elle avance de vingt minutes... Il a d'abord poussé la porte d'une vingtaine de centimètres, comme pour juger du genre de la maison... La partie était animée... Le boucher gagnait et, quand il gagne, il devient insultant, comme s'il était le seul à savoir jouer...

— Il est entré... Ensuite ?...

— Je lui ai demandé, de ma place, ce qu'il désirait boire et, après avoir hésité, il a murmuré :

— Vous avez du cognac ?

» J'ai attendu d'avoir joué les quatre cartes qui me restaient à la main et je suis passé derrière le comptoir. En le servant, j'ai remarqué l'espèce de boîte noire, triangulaire, qu'il portait sur le ventre, pendue à son cou, et je me suis dit que cela devait être un appareil de photo... Il arrive que des touristes se perdent par ici, mais c'est rare...

» J'ai repris ma place à la table... Babœuf a distribué les cartes... Le jeune homme ne semblait pas pressé... Il ne s'intéressait pas à la partie non plus...

— Il semblait préoccupé ?

— Non.

— Il ne se tournait pas vers la porte comme s'il attendait quelqu'un ?

— Je n'ai rien remarqué.

— Ou comme s'il avait peur de voir surgir quelqu'un ?

— Non... Il restait debout, un coude sur le zinc, et, de temps en temps, il trempait les lèvres dans son verre...

— Quelle impression vous a-t-il faite ?

— Vous savez, il était détrempé... Avec son blouson et ses cheveux longs, il ressemblait à certains jeunes gens comme on en voit tant à présent...

» Nous jouions comme s'il n'avait pas été là et Babœuf était de plus en plus excité car toutes les bonnes cartes lui tombaient entre les mains.

» — Tu ferais peut-être bien d'aller voir chez toi ce que fait ta femme, plaisantait Lebon.

» — Occupe-toi plutôt de la tienne, que tu as choisie un peu trop jeunette et qui...

» J'ai cru un moment qu'ils allaient se taper dessus... Cela s'est calmé, comme toujours. Babœuf a joué son manillon.

» — Qu'est-ce que tu dis de celle-là ?...

» Puis Lebon, qui était sur la banquette à côté de moi, m'a donné un coup de coude dans les côtes en me désignant du regard le client debout devant le bar. Je l'ai regardé sans comprendre. Il avait l'air de rigoler tout seul... Pas vrai, François ?... Je me demandais ce que tu voulais me montrer... Tu m'as dit à voix basse :

» — Tout à l'heure...

Et l'homme à l'œil immobile prenait la parole à son tour.

— J'avais remarqué un mouvement de la main sur l'appareil... J'ai un neveu qui a reçu un truc comme ça pour son Noël et il s'amuse à enregistrer ce que ses parents disent... Il avait l'air bien sage, devant son verre, mais il écoutait tout ce que nous racontions tandis que la bande magnétique tournait...

— Je me demande, grommelait Jules, ce qu'il espérait faire de ça...

— Rien... Comme mon neveu... Il enregistre pour le plaisir d'enregistrer, puis il n'y pense plus... Une fois, il a fait entendre à ses parents une de leurs disputes et mon frère a failli casser l'appareil...

» — Si je t'y reprends, petit morveux...

» Babœuf aussi tirerait une drôle de tête si on lui faisait entendre ses vantardises d'hier...

— Combien de temps le jeune homme est-il resté ?

— Un peu moins d'une demi-heure.

— Il n'a bu qu'un seul verre ?

— Oui... Il a même laissé un peu de cognac au fond de son verre...

— Il est sorti et vous n'avez plus rien entendu ?

— Rien. Seulement le vent, et l'eau sortant du tuyau de descente, sur le trottoir...

— Il n'est venu aucun client avant lui ?

— Vous savez, le soir, je ne reste ouvert que pour la partie, car il ne vient que les quelques habitués... Il n'y a du monde que le matin, pour le café, les croissants ou le blanc Vichy... Vers dix heures et demie des ouvriers, pour la pause, quand un chantier est ouvert dans le quartier... On travaille surtout à l'apéritif de midi et à celui du soir...

— Je vous remercie...

Ici aussi, Janvier avait sténographié l'entretien et le tenancier du bistrot n'avait pas cessé de lui lancer de petits coups d'œil.

— Il ne m'a rien appris de nouveau, soupira Maigret. Il n'a fait que confirmer ce que je savais déjà...

Ils reprirent place dans la voiture. Quelques femmes les regardaient, car on savait déjà qui ils étaient.

— Où va-t-on, patron ?

— Au bureau, d'abord...

Ses deux visites rue Popincourt n'avaient pas été inutiles. D'abord, il y avait le récit de l'agression, par le Napolitain. L'assaillant d'Antoine Batille avait d'abord frappé plusieurs coups... Il avait commencé à s'éloigner quand, pour une raison mystérieuse, il était revenu sur ses pas, malgré la présence du couple un peu plus loin sur le trottoir... Est-ce pour achever sa victime qu'il avait frappé à nouveau avant de s'éloigner en courant ?

Il portait un imperméable clair avec une ceinture, c'est tout ce qu'on savait de lui. A peine arrivé Quai des Orfèvres, dans son bureau où régnait une douce chaleur, Maigret appela la boutique des Pagliati.

— Puis-je dire un mot à votre mari ?... Ici, Maigret...

— Je l'appelle, monsieur le commissaire...

Et la voix de Gino :

— Allô... J'écoute...

— Dites-moi... Il y a une question que j'ai oublié de vous poser... Est-ce que le meurtrier avait un chapeau sur la tête ?...

— Un journaliste vient justement de me demander la même chose... C'est le troisième depuis ce matin... J'ai dû questionner la patronne... Elle est comme moi... Elle n'ose rien affirmer, mais elle est presque sûre qu'il portait un chapeau sombre. Vous savez, cela s'est passé si vite...

L'imperméable clair, à ceinture, semblait indiquer un homme assez jeune, tandis que le chapeau lui donnait probablement quelques années de plus. Peu de jeunes, en effet, portent encore un chapeau.

— Dis-moi, Janvier, est-ce que tu t'y connais dans ces machins-là ?

Maigret, lui, n'y connaissait rien, pas plus qu'en photographie ou en automobile, et c'est bien pourquoi c'était sa femme qui conduisait. Le soir, c'est à peine s'il était capable, à la télévision, de passer d'une chaîne à l'autre.

— Mon fils a le même...

— Attention de ne pas effacer l'enregistrement...

— Ne craignez rien, patron.

Janvier souriait, poussait des boutons. On entendait un brouhaha, des bruits de fourchettes et d'assiettes, des voix confuses dans le lointain.

— *Et pour madame, ce sera ?...*

— *Vous avez du bœuf gros sel ?*

— *Mais oui, madame...*

— *Vous me mettrez beaucoup d'oignons et de cornichons...*

— *Tu sais ce que le docteur t'a dit... Pas de vinaigre...*

— *Un steak minute et un bœuf gros sel avec beaucoup d'oignons et de cornichons... Vous désirez la salade en même temps ?...*

L'enregistrement était loin d'être parfait et il y avait toujours le bruit de fond qui empêchait de bien distinguer chaque mot.

Un silence. Puis un soupir, très distinct.

— *Tu ne seras jamais sérieuse. Cette nuit, tu vas encore devoir te relever pour prendre du bicarbonate de soude...*

— *Est-ce moi ou toi qui se relève ?... Alors, puisque tu continues quand même à ronfler...*

— *Je ne ronfle pas...*

— *Tu ronfles, surtout quand tu as pris un peu trop de beaujolais comme tu vas encore le faire ce soir...*

— *Un steak à point... J'apporte tout de suite le bœuf gros sel...*

— *A la maison, c'est à peine si tu y touches...*

— *Nous ne sommes pas à la maison...*

Il y eut des gargouillis. Une voix lança :

— *Garçon ! Garçon ! Est-ce que vous vous déciderez à vous occuper de...*

Puis le silence, comme si on eût coupé la bande magnétique. Ensuite une voix neutre prononçait très nettement, car cette fois on parlait sans doute devant le micro :

— *Brasserie Lorraine, boulevard Beaumarchais.*

Presque à coup sûr, la voix d'Antoine Batille, qui indiquait ainsi où l'enregistrement avait été fait. Sans doute avait-il dîné boulevard Beaumarchais et avait-il discrètement branché son magnétophone. Le garçon se souvenait probablement de lui. C'était facile à contrôler.

— Tu iras là-bas tout à l'heure, dit Maigret. Remets l'appareil en marche...

Des bruits curieux, tout d'abord, dans la rue, car on entendait passer les autos. Maigret se demanda un bon moment ce que le jeune homme s'efforçait d'enregistrer et il fut un moment à comprendre que c'étaient les bruits d'eau dans les caniveaux et dans les gouttières. Le son était difficile à identifier, mais tout à coup cela changea et on se trouva à nouveau dans un endroit public, un café ou un bar, où régnait une certaine animation.

— *Qu'est-ce qu'il t'a dit ?*

— *Que c'était OK.*

Des voix feutrées, assez distinctes cependant.

— *Tu es allé là-bas, Mimile ?*

— *Lucien et Gouvion se relayent... Par un temps pareil...*

— *Pour la bagnole ?*

— *Comme d'habitude...*

— *Tu ne trouves pas que c'est un peu trop près ?*

— *Près de quoi ?*

— *De Paris...*

— *Du moment qu'il n'y va que le vendredi...*

Des verres, des tasses, des voix encore. Le silence.

— *Enregistré au Café des Amis, place de la Bastille.*

Ce n'était pas loin du boulevard Beaumarchais, pas loin non plus de la rue Popincourt. Batille ne s'attardait pas, sans doute pour ne pas se faire remarquer, et il repartait sous la pluie pour un nouvel endroit.

— *Et la tienne, de femme ?... C'est facile de parler des autres, mais on ferait mieux de regarder ce qui se passe chez soi...*

Cela devait être le boucher, la partie de cartes chez *Jules.*

— *Ne t'occupe pas de mes affaires, c'est un bon conseil que je te donne... Ce n'est pas parce que tu gagnes...*

— *Je gagne parce que je n'abats pas mes atouts comme un imbécile...*

— *Si vous arrêtiez, tous les deux...*

— *C'est lui qui a commencé...*

Si les voix avaient été plus aiguës, on aurait pu croire à une dispute entre gamins.

— *Jouons, voulez-vous ?*

— *Je ne joue pas avec un type qui...*

— *Il a parlé en l'air, sans viser personne en particulier...*

— *Qu'il le dise, si c'est ainsi...*

Un silence.

— *Tu vois... Il a bien soin de se taire...*

— *Je me tais parce que c'est trop idiot... Et tiens, j'ouvre de mon manillon... Cela te la bouche, ça, hein ?*

Le son était mauvais. Ceux qui parlaient se trouvaient trop loin du micro et Janvier dut repasser trois fois le morceau de bande. Chaque fois, on distinguait un ou deux mots de plus.

Batille disait enfin :

— *Chez Jules, un petit bistrot d'habitués, rue Popincourt...*

— C'est tout ?

— C'est tout...

Le reste de la bande était vierge. Les derniers mots de Batille, il avait dû les prononcer sur le trottoir, quelques instants avant d'être assailli par un inconnu.

— Et les deux autres cassettes ?

— Elles sont vierges. Elles se trouvent encore dans leur emballage original. Il comptait s'en servir plus tard, je suppose...

— Rien ne t'a frappé ?

— Ceux de la Bastille ?...

— Oui... Remets ce passage...

Janvier le prit en sténo. Puis il répéta les quelques répliques qui semblaient, à mesure qu'on les entendait, prendre un sens de plus en plus précis.

— On dirait qu'ils étaient au moins trois...

— Oui...

— Plus les deux dont ils ont parlé, Gouvion et Lucien... Un peu plus d'une demi-heure après son enregistrement, Antoine était assailli, rue Popincourt...

— Seulement, on ne lui a pas arraché son appareil...

— Peut-être à cause des Pagliati qui se rapprochaient...

— J'ai oublié une chose, rue Popincourt. Hier soir, j'ai aperçu une vieille femme à une fenêtre du second étage, à peu près en face de l'endroit où l'agression a eu lieu...

— Compris, patron... J'y vais tout de suite ?...

Maigret, resté seul, alla se camper devant la fenêtre. Les Batille devaient s'être rendus à l'hôpital Saint-Antoine et le médecin légiste ne tarderait pas à entrer en possession du corps.

Maigret n'avait pas encore vu la sœur du mort, que la famille appelait Minou, et qui, paraît-il, avait de curieuses fréquentations.

Les trains de péniche glissaient lentement sur la Seine grise et les remorqueurs baissaient leur cheminée au moment de passer sous le pont Saint-Michel.

La terrasse, pendant la mauvaise saison, était protégée par des cloisons vitrées et chauffée par deux braseros. Autour du bar en fer à cheval, la salle était assez grande, les guéridons minuscules, les chaises du genre de celles qui s'emboîtent le soir les unes dans les autres.

Maigret s'assit près d'une colonne et, quand un des garçons passa près de lui, commanda un demi. L'air absent, il regardait les visages autour de lui. Le public était assez mélangé. Au bar, par exemple, on voyait surtout des hommes en bleu de travail, ou des vieux du quartier qui venaient boire leur coup de rouge.

Quant aux autres, à ceux qui étaient assis, on trouvait de tout : une femme en noir, avec ses deux enfants et une grosse valise autour d'elle, comme dans une salle d'attente de gare ; un couple qui se tenait la main dans la main et échangeait des regards éperdus ; des garçons à cheveux très longs qui ricanaient en suivant des yeux la serveuse et qui l'asticotaient chaque fois qu'elle passait près d'eux.

Car, outre les deux garçons de café, il y avait une serveuse au visage particulièrement disgracieux. Dans sa robe noire, avec son tablier blanc, elle était maigre, voûtée par la fatigue, et ce n'est pas sans peine qu'elle parvenait à sourire vaguement aux clients.

Des hommes et des femmes assez bien vêtus, d'autres moins bien.

Certains mangeaient un sandwich en buvant un café ou un verre de bière. D'autres prenaient l'apéritif.

Le patron se tenait à la caisse, vêtu de noir, chemise blanche et cravate noire, des cheveux bruns soigneusement collés à sa calvitie, qu'ils recouvraient d'un réseau insuffisant de fines lignes sombres.

C'était son poste, on le sentait, et rien ne lui échappait de ce qui se passait dans son établissement. Il suivait de l'œil les allées et venues des deux garçons, de la serveuse, surveillait en même temps le commis qui posait les bouteilles et les verres sur les plateaux. Chaque fois qu'il recevait un jeton, il pressait une touche de la caisse enregistreuse et un chiffre apparaissait dans le voyant.

Il était sûrement dans la limonade depuis longtemps et sans doute avait-il débuté lui-même comme garçon. Maigret devait découvrir plus tard, en descendant aux toilettes, qu'il existait en bas une seconde salle plus petite, basse de plafond, où consommaient quelques clients.

Ici, on ne jouait pas aux cartes, ni aux dominos. C'était un endroit de passage et les habitués devaient être assez rares. Ceux qu'on voyait longtemps attablés attendaient l'heure d'un rendez-vous dans le quartier.

Maigret finit par se lever et par se diriger vers la caisse, sans illusions sur l'accueil qu'il allait recevoir.

— Excusez-moi, monsieur...

Il tendait discrètement sa médaille dans le creux de sa main.

— Commissaire Maigret, de la P.J...

Les yeux du patron gardaient leur expression méfiante, la même qu'il avait pour les garçons et pour les consommateurs qui entraient et sortaient.

— Et puis quoi ?

— Étiez-vous ici, hier, vers neuf heures et demie ?

— J'étais couché. Le soir, c'est ma femme qui tient la caisse...

— Les garçons étaient les mêmes ?...

Il continuait à les suivre des yeux.

— Oui...

— Je voudrais leur poser deux ou trois questions sur des clients qu'ils pourraient avoir remarqués...

Les yeux noirs le fixaient, peu encourageants.

— Nous ne recevons que des gens bien et les garçons sont très occupés à cette heure-ci...

— J'en aurai pour une minute avec chacun... La serveuse était ici aussi ?...

— Non... Le soir, il y a moins de monde... Jérôme !...

Un des garçons s'arrêtait net devant la caisse, son plateau à la main. Le patron se tournait vers Maigret.

— Allez-y !... Posez votre question...

— Avez-vous remarqué, hier soir, vers neuf heures et demie, un consommateur assez jeune, vingt et un ans, vêtu d'un blouson brun et portant un magnétophone sur le ventre ?

Le garçon se tourna vers le patron, puis vers Maigret, secoua la tête.

— Connaissez-vous un habitué qu'on appelle familièrement Mimile ?

— Non.

Quand ce fut le tour du second garçon, les résultats ne furent pas plus brillants. Ils hésitaient à répondre, comme s'ils avaient peur du patron, et il était difficile de savoir s'ils étaient sincères. Maigret, déçu, retourna à son guéridon et commanda un second verre de bière. C'est à ce moment-là qu'il descendit aux toilettes et découvrit, en bas, un troisième garçon, plus jeune que les deux d'en haut.

Il décida de s'asseoir, de commander à boire.

— Dites-moi, il vous arrive de travailler au rez-de-chaussée ?

— Trois jours sur quatre... C'est chacun notre tour d'être en bas...

— Hier soir ?...

— J'étais en haut.

— Le soir aussi ? Vers neuf heures et demie ?

— Jusqu'à la fermeture, à onze heures. On a fermé tôt car, avec le temps qu'il faisait, il n'y avait pas grand monde.

— Vous n'avez pas remarqué un jeune homme aux cheveux assez longs, vêtu d'un blouson de daim, qui avait un magnétophone suspendu à son cou ?

— C'était bien un magnétophone ?

— Vous l'avez remarqué ?

— Oui... Ce n'est pas encore la saison des touristes... J'ai cru qu'il s'agissait d'un appareil de photo comme en portent les Américains... Puis il y a eu la question d'un client...

— Quel client ?

— Ils étaient trois à la table voisine. Quand le jeune homme est parti, un d'entre eux l'a suivi des yeux d'un œil mécontent, inquiet. Il m'a appelé :

» — Dis donc, Toto...

» Bien entendu, je ne m'appelle pas Toto, mais c'est un genre que certains se donnent, surtout dans ce quartier.

» — Qu'est-ce qu'il a bu, le mec ?

» — Un cognac...

» — T'as pas remarqué s'il s'est servi de son appareil ?

» — Je ne l'ai pas vu prendre de photos...

» — Photos mon œil !... C'est un magnétophone, idiot... Tu l'as déjà vu, ce mec-là ?

» — C'est la première fois...

» — Et moi ?

» — Je crois que je vous ai servi trois ou quatre fois...

» — Ça va... Sers-nous la même chose...

Le garçon s'éloignait, car un client frappait le guéridon avec une pièce de monnaie pour attirer son attention. Le client payait. Le garçon lui rendait son reste, l'aidait à endosser son pardessus.

Il revenait ensuite rôder autour de Maigret.

— Vous avez dit qu'ils étaient trois ?

— Oui. Celui qui m'a apostrophé et qui avait l'air le plus important est un gars d'environ trente-cinq ans, bâti comme un professeur de culture physique, les cheveux bruns, les yeux noirs sous d'épais sourcils.

— C'est vrai qu'il n'est venu que deux ou trois fois ?

— Je ne l'ai remarqué que ces fois-là...

— Et les autres ?

— Le rougeaud à la cicatrice traîne assez souvent dans le quartier et entre boire un rhum au comptoir...

— Et le troisième ?

— Je l'ai entendu appeler Mimile par ses compagnons... Celui-là, je le connais de vue et je sais où il habite... C'est un encadreur dont la boutique se trouve au Faubourg-Saint-Antoine, presque au coin de la rue Trousseau... La rue Trousseau, c'est ma rue...

— Il vient souvent ici ?

— Je l'ai vu quelquefois, on ne peut pas dire souvent.

— Avec les deux autres ?

— Non... Avec une petite blonde qui a l'air d'être du quartier aussi, une vendeuse ou quelque chose comme ça...

— Je vous remercie. Vous ne voyez rien d'autre à me dire ?

— Non... Si ça me revenait, ou si je les voyais à nouveau...

— Dans ce cas, téléphonez-moi à la P.J. A moi ou, en mon absence, à un de mes collaborateurs... Comment vous appelle-t-on ?

— Julien... Julien Blond... Mes camarades m'appellent Blondinet, parce que je suis le plus jeune... Quand j'aurai leur âge, j'espère que je ferai autre chose que ce métier-là...

Maigret était trop près de chez lui pour aller déjeuner à la *Brasserie Dauphine*. Il le regretta presque. Il aurait aimé y emmener Janvier et le mettre au courant des découvertes qu'il venait de faire.

— Tu as trouvé quelque chose ? lui demanda sa femme.

— Je ne peux pas encore savoir si c'est intéressant. Il faut chercher dans tous les sens...

A deux heures, il réunissait dans son bureau trois de ses inspecteurs favoris, Janvier, Lucas et le jeune Lapointe, qu'on continuerait sans doute à appeler ainsi quand il aurait cinquante ans.

— Remets la bande magnétique, veux-tu, Janvier ? Vous deux, écoutez bien...

Lucas et Lapointe tendirent l'oreille, bien entendu, dès que commença l'enregistrement pris au *Café des Amis*.

— Je suis allé là-bas tout à l'heure. Je connais la profession et l'adresse d'un des trois hommes qui étaient réunis autour d'un guéridon et qui parlaient à mi-voix... Le surnommé Mimile... C'est un encadreur dont la boutique se trouve rue du Faubourg-Saint-Antoine, deux ou trois maisons avant la rue Trousseau...

Maigret n'osait pas trop se réjouir. Cela avait été un peu trop vite à son gré.

— Tous les deux, vous allez établir une planque près de la boutique de l'encadreur... Arrangez-vous pour vous faire relever, ce soir, par deux collègues... Si Mimile sort, il faut que quelqu'un le suive, les deux de préférence... S'il rencontre quelqu'un, l'un de vous s'accroche à lui... De même, si un bonhomme qui n'a pas l'air d'un client vient au magasin... Autrement dit, je voudrais connaître les gens avec qui il pourrait entrer en contact...

— Compris, patron...

— Toi, Janvier, tu vas rechercher dans les dossiers les photos d'hommes d'environ trente-cinq ans, bien bâtis, beaux garçons, les cheveux bruns, les sourcils bruns épais et les yeux noirs... Il doit y en avoir quelques-uns mais il s'agit de quelqu'un qui ne se cache pas, qui n'a peut-être jamais été condamné ou qui a purgé sa peine...

Il appela, une fois seul dans son bureau, l'Institut médico-légal. Le docteur Desalle vint à l'appareil.

— Maigret ! Vous avez terminé l'autopsie, docteur ?

— Depuis une demi-heure. Vous savez combien ce garçon a reçu de coups de couteau ?... Sept... Tous dans le dos... Tous plus ou moins à hauteur du cœur et pourtant le cœur n'a pas été atteint...

— Le couteau ?...

— J'y venais... La lame n'est pas large, mais longue et pointue... A mon avis, il s'agit d'un de ces couteaux suédois dont la lame jaillit dès qu'on presse un bouton...

» Une seule des blessures a été mortelle, celle qui a perforé le poumon droit et y a causé une hémorragie fatale...

— Vous n'avez pas fait d'autres remarques ?

— Le garçon était sain, bien portant, pas très athlétique... Le type de l'intellectuel qui ne prend pas assez d'exercice... Tous les autres organes en excellent état... Si son sang contenait une certaine quantité d'alcool, il n'était pas ivre... Il a dû boire deux ou trois verres de ce que je crois être du cognac...

— Je vous remercie, docteur...

— Vous recevrez mon rapport demain matin.

Il restait un travail de routine. Le procureur avait désigné un juge d'instruction, le juge Poiret, avec qui Maigret n'avait jamais travaillé. Encore un jeune. Il semblait au commissaire que le personnel judiciaire, depuis quelques années, se renouvelait avec une rapidité déconcertante. N'avait-il pas cette impression à cause de son âge à lui ?

Il téléphona au juge qui lui dit de monter tout de suite s'il était libre. Il emporta les textes tapés par Janvier d'après les conversations enregistrées au magnétophone.

Poiret n'avait eu droit qu'à un des vieux bureaux. Maigret s'assit sur une mauvaise chaise.

— Je suis heureux de faire votre connaissance, disait aimablement le magistrat qui était grand, blond, les cheveux coupés en brosse.

— Moi aussi, monsieur le juge... Bien entendu, je suis venu vous parler du jeune Batille...

Le juge déploya un journal de l'après-midi où, en première page, s'étalait un titre sur trois colonnes. On y voyait la photographie d'un jeune homme qui ne portait pas encore les cheveux longs et qui faisait très garçon « de bonne famille ».

— Il paraît que vous avez vu le père et la mère...

— C'est moi qui leur ai annoncé la nouvelle, oui... Ils rentraient du théâtre, tous les deux en tenue de soirée. Je crois bien qu'ils fredonnaient en franchissant le seuil de leur appartement... J'ai rarement vu deux êtres se décomposer aussi rapidement...

— Enfant unique ?

— Non. Il y a une sœur, une jeune fille de dix-huit ans qui ne paraît pas facile à tenir...

— Vous l'avez vue ?

— Pas encore...

— Comment est leur appartement ?

— Très vaste, riche et, en même temps, très gai. Quelques meubles anciens, m'a-t-il semblé, mais pas beaucoup... L'ensemble est moderne, sans agressivité...

— Ils doivent être extrêmement riches, soupira le juge d'instruction.

— Je le suppose...

— Le journal publie un récit que je crois assez romancé de ce qui s'est passé...

— Parle-t-il du magnétophone ?

— Non. Pourquoi ? Un magnétophone joue un rôle important ?

— Peut-être... Je n'en suis pas encore certain... Antoine Batille avait la passion d'enregistrer des conversations dans la rue, dans les restaurants, dans les cafés... C'était pour lui des documents humains... Il menait une vie assez solitaire et il lui arrivait souvent, surtout le soir, de partir ainsi en chasse, surtout dans les quartiers populaires...

» Il a commencé, hier soir, par un restaurant du boulevard Beaumarchais, où il a enregistré des bribes d'une scène de ménage...

» Puis il s'est rendu dans un café de la Bastille, et voici le texte de son enregistrement...

Il tendit la feuille au magistrat, qui fronça les sourcils.

— Cela paraît assez compromettant, non ?

— Il s'agit évidemment d'un rendez-vous pour jeudi soir, quelque part devant une maison des environs de Paris... Sans doute une résidence secondaire, puisque le propriétaire n'y vient que le vendredi et doit repartir le lundi matin...

— C'est ce qui ressort du texte, oui...

— Pour être sûre que la villa sera vide, la bande la fait surveiller par deux de ses hommes qui se relayent... Je sais d'autre part qui est Mimile et j'ai son adresse...

— Dans ce cas...

Le juge semblait dire que c'était du tout cuit, mais le commissaire était moins optimiste.

— Si c'est la bande à laquelle je pense... commença-t-il. Depuis deux ans, un certain nombre de villas importantes ont été visitées par des voleurs alors que leur propriétaire se trouvait à Paris... Presque toujours, ce sont des tableaux et des bibelots de valeur qui ont été emportés... A Tessancourt, ils ont négligé deux toiles qui n'étaient que des copies, ce qui indique...

— Des connaisseurs...

— Un connaisseur, en tout cas...

— Qu'est-ce qui vous chiffonne ?

— Que ces gens-là n'ont pas encore tué... Que ce n'est pas leur genre...

— Il peut arriver, pourtant, comme c'était le cas hier soir...

— Supposons qu'ils aient soupçonné soudain que l'appareil enregistreur marchait... Il leur était facile de suivre Antoine Batille, deux d'entre eux, par exemple... Une fois celui-ci dans une rue déserte, comme la rue Popincourt, il leur restait à lui sauter dessus et à lui arracher son appareil...

Le juge soupirait à regret :

— Évidemment...

— Ces voleurs-là tuent rarement, et, quand cela arrive, dans des cas désespérés... Ils ont travaillé pendant deux ans sans se faire prendre... Nous n'avons même pas une idée de la façon dont ils revendent les toiles et les objets d'art... Cela exige au moins une tête pensante, un homme qui s'y connaît en peinture, qui a des relations, qui indique les coups, qui y participe peut-être après avoir désigné à chacun son travail...

» Cet homme-là, qui existe fatalement, ne laisserait pas ses complices tuer...

— Dans ce cas, que pensez-vous ?

— Je ne pense pas encore. Je tâtonne. Je suis la piste, bien entendu. Deux de mes inspecteurs surveillent la boutique d'encadreur du prénommé Mimile... Un autre fouille les dossiers à la recherche d'un individu de trente-cinq ans aux épais sourcils sombres...

— Vous me tiendrez au courant ?

— Dès que j'aurai du nouveau...

Pouvait-on se fier à tout ce que disait Gino Pagliati ? Le Napolitain avait affirmé que le meurtrier avait frappé plusieurs coups, qu'il avait fait quelques pas vers le coin de la rue, qu'il était revenu en arrière et avait à nouveau frappé par trois fois.

Cela non plus ne collait pas avec l'hypothèse d'un semi-professionnel, surtout qu'en fin de compte il n'avait pas emporté le magnétophone.

Janvier lui avait remis un rapport sur sa visite à la femme aperçue à une fenêtre du premier étage.

Veuve Esparbès, soixante-douze ans. Vit seule dans un appartement de trois pièces avec cuisine, qu'elle occupe depuis dix ans. Son mari était officier. Elle touche une pension et vit assez confortablement, mais sans luxe.

Très nerveuse, elle prétend qu'elle ne dort presque plus et, chaque fois qu'elle se réveille, elle a l'habitude d'aller poser son front contre la vitre de la fenêtre.

— C'est une manie de vieille femme, monsieur l'inspecteur...

— Qu'avez-vous vu hier soir ? N'ayez pas peur d'entrer dans les détails, même s'ils vous paraissent sans intérêt...

— Je n'avais pas encore fait ma toilette de nuit... A dix heures, j'ai pris, comme d'habitude, les nouvelles à la radio... Puis j'ai fermé le poste et je me suis installée à la fenêtre... Il y a longtemps que je n'avais plus vu pleuvoir ainsi et cela m'a rappelé de vieux souvenirs... Peu importe...

» Vers dix heures et demie, un peu avant, un jeune homme qui portait un blouson est sorti du petit café d'en face et il avait sur la poitrine ce qui m'a paru être un appareil photographique d'assez grand format. J'en ai été un peu étonnée...

» Presque au même moment, j'ai vu un autre jeune homme...

— Vous dites bien : jeune homme ?

— Il m'a paru jeune aussi, oui... Plus petit que le premier, un peu plus massif, mais pas beaucoup. Je n'ai pas remarqué d'où il sortait. En quelques pas rapides et sans doute silencieux, il a été derrière l'autre et il s'est mis à frapper à plusieurs reprises... J'ai failli ouvrir la fenêtre et lui crier de cesser, mais cela n'aurait servi à rien... La victime était déjà par terre... Le meurtrier, alors, s'est penché sur lui et lui a soulevé la tête, en le prenant par les cheveux, pour le regarder...

— Vous êtes sûre de ça ?

— Certaine... Le réverbère n'est pas loin et, moi-même, j'ai assez vaguement distingué les traits...

— Ensuite ?

— Il s'est éloigné... Puis il est revenu sur ses pas, comme s'il avait oublié quelque chose... Les Pagliati suivaient le trottoir, sous

leur parapluie, à une cinquantaine de mètres... L'homme n'en a pas moins frappé à trois reprises celui qui était par terre, puis il s'est éloigné en courant...

— Il a tourné le coin de la rue du Chemin-Vert ?

— Oui... Les Pagliati sont arrivés, puis... Mais vous savez le reste... J'ai reconnu le docteur Pardon ; j'ignorais qui l'accompagnait...

— Vous reconnaîtriez l'agresseur ?

— Pas formellement... Pas son visage... Seulement sa silhouette...

— Et vous êtes sûre qu'il était jeune ?

— A mon avis, il n'a pas plus de trente ans...

— Cheveux longs ?

— Non.

— Moustache, favoris ?

— Non. Je l'aurais remarqué.

— Il était détrempé comme s'il avait marché sous la pluie ou bien, sortant d'une maison... ?

— Ils étaient tous les deux détrempés... Il suffisait de quelques minutes dehors pour avoir les vêtements ruisselants...

— Un chapeau ?

— Oui... Un chapeau sombre, probablement brun...

— Je vous remercie.

— Je vous ai dit tout ce que je sais mais, je vous en prie, faites qu'on ne mette pas mon nom dans le journal. J'ai des neveux qui ont de belles situations et cela leur déplairait qu'on sache que j'habite ici...

Le téléphone sonna. Il reconnut la voix de Pardon.

— C'est vous, Maigret ?... Je ne vous dérange pas ?... Je n'espérais pas vous trouver à votre bureau... Je me suis permis de téléphoner pour vous demander si vous avez des nouvelles...

— Nous suivons une piste, mais rien ne dit que c'est la bonne... Quant à l'autopsie, elle a confirmé votre diagnostic... Un seul coup a été mortel, celui qui a déchiré le poumon droit...

— Vous croyez que c'est un crime crapuleux ?

— Je ne sais pas... Il n'y avait pas beaucoup de rôdeurs et d'ivrognes dans les rues par ce temps-là... Il n'y a pas eu rixe... Dans les deux endroits où il s'est arrêté avant d'entrer chez *Jules*, le jeune Batille ne s'est disputé avec personne...

— Merci... Vous comprenez, je me sens un tout petit peu mêlé à l'affaire... Maintenant, au boulot... J'ai onze patients dans mon salon d'attente...

— Bon courage !...

Maigret alla s'asseoir dans son fauteuil, choisit une pipe sur son bureau et la bourra, le regard vague, comme le paysage qui, au-delà de la fenêtre, était peu à peu envahi par le brouillard.

3

Vers cinq heures et demie, il y eut un coup de téléphone de Lucas.

— J'ai pensé que vous aimeriez que je vous fasse un premier rapport, patron... Je suis dans un petit bar juste en face du magasin de l'encadreur... Au fait, celui-ci s'appelle Émile Branchu... Il y a environ deux ans qu'il est installé rue du Faubourg-Saint-Antoine...

» Il paraît qu'il venait de Marseille, mais ce n'est pas certain... On dit aussi qu'il a été marié, là-bas, mais qu'il est séparé de sa femme ou qu'il a divorcé...

» Il vit seul... Une vieille femme du quartier vient faire son ménage et il prend la plupart de ses repas dans un restaurant d'habitués...

» Il possède une voiture, une 6 CV verte, qu'il gare dans la cour la plus proche de chez lui... Il sort beaucoup le soir et rentre aux petites heures, souvent accompagné d'une jolie fille, jamais la même... Pas le genre des filles qu'on trouve dans le quartier ou dans les boîtes de la rue de Lappe... Des filles genre mannequins, en robe du soir et en manteau de fourrure...

» Cela vous intéresse ?

— Bien sûr... Continue...

De tous ses collaborateurs, Lucas était le plus ancien et il arrivait à Maigret de le tutoyer. Il tutoyait Lapointe aussi, parce qu'il avait débuté tout jeune, alors qu'il avait encore l'air d'un gamin trop poussé.

— Il n'y a eu que trois clients, deux hommes et une femme. La femme a acheté un miroir avec, d'un côté, une glace grossissante, car il vend aussi des miroirs... Un des hommes a apporté un agrandissement photographique à encadrer et a mis longtemps à faire son choix...

» Le troisième est parti avec une toile encadrée sous le bras... J'ai pu la voir assez bien, car il est venu la regarder près de la porte vitrée... C'est un paysage avec une rivière, une œuvre d'amateur...

— Il n'a pas téléphoné ?

— D'où je monte la garde, je vois très bien l'appareil, sur le comptoir... Il ne s'en est pas servi... Par contre, quand le gamin qui vend les journaux est passé, il est venu sur le seuil pour acheter deux journaux différents...

— Lapointe est toujours là ?

— Pour le moment, il est dehors... Une porte de derrière donne, non seulement sur la cour, mais sur un réseau de ruelles comme il en existe plein dans le quartier... Étant donné qu'il a une voiture et qu'il pourrait s'en servir, il vaudrait mieux que Lourtie et Neveu, qui vont nous relayer, viennent aussi avec une auto...

— D'accord... Merci, vieux...

Janvier était redescendu avec une quinzaine de photographies représentant des hommes bruns, à forts sourcils, d'environ trente-cinq ans.

— C'est tout ce que je trouve, patron... Vous n'avez plus besoin de moi ? C'est l'anniversaire d'un des gosses et...

— Souhaite-lui bon anniversaire de ma part...

Il entra dans le bureau des inspecteurs, vit Lourtie et lui recommanda de prendre une voiture pour se rendre rue du Faubourg-Saint-Antoine.

— Où est Neveu ?

— Il est quelque part dans les bureaux... Il va revenir...

Maigret n'avait plus rien à faire au Quai et, les photos dans sa poche, il descendit dans la cour, franchit la voûte, salua le factionnaire d'un geste de la main et se dirigea vers le boulevard du Palais, où il trouva un taxi. Il n'était pas de mauvaise humeur, mais il n'était pas gai non plus. On aurait pu dire qu'il menait cette enquête sans conviction, comme si quelque chose avait été faussé au départ, et sans cesse il en revenait à la scène qui s'était déroulée, sous la pluie diluvienne, dans l'obscurité de la rue Popincourt.

Le jeune Batille, qui sortait du bistrot mal éclairé où les quatre hommes jouaient aux cartes... Les Pagliati, sous leur parapluie, encore assez loin dans la rue... Mme Esparbès à sa fenêtre...

Et quelqu'un, un homme d'une trentaine d'années au plus, qui apparaissait soudain dans le décor... Personne ne pouvait dire s'il attendait sur un seuil la sortie d'Antoine Batille ou s'il suivait le trottoir, lui aussi... Il franchissait précipitamment quelques mètres puis frappait, une fois, deux fois, quatre fois au moins...

Il entendait les pas du fabricant de nouilles et de sa femme, qui n'étaient plus qu'à moins de cinquante mètres... Il marchait vers le coin de la rue du Chemin-Vert et, au moment de tourner le coin, il revenait sur ses pas.

Pourquoi se penchait-il sur sa victime et ne se préoccupait-il que de soulever sa tête ? Il ne lui tâtait pas le poignet, ni la poitrine, pour savoir si Antoine était mort... Il regardait son visage...

Pour s'assurer que c'était bien l'homme qu'il avait décidé d'abattre ?... Dès ce moment-là, quelque chose ne collait pas... Pourquoi donnait-il trois autres coups de couteau à l'homme étendu par terre ?...

C'était un film que Maigret se rejouait sans cesse dans la tête, comme s'il espérait soudain comprendre.

— Place de la Bastille, dit-il au chauffeur de taxi.

Le patron du *Café des Amis* était encore à la caisse, les cheveux ramenés sur sa calvitie. Leurs regards se croisèrent et celui du cafetier n'avait rien d'amène. Au lieu de s'asseoir au rez-de-chaussée, Maigret descendit au sous-sol où il prit place à un guéridon. Il y avait beaucoup plus de monde que le matin. C'était l'heure de l'apéritif. Quand le garçon vint prendre la commande, il était moins aimable.

— Un demi...

Et, lui tendant le paquet de photographies :

— Voyez donc si vous reconnaissez un de ces hommes...

— C'est que je n'ai pas beaucoup de temps...

— Cela ne vous prendra qu'un instant...

Le patron devait lui avoir parlé, quand il avait vu le commissaire émerger du sous-sol après y être resté longtemps.

Le garçon hésitait, saisissait enfin les photos.

— Il vaut mieux que j'aille les regarder au petit coin...

Il en revint presque aussitôt et tendit la liasse à Maigret.

— Je ne reconnais personne...

Il paraissait sincère et il alla chercher le demi que Maigret avait commandé. Celui-ci n'avait plus qu'à aller dîner chez lui. Il but son demi en prenant son temps, gravit l'escalier menant au rez-de-chaussée et, juste en face de lui, vit Lapointe attablé seul devant un guéridon.

Lapointe l'aperçut aussi, mais feignit de ne pas le connaître. Émile Branchu devait être quelque part dans le café et le commissaire préféra ne pas trop regarder les consommateurs.

Il avait deux cents mètres à parcourir pour arriver chez lui, où régnait une odeur de maquereaux au four. Mme Maigret les cuisait au vin blanc, à petit feu, avec beaucoup de moutarde.

Elle comprit tout de suite qu'il n'était pas content de son enquête et ne posa pas de questions.

A table, elle remarqua :

— Tu ne prends pas la télévision ?

C'était devenu une habitude, une manie.

— Aux nouvelles de sept heures, ils ont longuement parlé d'Antoine Batille. Ils sont allés à la Sorbonne interviewer plusieurs de ses camarades...

— Que disent-ils de lui ?

— Que c'était un bon garçon, plutôt effacé, un peu gêné d'appartenir à une famille si connue... Il avait la passion des magnétophones et il attendait qu'arrive du Japon un appareil miniaturisé qui tient dans le creux de la main...

— C'est tout ?

— Ils ont essayé d'interroger la sœur, qui s'est contentée de répondre :

» — Je n'ai rien à dire...

» — Où étiez-vous cette nuit-là ?

» — A Saint-Germain-des-Prés...

» — Vous vous entendiez bien avec votre frère ?

» — Il ne s'occupait pas de moi et je ne m'occupais pas de lui...

Les journalistes fouillaient partout, rue Popincourt, quai d'Anjou, à la Sorbonne. Les postes périphériques s'en mêlaient. On avait déjà trouvé une étiquette à l'affaire : *Le forcené de la rue Popincourt.*

On soulignait le nombre de coups de couteau : sept ! En deux fois ! Le meurtrier était revenu sur ses pas, comme s'il n'avait pas eu son compte, pour frapper encore.

Cela ne suggère-t-il pas l'idée d'une vengeance ? insinuait un des reporters. *Si les sept coups de couteau avaient été donnés l'un après l'autre, on pourrait croire à une sorte de rage folle, plus ou moins inconsciente. Un grand nombre de coups, qui impressionne toujours les jurés, est, la plupart du temps, le signe qu'un meurtrier a perdu le contrôle de lui-même. L'assassin de Batille, lui, s'est interrompu, s'est éloigné, est revenu tranquillement sur ses pas pour frapper les trois derniers coups...*

Un des journaux finissait par :

Le magnétophone a-t-il joué un rôle dans cette affaire ? Nous croyons savoir que la police y attache une certaine importance mais personne, Quai des Orfèvres, n'accepte de répondre aux questions sur ce sujet...

A huit heures et demie, le téléphone sonna.

— Ici Neveu, patron... Lucas m'a recommandé de vous tenir au courant...

— Où êtes-vous ?

— Dans le petit bar en face de la boutique d'encadreur... Avant que nous n'arrivions, Lourtie et moi, Émile Branchu a fermé sa porte et s'est dirigé vers la place de la Bastille où il a pris l'apéritif... En passant devant la caisse il a salué le patron qui lui a rendu son salut comme à un habitué...

» L'encadreur n'a parlé à personne, a lu les journaux qu'il avait en poche. Lapointe était...

— Je l'ai vu...

— Bon... Vous savez aussi qu'il est allé dîner dans un restaurant modeste où il a sa serviette dans un casier et où on l'appelle M. Émile ?...

— Je l'ignorais...

— Lapointe prétend y avoir très bien mangé. Il paraît que l'andouillette...

— Ensuite ?

— Branchu est rentré chez lui, a fermé le volet de la boutique et accroché le panneau de bois à la porte vitrée. Une faible lumière perce par les fentes du volet... Lourtie surveille la cour...

— Vous avez la voiture ?

— Elle est garée à quelques mètres d'ici...

Sur la première chaîne, des chanteurs et des chanteuses sévissaient. Maigret détestait ça. Sur la seconde chaîne, un vieux film américain, avec Gary Cooper, que Maigret et sa femme regardèrent.

Le film finissait à onze heures moins le quart et Maigret se brossait les dents, en manches de chemise, quand le téléphone sonna à nouveau. Cette fois, c'était Lourtie.

— Où êtes-vous ? lui demanda le commissaire.

— Rue Fontaine. L'encadreur est sorti, vers dix heures et demie, et est allé chercher sa voiture dans la cour. Nous avons pris celle de la P.J., Neveu et moi...

— Il ne s'est pas aperçu que vous le suiviez ?

— Je ne crois pas. Il est venu directement ici, comme si c'était une vieille habitude, et, après avoir cherché un parking, il a poussé la porte du *Lapin Rose*...

— Qu'est-ce que le *Lapin Rose* ?

— Une boîte de strip-tease... Le portier l'a salué comme s'il le connaissait... Nous sommes entrés à notre tour, Neveu et moi, car, dans ces endroits-là, deux hommes se font moins remarquer qu'un seul... Neveu s'est même donné les allures de quelqu'un d'un peu saoul...

C'était bien Neveu, qui adorait ajouter sa touche personnelle. Il aimait aussi les déguisements, qu'il poussait jusqu'à leurs moindres détails.

— Notre homme est au bar... Il a serré la main du barman... Le patron, un petit gros en smoking, est venu lui serrer la main aussi et deux ou trois des filles l'ont embrassé...

— Le barman ?

— Justement... Il ressemble assez au signalement qu'on nous a fourni... Entre trente et quarante ans... Beau garçon, genre méridional...

En quittant le *Café des Amis*, Maigret aurait dû remettre le jeu de photos à Lucas, qui se trouvait toujours rue du Faubourg-Saint-Antoine, et qui les aurait passées à Lourtie. Il y avait pensé en quittant le Quai des Orfèvres, puis cela lui était sorti de la tête.

— Retourne au *Lapin Rose*. D'ici une vingtaine de minutes, je serai là-haut... Comment s'appelle le bistrot d'où tu me téléphones ?

— Vous ne pouvez pas vous tromper. C'est le tabac du coin. Je n'ai pas voulu téléphoner de la boîte par crainte qu'on m'entende...

— Dans vingt minutes, sois au tabac...

Mme Maigret avait compris et, en soupirant, alla décrocher le pardessus et le chapeau de son mari.

— J'appelle un taxi ?

— Merci. Oui...

— Tu en as pour longtemps ?

— Moins d'une heure...

Ils avaient beau avoir une voiture depuis un an — que Maigret n'avait jamais conduite —, Mme Maigret préférait s'en servir le moins possible dans Paris. Ils l'utilisaient surtout, le samedi soir ou le dimanche matin, pour gagner Meung-sur-Loire où ils avaient leur petite maison.

— Quand je prendrai ma retraite...

Parfois on pouvait croire que Maigret, pressé de la prendre, comptait les jours. D'autres fois, on sentait chez lui une certaine panique à la perspective de quitter le Quai des Orfèvres.

Jusqu'à trois mois plus tôt, l'heure de la retraite, pour les commissaires, était de soixante-cinq ans et il en avait soixante-trois. Un nouveau décret venait de tout changer et de porter cette retraite à soixante-huit ans...

Dans certaines rues, le brouillard était plus épais que dans d'autres et les voitures roulaient lentement, une auréole autour de leurs phares.

— Je vous ai déjà conduit, n'est-ce pas ?

— C'est fort possible...

— C'est drôle, je n'arrive pas à mettre un nom sur votre visage... Je sais que vous êtes quelqu'un de connu... Un acteur ?

— Non...

— Vous n'avez jamais fait de cinéma ?...

— Non...

— Je ne vous ai pas vu non plus à la télévision ?...

Heureusement qu'on arrivait rue Fontaine.

— Tâchez de trouver un parking et attendez-moi.

— Vous en avez pour longtemps ?

— Quelques minutes...

— Alors, ça va. Parce que c'est la sortie des théâtres et...

Maigret poussa la porte du bar-tabac, trouva Lourtie accoudé au comptoir. Il commanda une fine, parce qu'on avait beaucoup parlé de fines la veille, puis il sortit les photos de sa poche, les glissa dans la main de l'inspecteur.

— Va les regarder aux toilettes, c'est plus prudent...

Quelques minutes plus tard, Lourtie revenait et rendait les photos au commissaire.

— C'est celui qui est au-dessus de la liasse... J'ai tracé une croix au dos...

— Il n'y a aucun doute possible ?

— Aucun. Tout juste si, sur la photo, il a trois ou quatre ans de moins... Il est resté aussi beau gars...

— Retourne là-bas...

— Le strip-tease va commencer... Vous savez, nous avons été obligés de commander du champagne... Ils ne servent rien d'autre...

— Va... Et s'il se passait quelque chose d'important, surtout si l'encadreur sortait de la ville, n'hésitez pas à me téléphoner...

Dans le taxi, il regarda la photographie marquée d'une croix. C'était le plus beau garçon du paquet. Il y avait quelque chose d'effronté, de sarcastique dans son regard. Un dur, comme on en trouve dans la bande des Corses ou dans celle des Marseillais.

Maigret dormit d'un sommeil assez agité et il était au Quai bien avant neuf heures, envoyait Janvier aux Sommiers.

— Cela a marché ? Je n'osais pas trop l'espérer. Le signalement était assez vague...

Janvier redescendait un quart d'heure plus tard avec une fiche.

MILA, Julien Joseph François, né à Marseille, barman. Célibataire. Taille...

Suivaient les différentes mensurations du nommé Mila dont le dernier domicile connu était un garni de la rue Notre-Dame-de-Lorette.

Condamné, quatre ans plus tôt, à deux ans de prison pour avoir participé à une attaque à main armée. Cela se passait à l'entrée d'une usine de Puteaux. L'encaisseur avait pu faire jouer le déclic de sa mallette d'où s'était échappée une fumée épaisse. Un agent qui se tenait au carrefour s'en était aperçu. Poursuite. La voiture des voleurs avait fini contre un bec de gaz.

Mila s'en était tiré à bon compte, d'abord parce qu'il avait prétendu n'être qu'un comparse, ensuite parce que les malfaiteurs s'étaient servis de pistolets d'enfant.

Maigret soupira. Il connaissait bien les professionnels, mais il ne s'y était jamais beaucoup intéressé. Pour lui, c'était de la routine, une sorte de jeu qui avait ses règles, parfois aussi ses feintes et ses tricheries.

Pouvait-on supposer qu'un homme qui s'était servi d'un pistolet d'enfant pour effectuer un hold-up s'était acharné par deux fois sur un jeune homme, simplement parce que celui-ci avait peut-être enregistré des bribes d'une conversation compromettante ? Et que, le jeune homme abattu, le meurtrier ne se soit pas donné la peine d'emporter son enregistreur ou de le mettre hors d'usage ?

— Allô... Passez-moi le juge d'instruction Poiret, s'il vous plaît... Allô, oui... Merci... Le juge Poiret ?... Maigret, monsieur le juge... J'ai des renseignements qui posent un certain nombre de questions et j'aimerais vous les soumettre... Une demi-heure ?... Merci... Je serai à votre cabinet dans une demi-heure...

Il y avait du soleil, tout à coup. A croire que, peut-être, le printemps allait être au rendez-vous du 21 mars. Maigret, la photo de Mila dans la poche, se dirigea comme tous les matins vers le bureau du directeur pour le rapport.

Ce fut une journée d'allées et venues, de coups de téléphone, de mise en place. La petite bande, dont on ne connaissait encore que Mila et l'encadreur, plus un troisième personnage non identifié, projetait apparemment un cambriolage dans une maison de campagne des environs de Paris.

Or, passées les limites de Paris, la P.J. du Quai des Orfèvres devenait impuissante. C'était le domaine de la Sûreté Nationale, rue des Saussaies, et, d'accord avec le juge d'instruction, Maigret téléphona à ce que l'on appelle maintenant son homologue.

C'était le commissaire Grosjean, un vétéran qui avait à peu près l'âge de Maigret et qui, comme lui, avait toujours la pipe à la bouche. Il était originaire du Cantal, dont il avait conservé l'accent savoureux.

Ils se rencontrèrent un peu plus tard dans les vastes bâtiments de la rue des Saussaies, que ceux de la P.J. appelaient volontiers : l'usine.

Après une heure de travail, Grosjean se leva en grommelant :

— Il faut quand même que je fasse semblant d'en référer à mon chef...

Quand Maigret rentra dans son bureau, tout était au point. Pas nécessairement comme il l'aurait désiré, mais comme la Sûreté Nationale avait l'habitude de travailler.

— Et alors ? lui demanda Janvier qui était resté en rapport avec les hommes en faction rue du Faubourg-Saint-Antoine.

— Du cinéma !

— Lucas et Marette sont rue du Faubourg-Saint-Antoine. Émile est venu prendre l'apéritif dans le bar où ils se trouvaient, sans faire attention à eux. Il est ensuite allé déjeuner dans le même restaurant qu'hier soir.

» Pas d'allées et venues... Deux ou trois clients qui avaient l'air de vrais clients... Il a un petit atelier qui communique avec le magasin et c'est là qu'il bricole...

Vers quatre heures, Maigret dut monter voir à nouveau le juge pour le tenir au courant du plan d'action qui avait été arrêté. Quand il redescendit, on lui tendit une fiche sur laquelle on avait écrit simplement un nom, sans remplir l'espace réservé à l'objet de la visite : *Monique Batille*.

Comment, de Monique, le prénom s'était-il transformé en Minou ? Il se dirigea vers la salle d'attente, aperçut une jeune fille longue et mince qui portait des pantalons noirs et un trench-coat sur une blouse transparente.

— Vous êtes le commissaire Maigret, n'est-ce pas ?

On aurait dit qu'elle l'inspectait des pieds à la tête pour s'assurer qu'il était digne de sa réputation.

— Si vous voulez me suivre...

Elle entra sans la moindre gêne dans ce bureau où tant de destinées s'étaient jouées. Elle ne semblait pas s'en rendre compte, restait désinvolte, sortait de sa poche un paquet de Gitanes.

— On peut fumer ?

Un petit rire.

— J'oubliais que vous fumez la pipe toute la journée !

Elle marcha jusqu'à la fenêtre.

— C'est comme chez nous... Vous voyez la Seine... Vous ne trouvez pas que c'est lassant ?...

Avait-elle envie d'un panorama transformable ?

Ouf ! Elle se laissait enfin tomber dans le fauteuil alors que Maigret se tenait encore debout près de son bureau.

— Vous devez vous demander ce que je suis venue faire... N'ayez pas peur : ce n'est pas par simple curiosité que je suis ici... Il est vrai que, si je fréquente des célébrités de toutes sortes, je ne connaissais pas encore de policier...

Ce n'était pas la peine d'essayer de l'arrêter. Était-ce un genre qu'elle se donnait pour cacher une timidité profonde ?

— Hier, je m'attendais à ce que vous veniez interroger à nouveau mes parents, m'interroger, puis les domestiques, que sais-je ?... N'est-ce pas comme ça que cela se passe d'habitude ?... Ce matin, j'ai décidé que je viendrais vous voir dans l'après-midi... J'ai beaucoup réfléchi...

Elle saisit le léger sourire sur les lèvres de Maigret et devina.

— Cela m'arrive de réfléchir, croyez-le... Je ne fais pas que parler à tort et à travers... On a trouvé le corps de mon frère rue Popincourt... Ce n'est pas une rue terrible, n'est-ce pas ?

— Qu'est-ce que vous appelez une rue terrible ?

— Une rue où les voyous se réunissent dans les bars, préparent leurs mauvais coups, je ne sais pas, moi...

— Non... C'est simplement une rue de petites gens...

— Je le pensais... Eh bien, mon frère allait enregistrer dans d'autres endroits, des endroits vraiment dangereux... Une fois, j'ai insisté pour qu'il m'emmène et il m'a dit :

» — Impossible, ma petite fille... Là où je vais, tu ne serais pas en sécurité... Je ne le suis d'ailleurs pas non plus...

» J'ai questionné :

» — Tu veux dire qu'il y a des criminels ?

» — Certainement... Sais-tu combien, chaque année, on repêche de corps, rien que du canal Saint-Martin ?...

» Je ne crois pas qu'il ait cherché à me faire peur, ou à se débarrasser de moi. J'ai insisté. Je suis revenue plusieurs fois à charge, mais il n'a jamais voulu m'emmener dans ce qu'il appelait ses expéditions.

Maigret la regardait, surpris qu'elle gardât tant de fraîcheur sous un aspect volontairement sophistiqué. Et, au fond, son frère semblait n'avoir été, comme elle, qu'un grand enfant.

Sous prétexte de recherches psychologiques, de chasse au document humain, il cherchait en quelque sorte à se faire peur.

— Conservait-il ses enregistrements ?

— Il y a, dans sa chambre, des dizaines de cassettes soigneusement numérotées, qui correspondent à un catalogue qu'il tenait à jour.

— Personne n'y a touché depuis... depuis sa mort ?

— Non...

— Le corps est chez vous ?

— On a transformé le petit salon, que nous appelons le salon de maman, en chapelle ardente. L'autre salon était trop grand. Il y a aussi des tentures noires au portail de l'immeuble. Tout cela est lugubre. Cela ne devrait plus exister à notre époque, vous ne trouvez pas ?

— Que voulez-vous me dire d'autre ?

— Rien... Qu'il courait des risques... Qu'il rencontrait toutes sortes de gens... Je ne sais pas s'il leur parlait, ni s'il entretenait des relations dans ce milieu-là...

— Il n'était jamais armé ?

— C'est drôle que vous me demandiez ça.

— Pourquoi ?

— Il a obtenu que papa lui donne un de ses revolvers. Il le gardait dans sa chambre. Et il n'y a pas longtemps qu'il m'a dit :

» — Je me réjouis d'avoir vingt et un ans accomplis... Je demanderai un port d'arme... Étant donné le caractère des recherches auxquelles je me livre...

Cela donnait à la scène de la rue Popincourt un pathétique nouveau, en même temps qu'un caractère presque irréel. Un grand gamin. Il était persuadé qu'il étudiait l'homme sur le vif parce que, dans les cafés, dans les restaurants, il enregistrait des bribes de conversations. Ces trouvailles, il les étiquetait soigneusement, en dressait le catalogue.

— Il faudra que j'aille écouter ses enregistrements... Vous ne les avez jamais entendus ?...

— Il ne les faisait entendre à personne... Un jour, seulement, j'ai cru entendre une femme qui sanglotait dans sa chambre... Je suis allée voir... Il était seul et écoutait une de ses bandes... Vous n'avez plus de questions à me poser ?...

— Pas pour le moment. Je passerai probablement chez vous demain pendant la journée. Je suppose que beaucoup de gens défilent ?...

— Cela n'arrête pas de la journée... Eh bien, voilà... J'espérais vous être utile...

— Peut-être l'êtes-vous plus qu'il n'y paraît... Merci d'être venue...

Il la reconduisit jusqu'à la porte et lui tendit la main. Elle en fut tout heureuse.

— Bonsoir, monsieur Maigret... N'oubliez pas que vous m'avez promis que j'entendrais les enregistrements avec vous...

Il n'avait rien promis du tout, mais préféra ne pas discuter.

Où en était-il quand il avait trouvé sa fiche dans son bureau ? Il descendait de chez le juge d'instruction.

— Du cinéma... pensait-il, grognon.

Et il resta plus ou moins grognon toute la soirée et une bonne partie de la nuit. Car, pour du cinéma, ce fut vraiment du cinéma, comme ils savent en organiser rue des Saussaies.

A sept heures et demie, Lucas téléphonait que l'encadreur avait baissé son volet et accroché le panneau à la porte vitrée. Un peu plus tard, il se dirigeait vers son restaurant habituel pour y dîner. Il marchait ensuite autour du bloc de maisons, comme pour prendre l'air, allait jusqu'à la Bastille, où il achetait plusieurs magazines au kiosque, puis rentrait chez lui.

— Qu'est-ce que nous faisons ?

— Vous attendez.

Maigret et Janvier allèrent dîner, eux, à la *Brasserie Dauphine*. Il n'y avait presque personne. C'était surtout à midi et pour l'apéritif du soir que les deux petites salles étaient pleines.

Maigret téléphona à sa femme pour lui dire bonsoir.

— Je n'ai aucune idée de l'heure à laquelle je rentrerai... Ce sera sans doute tard dans la nuit... A moins que ça foire... Ce n'est pas moi qui dirige les opérations...

Il les dirigeait dans Paris seulement et c'est pourquoi, à neuf heures, la voiture dans laquelle il se trouvait, avec Janvier au volant et le gros Lourtie derrière, prenait place juste en face, ou presque, de la boutique de l'encadreur.

C'était une voiture noire, sans signe distinctif, mais équipée d'un émetteur et récepteur de radio. Une autre voiture, toute pareille, équipée de même, stationnait à une cinquantaine de mètres. Le commissaire Grosjean et trois de ses inspecteurs y avaient pris place.

Enfin, dans une rue transversale, il y avait un car de police de la rue des Saussaies, avec une dizaine de policiers en civil à l'intérieur.

Lucas, lui, montait la garde, en voiture aussi, non loin du meublé de Mila, rue Notre-Dame-de-Lorette.

C'est lui qui bougea le premier.

— Allô... Le 287 ?... C'est vous, patron ?...

— Ici, Maigret...

— Lucas... Mila vient de partir en taxi... Nous traversons le centre de la ville et il semble que nous allons passer sur la rive gauche...

Au même moment, la porte de la boutique s'ouvrait et l'encadreur, qui portait un léger pardessus beige, la refermait à clef, se dirigeait à grands pas vers la place de la Bastille.

— Allô... Le 215... appela Maigret. C'est vous, Grosjean ?... Vous m'entendez ?... Allô... Le 215...

— Le 215 écoute...

— Nous allons nous diriger lentement vers la Bastille... Il est à pied...

— Terminé ?

— Terminé...

Maigret haussa ses lourdes épaules.

— Dire que je suis en train de jouer au petit soldat !...

Place de la Bastille, Émile Branchu se dirigeait vers le boulevard Beaumarchais, ouvrait la portière d'une DS noire en stationnement qui s'écartait immédiatement du trottoir.

Maigret ne pouvait apercevoir l'homme qui conduisait, sans doute le troisième homme du *Café des Amis*, celui qui avait bu du rhum et dont le visage portait une cicatrice.

Grosjean suivait à une certaine distance. De temps en temps, il appelait, et un Maigret, qui s'en voulait lui-même de se montrer bourru, répondait. Le car, lui aussi, restait en contact.

La circulation était fluide. La DS roulait vite et son conducteur ne paraissait pas s'apercevoir qu'il était suivi. A plus forte raison ne se doutait-il pas qu'il était à la tête d'un petit cortège.

A la porte de Châtillon, il marqua un temps d'arrêt et un homme grand, brun, qui se tenait au bord du trottoir, monta tout naturellement dans la voiture.

Maintenant, ils étaient réunis tous les trois. Eux aussi étaient organisés quasi militairement. Ils roulaient plus vite et Janvier s'arrangeait pour ne pas les perdre de vue sans cependant se faire remarquer.

Ils avaient pris la route de Versailles et ils traversèrent le Petit-Clamart sans presque ralentir.

— Où êtes-vous ? questionnait régulièrement Grosjean. Vous ne les perdez pas de vue ?

— Nous quittons mon territoire, grommela Maigret. Cela va être à vous de jouer...

— Quand nous serons arrivés à destination...

Ils tournèrent à gauche en direction de Châtenay-Malabry, puis à droite, vers Jouy-en-Josas. Il y avait de gros nuages, certains assez bas, mais une bonne partie du ciel était claire et, de temps en temps, la lune se montrait.

La DS ralentissait, tournait encore à gauche, et on l'entendait bientôt freiner.

— J'arrête ici ? questionna Janvier. J'ai l'impression qu'ils s'arrêtent... Oui... Ils sont arrêtés...

Lourtie descendit de voiture pour aller voir. Quand il revint, il annonça :

— Ils ont retrouvé quelqu'un qui les attendait... Ils sont entrés dans un grand jardin ou un parc, je ne sais pas, où on aperçoit le toit d'une villa...

Grosjean, perdu dans la nature, demandait où on en était et Maigret le tenait au courant.

— Où dites-vous que vous êtes ?

Et Lourtie de souffler :

— Chemin des Acacias... Je l'ai vu sur la plaque...

— Chemin des Acacias...

Lourtie était allé reprendre son poste au coin du chemin où Mila et ses compagnons étaient descendus de voiture. Ils avaient laissé la DS au bord du trottoir. Le guetteur était toujours là, tandis que les trois autres semblaient avoir pénétré dans la maison.

L'auto de la rue des Saussaies vint se ranger derrière celle de Maigret puis, quelques instants plus tard, l'impressionnant car bourré de policiers.

— A vous, maintenant, soupira Maigret en bourrant sa pipe.

— Où sont-ils ?

— Vraisemblablement dans la villa dont, du coin, vous apercevez la grille... L'homme, sur le trottoir, est leur guetteur...

— Vous ne m'accompagnez pas ?

— Je reste ici...

Quelques instants plus tard, la voiture de Grosjean fonçait dans le chemin à gauche, si impétueusement que le guetteur, surpris, n'eut pas le temps de donner l'alarme. Avant de savoir ce qui lui arrivait, deux hommes lui tombaient dessus et on lui passait les menottes.

Du car, les policiers se précipitaient dans le parc de la villa, qu'ils se hâtaient d'entourer, contrôlant toutes les issues. C'était une construction moderne, assez vaste, et l'eau qu'on voyait miroiter derrière les arbres était celle de la piscine.

Toutes les fenêtres étaient obscures, les volets clos. On entendait pourtant des pas et quand, Grosjean en tête, les hommes de la rue des Saussaies ouvrirent la porte, ils se trouvèrent devant trois personnages gantés de caoutchouc qui, alertés par des bruits suspects, cherchaient à s'enfuir.

Ils n'insistèrent pas, mirent les bras en l'air, sans un mot, et, quelques instants plus tard, ils avaient à leur tour les menottes aux poignets.

— Emmenez-les dans le car. Je les interrogerai dès que je serai de retour à mon bureau.

Maigret se dégourdissait les jambes en faisant les cent pas. Il regarda de loin les hommes qu'on poussait dans le car, vit Grosjean qui se dirigeait vers lui.

— Vous ne venez pas avec moi jeter un coup d'œil à l'intérieur ?

D'abord, ils aperçurent, à droite de la grille, une plaque de marbre rose qui portait en lettres dorées : la Couronne d'Or. Une couronne, gravée dans la pierre, rappela quelque chose à Maigret. Quoi ? Il n'arrivait pas à s'en souvenir.

Il n'y avait pas de corridor. On entrait de plain-pied dans un immense hall où, sur les murs de pierre blanche, alternaient les trophées de chasse et les tableaux. L'un d'eux était décroché et se trouvait, retourné, sur une table d'acajou.

— Un Cézanne... murmura Grosjean, qui l'avait remis du bon côté.

Dans un coin, il y avait un bureau Louis XV. Le sous-main de cuir portait la même couronne que la plaque du portail. Dans un tiroir, du papier à lettres et des enveloppes portaient cette couronne-là aussi avec, en dessous, le nom : Philippe Lherbier.

— Venez voir, Grosjean...

Il lui montrait la couronne sur le sous-main, puis le papier à lettres.

— Vous y êtes ? Le fameux maroquinier de la rue Royale...

Un homme de soixante ans, à l'épaisse chevelure d'un blanc immaculé qui faisait paraître son visage plus frais et plus jeune.

Non seulement sa maison était la plus élégante maroquinerie de Paris, mais il possédait des succursales à Cannes, à Deauville, à Londres, à New York et à Miami.

— Qu'est-ce que je fais ? Je lui téléphone ?

— C'est votre affaire, mon vieux...

Il décrocha l'appareil, forma le numéro inscrit sur le papier à lettres.

— Allô... Je suis bien chez M. Lherbier ?... M. Philippe Lherbier, oui... Il n'est pas chez lui ?... Vous ne savez pas où je pourrais le toucher ?... Comment ?... Chez maître Legendre, boulevard Saint-Germain... Vous avez le numéro ?...

Il sortit un crayon de sa poche, traça des chiffres sur le beau papier à lettres marqué d'une couronne.

— Je vous remercie...

L'avocat Legendre, lui aussi, était une personnalité du Tout-Paris.

Maigret regardait les tableaux, deux autres Cézanne, un Derain, un Sisley. Il poussait une porte et découvrait un salon plus petit, plus féminin, aux murs tendus de soie bouton-d'or. Cela lui rappela le quai d'Anjou. Il retombait dans le même monde et, sans doute, les deux hommes se connaissaient-ils, ne fût-ce que pour se rencontrer dans les endroits qu'ils fréquentaient l'un et l'autre.

Philippe Lherbier faisait souvent l'objet d'échos dans les journaux, en particulier par ses mariages et ses divorces. On l'appelait l'homme le plus divorcé de France. Cinq fois ? Six fois ?

Le plus curieux, c'est qu'après chaque divorce il n'attendait pas six mois pour se marier à nouveau. Toujours avec le même genre de femme ! Toutes, sauf une, qui faisait du théâtre, étaient des modèles au corps long et souple, au sourire plus ou moins figé. On aurait dit qu'il ne les épousait que pour les habiller somptueusement et pour leur faire jouer un rôle purement décoratif.

— Oui... Je vous remercie de me le passer... Allô !... Monsieur Lherbier ?... Ici, le commissaire Grosjean, de la Sûreté Nationale... Je me trouve dans votre villa, à Jouy-en-Josas... Ce que j'y fais ?... Je viens d'arrêter trois cambrioleurs qui en voulaient à vos tableaux...

Grosjean, la main sur l'appareil, souffla à Maigret :

— Il rit...

Et, à voix haute :

— Qu'est-ce que vous dites ? Que vous êtes assuré ? Très bien. Vous ne venez pas ce soir ? Quant à moi, je ne peux pas laisser la porte ouverte et je n'ai pas le moyen de la fermer. Cela signifie qu'un de mes hommes sera obligé de rester dans la villa jusqu'à ce que vous envoyiez quelqu'un et, entre autres, un serrurier... Je vous...

Il resta un instant immobile, à écouter, le visage très rouge.

— Il a raccroché, finit-il par murmurer.

Il était furieux, à en avoir le souffle coupé.

— Voilà les gens pour lesquels... pour lesquels...

Il voulait sans doute ajouter :

— ... pour lesquels on risque sa peau...

Mais il se rendait compte qu'en l'occurrence cela paraîtrait tout au moins redondant.

— Je ne sais pas s'il était éméché, mais il a eu l'air de considérer cette histoire comme une joyeuse plaisanterie...

Il donna la consigne à un de ses hommes de rester dans la villa jusqu'à nouvel ordre.

— Vous venez, Maigret ?

Il n'en revenait toujours pas.

— Des Cézanne... Des... Peu importe... Pour des centaines de milliers de francs de tableaux dans une villa où on ne vient passer que les week-ends...

— Il possède une villa beaucoup plus importante au Cap-d'Antibes. Elle s'appelle aussi la Couronne d'Or... Si j'en crois les journaux, il fait marquer ses cigares et ses cigarettes de la même couronne dorée... Son yacht s'appelle la *Couronne d'Or*...

— C'est vrai ? soupirait Grosjean, incrédule.

— Il paraît que c'est vrai...

— Personne ne se moque de lui ?

— C'est à qui obtiendra une invitation à une de ses résidences...

Ils se retrouvaient dehors, s'arrêtaient un instant à regarder la piscine, qui devait être chauffée car il en montait une légère vapeur.

— Vous venez rue des Saussaies ?

— Non... Le cambriolage ne me regarde pas, puisqu'il n'a pas eu lieu dans mon ressort... J'aimerais seulement, demain si possible, les questionner sur un autre sujet... Je crois que le juge Poiret voudra les entendre aussi...

— L'affaire de la rue Popincourt ?

— C'est par elle que nous avons été mis sur leur trace...

— C'est vrai, pourtant...

Près des voitures, les deux hommes se serrèrent la main, à peu près aussi corpulents l'un que l'autre, avec derrière eux la même carrière, les mêmes expériences.

— Je vais y passer le reste de la nuit... Enfin...

Maigret s'installait à côté de Janvier. Lourtie, derrière, fumait sa cigarette qui faisait un petit point rouge.

— Et voilà, mes enfants !... Jusqu'ici, on n'a encore travaillé que pour la rue des Saussaies... Demain, on essayera de travailler pour nous...

Et Janvier questionnait, faisant allusion aux rapports peu cordiaux qui existaient depuis toujours entre les deux maisons :

— Vous croyez qu'ils nous les prêteront ?

4

La nuit dut être agitée rue des Saussaies, où les journalistes et les photographes, alertés par Dieu sait qui, comme toujours, ne tardèrent pas à accourir et à envahir les couloirs.

En se rasant, à sept heures et demie, Maigret tourna machinalement le bouton de la radio. C'était le moment des nouvelles et, comme il s'y attendait, on parla de la villa de Jouy-en-Josas et du fameux millionnaire Philippe Lherbier, l'homme aux six femmes et aux couronnes d'or.

...Quatre hommes sont sous les verrous, mais le commissaire Grosjean reste persuadé qu'aucun d'entre eux n'est le vrai chef de la bande, la tête pensante... D'autre part, le bruit court que le commissaire Maigret pourrait intervenir, non dans l'affaire du vol

des tableaux, mais à propos d'une autre activité des malfaiteurs. On garde la plus grande discrétion à ce sujet...

C'est par la radio aussi qu'il apprit un détail : les trois bandits et le guetteur n'étaient pas armés.

Dès neuf heures, il était à son bureau et, tout de suite après le rapport, il appela Grosjean rue des Saussaies.

— Vous avez pu dormir un peu ?

— Trois heures à peine... J'ai tenu à les interroger à chaud... Aucun ne bronche... Il y en a un, surtout, qui m'exaspère... C'est Julien Mila, le barman, le plus intelligent des trois... Lorsqu'on lui pose des questions, il vous regarde d'un air goguenard et laisse tomber d'une voix douce :

» — Je n'ai malheureusement rien à dire...

— Ils n'ont pas demandé à être assistés d'un avocat ?

— Bien sûr que si... Maître Huet, bien entendu... Je l'attends ce matin...

— Quand pourrez-vous m'envoyer les gaillards ? Le juge Poiret les attend aussi...

— Dans le courant de l'après-midi, je l'espère... Je suppose qu'il faudra me les rendre, car je m'attends à en avoir pour longtemps avec eux... La liste des cambriolages du même genre commis depuis deux ans autour de Paris est longue, douze au moins, et je suis persuadé qu'ils sont responsables de la plupart, sinon de tous... Et vous ?... La rue Popincourt ?...

— Rien de nouveau...

— Vous croyez que mes zèbres y sont pour quelque chose ?

— Je ne sais pas... Un des cambrioleurs, le petit aux larges épaules, avec une cicatrice à la joue, portait un imperméable clair à ceinture, n'est-ce pas ?... Et un chapeau brun...

— Demarle, oui... On est en train d'étudier son casier judiciaire... Il semble que ce soit un dur et que la justice se soit plus d'une fois occupée de lui...

— Branchu, dit Mimile ?... L'encadreur ?...

— Pas de casier judiciaire... Il a vécu longtemps à Marseille mais il est originaire de Roubaix...

— A tout à l'heure...

Les journaux publiaient en première page des photos des malfaiteurs, menottes aux poings, ainsi qu'une photographie du maroquinier, au pesage de Longchamp, en jaquette et haut-de-forme gris clair.

Mila fixait l'appareil avec un sourire ironique. Demarle, le matelot à la cicatrice, paraissait tout surpris de ce qui lui arrivait, tandis que l'encadreur tenait ses mains devant son visage. Le guetteur, lui, mal ficelé dans un complet trop grand pour lui, avait l'air d'un comparse sans envergure.

A la suite d'une enquête que le commissaire divisionnaire Grosjean, de la Sûreté Nationale, mène patiemment depuis près de deux ans, un coup de filet...

Maigret haussa les épaules. Ce n'était pas tant aux truands qu'il pensait mais, malgré lui, à Antoine Batille. Presque toujours, avait-il souvent répété, c'est en apprenant à connaître la victime qu'on est conduit à son meurtrier.

Il y avait un soleil pâle. Le ciel était d'un bleu très clair. La température restait de deux ou trois degrés et il gelait dans la plus grande partie de la France, sauf sur la côte ouest.

Il endossa son manteau, prit son chapeau, passa par le bureau des inspecteurs.

— Je sors pour une heure environ, mes enfants...

Seul, pour une fois. Il avait envie de se rendre seul quai d'Anjou. Il y alla à pied, longeant les quais jusqu'au Pont-Marie qu'il traversa. Il fumait lentement sa pipe et tenait les mains enfoncées dans ses poches.

Il reprenait en pensée le périple que le jeune homme au magnétophone avait accompli cette nuit-là, la nuit du 18 au 19 mars, qui devait être sa dernière nuit.

Déjà de loin, il vit les tentures noires encadrant la porte cochère, avec un énorme *B*, des franges et des larmes d'argent. En passant devant la loge, il aperçut la concierge qui surveillait les allées et venues.

Elle était encore jeune, appétissante. Sa robe noire était égayée par un col et des parements blancs qui lui donnaient l'air d'un uniforme. Il hésita à entrer dans la loge, sans raison, parce qu'il cherchait au petit bonheur.

Il ne le fit pas, prit l'ascenseur. La porte des Batille était contre. Il la poussa, se dirigea vers le petit salon transformé en chapelle ardente. Une vieille dame très digne se tenait près de la porte et le salua de la tête. Était-ce une parente ? Une amie ou une gouvernante qui représentait la famille ?

Un homme, debout, tenant son chapeau devant lui, remuait les lèvres, récitant une prière. Une femme, qui devait être une commerçante du quartier, était à genoux sur un prie-Dieu.

Antoine n'avait pas encore été mis dans son cercueil mais il était étendu sur la couche mortuaire, ses mains jointes enroulées d'un chapelet.

A la lumière dansante des cierges, son visage paraissait très jeune. On aurait pu aussi bien lui donner quinze ans que vingt et un. Non seulement on l'avait rasé, mais on avait coupé ses cheveux longs, sans doute pour que ceux qui défilaient ne le prennent pas pour un hippie.

Machinalement, Maigret remua les lèvres, lui aussi, sans conviction, puis regagna le hall d'entrée, chercha quelqu'un à qui s'adresser. Il découvrit un valet de chambre en gilet rayé qui passait l'aspirateur dans le grand salon.

— J'aimerais voir Mlle Batille... dit-il. Commissaire Maigret...

Le valet de chambre hésita, finit par s'éloigner en grommelant :

— Si elle est levée !...

Elle l'était, mais sans doute n'était-elle pas prête car il dut attendre dix bonnes minutes et, quand elle parut, elle était en peignoir, les pieds nus dans des mules.

— Vous avez découvert quelque chose ?

— Non... Je voudrais seulement visiter la chambre de votre frère...

— Excusez-moi de vous recevoir comme ça mais j'ai très mal dormi et, de toute façon, je n'ai pas l'habitude de me lever de bonne heure...

— Votre père est ici ?

— Non... Il a été obligé de se rendre au bureau... Quant à maman, elle est dans son appartement mais je ne l'ai pas encore vue ce matin... Venez...

Ils longèrent un couloir, puis un autre qui le coupait à angle droit... En passant devant une porte ouverte, au-delà de laquelle Maigret aperçut un lit défait et un plateau de petit déjeuner, elle expliqua :

— C'est ma chambre... Ne faites pas attention... Elle est en désordre...

Deux portes plus loin, c'était la chambre d'Antoine, qui donnait sur la cour et qui, à cette heure, recevait les rayons obliques du soleil. Les meubles scandinaves étaient simples, harmonieux. Des rayonnages couvraient un pan de mur, pleins de livres, de disques et, sur deux rangs, de cassettes d'enregistrement.

Sur le bureau, des livres, des cahiers, des crayons de couleur et, dans un plat de verre, trois tortues minuscules qui nageaient dans deux centimètres d'eau...

— Votre frère aimait les animaux ?

— Cela lui a un peu passé... Il fut un temps où il ramenait toutes sortes de bêtes, un corbeau à l'aile coupée, par exemple, des hamsters, des souris blanches, une couleuvre de plus d'un mètre... Il prétendait les apprivoiser sans jamais y parvenir...

Il y avait aussi une énorme mappemonde sur pied, une flûte sur un guéridon, des partitions musicales.

— Il jouait de la flûte ?

— Il a pris cinq ou six leçons... Il doit aussi y avoir une guitare électrique quelque part... Il a pris des leçons de piano...

Maigret sourit.

— Pas longtemps, je suppose ?

— Cela ne durait jamais longtemps...

— Sauf son magnétophone...

— C'est vrai... Il y a près d'un an que cette passion-là persiste...

— Il avait une idée de son avenir ?

— Non... Ou alors il n'en parlait à personne... Papa aurait aimé qu'il s'inscrive à la Faculté des sciences et qu'il fasse sa chimie, afin de reprendre plus tard son affaire...

— Il n'a pas accepté ?

— Il détestait le commerce... Je crois qu'il avait honte d'être le fils des parfums Mylène...

— Et vous ?

— Cela m'est égal...

On se sentait bien, dans cette chambre, parmi des objets disparates, certes, mais dont on sentait que c'étaient des objets familiers. Quelqu'un avait beaucoup vécu dans cette pièce et en avait fait son royaume.

Maigret prenait au hasard une des cassettes sur les rayons mais, sur l'étiquette, il n'y avait qu'un numéro.

— Son cahier, qui servait de catalogue, doit être ici... dit Minou. Attendez...

Elle ouvrait et refermait des tiroirs, pleins pour la plupart. Certains objets, certains papiers, devaient dater des premières années du lycée.

— Tenez... Je suppose qu'il est à jour, car il s'en occupait avec un grand sérieux...

C'était un simple cahier écolier aux pages quadrillées. Sur la couverture, Antoine avait écrit en lettres fantaisistes, à l'aide de crayons de plusieurs couleurs :

Mes Expériences

Cela commençait par :

Cassette 1 : Famille à table un dimanche.

— Pourquoi un dimanche ? questionna-t-il.

— Parce que, les autres jours, mon père rentre rarement déjeuner. Et, le soir, ma mère et lui dînent souvent en ville, ou ont des invités...

Ainsi, il n'en avait pas moins consacré son premier enregistrement à la famille.

Cassette 2 : Autoroute du Sud un samedi soir.

Cassette 3 : Forêt de Fontainebleau, la nuit.

Cassette 4 : Métro 8 heures du soir.

Cassette 5 : Midi place de l'Opéra.

Venaient ensuite un entracte au théâtre du Gymnase, puis les sons d'un self-service de la rue de Ponthieu, le drugstore des Champs-Élysées.

Cassette 10 : Un café à Puteaux...

Sa curiosité s'élargissait et il changeait insensiblement de couche sociale : sortie d'usine, musettes de la rue de Lappe, bar de la rue des Gravilliers, environs du canal Saint-Martin, bal des Fleurs, à La Villette, un café à Saint-Denis...

Ce n'était plus le centre de Paris qui l'intéressait, mais la périphérie, et une des adresses était en bordure d'un bidonville.

— C'est vrai que c'était dangereux ?...

— Plus ou moins... Mettons que ce n'était pas à recommander et il a eu raison de ne pas vous emmener... Les gens qui fréquentent ces endroits-là n'aiment pas qu'on vienne fourrer le nez dans leurs affaires, surtout avec un magnétophone...

— Vous pensez que c'est à cause de ça... ?

— Je ne sais pas... J'en doute... Pour être affirmatif, il faudrait avoir entendu toutes ses bobines... A ce que je vois, cela prendrait des heures, sinon plusieurs journées...

— Vous n'allez pas le faire ?

— Si je pouvais les emporter provisoirement, je chargerais un de mes inspecteurs de...

— Je n'ose pas prendre cette responsabilité sur moi... Depuis qu'il est mort, mon frère est devenu quelqu'un de sacré et tout ce qui lui appartient prend une valeur nouvelle, vous comprenez ?... Avant, on le traitait un peu comme un grand gosse, ce qui le mettait en rage... C'était vrai que, par certains côtés, il était resté très jeune...

Le regard de Maigret glissa, sur les murs, sur des photos de nus découpées dans un magazine américain.

— Ça aussi, intervint-elle, est très jeune... Je suis persuadée que mon frère n'a jamais couché avec une fille... Il a fait la cour à deux ou trois de mes amies, sans jamais aller jusqu'au bout...

— Il avait une voiture ?

— Pour ses vingt ans, mes parents lui ont offert une petite auto anglaise... Pendant deux mois, il a passé son temps libre à la campagne et a muni la voiture de tous les accessoires imaginables... Après, cela ne l'a plus intéressé et il ne la prenait que quand il en avait vraiment besoin...

— Pas pour ses expéditions nocturnes ?

— Jamais... Je vais aller demander à maman si je peux vous confier les cassettes... J'espère qu'elle est levée...

Il était dix heures et demie. La jeune fille restait un bon moment absente.

— Elle vous fait confiance, vint-elle annoncer. Tout ce qu'elle demande, c'est que vous mettiez la main sur le meurtrier. Mon père, soit dit en passant, est encore plus accablé qu'elle. C'était son seul fils. Depuis ce qui est arrivé, il ne nous adresse plus la parole et il part pour son bureau le matin de bonne heure... Comment allons-nous emballer ça ?... Il faudrait une valise, ou un grand carton... Une valise vaudrait mieux... Attendez... Je crois que je sais où trouver ce dont nous avons besoin...

La valise qu'elle apporta un peu plus tard portait la couronne dorée du maroquinier de la rue Royale.

— Vous connaissez Philippe Lherbier ?

— Mes parents le connaissent. Ils sont allés dîner chez lui deux ou trois fois, mais ce n'est pas ce qu'on peut appeler un ami... C'est l'homme qui passe son temps à divorcer, n'est-ce pas ?

— Sa maison de campagne a failli être cambriolée cette nuit... Vous ne prenez pas la radio ?...

— Seulement sur la plage, quand elle diffuse de la musique...

Elle l'aidait à ranger les cassettes dans la valise, puis elle ajouta le cahier qui servait de catalogue.

— Vous n'avez plus rien à me demander ?... Vous pouvez toujours venir me questionner et je vous promets de vous répondre aussi franchement que je l'ai fait jusqu'ici...

Cela l'excitait visiblement d'aider la police.

— Je ne vous reconduis pas, car je ne suis pas en tenue pour passer devant la chambre mortuaire... Des gens considéreraient ça comme un manque de respect... Pourquoi doit-on soudain respecter quelqu'un parce qu'il est mort, alors qu'on le traitait par-dessous la jambe de son vivant ?...

Maigret sortit, un peu gêné de sa valise, surtout au moment de passer devant la concierge. Il eut la chance de voir une femme descendre d'un taxi et payer le chauffeur, n'eut pas à attendre pour trouver une voiture.

— Quai des Orfèvres...

Il se demandait à qui confier les enregistrements d'Antoine Batille. Il fallait quelqu'un qui connaisse bien les endroits où ces enregistrements avaient été faits et qui soit familier avec les gens qui les fréquentaient.

Il finit par aller trouver, au bout du couloir, son collègue de la Mondaine, euphémisme pour : police des mœurs.

Comme il avait la valise à la main, son collègue lui demanda, ironique :

— Vous venez me faire vos adieux avant de déménager ?

— J'ai ici des enregistrements pris, surtout, dans la périphérie de Paris, dans les bals, les cafés, les bistrots...

— Cela devrait m'intéresser ?

— Peut-être que non, mais cela m'intéresse, moi, et c'est peut-être lié à une affaire en cours...

— Celle de la rue Popincourt ?

— Confidentiellement, oui. Je préférerais que cela ne se sache pas. Vous devez avoir, parmi vos hommes, quelqu'un qui connaît ces milieux-là et à qui ces enregistrements pourraient dire quelque chose...

— Je comprends... Flairer un individu dangereux, par exemple... Un gars qui, par crainte d'être compromis...

— C'est exactement cela...

— Le vieux Mangeot... Il a près de quarante ans de métier... Il connaît la faune de ces endroits-là mieux que personne...

Ce n'était pas un inconnu pour Maigret.

— Il a du temps de libre ?

— Je m'arrangerai pour qu'il en ait...

— Il sait se servir de ces machins-là ?... Je vais chercher le magnétophone dans mon bureau...

Quand il revint, un homme triste, aux traits mous, à l'œil sans éclat, se tenait dans le bureau du chef de la Mondaine.

C'était un des gagne-petit de la P.J., l'un de ceux qui, faute d'une certaine instruction de base, restent des sans-grade pendant toute leur vie. Ceux-là, à force de marcher dans Paris, acquièrent la démarche des maîtres d'hôtel et des garçons de café qui restent debout toute la journée. On dirait qu'ils deviennent de la même couleur terne que les quartiers pauvres qu'ils arpentent.

— Je connais ces appareils, dit-il tout de suite. Il y a beaucoup de cassettes ?

— Une cinquantaine... Peut-être un peu plus...

— A une demi-heure par cassette... C'est urgent ?...

— Assez...

— Je vais lui donner un bureau où il ne sera pas dérangé, intervint le chef de l'ex-brigade des mœurs...

On expliqua minutieusement à Mangeot ce qu'on attendait de lui et il hocha la tête pour montrer qu'il avait compris, s'éloigna avec la valise tandis que le collègue de Maigret déclarait à mi-voix :

— N'ayez pas peur... Il a l'air gâteux... Il est certain qu'il n'a plus d'illusions, mais il n'en reste pas moins un des plus précieux de mes collaborateurs... Une sorte de chien de chasse... On lui fait renifler une piste et il s'en va, tête basse...

Maigret rentra dans son bureau et il n'y était pas depuis dix minutes que le juge d'instruction lui téléphonait.

— J'ai essayé plusieurs fois de vous atteindre depuis... Avant tout, je vous félicite pour le coup de filet de la nuit dernière...

— C'est la rue des Saussaies qui a tout fait...

— Je suis allé voir le procureur, qui est enchanté... On m'amène les quatre gaillards à trois heures, cet après-midi... J'aimerais que vous vous trouviez dans mon cabinet, car vous connaissez mieux l'affaire que moi... Quand on en aura fini avec les cambriolages, vous pourrez, si vous le croyez utile, les faire descendre dans votre bureau... Je sais que vous avez une façon particulière de mener vos interrogatoires...

— Je vous remercie... Je serai dans votre bureau à trois heures...

Il poussa la porte des inspecteurs.

— Tu es libre à déjeuner, Janvier ?

— Oui, patron... Je termine mon rapport et...

Toujours des rapports, des paperasses.

— Et toi, Lapointe ?

— Vous savez bien que je suis toujours libre...

Car cela signifiait qu'ils allaient déjeuner tous les trois à la *Brasserie Dauphine*.

— Rendez-vous à midi et demi...

Maigret n'oublia pas de téléphoner à sa femme et celle-ci ne manqua pas de demander comme d'habitude :

— Tu crois que tu rentreras dîner ? Dommage pour le déjeuner. J'avais des escargots...

Comme par hasard, chaque fois qu'il ne rentrait pas pour un repas, il y avait un mets qu'il aimait particulièrement.

Après tout, il y avait peut-être des escargots à la *Brasserie Dauphine* aussi...

Quand Maigret, à trois heures, s'engagea dans le long couloir où s'ouvraient, des deux côtés, les cabinets des juges d'instruction, les flashes des photographes éclatèrent tandis qu'une dizaine de journalistes se précipitaient vers lui.

— Vous venez assister à l'interrogatoire des gangsters ?

Il essayait de se faufiler, ne répondant ni oui ni non.

— Pourquoi êtes-vous ici et pas le commissaire Grosjean ?...

— Ma foi, je n'en sais rien. Posez la question au juge d'instruction...

— C'est vous qui vous occupez de l'affaire de la rue Popincourt, n'est-ce pas ?

Il n'avait aucune raison de le nier.

— Est-ce que, par hasard, il y aurait une connexion entre les deux affaires ?

— Messieurs, je n'ai aucune déclaration à faire pour le moment.

— Vous ne répondez pas non ?

— Vous auriez tort d'en tirer des conclusions...

— Vous étiez la nuit dernière à Jouy-en-Josas, n'est-il pas vrai ?

— Je ne le nie pas.

— A quel titre ?

— Mon collègue Grosjean vous répondra avec plus d'autorité que moi...

— Ce sont vos services qui ont découvert, à Paris, la piste des voleurs ?

Les quatre hommes arrêtés la nuit précédente étaient assis sur deux bancs, d'un côté et de l'autre de la porte du juge, menottes aux poignets, entre des gendarmes, et ils assistaient, non sans un certain amusement, à cette scène.

On vit un avocat court sur pattes, mais volumineux, arriver de tout au bout du couloir, en robe, avec l'air de battre des ailes. En apercevant le commissaire, il marcha vers lui et lui secoua la main.

— Comment va, Maigret ?

Un flash. La poignée de mains avait été photographiée, comme si toute cette scène avait été préparée d'avance.

— Au fait, pourquoi êtes-vous ici ?

Cette question, maître Huet la posait devant les journalistes, et ce n'était pas par hasard. C'était un homme habile, retors, qui avait l'habitude de défendre la pègre de haut vol. Très cultivé, amateur de musique et de théâtre, il était de toutes les générales, assistait à tous les grands concerts, ce qui lui avait valu de faire partie du Tout-Paris.

— Qu'est-ce que nous attendons pour entrer ?

— Je ne sais pas... répondit Maigret non sans ironie.

Et le petit homme aux larges épaules frappa à la porte du juge, poussa celle-ci, fit signe au commissaire d'entrer avec lui.

— Bonjour, mon cher juge... Cela ne vous déçoit pas trop de me voir ici ?... Mes clients...

Le magistrat lui serra la main, serra celle de Maigret.

— Asseyez-vous, messieurs. Je vais faire entrer les prévenus... Je suppose qu'ils ne vous font pas peur et que je peux laisser les gendarmes dehors ?...

Il fit retirer les menottes. Le cabinet, peu spacieux, se trouva plein. A un bout de la table qui servait de bureau se tenait le greffier. Il fallut aller chercher une chaise supplémentaire dans un cagibi. Les quatre hommes se tenaient des deux côtés de leur avocat et Maigret s'était assis un peu à l'écart, en arrière-plan.

— Je dois d'abord, maître, comme vous le savez, procéder à l'interrogatoire d'identité des prévenus... Vous répondrez chacun à l'appel de votre nom... Julien Mila...

— Présent...

— Vos nom, prénoms, adresse actuelle, lieu et date de naissance, profession...

— Milat avec *t* ? questionna le greffier qui écrivait.

— Avec un *a*, tout simplement.

Cela dura un bon bout de temps. Demarle, l'homme à la cicatrice et aux biceps de lutteur forain, était né à Quimper. Il avait été matelot et, pour le moment, il était inscrit au chômage.

— Votre adresse ?

— Tantôt chez l'un, tantôt chez l'autre... Je trouve toujours un ami pour m'héberger...

— Autrement dit, vous êtes sans domicile fixe ?

— Avec ce que le chômage nous donne, vous savez...

Le quatrième, le guetteur, était un pauvre type mal portant qui se donnait comme commissionnaire et habitait rue du Mont-Cenis, à Montmartre.

— Depuis quand faites-vous partie de la bande ?

— Pardon, monsieur le juge, intervint Huet. Il faudrait d'abord établir que bande il y a...

— J'allais justement vous poser une question, maître. Lequel de ces hommes représentez-vous ?

— Les quatre.

— Vous ne croyez pas qu'en cours d'instruction il pourrait y avoir conflit entre eux à la suite d'une divergence d'intérêts ?

— J'en doute fort et, si cela arrivait, je ferais appel à des confrères... Vous êtes d'accord, messieurs ?

Tous les quatre hochèrent la tête.

— Puisque nous en sommes aux questions préliminaires, j'allais dire aux questions d'éthique, poursuivait Huet avec un sourire de mauvais augure, vous devez savoir que cette affaire a soulevé depuis ce matin beaucoup d'intérêt dans la presse... J'ai reçu un assez grand nombre de coups de téléphone et j'ai recueilli ainsi des informations qui m'ont surpris, pour ne pas dire choqué...

Il se renversait en arrière, allumait une cigarette. Le juge, devant cette gloire du barreau, ne pouvait s'empêcher d'être nerveux.

— Je vous écoute.

— L'arrestation, en effet, ne s'est pas faite dans le style habituel aux arrestations de ce genre... Trois voitures radio, dont un car plein d'inspecteurs en civil, sont arrivées sur les lieux à peu près en même temps que mes clients, comme si la police était au courant de ce qui allait se passer... Or, en tête de cette procession, se trouvait le commissaire Maigret, ici présent, et deux de ses collaborateurs... C'est exact, commissaire ?

— C'est exact...

— Je vois que celui qui m'a renseigné ne s'est pas trompé.

Quelqu'un de la rue des Saussaies, probablement, peut-être un employé, une dactylo ?

— Je croyais, j'ai toujours cru, que le territoire du Quai des Orfèvres se limitait à Paris... Mettons au grand Paris, dont ne fait quand même pas partie Jouy-en-Josas...

Il avait obtenu ce qu'il voulait. Il avait pris la direction des opérations et le juge ne savait plus comment le réduire au silence.

— Ne serait-ce pas parce que les informations au sujet de... mettons de cette tentative de cambriolage, sont venues de la P.J. ?... Vous ne répondez pas, Maigret ?

— Je n'ai rien à dire.

— Vous n'étiez pas là-bas ?

— Je ne suis pas ici pour être interrogé.

— Je vais cependant vous poser une autre question, plus importante. N'est-ce pas en vous occupant d'une affaire différente, récente aussi, que vous êtes tombé par hasard sur celle-ci ?

Maigret continuait à se taire.

— Je vous prie, maître, intervenait le juge.

— Un instant encore. Des inspecteurs de la P.J. m'ont été signalés comme ayant monté la faction, les deux derniers jours, en face du magasin d'Émile Branchu... Le commissaire Maigret en personne a été vu, à deux reprises, dans un café de la Bastille où mes clients se sont réunis occasionnellement avant-hier, et il a interrogé les garçons, cherché à tirer les vers du nez du patron... Est-ce exact ?... Je m'excuse, monsieur le juge, mais je tiens à placer cette affaire dans sa vraie perspective, qui n'est peut-être pas celle que vous connaissez.

— Vous avez terminé, maître ?

— Pour l'instant.

— Je puis interroger le premier prévenu ? Julien Mila, veuillez me dire qui vous a indiqué la villa de Philippe Lherbier et qui vous a parlé des tableaux de valeur qu'elle contient.

— Je conseille à mon client de ne pas répondre.

— Je ne réponds pas.

— Vous êtes soupçonné d'avoir participé aux vingt et un cambriolages de villas et de châteaux qui ont eu lieu pendant les deux dernières années dans les mêmes conditions...

— Je n'ai rien à dire...

— D'autant plus, intervint l'avocat, que vous ne possédez aucune preuve.

— Je répète, en la généralisant, ma première question. Qui vous indiquait ces villas et ces châteaux ?... Qui, ensuite, sans doute le même personnage, se chargeait de la vente des toiles volées et des objets d'art ?...

— Je ne sais rien de tout cela.

Le juge, en soupirant, passa à l'encadreur et Mimile ne se montra pas plus loquace. Quant à Demarle le matelot, il s'amusa à jouer les comiques.

Le seul à avoir une attitude différente fut le guetteur, celui qui s'appelait Gouvion et qui n'avait pas de domicile fixe.

— Je ne sais pas ce que je fais ici. Je ne connais pas ces messieurs. Je me trouvais dans le quartier à la recherche d'un coin pas trop froid pour roupiller...

— C'est votre point de vue aussi, maître ?

— Je suis tout à fait d'accord avec lui et je vous fais remarquer que cet homme n'a pas de casier judiciaire...

— Personne n'a rien à ajouter ?

— Je désire poser une question, quitte à me répéter. Quel rôle joue ici le commissaire Maigret ? Et que va-t-il arriver lorsque nous sortirons de ce cabinet ?

— Je n'ai pas à vous répondre.

— Cela signifie-t-il qu'un autre interrogatoire va se dérouler, non plus au Palais de Justice, mais dans les bureaux de la P.J., où je n'ai pas accès ?... Autrement dit, qu'il sera question, non du cambriolage, mais d'une tout autre affaire ?

— Je regrette, maître, mais je n'ai rien à vous dire. Vous voudrez bien demander à vos clients de signer le procès-verbal provisoire, qui sera tapé, pour demain, en quatre exemplaires.

— Vous pouvez signer, messieurs.

— Je vous remercie, maître.

Et, se levant, le juge d'instruction se dirigea vers la porte, suivi à contrecœur par l'avocat.

— Je fais toutes mes réserves...

— Je les ai enregistrées...

Puis, aux gendarmes :

— Voulez-vous remettre les menottes aux prisonniers et les conduire à la P.J. ? Vous pourrez passer par la porte de communication. Vous restez un moment, commissaire...

Maigret se rassit.

— Qu'est-ce que vous en pensez ?

— Je pense qu'à l'instant même maître Huet est occupé à mettre la presse au courant et à monter cette affaire en épingle, de sorte que, dès demain, peut-être dès ce soir dans les dernières éditions, elle s'étendra sur deux colonnes...

— Cela vous tracasse ?

— Je me le demande... Tout à l'heure, je vous aurais répondu oui... Mon intention était de garder les deux affaires bien distinctes l'une de l'autre et d'éviter que les journaux les confondent... Maintenant...

Il réfléchissait, pesait le pour et le contre.

— Peut-être est-ce mieux ainsi. En créant des remous, il y a des chances pour que...

— Vous pensez qu'un de ces quatre hommes... ?

— Je ne veux rien affirmer... Il paraît qu'on a trouvé dans la poche du matelot un couteau suédois comme celui qui a été utilisé rue Popincourt... L'homme porte un imperméable clair à ceinture et un chapeau brun... A tout hasard, ce soir sans doute, je le mettrai en présence des Pagliati, dans la même rue, dans le même éclairage, mais ce n'est guère concluant... La vieille dame du premier étage sera appelée aussi à le reconnaître...

— Qu'est-ce que vous espérez ?

— Je ne sais pas... Les cambriolages regardent la rue des Saussaies... Ce qui m'intéresse, moi, ce sont les sept coups de couteau qui ont coûté la vie à un jeune homme...

Quand il sortit du cabinet du juge, les journalistes avaient disparu, mais il les retrouva au grand complet, plus nombreux même, lui sembla-t-il, dans le couloir de la P.J. Les quatre suspects n'étaient pas en vue, car ils avaient été conduits dans un bureau où on les tenait à l'œil.

— Que se passe-t-il, commissaire ?

— Rien que de très naturel...

— Vous vous occupez de l'affaire de Jouy-en-Josas ?

— Vous savez fort bien que cela ne me regarde pas.

— Pourquoi ces quatre hommes sont-ils ici au lieu d'être reconduits rue des Saussaies ?...

— Eh bien, je vais vous le dire...

Il prenait soudain une décision. Huet leur avait certainement parlé d'une connexion entre les deux affaires. Plutôt que de voir publier des informations plus ou moins exactes et tendancieuses, ne valait-il pas mieux dire la vérité ?

— Antoine Batille, messieurs, avait une passion : enregistrer ce qu'il appelait des documents vivants. Un magnétophone en bandoulière, il se rendait dans des endroits publics, dans des cafés, des bars, des bals, des restaurants, voire dans le métro, et mettait discrètement son appareil en marche...

» Mardi soir, vers neuf heures et demie, il se trouvait dans un café de la place de la Bastille et, comme d'habitude, il avait déclenché son appareil. Ses voisins étaient...

— Les cambrioleurs ?

— Trois d'entre eux... Le guetteur ne s'y trouvait pas... L'enregistrement n'est pas de premier ordre... On peut néanmoins comprendre qu'un rendez-vous était donné pour le surlendemain et qu'une certaine villa était d'ores et déjà surveillée...

» Moins d'une heure plus tard, rue Popincourt, le jeune homme était assailli par-derrière et frappé de sept coups de couteau, dont un devait être mortel...

— Vous croyez que c'est un de ces hommes ?...

— Je ne crois rien, messieurs... Mon métier n'est pas de croire, mais de découvrir des preuves ou d'obtenir des aveux...

— Quelqu'un a vu l'agresseur ?

— Deux passants, à une certaine distance, et une dame habitant en face de l'endroit où le meurtre a été commis...

— Vous croyez que les cambrioleurs se sont rendu compte que leurs propos avaient été enregistrés ?

— Encore une fois, je ne crois rien... C'est une hypothèse plausible...

— Batille aurait donc été suivi par l'un d'eux jusqu'à ce qu'il se trouve dans un endroit assez désert et... Le meurtrier a-t-il récupéré le magnétophone ?

— Non.

— Comment expliquez-vous ça ?

— Je ne l'explique pas...

— Les passants dont vous avez parlé... Je suppose qu'il s'agit du ménage Pagliati... Vous voyez que nous en savons plus qu'il n'y paraît... Les Pagliati, donc, en se précipitant, ont-ils empêché l'homme de...

— Non. Il n'avait frappé que quatre coups... Après s'être éloigné, il est revenu sur ses pas pour frapper de nouveau par trois fois... Il aurait donc pu arracher le magnétophone du cou de la victime...

— De sorte que vous n'en êtes nulle part ?

— Je vais interroger ces messieurs...

— Ensemble ?

— Un par un...

— En commençant par lequel ?

— Par Yvon Demarle, le matelot...

— Dans combien de temps aurez-vous fini ?

— Je l'ignore... Vous pouvez laisser l'un d'entre vous ici...

— Et aller boire un demi ! C'est une bonne idée ! Merci, commissaire...

Maigret, lui aussi, aurait volontiers bu un demi. Il entra dans son bureau, y appela Lapointe, qui connaissait la sténographie.

— Assieds-toi là... Tu prendras note...

Puis, à Janvier :

— Veux-tu aller me chercher le nommé Demarle ?

L'ex-marin se présenta les mains jointes devant lui.

— Enlève-lui les bracelets... Et vous, Demarle, asseyez-vous...

— Qu'est-ce que vous allez me faire ? La chansonnette ? Autant vous dire tout de suite que je suis coriace et que je ne m'y laisserai pas prendre...

— C'est tout ?

— Je me demande pourquoi, là-haut, j'avais droit à la présence d'un avocat alors qu'ici je suis tout seul...

— Maître Huet vous l'expliquera quand il vous reverra. Parmi les objets qu'on a saisis sur vous se trouve un couteau suédois...

— C'est à cause de ça que vous m'avez fait venir ? Il y a vingt ans que je le traîne dans ma poche... C'est un cadeau de mon frangin, quand j'étais encore pêcheur à Quimper, avant que j'entre à la Transat...

— Il y a longtemps que vous ne vous en êtes pas servi ?

— Je m'en sers tous les jours pour couper la viande, comme à la campagne... Ce n'est peut-être pas élégant, mais...

— Mardi soir, vous étiez avec vos deux compagnons au *Café des Amis*, place de la Bastille...

— C'est vous qui le dites... Vous savez, moi, je ne me souviens pas le lendemain de ce que j'ai fait la veille... Il paraît que je n'ai pas beaucoup de tête...

— Il y avait Mila, l'encadreur et vous. Vous avez parlé à mots plus ou moins couverts du cambriolage et vous étiez entre autres chargé de vous procurer une voiture. Où l'avez-vous volée ?

— Quoi ?

— La voiture.

— Quelle voiture ?...

— Je suppose que vous ne savez pas non plus où se trouve la rue Popincourt ?

— Je ne suis pas de Paris...

— Aucun de vous trois ne s'est aperçu qu'un jeune homme, à la table voisine, mettait un magnétophone en marche ?

— Un quoi ?

— Vous n'avez pas suivi ce jeune homme ?

— Pourquoi ? Je vous prie de croire que ce n'est pas mon genre...

— Vous n'étiez pas chargé, par vos complices, de rentrer en possession de la cassette ?...

— Bon ! Une cassette, à présent... C'est tout ?...

— C'est tout...

Et, à Janvier :

— Emmène-le dans un bureau disponible... Même chose...

Janvier allait répéter les questions, plus ou moins dans les mêmes termes et dans le même ordre. Quand il aurait fini, un troisième inspecteur prendrait la relève.

Maigret n'avait pas trop confiance, en l'occurrence, mais cela n'en restait pas moins le procédé le plus efficace. Cela pouvait durer des heures. Un interrogatoire à la chansonnette avait duré trente-deux heures avant que l'intéressé, entré comme témoin, n'avoue son crime. Or, trois ou quatre fois pendant l'interrogatoire, les policiers avaient été sur le point de le relâcher, tant il jouait bien l'innocence.

— Vous allez me chercher Mila, alla-t-il dire à Lourtie, dans le bureau des inspecteurs.

Le barman se savait beau garçon, plus intelligent, plus averti que ses complices. On aurait juré qu'il prenait plaisir à jouer son rôle.

— Tiens ! Le bavard n'est pas ici ?

Des yeux, il feignait de chercher son avocat.

— Vous croyez que c'est régulier de m'interroger en dehors de sa présence ?

— Cela me regarde.

— Ce que j'en dis, c'est parce que je ne voudrais pas qu'à cause d'un détail toute la procédure soit déclarée irrégulière.

— Quel a été le motif de votre première condamnation ?

— Je ne m'en souviens pas. D'ailleurs, c'est là-haut, aux Sommiers... Il se fait que, si je n'ai jamais eu affaire à vous personnellement, je connais un peu la maison...

— Quand avez-vous remarqué qu'on enregistrait votre conversation ?

— De quelle conversation parlez-vous, et de quel enregistrement ?

Maigret eut la patience de poser ses questions jusqu'au bout, sachant pourtant que c'était inutile. Et Lourtie, comme le faisait maintenant Janvier avec le matelot, allait les répéter inlassablement.

Ce fut ensuite le tour de l'encadreur. A première vue, il paraissait timide, mais il n'avait pas moins de sang-froid que les autres.

— Il y a longtemps que vous cambriolez les villas inoccupées ?

— Plaît-il ?

— Je demande si...

Maigret avait chaud et la sueur lui collait au dos. Les quatre hommes s'étaient donné le mot. Chacun jouait son rôle sans se laisser surprendre par des questions plus ou moins inattendues.

Le marin-clochard s'en tint à son explication. D'abord, il n'était pas au rendez-vous de la place de la Bastille. Ensuite, le mardi soir, il cherchait une « crèche », comme il disait.

— Dans une maison inoccupée ?

— A condition que la porte soit ouverte... Dans la maison, ou dans le garage...

A six heures du soir, les quatre hommes s'en retournaient dans un car de police rue des Saussaies où ils passeraient la nuit.

— C'est vous, Grosjean ?... Merci de me les avoir prêtés... Je n'en ai rien tiré, non... Ce ne sont pas des enfants de chœur...

— A qui le dites-vous !... Pour le cambriolage de mardi, cela ira, parce qu'ils ont été pris en flagrant délit... Mais pour les cambriolages précédents, si nous ne trouvons pas de preuves ou de témoins...

— Vous verrez que, quand les journaux mettront le paquet, des témoins se présenteront...

— Vous croyez toujours que le coup de la rue Popincourt a été fait par un des quatre...

— A vrai dire, non...

— Vous avez des soupçons ?

— Non...

— Qu'est-ce que vous comptez faire ?

— Attendre...

Et c'était vrai. Déjà les journaux du soir publiaient dans leur dernière édition le compte rendu de ce qui s'était passé dans le couloir des juges d'instruction, puis les déclarations que Maigret avait faites à la P.J.

Est-ce le meurtrier de la rue Popincourt ?

En dessous de cette question on voyait la photographie d'Yvon Demarle, menottes aux poignets, près de la porte du juge Poiret.

Maigret chercha dans l'annuaire le numéro de téléphone de l'appartement du quai d'Anjou, le composa sur le cadran.

— Allô, qui est à l'appareil ?

— Le valet de chambre de M. Batille...

— M. Batille est-il chez lui pour le moment ?

— Il n'est pas encore rentré. Je crois qu'il avait rendez-vous avec son médecin...

— Ici, le commissaire Maigret... Quand ont lieu les obsèques ?

— Demain à dix heures...

— Je vous remercie...

Ouf ! Pour Maigret, la journée était finie, et il téléphona à sa femme qu'il rentrerait dîner.

— Après quoi nous irons au cinéma, ajouta-t-il.

Pour se changer les idées.

5

A tout hasard, Maigret s'était fait accompagner du jeune Lapointe. Ils se tenaient tous les deux dans la foule, côté quai, non en face de la maison mortuaire, mais en face de la maison voisine, car les curieux étaient si nombreux qu'ils n'avaient pas trouvé une meilleure place.

Il y avait des autos, parmi lesquelles beaucoup de limousines avec chauffeur, tout le long des quais, du pont Louis-Philippe au pont Sully, et d'autres stationnaient de l'autre côté de l'île, quai de Béthune et quai d'Orléans.

C'était un matin froid, ce qu'on appelle un temps frisquet, très clair, très gai, aux couleurs pastel.

On voyait les voitures s'arrêter devant la grande porte drapée de noir, les gens monter à l'intérieur où ils allaient s'incliner devant le cercueil avant de réapparaître et d'attendre dehors la formation du convoi.

Un photographe aux cheveux roux, tête nue, allait et venait, braquant son objectif sur les rangs de curieux. Il n'était pas toujours bien accueilli et certains ne manquaient pas de lui faire vertement part de leurs sentiments.

Il n'en continuait pas moins imperturbablement son travail. Le public, surtout ceux qui grognaient, aurait été bien surpris d'apprendre qu'il n'appartenait pas à un journal, à une agence ou à un magazine mais qu'il était là par ordre de Maigret.

Celui-ci était monté de bonne heure au laboratoire de l'Identité Judiciaire et, avec Moers, avait choisi Van Hamme, le meilleur et surtout le plus débrouillard des photographes disponibles.

— Je voudrais des photographies de tous les curieux, d'abord en face de la maison mortuaire, ensuite en face de l'église, quand le cercueil y sera transporté, puis quand il en sortira, enfin au cimetière.

» Une fois les photos développées, vous les étudierez à la loupe. Il est possible qu'une ou plusieurs personnes se retrouvent aux trois endroits. Ce sont celles-là qui m'intéressent. Il faudra m'en tirer des agrandissements, sans leur entourage...

Malgré lui, Maigret cherchait des yeux un imperméable clair à ceinture, un chapeau sombre. Il y avait peu de chances pour que le meurtrier ait gardé cette tenue, car les journaux du matin ne manquaient pas de la décrire. Les deux affaires, à présent, celle de la rue Popincourt et celle du cambriolage, étaient définitivement mêlées.

On parlait longuement du rôle de la P.J., des interrogatoires de la veille, et on publiait les photos des quatre hommes arrêtés.

Dans un des journaux, sous le portrait de Demarle le matelot, en imperméable et chapeau brun, on avait imprimé la mention :

Est-ce le meurtrier ?

La foule était composite. Il y avait d'abord, près de la maison, ceux qui étaient allés rendre leurs derniers devoirs au défunt et qui attendaient de prendre place dans le cortège. Au bord du trottoir, c'étaient surtout les habitants de l'île, les concierges, les commerçants de la rue Saint-Louis-en-l'Ile.

— Un garçon si gentil !... Et si timide !... Quand il entrait dans le magasin, il ne manquait jamais de soulever son chapeau...

— Si seulement il avait coupé ses cheveux un peu plus court... Ses parents auraient dû le lui dire... Des gens élégants comme eux !... Cela lui donnait mauvais genre...

De temps en temps, Maigret et Lapointe échangeaient un regard et une idée saugrenue vint à l'esprit du commissaire. Avec quelle frénésie intérieure Antoine Batille n'aurait-il pas promené son micro dans cette foule s'il avait vécu ! Bien sûr que, s'il avait vécu, il n'y aurait pas eu de foule...

Le corbillard apparut et alla se ranger au bord du trottoir, suivi de trois autres voitures. Allait-on se rendre en auto à l'église Saint-Louis-en-l'Ile, qui était à deux cents mètres ?

Les gens des Pompes Funèbres descendaient d'abord des couronnes, des gerbes. Non seulement le corbillard en fut couvert, mais les fleurs s'entassèrent dans les trois voitures.

Parmi les gens qui attendaient, il y en avait d'une troisième catégorie, par petits groupes, le personnel des parfums Mylène. Beaucoup des jeunes filles et des jeunes femmes étaient jolies, vêtues avec une élégance qui, dans le soleil du matin, avait quelque chose d'un peu agressif.

Il y eut un mouvement dans la foule, comme un courant qui passait d'un bout à l'autre des rangs, et on vit le cercueil porté par six hommes. Une fois qu'il fut glissé dans le char funèbre, la famille parut d'abord. En tête, Gérard Batille était encadré de sa femme et de sa fille. Il avait les traits tirés, le teint brouillé. Il ne regardait personne mais semblait surpris de découvrir tant de fleurs.

On sentait qu'il n'était pas dans la réalité, qu'il se rendait à peine compte de ce qui se passait autour de lui. Mme Batille montrait plus de sang-froid, même si elle se tamponnait parfois les yeux à travers le léger voile noir qui couvrait son visage.

Minou, la sœur, que Maigret voyait pour la première fois en noir, paraissait plus longue et plus mince, et c'était la seule à être attentive à tout ce qui l'entourait.

D'autres photographes, ceux-ci des photographes de presse, prirent quelques photos. Des tantes, des oncles, des parents plus ou moins lointains suivaient et aussi, sans doute, le haut personnel des parfums et des produits de beauté.

Le corbillard s'ébranla, les voitures de fleurs et la famille prirent place derrière, puis les amis, des étudiants, des professeurs et enfin les commerçants du quartier.

Un certain nombre de ceux qui stationnaient se dirigèrent vers le Pont-Marie ou vers le Pont-Sully pour retourner à leurs occupations mais il y en eut d'autres pour se rendre à l'église.

Maigret et Lapointe furent de ceux-ci. Ils suivaient, sur le trottoir, et, rue Saint-Louis-en-l'Ile, ils trouvaient une autre foule qui n'était pas présente auparavant quai d'Anjou. L'église était déjà plus qu'à moitié pleine. De la rue, on entendait le grave murmure des orgues, et le cercueil était porté jusqu'au catafalque, qu'on recouvrait d'une partie seulement des fleurs.

Beaucoup étaient restés dehors. On n'avait pas refermé les portes et l'absoute commença alors que le soleil et la fraîcheur pénétraient dans l'église.

— *Pater Noster...*

Le prêtre, très âgé, faisait le tour du catafalque en maniant son goupillon, puis en balançant l'encensoir.

— *Et ne nos inducat in tentationem...*

— *Amen...*

Dehors, Van Hamme travaillait toujours.

— Quel cimetière ? demanda Lapointe à voix basse, penché sur l'épaule du commissaire.

— Montparnasse... Les Batille y ont un caveau de famille...

— Nous y allons ?

— Je ne crois pas...

Heureusement que les agents étaient venus nombreux pour régler la circulation. La famille directe prit place dans une première voiture. Les parents plus éloignés suivirent, puis vinrent les collaborateurs de Batille, des amis qui couraient chercher leur voiture et s'efforçaient de se faufiler.

Van Hamme avait pris la précaution de se faire amener par une petite auto noire de la P.J. qui l'attendait à un point stratégique et qui l'embarqua au dernier moment.

La foule se dispersait peu à peu. Quelques groupes conversaient encore sur les trottoirs.

— Nous pouvons rentrer... soupira Maigret.

Ils franchirent la passerelle derrière Notre-Dame, s'arrêtèrent dans un bar au coin du boulevard du Palais.

— Qu'est-ce que tu prends ?

— Un vin blanc... vouvray...

Parce que le mot vouvray était écrit à la craie sur les glaces.

— Moi aussi... Deux vouvray...

Il était près de midi quand Van Hamme pénétra dans le bureau de Maigret, des épreuves à la main.

— Je n'ai pas fini, mais je voulais, dès maintenant, vous montrer quelque chose... Nous sommes trois à étudier les photos à l'aide d'une forte loupe... Celui-ci m'a frappé tout de suite...

La première épreuve, quai d'Anjou, ne montrait qu'une partie du corps et du visage, car il y avait une femme qui poussait de côté, s'efforçant de se faufiler au premier rang.

L'homme portait incontestablement un imperméable beige clair et un chapeau sombre. Il était assez jeune, une trentaine d'années. Son visage était quelconque et il semblait froncer les sourcils comme si quelque chose, autour de lui, lui déplaisait.

— Voici une photo un peu meilleure...

Le même visage, agrandi. La bouche était assez épaisse, comme boudeuse, et le regard celui d'un timide.

— C'est toujours quai d'Anjou. On va voir s'il se trouve dans les photos prises devant l'église qu'on est en train de développer. Je vous ai descendu celles-ci à cause de l'imperméable...

— Il n'y avait pas d'autres imperméables ?

— Plusieurs, mais seulement trois à ceinture, un homme d'un certain âge, avec de la barbe, et un d'une quarantaine d'années, sans chapeau, qui fume la pipe...

— Descendez-moi après le déjeuner ce que vous aurez trouvé d'autre.

Au fond, l'imperméable ne signifiait pas grand-chose. Si le meurtrier de Batille avait lu les journaux du matin, il savait que ceux-ci avaient publié sa description. Pourquoi, dès lors, porter le même vêtement que le soir de la rue Popincourt ? Parce qu'il n'en avait pas d'autre ? Par défi ?

Maigret déjeuna encore à la *Brasserie Dauphine*, avec Lapointe seulement, car Janvier et Lucas n'étaient pas dans la maison.

A deux heures et demie, Maigret reçut un téléphone qui le détendit. On aurait dit que soudain une bonne partie de ses soucis s'évaporaient.

— Allô, le commissaire Maigret ? Je vous passe M. Frémiet, notre rédacteur en chef... Ne quittez pas...

— Allô... Maigret ?...

Les deux hommes se connaissaient depuis longtemps. Frémiet était le rédacteur en chef d'un des plus grands journaux du matin.

— Je ne vous demande pas si votre enquête avance... Si je me permets de vous téléphoner, c'est que nous venons de recevoir un message assez curieux... En outre, il est arrivé par pneumatique, ce qui est rare pour une communication anonyme...

— Je vous écoute...

— Vous savez que nous avons publié ce matin la photo des membres du gang de Jouy-en-Josas... Sous la photo du marin, mon rédacteur a tenu à faire imprimer la mention : *Est-ce le meurtrier ?...*

— J'ai vu...

— C'est cette coupure qui vient de nous arriver avec, à l'encre verte, un seul mot en grands caractères : *Non !...*

C'est à ce moment-là que le visage de Maigret s'éclaira.

— Si vous permettez, je vais faire chercher ce message par un planton... Vous savez à quel bureau de poste le pneumatique a été déposé ?...

— Rue du Faubourg-Montmartre... Puis-je vous demander, commissaire, de ne pas passer le tuyau à mes confrères ?... Je ne peux publier ce document que demain matin... Il est déjà photographié et on va en faire un cliché... A moins que vous ne nous demandiez de le garder secret ?...

— Non... Au contraire... J'aimerais même que vous le commentiez... Un instant... Le mieux serait d'émettre l'opinion que c'est une plaisanterie, en soulignant que le véritable meurtrier ne risquerait pas ainsi de se compromettre...

— Je crois que je comprends...

— Merci, Frémiet... Je vous envoie quelqu'un tout de suite...

Il passa dans le bureau des inspecteurs, en envoya un aux Champs-Élysées, demanda à Lapointe de le suivre dans son bureau.

— Vous paraissez tout guilleret, patron...

— Pas trop ! Pas trop ! Il y a encore des chances pour que je me trompe...

Il raconta l'histoire de la photo découpée dans le journal et du *Non !* tracé à l'encre verte.

— Même cette encre verte ne me déplaît pas...

— Pourquoi ?

— Parce que celui qui a frappé sept fois, en deux séries, si on peut dire, sous une pluie battante, alors qu'un couple marchait sur le trottoir et qu'une femme regardait par sa fenêtre, n'est pas tout à fait un homme comme un autre...

» Je me suis souvent rendu compte que les gens qui se servent d'encre verte, ou d'encre rouge, éprouvent un besoin profond de se distinguer. Ce n'est pour eux qu'un des moyens de le faire...

— Vous voulez dire que c'est un fou ?

— Je ne vais pas jusque-là... Beaucoup diraient : un original... Il y en a à tous les degrés...

Van Hamme pénétrait dans le bureau et apportait, cette fois, une épaisse liasse de photos dont certaines étaient encore humides.

— Vous avez retrouvé ailleurs l'homme à l'imperméable ?

— Il n'y a que trois personnes, en dehors de la famille et des intimes, que l'on retrouve aux trois endroits : quai d'Anjou, devant l'église et enfin non loin du caveau, au cimetière Montparnasse...

— Montrez...

— D'abord cette femme-ci...

Une femme jeune, de vingt-cinq ans environ, au visage pathétique. On la sentait inquiète, tourmentée. Elle portait un manteau noir mal coupé et ses cheveux lui tombaient sans beaucoup d'ordre des deux côtés du visage.

— Vous m'aviez dit de ne m'occuper que des hommes mais j'ai pensé...

— Je comprends...

Maigret la regardait intensément, comme pour percer son secret. Elle avait l'air d'une fille du peuple qui n'accordait que peu d'attention à son aspect extérieur.

Pourquoi était-elle aussi émue que les membres de la famille, plus émue que Minou, par exemple ?

Minou lui avait dit que son frère n'avait probablement jamais couché avec une femme. En était-elle si sûre ? Ne pouvait-elle pas se tromper ? Et Antoine ne pouvait-il pas avoir eu une petite amie ?

Dans l'état d'esprit que révélait sa chasse aux voix humaines dans les quartiers les plus populaires, n'était-ce pas une fille de ce genre-là qui aurait eu des chances de l'intéresser ?

— Tout à l'heure, Lapointe, quand nous aurons fini, tu retourneras dans l'île Saint-Louis. Je ne sais pas pourquoi, je la vois fort bien vendeuse dans une épicerie, dans une crémerie, que sais-je ? Peut-être serveuse dans un café ou dans un restaurant...

— Deuxième personnage, annonçait Van Hamme en exhibant la photo agrandie d'un homme d'une cinquantaine d'années.

Avec un tout petit peu de désordre en plus dans sa tenue, on aurait pu le prendre pour un clochard. Il regardait droit devant lui, l'air résigné, et on se demandait ce qui pouvait l'intéresser dans cet enterrement.

On le voyait mal frappant un jeune homme de sept coups de couteau et s'enfuyant ensuite. Le meurtrier n'était pas venu dans le quartier en voiture, c'était à peu près établi. Il était plus probable qu'il avait pris le métro à la station Voltaire, toute proche de l'endroit où l'agression avait été commise. Le préposé n'avait que des souvenirs confus, car six ou sept personnes s'étaient présentées à l'entrée des quais en l'espace d'une ou deux minutes. Il poinçonnait les billets sans lever la tête. C'était machinal.

— Si je devais regarder tous ceux qui défilent, j'en aurais la tête qui tourne... Des têtes, encore des têtes... Des visages presque toujours grognons...

Pourquoi cet homme aux vêtements fatigués était-il resté devant la maison, puis devant l'église, et pourquoi s'était-il rendu ensuite au cimetière Montparnasse ?

— Le troisième ? questionnait Maigret.

— Vous le connaissez. C'est celui que je vous ai montré ce matin. Vous remarquerez qu'il ne se cache pas. Il a dû se rendre compte de ma présence aux trois endroits. Ici, dans l'allée du cimetière, il me regarde curieusement, comme s'il se demandait pourquoi je photographie la foule et non le cercueil ou la famille...

— C'est vrai... Il ne paraît pas inquiet, ni préoccupé... Laissez-moi ces photos... Je vais les regarder à loisir... Merci, Van Hamme... Dites à Moers que je suis très content du travail que vous avez fait...

— Alors, questionna Lapointe une fois seul avec Maigret, je vais dans l'île montrer la photo de la fille ?

— C'est sans doute inutile, mais cela vaut la peine d'essayer. Vois si Janvier est arrivé...

Celui-ci ne tarda pas à pénétrer dans le bureau et eut un regard curieux vers la pile de photos.

— Voilà, mon petit Janvier. Je voudrais que tu ailles à la Sorbonne. Je crois qu'il te sera facile, au secrétariat, de te renseigner sur les cours qu'Antoine Batille suivait le plus assidûment...

— Je dois interroger ses camarades ?

— Exactement... Il n'avait peut-être pas d'amis véritables, mais il devait bien lui arriver de bavarder avec d'autres étudiants...

» Voici une première photo, celle d'une fille qui, ce matin, à l'enterrement, paraissait émue et qui a fait tout le chemin pour se rendre au cimetière... Peut-être quelqu'un l'a-t-il rencontré avec elle... Peut-être en ont-ils seulement entendu parler...

— Compris...

— Cette photographie-ci est celle d'un homme en imperméable qui se trouvait quai d'Anjou, puis en face de l'église et enfin au cimetière Montparnasse... A tout hasard, montre-la aussi... J'espère qu'il y a un cours cet après-midi et que tu pourras attendre la sortie...

— Je ne questionne pas le professeur ?

— Je ne pense pas qu'ils aient l'opportunité de connaître leurs élèves... Mais, tiens !... Encore une photo... Elle n'a probablement aucun rapport avec l'affaire, mais il ne faut rien négliger...

Un quart d'heure plus tard, on apportait à Maigret la coupure de journal surchargée du mot *Non !* à l'encre verte. Le mot avait été tracé en caractères bâtonnets de près de deux centimètres de haut et avait été souligné d'un trait ferme. Le point d'exclamation était plus grand d'un bon centimètre.

Cela ressemblait à une protestation véhémente. Celui qui avait tracé ces caractères devait être indigné qu'on puisse prendre un individu minable comme l'ex-marin pour le meurtrier de la rue Popincourt.

Maigret resta plus d'un quart d'heure immobile devant la coupure de journal et les photos, à tirer doucement sur sa pipe, après quoi, comme machinalement, il décrocha le téléphone.

— Allô... Frémiet ?... Je craignais que vous ne soyez plus là... Merci pour le document, qui me paraît fort intéressant... J'ai d'abord pensé faire insérer une petite annonce dans le journal de demain matin, mais il est possible qu'il ne lise pas les petites annonces.

» Il y aura certainement encore un article sur l'affaire...

— Nos reporters sont en train d'étudier les cambriolages précédents... J'en ai qui travaillent dans un rayon de cinquante kilomètres de Paris, montrant les photos des gangsters à tous les voisins des villas visitées...

— Pourriez-vous, en dessous de l'article ou des articles, publier les lignes suivantes :

» *Le commissaire Maigret désirerait savoir sur quoi l'expéditeur du pneumatique au journal base son affirmation. Il le prie, s'il possède des renseignements intéressants, de bien vouloir se mettre en rapport avec lui, soit par lettre, soit par téléphone.*

— Je comprends. Voulez-vous répéter, afin que je sois sûr de chaque mot ?...

Maigret répéta patiemment.

— D'accord !... Non seulement je publierai cet avis en première page, mais je ferai un encadré... Vous devez vous rendre compte que vous allez recevoir des lettres ou des coups de téléphone de fous...

Maigret sourit.

— J'en ai l'habitude... Vous aussi, d'ailleurs... La police et les rédactions de journaux...

— Bon... Vous serez gentil de me tenir au courant...

Et le commissaire se plongea dans la lecture des journaux du soir qu'on venait de lui apporter, grognant chaque fois qu'il découvrait une nouvelle inexactitude. Il y en avait en moyenne une, ou tout au moins une exagération, par paragraphe, et les voleurs de tableaux devenaient une des bandes les plus mystérieuses et les mieux organisées de Paris.

Dernier titre :

A quand l'arrestation du Cerveau ?

Comme dans les feuilletons télévisés !

Il avait envoyé l'article et la photographie du marin avec le *Non !* en lettres vertes au service anthropométrique pour y relever éventuellement des empreintes digitales. La réponse ne se fit pas attendre.

— Un pouce, sur la photographie, et une très bonne image d'index au dos du papier. Ces empreintes ne correspondent à aucune empreinte du fichier...

Cela signifiait, évidemment, que le meurtrier d'Antoine Batille n'avait jamais été arrêté et, à plus forte raison, qu'il n'avait pas subi de condamnations.

Maigret n'en était pas surpris et il allait reprendre la lecture de ses journaux quand Lapointe entra en coup de vent, très excité.

— Un coup de pot, patron !... Pardon, un coup de chance... Et c'est vous qui aviez raison... En traversant la passerelle, je m'aperçois que je n'ai plus de cigarettes... Je prends par la rue Saint-Louis-en-l'Ile... J'entre dans le café-tabac du coin et qui est-ce que je vois ?...

— La jeune fille dont je t'ai remis la photo...

— C'est exact... Elle est fille de salle... Robe noire et tablier blanc... Il y avait une table de joueurs de belote : le boucher, l'épicier, le patron et un type qui me tournait le dos... J'ai pris mes cigarettes et je suis allé m'asseoir...

» Quand elle m'a demandé ce que je voulais boire, j'ai commandé un café et elle est allée me faire un expresso au comptoir.

» — A quelle heure fermez-vous, le soir ?

» Elle m'a regardé d'un air surpris.

» — Cela doit dépendre des soirs. Moi, je finis à sept heures, parce que c'est moi qui ouvre le matin...

» Elle m'a rendu ma monnaie et s'est éloignée sans plus faire attention à moi... J'ai préféré ne pas lui parler devant le patron... Je me suis dit que vous préféreriez le faire vous-même...

— Tu as eu raison.

— Elle semble sans cesse sur le point de pleurer. Elle va et vient comme dans un brouillard et elle a les narines rouges...

Janvier, lui, ne revint au Quai qu'à six heures.

— Il y avait un cours de sociologie et il paraît qu'il ne manquait jamais ce cours-là... J'ai attendu dans la cour... Je voyais les étudiants à leurs bancs et, le cours fini, ils se sont précipités à l'air libre.

» J'en ai interpellé un, deux, trois, sans succès.

» — Antoine Batille ?... Celui dont on parle dans les journaux ?... Je vois, oui, mais nous ne nous fréquentions pas... Si vous trouvez par hasard un certain Harteau...

Le troisième étudiant interpellé regardait autour de lui, appelait soudain, tourné vers un jeune homme qui s'éloignait :

— Harteau !... Harteau !... C'est pour toi...

Et, à Janvier :

— Je vous laisse... J'ai un train à prendre...

D'autres partaient à moto, à vélomoteur.

— Vous voulez me parler ? demandait un long jeune homme au visage pâle, aux yeux gris clair.

— Il paraît que vous étiez l'ami d'Antoine Batille...

— Son ami, c'est beaucoup dire... Il ne se liait pas facilement... Mettons que j'étais un camarade et qu'il nous arrivait de bavarder dans la cour et parfois d'aller boire un pot ensemble... Une seule fois je suis allé chez lui et je ne m'y suis pas senti à mon aise... Il faut vous dire que je suis le fils d'une concierge de la place Denfert-Rochereau... Je n'en rougis pas... Là-bas, je ne savais comment me tenir...

— Vous étiez à l'enterrement, ce matin ?

— Seulement à l'église... Après, j'avais un cours important...

— Savez-vous si votre camarade avait des ennemis ?

— Il n'en avait certainement pas...

— Il était aimé ?

— Il n'était pas aimé non plus... On ne s'en occupait pas plus qu'il ne s'occupait des autres...

— Et vous ? Qu'est-ce que vous en pensiez ?

— C'était un type bien... Il était beaucoup plus sensible qu'il ne voulait le laisser voir... Je crois qu'il était trop sensible et il se refermait facilement...

— Il vous a parlé de son magnétophone ?

— Il devait même un jour me demander de l'accompagner... Cela le passionnait... Il prétendait que la voix des gens est plus révélatrice que leur image telle que la donne la photographie... Je me souviens d'une phrase :

» — *Il existe des quantités de chasseurs d'images... Je ne connais pas encore de chasseurs de son...*

» Il espérait, pour Noël, recevoir un des derniers magnétophones miniaturisés fabriqués au Japon... Ceux-ci tiennent dans le creux de la main... Il n'y en a pas encore en France mais il paraît qu'on les attend... Il ne les aura connus que par des articles dans les magazines...

Janvier n'avait pas manqué de demander à Harteau si Batille avait des petites amies.

— Des petites amies, non... En tout cas, pas à ma connaissance... Ce n'était pas son genre... En outre, il était timide, réservé... Depuis quelques semaines, pourtant, il était amoureux...

» Il n'a pas pu se retenir de m'en parler... Il fallait qu'il se confie à quelqu'un et sa sœur avait l'habitude de se moquer de lui en prétendant que c'était lui la fille et elle le garçon de la maison...

» Je ne l'ai pas vue, mais elle travaille dans l'île Saint-Louis et il la voyait chaque matin à huit heures... C'était l'heure à laquelle elle était seule dans le café-tabac... Le patron dormait encore et la patronne faisait son ménage au premier...

» Ils étaient sans cesse interrompus par des clients mais ils avaient quand même quelques instants de tête-à-tête...

— C'était vraiment sérieux ?

— Je crois...

— Quelles étaient ses intentions ?

— A quel point de vue ?

— Comment voyait-il son avenir, par exemple ?

— Il voulait, l'an prochain, suivre les cours d'anthropologie... Son rêve était de se faire nommer professeur en Asie, en Afrique, en Amérique du Sud, successivement, afin d'étudier les différentes races humaines... Il aurait voulu prouver qu'elles se ressemblent foncièrement, que les différences s'effaceront en même temps que les conditions d'existence s'égaliseront sous toutes les latitudes...

— Il comptait se marier ?

— Il n'en parlait pas encore... C'est trop récent... En tout cas, il ne voulait pas épouser une fille du même milieu que le sien...

— Il se dressait contre ses parents, contre sa famille ?

— Même pas... Je me souviens qu'il m'a dit un jour :

» — *Quand je rentre à la maison, je me crois en 1900...*

— Je vous remercie... Excusez-moi de vous avoir pris de votre temps...

Et Janvier concluait :

— Qu'est-ce que vous en dites, patron ?... Si cette gamine a un frère ?... S'ils sont allés plus loin que ne le pense le jeune Harteau ?... Si le frère s'est mis en tête que le fils des parfums Mylène n'épousera jamais sa sœur ?... Vous voyez ce que je veux dire...

— Ce n'est pas ton tour d'être un peu 1900, mon vieux Janvier ?

— Cela arrive encore, non ?

— Tu n'as pas lu les statistiques ?... Les crimes dits passionnels ont diminué de plus de moitié, en attendant qu'ils apparaissent comme un délicieux anachronisme...

» Au fait, Lapointe l'a retrouvée et elle travaille bien dans l'île Saint-Louis. Ce soir, je vais essayer d'avoir un entretien avec elle...

— Qu'est-ce que je fais, maintenant ?

— Rien. N'importe quoi. De la routine. Nous attendons.

A six heures et quart, Maigret prenait l'apéritif à la *Brasserie Dauphine* où il retrouvait deux de ses collègues. Au Quai, il leur arrivait de rester des semaines sans se voir, chacun restant comme enfermé dans son service. La *Brasserie Dauphine* était le terrain neutre où tout le monde finissait par se retrouver.

— Alors, ce meurtre de la rue Popincourt ? Vous vous mettez à travailler pour la rue des Saussaies, à présent ?

A sept heures moins dix, Maigret faisait les cent pas rue Saint-Louis-en-l'Ile et il pouvait voir la jeune fille, dans le café-tabac, qui servait les clients.

La patronne était à la caisse, le patron servait au comptoir. C'était le bref coup de feu de l'apéritif du soir.

A sept heures cinq, la jeune fille franchit une porte et réapparut quelques instants plus tard vêtue du manteau qu'on lui voyait sur la photographie. Elle disait quelques mots à la patronne et sortait. Elle se dirigea droit vers le quai d'Anjou, sans regarder autour d'elle, et Maigret dut accélérer le pas pour la rejoindre.

— Pardon, mademoiselle...

Elle se méprit et fut sur le point de courir.

— Je suis le commissaire Maigret... Je voudrais vous parler d'Antoine...

Elle s'arrêta net, le regarda avec une sorte d'angoisse.

— Qu'est-ce que vous avez dit ?

— Que je voudrais vous parler de...

— J'ai entendu. Mais je ne comprends pas. Je ne...

— Inutile de nier, mademoiselle...

— Qui vous a dit ?...

— Votre photographie, ou plutôt vos photographies... Vous étiez ce matin devant la maison mortuaire, un mouchoir tordu entre vos doigts crispés... Vous étiez à l'entrée et à la sortie du service funèbre et vous étiez ensuite au cimetière...

— Pourquoi m'a-t-on photographiée...

— Si vous voulez m'accorder un moment et marcher avec moi, je vous l'expliquerai... Nous recherchons le meurtrier d'Antoine Batille... Nous n'avons pour ainsi dire aucune piste sérieuse, aucune indication utile...

» Dans l'espoir que ce meurtrier serait attiré par l'enterrement de sa victime, j'ai fait prendre des photographies des rangées de curieux... Le photographe a alors cherché quels personnages on retrouvait quai d'Anjou, devant l'église et au cimetière...

Elle se mordit les lèvres. Ils marchaient tout naturellement le long du quai et ils passèrent devant l'immeuble où vivaient les Batille. Les draperies noires à larmes d'argent avaient disparu. Il y avait de la lumière à tous les étages. La maison avait repris son rythme de vie habituel.

— Qu'est-ce que vous voulez de moi ?

— Que vous me disiez tout ce que vous savez d'Antoine... Vous êtes la personne la plus proche de lui...

Elle rougit brusquement.

— Qu'est-ce qui vous fait dire ça ?

— C'est lui qui l'a dit, d'une autre façon... Il avait un camarade à la Sorbonne...

— Le fils de la concierge ?

— Oui...

— C'était le seul... Avec les autres, il ne se sentait pas en confiance... Il avait toujours l'impression d'être différent...

— Eh bien, il a laissé entendre à ce Harteau qu'il avait l'intention, un jour, de vous épouser...

— Vous êtes sûr qu'il a dit ça ?

— Il ne vous l'a pas dit à vous ?

— Non... Je n'aurais pas accepté... Nous ne sommes pas du même monde...

— Peut-être n'était-il d'aucun monde, sinon du sien...

— D'ailleurs, ses parents...

— Depuis combien de temps vous connaissait-il ?

— Depuis que je travaille au café-tabac... Cela fait quatre mois... C'était en hiver, je me souviens... Il neigeait le premier jour que je l'ai vu... Il achetait un paquet de Gitanes... Il venait tous les jours en chercher un...

— Combien de temps a-t-il fallu pour qu'il vous attende à la sortie ?

— Plus d'un mois...

— Vous êtes devenue sa maîtresse ?

— Il y a juste aujourd'hui une semaine...

— Vous avez un frère ?

— J'en ai deux... Un dans l'armée, en Allemagne, l'autre qui travaille à Lyon...

— Vous êtes de Lyon ?

— Mon père était de Lyon... Maintenant qu'il est mort, la famille s'est dispersée et je suis seule à Paris avec ma mère... Nous habitons rue Saint-Paul... J'ai travaillé dans un grand magasin, mais je ne tenais pas le coup... C'était trop fatigant pour moi... Quand j'ai appris qu'on cherchait une serveuse rue Saint-Louis-en-l'Ile...

— Antoine n'avait pas d'ennemis ?

— Pourquoi aurait-il eu des ennemis ?

— Sa passion de promener son magnétophone dans certains endroits assez mal famés...

— On ne s'occupait pas de lui... Il s'asseyait dans un coin ou s'accoudait au bar... Il m'a emmenée deux fois avec lui...

— Vous le rencontriez tous les soirs ?

— Il venait me chercher au tabac, me reconduisait chez moi. Une fois ou deux par semaine nous allions au cinéma...

— Puis-je savoir comment vous vous appelez ?

— Mauricette...

— Mauricette qui ?

— Mauricette Gallois...

Ils avaient rebroussé chemin, lentement, franchi le Pont-Marie, et ils se trouvaient maintenant rue Saint-Paul.

— Je suis arrivée. Vous n'avez plus rien à me demander ?

— Pas pour le moment... Je vous remercie, Mauricette... Bon courage...

Maigret soupira et, au métro Saint-Paul, prit un taxi qui le conduisit chez lui en quelques minutes. Il s'efforça de ne plus penser à son enquête et, après avoir tourné le bouton de la télévision, par habitude, il la coupa par crainte qu'elle ne parle encore de la rue Popincourt et des voleurs de tableaux.

— A quoi penses-tu ?

— Que nous allons au cinéma et que, ce soir, il fait presque doux. Nous pourrons marcher jusqu'aux Grands Boulevards...

C'était un de ses plus sûrs plaisirs. Après quelques pas, Mme Maigret s'accrochait à son bras et ils avançaient lentement, en s'arrêtant parfois pour regarder un étalage. Ils n'avaient pas une conversation suivie, parlaient de choses et d'autres, d'un visage qui passait, d'une robe, de la dernière lettre reçue de sa belle-sœur...

Ce soir-là, Maigret avait envie d'un western et ils durent aller jusqu'à la porte Saint-Denis pour en trouver un. A l'entracte il s'offrit un verre de calvados et sa femme se contenta d'une verveine.

A minuit, les lumières s'éteignaient dans leur appartement. Le lendemain était un samedi, le 22 mars... La veille, Maigret n'avait pas pensé que c'était le premier jour du printemps. Celui-ci avait été au rendez-vous. Il revoyait la lumière, quai d'Anjou, le matin, devant la maison mortuaire...

A neuf heures, il reçut un coup de téléphone du juge Poiret.

— Rien de nouveau, Maigret ?

— Rien encore, monsieur le juge... En tout cas, rien de précis...

— Vous ne croyez pas que ce matelot... Comment s'appelle-t-il encore ?... Yvon Demarle...

— Je suis persuadé que, s'il est jusqu'au bout dans l'affaire des tableaux, il n'est pour rien dans le meurtre de la rue Popincourt...

— Vous avez une idée ?

— Cela commence peut-être à se dessiner... C'est trop vague pour que je vous en parle mais je m'attends, sous peu, à certains développements...

— Un crime passionnel ?

— Je ne le pense pas...

— Crapuleux ?

Il avait horreur de ces classifications.

— Je ne sais pas encore...

Il n'allait pas attendre longtemps pour apprendre du nouveau. Le téléphone sonnait une demi-heure plus tard. C'était le chef des informations d'un des journaux du soir.

— Le commissaire Maigret ?... Ici, Jean Rolland... Je ne vous dérange pas ?... Ne craignez rien... Je ne vous appelle pas pour vous demander des informations, encore que si vous en avez elles sont toujours les bienvenues...

Maigret était plus ou moins en froid avec le directeur de ce journal-là, justement parce que celui-ci se plaignait de ne pas être toujours averti le premier des faits divers importants.

« — A nous seuls, nous tirons autant que trois autres journaux... Il serait naturel... »

Ce n'était pas la guerre entre eux, mais une sorte de bouderie. C'est pour cela sans doute que le chef des informations téléphonait à la place de son patron.

— Vous avez lu nos articles d'hier ?

— Je les ai parcourus...

— Nous avons essayé d'analyser la possibilité d'un rapport étroit entre les deux affaires... En fin de compte, nous avons trouvé autant d'éléments pour que d'éléments contre...

— Je sais...

— Or, cet article nous a valu une lettre, trouvée dans le courrier du matin, que je vais vous lire...

— Un instant... L'adresse est écrite en caractères bâtonnets ?...

— C'est exact... La lettre aussi...

— Je suppose qu'il s'agit d'un papier ordinaire comme on en vend par pochettes de six dans les bureaux de tabac et dans les épiceries...

— Exact encore... Vous avez reçu une autre lettre ?...

— Non... Continuez...

— Je lis :

Monsieur le directeur,

J'ai lu avec attention les articles publiés ces derniers jours dans votre estimable journal au sujet de ce qu'on appelle l'affaire de la rue Popincourt et l'affaire des tableaux. Votre rédacteur essaie, sans d'ailleurs y parvenir, d'établir un lien entre ces deux affaires.

Je trouve naïf, de la part de la presse, de penser que c'est à cause d'une bande magnétique que le jeune Batille a été attaqué rue Popincourt. D'ailleurs, son magnétophone a-t-il été emporté par le meurtrier ?

Quant au matelot Demarle, il n'a jamais tué personne avec son couteau suédois.

On vend ces couteaux-là dans toutes les bonnes quincailleries et j'en possède un aussi.

Seulement, le mien a réellement tué Antoine Batille... Je ne m'en vante pas, croyez-le. Je n'en suis pas fier. Au contraire. Mais tout ce battage me fatigue. Et surtout je ne voudrais pas qu'un innocent comme Demarle paie à ma place...

Vous pouvez publier cette lettre si bon vous semble. Je vous garantis que ce n'est que la vérité.

Merci. Votre dévoué.

Bien entendu, il n'y avait pas de signature.

— Vous croyez à une blague, commissaire ?
— Non.
— Ce serait sérieux ?
— J'en suis persuadé... Évidemment, je peux me tromper, mais il y a toutes les chances pour que cette lettre ait été écrite par le meurtrier... Voyez le cachet et dites-moi où elle a été postée...
— Boulevard Saint-Michel...
— Vous pouvez la faire photographier pour le cas où vous auriez l'intention d'en publier un fac-similé, mais j'aimerais qu'elle passe par le moins de mains possible...
— Vous espérez trouver des empreintes ?
— Je suis à peu près certain d'en trouver...
— Il y en avait sur la coupure de journal sur laquelle quelqu'un a écrit le mot *Non* à l'encre verte ?
— Oui...
— J'ai lu votre appel... Vous espérez que le meurtrier vous téléphonera ?
— Si c'est le genre d'homme que je pense, il le fera...
— Inutile, je suppose, de vous demander de quel genre d'homme il s'agit...
— Pour le moment, en effet, je suis obligé de me taire... Je vais vous envoyer quelqu'un pour prendre cette lettre et je vous la rendrai une fois l'affaire terminée...
— D'accord... Bonne chance...

Il se retourna vers la porte, étonné. Joseph, le vieil huissier, se tenait dans l'encadrement et, derrière lui, il y avait un homme en uniforme beige, avec de larges bandes marron à son pantalon. Sa casquette était beige aussi et portait un écusson à couronne dorée.

— Ce monsieur insiste pour vous remettre personnellement un petit paquet et je ne suis pas parvenu à m'en débarrasser.
— Qu'est-ce que c'est ? demanda le commissaire à l'intrus.
— Une commission de la part de M. Lherbier...
— Le maroquinier ?
— Oui...
— Vous attendez une réponse ?
— On ne me l'a pas dit mais on m'a recommandé de remettre ce paquet en main propre. C'est M. Lherbier lui-même qui, hier en fin d'après-midi, m'a chargé de la commission...

Maigret avait déballé une boîte en carton beige, marquée de la sempiternelle couronne, et, dans cette boîte, il découvrait un portefeuille en crocodile noir dont les quatre coins étaient renforcés d'or. La couronne, ici, était en or aussi.

Une carte de visite portait simplement les mots :

En témoignage de gratitude.

Le commissaire remettait le portefeuille dans la boîte.

— Un instant... disait-il au porteur. Vous serez sans doute plus habile que moi pour refaire le paquet...

L'homme le regardait, surpris.

— Il ne vous plaît pas ?

— Vous direz à votre patron que je n'ai pas l'habitude de recevoir des cadeaux... Ajoutez, si vous voulez, que je suis néanmoins sensible à son geste...

— Vous ne lui écrivez pas ?

— Non...

Le téléphone sonnait avec insistance.

— Tenez !... Allez terminer votre paquet dans l'antichambre... Je suis très occupé...

Et, une fois seul enfin, il décrocha.

6

— C'est quelqu'un qui ne veut pas dire son nom, monsieur le commissaire. Je vous le passe quand même ? Il prétend que vous savez qui il est...

— Passez-le-moi...

Il entendit le déclic, prononça d'une voix qui n'était pas tout à fait sa voix habituelle :

— Allô...

Et, après un moment de silence, un interlocuteur qui paraissait lointain répéta comme un écho :

— Allô...

Ils étaient aussi impressionnés l'un que l'autre et Maigret se promettait d'éviter tout ce qui pourrait effaroucher son correspondant.

— Vous savez qui est à l'appareil ?

— Oui...

— Vous connaissez mon nom ?

— Votre nom n'a pas d'importance...

— Vous n'allez pas essayer de découvrir d'où je vous téléphone ?

Le ton était hésitant. L'homme manquait d'assurance et essayait de se donner du courage.

— Non...

— Pourquoi ?

— Parce que cela ne m'intéresse pas...

— Vous ne me croyez pas ?

— Si...

— Vous êtes persuadé que je suis l'homme de la rue Popincourt ?

— Oui...

Il y eut, cette fois, un assez long silence, puis la voix demanda, timide, inquiète :

— Vous êtes toujours là ?

— Oui... Je vous écoute...

— On vous a déjà fait parvenir la lettre que j'ai envoyée au journal ?

— Non, on me l'a lue au téléphone.

— Avez-vous reçu la coupure avec la photo ?

— Oui...

— Vous me croyez ? Vous ne me prenez pas pour un détraqué ?

— Je vous l'ai déjà dit...

— Qu'est-ce que vous pensez de moi ?...

— D'abord, je sais que vous n'avez jamais subi de condamnations...

— A cause de mes empreintes ?

— Exactement... Vous êtes habitué à une vie modeste, régulière...

— Comment le devinez-vous ?

Maigret se tut et l'autre fut à nouveau pris de panique.

— Ne raccrochez pas...

— Vous avez beaucoup de choses à me dire ?

— Je ne sais pas... Peut-être... Je n'ai personne à qui parler...

— Vous n'êtes pas marié, n'est-ce pas ?

— Non...

— Vous vivez seul... Aujourd'hui, vous avez pris congé, peut-être en téléphonant à votre bureau que vous êtes malade...

— Vous essayez de me faire dire des choses qui vous aident à me repérer... Vous êtes sûr que vos techniciens n'essayent pas de découvrir l'endroit d'où je vous parle ?

— Je vous en donne ma parole...

— Vous n'avez donc pas hâte de m'arrêter ?

— Je suis comme vous. Je me réjouis que cela soit fini...

— Comment le savez-vous ?

— Vous avez écrit aux journaux...

— Je ne veux pas qu'on poursuive un innocent...

— Ce n'est pas la véritable raison...

— Vous vous imaginez que je cherche à me faire prendre ?

— Inconsciemment, oui...

— Qu'est-ce que vous pensez d'autre de moi ?

— Vous vous sentez perdu...

— La vérité, c'est que j'ai peur...

— Peur de quoi ? D'être arrêté ?

— Non... Peu importe... J'en ai déjà trop dit... Je voulais vous parler, entendre votre voix... Vous me méprisez ?

— Je ne méprise personne...

— Pas même un criminel ?

— Pas même !

— Vous savez que vous m'aurez un jour ou l'autre, n'est-ce pas ?

— Oui...

— Vous possédez des indices ?

Maigret faillit, pour en finir, lui avouer qu'il possédait d'ores et déjà sa photographie, quai d'Anjou d'abord, devant l'église ensuite, enfin au cimetière Montparnasse.

Il lui suffirait de publier ces photos dans les journaux pour qu'un certain nombre de gens lui révèlent l'identité du meurtrier de Batille.

S'il ne le faisait pas, c'est qu'il sentait confusément que, dans ce cas-là, l'homme n'attendrait pas d'être arrêté et que c'est sans doute un mort qu'on découvrirait à son domicile.

Il fallait qu'il y vienne de lui-même, lentement.

— Il existe toujours des indices, mais il est difficile de juger de leur valeur...

— Je vais bientôt raccrocher...

— Qu'est-ce que vous allez faire aujourd'hui ?

— Que voulez-vous dire ?

— Nous sommes samedi... Allez-vous passer le dimanche à la campagne ?...

— Bien sûr que non.

— Vous n'avez pas de voiture ?

— Non...

— Vous êtes employé dans un bureau, n'est-il pas vrai ?

— C'est vrai... Comme il y a des dizaines de milliers de bureaux à Paris, je peux vous donner ce renseignement-là...

— Vous avez des amis ?

— Non...

— Une amie ?

— Non... Quand c'est nécessaire, je me contente de ce que je trouve... Vous voyez ce que je veux dire ?...

— Je suis persuadé que, demain, vous allez profiter du dimanche pour écrire une longue lettre aux journaux...

— Comment se fait-il que vous deviniez tout ?

— Parce que vous n'êtes pas le premier à qui cela arrive...

— Et comment cela a-t-il fini pour les autres ?

— Il y a eu des fins différentes...

— Certains se sont détruits ?

Il ne répondit pas et le silence régna à nouveau sur la ligne.

— Je n'ai pas de revolver et je sais qu'à présent il est à peu près impossible de s'en procurer sans un permis spécial...

— Vous ne vous suiciderez pas...

— Qu'est-ce qui vous le fait penser ?

— Vous ne m'auriez pas téléphoné...

Maigret s'épongea le front. Cet entretien, presque banal en

apparence, ces répliques sans relief ne lui permettaient pas moins de cerner de plus en plus le personnage.

— Je vais raccrocher, fit la voix au bout du fil.

— Vous pourrez me rappeler lundi...

— Pas demain ?

— Demain, c'est dimanche et je ne serai pas au bureau...

— Vous ne serez pas chez vous ?

— Je compte me rendre à la campagne avec ma femme...

Chaque phrase était intentionnelle.

— Vous avez de la chance...

— Oui...

— Vous êtes un homme heureux ?

— Relativement, comme la plupart des hommes.

— Moi, je n'ai jamais été heureux...

Il raccrocha brusquement. Ou bien quelqu'un avait essayé d'entrer dans la cabine, s'impatientant de le voir parler si longtemps, ou bien cet entretien lui avait mis les nerfs à nu.

Ce n'était pas un buveur. Peut-être, pour se remettre d'aplomb, allait-il faire une exception ? Il avait téléphoné d'un café ou d'un bar. Des gens le coudoyaient, le regardaient sans se douter qu'il était un tueur.

Maigret appela sa femme.

— Que dirais-tu d'aller passer le week-end à Meung-sur-Loire ?

Elle en fut si stupéfaite qu'elle resta un moment muette.

— Mais... tu... Et ton enquête ?...

— Elle a besoin de mijoter...

— Quand partirions-nous ?

— Après le déjeuner...

— En voiture ?

— Bien entendu...

Depuis un an qu'elle conduisait, elle n'était pas encore rassurée et elle saisissait toujours le volant avec une insurmontable appréhension.

— Achète de quoi dîner ce soir, car nous arriverons peut-être là-bas quand les magasins seront fermés... De quoi faire aussi, demain matin, un copieux petit déjeuner... A midi, nous mangerons à l'auberge...

Il ne trouva de disponible, parmi ses collaborateurs les plus proches, que le brave Janvier, et il l'invita à prendre l'apéritif.

— Qu'est-ce que tu fais demain ?

— Vous savez, patron, le dimanche est le jour de ma belle-mère, des oncles et des tantes des enfants...

— Nous, nous allons à Meung...

Ils déjeunèrent rapidement, sa femme et lui, boulevard Richard-Lenoir. Puis, la vaisselle finie, Mme Maigret alla se changer.

— Il fait froid ?

— Frais...

— Je ne peux pas mettre ma robe à fleurs ?

— Pourquoi pas ? Tu emportes un manteau, n'est-ce pas ?

Une heure plus tard, ils pénétraient dans le flot des dizaines de milliers de Parisiens qui fonçaient vers un carré de verdure.

Ils trouvèrent la maison aussi propre et aussi nette que s'ils l'avaient quittée la veille, car une femme du pays venait deux fois par semaine l'aérer, prendre les poussières et entretenir les parquets. Il était inutile de lui parler des nouveaux produits d'entretien. Tout était passé à la cire, les meubles aussi, et il régnait une bonne odeur d'encaustique.

Son mari, lui, entretenait le jardin et Maigret découvrit des crocus dans la pelouse et, au pied de la murette du fond, à l'endroit le plus abrité, des jonquilles et des tulipes.

Son premier soin fut d'aller au premier étage passer un vieux pantalon, une chemise de flanelle. Il avait toujours l'impression que la maison, avec ses poutres apparentes et ses recoins sombres, avec la paix qui y régnait, ressemblait à une maison de curé. Cela ne lui déplaisait pas, au contraire.

Mme Maigret s'affairait dans la cuisine.

— Tu as très faim ?

— Normalement faim...

Ici, ils n'avaient pas la télévision. Après le dîner, quand la saison était un peu plus chaude, ils s'asseyaient dans le jardin et regardaient le crépuscule descendre peu à peu et estomper le paysage.

Ce soir-là, ils allèrent se promener à pas tranquilles, descendant jusqu'à la Loire qui, après les pluies du début de la semaine, roulait des eaux boueuses et charriait des branches d'arbres.

— Tu es préoccupé ?

Il était resté longtemps sans rien dire.

— Pas à proprement parler... Le meurtrier d'Antoine Batille m'a téléphoné ce matin...

— Pour te narguer ?... Par défi ?...

— Non... Il avait besoin de réconfort...

— Et c'est à toi qu'il s'est adressé ?

— Il n'avait personne d'autre à sa disposition...

— Tu es sûr que c'est l'assassin ?

— J'ai dit le meurtrier... Un assassinat suppose la préméditation...

— Son geste n'était pas prémédité ?

— Pas exactement, à moins que je ne me trompe...

— Pourquoi a-t-il écrit aux journaux ?

— Tu as lu ?

— Oui... J'ai d'abord cru que c'était une farce... Tu sais qui il est ?

— Non, mais je pourrais le savoir en vingt-quatre heures...

— Cela ne t'intéresse pas de l'arrêter ?

— Il se rendra de lui-même...

— Et s'il ne se rendait pas ?... S'il commettait un nouveau crime...

— Je ne crois pas que...

Mais le commissaire restait comme en suspens. Avait-il le droit d'être aussi sûr de lui ? Il pensait à Antoine Batille qui rêvait d'aller étudier les hommes des tropiques et qui voulait épouser la jeune Mauricette.

Il n'avait pas vingt et un ans et il s'était abattu dans une mare d'eau, rue Popincourt, pour ne plus jamais se relever...

Il dormit d'un sommeil agité. Deux fois, il ouvrit les yeux, croyant entendre la sonnerie du téléphone.

— Il ne tuera plus...

Il s'efforçait de se rassurer.

— Au fond, c'est de lui qu'il a peur...

Un vrai soleil des dimanches, un soleil de souvenirs d'enfance. Sous la rosée, le jardin sentait bon et la maison, elle, sentait les œufs au jambon.

La journée s'écoula sans heurts ; il y avait néanmoins comme un voile sur le visage de Maigret. Il n'arrivait pas à se détendre complètement et sa femme le sentait.

A l'auberge, ils furent accueillis à bras ouverts et il fallut trinquer avec tout le monde, car on les considérait un peu comme du pays.

— Une partie, après-midi ?

Pourquoi pas ? Ils mangèrent des rillettes du pays, un coq au vin blanc et, après le fromage de chèvre, des babas au rhum.

— Vers quatre heures ?

— D'accord...

Il chercha, pour son fauteuil d'osier, le coin le plus abrité du jardin et, dans le soleil qui lui chauffait les paupières, il ne tarda pas à s'assoupir.

Quand il s'éveilla, Mme Maigret lui prépara une tasse de café.

— Tu dormais si bien que c'était plaisir à voir...

Il gardait comme un goût de campagne à la bouche et il croyait encore entendre autour de lui le bourdonnement des mouches.

— Cela ne t'a pas fait un drôle d'effet d'entendre sa voix au téléphone ?

Ils y pensaient l'un et l'autre, malgré eux, chacun de son côté.

— Après quarante ans de métier, je suis toujours impressionné en face d'un homme qui a tué...

— Pourquoi ?

— Parce qu'il a franchi la barrière...

Il ne s'expliquait pas davantage. Il se comprenait. L'homme qui tue se coupe en quelque sorte de la communauté humaine. D'une minute à l'autre, il cesse d'être un individu comme les autres.

Il voudrait s'expliquer, dire que... Des flots de paroles sont prêts à lui monter aux lèvres mais il sait que c'est inutile, que personne ne le comprendra.

Même les vrais tueurs, les professionnels. Ils se montrent agressifs, sarcastiques ; c'est parce qu'ils ont besoin de crâner, de se faire croire qu'ils existent encore en tant qu'hommes.

— Tu ne rentreras pas trop tard ?

— J'espère être de retour avant six heures et demie…

Il retrouva ses amis du cru, de braves gens pour qui il n'était pas le fameux commissaire Maigret mais un voisin et, en outre, un excellent pêcheur à la ligne. Le tapis rouge était étalé devant eux. Les cartes, qui avaient vu des jours meilleurs, étaient un peu collantes. Le vin blanc du pays était frais et pimpant.

— A vous d'annoncer…

— Carreau…

Son adversaire de gauche annonça une tierce, son partenaire un carré de dames.

— Atout…

L'après-midi se passa à donner les cartes, à les déployer en éventail, à annoncer des tierces ou des belotes. C'était comme un ronron reposant. De temps en temps, le patron venait jeter un coup d'œil sur le jeu de chacun et s'éloignait avec un sourire entendu.

Le dimanche devait paraître long à l'homme qui avait abattu Antoine Batille. Maigret espérait qu'il n'était pas resté chez lui. Avait-il un petit appartement, avec ses propres meubles, ou bien occupait-il, dans un hôtel modeste, une chambre au mois ?

Il valait mieux pour lui qu'il ne reste pas entre quatre murs, qu'il aille dehors se frotter à la foule, ou encore qu'il pénètre dans un cinéma.

Rue Popincourt, le mardi soir, il pleuvait tellement que cela ressemblait à un cataclysme et, d'ailleurs, dans la Manche et la mer du Nord, des bateaux de pêche avaient été perdus.

Cela n'avait-il pas son importance ? Et, peut-être aussi, le blouson d'Antoine, ses cheveux trop longs ?

Maigret essayait de ne pas y penser, d'être tout à son jeu.

— Alors, commissaire, qu'est-ce que vous dites ?

— Je passe…

Le vin blanc lui tournait un peu la tête. Il n'y était plus habitué. Cela se buvait comme de l'eau fraîche et ce n'est qu'ensuite qu'on en ressentait les effets.

— Il va falloir que je rentre…

— On termine en cinq cents points, d'accord ?

— Va pour cinq cents points…

Il perdit et paya les tournées.

— On sent que vous négligez la belote, à Paris… Vous êtes rouillé, pas vrai ?

— Un peu, oui…

— Il faudra venir un peu plus longtemps à Pâques...

— Je l'espère... Je ne demande pas mieux... Ce sont les criminels qui...

Et voilà ! Du coup, il pensait à nouveau au téléphone.

— Bonsoir, messieurs...

— A samedi prochain ?

— Peut-être...

Il n'était pas déçu. Il avait eu le week-end qu'il avait décidé d'avoir, mais il ne pouvait pas espérer que ses préoccupations et ses responsabilités ne le suivraient pas à la campagne.

— A quelle heure veux-tu partir ?

— Dès que nous aurons mangé un morceau. Qu'est-ce que tu as à dîner ?

— Le vieux Bambois est venu me proposer une tanche et je l'ai cuite au four...

Il alla regarder avec gourmandise la peau gonflée, d'une belle couleur dorée.

Ils roulèrent lentement, car Mme Maigret était encore plus impressionnée de nuit que de jour. Maigret tourna le bouton de la radio, écouta en souriant les avertissements aux automobilistes, puis les nouvelles de la journée.

On parla surtout de politique étrangère et le commissaire soupira d'aise en constatant qu'il n'était pas question de l'affaire de la rue Popincourt.

Autrement dit, le meurtrier avait été sage. Pas de crime. Pas de suicide. Seulement une petite fille enlevée dans les Bouches-du-Rhône. On espérait encore la retrouver vivante.

Il dormit mieux que la nuit précédente et il faisait grand jour quand un camion, dont le pot d'échappement avait l'air d'éclater, le réveilla. Sa femme n'était plus à côté de lui.

Elle venait sans doute de se lever, car sa place restait tiède, et elle était occupée, dans la cuisine, à préparer le café.

Penchée sur la rampe d'escalier, Mme Maigret le regarda descendre d'un pas lourd, un peu comme elle aurait regardé un enfant allant passer un difficile examen. Elle n'en savait guère plus que les journaux mais, ce que les journaux ignoraient, c'est avec quelle énergie il essayait de comprendre, quelle concentration était la sienne au cours de certaines enquêtes. On aurait dit qu'il s'identifiait à ceux qu'il traquait et qu'il souffrait les mêmes affres qu'eux.

Il trouva par chance un autobus à plate-forme et put ainsi continuer à fumer sa première pipe du matin.

Il était à peine arrivé dans son bureau que le commissaire Grosjean l'appelait au bout du fil.

— Comment cela va-t-il, Maigret ?

— Très bien. Et vous ? Vos lascars ?

— Contrairement à ce qu'on aurait pu croire, c'est Gouvion, le guetteur minable, qui nous est le plus utile et qui nous a permis de trouver des témoins pour deux des cambriolages, au château de l'Épine, près d'Arpajon, l'autre dans une villa de la forêt de Dreux.

» Gouvion restait souvent trois ou quatre jours sur place, à guetter les allées et venues. Il lui arrivait d'aller casser la croûte ou boire un coup dans le voisinage.

» Je crois qu'il ne tardera pas à craquer et qu'il mangera le morceau. Sa femme, qui a été jadis figurante au Châtelet, le supplie de le faire.

» Ils sont tous les quatre à la Santé, dans des cellules différentes...

» Je tenais à vous mettre au courant et à vous dire encore merci...

» Et votre affaire ?

— Cela avance tout doucement...

Une demi-heure plus tard, comme il s'y attendait, c'était le directeur du journal du matin qui voulait lui parler.

— Un nouveau message ?

— Oui. A la différence que celui-ci n'est pas venu par la poste, mais a été déposé dans notre boîte aux lettres...

— Long ?

— Assez... L'enveloppe porte la mention : *A remettre au rédacteur de l'article de samedi sur le crime de la rue Popincourt.*

— Toujours des caractères bâtonnets ?

— Il a l'air d'écrire très couramment de cette façon-là... Je vous lis ?...

— Si vous le voulez bien...

Monsieur le rédacteur,

J'ai lu vos derniers articles, en particulier celui de samedi, et, si je ne suis pas capable de juger de leur valeur littéraire, j'ai l'impression que vous cherchez vraiment la vérité. Certains de vos confrères ne sont pas dans le même cas et, en quête de sensationnel, impriment n'importe quoi, quitte à se contredire le lendemain.

J'ai cependant un reproche à vous adresser. Dans le cours de votre dernier article, vous parlez du « forcené » de la rue Popincourt. Pourquoi ce mot, qui est blessant d'abord, et qui ensuite comporte un jugement ? Parce qu'il y a eu sept coups de couteau ? Sans doute, car vous dites plus loin que le meurtrier a frappé comme un fou.

Savez-vous qu'avec des mots de ce genre, vous pouvez faire beaucoup de mal ? Certaines situations sont assez pénibles par elles-mêmes pour ne pas être jugées d'une façon superficielle.

Cela me rappelle ce ministre de l'Intérieur, il n'y a pas si longtemps, parlant d'un garçon de quinze ans et employant le mot « monstre » que, bien entendu, toute la presse a repris.

Je ne demande pas à être ménagé. Je sais qu'aux yeux des

hommes je ne suis qu'un tueur. Mais j'aimerais ne pas être troublé de surcroît par des mots qui dépassent sans doute la pensée de ceux qui les utilisent.

Pour le reste, je vous remercie de votre objectivité.

Je peux vous dire que j'ai téléphoné au commissaire Maigret. Il m'a paru compréhensif et on a envie de se confier à lui. Mais jusqu'à quel point son métier ne l'oblige-t-il pas à jouer un rôle, sinon à tendre des pièges ?

Je crois que je lui téléphonerai encore. Je me sens très fatigué. Demain, pourtant, je vais reprendre mon travail au bureau. Je suis un simple gratte-papier.

J'ai assisté samedi aux obsèques d'Antoine Batille. J'ai vu son père, sa mère et sa sœur. Je voudrais qu'ils sachent que je n'avais rien à reprocher à leur fils. Je ne le connaissais pas. Je ne l'avais jamais vu. Je suis sincèrement repentant du mal que je leur ai fait.

Croyez, monsieur le rédacteur, à mes sentiments dévoués.

— Je publie ?

— Je n'y vois aucun inconvénient. Au contraire. Cela l'encouragera à écrire à nouveau et, dans chaque lettre, il nous en apprend un peu plus. Quand vous aurez fait photostater la lettre, soyez gentil de me l'envoyer. C'est inutile de le faire par porteur...

Le coup de téléphone n'arriva qu'à midi douze, alors que Maigret hésitait à aller déjeuner.

— Je suppose que vous m'appelez d'un café ou d'un bar dans les environs de votre bureau ?

— C'est vrai. Vous vous impatientiez ?

— J'allais partir pour déjeuner.

— Vous ne saviez pas que je téléphonerais ?

— Si.

— Vous avez lu ma lettre ? Je me doute qu'ils vous les téléphonent. C'est pourquoi je ne vous en envoie pas une copie...

— Vous avez besoin que le public vous lise, n'est-ce pas ?

— J'aimerais qu'il ne se fasse pas d'idées fausses... Parce que quelqu'un a tué, on se fait des idées fausses à son sujet... Vous aussi, probablement...

— Vous savez, j'en ai vu beaucoup...

— Je sais...

— Du temps du bagne, certains m'écrivaient régulièrement de la Guyanne... D'autres, leur peine finie, viennent parfois me voir...

— C'est vrai ?

— Vous vous sentez un peu mieux ?

— Je ne sais pas... En tout cas, ce matin, j'ai pu travailler à peu près normalement... Cela me fait un drôle d'effet de penser que ces mêmes gens qui sont tout naturels avec moi deviendraient complètement différents si je prononçais seulement une petite phrase...

— Vous avez envie de la prononcer ?

— Il y a des moments où je dois me retenir... Avec mon chef de bureau, par exemple, qui me regarde de très haut...

— Vous êtes né à Paris ?

— Non. Dans une petite ville de province, je ne vous dirai pas laquelle, car cela vous aiderait à m'identifier...

— Que faisait votre père ?

— Il est chef comptable dans une... mettons dans une entreprise assez importante... L'homme de confiance, vous savez... L'imbécile que les patrons peuvent retenir jusqu'à dix heures du soir et faire venir le samedi après-midi quand ce n'est pas le dimanche...

— Et votre mère ?

— Elle a une mauvaise santé... Aussi loin que vont mes souvenirs, je la revois toujours souffrante... Il paraît que c'est à la suite de ma naissance...

— Vous n'avez pas de frères, ni de sœurs ?

— Non... Justement à cause de cela... Elle tient quand même la maison, qui est très propre... Quand j'allais à l'école, j'étais un des élèves les plus propres aussi...

» Mes parents sont des gens fiers... Ils auraient voulu que je devienne avocat, ou médecin... Moi, j'en avais assez des études... Alors, ils ont pensé que j'entrerais dans l'affaire où travaille mon père, qui est la plus grosse affaire de la ville... Je n'avais pas envie de rester là... J'avais l'impression d'étouffer... Je suis venu à Paris...

— Où vous étouffez dans un bureau, n'est-ce pas ?

— Seulement, dès que j'en sors, personne ne me connaît. Je suis libre...

Il parlait avec plus d'aisance, plus de naturel que la fois précédente. Il avait moins peur. Les silences étaient plus rares.

— Qu'est-ce que vous pensez de moi ?

— Ne me l'avez-vous pas demandé ?

— Je parle de moi en général... Sans tenir compte de la rue Popincourt...

— Je pense que vous êtes des dizaines, des centaines de milliers dans le même cas...

— La plupart sont mariés et ont des enfants...

— Pourquoi ne vous êtes-vous pas marié ? A cause de votre... infirmité ?

— Vous pensez vraiment ce que vous dites ?

— Oui.

— Tous les mots ?

— Oui...

— Je n'arrive pas à vous comprendre... Vous n'êtes pas comme j'imaginais que doit être un commissaire de la P.J...

— Il en est comme de tous les hommes... Même au Quai des Orfèvres, nous sommes différents les uns des autres...

— Ce que je ne comprends surtout pas, c'est ce que vous m'avez dit la dernière fois... Vous avez affirmé qu'en vingt-quatre heures il vous était possible de m'identifier...

— C'est vrai...

— Comment ?

— Je vous le dirai quand nous serons face à face...

— Quelle raison avez-vous de ne pas le faire et de ne pas m'arrêter tout de suite ?

— Et si je vous demandais, moi, quelle raison vous avez eue de tuer ?

Il y eut un silence plus impressionnant que les autres et le commissaire se demanda s'il n'était pas allé trop loin.

— Allô... appela-t-il.

— Oui...

— Je m'excuse d'avoir été brutal. Il faut regarder les choses en face...

— Je sais... C'est ce que j'essaie de faire, croyez-le... Vous vous imaginez peut-être que j'écris aux journaux et que je vous téléphone parce que j'ai besoin de parler de moi... Au fond, c'est parce que tout est tellement faux !...

— Qu'est-ce qui est faux ?

— Ce que les gens pensent... Les questions qu'on me posera en cour d'assises, si j'y passe un jour... Le réquisitoire de l'avocat général... Et même, peut-être surtout, la plaidoirie de mon avocat...

— Vous pensez déjà si loin ?

— Il le faut bien...

— Vous comptez vous constituer prisonnier ?

— Vous êtes persuadé que je le ferai bientôt, n'est-ce pas ?

— Oui...

— Vous pensez que j'en serai soulagé ?

— J'en suis convaincu...

— Je serai enfermé dans une cellule et traité comme...

Il n'acheva pas sa phrase et Maigret évita d'intervenir.

— Je ne veux pas vous retenir plus longtemps. Votre femme vous attend...

— Elle ne s'impatiente certainement pas. Elle a l'habitude.

Un nouveau silence. On aurait dit qu'il ne se résignait pas à couper ce fil qui l'unissait à un autre homme.

— Vous êtes heureux ? demanda-t-il timidement, comme si cette question l'obsédait.

— Relativement heureux... C'est-à-dire heureux comme un homme peut l'être...

— Moi, depuis l'âge de quatorze ans, je n'ai jamais été heureux, pas un jour, pas une heure, pas une minute...

Brusquement il changea de ton.

— Merci.

Et il raccrocha.

Le commissaire dut monter, l'après-midi, au cabinet du juge Poiret.

— Votre enquête avance ? demanda celui-ci avec la pointe d'impatience de tous les juges d'instruction.

— Elle est pratiquement terminée.

— C'est-à-dire que vous connaissez le meurtrier ?

— Il m'a encore téléphoné ce matin.

— Qui est-ce ?

Maigret tira de sa poche l'agrandissement d'une tête prise dans la foule, dans le soleil du quai d'Anjou.

— C'est ce jeune homme ?

— Il n'est pas si jeune que ça. Il a une trentaine d'années.

— Vous l'avez arrêté ?

— Pas encore.

— Où habite-t-il ?

— Je ne connais ni son nom, ni son adresse... Si je publiais cette photo, des gens qui le voient tous les jours, ses collègues, sa concierge, que sais-je ? le reconnaîtraient et ne manqueraient pas de me renseigner...

— Pourquoi ne le faites-vous pas ?

— C'est la question qui le tracasse aussi et qu'il m'a posée ce matin pour la seconde fois...

— Il vous avait déjà téléphoné ?

— Samedi, oui...

— Vous rendez-vous compte, commissaire, de la responsabilité que vous prenez ?... Une responsabilité, d'ailleurs, que je partage indirectement, maintenant que j'ai vu cette photographie... Je n'aime pas ça...

— Moi non plus... Seulement, si j'allais trop vite, il ne se laisserait probablement pas arrêter et il préférerait en finir...

— Vous craignez qu'il ne se suicide ?

— Il n'a plus grand-chose à perdre, ne pensez-vous pas ?

— Des centaines de criminels ont été appréhendés et on compte ceux qui ont attenté à leurs jours...

— Et s'il appartenait justement à ce type-là ?

— Il a encore écrit aux journaux ?

— Une lettre a été déposée dans la boîte d'un journal, hier soir ou cette nuit...

— Cette manie est assez connue, me semble-t-il. Si je me souviens bien de mes cours de criminologie, c'est généralement le fait de paranoïaques...

— Selon les psychiatres, oui.

— Vous n'êtes pas d'accord avec eux ?

— Je n'ai pas les connaissances voulues pour les contredire. La seule différence entre eux et moi, c'est que je ne divise pas les gens en catégories...

— Il est cependant nécessaire...

— Nécessaire pourquoi ?

— Pour juger, par exemple...

— Ce n'est pas mon rôle de juger...

— On m'avait bien prévenu que vous êtes difficile à manier...

Le magistrat disait cela avec un léger sourire, mais il n'en pensait pas moins.

— ...Voulez-vous que nous concluions un marché ?... Nous sommes lundi... Mettons que si, mercredi à la même heure...

— Je vous écoute...

— Si votre homme n'est pas sous les verrous, vous enverrez sa photographie aux journaux...

— Vous y tenez vraiment ?

— Je vous accorde un délai que je considère comme suffisant...

— Je vous en remercie...

Maigret redescendit à son étage, ouvrit la porte du bureau des inspecteurs. Il n'avait pas spécialement besoin d'eux.

— Tu viens, Janvier ?

Dans son bureau, il alla ouvrir la fenêtre, car il avait chaud, et les bruits du dehors envahirent brutalement la pièce. Il s'assit à sa place, choisit une pipe courbe qu'il fumait moins souvent que les autres.

— Rien de nouveau ?

— Rien de neuf, patron...

— Assieds-toi...

Le juge n'avait rien compris. Pour lui, les criminels se définissaient par tel ou tel article du Code pénal.

Maigret aussi avait parfois besoin de penser à voix haute.

— Il m'a encore téléphoné...

— Il n'est pas décidé à se constituer prisonnier ?

— Il en a envie... Il hésite encore, comme on hésite à sauter dans l'eau glacée...

— Je suppose qu'il a confiance en vous ?

— Je le crois. Mais il sait que je ne suis pas seul. Je reviens de là-haut... Quand le juge d'instruction commencera à l'interroger, il se rendra malheureusement compte de certaines réalités...

» J'en sais un peu plus à son sujet... Il est originaire d'une petite ville de province, il a préféré ne pas me dire laquelle... Cela signifie que c'est une très petite ville, où nous aurions facilement retrouvé sa trace... Son père est chef comptable, homme de confiance, comme il dit non sans amertume...

— Je connais ça...

— On voulait faire de lui un avocat ou un médecin... Il n'a pas eu le courage de continuer ses études... Il n'a pas voulu non plus entrer dans la même entreprise que son père... Rien d'original là-dedans, comme je le lui ai dit...

» Il est employé dans un bureau... Il vit seul... Il a une raison pour ne pas se marier...

— Il vous a dit laquelle ?

— Non, mais je crois comprendre...

Maigret évita cependant d'en dire plus à ce sujet.

— Je ne peux rien faire d'autre qu'attendre. Il me rappellera sans doute demain... Mercredi après-midi, je devrai envoyer sa photographie aux journaux...

— Pourquoi ?

— Ultimatum du juge d'instruction... Il ne veut pas prendre plus longtemps, dit-il, la responsabilité d'attendre...

— Vous espérez que... ?

La sonnerie du téléphone retentit.

— C'est votre correspondant anonyme, monsieur le commissaire.

— Allô... Monsieur Maigret ?... Je vous demande pardon d'avoir raccroché, ce matin... Il y a des moments où je me dis que tout cela ne rime à rien... Je suis comme une mouche qui se heurte à la vitre en essayant d'échapper aux quatre murs de la pièce...

— Vous n'êtes pas au bureau ?

— J'y suis allé... J'étais plein de bonne volonté... On m'a donné un dossier urgent... Quand je l'ai ouvert et que j'ai lu les premières lignes, je me suis demandé ce que je faisais là...

» J'ai été pris d'une sorte de panique et, sous prétexte de me rendre aux toilettes, j'ai franchi le couloir... J'ai tout juste pris le temps de décrocher en passant mon imperméable et mon chapeau... J'avais peur qu'on ne me rattrape, comme si je me sentais poursuivi...

Dès le début, Maigret avait fait signe à Janvier de prendre le second écouteur.

— Dans quel quartier êtes-vous ?

— Sur les Grands Boulevards... Il y a plus d'une heure que je marche dans la foule... Il y a des moments où je vous en veux, où je vous soupçonne de le faire exprès de m'affoler, de me mettre petit à petit dans un état d'esprit tel qu'il ne me restera plus qu'à me constituer prisonnier...

— Vous avez bu ?

— Comment le savez-vous ?

Il parlait avec plus de véhémence.

— J'ai bu deux ou trois cognacs...

— Vous n'avez pas l'habitude de boire ?

— Juste un verre de vin aux repas, rarement un apéritif...

— Vous fumez ?

— Non...

— Qu'est-ce que vous allez faire à présent ?

— Je ne sais pas... Rien... Marcher... Peut-être m'asseoir dans un café pour lire les journaux de l'après-midi ?...

— Vous n'avez pas envoyé d'autres messages ?

— Non... J'en écrirai peut-être un, mais il ne me reste plus beaucoup à dire...

— Vous vivez en meublé ?

— J'ai mes propres meubles et je dispose d'une cuisinette, d'une salle de bains...

— Vous préparez vous-même vos repas ?

— Je préparais mon repas du soir...

— Et vous ne le faites plus depuis quelques jours ?

— C'est exact... Je rentre chez moi le plus tard possible... Pourquoi me posez-vous des questions aussi banales ?...

— Parce qu'elles m'aident à vous comprendre...

— Vous faites la même chose avec tous vos clients ?

— Cela dépend des cas...

— Ils sont tellement différents les uns des autres ?

— Les hommes sont tous différents... Pourquoi ne venez-vous pas me voir ?...

Il eut un petit rire nerveux.

— Vous me laisseriez repartir ?

— Je ne peux pas vous le promettre...

— Vous voyez... Quand j'irai vous voir, comme vous dites, c'est quand j'aurai pris une décision définitive...

Maigret faillit lui parler de l'ultimatum du juge d'instruction, puis il pesa le pour et le contre et décida de se taire.

— Au revoir, monsieur le commissaire...

— Au revoir... Bon courage...

Maigret et Janvier se regardèrent.

— Pauvre type ! murmura Janvier.

— Il se débat encore. Il est lucide. Il ne se berce pas d'illusions. Je me demande s'il viendra avant mercredi...

— Vous n'avez pas eu l'impression qu'il hésite déjà ?

— Dès samedi, il hésitait... Pour le moment, il est dehors, dans le soleil, dans la foule où personne ne le montre du doigt... Il peut entrer dans un café, commander un cognac et on le lui sert sans faire attention à lui... Il peut aller dîner dans un restaurant, s'asseoir dans l'obscurité d'un cinéma...

— Je comprends...

— Je me mets à sa place... D'une heure à l'autre...

— S'il se suicidait, comme vous le craignez, ce serait encore plus définitif...

— Je sais... Mais c'est lui qui doit le savoir... J'espère seulement qu'il ne va pas continuer à boire...

De petits remous d'air frais passaient dans la pièce et Maigret regarda la fenêtre ouverte.

— Au fait, si nous allions prendre un verre ?

Et, quelques minutes plus tard, ils étaient installés tous les deux au comptoir de la *Brasserie Dauphine*.

— Un cognac, commanda le commissaire, tandis que Janvier souriait.

7

La journée de mardi fut pénible. Pourtant Maigret arriva à son bureau tout guilleret. C'était tellement bien le printemps qu'il avait fait tout le chemin à pied depuis le boulevard Richard-Lenoir, reniflant l'air, l'odeur des boutiques, se retournant parfois sur les robes claires et gaies des femmes.

— Rien pour moi ?

Il était neuf heures.

— Rien, patron...

Dans quelques minutes, dans une demi-heure, un des directeurs ou des rédacteurs en chef allait l'appeler pour lui annoncer une nouvelle lettre en caractères bâtonnets.

Il comptait sur une journée décisive. Il s'y était préparé et il arrangeait ses pipes sur son bureau, en choisissait une avec soin, allait l'allumer devant la fenêtre tout en regardant la Seine qui scintillait dans le soleil matinal.

Quand il dut se rendre au rapport, il installa Janvier dans son bureau.

— S'il téléphone, fais-le attendre et viens me chercher tout de suite...

— Oui, patron...

Il n'y eut pas de coup de téléphone pendant qu'il se trouvait dans le bureau du directeur. Il n'y en eut pas à dix heures. A onze heures, il n'y en avait toujours pas.

Maigret dépouilla du courrier, remplit des formulaires, l'esprit absent, et, parfois, comme pour tromper le temps, il allait passer quelques minutes dans le bureau des inspecteurs en ayant soin de laisser sa porte ouverte. Tout le monde le sentait inquiet, nerveux.

Ce téléphone qui ne sonnait pas créait une sorte de vide qui le rendait mal à l'aise. Quelque chose lui manquait.

— Vous êtes sûre qu'il n'y a pas eu d'appel pour moi, mademoiselle ?

C'est lui qui finit par téléphoner aux journaux.

— Vous n'avez rien reçu ce matin ?

— Pas ce matin, non...

La veille, le premier coup de téléphone de l'homme de la rue Popincourt avait eu lieu à midi dix. A midi, Maigret ne descendit pas avec les autres. Il attendit midi et demi et, une fois de plus, demanda à Janvier, qui était le mieux au courant de l'affaire, de monter la faction à sa place.

Sa femme ne lui posa pas de question ; la réponse n'était que trop évidente.

Est-ce qu'il avait perdu la partie ? Avait-il eu tort de se fier à son instinct ? Demain, à la même heure, il serait obligé d'aller voir le juge d'instruction et de lui avouer qu'il était vaincu. On diffuserait le portrait dans les journaux.

Que diable pouvait bien faire cet idiot ? Il lui venait des bouffées de colère.

— Il n'a cherché qu'à se rendre intéressant et, maintenant, il me laisse tomber. Peut-être se moque-t-il de ma naïveté ?...

Il retourna au Quai plus tôt que de coutume.

— Rien ? demanda-t-il machinalement à Janvier.

Celui-ci aurait donné cher pour avoir une bonne nouvelle à lui apprendre, car il lui était pénible de voir le patron dans cet état.

— Pas encore...

L'après-midi fut encore plus long que la matinée. Maigret essayait en vain de s'intéresser à des travaux de routine, en profitant pour liquider des paperasses qui traînaient. Son esprit n'y était pas.

Il envisageait toutes les hypothèses imaginables, les rejetait une à une. Il lui arriva même de téléphoner à Police-Secours.

— On ne vous a pas appelé au sujet de suicides ?

— Un instant... Il y en a eu un pendant la nuit, une vieille femme qui s'est suicidée au gaz, à la porte d'Orléans... Un homme s'est jeté dans la Seine ce matin à huit heures... On a pu le sauver...

— Quel âge ?

— Quarante-deux ans... Neurasthénique...

Pourquoi se tracassait-il autant ? Il avait fait ce qu'il avait pu. Il était temps de regarder la réalité en face. Il ne souffrait pas d'avoir été berné, mais de voir que son intuition l'avait trompé. Parce qu'alors c'était grave. Cela signifiait qu'il n'était plus capable d'établir le contact et, dans ce cas...

— Zut, zut et zut !...

Il avait lancé ça à pleine voix, dans la solitude de son bureau, et il prit son chapeau, se dirigea, sans pardessus, tout seul, vers la *Brasserie Dauphine* où il but coup sur coup deux grands demis au comptoir.

— Pas de téléphone ? s'informa-t-il en rentrant.

A sept heures, il n'y avait eu aucun appel et il se résigna à rentrer chez lui. Il se sentait lourd et n'était pas en paix avec lui-même. Il prit un taxi. Il ne savourait pas le soleil, ni le grouillement coloré des rues. Il ne savait même pas quel temps il faisait.

Il s'engagea pesamment dans l'escalier et s'arrêta deux fois parce qu'il était un peu essoufflé. A quelques marches de son palier, il aperçut sa femme qui le regardait monter.

Elle l'attendait comme on attend un enfant qui revient de l'école et il fut sur le point de lui en vouloir. Quand il fut à son niveau, elle se contenta de lui dire à voix basse :

— Il est là...

— Tu es sûre que c'est lui ?

— Lui-même me l'a dit...

— Il y a longtemps ?

— Près d'une heure...

— Tu n'as pas eu peur ?

Maigret avait soudain, pour sa femme, une peur rétrospective.

— Je savais que je ne courais aucun danger...

Ils chuchotaient devant la porte qui était contre.

— Nous avons bavardé...

— De quoi ?

— De tout... Du printemps... De Paris... Des petits restaurants de chauffeurs qui disparaissent...

Maigret entra enfin et, dans le living-room, qui servait à la fois de salle à manger et de salon, il vit un homme encore jeune qui se levait. Mme Maigret lui avait fait retirer son imperméable et il avait déposé son chapeau sur une chaise. Il portait un complet bleu marine et paraissait moins que son âge.

Il s'efforçait de sourire.

— Excusez-moi si je suis venu ici... dit-il. Là-bas, à votre bureau, je craignais qu'on ne me laisse pas vous voir tout de suite... On raconte tant de choses...

Il devait avoir eu peur de recevoir des coups. Il était embarrassé, cherchait des mots pour rompre le silence. Il ne se rendait pas compte que le commissaire était aussi embarrassé que lui. Quant à Mme Maigret, elle était retournée dans sa cuisine.

— Vous êtes bien comme je vous imaginais...

— Asseyez-vous...

— Votre femme a été très patiente avec moi...

Et, comme s'il avait oublié de le faire jusqu'alors, il tira de sa poche un couteau suédois et le tendit à Maigret.

— Vous pourrez faire analyser le sang... Je ne l'ai pas nettoyé...

Maigret le posa négligemment sur un guéridon, s'assit dans un fauteuil, face à son visiteur.

— Je ne sais pas par quoi commencer... C'est très difficile...

— Je vais d'abord vous poser quelques questions... Comment vous appelez-vous ?...

— Robert Bureau... Bureau comme un bureau... On dirait que c'est symbolique, puisque mon père et moi...

— Où habitez-vous ?

— J'ai un petit logement, rue de l'École-de-Médecine, dans un bâtiment très ancien qui se trouve au fond de la cour... Je travaille rue Laffitte, dans une compagnie d'assurances... Où plutôt je travaillais... Tout cela est fini, n'est-ce pas ?

Il prononçait cette phrase avec une résignation mélancolique. Il était apaisé, regardait le décor calme, autour de lui, comme s'il essayait de s'y intégrer.

— De quelle ville êtes-vous originaire ?

— Saint-Amand-Montrond, au bord du Cher... Il y a là une grande imprimerie, l'Imprimerie Mamin et Delvoye, qui travaille pour plusieurs éditeurs de Paris... C'est là que mon père est employé et, dans sa bouche, les noms Mamin et Delvoye sont presque sacrés... Nous vivions — mes parents y vivent encore — dans une petite maison, près du canal du Berry...

Maigret ne voulait pas le brusquer, en arriver trop vite aux questions essentielles.

— Vous n'aimiez pas votre ville ?

— Non.

— Pourquoi ?

— J'avais l'impression d'y étouffer... Tout le monde s'y connaît... Quand on passe dans les rues, on voit des rideaux qui bougent aux fenêtres... J'ai toujours entendu mes parents murmurer :

» — Qu'est-ce que les gens diraient...

— Vous étiez bon élève ?

— Jusqu'à l'âge de quatorze ans et demi, j'étais premier de classe... Mes parents s'y étaient si bien habitués qu'ils me grondaient quand il y avait un point de moins à mon carnet...

— Quand avez-vous commencé à avoir peur ?

Maigret eut l'impression que son interlocuteur devenait plus pâle, que deux petits creux se formaient près de ses narines et que ses lèvres devenaient sèches.

— Je ne sais pas comment j'ai pu garder le secret jusqu'à présent...

— Que s'est-il passé quand vous aviez quatorze ans et demi ?

— Vous connaissez la région ?

— Je l'ai traversée...

— Le Cher coule parallèlement au canal... Par endroits, il s'en approche d'une dizaine de mètres... Il est large, peu profond, avec des pierres et des roches qui permettent de le traverser à gué...

» Les rives sont couvertes d'osiers, de saules, d'arbustes de toutes sortes... Surtout du côté de Drevant, un village à trois kilomètres environ de Saint-Amand...

» C'est là que les enfants du pays ont l'habitude d'aller jouer... Je ne jouais pas avec eux...

— Pour quelle raison ?

— Ma mère les appelait des petits voyous... Il y en avait qui se baignaient tout nus dans la rivière... Presque tous étaient des fils d'ouvriers de l'imprimerie et mes parents faisaient une grande différence entre les ouvriers et les employés...

» Ils étaient une quinzaine, peut-être une vingtaine, à jouer... Il y avait deux filles avec eux... L'une d'elles, Renée, qui devait avoir treize ans, était très formée pour son âge et j'en étais amoureux...

» J'ai beaucoup réfléchi à tout cela, monsieur le commissaire, et je me demande si cela se serait quand même passé autrement... Je suppose que oui... Je n'essaie pas de me trouver des excuses...

» Un garçon, le fils du charcutier, l'a embrassée, dans les taillis... Je les ai surpris... Ils sont allés se baigner avec les autres... Le garçon s'appelait Raymond Pomel et il était roux, comme son père, chez qui nous nous servions...

» A certain moment, il s'est éloigné pour faire ses besoins... Il s'était rapproché de moi sans le savoir et j'ai sorti mon couteau de ma poche, j'en ai fait jaillir la lame...

» Je vous jure que je ne savais pas ce que je faisais... J'ai frappé un certain nombre de fois, avec la sensation de me libérer de quelque chose... Pour moi, à ce moment-là, c'était indispensable... Je n'étais pas en train de commettre un crime, de tuer un garçon... Je frappais... J'ai continué à frapper quand il était à terre, puis je me suis éloigné tranquillement...

Il s'était animé et ses yeux brillaient.

— Ils ne l'ont découvert que deux heures plus tard... Ils ne s'étaient pas rendu compte qu'il n'était plus avec la bande d'une vingtaine de gamins... Je suis rentré chez moi après avoir lavé le couteau dans le canal...

— Comment se fait-il que, si jeune, vous possédiez ce couteau ?

— Je l'avais volé quelques mois plus tôt à un de mes oncles... J'avais la manie des canifs... Dès que j'avais un peu d'argent, j'en achetais un que j'avais toujours en poche... Chez mon oncle, un dimanche, j'ai aperçu ce couteau suédois et je l'ai pris... Mon oncle l'a cherché partout sans penser un instant à moi...

— Comment votre mère, par exemple, ne l'a-t-elle pas découvert ?

— Le mur de notre maison, côté jardin, était couvert de vigne vierge dont le feuillage sombre encadrait ma fenêtre... Quand je n'avais pas mon couteau en poche, je le cachais au plus épais de la vigne...

— Personne n'a pensé à vous ?

— C'est ce qui m'a surpris... On a arrêté un marinier, qu'on a été obligé de relâcher... On a pensé à tous les suspects possibles, sauf à un enfant...

— Quel était votre état d'esprit ?

— Pour vous dire la vérité, je n'éprouvais pas de remords... J'écoutais ce que les bonnes femmes racontaient dans la rue, je lisais le journal de Montluçon qui parlait du crime, sans me sentir concerné.

» J'ai regardé passer l'enterrement sans émotion... Pour moi, à ce moment-là, c'était déjà du passé... De l'inévitable... Je n'y étais pour rien... Je ne sais pas si vous comprenez ?... Je pense que c'est impossible, si on n'a pas passé par là...

» Je continuais à aller au collège, où j'étais devenu distrait et où mes notes s'en ressentaient... Il paraît que j'étais pâlichon et ma mère m'a emmené chez notre docteur qui m'a examiné sans conviction.

» — C'est l'âge, madame Bureau... Ce garçon fait un peu d'anémie...

» Je crois que je ne me sentais pas tout à fait dans la réalité... J'avais envie de fuir... Non pas de fuir une punition possible, mais fuir mes parents, la ville, aller très loin, n'importe où...

— Vous n'avez pas soif ? demanda Maigret qui, lui-même, avait très soif.

Il servit deux cognacs à l'eau et en tendit un à son visiteur. Celui-ci but avidement, vida son verre d'une haleine.

— Quand avez-vous pris conscience de ce qui vous était arrivé ?

— Vous me croyez, n'est-ce pas ?

— Je vous crois...

— J'ai toujours été persuadé que personne ne me croirait... C'est venu insensiblement... A mesure que le temps passait, je me sentais plus différent des autres... En caressant mon couteau dans ma poche, je me disais :

» — Moi, j'ai tué... Personne ne le sait...

» J'avais presque envie de le leur dire, de le dire à mes condisciples, à mes professeurs, à mes parents, comme on se vante d'un exploit... Puis, un jour, je me suis surpris à suivre une fille le long du canal... C'était une fille de mariniers qui rejoignait sa péniche... On était en hiver et la nuit était déjà tombée...

» Je me suis dit qu'il me suffisait de faire quelques pas rapidement, de sortir mon couteau de ma poche...

» Brusquement, je me suis mis à trembler. J'ai fait demi-tour, sans réfléchir, et j'ai regagné en courant les premières maisons de la ville, comme si je m'y sentirais plus en sûreté...

— Cela vous est arrivé souvent, depuis ?

— Étant enfant ?

— A n'importe quelle période...

— Une vingtaine de fois... La plupart du temps, je n'avais pas en tête une victime déterminée... J'étais dehors et tout à coup je pensais :

» — Je le tuerai...

» Il m'arrivait de murmurer ces mots à mi-voix... Ils ne visaient pas telle ou telle personne... C'était n'importe qui...

» — Je le tuerai...

» Je me suis souvenu, plus tard, qu'étant enfant, lorsque mon père me donnait une gifle et m'envoyait dans ma chambre pour me punir, je grommelais la même chose :

» — Je le tuerai...

» Je ne pensais pas nécessairement à mon père... L'ennemi, c'était l'humanité entière, c'était l'homme...

» — Je le tuerai...

» Vous ne voulez pas me donner un second verre ?

Maigret le lui servit, s'en servit un par la même occasion.

— A quel âge avez-vous quitté Saint-Amand ?

— A dix-sept ans... Je savais que je ne passerais pas mon bac... Mon père n'y comprenait rien et me regardait avec inquiétude... Il voulait me faire entrer à l'imprimerie... Une nuit, je suis parti sans rien dire, en emportant une valise et mes modestes économies...

— Et votre couteau !

— Oui... J'ai eu l'intention, cent fois, de m'en débarrasser, sans m'y résigner... J'ignore pourquoi... Voyez-vous...

Il cherchait ses mots. On sentait qu'il aurait voulu être aussi vrai et aussi précis que possible, ce qui lui était difficile.

— A Paris, au début, j'ai eu faim, et il m'est arrivé, comme à tant d'autres, de décharger des légumes aux Halles... Je lisais les petites annonces et me précipitais partout où il y avait une place à prendre... C'est comme cela que je suis entré dans une compagnie d'assurances...

— Vous avez eu des bonnes amies ?

— Non... Je me contentais, de temps en temps, de ramasser une femme dans la rue... L'une d'entre elles a essayé de prendre un billet supplémentaire dans mon portefeuille et j'ai failli sortir mon couteau... J'avais le front en sueur... Je suis parti en titubant...

» Je me rendais compte que je n'avais pas le droit de me marier...

— Vous en étiez tenté ?

— Avez-vous vécu seul dans Paris, sans parents, sans amis, et êtes-vous rentré le soir, tout seul, dans votre logement ?

— Oui...

— Alors, vous devez comprendre... Des amis, je n'en voulais pas non plus, car je ne pouvais pas être sincère avec eux sans risquer la prison pour le restant de mes jours...

» Je suis allé à la bibliothèque Sainte-Geneviève... J'ai dévoré des traités de psychiatrie, espérant toujours découvrir une explication... Sans doute que je manquais de bases... Quand je pensais que mon cas correspondait à une maladie mentale déterminée, je me rendais compte ensuite que je n'avais pas tel ou tel symptôme...

» Je devenais de plus en plus angoissé...

» — *Je le tuerai...*

» Je finissais par guetter ces mots-là sur mes lèvres et alors je courais chez moi, m'enfermais, me jetais sur mon lit... Il paraît que je gémissais...

» Un soir, un voisin, un homme d'un certain âge, est venu frapper à ma porte. J'ai machinalement sorti mon couteau de ma poche.

» — Qu'est-ce que c'est ? ai-je demandé à travers la porte.

» — Tout va bien ?... Vous n'êtes pas malade ?... Il me semblait entendre des gémissements... Excusez-moi...

» Il s'est éloigné...

8

Mme Maigret parut dans l'encadrement de la porte, fit un signe qu'il ne comprit pas, tant il était loin de cette atmosphère, puis elle murmura :

— Tu veux venir un instant ?

Dans la cuisine, elle chuchota :

— Le dîner est prêt... Il est passé huit heures... Qu'est-ce que nous faisons ?...

— Que veux-tu dire ?

— Il faut bien qu'on mange...

— Ce n'est pas fini...

— Peut-être pourrait-il manger avec nous ?

Il la regarda avec stupeur. Un instant, même, cette proposition lui parut toute naturelle.

— Non... Il ne faut pas de table dressée, de dîner en famille... Cela le mettrait horriblement mal à l'aise... Tu as des viandes froides, du fromage ?...

— Oui...

— Dans ce cas, fais quelques sandwiches que tu nous serviras avec une bouteille de vin blanc...

— Comment est-il ?

— Plus calme et plus lucide que je ne le craignais... Je commence à comprendre pourquoi il ne m'a pas fait signe de toute la journée... Il avait besoin de prendre du recul...

— Avec quoi ?

— Avec lui-même... Tu as entendu ?...

— Non...

— A quatorze ans et demi, il a tué un enfant...

Quand Maigret rentra dans le living-room, Robert Bureau, gêné, murmura :

— Je vous empêche de dîner, n'est-ce pas ?

— Si nous étions au Quai des Orfèvres, je ferais monter des sandwiches et de la bière... Il n'y a aucune raison de ne pas faire la même chose ici... Ma femme nous prépare les sandwiches et va nous les servir avec une bouteille de vin blanc...

— Si j'avais su...

— Si vous aviez su quoi ?

— Que quelqu'un pourrait me comprendre... Vous êtes sans doute une exception... Le juge d'instruction n'aura pas la même attitude, les jurés non plus... J'ai passé ma vie à avoir peur, peur de frapper à nouveau, sans le vouloir...

» Je m'observais pour ainsi dire à tous les instants, me demandant si je ne commençais pas une crise... Au moindre mal de tête, par exemple...

» J'ai vu je ne sais combien de médecins... Je ne leur avouais pas la vérité, bien entendu, mais je me plaignais de violents maux de tête qui s'accompagnaient de sueur froide... La plupart ne prenaient pas ça au sérieux et me conseillaient l'aspirine...

» Un neurologue du boulevard Saint-Germain m'a fait un électro-encéphalogramme... D'après lui, je n'ai rien au cerveau...

— C'était récent ?

— Il y a deux ans... J'avais presque envie de lui souffler que je n'étais pas normal, que j'étais un malade... Puisqu'il ne le découvrait pas de lui-même...

» Il m'arrivait, en passant devant un commissariat de police, d'avoir envie d'y entrer et de dire :

» — J'ai tué un gamin quand j'avais quatorze ans... Je sens que je risque de tuer encore... Cela doit se guérir... Enfermez-moi... Faites-moi soigner...

— Pourquoi ne l'avez-vous pas fait ?

— Parce que je lis tous les faits divers... Presque à chaque procès, les psychiatres viennent déposer, et souvent on se moque d'eux... Quand ils parlent de responsabilité atténuée, ou de débilité mentale, le jury n'en tient pas compte... Au mieux, il diminue la peine à quinze ou à vingt ans...

» Je m'efforçais de me débrouiller seul, de sentir venir les crises, de courir m'enfermer chez moi... Cela a réussi pendant longtemps...

Mme Maigret leur apportait un plateau de sandwiches, une bouteille de pouilly-fuissé et deux verres.

— Bon appétit...

Elle se retirait discrètement pour aller manger seule dans la cuisine.

— Servez-vous...

Le vin était frais et sec.

— Je ne sais pas si j'ai faim... Il y a des jours où je ne touche presque pas à la nourriture, d'autres, au contraire, où je suis pris de fringale... Cela est peut-être un signe aussi... Je cherche des signes partout... J'analyse tous mes réflexes... J'attache de l'importance à mes moindres pensées...

» Essayez de vous mettre à ma place... A tout moment, je peux...

Il mordit dans son sandwich et fut le premier étonné de se voir manger naturellement.

— Et moi qui avais peur de me tromper sur votre compte... J'avais lu dans les journaux que vous étiez humain et que cela vous mettait parfois en conflit avec le Parquet... D'un autre côté, on parlait de vos interrogatoires à la chansonnette... On traite le prévenu avec douceur et bonhomie pour le mettre en confiance et il ne se rend pas compte qu'on lui tire peu à peu les vers du nez...

Maigret ne put s'empêcher de sourire.

— Tous les cas ne sont pas les mêmes...

— Quand je vous téléphonais, je pesais chacune de vos paroles, chacun de vos silences...

— Vous avez fini par venir...

— Je n'avais plus le choix... Je sentais que tout craquait... Tenez ! je vais vous faire un aveu... Hier, à un moment donné, sur les Grands Boulevards, l'idée m'est venue de m'attaquer à n'importe qui, en pleine foule, de frapper autour de moi, sauvagement, dans l'espoir de me faire abattre...

» Je peux me resservir à boire ?

Il ajouta, avec une résignation un peu triste :

— Je ne boirai plus de vin comme celui-ci pendant le restant de mes jours...

Un instant, Maigret essaya d'imaginer la tête du juge Poiret s'il avait pu assister à cet entretien.

Bureau reprenait :

— Il y a eu trois jours de pluie diluvienne... On parle souvent de la lune, en ce qui concerne les personnes dans mon genre... Je me suis observé... Je n'ai pas remarqué que les impulsions étaient plus fréquentes ou plus fortes au moment de la pleine lune...

» C'est plutôt une certaine intensité qui compte... Au mois de juillet, quand il fait très chaud, par exemple... L'hiver, quand il neige à gros flocons...

» On dirait que la nature passe par une crise et...

» Vous comprenez ?

» Cette pluie qui n'arrêtait pas de tomber, les bourrasques, le bruit du vent qui secouait les volets de ma chambre, tout cela a fini par me mettre les nerfs à bout...

» Le soir, je suis sorti de chez moi et me suis mis à marcher dans la tempête... Après quelques minutes j'étais détrempé et je le faisais exprès de lever la tête pour recevoir les paquets d'eau en plein visage...

» Je n'ai pas entendu le signal ou, si je l'ai entendu, je n'y ai pas obéi... J'aurais dû rentrer chez moi au lieu de m'obstiner... Je ne regardais pas où j'allais... Je marchais, je marchais... A un moment donné, ma main a serré le couteau dans ma poche...

» J'ai vu les lumières d'un petit bar, dans une rue assez obscure... J'entendais des pas, au loin, mais cela ne m'inquiétait pas...

» Un jeune homme en blouson clair est sorti, ses cheveux longs plaqués à la nuque, et le déclic s'est produit...

» Je ne le connaissais pas... Je ne l'avais jamais vu... Je n'ai pas aperçu son visage... J'ai frappé plusieurs fois... Puis, alors que je m'éloignais, je me suis rendu compte que la détente ne venait pas et je suis retourné sur mes pas pour frapper à nouveau et pour lui soulever la tête...

» C'est pour cela qu'on a parlé d'un forcené... On a parlé aussi d'un fou...

Il se tut, regarda autour de lui, comme surpris du cadre dans lequel il se trouvait.

— Je suis sans doute fou, n'est-ce pas ?... Il n'est pas possible que je ne sois pas malade... Si on me soignait... C'est cela que j'ai espéré pendant si longtemps... Mais vous verrez qu'ils se contenteront de m'envoyer en prison pour le restant de mes jours...

Maigret n'osait pas répondre.

— Vous ne dites rien ?

— Je souhaite qu'on vous soigne...

— Vous n'y comptez pas trop, n'est-ce pas ?

Maigret vida son verre.

— Buvez... Tout à l'heure, nous allons nous rendre au Quai des Orfèvres...

— Merci de m'avoir écouté...

Il vida son verre d'un trait et Maigret lui en servit un autre.

Bureau ne s'était pas trompé de beaucoup. Aux assises, deux psychiatres vinrent déclarer que l'accusé n'était pas aliéné dans le sens légal du mot mais que sa responsabilité était largement atténuée car il résistait difficilement à ses impulsions.

L'avocat supplia les jurés d'envoyer son client dans un hôpital psychiatrique où on pourrait le surveiller.

Le jury accepta les circonstances atténuantes, mais n'en condamna pas moins Robert Bureau à quinze ans de détention.

Après quoi le président prononça, après avoir toussoté :

— Nous nous rendons compte que ce verdict ne correspond pas tout à fait à la réalité. Actuellement, hélas, nous ne disposons pas d'établissements où un homme comme Bureau pourrait être soigné efficacement tout en restant sous une stricte surveillance...

Dans son box, Bureau cherchait Maigret des yeux et lui adressait un sourire résigné. Il semblait dire :

— Je l'avais prévu, n'est-ce pas ?

Quand Maigret sortit, il avait les épaules un peu plus lourdes.

Épalinges (Vaud), le 21 avril 1969.

MAIGRET ET LE MARCHAND DE VIN

1

— Tu l'as tuée pour la voler, n'est-ce pas ?

— Je ne voulais pas la tuer. La preuve, c'est que je n'avais qu'un revolver d'enfant.

— Tu savais qu'elle avait beaucoup d'argent ?

— Je ne savais pas combien. Elle avait travaillé toute sa vie et, à quatre-vingt-deux ou quatre-vingt-trois ans, elle devait avoir des économies.

— Combien de fois es-tu allé lui demander de l'argent ?

— Je ne sais pas. Plusieurs fois. Quand je venais la voir, elle savait pourquoi j'étais là. C'était ma grand-mère et elle me donnait automatiquement cinq francs. Vous vous rendez compte ? Quand on est chômeur, qu'est-ce qu'on peut faire avec cinq francs ?

Maigret était grave et lourd, un peu triste. C'était l'affaire banale, le crime sordide comme il s'en produit à peu près chaque semaine, le garçon de moins de vingt ans qui s'attaque à une vieille femme seule pour la dépouiller. La différence, avec Théo Stiernet, c'est qu'il s'en était pris à sa grand-mère.

Il était beaucoup plus calme qu'on aurait pu le croire et il répondait de son mieux aux questions. C'était un garçon assez gras et mou, le visage rond, sans presque de menton, les yeux protubérants et les lèvres épaisses, si rouges qu'à première vue il paraissait maquillé.

— Cinq francs, comme à un gosse qui vient chercher son dimanche !

— Son mari est mort ?

— Il y a près de quarante ans. Elle a tenu longtemps une petite mercerie place Saint-Paul. Il n'y a que deux ans qu'elle a eu de la peine à marcher et elle a dû cesser son commerce.

— Ton père ?

— Il est à Bicêtre, chez les dingues.

— Tu as encore ta mère ?

— Voilà longtemps que je ne vis plus avec elle. Elle est toujours saoule.

— Tu as des frères, des sœurs ?

— J'ai une sœur. Elle a quitté la maison à quinze ans et on ne sait pas ce qu'elle est devenue.

Il parlait sans émotion.

— Comment savais-tu que ta grand-mère gardait son argent chez elle ?

— Elle se méfiait des banques et même de la caisse d'épargne.

Il était neuf heures du soir. Le crime avait été commis la veille vers la même heure. Il avait eu lieu dans la vieille maison de la rue du Roi-de-Sicile où Joséphine Ménard occupait deux pièces au troisième étage. Une locataire du quatrième avait rencontré Stiernet dans l'escalier alors qu'il quittait le logement. Elle le connaissait bien. Ils s'étaient dit bonsoir.

Vers neuf heures et demie, une autre voisine, Mme Palloc, qui habitait de l'autre côté du palier, avait voulu passer un moment, comme cela lui arrivait souvent, avec la vieille femme.

Elle avait frappé sans obtenir de réponse. La porte n'était pas fermée à clef et elle avait tourné le bouton. Joséphine Ménard était morte, recroquevillée sur le plancher, le crâne ouvert, le visage comme en bouillie.

A six heures du matin, déjà, on retrouvait Théo Stiernet sur un banc de la Gare du Nord, où il dormait.

— Qu'est-ce qui t'a donné l'idée de la tuer ?

— Je ne pensais pas le faire. C'est elle qui m'a attaqué et j'ai eu peur.

— Tu as braqué sur elle ton pistolet d'enfant ?

— Oui. Elle n'a pas bronché. Peut-être a-t-elle vu tout de suite que ce n'était qu'un jouet.

» — Sors, voyou !... qu'elle m'a dit. Si tu crois que tu m'impressionnes...

» Elle a saisi des ciseaux sur la table ronde et elle s'est dirigée vers moi en répétant :

» — Va-t'en !... Va-t'en, te dis-je, si tu ne veux pas le regretter toute ta vie...

Elle était petite, frêle en apparence, mais très nerveuse.

— J'ai été pris de peur. J'ai pensé qu'avec ses ciseaux ouverts elle allait me crever les yeux. J'ai cherché autour de moi quelque chose pour me défendre. A côté du poêle, il y avait un tisonnier et je l'ai saisi.

— Combien de fois as-tu frappé ?

— Je ne sais pas. Elle ne voulait pas tomber. Elle continuait à me regarder avec des yeux fixes.

— Son visage était en sang ?

— Oui. Je ne voulais pas qu'elle souffre. Je ne sais pas. J'ai continué à frapper.

Maigret croyait entendre l'avocat général, aux assises, prononçant : « Stiernet, alors, s'est acharné sauvagement sur sa malheureuse victime... »

— Et quand elle est tombée ?

— Je l'ai regardée sans comprendre. Je ne voulais pas la tuer. Je vous le jure. Vous pouvez me croire.

— Tu avais pourtant gardé assez de sang-froid pour fouiller les tiroirs.

— Pas tout de suite. J'ai d'abord marché vers la porte. Puis je me suis souvenu qu'il ne me restait qu'un franc cinquante en poche et qu'on m'avait mis à la porte de ma chambre d'hôtel parce que je devais trois semaines de loyer.

— Tu es retourné sur tes pas ?

— Oui. Je n'ai pas fouillé le logement comme vous aviez l'air de le dire. J'ai juste ouvert quelques tiroirs. J'ai trouvé un vieux porte-monnaie que j'ai glissé dans ma poche. Puis j'ai mis la main sur une boîte en carton qui contenait deux bagues et un camée.

Les deux bagues et le camée étaient sur le bureau de Maigret, près des pipes, ainsi que le porte-monnaie usé.

— Tu n'as pas découvert le magot ?

— Je ne l'ai pas cherché. J'avais hâte de m'en aller, de ne plus la voir. Elle avait toujours l'air de me regarder, où que je sois dans la pièce. Dans l'escalier, j'ai rencontré Mme Menou. Je suis entré dans un bar et j'ai bu un cognac. Puis, comme il y avait des sandwichs sur le comptoir, j'en ai mangé trois.

— Tu avais faim ?

— Je suppose. J'ai mangé, j'ai bu du café puis je me suis mis à marcher dans les rues. Je n'étais pas plus avancé qu'avant, car il n'y avait que huit francs vingt-cinq dans le porte-monnaie.

Je n'étais pas plus avancé qu'avant !

Il avait dit ça comme si c'était la chose la plus naturelle du monde et Maigret, rêveur, ne pouvait détacher le regard de son visage.

— Pourquoi as-tu choisi la Gare du Nord ?

— Je ne l'ai pas choisie. J'y suis arrivé par hasard. Il faisait très froid.

On était le 15 décembre. La bise soufflait, faisant voleter de minuscules flocons de neige qui glissaient sur les pavés comme de la poussière.

— Tu voulais gagner la Belgique ?

— Avec les quelques francs qu'il me restait ?

— Quels étaient tes projets ?

— D'abord dormir.

— Tu prévoyais que tu allais être arrêté ?

— Je n'y pensais pas.

— A quoi pensais-tu ?

— A rien.

La police, elle, avait retrouvé le magot, enveloppé dans du papier d'emballage, au-dessus de l'armoire à glace. Il y avait vingt-deux mille francs.

— Qu'aurais-tu fait si tu avais trouvé l'argent ?

— Je ne sais pas.

La porte s'ouvrait et Lapointe entrait dans le bureau.

— L'inspecteur Fourquet vient de téléphoner. Il aurait aimé vous parler mais je lui ai dit que vous étiez occupé.

Fourquet appartenait au XVIIe arrondissement, un quartier riche, gros bourgeois, où les crimes étaient rares.

— Un homme vient d'être abattu rue Fortuny, à deux cents mètres du parc Monceau. Il paraît, d'après ses papiers, que c'est une assez grosse légume, un important marchand de vin en gros.

— On ne sait rien d'autre ?

— Il semblait se diriger vers sa voiture quand il a été atteint de quatre balles. Il n'y a pas eu de témoins. La rue n'est pas passante et, à ce moment-là, il n'y avait personne.

Le regard de Maigret tomba sur Stiernet et il haussa les épaules.

— Lucas est là ?

Il se dirigea vers la porte, aperçut Lucas à son bureau.

— Tu veux venir un instant ?

Stiernet, de ses gros yeux, les observait l'un après l'autre comme s'il n'était pas concerné.

— Tu vas reprendre l'interrogatoire à zéro et enregistrer ses réponses. Ensuite, il signera le procès-verbal et tu le conduiras au Dépôt. Toi, Lapointe, tu descends avec moi.

Il endossa son lourd pardessus noir, s'entoura le cou de l'écharpe de laine bleu marine que Mme Maigret lui avait tricotée. Avant de sortir, il bourra une nouvelle pipe, qu'il alluma dans le couloir, après un dernier regard au meurtrier.

Bien que la soirée ne fût pas avancée, il y avait peu de gens dans les rues, à cause de la bise glacée qui figeait les visages et perçait les vêtements les plus chauds. Les deux hommes prirent place dans une des petites voitures noires de la P.J. et traversèrent une bonne partie de Paris en un temps record.

Rue Fortuny, des agents arrêtaient la circulation et empêchaient les curieux d'approcher d'un corps qu'on voyait étendu sur le trottoir. Quatre ou cinq hommes allaient et venaient autour.

Fourquet était là et s'avança vers Maigret.

— Le commissaire du quartier vient d'arriver. Le docteur aussi.

Maigret serra la main du commissaire qu'il connaissait bien. C'était un homme élégant, aimable.

— Vous connaissez Oscar Chabut ?

— Je devrais le connaître ?

— C'est un homme assez important, un des plus gros négociants en vin de Paris. Le Vin des Moines. Vous avez lu ces mots-là sur les camions, sur les affiches. Il a des péniches sur l'eau, des wagons-citernes.

L'homme étendu sur le trottoir était corpulent sans être gras. Il était plutôt bâti comme un joueur de rugby. Le médecin se redressait et époussetait son pantalon qui s'était couvert de neige poudreuse aux genoux.

— Il n'a pas dû survivre plus de deux ou trois minutes. L'autopsie en dira davantage.

Maigret regardait les yeux fixes, d'un bleu très clair, presque gris pâle, le visage taillé à grands coups, avec une mâchoire solide qui commençait à s'affaisser.

La camionnette des gens de l'Identité Judiciaire s'arrêtait au bord du trottoir et les spécialistes en sortaient leurs appareils comme l'aurait fait une équipe de cinéma ou de télévision.

— Vous avez averti le bureau du procureur ?

— Oui. Il va envoyer un substitut et un juge d'instruction.

Maigret chercha Fourquet des yeux, le trouva à quelques pas, se battant les flancs de ses longs bras pour se réchauffer.

— Quelle est sa voiture ?

Il y en avait cinq ou six arrêtées au bord du trottoir, toutes des voitures chères. Celle de Chabut était une Jaguar rouge.

— Vous avez regardé dans la boîte à gants ?

— Oui. Des lunettes de soleil, un guide Michelin, deux cartes routières de la Provence et une boîte de pastilles contre la toux.

— Il sortait presque sûrement d'une maison de la rue.

Celle-ci était courte et Maigret, en se retournant, reconnut l'hôtel particulier devant lequel le corps se trouvait encore. La maison était de style 1900, avec des pierres sculptées autour des fenêtres, des arabesques. Il eut l'impression que le judas grillagé, dans la porte d'entrée en chêne clouté, venait de bouger.

— Tu veux venir avec moi, Lapointe...

Il se dirigea vers le seuil, poussa le bouton de sonnerie. Il se passa un temps assez long avant que le panneau ne s'entrouvre. Une femme dont on ne voyait qu'un œil et une épaule se tenait dans le corridor non éclairé.

— Qu'est-ce que c'est ?

Maigret l'avait reconnue.

— Bonsoir, Blanche.

— Qu'est-ce que vous me voulez ?

— Commissaire Maigret. Vous ne vous souvenez pas ? Il est vrai qu'il y a bien dix ans que nous nous sommes vus pour la dernière fois.

Il poussa la porte sans y être invité.

— Entre, dit-il à Lapointe. Tu es trop jeune pour avoir connu Mme Blanche, comme tout le monde l'appelle.

Comme s'il se trouvait dans un décor familier, Maigret tournait le commutateur pour faire de la lumière, poussait un battant d'une double porte qui ouvrait sur un vaste salon. C'était plein de tapis, de tentures, de coussins multicolores, de lampes à la lumière tamisée par des abat-jour de soie.

Mme Blanche paraissait cinquante ans, mais elle en avait certainement une soixantaine. C'était une petite femme boulotte que certains auraient trouvée très distinguée. Elle portait une robe de soie noire sur laquelle tranchaient deux ou trois rangs de perles.

— Toujours aussi active et aussi discrète ?

Il l'avait connue trente ans plus tôt, quand elle arpentait encore le boulevard de la Madeleine. Elle était jolie et douce, avec toujours un sourire avenant qui lui faisait deux fossettes.

Plus tard, elle était devenue sous-maîtresse dans un appartement de la rue Notre-Dame-de-Lorette où l'on était toujours sûr de rencontrer de jolies femmes.

Elle avait monté en grade. Elle était maintenant propriétaire de cet hôtel particulier où les couples d'occasion trouvaient un refuge élégant et cossu, du champagne et du whisky des meilleures marques.

— Comment cela s'est-il passé ? questionna le commissaire tandis qu'elle se donnait une contenance.

— Il ne s'est rien passé ici. Je ne sais pas ce qu'il y a eu dehors. J'ai remarqué des allées et venues.

— Vous n'avez pas entendu de coups de feu ?

— C'étaient des coups de feu ? J'ai cru qu'il s'agissait d'une voiture.

— Où étiez-vous ?

— A vrai dire, je finissais de manger dans la cuisine. Juste un petit pain et du jambon. Je ne dîne jamais.

— Qui se trouve dans la maison ?

— Personne. Pourquoi ?

— Avec qui était Oscar Chabut ?

— Qui est Oscar Chabut ?

— Il vaudrait mieux que vous fassiez montre de bonne volonté, sinon je serais obligé de vous emmener Quai des Orfèvres.

— Je ne connais mes clients que par leur prénom. Ce sont presque tous des gens importants.

— Et vous n'entrouvrez la porte qu'après les avoir regardés par le judas.

— La maison est bien tenue. Je n'accepte pas n'importe qui. C'est bien pourquoi la Brigade mondaine nous laisse tranquilles.

— Vous avez aussi regardé par le judas quand Chabut est sorti ?

— Qu'est-ce qui vous fait penser ça ?

— Lapointe, conduis-la donc au Quai, où elle se montrera peut-être plus bavarde.

— Je ne peux pas quitter la maison. Je vous dirai ce que je sais. Je suppose que le nommé Chabut est le client qui est sorti il y a environ une demi-heure.

— C'était un habitué ? Il venait souvent ?

— De temps en temps.
— Une fois par mois ? Une fois par semaine ?
— Plutôt par semaine.
— Avec toujours la même personne ?
— Pas toujours, non.
— Sa compagne d'aujourd'hui était une nouvelle ?
Elle hésita, finit par hausser les épaules.
— Je ne vois pas pourquoi je me mettrais dans le pétrin. Elle est venue une trentaine de fois en un an.
— Il vous téléphonait pour vous annoncer sa visite ?
— Comme ils le font tous.
— A quelle heure sont-ils arrivés ?
— Vers sept heures.
— Ensemble, ou séparément ?
— Ensemble. J'ai tout de suite reconnu la voiture rouge.
— Ils ont commandé à boire ?
— Le champagne était préparé dans un seau à glace.
— Où est la femme ?
— Mais... Elle est partie...
— Après que Chabut a été abattu ?
Il lut une hésitation dans son regard.
— Bien sûr que non.
— Vous prétendez qu'elle est partie la première ?
— C'est un fait.
— Je ne vous crois pas, Blanche.
Au cours de sa carrière, il avait eu souvent à s'occuper de maisons du même genre et il en connaissait les habitudes. Il savait donc que c'est toujours l'homme qui part le premier, laissant sa compagne se refaire une beauté.
— Conduisez-moi à la chambre qu'ils ont occupée. Toi, Lapointe, surveille le corridor afin que personne ne sorte. Alors, où étaient-ils ?
— Au premier. La chambre rose.
Les murs étaient couverts de boiseries, la rampe d'escalier sculptée. Le tapis, sous les pieds, retenu par des tringles de cuivre à chaque marche, était moelleux, bleu pâle.
— Quand je vous ai vu arriver...
— Car vous étiez en faction derrière le judas ?
— C'est naturel, non ? Je cherchais à savoir ce qui se passait. Quand je vous ai reconnu, je me suis doutée tout de suite que j'allais avoir des ennuis...
— Avouez que vous connaissiez son nom.
— Oui.
— Et celui de sa compagne ?
— Seulement son prénom, je le jure. Anne-Marie. Je l'appelais la Sauterelle.

— Pourquoi ?

— Parce qu'elle est grande et maigre, avec de longues jambes et de longs bras.

— Où est-elle ?

— Je vous ai dit qu'elle est partie la première.

— Et je ne vous crois pas.

Elle poussa une porte et on vit, dans une chambre toute feutrée, une femme de chambre occupée à changer les draps d'un lit à baldaquin. Sur un guéridon se trouvaient une bouteille de champagne et deux coupes dont l'une, marquée de rouge à lèvres, contenait encore un peu de liquide.

— Vous voyez bien que...

— Qu'elle n'est ni dans cette chambre ni dans la salle de bains, c'est exact. Combien d'autres chambres avez-vous ?

— Huit.

— Il y en a d'occupées ?

— Non. C'est surtout en fin d'après-midi, ou beaucoup plus tard, que mes clients arrivent. J'en attendais un à neuf heures. Il a dû voir un groupe sur le trottoir et...

— Montrez-moi les autres chambres.

Il y en avait quatre au premier étage, toutes plus ou moins dans le style Second Empire, avec des meubles lourds et une profusion de tentures aux tons passés.

— Vous voyez qu'il n'y a personne.

— Continuons.

— Pourquoi serait-elle montée à l'étage supérieur ?

— Je tiens à voir quand même.

Les deux premières chambres étaient vides, en effet, mais, dans la troisième, une jeune fille était assise, toute raide, sur une chaise rembourrée et recouverte de velours grenat.

Elle se leva d'une détente. Elle était longue et mince, sans presque de poitrine ni de hanches.

— Qui est-ce ? demanda-t-il.

— C'est elle qui attendait le client de neuf heures.

— Vous la connaissez ?

— Non.

Mais la jeune fille haussait les épaules. Elle ne paraissait pas avoir vingt ans et il y avait maintenant dans son attitude un certain je m'en-fichisme.

— Il finira quand même par le savoir. C'est un policier, n'est-ce pas ?

— Le commissaire Maigret.

— Sans blague ?

Elle le regarda curieusement.

— Vous vous occupez vous-même de cette affaire ?

— Comme vous le voyez.

— Il est mort ?

— Oui.

Elle se tourna vers Mme Blanche et lui dit d'un ton de reproche :

— Pourquoi m'avez-vous menti en prétendant qu'il n'était que blessé ?

— Je ne pouvais pas savoir. Je ne me suis pas approchée de lui.

— Qui êtes-vous, mademoiselle ?

— Anne-Marie Boutin. Je suis sa secrétaire particulière.

— Vous veniez souvent ici avec lui ?

— En moyenne une fois par semaine. Toujours le mercredi, parce que ce jour-là je suis censée prendre un cours d'anglais.

— Descendons, grommela Maigret.

Il était un peu écœuré par tous ces tons pastel et par ces lumières tamisées qui donnaient aux visages quelque chose de flou.

Ils s'étaient arrêtés dans le salon, mais personne ne s'était assis. On entendait des voix, des allées et venues sur le trottoir où la bise était si froide alors que la maison était surchauffée comme une serre. Comme dans une serre aussi il y avait d'immenses plantes vertes dans des vases chinois.

— Qu'est-ce que vous savez du meurtre de votre patron ?

— Ce qu'elle m'en a dit, répondit la Sauterelle en désignant Mme Blanche. Que quelqu'un lui a tiré dessus et l'a blessé. Que le concierge de l'immeuble voisin est sorti et a sans doute téléphoné à la police car celle-ci est arrivée quelques minutes plus tard.

Le commissariat était à deux pas, avenue de Villiers.

— Il est mort sur le coup ou à peu près ?

— Oui.

Il lui sembla qu'elle devenait un peu plus pâle, mais elle ne pleura pas. C'était seulement comme si elle avait reçu un choc. Elle continuait machinalement :

— Je voulais partir tout de suite, mais elle n'a pas voulu.

— Pourquoi ? demanda Maigret à Mme Blanche.

— Elle serait tombée dans les mains de votre collègue qui venait d'arriver. J'aurais préféré la tenir et tenir la maison en dehors de tout ça. Si les journaux s'en mêlent, ce sera presque sûrement la fermeture.

— Dites-moi exactement ce que vous avez vu. Où se trouvait l'homme qui a tiré ?

— Entre deux voitures, juste en face de la porte.

— Vous avez pu bien le voir ?

— Non. Le candélabre est assez loin. Je ne distinguais qu'une silhouette.

— Il était grand ?

— Plutôt petit, large d'épaules, habillé de sombre. Il a tiré trois ou quatre fois, je ne les ai pas comptées. M. Oscar a porté la main à son ventre, a oscillé un moment et est tombé en avant.

Maigret observait la jeune fille qui était impressionnée mais qui ne donnait aucun signe de désespoir.

— Vous l'aimiez ?

— Qu'est-ce que vous voulez dire ?

— Il y a longtemps que vous étiez sa maîtresse ?

Elle paraissait surprise par ce mot.

— Ce n'était pas tout à fait ce que vous croyez. Il me faisait signe quand il avait envie de moi mais il ne parlait jamais d'amour. Je ne pensais pas à lui comme à un amant...

— A quelle heure votre mère vous attend-elle ?

— Entre neuf heures et demie et dix heures.

— Où habitez-vous ?

— Rue Caulaincourt, près de la place Constantin-Pecqueur.

— Où sont les bureaux d'Oscar Chabut ?

— Quai de Charenton, après les entrepôts de Bercy.

— Vous y serez demain matin ?

— Certainement.

— Il est possible que j'aie besoin de vous. Lapointe, sors avec elle et conduis-la jusqu'à l'entrée du métro afin que, si les journalistes sont déjà alertés, elle ne soit pas ennuyée.

Il tripotait sa pipe comme s'il hésitait à la bourrer et à l'allumer dans cette atmosphère. Il finit par s'y décider.

Mme Blanche tenait les deux mains croisées sur son ventre rondelet et le regardait, paisible, comme quelqu'un qui n'a rien à se reprocher.

— Vous êtes sûre que vous n'avez pas reconnu le tireur ?

— Je vous le jure.

— Arrivait-il à votre client de venir avec des femmes mariées ?

— Je le suppose.

— Ses visites étaient fréquentes ?

— Il m'arrivait de le voir plusieurs fois la même semaine, puis il restait dix ou quinze jours sans donner de ses nouvelles. C'était plutôt rare.

— Personne ne vous a téléphoné à son sujet ?

— Non.

Le substitut du procureur et le juge d'instruction étaient partis. Le froid était plus mordant que tout à l'heure et les hommes de l'Institut Médico-Légal, qui avaient mis le corps du marchand de vin sur une civière, hissaient celle-ci dans le fourgon.

Les spécialistes de l'Identité Judiciaire remontaient dans leur camionnette.

— Vous avez trouvé quelque chose ?

— Les douilles. Quatre. Calibre 6.35.

Un petit calibre. Une arme d'amateur ou de femme, avec laquelle il faut tirer de près.

— Pas de journalistes ?

— Il en est venu deux. Ils sont repartis assez vite pour ne pas rater leur édition de province.

L'inspecteur Fourquet attendait patiemment, en battant la semelle. Il tenait un mouchoir devant son visage pour se réchauffer le nez.

— Il sortait de là ?

— Oui, grommela Maigret.

— Vous allez le dire à la presse ?

— Autant que possible, je préférerais que ce ne soit pas publié. Vous avez ses papiers d'identité, son portefeuille ?

Fourquet les tira de sa poche et les lui passa.

— Son adresse personnelle ?

— Place des Vosges. Vous verrez le numéro sur sa carte d'identité. Vous allez prévenir sa femme ?

— Cela vaut mieux que de lui laisser apprendre le drame par les journaux demain matin.

Au coin de l'avenue de Villiers on apercevait l'entrée du métro Malesherbes d'où Lapointe revenait à grands pas.

— Merci pour votre coup de téléphone, Fourquet. Je m'excuse de vous avoir laissé si longtemps dehors. Il fait vraiment froid.

Il s'installa dans la petite voiture bien calfeutrée et Lapointe se mit au volant, regarda le patron, l'œil interrogateur.

— Place des Vosges.

Ils roulèrent un certain temps en silence. Au parc Monceau, la poudre blanche qui tombait toujours formait une mince couche au-delà des grilles à pointes dorées. Après les Champs-Élysées, ils prirent par les quais et ils ne tardèrent pas à s'arrêter place des Vosges.

La concierge, invisible dans sa loge non éclairée, déclencha la minuterie et Maigret grommela en passant :

— Mme Chabut...

On ne lui posa pas de question. Les deux hommes s'arrêtèrent au premier étage où, sur la porte de chêne massif, le nom d'Oscar Chabut était gravé dans le cuivre d'une petite plaque. Il n'était que dix heures et demie. Il sonna. Une minute plus tard la porte s'ouvrit et une jeune femme de chambre en tablier et en bonnet de linon les regarda d'un air interrogateur. Elle était brune, jolie, et son uniforme de soie noire mettait son corps en valeur.

— Mme Chabut...

— De la part de qui ?

— Commissaire Maigret, de la Police Judiciaire.

— Un instant.

On entendait dans l'appartement la radio ou la télévision, des voix qui se répondaient comme dans une pièce de théâtre. Le son fut coupé net et un instant plus tard une femme en peignoir émeraude s'avançait vers eux, l'air surpris.

Elle n'avait pas quarante ans et elle était belle, surtout gracieuse, et sa démarche avait une élégance qui frappa Maigret.

— Si vous voulez me suivre, messieurs.

Elle les introduisit dans un vaste salon où un fauteuil était installé devant la télévision qu'on venait d'éteindre.

— Asseyez-vous, je vous en prie. Ne me dites pas que mon mari a eu un accident...

— C'est malheureusement le cas, madame.

— Il est blessé ?

— C'est plus grave.

— Vous voulez dire... ?

Il fit oui de la tête.

— Pauvre Oscar !

Elle non plus ne pleurait pas, se contentant de baisser la tête d'un air triste.

— Il était seul dans la voiture ?

— Il ne s'agit pas d'un accident de voiture. Quelqu'un a tiré sur lui.

— Une femme ?

— Non. Un homme.

— Pauvre Oscar, répéta-t-elle. Où cela s'est-il passé ?

Et, comme Maigret hésitait, elle expliqua :

— Vous n'avez pas à avoir peur de me le dire. J'étais au courant de tout. Il y a longtemps que nous n'étions plus amants, ni même mari et femme, en quelque sorte, mais une paire d'amis. C'était un bon gros toutou. Les gens se trompaient sur son compte parce qu'il bombait le torse et tapait volontiers du poing sur la table.

— Vous connaissez la rue Fortuny ?

— C'est là qu'il les conduisait presque toutes. Je connais même cette délicieuse Mme Blanche, car il a tenu à me montrer l'endroit. Quand je vous dis que nous étions bons amis. Avec qui était-il ?

— Une jeune fille, sa secrétaire particulière.

— La Sauterelle ! C'est lui qui lui a donné ce surnom et tout le monde l'appelle ainsi.

Lapointe la regardait intensément, sidéré par l'aisance de cette femme.

— Cela s'est passé dans la maison ?

— Sur le trottoir, au moment où votre mari allait se diriger vers sa voiture.

— On a mis la main sur le meurtrier ?

— Il a eu tout le temps de fuir vers le haut de la rue et sans doute de se précipiter dans une rame de métro. Puisque vous étiez au courant des aventures de votre mari, peut-être avez-vous une idée de l'identité de l'assassin ?

— N'importe qui, murmura-t-elle avec un sourire désarmant. N'importe quel mari ou quel amant. Il y a encore des jaloux sur la terre.

— Il n'a pas reçu de lettres de menaces ?

— Je ne crois pas. Il a eu des rapports intimes avec plusieurs de nos amies, mais je n'en vois aucune dont le mari aurait été susceptible de tuer.

» Il ne faut pas vous tromper, monsieur le commissaire. Mon mari n'était pas une sorte de bourreau des cœurs. Ce n'était pas non plus une brute, malgré son aspect.

» Je vous surprendrai sans doute en vous disant que c'était un timide et que c'est à cause de cette timidité qu'il éprouvait le besoin de se rassurer.

» Or, rien ne le rassurait davantage que de savoir qu'il pouvait avoir la plupart des femmes.

— Vous avez toujours été consentante ?

— Au début, il se cachait de moi. J'ai mis des années à découvrir qu'il couchait avec plusieurs de mes amies. Une fois, je l'ai pris en flagrant délit et nous avons eu un long entretien dont nous sommes sortis bons amis.

» Vous comprenez, maintenant ? Ce n'en est pas moins une grande perte pour moi. Nous étions habitués l'un à l'autre. Nous nous aimions bien.

— Il était jaloux de vous ?

— Il me laissait toute liberté mais il préférait, avec son amour-propre de mâle, ne pas être trop au courant. Où est le corps à présent ?

— A l'Institut Médico-Légal. J'aimerais que vous vous y rendiez, demain dans la matinée, pour le reconnaître officiellement.

— Où a-t-il été atteint ?

— Au ventre et à la poitrine.

— Il a souffert ?

— La mort a été pratiquement instantanée.

— La Sauterelle a assisté au meurtre ?

— Non. Il a quitté la maison le premier.

— Il était tout seul.

— Je vous demanderai, demain, de me dresser la liste de vos amies, de toutes les maîtresses que vous lui connaissez.

— C'est bien un homme qui a tiré ?

— D'après Mme Blanche, oui.

— La porte était encore ouverte ?

— Non. Elle regardait par le judas. Je vous remercie, madame Chabut, et je regrette, croyez-le, d'avoir eu à vous apporter de mauvaises nouvelles. Au fait, votre mari avait-il de la famille à Paris ?

— Son père, le vieux Désiré. Il a soixante-treize ans, mais il tient encore son bistrot du quai de la Tournelle. Cela s'appelle Au Petit Sancerre. Il est veuf et vit avec une serveuse d'une cinquantaine d'années.

Une fois dans la voiture, Maigret questionna, tourné vers Lapointe :

— Alors ?

— C'est une curieuse femme, n'est-ce pas ? Vous croyez ce qu'elle dit ?

— Certainement.

— Elle n'a pas manifesté beaucoup de chagrin.

— Cela viendra. Déjà tout à l'heure, quand elle se mettra seule au lit. Peut-être est-ce la femme de chambre qui va pleurer, car elle couchait certainement avec lui aussi.

— C'était un maniaque, non ?

— Plus ou moins. Il y a des hommes qui ont besoin de ça pour croire en eux-mêmes. Sa femme l'a fort bien dit. Quai de la Tournelle... Je me demande si le bistrot est encore ouvert.

Ils arrivèrent juste au moment où un homme à cheveux blancs, un tablier de grosse toile bleue autour des reins, descendait le rideau de fer. La porte entrouverte laissait voir les chaises sur les tables, la sciure sur le plancher, quelques verres sales sur le comptoir d'étain.

— C'est fermé, messieurs.

— Nous désirons seulement vous parler.

Il fronça les sourcils.

— Me parler, à moi ? Et d'abord, qui êtes-vous ?

— Police Judiciaire.

— Voulez-vous me dire ce que j'ai à voir avec la Police Judiciaire ?

Ils étaient entrés et Désiré Chabut avait refermé la porte. Un gros poêle, dans un angle de la pièce, répandait une bonne chaleur.

— Il ne s'agit pas de vous, mais de votre fils.

Il les regardait, méfiant, de ses yeux calmes et rusés de paysan.

— Qu'est-ce qu'il a fait, mon fils ?

— Il n'a rien fait. Il lui est arrivé un accident.

— Je lui ai toujours dit qu'il roulait trop vite. Il est grièvement blessé ?

— Il est mort.

L'homme passa de l'autre côté du comptoir et, sans mot dire, se remplit un petit verre de marc qu'il avala d'une lampée.

— Vous en voulez ? questionna-t-il.

Maigret fit oui de la tête. Lapointe, qui détestait le marc, refusa.

— Où cela s'est-il produit ?

— Il ne s'agit pas d'un accident de la circulation. Votre fils a été abattu à coups de pistolet automatique.

— Par qui ?

— C'est ce que je cherche à découvrir.

Le vieux ne pleurait pas, lui non plus. Son visage ridé restait impassible, son regard dur.

— Vous avez vu ma belle-fille ?

— Oui.

— Qu'est-ce qu'elle dit ?

— Elle ne sait pas non plus.

— Il y a plus de cinquante ans que je suis ici. Venez avec moi.

Il les conduisit dans une cuisine où il fit de la lumière.

— Regardez.

Il désignait un garçonnet de sept ou huit ans qui tenait un cerceau, puis le même enfant en costume de première communion.

— C'est lui. Il est né ici, à l'entresol. Il est allé à l'école du quartier puis il est entré au lycée où il a raté deux fois son bachot. Il est devenu placier en vin. Il faisait du porte-à-porte. Puis il est devenu le bras droit d'un négociant de Mâcon qui avait une succursale à Paris. Il n'a pas toujours eu la vie facile, croyez-moi. Il a travaillé dur. Et, quand il s'est marié, c'est tout juste s'il gagnait de quoi vivre à deux.

— Il aimait sa femme ?

— Bien sûr qu'il l'aimait. Elle était dactylo chez son patron. Au début, ils se sont installés dans un petit logement de la rue Saint-Antoine. Ils n'ont pas d'enfants. Oscar a fini par se mettre à son compte, malgré les avis que je lui donnais. J'étais persuadé qu'il s'en mordrait les doigts alors qu'au contraire il a réussi tout ce qu'il entreprenait. Vous avez vu ses péniches sur la Seine, avec *Vin des Moines* en grosses lettres ?

» Voyez-vous, pour réussir comme ça, il faut se montrer dur. A cause de son succès, des petits négociants se sont trouvés acculés à la faillite. Ce n'était pas sa faute, bien sûr. Ils ne lui en veulent pas moins, c'est humain.

— Vous voulez dire que le crime pourrait avoir été commis par un concurrent malheureux ?

— C'est le plus probable, non ?

Désiré ne parlait pas des maîtresses de son fils, de l'hypothèse d'un mari ou d'un amant jaloux. Était-il au courant ?

— Vous connaissez des gens qui lui en veulent ?

— Je ne les connais pas mais il y en a. Aux entrepôts de Bercy, on pourrait sans doute vous en dire davantage. Mon fils y passait pour un homme qui n'hésitait pas à marcher sur les pieds des gens.

— Il venait souvent vous voir ?

— Pour ainsi dire jamais. Depuis qu'il a monté son affaire, nous ne nous entendions pas fort bien.

— Parce que vous le trouviez dur ?

— Pour cela et pour le reste. Peu importe.

Et soudain, d'un index qui tremblait un peu, il écrasa une larme, une seule, sur sa joue.

— Quand est-ce que je le verrai ?

— Demain, à l'Institut Médico-Légal, si vous le désirez.

— C'est un peu plus bas, de l'autre côté de l'eau, n'est-ce pas ?

Il remplissait les deux verres, vidait le sien, le regard toujours fixe. Maigret buvait, lui aussi, et quelques instants plus tard il reprenait place dans l'auto.

— Chez moi, si tu veux bien. Tu garderas la voiture pour rentrer chez toi à ton tour.

Il était près de minuit quand il s'engagea dans l'escalier et il vit la porte de leur appartement s'entrouvrir, sa femme qui l'attendait sur le palier. Il l'avait avertie, dès huit heures, qu'il rentrerait tard, car il avait compté rester plus de temps avec le jeune Stiernet.

— Tu n'as pas pris froid ?

— C'est à peine si j'ai mis le nez dehors. Le temps d'entrer dans la voiture et d'en sortir.

— Tu as une voix d'enrhumé.

— Pourtant je ne tousse pas et je ne me mouche pas.

— Attends demain matin. Je ferais mieux de te préparer un grog et de te donner deux aspirines. Le gosse a avoué ?

Elle savait seulement que Stiernet avait assommé sa grand-mère.

— Sans aucune difficulté. Il n'a pas nié un seul instant.

— Il voulait de l'argent ?

— Il est chômeur. On venait de le mettre à la porte de sa chambre, qu'il n'avait pas payée depuis deux mois.

— C'est une brute ?

— Non. Il a à peu près l'intelligence et la mentalité d'un enfant de dix ans. Il ne se rend pas compte de ce qui lui est arrivé ni de ce qui l'attend. Il répond du mieux qu'il peut aux questions, l'air appliqué, comme à l'école.

— Tu le crois irresponsable ?

— C'est l'affaire des juges et non la mienne. Heureusement !

— Y a-t-il des chances pour qu'on lui désigne un bon avocat ?

— Ce sera un jeune, inconnu aux assises, comme toujours. Il lui reste trois francs en poche. Ce n'est pas lui qui m'a retenu jusqu'à maintenant, mais un homme important, qui s'est fait abattre à coups de pistolet au moment où il sortait de la maison de passe la plus chic de Paris.

— Je reviens. J'entends l'eau qui chante et je vais te préparer ton grog.

Pendant ce temps il se dévêtit, passa son pyjama, hésita à bourrer une dernière pipe et, bien entendu, finit par le faire. Est-ce que le tabac ne commençait pas à avoir le goût de rhume ?

2

Quand Mme Maigret vint lui toucher l'épaule, une tasse de café à la main, il fut tenté, comme cela lui arrivait dans son enfance, de lui dire qu'il ne se sentait pas bien, qu'il avait besoin de rester au chaud dans son lit.

Sa tête était douloureuse, surtout les sinus, et il se sentait le front moite. Les vitres de la fenêtre étaient d'un blanc laiteux comme si elles avaient été en verre dépoli.

Il but, finit par se lever en grognant, alla regarder dehors : les premiers passants qui, les mains au fond des poches, se précipitaient vers la bouche de métro n'étaient que des silhouettes dans le brouillard.

Il s'éveillait lentement, buvait le reste de son café, restait longtemps sous la douche. Puis, en se rasant, il se mit à penser à Chabut, qui le fascinait.

Qui avait donné de lui l'image la plus fidèle ? Pour Mme Blanche, il n'était qu'un client, un de ses meilleurs clients, qui ne manquait pas, à chacune de ses visites, de commander du champagne. Il avait besoin de dépenser largement, de montrer qu'il était riche. Il devait dire volontiers :

— J'ai débuté dans la vie en faisant du porte-à-porte et mon père tient encore un bistrot quai de la Tournelle. C'est à peine s'il sait lire et écrire.

Qu'est-ce que la Sauterelle pensait exactement de lui ? Elle n'avait pas pleuré et pourtant il semblait à Maigret que Chabut ne lui était pas indifférent. Elle savait qu'elle n'était pas seule à venir avec lui dans le petit hôtel particulier tout feutré de la rue Fortuny mais elle ne paraissait pas jalouse.

La femme du marchand de vin encore moins. Des images revenaient à l'esprit de Maigret, qu'il avait enregistrées inconsciemment. Par exemple, le portrait à l'huile, grandeur nature, qui occupait la meilleure place au mur du salon, place des Vosges. C'était une peinture léchée, très ressemblante. Chabut regardait devant lui d'un air de défi et sa main était fermée comme s'il se préparait à frapper.

— Comment te sens-tu ?

— Après ma seconde tasse de café, je serai tout à fait bien.

— Prends quand même une aspirine et reste le moins possible dehors. Je vais téléphoner pour appeler un taxi.

Quand il arriva Quai des Orfèvres, il était toujours en compagnie du marchand de vin, encore flou, à qui il s'efforçait de donner un semblant de vie. Il avait l'impression que, quand il le connaîtrait mieux, il n'aurait aucune peine à découvrir son meurtrier.

Le brouillard était toujours aussi épais et Maigret dut allumer les lampes. Il dépouilla son courrier, signa quelques documents administratifs et, à neuf heures, se dirigea vers le bureau du directeur pour le rapport.

Quand ce fut son tour, il parla assez brièvement de Théo Stiernet.

— Vous croyez que c'est un demeuré ?

— C'est sans doute ce que plaidera son avocat, à moins qu'il ne préfère le thème de l'enfance malheureuse. Seulement, il a frappé une quinzaine de coups et on parlera de sauvagerie, surtout qu'il s'agit de sa grand-mère. Il ne se rend pas compte de ce qui l'attend. Il répond de son mieux aux questions. Il ne trouve pas extraordinaire ce qu'il a fait.

— Et l'affaire de la rue Fortuny, dont il est question brièvement dans les journaux de ce matin ?

— On en parlera davantage par la suite. La victime est un homme riche, connu. On voit des affiches pour le Vin des Moines dans les couloirs du métro.

— Crime passionnel ?

— Je ne sais pas encore. Il faisait tout pour se créer de solides inimitiés et il n'y a pas de raison de chercher dans une direction plutôt que dans une autre.

— C'est vrai qu'il sortait d'une maison de passe ?

— Vous l'avez lu dans le journal ?

— Non. Mais je connais la rue Fortuny et j'ai aussitôt fait le rapprochement.

Quand il rentra dans son bureau, il était toujours plongé dans les événements de la veille. Jeanne Chabut l'intriguait aussi. Elle n'avait pas pleuré, elle non plus, même si elle avait reçu un choc. Elle devait être plus jeune que lui de cinq ou six ans.

Où avait-elle acquis son élégance, l'aisance qu'on sentait dans ses moindres gestes, dans ses moindres mots ?

Il l'avait connue au temps des vaches maigres et elle n'était alors qu'une simple dactylo.

Oscar avait beau s'habiller chez les meilleurs tailleurs, il restait une sorte de brute et il gardait quelque chose de pataud.

Il n'en revenait pas d'avoir si bien réussi et il éprouvait le besoin de mettre sa fortune en avant.

C'était elle, certainement, en dehors du portrait un peu ridicule, qui avait meublé l'appartement. Le moderne et les styles anciens y voisinaient harmonieusement, créant un ensemble où l'on se sentait bien. A cette heure, elle devait se préparer à se rendre à l'Institut Médico-Légal, où on avait sans doute déjà procédé à l'autopsie. Elle ne broncherait pas. Elle était de taille à affronter l'atmosphère déprimante de ce qu'on appelait autrefois la morgue.

— Tu es là, Lapointe ?

— Oui, patron.

— Nous sortons.

Il endossait son lourd pardessus, s'entourait le cou de son écharpe, mettait son chapeau et, avant de quitter son bureau, allumait une pipe. Dans la cour, où ils montaient dans une des voitures, Lapointe questionna :

— Où va-t-on ?

— Quai de Charenton.

Ils longèrent le quai de Bercy où, derrière les grilles, se dressaient les entrepôts. Chaque bâtiment portait le nom d'un gros marchand de vin, et trois des bâtiments les plus vastes étaient ceux du Vin des Moines.

Plus loin, il y avait en contrebas de la rue une sorte de port où des dizaines de barriques étaient alignées et où on en déchargeait d'autres d'une péniche. Toujours le Vin des Moines. Toujours Oscar Chabut.

La bâtisse, de l'autre côté de la rue, était vieille, entourée d'une vaste cour encombrée d'autres barriques. Au fond, on chargeait dans des camions des casiers pleins de bouteilles et un homme aux moustaches tombantes, au tablier bleu, semblait surveiller les opérations.

— Je vous accompagne ? Je range la voiture dans la cour.

— S'il te plaît.

Même dans la cour régnait une forte odeur de vinasse. Ils la retrouvèrent dans le large couloir dallé après avoir lu sur une plaque d'émail : *Entrez sans sonner.*

Une porte était ouverte, à gauche, et dans une pièce assez sombre une jeune fille qui louchait légèrement était assise devant un standard téléphonique.

— Vous désirez ?

— La secrétaire particulière de M. Chabut est ici ?

Elle les regardait avec méfiance.

— Vous voulez lui parler personnellement ?

— Oui.

— Vous la connaissez ?

— Oui.

— Vous êtes au courant de ce qui s'est passé ?

— Oui. Annoncez-lui le commissaire Maigret.

Elle l'examina avec plus d'attention, puis porta le regard sur le jeune Lapointe qui l'intéressa davantage.

— Allô ! Anne-Marie ? Il y a ici un certain commissaire Maigret et quelqu'un dont je ne connais pas le nom qui voudraient te voir. Oui. Bon. Je les fais monter.

L'escalier était poussiéreux et la peinture des murs manquait de fraîcheur. Un jeune homme les croisa dans l'escalier, une liasse de papiers dans les mains. Sur le palier, ils trouvèrent la Sauterelle près d'une porte entrouverte et elle les fit entrer dans un bureau assez vaste mais sans le moindre luxe.

On aurait dit qu'il avait été aménagé cinquante ans plus tôt et il était sombre, avec, comme ailleurs dans la cour et dans la maison, l'odeur aigre du vin.

— Vous l'avez vue ?

— Qui ?

— Sa femme.

— Oui. Vous la connaissez bien ?

— Quand il avait la grippe, il m'arrivait d'aller travailler place des Vosges. C'est une belle femme, n'est-ce pas ? Elle est très intelligente. Il n'hésitait pas, dans certains cas, à lui demander conseil.

— Je ne m'attendais pas à trouver ici un décor aussi vieillot.

— Il y a d'autres bureaux, fort différents, avenue de l'Opéra, avec une enseigne lumineuse sur toute la largeur de la façade. Ces bureaux-là sont modernes, élégants, clairs et confortables. C'est eux qui sont en rapport avec les quinze mille points de vente et qui en créent de nouveaux tous les mois. Ils ont des ordinateurs et presque tout se fait électroniquement.

— Et ici ?

— C'est la vieille maison. Elle a gardé l'ancienne atmosphère et cela rassure les clients de province. Chabut allait chaque jour avenue de l'Opéra, mais c'est ici qu'il travaillait le plus volontiers.

— Vous alliez là-bas avec lui ?

— Parfois. Pas souvent. Il y avait une autre secrétaire.

— Qui, en dehors de lui, dirigeait l'affaire ?

— Diriger vraiment, personne. Il ne faisait confiance à personne. Ici, il y a M. Leprêtre, le chef caviste, qui s'occupe de la fabrication. Il y a aussi un comptable, M. Riolle, qui n'est dans la maison que depuis quelques mois. Dans le bureau d'en face travaillent trois dactylos.

— C'est tout ?

— Vous avez vu la téléphoniste. Enfin, il y a moi. C'est difficile à expliquer. Nous formons une sorte d'état-major, alors que le gros du travail se fait avenue de l'Opéra.

— Combien de temps passait-il là-bas chaque jour ?

— Une heure ? Parfois deux.

Le bureau était à cylindre, comme au bon vieux temps, couvert de paperasses.

— Les autres dactylos sont aussi jeunes que vous ?

— Vous voulez les voir ?

— Tout à l'heure.

— Il y en a une beaucoup plus âgée, Mlle Berthe. Elle a trente-deux ans et c'est la plus ancienne. La plus jeune a vingt et un ans.

— Comment se fait-il qu'il vous ait choisie comme secrétaire particulière ?

— Il demandait une débutante. J'ai lu l'annonce et je me suis présentée. Il y a plus d'un an de ça. Je n'avais pas dix-huit ans. Il m'a trouvée rigolote et il m'a demandé si j'avais un amoureux ou un amant.

— Vous en aviez ?

— Non. Je sortais tout juste d'une école de secrétariat.

— Après combien de jours vous a-t-il fait la cour ?

— Il ne m'a pas fait la cour. Dès le lendemain, il m'a appelée près de lui, sous prétexte de me montrer des documents, et il m'a caressée.

» — Il faut que je me rende compte, a-t-il murmuré.

— Ensuite ?

— Huit jours plus tard, il m'emmenait rue Fortuny.

— Les autres n'ont pas été jalouses ?

— Vous savez, elles y passaient toutes.

— Ici ?

— Ici ou ailleurs. C'est difficile à expliquer. Il faisait ça si naturellement qu'on ne pouvait pas lui en vouloir. Je n'en connais qu'une qui est entrée après moi et qui est partie le troisième jour en claquant la porte.

— Qui savait que le mercredi était votre jour ?

— Tout le monde, je pense. Je descendais en même temps que lui et je montais dans sa voiture. Il ne se cachait pas. Au contraire.

— Qui travaillait dans ce bureau avant vous ?

— Mme Chazeau. Elle est maintenant de l'autre côté du couloir. Elle a vingt-six ans et elle est divorcée.

— C'est une belle femme ?

— Oui. Elle a un très beau corps. On ne pourrait pas l'appeler la Sauterelle.

— Elle ne vous en veut pas ?

— Au début, elle me regardait avec un drôle de sourire. Elle s'attendait, je suppose, à ce qu'il en ait vite assez.

— Elle continuait à avoir des rapports avec lui ?

— Je le suppose, car il lui arrivait de rester après l'heure. On savait ce que cela voulait dire.

— Elle ne s'est jamais montrée amère ?

— Pas en ma présence. Je vous l'ai dit, elle paraissait plutôt se moquer de moi. Beaucoup de gens ne me prennent pas au sérieux. Même ma mère, qui me traite encore en petite fille.

— Elle n'aurait pas pu avoir envie de se venger ?

— Ce n'est pas son type. Elle voyait d'autres hommes. Elle sortait plusieurs soirs par semaine et, le lendemain, elle avait de la peine à se mettre au travail.

— La troisième ?

— Aline, la plus jeune en dehors de moi. Elle a vingt-deux ans et elle est très brune, un peu fantasque, un peu théâtrale. Ce matin, elle s'est évanouie ou elle a fait semblant et ensuite elle s'est mise à pleurer en gémissant.

— Elle était ici avant vous ?

— Oui. Elle travaillait dans un grand magasin avant de lire l'annonce. Elles ont toutes été embauchées à la suite d'une annonce...

— Aucune n'était assez passionnée pour lui tirer dessus ?

Mme Blanche, de son guichet, avait entrevu, disait-elle, une silhouette d'homme entre deux voitures. Mais cela n'aurait-il pas pu être une femme ? Peut-être une femme en pantalon ? Il faisait sombre.

— Ce n'est pas le genre, répliqua la Sauterelle.

— Sa femme non plus ?

— Elle n'est pas jalouse. Elle a le genre de vie qui lui plaît. Il était, pour elle, un agréable compagnon.

— Agréable ?

Elle parut réfléchir.

— Quand on le connaissait, oui. Au premier abord, on le trouvait orgueilleux, agressif. Il jouait les grands patrons. Avec les femmes, il considérait son succès comme acquis. Quand on le connaissait mieux, on se rendait compte qu'il était peut-être plus naïf qu'il n'en avait l'air. Plus vulnérable aussi.

» — Qu'est-ce que tu penses de moi ? questionnait-il souvent, surtout après avoir fait l'amour.

» — Que voudriez-vous que je pense ?

» — Tu m'aimes ? Avoue que non.

» — Cela dépend de ce que vous entendez par là. Je me sens bien avec vous, si c'est ça que vous voulez savoir.

» — Si je me lassais de toi, qu'arriverait-il ?

» — Je ne sais pas. Il faudrait bien que je me résigne.

» — Et les autres, en face, qu'est-ce qu'elles disent ?

» — Rien. Vous les connaissez mieux que moi.

— Et les hommes ? demanda Maigret.

— Ceux qui travaillent ici ? Il y a d'abord M. Leprêtre, dont je vous ai parlé. Il a été à son compte, jadis. Il n'était pas assez homme d'affaires pour réussir. Il a maintenant près de soixante ans. Il parle peu. Il connaît admirablement son métier et il travaille sans bruit.

— Marié ?

— Oui. Deux de ses enfants aussi. Il habite un pavillon tout au bout du quai, à Charenton, et il vient ici à vélo.

Dehors, le brouillard devenait légèrement rose, laissant deviner, au-delà, la présence du soleil, et la Seine fumait. Lapointe prenait quelques notes dans un calepin posé sur son genou.

— Quand il a fait de mauvaises affaires, est-ce que le Vin des Moines existait déjà ?

— Je crois que oui.

— Comment se comportait-il avec Chabut ?

— Il se montrait toujours respectueux mais il avait son quant-à-soi.

— Il leur arrivait de se disputer ?

— Jamais en ma présence et, comme j'étais presque toujours là...

— Si je vous comprends bien, c'est un homme renfermé ?

— Renfermé et triste. Je crois bien que je ne l'ai jamais vu rire et ses moustaches tombantes accentuent encore cet air de tristesse.

— Qui d'autre travaille dans la maison ?

— Le comptable, Jacques Riolle. C'est plutôt le caissier. Il a son bureau en bas. Il ne s'occupe que de certaines factures, de ce que nous appelons la petite caisse. Ce serait trop long de vous expliquer les rouages de l'affaire. La vraie facturation se fait avenue de l'Opéra, ainsi que le courrier avec les dépôts. Ici, on s'occupe surtout des achats, des rapports avec les viticulteurs qui montent périodiquement du Midi.

— Riolle n'est amoureux d'aucune d'entre vous ?

— S'il l'est, cela ne se voit pas. Vous en jugerez vous-même. Il a une quarantaine d'années et c'est un célibataire endurci, qui sent le rance. Il est timide, peureux, et il a plein de petites manies. Il vit dans une pension de famille du quartier Latin.

— Personne d'autre ?

— Dans les bureaux, non. En bas, dans les chais et à l'expédition, ils sont cinq ou six que je connais de nom et de vue mais avec qui je n'ai pour ainsi dire aucun rapport. Vous devez penser que nous sommes de drôles de gens, n'est-ce pas ? Si vous aviez connu le patron, vous trouveriez ça tout naturel.

— Il va vous manquer ?

— Oui. Je ne le cache pas.

— Il vous faisait des cadeaux ?

— Il ne m'a jamais donné d'argent. Il lui est arrivé de me faire cadeau d'une écharpe qu'il avait vue en passant devant un magasin.

— Que va-t-il se produire, à présent ?

— Je ne sais pas qui dirigera l'affaire. Il y a bien M. Louceck, avenue de l'Opéra, qui est une sorte de conseiller financier. C'est lui, entre autres, qui s'occupe des déclarations de revenus et des bilans. Seulement, il n'y connaît rien dans les vins.

— Et M. Leprêtre ?

— Je vous ai dit que c'était un mauvais homme d'affaires.

— Mme Chabut ?

— Je suppose que c'est elle qui hérite de tout. Je ne sais pas si elle prendra la place de son mari. Elle en est peut-être capable. C'est une femme qui sait ce qu'elle veut.

Il la regardait avec attention, surpris par le bon sens de cette gamine qu'aucune question ne prenait au dépourvu. Il y avait chez elle quelque chose de direct qui forçait la sympathie et, en voyant gesticuler son long corps maigre, on ne pouvait s'empêcher de sourire.

— Hier soir, je suis allé quai de la Tournelle.

— Voir le vieux ? Je vous demande pardon. J'aurais dû dire le père.

— Comment s'entendaient-ils ?

— Mal, autant que je sache.

— A cause de quoi ?

— Je ne sais pas. Cela doit dater d'il y a longtemps. Je crois que le père trouvait son fils trop dur, insensible. Il n'a jamais rien accepté de lui et je me demande si ce n'est pas par défi qu'il n'a pas encore remis son affaire, malgré son âge.

— Chabut en parlait quelquefois ?

— Rarement.

— Vous ne voyez rien à me dire ?

— Non.

— Vous avez d'autres amants ?

— Non. Il me suffisait largement.

— Vous continuerez à travailler ici ?

— Si on me garde.

— Où est le bureau de M. Leprêtre ?

— Au rez-de-chaussée. Les fenêtres donnent sur l'arrière-cour.

— Je passe un instant chez vos collègues.

Ici aussi les lampes étaient allumées et deux des jeunes filles tapaient à la machine tandis que la troisième, qui paraissait l'aînée, classait du courrier.

— Ne vous dérangez pas. Je suis le commissaire chargé de l'enquête et j'aurai sans doute l'occasion de vous voir personnellement. Ce que je voudrais savoir dès maintenant, c'est si aucune de vous n'a des soupçons.

Elles se regardèrent et Mlle Berthe, celle qui avait la trentaine et qui était boulotte, rougit légèrement.

— Vous avez une idée ? lui demanda-t-il.

— Non. Je ne sais rien. J'ai été aussi étonnée que les autres.

— Vous avez appris le meurtre par le journal ?

— Non. C'est en arrivant ici que...

— Vous ne lui connaissiez pas d'ennemis ?

Elles détournaient les yeux, se regardaient l'une l'autre.

— Il est inutile de vous gêner. J'ai beaucoup appris sur son genre de vie et en particulier sur ses rapports avec les femmes. Il pourrait s'agir d'un mari, ou d'un amant, voire d'une femme jalouse.

Personne ne semblait disposé à parler.

— Pensez-y. Le plus petit fait peut avoir de l'importance.

Ils descendirent, Lapointe et lui. Au rez-de-chaussée, Maigret poussa la porte du comptable, qui répondait à la description qu'en avait faite la Sauterelle.

— Il y a longtemps que vous êtes dans la maison ?

— Cinq mois. Avant, je travaillais dans une maroquinerie des Grands Boulevards.

— Vous étiez au courant des amours de votre patron ?

Il rougit, ouvrit la bouche mais ne trouva rien à dire.

— Parmi les gens qu'il recevait ici, y en avait-il qui avaient des raisons de le haïr ?

— Pourquoi l'auraient-ils haï ?

— Il était très dur en affaires, non ?

— Ce n'était pas un sentimental.

Il regrettait déjà sa réponse, se demandant comment il avait pu se laisser aller à exprimer une opinion.

— Vous connaissez Mme Chabut ?

— Il lui arrivait de m'apporter les factures de ses fournisseurs. Autrement, elle me les envoyait par la poste. C'est une personne très aimable et très simple.

— Je vous remercie.

Encore un, le triste M. Leprêtre aux moustaches tombantes. Ils le trouvèrent dans son bureau qui était encore plus démodé et plus provincial que les autres. Assis devant une table peinte en noir sur laquelle il y avait des échantillons de vin, il regarda entrer les deux hommes avec méfiance.

— Je suppose que vous savez ce que nous faisons ici ?

Il se contenta de hocher la tête. Un côté de sa moustache pendait plus que l'autre et il fumait une pipe en écume qui répandait une forte odeur.

— Quelqu'un a eu une raison assez sérieuse pour tuer votre patron. Il y a longtemps que vous travaillez ici ?

— Treize ans.

— Vous vous entendiez bien, M. Chabut et vous ?

— Je ne me suis jamais plaint.

— Vous aviez toute sa confiance, n'est-ce pas ?

— Il n'avait confiance en personne qu'en lui.

— Il vous traitait néanmoins comme un de ses plus proches collaborateurs.

Le visage de Leprêtre n'exprimait aucun sentiment. Il portait sur la tête une étrange petite casquette et Maigret pensa que c'était pour cacher sa calvitie. En tout cas, il ne faisait pas mine de la retirer.

— Vous n'avez rien à me dire ?

— Non.

— Il ne vous a jamais confié que quelqu'un le menaçait ?

— Non.

C'était inutile d'insister et Maigret fit signe à Lapointe de le suivre.

— Merci.

— De rien.

Et Leprêtre se leva pour refermer la porte derrière eux.

C'est dans la voiture que le rhume de Maigret, qui n'avait fait jusque-là que couver, se déclara soudain et, pendant plusieurs minutes, il se moucha au point d'en avoir le visage rouge et les yeux larmoyants.

— Excuse-moi, mon petit, murmura-t-il alors à l'adresse de Lapointe. Je le sentais venir depuis ce matin. Avenue de l'Opéra ! Nous avons oublié de demander le numéro.

Ils trouvèrent rapidement car de grandes lettres qui, le soir, devenaient lumineuses annonçaient : *Vin des Moines*. L'immeuble, lourd et imposant, abritait d'autres affaires importantes, dont une banque étrangère et une société fiduciaire.

Au second étage, haut de plafond, ils se trouvèrent dans une vaste entrée dallée de marbre où, autour de guéridons chromés, des fauteuils de métal très modernes étaient vides pour la plupart. Sur les murs, trois affiches comme celles qu'on voyait dans les stations de métro. Elles représentaient un moine au visage réjoui, à la lèvre gourmande, qui s'apprêtait à boire un verre de vin.

Sur la première affiche, le vin était rouge, sur la seconde il était blanc, et il était rosé sur la troisième.

Au-delà d'une cloison vitrée on apercevait un vaste bureau où travaillaient une trentaine de personnes, hommes et femmes, et, au fond, une autre cloison vitrée permettait d'entrevoir d'autres bureaux. Tout était clair et abondamment éclairé, le matériel moderne, les meubles dernier cri.

Maigret s'approcha du guichet, dut tirer son mouchoir de sa poche au moment de parler à une jeune réceptionniste qui, sans impatience apparente, attendit qu'il eût fini de se moucher.

— Je vous demande pardon. Je voudrais voir M. Louceck.

— De la part de qui ?

Elle lui tendait un bloc sur lequel on lisait : *Nom et prénom*. Puis, sur une autre ligne : *Objet de la visite*.

Il se contenta d'écrire : *Commissaire Maigret*.

Elle disparut par une porte qui faisait face à la première fenêtre et resta absente un temps assez long. Après quoi elle sortit du grand bureau, les fit entrer dans une seconde salle d'attente plus intime que la première mais non moins moderne.

— M. Louceck va vous voir tout de suite. Il est au téléphone.

De fait, ils n'attendirent pas longtemps. Une autre jeune fille, qui portait des lunettes, vint les chercher et les conduisit dans un vaste bureau qui donnait toujours la même impression de modernisme.

Un très petit homme se leva de son siège et tendit la main.

— Commissaire Maigret ?

— Oui.

— Stéphane Louceck. Asseyez-vous.

Maigret présenta son compagnon :

— L'inspecteur Lapointe.

— Asseyez-vous aussi, je vous en prie.

Il était très laid, d'une laideur peu sympathique. Son nez était long, bulbeux, avec de fines stries bleuâtres, et des poils bruns lui sortaient des narines et des oreilles. Quant à ses sourcils, larges de près de deux centimètres, ils étaient drus et embroussaillés. Son complet avait besoin d'un coup de fer et sa cravate devait être montée sur un appareil en celluloïd.

— Je suppose que vous venez au sujet du meurtre ?

— Cela va sans dire.

— J'attendais plus tôt quelqu'un de la police. Je ne lis jamais les journaux du matin car je me mets au travail de bonne heure et je n'ai appris la nouvelle que par un coup de téléphone de Mme Chabut.

— J'ignorais l'existence de ces bureaux et nous nous sommes rendus d'abord quai de Charenton. Si j'ai bien compris, c'est surtout là qu'Oscar Chabut travaillait.

— Il passait ici chaque jour. C'était un homme qui voulait tout voir par lui-même.

Son visage était neutre, sans expression, et sa voix elle-même n'avait aucune inflexion.

— Puis-je vous demander si vous lui connaissiez des ennemis ?

— Je ne lui en connaissais pas.

— C'était un homme important et, au cours de son ascension, il a dû se montrer dur vis-à-vis de certains.

— Je l'ignore.

— J'ai appris aussi qu'il était très porté sur les femmes.

— Je ne m'occupais pas de sa vie privée.

— Où était son bureau ?

— Ici, en face de moi.

— Il y venait avec sa secrétaire particulière ?

— Non. Le personnel de l'avenue de l'Opéra suffit.

Il ne se donnait pas la peine de sourire, ni d'exprimer un sentiment quelconque.

— Il y a longtemps que vous êtes avec lui ?

— Je travaillais pour lui alors que ces bureaux n'existaient pas encore.

— Quelle était, avant, votre profession ?

— Conseiller financier.

— Je suppose que vous vous occupiez de ses déclarations de revenus ?

— Entre autres.

— Est-ce vous qui, maintenant, allez le remplacer ?

Maigret dut se moucher à nouveau et il sentit la sueur perler à son front.

— Je vous demande pardon...

— Prenez votre temps. Il m'est difficile de répondre à votre question. L'affaire n'est pas en société anonyme mais, propriété de M. Chabut, elle devient, à défaut de testament contraire, la propriété de sa femme.

— Vous êtes en bons termes avec elle ?

— Je la connais peu.

— Vous étiez le bras droit d'Oscar Chabut ?

— Je m'occupais de la vente et des dépôts. Nous avons plus de quinze mille points de vente en France. Quarante employés travaillent ici et une vingtaine d'inspecteurs sillonnent la province. Quant au département de Paris et de la banlieue, il occupe d'autres bureaux au-dessus de ceux-ci. C'est là aussi qu'on dirige la publicité et les ventes à l'étranger.

— Combien de femmes dans votre personnel ?

— Pardon ?

— Je demande combien employez-vous de femmes ou de jeunes filles ?

— Je l'ignore.

— Qui les choisissait ?

— Moi.

— Oscar Chabut n'avait pas son mot à dire ?

— Pas ici, sur ce chapitre en particulier.

— Il ne faisait la cour à aucune ?

— Je ne me suis aperçu de rien de semblable.

— Si je comprends bien, vous êtes l'homme important de tous les services de vente ?

Il se contenta de répondre d'un battement de paupières.

— Il est donc probable que vous conserverez votre poste et qu'en outre vous prendrez la direction du quai de Charenton ?

Il ne broncha pas, resta impassible.

— Des membres du personnel pourraient-ils avoir à se plaindre de leur patron ?

— Je l'ignore.

— Je suppose que vous désirez voir le meurtrier arrêté ?

— C'est évident.

— Jusqu'ici, vous ne m'êtes pas très utile.

— Je le regrette.

— Que pensez-vous de Mme Chabut ?

— C'est une femme très intelligente.

— Vous vous entendiez bien avec elle ?

— Vous m'avez déjà posé une question à peu près semblable. Je vous ai répondu que je la connaissais peu. Elle ne mettait pratiquement pas les pieds ici et je ne fréquentais pas la place des Vosges. Je ne suis pas l'homme des dîners et des soirées en ville.

— Chabut avait une vie mondaine active ?

— Sa femme vous le dira mieux que moi.

— Vous savez s'il existe un testament ?

— Je l'ignore.

Maigret avait la tête qui lui tournait un peu et il sentait bien que cet entretien ne le mènerait nulle part. Louceck était décidé à se taire et il se tairait jusqu'au bout.

Le commissaire se leva.

— J'aimerais que vous me fassiez parvenir au Quai des Orfèvres le nom et l'adresse de toutes les personnes qui travaillent ici ainsi que leur âge.

Louceck resta imperturbable et se contenta d'incliner légèrement la tête. Il avait appuyé sur un bouton et une jeune femme ouvrait la porte, prête à reconduire ses visiteurs jusqu'au palier.

Avant de remonter en voiture, Maigret pénétra dans un bar et but un verre de rhum. Il espérait que cela lui ferait du bien. Lapointe se contenta d'un jus de fruit.

— Qu'est-ce que nous faisons ?

— Il est près de midi. Trop tard pour nous rendre place des Vosges. Rentrons au bureau. Nous mangerons ensuite un morceau à la Brasserie Dauphine.

Il entra dans la cabine téléphonique, demanda son numéro boulevard Richard-Lenoir.

— C'est toi ? Qu'est-ce que tu as à déjeuner ? Non, je ne rentrerai pas mais garde-la-moi pour ce soir. Je sais que j'ai la voix un peu cassée. Depuis une heure, je n'arrête pas de moucher. A ce soir...

Il était d'assez mauvaise humeur.

— Tout le monde avait plus ou moins de raisons de souhaiter sa disparition. Cependant, une seule personne a poussé son envie jusqu'au bout et lui a tiré dessus. Les autres sont innocents mais, tout innocents qu'ils soient, on dirait qu'ils essayent de nous mettre des bâtons dans les roues plutôt que de nous aider. Sauf peut-être cette drôle de Sauterelle qui ne pèse pas chacune de ses phrases et qui semble répondre sincèrement aux questions. Qu'est-ce que tu penses d'elle ?

— Elle est drôle, comme vous dites. Elle regarde la vie bien en face et ne s'en laisse pas conter.

Le rapport du médecin légiste était sur le bureau de Maigret. Il comportait plus de quatre pages bourrées de termes techniques et deux croquis montrant l'impact des balles. Deux avaient atteint l'abdomen, une la poitrine, et la quatrième avait pénétré un peu plus bas que l'épaule.

— Pas de téléphone pour moi ?

Il se tourna vers Lucas.

— Tu as envoyé le rapport au cabinet du procureur ?

Il s'agissait de l'interrogatoire de Stiernet.

— Dès ce matin à la première heure. Je suis même descendu le voir au Dépôt.

— Comment est-il ?

— Paisible. Je dirais même serein. Cela ne le gêne pas d'être enfermé et il ne se fait pas de mauvais sang.

Un peu plus tard, Maigret et Lapointe pénétraient à la Brasserie Dauphine. Il y avait deux avocats en robe ainsi que trois ou quatre inspecteurs qui n'appartenaient pas à la brigade de Maigret mais qui le saluèrent. Ils passèrent dans la salle à manger.

— Qu'avez-vous, aujourd'hui ?

— Vous allez être content : de la blanquette de veau.

— Qu'est-ce que vous pensez du Vin des Moines ?

Le patron haussa les épaules.

— Ce n'est pas plus mauvais que le vin qu'on vendait autrefois au litre. Un mélange de différents vins du Midi et de vin d'Algérie. Les gens, aujourd'hui, préfèrent une bouteille avec une étiquette et un nom plus ou moins ronflant.

— Vous en tenez ?

— Non, bien sûr. Je vous sers un petit bourgueil ? Il ira parfaitement avec la blanquette.

L'instant d'après Maigret tirait son mouchoir de sa poche.

— Ça y est ! Dès que je me trouve dans une pièce chauffée, cela commence.

— Pourquoi n'allez-vous pas vous coucher ?

— Tu te figures que je me reposerais ? Je n'arrête pas de penser à ce Chabut. On dirait qu'il a tout fait pour nous compliquer la vie.

— Que pensez-vous de sa femme ?

— Encore rien. Hier soir, je l'ai trouvée séduisante et très maîtresse d'elle-même, en dépit des événements. Peut-être un peu trop maîtresse d'elle-même. Il semble que, vis-à-vis de son mari, elle se faisait protectrice. La femme indulgente. Nous la verrons tout à l'heure. Peut-être me fera-t-elle changer d'avis. Je me méfie toujours des êtres trop parfaits.

La blanquette était onctueuse à point, la sauce d'un jaune doré, très parfumée. Ils prirent chacun une poire, puis du café, et, peu après deux heures, ils pénétraient dans l'immeuble de la place des Vosges.

La même femme de chambre que la veille vint leur ouvrir et les fit asseoir dans le hall pendant qu'elle allait prévenir sa patronne.

Quand elle revint, elle ne les conduisit pas dans le salon mais, plus loin, dans un boudoir où Jeanne Chabut ne tarda pas à les rejoindre.

Elle portait une robe noire très simple mais merveilleusement coupée sur laquelle ne tranchait aucun bijou.

— Asseyez-vous, messieurs. Je suis allée là-bas ce matin et je n'ai pas pu toucher à mon déjeuner.

— Je suppose qu'ils vont ramener le corps ?

— Cet après-midi à cinq heures. J'attends, avant cela, le représentant des pompes funèbres afin de savoir où l'on installera la chapelle ardente. Sans doute dans cette pièce, car le salon est trop grand.

Le boudoir, éclairé par une fenêtre très haute qui descendait presque jusqu'au plancher, était clair et gai comme le reste de l'appartement, avec une note un peu plus féminine.

— C'est vous qui avez choisi les meubles et les tentures ?

— Je me suis toujours intéressée à la décoration. J'aurais voulu devenir décoratrice. Mon père est libraire rue Jacob. Ce n'est pas loin des Beaux-Arts et c'est le quartier des antiquaires.

— Comment se fait-il que vous soyez devenue dactylo ?

— Parce que je voulais être indépendante. Je pensais que je pourrais suivre des cours du soir mais je me suis rendu compte que c'était impossible. Ensuite, j'ai rencontré Oscar.

— Vous êtes devenue sa maîtresse ?

— Le premier soir. Avec lui, cela ne doit pas vous étonner.

— C'est lui qui a proposé de vous épouser ?

— Vous me voyez le lui demander ? Il était sans doute fatigué de vivre seul dans un petit hôtel où il préparait ses repas sur une lampe à alcool. Il gagnait très peu à cette époque.

— Vous avez continué à travailler ?

— Les deux premiers mois. Ensuite, il n'a plus voulu. Cela peut paraître étrange, mais il était très jaloux.

— Fidèle ?

— Je le croyais.

Maigret l'observait et éprouvait un certain malaise, comme s'il sentait confusément que quelque chose clochait. Son visage était beau, mais les traits restaient trop immobiles, comme si elle était passée entre les mains d'un spécialiste de la chirurgie esthétique.

Les yeux ne cillaient presque pas. Ils étaient grands, d'un bleu clair, et elle les écarquillait comme pour les faire paraître plus innocents encore.

Il dut se moucher et, pendant ce temps, elle garda le silence.

— Je vous demande pardon.

— J'ai pensé à la liste que vous m'avez demandée et je me suis efforcée de vous l'établir.

Elle alla chercher une feuille de papier à lettres sur un bureau Louis XV. Elle avait une grande écriture ferme, sans fioritures.

— Je n'ai retenu que les noms de ceux dont la femme a probablement eu des rapports intimes avec mon mari.

— Vous n'avez pas de certitude ?

— Pour la plupart, non. Mais, à sa façon de parler d'elles et de se comporter quand nous donnions une soirée, j'étais assez vite renseignée.

Il lisait les noms à mi-voix.

— Henry Legendre.

— Industriel. Il fait la navette entre Paris et Rouen. Marie-France est sa seconde femme et elle a quinze ans de moins que lui.

— Jaloux ?

— Je le crois. Mais elle est beaucoup plus futée que lui. Ils ont une propriété à Maisons-Laffitte où ils reçoivent tous les week-ends.

— Vous y êtes allés ?

— Une seule fois, car nous recevions le dimanche aussi dans notre villa de Sully-sur-Loire. L'été, nous allions à Cannes, où nous possédons les deux derniers étages d'un immeuble neuf, près du Palm Beach, ainsi que le toit que nous avons aménagé en une sorte de jardin...

— Pierre Merlot, lut-il.

— L'agent de change. Lucile, sa femme, est une petite blonde au nez pointu qui, passé la quarantaine, conserve des airs de gamine. Cela a dû amuser Oscar.

— Le mari a été au courant ?

— Certainement pas. Son mari est un bridgeur enragé et, lorsque nous avions une soirée, ils étaient toujours quelques-uns à s'enfermer dans cette pièce pour jouer.

— Votre mari ne jouait pas ?

— Pas à ce genre de jeux.

Elle souriait vaguement.

— Jean-Luc Caucasson.

— L'éditeur d'art. Il a épousé un jeune modèle assez mal embouché qui est drôle comme tout.

— Maître Poupard. L'avocat d'assises ?

C'était un des maîtres du barreau et on lisait souvent son nom dans les journaux. Sa femme était américaine et possédait une grosse fortune.

— Il ne s'est douté de rien ?

— Il lui arrive assez souvent de plaider en province. Ils ont un splendide appartement dans l'île Saint-Louis.

— Xavier Thorel. S'agit-il du ministre ?

— Oui. Xavier est un charmant ami.

— Vous dites cela comme s'il était particulièrement votre ami à vous.

— Je l'aime beaucoup. Quant à Rita, elle se jette au cou de tous les hommes.

— Il le sait ?

— Il se résigne. Plus exactement, il lui rend la pareille.

D'autres noms, d'autres prénoms, un architecte, un médecin, Gérard Aubin, de la banque Aubin et Boitel, un grand couturier de la rue François-Ier.

— La liste pourrait être plus longue, car nous connaissons beaucoup de gens, mais j'ai choisi les personnes avec qui je suis à peu près certaine qu'Oscar a eu des relations intimes.

Elle questionna soudain :

— Vous êtes allé voir son père ?

— Oui.

— Qu'est-ce qu'il vous a dit ?

— Il m'a semblé que ses rapports avec son fils étaient plutôt froids.

— Seulement depuis qu'Oscar s'est mis à gagner beaucoup d'argent. Il a voulu que son père abandonne son bistrot et il lui a offert de lui acheter une belle propriété à Sancerre, non loin de la ferme où le vieux est né. Ils se sont mal compris tous les deux. Désiré a pensé qu'on essayait de se débarrasser de lui.

— Et votre père à vous ?

— Il tient toujours sa librairie, et ma mère vit à l'entresol d'où elle ne peut plus bouger car elle marche difficilement et son cœur est devenu fragile.

La femme de chambre frappa à la porte, entra.

— C'est le monsieur des pompes funèbres.

— Dites-lui que je viens tout de suite.

Et, tournée vers les deux hommes :

— Je dois vous demander de m'excuser. Je vais être fort occupée les prochains jours. Cependant, si vous découvrez du nouveau ou si vous avez besoin d'un renseignement, n'hésitez pas à me déranger.

Elle leur souriait d'un sourire diffus, machinal, et, d'une démarche souple, les conduisait jusqu'à la porte.

Dans le hall, ils rencontrèrent l'employé des pompes funèbres qui reconnut Maigret et le salua respectueusement.

Le brouillard, qui s'était en grande partie dissipé au milieu de la journée, se rétablissait peu à peu et estompait les images.

Quant à Maigret, il se mouchait une fois de plus en grommelant Dieu sait quoi.

3

Maigret n'avait jamais été à l'aise dans un certain milieu, dans une certaine bourgeoisie opulente au contact de laquelle il se sentait gauche et emprunté. Ces gens de la liste que Jeanne Chabut lui avait remise, par exemple, appartenaient tous plus ou moins à un même cercle qui avait ses règles, ses coutumes, ses tabous, son langage. Ils se retrouvaient au théâtre, au restaurant, dans les boîtes de nuit puis, le dimanche, dans des maisons de campagne qui se ressemblaient et, l'été, à Cannes ou à Saint-Tropez.

Oscar Chabut, à la carcasse plébéienne, s'était hissé à la force du poignet jusqu'à ce petit monde et, pour se convaincre qu'il y était admis, il éprouvait le besoin de coucher avec la plupart des femmes.

— Où allons-nous, patron ?

— Rue Fortuny.

Il était tassé sur son siège et, sans gaieté, il regardait vaguement le défilé des rues et des boulevards. Les lampadaires étaient allumés, la plupart des fenêtres éclairées. En outre, il y avait des guirlandes lumineuses d'un trottoir à l'autre, des sapins dorés ou argentés, des arbres de Noël dans les étalages.

Le froid, le brouillard n'empêchaient pas la foule d'envahir les rues, de passer d'une vitrine à l'autre, de faire la queue dans les magasins. Il se demanda ce qu'il allait offrir à Mme Maigret mais il ne trouva rien. Il passait son temps à se moucher et il avait hâte de se mettre au lit.

— Quand nous serons allés là-bas, je te remettrai la liste et tu t'arrangeras pour savoir où chacun se trouvait mercredi vers neuf heures.

— Je dois les interroger ?

— Seulement si tu ne trouves pas le renseignement autrement. En parlant aux chauffeurs ou aux domestiques, par exemple, tu as des chances de savoir.

Le pauvre Lapointe n'était pas enchanté de la tâche qu'on lui confiait.

— Vous croyez que c'est l'un d'entre eux ?

— Cela peut être n'importe qui. Cet Oscar devait se rendre insupportable à tout le monde, aux hommes en tout cas. Tu peux m'attendre dans la voiture. Je n'en ai que pour quelques minutes.

Il sonna à la porte de l'hôtel particulier et, sans qu'on eût entendu de bruit de pas, le judas ne tarda pas à s'entrouvrir. Mme Blanche le fit entrer à contrecœur.

— Qu'est-ce que vous me voulez encore ? A cette heure-ci,

j'attends des clients et il serait préférable que la police ne se montre pas dans la maison.

— Voulez-vous regarder cette liste ?

Ils étaient tous les deux dans le grand salon où deux lampes seules étaient éclairées. Elle alla chercher ses lunettes sur le piano à queue, parcourut des yeux la liste de noms.

— Qu'est-ce que vous attendez de moi ?

— Que vous me disiez si, parmi ces gens-là, il y a de vos clients.

— D'abord, je vous ai déjà dit que je les connais surtout par leur prénom et que les noms de famille ne sont jamais prononcés.

— Comme je vous connais, vous n'en savez pas moins tout sur leur compte.

— Nous occupons une position confidentielle, comme un médecin ou un avocat, et je ne vois pas pourquoi nous ne bénéficierions pas, nous aussi, du secret professionnel.

Après avoir écouté patiemment, il murmura sans élever la voix :

— Répondez.

Et elle savait bien qu'elle n'aurait pas le dernier mot avec lui.

— Il y en a deux ou trois.

— Lesquels ?

— M. Aubin, Gérard Aubin, le banquier. Il appartient à la haute finance protestante et il prend d'énormes précautions pour que rien ne se sache.

— Il vient souvent ?

— Deux ou trois fois par mois.

— Il amène quelqu'un avec lui ?

— La dame arrive toujours la première.

— Chaque fois la même ?

-- Oui.

— Il ne lui est pas arrivé de rencontrer Chabut dans le couloir ou dans l'escalier ?

— Je veille à ce que ça ne se produise pas.

— Il peut l'avoir aperçu sur le trottoir, ou avoir reconnu sa voiture. Sa femme est déjà venue aussi ?

— Avec M. Oscar, oui.

— Qui donc connaissez-vous encore ?

— Marie-France Legendre, la femme de l'industriel.

— Elle est venue souvent ?

— Quatre ou cinq fois.

— Toujours avec Chabut ?

— Oui. Je ne connais pas son mari. Il est possible qu'il fréquente la maison sous un autre nom. C'est ce que font certains clients. Le ministre, par exemple, Xavier Thorel. Il me téléphone à l'avance pour que je lui procure une jeune femme, de préférence un mannequin ou un modèle. Il se fait appeler M. Louis mais, comme sa photo paraît souvent dans les journaux, tout le monde le reconnaît.

— Y en a-t-il qui viennent de préférence le mercredi ?

— Non. Ils n'ont pas de jour.

— Mme Thorel compte-t-elle parmi les maîtresses d'Oscar Chabut ?

— Rita ? Elle est venue aussi bien avec lui qu'avec d'autres. C'est une petite brune aguichante qui ne peut pas se passer d'hommes. Je ne suis pas sûre que ce soit par tempérament. Elle a surtout besoin qu'on s'occupe d'elle.

— Je vous remercie.

— Vous en avez fini avec moi ?

— Je ne sais pas.

— Si vous devez revenir, soyez gentil de me passer un coup de fil, afin que j'évite des rencontres qui me feraient beaucoup de tort. Je vous remercie de ne pas avoir parlé de moi aux journalistes.

Maigret regagna sa voiture. Il n'était guère plus avancé qu'avant sa visite mais, faute d'un point de départ, il était bien obligé de chercher dans tous les sens.

— Et maintenant, patron ?

— Chez moi.

Il avait le front chaud, les yeux qui picotaient, et il ressentait une douleur à l'épaule gauche.

— Bon courage, vieux. Tu as la liste ? Passe au Quai pour la faire photostater, que nous n'ayons pas à la redemander à Jeanne Chabut.

Mme Maigret s'étonna de le voir rentrer en avance.

— Tu as l'air très enrhumé. C'est pour cela que tu es revenu si tôt ?

Son visage était couvert comme d'une buée.

— Je me demande si je ne suis pas en train de commencer une grippe. Ce ne serait pas le moment.

— C'est une drôle d'histoire, non ?

La plupart du temps, comme cette fois encore, c'est par les journaux ou par la radio qu'elle apprenait de quelle affaire Maigret s'occupait.

— Un instant. J'ai un coup de téléphone à donner.

Il appela la rue Fortuny. Mme Blanche répondit d'abord d'une voix suave.

— Ici, Maigret. J'ai oublié, tout à l'heure, de vous poser une question. Est-ce que Chabut vous téléphonait avant d'aller chez vous ?

— Certaines fois oui, d'autres fois non.

— A-t-il téléphoné mercredi ?

— Non. C'était inutile, puisqu'il venait à peu près tous les mercredis.

— Qui le savait ?
— Personne ici.
— Sauf votre femme de chambre.
— C'est une jeune Espagnole qui comprend à peine le français et qui est bien incapable de retenir les noms...
— Pourtant, quelqu'un était au courant, quelqu'un qui savait vers quelle heure Chabut sortait de chez vous et qui a attendu dehors malgré le froid.
— Excusez-moi de raccrocher mais on sonne à la porte.

Il se déshabilla, passa son pyjama, sa robe de chambre et s'assit au salon, dans son fauteuil de cuir.

— Ta chemise est détrempée. Tu ferais mieux de prendre ta température.

Elle alla lui chercher le thermomètre dans la salle de bains et il le garda cinq minutes à la bouche.

— Combien ?
— 38°4.
— Pourquoi ne te couches-tu pas tout de suite ? Tu ne préfères pas que je passe un coup de fil à Pardon ?
— Si tous ses clients devaient le déranger pour une petite grippe !

Il détestait déranger les médecins, à plus forte raison son vieil ami Pardon qui finissait si rarement un repas en paix.

— Je vais te préparer le lit.
— Un instant. Tu m'as gardé de la choucroute ?
— Tu ne vas quand même pas en manger ?
— Pourquoi pas ?
— C'est lourd. Tu n'es pas bien.
— Réchauffe-la-moi quand même. N'oublie pas le petit salé.

Il en revenait toujours au même point. Quelqu'un savait que Chabut serait ce mercredi-là rue Fortuny. Il était improbable qu'il l'ait suivi. D'abord, il est difficile de suivre quelqu'un à Paris, surtout en voiture. Ensuite, le marchand de vin était arrivé vers sept heures en compagnie de la Sauterelle.

Pouvait-on croire que le meurtrier avait attendu près de deux heures dehors, dans la bise, et sans se faire remarquer ? Il ne devait d'ailleurs pas être venu en voiture puisque, son coup fait, il s'était précipité vers la station de métro Malesherbes.

Tout cela était assez désordonné dans sa tête et il devait faire un effort pour réfléchir.

— Qu'est-ce que tu boiras ?
— De la bière, bien entendu. Avec la choucroute, je ne vois pas ce que je boirais d'autre.

Il s'était cru plus d'appétit qu'il n'en avait réellement et il ne tarda pas à repousser son assiette. Cela ne lui ressemblait pas de se coucher à six heures et demie du soir mais il le fit quand même. Mme Maigret lui apporta deux aspirines.

— Qu'est-ce que tu pourrais prendre d'autre ? Il me semble que la dernière fois, il y a trois ans, Pardon t'avait ordonné un médicament qui t'a fait beaucoup de bien.

— Je ne m'en souviens pas.

— Tu ne veux vraiment pas que je lui téléphone ?

— Non. Ferme les rideaux et éteins la lumière.

Après dix minutes, déjà, il transpirait abondamment et ses pensées devenaient floues. Un peu plus tard, il dormait.

La nuit lui parut longue. Il se réveilla plusieurs fois, le nez bouché, la respiration difficile. Il restait alors un certain temps dans une demi-conscience et, presque chaque fois, il entendait ou croyait entendre la voix de sa femme.

Une fois, il la trouva debout devant le lit. Elle tenait un pyjama propre.

— Il faut que tu en changes. Tu es tout mouillé. Je me demande si je ne ferais pas mieux de changer les draps aussi.

Il se laissa faire, l'œil vague. Puis il se trouva dans une église qui ressemblait au salon de Mme Blanche, en beaucoup plus grand. Le long d'une allée centrale des couples se suivaient comme à un mariage. Quelqu'un jouait du piano mais c'était une musique d'orgues qu'on entendait.

Il avait une mission à accomplir, il ne savait pas laquelle, et Oscar Chabut le regardait d'un air goguenard. A mesure que les couples défilaient, il saluait des femmes en les appelant par leur prénom.

Il lui arriva encore de s'éveiller à moitié et il fut soulagé de voir enfin la chambre baigner dans une lumière grisâtre et de sentir l'odeur de café qui venait de la cuisine.

— Tu es éveillé ?

Il ne transpirait plus. Il était las, mais il ne ressentait aucun malaise.

— Tu m'apportes mon café ?

Il lui semblait qu'il y avait très longtemps qu'il n'avait bu d'aussi bon café. Il le savourait à petites gorgées.

— Passe-moi ma pipe et mon tabac, veux-tu ? Quel temps fait-il ?

— Un peu brumeux, mais beaucoup moins qu'hier. Le soleil ne tardera pas à sortir.

C'était rare, mais il lui arrivait, enfant, de se porter malade parce qu'il ne savait pas ses leçons. N'était-ce pas un peu le même cas ? Non, puisqu'il avait eu de la température.

Avant de lui donner sa pipe, Mme Maigret lui tendit le thermomètre. Il le glissa docilement sous la langue.

— 36°5. En dessous de la normale.

— Après tout ce que tu as transpiré.

Il fuma, but une seconde tasse de café.

— J'espère que tu vas prendre au moins une journée de repos ?

Il ne répondit pas tout de suite. Il hésitait. Il se sentait bien, au creux de son lit, surtout maintenant qu'il n'avait plus mal à la tête. Lapointe était occupé à établir un alibi pour chacun des hommes de la liste.

C'était décourageant. L'enquête marquait le pas. Il s'en irritait d'autant plus qu'il avait l'impression que c'était sa faute, que la vérité était à portée de sa main, qu'il lui suffirait d'y penser.

— Il y a du nouveau dans les journaux ?

— On prétend que tu es sur une piste.

— C'est exactement le contraire de ce que je leur ai dit.

A neuf heures, il avait bu trois grandes tasses de café et la chambre était bleue de la fumée de sa pipe.

— Qu'est-ce que tu fais ?

— Je me lève.

— Tu veux sortir ?

— Oui.

Elle n'insista pas, sachant que cela ne servirait à rien.

— Tu veux que je téléphone au Quai pour demander qu'un des inspecteurs vienne te chercher avec une voiture ?

— C'est une bonne idée. Lapointe ne doit pas être là. Demande si Janvier est libre. Non. J'oubliais qu'il est sur une affaire. Lucas, lui, doit être disponible.

Il se sentait moins bien debout que couché et il ressentait un peu de vertige. Sa main tremblait tandis qu'il se rasait et il se coupa légèrement.

— J'espère que tu pourras venir déjeuner ? A quoi cela t'avancerait-il de tomber sérieusement malade ?

Elle avait raison, mais c'était plus fort que lui. Ce fut sa femme qui lui noua sa grosse écharpe autour du cou et il descendit l'escalier tandis que, du palier, elle le suivait des yeux.

— Bonjour, Lucas. Le grand patron ne m'a pas fait demander ?

— Je lui ai dit qu'hier au soir vous ne vous sentiez pas bien.

— Rien de nouveau ?

— Lapointe a passé toute la soirée à chasser. Ce matin, il est déjà dehors avec sa liste. Où désirez-vous que je vous conduise ?

— Quai de Charenton.

Les lieux lui paraissaient déjà familiers et il monta tout de suite à l'étage, suivi d'un Lucas pour qui le décor était nouveau. Il frappa à la porte, la poussa, trouva la Sauterelle qui, dans son coin, tapait à la machine.

— C'est encore moi. Je vous présente l'inspecteur Lucas, mon plus ancien collaborateur.

— Vous avez l'air fatigué.

— Je le suis. J'ai quelques questions importantes, surtout une, à vous poser.

Il s'assit à la place de Chabut, devant le bureau à cylindre.

— Qui savait que, mercredi, votre patron et vous iriez rue Fortuny ?

— Ici ?

— Ici ou ailleurs.

— Ici, tout le monde. Oscar était le contraire d'un homme discret. Dès qu'il avait une nouvelle maîtresse, il avait envie de le faire savoir au monde entier.

— Vous quittiez le bureau en même temps que lui ?

— Oui. Et nous entrions ensemble dans sa voiture, qui est assez voyante.

— Cela se répétait à peu près tous les mercredis ?

— A peu près.

— M. Louceck était au courant ?

— Je l'ignore. Il ne venait que très rarement ici. C'est le patron qui, chaque jour, passait une heure ou deux avenue de l'Opéra.

— Voulez-vous me donner son emploi du temps ?

— Je peux faire une moyenne, car ce n'était pas nécessairement tous les jours le même programme. Le plus souvent, il partait de chez lui vers neuf heures du matin, au volant de la Jaguar, laissant le chauffeur et la Mercedes à la disposition de sa femme. Il s'arrêtait d'abord quai de Bercy, où il allait jeter un coup d'œil dans les entrepôts où se font les mélanges et la mise en bouteille.

— Qui dirige ce travail-là ?

— En principe, cela se passe sous la surveillance de M. Leprêtre, qui fait la navette, mais il y a une sorte de sous-directeur qui, je crois, est de Sète.

— Il vient ici aussi ?

— Rarement.

— Il est au courant de vos relations avec le patron ?

— C'est possible qu'on lui en ait parlé.

— Il ne vous a jamais fait la cour ?

— Je crois qu'il ne m'a jamais remarquée.

— Bon. Ensuite ?

— Vers dix heures, M. Chabut arrivait ici et dépouillait son courrier. S'il avait un ou plusieurs rendez-vous, je le lui rappelais. Il recevait souvent des fournisseurs qui montaient du Midi.

— Quelle était son attitude vis-à-vis de vous ?

— Cela dépendait des jours. Certains matins, il s'apercevait à peine de ma présence. D'autres fois, il me disait :

» — Viens ici.

» Et il me soulevait la jupe. Il ne se préoccupait pas de ce que la porte n'était pas fermée à clef et nous faisions l'amour sur un coin du bureau.

— Vous n'avez jamais été surpris ?

— Deux ou trois fois par une des dactylos et une fois par

M. Leprêtre. Les dactylos n'étaient pas étonnées, car il leur arrivait la même chose.

— A quelle heure partait-il ?

— Quand il rentrait déjeuner chez lui, vers midi. Quand il déjeunait en ville, ce qui lui arrivait assez souvent, vers midi et demi.

— Où mangez-vous ?

— A deux cents mètres d'ici, sur le quai. Il y a un petit restaurant où la cuisine n'est pas mauvaise.

— L'après-midi ?

Le brave Lucas écoutait tout cela avec étonnement et regardait la Sauterelle des pieds à la tête sans fort bien comprendre son attitude.

— Presque chaque jour, il passait avenue de l'Opéra où il restait jusqu'à quatre heures environ. Il partage un bureau avec M. Louceck.

— Il a des aventures, là aussi ?

— Je ne crois pas. C'est un secteur tout à fait différent et il y règne une autre atmosphère. En outre, je crois qu'il aurait été gêné devant M. Louceck. Celui-ci est le seul dont il semblait avoir un peu peur. Peur est un mot exagéré. Mais il ne le traitait pas comme les autres et je crois qu'il ne l'a jamais engueulé.

— Vers quatre heures, il revenait ici ?

— Entre quatre heures et quatre heures et demie. Il consacrait un temps plus ou moins long à M. Leprêtre. Il lui arrivait d'aller assister au déchargement d'une péniche. Puis il montait, sonnait une des dactylos et lui dictait du courrier.

— Il ne vous en dictait pas à vous ?

— Rarement, ou alors des lettres personnelles. Il avait besoin de quelqu'un dans son bureau, une personne sans importance devant qui il pouvait penser à voix haute. Ce rôle-là, c'était le mien. Je n'aurais pas travaillé du tout que cela aurait été la même chose.

— Départ à quelle heure ?

— Six heures, en principe, à moins qu'il n'ait envie de rester un peu avec moi ou avec une des autres filles.

— Il ne passait jamais la soirée avec vous ?

— Seulement le mercredi, jusqu'à neuf heures environ.

— Vous sortiez toujours la deuxième de chez Mme Blanche ?

— Non. Il nous arrivait de sortir ensemble et il me reconduisait même jusqu'à la rue Caulaincourt, à cent mètres de chez moi. Mercredi, il était pressé et je lui ai dit de ne pas m'attendre.

— Continuez à y penser. Essayez de savoir qui était au courant de vos visites rue Fortuny.

Après s'être mouché, il remit son chapeau sur la tête. Mme Maigret avait eu raison : le soleil s'était levé et faisait miroiter la Seine.

— Viens, Lucas. Merci, mademoiselle.

Au moment où la voiture tournait pour pénétrer dans la cour de la P.J. le regard de Maigret croisa celui d'un homme qui se tenait debout près du parapet du quai. Ce fut très bref. Sur le moment, le commissaire n'y attacha pas d'importance, d'autant moins que l'instant d'après l'homme se dirigeait en traînant un peu la jambe vers la place Dauphine.

— Tu l'as remarqué ? demanda-t-il plus tard à Lucas.

— Qui ?

— Un homme vêtu d'une gabardine. Il était debout en face du portail, et il regardait les fenêtres. Puis, quand nous sommes arrivés à sa hauteur, il m'a dévisagé. Je suis sûr qu'il m'a reconnu.

— Un clochard ?

— Non. Il était rasé et portait des vêtements décents. Par exemple, il ne doit pas avoir chaud dans sa gabardine.

Arrivé dans son bureau, Maigret pensait encore à l'inconnu et il alla machinalement regarder par la fenêtre. Il n'était plus sur le quai, bien entendu.

Il cherchait ce qui l'avait tellement frappé chez cet homme et finissait par se demander si ce n'était pas l'intensité de son regard. C'était le regard pathétique d'un être face à un grave problème ou à la souffrance.

Fallait-il croire à une sorte d'appel au commissaire ?

Il haussa les épaules, bourra une pipe et s'assit à son bureau. Il continuait, sans raison apparente, à avoir soudain le visage en sueur et il était obligé de s'éponger.

Il avait promis à Mme Maigret de rentrer pour le déjeuner et il avait oublié de lui demander ce qu'il y aurait à manger. Il aimait le savoir dès le matin, de façon à s'en réjouir à l'avance.

La sonnerie du téléphone se fit entendre et il décrocha.

— Une communication pour vous, monsieur le commissaire. Votre correspondant ne veut pas dire son nom ni la raison de son appel. Vous prenez quand même ?

— Je prends. Allô !...

— Le commissaire Maigret ? questionna une voix un peu assourdie.

— C'est moi-même.

— Je voulais seulement vous dire de ne pas vous en faire pour le marchand de vin. C'était une ignoble crapule.

Maigret questionna :

— Vous le connaissiez bien ?

Mais l'homme, à l'autre bout du fil, avait déjà raccroché. Le commissaire raccrocha à son tour en regardant rêveusement l'appareil. C'était peut-être ce qu'il attendait depuis la mort de Chabut : un point de départ.

Ce coup de téléphone ne lui apprenait rien, certes, sinon que quelqu'un, dans cette affaire, vraisemblablement le meurtrier, était de ceux qui ne peuvent rester dans l'anonymat complet. Alors ils écrivent, ou bien ils téléphonent. Ce ne sont pas nécessairement des fous.

Il avait connu plusieurs cas du même genre et, dans un des cas au moins, le criminel n'avait eu de cesse qu'il ne se fasse prendre.

La tête lourde, il dépouilla son courrier, signa des rapports et d'autres pièces administratives qui lui donnaient presque autant de travail que les enquêtes.

A midi, il marcha jusqu'au boulevard du Palais et pénétra après une courte hésitation dans le café du coin. Il avait la bouche pâteuse et il se demandait ce qu'il allait boire. Parce que la veille il avait pris un verre de rhum, il en commanda un. En réalité il en but deux, car le verre était petit.

Un taxi le ramena chez lui où il gravit lentement l'escalier pour trouver, une fois en haut, la porte qui s'ouvrait et sa femme qui l'observait en questionnant :

— Comment vas-tu ?

— Mieux. Sauf qu'il m'est arrivé deux ou trois fois de me mettre tout à coup à transpirer. Qu'est-ce qu'il y a à manger ?

Il retirait son manteau, son écharpe, son chapeau et il pénétrait dans le living-room.

— Du foie de veau à la bourgeoise.

C'était un de ses plats favoris. Il s'assit dans son fauteuil, jeta un coup d'œil aux journaux tout en pensant à autre chose.

Est-ce que l'homme qui lui avait téléphoné n'était pas celui qu'il avait remarqué un peu plus tôt sur le quai, face à l'entrée de la P.J. ?

Il fallait attendre qu'il appelle à nouveau. Peut-être même téléphonerait-il ici car les journaux avaient souvent parlé de son appartement du boulevard Richard-Lenoir. En outre, presque tous les chauffeurs de taxi connaissaient son adresse.

— A quoi penses-tu ? questionna Mme Maigret tout en mettant la table.

— A un type que j'ai rencontré tout à l'heure. Nos regards se sont croisés et j'ai maintenant l'impression qu'il voulait me faire parvenir une sorte de message.

— Dans un regard ?

— Pourquoi pas ? J'ignore si c'est lui qui m'a téléphoné un peu plus tard pour me dire que Chabut était une ignoble crapule. Ce sont ses propres termes. On a raccroché avant que j'aie pu poser une question.

— Tu espères qu'il t'appellera à nouveau ?

— Oui. Ils le font presque toujours. Cela les excite de jouer avec le feu. A moins que ce ne soit qu'un pauvre détraqué qui ne connaît de l'affaire que ce que les journaux en ont dit. Cela arrive aussi.

— Tu ne veux pas que je mette la télévision ?

Ils mangèrent presque en silence car Maigret en revenait automatiquement à son enquête et à ses personnages.

— Tu en a pris assez pour que nous en mangions froid demain comme hors-d'œuvre ?

C'était encore froid, le lendemain, qu'il préférait le foie de veau. Comme dessert, il mangea des noix, des figues et des amandes. Il n'avait bu que deux verres de bordeaux mais il ne se sentait pas moins engourdi et il alla s'asseoir dans son fauteuil, près de la fenêtre.

Il ferma les yeux et pendant un temps assez long il resta comme suspendu entre la veille et le sommeil. Il se rendait compte qu'il glissait insensiblement et c'était une sensation agréable qu'il n'avait pas envie de dissiper.

Il revit l'homme sur le quai, avec une jambe un peu folle. Était-ce la gauche ou la droite ? Dans sa somnolence, la question prenait une importance qu'il aurait été bien en peine d'expliquer.

Mme Maigret allait et venait sans bruit, débarrassant la table, et il ne se rendait compte de ses mouvements que parce qu'il recevait parfois un léger courant d'air.

Après, il n'y eut plus rien. Il ne savait même pas qu'il respirait par la bouche et qu'il ronflait légèrement. Quand il s'éveilla soudain, surpris de se trouver dans son fauteuil, la pendule marquait trois heures cinq. Il chercha sa femme des yeux. De légers bruits dans la cuisine lui apprirent qu'elle était occupée à y repasser.

— Tu as bien dormi ?

— Magnifiquement. Je serais capable de dormir toute la journée.

— Tu ne veux pas prendre ta température ?

— Si tu y tiens.

Cette fois, il avait 37°6.

— C'est nécessaire que tu ailles à ton bureau ?

— Il est préférable que j'y aille, oui.

— Prends donc une aspirine avant de partir.

Docilement, il en prit une puis, pour en faire passer le goût, il se versa un tout petit verre de prunelle d'Alsace que leur envoyait sa belle-sœur.

— Je t'appelle tout de suite un taxi.

Le ciel était clair, d'un bleu un peu pâle, et le soleil brillait, mais l'air n'en restait pas moins très froid.

— Vous désirez que je mette le chauffage, patron ? Vous avez l'air enrhumé. Moi, ma femme et mes gosses ont la grippe. Cela va toujours par série. Demain ou après, ce sera mon tour.

— Surtout pas de chauffage. Je n'ai déjà que trop tendance à transpirer.

— Vous aussi ? Voilà trois ou quatre fois depuis ce matin que je suis en nage.

L'escalier lui parut plus raide que d'habitude et c'est avec plaisir qu'il s'assit enfin devant son bureau. Il sonna pour demander à Lucas de venir le voir.

— Rien de nouveau ?

— Non, patron.

— Pas de coup de téléphone anonyme ?

— Non. Lapointe vient de rentrer et je pense qu'il attend de vous parler.

— Dis-lui de venir.

Il choisit une des pipes rangées sur le bureau, la plus légère, et la bourra lentement.

— Tu as déjà tous les renseignements ?

— A peu près tous, oui. J'ai eu assez de chance.

— Assieds-toi. Passe-moi la liste.

— Vous ne comprendriez pas mes notes. Je préfère vous les lire en attendant de vous établir un rapport. Je commence par le ministre, Xavier Thorel. Je n'ai eu à interroger personne. Par les journaux de jeudi, j'ai appris qu'il représentait le gouvernement à la première mondiale d'un film sur la Résistance.

— Avec sa femme ?

— Rita était à ses côtés, oui, ainsi que leur fils, qui a dix-huit ans.

— Continue.

— Je me suis rendu compte par la suite que d'autres personnes de la liste se trouvaient au même gala mais que leur nom n'avait pas été publié. C'est le cas du docteur Rioux, qui habite place des Vosges à deux maisons de chez les Chabut.

— Qui t'a renseigné ?

— Sa concierge, tout simplement. Ce sont encore les vieilles sources d'information les meilleures. Il paraît que c'est le docteur Rioux qui soigne Mme Chabut.

— Elle est souvent malade ?

— Elle semble l'appeler assez fréquemment. C'est un homme grassouillet, avec quelques cheveux bruns soigneusement ramenés sur sa calvitie. Sa femme est un grand cheval roux qui n'a pas dû attirer Oscar Chabut.

— Et de deux. Ensuite ?

— Henry Legendre, l'industriel, était à Rouen, où il a un pied-à-terre et où il se rend une ou deux fois par semaine. Je le tiens de son chauffeur qui m'a pris pour un démarcheur.

— Sa femme ?

— Elle est couchée depuis une semaine avec la grippe. Je n'ai rien pu apprendre au sujet de Pierre Merlot, l'agent de change, si ce n'est qu'il est censé avoir dîné en ville. Cela leur arrive souvent, à sa femme Lucile et à lui. Je n'ai pas eu le temps de faire le tour des grands restaurants. Il paraît que c'est un gourmet.

— Caucasson, l'éditeur d'art ?

— Au même cinéma des Champs-Élysées que le ministre.

— Maître Poupard ?

— A un grand dîner donné avenue Gabriel par l'ambassadeur des États-Unis.

— Mme Poupard ?

— Elle y assistait aussi. Il y a encore une Mme Japy, Estelle Japy, veuve ou divorcée, qui habite boulevard Haussmann et qui a été longtemps une des maîtresses de Chabut. Pour me renseigner sur elle, j'ai dû faire la cour à sa femme de chambre. Il y a des mois qu'elle ne voit plus Chabut qui s'est assez mal conduit avec elle. Mercredi, elle a dîné seule chez elle et elle a passé la soirée à regarder la télévision.

Le téléphone de Maigret sonnait. Il décrocha.

— On vous demande personnellement. Je crois que c'est le même homme que ce matin.

— Je prends.

Il y eut un assez long silence pendant lequel il entendait la respiration de son correspondant.

— Vous êtes là ? finit par questionner celui-ci.

— Je vous écoute, oui.

— C'est seulement pour vous répéter que c'est une crapule. Mettez-vous bien ça dans la tête.

— Un instant.

Mais déjà on raccrochait.

— C'est peut-être le meurtrier, mais c'est peut-être aussi un farceur. Tant qu'il me raccroche au nez, je n'ai aucun moyen d'en juger. Aucun moyen de le retrouver non plus. Il faut que ce soit lui qui en dise trop, ou qu'il commette une imprudence.

— Que vous a-t-il dit ?

— Comme ce matin : que Chabut était une crapule.

Des quantités de gens devaient être de cet avis-là, y compris parmi les commensaux habituels des Chabut. Il avait tout fait pour provoquer l'antipathie, sinon la haine, par son attitude vis-à-vis des femmes, d'un côté, et, d'un autre côté, par la façon de traiter son personnel.

C'était à croire qu'il tenait à provoquer les gens. Or, jusqu'au dernier mercredi, personne ne semblait l'avoir remis à sa place. Avait-il été giflé et avait-il évité de s'en vanter ? Aucun jaloux ne lui avait-il envoyé son poing dans la figure ?

Son attitude était insolente et, sûr de lui, il se permettait de défier le sort.

Quelqu'un, pourtant, un homme, d'après Mme Blanche, avait fini par en avoir assez et par l'attendre devant l'hôtel particulier de la rue Fortuny. Ce quelqu'un-là devait avoir des raisons encore plus fortes que les autres de le haïr car, en le tuant, il avait mis sa liberté, sinon sa propre vie, en jeu.

Était-ce parmi les amis qu'il fallait chercher ? Les renseignements apportés par Lapointe étaient plutôt décevants. On tue de moins en moins, surtout dans un certain milieu, pour venger une infortune conjugale.

L'assassin appartenait-il au groupe du quai de Charenton ? Ou au personnel de l'avenue de l'Opéra ?

Était-ce enfin cet homme anonyme qui avait téléphoné par deux fois au commissaire pour se décharger le cœur ?

— Tu en avais terminé avec ta liste ?

— Il y a Philippe Borderel et sa maîtresse. Il est critique théâtral d'un grand quotidien. Ils assistaient à une générale au théâtre de la Michodière. Puis Trouard, l'architecte, qui dînait chez Lipp avec un promoteur connu.

Combien d'autres n'étaient pas sur la liste et avaient de justes raisons d'en vouloir au marchand de vin ? Il aurait fallu pouvoir interroger des dizaines et des dizaines de gens, hommes et femmes, un à un, les yeux dans les yeux. C'était impensable, bien entendu, et c'est pourquoi Maigret se raccrochait à son inconnu du téléphone qui était peut-être l'homme qu'il avait vu le matin près du parapet.

— Vous savez quand ont lieu les obsèques ?

— Non. Lorsque j'ai quitté Mme Chabut, elle allait recevoir le représentant des pompes funèbres. Le corps a dû être ramené hier en fin d'après-midi place des Vosges. Au fait, si nous allions jeter un coup d'œil ?

Un peu plus tard, ils roulaient tous les deux en direction de la place des Vosges. Au premier étage, ils trouvèrent la porte contre et ils entrèrent, tout de suite enveloppés par l'odeur des cierges et des chrysanthèmes.

Oscar Chabut était déjà dans son cercueil mais celui-ci n'avait pas encore été refermé. Une femme d'un certain âge, en grand deuil, était agenouillée sur un prie-Dieu et un couple assez jeune se tenait face au mort qu'éclairait la flamme dansante des cierges.

Qui était la vieille dame en deuil ? Était-ce la mère de Jeanne Chabut ? C'était possible. C'était même probable. Quant au jeune couple, il paraissait mal à l'aise et, après un signe de croix, l'homme entraîna sa compagne.

Maigret suivit les rites et dessina une croix dans l'espace avec le brin de buis trempé d'eau bénite. Lapointe l'imita avec une conviction presque comique.

Même mort, Oscar Chabut était impressionnant, car il avait une face puissante, aux traits taillés grossièrement, peut-être, mais non sans une certaine beauté.

Au moment où les deux hommes sortaient, Mme Chabut se montrait dans le couloir.

— C'est moi que vous êtes venus voir ?

— Non. Nous sommes venus rendre nos devoirs à votre mari.

— Il a l'air vivant, n'est-ce pas ? Ils ont fait un beau travail. Vous l'avez vu tel qu'il était dans la vie, avec malheureusement son regard en moins.

Elle les conduisait machinalement vers la porte d'entrée, à l'autre bout du hall.

— Je voudrais vous poser une question, madame, murmura soudain Maigret.

Elle le regarda avec curiosité.

— Je vous écoute.

— Désirez-vous vraiment qu'on découvre le meurtrier de votre mari ?

Elle ne s'y attendait pas et elle fut un moment comme suffoquée.

— Pourquoi souhaiterais-je que cet homme reste en liberté ?

— Je ne sais pas. Si on le découvre, il y aura un procès, un très grand procès, dont la presse, la radio et la télévision parleront abondamment. Il y aura aussi un important défilé de témoins. Les employées de votre mari seront entendues. Il y en aura certainement parmi elles qui diront la vérité. Peut-être aussi des amies de votre mari.

— Je comprends ce que vous voulez dire, murmura-t-elle avec l'air de réfléchir, de peser le pour et le contre.

— Il est évident, ajouta-t-elle un peu plus tard, que cela fera un beau scandale.

— Vous n'avez pas répondu à ma question.

— A vrai dire, cela m'est égal. Je ne suis pas pour la vengeance. Celui qui l'a tué se croyait certainement de bonnes raisons de le faire. Peut-être à bon droit. Quel bien cela fera-t-il à la société de le mettre en prison pour dix ans ou pour le restant de ses jours ?

— A supposer que vous ayez une indication sur sa personnalité, je suppose donc que vous la garderiez pour vous ?

— Comme ce n'est pas le cas, je n'y ai pas encore pensé. Mon devoir serait de parler, n'est-ce pas ? Dans ce cas, je crois que je parlerais, mais à contrecœur.

— Qui va prendre la tête des affaires de votre mari ? Louceck ?

— Cet homme me fait peur. Il ressemble à un animal à sang froid et je déteste qu'il me regarde en face.

— Votre mari, pourtant, paraissait avoir confiance en lui ?

— Louceck lui a fait gagner beaucoup d'argent. C'est un homme retors, qui connaît admirablement le Code et la façon de s'en servir. Au début, il ne s'occupait que des impôts de mon mari puis, petit à petit, il s'est hissé jusqu'à la seconde place.

— De qui est l'idée du Vin des Moines ?

— De mon mari. Tout se faisait alors quai de Charenton. C'est Louceck qui a conseillé d'installer des bureaux avenue de l'Opéra et de multiplier les dépôts en province afin d'augmenter le nombre de points de vente.

— Votre mari le considérait comme honnête ?

— Il avait besoin de lui. Et il était de taille à se défendre.

— Vous n'avez pas répondu à ma question. Est-ce lui qui va diriger l'affaire ?

— Il restera sans doute à son poste, en tout cas pendant un certain temps, mais pas plus haut.

— Qui aura le pouvoir ?

— Moi.

Elle dit cela simplement, comme si cela allait de soi.

— J'ai toujours eu l'étoffe d'une femme d'affaires et mon mari me demandait souvent conseil.

— Vous aurez votre bureau avenue de l'Opéra ?

— Oui, sauf que je ne le partagerai pas avec Louceck comme le faisait Oscar. Ce ne sont pas les locaux qui manquent.

— Et vous irez aux entrepôts, dans les caves et les bureaux du quai de Charenton ?

— Pourquoi pas ?

— Vous ne prévoyez aucun changement parmi le personnel ?

— Pour quelle raison y aurait-il des changements ? Parce que les filles ont à peu près toutes couché avec mon mari ? Dans ce cas-là, je ne devrais plus voir mes amies non plus, sauf celles qui ont l'âge canonique.

Une jeune femme entrait, menue et vive, se jetait dans les bras de la maîtresse de maison en murmurant :

— Ma pauvre chérie...

— Vous m'excusez, monsieur le commissaire.

— Je vous en prie.

Tout en descendant l'escalier, Maigret grommelait en s'essuyant le front de son mouchoir :

— Curieuse femme.

Quelques marches plus bas, il ajouta :

— Ou je me trompe fort, ou cette histoire est loin d'être finie.

Jeanne Chabut n'avait-elle pas tout au moins le mérite de la franchise ?

4

Il était environ cinq heures quand on frappa discrètement à la porte du bureau de Maigret. Sans attendre de réponse, le vieux Joseph, le plus ancien des huissiers, s'avança et tendit une fiche au commissaire.

Nom : Jean-Luc Caucasson.
Motif de la visite : affaire Chabut.

— Où l'avez-vous mis ?

— Dans l'aquarium.

On appelait ainsi une salle d'attente vitrée de trois côtés où il y avait toujours des visiteurs.

— Laissez-le mariner encore pendant quelques minutes, puis amenez-le-moi.

Maigret se moucha longuement, alla se camper quelques instants devant la fenêtre et finit par boire un peu de la fine champagne qu'il avait toujours en réserve dans son placard.

Il se sentait toujours flou et il avait l'impression désagréable d'évoluer dans un univers cotonneux.

Il était occupé à allumer sa pipe, debout près de son bureau, quand Joseph annonça :

— Monsieur Caucasson.

Celui-ci ne paraissait pas impressionné par l'atmosphère du Quai des Orfèvres. Il s'avançait, la main tendue :

— C'est au commissaire Maigret que j'ai l'honneur... ?

Mais le commissaire se contentait de grommeler :

— Asseyez-vous, je vous en prie.

Lui-même contournait son bureau pour aller s'asseoir à sa place.

— Vous êtes éditeur de livres d'art, je pense ?

— C'est exact. Vous connaissez ma boutique de la rue Saint-André-des-Arts ?

Maigret évita de répondre et regarda comme rêveusement son interlocuteur. C'était un bel homme, grand, élancé, aux abondants cheveux gris bien lissés. Son complet, son pardessus étaient gris aussi et il avait aux lèvres un sourire suffisant qui devait lui être habituel. Il faisait penser à un animal de race, à un chien afghan, par exemple.

— Je m'excuse de vous déranger, d'autant plus que ma démarche n'a pas grand intérêt pour vous. J'étais un ami d'Oscar Chabut...

— Je sais. Je sais aussi que, mercredi, vous avez assisté à la première mondiale d'un film sur la Résistance. Le film n'a commencé qu'à neuf heures et demie et vous aviez tout le temps de parcourir le chemin entre la rue Fortuny et les Champs-Élysées.

— Vous me considérez comme suspect ?

— Jusqu'à preuve du contraire, tous ceux qui ont été en rapport avec Chabut sont plus ou moins suspects. Vous connaissez Mme Blanche ?

Il hésita un instant, se décida vite.

— Oui. Il m'est arrivé d'aller chez elle.

— Avec qui ?

— Avec Jeanne Chabut. Elle savait que son mari était un habitué de l'hôtel particulier. Elle avait envie de voir par elle-même.

— Vous êtes l'amant de Mme Chabut ?

— Je l'ai été. J'ai tout lieu de croire qu'elle en a eu d'autres.

— A quelle époque cela se passait-il ?

— Il y a six mois environ que nous ne nous sommes pas donné rendez-vous.

— Vous alliez la voir place des Vosges ?

— Oui. Lorsque son mari se rendait dans le Midi, ce qui lui arrivait presque chaque semaine.

— C'est à cause de cela que vous êtes venu me voir ?

— Non. Je n'ai fait que répondre à votre question. Ce que je voulais vous demander, c'est si vous avez trouvé les lettres.

Maigret l'observa en fronçant les sourcils.

— Quelles lettres ?

— Les lettres qu'Oscar recevait personnellement. Pas sa correspondance d'affaires, bien entendu. Je suppose qu'il les conservait place des Vosges ou, peut-être, quai de Charenton.

— Et vous aimeriez rentrer en possession de ces lettres ?

— Meg... C'est ma femme... Meg, dis-je, a la manie d'écrire de longues lettres dans lesquelles elle met tout ce qui lui passe par la tête...

— Ce sont ses lettres que vous voulez retrouver ?

— Elle a eu une assez longue liaison avec Oscar. Je les ai surpris ensemble et il a paru ennuyé.

— Il était amoureux ?

— Il n'a jamais été amoureux de sa vie. C'en était une de plus à ajouter à son tableau de chasse.

— Vous êtes jaloux ?

— J'ai fini par me faire une raison.

— Votre femme a eu d'autres aventures ?

— Je suis bien obligé de le reconnaître.

— Si je comprends bien, votre femme était la maîtresse de Chabut et vous étiez l'amant de Mme Chabut. C'est à peu près ça ?

Il y avait dans la voix de Maigret, dans son attitude, une ironie rentrée dont l'éditeur d'art ne s'apercevait pas.

— Vous avez écrit des lettres aussi ?

— Trois ou quatre.
— A Mme Chabut ?
— Non. A Oscar.
— Pour vous plaindre de ses relations avec Meg ?
— Non.
Il en arrivait au point difficile et il s'efforçait de prendre un air dégagé.
— Vous ne devez pas être au courant de la situation d'un éditeur d'art. La clientèle est clairsemée, le prix de revient des ouvrages extrêmement élevé. Une édition met plusieurs années à s'écouler et elle représente un important capital.
» Cela vous explique que nous avons encore besoin de mécènes.
Maigret, plus ironique que jamais, questionnait d'une voix innocente :
— M. Chabut était un mécène ?
— Il était très riche. Il gagnait l'argent à la pelle. J'ai pensé qu'il pourrait m'aider et...
— Vous le lui avez écrit ?
— Oui.
— Alors même qu'il était l'amant de votre femme ?
— Les deux choses n'ont aucun rapport.
— Vous les aviez déjà surpris ?
— Je n'ai plus les dates en tête mais je suppose que oui.
Renversé en arrière, Maigret tassait du doigt la cendre dans sa pipe.
— Vous étiez déjà l'amant de Jeanne Chabut ?
— Je savais bien que vous ne comprendriez pas. Vous en revenez toujours à la bonne vieille morale bourgeoise qui n'a pas cours dans notre milieu. Pour nous, ces rapports sexuels sont sans importance.
— Je comprends bien. Autrement dit, vous vous adressiez à Oscar Chabut uniquement parce qu'il était riche.
— C'est exact.
— Vous vous seriez aussi bien adressé à un banquier ou à un industriel que vous ne connaissiez pas.
— Si je m'étais vu acculé, oui.
— Mais vous n'étiez pas acculé ?
— J'avais en tête un ouvrage important sur certains aspects de l'art asiatique.
— Il y a dans ces lettres des phrases que vous regrettez ?
Il était de plus en plus mal à l'aise mais il parvenait à garder une certaine dignité.
— Mettons qu'elles pourraient être mal interprétées.
— Des gens superficiels, par exemple, des gens qui n'appartiennent pas à votre monde et qui manquent d'idées larges, pourraient penser à un chantage. C'est bien cela ?

— Plus ou moins.

— Vous avez beaucoup insisté ?

— J'ai écrit trois ou quatre lettres.

— Toutes sur le même sujet ? Dans un laps de temps assez court ?

— J'étais pressé de mettre le livre en chantier. Un des meilleurs connaisseurs en art oriental m'avait déjà fourni le texte.

— Il a payé ?

Caucasson secoua la tête.

— Non.

— Vous avez été très déçu ?

— Oui. Je ne m'attendais pas à cela de sa part. Je ne le connaissais pas suffisamment.

— Il était dur, n'est-ce pas ?

— Dur et méprisant.

— Il vous a répondu par écrit ?

— Il ne s'en est pas donné la peine. Un soir qu'il offrait un cocktail à une trentaine d'amis, je l'ai suivi dans l'espoir qu'il me donne enfin une réponse...

— Et il vous l'a donnée ?

— Brutalement. Il s'est retourné, en plein milieu du salon, et il m'a dit à voix haute, de sorte que d'autres que moi ont entendu :

» — Sachez que je me moque éperdument de Meg et encore plus de ce que vous fricotez avec ma femme. Cessez donc de me demander de l'argent.

Son visage plutôt pâle quand il était entré était devenu rose et ses longs doigts manucurés tremblaient un peu.

— Vous voyez que je vous parle en toute franchise. J'aurais pu me taire, attendre les événements.

— C'est-à-dire attendre que je trouve les lettres ?

— On ne peut pas savoir dans quelles mains elles vont tomber.

— Vous l'avez revu depuis ?

— Deux fois. Nous avons, Meg et moi, continué à être invités place des Vosges.

— Et vous y êtes allé, murmura Maigret avec une feinte admiration. Je vois que vous pratiquez le pardon des offenses.

— Que pouvais-je faire d'aûtre ? C'est une brute, mais aussi une force de la nature. Il a dû en humilier d'autres, même parmi nos amis. C'était chez lui un besoin de se sentir puissant et il ne demandait pas à être aimé.

— Vous comptiez que je vous remettrais ces lettres ?

— Je préférerais les savoir détruites.

— Celles de votre femme et les vôtres, n'est-ce pas ?

— Les lettres de Meg risquent d'être un peu trop passionnées, sinon érotiques, et les miennes, comme je vous l'ai dit, pourraient être mal interprétées.

— Je verrai ce que je puis faire pour vous.

— Vous les avez trouvées ?

Il ne répondit pas et marcha jusqu'à la porte afin de marquer la fin de l'entretien.

— Au fait, possédez-vous un pistolet automatique 6. 35 ?

— J'ai un automatique dans mon magasin. Il est dans le même tiroir depuis des années et je n'en connais même pas le calibre. Je n'aime pas les armes.

— Je vous remercie. Au fait, saviez-vous que votre ami Chabut se rendait chaque mercredi vers la même heure rue Fortuny ?

— Oui, car il nous est arrivé, à Jeanne et à moi, d'en profiter.

— Ce sera tout pour aujourd'hui. Si j'ai besoin de vous, je vous convoquerai.

Caucasson finissait par sortir en rasant le chambranle et Maigret le suivait des yeux jusqu'à l'escalier. Quand il rentra dans son bureau, il demanda la communication avec la place des Vosges. Cela prit un certain temps, car la ligne était sans cesse occupée.

— Madame Chabut ? Ici, le commissaire Maigret. Je vous demande pardon de vous déranger à nouveau mais une visite que je viens de recevoir m'oblige à vous poser une ou deux questions.

— Je vous demanderai de faire vite car je suis extrêmement occupée. En fin de compte, les obsèques ont lieu demain dans la plus stricte intimité.

— Il y aura une cérémonie religieuse ?

— Une simple absoute. Je ne préviens que quelques intimes et deux ou trois collaborateurs de mon mari.

— M. Louceck ?

— Je ne peux pas faire autrement.

— M. Leprêtre ?

— Certainement. Et même sa secrétaire particulière, cette jeune fille maigre qu'il appelait la Sauterelle. Trois voitures nous conduiront directement au cimetière d'Ivry.

— Savez-vous où votre mari gardait sa correspondance privée ?

Il y eut un silence assez long.

— Figurez-vous que je ne me suis jamais posé la question et que je suis en train de réfléchir. Il recevait très peu de courrier à l'appartement et les gens s'adressaient le plus souvent quai de Charenton. Avez-vous certaines lettres bien déterminées en tête ?

— Des lettres d'amis, d'amies.

— S'il les conservait, elles doivent se trouver dans son coffre personnel.

— Où se trouve ce coffre ?

— Dans le salon, derrière son portrait.

— Vous en avez la clef ?

— Ce sont vos services qui m'ont renvoyé hier les vêtements qu'il portait mercredi et il y avait dans une poche son trousseau de clefs. J'ai remarqué une clef de coffre-fort, mais je n'ai pas pensé plus loin.

— Je ne veux pas vous prendre encore de votre temps aujourd'hui mais, dès que les obsèques auront eu lieu...

— Vous pouvez me téléphoner demain après-midi.

— D'ici là, je vous demande instamment de ne rien détruire, pas le moindre bout de papier.

N'allait-elle pas avoir la curiosité, dès aujourd'hui, d'ouvrir le coffre afin de voir ces fameuses lettres ?

Il téléphona ensuite à la Sauterelle.

— Comment cela va-t-il là-bas ?

— Pourquoi cela irait-il mal ?

— Je viens d'apprendre que vous avez été invitée aux obsèques.

— Par téléphone, en effet. Je ne m'y attendais pas. J'avais plutôt l'impression que je lui étais antipathique.

— Dites-moi, y a-t-il un coffre-fort dans l'immeuble du quai de Charenton ?

— Au rez-de-chaussée, oui, dans le bureau du comptable.

— Qui en possède la clef ?

— Le comptable, bien entendu, et sans doute aussi Oscar.

— Savez-vous s'il rangeait des papiers personnels, des lettres, par exemple, dans ce coffre ?

— Je ne le crois pas. Quand il recevait des lettres privées, ou bien il les déchirait en menus morceaux, ou bien il les fourrait dans ses poches.

— Voulez-vous poser quand même la question au comptable et me donner la réponse ? Je reste à l'appareil.

Il en profita pour rallumer sa pipe qui s'était éteinte. On entendait des pas, une porte qui s'ouvrait et se refermait puis, après quelques minutes, la porte et les pas à nouveau.

— Vous êtes toujours là ?

— Oui.

— Je ne me trompais pas. Le coffre ne contient que des papiers d'affaires et une certaine somme en argent liquide. Le comptable ignore même si le patron en possédait une clef. Il semble que ce soit plutôt M. Leprêtre qui en détienne une.

— Je vous remercie.

— Vous serez à l'enterrement aussi ?

— Je ne crois pas. D'ailleurs, je ne suis pas invité.

— Tout le monde a le droit d'entrer dans une église.

Il raccrocha, la tête toujours assez lourde, mais son humeur était moins sombre que le matin. Il finit par entrer dans le bureau des inspecteurs où Lapointe était occupé à taper son rapport à la machine. Il ne se servait que de deux doigts mais il écrivait aussi vite que la plupart des dactylos.

— Je viens de recevoir une visite, murmura Maigret. Celle de l'éditeur d'art.

— Que voulait-il ?

— Récupérer des lettres. C'est inexcusable de ma part de ne pas avoir pensé aux lettres qu'Oscar Chabut recevait. Il y en a certainement dans le lot de très révélatrices. C'est le cas pour celles de Caucasson, par lesquelles celui-ci réclame de l'argent...

— Parce que le marchand de vin couchait avec sa femme ?

— Caucasson les a pris en flagrant délit. Il est vrai que, de son côté, il avait des rapports intimes avec Jeanne Chabut. Ce n'est qu'un cas. Je crois que, quand nous aurons la correspondance en main, nous en découvrirons d'autres...

— Où sont ces lettres ?

— Selon toute vraisemblance, dans un coffre-fort qui se trouve derrière le portrait de notre homme, dans le grand salon.

— Sa femme les a lues ?

— Il paraît qu'elle n'a pas pensé au coffre. Elle en a reçu la clef par hasard, dans une poche des vêtements que Chabut portait mercredi.

— Vous lui en avez parlé ?

— Oui. Et je suis persuadé que, dès ce soir, elle va les lire. Les obsèques ont lieu demain. Il y aura une absoute en l'église Saint-Paul, puis trois voitures seulement emmèneront les intimes vers le cimetière d'Ivry.

— Vous y allez ?

— Non.

A quoi bon ? Le meurtrier du marchand de vin n'était pas de ceux qui se font remarquer par leur attitude au cours d'un enterrement.

— Il me semble, patron, que vous allez mieux, que vous vous mouchez moins.

— Ne parle pas trop vite. On verra ça demain matin.

Il était cinq heures et demie.

— Ce n'est pas la peine que j'attende six heures. Je serai quand même mieux chez moi.

— Bonsoir, patron.

— Bonsoir, les enfants.

Et Maigret quitta le bureau des inspecteurs, la pipe aux dents, le dos rond, les jambes un peu molles.

Il dormit d'un sommeil lourd et, s'il rêva, il ne devait pas s'en souvenir le matin. Les vents avaient dû changer pendant la nuit car le temps était tout différent, beaucoup moins froid, avec une pluie longue et monotone qui zébrait les vitres.

— Tu prends ta température ?

— Non. Je n'en ai pas.

Il se sentait mieux. Il but, en les savourant, ses deux tasses de café et Mme Maigret, une fois de plus, téléphona pour appeler un taxi.

— N'oublie pas ton parapluie.

Dans son bureau, il jeta un coup d'œil machinal sur la pile de lettres qui l'attendaient. C'était une vieille habitude. Il se rendait compte ainsi, en regardant les enveloppes, s'il reconnaissait l'écriture d'un ami, ou de quelqu'un dont il attendait un message.

L'adresse, sur une des enveloppes, était tracée en caractères bâtonnets. Dans le coin du haut, à gauche, le mot *Personnel* était souligné trois fois.

Monsieur le commissaire principal Maigret
Chef de la Brigade criminelle
38, quai des Orfèvres

Il ouvrit cette lettre avant les autres. Elle contenait deux feuillets d'un papier dont on avait coupé l'en-tête, sans doute celui d'une brasserie ou d'un café. Les caractères étaient réguliers, les espacements aussi, et on sentait que l'auteur était un homme méticuleux, attentif aux détails.

J'espère que cette lettre ne restera pas en panne dans vos services et que vous la lirez personnellement.

C'est moi qui vous ai téléphoné par deux fois mais j'ai coupé rapidement par crainte que vous repériez le numéro d'où je vous appelais. Il paraît que c'est impossible avec l'automatique mais je préfère ne pas m'y fier.

Je suis surpris par le silence des journaux en ce qui concerne la personnalité d'Oscar Chabut. N'y a-t-il donc personne, parmi les gens qu'ils ont contactés, pour leur dire la vérité ?

Au lieu de cela, on parle de lui comme d'un homme d'envergure, audacieux et tenace, qui a créé à la force du poignet une des plus grosses affaires de vin.

Si ce n'est pas malheureux ! Cet homme-là était une crapule, je vous l'ai dit et je le répète. Il n'hésitait pas à sacrifier n'importe qui à son ambition et à sa folie des grandeurs. Car, dans un certain sens, je me demande si ce n'était pas un fou.

Il est difficile de croire qu'un homme sain d'esprit puisse se conduire comme il le faisait. Avec les femmes, c'est le besoin de les salir qui dominait. S'il voulait les posséder toutes, c'était pour les rabaisser et se sentir supérieur à elles. Il se vantait d'ailleurs de ses bonnes fortunes sans aucun égard pour leur réputation.

Et les maris ? Se peut-il qu'ils ne sachent rien ? Je ne le pense pas. Eux aussi, il les dominait de son mépris et il les forçait en quelque sorte à se taire.

Il fallait qu'il rabaisse tout autour de lui afin de se sentir grand et puissant. Me comprenez-vous bien ?

Il m'arrive de parler au présent comme s'il vivait encore, alors qu'il a enfin ce qu'il méritait. Personne ne le pleurera, pas même ses proches, pas même son père qui ne tenait plus depuis longtemps à le voir.

Tout cela, les journaux ne le disent pas et, si un jour vous arrêtez celui qui a tiré sur lui et qui a mis fin à ses agissements malfaisants, c'est sur cet homme que tout le monde s'acharnera.

J'avais envie de prendre contact avec vous. Je vous ai vu pénétrer dans la maison de la place des Vosges en compagnie d'un autre homme qui doit être un de vos inspecteurs. Je vous ai aperçu aussi quai de Charenton, où les choses ne sont pas si simples qu'on voudrait les faire paraître. Tout ce qui touchait à cet homme est en quelque sorte contaminé.

Vous cherchez le meurtrier ? C'est votre métier et je ne vous en veux pas. Mais, s'il y avait une justice, cela devrait être pour le féliciter.

Je vous le répète : c'était une immonde crapule et un être profondément vicieux.

Je vous prie de croire, monsieur le commissaire principal, à mes sentiments dévoués et je m'excuse de ne pas signer.

Il y avait cependant un vague paraphe au bas de la lettre.

Maigret la relut lentement, phrase par phrase. Il avait reçu, au cours de sa carrière, des centaines de lettres anonymes et il savait reconnaître celles qui présentaient un intérêt réel.

Malgré l'emphase et sans doute l'exagération, celle-ci ne contenait pas que des accusations gratuites et le portrait qu'elle traçait du marchand de vin n'était pas sans ressemblance avec le modèle.

Était-ce le meurtrier qui écrivait de la sorte ? Était-il une des nombreuses victimes d'Oscar Chabut ? Si oui, s'agissait-il de quelqu'un à qui il avait pris la femme pour la rejeter ensuite, selon son habitude, ou d'un homme qui avait eu à souffrir de son cynisme en affaires ?

Maigret revoyait malgré lui le bonhomme à la patte folle qui l'avait attendu en face de l'entrée de la P.J. et qui s'était dirigé ensuite vers la place Dauphine. Il ne payait pas de mine. Il avait l'air d'avoir dormi dans ses vêtements, sans être pourtant un clochard. Il existe ainsi à Paris des milliers d'êtres qui ne se classent dans aucune catégorie. Certains glissent inexorablement vers le bas et on les retrouvera sur les quais, à moins qu'ils ne se suicident.

D'autres se raccrochent, serrent les dents, et il arrive qu'ils remontent à la surface, surtout si quelqu'un leur tend une main secourable.

Maigret, au fond de lui-même, aurait voulu aider ce bonhomme-là.

Il ne devait pas être fou, malgré la haine qu'il vouait à Chabut et qui était devenue sa raison d'être.

Était-ce lui qui avait abattu le marchand de vin ? C'était possible. On le voyait bien attendant dans l'ombre, les mains crispées sur la crosse glacée d'un pistolet.

Il tirait comme il se l'était promis, une fois, deux fois, quatre fois, puis il se dirigeait en boitillant vers l'entrée du métro.

Où couchait-il ? Où s'était-il rendu alors ? S'était-il contenté de gagner les Grands Boulevards ou un autre quartier éclairé et d'entrer dans un bistrot pour se réchauffer et fêter tout seul le succès qu'il venait d'obtenir ?

Le meurtre de Chabut n'était pas improvisé. Celui qui l'avait perpétré y avait pensé pendant longtemps, hésitant, ressassant ses griefs pour se décider à agir.

Or, voilà que son ennemi était mort. N'était-ce pas un peu comme si le meurtrier avait perdu tout à coup sa raison d'être ? On parlait de la victime comme d'un homme brillant, d'un homme d'affaires exceptionnel. Personne ne parlait de celui qui l'avait abattu ni des raisons qu'il avait eues pour le faire.

Alors, il téléphonait à Maigret, puis il écrivait. Il écrirait encore, quitte à en dire assez, à son insu, pour se faire prendre.

Maigret se dirigea vers le bureau du grand patron, car la sonnerie venait d'annoncer le rapport.

— Rien de nouveau en ce qui concerne la rue Fortuny ?

— Rien de précis. Je commence néanmoins à avoir de l'espoir.

— Vous croyez qu'il y aura un scandale ?

Maigret fronça les sourcils. Il n'avait pas parlé à son chef de la personnalité de Chabut et les journaux n'en avaient rien dit non plus. Pourquoi, dès lors, parler de scandale ?

Parce que le directeur de la P.J. connaissait le marchand de vin ? Ou parce qu'il fréquentait des milieux où celui-ci était bien connu ? Il savait, dans ce cas, que des quantités de gens avaient de bonnes raisons d'en vouloir assez à Chabut pour leur donner envie de le tuer.

— Je n'ai encore aucun nom en tête, dit-il évasivement.

— En tout cas, vous avez bien fait de ne pas trop parler à la presse.

Plus tard, il dépouilla le reste de son courrier et fit monter une dactylo afin de dicter un certain nombre de réponses. Il se sentait encore courbaturé, assez faiblard, mais il n'était plus obligé de vivre le mouchoir à la main.

Lapointe entra un peu avant midi.

— J'espère que vous ne m'en voudrez pas. Je pourrais presque dire que j'y suis allé à titre privé. J'étais curieux de voir cet enterrement-là. Il n'y avait qu'une vingtaine de personnes en tout et seul M. Louceck représentait le personnel.

— Tu n'as reconnu personne d'autre ?

— En sortant de l'église, il m'a semblé qu'un homme, sur le trottoir d'en face, me regardait. J'ai essayé de le rejoindre mais le temps de me faufiler dans le flot de voitures et il avait disparu.

— Tiens ! Lis ça.

Il lui tendit la lettre anonyme, qui fit plus d'une fois sourire l'inspecteur.

— Cela lui ressemble, non ?

— Remarque qu'il m'a vu place des Vosges, quai de Charenton, sans doute aussi entrant à la P.J. Ce matin il devait s'attendre à ce que je sois à l'enterrement.

— Il a dû me voir avec vous et il m'a reconnu.

— J'aimerais que, cet après-midi, nous ayons un homme place des Vosges. Qu'il ne s'occupe pas de moi. Il est probable que je rendrai visite à Mme Chabut. Ce à quoi il faut être attentif, c'est à quelqu'un qui rôde à proximité de la maison. Autant que nous en puissions juger, il a une grande facilité à disparaître.

— Vous voulez que j'y aille ?

— Si tu veux. D'autant plus que tu connais déjà sa silhouette.

Il rentra déjeuner chez lui, mangea avec appétit et ne passa qu'un petit quart d'heure à somnoler dans son fauteuil. De retour au Quai, il appela la place des Vosges et demanda à parler à Jeanne Chabut. On le fit attendre assez longtemps.

— Je vous demande pardon de vous déranger si vite après les obsèques. Je vous avoue que j'ai hâte de voir cette correspondance qui nous donnera peut-être des indications précieuses.

— Vous voudriez venir cet après-midi ?

— De préférence.

— J'ai une visite que je ne peux pas remettre, vers cinq heures. Si vous pouvez venir tout de suite...

— Je serai chez vous dans quelques minutes.

Lapointe se trouvait déjà en faction aux environs de l'immeuble. Maigret se fit conduire par Torrence, qu'il renvoya ensuite à la P.J. Les draperies noires à larmes d'argent avaient disparu du portail et, dans l'appartement, il n'y avait plus trace de la chapelle ardente. Seule une odeur de chrysanthèmes subsistait.

Elle portait la même robe noire que la veille, mais elle y avait ajouté un clip en pierres de couleur qui la rendait moins sévère. Elle était très nette, très maîtresse d'elle-même.

— Si vous voulez, nous pouvons aller dans mon boudoir. Le grand salon est décidément trop vide pour deux personnes.

— Vous avez ouvert le coffre ?

— Je ne vous le cache pas.

— Comment avez-vous découvert la combinaison ? Je suppose que vous ne la connaissiez pas.

— Non, bien entendu. J'ai pensé tout de suite que mon mari

devait l'avoir toujours sur lui. J'ai cherché dans son portefeuille. En ouvrant son permis de conduire, j'ai vu une série de chiffres et je les ai essayés sur le coffre.

Sur le meuble Louis XV, elle avait préparé un assez gros paquet mal ficelé.

— Je n'ai pas tout lu, je m'empresse de vous le dire. La nuit n'y aurait sans doute pas suffi. Cela a été une surprise pour moi de voir tous les papiers qu'il conservait. J'ai même retrouvé de vieilles lettres d'amour que je lui envoyais lorsque nous n'étions pas encore mariés.

— Je pense qu'il vaut mieux commencer par la correspondance plus récente, qui pourrait expliquer le meurtre.

— Asseyez-vous.

Il fut étonné de la voir mettre des lunettes, qui semblaient lui donner une personnalité différente. Il comprenait maintenant sa volonté de prendre les affaires en main. C'était une femme pleine de sang-froid, qui devait avoir une volonté farouche et qui n'abandonnait pas facilement une tâche qu'elle s'était imposée.

— Beaucoup de billets... Tenez !... En voici un signé Rita... Je ne sais pas de quelle Rita il s'agit...

» *Je serai libre demain trois heures. A l'endroit habituel ? Bises. Rita.*

» Comme vous le voyez, elle n'est pas très sentimentale, et son papier à lettres est de mauvais goût, sans compter qu'il est parfumé.

— Il n'y a pas de date ?

— Non, mais ce billet se trouvait parmi les lettres de ces derniers mois.

— Vous n'avez rien trouvé de Jean-Luc Caucasson ?

— Vous êtes au courant ? Il est allé vous voir ?

— Le sort de ses lettres le préoccupe fort.

Il pleuvait toujours et l'eau formait des rigoles zigzagantes sur les vitres des hautes fenêtres. L'appartement était calme, silencieux. Ils étaient tous les deux en face de centaines de lettres et de billets qui résumaient en somme toute la vie d'un homme.

— En voici une. Vous voulez la lire vous-même ?

— De préférence, oui.

— Vous savez, vous pouvez fumer votre pipe. Cela ne me gêne pas le moins du monde.

Mon cher Oscar,

J'ai fort hésité à t'écrire cette lettre mais, tandis que je pensais à notre vieille amitié, mes scrupules se sont dissipés. Tu es un homme d'affaires brillant tandis que je ne connais pas grand-chose aux chiffres, ce qui explique qu'il me soit très désagréable de parler d'argent.

Le métier d'éditeur d'art n'est pas un métier comme un autre. On est toujours à l'affût du livre qui sera un grand succès. Parfois, on doit l'attendre longtemps et, quand il vous tombe dans les mains, on se trouve incapable de le publier.

C'est ce qui m'arrive. Alors que les affaires sont stagnantes et que je n'ai rien publié depuis plus d'un an, j'ai reçu un ouvrage exceptionnel sur certains aspects de l'art asiatique. Je sais que c'est un grand livre et qu'il obtiendra un succès mérité. Il est même à peu près certain que je pourrai en vendre les droits aux États-Unis et dans d'autres pays, vente dont une petite partie couvrirait les frais.

Mais, pour publier, il me faudrait tout de suite environ deux cent mille francs dont je n'ai pas le premier centime. Quant à Meg, qui a sa petite caisse personnelle, tout son magot se monte à une dizaine de milliers de francs.

Peux-tu me faire l'avance de la somme ? Je sais que pour toi c'est une bagatelle. C'est la première fois que je demande ainsi de l'argent et j'en suis fort gêné.

J'en ai parlé à Meg avant de me décider et elle m'a dit que tu as trop d'amitié pour nous pour refuser ce service.

Téléphone-moi ou envoie-moi un petit mot me donnant rendez-vous chez toi ou dans un de tes bureaux. Je te signerai tous les papiers que tu voudras.

— Écœurant, n'est-ce pas ?

Maigret allumait sa pipe alors qu'elle venait d'allumer une cigarette.

— Vous avez remarqué l'allusion à Meg. La seconde lettre est plus courte.

Toutes les deux étaient écrites à la main, d'une petite écriture nette et nerveuse.

Mon cher ami,

Je suis surpris de ne pas avoir encore reçu de réponse à ma lettre. Cela m'a demandé beaucoup de courage de t'écrire. C'est une preuve de confiance que je te faisais en te parlant avec autant de sincérité.

Depuis, la situation s'est quelque peu détériorée. J'ai prochainement d'assez grosses échéances qui pourraient m'obliger à mettre la clef sous la porte.

Meg, qui est au courant, se fait beaucoup de mauvais sang et a insisté pour que je t'écrive.

J'espère que tu me prouveras que l'amitié n'est pas un vain mot.

Je compte sur toi comme tu peux compter sur moi.

Fidèlement.

— Je ne sais pas si, comme moi, vous sentez derrière les mots comme une menace voilée.

— Oui, grommela Maigret. C'est assez clair.

— Lisez donc les lettres de Meg.

Il en prit une au hasard.

Mon grand chéri,

Il me semble qu'il y a une éternité que je ne t'ai vu et pourtant c'était lundi de la semaine dernière. Que j'étais bien dans tes bras, contre ta poitrine où je me sens tellement en sécurité !

Je t'ai envoyé un billet avant-hier pour te donner rendez-vous. J'y suis allée, à l'endroit habituel, mais tu n'es pas venu et Mme Blanche m'a dit que tu n'avais pas téléphoné.

Je suis inquiète. Je sais que tu es très occupé, que tu as des affaires importantes et je sais aussi que je ne suis pas la seule. Je ne suis pas jalouse, à condition que tu ne me délaisses pas tout à fait car j'ai besoin que tu me serres à me faire mal comme j'ai besoin de sentir ton odeur.

Donne-moi donc vite de tes nouvelles. Je n'attends pas une longue lettre mais le jour et l'heure d'un rendez-vous.

Jean-Luc est très préoccupé ces temps-ci. Il a je ne sais quel livre en tête qui sera, prétend-il, la grande affaire de sa vie. Ce qu'il peut être falot et inconsistant à côté d'un homme comme toi !

Je t'embrasse partout.

Ta Meg

— Il y en a beaucoup de la même eau, certaines d'un érotisme assez accusé.

— De quand est la dernière ?

— D'avant les vacances.

— Où les avez-vous passées ?

— Dans notre appartement de Cannes. Oscar a dû faire deux ou trois sauts à Paris en avion. Nous avons retrouvé là-bas certains amis de Paris, mais pas les Caucasson. Je crois me souvenir qu'ils ont une petite maison quelque part en Bretagne, dans un village surtout fréquenté par des peintres.

— Vous n'avez pas trouvé d'autres lettres demandant de l'argent ?

— Je suis loin d'avoir tout lu. Il y a un billet d'Estelle Japy, une veuve assez entreprenante qu'il a fréquentée pendant un certain temps.

Cher ami,

Je vous fais parvenir cette facture que je serais bien en peine de régler. J'attends le plaisir de vous voir.

Votre Estelle

— La facture est jointe à la lettre ?

— Je ne l'ai pas trouvée et je ne sais donc pas de combien ni de quoi il s'agit. Un bijou ? Un manteau de fourrure ? Elle était ce matin à l'église mais elle n'a pas continué jusqu'au cimetière.

— Je suppose que vous ne me permettriez pas d'emporter ces lettres chez moi, où je pourrais passer le dimanche à les lire ?

— Il m'est désagréable de vous refuser quelque chose mais il m'en coûterait de me séparer, même provisoirement, de ces documents.

» Venez quand vous voudrez, demain si vous le désirez, et je vous laisserai lire en paix. Il y a une lettre de Robert Trouard, l'architecte, qui essayait d'intéresser mon mari à la construction d'immeubles de grand standing.

— Il lui est arrivé d'accepter des propositions de ce genre ?

— A ma connaissance, jamais.

— La femme de Trouard ?

— Bien entendu. Comme les autres. Seulement, je ne crois pas qu'il le sache.

» Tenez, voici la lettre la plus extravagante. Il y en a six pages, d'un érotisme échevelé. Non seulement la prénommée Wanda, que je ne connais pas, éprouve le besoin de rappeler par le menu tout ce qu'ils ont fait la veille, mais elle détaille avec une imagination délirante ce qu'ils feront lors de leur prochaine rencontre. Il semblerait que ce soit une Russe, ou une Polonaise. Oscar a dû avoir du mal à s'en débarrasser.

» Une autre. Elle est de Marie-France, la femme de Henry Legendre...

Elle lui tendit le papier bleuâtre. L'encre était d'un bleu plus sombre.

Affreux chéri,

Je devrais te détester et c'est ce qui arrivera si tu ne viens pas cette semaine me demander pardon. J'en ai appris de belles sur ton compte, je ne dis pas par qui, car il s'agit d'une autre de tes conquêtes. Il est vrai que tu ne dois pas te les rappeler toutes.

Bref, il y a quelques jours, tu te trouvais à un cocktail et il se fait que quelqu'un a parlé de moi. Or, je suis sûre que tu as dit à voix haute, devant cinq personnes au moins :

— C'est dommage qu'elle ait les seins mous.

Je savais déjà que tu étais un mufle. J'en ai la preuve. Mais je n'ai pas le courage de ne pas te revoir.

A toi de jouer.

— Cela vous semblerait beaucoup plus savoureux si vous connaissiez les personnages, si vous pouviez voir, par exemple, la belle Mme Legendre pénétrer dans un salon en compagnie de son mari, la poitrine ruisselante de diamants.

» Maintenant, vous allez devoir me laisser, car Gérard va arriver d'un instant à l'autre. C'est Gérard Aubin, le banquier, à qui j'ai certains conseils à demander. J'ai toute confiance en lui.

» Si vous désirez venir demain après-midi...

— Je ne crois pas.

— Je comprends que vous désiriez passer votre dimanche en famille.

Elle ne se doutait pas que les Maigret allaient se contenter, une fois de plus, d'aller passer l'après-midi dans un cinéma de quartier et de rentrer ensuite chez eux bras dessus bras dessous.

Sur la place, Maigret aperçut Lapointe.

— Vous aviez raison, patron. Mais il m'a eu. Cet homme-là est comme les anguilles. Je le cherchais à proximité de la maison, dont je n'osais pas trop m'approcher. Après une demi-heure environ, je regarde la partie de la place des Vosges entourée de grilles. A cause de la pluie, il y avait peu de monde. Sur un banc, du côté opposé, j'ai aperçu un homme que je suis à peu près sûr d'avoir reconnu. Il portait un chapeau brun défraîchi, un imperméable, un complet assez sombre.

» J'ai pénétré dans le square et j'ai commencé à me diriger vers lui mais je n'avais pas fait dix pas qu'il quittait le banc et disparaissait dans la rue de Birague.

» J'ai couru, à la grande surprise de deux vieilles dames qui discutaient sous un même parapluie. Quand je suis arrivé rue Saint-Antoine, il n'y avait plus aucune trace de mon bonhomme. On dirait que c'est vous qu'il suit, comme s'il voulait s'assurer que vous continuez l'enquête.

— Il en sait probablement plus que moi. Si seulement il pouvait parler ! Tu as une voiture ?

— Je suis venu en autobus.

— Prenons donc le bus.

Et Maigret enfonça les mains dans ses poches.

5

Ils n'allèrent pas au cinéma comme Maigret l'avait projeté la veille. La pluie tombait plus dru, crépitait sur la chaussée, et il n'y avait pour ainsi dire pas de passants boulevard Richard-Lenoir. Il n'y eut qu'aux heures de messes qu'on vit quelques silhouettes sombres raser les murs sous des parapluies et le vent, dès dix heures du matin, commença à souffler en bourrasques.

C'est vers dix heures aussi, seulement, que le commissaire se décida à faire sa toilette, ce qui était rare. Jusque-là, il resta en pyjama et en robe de chambre, à ne rien faire de précis.

Il avait de nouveau de la température, pas beaucoup, 37°6, ce qui n'en suffisait pas moins à le rendre paresseux et mou. Mme Maigret en profitait pour le chouchouter et, chaque fois qu'elle avait une petite attention à son égard, il feignait de grogner.

— Qu'est-ce que tu vas faire à déjeuner ?

— J'ai un rôti avec des têtes de céleri et de la purée.

Comme quand il était enfant. Le rôti du dimanche. A cette époque-là, il le voulait très cuit. Il eut ainsi, au cours de la journée, plusieurs bouffées de son enfance.

Ils étaient tous les deux calfeutrés dans l'appartement d'où ils voyaient la pluie tomber. Vers midi, Maigret murmura, hésitant :

— Je crois que je vais m'offrir comme apéritif un petit verre de prunelle.

Elle ne le lui déconseilla pas et il ouvrit le buffet. Il avait le choix entre la prunelle et l'eau-de-vie de framboise. Toutes les deux venaient de chez sa belle-sœur, en Alsace. La framboise était plus parfumée et il suffisait d'une toute petite gorgée qu'on gardait un moment dans la bouche pour que le palais reste parfumé pendant une demi-heure.

— Tu n'en veux pas une goutte ?

— Non. Tu sais bien que cela m'endort.

Il régnait de bonnes odeurs, à peine déformées par le rhume, et il parcourut les hebdomadaires qu'il n'avait pas le temps de lire pendant la semaine.

— C'est curieux de voir que, dans certain milieu, les règles de vie n'existent plus...

Elle ne lui demanda pas à quoi il faisait allusion. Il restait malgré tout, malgré lui-même, plongé dans l'affaire Chabut et il lui arriva ainsi plusieurs fois de prononcer une petite phrase qui s'y rapportait.

— Quand une bonne centaine de personnes ont plus ou moins envie de tuer un homme...

Qui était donc le petit bonhomme claudicant qui mettait tant d'habileté à se fondre dans la foule ? Et comment se trouvait-il presque toujours, à l'avance, aux endroits où Maigret se rendait ?

Il fit la sieste, dans son fauteuil. Quand il ouvrit les yeux, sa femme était occupée à coudre car il lui était insupportable de garder les mains inactives.

— J'ai dormi plus longtemps que je ne le pensais.

— Cela te fait du bien.

— Si encore cette grippe se déclarait vraiment...

Il alla tourner le bouton de la télévision. On donnait un western et il le regarda sans déplaisir. Il y avait un méchant, bien entendu, et on aurait pu trouver certaines analogies entre lui et Chabut. Le vilain, lui aussi, voulait prouver aux autres et à lui-même qu'il était fort et, pour cela, il humiliait les gens.

Le film fini, il murmura, en se souvenant de leur tête-à-tête de la veille dans le boudoir de la place des Vosges :

— Drôle de femme.

— Qui est-ce qui va s'occuper de l'affaire ?

— Elle.

— Elle est au courant ?

— Guère. Elle s'y mettra vite et je suis à peu près sûr qu'elle s'en tirera. Je parierais même qu'avant un an elle mettra M. Louceck à la porte.

Il lisait un article sur les fonds marins quand soudain une pensée lui vint à l'esprit. Qu'avait donc dit la Sauterelle au sujet du comptable ? Que c'était un nouveau venu. Qu'il n'était là que depuis quelques mois. Son prédécesseur était-il parti de lui-même ou avait-il été renvoyé ?

Il aurait voulu une réponse tout de suite. Cette idée l'excitait et il chercha dans l'annuaire des téléphones, trouva le numéro de la jeune fille.

L'appareil sonna longtemps mais personne ne répondit. La Sauterelle et sa mère devaient être au cinéma, ou chez une parente. Il appela encore, sans résultat, vers sept heures et demie.

— Tu crois qu'elle sait quelque chose ?

— Elle n'a pas pensé que cela pouvait être important et elle ne m'en a pas parlé. Il est fort possible, d'ailleurs, que ce soit une fausse piste. J'en suis tellement en ce moment...

Un bon dimanche, malgré tout. Ils firent un repas de viandes froides et de fromage. A dix heures, ils étaient tous les deux au lit.

Au lieu de passer par le Quai, le lendemain matin, Maigret téléphona à Lapointe de venir le prendre avec une voiture.

— Vous vous êtes reposé, patron ?

— Je n'ai pour ainsi dire pas quitté mon fauteuil de toute la journée. Il me semble que j'en suis ankylosé. Quai de Charenton, mon petit !

Le personnel était en place mais on ne sentait aucune fièvre, presque aucune activité, sauf au fond de la cour où des hommes, un sac sur la tête pour les protéger de la pluie, roulaient des barriques.

— Va donc, en m'attendant, bavarder un peu avec le comptable.

Il gravit l'escalier, frappa à la porte, retrouva le sourire franc et toujours comme amusé de la Sauterelle.

— Vous n'étiez pas à l'enterrement ? remarqua-t-il.

— Le personnel a été prié de ne pas y aller.

— Par qui ?

— Par M. Louceck. Il a fait passer une note de service.

— J'ai pensé hier à quelque chose qui m'avait échappé. Quand vous m'avez parlé du comptable, je crois que vous m'avez dit que c'était un nouveau.

— Il est là depuis le 1er juillet. C'est curieux que vous m'en parliez justement aujourd'hui.

— Pourquoi ?

— Parce que j'y ai pensé hier au cinéma et que je me proposais de vous en parler quand vous viendriez. Il s'agit de l'ancien comptable, Gilbert Pigou. Il a quitté la maison en juin, vers la fin juin, si je ne me trompe, et c'est pourquoi je n'ai pas cru utile de parler de lui.

Maigret était assis dans le fauteuil tournant d'Oscar Chabut et la Sauterelle tenait ses longues jambes croisées, plus de la moitié de ses cuisses découvertes par la mini-jupe.

— Il est parti de son plein gré ?

— Non.

— Quel genre d'homme était-ce ?

— Il n'avait guère de personnalité et il n'attirait pas l'attention. Vous avez vu le bureau de la comptabilité, en bas, qui donne sur la cour. On dit la comptabilité, mais la vraie comptabilité se fait avenue de l'Opéra. Il n'y a que des broutilles qui lui passaient par les mains.

— Il était marié ?

— Oui. Je crois. J'en suis même sûre. Je me souviens qu'un jour il a téléphoné qu'il ne pouvait pas venir parce qu'on devait opérer sa femme d'urgence. Une appendicite à chaud, si je ne me trompe.

» Il ne parlait pas volontiers. On aurait dit qu'il avait peur des gens et qu'il se faisait aussi petit que possible.

— C'était un bon employé ?

— Ses fonctions ne demandaient aucune initiative. C'était uniquement de la routine.

— Il ne vous faisait pas la cour ? Ni à l'une ou l'autre des dactylos ?

— Il était trop timide pour ça. Il est entré dans la maison il y a plus de quinze ans, quand les affaires ont commencé à prendre une certaine envergure. C'était un pauvre type.

— Pourquoi dites-vous ça ?

— Parce que je pense à sa dernière entrevue avec le patron. J'aurais tout donné pour ne pas assister à cette scène, la plus pénible que j'aie vécue. Je revois Oscar, à dix heures du matin, alors qu'il arrivait de l'avenue de l'Opéra, me demander en se frottant les mains : « Téléphonez à Pigou de monter. » On aurait dit qu'il se réjouissait d'avance de ce qui allait se passer et je me sentais déjà inquiète.

— *Asseyez-vous, monsieur Pigou. Un peu plus à gauche, que vous soyez en pleine lumière. Je déteste parler à des gens dont je ne vois qu'une image floue. Comment allez-vous ?*

— *Bien, je vous remercie.*

— *Votre femme aussi ?*

— *Oui.*

— *Elle travaille toujours rue Saint-Honoré, dans une chemiserie, si je me souviens bien ?*

La Sauterelle interrompit son récit pour remarquer :

— Il avait une mémoire étonnante des gens et des moindres petits faits. Il n'avait jamais vu Mme Pigou, mais il se souvenait qu'elle avait été vendeuse dans une chemiserie de la rue Saint-Honoré.

— *Ma femme ne travaille plus.*

— *C'est dommage.*

Le comptable le regardait sans savoir que penser. Et Chabut prononçait avec le plus grand calme :

— *Vous êtes mis à la porte, monsieur Pigou. Vous venez de vivre votre dernier matin dans la maison. Comme je ne compte pas vous donner de certificat de complaisance, vous risquez de ne pas trouver de travail d'ici longtemps.*

— Il jouait au chat et à la souris et cela me faisait mal.

» Pigou, assis sur le bord de sa chaise, ne savait comment se tenir ni que faire de ses mains et on le sentait si angoissé que je m'attendais à le voir pleurer.

— *Voyez-vous, monsieur Pigou, quand on veut devenir un malhonnête homme, il vaut mieux être un malhonnête homme d'envergure et y mettre un certain panache.*

Le comptable se débattait encore un peu, levait la main, ouvrait la bouche pour dire quelque chose.

— *Tenez ! Prenez ce papier. J'en ai une copie. C'est la liste des sommes que vous m'avez volées depuis trois ans.*

— *Il y a quinze ans que...*

— *Que vous êtes à mon service, c'est exact. Et je me demande pourquoi vous n'avez commencé vos tripotages qu'il y a trois ans.*

Des larmes roulaient sur les joues de Pigou, qui était très pâle. Il fit mine de se lever et Chabut lui ordonna :

— *Restez assis. J'ai horreur de parler à des gens debout. En trois ans, comme vous pouvez le voir sur cette liste, vous m'avez volé trois mille huit cent quarante-cinq francs. Par petites sommes. Au début, cinquante francs à la fois, presque chaque mois. Puis soixante-quinze. Puis, une fois, une somme plus importante : cinq cents francs.*

— *C'était à Noël.*

— *Et alors ?*

— *C'était censé être ma gratification.*

— *Je ne comprends pas.*

— *Ma femme ne travaillait déjà plus. Elle n'a pas beaucoup de santé.*

— *Vous allez prétendre que vous m'avez volé à cause de votre femme ?*

— *C'est la vérité. Elle me faisait sans cesse des reproches. Elle me répétait que je n'avais aucune ambition, que mes employeurs abusaient de moi et auraient dû me payer davantage.*

— *Vraiment !*

— *Elle insistait pour que je demande une augmentation.*

— *Et vous n'avez pas eu le courage de le faire.*

— *Cela n'aurait servi à rien, n'est-ce pas ?*

— *En effet. Vous êtes un employé comme on peut en trouver tant qu'on veut, un gagne-petit sans connaissances particulières et sans initiative.*

Pigou restait immobile, les yeux fixés sur le bureau devant lui.

— *J'ai dit à Liliane que j'avais demandé l'augmentation et que j'en avais obtenu une de cinquante francs.*

» — *Ton patron ne s'est pas fendu, mais c'est toujours un commencement.*

La Sauterelle s'interrompit une fois encore.

— La scène devenait de plus en plus pénible, et plus le comptable se montrait sans défense, plus les yeux du patron exprimaient la jubilation.

— *Il y a un an, le tarif a été de cent francs. Et c'est à Noël dernier que je suis supposé vous avoir donné une gratification de cinq cents francs. Pour votre femme, tout au moins, vous étiez devenu un employé indispensable, je suppose ?*

— *Je vous demande pardon...*

— *Trop tard, monsieur Pigou. Pour moi, vous n'existez déjà plus. Il est possible qu'un jour M. Louceck décide de me voler. Je n'ai pas plus confiance en lui qu'en n'importe quel homme. Peut-être a-t-il commencé à le faire, mais il est assez intelligent, lui, pour que personne ne s'en aperçoive. Et il ne gaspillera pas des petites sommes pour faire croire à sa femme qu'il est un homme épatant. Il me volera sur une grande échelle et je pense que je lui tirerai mon chapeau.*

» *Voyez-vous, monsieur Pigou, vous êtes un miteux. Vous l'avez toujours été et vous le resterez toute votre vie. Un miteux et un serre-fesses. Venez ici, je vous en prie.*

— En voyant Chabut se lever, j'ai failli crier : Non !

» Pigou s'avançait, un bras prêt à se lever pour se protéger le visage, mais Oscar fut plus rapide que lui et sa main s'abattit sur la joue du comptable.

— *Ceci, c'est pour m'avoir pris pour un imbécile. Je pourrais vous livrer à la police, mais cela ne m'intéresse pas. Vous allez franchir cette porte pour la dernière fois, prendre vos affaires et disparaître. Vous êtes une petite ordure, monsieur Pigou, et, ce qui est plus grave, vous êtes un imbécile.*

La Sauterelle se tut.

— Il est parti ?

— Que pouvait-il faire d'autre ? Il a même oublié un stylo dans son tiroir et il n'est jamais venu le chercher.

— Vous n'avez pas eu de nouvelles de lui ?

— Pas pendant les premiers mois.

— Sa femme n'a pas téléphoné ?

— Seulement en septembre ou au début d'octobre. Elle est venue.

— C'est Chabut qui l'a reçue ?

— Elle était dans le bureau quand il est arrivé. Elle voulait savoir si son mari travaillait encore ici.

» — Il ne vous a pas dit qu'il n'appartenait plus à la maison depuis le mois de juin ?

» — Non. Il a continué à partir le matin à la même heure, à suivre le même horaire et à me verser en fin de mois le montant de son salaire. Il a prétendu qu'il avait trop de travail pour aller en vacances au cours de l'été : « Nous nous rattraperons cet hiver. J'ai toujours eu envie de me rendre aux sports d'hiver. »

» — Vous n'en avez pas été surprise ?

» — Vous savez, je m'occupais si peu de lui...

» Elle est beaucoup plus jolie que je m'y attendais, avec un beau petit corps, et elle était gentiment habillée.

» — J'espérais que vous pourriez me donner des nouvelles de mon mari. Il y a deux mois qu'il a disparu.

» — Et vous n'êtes pas venue avant ?

» — Je me suis dit qu'il reviendrait un jour ou l'autre.

» Elle était nonchalante, avec des yeux d'un brun sombre qui n'exprimaient pas grand-chose.

» — Maintenant, je suis au bout de mon rouleau et...

Chabut entrait, la regardait de la tête aux pieds, puis se tournait vers sa secrétaire.

— Qui est-ce ?

— Mme Pigou, fut-elle bien obligée de dire.

— Qu'est-ce qu'elle veut ?

— Elle croyait que son mari travaillait toujours ici. Il a disparu.

— Parbleu !

— Pendant deux ou trois mois, il lui a remis le montant de son salaire.

Il la regarda en face.

— Vous ne vous êtes aperçue de rien ? Je ne sais pas où votre mari a trouvé de l'argent, mais cela n'a pas dû être facile. Vous ignoriez que c'était un voleur ? Un petit voleur minable qui vous faisait croire qu'il avait obtenu une augmentation. S'il a cessé de rentrer chez lui, c'est qu'il a fait le plongeon.

— Que voulez-vous dire ?

— On peut se maintenir un mois ou deux à la surface, mais le moment vient où on dégringole sans aucune chance de remonter.

» Vous voulez nous laisser, Anne-Marie ?...

— Je me doutais de ce qui allait se passer. J'étais écœurée. Je suis descendue prendre l'air dans la cour et, une demi-heure plus tard, je l'ai vue sortir. Elle a détourné la tête en passant près de moi mais j'ai eu le temps de me rendre compte que son rouge à lèvres s'était étendu sur sa joue.

Maigret se taisait. Il prit le temps de bourrer une pipe, de l'allumer. Enfin, il murmura :

— Vous permettez, mon petit, que je vous pose une question sur un sujet qui ne me regarde pas ?

Elle l'observa avec une certaine inquiétude.

— Pourquoi, le connaissant comme vous le connaissiez, avez-vous continué à avoir des relations intimes avec lui ?

Elle prit d'abord la chose légèrement.

— Lui ou un autre... Il me fallait quand même quelqu'un...

Puis, plus gravement :

— Avec moi, c'était un homme différent. Il n'éprouvait pas le besoin de bluffer, de jouer les matamores. Au contraire, il laissait voir sa vulnérabilité.

» — C'est peut-être parce que tu ne comptes pas, que tu n'es qu'une gamine et que tu n'essaies pas de profiter de moi...

» Il avait très peur de mourir. On dirait qu'il avait comme un pressentiment de ce qui allait lui arriver.

» — Il y aura bien un de ces pleutres pour se révolter, nom de Dieu !

» — Pourquoi faites-vous tout pour qu'on vous déteste ?

» — Parce que je suis incapable de me faire aimer. Alors, autant qu'on me haïsse à fond.

Elle conclut, moins animée :

— Voilà. Je n'ai jamais eu de nouvelles de Pigou. Je ne sais pas ce qu'il est devenu. Je n'ai même pas eu l'idée de vous parler de lui, pensant sans doute que c'était déjà de l'histoire ancienne. C'est hier, tout à coup, au cinéma, que j'ai pensé à la gifle...

Un peu plus tard, Maigret descendait l'escalier, frappait à la porte du bureau du comptable et entrait. Lapointe était là, en conversation avec un jeune homme terne, aux vêtements sombres et mal coupés.

— Je vous présente M. Jacques Riolle, patron.

— Je l'ai déjà vu.

— C'est vrai. Je n'y pensais plus.

Riolle se tenait debout, impressionné par le commissaire. Son bureau était le plus sombre et le plus triste de la maison, celui aussi, pour une raison mystérieuse, où l'odeur de vinasse était la plus forte. Sur des rayonnages s'alignaient des classeurs verts comme dans une étude de province. Un énorme coffre-fort d'un ancien modèle trônait entre les deux fenêtres, et les meubles, qui avaient dû être achetés d'occasion, étaient couverts de taches d'encre et même d'entailles, comme des pupitres d'école.

Intimidé, Riolle se balançait d'une jambe à l'autre et Maigret avait l'impression d'avoir devant lui Gilbert Pigou à ses débuts.

— Tu as fini, Lapointe ?

— Je vous attendais, patron.

Ils saluèrent le jeune homme et quelques instants plus tard ils s'installaient dans la petite auto noire. Lapointe soupirait :

— Je me demandais si vous redescendriez jamais. C'est long d'attendre en tête à tête avec un garçon aussi terne et aussi morne que celui-là.

» Il a pourtant fini par me faire des confidences. Il n'est pas comptable, mais il suit des cours du soir et il espère avoir son diplôme d'ici deux ans. Il est fiancé à une jeune fille de son pays. Il est de Nevers. Ils ne pourront se marier que quand il sera augmenté, car il ne gagne pas assez d'argent pour se mettre en ménage...

— Elle continue à habiter Nevers ?

— Oui. Elle vit chez ses parents et travaille dans une mercerie. Il va la voir une fois par mois.

Lapointe se dirigeait machinalement vers le Quai des Orfèvres quand Maigret s'en aperçut.

— Nous ne rentrons pas tout de suite. Conduis-moi d'abord 57 *bis,* rue Froidevaux.

Ils prirent le boulevard Saint-Michel, tournèrent à droite en direction du cimetière Montparnasse.

— Le jeune Riolle n'a pas connu son prédécesseur ?

— Non. Il s'est présenté à la suite d'une annonce. C'est Chabut qui l'a interrogé en personne.

— Et qui s'est assuré qu'il était un moindre !

— Que voulez-vous dire ?

— Qu'il ne s'entourait, exception faite pour Louceck, que de gens faibles, résignés, qu'il pouvait mépriser. En somme, cet homme-là méprisait tout le monde, les hommes comme les femmes, ceux qui travaillaient pour lui et les amis qui fréquentaient sa maison. Je suis persuadé que s'il couchait avec tant de femmes, c'était pour avoir la sensation de les dominer, pour les souiller en quelque sorte.

— Nous sommes arrivés, patron.

— Il vaut peut-être mieux que tu ne montes pas avec moi. Je vais voir Mme Pigou et si nous arrivons à deux cela risque de paraître trop officiel et de l'effaroucher. Attends-moi donc dans ce petit bar.

Il poussa la porte de la loge.

— Mme Pigou, s'il vous plaît ?

— Au quatrième à gauche.

— Elle est chez elle ?

— Je ne l'ai pas vue sortir. Elle doit y être.

Il monta les quatre étages à pied, en s'arrêtant parfois pour souffler, car il n'y avait pas d'ascenseur. La maison était propre, en bon état, l'escalier pas trop sombre. Au premier, il entendit de la radio. Au second étage, un petit garçon de quatre ou cinq ans était assis sur une marche et jouait avec un modèle réduit de voiture.

Au quatrième, il frappa, car il ne voyait pas de bouton de sonnerie. Il attendit un bon moment et frappa à nouveau, ennuyé à l'idée qu'il aurait peut-être à revenir.

Il colla l'oreille à la porte et n'entendit rien à l'intérieur. Il n'en frappa pas moins une troisième fois, assez fort pour que la porte frémisse sur ses gongs, et cette fois des pas s'approchèrent ; c'était plutôt un glissement, comme si la personne portait des pantoufles.

— Qu'est-ce que c'est ?

— Mme Pigou, s'il vous plaît.

— Un instant.

Cela prit un peu plus d'une minute et la porte s'entrouvrit enfin. Une jeune femme le regardait curieusement, en tenant une robe de chambre croisée devant elle.

— Qu'est-ce que vous vendez ?

— Je ne vends rien. Je désire simplement un entretien avec vous. Je suis le commissaire Maigret, de la Police Judiciaire.

Elle hésita, finit par dégager le passage.

— Entrez. Je ne me sentais pas bien et je faisais une petite sieste.

En pénétrant dans la salle de séjour, elle alla fermer la porte de la chambre à coucher où Maigret avait eu le temps d'entrevoir le lit défait.

— Asseyez-vous, disait-elle en lui désignant une chaise.

La fenêtre donnait sur le cimetière et sur les hauts arbres des allées. Les meubles avaient été achetés dans un grand magasin du boulevard Barbès. Ils étaient de style rustique, comme disent les catalogues.

Sur un guéridon, il y avait un tourne-disque, et des disques étaient épars sur le divan proche comme si Liliane avait l'habitude de s'étendre là et de faire de la musique. Un cendrier était plein de mégots de cigarettes.

— C'est au sujet de mon mari ?

— Oui et non. Vous avez des nouvelles de lui ?

— Toujours pas. Je suis allée à son bureau et il y a six mois qu'il n'y a pas mis les pieds.

— Depuis combien de temps vous a-t-il quittée ?

— Depuis deux mois. C'était à la fin septembre, le jour où il aurait dû m'apporter son traitement.

Elle était assise sur le bras d'un fauteuil et chaque fois que les pans de la robe de chambre s'écartaient on voyait sa chemise rose bonbon. Elle ne s'en préoccupait pas. Cela devait être sa tenue habituelle quand elle était chez elle.

— Il y a longtemps que vous êtes mariée ?

— Huit ans. Il est entré par hasard dans le magasin où je travaillais pour acheter une cravate. Il a mis très longtemps à la choisir. Il paraissait impressionné. Quand je suis sortie le soir, il m'a suivie. Pendant quatre ou cinq jours, il a marché ainsi derrière moi avant d'oser m'adresser la parole.

— Il habitait déjà cet appartement ?

— Non. Il vivait dans un hôtel meublé du quartier Latin. Il n'y avait pas trois semaines qu'il me connaissait qu'il me proposait de m'épouser. Je n'étais pas trop chaude. C'était un gentil garçon, mais il ne cassait rien.

— Vous n'étiez pas amoureuse ?

Elle le regarda en soufflant la fumée de sa cigarette.

— Ça existe ? Vous savez, moi, je n'y crois pas beaucoup.

— Une question, madame Pigou. Est-ce que votre mari boitille légèrement ?

— Depuis qu'il a été renversé par une voiture et qu'il a eu la rotule cassée, il a tendance à jeter la jambe gauche de travers quand il marche vite.

— Il y a longtemps qu'il a eu cet accident ?

— Avant de me connaître.

— Depuis combien de temps le connaissez-vous ?

— Huit ans. Un mois de fiançailles, en quelque sorte, puis le reste de vie conjugale.

— Vous avez continué à travailler ?

— Pendant trois ans. Cela ne pouvait pas continuer. Le matin, il fallait que je prépare le petit déjeuner et que je mette un peu d'ordre. A midi, nous nous retrouvions dans un restaurant pour déjeuner et le soir il me fallait faire le marché, préparer à dîner, m'occuper du ménage. Ce n'était pas une vie.

Il regardait l'étroit divan couvert de disques et de magazines, le cendrier aux mégots. Cela devait être sa place favorite et peut-être est-ce là qu'elle dormait quand il avait dû frapper à la porte avec tant d'insistance.

Avait-elle des amants ? Il aurait juré que oui, par désœuvrement, par une sorte de romantisme.

Il y avait sur son visage une expression boudeuse qui semblait lui être naturelle.

— Vous n'avez rien soupçonné jusqu'à ce que votre mari disparaisse ?

— Non. Je ne sais pas s'il est allé travailler ailleurs mais il quittait la maison toujours à la même heure, rentrait à la même heure aussi.

— Et il vous remettait en fin de mois la même somme ?

— Oui. Je lui donnais quarante francs par mois pour ses cigarettes et ses menus frais.

— Vous ne vous êtes pas inquiétée en ne le voyant pas revenir ?

— Pas trop. Je ne m'inquiète pas facilement. J'ai téléphoné à son bureau. C'est un homme que j'ai eu au bout du fil. Je lui ai demandé à parler à mon mari.

» — Il n'est pas là, m'a-t-il répondu.

» — Vous ne savez pas quand il reviendra ?

» — Je ne sais rien. Il y a longtemps que je ne l'ai pas vu...

» Il a raccroché. C'est alors que j'ai commencé à devenir un peu inquiète et je suis allée demander au commissariat si on avait entendu parler de lui, si, par exemple, il n'avait pas été victime d'un accident.

Elle ne devait pas avoir insisté beaucoup.

— Vous savez où il est ? questionna-t-elle.

— Non. C'est à vous que je suis venu poser la question. N'avez-vous aucune idée de l'endroit où il aurait pu se réfugier ?

— Pas chez son père, qui habite rue d'Alésia depuis près de cinquante ans. C'est dans cet appartement-là que Gilbert est né. Il a pour ainsi dire toujours habité le quartier. Sa mère est morte. Son père a pris sa retraite. Il était caissier dans une agence du Crédit Lyonnais.

— Les deux hommes s'entendaient bien ?

— Jusqu'à ce que Gilbert m'épouse. Je crois que son père ne pouvait pas me sentir. Gilbert, bien entendu, prenait mon parti, de sorte que, ces dernières années, ils étaient en froid.

— Vous n'avez pas averti le père de sa disparition ?

— A quoi bon ? Ils ne se voyaient quand même qu'une fois par an, le 1er janvier. Nous y allions ensemble et nous avions droit à un verre de porto avec un biscuit. L'appartement sentait le célibataire.

— Comment expliquez-vous que votre mari ait continué pendant trois mois à vous apporter son traitement alors qu'il avait quitté sa place ?

— Il travaillait probablement ailleurs.

— Vous n'aviez pas d'économies ?

— Des dettes, oui ! Le réfrigérateur n'est pas encore entièrement payé et j'ai eu juste le temps de décommander la machine à laver la vaisselle qu'on devait me livrer en septembre.

— Il ne possédait pas d'objets de valeur ?

— Certainement pas. Même les bagues qu'il m'a offertes sont en toc. Vous ne m'avez pas encore dit pourquoi vous vous occupez de lui.

— Son patron l'a mis à la porte à la fin juin, après avoir découvert que, depuis trois ans, il puisait plus ou moins adroitement dans la caisse.

— Il avait une maîtresse ?

— Non. Il prenait ainsi de très petites sommes. Cinquante francs par mois tout d'abord.

— C'était ça, son augmentation ?

— Exactement. Vous lui répétiez qu'il devait parler à M. Chabut et, comme il n'avait pas le courage de le faire, ce qui, d'ailleurs, n'aurait mené à rien, il s'est mis à truquer les écritures. De cinquante francs, il est passé à cent. Puis, au dernier Noël...

— Les cinq cents francs de gratification !

Elle haussait les épaules.

— Quel idiot ! Le voilà bien avancé, maintenant ! J'espère pour lui qu'il a trouvé une autre place.

— J'en doute.

— Pourquoi ?

— Parce qu'il m'est arrivé de l'apercevoir dans les rues à différentes heures de la journée, alors que les bureaux et les magasins sont ouverts.

— Il a fait quelque chose ? Vous avez une raison pour le rechercher.

— Oscar Chabut a été tué mercredi dernier par un homme qui l'attendait devant une maison de passe de la rue Fortuny. Votre mari possédait un pistolet ?

— Un petit automatique noir, qu'un ami lui avait donné quand il était encore au service militaire.

— Il est toujours ici ?

Elle se leva et traîna ses pantoufles jusqu'à la chambre à coucher où on l'entendit ouvrir et refermer des tiroirs.

— Je ne le vois pas. Il l'a sans doute emporté avec lui. A ma connaissance, il ne s'en est jamais servi et je me demande s'il avait des cartouches. Je ne me souviens pas d'en avoir vu.

Elle alluma une nouvelle cigarette et s'assit cette fois dans le fauteuil.

— Vous croyez vraiment qu'il aurait été capable de tuer son patron ?

— Celui-ci l'a traité cruellement et, à un moment donné, lui a flanqué une gifle.

— Je le connais. Enfin, je l'ai rencontré. Cela ne m'étonne pas de lui. C'est une grande brute.

— Il ne vous a pas raconté ce qui s'était passé ?

— Non. Il m'a seulement dit qu'il était content d'être débarrassé de mon mari et que c'était un bon débarras pour moi aussi.

— Il vous a donné de l'argent ?

— Pourquoi me demandez-vous ça ?

— Parce que ce serait assez bien son genre. J'imagine ce qui a dû se passer.

— C'est que vous avez vraiment de l'imagination.

— Non, mais c'est que je connais ses façons d'agir avec les femmes.

— Vous voulez dire qu'il les traitait toutes de la même façon ?

— Oui. Il vous a donné un autre rendez-vous ?

— Il a pris mon numéro de téléphone.

— Mais il ne vous a jamais appelée ?

— Non.

— Vous ne m'avez pas répondu au sujet de l'argent.

— Il m'a remis un billet de mille francs.

— Et, depuis, comment vous en tirez-vous ?

— Je m'en tire comme je peux. Je réponds à des petites annonces mais, jusqu'ici, sans succès.

Maigret se leva, le corps engourdi, le front couvert d'une buée de sueur.

— Je vous remercie de m'avoir reçu.

— Dites-moi, puisque vous dites que vous l'avez vu plusieurs fois, vous allez pouvoir le retrouver.

— A condition qu'il se mette à nouveau sur mon chemin et qu'il ne disparaisse pas dans la foule comme il l'a fait jusqu'à présent.

— De quoi a-t-il l'air ?

— De quelqu'un qui est fatigué et qui n'a pas dormi dans un lit la nuit précédente. Il n'a pas d'amis à Paris ?

— Je ne lui en connais pas. Nous ne fréquentions qu'une de mes copines, Nadine, qui vit avec un musicien. Ils venaient parfois passer la soirée ici. On allait acheter une ou deux bouteilles de vin et il nous jouait de la guitare électrique.

Elle devait avoir couché avec le musicien aussi, et sans doute avec bien d'autres.

— Au revoir, madame.

— Au revoir, monsieur le commissaire. Si vous avez des nouvelles, soyez gentil de me tenir au courant. C'est quand même mon mari. S'il a vraiment tué quelqu'un, j'aimerais mieux le savoir. Je suppose que cela suffit pour obtenir le divorce ?

— Je le crois aussi.

Il inscrivit l'adresse du père de Pigou, rue d'Alésia, retrouva Lapointe dans le petit bar où il lisait le journal de l'après-midi.

— Alors, patron ?

— Une petite garce. J'ai rarement vu autant de personnages peu ragoûtants dans une seule enquête. Un rhum, garçon !

— Elle ne sait rien qui puisse nous mettre sur une piste ?

— Non. Elle ne s'est jamais occupée de lui. Dès qu'elle l'a pu, elle a cessé de travailler et, autant qu'on puisse juger, elle passe ses journées vautrée sur un divan, à jouer des disques, à fumer cigarette sur cigarette et à lire des magazines. Elle doit être au courant de la vie intime de toutes les vedettes. Quand son mari a disparu, elle s'est à peine inquiétée, et quand je lui ai dit qu'il avait peut-être tué un homme, elle m'a demandé si cela lui suffirait pour obtenir le divorce.

— Qu'est-ce que nous faisons maintenant ?

— Tu me déposes rue d'Alésia, où j'aimerais avoir une courte entrevue avec son père.

— Son père à elle ?

— Non, à lui. C'est un ancien caissier du Crédit Lyonnais à la retraite. Il a cessé de s'entendre avec son fils quand celui-ci s'est marié.

L'appartement de la rue d'Alésia était un peu plus cossu et, au grand soulagement de Maigret, il y avait un ascenseur. Quand il sonna, la porte ne tarda pas à s'entrouvrir.

— Oui ?

— Monsieur Pigou ?

— Moi-même. Que désirez-vous ?

— Vous me permettez d'entrer ?

— Vous ne venez pas pour me vendre une encyclopédie ? Il en est venu quatre rien que la semaine dernière.

— Commissaire Maigret, de la P.J.

L'appartement sentait l'encaustique et on n'y voyait pas un grain de poussière. Chaque objet était à sa place.

— Asseyez-vous, je vous en prie.

Ils étaient dans un petit salon qui ne devait pas servir souvent et Pigou alla ouvrir les rideaux qui étaient à moitié fermés.

— J'espère que vous ne m'apportez pas une mauvaise nouvelle ?

— A ma connaissance, il n'est rien arrivé à votre fils. Je voudrais seulement savoir quand vous l'avez vu pour la dernière fois.

— C'est facile. Le 1er janvier.

Et il avait un sourire un peu amer.

— J'ai eu le malheur de le mettre en garde contre cette fille qu'il a absolument voulu épouser. J'ai tout de suite compris en la voyant que ce n'était pas quelqu'un pour lui. Il est monté sur ses grands chevaux et m'a accusé d'être un vieil égoïste et de je ne sais quoi d'autre encore. Auparavant, il venait me voir une fois par semaine. Il a cessé ses visites et je ne l'ai revu qu'au Nouvel An. Depuis, chaque année, le 1er janvier, il est venu me voir avec sa femme, comme on accomplit une politesse nécessaire.

— Vous lui en voulez ?

— Non. Il ne voit que par elle. Il n'y peut rien.

— Il ne vous a jamais demandé d'argent ?

— Vous ne le connaissez pas. Il est trop fier pour ça.

— Pas même ces derniers mois ?

— Qu'est-il arrivé ?

— Il a perdu son emploi au mois de juin. Pendant trois mois, il a suivi le même horaire que quand il travaillait quai de Charenton et il rapportait la même somme d'argent.

— Il a donc trouvé une autre place ?

— Vous ne croyez pas que c'est difficile, à quarante-cinq ans, quand on n'est pas un spécialiste ?

— Peut-être. Il faut pourtant bien...

— Qu'il ait trouvé cet argent quelque part. Depuis fin septembre, il a disparu.

— Sa femme ne l'a pas revu ?

— Non. Son ex-patron, Oscar Chabut, a été tué de quatre balles, en pleine rue, par un inconnu.

— Et vous croyez que... ?

— Je ne sais pas, monsieur Pigou. Je cherche. Je suis venu vous voir dans l'espoir d'apprendre quelque chose.

— J'en sais moins que vous. Sa femme n'a même pas trouvé utile de me mettre au courant. Vous avez l'impression qu'il a quelque chose à se reprocher et qu'il se cache ?

— C'est possible. Je suis à peu près certain de l'avoir aperçu deux ou trois fois ces derniers jours. C'est lui aussi, j'ai toutes les raisons de le penser, qui m'a téléphoné par deux fois et qui m'a envoyé une lettre écrite en caractères bâtonnets...

— Vous ne lui avez pas dit...

— Lui dire quoi ? Si c'est lui qui a tiré sur son patron, il joue avec le feu, comme s'il avait envie de se faire arrêter. Cela arrive plus souvent qu'on ne croit. Il est sans domicile, sans ressources. Il sait qu'il sera fatalement pris un jour ou l'autre. Il n'a pas honte d'avoir tiré. Au contraire, il en serait plutôt fier, car Chabut était un être méprisable.

— Je ne comprends pas.

— Je vous tiendrai au courant, monsieur Pigou. De votre côté, s'il vous donnait de ses nouvelles, soyez assez aimable pour me passer un coup de fil.

— Je vous l'ai dit : il y a peu de chances pour qu'il s'adresse à moi.

— Merci de m'avoir reçu.

Lapointe lui demanda :

— Il savait quelque chose ?

— Encore moins que la femme. C'est moi qui lui ai appris que son fils a disparu. C'est un petit vieillard propret, très sympathique, qui passe son temps à astiquer son parquet et ses meubles, à mettre de l'ordre dans l'appartement. Je n'ai pas vu d'appareil de télévision, pas de transistor non plus. Au Quai, cette fois. Il est temps qu'on en finisse.

Une heure plus tard, cinq de ses collaborateurs étaient réunis dans le bureau de Maigret.

6

— Asseyez-vous, mes enfants. Bien entendu, vous pouvez fumer.

Maigret lui-même allumait une pipe et les regardait l'un après l'autre d'un œil rêveur.

— Vous connaissez tous l'affaire dans ses grandes lignes. Depuis que j'ai commencé à enquêter sur la mort d'Oscar Chabut au moment où il sortait d'une maison de la rue Fortuny, un homme paraît s'intéresser à mes faits et gestes. Il est intelligent, car il semble prévoir chacun de mes mouvements. Il est habile à se glisser rapidement dans la foule, car je n'ai pas encore réussi à le rejoindre.

C'était déjà le crépuscule mais personne n'avait allumé les lampes et cette réunion se tenait dans une sorte de pénombre. Il faisait très chaud dans le bureau. On avait dû apporter deux chaises du bureau voisin.

— Je n'ai aucune preuve de la culpabilité du personnage. Seulement des présomptions. Et aussi son obstination à se comporter comme un coupable.

» Depuis cet après-midi, je connais son identité et je connais aussi son histoire, qui paraît à première vue incroyable.

» Il s'agit du comptable du marchand de vin. Un humble. Un gagne-petit. Il est marié depuis huit ans. Sa femme, qui était vendeuse, a assez vite cessé de travailler et lui reprochait de ne pas gagner plus d'argent. Prenez son nom et son adresse, Lourtie. Je vous dirai tout à l'heure pourquoi. Liliane Pigou, 57 *bis,* rue Froidevaux. C'est en face du cimetière Montparnasse. Elle passe le plus clair de ses journées couchée sur un divan, à moitié nue, à écouter des disques, à fumer cigarette sur cigarette et à lire des magazines et des bandes dessinées.

» Si je vous ai réunis, c'est que j'ai décidé de mettre la main sur lui coûte que coûte. Il est probablement armé, mais je ne crois pas qu'il essaie de tirer.

» Vous, Janvier, vous allez choisir six hommes qui se relayeront deux par deux Quai des Orfèvres. L'individu m'y a téléphoné par deux fois, m'a écrit une assez longue lettre, et, une fois au moins, m'a guetté du trottoir d'en face. Il a malheureusement trouvé le moyen de disparaître avant d'être rejoint.

L'air commençait à être bleuâtre. Maigret alluma la lampe à abat-jour vert qui se trouvait sur son bureau mais n'alluma pas le plafonnier, de sorte que des pans de la pièce restaient dans l'ombre où les visages se détachaient.

— Notez tous son signalement. Il est plutôt petit, moins d'un mètre soixante-dix. Sans être gros, il est plutôt grassouillet et il a le visage très rond. Il est vêtu d'un complet brun sombre et d'un imperméable froissé. Il fume la cigarette. Enfin, il a une patte un peu folle. Depuis un accident qu'il a eu voilà plusieurs années, il jette la jambe gauche de côté en marchant.

— Brun ? questionna Lourtie.

— Brun, oui, avec des yeux bruns aussi et des lèvres assez épaisses. Il donne l'impression, non pas vraiment d'un clochard, mais d'un homme qui arrive au bout de son rouleau.

» Si je veux toujours deux hommes en faction, c'est à cause de son habileté à s'éclipser.

» Compris, Janvier ?

— Oui, patron.

Maigret se tourna vers le gros Lourtie qui tirait à petites bouffées sur sa pipe.

— Ce que je viens de dire à Janvier vaut pour vous également. Les uns comme les autres n'avez pas à rester personnellement en faction mais vous devez veiller à ce que vos hommes soient en place et se relayent régulièrement.

— Ce sera fait.

— A vous, Torrence. Une équipe de six, comme les autres. C'est le grand jeu. Je ne veux pas risquer de le voir encore nous filer entre les doigts. Votre secteur est la place des Vosges, autour de la maison des Chabut. Mme Chabut est une belle femme d'environ quarante ans, très élégante, habillée chez les meilleurs couturiers. Elle a un chauffeur et une voiture Mercedes. Si elle se sert à l'occasion de l'auto de son mari, celle-ci est une Jaguar rouge décapotable.

Ils se regardaient les uns les autres comme des écoliers en classe.

— A Lucas, à présent. Toi, Lucas, tu couvriras le quai de Charenton. Nous sommes samedi. Il ne doit y avoir personne dans les bureaux et dans les chais cet après-midi, personne demain non plus. J'ignore si les bâtiments sont gardés.

— J'ai compris, patron.

— Je fais surveiller les points où il est le plus probable qu'il se manifeste. Il ne s'approche jamais de très près. On dirait qu'il est fasciné par notre enquête, qu'il cherche par tous les moyens à deviner ce qui se passe et ce qui va se passer.

» Je me demande même si, peut-être à son insu, il n'éprouve pas un obscur désir de se faire prendre.

— Et moi ? questionna Lapointe.

— Tu restes ici, à ma disposition, toujours prêt à venir me chercher à n'importe quelle heure. Tu réunis aussi les informations qui pourront te parvenir et tu me tiens au courant par téléphone.

Ils croyaient que c'était terminé et ils étaient sur le point de se lever quand Maigret les retint du geste.

— Il y a des points qui restent obscurs. Cet homme a perdu sa place vers la fin juin. Selon toute vraisemblance, il n'avait pas d'économies, à moins qu'il ne les ait cachées à sa femme, à qui il remettait mensuellement tout ce qu'il gagnait. Son patron ne lui a pas payé le mois de juin, gardant cet argent pour couvrir en partie les détournements. Or, le 30 juin, il est rentré chez lui avec la même somme que les autres fins de mois.

» Jusqu'en septembre, il a quitté son appartement aux mêmes heures que d'habitude, est rentré aux mêmes heures aussi, de sorte que sa femme ignorait qu'il ne travaillait plus quai de Charenton.

» Je suppose qu'il a cherché du travail, qu'il n'en a pas trouvé.

» En septembre, il a disparu. Depuis lors, on dirait qu'il a fait le plongeon, qu'il a renoncé à se débattre, et, à son aspect, il donne à penser qu'il ne dort pas toutes les nuits dans un lit.

» Il lui fallait bien trouver ne fût-ce que quelques francs par jour pour manger. Or, il y a un endroit qui attire irrésistiblement les êtres à la traîne : les Halles. Je ne sais pas où ils iront quand, dans quelques mois, elles seront transférées à Rungis.

La sonnerie du téléphone retentit.

— Allô ! Le commissaire Maigret ? C'est toujours le même homme qui insiste pour vous parler personnellement.

— Passez-le-moi.

Et il dit aux autres :

— C'est lui ! Allô, oui. J'écoute...

— Vous avez vu ma femme. Je m'en doutais. Vous êtes resté longtemps avec elle tandis que votre inspecteur attendait dans un bar voisin. Est-ce qu'elle m'en veut beaucoup ?

— A mon avis, pas du tout.

— Elle n'est pas trop malheureuse ?

— Elle ne m'a pas fait l'effet de quelqu'un de malheureux.

— Elle n'a pas parlé d'argent ?

— Non.

— Je me demande de quoi elle vit.

— Elle est allée voir Chabut il y a quelques semaines et il lui a donné mille francs.

Il y eut un ricanement à l'autre bout du fil.

— Qu'est-ce que mon père vous a dit ?

C'était stupéfiant. Il savait à peu près tout ce que faisait Maigret. Or, il n'avait pas de voiture, pas d'argent pour prendre des taxis. Il allait et venait à travers Paris, avec sa patte folle, sans se faire remarquer, et il disparaissait comme par magie dès qu'on le reconnaissait.

— Il ne m'a rien dit de particulier. J'ai compris qu'il n'aime pas beaucoup votre femme.

— Vous voulez dire qu'il la déteste. C'est pour cela que nous nous sommes brouillés. J'avais à choisir entre elle et lui...

Il semblait bien avoir joué le mauvais cheval.

— Pourquoi ne venez-vous pas me voir ici, Quai des Orfèvres, que nous ayons une conversation en tête à tête ? Si vous n'avez pas tué Chabut, vous repartirez aussi libre que vous serez entré. Dans le cas contraire, un bon avocat vous fera avoir le minimum, s'il ne parvient pas à vous faire acquitter. Allô !... Allô !...

Gilbert Pigou avait raccroché.

— Vous avez entendu. Il sait déjà que je suis allé voir sa femme dans leur appartement et que je me suis rendu ensuite chez son père.

C'était presque un jeu auquel, jusqu'à présent, Pigou gagnait à tout coup. Pourtant, il n'était pas particulièrement intelligent. Au contraire.

— Où en étais-je ? Ah ! oui. Aux Halles. C'est l'endroit de Paris où il y a le plus de chances de retrouver un homme en train de couler. Je voudrais que, dès la nuit prochaine, une douzaine d'hommes ratissent soigneusement le secteur. Ils pourront demander de l'aide aux inspecteurs du Ier arrondissement à qui les lieux sont plus familiers.

Est-ce que toutes ces mesures allaient se révéler inutiles ? Il n'était pas défendu d'espérer, mais les chances étaient assez faibles que Pigou se fasse prendre. Pour un peu, il était une fois de plus dehors, sur le trottoir d'en face, à regarder les fenêtres éclairées du bureau de Maigret.

— C'est tout, mes enfants.

Au moment où ils se levaient comme des écoliers et allaient se diriger vers la porte, Maigret reprit encore la parole.

— Une recommandation importante. Aucun des hommes ne doit être armé. Cela vaut pour vous aussi. Je ne veux à aucun prix, quoi qu'il arrive, qu'on lui tire dessus.

— Et s'il tire le premier, grommela le gros Lourtie.

— J'ai dit « à aucun prix ». D'ailleurs, il ne tirera pas. Je tiens à l'avoir vivant et en bon état.

Il était cinq heures et demie. Maigret avait fait tout ce qu'il pouvait. Il ne lui restait plus qu'à attendre les événements. Il était fatigué et sa grippe le handicapait toujours.

— Lapointe. Reste un instant. Qu'est-ce que tu penses de mon plan ?

— Il n'est pas impossible que cela réussisse.

L'inspecteur n'avait guère confiance.

— Si vous voulez mon opinion sincère, ou bien nous l'accrocherons par hasard, Dieu sait quand, ou bien il nous échappera aussi longtemps qu'il aura décidé de ne pas se laisser prendre.

— Je suis tenté de le penser aussi, mais je suis obligé de prendre des dispositions. Tu vas me reconduire chez moi. J'ai hâte d'être en pantoufles au coin du feu, hâte aussi de me glisser dans mon lit.

Il avait le sang à la tête et commençait à avoir mal à la gorge. Est-ce que sa grippe était en réalité une angine ?

Quand il fut dans la voiture, il regarda curieusement autour de lui mais n'aperçut pas la silhouette qui le préoccupait tant.

— Passe un moment à la Brasserie Dauphine.

Il avait un mauvais goût à la bouche et il ressentait le besoin, avant de rentrer chez lui, d'un verre de bière bien frais.

— Qu'est-ce que tu prends ?

— Une bière aussi. Il faisait chaud dans votre bureau.

Maigret en but deux, avidement, s'essuya les lèvres et ralluma sa pipe. Ils retrouvaient, au Châtelet, les lumières de Noël et les guirlandes qui allaient d'un trottoir à l'autre. Dans un grand magasin on entendait les haut-parleurs qui diffusaient des morceaux de circonstance.

Devant chez lui aussi, il regarda à gauche et à droite dans l'espoir d'apercevoir Pigou, mais il ne découvrit aucune silhouette ressemblant à la sienne.

— Bonne nuit, mon petit.

— Meilleure santé, patron.

Il gravit lentement les marches et arriva époumoné sur son palier où Mme Maigret l'attendait. Du premier coup d'œil, elle comprit qu'il n'allait pas mieux et qu'il se laissait décourager.

— Entre vite. Ne prends pas froid.

Il avait au contraire trop chaud et il était en transpiration. Il retira son lourd pardessus, son écharpe, desserra sa cravate et alla se laisser tomber avec un soupir dans son fauteuil.

— Je commence à avoir mal à la gorge.

Elle ne prenait pas sa maladie au tragique car, presque tous les ans, il faisait une grippe d'une semaine ou deux. Il avait tendance à l'oublier et il avait horreur de se sentir amoindri.

— Personne n'a téléphoné ?

— Tu attends un coup de téléphone ?

— Plus ou moins. Il m'a appelé tout à l'heure au Quai et il doit connaître notre adresse ici. Il est en pleine effervescence et il éprouve le besoin d'entrer en contact avec moi.

Cela lui rappelait de vieilles affaires, entre autres le cas d'un meurtrier qui, pendant près de trente jours, lui avait écrit plusieurs pages quotidiennes, chaque fois d'une brasserie différente, dont celui-là laissait l'en-tête. Il aurait fallu, pour mettre la main dessus, faire surveiller toutes les brasseries et tous les cafés de Paris, et les effectifs de police n'auraient pas suffi.

Un matin, Maigret avait aperçu dans l'aquarium, la salle d'attente vitrée du Quai des Orfèvres, un petit monsieur d'un certain âge qui attendait patiemment.

C'était son homme.

— Qu'est-ce qu'il y a à dîner ?

— De la raie au beurre noir. Cela ne sera pas trop lourd pour toi ?

— Je n'ai pas mal à l'estomac.

— Tu ne veux pas que j'appelle Pardon ?

— Laisse le pauvre homme tranquille. Il a assez de travail avec les malades sérieux.

— Et si je te servais au lit ?

— Pour que, dans une heure, les draps soient détrempés ?

La seule chose qu'il consentit à faire fut de se déshabiller, de passer un pyjama, une robe de chambre et des pantoufles. Il essaya de lire le journal mais son esprit n'y était pas. Il en revenait toujours à Pigou, le petit comptable devenu voleur parce que sa femme lui reprochait d'avoir peur de son patron et de ne pas oser lui demander une augmentation.

Où était-il en ce moment ? Avait-il encore un peu d'argent ? Où et comment se l'était-il procuré ?

Il pensait à Chabut aussi, arrogant, n'ayant que mépris pour autrui, éprouvant le besoin de se rendre désagréable. Il avait réussi insolemment dans ses affaires mais il n'en restait pas moins vulnérable, c'était le même homme qui avait été de porte en porte dans l'espoir de recevoir commande d'une caisse de vin.

Maigret avait connu d'autres timides qui s'en prenaient à tous ceux qui les entouraient.

— Le dîner est servi.

Il n'avait pas faim. Il mangea quand même. Il avait une certaine difficulté à avaler. Peut-être que le lendemain sa voix serait cassée ?

Les hommes du Quai avaient déjà dû prendre leur poste dans les endroits qu'il leur avait assignés. Maigret avait failli ajouter :

— Vous en mettrez aussi en face de chez moi, boulevard Richard-Lenoir.

Une sorte de respect humain l'en avait empêché. On aurait pu croire qu'il avait peur. En se levant de table, il alla jeter un coup d'œil par la fenêtre. Il ne pleuvait pas mais le vent soufflait avec une certaine force, le vent d'est à nouveau, qui allait apporter du froid. Il vit deux amoureux qui passaient bras dessus bras dessous en s'arrêtant tous les quelques mètres pour s'embrasser.

Il aperçut aussi des agents cyclistes, en pèlerine, qui faisaient paisiblement leur ronde. La plupart des fenêtres, de l'autre côté du boulevard, étaient éclairées et, derrière certains rideaux, on apercevait des silhouettes, entre autres celles de toute une famille autour d'une table ronde.

— Tu ne prends pas la télévision ?

— Non.

Il n'avait envie de rien. Seulement de grogner, comme chaque fois qu'il était mal dans sa peau ou qu'une enquête traînait en longueur.

Il refusait de se coucher plus tôt que d'habitude et il se remit à parcourir le journal. Une demi-heure plus tard, il alla de nouveau se camper devant la fenêtre, cherchant des yeux une silhouette qui lui était devenue presque familière.

Il n'y avait personne sur les trottoirs et seul un taxi descendait le boulevard.

— Tu crois qu'il viendra ?

— Comment le saurais-je ?

— Tu as l'air de t'attendre à quelque chose.

— Je m'attends toujours à quelque chose. Cela pourrait aussi bien être un coup de téléphone de Lapointe.

— Il est de garde ?

— Toute la nuit. C'est lui qui est chargé de centraliser tous les renseignements qui pourraient arriver.

— Tu penses que cet homme-là commence à s'affoler ?

— Non. Il garde son sang-froid. Il ne paraît pas se rendre compte de sa situation. C'est un être qui a été humilié toute sa vie. Pendant des années, il a courbé la tête. Tout à coup, il se sent en quelque sorte libéré. Toute la police s'occupe de lui sans parvenir à s'en saisir. N'est-ce pas une sorte de triomphe ? Il est devenu un homme important.

— Et il sera encore plus important quand il passera aux assises.

— C'est pourquoi il hésite entre se faire prendre ou continuer à jouer avec nous au chat et à la souris.

Il lisait à nouveau. Sa pipe n'avait pas bon goût mais il la fumait quand même, pour ainsi dire par principe. Lui non plus ne voulait pas céder, céder à la grippe, et il tenait les yeux ouverts alors que ses paupières étaient rouges et picotantes.

A neuf heures et demie, il se leva une fois encore et se dirigea vers la fenêtre. Il y avait un homme sur le trottoir d'en face, un homme qui avait la tête levée et qui semblait fixer les fenêtres de l'appartement.

Mme Maigret, qui se trouvait assise près de la table, ouvrit la bouche pour poser une question. En même temps son regard tombait sur le large dos de son mari qui, rigoureusement immobile, comme tendu, paraissait plus large encore.

Il y avait, dans cette immobilité subite, quelque chose de mystérieux, de presque solennel.

Maigret regardait l'homme sans oser bouger, comme s'il craignait de l'effaroucher, et l'homme, de son côté, le regardait à travers la mousseline du rideau où il ne devait constituer qu'une silhouette.

Un jour, à Meung-sur-Loire, alors que le commissaire était étendu dans un transatlantique, un écureuil était descendu du platane, dans le fond du jardin.

Il était d'abord resté sans bouger et on voyait battre son cœur sous le poil soyeux de sa poitrine. Prudemment, il avait ensuite avancé de quelques centimètres pour s'immobiliser à nouveau.

Tandis que Maigret osait à peine respirer, le petit animal roux regardait fixement l'homme qui semblait le fasciner mais tout son corps restait tendu, prêt à la fuite.

Tout se passait lentement, comme au ralenti, étape par étape. L'écureuil s'enhardissait, réduisait la distance entre eux d'un bon mètre. Cette approche prudente avait duré plus de dix minutes et, à la fin, l'écureuil était à cinquante centimètres à peine de la main qui pendait.

Avait-il envie d'être caressé ? Ce n'était en tout cas pas pour cette fois-là. Il avait regardé la main, le visage, puis à nouveau la main et il avait regagné l'arbre en quelques bonds.

Ce souvenir revenait à Maigret tandis qu'il regardait fixement la silhouette d'homme sur le trottoir d'en face. Gilbert Pigou, lui aussi, était comme fasciné par le commissaire qu'il avait en quelque sorte suivi à la piste.

Mais, tout comme l'écureuil, il était prêt à bondir à la moindre alerte. Il était inutile que le commissaire s'habille, descende. Il ne trouverait plus personne sur le trottoir. Téléphoner au plus prochain poste de police ne servirait à rien non plus.

Essayait-il de se donner du courage pour traverser le boulevard et pénétrer dans la maison ? Ce n'était pas impossible. Il n'avait pas d'ami, pas de confident.

Il avait fait ce qu'il avait décidé de faire : abattre Oscar Chabut. Il s'était ensuite enfui. Pourquoi s'être enfui ? Par un réflexe, sans doute. Qu'avait-il l'intention de faire à présent ? Continuer à jouer les hommes traqués ?

Cela dut bien durer dix minutes, comme avec l'écureuil. A certain moment l'homme avança d'un pas mais, presque aussitôt, il fit demi-tour et, après un dernier regard à la fenêtre, il s'éloigna dans la direction de la rue du Chemin-Vert.

La masse du commissaire perdit sa rigidité. Il resta encore un moment devant la fenêtre, comme pour reprendre son aspect habituel, puis il alla chercher une pipe sur le buffet.

— C'était lui ?

— Oui.

— Tu crois qu'il a envie de venir te voir ?

— Il en est tenté. Je pense qu'il a peur d'être déçu. Un homme comme lui est très susceptible. Il voudrait qu'on le comprenne et en même temps il se dit que c'est impossible.

— Que va-t-il faire ?

— Sans doute marcher, aller Dieu sait où, tout seul, en roulant ses pensées dans sa tête, peut-être en parlant à mi-voix.

Il avait à peine repris place dans son fauteuil que le téléphone sonnait et ii décrocha le combiné.

— Oui.

— Le commissaire Maigret ?

— Oui, mon petit.

Il reconnaissait la voix de Lapointe.

— On a déjà obtenu un résultat, patron. Grâce aux inspecteurs du Ier arrondissement, et surtout de l'un d'entre eux, l'inspecteur Lebœuf, qui connaît les Halles comme son propre appartement. Jusqu'à il y a quinze jours, Pigou a occupé une chambre, si on peut appeler ça une chambre, rue de la Grande-Truanderie.

Maigret connaissait cette rue qui, la nuit, rappelle le temps de la Cour des Miracles. On n'y voit que des déchets humains qui s'entassent pour y boire du vin rouge ou du bouillon, dans des bistrots puants. Certains y passent la nuit, assis sur leur chaise ou adossés au mur. On compte presque autant de femmes que d'hommes et elles ne sont pas les moins saoules ni les moins crasseuses.

C'est vraiment le fond, la lie, plus sinistre ici encore que sous les ponts. Dans la rue aux vieux pavés, d'autres femmes, la plupart âgées et difformes, attendent le client à la porte des hôtels.

— Il était à l'Hôtel du Cygne. Trois francs par jour pour un lit de fer et une paillasse. Pas d'eau courante. Les cabinets dans la cour.

— Je connais.

— Il paraît que la nuit il allait décharger des camions de légumes et de fruits. Il ne rentrait qu'au petit matin et il restait couché une partie de la journée.

— Quand a-t-il quitté l'hôtel ?

— Le patron dit qu'il ne l'a pas revu depuis deux semaines. Sa chambre a été louée tout de suite à quelqu'un d'autre.

— On continue à chercher dans le quartier ?

— Oui. Ils sont une quinzaine à se partager la besogne. Les inspecteurs du Ier arrondissement demandent pourquoi on ne fait pas une rafle comme ils en organisent périodiquement.

— Surtout pas ça. Tu leur as bien recommandé de se montrer discrets ?

— Oui, patron.

— Tu n'as pas de nouvelles des autres ?

— Rien.

— Il y a quelques minutes, Pigou était ici, boulevard Richard-Lenoir.

— Vous l'avez vu ?

— De ma fenêtre. Il était arrêté en face, sur l'autre trottoir.

— Vous n'avez pas essayé de le rejoindre ?

— Non.

— Il est reparti ?

— Oui. Peut-être reviendra-t-il. Il est possible qu'au dernier moment il ne parvienne pas à se décider et qu'il s'éloigne à nouveau.

— Vous n'avez pas d'autres instructions à me donner ?

— Non. Bonne nuit, mon petit.

— Bonne nuit, patron.

Maigret se sentait lourd et, avant de se rasseoir, il se versa un petit verre de prunelle.

— Tu ne crois pas que cela va te donner chaud ?

— On boit bien des grogs contre la grippe. Ce qui, entre parenthèses, n'est pas du goût de Pardon.

— Il va être temps que nous les invitions à dîner. Voilà plus d'un mois que nous ne les avons vus.

— Laisse-moi en terminer avec cette affaire. Lapointe a du nouveau. On sait maintenant où Pigou a passé plusieurs semaines, sinon plusieurs mois. Dans un taudis des Halles qu'on appelle poétiquement l'Hôtel du Cygne.

— Il en est parti ?

— Il y a deux semaines.

Maigret refusait de se coucher avant une heure raisonnable, et la première heure raisonnable, pour lui, était dix heures. Il regardait de temps en temps la pendule, puis il s'efforçait de lire son journal. Après avoir parcouru quelques lignes, il aurait été incapable de dire de quoi elles traitaient.

— Tu tombes de fatigue.

— Dans dix minutes, nous nous couchons.

— Prends donc ta température.

— Si tu veux.

C'est elle qui lui apporta le thermomètre et il le garda docilement dans la bouche pendant cinq minutes.

— 38°.

— Demain, si tu as encore de la fièvre, je téléphone à Pardon, que tu le veuilles ou non.

— Demain, c'est dimanche.

— Pardon se dérangera quand même.

Mme Maigret alla se mettre en tenue de nuit. Elle lui parlait d'une pièce à l'autre.

— Je n'aime pas quand tu commences à avoir la gorge rouge. Dans un moment, je vais te badigeonner.

— Tu sais bien que tu risques de me faire vomir.

— Tu ne sentiras rien. Tu m'as dit la même chose la dernière fois et cela s'est très bien passé.

C'était un liquide visqueux, à base de bleu de méthylène, dont on lui barbouillait la gorge à l'aide d'un pinceau. Le médicament était démodé mais Mme Maigret y restait fidèle depuis plus de vingt ans.

— Ouvre bien la bouche.

Avant de se coucher, il ne put se retenir d'aller encore une fois regarder par la fenêtre avant de fermer les persiennes.

Il n'y avait personne sur le trottoir d'en face et le vent soufflait de plus en plus fort, soulevant la poussière sur la partie centrale du boulevard.

Il dormait si profondément, d'un sommeil fiévreux, qu'il mit tout un temps à revenir à la surface. Quelque chose de vivant lui touchait le bras avec insistance et son premier mouvement fut de reculer.

C'était une main, qui semblait vouloir lui transmettre un message, et il la repoussa une seconde fois, fit mine de se retourner.

— Maigret...

La voix de sa femme était à peine audible.

— Il est là, sur le palier. Il n'a pas osé sonner mais il a frappé de petits coups. Tu m'entends ?

— Quoi ?

Il étendait le bras pour allumer la lampe de chevet et il regardait autour de lui avec étonnement. Qu'était-il occupé à rêver l'instant d'avant ? Il l'avait déjà oublié, mais il avait l'impression de revenir de très loin, d'un autre monde.

— Qu'est-ce que tu as dit ?

— Il est là. Il a frappé discrètement à la porte.

Il se leva et alla chercher sa robe de chambre sur le fauteuil.

— Quelle heure est-il ?

— Deux heures et demie.

Il prit la pipe qu'il n'avait pas finie au moment de se coucher et qu'il ralluma.

— Tu n'as pas peur de...

Il alluma en passant dans le salon, se dirigea vers la porte d'entrée, resta un instant immobile et ouvrit enfin la porte.

La minuterie s'était éteinte depuis longtemps et l'homme émergeait de l'obscurité, éclairé par les lumières de l'appartement. Il cherchait quelque chose à dire. Il avait dû préparer tout un discours mais, devant Maigret qui était à deux pas de lui, en robe de chambre et les cheveux en désordre, il était si impressionné qu'il ne pouvait que balbutier :

— Je vous dérange, n'est-ce pas ?

— Entrez, Pigou.

Il pouvait encore se précipiter dans la cage d'escalier et s'enfuir, car il était plus jeune et plus leste que le commissaire. La porte franchie, il serait trop tard, et Maigret avait soin de rester immobile, comme avec l'écureuil.

L'hésitation ne dura sans doute que quelques secondes mais le temps parut très long. L'homme s'avança. Maigret pensa un moment fermer la porte à clef et mettre la clef dans sa poche, mais il finit par hausser les épaules.

— Vous n'avez pas froid ?

— La nuit n'est pas chaude. C'est surtout la bise.

— Asseyez-vous là. Quand vous serez réchauffé, vous pourrez retirer votre imperméable.

Il alla jusqu'à la porte de la chambre, dit de loin à sa femme, qui était en train de s'habiller :

— Tu nous prépareras deux grogs.

Après quoi, détendu, il s'assit en face de son visiteur. Il le voyait enfin de près. Il avait rarement été aussi curieux de quelqu'un que de lui.

Ce qui le surprenait le plus, c'était la jeunesse de Pigou. Son visage rond, un peu joufflu, avait quelque chose d'inachevé, d'enfantin.

— Quel âge avez-vous ?

— Quarante-quatre ans.

— Vous ne les paraissez pas.

— C'est pour moi que vous avez commandé un grog ?

— Pour moi aussi. J'ai la grippe, peut-être une angine, et cela me fera du bien.

— D'habitude, je ne bois pas, en dehors d'un verre de vin par repas. Vous me trouvez sale, n'est-ce pas ? Il y a longtemps que je n'ai pas pu faire nettoyer mes vêtements. La dernière fois que je me suis lavé à l'eau chaude, c'était il y a une semaine, dans une maison de bains publics de la rue Saint-Martin.

Ils s'observaient mutuellement tout en parlant du bout des lèvres.

— Je m'attendais à ce que vous veniez tout à l'heure.

— Vous m'avez vu ?

— J'ai même senti que vous hésitiez. Vous avez fait un pas en avant, puis vous êtes parti vers la rue du Chemin-Vert.

— Moi, je voyais votre silhouette à la fenêtre. Comme je n'étais pas éclairé, j'ignorais si vous pouviez me voir et surtout me reconnaître.

Il tressaillit en entendant du bruit, toujours comme l'écureuil. C'était Mme Maigret qui apportait les grogs et qui évitait discrètement de dévisager le visiteur.

— Beaucoup de sucre ?

— S'il vous plaît.

— Du citron ?

Elle lui prépara son verre et le posa sur un guéridon en face de lui. Puis elle servit son mari.

— Si tu as besoin de quelque chose, appelle-moi.

— Qui sait ? Peut-être, tout à l'heure, de nouveaux grogs.

On sentait que Pigou avait été un garçon bien élevé et qu'il tenait à se conduire convenablement. Son verre à la main, il attendait pour boire que le commissaire le fasse le premier.

— C'est brûlant, mais cela fait du bien, n'est-ce pas ?

— En tout cas, cela va vous réchauffer. Maintenant, vous pouvez peut-être retirer votre imperméable.

Il le fit. Son complet, qui n'était pas mal coupé, était fripé et portait plusieurs taches, dont une assez grande de peinture blanche.

Maintenant, ils ne trouvaient rien à dire. Ils savaient l'un et l'autre que, quand ils parleraient à nouveau, ce serait pour aborder les choses sérieuses et ils hésitaient l'un et l'autre, pour des raisons différentes.

Le silence dura longtemps. Chacun reprit une gorgée de grog. Maigret se leva pour aller bourrer une autre pipe.

— Vous fumez ?

— Je n'ai plus de cigarettes.

Il y en avait dans le tiroir du buffet et Maigret les tendit à son visiteur. Celui-ci, troublé, le regardait comme s'il n'en croyait pas ses yeux tandis que le commissaire approchait une allumette enflammée de la cigarette.

Ils furent tous deux assis à nouveau et alors Pigou prononça :

— Je dois tout d'abord m'excuser d'être venu vous déranger chez vous, au milieu de la nuit par-dessus le marché... J'avais peur de me rendre au Quai des Orfèvres. Et je ne pouvais pas continuer à marcher seul dans les rues de Paris.

Maigret ne perdait pas une expression de son visage. Dans l'intimité de l'appartement, un grog à portée de la main, sa pipe à la bouche, il avait l'air d'un aîné bienveillant à qui l'on peut tout dire.

7

— Qu'est-ce que vous pensez de moi ?

C'étaient presque ses premières paroles et on sentait qu'à ses yeux cette question était capitale. Il avait dû en chercher la réponse, toute sa vie, dans les yeux des gens.

Que lui répondre ?

— Je ne vous connais pas encore beaucoup, murmura Maigret en souriant.

— Vous êtes gentil comme ça avec tous les criminels ?

— Je peux être très méchant aussi.

— Avec quel genre de gens, par exemple ?

— Des hommes comme Oscar Chabut.

Du coup, les yeux de Pigou s'éclairaient comme s'il venait de trouver un allié.

— Vous savez, c'est vrai que je lui ai volé un peu d'argent. A peine ce qu'il dépensait par mois en pourboires. Mais le vrai voleur, c'était lui. Il m'a volé ma dignité, la fierté d'être un homme, il m'a amoindri au point que j'avais presque honte de vivre.

— Qu'est-ce qui vous a donné l'idée de faire des prélèvements dans la petite caisse ?

— Je dois tout dire, n'est-ce pas ?

— Sinon, ce ne serait pas la peine d'être venu ici.

— Vous avez vu ma femme. Qu'est-ce que vous pensez d'elle ?

— Je la connais mal. Elle s'est mariée pour ne plus travailler et je suis surpris qu'elle l'ait encore fait pendant trois ans.

— Deux ans et demi.

— Elle est de ces femmes qui ont envie d'être tranquilles dans leur petit ménage.

— Vous avez deviné ça ?

— C'est très visible.

— Souvent, le soir, c'était moi qui devais faire le ménage. Si je l'avais écoutée, nous serions allés tous les jours au restaurant pour lui éviter du travail. Je ne crois pas que ce soit sa faute. Elle est lymphatique. Ses sœurs sont comme elle.

— Elles vivent à Paris ?

— Une est à Alger, mariée à un ingénieur spécialisé dans les pétroles. Une autre habite Marseille et a trois enfants.

— Pourquoi, vous, n'avez-vous pas d'enfants ?

— J'en aurais voulu, mais Liliane refusait catégoriquement d'en avoir.

— Je comprends.

— Elle a une troisième sœur et un frère qui...

Il secoua la tête.

— A quoi bon parler de tout ça ? On dirait que je cherche à diminuer ma responsabilité.

Il buvait une gorgée de rhum, allumait une seconde cigarette.

— Je vous tiens debout, à cette heure...

— Continuez. Votre femme, elle aussi, vous humiliait.

— Comment le savez-vous ?

— Elle vous reprochait de ne pas gagner assez d'argent, n'est-ce pas ?

— Elle répétait toujours qu'elle se demandait comment elle avait pu m'épouser.

» Et elle soupirait alors :

» — Passer toute ma vie dans un deux pièces cuisine sans même une femme de ménage.

Il avait l'air de parler pour lui-même et il ne regardait pas Maigret mais un coin du tapis.

— Elle vous trompait ?

— Oui. Depuis la première année de notre mariage. Je ne l'ai su qu'après, deux ou trois ans plus tard. Un jour que j'avais dû quitter le bureau pendant les heures de travail pour aller chez le dentiste, je l'ai vue au bras d'un homme, près de la Madeleine, et ils sont entrés tous les deux dans un hôtel.

— Vous lui en avez parlé ?

— Oui. C'est elle, en fin de compte, qui m'a accablé de reproches. Je ne lui procurais pas le genre de vie auquel une femme jeune pouvait s'attendre. Le soir, j'étais tout endormi et il fallait qu'elle m'entraîne presque de force au cinéma. Des vérités de ce genre-là. Y compris que je ne la satisfaisais pas sexuellement...

Il avait rougi à ces derniers mots et cette accusation avait dû lui être la plus pénible.

— Un jour, le jour de son anniversaire, il y a trois ans, j'ai pris dans la caisse juste de quoi nous payer un bon dîner et je l'ai conduite dans un restaurant des Grands Boulevards.

» — Je crois que je vais recevoir une augmentation, lui annonçai-je.

» — Il est grand temps. Ton patron devrait avoir honte de te payer aussi peu qu'il le fait. Si j'allais le trouver, moi, je saurais que lui dire.

— Vous ne preniez que de petites sommes ?

— Oui. Au début, j'ai prétendu avoir été augmenté de cinquante francs par mois. Elle n'a pas tardé à trouver cette somme insuffisante et je me suis augmenté, pour ainsi dire, de cent francs.

— Vous n'aviez pas peur d'être découvert ?

— C'était devenu une habitude. Personne ne contrôlait mes livres. C'était si peu de chose dans tous les rouages de la maison !

— Une fois, vous avez pris un billet de cinq cents francs.

— C'était pour Noël. J'ai prétendu que j'avais reçu une gratification. Je finissais presque par y croire. Cela me haussait à mes propres yeux.

» Voyez-vous, je n'ai jamais eu une haute idée de moi-même. Mon père aurait voulu que j'entre comme lui au Crédit Lyonnais, mais j'aurais subi la comparaison avec des gens beaucoup plus brillants que moi. Quai de Charenton, j'étais tranquille dans mon coin et on ne s'occupait pratiquement pas de moi.

— Comment Chabut s'est-il aperçu de vos détournements ?

— Ce n'est pas lui qui les a découverts mais M. Louceck. Il venait de loin en loin jeter un coup d'œil à ma comptabilité. Quelque chose a dû lui mettre la puce à l'oreille. Au lieu de m'en parler, de me poser des questions, il a fait comme si de rien n'était et a mis M. Chabut au courant.

— C'était en juin ?

— Fin juin, oui. Le 28 juin, je m'en souviendrai toujours. Il m'a fait dire de monter dans son bureau. La secrétaire était là et il ne l'a pas fait sortir. Je n'étais pas inquiet car il ne me venait pas à l'esprit que mes tricheries avaient été découvertes.

— Il vous a fait asseoir.

— Oui. Comment le savez-vous ?

— La Sauterelle, je veux dire Anne-Marie, m'a raconté la scène. Après quelques minutes, elle était aussi gênée que vous.

— Et moi j'étais gêné d'être pour ainsi dire piétiné devant une femme. Il a trouvé les mots les plus méprisants, les plus blessants. J'aurais préféré de loin qu'il me remette entre les mains de la police.

» On aurait dit qu'il y prenait plaisir. Chaque fois que je croyais que c'était fini, il reprenait de plus belle. Vous savez ce qu'il me reprochait le plus ? De n'avoir subtilisé que de petites sommes.

» Il prétendait qu'il aurait respecté un vrai voleur, mais pas un petit tripatouilleur sans envergure.

Il se tut un instant pour reprendre son souffle, car il venait de parler avec une certaine véhémence et son visage était devenu cramoisi. Il but encore une gorgée. Maigret fit comme lui.

— Quand il m'a ordonné de m'approcher de lui, je n'avais pas la moindre idée de ce qu'il allait faire mais j'avais quand même peur. La gifle est arrivée de plein fouet et la trace des doigts a dû rester un bon moment imprimée sur ma joue.

» On ne m'avait jamais giflé. Même quand j'étais gosse, mes parents ne me frappaient pas. Je suis resté là, oscillant, sans réaction, et il m'a lancé quelque chose comme :

» — Et maintenant, disparaissez...

» Je ne sais plus si c'est à ce moment-là ou un peu avant qu'il m'a annoncé qu'il ne me donnerait pas de certificat et qu'il verrait à m'empêcher de trouver une place décente.

— Il était humilié, lui aussi, murmura Maigret très doucement.

Pigou se tourna vivement vers lui, si surpris qu'il en gardait la bouche ouverte.

— Il vous a d'ailleurs dit qu'on ne se moquait pas de lui impunément.

— C'est vrai. Je n'ai pas compris que c'était la raison profonde de son attitude. Vous pensez qu'il était vexé ?

— Plus que vexé. Il était un homme fort, un homme qui se considérait en tout cas comme fort et qui avait réussi dans tout ce qu'il entreprenait. N'oubliez pas qu'il a commencé par faire du porte-à-porte avec des encyclopédies.

» Pour lui, c'est à peine si vous existiez. Vous vivotiez vaguement dans une pièce du rez-de-chaussée où il ne mettait pratiquement jamais les pieds et c'était un peu comme une grâce qu'il vous faisait de vous garder.

— C'est bien lui, oui.

— Lui aussi avait besoin de se rassurer et c'est pourquoi il s'attaquait à toutes les femmes qui l'approchaient.

Gilbert Pigou haussait les sourcils, soudain inquiet.

— Vous voulez dire qu'il était à plaindre ?

— Chacun de nous est plus ou moins à plaindre. J'essaie de comprendre. Je n'ambitionne pas de fixer les responsabilités de chacun. Vous avez quitté le quai de Charenton. Où êtes-vous allé d'abord ?

— Il était onze heures du matin. Je n'étais jamais dehors à cette heure-là. Il faisait très chaud. J'ai marché à l'ombre des platanes le long des entrepôts de Bercy, je suis entré dans un bistrot, près du pont d'Austerlitz, et j'ai bu deux ou trois cognacs, je ne sais plus.

— Vous avez déjeuné avec votre femme ?

— Il y avait longtemps qu'elle ne venait plus me retrouver à midi. J'ai beaucoup marché, beaucoup bu, et je suis entré à un moment donné dans un cinéma où il faisait un peu plus frais que dehors, car j'avais la chemise collée au corps. Souvenez-vous. Le mois de juin a été torride.

On avait l'impression qu'il ne voulait omettre aucun détail. Il avait besoin de s'expliquer et, puisqu'on le lui permettait, puisqu'on l'écoutait avec un intérêt évident, il s'efforçait de ne rien laisser dans l'ombre.

— Le soir, votre femme ne s'est pas aperçue que vous aviez bu ?

— Je lui ai dit que le personnel m'avait offert l'apéritif parce que je venais de monter en grade et de passer avenue de l'Opéra.

Maigret ne souriait pas de cette naïveté et, au contraire, son visage était grave.

— Comment avez-vous fait pour être en mesure, le surlendemain, de remettre à votre femme l'argent du mois ?

— Je n'avais pas d'économies. Elle me donnait tout juste quarante francs par mois pour mes cigarettes et mon métro. Il fallait que je trouve quelque chose. J'y ai pensé presque toute la nuit. En partant, je lui ai annoncé que je ne rentrerais pas dîner parce que je passerais une partie de la soirée à arranger mon nouveau bureau.

» La veille, je n'avais pas pensé à rendre la clef du coffre. Il devait contenir une somme plus importante que les autres jours car le lendemain était le jour de paie.

» Au cours des années, il m'est arrivé quelquefois de revenir au bureau, le soir, pour un travail urgent. J'emportais la clef de la porte d'entrée.

» Une fois, je l'ai oubliée. J'ai fait le tour du bâtiment, me souvenant que la porte de derrière, voilée, fermait mal, et qu'on pouvait faire mouvoir le pêne avec un canif.

— Il n'y avait pas de gardien de nuit ?

— Non. J'ai attendu l'obscurité et je me suis glissé dans la cour.

La petite porte s'est ouverte comme je l'espérais et j'ai pénétré dans mon ancien bureau. J'ai pris une liasse de billets, sans compter.

— Cela représentait une grosse somme ?

— Plus de trois mois de salaire. J'ai caché les billets, le soir même, au-dessus de la grande armoire, sauf mon traitement du mois. Je suis parti à la même heure que d'habitude. Je ne pouvais pas avouer à Liliane que j'avais été mis à la porte.

— Pourquoi vous inquiétiez-vous tellement de ce qu'elle pouvait penser de vous ?

— Parce qu'elle était une sorte de témoin. Depuis des années, elle me regardait vivre, d'un œil critique. J'aurais voulu qu'une personne au moins ait confiance en moi.

» Je me suis mis à passer mes journées dehors, à chercher une nouvelle situation. Je m'étais imaginé que ce serait facile. Je lisais les petites annonces et je me précipitais vers les adresses qui étaient données. Quelquefois on faisait la queue et il m'arrivait d'avoir pitié de certains, presque tous des vieux, qui attendaient sans espoir.

» On me questionnait. La première chose qu'on me demandait, c'était mon âge. Quand je répondais quarante-cinq ans, l'entretien n'allait presque jamais plus avant.

» — Ce que nous cherchons, c'est un homme jeune, trente ans au maximum.

» Je me croyais jeune. Je me sentais jeune. Chaque jour je m'assombrissais davantage. Après quinze jours, je ne cherchais plus nécessairement une place de comptable et je me serais contenté d'une place de garçon de bureau, ou de vendeur dans un grand magasin.

» Au mieux, on prenait mon nom et mon adresse :

» — On vous écrira.

» Ceux qui entrevoyaient la possibilité de m'embaucher me demandaient où j'avais travaillé. Après les menaces de Chabut, je n'osais pas le leur dire.

» — Un peu partout. J'ai vécu longtemps à l'étranger.

» Il fallait que je précise que c'était en Belgique, ou en Suisse, car je ne parlais que le français.

» — Vous avez des certificats ?

» — Je vous les enverrai.

» Bien entendu, je ne retournais pas dans ces maisons-là.

» Fin juillet, ce fut pire. Beaucoup de bureaux étaient fermés, ou bien les patrons étaient en vacances. J'ai encore apporté mon traitement à la maison ou plutôt j'ai prélevé la somme nécessaire sur ma réserve, au-dessus de l'armoire.

» — Tu es drôle, ces derniers temps, remarqua ma femme. Tu parais plus fatigué que quand tu étais quai de Charenton.

» — Parce que je ne suis pas encore habitué à mon nouveau travail. Il faut que j'apprenne à travailler avec les ordinateurs.

Avenue de l'Opéra, ce sont les points de vente qu'on contrôle et il y en a plus de quinze mille. Cela me donne de lourdes responsabilités.

» — Quand auras-tu tes vacances ?

» — Je n'aurai pas le temps d'en prendre cette année. Peut-être à Noël ? Ce serait agréable de prendre pour la première fois des vacances de neige. Toi, tu peux partir. Pourquoi n'irais-tu pas passer trois semaines ou un mois dans ta famille ?

Comprenait-il ce que ses paroles révélaient de tragique, de misérable ?

— Elle est partie pour un mois. Elle a passé quinze jours chez ses parents, à Aix-en-Provence, où son père est architecte, puis quinze jours dans la villa louée, à Bandol, par une de ses sœurs, celle qui a trois enfants.

» Je me sentais tout perdu dans Paris. Je continuais à aller lire les petites annonces rue Réaumur et je me précipitais aux adresses données. Toujours avec aussi peu de succès.

» Je commençais à me rendre compte que Chabut avait raison, que je ne trouverais pas le moindre emploi.

» Je suis allé rôder devant chez lui, place des Vosges, sans raison, juste pour l'apercevoir, mais il était en vacances, lui aussi, à Cannes, sans doute, où ils ont un appartement.

— Vous le haïssiez ?

— Oui. De toutes mes forces. Cela me paraissait injuste qu'il se dore au soleil pendant que je m'efforçais de trouver du travail dans un Paris de plus en plus vide.

» Il me restait, au-dessus de l'armoire, un peu plus que de quoi verser à ma femme un mois de traitement.

» Et après ? Qu'est-ce que je ferais après ? Il me faudrait lui avouer la vérité et j'étais sûr qu'elle me quitterait. Ce n'était pas la femme à rester avec moi si je n'étais plus capable de subvenir à ses besoins.

— Vous teniez encore à elle ?

— Je crois que oui. Je ne sais pas.

— Et maintenant ?

— Il me semble qu'elle est devenue petit à petit une étrangère. Je suis étonné de m'être tant préoccupé de ce qu'elle pourrait penser.

— Quand l'avez-vous vue pour la dernière fois ?

— Elle est rentrée du Midi fin août. Je lui ai remis ce qui était censé être ma paie. Je suis encore resté une vingtaine de jours avec elle mais je savais déjà que je n'aurais plus assez d'argent pour la fin du mois.

» Un matin, je suis parti avec l'idée de ne pas revenir, de sorte que je n'ai rien emporté, sinon les quelques centaines de francs qui restaient.

— Vous êtes allé tout de suite rue de la Grande-Truanderie ?

— Vous savez ça ? Non. J'ai pris une chambre dans un hôtel bon marché mais encore décent et j'ai choisi le quartier de la Bastille où je ne risquais pas de rencontrer ma femme.

— C'est alors que vous vous êtes mis à suivre Oscar Chabut ?

— Je savais où il était de telle à telle heure et je rôdais avenue de l'Opéra, place des Vosges ou quai de Charenton. Je n'ignorais pas non plus que presque tous les mercredis il allait rue Fortuny avec sa secrétaire.

— Quelle était votre intention ?

— Je n'en avais pas. C'était l'homme qui avait joué le plus grand rôle dans ma vie, puisqu'il m'avait enlevé toute dignité et toute possibilité de remonter la pente.

— Vous étiez armé ?

Pigou tira un petit automatique bleuté de la poche de son pantalon, se leva et alla le poser sur le guéridon en face de Maigret.

— Je l'avais emporté pour le cas où l'envie me prendrait de me suicider.

— Vous n'avez pas été tenté de le faire ?

— Plusieurs fois, surtout le soir, mais cela me faisait peur. J'ai toujours eu peur des coups, de la douleur physique. Chabut a peut-être eu raison : je suis un lâche.

— Il faut que je vous interrompe un moment pour donner un coup de téléphone. Vous allez en comprendre la raison.

Il appela le Quai des Orfèvres.

— Passez-moi l'inspecteur Lapointe, s'il vous plaît, mademoiselle...

Pigou faillit dire quelque chose mais se tut.

Dans la cuisine Mme Maigret préparait de nouveaux grogs.

8

— C'est toi ? questionnait Maigret.

— Vous n'êtes pas couché, patron ? Vous n'avez même pas la voix de quelqu'un qui vient de s'éveiller. Je n'ai reçu aucun rapport.

— Je sais.

— Comment pouvez-vous le savoir ? D'où me téléphonez-vous ?

— De chez moi.

— Il est trois heures du matin.

— Tu peux rappeler tous les hommes. Leurs planques sont finies.

— Vous l'avez découvert ?

— Il est ici, en face de moi, et nous bavardons tranquillement tous les deux.

— Il est venu de lui-même ?

— Je ne me vois pas courant après lui boulevard Richard-Lenoir.

— Comment est-il ?

— Bien.

— Vous avez besoin de moi ?

— Pas encore. Mais reste au bureau. Rappelle les différentes patrouilles. Préviens Janvier, Lucas, Torrence et Lourtie. Je t'appellerai plus tard.

Il raccrocha et se tut pendant que Mme Maigret changeait les verres vides pour des verres pleins.

— J'ai oublié de vous dire, Pigou, que bien que nous soyons chez moi et non au Quai des Orfèvres, je reste un policier et que je me réserve le droit de me servir de tout ce que vous pourrez me dire.

— C'est naturel.

— Vous connaissez un bon avocat ?

— Non. Ni bon, ni mauvais.

— Vous en aurez besoin demain, quand vous serez entendu par le juge d'instruction. Je vous donnerai quelques noms.

— Je vous remercie.

Le coup de téléphone avait quelque peu refroidi l'atmosphère qui était devenue plus guindée.

— A votre santé.

— A la vôtre.

Et il plaisanta :

— Je ne crois pas que je boirai à nouveau un grog d'ici longtemps. Ils vont me saler, n'est-ce pas ?

— Pour quelle raison vous salerait-on ?

— D'abord, parce que c'était un homme riche et influent. Ensuite, parce que je n'ai même pas une raison à donner.

— Quand l'idée vous est-elle venue de le tuer ?

— Je ne sais pas. J'ai d'abord dû quitter mon hôtel de la Bastille et c'est alors que je suis allé rue de la Grande-Truanderie. Cela a été très dur. Je rentrais au petit jour, après avoir déchargé des légumes aux Halles, et je pleurais chaque fois avant de m'endormir. L'odeur m'écœurait et même les bruits de l'hôtel. Il me semblait que j'étais désormais en marge du monde, dans un univers différent.

» Pendant la journée, il m'arrivait encore de me traîner place des Vosges, quai de Charenton, avenue de l'Opéra et, deux ou trois fois, je suis même allé guetter Liliane en me cachant dans le cimetière Montparnasse.

» Quand j'apercevais Chabut, il m'arrivait de plus en plus souvent de murmurer à mi-voix :

» — Je le tuerai.

» Ce n'étaient que des mots que je prononçais machinalement. Je n'avais pas vraiment l'intention de le tuer. De loin, je le regardais vivre, si je puis dire. Je regardais sa grosse voiture rouge, son visage plein d'assurance, ses vêtements merveilleusement coupés et toujours sans un faux pli.

» Moi, je descendais rapidement la pente. Le seul complet que j'avais emporté de la rue Froidevaux était de plus en plus fripé, couvert de taches. Mon imperméable ne me protégeait pas suffisamment du froid mais je n'avais pas de quoi acheter un manteau, même chez un fripier.

» J'étais sur le quai, à une certaine distance, quand j'ai vu Liliane pénétrer dans les bureaux du quai de Charenton. Sans doute était-elle allée d'abord avenue de l'Opéra puisque c'est là que j'étais supposé travailler.

» Elle est restée longtemps. A certain moment j'ai vu Anne-Marie venir respirer un moment dans la cour et je me suis douté de ce qui se passait.

» Je n'étais pas jaloux. C'était seulement comme une gifle de plus. Cet homme-là se comportait comme si tout lui appartenait. J'ai grommelé une fois de plus :

» — Je le tuerai !

» Je me suis éloigné en traînant la patte. Je n'avais pas envie d'être aperçu par ma femme.

— Quand êtes-vous allé pour la première fois rue Fortuny ?

— Vers la fin de novembre. J'étais obligé d'épargner même les tickets de métro.

Il eut un petit rire amer.

— C'est une curieuse sensation, vous savez, de n'avoir pas d'argent en poche et de savoir qu'on ne vivra jamais plus comme tout le monde. Aux Halles, on rencontre surtout des vieillards, mais il y a quelques jeunes aussi, qui ont déjà le même regard. Est-ce que j'ai ce regard-là ?

— Non.

— Je devrais, car je suis devenu comme eux. Pourtant, je continuais à penser à la gifle. Il a eu tort de me frapper. Peut-être que j'aurais oublié les mots, même les plus méprisants, les plus amoindrissants. Il m'a giflé comme si j'étais un sale gamin.

— Mercredi dernier, vous saviez, en vous rendant rue Fortuny, que ce serait la dernière fois ?

— Ça n'aurait pas été la peine de venir ici, n'est-ce pas, pour ne pas être sincère ? Je ne savais pas que je le tuerais, cela, je le jure, et vous pouvez me croire. A vous, je ne mentirais pas.

— Quel était votre état d'esprit ?

— Je sentais que cela ne pouvait pas continuer. J'étais arrivé à l'étage le plus bas. Un jour ou l'autre, on me ramasserait dans une rafle, ou bien je tomberais malade et on m'emmènerait à l'hôpital. Il fallait qu'il arrive quelque chose.

— Quoi, par exemple ?

— J'aurais pu lui rendre sa gifle. S'il sortait avec Anne-Marie de l'hôtel particulier, je m'avancerais vers lui...

Il secoua la tête.

— Ce n'était pas possible, car il était beaucoup plus fort que moi. J'ai attendu neuf heures. J'ai vu la lumière s'allumer dans le hall et il est sorti seul. Mon automatique était encore dans ma poche, mais cela ne m'a pris qu'un instant de l'en retirer.

» J'ai tiré sans pour ainsi dire viser, trois ou quatre fois, je ne sais plus.

— Quatre.

— Ma première idée fut de rester sur place, d'attendre la police. J'ai eu peur d'être frappé. Je me suis mis à courir vers le métro de l'avenue de Villiers. Personne ne m'a poursuivi. Je me suis retrouvé aux Halles et je me suis embauché machinalement pour coltiner des légumes. Je n'aurais pas pu rester seul dans ma chambre.

» Voilà, monsieur le commissaire. Je crois que je vous ai tout dit.

— Pourquoi m'avez-vous téléphoné ?

— Je ne sais pas. Je me sentais seul et je me disais que personne ne me comprendrait jamais. Dans les journaux, j'ai souvent lu des articles sur votre compte. J'aurais voulu vous connaître. J'avais plus ou moins décidé de me tirer une balle dans la tête.

» Alors, j'ai cherché un dernier contact, mais j'avais toujours peur, pas de vous, mais de vos agents.

— Mes inspecteurs ne frappent pas.

— On le dit, pourtant.

— On dit beaucoup de choses, Pigou. Vous pouvez allumer votre cigarette. Vous avez encore peur ?

— Non. Je vous ai téléphoné une deuxième fois, puis, presque tout de suite après, je vous ai écrit dans un café du boulevard du Palais. Je me sentais près de vous. J'aurais voulu vous suivre dans les rues, mais je ne pouvais pas le faire parce que vous étiez toujours en voiture. J'avais eu le même problème avec Chabut.

» Il fallait que je vous précède, que je devine d'avance où vous alliez vous rendre.

» C'est ainsi que j'étais là quand vous êtes allé quai de Charenton. Il était fatal qu'Anne-Marie vous parle. Je n'ai même pas imaginé qu'elle ne le ferait pas le premier jour.

» Il est vrai que la scène a eu lieu en juin et que, pour elle, c'était déjà de l'histoire ancienne.

» Je vous ai vu place des Vosges aussi.

— Et quai des Orfèvres.

— Oui. Je me disais que ce n'était pas la peine de me cacher puisque je me ferais fatalement prendre. Car vous n'auriez pas tardé à m'arrêter, n'est-ce pas ?

— Si vous étiez resté aux Halles, vous auriez sans doute été repéré et arrêté cette nuit. A dix heures, ils avaient découvert l'Hôtel du Cygne et ils vous auraient sans doute trouvé, au cours de la nuit, dans un des bistrots de la rue. Vous vous êtes mis à boire ?

— Non.

C'était rare qu'on dégringole de la sorte sans s'adonner à la boisson.

— J'ai failli entrer au Quai des Orfèvres et demander à vous parler. Je me suis dit qu'on me mettrait entre les mains de n'importe quel inspecteur et que je n'aurais pas la chance de vous approcher. Alors, je suis venu boulevard Richard-Lenoir.

— Je vous ai vu.

— Moi aussi, je vous ai vu. Mon idée était de monter dans votre appartement. Vous vous découpiez dans le rectangle de la fenêtre, avec la lumière derrière vous, et, dans votre robe de chambre, vous paraissiez énorme. J'ai été pris de panique et je me suis éloigné rapidement. J'ai rôdé dans le quartier pendant des heures. Je suis passé plus de cinq fois devant chez vous alors qu'il n'y avait plus de lumière dans l'appartement.

— Vous permettez un instant ?

Il composait à nouveau le numéro du Quai des Orfèvres.

— Passez-moi Lapointe, je vous prie. Allô ! Les hommes sont rentrés chez eux ? Qui est là-bas avec toi ?

— Lucas est de garde. Janvier vient d'arriver.

— Vous allez venir tous les deux chez moi. Prenez une voiture.

— Ils vont m'emmener ? questionna Pigou quand Maigret raccrocha.

— C'est nécessaire.

— Je comprends, mais cela me fait quand même peur, comme d'aller chez le dentiste.

Il avait tué un homme. Il était venu de lui-même chez Maigret, mais son sentiment dominant, c'était la peur. La peur des coups, des brutalités.

C'est à peine s'il faisait encore allusion à son crime.

Maigret se rappelait le jeune Stiernet qui avait tué sa grand-mère de nombreux coups de tisonnier, et c'est tout juste s'il n'avait pas dit :

— Je ne l'ai pas fait exprès.

Il regarda lourdement Pigou, comme s'il essayait de voir tout au fond de celui-ci. Le comptable était troublé par ce regard.

— Vous n'avez pas de questions à me poser ? demandait-il.

— Je ne crois pas. Non.

A quoi bon lui demander s'il regrettait son geste de la rue Fortuny ? Est-ce que Stiernet regrettait d'avoir frappé ?

On lui poserait sans doute la question aux assises et, s'il répondait la vérité, il y aurait des mouvements divers, voire un murmure réprobateur dans le prétoire.

Ils restèrent un long moment silencieux et Maigret vida son verre. Puis il entendit une voiture qui s'arrêtait devant la maison, une portière, puis une autre qui claquait.

Il alluma une dernière pipe, plus pour se donner une contenance que par envie de fumer. Il y avait des pas dans l'escalier. Il alla ouvrir la porte. Les deux hommes regardaient curieusement dans le salon où la lumière formait des nuages bleutés autour de la lampe et du plafonnier.

— Gilbert Pigou. Nous venons d'avoir un long entretien. Demain, nous procéderons à l'interrogatoire officiel.

Le comptable les regardait, un peu rassuré par leur comportement. Ils n'avaient pas l'air de gens qui frappent les autres.

— Vous allez l'emmener au Quai et le laisser dormir quelques heures. Je serai là vers la fin de la matinée.

Lapointe lui adressa un signe qu'il ne comprit pas tout de suite car il se sentait à bout de fatigue. C'étaient ses poignets que l'inspecteur désignait, ce qui signifiait évidemment :

— Je lui passe les menottes ?

Maigret se tourna vers Pigou.

— On ne se méfie pas de vous, murmura-t-il. On vous les retirera au Quai des Orfèvres. C'est le règlement.

Sur le palier, Pigou se retourna. Il avait les larmes aux yeux. Il regardait encore une fois Maigret comme pour se donner du courage.

Mais n'était-ce pas sur lui-même qu'il s'attendrissait ?

Épalinges (Vaud), le 29 septembre 1969.

INDEX

Cette liste répertorie « romans » et « Maigret » (indiqués par la lettre M). Chaque titre est suivi du lieu et de la date de sa rédaction, du nom de l'éditeur et de l'année de la première édition.

M **L'affaire Saint-Fiacre,** Antibes (« Les Roches-Grises »), janvier 1932. Fayard, 1932

L'aîné des Ferchaux, Saint-Mesmin-le-Vieux, décembre 1943. Gallimard, 1945

M **L'ami d'enfance de Maigret,** Épalinges (Vaud), 24 juin 1968. Presses de la Cité, 1968. TOUT SIMENON 14

M **L'amie de Madame Maigret,** Carmel (Californie), décembre 1949. Presses de la Cité, 1950. TOUT SIMENON 4

L'Ane-Rouge, Marsilly, automne 1932. Fayard, 1933

Les anneaux de Bicêtre, Noland (Vaud), 25 octobre 1962. Presses de la Cité, 1963. TOUT SIMENON 11

Antoine et Julie, Lakeville (Connecticut), 4 décembre 1952. Presses de la Cité, 1953. TOUT SIMENON 6

L'assassin, Combloux (Savoie), décembre 1935. Gallimard, 1937

Au bout du rouleau, Saint Andrews (Canada), mai 1946. Presses de la Cité, 1947. TOUT SIMENON 1

M **Au rendez-vous des Terre-Neuvas,** Morsang (à bord de l'*Ostrogoth*), juillet 1931. Fayard, 1931

Les autres, Noland (Vaud), 17 novembre 1961. Presses de la Cité, 1962. TOUT SIMENON 11

Le bateau d'Émile, recueil de nouvelles. Gallimard, 1954

Bergelon, Nieul-sur-Mer, 1939. Gallimard, 1941

Betty, Noland (Vaud), 17 octobre 1960. Presses de la Cité, 1961. TOUT SIMENON 10

Le bilan Malétras, Saint-Mesmin (Vendée), mai 1943. Gallimard, 1948

Le blanc à lunettes, Porquerolles, printemps 1936. Gallimard, 1937

La boule noire, Mougins (Alpes-Maritimes), avril 1955. Presses de la Cité, 1955. TOUT SIMENON 8

Le bourgmestre de Furnes, Nieul-sur-Mer, automne 1938. Gallimard, 1939

La cage de verre, Épalinges (Vaud), 17 mars 1971. Presses de la Cité, 1971. TOUT SIMENON 15

M **Les caves du Majestic,** Nieul-sur-Mer, hiver 1939-1940. Gallimard, 1942

M **Cécile est morte,** Nieul-sur-Mer, hiver 1939-1940. Gallimard, 1942

Le cercle des Mahé, Saint-Mesmin-le-Vieux, 1er mai 1945. Gallimard, 1946

Ceux de la soif, Tahiti, février 1935. Gallimard, 1938

La chambre bleue, Noland (Vaud), 25 juin 1963. Presses de la Cité, 1964. TOUT SIMENON 12

M **Le charretier de la Providence,** Morsang (à bord de l'*Ostrogoth*), été 1930. Fayard, 1931

Le chat, Épalinges (Vaud), 5 octobre 1966. Presses de la Cité, 1967. TOUT SIMENON 13

Chemin sans issue, Ingrannes, printemps 1936. Gallimard, 1938

Le Cheval-Blanc, Porquerolles, mars 1938. Gallimard, 1938

Chez Krull, La Rochelle, juillet 1938. Gallimard, 1939

M **Chez les Flamands,** Antibes (« Les Roches-Grises »), janvier 1932. Fayard, 1932

M **Le chien jaune,** La Ferté-Alais, mars 1931. Fayard, 1931

Le clan des Ostendais, Saint Andrews, juin 1946. Gallimard, 1947

Les clients d'Avrenos, Marsilly, été 1932. Gallimard, 1935

M **La colère de Maigret,** Noland (Vaud), 19 juin 1962. Presses de la Cité, 1963. TOUT SIMENON 12

Les complices, Mougins (Alpes-Maritimes), 13 septembre 1955. Presses de la Cité, 1956. TOUT SIMENON 8

Le confessionnal, Épalinges (Vaud), 21 octobre 1965. Presses de la Cité, 1966. TOUT SIMENON 13

Le coup de lune, Porquerolles, printemps 1933. Fayard, 1933

Le Coup-de-Vague, Beynac (Dordogne), avril 1938. Gallimard, 1939

Cour d'assises, Isola de Pescatore, août 1937. Gallimard, 1941

Crime impuni, Lakeville (Connecticut), 30 octobre 1953. Presses de la Cité, 1954. TOUT SIMENON 7

M **La danseuse du Gai-Moulin,** Ouistreham (à bord de l'*Ostrogoth*), septembre 1931. Fayard, 1931

Le déménagement, Épalinges (Vaud), 27 juin 1967. Presses de la Cité, 1967. TOUT SIMENON 13

Les demoiselles de Concarneau, Porquerolles, printemps 1934. Gallimard, 1936

Le destin des Malou, Bradenton Beach (Floride), février 1947. Presses de la Cité, 1947. TOUT SIMENON 1

Dimanche, Noland (Vaud), 3 juillet 1958. Presses de la Cité, 1959. TOUT SIMENON 9

La disparition d'Odile, Épalinges (Vaud), 4 octobre 1970. Presses de la Cité, 1971. TOUT SIMENON 15

M **L'écluse n° 1,** Marsilly (« La Richardière »), avril 1933. Fayard, 1933

En cas de malheur, Cannes, novembre 1955. Presses de la Cité, 1956. TOUT SIMENON 8

L'enterrement de Monsieur Bouvet, Carmel, février 1950. Presses de la Cité, 1950. TOUT SIMENON 4

L'escalier de fer, Lakeville (Connecticut), 12 mai 1953. Presses de la Cité, 1953. TOUT SIMENON 6

L'évadé, Marsilly, été 1932. Gallimard, 1936

Les fantômes du chapelier, Tumacacori (Arizona), 13 décembre 1948. Presses de la Cité, 1949. TOUT SIMENON 3

Faubourg, Ingrannes, octobre 1934. Gallimard, 1937

M **Félicie est là,** Fontenay-le-Comte (château de Terre-Neuve), été 1941. Gallimard, 1944

La fenêtre des Rouet, château de Terre-Neuve, Fontenay-le-Comte, juin 1942. Éditions de la Jeune Parque, 1945. TOUT SIMENON 1

Feux rouges, Lakeville (Connecticut), 14 juillet 1953. Presses de la Cité, 1953. TOUT SIMENON 6

Les fiançailles de M. Hire, Porquerolles, printemps 1933. Fayard, 1933

Le fils, Cannes, 28 décembre 1956. Presses de la Cité, 1957. TOUT SIMENON 9

Le fils Cardinaud, Fontenay-le-Comte (château de Terre-Neuve), octobre 1941. Gallimard, 1942

M **La folle de Maigret,** Épalinges (Vaud), 7 mai 1970. Presses de la Cité, 1970. TOUT SIMENON 15

Le fond de la bouteille, Tumacacori (Arizona), 24 août 1948. Presses de la Cité, 1949. TOUT SIMENON 3

M **Le fou de Bergerac,** La Rochelle (« Hôtel de France »), mars 1932. Fayard, 1932

Les frères Rico, Lakeville (Connecticut), juillet 1952. Presses de la Cité, 1952. TOUT SIMENON 6

La fuite de Monsieur Monde, Saint-Mesmin-le-Vieux (Vendée), 1er avril 1944. Éditions de la Jeune Parque, 1945. TOUT SIMENON 1

Les gens d'en face, Marsilly, été 1932. Fayard, 1933

Le Grand Bob, Lakeville (Connecticut), 25 mai 1954. Presses de la Cité, 1954. TOUT SIMENON 7

M **La guinguette à deux sous,** Ouistreham (à bord de l'*Ostrogoth*), octobre 1931. Fayard, 1931

Le haut mal, Marsilly, automne 1933. Fayard, 1933

L'homme au petit chien, Noland (Vaud), 25 septembre 1963. Presses de la Cité, 1964. TOUT SIMENON 12

L'homme de Londres, Marsilly, automne 1933. Fayard, 1934

L'homme qui regardait passer les trains, Igls (Tyrol), décembre 1936. Gallimard, 1938

L'horloger d'Everton, Lakeville (Connecticut), 24 mars 1954. Presses de la Cité, 1954. TOUT SIMENON 7

Il pleut, bergère..., Nieul-sur-Mer, septembre 1939. Gallimard, 1941

Il y a encore des noisetiers, Épalinges (Vaud), 13 octobre 1968. Presses de la Cité, 1969. TOUT SIMENON 14

Les inconnus dans la maison, Nieul-sur-Mer, janvier 1939. Gallimard, 1940

Les innocents, Épalinges (Vaud), 11 octobre 1971. Presses de la Cité, 1972. TOUT SIMENON 15

M **L'inspecteur Cadavre,** Fontenay-le-Comte (château de Terre-Neuve), été 1941. Gallimard, 1944

M **Jeumont, 51 minutes d'arrêt !** La Rochelle, juillet 1938. Publié dans *Les nouvelles enquêtes de Maigret*. Gallimard, 1944

La Jument Perdue, Tucson (Arizona), 16 octobre 1947. Presses de la Cité, 1948. TOUT SIMENON 2

Lettre à mon juge, Bradenton Beach (Floride), décembre 1946. Presses de la Cité, 1947. TOUT SIMENON 1

M **Liberty-bar,** Marsilly (« La Richardière »), mai 1932. Fayard, 1932

Le locataire, Marsilly, mars 1932. Gallimard, 1934

Long cours, Paris, octobre 1935. Gallimard, 1936

M **Maigret,** Porquerolles, juin 1933. Fayard, 1934

M **Maigret à l'école,** Lakeville (Connecticut), décembre 1953. Presses de la Cité, 1954. TOUT SIMENON 7

M **Maigret à New-York,** Sainte-Marguerite-du-Lac-Masson (Canada), mars 1946. Presses de la Cité, 1947. TOUT SIMENON 1

M **Maigret a peur,** Lakeville (Connecticut), mars 1953. Presses de la Cité, 1953. TOUT SIMENON 6

M **Maigret au Picratt's,** Lakeville (Connecticut), décembre 1950. Presses de la Cité, 1951. TOUT SIMENON 5

M **Maigret aux Assises,** Noland (Vaud), novembre 1959. Presses de la Cité, 1960. TOUT SIMENON 10

M **Maigret à Vichy,** Épalinges (Vaud), 11 septembe 1967. Presses de la Cité, 1968. TOUT SIMENON 13

M **Maigret chez le coroner,** Tucson (Arizona), 30 juillet 1949. Presses de la Cité, 1949. TOUT SIMENON 3

M **Maigret chez le ministre,** Lakeville (Connecticut), août 1954. Presses de la Cité, 1955. TOUT SIMENON 7

M **Maigret en meublé,** Lakeville (Connecticut), février 1951. Presses de la Cité, 1951. TOUT SIMENON 5

M **Maigret et l'affaire Nahour,** Épalinges (Vaud), 8 février 1966. Presses de la Cité, 1967. TOUT SIMENON 13
M **Maigret et la Grande Perche,** Lakeville (Connecticut), mai 1951. Presses de la Cité, 1951. TOUT SIMENON 5
M **Maigret et la jeune morte,** Lakeville (Connecticut), janvier 1954. Presses de la cité, 1954. TOUT SIMENON 7
M **Maigret et la vieille dame,** Carmel (Californie), décembre 1949. Presses de la Cité, 1950. TOUT SIMENON 4
M **Maigret et le client du samedi,** Noland (Vaud), février 1962. Presses de la Cité, 1962. TOUT SIMENON 11
M **Maigret et le clochard,** Noland (Vaud), mai 1962. Presses de la Cité, 1963. TOUT SIMENON 11
M **Maigret et le corps sans tête,** Lakeville (Connecticut), janvier 1955. Presses de la Cité, 1955. TOUT SIMENON 8
M **Maigret et le fantôme,** Noland (Vaud), 23 juin 1963. Presses de la Cité, 1964. TOUT SIMENON 12
M **Maigret et le marchand de vin,** Épalinges (Vaud), 29 septembre 1969. Presses de la Cité, 1970. TOUT SIMENON 14
M **Maigret et les braves gens,** Noland (Vaud), septembre 1961. Presses de la Cité, 1962. TOUT SIMENON 11
M **Maigret et les petits cochons sans queue,** recueil de nouvelles. Presses de la Cité, 1950. TOUT SIMENON 4
M **Maigret et les témoins récalcitrants,** Noland (Vaud), octobre 1958. Presses de la Cité, 1959. TOUT SIMENON 10
M **Maigret et les vieillards,** Noland (Vaud), juin 1960. Presses de la Cité, 1960. TOUT SIMENON 10
M **Maigret et le tueur,** Épalinges (Vaud), 21 avril 1969. Presses de la Cité, 1969. TOUT SIMENON 14
M **Maigret et le voleur paresseux,** Noland (Vaud), janvier 1961. Presses de la Cité, 1961. TOUT SIMENON 11
M **Maigret et l'homme du banc,** Lakeville (Connecticut), septembre 1952. Presses de la Cité, 1953. TOUT SIMENON 6
M **Maigret et l'homme tout seul,** Épalinges (Vaud), 7 février 1971. Presses de la Cité, 1971. TOUT SIMENON 15
M **Maigret et l'indicateur,** Épalinges (Vaud), 11 juin 1971. Presses de la Cité, 1971. TOUT SIMENON 15
M **Maigret et l'inspecteur Malgracieux,** recueil de nouvelles. Presses de la Cité, 1947. TOUT SIMENON 2
M **Maigret et Monsieur Charles,** Épalinges (Vaud), 11 février 1972. Presses de la Cité, 1972. TOUT SIMENON 15
M **Maigret et son mort,** Tucson (Arizona), décembre 1947. Presses de la Cité, 1948. TOUT SIMENON 2
M **Maigret hésite,** Épalinges (Vaud), 30 janvier 1968. Presses de la Cité, 1968. TOUT SIMENON 14
M **Maigret, Lognon et les gangsters,** Lakeville (Connecticut), septembre 1951. Presses de la Cité, 1952. TOUT SIMENON 5

M **Maigret s'amuse,** Cannes, septembre 1956. Presses de la Cité, 1957. TOUT SIMENON 8

M **Maigret se défend,** Épalinges (Vaud), 28 juillet 1964. Presses de la Cité, 1964. TOUT SIMENON 12

M **Maigret se fâche,** Paris, rue de Turenne, juin 1945. Publié dans le volume intitulé *La pipe de Maigret,* Presses de la Cité, 1947. TOUT SIMENON 1

M **Maigret se trompe,** Lakeville (Connecticut), août 1953. Presses de la Cité, 1953. TOUT SIMENON 7

M **Maigret tend un piège,** Mougins (« La Gatounière »), juillet 1955. Presses de la Cité, 1955. TOUT SIMENON 8

M **Maigret voyage,** Noland (Vaud), août 1957. Presses de la Cité, 1958. TOUT SIMENON 9

La main, Épalinges (Vaud), 29 avril 1968. Presses de la Cité, 1968. TOUT SIMENON 14

La maison des sept jeunes filles, Neuilly, été 1937. Gallimard, 1941

La maison du canal, Marsilly, janvier 1933. Fayard, 1933

M **La maison du juge,** Nieul-sur-Mer, hiver 1939-1940. Gallimard, 1942

Malempin, Scharrachbergheim (Alsace), mars 1939. Gallimard, 1940

La Marie du port, Port-en-Bessin, octobre 1937. Gallimard, 1938

Marie qui louche, Lakeville (Connecticut), août 1951. Presses de la Cité, 1952. TOUT SIMENON 5

M **Les Mémoires de Maigret,** Lakeville (Connecticut), 27 septembre 1950. Presses de la Cité, 1951. TOUT SIMENON 4

M **Mon ami Maigret,** Tumacacori (Arizona), 2 février 1949. Presses de la Cité, 1949. TOUT SIMENON 3

M **M. Gallet, décédé,** Morsang (à bord de l'*Ostrogoth*), été 1930. Fayard, 1931

Monsieur La Souris, Porquerolles, février 1937. Gallimard, 1938

La mort d'Auguste, Épalinges (Vaud), mars 1966. Presses de la Cité, 1966. TOUT SIMENON 13

La mort de Belle, Lakeville (Connecticut), décembre 1951. Presses de la Cité, 1952. TOUT SIMENON 6

Le nègre, Cannes, 16 avril 1957. Presses de la Cité, 1957. TOUT SIMENON 9

La neige était sale, Tucson (Arizona), 20 mars 1948. Presses de la Cité, 1948. TOUT SIMENON 3

Les noces de Poitiers, Saint-Mesmin-le-Vieux, hiver 1943-1944. Gallimard, 1946

Novembre, Épalinges (Vaud), 19 juin 1969. Presses de la Cité, 1969. TOUT SIMENON 14

M **La nuit du carrefour,** La Ferté-Alais, avril 1931. Fayard, 1931

M **L'ombre chinoise,** Antibes (« Les Roches-Grises »), décembre 1931. Fayard, 1932

Oncle Charles s'est enfermé, Nieul-sur-Mer, septembre 1939. Gallimard, 1942

L'ours en peluche, Noland (Vaud), 15 mars 1960. Presses de la Cité, 1960. TOUT SIMENON 10

L'outlaw, Nieul-sur-Mer, janvier 1939. Gallimard, 1941

Le passage de la ligne, Noland (Vaud), 27 février 1958. Presses de la Cité, 1958. TOUT SIMENON 9

Le passager clandestin, Coral Sands, Bradenton Beach (Floride), 20 avril 1947. Éditions de la Jeune Parque, 1947. TOUT SIMENON 2

Le passager du Polarlys, Marsilly, mars 1932. Fayard, 1932

M **La patience de Maigret,** Épalinges (Vaud), mars 1965. Presses de la Cité, 1965. TOUT SIMENON 13

Pedigree, 1re partie : Fontenay-le-Comte, 17 décembre 1941 ; 2e et 3e parties : Saint-Mesmin-le-Vieux, 27 janvier 1943. Presses de la Cité, 1948. TOUT SIMENON 2

M **Le pendu de Saint-Pholien,** Morsang (à bord de l'*Ostrogoth*), été 1930. Fayard, 1931

Le petit homme d'Arkhangelsk, Cannes, avril 1956. Presses de la Cité, 1956. TOUT SIMENON 8

Le petit saint, Épalinges (Vaud), 13 octobre 1964. Presses de la Cité, 1965. TOUT SIMENON 12

M **Pietr-le-Letton,** Delfzijl (à bord de l'*Ostrogoth*), septembre 1929. Fayard, 1931

M **La pipe de Maigret,** Paris, rue de Turenne, juin 1945. Publié dans le volume qui porte son nom, à la suite de *Maigret se fâche*. Presses de la Cité, 1947. TOUT SIMENON 1

Les Pitard, Marsilly, été 1932. Gallimard, 1935

M **Le port des brumes,** Ouistreham (à bord de l'*Ostrogoth*), octobre 1931. Fayard, 1932

La porte, Noland (Vaud), 10 juin 1961. Presses de la Cité, 1962. TOUT SIMENON 11

M **La première enquête de Maigret,** Tumacacori (Arizona), 30 septembre 1948. Presses de la Cité, 1949. TOUT SIMENON 3

Le président, Noland (Vaud), 14 octobre 1957. Presses de la Cité, 1958. TOUT SIMENON 9

La prison, Épalinges (Vaud), 12 novembre 1967. Presses de la Cité, 1968. TOUT SIMENON 14

45° à l'ombre, à bord de l'*Araldo*, juin 1934. Gallimard, 1936

Quartier nègre, à bord de l'*Araldo*, juillet 1934. Gallimard, 1935

Les quatre jours du pauvre homme, Tucson (Arizona), 4 juillet 1949. Presses de la Cité, 1949. TOUT SIMENON 3

Le rapport du gendarme, Fontenay-le-Comte, septembre 1941. Gallimard, 1944
Le relais d'Alsace, Paris, juillet 1931. Fayard, 1931
Les rescapés du Télémaque, Igls (Tyrol), hiver 1936-1937. Gallimard, 1938
M **Le revolver de Maigret,** Lakeville (Connecticut), juin 1952. Presses de la Cité, 1952. TOUT SIMENON 6
Le riche homme, Épalinges (Vaud), 9 mars 1970. Presses de la Cité, 1970. TOUT SIMENON 15
La rue aux trois poussins, recueil de nouvelles. Presses de la Cité, 1963. TOUT SIMENON 12

M **Les scrupules de Maigret,** Noland (Vaud), décembre 1957. Presses de la Cité, 1958. TOUT SIMENON 9
M **Signé Picpus,** recueil de nouvelles. Gallimard, 1944
Les sœurs Lacroix, Saint-Thibault, décembre 1937. Gallimard, 1938
Strip-tease, Cannes, 12 juin 1957. Presses de la Cité, 1958. TOUT SIMENON 9
Les suicidés, Marsilly, été 1932. Gallimard, 1934
Le suspect, Paris, octobre 1937. Gallimard, 1938

Tante Jeanne, Lakeville (Connecticut), septembre 1950. Presses de la Cité, 1951. TOUT SIMENON 4
Les témoins, Lakeville (Connecticut), 24 septembre 1954. Presses de la Cité, 1955. TOUT SIMENON 7
Le temps d'Anaïs, Lakeville (Connecticut), novembre 1950. Presses de la Cité, 1951. TOUT SIMENON 5
Le testament Donadieu, Porquerolles, août 1936. Gallimard, 1937
M **La tête d'un homme,** Paris (Hôtel L'Aiglon), septembre 1930. Fayard, 1931
Touriste de bananes, Porquerolles, automne 1936. Gallimard, 1938
Le train, Noland (Vaud), 25 mars 1961. Presses de la Cité, 1961. TOUT SIMENON 11
Le train de Venise, Épalinges (Vaud), 3 juin 1965. Presses de la Cité, 1965. TOUT SIMENON 12
Trois chambres à Manhattan, Sainte-Marguerite-du-Lac-Masson (Québec), 26 janvier 1946. Presses de la Cité, 1946. TOUT SIMENON 1
Les trois crimes de mes amis, Paris, janvier 1937. Gallimard, 1938

M **Un crime en Hollande,** Morsang (à bord de l'*Ostrogoth*), mai 1931. Fayard, 1931
M **Un échec de Maigret,** Cannes, mars 1956. Presses de la Cité, 1956. TOUT SIMENON 8
M **Une confidence de Maigret,** Noland (Vaud), mai 1959. Presses de la cité, 1959. TOUT SIMENON 10
Une vie comme neuve, Lakeville (Connecticut), mars 1951. Presses de la Cité, 1951. TOUT SIMENON 5

M **Un Noël de Maigret,** recueil de nouvelles. Presses de la Cité, 1951. TOUT SIMENON 5

Un nouveau dans la ville, Tucson (Arizona), 20 octobre 1949. Presses de la Cité, 1950. TOUT SIMENON 4

M **Les vacances de Maigret,** Tucson (Arizona), 20 novembre 1947. Presses de la Cité, 1948. TOUT SIMENON 3

La vérité sur bébé Donge, Vouvant (Vendée), août 1940. Gallimard, 1942

Le veuf, Noland (Vaud), 15 juillet 1959. Presses de la Cité, 1959. TOUT SIMENON 10

La veuve Couderc, Nieul-sur-Mer, 1940. Gallimard, 1942

La vieille, Noland (Vaud), 13 janvier 1959. Presses de la Cité, 1959. TOUT SIMENON 10

Les volets verts, Carmel (Californie), janvier 1950. Presses de la Cité, 1950. TOUT SIMENON 4

M **Le voleur de Maigret,** Épalinges (Vaud), 11 novembre 1966. Presses de la Cité, 1967. TOUT SIMENON 13

Le voyageur de la Toussaint, Fontenay-le-Comte, février 1941. Gallimard, 1941

NOUVELLES

parues dans **Tout Simenon**

Annette et la dame blonde. Publié pour la première fois dans *Pour Elle,* janvier-février 1941. In *La rue aux trois poussins.* Presses de la Cité, 1963. TOUT SIMENON 12

Le capitaine du Vasco. Publié pour la première fois dans *Gringoire,* le 15 février 1940. In *La rue aux trois poussins.* Presses de la Cité, 1963. TOUT SIMENON 12

M **Le client le plus obstiné du monde,** Saint Andrews (N.B.), Canada, 2 mai 1946. In *Maigret et l'inspecteur Malgracieux.* Presses de la Cité, 1947. TOUT SIMENON 2

Le comique du Saint-Antoine. Publié pour la première fois dans *Gringoire,* le 18 janvier 1940. In *La rue aux trois poussins.* Presses de la Cité, 1963. TOUT SIMENON 12

Le crime du Malgracieux. Publié pour la première fois dans *Gringoire,* le 25 avril 1940. In *La rue aux trois poussins.* Presses de la Cité, 1963. TOUT SIMENON 12

Les demoiselles de Queue de Vache, 1941. In *La rue aux trois poussins.* Presses de la Cité, 1963. TOUT SIMENON 12

Le deuil de Fonsine, Les Sables-d'Olonne (Vendée), 9 janvier 1945. In *Maigret et les petits cochons sans queue.* Presses de la Cité, 1950. TOUT SIMENON 4

Le docteur de Kirkenes. Publié pour la première fois dans *Gringoire,* le 21 décembre 1939. In *La rue aux trois poussins.* Presses de la Cité, 1963. TOUT SIMENON 12

L'escale de Buenaventura, Saint Andrews (Canada), 31 août 1946. In *Maigret et les petits cochons sans queue.* Presses de la Cité, 1950. TOUT SIMENON 4

L'homme à barbe. Voir *Nicolas.*

M **L'homme dans la rue,** Nieul-sur-Mer, 1939. In *Maigret et les petits cochons sans queue.* Presses de la Cité, 1950. TOUT SIMENON 4

Madame Quatre et ses enfants, Les Sables-d'Olonne (Vendée), janvier 1945. In *Maigret et les petits cochons sans queue.* Presses de la Cité, 1950. TOUT SIMENON 4

M **Maigret et l'inspecteur Malgracieux,** Saint Andrews (N.B.), Canada, 5 mai 1946. In le recueil du même titre. Presses de la Cité, 1947. TOUT SIMENON 2

M **Maigret se fâche,** Paris, rue de Turenne, juin 1945. In *La pipe de Maigret,* Presses de la Cité, 1947. TOUT SIMENON 1

Les mains pleines, Les Sables-d'Olonne, mars 1945. Publié pour la première fois dans *La Patrie* (Bruxelles), le 7 juin 1945. In *La rue aux trois poussins.* Presses de la Cité, 1963. TOUT SIMENON 12

Le mari de Mélie. Publié pour la première fois dans *Toute la vie,* le 21 août 1941. In *La rue aux trois poussins.* Presses de la Cité, 1963. TOUT SIMENON 12

Le matin des trois absoutes. Publié pour la première fois dans *Gringoire,* le 21 mars 1940. In *La rue aux trois poussins.* Presses de la Cité, 1963. TOUT SIMENON 12

Le naufrage de l'« armoire à glace ». Publié pour la première fois dans *Gringoire,* le 3 avril 1941. In *La rue aux trois poussins.* Presses de la Cité, 1963. TOUT SIMENON 12

Nicolas, Les Sables-d'Olonne, 20 janvier 1945. Publié pour la première fois dans la *Revue de Paris,* mars 1945. (A également paru sous le titre *L'homme à barbe* in *Le bateau d'Émile,* Gallimard, 1954.) In *La rue aux trois poussins.* Presses de la Cité, 1963. TOUT SIMENON 12

M **On ne tue pas les pauvres types,** Saint Andrews (N.B.), Canada, 15 avril 1946. In *Maigret et l'inspecteur Malgracieux.* Presses de la Cité, 1947. TOUT SIMENON 2

Le petit restaurant des Ternes, Tucson (Arizona), décembre 1948. In *Un Noël de Maigret.* Presses de la Cité, 1951. TOUT SIMENON 5

Le petit tailleur et le chapelier, Bradenton Beach (Floride), mars 1947. In *Maigret et les petits cochons sans queue.* Presses de la Cité, 1950. TOUT SIMENON 4

Les petits cochons sans queue, Bradenton Beach (Floride), 28 novembre 1946. In *Maigret et les petits cochons sans queue.* Presses de la Cité, 1950. TOUT SIMENON 4

M **La pipe de Maigret,** Paris, rue de Turenne, juin 1945. In le volume du même titre. Presses de la Cité, 1947. TOUT SIMENON 1

La piste du Hollandais. Publié pour la première fois dans *Gringoire,* le 27 juin 1941. In *La rue aux trois poussins.* Presses de la Cité, 1963. TOUT SIMENON 12

La rue aux trois poussins. Publié pour la première fois dans *Gringoire,* le 11 juillet 1941. In le recueil du même titre. Presses de la Cité, 1963. TOUT SIMENON 12

Sept petites croix dans un carnet. In *Un Noël de Maigret.* Presses de la Cité, 1951. TOUT SIMENON 5

Sous peine de mort, Bradenton Beach (Floride), 24 novembre 1946. In *Maigret et les petits cochons sans queue.* Presses de la Cité, 1950. TOUT SIMENON 4

M **Le témoignage de l'enfant de chœur,** Saint Andrews (N.B.), Canada, avril 1946. In *Maigret et l'inspecteur Malgracieux.* Presses de la Cité, 1947. TOUT SIMENON 2

Un certain Monsieur Berquin, Saint Andrews (Canada), 28 août 1946. In *Maigret et les petits cochons sans queue.* Presses de la Cité, 1950. TOUT SIMENON 4

M **Un Noël de Maigret,** Carmel by the Sea (Californie), mai 1950. In le recueil du même titre. Presses de la Cité, 1951. TOUT SIMENON 5

M **Vente à la bougie,** Nieul-sur-Mer, 1939. In *Maigret et les petits cochons sans queue.* Presses de la Cité, 1950. TOUT SIMENON 4

Tout Simenon 1 La fenêtre des Rouet / La fuite de Monsieur Monde / Trois chambres à Manhattan / Au bout du rouleau / La pipe de Maigret / Maigret se fâche / Maigret à New-York / Lettre à mon juge / Le destin des Malou

Tout Simenon 2 Maigret et l'inspecteur Malgracieux / Le témoignage de l'enfant de chœur / Le client le plus obstiné du monde / On ne tue pas les pauvres types / Le passager clandestin / La Jument Perdue / Maigret et son mort / Pedigree

Tout Simenon 3 Les vacances de Maigret / La neige était sale / Le fond de la bouteille / La première enquête de Maigret / Les fantômes du chapelier / Mon ami Maigret / Les quatre jours du pauvre homme / Maigret chez le coroner

Tout Simenon 4 Un nouveau dans la ville / Maigret et la vieille dame / L'amie de Madame Maigret / L'enterrement de Monsieur Bouvet / Maigret et les petits cochons sans queue / Les volets verts / Tante Jeanne / Les Mémoires de Maigret

Tout Simenon 5 Le temps d'Anaïs / Un Noël de Maigret / Sept petites croix dans un carnet / Le petit restaurant des Ternes / Maigret au Picratt's / Maigret en meublé / Une vie comme neuve / Maigret et la Grande Perche / Marie qui louche / Maigret, Lognon et les gangsters

Tout Simenon 6 La mort de Belle / Le revolver de Maigret / Les frères Rico / Maigret et l'homme du banc / Antoine et Julie / Maigret a peur / L'escalier de fer / Feux rouges

Tout Simenon 7 Maigret se trompe / Crime impuni / Maigret à l'école / Maigret et la jeune morte / L'horloger d'Everton / Maigret chez le ministre / Les témoins / Le Grand Bob

Tout Simenon 8 Maigret et le corps sans tête / La boule noire / Maigret tend un piège / Les complices / En cas de malheur / Un échec de Maigret / Le petit homme d'Arkhangelsk / Maigret s'amuse

Tout Simenon 9 Le fils / Le nègre / Maigret voyage / Strip-tease / Les scrupules de Maigret / Le président / Le passage de la ligne / Dimanche

Tout Simenon 10 Maigret et les témoins récalcitrants / Une confidence de Maigret / La vieille / Le veuf / Maigret aux assises / L'ours en peluche / Maigret et les vieillards / Betty

Tout Simenon 11 Le train / Maigret et le voleur paresseux / La porte / Les autres / Maigret et les braves gens / Maigret et le client du samedi / Maigret et le clochard / Les anneaux de Bicêtre

Tout Simenon 12 La colère de Maigret / La rue aux trois poussins / La chambre bleue / L'homme au petit chien / Maigret et le fantôme / Maigret se défend / Le petit saint / Le train de Venise

Tout Simenon 13 La patience de Maigret / Le confessionnal / La mort d'Auguste / Maigret et l'affaire Nahour / Le chat / Le voleur de Maigret / Le déménagement / Maigret à Vichy

Tout Simenon 14 La prison / Maigret hésite / La main / L'ami d'enfance de Maigret / Il y a encore des noisetiers / Novembre / Maigret et le tueur / Maigret et le marchand de vin

Tout Simenon 15 Le riche homme / La folle de Maigret / La disparition d'Odile / Maigret et l'homme tout seul / La cage de verre / Maigret et l'indicateur / Les innocents / Maigret et Monsieur Charles

Composition : Nord Compo, Villeneuve-d'Ascq, Nord, France.
Impression : Richard Clay Ltd, St Yves plc, Bungay, Suffolk, Grande-Bretagne.